吕雷文集

1

小说卷

SPM
南方出版传媒
花城出版社
中国·广州

图书在版编目（CIP）数据

吕雷文集 ：全3册 / 吕雷著. -- 广州 ：花城出版社，2018.6
ISBN 978-7-5360-6355-6

Ⅰ. ①吕… Ⅱ. ①吕… Ⅲ. ①中国文学－当代文学－作品综合集 Ⅳ. ①I217.2

中国版本图书馆CIP数据核字(2018)第137658号

出 版 人：詹秀敏
责任编辑：李　谓　余红梅
技术编辑：薛伟民　凌春梅
装帧设计：ATAI 工作室

书　　名　吕雷文集
LÜLEI WENJI
出版发行　花城出版社
（广州市环市东路水荫路 11 号）
经　　销　全国新华书店
印　　刷　虎彩印艺股份有限公司
（东莞市虎门镇北栅陈村工业区）
开　　本　787 毫米 × 1092 毫米　16 开
印　　张　80.75　12 插页
字　　数　1450,000 字
版　　次　2018 年 6 月第 1 版　2018 年 6 月第 1 次印刷
定　　价　228.00 元（全 3 册）

如发现印装质量问题，请直接与印刷厂联系调换。
购书热线：020－37604658　37602954
花城出版社网站：http://www.fcph.com.cn

作家吕雷

吕雷，中国作家，中国作家协会主席团委员、享受国务院特殊津贴专家、广东省作家协会副主席、党组成员、一级作家，曾任第十届全国人大代表。

1947年生于重庆，1968年参加工作，上山下乡当割胶工人，曾历任宣传队创作员、副队长、兵团文艺创作组创作员、师政治部工作人员、厂政治处宣传干事、团委副书记，1975年调茂名石油工业公司工会任宣传科干事，1980年调广东省作家协会文学院任专业作家，1984年后到北京中国文学讲习所（中途改为鲁迅文学院）和北京大学中文系首届作家班学习，任党支部副书记，1988年北大本科毕业后，仍回广东省作家协会文学院任专业作家。1993年成为享受国务院特殊津贴专家，1996年至1998年挂职任湛江市委副秘书长。

历任中国作家协会第四届（1984年底）、第五届（1996年底）、第六届（2001底）、第七届（2006底）全国代表大会代表，并当选第五届、第六届、第七届中国作协全国委员会委员，并当选第七届中国作协主席团委员。1997年起任广东省作协副主席，曾于2003年—2008年任第十届全国人大代表、2002年任广东省作协党组成员、副主席，兼创研部主任，2006年任广东省作家协会专职副主席、党组成员，2008年后任第七届中国作家协会主席团委员，广东省作协副主席、一级作家，兼职世界华文文学联会理事、中国文字著作权协会理事。

著作有：小说集《云霞》《浪尖上的信笺》《望海椰之恋》《阴晴圆缺》、小说剧本集《海响》、散文报告文学集《白云魂》、长篇电视小说《大江长歌》；与人合作的文学作品有：长篇小说《大江沉重》《澳门雨》《铁血莲花》《中国维和警察》、长篇报告文学《国运——南方记事》(与赵洪合作)；

电视剧作品有：《眩目的海区》《大江沉重》；

与人合作的影视作品有：《亚热带太阳》《云霞》《澳门雨》《天地良心》《铁血莲花》《中国维和警察》电影《加州来客》等一批。

1980年以小说《海风轻轻吹》（《作品》1980年12月首发）获当年的全国优秀短篇小说奖，1982年以小说《火红的云霞》（《人民文学》1982年2月首发）获当年的全国优秀短篇小说奖，1983年以电视剧本《云霞》（与陈定一合作）获首届全国电视艺术委员会的电视文艺优秀剧本奖，1984年以中篇小说《眩目的海区》获《人民文学》“读者最喜爱的作品奖”，1988年获中国作家协会、中华文学基金会颁发的“庄重文文学奖”，1999年获中华文学基金会、中国石油天然气总公司颁发的中华铁人文学提名奖；2003年长篇小说《大江沉重》（与赵洪合作、2002年8月作家出版社出版）获中宣部第九届五个一工程入选作品奖、入选第六届茅盾文学奖终评，2009年报告文学《国运——南方记事》（与赵洪合作、2008年6月人民文学出版社出版）获中宣部第十一届五个一工程优秀作品奖、中国改革开放优秀报告文学奖，2011年再获第二届中国出版政府奖提名奖。

曾三度获得广东省鲁迅文艺奖、两度获广东省重点扶持文学项目重奖和多次省内文学奖项。

吕雷与中国作协主席、作家铁凝

吕雷与作家王安忆

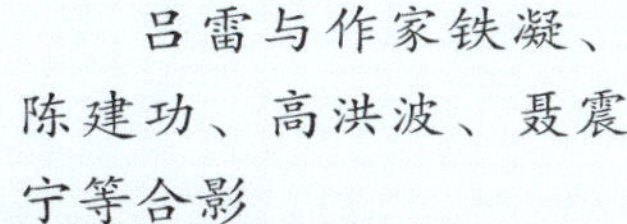

吕雷与作家铁凝、陈建功、高洪波、聂震宁等合影

吕雷与作家李存葆、赵本夫

吕雷与作家高洪波、杨承志

吕雷与作家叶辛

目录

中篇小说

短篇小说

小说卷

中篇小说

大江月圆

一

大江是在大江上漂来的，一个水流柴疍家[①]阿伯在一条快沉的烂艇上发现了他，襁褓中的他饿得小脸发青，连啼哭的力气都没有了。那老鳏夫阿伯就成了他的阿爸，还给他起了个名叫大江。

大江在大江上的水流柴疍民中饮百家奶、食千家饭，天可怜见，谁也没料到老鳏夫居然能在一条小艇上把他养大成人，也是天地造化，二十年后大江长成一个引得花艇上的疍家妹眼热心跳、让到荔枝湾食艇仔粥的西关小姐和少奶们也偷偷多瞟几眼的壮实后生，而且他练得一手好拳脚，一套咏春拳打得虎虎生风，活脱脱一个住艇仔的黄飞鸿。

大江的老阿爸沉疴日重，大江请了几位懂把脉的疍家老人过艇来问症，人人都摇头摆手不说话，这时老阿爸突然睁眼叫大江背他上岸，大江问上岸做什么？老阿爸说到医院，老人们一听就知道这是回光返照了，水流柴疍家人就是上岸行街都叫人赶的，别说到医院了，那是有钱人、体面人去的地方，水流柴哪里能去？孙大炮做大总统那阵倒是颁过一个什么令，说什么开放疍户，许其一体享有公权私权，但那是孙大炮说的，没有人把它当真，从不穿鞋踏袜的疍家人如果当真打着赤脚到上下九、西濠口去大摇大摆，不给有钱人大扫把拍头才怪。

---

① 疍家：世居南方江河湖海舟楫之上的水上居民，为中国特有的流动性人群，多以打鱼、摆渡、过驳航运、水上买卖食品和打短工为生，旧时被人贬称为“水流柴”，视同贱民。

见阿爸眼睁睁地望住自己，大江犹豫了一下，背起阿爸就走，上岸时还顺便招呼了几个练拳的兄弟，一听说大江有事，在沙基涌附近聚泊疍艇群中的十几个青皮后生便呼朋引类地跟来了，老人女人鬼嚎一般呼喝也拦不住。

上得岸来，这一群赤脚后生才觉得茫然，大江背阿爸找医院，医院在哪里？有人晓得前面有间博济医院，但那是番鬼佬开的，去得么？也有人知道西关有间福音医院，一问路人，还是番鬼佬开的，背着老爸的大江又停下了脚步，一个好心的三轮车夫告诉他，拐过十八甫的杉木栏新开张了一间福善堂，是一位下南洋发达的顺德公开的，或许能去。于是大江一行脚步如飞地直奔福善堂。

福善堂今日正好开张大吉，门口空地上搭起了戏台，请来省港驰名的“义兴盛班”做大戏，福善堂的大东主李福琛正在接待李三太太，这三太太柳巧云可是个了不得的人物，她原是省港大班声色艺俱佳的刀马旦，一蹿红就幸运地嫁给了粤军名将李军长做偏房，她的到来仿佛令福善堂蓬荜生辉，门前屋后一时鬓影衣香冠盖云集。还有一班十五六岁的大家闺秀，嘻嘻哈哈地打着义卖的小纸旗，在宾客中穿梭往来，义卖亲手做的小纸花，所得的款项，据说要捐给福善堂专医缺医少药的穷人。

一长串炮仗惊天动地响过后，贵客来宾惊恐地发现，喜气洋洋的硝烟中突然钻出一群打赤脚的疍家仔，把门的连骂带吓赶不走，原来他们背来一个老人要看病。福善堂的大东主李福琛出门见了，心头一跳，苦笑着对朋友郭金龙说：“想不到我福善堂第一个主顾竟是个疍户。”

这郭金龙是个“大天二”，不过此时却显得宅心仁厚，说：“第一个，来了总要收的。疍家佬是在水里过日子的，水为财，说不定会给你带来财运呢！”

不料这边正说着，那边却拳脚相向大打出手，大门乱作一团。原来大江正好声好气和穿长衫的门房讲道理，那知道郭金龙的几个身着黑胶绸，腰挎驳壳枪的马弁凶神恶煞地连推带撞赶人，背着老人的疍家后生苏虾被一条黑大汉一掌推倒，大江的阿爸也滚在地上，登时两眼反白，口吐白沫。那黑大汉得意地双手叉腰大叫：“快滚！也不屙泡尿来照照自己的衰样，这是你们疍家仔来的地方吗？”

大江扑上前去扶起阿爸，双目喷火地回头说：“你们这福善堂是救人的还是杀人的？为什么不给看病还要打人？”

黑大汉一捋袖子说：“哎呀，你这疍家仔还牙尖嘴利，准是活得不耐烦了，阿爷我今天就是要打你!”说着一步上前揪起他挥拳要打，不料大江身一闪躲开了，说：“你真要打?”黑大汉说：“打你算看得起你，阿爷今天要将你擂成屎饼!”说着又一步抢上前来。

大江把早已敞开的对襟烂衫一脱，露出硬邦邦的胸肌，左一闪右一闪让过了对手两招，然后一把捉住他的拳头一拧，黑大汉便成个人反转身来，接着就双脚离地，被大江高高举起，像风车一样旋转了几个圈，一抛，黑大汉像条死猪一样跌落地面，聚集一起要看戏的人们哗啦一下围拢过来，男女老少才看得目瞪口呆，又顿时惊呼四起。义卖纸花的几个姑娘仔更是看得双眼直直，一见大江大胜，有人竟拍起手掌叫出声来。

大江冷笑着拍拍双手，背起老爸，招呼弟兄们：“走！找别家医院!”

“想走？有那么容易吗？给我全部绑起来，捉去见官!”黑大汉好不容易从地上撑起来狂嚎，黑胶绸们立即拔出驳壳枪逼住了他们。

疍家人哪里见过这等阵势？苏虾吓得尿都飚出来了，抖动着嘴唇说：“大江哥，怎，怎么办，要捉去见官哪!”

大江也有点口硬心凉了，说：“见官就见官！我们不怕!”说着对周围人头涌动的看客拱了拱手：

“各位阿叔阿伯、师奶大姐，你们都在这里看到了，大家都讲个公道话，是他们先动手打人的，推倒了我这个兄弟，还把我病重的老阿爸打翻在地上……”

“丢那妈！你这个臭疍家仔还学人讲什么公道？捉起来!”黑大汉爬起来，挥舞着驳壳枪吼叫，马上就有几个人上前来绑大江。

“且慢——”一个女人突然开腔，声音很好听，仿佛唱戏一般，人们定睛一看，都惊呆了——那是今天庆典的贵客三太太柳巧云，识相的倏然给这个天仙一样的美人让出了一条路，只见她面带微笑款款走到大江面前，娇若莺啼地说：

“这位哥哥仔真好身手，你要给你阿爸看病?”

大江嗫嚅着说：“我爸病了很久了，今天看他实在辛苦，才，才上岸找医院的，请小姐发发慈悲，让医生给他看看啦——”

柳巧云回头说：“李先生，这就得看你收不收了……”

李福琛连忙说：“收，收，头一个上门的病人，怎么能不收呢?”接着回头吩咐：

“来人，马上将这位老人家用车仔床送到急诊室去，让金医生诊治。”下人们即刻手忙脚乱照办起来。

柳巧云说：“那金医生就是德国留学回来的那个后生吧？诊金一定很高的，我来出吧——”

李福琛连忙说：“不用，不用，我怎敢收太太的钱？给个水缸我做胆我也不敢啊。”

柳巧云一笑，回头招呼郭金龙：“乖仔，拿我的手袋来。”

郭金龙其实比柳巧云还大几岁，因为是李军长的义子，所以就做了她的乖仔，他急急脚一步上前，掏出一沓块光洋给李福琛说：“不用三妈劳神，我这个乖仔会做的。李老板先收下，不够我还有港纸。”

大江傻了，他呆头呆脑地看着他们像做戏一样把光洋推来推去，心想看一次病竟要花这么多钱！天，我这辈子连光洋都未摸过啊，正不知所措，见阿爸被人搬上车仔床正要推入福善堂，连忙跟上去，只听得那天仙一样的靓小姐又在后面把他叫住了：

“喂，那位哥哥仔，请留步。你阿爸让医生护士打理就得啦，我还要同你说话呢。”

大江只得站住了：“你要同我说什么？”

柳巧云上上下下打量了他好一阵，眼睛闪着光：“你，想不想当差？”

大江说：“我不会当差，我只会撑船。”

郭金龙插嘴说：“喊，傻仔！太太让你当差，那是抬举你啦，你真不识好歹！”

大江仍然定定地站着说：“阿爸说我这辈子只有撑船的命，我就会撑船。”

柳巧云咯咯咯地笑起来，边笑还边用出水芙蓉般的玉手掩着好看的小嘴，把众人直看得神魂颠倒，只听得她又说：“你想撑船，那就更容易啦，我就给你找个撑船的差事，你做不做？”

大江说：“只要是船，我就撑。”

她又笑，笑够了才回头对郭金龙说：“你不是捉了两条走私大船发了一笔横财吗？那大船还在你手里？”

郭金龙一拍脑袋说：“对啦，那两条船搬清了货，空荡荡的泊在天字码头不知做什么好，想卖掉又没人敢要，太太的意思是——用它来搞运输？”

柳巧云用指尖点了点他的脑袋：“就你醒目！搞不搞运输我管不着，不过，你可以改装改装长租给戏班当红船用嘛，现在几多戏班都挤在广州、香港龙争虎斗，你有了这两条船，我可以叫各班班主来找你，他们也就可以伸手伸脚到四乡开锣了，不就物尽其用了?”说着，她的大眼睛又忽闪忽闪地扫扫大江：

“就请这位哥仔落船做‘督水鬼’（船工）的头缆，哥哥仔，你做不做?”

大江懵了，他做梦也没想过会有人请他上大船做头缆，竟一时说不出话来，只是脸红耳赤地搓着双手。

“喂，疍家仔，太太在问你呢，你怎么不答话?”郭金龙伸出一只手指抬了抬他的下巴。

柳巧云柔声说：“哎，不要开口埋口疍家仔、疍家仔那么难听嘛，我看他是有脑筋的人，他在用心思，就让他想通想透。”

柳巧云这样一说，大家都不说话了，齐齐盯着大江。大江被上百人团团围着，那视线像密密麻麻的蜘蛛网把他裹缠了一层又一层，他心里倒海翻江打风落雨，但就是咬着嘴唇不开口。

“想好了吗?”柳巧云轻声问，那温暖的目光抚摸着他那大节瓜般的手臂和铁打一样的胸肌。

“我做。”大江终于开口，众人一下子如释重负，没想到他很快又令人惊诧地加了一句：

“不过，我要和我这班兄弟一齐做，如果不让他们做，我也不做。”

众人哗然。郭金龙却大笑起来：“你干脆让李军长封你做个排长、连长得啦，又不是着草做山大王，拉一堆人落船去食饭还是去做工?”

柳巧云柳眉一挑，说：“我看这哥哥仔不是等闲之辈，只要他听话，手下多几个人也没什么不可以的，就这样定啦!”

她一锤定音。郭金龙马上说：“三妈话事，乖仔我照办。今天就让他们落船打理收拾。”

“义兴盛”的班主任辉煌马上抱拳上前说：“恭喜三太太，贺喜三太太，收用这两条大船一定财源广进，日后各个省港大班和落乡班都要靠三太太带挈提携了。我任辉煌这次当仁不让捷足先登，从下个月开始，这条船我包下了，一包半年，不讲价钱。”

李福琛拍着手掌笑：“好极，好极，你们义兴盛包船落乡做大戏，头十天我替我乡下包下了，我乡下的人最中意睇大戏，现在机会难得，一定要先益益乡亲邻里街坊啦。”

柳巧云用香喷喷的手巾掩着嘴又笑了："乖仔你看，船是什么样的我还没去看，生意就来了，价钱你就随便给个数吧。"

郭金龙说："三妈说的是，随便收个改装成本和船工食饭钱算啦。"他回头对大江说：

"等一阵你们就跟我上船去，好好做，落力做，三太太会打赏你们的。"

正说着，福善堂里传出话说，看急诊的老伯救治无效，已经过世了，大江一听，哭嚎着扑了进去。福善堂一开张就死了人，李福琛急得双眉紧锁，连忙下令敲锣打鼓开戏冲喜。

头牌戏是义兴盛最拿手的《六国大封相》。

二

这一日，三太太柳巧云心烦意乱，六神无主。

李军长率军上外省前线打仗去了，李公馆顿时显得空荡荡的。李军长的原配是个乡下婆，是李军长未发迹前娶下的，李军长飞黄腾达后，一直没把她接来享福，就留她在乡下守着那几间新起的大屋。他在广州又娶了二太太，老二是个学生妹，不喜欢住广州，中意住香港，往往是李军长在，她就来侍候，李军长前脚一走，她也走。李军长玩了两年，厌了，又看中柳巧云，金山银山地把她娶进李公馆。柳巧云一时开心到云山雾罩，以为今生今世都能快活得像大戏里的皇后娘娘，起码也像个贵妃，进了李公馆才知道，这里面的滋味并不太好受。

李军长明媒正娶的有三个老婆，外面还不知有多少外室，可就是竟然没有一个半个生养，于是就有对头冤家多嘴多舌喷口水说，是李军长后生时投军，风流成性乱搞，亏蚀了子孙根，甚至有人偷偷传说，有一回他带兵围一条村，竟把全村上至七十岁下至十岁的女人三十多人奸了个遍，从此就成了煮熟的茄瓜——举得起，软塌塌。

柳巧云沾到这些口水花后，心里认定这件事没有花假，她自己心中有数。

对于床上的男人，她不觉得有多矜贵，她曾经沧海，风月中来来去去，竟有点厌倦了，李军长待她不薄，她理应曲意逢迎，尽自己三太太的本分。对他在外面与外室如何颠鸾倒凤，她也可以只眼开只眼闭，她最不堪忍受的是：他竟然迷上了省城中达官贵人新兴的时髦勾当——去玩师姑（尼姑）！在酒宴上，应酬中，一开讲这个话题，一班平日道貌岸然的男人顿时个个像煮熟的狗头龇牙咧嘴，眉开眼笑，不管眼前有没有女人，他们如坐春风，毫不避忌。

有天他半夜才回来瘫在床上，她一看他的瞳仁就知道他的行状，想闪身躲开，不料他余兴未熄，一下子又抱紧她要剥衣服，这时她突然闻到一阵特别的气味，马上想到，这是刚才那师姑的体味，心里顿时像爬满了毛毛虫，她倏然发出一声尖叫跳起来。

他完全没想到她会有这样的反应，但他有种癖好，女人越害怕、越挣扎他越兴奋，他饿虎擒羊般一跃而起，嘴中发出嬉笑，身体快乐地抖动，他像座山一样死死地压住她，闷得她花容顿失面无人色，几乎要断气，他忙碌半夜直到筋疲力尽，才放开像受过大刑惊悸不已的她，心满意足地倒头呼呼大睡，其实他什么也没有做成。

从此他一发不可收拾，一得闲就上瘾似的去玩师姑，玩完师姑就回来折磨她，一来二往，她也悟出这已成为他的一种游戏，也就顺水推舟照旧又叫又跳，她是做戏出身，什么苦情戏做不像？李军长却越做越有瘾，可怜柳巧云的一掬眼泪只能往肚里流。

这一日李军长一开拔，他的义子郭金龙就打来电话，说两条戏班红船都装修好了，就等三妈来拜神祈福就可以接戏班开船上路了，她听了心里一直就十五十六，本来装红船对她来说应该是件大事，她也真的很开心，这事总算有了着落，但是接下来她就有点彷徨，甚至有点坐立不安，她不知道以后会发生什么事。

按理说郭金龙这个义子讲话做事都颇为得体，对她执礼甚恭，李军长对他也信得过，平日无事也叫他过来陪柳巧云打打麻将，逛逛大新公司，在李军长看来，契仔陪三太太行街等于多个高级跟班，没有什么不妥，柳巧云呢，总认为当大天二的郭金龙是丈夫的心腹马仔，说不定是来暗中监视她有什么行差踏错的，因此总是小心应对。

但在福善堂开张那一日，事情有了改变。

那天大事小事搅成一团乱麻，才安抚好死了老爸的大江，又得轮番接待接踵而来看戏捧场的大小官员和他们的太太、姨太太，大戏一出接一出地做，凌晨三点，她有点打熬不住了，打电话叫车打道回府，公馆说车子刚好被李军长叫了出去，她知道他要去干什么，脸上颜色就不太好看，郭金龙见她执意要走，便提出用他的车送她，那是一台破烂的奥斯丁，是李军长打败外省军时抢来的，后来又转手卖给契仔郭金龙。事情衰就衰在这辆烂车上，这车百孔千疮，车里散发着浓烈的汽油味，柳巧云本来就会晕车，被李福琛等人隆重有礼地送上车后，马上就觉得不舒服，开车不久她就混混沌沌、天旋地转，车开了一阵，突然停了。

“出什么事?”晕得双眼紧闭的她问。

“太太问出了什么事？为什么停了?”一边陪着的郭金龙也很紧张。

“唉，真衰！又坏啦!”司机惊恐地回答。

“你快修理啊!”郭金龙说。

“老板，我，我修不了。要叫汽车公司的人来才行。”

“快，快去！蠢材！猪头炳!”郭金龙怒火冲天。

司机刚走，柳巧云打开车门呕吐起来。郭金龙吓坏了，小心服侍着，在她的后背又捶又拍。她呕完了，郭金龙细心地倒了杯茶让她漱了口，又用虎标万金油不断地抹她的眉心，她觉得舒服一些，就软软地靠着车座歇息，不一阵竟迷迷糊糊睡了过去。

蒙眬中，她觉得有点异样，像有一阵白玉兰异香的微风在吹拂着她的脸，她喜欢这气味，她的丝手巾就是浸过玉兰香膏的，她仿佛走进一个空气清新的山谷，潺潺流水就在她高耸的乳胸上流过，很温暖，很舒服，久违了，她已经多时没有感受过这种快感。

她想尽量留住这种快感，动了动，变换了一个坐姿，睁开了双眼，看到郭金龙一手拿着她的丝手巾在她的额头上方拂动，另一只手温柔地在她的胸前来回抚爱，她轻轻叫了一声。他就俯下身来了，小心地吻了她。

“啊，你要死了，你怎么敢——”

“如果一个男人看到你这个样子不动心，他就不是男人了。”他怜香惜玉地抱起她，她全身一下子收紧了，发出一阵阵滚烫的颤抖，他却把脸轻轻贴到她的胸脯上。

她不能自持，呻吟着闭上了眼睛……

她提起心肝，硬着头皮打电话叫郭金龙坐车来接她去看船。现在，就是前面是火坑，她都要往下跳了。

郭金龙这个“大天二”与众不同，广府人说的“大天二”，其实就是张口

"老天第一老子第二"、官匪不分鱼肉一方的武装恶霸，这些在南（南海）、番（番禺）、顺（顺德），惠（惠阳）、东（东莞）、宝（宝安）和中山、江门横行霸道称雄一时的大大小小土皇帝，哪个不是整天粗口烂舌喊打喊杀的角色？可是偏偏郭金龙就生得斯文白净又知书识礼，他自幼在香港长大，读过几日英文书院，还在香港皇家警察当过差，浸过点洋水，算是见过大世面，犯了点事吃了官司才逃回乡下跟着当"大天二"的亲大佬食霸王饭，他亲大佬在一次火并中丧生，他就接了"保乡团"团长的宝座，而且在省城攀上高枝，做了大名鼎鼎李军长的契仔，在四乡一时威风八面谁也不敢惹，四乡过往的水客都称他为"斯文龙"，他的"保乡团"也成了李军长的"缉私特别行动队"，专门在珠江大小航道上拦截过往船只，看那个不顺眼或者油水大，一句"私货充公"劫持到天字码头连船带货都拍卖了，哗啦啦的光洋和港纸就流入了李军长和他的大荷包，于是珠江水道就传开一句民谚："不怕打台风，不怕船穿窿，就怕斯文龙"，不少后台不硬又没有背景的生意人不得不破财消灾，到郭金龙设在广州的"特别行动队"队部来买"特别通行证"，或者干脆出重金雇佣郭金龙的马仔当保镖，才敢在珠江上运货航行，郭金龙的"生意"越做越大，不到两年，他就名列省城"四大公子"之一，出入官厅府衙如履平地，成了官吏商家、各路诸侯、三教九流争相交结的大人物。

这郭金龙还是有点本事的，他亲自监工，把抢来的两条"花尾渡"大船改装成戏班红船，一条是"天字船"，另一条是"地字船"，一律漆成绚丽的红色，做得有纹有路，似模似样，他陪着三太太装了香拜了神，又在两条船上转了一圈，欢喜得柳巧云连声称赞：

"想不到你这么下功夫打理这两条船，戏班坐上这样的船算有福了。如果我是红船船栏的老板，见到突然杀出这样两条新船来和他抢生意，不恨死你才怪呢。"

郭金龙嘿嘿嘿地笑："他敢？他哪条船没有我手下马仔保护才敢下乡去？再说，我给他们说啦，这是三太太的生意，谁听了都得让三分的。"

柳巧云一听顿时精神起来："不如我们就用这两条船起家创业，再搞起一个新船栏？"

郭金龙笑着说："好啊，三妈你当老板，我给你当马仔，这个新船栏一定开门大发。"说着，带着她去看刚装修好的几个"大老倌"（粤剧艺人中的名角）包间，其中有名为龙凤阁的包间设备最新潮，酸枝木大床配罗伞蚊帐，还有间小洗手间，内有洗脸瓷盆配冷热水龙头、抽水马桶，房中梳妆台配西装镜，连鸦片烟具也一应俱全，柳巧云看了这包间，抚摸着梳妆台叹口气说：“一看红船，就想起做戏的日子，那种生活，有苦有乐，还真难忘记呢。”就坐在床上发呆，两眼幽幽地发愁。

郭金龙双眼碌碌一转，笑笑说：“三妈是有福之人，什么好地方没住过？新起的全国第一高楼爱群大厦住过了，白云山上的别墅住过了，连我们总司令在梅花村的大公馆也住过几晚，不如今晚也在这条新船上住一住，一来怀怀旧，二来让我这红船也沾沾三妈的福气。”

柳巧云心头怦怦乱跳，可仍得端着个三太太的架子保持着尊贵和矜持，她娇嗔地盯了他一眼：“我是什么人你不是不知道，别人可以到处探亲访友随便过夜，我要不是军长带着，是不能离开公馆过夜的。”

郭金龙涎着脸皮说：“上次福善堂开张，你看戏不也差点看了个通宵嘛，军长不在，有军长的契仔陪着，不也一样吗？这可是军长亲口交代下的，他不在，要我陪你。”

柳巧云摇了摇头说：“话虽然是这样说，可总是有点不方便的。”

郭金龙眉头一皱，心生一计：“这样好了。三妈你好久没开喉唱过了，不如今晚就请一班‘棚面’（乐师）上船，再请几个旧时要好的唱家，今日是旧历十五，月色一定很好，我叫只电船来，把这条新红船拖到白鹅潭去，大家一齐赏月游江、饮酒作乐，轮流来唱个痛快！只要三妈你一开喉，保证满船生辉、惊天动地。”

柳巧云一听心中暗喜，喉咙也像刚饮过甘甜清润的燕窝糖水，痒痒的就是想开声唱上几曲，可她嘴里偏偏反着说：

“不好的，我现在这个身份，看看戏还可以，要和旧时的唱家一起再疯癫玩闹，传出去可不好。”

郭金龙说：“三妈这你就有所不知了，大户人家的太太小姐老爷公子反串角色唱唱戏，这是很雅的事，我听人家说，北京上海的大官会唱几曲昆曲的才算有本事，连老佛爷西太后，也在宫中唱过戏呢！”

柳巧云顺水推舟说：“是吗？这么说我也可以唱上一晚过过戏瘾？”

郭金龙说：“当然可以啦，我这就去张罗！”

他连忙下船，差人下帖子请唱家：有唱大喉的红飞颖、唱子喉的珍珠妹、已经嫁给西关钱庄何启仁大老板当四姨太的花旦靓千红、唱平喉的沈琼英等，又雇来一班有名气的“棚面”，还打电话给李公馆说三太太今晚通宵看戏，不回去睡了。

挨晚时分，请来雇来的人都到齐了，靓千红还带来了两个如花似玉的千金小姐，都是从顺德乡下到省城来玩的，一个是何启仁的亲侄女秀儿，另一个是福善堂李福琛的小女儿月圆。郭金龙叫上几席酒菜，又叫大江领着一班“督水鬼”和酒楼伙计侍候着，因为新红船其实只是条无动力的趸船，他又下令“缉私别动队”的新电船赶来“拍拖”，那时珠江上机动船较少，烧煤烧柴用蒸汽机的船省城人叫火船，用汽油发动的叫电船，因为省城人把汽油叫电油。搭乘火船电船过渡远行似乎是种奢侈，穷人大多还是搭艇过渡的，珠江岸边一直流行一首童谣：火船开身（启航），火船埋头（靠岸），肥佬累赘，榨出肥油，肥婆睇见，眼泪流流。也算描绘了当时珠江一景。至于“拍拖”这个词，变化最为神奇，不知从何时起变成男女青年谈恋爱的专有词汇风行全国，其实早先这个词是航运和码头的术语，指的是让一只有动力的火船或电船和一只无动力的趸船拍靠在一起，把它拖着走。把它比作一见钟情男欢女爱，足见广东人遣词造句博大精深造化无穷功夫了得。

沐着江风，染着晚霞，崭新的红船“天字号”被“拍拖”到了号称烟波浩渺、深不见底的白鹅潭，白鹅潭位于珠江三条水道的交汇处，正对着各国番鬼佬占据的租界沙面，“鹅潭夜月”自古就是广州一大名胜。郭金龙带着客人在红船上转了一圈，接着在船头开宴，他把酒临风，代表三太太宴请各位当红唱家，先饮为敬，几位唱家慌忙起立齐声说：不敢，不敢，先敬三太太大富大贵，福寿无量！再敬郭公子鹏程万里，步步高升！两个千金小姐才十六岁，出身大户人家不但知书识礼，而且还见过不少大世面，她们也站起来向大人轮返敬酒，月圆端庄可人，秀儿活泼搅笑，哄得三太太开开心心，抱起她们两个亲了又亲，疼爱得不得了，大家一见，便要三太太收了两个姑娘仔做干女儿，那柳巧云当然答应，说回去就即刻和她们的父母商量，秀儿叫道：“不用，不用，现在是什么年代了？这事我们自己做主了，我们现在就认三太太做干妈，向三太太干妈敬酒。来吧月圆，敬酒！”说着她自己先认了干妈，敬了酒。

接着那身穿白衫白裙的月圆浅浅一笑，像一朵云似的轻轻飘到柳巧云面前，柔声细气地说：“妈妈在上，女儿向你敬酒了，女儿自小就没有妈妈，今天有了你这样的妈妈，女儿有福了。”

这话一出，举座相觑。秀儿快人快语道：“月圆是李家四姨太生的，还在妈妈肚里的时候她阿爸就下南洋了，她妈妈生她的时候得了产后风，过世了。”

柳巧云一听眼圈就红了，抱过月圆说：“好凄凉的女仔人家啊，今后你就是我的亲女儿了。”众人急忙打圆场又举杯祝贺喜三太太得了两个珠玉宝贝的女儿，霎时间红船上又变得喜气洋洋。

酒过数巡，“棚面”的乐师们开始调弦试音，一阵急鼓繁弦后，红飞颖即兴高歌一曲《岳武穆班师》，那一曲大喉唱得惊涛拍岸，江水似血！大家一阵喝彩，柳巧云按捺不住了，她起身也来了一曲《梁红玉击鼓抗金》，刚柔相济，珠圆玉润，莺啼凤啭，一阵百媚千娇，一阵又豪气干云，端的是好唱功！大家叫：三太太这么一开声，我们的耳油都流出来了！

接下来珍珠妹乘兴唱了最拿手的《秋江别》，已经成为阔太太的靓千红也唱了《晴雯补裘》，唱到动情之处，两眼泪水汪汪，惹得个个女人都是眼睛红红的，一曲下来，擅唱平喉的沈红英怕冷了场，连忙祭出看家本领，唱了《情僧夜雨潇湘恨》，又唱《杨文广救母》，还要和柳巧云对唱，一个唱杨文广，一个唱穆桂英，柳巧云欣然应允，两人离座开喉，还走起了台步，摆开了身段，唱念做打，边歌边舞，看得众人目不转睛，连“棚面”的乐师们也一边奏乐一边大声赞叹。

明月当空，本来一到夜晚就变得静得怕人的白鹅潭，此时却因为这新红船灯火通明天籁飘飘而变得热闹起来，白鹅潭四周的疍家艇仔和路过船只，听到了动静都围拢过来，把这“天字号”新红船团团围住，人人都盯紧船头，享受着这不用使钱买票就可以看到的“大佬倌”唱戏，连挂着米字旗和星条旗的番鬼佬电船快艇路过，也惊怪得像放个响屁一样呜一响笛。郭金龙见了，心中叫声不好，想叫大江扛条撑船竹篙把围着的大小船艇赶开，他悄悄离座走到船舱角，那大江就站在那里傻傻地看戏，郭金龙连喝几声，不料大江就是站着不动，气得郭金龙登时眼火爆，挥起手中的檀香骨折扇向大江兜头打去，只觉得虎口一震，手臂一酸，他目瞪口呆地发现，那把贵重的折扇鬼遣神差般竟落到了大江手里！

“你大胆——”郭金龙嘴上发恶，身上却惊得一身冷汗。

“没有用的，郭老板，”大江手拿折扇，依然傻傻地站着，连话语也是蠢笨如牛的疍家味：“这么多艇仔围着，像苍蝇叮咸鱼呢，咸鱼越香苍蝇越多，那能赶得开？没有咸鱼，苍蝇自然就会飞走了。”

郭金龙是灵醒之人，转眼一想，丢那妈这疍家仔的话还有点道理，人们要看戏，就图个热闹，唱戏的也要有人看才会越唱越精神，把看戏的都赶走了，岂不是坏了柳巧云的兴致？罢罢罢，就忍这一回，不过，总有一日要收拾这个不知天高地厚的蛋家仔！

他斯文地笑笑，从大江手中抽回自己的折扇，还用它在大江脸上左右拨了两下，当挽回了一下刚才失扇的面子，口中很大度地说："哈哈，想不到你这个周身咸鱼味的傻仔说出话来还有板有眼，好！这一回就依了你，可你和你手下那班伙计得打醒十二分精神，小心伺候着，有什么行差踏错，我会把人炸卵泡、点天灯的！"

正说着，郭金龙发现大江眼睛一亮，好生奇怪，身后忽然响起了靓妹仔的声音：

"请问：船上还可以再参观参观吗？"

郭金龙回头一看，问话的是何家千金秀儿，她身后是李家千金月圆，两人紧紧拖着手，像一对孪生公仔。

"可以，当然可以！你们还想看什么地方？我带你们去。"

"你要陪我们的干妈三太太呢，怎敢劳你的大驾？你就叫这位大哥带着就行了。"秀儿指指大江。

"大江？他怎么行？他是个粗鲁的下人，撑船、打架还可以，陪同千金小姐看我的红船？他没这个福分。"郭金龙用扇子拨开大江，让出船舷边的一条道，很绅士地一摆手："请——"

不巧那边柳巧云却叫起来了："金龙！乖仔快过来！"

郭金龙赶快应了声："哎！"接着瞪起牛眼低声喝令大江："小心带两位小姐上龙凤阁、春燕楼几个靓包间看看，要斯文些，知道吗？"

大江说："知道。"

郭金龙匆匆走开后，大江笨笨地学着他的手势，说："请啦——"

两个靓妹仔便嘻嘻哈哈地跟着大江上了船楼。大江把她们带到各舱看了一遍，到了龙凤阁，秀儿和月圆东张西望，秀儿还一家伙跳到大床上说："吱，这里真豪华，真舒服！看来这个郭老板真识叹世界。"月圆却微笑不语，她捅捅秀儿，秀儿回头一看，大江笔直站在门口不进来，把背对着她们。

秀儿叫起来："喂，你是叫大江吗？怎么不进来？"

大江有点紧张，背向着两个靓妹仔说："我们下人，是不能进龙凤阁的，这是郭老板定的规矩。"

秀儿说："嘁，这定的是什么狗屁规矩？难道我们两个叫你进来，你也不能进来？"

月圆大着胆子说："你就进来陪我们说几句话，郭老板又不会知道，有什么相干？"

秀儿大模大样地说："对啦，老用背脊对着我们说话，这不斯文，也不合礼数，你知道不知道？我们叫你进来，你就得乖乖地进来，陪本小姐说说话。"月圆觉得她口气太大，扯了扯秀儿的衣角，秀儿嗤的一下差点笑出声来，马上又一本正经摆足小姐款：

"你听好啦，你把身转过来。"

大江只好转过身来。可秀儿叫他进门时，他却死不就范，反而一屁股坐在门口舱板上，慌乱地说："小姐，我，我实在是不能进去的。坐在这里总得了吧？你想说什么你就说吧。"

见他这副可笑模样，两个靓妹仔你看我我看你，突然大笑起来。好不容易忍住笑，秀儿顽皮又好奇地看着他那双大赤脚，大江窘得连忙把两只大赤脚盘起垫到屁股底下，秀儿偏不放过他，开口问："大江，你为什么总是打赤脚呢？"

大江说："我们是水流柴啊，世世代代都不习惯穿鞋，我从细到大都没穿过鞋。"

秀儿还要问，月圆怕大江难堪，抢着说："大江，我问你，你今年多大了？"

"二十。我阿爸说的。"

秀儿又想笑，月圆拍了她一下说："那我得叫你大江哥了。"

大江一听，双手乱摇乱摆说："不，不，不，我不是你哥，也不敢当哥，我就叫大江。"

秀儿终于忍俊不禁又大笑起来，笑完又故意板起面问："你不敢？我看你胆子够大的。我问你，刚才三太太在唱戏，你为什么眼定定地看着我们的月圆，连眼都不眨一下？"

大江瞠目结舌："我……我……"

"我什么？我看你是扮猪食老虎，面懵心精！你从实招来，你是不是对我们月圆动了什么鬼马心思？"

大江一下涨红了脸，斩钉截铁地一口咬死："没有！"

秀儿含笑地盯着他逼问："没有？"

大江顿时头大如斗，心慌意乱："真的没有，只是，只是觉得她……好靓，好似嫦娥七仙女……"

秀儿笑得前仰后合，月圆一下羞得无地自容，急得猛推秀儿："别玩啦，越玩越离谱了！"这时苏虾急如星火奔上来，一见大江坐在地上和两个小姐说说笑笑，吓得手足无措地叫："大江哥别打牙较啦，郭老板叫你马上请小姐们下去，三太太要唱压轴戏了。"

大江喘了一口大气，心想再坐着让她们捉弄一个时辰，会像撑上百里水路的顶风逆水船给累死！可转眼间他又觉得这短短的难堪是他有生以来最难得最金贵的时光。回到船头他又盯着月圆看，刹那间似一埕烈酒穿肠过肚，烧得他甜蜜过瘾飘飘欲仙又若有所失，他很想像刚才那样多坐几回，累死就累死！

一轮皓月高照，江风渐紧，柳巧云刚引吭高歌一曲《木兰破关》，接着又合锣鼓点显了显"打北派"的刀马旦武功真本事，博得四周聚集的大小船艇一片欢呼喝彩，她满面飞红，娇喘吁吁，在众人的盛叹声中含笑入座，郭金龙大声说："三太太要真领兵上阵打仗，一定是个再世花木兰呢！"

柳巧云惊叫说："哎呀，这不是折杀我吗？我这是唱戏，当不得真的。"说着轻轻地送过去一个眼波，郭金龙一下心领神会：她有点尽兴了。他见秀儿和月圆两个靓妹仔也回来了，便起身谢过各位大佬倌和唱家捧场，接着打赏"棚面"乐师，着人即上精美夜宵，主客吃的是杏汁官燕和莲蓉、鱼翅点心，"棚面"和下人吃的是猪骨粥、芋头糕。用完夜宵，一番客套后，郭金龙安排送客，柳巧云坚持要客人先走，于是一班姐妹依依作别。

红船船身比电船高，大江领着几个"督水鬼"架起一道带级的跳板，苏虾等人举起一根大竹竿给客人们做扶手，护卫着女人们下船。

月圆和秀儿也要下船了，柳巧云疼爱地亲吻了新收的两个干女儿。秀儿咚咚咚地沿着跳板跑下电船，月圆走到跳板中间，突然手扶竹竿又回过头来看，她看见大江站在船头，双手紧拉住电船的缆绳，正在这时刻，鬼遣神差地出了令人刻骨铭心的大件事——

一艘挂着外国旗的大军舰正从白鹅潭高速驶过，它掀起的滔天大浪令红船和电船都大幅度上下波动起来，站在跳板上的月圆发出一声惊叫，一下失足掉进波浪里。

两条船上的人霎时惊得大呼小叫，郭金龙鬼哭狼嚎似的喝令手下下水救人，可是他的马弁们个个面面相觑，这两条船中间相隔只有一两丈远，浪高涌大，万一两船一碰，水里的人就会夹成肉饼！说时迟那时快，只见船头有人咚的一下跳到水里，三拨两下就抓住了白衣白裙的月圆，船上有人认出，跳下去那人是大江。

红船上苏虾急忙指挥“督水鬼”们拼死用长竹竿顶住电船，不让被大浪抛来抛去的电船撞过来，大江在水中托起月圆，电船上的人七手八脚把她救起来。提心吊胆的人们终于松了口气，异口同声说月圆命大，大江够勇！

扰攘到大半夜，众客人乘坐郭金龙的电船走了，围着红船的大小船艇也顿作鸟兽散。郭金龙原想留下三几个马弁做护卫，柳巧云撇撇嘴说：“你那几个马仔都是绣花枕头，中睇不中用的，还不如一个大江呢，今晚月圆落水，好在有他！不然真不知怎样向李家交代。再说啦，人多嘴杂，身边人最好一个不留。”郭金龙一想也是，于是放声说他要陪三太太通宵赏月，打发所有人跟第二趟电船上岸，红船上只留下大江和苏虾应差。

这晚夜深人静，偌大的白鹅潭在月色下温顺妩媚又有一点妖娆诡秘，红船在白鹅潭中心抛了锚，郭金龙叫大江和苏虾到船尾舱角睡觉，检查了一下防身的两支手枪，便大步奔上船头上层专供柳巧云休息的龙凤阁，柳巧云正在冲凉，郭金龙一进门就把门锁死，猴急地打开洗手间的小门，柳巧云故意惊叫一声：“要死啦你看我冲凉，这连我老公李军长也不敢呢！”

郭金龙却不说话，倚着门眼直眼定地看她光脱脱的身体。她果然一身好皮好肉，一个二十五六的少妇，雪白身段是多一分嫌肥，少一分嫌瘦，一对迷人的大奶波涛汹涌，奶尖鲜红，难怪阅遍人间春色的李军长死活要娶她做老婆。那柳巧云见他一味在傻看站着不动，就扯过一条大毛巾挡住身体说：“我说过冲凉是不能让人看的，你还是出去吧。不然我就要返李公馆了。”

郭金龙就笑：“什么李公馆？现在这里是我的龙凤阁，是我们两个人的世界啦，快快让我们来做一回龙凤神仙！”说着把她抱到酸枝大床上，如狼似虎地亲了几口。

柳巧云人早就软瘫了，嘴里还在拒绝：“不要，不要，我一身湿水淋淋的，你让我擦干穿上衣服。”

郭金龙早已欲火如焚，他心醉神迷兴奋不已，喃喃着说：“我帮你擦，我用舌头帮你擦……”他按住柳巧云一口一口亲吻起来，舌头乱舔，柳巧云啊啊的惊叫很快就变成快活的呻吟，两人干柴烈火，在酸枝大床上翻滚燃烧。

月色如水，白鹅潭的水在粼粼漾动，波光星星点点，像隐伏着无数窥测的眼睛。

一对欲仙欲死的男女瘫睡在大床上，世界似乎也和他们一起心满意足地入睡了。四更时分，龙凤阁里一片黑蒙蒙的，突然飘入了一阵白色的烟雾，房内顿时充满一阵奇异的味道，一阵死寂后半盏茶的工夫，门窗都被打开了，待江风吹入烟雾散尽，两个蒙面大汉闪进来，先摸到床头收起了郭金龙的两支手枪，又掠尽柳巧云放在梳妆台上的金银首饰和手表，接着把死猪一样的郭金龙装进一个大麻袋，合力扛出去扔到接应的小艇上，待两个蒙面汉再摸到床前要装女人时，“哗”的一声都惊呆了。

女人在床上的睡姿极美。

“大佬。”一个汉子喘着粗气轻轻叫了一声。

“嗯。”那“大佬”含糊地应了声，也喘起粗气来。

“这女人装了回去，也是进贡给顶爷的，我们两个再摸一下都要剁手掌抽脚筋……”

“也是。”

“反正这船上没几个鸟人，不如——”

“丢，先做了她！我先上。”“大佬”先扑到床上。另一个也紧紧张张地跟上去，正要快活，不料，两个人的脑袋扑通一下被猛烈地撞在一起。

“啊呀！”“大佬”发出一声惨叫，挣扎了几下，他看见有一个人站在身后！

两颗脑袋又砰砰砰地对撼几下，几乎开了花，柳巧云被惊醒了，她浑身发软，动弹不得，只能恐怖地瞪大眼睛凄厉地惊叫，她看见大江揪住两个黑衣人的脑袋大打出手，又三一三作一将这两个满头是血不省人事像条软皮蛇似的人拖了出去，临出门时背向着她说：

“太太，有人劫船。别怕，快着好衫，关好门，不要出来。”说着，一发力怒吼一声：“你老母去死啦！”两下子把两个黑衣人哗啦的一下丢到江里。

这边厢苏虾舞动着一支大竹篙拍打着急急调转艇头逃离的贼艇，口中大骂：“丢那妈来劫红船？你未死过？”见那艇一支箭似的驶得远远的，又脱下衣服想跳下水去追，大江一把拉住他说：

“算啦，他们有枪。”

“算了？他们劫了一大袋东西呢，不知装了些什么？”

大江冷笑：“装了只剥光了要挨刀的狗公。”

天蒙蒙光时分，心惊胆战的柳巧云悄悄撩开窗帘看外边动静，只见水静河飞，一个面迎晨光的黑影安安稳稳坐在船头的舷边上，那是大江。

她急忙整好衣裙，小心地打开门走出来。叫了一声：“大江。”

大江连忙转身恭恭敬敬地站起来，两眼看着船板应答：“你起来了？早晨，太太。”

“昨晚出了什么事？金龙呢？”

“水贼摸上来劫船，郭老板被他们装进麻袋绑走了。他们还要绑你，被我捉住两个，丢到水里淹死了。”

“天哪！这可怎么办？这可怎么办？”柳巧云大惊失色，顿时方寸大乱。

“太太莫惊，天一光我就用艇来撑你上岸去，送你回家。”大江木木独独地说。

柳巧云却满面愁云惨雾，她现在最害怕的就是回到李公馆如何面对一切，如果消息一走漏，全省城的流言蜚语蜂起，人们嘴里喷出的口水都可以把她淹死，她还怎样做人？再说那郭金龙生死未卜，也不知是什么人绑了去？她突然打了个冷战——万一是李军长的心腹手下侦知了她和郭金龙的奸情，暗下此毒招呢？天！那她的三太太肯定做不成了，连命仔都难以保得住，这个时候回公馆，岂不等如入鬼门关？

她毕竟还是经过一些风浪有过些阅历的女子，好一阵定下神来想出一个权宜之计，向大江开口了：“大江，船上还有人吗？”

大江闷头说：“还有一个叫苏虾，正在船尾给你煮早餐。”

“这样吧，你叫那个苏虾食完早餐后上岸到我家公馆去，带我的一封信给管家的潘副官，就说我要陪佛山的朋友坐船游江，暂时不回去了，什么时候游完江，再打电话叫车来接。你呢，什么地方也不要去，就留在船上陪着我。”

苏虾胡乱食完早餐，匆忙划着红船船尾系着的小艇上岸送信去了。柳巧云留在红船上，一颗心像个黑如锅底的大墨斗，装满了苦胆汁。苏虾一走她又后悔了：万一真的东窗事发，苏虾一去公馆非但打探不出虚实来，反而会供出她仍在白鹅潭的红船上，给自己带来杀身之祸！再说大江为了保护自己，淹死了两个劫贼，他们的同伙也说不定会杀回来寻仇，留在这船上，岂不是坐以待毙？她突然心生一计，与其终日在此惶恐不安坐困愁城，不如先三十六计走为上计，赶快离开红船，保住小命再从长计议。一抓主意，她就执拾一下，要大江叫一只疍家艇仔划过来接人下船。"你也跟我一起下船上岸。"她吩咐道，现在她把他当成护身保命的金刚力士了。

"那这船不看了?"大江傻傻地问。

"苏虾还会回来的嘛，就留他看就行了。"

柳巧云带着权充保镖的大江，坐艇仔在黄沙登岸，直奔西关西来初地，她在禅宗初祖达摩大师结庐讲经的华林寺旁边有一处隐秘的私宅，是她嫁给李军长前秘密买下来的，现在只能靠它作为安身立命之所了。

月圆和秀儿回到了顺德乡下。

月圆是李氏家族众多的公子千金中最受宠爱的一个，虽然李福琛如今在乡下有大太太二太太，城中也有两房太太，没有一个是月圆的亲妈，但月圆是李老夫人也就是李福琛母亲的心肝宝贝掌上明珠，有如此福分使这个生下来从没见过亲妈的小姑娘有点像大观园里的林黛玉，人人都对她客客气气、呵着护着，但心里都大不以为然，还有一条让她很吃亏，就是她不能像其他兄弟姐妹一样到省城去广雅、培正这些名校读书，只能留在老夫人身边读私塾，好不容易靠死缠烂打才能上省城玩个把两个月，又要回到乡下陪祖母度日。

李福琛在乡下广有田产，李老太爷过身后，李家兄弟没分家，大佬在香港当洋行买办、太平绅士，老二李福琛打理祖业，他下过南洋，见多识广，将祖业越发越大，他办船务，开货栈，建工厂，还在广州西关搞了间中西合璧的医院福善堂，眼下，他又在乡下开了间缫丝厂，将四乡盛产的蚕茧尽收旗下，化作滚滚财源。

李福琛用自己的私家电船把月圆、秀儿带回到乡下，稍事休息就去向老夫人请安，他虽然受的是洋派教育，可是极为孝顺，这次回乡他给母亲带回了一支百年高丽参，还有一架会自动换唱片可以唱几个钟头的留声机，一台从香港买回来的三灯收音机，回到乡下的家里他才知道，明晚新开张的缫丝厂要为四乡收蚕茧的客户做大戏答谢支持，所以他还要顺便请老夫人点头牌戏。

老夫人最中意睇戏，月圆自然也是个小戏迷，一听父亲说今晚缫丝厂要做大戏，月圆便欢呼雀跃拍起手来。

老夫人笑着张开没牙的嘴说："看你欢喜得有牙无眼，睇戏就睇戏啦，又蹦又跳的做什么？女仔人家，没规没矩！”

月圆一下掩住嘴，即时噤声，想恢复一副淑女样，可是忍不住又问：

“阿爸，是什么戏班？是不是义兴盛？”说着，一颗心像兔仔一样咚咚咚跳起来。在省城福善堂开张那天，她亲耳听阿爸说过只要郭金龙的红船一装好，他要包义兴盛来乡下做十日大戏的，那晚她上过郭金龙的红船玩，知道这船已经装得好像皇宫一样靓，但这不重要，她最想知道那船上那个疍家仔会不会来，这个后生太神奇太威猛神武，她亲眼看见他揪住郭金龙的马弁头目像玩风车一样在半空中转了几转，然后摔生鱼似的丢到地上，那家伙手里是有枪的啊，可他根本不放在眼里，照打可也，简直比做大戏还好看！那晚在船上饮酒听唱戏，她又看见他了，他还坐在地上让秀儿捉弄了好一阵，后来她被大浪抛落水中，是他舍命把她救起来，电船开走的时候，他又直挺挺地站在船边上，两眼也目不转睛地看着她，那眼中有电一样，好灼人，烫得她一颗心暖暖的、酥酥的。

月圆突然面红耳热。阿爸奇怪地看着她说：“你难道睇过一回义兴盛就睇上瘾啦？”

她笑笑说：“义兴盛的《六国大封相》做得好嘛！”

李福琛说：“听说郭金龙的红船才装好，义兴盛排的船期还差得远呢，等船期到了，专等老夫人七十大寿来祝寿，那大戏整整做十日，让你看个饱。”

老夫人看着父女两个说话，不甘被冷落，便威严地开口了：“我不看什么《六国大封相》，我要睇柳巧云的《穆桂英招亲》，靓千红的《白蛇传》也可以。”

李福琛哈哈大笑：“阿妈你不知道？你中意的柳巧云和靓千红都嫁人啦！不做戏了。”

老夫人一惊，张开空洞洞的嘴半天说不出话：“嫁人？嫁给谁？”

“柳巧云嫁给中区绥靖警备司令李军长，靓千红嫁给隔篱村的大老板何启仁啊。”

老夫人摇头叹息：“好端端的都不做戏了，嫁什么人呢！你们那些男人哪，就是贪心，好一点的女子都要娶光，让她们三奶四奶地做妾侍，这样下去还会有好戏睇？没有了，没有了！”

月圆想到她认了柳巧云做干妈，认干妈那晚还掉到江里让大江救了起来，她一直没向阿爸说，不知好不好说出来？不，最好先不说。于是也学祖母叹了口气说："就是女人命苦，我要是柳巧云靓千红，我就不嫁！"

老夫人就笑："不嫁？真不嫁？那你要嫁谁？"

月圆说："我要嫁就嫁我自己真正喜欢的人。"

老夫人扁扁干瘪的嘴数落她："女仔人家，自说自话在那里谈婚论嫁，羞不羞？在自己家里说说还没什么，让人家听到了说你没家教呢，谁敢来娶你？不过话又说回头，柳巧云她们嫁人，恐怕也是她们自己愿意的，她们总不能一辈子做戏没个归宿啊。"

李福琛说："阿妈说的是，她们是大佬倌，但在世人眼中名气再大也不过是个戏子，现在就不同了，她们现在是省城中有名的贵妇人，趾高气扬，谁都要敬三分的。"

月圆冷冷地说："就怕是场面上众星拱月，人人都恭敬得不得了，暗地里顾影自怜，黄连树上挂猪胆，苦上加苦呢！"

李福琛暗吃了一惊，扬了扬眉毛看着女儿，真是女大十八变，从小就是乖乖女的她，从那里学得这些新女性思想又这般伶牙俐齿？就因为去多了几回广州？他连忙端出做父亲的架子说："月圆你小孩子乱说什么？怪不得刚才祖母羞你呢，你怎样知道人家顾影自怜、苦上加苦？以后不许再乱说！"说着，他拿出明晚做大戏的戏目牌，请老夫人点头牌戏。

月圆被父亲一顿呵斥，心中悻悻然，趁机溜出来找秀儿玩去了。

大江终日魂不守舍。

柳巧云躲进私宅里闭门不出，一日三餐要大江侍候着，大江出街买菜买报纸也再三叮嘱快去快回，进出大门也如同做了亏心事一样，生怕被人撞见，大江依旧木头木脑，面无表情，但心中却装了一块明镜一样清楚三太太为什么不回公馆，非要躲到这充满发霉味道的古老小屋里来，三太太有恩于他，他要对得起三太太，她叫他做什么苦工都决不皱眉头推托，但当他和三太太孤男寡女共处一室时，不由得浑身不自在，他越发渴望再见到那晚见到的那一双亮晶晶的眼睛，那皓月一般纯洁的脸庞，渴望再次在水中搂抱那柔软战栗着的躯体，而眼下这做贼似的日子令他心烦意乱，无所适从。

过了两日，太平无事。柳巧云又叫大江回红船看了看，苏虾还形单影只地守在那船上，柳巧云那紧张的神经渐渐开始松弛下来，谢天谢地，如果没事就万事大吉！这晚，大江着一条牛头短裤在天井里冲凉，柳巧云走出主人房恰好看见了，那古铜色的身体，一块块隆起的肌肉，令她孤寂的心头一下子滚过阵阵悸动，她急忙转身缩回房间去了。

夜深人静，一直辗转反侧的柳巧云在主人房突然呻吟起来，大声叫醒睡在偏房的大江。

大江急忙披衣起床，心惊胆战地站在柳巧云的门口问："三太太，出了什么事?"

"我……这里痛……你进来。"

大江每向前走一步，都像踩响一个炸雷，他终于看见灯下的床上有一团白得晃眼的东西，那是三太太的身体，他急忙闭上眼睛，心中竭力想着红船上那双动人的眼睛、那好看的脸庞。

"你……坐下。"

"三太太，我……不能坐。"

"坐下。"柳巧云伸出一条手臂把他拉到床前，捺他坐下，又说："我这里好痛，你帮我搓搓……"

双眼紧闭的大江被捉住一只手，贴到一个光滑柔软、暖烘烘、湿濡濡的肉团上，他闻到一阵白玉兰的香味，脑袋猛然轰的一下炸开，他拼命想着的那双眼睛、那个脸庞、那柔软战栗着的躯体突然全失去了，剩下一片空白。

他突然惊悸地跳起来，但床上的女人死死抱住了他。

失去控制的大江一座山似的倒在床上。

三太太柳巧云终于回到李公馆，风平浪静，什么事情都没有发生。

上上下下都知道三太太陪朋友游江去了，听说李军长要班师回省城，才从石岐赶回来的。也有下人偷偷议论说，三太太胆真大，现在河道不靖，还敢去游江，一去四五天不回，就不怕给人绑票?有人反驳说，三太太会武功，同去的朋友必定也有枪有炮，不说那些大天二一听李军长的威名就全都服服帖帖，就是那些偷鸡摸狗的宵小蟊贼，也当然不是对手。

郭金龙两个多礼拜后也出现了，脸色焦黄，不成人形，连声喉都变了，他说他大病一场，几乎丧命。很久以后，才有人知道他是被仇家绑了去，以其人之道还治其人之身施以酷刑，他平日最喜欢用炸卵泡吓唬人家，没想到这一回自己真的被人炸了卵泡——这是一种匪夷所思的刑法，中国有些人食饱饭没事做，心思全用在琢磨如何折磨人上去了，才想出了这等与四大发明挂上钩的玩法来：那郭金龙被人绑手绑脚，卵袋上被小刀戳了个窿，塞入一个大炮仗，点着，轰的一声，血肉模糊，卵泡、卵蛋都炸飞了，广东人说的那“碌鸠”霎时变成一条小虫虫。

郭金龙痛不欲生，最后还得私下用两挺捷克机关枪和十支快掣驳壳、一万个光洋换回一条忍受奇耻大辱的小命。最令他最悲愤莫名的是，这出惨剧从头到尾竟神鬼莫测不知是何人所为，幕后仇家是谁，大概永远是个谜，他恨得咬牙切齿睚眦俱裂又不敢张扬，想报仇也不知找谁去报。

三

李军长回到省城一个多月后，李公馆传出喜讯，三太太有喜了！

李军长喜笑颜开，逢人便说：我李某还真有本事吧？年过半百了还照样播种，生根发芽，开花结果，你们服不服？

柳巧云既欢天喜地又提心吊胆，只有她知道，她怀上的是一个可以随时爆炸的炸弹。

由三太太做后台老板的紫云堂船栏也开张了，郭金龙操持的两条红船开始包运戏班下乡做戏，义兴盛如约包租了“天字号”、“地字号”红船到李福琛乡下献演十日，为李老夫人祝贺七十大寿。

义兴盛的班主任辉煌是个名震省港澳的文武生，他带着当家花旦珍珠妹住在“天字号”上，按三太太柳巧云的吩咐，大江是统管两条船所有“督水鬼”的“头缆”，也就是头领，本来按规例“督水鬼”们在船上是没有舱位的，只能露天睡在船板上，刮风下雨就拉起一块篷布遮风挡雨，但大江是“头缆”，三太太特意吩咐下来，他的舱位也在“天字号”上。每条船上都配有郭金龙派驻的七八个“炮手”保卫，义兴盛班有一百多人，加上“督水鬼”、炮手、杂役、戏箱、厨工七八十，两条大船装得满满的，由一条郭金龙抢来的电船在前面拖着，浩浩荡荡地沿着大江下顺德。

任辉煌和珍珠妹对大江都很客气，珍珠妹尤其喜欢支派他做这做那，一阵要他泡一盅浓浓的普洱茶，一阵又要他给她打热水将淋浴水箱装满，她要冲凉，但每次做完了，她总要很感激地“唔该”（谢谢）一声，不像对其他下人，连眼角都不瞄一下。

傍晚时分红船泊上了蓬赞乡李家的码头，按惯例第一晚总是装戏台、卸行头，“大佬倌”们则落船参加地方长官和富绅的饮宴，珍珠妹破例要大江跟在她身后边充当跟班，大江缩了缩大赤脚，木木地说：“我什么规矩都不懂，行吗？”班主任辉煌是珍珠妹的亲叔叔，又是带她入行的恩师，他看了珍珠妹一眼，又看看大江那双大赤脚，笑笑说：“珠姐要你跟着，就是要你见见大世面，学学场面上的规矩嘛，我叫账房先生先给你一双布鞋穿上，去吧！”于是大江有生以来第一回穿鞋踏袜，跟着他们一行，落船到大户人家的豪宅开眼界。

李家大宅是一个紧靠大江边的粤式大型园林，除了传统的亭台楼阁、飞檐画栋、湖石假山、小桥流水，还有些欧式雕塑、南洋雨屋，显得出主人并非土财主，而是颇具兼收并蓄、中西合璧思想的有识之士，李福琛对义兴盛班的大佬倌们很给面子，亲自到正对私家码头的大门口欢迎客人，其实，义兴盛班的两条红船就泊在李家一排西式楼房的窗边。在李福琛与客人握手寒暄时，李家的女眷们都挤在楼房的阳台上看那些饮誉省港澳的粤剧名角，叽叽喳喳像群快活的麻雀：

“快睇，那个是珍珠妹！”

“哎呀，那就是大名鼎鼎的任辉煌啊！”

“做大花面的神仙灿呢？有没有来？”

“那个站在珍珠妹身后的，又高又壮、黑黑实实的后生是不是？”

“不是，神仙灿没这样年轻。怪了，这人是做什么戏的？说不定是个刚扎起的新仔。”

七嘴八舌中，只有月圆没有出声，她看得一清二楚，他！就是他！他真的来了，可他为什么成日跟在珍珠妹身后呢？像个马仔跟班！月圆心里像蜜糖水里一下子掉进一粒酸话梅。虽然有点不开心，但她的眼睛却眨也不眨，目光一直追着他的脸，他的身，他的背，他的影，看着他跟着一群人走进花园里。

有道是心有灵犀一点通，大江一到李家的大门前，就一眼看见阳台上的月圆。

他顿时又像饮了几杯烈酒下肚，身上发热，脸上发烧，两眼再也不敢东张西望，只能盯住珍珠妹的背，脚步也飘浮起来，像走在云里雾里。

他没面再见她，他对不住她。

李福琛带着众人游花园，人人都啧啧称奇，赞不绝口，就大江一个木头木脑，两眼发直，一声不出。游罢花园李福琛筵开三桌，酒席上宾主把酒言欢，品尝山珍海味，大江叨陪末座，竟食不甘味，如坐针毡。

李福琛早就认出大江就是福善堂开张那天死了阿爸的那个疍家后生，见他游花园时一步不离珍珠妹左右，不知他现在充当什么角色，又不好开口问，便借敬酒来到大江这一桌前，一一举杯相敬。

“嘿嘿，你不是叫大江吗？你也加入义兴盛班了？”李福琛来到大江面前，大江慌忙起身，不知如何回答。任辉煌赶快上前说：

“他是三太太的人，在红船上当头缆，三太太吩咐下来，凡事关照他，让他跟着见见世面，学多点本事。”

“哦，好啊，好啊。我早就知道你这后生有出息，三太太有眼光。大江你有福了，要好好报答三太太。”李福琛打着哈哈走了过去，大江一头是汗。

大佬倌们这边厢酒足饭饱，码头上义兴盛的下人们已经把戏台装好，戏台就搭在红船“天字号”旁边，戏班把“天字号”当作后台和化妆间，花旦、文武生、大花面跨过红船跳板就可以上台唱戏。任辉煌饮过最后一杯酒，抱拳道过谢，便陪着主人家去看戏台，李家的女眷们成群结队地跟在后面，大江紧紧跟着珍珠妹，但脑后多生一对眼似的清楚知道他救过的那个月圆小姐就在身后，他很想回头看一看，颈脖却钢铸铁打一般怎样也转不过来，他越走心越乱，汗越出越多，心里怦怦猛跳，前面任辉煌向李福琛和老夫人介绍戏台设置，珍珠妹随着班主停住脚步，大江却一头撞了上去，吓了珍珠妹一跳。

“大江你颠了吗？双眼盲了？”珍珠妹回头嗔道。

大江大气不敢出。珍珠妹看着他不知所措的样子忽然大笑：“你怎么啦？大汗夹细汗的，说你一句就吓成这个样子？”

任辉煌闻声回头看看大江，笑道：“好一个大江，牛高马大一个男子汉，打起架来敢搏命，对女人却温驯得像只猫仔，怪不得三太太中意使唤你。”

老夫人也打量着大江说：“这个叫大江的后生仔，身材似张飞，面相却像西厢记里的张生，说不定是个多情种子呢！”

周围的李家的女眷们都哄地一下笑起来。珍珠妹说：“大江你真有福了，连老夫人都说你像张生一样靓仔呢！”她突然惊叫起来：

“咦，你怎么打着赤脚？你的鞋呢？”

大江一下傻了，他想起刚才在酒宴上他的一双大脚穿着鞋袜老出汗，横放竖放都十分难挨，干脆在桌底下悄悄把鞋袜脱了，这一脱不要紧，走的时候却忘记穿上。人们笑得更厉害了，都很有兴致地看着他，好像省城人在看最新美国电影里的猿人泰山。

老夫人见大江像个怕羞的大姑娘，不禁动了恻隐说：“好啦好啦，别看这个赤脚张生啦，再笑他他就要跳到江里去了，我们走。”众人于是跟随老夫人向前走，大江也只好跟在后面，忽然有人往大江背上拍了一巴掌：“喂，张生，你不就是在福善堂门口打架的好汉吗？还认不认识我们？”

大江转身一看，秀儿一手叉腰一手扬着一条手巾站着，还有个姑娘躲在她身后，满面通红，她是月圆。

大江张口结舌，汗出得更多，脸更红得像大戏里的关公：“我，我，我不叫张生，我叫大江。”

人们闻声又回过头来大笑。老夫人也笑得双手拄着拐杖直不起腰来，她说：“别再难为这个傻仔了，我们跟班主上红船去看看吧。”任辉煌连忙说：“老夫人这边请——”接着引着李家男女老少上红船。

大江看了一眼走开的珍珠妹，却只能像根木桩一样钉在码头上，因为两个姑娘家也没有动，秀儿很厉害地叫起来：“喂，看什么看，又想像跟尾狗一样跟上去？我们正跟你说话呢，问你认不认识我们，你为什么不答？”

大江好不容易定下神来说：“见过的，你们上红船听过三太太唱戏。三太太还认你们做干女儿。”

秀儿说：“你还救过落水的月圆呢，见到我们为什么不打个招呼？是不是想摆摆救命恩人的款，要我们跪下来感谢你？是不是只想讨好大佬倌珍珠妹，眼中就没有我们？”

“不是，不是的，”秀儿的牙尖嘴利一阵抢白急煞了大江，他手足无措地嗫嚅：“我，我不知小姐……我不知道能不能和小姐说话……”

月圆悄悄地拉拉秀儿，低声说：“别再玩他了，看他头上那汗……快把我那手巾给他擦擦……”

秀儿把手巾递给大江说：“今天是我们月圆抬举你，连香手巾都舍得给你了，快擦擦你那一头臭汗！”

大江茫然地接过手巾，月圆飞快地拉了秀儿一把，两个姑娘嘻嘻哈哈地一阵风似的走远了，在红船的跳板上，月圆回过头来，定定地看了他一眼。

这一晚，大江没有睡在舱位里，而是露天躺在船板上，对着天上一轮皎洁的月亮，他怎样也闭不上眼睛，他倏地想起在西来初地那间充满发霉味道的屋里和那个浑身雪白的女人做的那种事，那个雪白女人的脸忽然变成了月圆，她全身湿水淋淋地战栗着，双手紧紧地搂住他，他心里顿时像一个倒塌了的致美斋酱料铺，百味交集，心中一阵满足冲动，又一阵紧张懊悔，最后，他把那手巾蒙在脸上，做了很多奇奇怪怪的梦。

第二天是戏班和红船都最得闲的一天。贺寿大戏要到晚上才开锣，头牌戏是老夫人专为月圆点的《六国大封相》加插李福琛为母亲祝寿的《八仙贺寿》。把一切准备妥当的人们白天无所事事，在船上赌钱饮酒，谈天说地讲女人，也有人上岸去蓬赞乡的茶居饮茶，班主和珍珠妹等大佬倌，有的在叹鸦片烟，有的应邀到李家大宅打麻将。大江正领着一班“督水鬼”给红船再加髹一层红漆，把船身装扮得更绚丽夺目，忽然苏虾跑过来大呼小叫，原来李家大宅的管家差人来请帮工：村里要“起”一口大鱼塘为老夫人贺寿，大江和他的手下愿帮忙的话，每人给工钱两个银毫。大江当然欢喜，他手下全是疍家仔，起鱼塘捉鱼摸虾是天生的本事，问过班主，任辉煌哪敢不同意？于是大江就带上十几个兄弟到村东一口三十亩大的鱼塘，只见几十架龙骨水车沿着鱼塘边团团排开，已经有不少乡下精壮男人在大日头下赤膊上阵了。

在蓬赞水乡，“起”鱼塘是件盛事，在鱼塘水被抽干露出塘底之时，四邻的男女老少都可以蜂拥而上，捉到一斤以上的大鱼自动自觉统归塘主，捉到小鱼小虾均可以各自拿回家，以示家家丰庆有“鱼”（余），皆大欢喜；还有一个“捉鱼王”的习俗：谁捉到最大的“鱼王”，谁就可以得到塘主的重赏，如遇重大喜庆节日，捉到大鱼王的人还要像英雄一样被人抬着去游乡。大江他们一到便被告知，这口塘已经有几十年没“起”过了，这回是专门为老夫人做大寿“起”的，有无数大得惊人的“鱼王”，最重的可能有七八十斤，简直像一头肥猪。

大江率领一班疍家仔奋力车水，鱼塘周边塘基上站满了人，村姑细路、老伯阿婆都在兴奋地指指点点。忽然风闻：小姐来了！人们很识做地让出了一段基堤，月圆和秀儿就出现在塘基上，有两个“阿嫲姐”（女佣）跟着打着阳伞，拿着扇子伺候。一时间，人们顾不上看鱼塘，个个都看着月圆。

大江像哪吒踩风火轮一样把水车踩得震天响，一见月圆站上对面的塘基，刹那间停住了，大江的水车一停，几十架水车竟跟着停了下来。

月圆开开心心地看着热闹的起鱼塘场面，忽然间见水车全部停了，回头问秀儿：“怎么突然停住了？”

秀儿嘴巴一撇说："看，你的救命恩人，就是那个张生，一见你这个崔莺莺，就把水车先停了，他一停，谁敢不停啊？"

月圆一看，大江正在对面目不转睛地看着她，一下子羞涩得恨不得跳到鱼塘里去，她一边用小手擂着秀儿嘴里一边骂："最衰是你，撺掇我来看起鱼塘，又要取笑人家！"

秀儿笑道："好啦好啦，他停住不踩，我们正好去踩，我看你从来没玩过呢，很好玩的。"说着拉起月圆奔大江这边塘基来了，一边跑，一边大叫：

"嗨，对面的张生听住，我们的月圆要帮你踩水车来了，你可得小心点，得罪了我们有你苦头吃的！"

她跑着跑着又回头颐指气使呼喝众人："嗨，怎么都不做工啦？我们有什么好看的？快车水！"

于是鱼塘里的几十架水车又轰隆隆地动了起来。

这边苏虾慌慌张张地对大江说："大江哥怎么办？那两个小姐要来抢你的水车啦！"

大江也慌了神，跳下水车说："她们要踩，只好给她们踩了，就怕她们踩不动，扭了腰伤了脚就更大件事了，我们都不好交代的。"话音刚落，秀儿拉着月圆娇喘吁吁地来到面前了，大江霎时变成了一个木头人。

秀儿爬上水车叫："月圆，快上来！"月圆却羞答答地站着不劝，两个穿着大襟衫的"阿嫲姐"吓得手忙脚乱，赶上来连声劝道："小姐，小姐，这水车可玩不得的，这是下人、粗人做的工，哪是你们千金小姐做的？让老爷、老夫人知道了那还了得？"

秀儿对"阿嫲姐"不理不睬，她又剜了大江一眼，叫道："喂，你这个张生死了吗？快把我们的月圆小姐扶上来啊！"

大江急红了脸，说："我跟你说过了，我不叫张生，我叫大江！"

秀儿哈哈大笑，月圆也忍俊不禁"扑哧"一下笑出声来。

大江又对月圆说："小姐你……你真的想踩这架水车？"

月圆望着他，点了点头。

"要很用力的，怕你踩、踩不动。"

秀儿生气了，叫："喂，你别吓死人，你踩得，我们就踩不得？"她出力猛蹬了几下，水车哗啦啦地转起来，秀儿得意地把脸一扬：

"怎么样？月圆快上来吧！"

月圆心动了，一手搭上了水车架，大江想扶又不敢，满头的汗又飙出来了，秀儿瞪了他一眼："哎呀，你这个傻张生，还不赶快扶扶你的莺莺小姐？"

大江这才伸出手去扶，月圆也情不自禁以手相迎，两人的指尖一碰，麻酥麻酥的，胸中滚动起一阵惊雷，连忙各自缩开了，秀儿一见，又好笑又气恼，干脆跳下来，捉住大江的手放到月圆的手上，喝道："快扶着！没看过大戏吗？连怎样扶小姐上花轿都不会？你是真蠢还是在扮猪食老虎？"

大江终于把月圆扶上了水车架，两个小姐嘻嘻哈哈地踩起水车来，只听见水车隆隆响，抽上来的水却少得可怜，踩水车毕竟不是在花园里荡秋千，才片刻工夫，她们就香汗淋漓、力不从心了。秀儿最先跳下水车，说："啊，累死了，月圆，我们去看开网刮鱼去！"说着两眼看着大江。

站在水车边的大江这回醒目了很多，连忙举起一只手，护着月圆下水车，月圆羞答答地顺水推舟，扶住他粗壮的手臂下来了，在落地的刹那间，她的纤指小心地捏了他一下，马上又闪电似的缩开了。

大江一颤，全身霎时间像着了火一样滚烫滚烫。

水乡起鱼塘是一个安排很仔细的活计，先是用各种水车排水，在塘水剩下一半时，男人们就分成几组"开网"，他们沿着鱼塘周边用渔网将大小鱼儿分割包围，一一"刮"上岸来，"开网"刮鱼是在平和宁静中进行的，甚至有点神圣肃穆，尽量避免鱼儿受惊过度而乱窜乱跳，因为鱼儿一受惊吓就难以存活，卖到省城去就成不了生猛河鲜了。鱼塘中心偌大的一片水域，谁也不会去碰，那仍是鱼王和大鱼的天下，围剿它们是在快要水干见底的时候。

塘基上，老人、妇女和孩子望眼欲穿地看着鱼塘的水面在一点一点缩小，大江两眼圆睁，发了疯似的奋力车水，心里却不停地回味着刚才那纤纤玉指轻轻地一捏，那余温、那感觉仿佛已经烙在心头，再也不会消失了。

倏然，他发现水面划过一道波痕，鱼王！他不由得一阵紧张。

那波痕轻轻一转，消失了。接着，水面上出现更多的波痕，但大江认出最早出现的那一道，尽管它时隐时现，他死死盯着，他的目光仿佛穿透墨绿色的水面，看得见这鱼王有多大，有多长，它忽东忽西地游着，姿势保持着雍容优美，有一种傲慢的霸气，尽管有无数大鱼在它身边乱窜，显示大祸即将临头，它仍不失王者之尊。

大江心里骂了一声：看我的吧，你老母跑不了！

最激动人心的时刻来到了。上身赤裸、只穿一条牛头裤的男人们都站到了塘边，一个年过八十的老族长手执杏黄旗，撅着一把白胡子念念有词：

天苍地黄，
赐我肥塘，
尔等后生，
竞捉鱼王！

接着老族长威严地把旗一挥，大喝：

“落塘！”

大江像支箭一样飞身扑向残留的水面，他认准了那鱼王的藏身之处，他的手触到了它光滑的躯体，哪知这鱼王竟飞身而起，在空中划出一道漂亮的弧线，还惊人地打了个滚，重重地撞进泥水里。这时几乎所有人都跳进来了，鱼塘已经成了千军万马混战的战场，成了乡间最喧嚣热闹的舞台，成了女人和孩子忘情欢笑的乐园，大江一次次地捉到那鱼王，又让它顽强地挣脱，大江一眼看见秀儿也大叫大喊跳进塘里，只有白衣白裤的月圆还不知所措地站在岸上，他不知哪里生出的胆子，大吼一声：

“月圆，快来帮我捉鱼王！”

月圆一下子就跳下来了。勇不可当的大江成了个泥人，他出尽全身气力扑住了那鱼王，双手像铁钳一样死死扼住了鱼尾，鱼王垂死挣扎，一个打挺竟将大江掀翻了，眼看又要被它挣脱，大江只见一道白光闪过——月圆竟奋不顾身扑住了鱼头！

众人擒获的大鱼一一过秤，大江和月圆合力捉住的鱼王最重，竟有九十八斤！鱼塘四周顿时欢声雷动，大江和月圆成了当天蓬赞乡的英雄。按乡里规例，捉到鱼王的人要坐上酸枝木交椅，让人抬着去向老寿星敬献当天最隆重的寿礼的，人们很快就抬来两把交椅，老族长却捋着白胡须犹豫不决：大江坐交椅自然当之无愧，但月圆是个未出阁的女仔人家，本来是轮不到她来捉鱼王的，现在像坐花轿一样让人抬着穿街过巷，合不合礼数？如果李家上上下下责怪下来，如何交得了差？

这边正在思量，那边秀儿却不管三七二十一，指挥一群后生抬起了大江和月圆，还用大网兜起鱼王，吹吹打打准备出发，老族长喝了一声：

"慢着!"

众人一下懵了，眼睁睁看着老族长。

老族长干咳一声说："按老例捉鱼王是男人做的工夫，今天月圆小姐舍身跳下鱼塘来帮忙，我们大家都很感激，不过……你看你这一身洁白的衣服全被泥水搞得污糟邋遢，让村人看了有失大小姐的身份，老夫人见了也会怪责我们不懂礼数的，还是请月圆小姐跟阿嫲姐赶快回家去换一身干净衣服，在你们家的大宅门口等着迎接鱼王吧。"

老族长一开口，旁边不少老辈人都不停点头称是，偏偏何秀儿不买账，跳出来反对："老人家在上，我小女子出来说句公道话，不知算不算犯上？捉到鱼王是件大事，本来就不该分男女，你们大家看看，下来起鱼塘的哪个男男女女不是一身水一身泥的？为什么月圆捉到了就有失大小姐的身份？再说老夫人看见自己最疼的乖孙女亲手捉住鱼王来给自己祝贺七十大寿，欢喜都来不及呢！哪里会怪责我们呢?"

秀儿话音一落，有人大声叫好，周围响起一片赞同的议论声。老族长觉得很丢面子，这个何秀儿不是本村人，狗捉老鼠多管闲事竟顶撞起邻村的族长来，不仅全无家教，而且有煽动伤风败俗之嫌，可偏偏她又是李家世交何大老板何启仁的侄女，又有这么多后生人支持她，说不准老夫人见到月圆捉到鱼王真是欢天喜地呢？在今天喜庆大日子里犯不上得罪何家人，他只好尴尬地连咳几声，摸着白胡须冷笑着说："好，好，好，如果你们不怕失礼，就去好了!"

秀儿大喜，大喝一声："老族长恩准了，快去游乡，再去将鱼王献给老寿星!"顿时一呼百应，人们抬起了大江和月圆，浩浩荡荡地穿过蓬赞小镇的街巷，直奔李家大宅。

李老夫人听到通报，早就和李福琛候在大宅门口，她眉开眼笑地准备接受这全村的寿礼，远远一看被众人抬着的交椅上坐着大江和月圆，就叫道："快下来快下来，这大鱼王真是你们两个捉的?"

月圆跳下交椅奔上前说："哪还会有花假？大江捉住了鱼尾，为了给您老人家献寿礼，我也顾不得这一身好衣服了，跳到泥水里把鱼头按住了，老祖宗，您看这鱼王多大，厉害得很呢，两个人死死按住它，它还不停地跳，几乎把我们都掀翻了。"

李福琛不满地说："你看你成了个什么样子？简直就成了个泥水马骝（猴子）了，还坐交椅让人抬着，女仔人家没规没矩！快去换衫!"

月圆低下头顿时不敢出声，秀儿回头望望大江吐了吐舌头，老夫人却笑着说："福琛你不要骂她，她十几岁啦，就野这么一回，也是为了我做寿，还真的捉住了大鱼王，有多少女仔人家做得到？就我这乖孙有孝心、有本事呢！"

李福琛见母亲护着月圆，而今天又是她的生日大日子，怕她不开心，就说："母亲说的是，今天这鱼王就让月圆送到厨房，做一道鱼王贺寿大菜，好不好？"

老夫人连声说好，还说：做什么、怎么做全让月圆包办了，就让她这个靓妹仔出头露面当一回主事。秀儿一听欢喜得直跳，对大江说："听到没有？老夫人发话啦，还不赶快帮月圆把鱼王送到大宅厨房里去？"

大江和苏虾等人正要动手抬鱼王，李福琛却拦住他们说："不必，不必。大江你是今天捉住了大鱼王的英雄，理应重赏，其他事就不必劳烦你了。"他转身面向众人大声宣布：

"我代表老夫人，重赏这位后生壮士：赏光洋两百！再坐交椅游一次乡！"

村民一听，哗，两百光洋！二十个佣工一年的工钱呢！登时喝起彩来，锣鼓喧天，人声鼎沸，人们拥着大江再次坐上交椅，这时李家的大管家正张罗让下人抬走鱼王，月圆被阿嫲姐扯着回闺房换衫，她在大门口回头眼尖尖地望了大江一眼，恰好，坐在交椅上的大江也回头看着她，两个人的眼睛都热辣辣的擦得着火。

大江被众人簇拥着再次坐交椅游完乡，大戏《八仙贺寿》和《六国大封相》就快要开锣，四乡的男女老少都划着艇仔赶往李家大宅门外的码头，每一条小河涌都荡漾着笑声。这时，郭金龙陪护着柳巧云等贵客也乘电船赶到了，因为河道里的艇仔太多，一时竟无法靠岸，郭金龙的马弁拔出枪来呼三喝四，又在左右两舷挥起大竹篙驱赶，才勉强泊上大江的红船让三太太平安上岸，柳巧云带来了李军长的名贵寿礼：一个两尺高的玉观音，一柄据说是西太后用过的玉如意，这时李家大宅的大寿宴已经接近尾声，柳巧云、郭金龙的到来掀起又一轮高潮，老夫人喜不胜禁，亲自安排柳巧云坐在自己身边，抚摸着她的纤纤玉手左看右看，像对久别重逢的自家亲女儿一样说："从你十六岁出来做戏，我就喜欢看，说认真的，我还真是你的老戏迷呢，不过，现在你嫁人了，当了军长夫人，再要你唱戏，就有失身份了。"

柳巧云大大方方地说："我今天赶来为老夫人贺寿，别说是唱戏，就是效犬马之劳，也是应该的。老夫人叫我唱，我就唱，我现在就唱一曲《穆桂英招亲》，向在座各位方家献丑，见笑见笑，请多多指教!”

大厅内外几十桌客人齐声叫好，柳巧云饮了口茶，不慌不忙站起来抱拳向四方行了个礼，朗声道：“柳巧云献曲一首，庆贺老夫人七十大寿，祝老夫人福如东海长流水，寿比南山不老松!”只见她屏息片刻，猛然开腔唱起来，那一声长长的叫板简直有如石破天惊，响遏行云！那拖控还在绕梁三日地灌满全场，喝彩便轰的一下炸响起来。柳巧云这一曲唱得满堂生辉。

三太太柳巧云刚收声，随着欢呼喝彩，寿宴最后一个高潮开始了，月圆和秀儿都披金戴银、穿红着绿盛装出现在大厅里，两人一挥手，下人们便把一个圆桌般的大盘上的红绸掀开。

一尾硕大无朋的鱼王展现在人们眼前，它已经被蒸熟，全身淋上热气腾腾、香气扑鼻的葱花、姜汁和生抽王，但仍像活着一样，瞪起大眼睛，张大的嘴里衔着一撮生菜、一撮发菜和一撮韭皇菜，象征着“生财”、“发财”和“长久为尊”，人们把大鱼王放在主桌上，鱼头正对着寿星老夫人，月圆和秀儿用脆生生的娇嫩嗓音唱道：

“全蓬赞乡四村二十八保男女老少为老夫人祝寿，敬献净重九十八斤特大鱼王一尾，请老寿星享用!”

人们哗的一下全都站了起来，看着这百年难得一见的排场——

佣人用大刀切下了巨大的鱼头和鱼尾，献到老夫人面前，寓意“好头好尾”，老夫人欢喜得连声念佛，又叫把鱼头、鱼尾和鱼身分给众人，还亲自切下一块鱼头肉，吩咐：“这一块一定要给我的乖孙女月圆。”

月圆上前撒娇地依偎着老夫人，甜甜地叫：“多谢寿星老祖母！我吃了您老人家赏赐的这块鱼王头，一定会像您一样多福多寿，长命百岁!”

老夫人笑得合不上嘴：“我乖孙女这么聪明本事，一定比我还有福气，还要长命。”

月圆向邻桌瞟了一眼，邻桌的秀儿跑过来，没规没矩地叫：“老夫人赏赐鱼王头，忘记了一个有功之人。”

老夫人笑道：“莫非你也想吃？喏，这块你拿去好了，你是月圆的好姐妹，合该你也有一份的。”

秀儿说：“这鱼王头我当然想吃啊，可这有功之人不是我，老夫人你也知道，这条大鱼王是月圆和大江两个人捉的，如果论功行赏，大江也应有份的。”

老夫人望着秀儿不停点头："好，好，你是替那个打大赤脚的张生打抱不平来了，那我现在就请你替我把这份鱼王头赏给那个后生。"

秀儿大喜，像做大戏一样抱拳叫道："得令！本小姐奉老夫人之命赏赐鱼王头去也。"捧起了那碟鱼头肉就向月圆使了个眼色，月圆急忙说："老祖宗，我也去。"

老夫人笑笑说："今晚你哪儿也不要去，就留在我身边陪着我。"李福琛也接口说："老祖宗的大寿宴紧要，还是去玩紧要？哪里都不许去，今晚你就老老实实留在老祖宗身边看戏，等一阵三太太还有件大事和你说呢！"

看着月圆一脸无奈，秀儿做了个鬼脸，捧着鱼头肉跑了。

四

柳巧云替月圆说媒来了！

这是在贺寿大戏开场前一刻，她亲口对月圆说的。而且她指着她带来的一个白脸后生说，来求亲的就是他，他是总司令的一个青年参谋，美国留学生，总司令是李军长的顶头上司，跺跺脚整个广东地面都颤三颤，在总司令鞍前马后做事的后生将来总会飞黄腾达的，三太太也没忘记秀儿，也给她带来了一个来相亲的后生，那是个替总司令开飞机的飞机师，也是美国学成回国的，和那个参谋是同学。

月圆一下懵了。她正在想着如何从老夫人身边脱身去找大江，秀儿捧着鱼头肉一去不回，急得月圆像跌落滚水里的生虾扎扎跳，她做梦也没想到她新认的干妈三太太竟连招呼都不打就带着人上门来相亲了！

老夫人带着李家大大小小上百口人在大戏台前的十几张八仙桌边坐下，月圆紧靠着老夫人坐在前排正中的上席，眼睛却在东张西望，寻找着大江和秀儿，父亲和郭金龙坐在上席右侧，三太太带着西装笔挺的后生参谋和飞机师坐在左侧，那后生参谋不断回头看月圆，可月圆瞄都不瞄他一眼，大戏开场了，老夫人发现月圆眼睛不看戏台心猿意马似在找什么人，便轻轻说："乖孙，女仔人家安分些，今天是我的大日子，也是你的大日子呢！"

月圆急中生智，眉头一皱说："老祖宗，不知怎么的我的头痛得厉害，可能是刚才给您捉鱼王全身湿透着了凉，我要找秀儿陪我回房间歇息一阵。"

这边三太太柳巧云耳尖，祖孙两人的悄悄话她全听到了，回头笑着说："秀儿这个鬼妹仔不会是听到什么风声怕羞吧？不知躲到哪里去了，我已经叫何家的人满世界找她了，月圆你找到她，两姐妹商量斟酌一下也好，说到底也是你们的终身大事啊。"

月圆听了脸红耳热，急忙说："老祖宗，我去了。"老夫人含糊地唔了一声，月圆就急急脚走了。

秀儿在哪里？大江在哪里？月圆在人山人海中挤来挤去，大戏台上在唱，在跳，台下的人们在喝彩，在笑，在叫，她全当风过耳，平日最喜欢看大戏的她现在似乎对大戏麻木了，转了几圈没找到秀儿和大江，她几乎要哭出来了，猛然想起：秀儿会不会在花园荡秋千的地方等她？往时她们相互间有什么心里话，总是两人并排坐在秋千架上边荡边说的。她快步离开无比热闹的码头，走进李家大宅的大门，门房一见她有点吃惊："月圆小姐不看戏了？这是你最中意的戏啊。"

她没好气地应答："不好看。"

门房一愣，马上就满面堆笑地说："对对对，这个戏班不行，做得不好看。怪不得秀儿小姐也不看了，进后花园散心去了。"

月圆一听飞奔到后花园，远远看见月色下有个人站在秋千架边。秀儿一见月圆就扑过来说："哎呀，你可来了！人家在这里等到火烧眉毛了！"

"事情你知道了？"

"我一出门找大江，我的阿嫲姐就气急败坏追上来把消息告诉我了，原来三太太早就和你阿爸和我大伯通过声气的，就是瞒着你和我，你说气不气死人？"秀儿杏眼圆睁。

"气有什么用？现在得抓主意，你说，嫁不嫁？"月圆问。

"嫁什么？我知道他是阿猫还是阿狗？别看现在后生白净靓仔，一升了官有了点权势，还照样不娶个三房四房五房？再说是个开飞机的，说不定哪天开着开着就掉下来了，到时我找谁哭去？不嫁！"秀儿回过头来看着月圆："我倒是最担心的是你，两个人摆在你面前，一个是要做大官的总司令参谋，一个是你的救命恩人，打赤脚的张生——"

秀儿向花园外努了努嘴："你得认真想清楚了，拣哪一个？"

月圆说："你不嫁飞机师，我也不嫁总司令参谋！"

"当真？"

“当真！有情饮水饱，我就要大江！”月圆的双眼在黑暗中闪闪发亮。

“要大江？你怎么要？”

“我和他走人！他有力气有胆识，我知书识字，再穷也可以过日子，最紧要是天涯海角、地老天荒，生生死死在一起！”

秀儿一下子抱住月圆，眼泪就流出来了：“月圆，我的好姐妹，我真服了你了！你们远走高飞吧！我粉身碎骨也要帮你成全你！”

“大江现在在哪里？”

“在后巷涌的小艇上，我把事情全告诉他了，他说只要你不嫌弃他，他做牛做马也要保护你，爱你一生一世。”

大江平静地流淌着，皓月如银，把天地和流水都罩在一层缥缈的轻纱里。

大江用力地划着双桨，小艇像把快剪无声地划过江面。月圆和他相对而坐，双手紧抱着一个藤箱，目不转睛地望着大江。

大江被月圆看得心如撞鹿，他腼腆地笑笑，抬头看天，哗，今晚的月亮好大，好圆！

小艇划到一个江心岛，岸边密密麻麻长满了芦苇。月圆问：“这是什么地方？”

“鸳鸯沙。”大江说：“我去年在这里帮人打过芦苇。人家说，周围村子里的后生仔后生女要成双成对逃走，在这里先过第一晚，肯定能心想事成。”

“真的？”

“真的。”

大江先跳上岸，拨开芦苇把艇缆系在树头上，然后张开双臂迎月圆上岸，月圆抱着藤箱一跳，藤箱落地，人却倒在大江雄壮的怀抱里。

他们就这样抱着，定定地一动不动。大江半天才醒过神来，月圆却热烈地在他的脸上亲起来，大江一下子心醉神迷，啊、啊地叫，他紧紧抱起月圆，走到芦苇丛中的一个小竹棚，一下子倒在干草丛里。

两人如痴如狂相拥着，月圆满心甜蜜又惊心动魄，她紧闭着眼睛等待着，忽然觉得大江粗野暴烈的动作停住了。她睁眼一看，大江低头跪在她身边。

“你这是做什么？”

“月圆，有一件事，我要先向你说清楚，我，我对不住你……”

“什么？”月圆听得一头雾水。

“三太太要我、要我和她做过那种事……”

“做过什么事?”月圆惊得透不过气来。

“她脱光身子，说胸口痛，叫我进房，然后就……”

“别说了!”月圆尖声大叫起来，刹那间泪流满面。

他们一夜无言，月圆坐着，大江一直默默地和她面对着面跪着，跪到天色熹微。后来，她身子一软，和他互相依偎着睡了过去。

天亮的时候，大江和月圆惊醒了过来，草棚已经被郭金龙带领着马弁包围了。

三太太柳巧云是在凌晨时分发现大江失踪的，她找大江侍寝，结果遍寻不获。这时整个李家大宅也翻了天，说是月圆小姐不见了，李家人到何家找秀儿问，秀儿死也不肯说。李福琛和郭金龙思前想后，猜出个七八分来了，老夫人得知是大江把月圆拐走了，气得痛骂大江是红头贼、红带友①！一口痰上不来登时中了风。郭金龙急急找来老族长，细细一问，知道附近有个江心岛叫鸳鸯沙，是男女偷情私奔的去处，于是就兴师动众开电船把鸳鸯沙包围个滴水不漏，果然捉个正着。

大江被五花大绑押上电船，月圆也被几个健壮如牛的阿嫲姐簇拥挟持着，任她哭天喊地也动弹不得。郭金龙叫人把大江带到船头，喝令他跪下，可大江就是挺立不跪，郭金龙怒火冲天，撕开他的衣衫，挥起皮鞭一顿狂抽，一边打，一边思量着更毒的招数，他狞笑着叫人找来一串大炮仗，又要把大江绑死在船头灯柱上，马弁们都知道他想干什么，个个挤眉弄眼等着睇好戏，谁也想不到，船头上突然响起一声炸雷般的怒吼，大江奋力一挣，那灯柱竟断成两截！郭金龙被大江一头撞翻在船板上，顿时口吐白沫脸无人色。

众人拔出驳壳枪时，大江已经飞身入水，几支驳壳乓乓乒乒扫射一通后，等了半天水面上却无声无息，众人正在惊诧，猛见大江在船尾冒出头来，拼死大叫：

“月圆！月圆！你听着——我一生一世再也不会辜负你!”

---

① 红头贼——清咸丰年间，粤剧名伶李文茂率梨园子弟响应太平军起事，首领上阵皆着大戏戏服，士卒则效仿太平军扎红头巾，被清朝官府称为红头贼。后被残酷镇压，粤剧亦被禁演近五十年。

红带友——1927年冬，中国共产党为反抗国民党统治发动广州公社起义，起义的工农群众均在颈上系红布带参加战斗，起义失败后被大批屠杀，广州市民称之为红带友。

郭金龙毒火攻心，抢过一支德国冲锋枪对大江猛射，大江一下子消失了，江面上只留下了一摊血迹。

从此，大江生不见人，死不见尸。

八个月后，秀儿被迫嫁给飞机师。她命运很悲惨，那个飞机师被更大的总司令收买，一天晚上串通同袍将广州所有的飞机全部飞到南京投靠新主。秀儿成了谋反犯人的家属锒铛下狱，当晚就被狱官和狱卒轮奸，在监狱里含恨自杀了。

八个月后，三太太柳巧云生下了一个宝贝儿子。就在那个晚上，郭金龙死了，死得很恐怖离奇，尸体赤身裸体地被人挂在电船的灯柱上，被炸了卵泡的下体让人一览无遗。有人说他是被仇家杀的，有人说他是得罪了义父李军长被做掉了的，也有人说是大江未死，回来报仇雪恨杀掉的。

月圆一直被囚禁在李家大宅。一日，人们簇拥着她去见垂危的老夫人，老夫人倚着床头，双眼呆滞，像个木头人。月圆酸楚地叫了声："老祖宗!"一下扑进老夫人的怀里，这时，老夫人浑浊无神的眼里突然流出一滴泪珠，失语多时的她奇迹地发出了咕噜咕噜的声音，人们好不容易听清楚她在说什么，那句话是：去，找三太太……嫁人!

月圆不相信似的猛一抬头，陡然站起来，又盯着老夫人倒退了几步，泪水断线珍珠一样闪亮亮地往下滚，她一脸苍白，咬住血色全无的嘴唇，一低头把长长的头发顺到胸前，接着就掏出一把剪刀断然剪掉头发……老夫人一见，就啊的一下咽了气。

老夫人死了，月圆也"梳起"了，把头发挽成一个髻留在脑后，成了终身不嫁的自梳女。后来，一个人漂泊到南洋去了。

阴晴圆缺

——香港纪事

哐—— 一阵猛烈的金属撞击声，惊醒了骆克的好梦，他慌忙抄起长枪钻出帐篷，顿时惊得魂不附体：四面八方都是火把，“哐！哐！哐!”的金属敲击声一阵紧似一阵。

“糟透了，我们被包围了。”水手罗拔士哆哆嗦嗦地说。

“中国人在敲什么?”骆克回头问从澳门招募来的土生葡国人林斯顿。

“锣……用来集合村民的。”林斯顿也在哆嗦。

“村民?”骆克似乎一下子明白了，开始镇定下来。昨天上午，他在土著们称作尖沙咀的渔村边沿，用一点点鸦片诱逼一个脑后拖着一条猪尾巴似的大辫子的土人从井里汲水，那个男人轻蔑地拒绝了，还砸烂了他的木桶，骆克对这可恨的土人大打出手，不料这土人功夫了得，骆克和他的两个水手的西洋拳显然不是对手，被打得落花流水，盛怒之下，骆克对土人开了一枪，吓得周围的土人四散奔逃。难道这些连霰弹枪都未见过的土人竟敢围攻不列颠帝国军人的营地?

火光中，隐约见到有人骑着马走动。

“啊，中国军队……”罗拔士哆嗦得厉害了。

骆克终于看清楚，骑者头上戴着一顶奇异的帽子，像把小伞，伞尖上垂着羽毛，他肯定这是中国军队的军官。骆克知道，这些人一直想打仗，两个月前，他们的钦差大臣和总督胆敢在珠江口毁掉了东印度公司和其他英国商人的两百多万磅鸦片，这是女王陛下臣民好大一笔财富啊！为了帝国的荣誉，上司决定对中国人显示武力，命令骆克带领一队士兵在九龙半岛登陆，没想到才几天就被中国军队包围了。

骑马的中国人开始喊话，骆克茫然地推推缩着脑袋的林斯顿，林斯顿听了好一会，才像疟疾病人似的发着抖说："他……他们……死了一个叫林维喜的村民……要我们交出凶手……杀人凶手。"

"法格!"骆克凶狠地骂出声来，胆怯和愤怒像两只邪恶的手在反复地搓揉着他虚弱的心脏，使他难以承受。他回头看看士兵们，一个个惊慌失措，脸色煞白，围拢在他的周围，仿佛手中的长枪不如一根树枝。

"士兵们，听我命令，准备射击——"他把心一横，瞪起眼珠子发布命令，奇怪，恐惧顷刻间消失，军人的勇气骤然在他胸臆间膨胀。

他举起长枪，向那个骑马的中国军官钩动扳机。

枪响了。突然间所有锣声喑哑，四周无数的火把也一齐熄灭了，天地间变得像死一样沉寂。

"射击——"骆克抽出军刀，像只被激怒的野兽一样嚎叫。

一阵齐射，枪弹爆响之后，依然是一遍死寂。

"轰!"一大团火光向营地扑来，中国人还击了，"咣咣咣咣"的锣声又惊天动地响成一片。

帐篷被烧着了，箭矢、石块如流星、如雨点袭来，骆克慌忙指挥士兵撤下舢板，向锚泊在他们后来称为维多利亚港的海峡中的卡纳蒂克和曼格洛尔三桅舰划去。

（1839 年 7 月 7 日，中英第一次鸦片战争揭开了序幕。1841 年 1 月 26 日英军登陆占据香港水坑口，开始了长达一个半世纪的殖民统治。）

一

又是一个清晨。

邝雪晴深吸了一口气，立刻感到虚弱的心脏加快了跳动，接着，心悸、气紧又出现了。她皱起眉头，含服了一颗救心丹，不得不半躺在床上静静地挨着。……

床头上的电子闹钟嗒嗒嗒地走着……

"……我不是吓你，你必须绝对卧床休息，要不马上住院！绝对不能再这样东扑西扑。人家竞选当议员关你什么事？就是你儿子当议员，也不值得你拿条命来搏呀！再这样玩下去，就是叫你当港督，你也挨不到'九七'，不是吓你，真的不是吓你！……”

说这话的是王尔泰医生，一个来自内地的知名医科教授，来港定居后，邝雪晴热心帮他租房子，办孩子上学……她成了他的“港事顾问”，他成了她的医学顾问。

她叹了一口气。清晨，是最容易引发心衰的危险期。

闭上眼睛，王教授圆圆的脸庞，张得圆圆的厚嘴唇在她的脑际闪现了一下，可她的思绪马上又被另一种沉甸甸、黏糊糊的意识挤满了——

看来今天又得搏杀一整天。怎样安排好呢？哦，助选团是一定要碰头的，昨天被几个跳梁小丑在竞选辩论会上冲了冲，我们的年轻人有点不知所措，恐怕还得靠一班老骨头去撑撑腰，经经风雨才有长进。还得开两个屋村的街坊会……然后，“洗楼”，逐家逐户登门拜访拉选票。唉，这副身体“洗楼”恐怕“洗”不动了，让后生们去“洗”吧！

可是，街坊们会怎么说？在本街区奔走四十年的邝雪晴校长当缩头乌龟了，“亲中”的本区候选人黄倚云输定了，“肥彭”一手扶起来的那班家伙逢中必反，使出内地南石楼盘“烂尾”这一招撒手锏，一冲会场，黄倚云嘴再硬也招架不住……就是啰，人家有港督“肥彭”做后台，大把银纸做工夫，这里是香港地，不是内地，你邝校长人又老，银又无，想斗过人家？难呐！

邝雪晴不用睁眼，也能看得见那些老婆婆、老伯父、太太、师奶在街市、茶楼、大排档议论昨天辩论会的样子。

昨天，她路经骆克道，对方正在这条以一百多年前率先闯进香港九龙的英国殖民者命名的老街道上搞花车竞选巡游，她就预感到他们会有小动作。果然，辩论会才开了半个多小时，黄倚云在口若悬河地宣布她的政见：按照基本法，落实一国两制，港人治港，高度自治，反对彭督挑起中英对抗，主张港人多与中方沟通，维持香港繁荣稳定以实现平稳过渡到“九七”……突然听众席中有一位长发披肩的男士站起来发问：“请问黄小姐，你说和内地搞好关系就能保障港人利益，可是眼前本选区就有一百多位选民听信了内地宣传，在内地南石开发区买了楼盘，时间过了两年，内地的公司还未交楼，港人的利益受到极大损害，你还要他们去搞好关系？你这样做，等于割开香港人的荷包，让内地伸手来掏！”长发男人话音刚落，几个“烂头卒”就哄闹起来，维持秩序的工作人员怎么劝也劝不住，大门口还即时拥进二三十个抗议示威者，亮出标语横额，高喊什么“反对内地欺骗港人”、“港人要治港，人人有话讲”，会场气氛霎时紧张起来。

黄倚云没法再讲下去，她似乎还不善于驾驭这场面和阵势，回头瞥了邝雪晴一眼，见她很镇静地站在一旁，嘴角挂着一丝冷笑，登时胆壮起来，大叫“安静！安静！请让我把话说完——”

邝雪晴神色泰然地走到辩论主持人、电视时事评论家张秋人面前，不愠不火地说：“张先生，请看看——这叫公平辩论吗？这叫合法竞选吗？不让我们的候选人完整地发表意见，难道就是彭定康给我们的人权？”

张秋人难堪地托托眼镜，嗫嚅着说：“邝校长别焦急，我已中止了电视摄像，马上清场，马上清场。”

“不——”邝雪晴正色道：“这会场的辩论气氛已经被破坏了，刚才对方的人冲会场是精心策划安排的，我们要向选举委员会提出抗议！我们要求辩论会改期，还要求电视台向广大观众说明，辩论会是因为遭到对方蓄意冲击破坏才不得不改期的，改期后的辩论会必须严格遵守规则，会场改在贵电视台的演播厅，听众席双方人数必须对等，闲杂人等一律不准进场。”

她一口气把话说完，顿时觉得心头一阵猛跳，像一匹烈马的四只马蹄在敲击着心房。她知道，倒霉的心脏又支撑不住了。

警察们应召而到，开始清场，冲会场的各式人等在黄倚云助选团的嘘声中被清离场。邝雪晴目送着这班来时来势汹汹去时无精打采的乌合之众，忽然觉得扛着一个“反对出卖港人利益”标语牌的老人和她对视时目光异样，凝神一想，对，是他——她原来住那栋大厦的看更阿昌！她顾不得心脏咚咚乱跳，急忙把他喊住：“阿昌伯——请留步，你不认得我了？我是阿邝啊！”

老人左右为难地站在那里，畏畏缩缩，失魂落魄，大标语牌扛在瘦削的肩上，使年迈矮小的他显得有点滑稽，他的目光再不敢抬起来正视邝雪晴，只在地板上溜来溜去，好像柚木地板上有只忽东忽西的老鼠在牵动他的视线。

“阿昌伯，许久不见了，身体还好吗？”邝雪晴知道他患风湿关节炎，有一年她去海南岛参观，还特意为他寻医访药，按偏方替他买回一斤胡椒根，阿昌伯喝了胡椒根炖鸡汤后病情大为好转，这事在街坊中一度传为美谈。但邝雪晴搬走之后就一直未见过他。

“还好。”阿昌伯嗫嚅着说。

一个肥头大耳满脸横肉的肥佬拨开清场的警察再次闯进会场内，一手抢过阿昌伯扛的标语牌，大声呼喝：“死人矮仔昌，还不走干什么？想跳槽过去给共产党做马仔？”

“这位先生，请问在家里也这样呼喝老人吗？”邝雪晴微笑地问那凶神恶煞的肥佬，似乎他是一名顽劣学生：“这位老伯的年纪，可能和你父亲相当，也可能比你父亲还大，你知道吗？没有人教过你在香港要尊敬老人？”

肥佬愕然，瞪着邝雪晴好几秒钟才爆出一句：“哎呀你这个死八婆，我骂矮仔昌关你×事，你敢管到我肥佬王头上？”但他来不及发恶，就被清场的工作人员和警察推搡走了。

“阿昌伯，您也在内地南石买了楼？”邝雪晴回过头来问。

“没，没有，我们这些住笼屋的穷人哪有钱买楼？”阿昌慌乱地解释，和盘托出真相：“我失业了，肥佬王来找我，说今天来这里开十几分钟会，就可以挣一百元，我就跟着来了。”

哦，原来如此。她松了一口气，脑子马上又被一片阴云似的思绪笼罩住了：对手显然不会善罢甘休，还会抓住南石楼盘一事大做文章，借此打击爱国爱港的候选人的威信……怎么办？见招拆招容易陷入被动，一定要主动出击，抓住他们用金钱收买老人来冲会场这件事，杀杀他们的气焰——

不争气的心脏又在跳“的士高”了，她感到一阵阵晕眩，瘫软在一张椅子上。

昨天晚上她好不容易强撑着回到家，全靠“安定”片强制自己休息。王尔泰教授说，“安定”是一种安全的镇静药，有早期心衰症状的病人可靠它保障睡眠，避免再加重心脏的负荷。她开始服用效果不错，可近来越来越不理想，昨天晚上九时，她服了三片，到凌晨二时被噩梦惊醒，又加服四片，此后一直似睡非睡，迷迷糊糊躺到天亮。

昨天发生的事情，又一幕幕地浮现在眼前。

不行，今天一定要去！“洗楼”爬不动，就是端把椅子坐在竞选横额下了也起点作用的。助选团的后生们开玩笑，说要选“最佳门神”非邝校长莫属。门神就门神吧，当个门神吓吓鬼也好啊！

“九七”快到了，那伙人螳臂当车还能玩几天？尽管眼前这场彭定康导演的选举搅得香港满天神佛，可谁都知道这是英国人的游戏，游戏规则是英国人为自己的马仔“度身订造”的。几十年了，我们一直身处劣境，一直与他们演

"智斗"，现在终于可以站出来和他们"过过招"了，因为什么？因为"九七"！这一个洗刷中国人一个半世纪屈辱的盛大节日，就要到来了！如果子君能活到现在，该多好啊，他一定干得比我还拼命。子君是香港土生土长的"原住民"后裔，四十多年前邝雪晴和他结婚时就知道，他的老家原来就在如今繁华得金银铺地的尖沙咀，他多次说过，一百五十年前，他的先人就住在那个也叫尖沙咀的一条小渔村里，英国人登陆占领香港九龙后，全村大部分人不愿受"红毛鬼"管治，迁入名义上仍属大清国管治的"九龙城寨"那块小小的中国飞地，成为大清国的弃民。子君家族里的老人至今保留这样的习俗，每逢小暑这一节气，家家焚香致祭，因为，这是英国人杀害林家先人林维喜的忌日……

唉，子君不在了。她轻轻转头望着梳妆台，上面有子君最后的一帧照片。他的眼神充满眷恋和忧郁，大概照相时他就已经感觉到自己不久于人世了。

子君，你走得太早了，她心里说。目光无意在掠过梳妆台上的日历，她猛然想起，那日历上还记了几行字——对了，今天还有几件大事。新界抗日英烈纪功碑筹款午餐会，两个星期前就发来请柬。她想，主办人盛情邀请，大概因为她在香港中下层人士中有些知名度，也许与子君抗战时在新界游击区活动过也有关系，不管怎样，这个会是要非参加不可的了。听说内地还来了一班老家伙，会是谁呢？哦，还有，今天务必拜访一下程浩良，争取一下他的支持，这个大富豪控制着这街区好几个屋村的物业呢！他虽然一向低调，并一再声明不过问政治，但只要容许我们在他的地头做做宣传，效果会大不一样……

她直了直腰，奇怪，想事情似乎比救心丹还有效，症状消失了。她小心翼翼地下床、洗漱，喝了一杯昨晚泡好的花旗参茶，然后坐到梳妆台前。

镜子里出现一张苍白的脸，皱纹纵横，眼圈发青。唉，老了，真的老了，自丈夫四年前过世后，邝雪晴就不再留意自己这张脸。今天破例，她拉开抽屉，捡出那一瓶瓶被冷落多时的劳什子，煞有介事又心不在焉地化起淡妆来。

伸手不见五指，天地一片漆黑。

小梅沙的海水安详极了，只有偶尔有船桨起水的声音划破这黑暗的静谧。

"什么人？口令！"不远的岸边树丛里，传来一声低沉的喝问，紧接着，响起"七九"步枪的拉栓声。

"送亲戚。"船上的人有点不在乎。

"什么亲戚？贵姓？"岸那边逼问一句。

“姓番!”船上的人大大咧咧应答，接着骂起来：“丢那妈，是番鬼佬!”

紧张的气氛一下子松弛下来，船一靠岸，壮实的船夫跳上岸，一个小伙子从树丛里钻出来，船夫在小伙子胸脯上打了一拳：“丢死你老母‘马骝精’！真怕你那支破‘七九’走火!”

“吵什么?”树丛里一声深沉的厉喝。

“嘘——”两个后生仔面面相觑，外号“马骝精”压低声音说：“凌老板亲自来了。”船夫伸了伸舌头。

一声呼哨，树丛里一下子钻出二十多个沉默的汉子，其中七八个跳上船夫划来的虾艇，七手八脚把一口沉重的大棺材扛上岸。

“丢！这棺材比真死人还重，这‘番鬼佬’好大只!”船夫的舌头似乎闲不住，忍不住又向默不作声的小伙子们小声嘟哝起来：“开始我真还不知道这棺材装什么，两次日本仔的电船拦住检查，高佬林都说是他阿爸，发人头瘟死了，吓得日本仔、汉奸掩口捂鼻摆手让我们快走，船到了沙头角，这‘番鬼佬’在里头敲起棺材板，我正坐在棺材上，吓我一大跳，以为真有鬼！打开棺材盖一看，妈哟！活生生一个番鬼佬，又高又大。原来他要喝水，高佬林会讲番鬼话，给他喝水吃饼干，盖上好一会，他又敲，原来又要屙尿——”

后生仔中有人忍不住，吃吃吃地低声笑起来。

“‘疍家仔’——”有人在黑暗中喝了一声，外号“疍家仔”的船夫马上噤声，他认出站在一块大岩石边那一个高瘦的身影——威震东江和港九地区的“凌老虎”支队长凌霄。

“注意隐蔽！不准说话，不准打手电筒，不准抽烟，马上转移到盐田——”有人压着喉咙下命令。

一直沉默不语的高佬林走近凌霄，两人握着手摇了摇。

“回去?”凌霄问。

“马上要赶回香港，赤柱集中营还有几个英军俘虏要营救出来。”高佬林小声说。

那个牛高马大的“番鬼佬”从棺材里爬出来，高佬林把他介绍给凌霄：“夏柯理，英军中校，昨天港九大队把他从启德机场的排水沟里搞出集中营。”

“先生，欢迎您来到中国共产党的游击区，现在，由我负责您的安全……”海员出身的凌霄利落地和英国人握了握手，很亲切地低声用英语说。

“啊——”英国人惊愕地睁圆了双眼，一下子把凌霄拥抱起来：“原来您也懂英语？太好了!”

“嘘——”高佬林和凌霄同时笑着制止这“番鬼佬”激动的叫喊。

“‘疍家仔’，把棺材运回去，注意保护高佬林的安全，帮他多运几个发人头瘟的‘老爸’来，不过——”凌霄拍拍“疍家仔”的肩头：“以后你那张吼吼喳喳的麻雀嘴要加把锁。”

（五十年后，当年英军战俘夏柯理中校被营救脱险经过的沙头角、小梅沙等地，已经成为经济繁荣、举世闻名的特区和旅游区。）

二

凌霄凝视着窗外，维多利亚港此刻烟雨蒙蒙，但仍可以勉强看见繁忙进出的大小船舶如过江之鲫。

想不到竟住进半岛酒店！莫非天意？

凌霄解嘲地笑笑，又是老年人的胡思乱想！今非昔比，毕竟，今天这个半岛酒店和半个世纪以前的那个“半岛”已面目全非了。如今这里拥有世界上最豪华的客房，当然房价也是最昂贵的，据说，在本酒店最高档的总统套房，春风一宵，要花三十几万元港币，着实令人咋舌。

“前度刘郎今又来……”凌霄忽然动情吟哦起刘禹锡的名句。一句诗可以生发和表达人世间多少只能意会不能言传的感慨啊！刘连州真是天才!

1941 年 11 月末，凌霄曾陪同大名鼎鼎的“廖公子”廖承志，走进这位于九龙尖沙咀南端的“半岛”酒店，代表中国共产党华南抗日武装与当时香港总督杨慕琦的特派代表会晤。那时太平洋战争即将爆发，大批日军沿广九线集结，香港危在旦夕，杨慕琦“既想马儿好，又想马儿不吃草”，试图借助中共武装协同保卫香港，又怕香港“赤化”，对我们的部队进入港九抗日提出诸多限制，甚至提出派英军军官指挥我们的部队，谈了几次英国人老是傲慢地摇头摆脑，不断地说“NO”，我们的“廖公子”笑口吟吟也不松口，杨慕琦坐失时机，没几天日军大举攻入港九地区，杨慕琦举白旗投降，成了赤柱集中营的俘虏。

半岛酒店被日军中将酒井隆占据，变成大日本皇军占领地“军政府”。

还是这个“半岛”，三年零九个月后，凌霄又重新大踏步，昂昂然登堂入室，在这里享受贵宾礼遇，不过谈判换了个对手——英国海军少将夏悫。1945年“八·一五”日本投降，八天后夏悫少将才率一个陆战团姗姗来迟，那时香港和周边地带有近万日军，夏悫少将感到势单力薄，急忙派副官到沙头角“东纵”根据地找共产党，请“东纵”港九大队在新界地区维持治安。这位洋将军不知道，新界其实早就在我们控制之下，夏悫是个军人，与那个殖民官杨慕琦有点不同，鼻子没翘得那么高，蓝眼睛也没有那么傲慢，英方提出请我方协助的交换条件是：允许我方在港九地区设立物资补给站和伤兵医院，显示了他们有一定的诚意。“东纵”曾生司令的几个代表在沙发上拢在一起迅速地细语一阵，由凌霄表了态：OK！英国人皆大欢喜！

当英国人知道面前这位中共游击队年轻的指挥官就是俘获日军中将山久的“凌老虎”时，他们纷纷起身拥抱这位英雄的盟友，说了不少恭维话。的确不由得他们不佩服，英国人和日本人打仗，只有英国军官打白旗当俘虏的份儿，生擒一名日军中将，夏悫们看来简直是个奇迹。

世事沧桑，当年坐在这“半岛”里说“OK”的潇洒小生，现在已成垂垂老矣的白发老翁了。多年来，一个假设的念头不时在凌霄的脑际时隐时现：当年如果坚持在新界由我方而不是由英方接受日军投降，或者，“请来之，即安之”，坚持留在新界地区不走，后果会怎样？

可惜，历史是不能随意演绎的。共产党得讲纪律、讲大局，延安一纸电令：撤！凌霄们就得撤，远远地离开了创造辉煌战绩和抛洒热血的港九和东江，一撤就撤到山东烟台……

一直到半个多世纪后的今天，凌霄对那场造就辉煌的战斗依然历历在目，那股刺鼻呛喉的硝烟一直在刺激着他那对荣誉已经麻木但对往事特别敏感的神经，他甚至还可以数得出那一仗响了多少枪，身旁“马骝精”那挺“九二”重机枪卡了多少次壳，那一仗其实规模很小，总共只毙敌六人，俘敌三名，战况也十分简单：一架日军飞机不知是中了弹抑或是出了故障，摇摇晃晃越飞越低，最后迫降在南石围的洗马河河滩上，恰好凌霄正带着支队部和一个代号“延河”的中队驻在南石围村整训，接报后即率部队赶往洗马河滩，仗打了二十来分钟，敌机起火爆炸，五个日军跳进洗马河逃命，凌霄从望远镜中看见其中一个日军军官大腹便便，像个高级军官，下令一定要生擒，杀红了眼的“马骝精”丢下了那挺又卡了壳的“九二”重机枪，驾起小船像龙舟竞渡似的飞上前去，带五六个战士跳进河里把那肥猪似的日本鬼死死按住，那家伙臂力惊人，大概还有点什么内功，押解途中连着挣断了两副手铐，凌霄无奈只好下令用粗铁链把他死死捆在担架上，一个班的战士抬着，回到南石围一审，才知道老天开眼掉下个馅饼：活捉了日军中将山久！这场小小的战斗轰动了全国乃至整个亚洲战场，凌霄"凌老虎"的威名也传遍港九和东江。

作为一个军事指挥员，一次战斗活捉敌军中将的战功，足可终生引以为荣，但凌霄对此一直低调淡漠甚至有点儿疑惑，一个疑团几十年来一直深埋在他的心灵深处：这一仗，立下首功的恐怕不是当机立断下令攻击敌机的指挥员，也不是奋勇拼杀，慷慨赴死的"马骝精"们，而是另有其人。

问题是：那架敌机为什么迫降洗马河滩？

就在日本宣布投降前的几个月里，凌霄接到过好几份战报，内容都是日军飞机坠毁或迫降在国民党控制区或我方游击区被歼灭的简报。日机的坠毁和迫降地点都离香港半径范围不超过百来公里，可以肯定都是从香港启德机场起飞的军机，日本投降后，他又亲耳听过"东纵"的首长偶然提起，我们的港九大队内线人员功劳很大，他们甚至潜入日军占据的香港启德机场，破坏了一批敌机，这就更加证实了他的推测：成功导致日机迫降和坠毁的，是我们活跃在香港的游击队员们！

他们是谁呢？

中华人民共和国成立后，凌霄问过很多当年在香港沦陷期间做过内线工作同志，他们大多对此闻所未闻，有个别人略知皮毛，也是从那位首长片言只语听来的，这位首长在新中国成立初期就病故了，因此，到底是谁建此奇功，一直是一个谜，多年来凌霄十分注意有关"东纵"的战史和回忆录，竟没有人提到这件事，时间一长，不少老首长老同志相继去世，凌霄越来越急切，这个世界上知道此事的人，大概不多了，说绝对一点，恐怕只有两个人能解开这个疑团，一个是凌霄本人，另一个是当年经手这一工作的当事人。凭凌霄的老经验来分析，这一重大功绩半个多世纪从未披露，此人当年一定是个由某位领导同志单线联系的"内线"，而后来他仍一直默默无闻，这很耐人寻味，很有可能这人就在香港！

真是个无名英雄！凌霄一下子激动起来，如果这一次来香港能找到这个人，不，就算找到这个人的一点线索，就不枉此行了，随年事增长，凌霄对认准要做的事越发执着，在他的有生之年，他一定要对当年威震华南的洗马河战斗做出一个完满的、全面的、权威性的说明，决不能让无名英雄埋没，这是对历史负责！

“凌省长。”秘书小田轻轻唤了一声。凌霄蓦地从窗边回过头，沉浸在往事中的思绪忽然被扯断了。

凌霄眉头一蹙，又是省长省长！我十多年前就不做副省长了，现在还叫省长，叫得你浑身不自在，秘书这么叫，人人都跟着叫，外人不知道，还会以为凌霄是个恋栈的老官僚，喜欢别人称呼他省长。说到底，恐怕是小田脑子深处的意识作怪，当个“省长秘书”比当个没有任何名分的“老同志秘书”强不知多少倍啊！可小田是新调来的，凌霄不好一下子点破他，只是毫无表情地应了一声：

“嗯?”

“中午，‘二战’盟军老兵会、新界抗日英烈纪功碑筹款午餐会和程浩良先生都要请吃饭——”

“我不是说过了吗？参加新界的午餐会，其他的往后安排。”凌霄有点不耐烦地说。

小田笑笑，英俊的国字脸现出两个浅浅的酒窝：“糟就糟在他们都不干，都说来人专请，程浩良先生还说要亲自来请——”

门铃叮当一响。

“说到曹操，曹操就到。”小田笑着跑出客厅开门。

门开了。首先进门的是一辆轮椅，坐着一个老态龙钟的洋人老头，后面跟着两个身材高大的洋人。一个华人中年男士快步上前，超越了几个洋人，他面相厚朴富态，下颚结实有力，眉宇间透出几分精明，凌霄认出，这是刚结识不久的香港富豪程浩良。就是他的执意安排，凌霄才不得已从新华社的招待所移居“半岛”。

“凌省长，您好！您好！”

“啊，程先生，你好！怎么要你亲自前来?”凌霄握了握程浩良亲热地伸过来的手。

“不好意思，这几位朋友一定要见您，我冒昧地把他们带来了，今天中午，请您一定赏光——”

“啊，你们是一起的？这几位是——”凌霄打量着轮椅上的洋人老头子，心中茫茫然：这是谁呢?

洋老头也侧着脑袋眯着眼望着凌霄，一脸笑容，像个淘气的孩子恶作剧似的沉默着。旁人也像卖关子似的笑口吟吟不说话。

凌霄紧张地在记忆的仓库里搜索，几十年来，与他打过交道的洋人的面容一一涌现在眼前，突然，他心头猛然一动，小梅沙海滩那个漆黑的晚上……那一个躺在棺材里的英国战俘……他终于叫出声来：

“哦……您是……夏柯理?”

“凌！密斯特凌!”

洋老头在轮椅上张开了双臂。

“哇——凌省长真好记性！半个世纪的朋友一眼认出来，还马上叫出名字。”程浩良赞叹着说，接着向凌霄介绍——

“夏柯理先生这次来香港参加香港重光五十周年纪念活动，担任香港‘二战’盟军老兵会的主席。这位是夏柯理先生的公子，英国东亚集团董事长宾纳先生。还有这位是东亚的总经理威尔逊先生。宾纳先生对中国内地的投资很有兴趣，我正在作可行性研究，准备在南石开发区搞一个大型石化项目，大约要投资十八亿美元。宾纳先生也在考虑参与，”程浩良用手托了托眼镜框耸耸肩膀说：“可是你知道，中英双方正在香港政改问题上争拗激烈，要他一下子决心参与这项目，不是件容易的事情。”

“哦，希望您早日决断投资，中国是个很大的市场，决不会对英国商人另眼相看，这一点，请您放心。”凌霄笑着向宾纳伸出了右手。

宾纳颇有绅士派头地和凌霄握了握手。这个英国老板约莫五十出头，戴着副精致的金框眼镜，一望而知就是那种“剑桥”或“牛津”出身、由“雅皮士”晋身大老板阶层的现代企业家。

“夏柯理先生一知道您也来到香港，马上提出要第一时间探望您，中午要请您吃饭叙叙旧，还要请您参加‘二战’盟军老兵会的活动——”程浩良说。

“凌先生恰好代表中国盟军，”宾纳竟会说粤语，尽管有点生硬，但仍令凌霄刮目相看。接着宾纳竖起左手大拇指，又竖起右手大拇指说：“‘二战’中，英国、中国是盟友。”

他回头向父亲笑着用英语说了句笑话，老人呵呵大笑，拍起掌来。

凌霄有点为难，把程浩良拉到一边，低声说：“程先生，真对不起，我中午有约了，新界抗日英烈纪功碑筹款午餐会也请了我，我有好多同事、部下抗战时都牺牲在新界，不能不去。您看——”

“哦？真抱歉，这真叫您老人家分身乏术啦!”程浩良有点为难地搓搓手：

"可这位的脾气——"

"这样吧，"凌霄忽然有了主意："中午我来请客，请您一定帮我这个忙，说服夏柯理一行去参加我的那个午餐会，当然也非常欢迎您也去，我做东，请你们赏脸——"

"多谢，多谢。凌省长太客气啦。"程浩良连忙点头道谢。等众人在气氛热烈融洽的大厅落座后，他才谨慎地微笑着向夏柯理表达了凌霄的邀请。

三个英国人毫无准备，面面相觑，气氛一下子冷了下来。

凌霄郑重地对夏柯理说："夏柯理先生，这是一个中国抗日老兵的聚会，到会的有很多是中国抗日老兵，说不定还可以遇到当年救您出集中营的老朋友。"他边说边竖起双手的大拇指，模仿宾纳的口吻比画：

"中国老兵，英国老兵，会见握手，OK?"

听完程浩良的翻译，夏柯理耸耸肩，说很高兴见见中国的抗日老兵朋友，宾纳和威尔逊亦有礼貌地表示乐意奉陪。

凌霄笑笑，松了口气，和夏柯理叙起旧来。当大家准备赴宴，谈笑风生地步出凌霄住的豪华套房时，凌霄不禁微微一怔——走廊上站着十几个西装笔挺的随员，华人洋人都有。

好大的排场！这大队人马开到午餐会的新光酒楼，叫主办人怎么对付得了？一言既出，驷马难追，算啦！自己掏腰包！在香港地头上新光酒楼这档次摆三几桌酒席得花多少钱？恐怕得花掉十几年的积蓄！想想真有点肉痛。

该花就得花！难得这半个世纪的重逢，潇洒走一回吧！他豁达地一挥手，拦住小田耳语几句，小田一转身飞快回房间打电话去了。

三

"一！二！三——"

"烧！烧了它！"一辆白色雪佛兰私家车轰的一下被几十条汉子推翻，骨瘦如柴、脸型像把尖头瓦刀的陈正伦啪的一下捻着打火机，点着烟有滋有味地深吸一口，然后咬着烟用火机点着一团破布，把它塞进车窗里，周围的人虎啸狼嚎地叫喊起来。

私家车"蓬"的一下烧着了，顿时烈焰冲天。

“哎呀！我的车！我的车呀！大佬，求求你们——”被人拖到路边打得头破血流的司机扑过来，可马上又被举着西瓜刀的两个后生凶神恶煞地逼回去。

砰！一家食品店的橱窗被人用大铁锤敲碎，“哗，有大把世界捞啊——”围观烧车的一伙人蜂拥进店铺抢掠起来：“捞啊！捞啊！再不捞就留给共产党啦——”

陈正伦变戏法似的从背后拔出一把“青天白日”小纸旗，走近那呼天抢地的司机，把一支小纸旗递过去：

“喂，喊天喊地都没用，买支旗仔吧，包你破财消灾！拿去，十蚊（元）一支！”

“车都被你们烧了，我怎么向老板交代？还买旗？有屁用！”司机恨恨地瞪着这个瘦骨嶙峋的男人呸了一口。

“你敢不买？”陈正伦叼着香烟，一手扯住司机的耳朵，一手抢起伙计递过来的西瓜刀，利落地拉了一刀：“你买不买？”

“哎哟！救命——救命！别割啦！求求你！我买，我买——”司机杀猪似的嚎叫起来，鲜血淋漓的手捂住被割了一半的耳朵，忍痛买了一支小旗慌忙逃命。陈正伦笑了，他扔掉香烟，向狂暴的人群拱了拱手：“各位兄弟，各位手足，我陈某人堂堂国军少校，被共产党逼得家破人亡，沦落到香港打工揾食，这口气要不要出？”

“要——”众人一声狂呼。

“这个仇要不要报？”

“要——”又一阵喧嚣。

“大佬，蓬莱茶居楼上就有共产党！”人群中有人大叫：“那楼上是工联会的夜校，有名的大共党高佬林经常到那楼上给左派们上课。”

“走！找共产党算账去！”这群从李郑屋村徙置区、“吊颈岭”麇集来的汉子拥簇着“少校”大佬呼啸而去。这股暴虐的野火是昨天烧起来的，昨天是10月10日，一名李郑屋村徙置区的职员摘下了一面被国民党徒强行挂在区办事处的青天白日旗，蓄谋已久的右派人士便借机生事，大闹起来，暴乱从深水埗蔓延到荃湾。左派工会、学校和一些工厂受到袭击，一些香港政府职员，甚至外国人也遭到殴打，九龙半岛顿时一片白色恐怖。

蓬莱茶居二楼是工联会的工人夜校教室，教室正墙上左右挂着五星红旗，正中贴着毛泽东像，早已人去楼空，只剩铁将军把门。陈正伦一马当先，抢起大铁锤，“咔嚓”一下把锁砸开，众人蜂拥而入，见墙上的旗和相片，登时怒火冲天，乒乒乓乓乱砸一气，把桌椅、讲台、黑板、门窗、旗子、相片全都砸烂、撕碎，从洞开的窗框扔到街上，一把火烧了。

陈正伦踌躇满志，像个凯旋的将军似的步下楼梯，猛然听得蓬莱茶居传出一声女人凄厉的惨叫，他一脚踢开茶居的大门，看见四个“兄弟”正把一个年轻女人按在餐台上，女人拼命挣扎，衣裤全被扯掉了，露出了雪白的乳房和下体的阴毛。

“什么人?”陈正伦脸色阴沉地问。

“女共党！她经常给共产党的夜校送茶送水!”

陈正伦狞笑着上前，拨开众人，那年轻女人一下子坐起来，用撕烂的衣服护住胸脯和下体，全身颤着哀求：“先生，我不是共产党，我是茶居打工的，老板叫我来看铺，放过我啦——先生。”

陈正伦用一只手指托起女人的下巴，蓦然发现，女人充满恐惧的大眼睛很美、很动人，他正需要这样的大眼睛。这女人只有二十三四岁，听口音，大概是从乡下来的咸水妹。

“好，我叫他们放过你。”陈正伦笑着说，一边解开裤带扣子：“可我不能放过你。”

他猛然扑到女人身上，把尖叫着的女人压倒了。

（九龙的暴乱，进入第三天。香港政府发表新闻公告，称此事属于“左、右翼内部斗争”，与维持治安无关。

1956年10月13日和16日，中国总理周恩来两次召见英国驻华使馆代办欧念儒，向英国政府提出强烈抗议，要求港英当局采取有效措施，平息暴乱。显示中国政府对此严重事态决不会袖手旁观，坐视不理。

在中国政府抗议之下，港英当局拘捕了多名暴乱分子，并将策划九龙暴乱的国民党特务分子强行递解出境，又加强镇压，九龙暴乱遂告平息。）

舒服，他哼了一声，出了一口长气，舒心写意地闭上眼睛。

小姐的指法的确一流，揸搓点压招招到位，全身的筋骨叫她柔中有刚的小手收拾一遍，顿时通泰松快，怪不得今晚一进这丽涛阁，那个戴金丝眼镜的经理就凑上来说：“洪爷，今晚给您老人家上个新小姐，工夫十分了得，要不要试试?”就凭他这副“擦鞋”的本事，今晚就值得赏他一千几百。

“洪爷，您经常来桑拿?”小姐声音宛若莺啼，可惜不是纯正粤语，听来有点可笑。

他微微睁眼，瞥了她一眼。这小姐显然是个上等货色，她虽然只穿一身丽涛阁的例牌乳白色连衣短裙，不施粉黛，一眼望去并不妖艳，但那身皮肤，白里透红，像只刚上市的水蜜桃。他并不答话，又闭上眼睛。洪爷就是洪爷，几十年来他几乎天天桑拿，一天不做腰酸背痛，但他绝不像大多数桑拿客那样同按摩女扯天扯地“打牙铰”，这并不意味他不好色，多年来，他一直保持着做“大佬”的定力和威严，他要搞，就拣一个合眼缘的正货买钟开房，从不在贵宾房里动手动脚，后来年纪一大，更有心无力，曾经沧海难为水，七十多岁的人了嘛，他完全把握得住分寸火候。

“内地下来的?”他突然开口问，依然闭着眼睛。

“嘻，洪爷真好眼力，”小姐开工前就听说这老爷出手阔绰，一掷千金，刻意要奉迎买好，她蜂腰一扭，撒娇似的逗他说话：“洪爷，你猜我是哪里人?”

他仍不答，闭目养神。

小姐小心起来，她深知这样不阴不阳的老头最难伺候，唯有施展浑身解数，默默做足工夫。

推拿踩背，运动量不亚于一场体育比赛。做着做着，小姐香汗淋漓，她娇喘着挑逗一句：“唉，好热，真想除衫（脱衣服）。”

洪爷仍然闭着双眼，全无反应。死老鬼！小姐心中骂了一声，脸上依然风情万种，生怕他冷不防睁开眼睛。

洪爷当然不是个刀枪不入的金刚不坏之身。其实，他心中此刻正盘算着一件大事，没心思来回应小姐的挑逗。几十年来养成的老习惯，他喜欢夜晚在桑拿馆包起的贵宾室里决定大生意，只有在按摩床上，在女人捶捏和摩挲之下，他的脑筋才能像一级方程式赛车的引擎似的高速运转——

内地的进口“批文”搞到手了，要命的是怎样才能把货搞进去，水路？陆路？水陆并进？每个季度大喇喇几万台汽车的“散件”，用的是几个内地汽车厂的“配额”，真真假假都要靠近沿海开发区的“组装厂”把它们拼起来，才能赚大钱，一步走错，满盘落索，这桩大生意，从头到尾就像一场海陆空立体大战，而他洪爷，就是策划和指挥这场大战的统帅。

汽车的组装他反而不愁，内地那边有可靠的“桥头堡”，内地开发区，汽车公司多如牛毛，合作伙伴一抓一大把，他选定的合作伙伴条件一流，后台够硬，“卡士”（吨位）够重，这两年内地房地产不景气，不少有资金的大户都把资金抽出来搞汽车组装，形成一门新行业，他洪爷的“鸿运”公司更是捷足先登，早早就把压在房地产上的资金套出来搞汽车生意了，合作伙伴的“一哥”是个共产党的什么官员，把他洪爷的这盘生意看作能下金蛋的大母鸡、发展地方经济的灵丹妙药，一想起这家伙恭恭敬敬的模样，洪爷就乐不可支，他怎么也没想到，以前他是他们不共戴天的敌人，如今竟成了生意上的朋友，甚至，他成了他们救苦救难的观世音！

铃——爱立信手提电话的铃声十分悦耳，小姐把电话递到洪爷手上，温柔地坐在他身边，用清香怡人的润肤油替他按摩瘦骨嶙峋的胸脯。

“嗯——”他闭着眼睛用鼻子哼了哼，算是向对方应答，耳朵却十分敏感地捕捉着电话那边传来的信息。

“不行——”他慢条斯理地说：“最起码要给五叔那边多拉两千张票，你们今晚就得给我搞掂……什么？人情做大一些，有什么搞不掂的？那个姓邝的老太婆，七老八十怕她干什么？总之你们伸长耳朵听着，我欠了五叔几十年人情，这一回选举我要帮他一把，多少钱我都舍得出，要和那班左仔拗拗手瓜，要是衰了，你们就别想再做我的马仔！”

放下电话，洪爷才气定神闲地睁开眼睛，小姐正抚摸着他心口处那丛变白了的胸毛，见他睁眼，乖巧地嫣然一笑：“洪爷，好性感，好威啊！”

“一把老排骨，两根白胸毛还威？”洪爷咧开嘴，笑着露出一只硕果仅存的黑哨牙：“你这个北妹真会说话。”

小姐咯咯咯地笑起来：“不是北妹，是南妹。洪爷猜猜我乡下在哪里——”

她忽然顿住，洪爷双眼像着了魔似的盯住她的脸，她故意害羞似的低下头，阅人无数的她，懂得怎样扇旺男人的欲火，尤其是老男人。

他伸出一只手，捏住她的下巴，端详着她的大眼睛。这双漂亮的大眼睛有点眼熟，在哪儿见过？似曾相识。

悚然一怔，他想起另一个女人，四十年前在深水埗蓬莱茶居，他强暴过一个处女，随后又把她交给手下轮奸。那时他还不是洪爷，叫陈正伦，改名换姓几十年过手的女人多得数不清，但那双哀痛欲绝的眼睛伴随着撕心裂肺的尖叫，仍不时在他的梦境里出现。

嘭，嘭嘭，有人敲门。

小姐惊恐地望了望门口，从来没有人敢敲这间贵宾室的门，来人如果不是长了豹子胆就是吃错药，或者是——

洪爷仍然失神地望着吊在天花上美轮美奂的吊灯。

“洪爷！洪爷!”门外的人开口了。

“什么事?”他回过神来，恼怒地问叫门的马仔。

“日本和内地的客人都到了。”

“啊?”洪爷顿时像吸足了白粉似的精神起来，他翻身起床。披上华贵的丝质浴袍，向门口走去。

四

门一开，邝雪晴吃了一惊，一个着旗袍的女人泪流满面站在门口，女人身后闪闪缩缩躲着一个孩子——她的学生华仔。

“程太，出了什么事？华仔又闯祸了?”

女人哇的一下号啕起来，她扑过来搂住邝雪晴，浑身战抖哀哀地哭喊：

“邝小姐，华仔他爸……要被杀头了，你发发慈悲，想想法子救救他吧……呜呜……”

“怎么回事？别急，你坐下慢慢说——”邝雪晴连忙让程太坐下，给她斟了杯茶。

“今天，听从乡下来香港的乡亲说……呜呜……乡下搞土改，要分程家的田，百川他，他刚好出差路过县城，就被抓起来了，说……说是反、反动地主、反动军官，要杀头……”程太早已乱了方寸，抽抽噎噎好不容易才使邝雪晴明白究竟。

邝雪晴一时心乱如麻，脑门发木，耳朵嗡嗡作响。人命关天——程太的丈夫程百川，字雅斋，原出身惠州一家大户，后入黄埔，官至少将师长，解放大军入粤打广州前夕，他只身逃至香港，邝雪晴受哥哥邝雪林之嘱，三次登门拜访，晓以大义，说服他返回前线，率军阵前起义，为陈赓大军合围阳江之敌创造了有利形势，他本人在新中国成立后也成了有功人士，出任东江水利副专员不到一年，怎么……一下子要杀头？乱了乱了，一定是搞乱了！怎么办？撒手不管？不行！人是你动员回去的，你就得负责搞清楚，功是功，过是过，功过颠倒，搅浑成一锅，日后还要不要做工作？我邝雪晴还要不要在街坊家长中立足？不，不能让反动派增加造谣惑众的资本，不能让不明真相的香港人乱戳新中国的背脊骨骂街。

她一边思索，一边麻利地动手收拾手巾牙刷洗换衣服，拾掇好手提包才对程太说："我陪你上广州，先问清怎么回事，再设法交涉。哦，对了，程先生起义的时候，解放军叶剑英将军不是发过一封电报祝贺光荣起义吗？"

"好像是有……"程太迟疑了一阵，忽然叫起来："唉！我都急懵了，是有个什么电报，香港《华商报》也登过，回去找找，兴许还能找得到。"

"我去买火车票，你赶快回去找找——"邝雪晴急如星火地说。

邝雪晴领着程太、华仔上广州，一出白云路的广九火车站，就坐三轮车直奔东山新河浦的哥哥家，哪知却扑了个空，在省政府工作的哥哥邝雪林和嫂嫂都下乡到南路高雷地区搞土改去了，只剩下岳母一个人看门，老人家没文化，耳聋眼又花，一口客家话，不可能帮她们一点忙。邝雪晴急得火遮眼，一筹莫展。

程太见她眉头紧锁，一言不发，料得是凶多吉少，又搂着华仔嘤嘤地哭泣起来。

邝雪晴焦灼的目光忽然落到程太找来的那张《华商报》上，一行标题字像磁铁一样吸住她的思绪——

"程百川率部起义，叶剑英驰电嘉许——"

叶剑英！找叶剑英！她的脑际像昏暗的隧洞里划亮一根火柴，霎时间闪出希望的亮光。

她见过一次叶剑英。那是参加香港九龙各界爱国同胞慰问团，第一次到新中国成立后的广州慰劳解放军，她代表全团向叶剑英献锦旗。叶剑英握手时带浓重客家口音的广州话问：几大了？她回答二十。叶剑英又问：读书还是做事？她答做教师。叶剑英呵呵笑了：呵，唔简单，是个小先生。她也笑了，大胆地开起玩笑来：是老先生，我十五岁就教劳工小学啦！叶剑英惊讶地看了她一眼：呵，你教书教了五年啦？是老先生，是老先生，笑得更开心了。

如今，贸然去找他，他还认不认得我这个"老先生"？再说，偌大广州城，到哪里去找这个大人物呢？

事急马行田，邝雪晴只好无头苍蝇似的拉起程太和华仔在广州各机关大院乱撞。第二天上午，她们被华南分局大院门口的卫兵拦住，革命警惕性很高的卫兵对一身资产阶级太太小姐打扮的她们严加盘查，当知道她们想找叶剑英更大为紧张，而且马上惊动了排长、连长、营长。在她们前面四五个穿黄军装的军人围了一个半圆形，冷漠、坚决但又有礼貌地要他们赶快离开：

“叶剑英同志不在这里，你们也不可能这样就见首长，赶快走吧——”

“不！我认识他，他一定会在这门口出入，我等他！”邝雪晴坚决地说。

正在僵持，凄厉的空袭警报鬼嚎似的拉响了——

空袭，国民党的飞机又要轰炸广州了。

华仔吓得哇哇大哭，程太面如土色，手足无措，邝雪晴抬头望望天空，心底亦掠过阵阵寒意，可她很快镇静下来，看着大院内穿蓝制服的男女老少纷纷往一个方向疏散，她猜那里有防空洞，这使她想起香港沦陷时的情景，那时日本飞机对香港狂轰滥炸，她才十一岁。

大门口的军人也开始散开隐蔽。军官们命令邝雪晴马上离开，语气急促而且越来越严厉。

“赶快走！走！”一个军官瞪起眼睛，猛然从腰间抽出驳壳枪，枪柄上的红绸布像一团火一样灼炙着邝雪晴的眼帘——“再不走，我们不客气了——”

一辆黑色的轿车从远处急速驰来，吱—— 一下刹车，车门一开，一个国字形脸的中年干部探出身来：

“怎么回事？为什么还不躲警报？”

叶剑英！邝雪晴眼一亮，惊喜中一时不知怎样称呼他，叫叶先生？太见外，叫他的职务？她对此茫然无知。仅知道他是目前广东最大的官。情急之下，脱口而出叫出声来：“叶同志——”

叶剑英显然没认出她来。那个拔枪的军官急忙收起枪，向他敬礼、报告：“报告首长，这两个老百姓没有出入证，非要进去找人，我们怕暴露目标，要她们赶快离开……”

“离开？国民党飞机就要扔炸弹了嘛，给炸着了怎么办？这时候应该先把老百姓领到防空洞去，有什么事解除警报再说。”他转面向邝雪晴她们招了招手：“来，上车，我送你们进防空洞。”

喜出望外！邝雪晴一上车就迫不及待地嚷：“叶同志不认识我了？我是香港来的‘老先生’啊！给你送锦旗的——那次港九各界代表团慰问大会——记得吗？”

“啊——哈，是你呀！”叶剑英终于想起来了，汽车也刚开到防空洞口。

防空洞挤满了机关干部，家属小孩，有人认得叶剑英，给他让开一点空间，邝雪晴她们挤进去，昏暗的防空洞里不准说话，大家都沉默地或蹲或站熬时间，叶剑英坐在小板凳上，邝雪晴焦虑地看着泰然自若的叶剑英几次欲言又止，叶剑英仔细地觉察到她的不安，悄悄地问："找我有什么事?"她赶快递过代程太起草的申诉书和刊登叶剑英贺电的《华商报》。他让警卫员按亮手电筒，眯着眼睛翻看了这几页申诉和报纸，蹙眉沉吟了好一阵，转头问邝雪晴："他是从香港回来的?"邝雪晴使劲点点头："是我们在香港动员他回到前线起义的。"叶剑英说："哦，在香港做工作不容易。一次言而无信，多少血汗付诸东流，蒋介石正求之不得让香港人一听'共产党'三个字就打哆嗦咧。"说着他果断地从干部制服上衣口袋里抽出自来水笔，把申诉书按在膝上批了两行字。低声对邝雪晴说，"防空警报一解除，你赶快去广东军区招待所找东江军分区的凌霄司令。他还在广州开会。就说是我叫你去找他的。哦，等一等。我叫警卫带着你们坐我的车去。"

借着黄澄澄的手电筒亮光，邝雪晴看清楚了叶剑英古朴有力的笔迹：

凌霄同志即办——

刀下留人！并据此申诉再查实，如有起义人员因土改问题被关押者一律释放，恢复工作。

叶剑英

轰隆！一声巨响，防空洞整个摇晃了一下，本来混浊的空气立即弥漫着一股刺鼻呛喉的硫磺味，国民党飞机扔炸弹了，弹着点大概离洞口不远。

"谁还亮手电？快灭掉！不要命啦?"洞口飞进来一声怒喝。警卫员回头刚想解释，叶剑英拉拉他说："算了，灭掉。"

手电筒熄灭了，防空洞顿时漆黑一片。

五

午餐会假座新光大酒楼举行，席设十六桌，临时又追加三桌，出乎意料地热闹。凌霄一到就被惊喜的老人们包围起来，老人们有的来自内地，更多的是散落在香港、新界的老“东纵”。一股滚烫激流在他心窝里涌动、撞击。啊，“疍家仔”！你还活着？哎，“马骝精”，没想到能在香港见到你！啊，都好都好！能见到就好！……凌霄忙不迭地向旧友同袍应答，一一紧握，眼睛不知不觉地濡湿了，唉，重逢是一把神奇的钩子，从岁月的深潭中能钩起多少珍宝啊，多少年来凌霄一直为这些失散的战友深深内疚——假如“疍家仔”没有负伤……假如没有北撤……假如军调部没有把北撤人数限得死死的……唉，世事哪有那么多假如？

凌霄老泪纵横。

老游击战士、老堡垒户、老自卫队员、老“交通”们的忘情欢聚，把晚辈们看懵了，参加午餐会的，大多数是战后出生的中年和年轻香港人，眼前这群耄耋老人“老夫聊发少年狂”，令他们目瞪口呆：老人们欢叫着握手甚至拥抱，互相叫着小名和绰号，追寻着半个多世纪的面容和身影，很多人分手后就再没机会见面，严酷的生存环境像个瞎眼的棋手，把他们胡乱摆放到社会这个大棋盘的各个位置，有的成了富商显贵，有的仍为菜农看更，但在午餐会上，从重逢这一刻起，他们在现实社会中的鸿沟和差别仿佛暂时消失，一切回复半个世纪前态势：战士和指挥员，都是一个桶里屙尿，一个锅里吃饭的生死之交。

高潮的序幕是从程序被打破揭开的。多喝了两杯“XO”的“疍家仔”突然上前夺过正在宣布筹款注意事项的主持人手中的话筒，满脸醺红地说：“各位各位，今天见到这么多老友，我真开心，我‘疍家仔’十八岁参加凌霄支队打日本仔，当年支队上上下下都认识我疍家仔，可我1945年负伤到新界养伤，现在已经五十多年，今年已经七十三岁了，要建抗日英烈纪功碑，我一万个赞成，我决定捐出我一生的积蓄三十五万元，不为什么，就是为——”他双眼闪出泪光，喉咙发哽，几乎吼出声来：

“就为我这辈子也打过日本仔！”

全场掌声雷动。凌霄再也控制不住自己，他起身迎着激动地退下来的老伙计打了一拳，发狠地喊了声——“好你个‘疍家仔’啊”，紧紧地抱着他又拍又打。

偌大的餐厅霎时间安静下来，几乎所有的人都动容地看着这一对老伙计，一个肥头大耳的香港后生感动地半张着嘴，好一阵才扶扶眼镜叫出声来：“哇——共产党原来是这样的……”

午餐会一下子卷起了捐款的热潮，你一万我五千，此起彼伏，宾纳先生代表夏柯理爵士宣布，“二战”老兵会和东亚集团共同捐资五万美元，不甘人后的程浩良更出手不凡地做出一个惊人之举：捐资三百万元兴建纪功碑和附设的公园，另出资三百万设立一个抗日老人优恤基金会，并提议诚邀凌霄出任名誉会长。程浩良话音一落，全场一片欢腾。

在一浪高似一浪的掌声欢呼中，邝雪晴很平静地坐在午餐会的一角。她来迟了，一进门恰好看见“蛋家仔”宣布捐出全部积蓄那激动人心的情景，她悄悄地在最靠边的一桌找个空位坐下来，尽管如此，仍有几个老熟人发现了她，特意跑过来叙旧打招呼，这些都是搞工会、街坊会的基层“老爱国”，几十年了，从满头青丝熬到一头白发，依然两袖清风地在香港的最底层摸爬滚打，和他们在一起叙谈，邝雪晴会立即感觉到自己做的事太少太少，这些人有的是1940年代学生运动的主将，有的甚至是抗战时回国服务团的骨干，和现在抛头露面活跃在香港立法局和各级政坛上年轻的爱国人士相比，他们可算得上是爷爷级的老前辈，但他们默默无闻，甘当铺路石，把香港的回归之路一直铺到“九七”，他们叱咤风云的历史，只有很少很少人知道。

掌声喝彩声不时爆响，邝雪晴一面和老友们倾谈，一面不时抬头留意上台捐款的人。突然，她看见一个中年绅士站在台上——程浩良。

哦，他也来了？她颇为意外。早就听说，这个香港巨富中的后起之秀，凡事都离政治远远的。

然而，程浩良一开口就把全场惊呆了，两个三百万！接着，他提起一个人的名字，邝雪晴恍然觉得熟悉，心头一热，沉睡多年的记忆突然被烫醒了——

凌霄！是他？当年解救起义将领程百川，叶剑英就是要邝雪晴找他，也幸好找到他，程百川才得以从死牢中被释放，官复原职直至病逝。

她霍的一下站起来，激动地向主宾席走过去。

可是，凌霄不在。他刚刚被人叫走了。

“是你？”凌霄微微意外地在门口怔了怔——小儿子凌为民正坐在兰亭阁小厅的长沙发上，一见他便跳起来：

“爸爸——”

长沙发另一个西装革履的中年人也笑容满面地站起来，迎上前十分亲热地向他伸出双手：“老首长，还认得我吗？”

凌霄端详好一会，才失声叫出他的姓名：“何栋材？是你啊——怎么跑到这儿来找我？”

“一件天大的好事，又十万火急，一定要请您老人家帮忙才能搞得掂，所以我从广州到北京找凌卫民，拉上他找到香港，上天入地也要找到您……”何栋材得意地搓着手开起玩笑来：“我这个老警卫员找首长还算有本事吧？我们一到香港就像私家侦探似的到处打听，终于追杀到这里——”

凌卫民说：“爸爸，何叔现在是南石开发区的一把手了，正要搞一个大项目，日本财团答应第一期投资五亿美元，所有的立项手续都办齐了，可就是一百几十亩地的事卡住了，非得请你出马。”

“什么项目？”凌霄笑笑问：“又是什么高尔夫球场之类，花样翻新炒地皮？要是这种项目，我可不敢帮忙。”

何栋材急忙摇头摆手：“不不不，我何栋材是什么人省长你还不清楚？哪里敢搞些烂项目来坏我老首长的名声？这回可真是个过硬的项目，我在北京泡了几个月，好不容易才攻下主管部头头这一关，争到了批文——全国都不让搞了，就我这项目网开一面：特事特办加特批——”

“到底是什么项目？”凌霄眉头蹙了蹙，嫌他说话啰嗦。

“汽车组装厂，”何栋材乖觉地改变了口气，说话也像汇报工作似的简洁起来：“就是进口日本中档吉普车、卡车和特种车的散件，在我们南石组装起来，用国产汽车厂的出厂指标和牌标销售出去，这是北京部里特批的，国产的云山汽车厂这几年老是完成不了出厂计划，他们同意我们有偿使用他们的出厂指标和牌标，出一台车收管理费一万元。”

“哦，就是把进口车变成国产车卖出去？”凌霄似乎有点明白了。

“不不不，不是一回事，”何栋材小心地解释：“每台车当然要加进一些国产化的零部件，所占的百分比从小到大，从易到难，逐步国产化，我们有个十年国产规划，部里也批下来了，桑塔纳、奥迪也是这么搞的，现在成了国产轿车的支柱了。”

“这么大的项目你们连几十亩地都解决不了？”凌霄眉头微微一皱，有点疑惑地扫了何栋材一眼。

“哎呀，老首长看问题真是一针见血！”何栋材苦笑着说：“这项目规划用地一千八百亩，是沿着洗马河岸一直划下来的，在我南石开发区范围内都好说，可还有三百八十亩在特区范围内，那里靠近铁路，外商指定要在那里建中转站和码头，这就要省长您老人家出面了。”

“铁路？是靠南石围村南那块地吗？”凌霄对那个地方太熟悉了，那里的一草一木似乎就生长在他凝重而绵长的记忆里，他眯起眼睛，喃喃地说：

“那里有个洗马河战斗的烈士陵园，我们在那个地方牺牲了十二个人……”

“不，不，”何栋材忙不迭地打断老人感伤的回忆，声明：“我可以肯定那块地不包括陵园，那是个精神文明建设的爱国主义教育基地嘛，怎么可以随便划来建工厂呢？谁敢？拿个水缸给我做胆，我也不敢这样干啊。”

周围的人都笑起来，凌霄也给逗笑了。

“好吧，给你们南石发挥点余热吧，说到底，我这把老骨头也在这块土地上打过仗，流过血嘛。”凌霄突然想起了上午的事情，变得兴致勃勃：“对了，大老板程浩良先生也在这里，他说，想在你们南石搞个石化城呢，投资更大了——十八亿美元！”

“我早就听说过程先生的意向，他定了在我们南石搞了吗？”何栋材兴奋得两眼放光！

“是他亲口说的，他现在就在这里，你可以再和他谈谈，做做工作，”凌霄胸有成竹地笑笑：“我再敲敲边鼓，我想问题不大——”

“爸爸，南石一下子成了块宝地，我也动了心下海，调到何叔叔手下发展了。”小儿子凌为民凑热闹地说。

“真的？”凌霄有点意外，他一下子悟到了儿子为什么要跟着何栋材跑到香港找自己，小儿子在北京一家机械研究所供职，一向老实本分，搞开拓行不行？凌霄心中实在没有底：“北京到底是首都、大城市，再说你那专业——”

何栋材拍着凌为民的肩膀说：“老首长，你可别小看了你儿子，这可是个难得的人才，我已经和外商商量过，准备就让他来当那个汽车组装厂的中方总经理啦！”

“一下子就当这么大的企业总经理，行不行？一步登天嘛！”凌霄笑着看看儿子，又看看何栋材。

“怎么不行？您当军分区司令时多大？不就三十出头嘛！为民都三十五六了，还说他不行，他还有希望吗？”何栋材搓搓双手，又蹦出一句：“别应了那句话：老子英雄儿好汉，时间一过泪哭干啊。”

“爸爸，您放心，我能干好！”为民红着脸憋足了劲说。

儿子为人实在，不是花巧之人，这一点凌霄心中有数，事至如此，只好让他试试了：“你可要想好，一干就只能干好，如果搞成一锅粥，就把你老子的老脸都丢光了。”他回头对何栋材说：

“你不是想见见程浩良吗？等会儿我带你们去，好好谈谈，如果真把石化城搞成了，我们也对得起这一方水土了。”

六

呜呜——空袭警报！又是空袭警报！

刺耳的声浪像把无形的尖刀，从人的耳孔戳入乱搅一通，搅得人的脑浆和五脏六腑一塌糊涂。林子君刚好在启德机场的日本军需仓库卸下半车大米和罐头，一听这警报器的哭号声，心里一阵兴奋一阵紧张，这是第几次了？林子君记不清了，盟军飞机对香港九龙的日军目标轰炸越来越频密，这说明日本仔的垮台指日可待了。

他跳下卡车，突然看到蓝天上绽开一小朵白云，紧接着听到“咚”的一声巨响，天空上一小朵一小朵的白云越绽越多，“咚、咚、咚”的巨响连成一片——他明白了，这是日军为保卫启德机场的高射炮群在编织火网，但他看不到盟军的飞机，它们在哪儿呢？林子君的脊梁骨突然一阵发凉，他听到了一阵恐怖而低沉的嗡嗡声。

这次盟军的空袭肯定非同寻常，盟军的炸弹是不长眼睛的，它分不清谁是盟友，谁是日本仔。上个月，林子君的好朋友阿新在奉命潜入太古船厂窃取日舰图纸时，恰好遇上盟军飞机轰炸，当场就牺牲在被炸塌的船厂写字楼里。

事不宜迟，他迈开长腿，三步两脚奔向零式战斗机修理棚旁的小掩蔽所，他一边跑一边猜想，那两个家伙——日军飞机机械师佐藤二作和机修工台湾仔阿南，一定趁机躲在那里喝酒。

他们三人是酒友。林子君所以能和这两个家伙称兄道弟，主要是因为他总能搞到酒并乐于与他们分享，其次是他是卡车司机——虽然香港人不能当正式的军车司机，但外号“高佬林”的林子君人缘好，会讲几句日语，因此军需仓库的头儿三木中佐经常让他单独驾驶，这使他出入机场如鱼得水。

林子君热切地想利用这一得天独厚的身份多做点事情，他设想出几个大胆的计划，但一提出就遭到单线联络的上级严厉制止，给他们的任务仅仅是：了解机场日机新增的数目和型号，并且强调：绝对不能再和任何人发生横的联系。

多年来林子君一直是遵守纪律的模范，从他奉命进入机场当了日本仔的见习卡车司机那天起，“高佬林”就在港九大队所有香港联络点和游击区消失了。他生活在另一个世界里，时刻威胁他生命的除了日军的情治系统，还有盟军不长眼睛的炸弹。

掩蔽所里一团漆黑，他摸进去，擦燃一根火柴点着了地上一盏风雨灯，发现佐藤二作烂醉如泥，斜靠在水泥墙角里，看来他俩早就在这里喝开了，地上躺着两个空酒瓶，一个吃光了的沙丁鱼罐头。

台湾仔阿南不见了！林子君十分诧异。很难设想这对哼哈二将缺少了一个，阿南酒量比佐藤小，那日本仔醉成这副样子，阿南和他对饮绝对好不了多少。可他跑到什么地方去了呢？

这真是一个谜。

他捺灭风雨灯，悄悄离开掩蔽所，刚出洞口，就觉得脚下一震，紧接着听到一声巨大的爆炸——盟军飞机开始轰炸机场了。

他弯下腰，冲向修理棚。棚里正在修理一架轻型运输机，却空无一人，修理人员早就疏散防空了，林子君隐藏在墙边两个大油桶后，盘算了一阵，眼前这架飞机是一个巨大的诱惑，要让它在日军的战斗序列中消失，现在简直是天赐良机，只要走近它，用废棉纱点一把火塞到机舱——

突然，飞机肚子下面竟钻出一个人——台湾仔阿南！林子君惊呆了，他在这里干什么？难道——他脑子突然冒出一个古怪的猜测，激动得浑身一颤。

轰隆！又一声巨响，大地发冷似的摇晃了一下，盟军的轰炸的弹着点越来越近了。

突然，修理棚的门口传来一声狂嗥——突然像魔鬼冒出来的佐藤二作阴鸷的小眼睛瞪得血红。狞笑着握住一把手枪向阿南一步步逼近，原来这家伙一点没醉！

瘦削的阿南转过身来，面对这个像只狂暴野兽的酒友，紧绷的厚嘴唇咧开，微微一笑，若无其事地划着一根火柴，点燃了一团棉纱，像拎一只死青蛙一样，向佐藤扬了扬，然后扔进飞机机舱里。动作和刚才林子君设想的几乎一模一样。

“砰——”佐藤的枪口冒出一缕青烟。

阿南瘦小的身躯晃了晃，带着似乎凝固了的微笑，颓然倒下了。就在这一刹那间，飞机仓里猛然蹿出大火！

“噉——咿！”佐藤像只疯了的野狼一样乱叫乱喊，不顾一切地向阿南步步紧逼，对着倒下的阿南连连开枪。

“咚！”疯狂的佐藤突然脑浆飞溅，林子君跳出来，挥舞一柄大锤，照他脑袋狠狠敲了一下子。佐藤张开双手猛然扑倒，很触目、很无奈地在地上摆了个“大”字。

“阿南，阿南——”林子君抱起阿南，飞机里蹿出的烈焰灼烤着他的脸，他觉得眼前有无数金星飞舞，一股烤焦的味道直冲鼻孔，几乎令他窒息。他终于把阿南抱出修理棚的门口。阿南紧闭着双眼，嘴里喃喃地发出模糊不清的声音。林子君低下头，凝神听了好一阵，才听清了他断续的话音：

“……中国人……打日本……”

轰隆！天地倒置，地裂山崩，世界一团漆黑。

是盟军飞机投弹？还是着火的飞机爆炸，林子君以后一直没搞清楚。日本人也不清楚，谁也没法搞清楚。林子君被炸伤从昏迷中醒来，已经躺在日军的伤兵医院里，人们告诉他，佐藤和阿南都被盟军炸死了，只有他命大，捡回了一条命。

七

程浩良抬腕看看劳力士钻石表，不安地把眉头一拢，都过了约定时间二十五分钟了，怎么还不来？

今天的安排是他昨天在新光酒楼的筹款会上约好的，而且立即吩咐公司精心准备——他要邀请两位故旧乘坐他新建造的私家游艇“百川号”，去游览大屿山并参观那尊由中国用航天技术建造的大铜佛，这尊奇特的坐南面北的大佛，据说在世界上是独一无二的。

他盛情邀请的宾客，一是退了休的中学校长邝雪晴，还有就是从内地来的退休副省长凌霄。

他是在昨天的宴会上，意外地遇到儿时的老师邝雪晴的。那时，他正坐在主宾席上，一位头发花白但十分面善的老太太举着杯果汁走过来，自我介绍说是培华学校的退休校长，现在是A区黄倚云助选团的团长，请程先生对黄倚云女士的参选大力支持，云云，程浩良当时有点心不在焉，口头上客气地说

"支持支持"，但连这老太太的名字也没听清楚。当他接过老太太热情递过来的名片，心头猛然一亮，他清楚地看到名片上"邝雪晴"三个字。

"哦，是邝先生。"程浩良一下子紧握着邝雪晴的双手："您还记得我吗？我是华仔啊！四十多年前，您带着我妈妈和我上广州救我父亲，幸亏您找到了叶帅，您是我们程家的大恩人哪！"

"你是华仔？真是——真是华仔？"邝雪晴眯着眼仔细端详着他的面孔，追忆着远逝去的印象，喃喃地说。她想起来了，华仔是四十多年前教过的那个最顽皮的孩子。

程浩良告诉她，他父亲获释后，执意要留在内地。他妈妈只好带着只有八岁的他远渡重洋去美国投靠亲友，以后又辗转去了加拿大，他在那边读大学、攻博士，三十岁那年回香港发展，回港后他曾打听过邝先生下落，可是人海茫茫，哪里去找？他开始搞电子厂，后来做地产，尝尽酸甜苦辣人生百味，五十岁那年建立起自己集团公司，现在他成为香港人瞩目的成功人士，但是，知恩图报的他永远忘不了儿时的邝先生，忘不了和叶帅一起钻防空洞躲避轰炸那一幕，也忘不了四十多年前只见过一面的凌霄司令……

"啊，凌霄——他知道你是程百川的儿子？"邝雪晴问。

程浩良摇摇头，用手戳戳眼镜，老成持重地说："我暂时没有告诉他，因为我正在实施一个对内地投资的大计划，我不想给他和外界一个这样的印象——我投资内地是为了报恩。在我看来，恩情归恩情，生意归生意，两者还是分开好。"

此刻凌霄已分身乏术，他先被一群不速之客困在兰亭阁，好不容易等他出来，一伙又一伙的战友旧交又轮番过来握手寒暄，直至散席，程浩良和邝雪晴才能见缝插针地和凌霄叙谈了一阵，还和南石开发区的何栋材主任见了面，约好时间再谈投资石化城的问题。程浩良当机立断，邀请两位老人明天乘坐他的新游艇游大屿山，并且约好，明天派他的劳斯莱斯专车去迎接。

嘀铃铃——手提电话鸣奏起一组奇妙的乐音，随员连忙把电话递给程浩良——这是他的座驾司机打来的。座驾司机告诉老板：客人凌先生要求先去丽晶酒店一个签字仪式亮亮相，说好十分钟下来，结果上去以后被一群抗议人士包围了。

"怎么会出这样的事？"程浩良勃然变色，连忙吩咐随员："赶快给差馆和保安司打电话，告诉沙利文先生，丽晶被围的人中有我的贵宾，一定要保证他们的安全——”

会场一下子冲进几十个大呼小叫的港人，凌霄心头掠过一阵惊愕和不快，但旋即冷静下来。他和邝雪晴刚刚步入会议厅，准备替何栋材捧个场就离开去赴程浩良之约，不料此刻被围住脱身不得，好多年没见过这阵势了——“文革”时倒是天天领教这种场面的，没想到在1990年代中期的香港妖雾重来，这真够滑稽。

凌霄看见来捣乱的人打着“南石楼盘烂尾，港人受害谁管?”“强烈抗议损害南石楼盘业主权益”的大字横额，马上就知道这伙人来者不善，而且是冲着何栋材来的，今天本来是由南石开发区和日本财团签订汽车厂项目的投资意向书，那伙人是怎么得到消息，聚集到丽晶酒店来大轰大闹的？这可真有点奇怪了。

凌霄睨了睨何栋材，这家伙有点沉不住气，向日方代表点头哈腰连连解释道歉，却不敢上前来向凌霄说清楚是怎么回事。

邝雪晴早就见怪不怪，习以为常了，她在一旁冷冷地说：“他们前天已经闹了一次，冲击了我们的竞选辩论会，这是有策划、有预谋的，目的是为他们的竞选造势，搞乱香港民心，他们还花钱雇佣一些失业人士和孤寡老人冒充受害者，被我当场戳穿了，一些人动不动就上街搞示威抗议，香港有识之士称之为职业行街党。不过，看来南石开发区的楼市确实有问题，被他们利用大做文章，如果不及时解决，在香港影响很坏——”

“哦?”凌霄用点愠怒地把何栋材叫过来，严肃地问：“你给我说老实话，你们开发区到底有多少已经预售的单元楼盘不能按期交付给业主?”

能说会道的何栋材反应极快，只稍稍顿了顿，就笑着说：“这个……具体数字还是回去查一查，但我敢向老首长打包票，这些污糟事和我们开发区一点关系都没有，我们只管卖地，发展商买了地拿去盖楼，有的发展商资金本来就不充裕，靠贷款、集资、卖楼花来玩地产，哪能玩得下去——”

“你们就那么干净，难道一点责任都没有?”凌霄犀利地打断何栋材的话头，“明知他们条件不具备，你还把地卖给他们，这不是合起伙来坑买楼的业主吗?”

何栋材脸一红，马上笑嘻嘻地解释说：“老首长，我怎敢干这买卖？哪个来搞房地产开发不是扛着银行的牌子来的？这个有后台，那个有靠山，都得罪不起啊。”

邝雪晴今天心脏又早搏频频，不想多说话，这时实在忍不住了，她绵里藏针地插了一句：“前天他们冲了我们的会场后，我们立即作些调查了解，南石楼市的问题，正如何主任所说的，确实有问题，而且是内外勾结，串通作弊的严重问题。但是，造成烂尾最严重的，倒还不是内地的公司，而是香港的鸿运发展公司，据我们所知，南石烂尾楼共有十二栋、一百三十八个单元，光鸿运名下的就占了七栋、八十二个单元。奇怪的是——”她转头瞥了何栋材一眼，心一横，把到嘴边的话像子弹一样一句句蹦了出来：

“鸿运公司资金周转不灵，造成大量楼盘烂尾，损害了近一百个香港买楼人士的利益，但又竟然有能力和南石开发区合组新的鸿发公司，而这个鸿发，也参与今天签约的这个汽车项目的投资。”

凌霄顺着邝雪晴手指的方向，看着主席台上参加项目投资的公司名录牌，鸿发公司赫然在目，他狐疑地盯了何栋材一眼：“怎么回事?”

何栋材十分机巧地笑笑：“我回去一定认真查一查，有的港商运用资金的手法活得像孙悟空，七十二变化，上午是这个公司的钱，下午又拿去换一个名字和别人合伙做另一桩大生意了——”

邝雪晴刚想说话，那群抗议的人士呼啦一下突破酒店保安的拦阻，拥到会场主席台来了，他们发现凌霄年纪最大，认定他是内地来的“大官”，把他团团围住，“干什么？干什么?”凌卫民、何栋材和邝雪晴急忙斥责围上来的人，紧紧地护住凌霄转入旁边的贵宾室。

凌霄脸色铁青，紧抿着嘴，始终保持着一丝威严的冷笑。

通体雪白的豪华游艇“百川号”昂起漂亮的船头，轻快地剪开平滑如镜的海面，款款前行。

正前方，大屿山隐约可见。

凌霄坐在贵宾舱宽大的沙发上，一言不发。早上轻松写意的心情荡然无存。凭着从政多年磨砺出来的感觉，他发现自己已经受到一名曾经亲如子侄的老部下的愚弄，同谋的甚至有自己一向老实的小儿子！在突破包围登车前往游艇会码头之前，何栋材一边殷勤地送他上车，一边絮絮叨叨地解释，似乎他也是受了蒙骗，可是凌霄一句也没听进去，够了，别再把我凌霄当作一个一听好话就昏昏然的老傻瓜！他们的那个汽车项目，得大大地打上一个问号！

船过长洲岛，程浩良娓娓而谈，向客人介绍香港人脍炙人口的掌故：海盗张保仔，他认定，一百多年前，张保仔的巢穴在长洲岛。

张保仔的故事凌霄也十分熟悉，但他仍有礼貌地听着，从心底里升起几分感激——这个香港大亨，倒有点人情味，还挺厚道，他讲这些老掉牙的东西，是竭力想让客人忘掉上午的不愉快事件，把有点沉闷的气氛活跃起来。

张保仔的话题却勾起了凌霄一桩心事，香港有太多的故事，而他此行最想知道的，只是发生在五十年前启德机场里的一个谜。

他转面问四十多年前曾见过面，现在又偶然相遇同游的邝雪晴：

“邝校长，您是老香港了，我想向您打听一些往事，不知会不会太冒昧?”

“是不是想打听东纵的老战友在香港的情况?”邝雪晴十分了解上年纪的老人的怀旧情结，微笑地反问。

“啊，对，不知道您能否记起，在香港沦陷期间，我们的人或者您认识的朋友中，有没有人在启德机场做过事?”凌霄期待地望着邝雪晴，像个全神贯注的孩子。

“有啊，我先生就在启德机场当过见习司机，听他说，他是1944年底进去的，后来还在盟军的大轰炸中负了重伤，一直在医院住到香港光复——”

“太好了！说不定我们还认识呢！”凌霄兴奋起来：“您先生是——”

“他有好几个名字，常用的叫林子君，外号‘高佬林’。”

“天！是他！”凌霄忽地站起，激动得脸上的筋肉也哆嗦起来：“您是‘高佬林’的爱人？他，他现在——他还好吗?”

“他四年前就去世了。”邝雪晴神色黯然。

“啊，‘高佬林’他——去了?”凌霄一震，两眼茫然地直勾勾望着窗外，好一会才回过神来，双手抓起邝雪晴的手，仿佛她就是“高佬林”：

“我和他是老战友啊！我们俩在东江、新界经常打交道的，后来，他突然消失了，我也北撤山东，再也没有联系，我猜想，他转到日本军部做内线工作去了……”

“他这个人很少提自己的经历，我和他是1950年结的婚，他只向我说过他打过游击，后来又在启德机场做过日本人的见习司机。”邝雪晴追忆说：“记得他说过，最无奈就是在启德机场这大半年，一事无成，本来是可以做成几件大事的——”

凌霄有点失落地“啊”了一声，他缓缓地坐下来，喃喃地说：“他是个很好的人哪，忠心耿耿啊，一直忠心耿耿啊。”

“哈——今天又是一场老友旧交的欢聚，难得难得!”程浩良不失时机地为两位有点伤感的老人调整情绪和气氛，挥舞双手招呼侍者：“快去，开香槟——”

香槟很快就端上来了。

凌霄接过香槟，举了举酒杯，正欲一饮而尽，忽然改变了主意，他拉着邝雪晴，步出贵宾舱，一直走到游艇的船舷边，迎着柔和的海风和船舷溅起的浪花，他颤巍巍地一扬手，杯中珍贵的香槟随海风闪亮地飘飘洒洒，像一串散开的珠宝、一把黄金，扑入大海的怀抱：

“这酒，应该敬林子君他们——”他轻声喃喃地说。

邝雪晴、程浩良也依次把酒洒进大海。

游艇上一片肃穆。

正前方，青黛伟岸的山峦也肃立着，迎候着白色的贵宾驶入它的港湾——大屿山到了。

生　　命

明天！一切一切，或许都要结束了！

窗子外面就是大海，那一片无垠的蓝色生命在温柔地呼吸，无数白色的精灵在那上面跳舞、嬉戏，但这一切都与你无关了——杨娅觉得自己像一团白云，向着一个幽远而神秘的空间飞升。那里，没有烦恼，没有恩怨纠葛，没有重用提拔，也没有腐败丑恶、倾轧暗算……

那蓝色生命上空真悬着一团团白云。仿佛很久很久了，她每次搭乘飞机，都望着那一朵朵悠悠徜徉在天边的白云出神。她真羡慕，羡慕它们自由自在，既一尘不染又与世无争。它们是群山争着搂抱的宠儿，是天穹悠闲恬静的贵客，是天堂的面纱，梦幻的伴娘。无论现实或憧憬，白云都拥有为人称道的品格——高洁！唉，杨娅越眷恋人生，就越掂出这两个字的珍贵——高洁！

也许是一念之差，本来她完全不用冒这天大的风险。但是，这样一来她此生就与高洁无缘了，她注定要背上一个巨大的黑锅，注定要被世人带着无数问号的目光烙得千疮百孔。尽管，她大可以旁若无人，我行我素，照样活得有滋有味，甚至比任何时候都要好。

不不！不能！不能这样活着！在日日夜夜的权衡中，她选择了明天，让明天来决定一切……

一

她肯定有什么事瞒着我，杨娅想。她一边说着话，眼睛里一边闪烁着一种奇怪的光。只要杨娅的目光一接触，那点奇异的光马上就像触了电似的蹦开。

“还有什么事?”

“没有……没有了。”

“噢！大概还有些事没必要让我知道。”杨娅故意调皮地眨眨眼睛，笑笑，“机密？要是喝喜酒瞒着我，你可要当心——”

“什么呀！都这样了还开什么玩笑?”姚小戈眼圈突然红了，“我爸他……”

杨娅忽地从病床上坐起来：“姚书记怎么了?”

“不，不，没什么……”姚小戈使劲地摇着头，站起来走到窗边。

“告诉我，不然我今晚又要失眠了。”

“你失吧失吧！你们这些政治动物!”小戈突然恼火地嚷起来，激动得满脸通红，两眼泪光闪闪，“告诉你，今天，他落选了！行了吧?”

晴天霹雳！杨娅全身一战，突然觉得很冷很冷，骨髓瞬间像结了冰。

杨娅到丰江快有四个月，不敢说这个班子有几根骨头也摸清了，但自信对姚子昆还是相当了解的，他一年前孤身一人，带着蚊帐被铺还提着一个水桶来到丰江走马上任，是因为前任建私房搞不正之风被查处调离，仓促中被省里点将点来的，他自己一点心理准备也没有。辛辛苦苦干一年，口碑还不错。这次县委班子正常换届，省里县里都摸过底排过队，都认为他当选是没有问题的，怎么会落选？这简直是在这有上百万人口的滨海县份闹了场政治地震！

有鬼！杨娅警觉地骨碌着本来就很大很灵活的眼睛。冥冥六合，一只巨大的蝙蝠遮天蔽日地扑来，一团浓墨似的八爪鱼黑沉沉地压下来，她的双眼被啄去了，可怕的黑暗从空洞的眼眶涌进躯壳，躯体在膨胀，膨胀，直至爆炸……

又是幻觉！近几个月来，这幻觉已经出现多次，这是心脏的毛病？还是那可恶的魔鬼在噬咬着你的脑细胞？她头痛欲裂，终于倒在床上，思维变成一块又脆又轻的薄饼，被疼痛撞击得四分五裂，缤纷飞溅。

一块碎片旋转着，很快变成一张熟悉的胖脸——老郭，省委组织部的老处长。刚和蔼可亲又严肃认真地谈完话，把去丰江搞工作组的使命感、崇高感强调得惊天地泣鬼神，使杨娅想打退堂鼓的私心一闪念一冒头就灰飞烟灭。晚上机关组织学跳舞，老郭头腆着个大肚子下场，笨得像只熊，可就是顽强得令人想起轻伤不下火线重伤不哼哼的战斗口号。一旁看着的杨娅动了恻隐，上去教了他几招几式，大概是感动了上帝，老郭头终场时边抹汗边向杨娅透露了天机：小杨啊好好干，这个丰江是个考验人的地方，人家说那是个泥潭县，白的进去，黑的出来。香喷喷进去，臭烘烘出来嘛。不过你别怕，有组织给你撑腰，你一定能干出个名堂来。沧海横流，方显英雄本色嘛！

好一个香喷喷进去，臭烘烘出来！

如今这一预言在姚子昆身上应验了。很可能，这对她来说也是一个下马威。在县里谁都知道，杨娅支持姚子昆，这位第一把手交椅还未坐热的县委书记也努力为清查干部建私房的工作组开绿灯。小戈已经听到这样的飞短流长：杨娅在大学当过姚大小姐的老师，她是姚子昆专门请来整本地干部的。

也许，她本来就不该来？可是，后悔药也是不好吃的，何况，现在吃什么药也无济于事了，大概！

“杨老师，你怎么啦？”蒙眬中小戈惊恐的声音楔进她的意识里，那声音竭力把纷乱的思绪从酸楚悲苦中撕裂开来。

“哦，没什么，脑子有点那个……”她皱着眉头惨惨地一笑，把手一挥，“这消息来得太突然，我这人心理承受力有限。”

“唉，都怨我，”小戈可怜兮兮地望着她有点肿胀的脸，“本来下定决心不告诉你，可一急，又冒出来了。还有……”小戈欲言又止。

杨娅不说话了，干脆躺下望天花板出神，她等着。

小戈到底憋不住：“往后……我可能得少来了。爸爸叫我少在这里抛头露面。情况复杂得很，人家对你这里一举一动都盯着。”

小戈走了。一步两回头。

可怜！杨娅心里一阵凄然，唉，怎么成了“地下党”？一个堂堂的县委书记，一落选就变得如此懦弱？像个受够了丈夫公婆拳打脚踢的小媳妇。

我不！杨娅望着小戈悄然远去的身影，倔强的嘴唇默默地抖动了一下。

陷到一个大泥潭里了，我怎么就这么倒霉呢？唉！

二

一滴，二滴，三滴……没完没了，一直滴到你昏昏欲睡……

人生也有如这没完没了欲睡欲醒的静脉点滴吗？或许，更难熬……

几个白色的身影在眼前晃过，大概又是那伙见习医生。人们到她病房里来，往往都保持着神秘的沉默，但他们不说话杨娅也知道，她身上隐藏着一个许多人都关注的话题……

肿瘤……恶性……良性……

谁也不敢解这个谜，也许只有一个远道来客例外。杨娅知道，这位客人一旦揭开谜底，也就是最后的判决。

一滴，二滴，三滴……

补液架上的500cc大瓶还有大半瓶无色透明的药水，每隔一阵就冒出一个精灵似的气泡，气泡发疯似的急急往上蹿，蹿到药水平静如镜的液面，翻江倒海似的闹腾了一下，瞬间就破灭、消逝了。

哦，生命何其短促！

一个气泡在她的思绪里冒出来，突然变成一张英俊的脸——星！她的心哆嗦了一下，她的初恋、她的第一次婚姻可不是气泡，那是漫长的跋涉、坎坷的迁徙。到兵团、回城、上大学……相濡以沫，心心相印，他出国深造，成了洋博士，人人都以为这对年轻夫妇前程似锦，幸福得有如得道升仙，她也飘然了好些日子……

一个早晨，这一切突然都变成了一个气泡，在她的眼前轻轻扑地一下，全消失了……

他的信惊人地坦率：爱上了一个美国姑娘，只要一结婚就马上可以拿绿卡。他考虑再三，无论从事业从生活着想都只能留在美国，所以，希望她能同意离婚。同时一再声明，只要她办了手续，他保证在三个月内让她出国留学，一切都会安排得妥妥当当，今后的路子也可以帮她铺好……

她把自己关在房里整整一天，不言不语，不吃不喝。翌日清晨，她完全冷静下来了。她的心变成一块石头，变成一块冰。她的回信更简单，比电报还像电报。每一个字也变成一块石头、一块冰：

同意离婚。出国留学全无必要，不予考虑。我自己的路自己走。

她终于成了一个引人注目的离婚女人，在众目睽睽之下把自己个人生活压缩得像单人床般紧凑窄小。半年后她在一家国家级的科研杂志上发表了一篇令全研究所都刮目相看的论文——《珠江三角洲的水源环保和综合治理》。又过半年，这篇论文为省里争回了一项国家科技进步奖，人们这时才目瞪口呆地发现她原来是个女强人！一位省委领导在一篇介绍她拒绝出国的报道上作了批示，她就更引人注目了，命运也随之发生了重大转折——她被特别选派到一个山区县当科技副县长。不到一年，又通知她到中央党校学习。她争分夺秒似的，与一个大学时的同学—— 一个耐心的有情人结了婚。新婚燕尔，却来不及其乐融融，正要出发上京，省里又突然改变决定，要她到丰江县担任清查干部建私房的领导小组组长。

她成为这个县最有权势的人之一，可是这并没给她带来丁点好处。在一次通宵达旦的会议中，她突然昏厥，后来又发生过几次，而且越来越严重，无可奈何中她终于被送进这座由本县籍海外富豪捐赠的豪华医院里。这座设计和设备在全省堪称超一流的医院诊断医疗水平却不高，她又死不肯离开县里转到省城治疗，县里只好到广州请来一位权威专家，以讲学名义坐镇丰江华侨医院为她做里里外外的检查。

诊断结果非常严峻，专家对她也是一副不冷不热的笑脸——谁都是那样说：还好，还好，心脏附近的静脉长了一个小东西，想办法拿掉，很快就会好的。对人们的好意杨娅只能报以感激的微笑，微笑的次数越多，她心里越明白，时间越来越宝贵。她的躯体里出现了一个可恶的黑洞，它像天文上的黑洞一样，吞噬一切光和物质，包括她生命的光华，她的事业，她现在正全身心投入的工作。

沉重的柚木门咯咯响了两下，又有人来访？谁呢？

“请进——”她的脸习惯地转向门口迎候客人。她不安地看了看补液，每逢来了不速之客，她会产生一种莫名的亢奋，来人或许会带来新线索、新情况，会使案情有新突破……

门开了，“啊，你？”来人竟是彭永年，一个中年发福、微微谢顶的强悍汉子。他满脸亲切的笑容，上前紧握住她的手，用一种出人意料的温柔声调说：“没想到吧？可我说过要来看看你，我就一定会来。”

“那我得谢谢你。”杨娅闭上眼睛苦笑一声，强迫疲惫的脑子做出一个得体的反应，“省得我让人满世界找你。”

彭永年朗声大笑起来，露出一排结实洁白的牙齿。

“杨组长，我到你这里，一不是来坦白自首，二不是来检举揭发，”他向前凸出的暴眼像只凶狠的豹子一样在杨娅苍白的脸上扫来扫去，仿佛在揉搓着一只刚捕获的小猫，“我是来向你表示感谢的，幸亏你们工作组对我们的华侨房地产开发计划一查再查，才查得我们今天这样一清二白，够醒目够威势——多谢了，多谢!”

他频频点头，像日本人那样恭谦地行礼，但口气张狂，充满轻蔑和挑衅。

杨娅几乎是漠然地看了他一眼，翻腾汹涌的心境反而一下子平静了。你能办到么？在漩涡中心静若秋水。你能！真正的人格力量有时在于冷静，而不在于愤怒。眼前这位县华侨房地产开发公司总经理，打上门来示威，说明形势正急转直下，你得清醒！一定要清醒!

“不必客气，我们不过做了一些该做的事情，以后还要做下去。”杨娅笑笑说，“今天你这样高兴，有什么喜事?”

彭永年咧嘴嘿嘿一笑，故作深沉地长叹一声：“我的杨大钦差啊，我们这些审查对象有什么喜事你还能不知道？你看——”他掏宝贝似的掏出一张《华厦企业家报》扬了扬，“天公开眼啊，终于有人出来主持公道啦！月月查，天天整，谁还敢改革开放?”

报纸套红的大标题像团团烈火，蹿上杨娅的眼帘：

一身是胆　两袖清风

——记被“查”出来的改革家、丰江侨房开发公司总经理彭永年

双目被灼焦了，心底在冒烟，她眼前一阵发黑。好一个查出来的改革家！好一个一身是胆，两袖清风！天下居然有这等无耻文人，为了几个臭钱颠倒黑白！杨娅微微颤抖的手抓过杯子喝了口水，竭力把心头腾起的火苗浇灭。

“事迹还不全嘛，可见那位记者先生采访得不深不透。”她一目十行地扫了扫报纸，镇静下来。她脑子飞快地闪过一个个目标，最后选准一个，猛然开火了，“要是我来写，就把那二十万也写上……”

“二十万？什么二十万?”彭永年一愣，没反应过来。

“哎？怎么连你也不知道?”杨娅轻松地笑了笑，“这简直是个传奇故事啊，你想不想听听?”

她没让对手喘气，用语言组织起反击的火网：“一个最新内部消息：不久前，广州一家五星级宾馆保安捉住了一个入房盗窃的小偷，缴获了一个贵重的密码箱，里面装有二十万元港币，还有些重要的商务文件，奇怪的是失主被偷以后竟不来报案也不来认领，反而逃之夭夭，这也真算得上奇案了。有关部门费了九牛二虎之力才搞清楚……”她顿了一下，剜了对手一眼，细心地发现他装得若无其事的脸上在发青，决定适可而止，“这个失主原来是个港商的马仔，丢了东西怕不好向老板交差，只好一跑了之。据说嘛，这位港商和彭大老板生意做得很大，要是我是那位记者先生，文章完全可以这样做——那二十万是送给彭老板的佣金，被彭老板严词拒绝，要不是破了这桩盗窃案，这件两袖清风的先进事迹就不为人所知了——又是一个‘查’出来的好典型!”

“好故事!”彭永年笑嘻嘻地拍了两下巴掌，“真实感人，说老实话，这样的事情多到连我自己都记不清来龙去脉了。”

杨娅同样笑嘻嘻地问：“这么说真有其事?”

“如果杨组长真对这些事感兴趣，我可以专门安排一次采访，包你满意。”

他真鬼！像条水蛇一样滑过去了。杨娅觉得一阵胸闷、恶心。

一个穿白大褂的医生走进病房，他戴着一副高档的变色眼镜，白口罩把半边面遮得严严实实，他一进来就把着杨娅的手腕数脉搏，根本不理会派头十足的彭永年。

“门外拿着‘大哥大’的是你带来的人吗?”医生口气硬邦邦地背对彭永年发问。

“是的，是的，是我的两个随从。”彭永年倒一下子变得毕恭毕敬，语气恭谦。

“现在是治疗时间，请你们离开，不要干扰我们工作。”医生严厉地下了逐客令。

彭永年惊讶地看了看医生，好像有点不相信竟有人不认识他，不买他的账。但他寒暄几句还是告辞了——正好下个台阶。

总算把这个混世魔王打发走了，杨娅感觉自己脱了一层皮。他灰溜溜离开时说了要再来，但她相信，她踩痛了他的尾巴，他不会再来了。她感激地望着这位从未见过的陌生医生，突然产生一种异常的感觉：真怪，怎么偏这个时候他闯进来？他是新来的见习医生，还是省里请来的专家?

“你好啊，县长大人。”医生突然变了腔调，猛然摘下口罩和眼镜，笑嘻嘻地露出一张粗犷、硬朗的脸庞。

杨娅懵了，好一阵才喊出声来：“嘿，是你啊——刘、大、侠！”

“行不改名，坐不改姓。正是本人——刘大侠！这家伙在你门口设了岗呢，不是我刘大侠本领高强，哪能进得了你这钦差衙门？”

“你来得正好，我正盼着有人来救驾呢。”寂静的病房里爆发出一阵开心的笑声。

三

公路上灰尘滚滚，货车、面包车、大客车、拖拉机争先恐后地挤成一堆，叫骂声、喇叭声嘈嘈杂杂响成一片，像一个庞大的集市。

一辆手扶拖拉机像艘在波涛中奋进的小艇，在凹凸不平的公路上灵活地穿行，它肆无忌惮地在车阵中左冲右突，招来了司机们的声声恶骂。

姚子昆坐在手扶拖拉机上，脸上阵阵发烧，他真有点后悔，怎么稀里糊涂就让细虾拉上这“乡下宾士”？如果公路上有人认出自己，他们会怎么说？——看哪，姚子昆一落选就落魄到这个地步，连车也没得坐，坐手扶拖拉机！真是脱毛的凤凰不如鸡啦。于是，县城里恨不得置他于死地的人又高兴得放起鞭炮来。

今天他照常到县委上班，坦然地面对人们异样的目光。县党代会出现了严重失控的反常情况，令他和县长曹国才措手不及，有如五雷轰顶。他向省委报告后，很快就镇定下来。党代会上他以几票之差未能当选，但所有候选人得票都未过半数，相比之下仍是他得票多。即使他下来了，那伙人想“上”的阴谋也难以得逞，反而暴露了丰江县的严重问题。然而，他心头像被剜一刀般的痛楚一直在折磨着他。快下班的时候，老干部老陈关切地来看他，悄悄地说了些情况，更使他心头淌血，难以忍受了。

老陈望着他的眼睛，轻轻地摇头叹气：“姚书记，你要经得住啊，这个时候一趴下就完啦。”

“我知道，无非是大炮导弹原子弹，我等着。”

“听说，昨天有几个局的院子里，放了鞭炮……”

他心头猛一震："是……哪几个局?"

"不太清楚，"老陈嗫嚅着，"大概有房管局、外贸局、经委……"

他明白了，这都是建私房风刮得最猛的单位。

下班回家，有一个青年仔坐在他家门口的楼梯上，一见他就站起来，咧开缺了个门牙的大嘴巴笑着打招呼："昆叔。"

他点头应答，心里却在嘀咕：这是谁呢？从来没有人这样叫我，怎么……大概又是来求办事、批条子的，唉，后生仔，你的消息太不灵通了，偏在我落选的时候来……

"昆叔，"青年仔又大大咧咧地叫了一声，"我爸喊我来，喊你去钓鱼咧。"

"钓鱼?"他瞪大双眼，脑子半天才转过弯来，往青年仔肩上捶了一拳，"嘿，你是茂叔的细仔，对不对？唉，你看我这脑筋……你叫……"

"细虾。"青年仔有点发窘地自报家门—— 一个很滑稽、很有地方色彩的小名。

"对，对。你叫细虾。"被繁忙紧张的日常事务深埋的记忆终于掘出来了，二十年前姚子昆来过丰江搞工作队，在丰湾大队茂叔家"三同"了八个月，去年调回丰江当县委书记，在上面调查时回过一趟丰湾，在茂叔家里吃过一顿甲鱼宴。这甲鱼是茂叔从丰江湾里钓来的，十几斤重，足有锅头般大。那时他就和茂叔约好，他一得闲一定再来丰湾，要和茂叔比一比钓甲鱼的本事。可是一回到县里，就把这事忘得一干二净了。

头脑一热，他就坐上细虾专程开来接他的手扶拖拉机。他心里一阵轻松，管他妈的天崩地裂！老子得解脱解脱啦！说走就走，细虾给他扣上一顶大草帽，他就在县委宿舍大院的众目睽睽下起程。但是这号称"颠爆腚"又美其名曰"乡下宾士"的交通工具一开出大院，他又忐忑不安起来。

唉，人在江湖，身不由己啊。

"乡下宾士"吼叫着，驰过县城杂乱无章的街道。丰江是个大县，人口上百万，历史上"卖猪仔"漂洋过海到海外谋生的人也不少，所以称得上半个侨乡。近年来丰江人荷包鼓胀，县城里里外外新房子如雨后春笋一栋一栋冒出来，千姿百态什么式样的都有。机关干部们看得眼热，叫喊起来：和老百姓一比，我们的房子简直连猪栏都不如。前任县委书记以此为据，开了绿灯，允许干部建私房并借口商品化，划出地皮批给一些领导干部，县级二百五十平方米，局级二百平方米，使干部建私房的不正之风越演越烈。省里严厉查处以后，前任书记被降级调走了，却给姚子昆留下了数不清难剃的瘌痢头，建私房由明转暗，更令他伤透脑筋。他打了几个回合，还远没有真正下狠心，人家就先下手为强，要把他搞掉了。丰江啊丰江，真是个烂泥潭啊！

“轰”的一声，手扶拖拉机猛烈地颠了一下，几乎把心事重重的姚子昆抛出车斗外。“坐好！”细虾一声大喊，回头看看颠得几乎屁股开花的“县太爷”，咧开露风的大嘴傻笑，“我这宾士车舒服吧？”

“舒服得尾龙骨都要断了。”姚子昆揉着屁股笑，“你开慢点吧。”

“没法子，这条鬼路！有人走没人修。”

他的心脏突然像扎了一根刺，哆嗦了一下：这不是在骂你吗？他叹了口气，想起一段民谣：道路不平，治安不宁，干部私房，宾馆水平，不正之风，丰江有名……他摇了摇头，自我解嘲地笑笑，怎顾得上补路修桥呢？一上任就折腾私房清查，就这样也焦头烂额了。

前面是侨苑新村，一栋栋别墅式小洋楼在阳光下灿烂耀目。细虾把“乡下宾士”开到新村的大牌楼前，猛然刹住，恶狠狠地“呸呸”吐唾沫。

“你搞什么鬼？”姚子昆皱起眉头。

“这里最不卫生。全是贪官楼，垃圾街！”细虾把手扶拖拉机摆弄了一下，手扶拖拉机“轰轰轰”地大吼起来，朝大牌楼喷出股股恶臭的黑烟。

“请闻闻乡下宾士的臭屁吧！先生们！”他恶作剧地爆发出一阵大笑。

“乡下宾士”终于颠到一个崭新的农家小院门口。

“爸，昆叔来啦！”细虾跳下来大叫，丰湾村有名的“田基总理”梁茂赤着两只大脚板从屋里跑出来，手里还端着一截大碌竹烟筒。

“怎么了？那些龟蛋真的连车也不给派啦？还是我有先见之明，给你派了辆手扶拖拉机。”

“你都知道了？”他落选的消息这么快就传到农村，令姚子昆十分意外，但梁茂对他的关切，仍使他感动。心头一冷一热，真像打翻五味瓶，很不是滋味。他竭力表现得洒脱一点：“我还在上班嘛，车还是派的。不过县里的车我坐腻啦，今天非要坐坐你们的乡下宾士，一比较，还是你们高级，在车上可以跳霹雳舞。”

宾主一齐大笑起来。姚子昆一边笑，一边感到胸口隐隐作痛。

喝过茶，抽了一圈大碌竹烟筒，他们就卷起裤脚，收拾钓鱼的家什到屋后的丰江湾里钓鱼。他们在那棵遮天蔽日的大叶榕下下了钓，一个蹲，一个坐，大碌竹轮着抽，有一句没一句地聊起来。

“选不上，会上哪里？”

“不知道。”姚子昆老老实实地回答。

“这个会，有人搞鬼啦。肯定……”

“有可能。”

“老姚，你太书生啦，什么可能？我说百分百！你要拿点杀气出来。当个太平官有什么出息？两头都不讨好嘛。”梁茂两眼紧盯着水里的浮标。

“怎么说？”

“想靠盖私房发横财的嫌你不放心，处处顶心顶肺。老百姓又嫌你刹歪风不得力，不够辣，没味！”

姚子昆像挨了一闷棍。唉，累生累死干了一年，这位农村老支书竟给了这样一个评价！他低头不语，仔细想想，像嚼橄榄一样嚼出点味来了。两头都不满意，还能不丢选票？针没有两头利啊，他啜了一口大碌竹，辛辣的氤氲立即进入他的五脏六腑，江湾上吹来一阵和风，像一只清凉的、湿漉漉的手在抚摸他的脸，他的五脏六腑，他大脑里的每一个细胞仿佛都在吮吸那阵阵清凉，品味着刺激的、令人兴奋的氤氲，他的思绪活跃起来。刚上任时一年打基础，站稳脚跟平稳过渡，二年起步大干的设想看来太不切实际，拦路虎不赶走能让你平稳过渡？不吃你才怪呢！现在你差不多被吃掉了——被吃掉的不是肉体，而是政治生命！难道真的要丢盔弃甲灰溜溜走人？不，你姚子昆不是这样的货！

“哗啦啦”一阵水响，梁茂钓起一只黑黝黝的大甲鱼，高兴得呵呵大笑：“看，看，你输啦，输定啦！”

傍晚，姚子昆喝了两杯蛇胆酒吃了梁茂钓的大甲鱼，就打道回府，他没让茂叔打电话叫县委派车来接，执意要坐细虾的“乡下宾士”回去。手扶拖拉机大吼大叫地沿着公路向县城奔驰，在小塘村口，苍茫暮色中有一个哭哭啼啼的乡下女人拦住了他们。

“求求你们，救救我家阿全吧。他还是个孩子啊……”

“什么事？病啦？”细虾粗声粗气地问，“什么病？”

“病得快不知人事了，他爸在部队又回不来，有个三长两短，叫我怎么办啊?”女人眼泪汪汪地说，“求求你们，快帮我把他送进医院吧……一辈子都忘不了你们……”

“看怎么办?”细虾皱皱眉头，望着姚子昆。

“人命关天，送!”姚子昆手一挥，“孩子在哪里?”

那女人把他们带到一个农户门口，叫来几个后生七手八脚把一个十三四岁的小后生抬上车斗。姚子昆医学常识有限，但也看得出来，这孩子病得很重，肚子胀得厉害，已经差不多昏迷了。他问清楚离这里四公里有家附城镇卫生院，就叫细虾把手扶拖拉机开到附城去。

附城卫生院的值班医生是个嫩得出水的后生仔，戴着一副小眼镜，小鼻小眼，但盛气凌人。

“拉回去吧，太晚了，这是肝硬化晚期。什么医院都不会收的。”

那女人一听就号啕大哭起来。姚子昆焦急地问：“医生，能不能先收下来，再想办法?”

“小眼镜”冷笑一声：“收？这医院是你开的？没床位啦!”

姚子昆压住怒火，好声好气地问：“能不能加个床？只要你肯帮忙，总会有办法……”他友好地拍拍“小眼镜”的肩膀。

“小眼镜”很不客气地拨开他的手：“谁叫你们这么晚才送来？到别处去试试吧。”

姚子昆盯住那一闪一闪的眼镜片，脖子上的青筋暴起，他差一点就要亮出自己的头衔了，转念一想，何必呢，这家伙说不定正在为你的落选幸灾乐祸哩，看他怎样表演吧。

那女人哭得人心发颤，他声音阴沉地问：“真的没有办法?”

“小眼镜”的玻璃片闪动着冷酷的光，那两片薄薄的嘴唇吐出轻巧的声音：“办法不是没有，出多一点钱，住高价病床吧。”

“什么?”姚子昆感觉到自己五脏六腑都在冒烟，暴起的青筋像爆竹一样要爆炸。

“押金一千元，另外给我介绍费一百元。”“小眼镜”竟没有注意他异样的神情，沉迷在即将到来的财运里。

“混账!”像火山爆发一样，姚子昆终于吼出来了，“你是在治病还是在做生意？不，你做什么狗屁生意？你是在勒索!”

“咦，你敢骂人?”“小眼镜”吃了一惊，但他显然久经阵仗，捅捅眼镜又镇静下来，“这是你情我愿的事情嘛，你不想住，我还不想看呢！到别处去吧，看有谁肯收你?”

他拂袖而去。那女人哀号着追在他身后，但他把门重重一甩，躲进夜班房不出来了。姚子昆怒不可遏，大步闯进卫生院的门卫室打电话，一个牙齿全掉光了的老头按住电话不让打，他双眼冒火，盯得老头张开墓穴般的嘴巴：“我是县委的姚子昆，我有急事，耽误了大事唯你是问!”

县委值班室的值班员一听出姚子昆的声音，高兴得叫起来：“哎呀，姚书记，你跑到什么地方去了，很多人都要找你啊。陈铎鸣同志在值班室一直坐着等你回来，什么？好，好，马上派，你在卫生院等着……”

十五分钟后，一辆三排座的大宾士风驰电掣地驰来，这是前任书记接受了一个华侨巨富的捐赠而给县里留下的家当。车门一开，老干部陈铎鸣钻出宾士车，笑着招呼：“哎哟老姚，你可把人急死啦，我到处找你……我向省里报告了，大会的情况他们都知道。”

姚子昆回头招呼细虾把病人送上车，对老陈摆摆手：“这些回去再谈，先送病号，到华侨医院。快!”

四

“报到啦?”杨娅含笑地望着“刘大侠”。

“一到丰江，先找郑副组长。”外号“大侠”的刘祁连，又高又瘦，但骨架硬朗，似乎浑身都是力气。他出生在祁连山一个地质勘探队的营帐里，三十年来走南闯北，使他长成一个铮铮铁汉。他笑笑对杨娅说：“你放心啦，我们石油佬最守纪律。”

他们去年就相识了，那是在一个奇特的场合，简直是一次历险。

长途客车在苍茫的夜色里颠簸，乘客们昏昏欲睡，一团漆黑中偶尔亮起几个暗红色的光点，像一只只洞穴中窥视的兽眼，那是不眠的旅人在抽烟。

奉命到宁山县挂职当科技副县长的杨娅望着窗外，山野像报废的底片一样黑兮兮的，几点不知是磷火还是流萤，在那沉重的黑色上掠过。她用手支着头，目光追逐着那稍纵即逝的精灵，陷入了沉思。

客车前面几排突然发生了一阵骚动，一个沙哑、低沉的声音传到杨娅的耳朵里："不准出声！快，都拿出来！"

"啊……抢东西啦！"一个女人的尖叫震悚了全车，"你不能这样，不能……"女人的声音遽然噤住了。

抢劫！杨娅平生第一次碰到这种恐怖的场面，怎么办？是拼还是再等等看？她急得满手是汗，黑暗中车内一片混乱，看不清车匪有多少人，带什么凶器，她正在焦灼，一道雪亮的手电光在车厢晃了几晃，骤然戳到她的脸上。

强光像猛然抠掉了她的双眼，她什么也看不见，只听见那沙哑的声音在面前阴沉地喝道："喂，要命就把钱包金器拿出来！"

杨娅一扭头，倔倔地说："没有。"

一只粗糙的手拧住她的脸，刺眼的手电光又夺去她的视力，她耳旁又响起那沙哑的声音："你不要命啦？快！"

她觉得一块狭长冰冷的东西在脖子间来回蠕动，大概是把匕首。她咬咬嘴唇，完了，像杀鸡一样，这样被他干掉太不值！她突然渴望有人挺身而出，和车匪拼一场，可是，全车死一样沉寂。

过道对面座位的一个高个子男人突然开口了："唉，算了，陈小姐，保命要紧啊，不是有一万块钱吗？给他吧。"

陈小姐？一万块？杨娅一时云山雾罩，但刹那间明白了——

"钱在哪里？"沙哑的声音迫不及待。

杨娅无言，她看了坐在黑暗里的男人一眼，他似乎纹风不动："在陈小姐座位下的旅行包里。"

刺眼的手电光移开了，在杨娅脚下直晃。杨娅隐约感觉到又有一个人走到跟前来了。肯定是车匪的同伙。

"快打开！"车匪用脚踢踢那旅行包。

杨娅没有动。那男人说："大佬，她吓坏了，动都不会动啦。我来——"他弯下腰，伸手要拉出那个把座位底塞得满满的旅行包。那车匪晃晃寒光闪闪的匕首厉喝："不准动！老实坐好——"话音未落，车匪脑袋挨了一记重拳，像个沉重的口袋似的倒在杨娅身上。那男人闪电般飞身一跃，扑向另一个歹徒，谁都没看清怎么回事，那歹徒就倒在过道上了。

"司机快开灯，我是公安局的，谁再敢捣蛋我就开枪！"那男人的声音震撼了整个车厢。

灯一亮，杨娅看清楚了，他果真挥着一支手枪扑向车门，两下子就把一个慌得连门也拉不开的歹徒制服了。

整个过程不过十几秒钟。

“请乘客们帮帮手，把躺在过道上那两条死狗捆起来，捆结实些！”他拧着那歹徒的双手，痛得歹徒哭爹叫娘。全车欢欣鼓舞，他豪气十足地招呼：“司机开车，开到前面横山派出所收拾他们！”

车到横山，他和几个身强力壮的乘客把三个被人们打得鼻青脸肿的车匪押到镇派出所。他回来时已是曙色熹微，东方既白了。

上车前，在浓重的雾霭中杨娅向他伸出右手：“谢谢您，可我不姓陈。”

“那实在对不起啦，病急乱投医，一急起来只好让您姓陈了。”他笑得有点腼腆，杨娅一下子就敏感到他似乎没有真正接触过女性。

“您是哪个公安局的？”

他突然开怀大笑起来：“哪个局？我是民办公安。”

他笑着把手枪递给杨娅，天！原来是支小孩玩的仿真玩具枪。

一路上，他们聊起来。杨娅才知道，他叫刘祁连，人称“刘大侠”，是个在海上石油平台搞钻井的石油工人。他每二十一天回陆地上轮休一次。这一次是回宁山县看望多年未见的外婆，那支威震敌胆的玩具枪，是买给小外甥的。

到快分手时，杨娅才告诉他，她是刚调到宁山的副县长。他愣住了，滑稽地直拍后脑勺：“我一直还以为救了个陈小姐李小姐什么的，好回平台上去吹吹英雄救美，谁知救了个县太爷，完了，这下子吹不成啦！”

一年不见，他似乎胖了些。披上件白大褂，褪去了一点剽悍野气，变得斯文白净，如果不摘下那副派头十足的变色眼镜，俨然是个颇有权威的主任医生。最近省里从工矿企业中抽调一批工人骨干充实各地的清查私房工作，刘祁连也被选中了，他知道杨娅在丰江，就主动请缨到这里来“两肋插刀”助“陈小姐”一臂之力。今天他一到华侨医院就发现气氛不大对，两个彪形大汉守在贵宾病房的门口，还拿着“大哥大”不时大叫大喊与外面通话，医生护士敢怒不敢言，他灵机一动在值班室随手抄了件白大褂穿上，直闯杨娅的病房……

“情况……老郑都告诉你了？”杨娅含笑地望着他。

“昨天聊了一夜。”刘祁连浓眉下的一双大眼在闪闪发光，“就是要抓住姓彭的家伙不放，搞清他那三栋侨房和那批假赠送证书的来龙去脉……”

"有什么好主意?"

"他玩邪的，我们也不能太老实。"他眉睫间闪出一丝狡黠的笑意，"要抓住他们急于在海外物色同伙的时机……"

"你的意思是把他们海外那根断了的线再接起来?"杨娅一听就知道他对案情相当了解，在广州那桩离奇的密码箱案水落石出后，有关部门马上发来了绝密通报：在密码箱中查获的重要物证有五份海外华人向丰江某亲友赠建楼宇的委托书，并附有几个侨居国的律师楼公证文件，经检验全系伪造。意味深长的是，受赠者全是这次清房的重点对象，包括彭永年本人在内。密码箱的夹层内还隐藏有五克三号海洛因，公安部门奇迹般在边境截住了这密码箱的主人，并查明了他的身份，原来他只是香港一个黑社会头目的小马仔，专门充当香港丰江一线的联络。他交代那二十万港币是彭永年给他老板的酬金，其他一无所知。由于这马仔落网，彭永年与香港的联系暂时被切断，但杨娅估计他一定想方设法找寻新的途径。

"关键是要取得过硬的证据。"杨娅皱起眉头说。她知道现在已经到了决战关头。

大刘咧嘴笑了："我来试试吧。"

五

陈铎鸣觉得自己的心变成一个蚂蚁窝，千百万只蚂蚁在里头攒动、啃啮，令他寝食难安。眼下他在丰江县没有任何职务，他原来是资格较老的县委副书记，实行市管县后，市里想安排他当市政协副主席，他坚决推辞了，宁愿赋闲。县里有人为他抱不平，也有人说他心比天高，他却一直谨慎处事，和新来的书记县长来往密切，自称"员外郎"。

县党代会一开，他再也不能当个局外旁观的"员外郎"了，他在县委发火、骂人，骂得县委秘书长万长发躲起来不敢照面——他非要万长发派车让他上省汇报这个会是"抢班夺权"会。

笃、笃、笃……他在使劲敲门。门顽固地沉默着，他明明知道万长发就在里头。

又在搞什么名堂？他火了，一脚踹去，经不起考验的木门轰然洞开。

万长发吓了一跳，一见来人是他，急忙站起来。

“铎叔……陈书记，工作组郑副组长正在找我谈话……”个子矮小的万长发窘得满脸通红，“不知道是您……”

陈铎鸣并不理会坐在一旁皱眉头的郑副组长和另一组员，怒气冲天地质问万长发：“我要的车呢？你派了没有？”

“陈书记，你听我说……”万长发为难地直搓手。

“我不听你讲什么耶稣！你说，派没派？”

“您要车谁敢不派？不过，县委车队实在……您看……姚书记的车……”

“放屁！那车能随便动吗？昨天姚书记下乡坐拖拉机，就是做出来给你们这些翻脸不认人的家伙看的！”陈铎鸣点着万长发的鼻头，余怒未息，“会开成这样，你们居然还坐得住！告诉你，这是中华人民共和国成立以来第一次，严重失控，严重失控！搞选举把书记也选掉了，怎么向全县交代？怎么向省里交代？你们哪……”

他生气地不住摇头叹息，坐到沙发上，用巴掌拍着扶手。

“能不能再等一两天？”万长发小心翼翼地问，“您看——杨组长的值班车不能动，万一病情恶化，输血药品都要车，省里请来的丁大夫要配专车，谁也不能占用，这都是您早几天指示的，县委也作了决定。还有两台小车到省里接丁大夫的助手和会诊专家了，一回来马上就派给您，好吗？”

“只好这样啦，没有车我还能开步走走到省里？”他无可奈何了。

郑副组长见他一屁股坐下不走了，对万长发说：“今天就先谈到这里吧，我们改天再谈。”说完与陈铎鸣握握手，带着组员告辞了。

望着他们的背影，陈铎鸣感慨良多地长叹一声：“哎，省里来的同志也真辛苦啊，组长给累倒了，这么重的担子全压在老郑身上了。”

“听说，杨组长得的是心脏病？”万长发给陈铎鸣上了一杯茶。

“别乱小广播！”陈铎鸣瞪了他一眼，厉声制止，“丁大夫还没确诊嘛，怎么都在乱传？这个风气真不得了。”

他又痛心疾首地摇了摇头。

万长发剜了他一眼，小心地叹了口气：“哎，真可惜，这么年轻身体就垮了。”接着又笑嘻嘻地随口冒了一句，“听说，铎叔和杨组长是亲戚？”

陈铎鸣蓦地抬头，眼睛瞪圆了问：“什么什么？怎么扯到我头上了？离天八丈远的事情嘛！你这是从哪条猫道狗道传来的污糟新闻？”

万长发哈哈一笑："铎叔别认真，现在就兴这样，谁关心谁、支持谁了，就编排他们是亲戚。照这样说，全党全国都拥护中央，那全国都是中央领导的亲戚？不通嘛!"

陈铎鸣气顺了一点，呷了口茶说："说亲戚是假的，我和她老爹倒认识。"

万长发方方正正的白脸上露出高深莫测的笑容："我知道，她爸爸和你是老战友，你是看着她长大的，她还认过你做干爹……"

陈铎鸣眉头一皱，万长发不吭声了。

下雨了，豆大的雨点被海风裹挟着，噼噼啪啪地打进阳台宽大的飘篷里，像骤然爆发的一场枪战。

大海变得灰蒙蒙的，乌云沉重地压在海面上空，仿佛一个庞大的马队在集结。只要冥冥中有一声令下，这黑压压的千军万马就会向这个滨海县城扑来。这是台风的前锋，今年的8号台风正在数百公里以外的洋面上逡巡。

"雨下大了，我们进屋里谈吧。"老郑好心地劝道，"小心着凉。"

杨娅坐在阳台的藤椅上，抬头眺望着大海，全然不顾打到脸上的冰冷雨点，在病床上躺得太久了，面对即将袭来的暴风雨，她感到一阵莫名的振奋。

查私房的取证工作有重大的突破：几乎所有材料都表明，所谓吸纳华侨捐赠的侨苑新村房地产开发，不过是个以权换钱、以钱买权、境内外勾结的新怪胎。彭永年像个魔术师，用令人眼花缭乱的手法变过来变过去，居然用各种名目为自己谋得三栋造价昂贵的"侨房"。他用一批伪造的境外捐赠书，不遗余力地为一批急切要逃避清查的干部"擦屁股"，编织了一个官官相护、共同进退的彭氏关系网，因而成为丰江一霸兼救苦救难观世音菩萨，跺跺脚丰江的地皮也要震三震。但丰江的天地毕竟没有改姓彭，一年多来揭发检举如雪片般飞向市、省直至中央的纪检和检察机关。那个二十万港币奇案的破获，又使其关系网中最隐秘的部位露出了破绽。现在，是撕开这个口子，扩大战果，使彭永年原形毕露的时候了。

乌云把海面完全罩住了，那里大概正在下暴雨。杨娅把目光收回来，转身回到房里，拿起刚才看过的材料卷宗，轻轻用手指一弹："给省里的报告，最好配上一组实地拍摄的照片，把彭永年的三座宫殿亮亮相。"顿了一下，她又仔细翻了翻一组材料，"我们查遍了彭永年的档案，可以证实他根本没有海外关系。那个赠送人——所谓在南美当华侨大老板的舅舅，更是子虚乌有。可是，他的资金呢？证明他建房资金来源的材料过得硬吗？”

“当然过得硬，这三栋楼耗资两百万，资金是深圳一家银行拨出的，表面上是香港金泰公司驻深圳办事处开的账户，但据那个被我们抓获的金泰马仔交代，真正的户主是彭永年本人，没有他的签字印鉴别人一分钱也提不出来。”老郑拿过卷宗，抽出一份笔迹鉴定书：“你看，这个香港金泰公司深圳办事处金大年的签名，经笔迹鉴定确凿无疑是彭永年本人的笔迹。而且我们掌握了证据——香港金泰公司本来就是个皮包公司，它的深圳办事处的全部资金，都是从丰江彭永年手上的几个账号上转去的，根本没有境外汇入的资金——这是我们查到的银行对账单复印件。”

老郑又递过几份材料。杨娅有点惊喜地接过材料：“哪儿搞来的？真不简单！”她真感激老郑，自己在关键时躺倒了，真亏得他里里外外奔忙。

老郑老成地笑笑，点燃了一根烟：“再狡猾的小偷，作案都会留下痕迹，何况姓彭的捞钱捞红了眼，顾得了偷食顾不了抹嘴呢！”

他款款地抽起烟来，杨娅敏感地“吭吭”咳了两声，他赶紧把烟揿灭了，有点难堪地开了句玩笑：“到这里替你打工，唯一好处就是省下了烟钱。”

他猛然想起一件事：“今天上午，我收到一封署名‘正直党员’的揭发信，信上说县党代会上有人操纵选举，时间、地点、牵涉人员姓名都列得清清楚楚。信上还说，彭永年在开会前分批宴请过一些镇、乡的书记和代表，三番五次要赴宴的人跟准老板，还说什么跟对了盖大屋，跟错了挨稀粥。明目张胆地叫人不要跟不敢盖洋楼的老板。他信口胡说：什么是开放改革？干部和群众一样敢盖大洋楼，就是开放，就是改革。连楼也不让盖，改革个屁！”

跟老板？这老板是谁？杨娅一下子警觉起来：会不会是县长曹国才？他去年和姚子昆一起调来，半年后就坚决要求调走，似乎没有当老板的欲望和迹象。看来这个神秘的老板级人物与刮私房风有直接联系，这会是谁呢？

“给省里的报告由你签发，是不是明天就发出？”老郑问。

“不忙，”杨娅扣好卷宗的塑料封扣，沉思着说，“真正的老板还没有露面，有点眉目再说……”

六

强台风紧急警报！一纸传真电报搅起轩然大波，偌大的丰江县城震栗了。

姚子昆默默地抽着烟，不时抬头看看门外的长廊。常委会议室的空调机单调的嗡嗡声吵得人心烦，来开会的人面无表情，呆坐在沙发上，仿佛进了冷库，一个个被速冻成冰人。

姚子昆冷眼看看手表，秒针刚好跳过十一点。

“开会！”他宣布，声音有点沙哑但很威严。

县长曹国才有点焦灼地探过身来：“是不是再等等？”

早已坐在巨型会议桌前的万长发用金笔轻轻敲了敲常委会议记录本，小声提醒：“还有三位常委未到……”

姚子昆用力把烟屁股揿灭在烟灰缸里：“不等了。今天，我以抗灾领导小组组长的名义来开这个紧急会议。”不到会，给谁颜色看？给我这个落选书记看？笑话！到了身家性命都可以豁出去的关头，还会怕你们不来开会？姚子昆的嘴角挂起一丝冷笑。他早就知道，这三位仁兄在清查私房中都沾了边，平日对他唯唯诺诺，实际上对他怨恨甚深。

“传真电报大家都看到了，这次台风是四十年不遇强台风，又碰上大潮汐，根据分析，在未来四十八小时内，极可能在我县登陆，正面横扫我县全境。这是关系全县一百一十三万人口生命财产和工农业生产的大事，人命关天，人命关天！大难临头，退缩犹疑、患得患失、推诿塞责，都是犯罪！”姚子昆向在座的同事扫了一眼，话锋一转，“关于我的去留，上级未有指示。但是，只要我在丰江一天，我就要拼命搏一天，不管别人怎样骂街指背脊。现在我提议，立即成立抗风指挥部，发动全县紧急动员起来，把风灾潮灾的损失降低到最低限度。”

“指挥部怎样组成是不是研究一下？”万长发说。

“不用研究了，在座的全部参加。”他快刀斩乱麻似的把手一挥。

“那总指挥……”

“是我。”他站起来说，“大家都去，马上开个全县电话会议，然后分头下去抓落实。”

诊断：上腔静脉瘤（靠近右心房部位）引起严重的上腔静脉综合征

建议：立即进行手术

……

这是一份死刑判决书，还是一份救苦救难的福音？杨娅怔怔地盯着这一张印刷精美的诊断书，忽然觉得浑身虚脱无力，连捏住这张纸片的力气都没有了。还好，不是癌。可是，真的不是癌吗？在这种时候能相信这种纸片？就算不是癌，也不能不做手术，而且是那种有很多人躺上手术台就再下不来的手术，这同生癌又有什么区别呢？

哎，你不是天天要求知道病情真相，天天要求省里来的丁君山教授开诚布公地和你谈谈吧？你不是一再声明，你做好一切准备，即使是死神敲门也处之泰然吗？一纸诊断就把你弄得手软脚软丢魂落魄，像什么话？

"砰"的一声巨响，一股狂风骤然掀开阳台虚掩的门，厚重的丝绒窗帘像旗帜一样飞扬起来，风飞扬跋扈地把她手中的诊断书吹上天花板，把桌上的报纸文件吹得纷纷扬扬，令她不祥地打了个寒噤。这股怪风真邪，一下子就攫走她手中的纸片—— 一张能决定她的生命的符箓。

人的生命就像这张纸，薄薄的，轻飘飘的，弱不禁风。甚至，比纸还薄，还轻。

半个小时前，省心脏外科研究中心副主任、著名的心外科专家丁君山教授应她的要求来到她的病房，很详尽、很耐心但又极慎重地分析了她的病情，解释了他的诊断：为什么说 X 光片上那团阴影是个上腔静脉瘤？从 B 超看如何如何……从 CT 看又如何如何……他还拿出一根从国外带回来的人造静脉，这是他讲课示范用的，目前省内唯一的进口货，价值三千美元，相当两万五千元人民币。不厌其烦地讲解用这根人造静脉替换她长了瘤子的上腔静脉的方案细节。看得出来，他全部努力只有一个目的：劝她尽快做手术，而且是由他来做的手术。

可是，对这类手术的成功率——究竟有多少人能在他刀下闯过鬼门关，他却讳莫如深。杨娅心知肚明，也故意不问，免得这位大专家难堪。

她躺在病床上，一动也不动。两眼定定地看那张雪白的纸片在房间里飞舞、旋转，无声地飘落在地上，她的眼睛突然涌出泪水。

窗外，乌云翻滚，横风恶雨一阵紧似一阵。这是强台风袭来的开场锣鼓。

七

满载草袋麻包的载重卡车轰隆隆地驶过街市，一些穿雨衣的人坐在车上，栉风沐雨奔向郊外，小伙子在豪雨中像高唱战歌一样唱着一首情歌：

> 自从相思河畔见了你，
> 就像那春风吹进心窝里，
> 我要轻轻地告诉你，
> 不要把我忘记……

一辆“380型”宾士与卡车并排缓行，车上坐着一位衣着考究、戴金框眼镜的青年绅士，他捺下自动窗，颇有兴味地倾听这一风雨中的街头演唱。

红灯。宾士很规矩地停住，那卡车却呼的一下冲过去，很快就消失在茫茫雨幕中。

“他们去干什么？”青年绅士关上自动窗，好奇地问，“好像去打仗。”

“说是去抗台风。”系着金利来领带的司机有点不屑地撇撇嘴：“一班蠢仔！台风是能抗的吗？搞不好命仔都丢掉了。”

宾士无声无息地拐了个弯，驰过镶有“侨苑”两个大金字的大牌楼，向一栋矗立在两座小山之间的楼宇驶去。

高朋满座。彭永年正举行一次别开生面的“派对”。

有的客人是第一次来访，对这一栋气度恢宏的四层豪华楼宇为之瞠目，大加赞叹：啧啧，左青龙，右白虎，两山架起一栋大楼，这风水是要出大人物的啦。

有个熟客对彭永年道：“彭老板，今天又有什么喜事？专拣这大风大雨天来开派对？”

彭永年笑口吟吟地说：“老哥我想见朋友，想玩，就开派对，从来不管什么时辰吉日，风天雨天。”说着就指挥手下，“快上菜，上菜，斟酒！大家随便，随便!”

这个派对的确很随便，美味佳肴陈设在一楼前厅里，蓝带、“XO”干邑各式名贵洋酒和果汁饮料琳琅满目一字排开，由宾客自取自用，一楼有桌球厅、麻将厅、小舞厅，最令人叹为观止的，是彭老板自己设计的游泳厅——一个拥有二十平方米泳池和一套最新式的激光卡拉OK设备的大理石厅房。把泳池与卡拉OK合二为一，这真是彭老板的一大发明，客人们品尝着山珍海味，中西美点，呷着名酒，邀三几同好，或筑方城，或随乐翩翩起舞，本来悉听尊便，但多数人却图个热闹新鲜，都挤到游泳厅看老板穿着游泳裤卡拉OK，大开眼界。

这个奢华得令人吃惊的大厅里更衣室、淋浴室、蒸汽浴室、健身房一应俱全。卡拉OK设在俯瞰泳池的平台上，宾主都可以对着一方碧水一展歌喉，平台对面的墙上，精心嵌上了一幅巨型的海滩摄影壁画，使人一眼望去，会产生泳池连着海滩的错觉。大厅的两侧玻璃幕墙上，拉上了厚重华丽的天蓝色绒帘，使音响效果和视觉效果都相得益彰。

对于今天的“派对”，彭老板口讲随便，实际上非同寻常。今天是他不宜公开的大喜日子——不是结婚的结婚。他追求了好些日子的红荔粤剧团正印花旦白莹莹终于投入了他的怀抱，答应秘而不宣地搬进这栋别墅，担任了他第三位不用上班又享受比高级职员还优厚薪酬的“总经理特别助理”。他以乐佾食，大飨宾客，除了让自己和白莹莹都永远记住这个有特殊意义的日子外，还有祈求冥冥上苍首肯认可的良苦用心。当然，他也想要借此机会会见一位重要的客人。

“诸位，今天我沾个光，在这里宣布我一个小小的决定，”彭永年出现在平台上，他穿着一件纯白的丝质浴袍，笑容可掬，“为了加强精神文明建设，振兴粤剧艺术，我决定——参加共建红荔粤剧团，每年向剧团赞助十万元!”

大厅里响起一阵赞叹，一阵喝彩，掌声四起。

平台右侧的一道门悄然洞开，娉娉婷婷走出一个美人儿。她也穿着一件纯白真丝浴袍，准确一点是披着。向所有带钩子的男性眼睛尽情地展现着她的巴黎三点式泳装。泳装是银色的，恰到好处地装点出她的雪白胴体和美艳性感的曲线。

大厅里骚动起来，人们交头接耳。哦，谁不认识她呢？——白莹莹！名满三市十县的大花旦!

“我也来宣布一个小小的决定。”美人儿开口了，珠圆玉润，宛如莺啼，“从今天起，我们红荔粤剧团改名为侨荔粤剧团！”

好啊好！大厅登时人声鼎沸，满堂生辉！

彭永年高举起一只高脚酒杯：“为了我公司与侨荔粤剧团的合作与友谊，请大家举杯……”

“干——”“干——”

有人高叫：“为了庆贺这个大好日子，请老板与白小姐高歌一曲！”

“对，老板和白小姐来一曲卡拉OK！”

正在这时，刚才坐宾士380来的那位年轻绅士气宇轩昂地踱进大厅，开宾士的扎领带司机快步登上平台，和彭老板耳语几句，彭老板立即改用晚会司仪口吻宣布：“诸位，在我和白小姐合唱之前，我先向大家介绍一位来自美国的客人。这就是美国南加州大老板司徒珞先生的公子司徒安先生。”

大厅响起了一阵掌声，司徒安很潇洒地欠了欠身，向大家致礼，用稍带台湾人讲香港话的口音说：“此次在下奉家父之命，到内地考察房地产开发，结识了彭总经理和各位，十分荣幸，在下才疏学浅，希望各位多多关照。”

白莹莹有点扫兴，但她依然秋波留蕙，笑盈盈地说：“大家正高兴，请司徒先生来一曲吧。”

司徒安马上精乖地打趣：“岂敢？岂敢？应该是白小姐和彭大老板合唱的，我这个迟到的客人冒昧点唱一首：有请彭大老板和白小姐来一道《公子多情》怎么样？”

“好！唱《公子多情》！”在一片叫好声中，彭永年唱兴大发，和白莹莹拿起了咪头，音乐一起，大屏幕彩电映出一个意境温情脉脉的亭台楼阁画面，他俩很认真、很投入地唱起来。

红颜每多薄命
公子多情
怜悯歌衫带泪痕
痴心渐化浓情

夜渐深，“派对”兴尽人散。彭老板意犹未已，留下了三五知已和新结识的美籍青年大亨司徒安，豪饮畅谈一番，然后到蒸汽浴室做“桑拿”——蒸出一身大汗，痛痛快快冲洗干净，每人穿上类似和服的宽袖大袍，舒舒服服地躺在一字摆开的桑拿床上，让从外地请来的桑拿小姐做按摩。

一双温柔的手在彭老板的肩部、胸部轻轻搓揉，替彭老板按摩的是一位穿背心短裙的外省小姐，大方文静，丰满漂亮，做工夫时高耸的乳峰不时悄悄地贴近他，令他心醉神迷，亢奋异常。

他伸手在小姐白净的脸蛋上捏了一把，赞了她一句："你的工夫真不错。"接着摸出两张一百元的钞票塞进她的乳罩里。

"多谢老板。"小姐脸上堆满了职业性的媚笑。

他呷了两口"XO"，竭力把快要冒出来的冲动转移一个方向，熟知老板脾性的老友知道，他该大发议论了。每逢这种场合，他常有惊人之语。他思维敏捷，出口成章，而且深谙现时体制弊端，不仅在官场上有本事长袖善舞、左右逢源，而且和烂仔地痞、三教九流也可以称兄道弟，天南地北乱喷三千，情绪亢奋时尤甚——

"我常说嘛，胆小做不成大将军。你们看看——外国习惯是先定规则，后玩游戏。中国现在呢，是先玩游戏，再不断定规则。开放改革，就是要把游戏玩得大胆，玩得高明，别等新规则订出来再变玩法，要边玩边变花样，等规则出来，你已经变了几变了。什么叫改革？什么叫开放？这就是！你要玩得连那些制订游戏规则的聪明脑袋也赶不上你，你就改革啦，开放啦！对不对！情人钟？"

被称为"情人钟"的后生就躺在他的旁边，正把手悄悄伸到按摩小姐的胸脯上摩挲，见老板转过头来问，连忙缩手，说："对，对。老板就把县里的姚一哥玩得团团转，我一清二楚，这几天他头发都愁白了。"

"你也不简单嘛，把姚一哥的千金也玩得团团转。喂，上过床没有？味道如何？"有人隔床挑起带荤味的话头，几个男人"吃吃吃"地笑起来。

"天机不可泄漏。你们懂不懂？"司徒安酒气冲天地打了个嗝，半醉半醒地插话，"画公仔画出肠就没味道啦，在美国，从来都不问人家上过床没有，这和问人今天吃过饭没有、上过厕所没有一样，纯系明知故问啦。"

男人们又一阵哄笑，美国佬就是多鬼怪，欲擒先纵，绝！这位手里捏着上千万美元投资的太子爷今天大出风头，舞跳得好，歌唱得妙，饮酒更是量压群雄，几乎成为一班小姐后生的偶像。

"好啦，别再为难我们的大情人啦。"彭老板发话为"情人钟"解围。他意犹未尽，继续大发议论，“姚一哥他当书记又怎么样？玩玩他就得落选！我的话在丰江有人听。为什么？句句是真理嘛。平头百姓都能建私房，干部为什么偏不能？人人平等嘛。建栋私房有什么了不起？我说，敢不敢建私房，就是敢不敢改革开放。”

“哈哈，彭先生言必称改革，真是个大改革家。”太子爷又打了一个酒嗝，打趣地竖起一只大拇指，“惟里古儿，桑拿派对改革家！”

“妙！这样的改革才够现代化。”“情人钟”忽然想起一件事，支起身来对彭老板说，“有个动向不知老板知道不知道？姚子昆落选后，跑到乡下收买人心，做姿态抱回一个肝癌晚期的小孩，硬塞给华侨医院，非要医院治好不可，你说可恶不可恶？”

“可恶？那可是你的未来岳父啊，钟仔。”有人又调侃起来。

“什么岳父！他一下台卷铺盖，我这孝顺女婿的戏也唱完啦，陪了那千金小姐一年多，差点把老子憋坏了。”“情人钟”撇撇嘴说。

彭永年笑着摇摇头：“这回你的情报不准确。告诉你们吧，那个小孩不是得肝癌。省里来的丁君山给那孩子做了认真检查，全部推翻了县里医生的诊断，证实那小孩得的是一种怪病——叫下腔静脉重度狭窄引起的肝积水。现在，正要与省里来的女钦差争着请丁教授动手术救命哩！”

司徒安问：“钦差？大陆现在还有这样的官？”

彭永年一笑：“怎么没有？专门来断你我财路的家伙呢！”他忽地坐起来，让小姐给他捶背，悠悠地点燃了一支烟，“真巧了，那孩子不是生癌，那女人倒是真的长了个瘤子，长在心脏旁边，凶险得很，你们说怪不怪？”

“天开眼啦。”“恶有恶报！”男人们七嘴八舌。

“哎，不能这样说嘛，”彭永年摆摆手，手上的香烟一缕白色氤氲画出一道好看的符号，“不能这样说啦，人家是朝廷命官，来到我们这里，辛辛苦苦累出了病，我们怎能见死不救？”

“还救她？”人们大惑不解。

“我这个人就是这样，为人为到底，送佛送到西，以德报怨。明天，我还要开一个别开生面的派对来好好招待省里来的华佗丁教授，让他落足心机来替女钦差治病。”

司徒安挤眉弄眼嘻嘻一笑：“又有什么新玩法？”

彭老板忽然卖起关子来：“这个……暂时保密……”

大厅的门突然无声地打开，一个脸色煞白的年轻女人像个幽灵似的飘进来。彭永年吃了一惊，可是他一眨眼就平静下来，很亲切地笑着招呼："咪咪，快来，你不是老想出国吗？我给你介绍一个大老板，包你出去有书读，有福享。来吧，这是美国加州的大老板——司徒安先生。"

司徒安站起来，握了握咪咪冰凉的手。

八

"杨组长吗？香港长途，请接——"电话里是接线生小姐娇滴滴的声音。

杨娅一怔，伟焱？他怎么知道我住院？电话竟然追到这里来！他俩结婚不到一个月，杨娅就到丰江来了，他也奉调到香港一家中资机构工作。她连他办好去香港旅游的机会也放弃了。四个多月来，他们通过几封信，几次电话。她生病、住院，她只字没提。

"杨娅吗？你现在怎么样？你住院为什么不告诉我？"真是他！杨娅的心骤然跳快了，竟像烈马狂奔，她觉得一阵晕眩。

"还好，你别担心……不不，你别回来！真的别来！"她的语气强硬起来，她和他是大学同学，他了解她的脾性，一有争执他总是先让步，"什么？不到省医院！绝对不去！没有必要！手术？谁告诉你我要做手术？是谁？"

电话那一头噤住了，伟焱难堪地沉默了几秒钟，嗫嚅着说："我打电话到县委问，值班的说的。"

"他们胡说，你别相信。我过两天就出院……"她两眼泪光闪闪。

放下电话，她一头栽在枕头上，全身的元气仿佛被那个电话抽空了，只觉得天旋地转，恍惚中她看见自己的脑髓，带着一股腥咸味流进胃里，五脏六腑顿时颠倒了位置，她猛烈地呕吐起来。医生护士赶来了，打了一针……

昏天黑地，过了一千年，过了一万年……全身轻飘飘，似乎挺舒服。

混沌，蒙眬。梦境中仿佛有人在轻轻说话——

"……哎，真难办，丁教授只有一根人造血管，全省也只有这么一根，还是他从美国讲学时带回来的……"

"……那这血管给谁做手术用？要进口还得等半年，那孩子不马上手术是不行的了……"

"……县里的意见，还是给杨组长……"

她竭力想睁开眼睛，可是眼皮上的黑幕像有千斤重，手脚也像粘在床上，动弹不得。然而那几句话，就像钉子一样钉死在那似梦非梦的幻境中了。

就这样完了吗？一撒手飘离这个嘈嘈杂杂的尘世好了。你还在苦撑什么呢？一丝思绪汩汩地在那封冰的脑髓冰层下流动，她渐渐地清醒过来，痛苦降临了，上身和头脑都在发胀，胸腔像要爆炸……

不不，不能就这样死，我要活！而且要活得清白、理直气壮。

她又挺过来了。中午，她感觉好了些，吃了几口面条，放下筷子问送饭的小护士小尹："听说，医院收了个孩子，也要做手术？什么病？"

"有人说是生癌，也有人说是血管问题，谁知道？反正是县委当官的硬塞进来的，现在医药费谁来出还不知道呢！"

她推开碗筷，挪动着软绵绵的脚步往外走。

"哎，您上哪去？"小尹急着过来搀她。

"我……走走，丁教授说，我有时要活动活动下肢，对减轻上身瘀血有好处的。"

她终于看见那个孩子，他躺在急救室里，脸如死灰，正在输氧，吊补液。孩子的母亲坐在床头，形容枯槁，目光呆滞，床头柜上摆着一盆饭，看样子根本就没人动过，几只苍蝇正围着打转。

她张了张嘴，想和孩子的母亲说些什么，可她硬将冒到嘴边的话吞回去，转身走了。站在这急救室的门口，对她无异是一种心理上的酷刑，她害怕再待上几秒钟，她会支持不住颓然倒下。

神思恍惚。幻觉又出现了，迷蒙中她想起了一个童年的梦，不，一个童话：一株能起死回生的灵芝长在高山上，一条蛇爬过来了，一个生病的孩子也爬上来了，那条蛇抢先盘在灵芝上，转眼间变成一个美女，那孩子死了，伸着绝望的一只手……

整整一个中午，她没再说一句话，一种阴悒冷峻的思绪萦绕着她的心头，像一股寒气在躯体内扩散、弥漫，把她的话都封冻在痛苦的冰层底下了。

下午四点钟，杨娅在手术室门口截住了丁君山教授，教授在向全县的主刀外科医生指导讲评一例心脏二尖瓣分离术，她苦苦等了他一个多小时。

"丁教授，我不做手术，行吗？"她直视着他水晶眼镜片后面的眼睛。

教授的浓眉一耸："为什么？害怕？"

杨娅摇摇头，苦笑："我有我的原因，也可以说是害怕。"

教授推了推眼镜，晃着一根手指头说："我可以告诉你，绝对不行。"

她说："如果非要做不可，我不打算用你那根人造血管。"

"你不相信它？"教授的眼镜片惊讶地闪了闪光，"我不是向你详细介绍过吗，那是非常可靠的，在国外……"

"这我都相信，但是，还有没有其他办法？"

轮到教授苦笑了："有倒有，不过恐怕你也不会接受——从你的大腿上切一段静脉，接到你的胸腔里。"

"我接受。"杨娅不加思索地说，十分坦然。"不过，我有一个请求……"

教授的眼睛又闪了几闪，用手摸摸宽大的下巴笑笑，"这要看能不能办到，我不是神仙……"

"你完全能办到。"杨娅昂起头，恳切地望着他不停转动的眼睛，"请你先给那个需要换人造血管的小孩做手术，再给我做。"

教授大感意外，颇为踌躇地搓搓手："这个难办啦，我最多能在这里待几天，家里的事情多，天天催回去。再说，县里请我来，说好了只做你一例手术，名义上是讲课，实际上专门是为你来的。"

"那好办，我去找县委，请他们留你多住几天。"杨娅抿嘴一笑，双手握住教授的手摇了摇，"我先替孩子的父母谢谢你。我们说好了，先给那孩子做，最好明天就做……"

教授愣住了，望着杨娅的背影，一脸惶然。

"你可回来了！"老郑一见杨娅，急忙捺灭烟蒂站起来，"我以为连你也失踪了。"

"谁失踪了？这么十万火急？"

"你一定要沉住气，杨娅。"老郑给杨娅泡了杯西洋参茶，双眉紧锁，欲言又止。

"到底出了什么事情？"

"县城里谣言传得很凶，而且很恶毒。传得最快的是说省工作组要割小孩心给姓杨的大官治病，搞得满城沸沸扬扬。今天中午，工作组办公室的窗户被石头砸破了，门上抹上大粪，还收到一封匿名信，内容脏得很，无非是说我们干尽坏事，勒令我们马上滚出丰江……"

“笑话!”杨娅的鼻子哼出一声冷笑。

“不过……”老郑审慎地沉吟了一阵，字斟句酌地说，“我想，你是不是再考虑一下，最好不要在这里做手术，回省里做，这样，一来安全可靠，二来也可以让谣言不攻自破。”

“不，我决定了，”杨娅躺到床上说，“就在这里做。现在更是哪都不能去了。只能在丰江做，死也要死在这里了。”

老郑沉默了，少顷，他抬起头，阴沉地说：“还有一件事本来不想告诉你，可是，这事太严重了……大刘失踪了。估计，可能被绑架——”

“什么?”杨娅目瞪口呆，一下心乱如麻。

这是什么地方？他睁开眼睛，天花板在倾斜、旋转，他头痛欲裂，一阵阵恶心，只好紧闭上双眼。

怎么会到这地方来？他想起来了，他到丰江宾馆摄影部取照片，回到宾馆房间，脑袋就挨了一下子，他失去了知觉。

颠簸，颠簸，倾斜……这是一条船？他竭力睁开一道眼缝，忖摸这个陌生的环境，他终于明白了，这是一个房间，大概新竣工不久，档次很高的柚木壁板还散发着刺鼻的黏合剂气味，古铜色的铝合金窗还未装上窗帘，看得见外面的防盗铁栅栏。

房间空荡荡的，只有一张铁床。他成了一个囚徒。

这是一次有预谋的绑架。目的何在？经济勒索？还是别有企图？

他吃力地爬起来——门外有人说话！他踉踉跄跄走到门边，从门上的防盗眼望出去，有两个汉子躺在沙发上抽烟。

“他妈的，人家就是有桃花运，你看这边这个嫩得出水的妹仔才搞上几天，那边又把那大美人搞了。你没去看她唱歌，啧啧，那风骚劲儿能把你的眼珠子抠出来，奶子耸得这么高，大腿白脱脱的……”

“别他妈在这里癞蛤蟆想吃天鹅肉啦，那女人是你碰得的？楼上那位小姐正在用眼泪洗面哩，你上去安慰安慰，说不定能占点便宜，你本事大还能睡上一觉。”

“我哪有这个狗胆？嘴巴上过过瘾罢了。鬼叫我穷啦，人家有钱，玩女仔一打一打!”

“有钱能使鬼推磨啦!”

“当然啦，人家说，老板不但能叫鬼推磨，还能叫党推磨哩！有钱什么事办不成？你听说了吗，有人已经把老板那栋新楼叫第二县委了。”

……

他完全明白了，他被关在彭永年私设的牢房里了。

怎么回事？他被识破了吗？那儿出了纰漏？头又痛起来了，他耳朵里响起机器磨损的“吱吱嘎嘎”可怕声响，他抱着头，苦不堪言地思索着——

有人出卖？不大可能，他到丰江才两天半，除了一两个人知根知底，谁也不认识他。啊，问题会不会出在那十几张照片上？他借口喜欢那别墅的室内装修和陈设，临走时多拍了几张，莫非就因此露了馅？或者，老谋深算的彭永年真的打国际长途电话到美国了解过情况？司徒安确有其人，而且和他有手足之谊，他此刻穿着的全身名牌货，就是司徒安送的。但此人现在上海考察浦东，他冒名顶替确有点冒险。

“咚咚咚”，他用力捶打着结实的坤甸木门，他得试探一下外面的反应。

“敲什么？想找死吗？”外面一声厉喝。

“开门！我要出去。”

“出去？你知道这是什么地方？公安第二拘留所！进来了就出不去，不老实当心拆你的骨！”

他马上反击：“放肆！你知道我是什么人？快开门！”看样子，彭永年和他的手下还未完全摸清他的底细，他的身份无非是两种人：一是闯荡江湖、货真价实的骗子老千；一是上面派下来搞专案的便衣侦探。相对而言，充当一个骗子会安全些，他权衡利弊，决定扮演一名黑道国际老千。

“你们开不开门？告诉你们，我约好今天要和香港通电话，我出不去打电话，我香港那班伙计马上就会杀到，你们小小一个丰江算什么？你们彭老板有几颗人头？”

门外没有反应，却突然响起一个女人温柔的声音——

“你们在吵什么？谁在房里？”

咪咪？他灵机一动，捶门大喊：“咪咪小姐，快开门，我是司徒，放我出去，我要出去。”

“这是怎么回事？开门。”咪咪说。

“小姐，老板吩咐——”

“这是我的房子，你不开？我开！”

门“咔嚓”一声开了。咪咪站在门口，脸色仍然是那么苍白：“是你？哈，你怎么回事？昨天是座上客，今天成了阶下囚了？”

“我怎么知道？也许是误会，也许是你们老板招待客人的一种方式。”他大度地耸耸肩，发出一声冷笑。

“如果我请你上楼聊聊天，你能把你的来龙去脉和真实面目告诉我吗？”

“当然，对这样漂亮的小姐是绝对不可能保密的。”

“那，请吧——”

他俩双双沿铺着地毯的楼梯走去，把两条汉子撇在后头。

九

雨暴风狂，像有亿万条银色的鞭子抽打着丰江县城。偌大的县城匍匐着、战栗着，痛苦地忍受着大自然暴虐的酷刑。

台风终于来临了！

杨娅不安地注视着窗口，烈风不停地撼动着造价昂贵的铝合金窗，豪雨似一盆盆水泼在茶色窗玻璃上，也仿佛泼在她那颗早已疲惫不堪但仍在虚弱地搏动的心脏上，接踵而来的打击使她的病情进一步恶化了，危机四伏，风雨飘摇，她已经陷入绝境——

今天上午，老郑带人参加抗风抢险，所乘坐的面包车突然打滑翻到沟里，虽然没出人命，但老郑负伤最重——右腿三处粉碎性骨折……

那个农村小孩阿全的手术并不成功，手术完成后就一直抢救，根本没下手术台。如果救不活，那满城的飞短流长就会变成一把把生剜杨娅的利刀……

大刘突然失踪，音讯全无，生死不明……还有，伟焱再没有来电话，他是生气了？还是……

无数条毒蛇钻进杨娅的脑子里，挤成一个拼命膨胀的瘤，它们疯狂地在缠绕，在啃啮，使杨娅生命和意志每秒钟都在迸裂、在崩塌。她坐困愁城，眼睁睁地看着那绝望的绞索一点一点地勒紧。

终于盼来了一个好消息！陈铎鸣一进门，杨娅就感觉到他眉宇间透出一股喜气。

“小娅，给你办了件好事，你可以睡个安稳觉了——”他边说边脱水淋淋的军用雨衣，一把扔进卫生间，回过头又掏出一沓材料，“我串联了几个老干部做了不少工作，终于把几个局长镇长的工作做通了，他们愿意交出违反规定的私建楼房，还写了检讨书。你看——”

“好啊，”杨娅精神一振，接过材料就翻，“姜就是老的辣，一出马就大有斩获，陈伯伯，真得好好谢谢您！”

来到丰江，私下里她一直称他陈伯伯，因为他是她父亲的老战友。但他从未在公开场合上提起这种关系，对他的谨慎她一直很感激。

陈铎鸣摆摆手：“怎么说这话？看你病成这样我能不帮你吗？你要有个三长两短，将来我到马克思那里见到你爹，怎么交代？”

杨娅被材料吸引住了，她不断地翻动纸页的手忽然停住——怎么几份材料的格式、内容都差不多，甚至连用语都一样？可以看出，这些东西都由一个人起草，然后几个人分别润饰抄正匆忙弄出来的。

大有文章！本来淤结在头脑里的思维，一下子又亢奋起来。

最令杨娅生疑的，是这三个有实权的副局长副镇长都是建私房的“独立大队”，与情节严重的“假侨房案”并无牵连，而且无论建房面积、装修标准都和彭永年一手搞的众多假侨房望尘莫及，为什么没有建假侨房的干部交代呢？

“嘿嘿，真是柳暗花明又一村，总算搞清了不少问题，打开局面了，你这个组长累死累活，也可以向省里报报功了。”老陈语气恳切地劝起杨娅来，“我也算是你的长辈了，听你世伯一句劝，回省里去治病好了，省里条件好，即使做手术也有保证，在这里……你看看那孩子，现在还在抢救呢——”

摇头，微笑。她没搭腔。

“哎，你这是何苦呢？”

“命中注定。我和那孩子是一条蔓上结的两个苦瓜，尤其是现在，谁也离不开谁了。如果他能挺过这手术关，我想我也能。”

“你这是拿自己的命开玩笑，不，拿命来赌博……”

“可以这样说吧，赌个输赢，赌个你死我活……”

陈铎鸣哑了。她倔，他知道，但想不到她倔得连命也可以不要。

“您是坐小车来的吗？”她突然问。

“吉普车。有什么事要办？”老陈连忙站起来。

“借你的车用一下，我要去找老姚。”

“你疯了！老姚在抗台风，你去凑什么热闹？”他急忙去拉她。

可是她断然拨开他的手，走出门口。

乌黑的云团向大地压来，乌黑的大潮向城市扑来……

百年未遇的巨潮在强台风的顶托下，把拱卫县城的拦海大堤撕开一大截，大海潮涌进东关，县城一片混乱，鸡飞狗跳。

姚子昆精疲力竭，好不容易才把守护拦海大堤的一千多突击队员安全撤到东城，县长曹国才调动了全县的机动车辆抢运沙包加高东城仓库区的第二条防线，但是越到中午来的车辆越少，急得老曹直跳。

“怎么回事?”姚子昆眼冒火星。潮水仍在上升。

“妈的有人搞鬼！肯定!”曹国才跳上一辆抗灾指挥车，“轰”的一下开走了，碾得泥水四溅。

不一会，那车又转回来，司机扯着喉咙喊姚书记，急得一头是汗。

“快去看看吧，县长让一群人围住啦，要挨打了。”

“是些什么人?”姚子昆问。

“侨发公司雇的民工。”司机愤愤地说，“他们把车子都弄过去了，要在侨发的东苑工地筑一道拦水坝，司机卸一车沙包给五十元。曹县长去干涉，他们就喊打喊杀。”

姚子昆反而冷静下来了，他一步跨上小车：“走，看看他们的胆子有几斤几两。”他掖了掖腰里的54式手枪，这是他上午从公安局要来的。

东苑工地变成一个大停车场。风雨中，一大群人围着吵得天昏地暗，老曹喊得声嘶力竭，冷不防腰眼挨了一暗拳，他猛一转身，揪住身后一个后生，瞪圆了血红的眼睛怒喝：“你这个坏蛋，你敢打人?”

马上有人来“劝架”：“哎，君子动口不动手嘛，县长也不能这样欺负老百姓啊。”

“县长又怎么样?官逼民反，他破坏我们这里抗灾，我们就敢揍他一个嘴啃泥!”

老曹双手被人扯住，背后又挨了两下。

突然，一辆指挥车拉响警报，打开警灯，闯进东苑横七竖八的车阵里。

一个穿湿淋淋雨衣的人站上车顶，举起一支手枪——

“叭！叭!”两声清脆得近乎尖厉的枪响，压倒风啸海吼，把人们所有的目光、每一根神经都聚集到那乌黑的枪口上。

那人端着枪，慢慢拿起麦克风，指挥车里的扩音器响了：“我是县抗灾总指挥姚子昆，现在，全部车辆听我指挥，立即开到东城仓库区集中，所有沙包器材全部要卸在仓库区。保住全县的口粮是大事中的大事，谁敢不去，全县人民不答应，我手里这支枪，也不答应!”

工地上混乱起来，人喊车吼，嘈杂中，有一辆车缓缓驶出工地。

扩音器又响了：“好，有人带头了，全县人民都会感谢你——希望所有车辆都这样，开到仓库区去……”

汽车一辆一辆地起动了。指挥车上的警灯仍在不停地闪着红光，姚子昆伫立车顶，那身被风雨淘洗着的雨衣像变魔术似的，一下子变得很蓝，一下子又变得很红。

她在什么地方？云里？雾里？

她掉进大海潮里了，大浪一下子就把她卷进深深的海底，她的心肺灌满了海水，憋得要爆炸。轰隆一声，果然炸开来了，她眼前一片昏暗……

“她醒过来了……”一个陌生的声音。

一团橙红的烟雾：橙红的人，橙红的房间，橙红的吊灯……她的全部意识，也似乎染上了橙红色。

僵死了的大脑又慢慢地活跃起来，她想起来了……

狂风怒吼，雨如乱矢。路树一排排地被拦腰打断。大海潮冲上了公路……路边，一伙人在紧张地掘开一道防潮坝。

她突然对司机大叫：“停车!”

“你们在干什么?”她下车蹚着潮水，吃力地攀上堤坝问，“为什么要把堤掘开?”

“让潮水向低处流啦，这大潮就要淹掉我们侨发的东苑工地了，你没长眼睛?”一个赤膊上阵的后生说。

“胡闹!”她怒不可遏，“这坝下面是几万亩甘蔗啊，淹掉了谁负责?”

“我们打工仔管你谁负责？你问头儿去!”赤膊后生努努嘴，“那个穿雨衣的家伙就是。”

一个穿雨衣的后生手拿着对讲机跑过来，一见她就转面躲开，可是杨娅一眼就认出他来了——他是小戈的男朋友。

“那不是钟仔吗？你这个外经委的大秘书也跑来替侨发公司打工？”她故作惊讶地问，“是你叫他们把坝挖开的？”

钟仔马上换上一副笑脸迎上来：“哎呀，原来是杨组长啊，上面派我来抗灾，我看海潮就要把已经开工的侨房工地淹了，就叫他们……”

陈铎鸣也气喘吁吁地爬上来，皱着眉头说：“我看，也只能这样了，淹了侨房影响不好，传到海外再也没有华侨敢在这里投资建房了。”

“你们看看，整个东苑工地才建了两栋房的房基，你们却要为它淹掉几万亩甘蔗。”杨娅摇着头冷笑，她心里其实明白得很，东苑开工的这两栋房子也是假侨房，有一户真正房主查出来了，而另一户却一直不露庐山真面目。

陈铎鸣很稳重、很大度地摆摆手：“嗨，小娅，关键是影响啊，潮水一两天就退了，甘蔗不会有很大损失，可是华侨都讲风水，谁愿意在海潮浸过的地上投资建房？这损失可就太大了。”

钟仔还想说什么，突然脸色一变，眼都直了。杨娅回头一看，不远的村子里一下子涌出几百个农民，男女老少都有，正举着禾叉铁锹，顶风冒雨向堤坝扑来。

“走人！快！”掘堤的后生见势头不好，纷纷逃之夭夭。钟仔喝了几声拦不住，也脚底搽油开溜了。

“我们也走？”杨娅问脸灰脸蓝的陈铎鸣，有点好笑。

陈铎鸣无可奈何地点点头。可是他们寸步难移了，愤怒的蔗农把他们团团围住，有人认得陈铎鸣是个县里的大官，认定他是掘堤的罪魁祸首，他浑身长满嘴巴也脱不了身，连杨娅也陪着挨骂。

他们好不容易冲出重围，来到第二条防线的临时指挥所——一辆大巴士上，老姚老曹都不在，杨娅再也支持不住了，疲惫不堪地躺到座椅上。

“喂，喂，给我找王局长，快给我找王局长……”老陈用对讲机在呼叫，“老王吗，我是老陈，喂喂，东关的坑围村有人聚众闹事，破坏东苑侨房工地的抗灾工作，还围攻县委干部和省里的杨组长，你要马上派一批干警去，做好工作，要把带头闹事的抓起来！”

杨娅一下子挺起身来，两眼冒火：“不行！绝不能这样干！”

陈铎鸣严肃得脸色发青：“小娅，非常时期绝不能手软。”

对讲机仍在哇啦哇啦地响，一个值班干部报告：公安局已经派人去了，但人手不够，彭老板的人和县抢险队的人打起来了，出事地点在侨苑，老姚老曹都赶去了。

杨娅盯住老陈："你必须通知公安局把人撤回去!"

陈铎鸣忽然慢悠悠地坐下了，一面打火抽烟，一面一反常态地用一种倚老卖老的口吻对杨娅说："小娅，你这是在命令我吗？我和你爸爸当县委常委的时候，你还在穿开裆裤哩!"

杨娅气得全身发抖，倏地转过身，摇摇晃晃往车外走。

"哎，你想到哪里去?"他问。

她没有回答。一下车她就倒下了，倒在一个公子哥儿打扮的人怀里。

她马上就感觉到了，他是刘祁连!

"大刘!"她轻轻叫了一声。大刘不说话，转身背起她，向路边一辆吉普车走去。

吉普车在急驰。她像死过一回又活过来，有了一点气力，靠着车座听开车的大刘侃他的传奇故事：

"……真是天无绝人之路，谁会想到彭永年的小情妇能相信我那一番鬼话?她真相信我是旧金山黑社会派来摸底的老千。竟天真得求我帮她移民去美国，姓彭的把她玩够了就丢在一边，她咽不下这口恶气。我从她嘴里知道不少内幕，大海潮一来，我趁乱放倒了一个看守，拜拜了，让那小婊子美滋滋地去做出国梦吧……"

"有什么新情况?"

"够吓人的，你知道县里和姓彭的勾结最深的是谁?"

"我知道——陈铎鸣。"

大刘惊讶地叫了一声："嘿，你真神！东苑那栋最大的侨房，就是为姓陈的建的。"

猜中了。她苦笑一下，心里翻腾得厉害，真想哭。

十

华侨医院也被海潮淹了，搅得这座洁白的建筑物底层一塌糊涂。

杨娅躺在担架上被抬回病房，一个男人正在她的病房里等她。

"伟焱?"杨娅又惊又喜，可是她一点力气也没有了，只能听任别人将她摆弄到病床上。

“你……怎么来的?”

伟焱不回答，温柔地抚摸着她肿胀充血的手。

“你是……杨组长的先生?”大刘友善地和伟焱握握手，知趣地告辞了，“你们两口子好好谈吧，我先走了。”

“你还没回答我，飞来的?还是让台风吹来的?”

“开车来的。在省里借了一台车，赶了一夜。”

他的双眼布满了红丝。她微弱地跳动着的心脏忽然怦怦乱蹦起来。

“唉，怕我让台风刮跑了?这么大的风雨，何必?”

“不，我来接你回去。省医院都联系好了。”

房间里突然沉寂了。她沉默着，脸上的笑容消失了。

“我什么都知道了，你的病……随时都会有危险。而且，你在这里的处境太……艰难，连我刚到也听说了，这里很多事情是碰不得的。”

“可我偏偏去碰了，”她艰难地笑笑，“我自作自受，对不对?”

“也不能这样说，你吃亏在过于认真，现在中国的事情都很难说，你一个人能起什么作用?还是得饶人处且饶人吧，很多时候就要睁一只眼闭一只眼才能处世，中国这么大……”

“所以，中国人都得变成独眼龙?”她嘴角上现出尖刻的冷笑。“你会处世，能不能教教我，怎样变成独眼龙?”

“唉，你呀……”他为难地摇头苦笑，“病得只剩下一把骨头一张刀子嘴了，还是宽厚点好。”

“太抽象，”她看着他，“能具体点吗?比方说对什么事情睁一只眼闭一只眼，应该对什么人宽厚点?”

他沉吟起来：“怎样说好呢?我听说了，你和侨发公司的彭永年过不去?”

“对。”她一下子严肃起来。

“我想，你最好不要得罪他。”

“为什么?”

“他的关系网大得惊人，”他迟疑一下，说，“而且，我和他们也有业务上的联系……”

杨娅肿胀的脸突然变得血红，嘴唇在哆嗦：“你们……”

“我们早就认识。”他小心翼翼地看了她一眼，目光倏地溜到窗外，“我和他关系不错，是陈伯伯介绍的。”

杨娅一阵眩晕，她伸出软绵绵的手抓起杯子，勉强地咽了一口水，叹了口气：“原来如此。怎么不早告诉我？”

他笑笑，仿佛一切解释都已经多余：“我一直相信你能处理好这些事。”

“现在信不过了，所以才火烧眉毛似的赶来？”

他又给她一个豁达自信、高深莫测的笑容：“你想到什么地方去了？我最担心是你的身体，真把我急死了。”

她望着他突然脉脉含情的眼睛，全身一下子像被掏空了似的瘫软、虚脱。她酸楚地闭上双眼。恍惚中，她的双唇感到冰冷酥麻的湿润。这是他的吻吗？她一阵寒战。那贴上来的似乎是海底贝类的吸盘。

幻觉，又是可怕的幻觉：大海波涛汹涌，一只硕大无朋的软体吸盘向她伸来，猛地一啜，把她吸进冰冷的海底。

可是，什么也没有发生。他的嘴唇只是轻轻给她一触，很快就消失了。

“你先好好休息，我出去一会儿，待会再回来陪你。”他的声音温柔得像一阵轻风。

不睁开眼睛，决不！

在他迈出病房的一刹那，她向他的背脊抛去一句冷如霜雪的话语——

“如果再说那些事，不必再来了。”

他惊讶地回过头，恰好看见她决绝地转过身去。他惊呆了。

“有什么问题好好谈嘛，我们是两口子……”噤了好一阵，他又嗫嚅着吐出一句，“何必这样呢？”

沉默。病房里只听见窗外透进来的风声雨声。

“你走吧，我累了。”少顷，她开口了，“不过应该让你知道，我不会当独眼龙，也不怕得罪人，包括你。”

她的声音软乏得像一团棉花，但每一根纤维都闪烁着锋芒。

一声婉转悦耳的莺啼飘入梦境，纷乱的梦立刻增添了些许甜蜜。可惜，她醒了。啊，又是一个晴朗的早晨！

起床。洗漱。梳头。她忽然想看看大海，看看白云，目光越过镜子投向窗外，大海湛蓝湛蓝，碧空如洗。白云呢？都躲到哪儿去了？

倏然，梳子篦下了一绺断发。她心里怦然一跳，这是个不好的兆头吗？

不，你怎么还能信这个？事至如今，生死祸福只能置之度外了。

昨晚，她睡得很早，正要服用丁教授开的三片安定，大刘来了，他是来取她亲自签发的办案报告的。

他的眼神有点异样，按住了她拿药的手，低声说：

“我劝你再考虑一下，这手术还是不做好。我又得到可靠情报：彭永年和陈铎鸣昨天又在天宫酒楼宴请丁君山。”

她淡淡一笑：“他们有的是钱，让他们去请好了。他们能在这里请丁教授，还不能到省里、到北京上海请张教授、李教授?”

她还是把药吃了。大刘神色黯然，默默密封好绝密的办案材料，红着眼睛走了。

“咯咯”，有人敲门。她一开门就叫起来：“哎呀，你怎么也来了?”

负了重伤的老郑坐在轮椅上，让姚小戈推着，堵住门口。

“小杨，听我一句话吧……”老郑虚弱的声音令人听了心酸，“我昨晚一晚没睡，想来想去还是那句话：这手术不能做。”

“杨老师，你还是听听大家劝吧，”小戈一开口，眼泪就汩汩流下来了，“一旦有个好歹……”她呜咽起来。

“别哭啊，别这样，”杨娅心里涌起一个又咸又苦的潮头，一直撞到喉咙口，可她竭力把这潮头压下去，使自己平静下来：“生命是我的，我还能不珍惜？做这样的大手术，到哪里做都有风险，可是值得搏还是要搏一搏。”

她伸出手和他们握别：“放心……”她再也说不出什么来了，一扭头闯出病房。

一步，又一步……她向手术室走去。现在天上有白云吗？她想看看窗外，可惜，一排排铝合金窗全都拉上了厚厚的窗帘。

拐个弯就是手术室。她的双眼迷离起来，仿佛罩上了一层云雾，是白云飘到过道来了？蓦然，她站住了——朦朦胧胧中，手术室的大门口像是挤满了人——姚子昆、曹国才、县委县政府的干部……一堆认识和不认识的人！

丁君山教授步态稳重地走过来了，他和姚子昆握了握手说了些什么，杨娅没听清，但猜得出来，他一定是在说：“你们不要担心，我是有把握的，那乡下孩子阿全不是脱离了危险期了吗？手术还是成功的嘛。今天手术时间可能会长一些，请大家都回去吧。”

人们沉默着，幽兮兮的目光望着走过来的杨娅。心里一热，酸甜苦辣全都在喉头蒸腾起来，杨娅眼里闪烁着泪光，顿时，一团一团的白云在眼前飘拂。

幻觉，全是幻觉！

手术室门口空空荡荡的，没有姚子昆和曹县长，没有丁教授，并没有挤满人，只有一个女人站在那里，那是那个乡下孩子阿全的妈妈。

“……爸爸和曹县长到省委开紧急会议了。他说，回来一定先来看你……”小戈在她的身后怯怯地说。

杨娅无言。她淡然一笑，向阿全妈点了点头，眼里流出了感激的泪水。

手术室的大门推开了，沿着一条过道向前走去，过道好长，长得没有尽头……

望海椰之恋

一

那棵椰子树倔强地站在海边，孤零零的。

它面对着的大海又涨潮了，浪头被海风驱赶着，晃动着白花花的脑袋，有节奏地叫喊、喧嚣，声音低沉得有点怕人。戴着白花帽的脑袋一个个撞击在海堤上，“轰”的一声扬起了晶莹雪白的手臂，像是在悲壮地高呼口号，然而，口号一落，它们刹那间失去威势，马上低头认输，叹息着、呻吟着，卑躬屈膝地退下、溜走，紧接着又上来第二排的白脑袋……

秋燕一筹莫展地望着千篇一律、又变化无常的海浪，轻轻发出一声焦灼的叹息，从那棵伶伶仃仃的椰子树到小海湾的尽头，她已经走了三个来回了，可他还没有露面。

远处的椰子树也在默默地望着大海，椰子树根部微弯，腰部以上却挺得笔直，像深情地想把身体探向海洋，可又自尊地仰起了头。也许，它也在等待着什么吧？这里的人都把这棵椰子树叫望海椰，唉，它望了多少年了，它在望什么呢？

也许他忘了？不会。明天晚上见——这是他亲口说的，在哪儿见面好呢？当时秋燕想了想，一下子就想到了——还是那棵椰子树。

也许他是临时被抓了差吧？船上总有这样那样的差事，专找单身的年轻人麻烦的。要是这样，可不能怪他。

秋燕心烦意乱地走进那片木麻黄树林，坐到一张水泥长椅上。纷乱的心腔像灌满了苦涩的海水，苦涩的味儿沿着血管和神经在躯壳里渗透，延伸，连嘴里也感到有一股苦味儿了，她蹙着眉笑了一下——连笑也是苦的！如果现在手上有面镜子，她一定会看到自己那副可怜巴巴的模样：二十六岁的姑娘，额头上竟有一道短而深、刀刻似的皱纹。

姑娘敏感的心弦突然震响了——不，也许我不该向他说那些事！我真傻，把什么都告诉他，他害怕了……他嘴上说得好听，心里却在巴不得早点脱身、逃之夭夭！一个不祥的预感，用无形的手指粗暴地拨动她心中这根弦，这根脆弱的弦快断了，她坐不住了，猛然站起来，泪水溢满了浅浅的眼眶——

也许，我真的看错了人。他对我说的都不是真心话，他装得老老实实地哄我说出一切，他就嫌弃了，嫌弃我，嫌弃我干的工作，认为我配不上他！

可是，谁叫你去干这一行呢？直到现在，家里还以为你在“搞外事工作”，你一直不敢把自己的真正职业向父母、弟妹们说。你才二十几岁啊，一天到晚在那个被人传说得稀奇古怪、乌七八糟的地方干活，有谁能看得起？哎，干这份差事，倒八辈子霉了！

后悔，深深的后悔，像潮水一样将秋燕淹没了……

二

去年夏天，她带着海洋石油基地劳务处的分配通知来到外宾生活管理公司，一位胖大姐接待了她。

“你在街道工厂干了六年？”胖大姐圆口圆脸，戴着一副厚厚镜片的深度近视眼镜。

“是的。”她怯生生地点了点头，心一下揪紧：会让她去干什么呢？

“未结婚？有对象了吧？”厚眼镜片后闪出一种高深莫测的目光，犀利得使人寒心。

秋燕心里一跳，赶紧摇摇头，脸上热辣辣的。

“还是团支部书记？你们那里还有团支部？”胖大姐声音有点惊讶，好像不相信似的。

“嗯。”秋燕满脸通红，她想说，我只是挂名的。可是心跳得厉害，说不出话来。

“你还自学过英语？什么程度？”

“初级班学完了……”秋燕好不容易才挤出一句话，踌躇了一下，她觉得自己说漏了什么，急忙加了一句：“不过，还有好些单词记不住。”

胖大姐笑了笑，这是她第一次露出笑容，她把记录着秋燕一切的纸片在桌上拢了拢，起身匆匆走到隔壁去了，几分钟后，她又转回来，递给秋燕一张条子：“你分到专家住宅区，当家庭服务员，去专家住宅管理处报到吧。”

“家庭服务员？干、干什么的？”秋燕懵了，急得连气也喘不过来。

“就是我们说的保姆，外国人叫女佣。你算运气好，给外国专家干活，工资高，待遇好，别人争得打破头。你一来我就让你捞上了。”听这胖大姐的口气，好像秋燕得了个金元宝，这金元宝不是天上掉下来的，而是她恩赐的。

秋燕失望地垂下了眼帘，心里一阵颤抖，天哪！当保姆，当女佣，多难听啊，叫厂里那班姐妹们知道了，会怎么说？原来她们还羡慕她呢，谁想到会来干这个！“我——”她想说，我干不了，可是话一出口就变了字眼，“我，我不会干。”

谁知胖大姐淡淡地笑了：“我看你是嫌名声不好听吧？不会干，学嘛，外国太太会教你。你别捡到人参当萝卜干，你不干，可以。指标取消，请别人来。你可别小看这工作，它能为国家赚外汇。二十几个人一年赚的钱比你们一个工厂赚的还要多，谁敢看不起？”

第三天，她穿上工作服—— 一套崭新的湖蓝色西装裙服，忐忑不安地跟着科里的干部、翻译跨进第六号别墅。

这是一座漂亮的别墅，淡黄色的楼身，橙红色的屋顶，上下两层。因为安装了空调，所有门窗都密闭得死死的。一个金发披肩，两眼像蓝色玻璃珠一样骨碌骨碌转动的外国女人，站在门口和她轻轻握了手，然后把他们引进屋里。翻译介绍说，她是哈里斯太太。

“噢，焦样（秋燕）——”等管理科的干部和翻译介绍接洽完毕，彬彬有礼地告辞走出门口，哈里斯太太马上拖过一架电动吸尘器，在客厅里指指点点教秋燕打扫起来。

外国女人的心比针尖还精细，她在前面指点，秋燕跟在后面吸尘。她不时回过头看秋燕吸得干净不干净。墙角、沙发背后，大古董架的底部，她都一一点到了。这一间全铺地毯的大客厅，比大宾馆还富丽考究、干净整洁，秋燕忽然怀疑起这吸尘器的效用来：这东西只是嗡嗡嗡地响，可能一点东西也没吸进去。

哈里斯太太推开一间房间沉重的门，向秋燕招了招手，她拖着吸尘器进去了。这是一大间书房，有好几个大书柜，桌上也摆满了厚厚的精装书，像一垛垛砖头。还有一张小桌，只放着一架打字机。突然，哈里斯太太怪叫一声，脸色惨白，吓得像见到鬼一样，秋燕赶紧放下吸尘筒走过去，太太哆嗦着，指着书桌角和墙角之间的地方，喃喃地不知在说什么。秋燕一看，原来墙上有一只蜘蛛。

秋燕从书桌的烟灰缸里拿起一个空烟盒，撕下一小片锡箔，包着那只蜘蛛，把它捏死了，用吸尘筒一吸，呼的一下，锡箔纸包被吸了进去，哦，真管用呢！可她马上又不安起来，这样干，会不会弄坏吸尘器？洋太太不会不高兴吧？

"噢——"哈里斯太太笑了，走过来拍了拍她的肩膀，说了好些话，秋燕一句也听不懂。

哈里斯太太有个小女孩，只有两三岁，小脸蛋白嫩得像剥壳的熟鸡蛋，眼睛蓝得晶亮，简直是个活的洋娃娃，漂亮极了。她正在楼上的儿童室里玩积木，看见她们进来，急忙噔噔噔地飞跑过来，仰起脸亲了亲妈妈，然后好奇地看着秋燕，她妈妈弯腰在她耳边说了两句话，小女孩竟很大方地向秋燕伸出小手，友善地说："好嘟嘟？"秋燕惊讶地伸手和她握了握，这回听懂了——小女孩在向她问好！原来他们有个这么可爱的小姑娘。秋燕微笑着，用生涩的英语回答了小女孩的问候，她会简单的几句英语，使哈里斯太太喜出望外，她亲热地搂了搂秋燕的肩膀。秋燕一下子觉得这个充满神秘气氛的家庭也似乎变得并不那么陌生，心里的拘谨、惶恐也开始像回暖时的冰块，慢慢消融了。

三

干了一个星期，渐渐干熟了，哈里斯太太开始让秋燕下厨，教她做一些合他们口味的外国菜。有时还带着她坐上小轿车，到友谊超级商场买新鲜的大虾、龙虾和螃蟹，到外轮供应公司买水果、面包、点心和奶酪。可是，更多的是让她带着那个漂亮的小安妮在住宅区的花园里玩耍。秋燕始终没有见过哈里斯太太的丈夫。星期六，在职工食堂吃晚饭时，她问五号楼的保姆金花，金花告诉她，这些外国专家和保姆一样上下班，而且要比规定时间提前十五分钟到办公室，等他们下班回来，保姆也早下班走了，所以总碰不上。

明天星期天，合同规定是保姆休息日。秋燕匆匆吃完饭，回职工宿舍冲了个凉，拎起提包就舒心爽气地披着头发回家了。从专家住宅区到海湾渡口有两公里，她刚走了几百米，一辆单车从身后飞驰而至，“吱呀”一下在她脚后跟刹住，把她吓了一大跳。

“是你？”——龚明！一个曾经超越了朋友界线的小伙子。

“回家？我带带你。”他的眼睛畏畏缩缩，不自然地拍了拍车鞍。

“谢谢，我有腿。”

秋燕冷漠地转过脸，心烦意乱地向前走。她听到他叹了口气，推着车子跟在她后面。

不理他。秋燕铁了心。她茫然的眼睛瞪着前方，越走越快。可是龚明像影子似的，死死粘在身后，怎么甩也甩不脱。

气促、心跳，秋燕感到双腿有点发软。

她和他，曾经热烈地相爱过。初恋的狂热是一个洪峰紧接一个洪峰的洪水，只要心理的堤防上出现一个小小的漏洞，失去理智的洪水就会痛快淋漓地冲毁全部防线。后果是可怕的，一个小生命在他们惊恐不安中萌发了——她怀了孕。

谢天谢地，他是医院的仪修工，他的一家：爸爸、妈妈、姐姐都在医疗卫生部门工作。她在他的一家的劝告和帮助下，完全不露风声地做了手术，连秋燕的双亲也蒙在鼓里。

接踵而来的，是一个令人齿寒的悲剧：他要走了，考上了医科大学，要读六年。他那皮笑肉不笑的妈妈、势利的姐姐，分别写信给她，叫她“勇敢地做出抉择”——死了这条心。理由冠冕堂皇：为了不耽误她的“青春”和“前途”，为了她的“幸福”！她急得发疯，跑遍了大半个城市，终于在他亲戚家中找到了他，他哭了，说妈妈摆出两条路让他挑：第一条是和她一刀两断，去上大学；第二条是继续和她保持关系，但学校将会收到医院人保科的揭发信，并附上一份人流手术证明书，如果被学校勒令退学，“家里无能为力”……他流着泪，向她跪下，她差点要呕出来了。踉踉跄跄转身就走……

她变了，经常像海边岩石一样沉默着，她从街道五金厂调到胶花厂，不交朋结友，不打扮，不逛东串西，一上班就埋头干活，和厂里爱叽叽喳喳、争芳斗妍的姑娘们成了鲜明的对照，她用机械运动般的手工劳动来排遣忧郁，用冰冷的神色和情感去冻结心头的苦楚。厂干部们却把她对心灵创伤的异常反应，当作这些年头最可贵的“自觉性”，拉牛上树似的把她列为“骨干”，接着又宣布她是“团支部书记”。什么“文明一条街”，“青年植树日”……任务都压到她头上，像做胶花一样，她总是默默地一个人包揽厂里交给团支部的任务，往往是她一个人完成大半，几个姐妹看不过眼过来帮忙搞完的。她和她的团支部在街道上名气却越来越大，她莫名其妙地被评为“三八红旗手”、“青年突击手”，厂党支部书记还找她谈话，要她马上写入党申请，她慌了，觉得再也没法干下去，她不愿骗人，也不愿意骗自己，只好想办法离开。恰好，海洋石油基地举行了招工考试，她去应试了，运气真好，竟考上了。

现在，那个人回来了，他就像影子一样跟在秋燕后面。在秋燕的躯壳里，一场风暴猛然爆发，痛苦、憎恶、悔恨……还有一种说不出来的复杂情感，像被狂风撕碎的乌云一样上下翻飞，搅成一团。

他一直跟着她，默默无语地走到汽车渡轮边。

船快要开了，秋燕迈开沉重的一步，跨上了登船的钢跳板，猛听身后一声怒喝：

“你发死瘟，不上不下站在这里找死吗?”

秋燕一回头，看见正在松开船缆地钩的船工正瞪眉突眼地吼叫，而他，扶着车子呆站着，两眼绝望地盯着她，煞白的脸上闪着泪光，单车卡在岸和跳板中间，看样子他虚弱得连推车的力气都没有了，扶车把的双手似乎在发抖。

秋燕的心咚咚猛跳了两下，慌乱地转过身。一阵单车轮子在钢板上碰磕跳动的声响，听声音，他上来了，车子是被两个热心人拽上来的。

渡轮到岸边，步行的、骑车的各式人等蜂拥下船，汽车开走了，偌大的渡轮空荡荡的，甲板上只剩下两个人。他没神没气地站起身，突然看到木然站立的她。他惊喜的目光一闪，迈动了脚步，向伫立不动的她走过来了。

沉默。谁也不开口。时间过得慢极了，他们像要这样沉默一百年。

四

“我们，一起走吧?”他首先打破沉默，然而声音像从一口深幽幽的井里发出来的，浸透着内疚、祈求，小心翼翼。

她不答话，垂着眼，茫然而无头绪地向岸边走。

“我妈给我找的那个……早吹了。”

“所以，你又回头找我了?”怨恨，又在心里升腾起来。

“你骂我吧，我找你，就是来挨骂的。”

秋燕停住脚步，转脸看着远处的港口。

“……暑假回来，我到处打听你，那天，偶然在友谊商店远远见到，你和外宾在一起……坐的是石油基地的汽车——”他突然紧紧地抓住她的一只手：“我，我就发誓要找到你!”

秋燕吃力地抽回手，可是双腿都打战了：“找我？找我干什么？又要来骗我?”声音像个重病号的呓语。

他双眼通红，眼珠子迸出痛苦的火星，嘶哑着喉咙说：“不，我不管家里的态度了。秋燕，你该相信我……我是真心的！真心的!”

秋燕抬头看着他，蓦地，她打了个寒战，身不由己地后退一步，再后退一步，她心乱如麻，四肢发软，一个令她惊恐的预感掠过心头：再过一会儿，再听他说两句话，她就会支持不住了，要倒下，要倒在那个人的怀里。她捂住耳朵，使劲地摇着头，发出像哀求，又像怨恨的声音：“别说了，你别再说了……你走，你走吧，我回去了……”她猛一转身，低着头，发疯似的向渡口车站奔去。

“秋燕，我还有话跟你说——”

她不应，没有回头。龚明骑上车，一直追到她身旁，公共汽车来了，他一手抓住她，她用力甩脱了，跳上了汽车。

车窗外，他失魂落魄地推着单车，跟着徐徐开动的汽车喊：“晚上我到你家去，等我——”

当晚，为了避开他，她没回家，住到工厂的姐妹家里去了。第二天，回家里看到龚明留下的字条。

燕：

我有很多话要说，明晚七点在老地方见，好吗？我等你！

明

星期天，难得一个休息日，弟妹们都回家来，家里热闹得像麻雀窝。可她蒙头躺在妈妈房里，昏昏沉沉的。

妈妈拿来两张照片，几张纸——不用看，一定又是那些居高临下、标着明码实价的“身份说明书”，秋燕连忙翻了个身，用背对着妈妈。

“燕，过去的事了了也好。你看看这两个，还不错，这是隔壁王姨主动送来的……”

“不看。”

“唉，看一看又不会盲眼，你都二十六了，过去在街道厂人家瞧不起，现在——”又来了，秋燕连忙用被单蒙住脑袋，可妈妈仍在唠叨，“现在你搞外事了，可别千挑万拣，捡了个烂灯盏啊——”

“谁说我搞外事？乱说。”

“你不是进了什么专家管理处吗？现在的年轻人谁不想往沾点洋味的地方钻呀！”

秋燕哭笑不得，妈妈把“专家住宅管理处”当成管理外国专家的机关了，可怎么跟她说清楚呢？要是真的说出自己在那里当保姆，妈妈的眼睛一定会瞪得比电灯泡还大。

“看看，这个是助理工程师，三十一岁，家在长沙，现在一个人在这里……”

“妈——”秋燕心烦，皱起眉头把被单一揪，跳下床，趿着凉鞋冲出房间，一直跑到街上。

上哪儿去？秋燕闯到街上，忽然六神无主了。

鬼牵脚似的，她晕头晕脑地向滨海公园走去……唉，那个“老地方”！

蓦地，她想起现在才是下午四点钟。

走吧，她沿着滨海大道逛着，心里想着滨海公园，想着那“老地方”，想着今晚……

一辆白色的轿车轻盈地从她身边驰过，然后猛然刹住了。她听到怪声怪调地叫喊：

“焦样——焦样——”

车门打开，一个蓬松着金黄色鬈发的头伸出来，原来是哈里斯太太，她在招手。接着，一个大胡子外国男人下车走到秋燕跟前，很有礼貌地和她握手，用生硬的中国话说：

“令号（您好），焦样小姐，肯豪醒（很高兴）认识令（您）。”他用手按按胸前，自我介绍：“哈里斯。”

“您好。”秋燕微微点点头。

哈里斯太太拉着小女儿安妮走过来，笑着和丈夫叽咕几句，哈里斯先生立即点头，转脸向秋燕说：“一倒（道）去海边弯弯（玩玩），号（好）吗？窝（我）太太请令（您）。”

秋燕连连摆手：“不，不，谢谢，我有事——”

可是推不掉了，小安妮竟张开双臂要她抱，秋燕刚惶惑地抱起这个大洋娃娃，哈里斯夫妇不由分说就要推她上车，哈里斯先生还殷勤地为她和太太打开车门。

哈里斯开着车子，沿着滨海大道疾驰，一排排椰树、一排排紫荆、一排排木麻黄在车窗上闪过。过了滨海公园大门，又沿着大海堤拐了几个大弯，飞快地进入了一个莽莽苍苍的木麻黄带。车子快得有如风驰电掣，本来心情就紧张的秋燕晕车了，差点要呕出来。

幸好，车子驶过一道竹篱笆，慢慢停在一栋小平房旁边。哈里斯和太太，还有小安妮，都一齐欢呼，甚至唱起歌来。

秋燕从来没到过这个地方。一下车她就呆住了：平房后面，是一大片长着低矮稀疏的木麻黄树的海滩，在太阳下金光闪耀的沙滩环抱着一弯蓝澄澄的海水，她是在海边长大的，但从来没见过这么光彩照人、使人心旷神怡的沙滩，没见过这么湛蓝鲜活的海水。

哈里斯哼着歌，打开车后的行李箱，取出一个色彩夺目的小救生圈，一个折叠起来的充气筏，然后打开一小瓶压缩空气，“扑哧”一声，充气筏呼的一下胀起来，像一张单人床垫。哈里斯太太和小安妮从平房里跑出来，她们换上了泳装，笑容满脸。哈里斯一看，欢笑着脱起衣服来，竟当着秋燕的面！秋燕忙转身看着大海。不一会，哈里斯一家拖着充气筏，笑着、叫着，向大海奔去，像把秋燕忘记了。

海边只有几个人在嬉水，全是白皮肤的外国人。一种怅然若失的感觉闯进秋燕的思绪：我为什么要到这儿来？人家在这里风流快活，和我有什么关系？傻瓜！戆戆地站着看什么？人家是老板、是外宾，而你，不过是个保姆、是个女佣！

糟糕，今晚怎么办？秋燕抬腕看看表，现在才四点半，去，还是不去？她的思绪又乱了……

“焦样——”哈里斯太太在叫她。秋燕纵目向海滩望去，只见那位穿三点式泳装的洋太太一面向她招手，一面不断仰着头做出要喝水的样子，秋燕思忖了好一阵，恍然大悟：他们要饮料！她急忙打开轿车的门，车上有一网袋可口可乐、啤酒和食品，她提着，甩掉了凉鞋，光着脚向海滩跑去。

小安妮穿着紧绷绷的橙色小泳衣，快活地在湿漉漉的沙滩上乱跑，哈里斯太太的泳装是天蓝色的，和她的雪白的肌肤一配起来，显得很柔和、协调，并且引人注目地勾勒出胸前双峰的曲线，她刚从海里站出来，全身水淋淋的。

她接过网袋，拿出一罐可口可乐，“啪”的一声打开，棕色的泡沫从罐口涌出来了，她急忙把可口可乐塞到秋燕手里，笑嘻嘻地示意她快喝，又莫名其妙地说了几句话，秋燕听不懂，她又笑了，指了指自己的泳装，做了一个游泳的姿态，又指了指大海——她要秋燕下海游泳。

秋燕摇摇头，她连普通的游泳衣都没有，更不用说哈里斯太太现在身穿的这种高档的泳装了。但她是喜欢游泳的，那年和他，在滨海公园……她神色突然变了，可口可乐的泡沫还在嘶嘶地往外冒，棕色的液体流到她的手上，她看了一眼，微笑地对哈里斯太太说了声“Thanks”，默默地走开了。

沙滩的右上侧是一丛丛低矮的木麻黄，秋燕一边啜着可口可乐，一边朝最近的树丛走去。不行，还是得快离开这个地方，她倏然决定，今晚去滨海公园，先看看他的态度，看看他是不是真的回心转意……她走进木麻黄丛林，突然，她站住了。一个可怕的场面出现在她的面前，那罐可口可乐“噗”的一下跌落到沙地上，她吓坏了——

木麻黄树丛的后面，两个赤条条的外国女人躺在沙地上，戴着宽大的太阳镜在晒太阳，白嫩的皮肤晒成了粉红色，不远的地方，一个浑身黑毛的外国男人也躺在地上，一丝不挂！

呸！丑死了！秋燕脸红耳热地扭头就走。

这种地方断不能再待了，她急匆匆找回自己的鞋子，跑上沙滩上的高坡，绕过那栋平房，不知怎么搞的，那道竹篱笆的大门被锁上了，想走也出不去！

“喂，站住——”

一声怒喝，把秋燕吓愣了，平房里跑出一个矮小的男人，四十来岁，大热天还穿着一套笔挺的西装，秋燕一看这西装就知道，这是外事处的干部，只有干部才发这种浅灰色的西装。

“你怎么进来的?”那男人用一双阴沉的小眼睛上下打量着秋燕，他严肃的扁脸上长着一个很有威势的鹰钩鼻子，鼻孔对着秋燕，活像两个随时要开火的炮眼。

“你怎么进来的？嗯——”最后一个鼻音拖得很长。

“我、我——”秋燕张口结舌，越急越说不出。

这男人的神态越发紧张，双眼探照灯似的在秋燕脸上扫来扫去，像在审视一个小偷。

“你来干什么？嗯?”又是一个威吓性的警告，“嗬，到这里开洋荤来了？你还要不要脸?”

秋燕急死了，什么是“开洋荤”？怎么进来了就“不要脸”？她脑子里像灌了一桶糨糊，她隐隐约约感觉到自己可能和那些见不得人的丑事牵扯在一起了，顿时吓得心惊肉跳，猛然间，她想到自己是被哈里斯太太拉上车的，像抓到一条救命稻草，冲口而出：“我不是自己来的，是哈里斯先生开车带我来的。”

“什么什么？还是坐洋人的车来的？好大的排场!”穿西装的男人一声冷笑，突然脸色一变，厉声咆哮起来：“国格都给你们丢尽了，烂货!”

秋燕头顶响了个炸雷，她这才明白，这个可恶的矮子把自己看成什么人，她全身的神经像浸透了汽油似的，这颗火星一闪，“呼”的一下全着了火，她觉得心头的烈焰蹿到眼底来了，眼珠子仿佛在膨胀，马上就要爆炸。她控制不住了——

“啪”，矮子的脸红了半片，几根指印清晰可辨，他懵了，做梦也没想到跟前这个文弱的姑娘竟会动手打他。

秋燕也愣了一下。蓦地，泪水夺眶而出，浑身哆嗦起来。刚才，她给气糊涂了，根本没意识到那一巴掌是怎样掴到矮子脸上的，也丝毫没考虑到后果。现在，她立即后悔了，脸上烧得滚烫，那只打过人的手也像通了电似的，不停地发抖。

“你、你敢打人?”矮子瞪起小眼睛，暴跳如雷，像只鼓起肚皮拼命叫喊的青蛙，在秋燕面前跳来跳去。“你这贱货，竟敢老虎头上叮虱？我叫你吃不了兜着走!”

秋燕直挺挺站着，铁青着脸，狠狠咬着嘴唇，眼泪汩汩往下流。任凭矮子在眼皮下伸拳捋臂，她一言不发，一动也不动，她虽然后悔，可眼下她决不向这个“土行孙”认错、求饶，她用沉默来承担了一切后果，豁出去了。矮子比她矮一个头，一味在她面前喊打喊杀，却是光打雷不下雨，始终不敢动她一个指头。他大概知道，发火时不出声的女人最难对付，如果一动手，秋燕会和他拼命的。

"陈科长——"一个光着上身，只穿一条游泳裤的小伙子气喘吁吁地跑来了，矮子见了精神一振，连忙招呼：

"阿辉，快来，给我收拾她——"

那小伙子却气急败坏地说："不好了，海边出事了，有个番鬼妹仔，躺在沙滩上直抽搐……"

矮子一愣，脸色一下变了，忙问："什么？你说什么？"

"海滩上，三四岁的小女孩……"

"哎呀！"矮子顿时急得火烧火燎，扭头就跑，刚跑几步，又回过头盯住秋燕，没头没脑地对小伙子说："把她带到办公室去，待会等我回来剥她的皮！"说着没头苍蝇似的扑向海滩。小伙子睥睨着打量了秋燕一眼，摇摇头，故意装出一副阅世很深的口气："唉，这儿是个大染缸，你怎么不怕污染？上个月，咱们陈科长为了保护女同胞的贞操，已经把两个误入歧途的小姑娘送保卫处去了，你不知道？"

秋燕像是麻木了，一声不吭，仍呆呆地站着流泪。小伙子有点惊讶，他搔搔后脑勺，嘴巴一撇，随随便便地往平房右边一指："办公室在那里，你自已去吧，我要到前边疗养院叫医生，救洋人小女孩要紧！"

小伙子沿公路急如星火地跑远了。秋燕遽然清醒过来，一肚子的愤怒、委屈、羞愧，被一个突如其来的信息挤压着：小女孩？那个小女孩是谁？会不会是安妮？好像海滩上只有她一个小女孩，秋燕脑子突然出现了一个恐怖的场面：小安妮躺在海滩上，死了！这个可爱的金发小姑娘，变成了一具冰冷僵直的小尸体。她迟迟疑疑地向前走了两步，那具白色的小尸体在她眼前旋转，她打了一个寒战，母性的同情、怜悯从心底涌出来，刹那间充满了她的心，救人要紧！她把眼泪一擦，飞也似的奔向海边。

小安妮躺在一条大毛巾上，被一群人围着，那个姓陈的矮子科长，在人堆外着急地打转转，赔着笑脸说："没事，没事，我们派人叫医生去了，这毛病我们叫风疹，就是过敏，抹点药就好，不会有危险……"外国人都不知他说什么。

秋燕挤进人堆，只见安妮全身起满了红色的风团，眼睛都肿起来了，一个中国救生员正往她身上涂药膏，哈里斯太太眼泪汪汪的，也在手忙脚乱地往女儿身上倾倒着新加坡的斧标祛风油。秋燕俯身察看着安妮身上叫人害怕的疙瘩，突然，她发现：安妮背上有几道像尖利铁丝划过的红痕！

“火蜇，火蜇须蜇的。”秋燕倒抽一口冷气，失声惊叫起来，她小时候赶海吃过火蜇的苦头。听老年人说，火蜇不论大小都蜇人，厉害的会使人全身红肿，甚至会因严重过敏而毙命。

不能再犹豫了。秋燕一把抱起小安妮，喊了一声：“送医院！”说着冲出人群就往停车处跑。

哈里斯太太喊了一声，紧张地跟着秋燕。哈里斯立刻明白了秋燕的用意，三步两脚跑到前面——

“站住！”矮子突然凶神恶煞地挡住去路，指着秋燕口沫横飞：“你是什么东西？要你来假积极？还没把你关到保卫处喂蚊子呢！放下！”

“我是保姆！”秋燕双眼圆睁，厉声喝道：“你让开！”哈里斯回过头来，嘟哝了几句，很不客气地把矮子推开了，拉着秋燕往前走。

“喂，先生，别相信她，医生马上就来了，可不能让她跑了……”矮子还在大叫大嚷，可是谁都不理会他了。

汽车开得像飞起来一样。一到滨海大道，秋燕才想起回基地医院要等渡轮过海，她怕误事，连忙指点哈里斯，把车开到直线距离最近的市人民医院。

秋燕把小安妮抱进急诊室，刹那间把整个医院惊动了，人们立即请来最有经验的老院长，一检查，是严重过敏，眼下连喉头都发生了水肿，再拖下去十分危险。他马上组织抢救，打针、输液，忙个不亦乐乎。输液穿刺时，一个年轻的护士扎了几次都没找准血管，安妮哭了几声，又抽搐起来，哈里斯太太紧紧抓住秋燕的手臂，恐怖地转过脸，仿佛每一针都扎到她的心坎上。

然而，打针、输液没有奏效。安妮全身都肿起来了，紫得发亮，呼吸变得十分困难，脉搏快得吓人，哈里斯太太急得说不出话，拼命咬住食指，一个劲儿抹眼泪。两个值班的年轻医生慌了，又把老院长搬了出来。

老院长皱着眉头，摘下眼镜擦了又擦，很审慎地说出一种药名，一个医生急急忙忙奔药房去了，好一会才回来说，没有！

老院长焦躁地一挥手：“开车到海军医院、港务局医院，找！”

两个医生同时奔出门去了。

秋燕一颗心被绝望的潮头一下又一下地撞击着，那具白色的小尸体，又旋转着浮现在她的眼前，倏然，她背脊觉得凉飕飕的一股寒气袭来，手脚都变得冰冷冰冷的，差一点就要哭出来了。语言不通，她找不出什么话来安慰哈里斯夫妇，只能一筹莫展地望着他俩。

医生决定给安妮插管输氧，看着一根粗大的橡皮管往小安妮嘴里塞，秋燕忍不住直想吐，突然，哈里斯大叫一声，冲出门去，发疯似的把轿车开走了，哈里斯太太却晕了过去，整个急诊室乱成一团。

谢天谢地，药终于找来了！

马上注射。三十分钟后，安妮呼吸慢慢开始平稳，身上的红肿也开始消退了。哈里斯才一头闯进来，原来，他飞车赶回基地，带来了一个穿白大褂的外国医生，秋燕听说过，这是外国石油公司高薪雇来专为自己的雇员服务的，可是眼下他已经无用武之地了。哈里斯夫妇竟高兴得当众亲吻起来。

松了一口气的秋燕突然想起一件事，一看表，哎，快八点钟了。

完了，今晚——

这么晚了，他还会在那儿等我吗？秋燕的心一直悬着，那个“老地方”一直在她脑子时隐时现。可是，今晚她哪儿都去不成了。基地领导、外事办头头、生活公司的经理都先后赶到市医院，知道秋燕是保姆，一再嘱咐要她留在医院值班，陪着执意不肯回家的哈里斯太太。生活公司经理还特意给住宅管理处打电话，叫处里给秋燕记加班工资。

夜渐深，快十一点了，秋燕坐在外国人专用病房的沙发上打起盹来，她太累了，可她拚命支撑着保持住听觉，像用一根细线系着一只在大风中翻飞的风筝，只要这根细线一断，她马上就会飘然进入梦乡。

她迷迷糊糊听见有人说话：

“你找谁？现在不准探视……”这像是值班护士的声音。

“我找秋燕，有急事。他们说她在这里……”

秋燕霎时间清醒了，一跃而起，急忙跑出门口。一看来人，她怔住了，眼前竟是一个素昧平生的小伙子。

“你，就是秋燕？”小伙子个头很高，一副南方人的脸型：狭长、棱角分明，显得很瘦，但很精神，他有一副强壮的宽肩，海魂衫的短袖外露出结实的手臂肌肉，像鼓起两个肉球，带几分傲气的大眼睛不满地扫了秋燕一眼。

秋燕点了点头。

“咳，你这人真够呛！”他不客气地用手点着秋燕，像老熟人开玩笑似的数落起来："想捉迷藏也不要这样搞嘛，叫你的那一位傻转了半天找不到'泊位'，白等了大半夜，也害得我为成全你们跑断了腿，累死好多细胞。"

秋燕的心内疚地悸动了两下，随即心情又像六月飞霜般乱了套：这个人真是！谁想捉迷藏啦？没分没寸的。她脸色一沉，差点要转头就走不理他。可是他"哎哟"一声，一屁股舒舒坦坦坐在走廊的长椅上，大大咧咧地说：

"有开水没有？先搞杯来喝喝。渴死我了，我当不成这个传书递话的红娘，你也没好处。"

秋燕憋住一肚气，给他倒来一杯开水，他也不怕烫，一仰脖子，"咕咚咕咚"一口气喝干了，用手擦擦唇边的水珠，"扑哧"一笑说：

"说来也真笑话。你的那一位——咳！我还不知道他姓甚名谁呢，他在滨海公园等你，恰好我也在那里等人，他踱过来，我踱过去，也许是同病相怜吧？我们攀谈起来了，后来，我没那份耐性，不想等了，他知道我是搞石油的，就求我回基地时顺便到管理处宿舍找你，他还在那里等着——啧啧，就凭这耐性，真可以评得上恋爱标兵！他还说，如果今晚你实在不能来，明天还是老时间老地方见，不见不散！我过海回到基地，好不容易找到你的宿舍，一打听，说你在市医院，为人为到底，送佛送到西，干脆！我又蹬车跑过海来了。"

哦，真是个热心人！秋燕心里一热，不由得感激地看了他一眼，他的脸上皮肤黧黑，也很粗糙，长得并不英俊，连好看的标准也够不上，但他率真的微笑，却使人感到值得信任、感到亲切。

"啊，谢谢，真麻烦你了。"

"谢什么？不过是鄙人吃够了失约之苦，总想为饱受失约之害的男子汉做点好事罢了。你想想，在那周围都是一双一对的地方，一个人傻站着，等又等不来，走又不敢走，好受吗？我发现，今天整个公园，只有我和你那位在那里'守株待兔'……"他说着爽朗地笑起来，引得秋燕也忍俊不禁，转过脸去偷偷笑了。

他的笑声震撼了夜深人静的医院走廊，值班护士连忙赶来，严厉地瞪了他一眼，他马上乖巧地捂住嘴，向护士又是点头，又是敬礼，拼命表示歉意，护士一走，他做了个鬼脸，压低声音又说起来：

"不过今天还不至于那么悲惨，两个倒霉的男子汉白等半天，最后我还能在这里找到你，总算有个收获，如果连你也找不到，那今晚可过得太冤枉了。好了，不说了，再见！"他嘿嘿笑着走了，临下楼时又回过头：

“记住——明天！你的那位还在老时间老地方‘守株待兔’！你可别再跟他捉迷藏了。”

他“噔噔噔”地跑下楼去了。

老时间……老地方！这些字句萦绕在秋燕的耳际，她感动地望着他的背影……

六时四十五分，秋燕忐忑地来到滨海公园。小安妮好多了，不过仍留在医院观察，秋燕向哈里斯太太请了假，就出来了，连晚饭也没吃——来不及，也不想吃。

哦，“老地方”——那棵大紫荆树下的长椅空着，他还没来！她有点失望，好在，“老时间”——七点还差整整一刻钟。

见到他，说些什么？一直折磨着秋燕的难堪和苦恼，突然变得越来越强烈，原来脑子里想好的几句话，觉得不合适，一会推翻了，一会又捡起来，最后又推翻。她心神恍惚地走着、走着，那颗受过伤害、盛满了眼泪和痛苦的心，仿佛在一锅又苦又甜的滚汤里翻滚着，她低着头，茫然地在长椅周围踱来踱去。

天渐渐暗下来——七点三十分。他仍然没有露面。

强烈的不安随着黑夜一起降临了。一种被捉弄、被侮辱的感觉和悲愤交加的绝望同时轰击着她的神经中枢。

他怎么了？竟失约！这是“对等行动”吗？昨天她失约。今天他特意来晚一些？不，他不会这样做。那又是为什么？

两年前的悲剧在她眼前一闪而过，她打了个寒战。她不敢再想下去了，又一次抬起头，焦急地张望着，但周围慢慢被浓重的暮霭笼罩住了，那棵大紫荆树下，偶尔有一对对的倩影经过，他却始终没有出现。

远处，大海退潮了，退得很远很远，一马平川似的大海滩仍隐约在夜色中反射着朦胧的白光，海滩边也有几个人在走——也是成双成对的！只有那棵望海椰——那棵长在海湾岬尖的椰子树，宛若一个披着长发，倾身向海的少女，孤零零地高高伫立着。

突然，她心头扑通一跳——椰子树下也有一个人在徘徊，形单影只的一个人！

是他？不会！可是她还是情不自禁地向前走去。

那个孤单的人大概也看见了她，竟也迎上来了。

还差十几步远，两个人都站住了。唉，错了，秋燕心里打了个突——这哪是他？她认出来了，这个走上前来的人，原来竟是昨晚见过的那个小伙子！他今晚穿了件有型有款的夏西装。

“啊——是你？”那年轻人也认出她来了，声音充满了沮丧和失望：“唉，我以为是我的那位呢！怎么？你的那位——也没有来吗？”

秋燕苦笑、摇头，神色黯然地转过身，她决定回去了。

“你等一等。”他在后面叫住她，急切地追上来，热心地安慰说：“你放心，他会来的，昨天晚上他亲口跟我说，千真万确！再说，今天早上他也到基地找过你嘛，我在你们管理处门口碰到他，骑着车——”

“什么？他，早上找过我？”秋燕回过头盯住他，心头一阵猛跳。

“啊，你们又没见上面啊？真是阴差阳错！怪不得，我上午见他从管理处出来，愁眉苦脸像个苦瓜干似的，我打了个招呼，想告诉他你在市医院里，可他理也不理，低着头一蹬车就窜过去了，怎么？他连个字条也没给你？”

“没有。”秋燕无力地摇摇头。

“这就怪了。昨天看他那副焦急的样子，好像再见不上你的面就马上要去跳海上吊，可是今天人家来了，他倒躲起来了。”小伙子皱起眉头，闷闷不乐地环顾着岸边的树林，像要在远处影影绰绰的游人中帮秋燕找出她的“那一位”来，然而茫茫夜色却增添了他的惆怅，他长长地叹了口气。

“我也该走了，也许我是个扫帚星，自己倒霉，谁碰上了也跟着倒霉。昨天是我和你的那一位在这里‘守株待兔’，没想到今天他却换了你。也真怪，这‘守株待兔’像会传染，这不是？我把你也传染上了。”

真会苦中作乐！可秋燕更难受了，她和他并排走着，一边走，一边想：龚明去管理处干什么？他肯定能打听到我在医院里，为什么不来找我呢？会不会他在管理处听到什么飞短流长？昨天外宾浴场发生的事情突然急速地闪现在眼前，难堪、悔恨和不能自持的激愤交汇在一起，在她小小的胸臆间奔突着，快要把她的心涨破了，她觉得一阵头晕目眩。

沉默得太久了，为了掩饰心头的烦恼，更是为了转移情绪上的压力，她低声问：

“你，也没等到人？”

“没有。我今天是下了最后通牒的，再不来，拉倒！”他挥手一砍，像要把他和“那一位”的关系砍断。

“你们……认识了很久?”她声音小得像股轻风，像生怕触痛了他心灵上的伤痕。

“不,”他沉重地吁了一口气，“上星期才开的‘大使馆’——只见过一次面，这个星期就像怕我会把她吃了似的，躲起来死不肯见面了。不过——”

他突然变得垂头丧气：“也难怪，我一开始‘递交国书’，就把底牌全摊了出来，我故意说严重些，可能把这位小姐吓出心脏病来了。”

“你说了些什么?”

“说什么? 全是大实话。我说，我是个钻工，海上平台干活的，工资高，福利好，活儿倒是挺重的，一天干十二小时，连续干够二十四天才休息。安全吗? 安全! 可是在海上作业是要冒犯龙王爷的，谁也摸不准他老人家什么时候发脾气，刮台风平台翻到海里，坐直升机摔下来……都发生过，不过我都没碰上……”

“啊，你都说这些!”秋燕吃惊地望着他。

“不说这些，说什么? 应该让她知道，我不能骗一个老婆! 如果人家知道了也愿意，将来万一真出了事，自己也安心些……”他咧嘴笑了笑，露出两排整齐结实的白牙齿，这时柔和的海风阵阵拂来，吹得他粗硬的短发根根直立，他迎着风仰起头，轻轻说：“以前，谈过三个，我都这样说……以后，我还这样说，实行姜太公主义……”

秋燕怅然叹了口气，不再说话了。眼前是一条昏黑幽森的林中小路，她顿时觉得心里凉飕飕的，幸好，他在身边。

他一直把她送到市人民医院的大门口，告别一声，转身走了。

“唉，请问你……贵姓?”

他回头调皮地笑笑：“我的姓不贵，便宜得很，姓人，要干活，要吃饭，也要找老婆的人。”他竟不肯留下姓名。

这一晚，在医院的长沙发上，秋燕恍恍惚惚做了许多奇怪的梦。

五

小安妮出院了，秋燕来不及吃早餐，从大清早忙到中午，全身都软乏了。

可是下班到了食堂，却一点食欲也没有，两眼瞪着饭盒里的汤粉发愣，眼眶黑了一圈。

“秋燕，你真够运，找到一个靓小生！”金花一手端着饭盒，一手用张小报当扇子扇风，坐到她身边。金花比秋燕丰满，也比她俏俊，和秋燕不苟言笑的性情相反，金花爱说话、爱开玩笑，她凑到秋燕的耳根上，悄悄说：“昨天，我见到他了。”

“他，谁呀？”秋燕一怔。

“你的如意郎君呀！一米七五公分，白白净净，一副文质彬彬的模样，对不对？”

他真来过了！秋燕想问个清楚，可这念头一闪出来即刻烟消云散，何必自寻烦恼？她咬了咬嘴唇，额上现出了那道“深沟”。

金花神秘地凑过脑袋，小声说：“你得当心，今天我到办公室请人修洗碗机，公司管人事的——就是那个大肥婆，正好在办公室了解你的情况，看样子对你很不满意。真是见鬼！她刚在说你什么问题，你的那位白脸书生一头撞进来打听你，他还不知道你干什么工作，还以为你是跟洋人汽车出入、坐办公室打字的秘书小姐，那肥婆真坏，嘴一歪，阴声怪气地说：‘找秋燕摸到办公室来？贴错门神！她是给外国人当保姆的，保姆，就是女佣，懂吗？她们有纪律，上班时间不准会客，你回去，以后别到这儿找她。’害得他灰溜溜走了，像寒露风打过的禾苗一样，没神没气——”

“他就这样走了……”秋燕敏感的神经一下子被触痛了，她知道，那个前天还急切地想重新接上情丝的人，是不会再来找她的了。

金花愤愤不平地扔开手中的小报说：“当时，也气得我双脚打战。给外国人当女佣就低人一等？”

“金花，到这边来一下，有事——”秋燕听见有人大叫，一抬头，看见管理处的何主任和那个公司来的肥婆站在食堂门口，何主任笑眯眯正向金花招手，她捧着饭盒去了。

秋燕低头呷了一口汤，眼睛突然一亮——她看着金花扔在桌上的小报，这张基地出的《海洋石油报》上有幅照片，他——那个自称“姓人”、要吃饭、要干活、要找老婆的小伙子，戴着顶塑料盔，乐呵呵地和一个外国人搂着肩膀。照片下有一行字：“探索者号”钻井船在处理一起事故过程中，我国钻工任海南奋勇救起不幸负伤落水的美籍专家史密斯。图为两人合影。

原来他姓任。

金花回来了，把饭盒往餐桌上重重一搁，瞪着大眼睛气咻咻地说："真该死!"

"什么事?"秋燕看她脸都变黑了。

"不知是谁烂舌头，告了我的黑状，说我收了洋人给的外币，简直无中生有!我不过是帮史密斯太太拿外币去银行换成兑换券，他们就紧张死了，查来查去，好像我当了汉奸卖国贼，其实一问史密斯太太就清楚了，可是谁也不敢问，这样叫人怎么干活?"

"怎么能这样冤枉你?"

"冤枉我?还要冤枉你呢!肥婆问我，知不知道星期天你是怎样去专家浴场的，是洋人叫你去的，还是你自己跟着去的?我说，我什么都不知道!"

"她应该去问哈里斯太太。"秋燕冷冷地说。胸中的怒火呼地往上蹿，烧灼着十分敏感的心尖，接着悲戚像条冰河似的涌来，把怒火浇灭了，使她突然感到彻骨的寒意。生气有什么用?谁叫你干出蠢事来?她叹了口气，强迫自己咽下小半碗汤粉，把剩下的大半都倒进泔水桶，默默上班去了。

哈里斯太太两天不在家，就仿佛觉得家里脏得马上要发生瘟疫。她老是蹙着细长的眉毛东瞅西看，还用白手帕这里抹一下，那里抹一下，检查有没有灰尘。发现有一点不如意的地方，立即叫秋燕来收拾干净，片刻也不让她闲着：整栋别墅的吸尘、家具的洗抹、地板打蜡、冰箱和厨房用具的清理，连卫生间的全部瓷砖都要用清洁洗刷一遍、洒上除臭剂……足足干了一整天，一直干到晚上七点钟。秋燕累得连腰也直不起来了。

她刚要下班，哈里斯先生提着小提箱回来了，他和太太笑着说了两句，太太马上把她叫住：

"焦样——"她笑嘻嘻地从手袋里拿出两张十元的兑换券塞到秋燕手里，粗通汉语的哈里斯先生生硬地说：

"吉利——吉利——"("给你——给你——")

秋燕猛地一下缩回手，满脸绯红，连连摇头："No，No，谢谢，Thanks——我不要，不能要……"她语无伦次地用半中半英的语言推搪着，赶快转身逃走了。

食堂早就关门，秋燕突然觉得全身掏空了，又累又饿，好在专家住宅区大门外不远有间小饭馆，先去胡乱吃点什么也好。她有气无力地走进这间挂着

"海天楼"招牌的饭馆，要了一碗云吞面，可能太晚了，饭馆顾客稀落，她随便拣了个座位坐下，刚划动筷子，邻座两个男人旁若无人的谈话像滚烫的开水灌进了她的耳朵。

"听说了吧？那里边，有个番鬼佬把一个当保姆的中国姑娘搞了……"说话的是条精瘦的汉子，下巴朝住宅区大门一翘，慢条斯理地端起酒杯。

"真的？"另一个大概已经灌了不少"神仙水"，四方脸像块刚上市的猪肝，他似乎不大相信，可是仍伸长脖子，两眼放光，嘴巴大张。

"那还有假？"瘦汉子很不高兴地放下酒杯，瞪起双眼像训斥四方脸，"鬼佬给了她一大沓美金，她跑到银行去换兑换券，叫人查出来了，咳，她拿了好几百，肯定不止搞一次！"

"啊！啧啧！"四方脸摇头叹气，"我女儿还想考到这住宅区来呢，幸好我没让她考！"

"好在没去考！你想，那些番鬼佬吃饱没事干，不玩女人能过日子吗，他们有大把钱，又有办法，能不出事情？"

"啧啧！怎么能叫女孩子去当保姆？服务工作应该换成男的。"

"其实，这基地里早就议论纷纷了，像那个上当的女孩子，人家起的外号足有一打，什么'赛金花'，'枕头面包'……还有一个最妙，简直——"

"叫什么？"

"'国际码头'！"……

秋燕再也吃不下，也听不下去了，她把面前的碗推开，霍地站起，死死盯住那两个好事之徒，厉声爆出一句话："你们，别血口喷人！"

两个饶舌的男人一愣，呆若木鸡。秋燕怒火中烧地冲出饭馆，听到里面爆发出一阵狂笑，她真为金花感到不平、感到难过，世间为什么会有这么多折磨人的事情呢？心一酸，两眼发热了，她竭力忍住，不让自己哭出来，可是，双眼模糊了……

秋燕回到宿舍，颓然倒在床上，无力地闭上双眼。遽然，她听到隔壁传来一声凄凉的抽噎，接着又是一下，声音很轻。

金花在哭！秋燕连忙起身，推开隔壁的门。

"金花。"秋燕轻轻叫了一声。

房间没开灯，金花倒在床上，哭成个泪人。一见秋燕，抽抽噎噎哭得更厉害了。

“你怎么了？出了什么事？”秋燕坐到金花的床沿上问。

金花呜咽着，一头撞到秋燕怀里，浑身颤抖着说：“他……变了心，要跟我断……说我，说我……和洋人……”她说不下去了，大声哭起来。

秋燕想安慰安慰她，可是喉头像被一团棉花塞住了。金花真惨，都快结婚了，来这么一下子，全完了……自己呢？想到自己的遭遇，秋燕也流下一掬辛酸的眼泪。

“你说，为什么他们总不相信人？为什么啊？”金花扬起被泪水洗过似的脸，眼睛又红又肿，“为什么当上这个保姆就该倒霉？你说啊——”

“我……”秋燕怎能说得清呢？金花的话像卷起一阵狂风，摇撼着她柔弱的心灵，她突然掩面抽泣起来，两人抱着哭成一团。

有人敲门。

没等应答，来人就推门进来了：

“你们两个在哭？哭什么？”听声音，来人是管理处的保卫股长，他就住在金花隔壁。

电灯亮了，金花连忙掩脸背过身去，身子还在不住抖动着，秋燕抹着眼泪，没好气地说：“哭什么？心里不痛快！受欺负、受委屈，谁管？没人说公道话，连哭也不准？”

“什么？”保卫股长大吃一惊，“是不是外国人欺负了你们？”

秋燕气得浑身冒火，转过身不理他。

“妈的，这些洋人一肚坏水！”见秋燕不说话，保卫股长越发相信自己的判断，他连连追问：“在什么时候？什么地方？怎么搞的名堂？你们说出来，报告上级治治他们！你说，是哪个洋人？”

秋燕没法忍受了，蓦地转身，怒气冲冲地盯住他：“不！是中国人欺负中国人——欺负人的也有你！”

“你胡说什么？你疯啦？”保卫股长发怒了。

秋燕往门外一指，喉咙爆出一声怒喝：“出去！”

六

傍晚，天上的云像被大火烧着了，这一场大火仿佛从天上烧到海面上，连蓝灰色的海水也燃烧着暗红色的火焰。

秋燕心里也烧着一把火。她垂着眼帘，在基地码头上步履匆匆。基地码头是男人的世界，泊码头的各种石油专用船舶上，男人的目光组成一个“交叉火力网”，交汇在秋燕身上，有些小伙子光看不过瘾，还大呼小叫宣泄着自己过剩的热情：

“喂，小娘子，上哪儿？不到咱们船上参观？”

“来吧，船上有空调，凉快！”

“去你的吧，人家会稀罕你的空调？她还嫌热得不够哩！等会儿见到老公，哈，可以烧得着火！”

秋燕脸红耳热，憋住一肚子气，低头走得飞快，根本就不理会来自船上的挑逗。

这一股气，她已憋足了一天。她在专家浴场打了矮科长一耳光的事已经传开了，据说上级正在研究处理。这使她心里一直压着个大磨盘。但是，此刻她并不是为自己忧心如焚，而是为了金花——当她知道金花已经怀孕两个月那一瞬间，她懵了，犹如五雷轰顶。为了金花不重蹈自己的覆辙，她将自己的得失荣辱置之度外，打定主意：找他！找那个没心肝的！尽自己最大努力为金花洗刷耻辱，劝他回心转意。晚饭一放下饭碗，她就直奔这个有好几百米长、停泊着十几条船的码头来了。

“海油711”，就是这条船！

一个穿海魂衫的小伙子正在船舷边吹口琴，见秋燕站在码头上逡巡不前、欲言又止，便问：

“找谁？我帮你去喊——”

“我找张鹏。”

小伙子“噢”了一声，用口琴吹了一个很滑稽的调子，笑着说：“他趴窝了，病啦！”

“病了？”秋燕感到意外。

"相思病，只有你来才能治好他，请等一下。"小伙子吹起《九九艳阳天》的曲子，钻进船舱里。

秋燕一阵心慌，小伙子误会了。

突然，船上的扩音喇叭响了：

"张鹏，快出来！你老婆来了，送来救命良药，千金难买！快——"是那个吹口琴的小伙子！一边喊，一边还戏谑地吃吃笑着。

秋燕臊得恨不能在地上找条缝钻进去，几乎要转身拔脚逃走了，忽然，金花那双哀怨的泪眼又在眼前闪过，一阵踌躇，她铁了心，红着脸硬着头皮站在那里。

然而船舱里毫无动静！

过了几分钟，从甲板大缆电绞车后洞开的水密门里传出激烈的叫骂声，接着，像发生了船上暴动，闹哄哄的乱作一团，几个人拔河比赛似的齐声呐喊：

"一、二、三——嗨！"

"一、二、三——嗨！"

"砰！"像是一道门被撞开了，一个暴怒的声音从水密门里边飞到码头上：

"妈的，老子死也不去！"

有人大声呵斥："放屁！好不容易才找到个老婆，闹意见归闹意见，人家找上门，不见像什么话——"

"伙计们，成全他！抬——"

秋燕吃了一惊：几个膀大腰粗、体壮如牛的水手，拽手拽脚把一个狂怒的圆脸后生抬到甲板上来了，其中一个长络腮胡子的，一见秋燕，立刻傻了眼，手足无措地连喊：

"喂，不对，不对！搞错了，这个不是他老婆！"

几条大汉一愣，面面相觑，一齐放了手，爆发出一阵大笑。那个被抬的——大概就是张鹏，筋脉凸张，怒火冲天，跳起来挥拳要揍人。

长络腮胡的汉子一面躲避着张鹏的拳头，一面求救似的问秋燕："喂，大姐，是你要找张鹏吗？"

"对。"秋燕慌乱地点点头。她暗暗骂自己，别慌，金花的大事全在你手里了，看样子，这班人虽然粗鲁，但都是好心人。她抬起头，大着胆子指着后生问："他是张鹏？"

"找我？"张鹏诧异地看着秋燕，跟着脸一沉，没好气地说，"找我有什么事?”

“有件紧要的事，要和你谈谈。”

“谈什么?”张鹏傲慢地睨了她一眼。

“你上来!”秋燕的口气突然变硬了，连她自己也惊讶。

几条大汉马上七手八脚把张鹏架到码头上，然后推推搡搡、嘻嘻哈哈回舱里去了。

“什么事快说，我没工夫磨牙!”张鹏粗声粗气的，说着把头一拧，像随时都有可能抽身就走。

秋燕一急，嘴巴像结了冰，翻来覆去想好的话似封冻的河流一样凝固在嘴里，差点把眼泪都憋出来了，好不容易才找到一个话头：“我们彼此不认识。我来只是想告诉你一件事，很重要很重要的一件事，关系到一个人……不，两个人的生命!”

小伙子翻了翻眼，脸色都变了。

秋燕缓过气来，胆也壮大了。暮色中，她瞥见“海油 711”的舷窗里有几个脑袋在攒动，水手们正从里向外“看电影”呢！便悄悄说：“这里……不大好说话，还是到那边谈吧?”她先迈开步走了，张鹏的神气全没了，默默跟在后面。

“海油 711”泊的是码头最后一个泊位，码头尽头立着两三个像人一样高的大圆铁罐，张鹏走到铁罐边，突然停住了：

“你说，是不是金花……”他的脸抽搐了一下，连手都在战栗。

希望的火花在秋燕本来已是暗淡无光的心底闪了一闪，她呼吸变急促了，急切地说：“你不该冤枉她！金花是个正派人，你为什么要扔她？你知道吗？她怀了孩子，两个月了！你太狠心了……”

他像挨了一闷棍，怔住了，两眼死死盯住秋燕，秋燕害怕起来，正不知再说些什么好，他突然一拳打在铁罐上，猛然背过身，双手掩住脸。过了一会，他又蓦地回过头来，瞪着发红的眼睛，有气无力地说：“不，那孩子不是我的，她心里根本没有我，趁我出海，和外国人乱搞，还收钱……”

秋燕猛一跺脚:“不,那是造谣！你,你没良心！你、你……”她卡壳了，眼泪夺眶而出。她真恨死了！恨自己嘴笨，更恨这个没心肝的男人！

张鹏脸如死灰，嘶哑着嗓子说：“骂我打我也没用，反正我和她再没有关系了。连外单位都传开了，她不要脸，我还要脸……”

秋燕气得浑身哆嗦，张鹏苦着脸，就这样僵持，远处像有人喊，喊些什么听不清，秋燕又急又恼，两眼直愣愣地盯住张鹏，张鹏一扭头，竟踉踉跄跄地走开了。“你——回来！”秋燕喊他，他却越走越快，逃命一般。

秋燕绝望了，失神地靠到大铁罐上。

“喂，谈情说爱另找地方好！”——又是一声叫喊：“别靠到那铁家伙上，危险！”

是谁喊呢？

暮霭深沉。码头下的海水里，哗啦的一下钻出个戴白色泳帽的人来，他只穿一条游泳裤，水淋淋地攀上码头，抖着身上的海水，用手抹了抹脸，突然向秋燕露出一口白牙齿，笑了。原来是他——任海南！

“原来又是你！要说话聊天到哪里都可以嘛，怎么偏拣这鬼地方？这大罐里装着什么妖魔鬼怪你知道吗？”他甩掉泳帽，从地上一堆衣服中捡起条大毛巾，一边擦身，一边指着铁罐上一个黄色的花形图形：“这里装着中子源，懂吗？平台上测井用的，有放射性，平时谁都不敢到这儿来，可你们偏不怕得白血病……”

他调皮地挤了挤眼睛：“害怕了吧？别怕，对你，我讲实话，其实，这大铁罐一罩，什么妖魔鬼怪也跑不出来，绝对安全！要不然我们在平台上怎样活？刚才，我是存心想把你们吓跑，我好在这里换衣服，因为这里是鬼都不敢来的‘危险区’，正好做我的更衣室——”

秋燕呆呆地没吭声。他有点惊讶地看着她，叫起来：“怎么？你哭了？怎么回事？那人欺负你？”

秋燕摇摇头，黯然神伤地说：“他把他的女朋友扔了，我来劝他，他不听……金花已经有了孩子，可他不认账，还反咬一口，胡说孩子是金花和外国人乱搞怀上的——”

“啊——”他张着嘴，拿毛巾擦身的手停止了动作，像在沉思。

“你说的金花在哪里工作？在专家住宅区？”他突然问。

“在史密斯先生家里当保姆，可她根本没那回事，那是有人故意泼脏水，造谣！”

“史密斯我认识，我救过他的命。”他皱起眉头，大眼睛突然盯住秋燕，犀利得像要穿透她的五脏六腑，小声地问：“你相信金花？”

秋燕身上的血倏地涌到脸上，点了点头：“相信，她没这回事，我担保。”

他久久地盯住她，目光慢慢变得柔和、真挚了，这是一种信任的眼神："那我也相信你。"他急急忙忙擦了擦身，把半湿的大毛巾往身上一披说："这小伙子是船上的人吧？叫什么？"

"张鹏。"秋燕心头又升起了一线希望。

"哦？"他扭头看看"海油 711"，吁了一口气说："你先回去吧，这事交给我。"他就这样光着身子，向灯火辉煌的"海油 711"上走去。

这天晚上，金花没吃饭，一直躺在床上伤心落泪。秋燕到"海天楼"买来了云吞面，用电热杯热了两次，金花连一箸面丝也没动。九点半钟，秋燕第三次把热好的云吞面端到她床前，面都快煮成糊了，金花端起看了一眼，又放在床头柜上，说："你先睡吧，我等会才吃。"

秋燕叹了口气，正想回房去，突然门"砰"的一下被推开，门口冒出一个人来——张鹏站在面前。

"啊，你——"

金花和秋燕喜出望外，但马上又被他那副模样吓坏了：他的脸肿了半边，绽开的一道伤口还淌着血，一只眼睛肿得剩一条缝，眼角渗着泪水，浑身上下酒气冲天。

"你打架啦？"金花急忙下床，抓起暖瓶往面盆倒水、涮毛巾。秋燕打开一张折椅，让他坐下。

他喘着粗气，默默接过冒着热气的毛巾，并不擦面，一味呆坐发愣。

"到底怎么回事？"金花很焦急，但又不得不小心翼翼，"是谁打了你？"

"一个朋友。"张鹏突然把脸埋在毛巾里，懊丧地说："我也把他打伤了。"

"啊？为什么？"秋燕的心咚咚咚一阵猛跳，她突然想起了他。

"他请我到海鲜酒家喝酒，两个人都喝醉了……他劝我，我发了火，他骂我不是东西，我给他一耳光，他也火了，照脸给了我一拳，我抓起酒瓶，给了他一下……后来，两个人都进了派出所——"

金花和秋燕都惊叫一声，倒抽一口凉气。

"我没想到，他把事情全包下来了。对民警说，全是他一个人的错，要关就关他。还说，我的家里人病了，今晚一定要我去照顾……我给放了，他被关在里面……"

"他，他叫什么名字？"秋燕脸色煞白，倏地站起来。

"任海南。"

砰！还没等金花和张鹏反应过来，房门一晃，关上了。秋燕冲出房间，飞快地奔下楼梯，一头扎进浓墨般的夜幕里。

她没有见到他。派出所的值班民警对她如临大敌，半夜跑来找一个被拘留的男人，这女人会不会是同案犯？太可疑了，他差点把秋燕也拘留起来。

第二天上班，她魂不守舍。下午，她一失手，一个盛满刀叉的瓷盘打翻在地，盘子碎了，响声把哈里斯太太吓了一跳，她赶紧跑来，见秋燕正在发窘地俯身拾餐具，很不满意地喊了一声，眉峰一耸，拧起了细细长长的灰眉毛。她一脸严霜，毫不客气地从不知所措的秋燕手中夺过餐具，放在另一个盘子里，然后倒上酒精，点着火消毒……因为这个过失，哈里斯太太故意让她多干了一个小时的活，直到哈里斯先生回来，他们一家吃了饭，她还要秋燕把一摞合金盘子蹭亮！

好不容易才挨到下班！

倒霉，天淅淅沥沥下起雨来，她"蓬"的一下打开了自动伞，雨点沙沙地落到那开满淡紫色小花的伞上，很快汇成一道道的小河川往下流，像什么呢？像一个人的眼泪……

住宅区大门外有一个人，她一眼认出来了——鼻青脸肿的任海南！

"啊，你出来了？"她惊喜地加快了脚步。

"基地把我保出来了，临走还要我留下床铺费—— 一篇检讨，满纸胡说八道。"他满不在乎地微笑着，看样子他在门口已经站了好一阵子，衣服湿透了。她把伞举到他头上，他躲开了，故意让雨淋着，眼睛望着远处的单身宿舍楼问："他们——"

"他们和好了。"秋燕也望着宿舍楼说，又把雨伞往他头上一伸："昨天晚上谈得很晚……"

"昨晚去派出所的，是你吧？你去就是想告诉我这个消息？"他抚摸了一下手臂上一大块青淤的肿块，笑起来："张鹏这小子，像只疯狗，一酒瓶抡过来，好在我还有点工夫，用手一格，好好的半瓶洋河大曲没喝到嘴里，全当香水洒到身上了。"

"我看看——"秋燕抓住他的手，想看看他的伤势，他一抽手，摇摇头说："不用看，没伤。"他抬头看看头顶上的花伞，退了一步，又躲开了花伞的

"荫庇"："你别给我打伞，咱们干钻工的，头上不兴有花花绿绿的东西，淋点雨，凉快。"

秋燕低下头，轻轻咬了咬嘴唇，默默地把花伞一收，陪着他站立在越来越密集的雨丝中挨淋，这一举动弄得他张口结舌，半天说不出话，过了好一会儿，秋燕才抬起明亮的双眸，顽皮而又羞怯地盯了他一眼，两个人的脸倏地红得像熟透了的石榴果。

"看你，头发都湿了……"任海南红着脸小声地说。忽然，他拿过秋燕的伞，撑开，闪亮的眼睛定定地看着她，看得她浑身像着了火，头都晕了。

"昨天在派出所的小黑房里，我听到你的声音。当时我就想好了，一出来，就到这里找你……"

"为什么?"声音轻得似一束雨丝，一缕轻风。

"问问你，你的……那位……"

"吹了。"秋燕嘴唇抖动了一下。

"我的那个，也吹了。"声音深沉得像远处的涛声。

一辆巨型的压裂作业车，呼啸着从大路上驰过，车轮碾在坑坑洼洼的路面上，泥水飞溅，他连忙转身护着秋燕，可是猝不及防，像一个扇面喷溅开来的泥水仍尽情地把他们打扮一番，在他本来就黑的长脸上，又撒上了许多黑褐色的星星点点。

秋燕掏出手绢，不声不响递给他，双眸里漾动着缕缕柔情，他本来还在摇头推却，可是一接触那盈盈眼波，马上就顺从了，接过手绢往脸上胡乱擦了擦，没想到这一擦更狼狈，他变成个大花脸。秋燕看着他，"哧"的一声笑了，她夺过手绢，细心地替他轻轻擦起来，矜持和羞怯终于像糖一样融化在脉脉温情里。

他们，共着一把伞，无言地向海边走去。

七

望海椰，那棵高高的椰子树!

除了椰子树，什么也看不见。是大雾吗?是大雾，朦朦胧胧、混混沌沌，浓重的雾幕把一切都笼罩住了。声音，只听见声音——

……

“我是干什么工作的，你也不问问，不想知道?”

“我知道了……猜，也猜得出来。”

“那你，不怕人说吗？我们这种人，风言风语当饭吃……”

“我相信你……做人，不光要相信自己，也要相信别人……”

声音渐渐远去，椰子树也隐没在浓雾之中。唉，还有一件顶要紧的事要说，你怎么走了？秋燕一惊，向雾里伸手一抓，什么也没抓住，她倏然醒过来了。哦，这是梦!

奇怪，他怎么会和椰子树一起出现在梦里？基地前面那片海滩，并没有椰子树啊。她和他只相处了二十多分钟，天就全黑下来了，真不该说那句话——“天黑了，回去吧?”一句话，像一道闸门，把两个人满肚子想说的话都堵住了。

在那短暂的半个小时里，他说的每一句话，她都清清楚楚地记在心里，而她要向他说的话，有几句却在喉咙里打转，始终没敢吐出来……

清新悦耳的音乐——基地广播站开始播送晨曲了。啊，多好的早晨！该起来了，今天太阳好像升得特别早，窗帘外透进来的晨光也似乎特别亮，哎，连空气也比昨天的新鲜，这全因为他说过那句话吗？他要来，要到这间房间来，而且就在今天!

可是，在公用卫生间洗漱的时候，昨天一直在喉咙打转、没吐出口的那几句话又突然跳出来，沉甸甸地压住她的心头，她的心情霎时间又忧郁起来，眼前一切都黯然失色了。

吃早餐的时候，处里的秘书走过来叫她：“秋燕，何主任找你。”

什么事？这个主任秋燕只见过两次。他是个头发花白的瘦老头，见人总是笑，给人的印象很好。

何主任的办公室里装着空调，凉沁沁的，看来他也是刚进办公室，手里提着件上班的西装正要穿，见秋燕进来，忙点头招呼：

“哦，好，好，坐，坐!”

办公桌上放着一个裂成三瓣的椭圆形瓷盘，秋燕一下子明白了，她突然觉得这房子寒气逼人，冷得人心里发颤。

“怎么回事呢?”何主任穿上西装，坐到办公桌前，却看也不看那堆破瓷片，仍然笑口吟吟地问：“听说，你动手打了人？有这样的事吗?”

意料中的事终于发生了，秋燕沉默地点了点头。

“噢，真打了？”何主任吃了一惊，可他修身养性很有工夫，马上就恢复了先前笑容可掬的神态，若有所思地连连点头：“好，好。”

秋燕惶惑不解：他是说我打得好？还是说我承认得好？莫名其妙！

但这个谜很快揭开了。何主任搔搔短短的花白头发说：“承认了，就好。哎呀，当然，承认了还不够，还要找找思想根源，不要强调客观，打人不对，要好好检查。这本来是要严肃处理的，我们请示过，领导说你在抢救哈里斯女儿时干得不错，连外国人都说你不少好话，这不简单，所以改成停发两个月奖金。你看——”

他察言观色地看着秋燕，秋燕毫无表情，漠然置之，过了好久才吐出两个字：“扣吧。”

何主任一阵轻松。原来他估计会出现大吵大闹、一把鼻涕一把泪的场面，没想到眼前这姑娘这么好对付，他满脸堆笑，打着哈哈说：“好，好，以后要吸取教训，这件事就这样算了。”

算了？事情的发生经过，前因后果，他连问都不问，扣掉奖金就“算了”！秋燕感到不平，感到悲哀。可是她仍然拼命克制住自己，目光呆滞地坐着，像块木头。

何主任的目光收回来，停留在桌面的那几块破瓷片上，依然是小心翼翼的：“你看这——怎么处理好？人家要赔呢。”

哦，新账老账一起算了。秋燕干干脆脆地说：“赔就赔吧，我这就去拿钱——”她起身就要走。

“哎，好，好，你坐，坐着，人家要的是美金——十五美元。这个嘛，我们可以从外方公司付给你的工资总额里扣，不过，为什么会出这样的事？人家对你一直是很满意的。是不是碰上不顺心的事情？”

“没有。”秋燕的脸由白变红，低头看着自己纤长的手指。

“好，好，”何主任胸有成竹地点着头：“听说，前些天你在小林带海滩浴场……呃，回来以后……哦，好，好，”他一边言不由衷地说着，一边留心秋燕的反应，但仍然谨慎地保持着一副笑脸：

“听说，你和金花在房间里……唉，在房里哭了很久？呃，好，能不能告诉我，怎么回事呢？是不是最近发生过……呃，外国人不礼貌的事？”

秋燕心底遽然燃起冲天大火。见鬼！这是个什么鬼地方！没完没了地受委屈不算，还得没完没了地满足上上下下的好奇心！他们为什么不相信人呢？凭什么动不动就把人“关心地”列入那受屈辱的“另册”？他们天生就是人格、国格的保卫者吗？秋燕忍不住了，她满肚子牢骚和愤懑冲口而出，一五一十地向何老头子倾诉着她们的不平、委屈和苦恼，还说出金花由于被误解、诽谤而造成的不幸，说出金花因此失恋，悲痛欲绝，甚至要去寻短见！

何主任长舒了一口气，像心头一块石头落了地：“哦，好，好……”

秋燕气得眼里火花四溅！别人要自杀，他还叫好？何主任发现了秋燕愤然的目光，脸一红，脸上增添了几道尴尬和负疚的皱纹，可他还在笑，因此面容变得十分滑稽：“哎，我这是口头禅，你别在意，把事情说清楚了，就好。就怕出那种事情，影响坏极了，呃，好，说清楚就好，你也不要有意见，防止污染侵蚀嘛，大家都要做工作……”

真是哭笑不得！秋燕怕他把话越扯越远，赶快起身说：“主任，我该去上班了。”

“呃，好，好，你是团员，要自觉执行外事纪律，人家的什么录像啦，画报啦，都不要去看，苍蝇不叮没缝的蛋嘛，有了缝，就不好办啦……”他边说边把秋燕送到门口。秋燕真想问问他，既然都是苍蝇，为什么还要把人家视为上宾请到中国来呢？可是她忍住了，这个问题这位好好先生说不清楚，可能谁也说不清楚。算啦！

赶到六号楼，哈里斯一家人正要上小轿车。到哪儿去呢？小安妮见到她，奶声奶气地叫起来，哈里斯先生拉开车门，做了个“请”的手势，招呼她上车，秋燕不安地看看哈里斯太太，她微笑地点点头，昨天那种尖酸刻薄的神气全没有了。

车子直奔直升机的停机坪，无声无息地滑行到一座活动板房边停住了。秋燕明白了，哈里斯先生要出远门了，到这里搭直升机。

一下车，秋燕就看见任海南。

他穿着白色的连体工作服，正站在活动板房后面，和几个提着公事箱的外国人在谈笑风生，看样子，他在等飞机，可是直升机还没有来。

他要走？可昨天还说要来找我，他怎么不说实话？姑娘敏感的心像被针戳了戳，倏地悸动了一下。

活动板房檐下站着三个中国青年，一式洋服，冷冷地打量着秋燕，旁若无人，不咸不淡地大发议论：“这个女的，何许人也？”

"翻译吧?"

"不像。可能是保姆。"

"保姆会穿得这样整齐？是女秘书。"

"放屁，搞不好是……"声音压低了。

"中国女人真可怜，干这个——"

仿佛一条毛毛虫正在蠕动，马上就要爬进耳朵里，秋燕觉得所有神经都通上电流，全身一阵发麻，她愤怒地瞪着这几个西装革履的小伙子，说不出一句话。唉，心上又被剜了一刀，面对上下左右的四面夹击，她再也无力招架了。她失神地转过身——

"秋燕!"熟悉的声音。任海南三步两脚跑到她面前。

"临时抓了我的差，要上五号平台处理一口高产井的事故。刚才我打过电话给你，六号楼没人接，没想到你也到机场来了，真巧——"他把话顿住了，他发现她神色不对，眼睛真尖!

"你怎么啦?"他环顾四周，低声说："刚才这几个家伙在喷屎喷尿，是不是在议论你?"

秋燕漠然地低下头，用脚尖踢着地上的小草。

"他们是刚分到平台上的炊事员，西装一穿就狂得鼻不是鼻，眼不是眼了，你别和他们一般见识。来，和他们认识一下——"

他把秋燕带到三个小伙子面前："喂，新伙计，认识认识，这是我的——女朋友，别看你们是烹调学校毕业的，做西餐不一定赶得上她!"

三个轻薄儿霎时间对秋燕毕恭毕敬，连叫"师傅"，还要她"多多指教"。

任海南鼻子哼了一声："别的不敢说，有一条是要教的，你们上平台，要和外国人长期打交道，得记住一条，外国人是人，中国人也是人，别把自己同胞看低了，向自己人泼脏水并不是件光彩事!"

他向秋燕招招手，带着她越过三个年轻的厨师向前走，秋燕见前面站着一群外国人，不由得有点尴尬——哈里斯一家也在那里，他们正好奇地打量着他俩，有的甚至在莫测高深地交换着眼色。

"别去，哈里斯先生一家……"秋燕踌躇地站住了。

他悄悄说："别慌，就是要给他们看看——"他调皮地眨着眼笑了，突然一本正经收起笑容，出人意料大胆地挎起秋燕的手臂，大模大样从那一群外国人中穿过。哈里斯太太惊讶地看着他俩，主动给他们让了路，任海南友好地向她点了点头，在洋人们的众目睽睽之下，洒脱地把秋燕带到公路边的台湾相思林带里。

秋燕几乎要窒息了，急忙挣开他的手臂，抱住一棵树大口喘气，任海南笑起来："你怕什么？都一样是人，洋人能带老婆孩子到停机坪，咱们怎么不能在这里谈谈恋爱？"

秋燕羞涩地摇摇头："外国人会笑话的。"

"笑？我也可以笑他！他们有优越感，我们就该自惭形秽？和外国人打交道，不能因为吃亏吃多了，就来个处处设防，谨小慎微。一副小家子气，有什么出息？和打球一样，只有防守型不行，更重要的要有进攻型！你越落落大方，人家越看得起你。"

秋燕叹了口气，说："看得起？连自己人都看不起。我们干这种活，是夹心饼干，别人一见我们和外国人在一起，总眼定定的，恨不得整天拿望远镜监视着……"

任海南望着远处的海，一艘外国巨轮正缓缓驶进港湾，他坐到地上，默默拨弄着地上的细沙，思索着说："这是长期闭关锁国造成的畸形心理，一种变态的保护欲，真可怜，总怕自己的人会被传染，实际是对自己心虚。其实，人家影响你，你不会去影响人家？难道，人与人之间的相互信任感，我们社会主义反而不如外国人？"

说着，他把一把沙子撒出去，沙子打得台湾相思树丛"沙沙"作响。

秋燕心头像海潮拍岸似的翻腾起来，想不到，他还是个理论家！

"往后日子长，流言蜚语多，你……真不怕？"

"我的耳朵聋。"他咧嘴一笑，"只能听真话。"

"谣言天天往你耳朵灌，你就分不清真假了。"

他带几分野性的大眼睛眨动了一下，竟流露出几分动人的柔情："我能分得清，只要和你在一起。"

秋燕心中一动。突然，她一蹙眉，一桩心事又像沉渣泛起，说吧，现在就把那最难启齿的隐私告诉他，他是那样真诚，那样信任人，不该对他隐瞒……哎，他听了会怎么样呢？男人都最怕——秋燕慌乱了，双手不知所措地捋着一枝台湾相思树枝，呆呆地把那细长的叶子揉碎了，扔掉，又将第二根……不说，不能说，一说就全完了，命啊，你怎么这样折磨人呢？

他很不自然地咳了一声，突然捉住秋燕的双手！

"秋燕，我们——"

"啊，"秋燕像被烧红的钢板烫了一下，猛地把手一缩，哭了。唉，眼泪，怎么这样不争气啊！

任海南被吓住了，局促不安地搔着粗硬的头发，"我……我……"竟连话也说不出来了。

远处，沉重的轰鸣似阵阵闷雷——直升机来了！

"飞机来了，我得走了……"他自惭自疚地涨红了脸，颊上粗犷的筋肉突突跳动着，粗大的喉结一上一下地移动，他像下了最大的决心，强硬地再次捉起秋燕的手，握了握："我星期六回来，晚上，在滨海公园……海边那棵椰子树下等我……再见。"

她使劲点了点头。

舱门关上，飞机"轰"的一下升高了，它在秋燕的头顶悬着，像不忍离去。秋燕扬起手，用力挥动着，可是飞机毕竟留不住，它升高，再升高，向南方的大海飞去。

八

星期六，终于来临了。

不知他什么时候到，整整一天，秋燕都在亢奋地侧耳倾听，期待着那天边轰轰的引擎声，可是，那响声却迟迟没有出现。

下午三点半，哈里斯太太带安妮出门了，临走前交下一份中英对照的菜谱，要秋燕按圈定的菜式做好几样西菜。秋燕猜她们是要到停机坪接哈里斯，心里不由得焦躁起来，要是能跟去就好了，那马上就能见到他。倒霉，哈里斯太太竟留下这张坑人的菜谱！

奶油煎牛扒，茄汁烹大虾，咖喱仔鸡……还有八道菜！做吧，还得注意不能出岔子，她心神不定地入厨操持起来。

两个多钟头过去了，菜做好了，哈里斯一家竟没有回来！

"铃——"门铃响了，来了！秋燕跳起来，欢天喜地赶紧打开门，一下子吓傻了——

哈里斯太太被管人事的肥婆搀扶着，满脸泪痕，何主任抱着惊恐不安的小安妮站在门口。

“啊——焦样！”哈里斯太太尖号一声，扑到秋燕身上哭起来。怎么回事？秋燕浑身都战栗了！

“出，出了什么事？”秋燕声音都变了，祈求的目光投向肥婆。

“别问，”肥婆皱了皱眉头，不耐烦地说：“现在首先要安定她的情绪。”

“何主任，告诉我！出了什么事？”秋燕突然提高嗓门，两眼直勾勾的，把何主任吓了一跳，他喃喃地说，“飞机出事了，在海上——”

秋燕一听，“嗡”的一声眼前一片漆黑，抱着哈里斯太太软绵绵的身体失去知觉。

第二天，金花来到床前，难过地告诉她，他，一直没找到。飞机失事落海时，他把抓在手里的救生衣扔给了哈里斯，外国人都脱险了，全部回到基地，只有他，被风浪吞噬了。

九

望海椰眺望着大海，在海风中发出一阵阵悲怆的呜咽。

从来没见到它结果，有人说望海椰再也不会长椰子了，它生存的目的，似乎就是一辈子默默地、默默地站在那里，守望着大海。

黄昏，早晨！秋燕在海边踽踽独行，也曾像望海椰那样默默守望，像等待海市蜃楼一样等着死里逃生的奇迹出现，等着他获救的信息，然而他再也回不来了，他融汇在大海这浩渺伟岸的生命之中。

一年了，秋燕仍然独往独来。她仍旧在人们格外敏感的目光中生活着。她需要理解，需要同情，需要心理上的扶掖。在盛夏的一个傍晚，她认识了一个人—— 一个物探船上的水手。她觉得这水手有点像他，是个男子汉。但她仍惴惴不安，第一次相约时，她突然又想起了望海椰，这关键性的约会，地点定在这棵高高的椰子树下吧，她决定了。

可是，约会的时间到了，他没有露面！

不，不！这个人不像他，不像他！谁也不能怨，只怨自己看错了人……

呜—— 一声汽笛，海湾对岸的石油基地专用码头，一艘大船缓缓启航了，落日的余晖给它镀上一层金箔，舱楼上两排舷窗玻璃反射出耀眼的光芒。

蓦地，秋燕看见船身上的大字：物探513！

啊，这是他的船！他出海了，一定是有紧急的任务。怪不得……

唉，又看错了人！然而，这一次看错，也许是幸运的。

像雨后明净的天空一样，她的心灵经过涤荡，平静下来，一缕温暖的柔情潺潺地注满胸臆，她望了望正在摇曳着叶片的望海椰，海风轻拂，涛声絮语，椰树颔首频频，它在欢送游子征帆出海么？哦，望海椰，你真的也有感情？秋燕在椰风海韵中心驰神往，目送着远去的航船，默默地祝福——

一路平安！

炫目的海区

中国龙穴海区发现大油田。与中方合作的环太平洋石油财团最先进的钻井船马可·孛罗号，即将启航前往中国，代替半年前在该海区被强台风击沉的麦哲伦号，在这潜在财富和麻烦之多足以令人炫目的海区，开始新的勘探作业……

——引自西方各大通讯社转发的一条电讯

一

惊心动魄！天和海完全颠倒，甲板在倾侧，像一堵矗起的高墙，恶浪像无数发疯的白鬃巨兽，从海里、从天上一拥而上，围着绝望的钻井船撕啃，沉重的井架瘫倒在怒吼的大海里。救生艇似一片白鹅毛，飘然入海，被轰然涌起的巨涛轻轻一舔，顷刻间被撕成碎片。

全身一震，他落水了。很快就没了顶。

冷！浑身像结了冰。头顶猛然被压上一座大山，肺部憋得要爆，要喷火。他想喊，喊不出声。麻木的脚被一只怪物死死咬住，恶狠狠地把他往下拖，他觉得自己在往下沉，一直往下沉，昏沉沉地直坠向那无底的深渊——

梦魇。陆烨蓦地醒了。

什么事也没发生。直升机飞得很快、很稳。舷窗外，白云像一群雪白的羊群在天际徜徉；脚下，是蓝湛湛的大海，明净如镜，纤尘不染。

几个月来，他总是这样的噩梦连连。

这是不祥之兆吗？麦哲伦号翻沉后，对出海作业的恐惧笼罩了整个基地，家属们晚上一听见直升机的声音就提心吊胆。在海难前侥幸逃生的他，自愧自疚地自愿登上本公司的“龙海五号”平台，当了政委。但这不仅未能解除压得他喘不过气来的精神重荷，相反却招来了更多、更离奇的议论。如今，他又要上调了，人们将会怎样看他？他知道，昨天平台上一收到调人的急电，马上就暗地传开了，引起一些麻烦。陆烨踌躇再三，索性在早晨当众来了个“开膛破肚”的惊人之举——

铃——铃——紧急集合！甲板上，八十多对眼睛瞪着他，不知道他又要搞什么新名堂。

“伙计们”，他顿了顿，尽量将声音变得平和、轻松。努力在船上创造家庭式的亲密气氛，这是他刻意追求的目标之一，“问两个问题：第一，基地有人给我起了个怪吓人的外号，有谁知道?”

“驸马。”一个愣小伙子嘴快，一语道破。人群里有人呵呵地笑，接着所有的人都无拘无束地大笑起来。

他也咧嘴笑了。心里却隐隐作痛。

“第二，听说，有人认定，我到船上只是镀金，待不长，迟早要回基地蹲机关，持这种看法的，请举手——”

几个小伙子半开玩笑似的举起手，肆无忌惮。坦诚直率、豪爽粗犷的钻工们，大多数都瞅着他笑，却不表态。几个月来，他们之间多少有了感情、有所了解。

“谢谢。”他感激地望着大家，心头添了几分欣慰。冷嘲热讽他见多了，只要胸襟坦荡，光明磊落，用人心换人心，总会得到理解的，眼下就是证明。

“昨天有人听到了一点风声，马上就打了报告，要求调回基地，理由是，如果我这‘驸马’说走就走，他们当然也可以走。今天集合，就是向大家说明白，消息是真的，我要走了——”

人们面面相觑，议论纷纷。他挥了挥手，提高声音说：

“前些日子，基地调我，我没走。这次，是我要求走的，但决不会回机关!大家知道，我是麦哲伦号下来的，当班的八十三人，只剩我一个活着，现在，马可·孛罗号来接替麦哲伦号，理所当然应该我上去。今天就向大家告别。请大家相信，我陆烨决不当海上作业的逃兵!”

船长弄来半碗特曲，捧到他面前为他饯行：“来来来，直升机马上就到，开欢送会来不及，这碗酒全代表了，来，干了它!”尽管平台上禁酒，但单为他一个人破了例，这非同寻常。他看着碗里微微晃动的醇酒，忽然觉得，这碗里盛的不是酒，而是一碗最令他自愧自责、心神不宁的液体——孤儿寡妇们的眼泪。他心里一酸，抬头环视着一张张熟悉的面孔，喉头像撒上了一把盐：

"谢谢大家……这酒，还是敬他们吧。"

他转身走向舷栏，将酒徐徐酹下，海风一吹，酒液一闪一闪，纷纷扬扬飘洒到大海里。

全船肃立，海风飒飒，海浪喧腾，仿佛是来自海底的声息……

他走了。登上直升机的时候，他突然不安起来：调令只通知他回基地报到。万一，郭欣老头子不让他上马可·孛罗，硬要留他在基地呢？听雪晴说，他，还有罗文岳，都被列进"第三梯队"，这是一个叫人心烦意乱的消息。

现在飞到什么地方了？陆烨在蓝天碧海间寻找着龙穴海区的方位识别标志——龙穴岛。他找到了，海天之间有一条灰蒙蒙的细线。这条细线仿佛想粘在舷窗上，可是黏不住，直升机在向前飞，一朵小小的白云把它轻轻抹去，再也看不见了。

下面就是龙穴海区。那个"大金娃娃"龙东11-3号井，大概就在这里，就在你脚下——

一口特高产井！你和大家一起挥舞着盔帽欢呼雀跃，高压油气沿着麦哲伦号长长的燃烧臂迸射出熊熊烈焰，炽烈得使人炫目，外籍人员获得老板高额奖赏，高兴得又唱又跳，彻夜狂欢。然而，就在这遥远的海区，突然降临的灾难也使人不寒而栗、触目惊心：强台风竟把一艘一万五千吨的钻井船掀到海底，连SOS信号也来不及发出！

陆烨把脸贴近舷窗，盯着窗外的海。舷窗不断颤动着，直颤得他脑袋发麻。他睁大双眼，竭力想在海面上搜寻出什么来。大海仍然平静得很，一副吃饱喝足、悠然自得的样子。午后的阳光照耀着蓝湛湛的海面，不时闪耀着星星点点迷人的色彩，没有船舶，没有白帆，什么也没有，只有一个巨大的阴影，飞快地在海上滑行，它似乎也在追逐着什么。

"浮标——"双眼像被一簇火焰灼了一下，陆烨看见海上漂浮着一个橘红色的浮标——

一股悲怆的心绪翻涌着，撞击着陆烨的心扉：

就在这浮标下，巨大的麦哲伦号斜躺在水深一百一十五米的海底，你的救命恩人大梁、外方高级监督托马斯，还有与你朝夕相处的伙伴——中国人、外国人，全都葬身这里，唯独你还活着……

直升机突然降低了高度，悬停了一阵，驾驶员在用这种方式表达对死难者的哀悼。机舱里，人们蓦地肃穆起来，大家都清清楚楚地看到了那个浮标。

同机者的眼神都有点异样，陆烨觉得，这一双双眼睛都在莫测高深地盯住自己，使他感到如芒刺背，目眩神迷。他苦恼地闭上眼睛，神思恍惚中，那一双双眼睛慢慢聚合，最后变成一双眼睛，这眼睛很特别，深棕色的眼珠似乎很柔和，可是小小的双眸却黑得晶亮，尖利得像锥子似的扎人。它冷冰冰地盯住你，像穿透了你的五脏六腑，会使你无法忍受。

海难发生的第二天，在救援船颠簸的甲板上，它就这样盯住陆烨，毫不掩饰地倾泻着谴责、鄙夷和敌意。同时，像一根烧红的铁丝捅进陆烨的耳朵一样，他听到了一声轻蔑的冷笑——这是陆烨最不能忍受的：他把他看成一个可耻的逃兵。

这个人，就是小道消息风传和陆烨一道被列入“第三梯队”的作业部经理罗文岳。前一段，他“入阁”呼声很高，很可能成为陆烨的顶头上司。

二

“走吧。”她接过他的出海提包，嫣然一笑。

陆烨发现，停机坪上所有的眼睛：黑色的，蓝色的，都看着他们俩。不，看着她。雪晴今天光彩照人，穿一身金鱼黄色的连衣裙，在停机坪上宛如一个小太阳般夺目。周围尽是羡慕的目光，使他感到扎眼、不舒服，又使他骄傲、兴奋。雪晴一向高贵得像个公主，今天却显得格外温柔体贴，眼波里流溢着按捺不住的喜悦。

一出机场，他站住了——雪晴正向一辆黑得发亮、气度不凡的轿车走去，这是环太平洋（亚洲）石油公司总裁安德森的豪华型宾士轿车，给他当翻译的雪晴竟把它开来了。

“怎么？不敢坐？”雪晴拉开车门，回头揶揄地一扬下巴，“土包子！”

“你敢开，我就敢坐。”他灵活地钻进轿车，“你乱开洋老板专车，不怕丢饭碗？”

“我才不怕这老头呢！这家伙昨天谈判谈了个通宵，发了脾气，今天一早灌了瓶‘人头马’，醉得躺在办公室沙发上直打呼噜。他不用车，这车就归我管，高兴上哪就上哪。”

轿车开动了，无声无息地向前滑行。

“把你调回来干什么？知道吗？”

“上马可·孛罗吧？”

“不对。爸爸得到消息，说出来会让你大吃一惊。”

“不让我上船？”陆烨喊起来。

“老实点吧，回家再告诉你，省得你在车上翻跟头儿。”

陆烨忐忑不安起来。车里空调开得太大，他感到有点冷，打了个寒噤，如果把他弄到作业部或党委什么部去，那就麻烦了。

“先给你另一个信息：罗大能人倒了霉，下台了。这次机构调整，连作业部经理都没安排上。”

“为什么？”陆烨越发担心了，看来真会要他去作业部！

“到处伸胳膊踢腿得罪人，联合工作组、刚调北京中外合作管委会的李老板，都叫他得罪完了，人家是管这个庙的神，能有他好果子吃？”

陆烨心情沉重起来，没搭腔。眼下，他宁愿罗文岳不下台，稳稳当当干下去。尽管罗文岳损害过他，但他私下仍承认，罗文岳的确能干。最近，国内两家航空单位为争夺马可·孛罗的直升机服务合同，斗得乌眼鸡似的，一家以停止各机种服务为威胁，另一家则以关闭龙穴机场来要挟，弄得外方无所适从。罗文岳直飞北京到处告状，终于取得国务院领导的支持，把这个“空运危机”解决了。怎么会在这个时候把他免掉了？光因为得罪人多，冒犯了工作组和前总经理吗？

“他也活该，生活作风出了问题——”

“真的？”陆烨一怔。

“这还假得了，他老婆到处告状，要离婚，趁他还在北京，把家也搬空了，只留给他一张床。这事一闹大，机关那几个原来拍他肩膀的处长、主任恨不得一脚把他踩到地底下去。还有人说，他在与外方谈判中问题也很大，要彻底审查。”

哦，这下子他可真的完了。陆烨仿佛觉得，那双在冥冥暗角里鹰隼般盯住他的眼睛，刹那间黯淡无光，消失了。可他的心情并不因此轻松些。

冰冻三尺，非一日之寒。他和罗文岳的芥蒂，早在三年前就结下了。当时，罗文岳主持出国进修人员的审查培训，他摆出一副对以权谋私深恶痛绝的面孔，审查与领导干部沾亲带故的人选时苛刻得简直有点不分青红皂白：先是以陆烨英语口语不过关为由，硬把他从党委内定名单上抹掉，接着，还想抹掉雪晴。这场官司闹得满城风雨，甚至牵连到雪晴的父亲楚逸凡。直到总经理李长河派人复考，查实雪晴确有真才实学，他才罢手。

两人的正面冲突，是去年发生的。

那时，麦哲伦号即将开进龙穴海区，在向外方提供劳务问题上，陆烨和罗文岳的意见针锋相对：陆烨主张，上船的人越多越好，要把外方的船变成培训我方技术骨干的学校；罗文岳却令人吃惊地提出，这是第一次合作，为了赢得信誉，争取迅速打进国际钻井市场，上船的人要削减三分之一，只上精兵强将，劳务费减价百分之二十！会上，两人爆发了激烈的争执，结果不欢而散。

会后，陆烨一直想开诚布公地找他谈一谈，试图寻求解决分歧的途径，他踌躇了两天，好不容易下决心敲开罗家的门，却一下子愣在门口，进退两难，尴尬万分——罗文岳家里正发生“内战”！罗文岳的妻子柳丽明在内室一边哭骂，一边把花瓶、镜框、瓷像……一切值钱和不值钱的东西扔到厅里，掼了一地。罗文岳却沉默着冷眼旁观。

“哦，对不起，我改天来——”

“如果是谈劳务的事，不必了。”罗文岳突然开了口。他目光炯炯，仿佛一下子从这场家庭“内战”中跳了出来，重新回到谈判桌旁递交备忘录一样，神情甚至有些飞扬骄悍、傲气凌人，“我的观点决不改变。只要让我主持谈判，就得按我的意见办。”

陆烨气青了脸，回手把门“砰”的一下关死了。

由于双方争持不下，党委最后来了个折中，人员减少几个，劳务费不减，井队终于上船了，可是陆烨这个当政委的，竟然没有上船的资格——外方坚持拒绝接受，他们搞不清政委是干什么的，是警察？监工？还是政府代表？他们一切要按合同办，可合同只写着派一个井队上船，没写明要派一个政委。

这件事折腾了两个月才解决，外方终于同意陆烨上船了，但他的一切费用由中方承担。有人私下告诉陆烨，这都是由于罗文岳对他有成见，在谈判中做了手脚，过多迁就外方造成的。

他们之间的罅隙从此变得更难以弥合了。

车子猛然拐了个大弯，前面柏油路笔直，雪晴轻松起来，大概发现他有点郁悒不欢，她柔声问：

“这次你又在海里泡了多少天？”

“这次？”他一下子没反应过来。

“一个月零十五天，对不对？”

雪晴把着方向盘，忽然愁眉苦脸撅起嘴：

“出了件折磨人的事，回家再告诉你，不过——听了可不许哭！”

“什么事？”

“现在，绝对保密。”她老是卖关子。

“那我也先不回家了。”他做了个小小的反抗。

“你敢？”雪晴头一歪，娇嗔满脸。

“我想先到大梁家看看，丁玉琼不知怎样了，她有心脏病，又快生了……”他祈求地望着妻子，“一起去，好吗？”

雪晴不吭声，把车子开得飞快。老是开玩笑地喊她“刁蛮公主”的钻井队长大梁，在一号平台从日本大修回国的拖航中，冒死救过几乎被风浪卷走的陆烨，他又是撮合他和雪晴姻缘的月老。但是雪晴却一直对大梁的爱人丁玉琼有成见——女人总是对女人不宽容。

“你知道，和罗文岳乱搞的是谁？”雪晴出其不意地提了个古怪的问题。

“谁？”

“丁玉琼。”

“她？不可能！”陆烨失声叫起来。他知道，罗文岳对大梁夫妇很好，大梁牺牲后，他对丁玉琼很关照，换煤气、买米这些粗重活，几乎都让他包起来了，但陆烨不相信他们会有那种事。

“你还不相信？罗文岳老婆说，连丁玉琼肚里的那个孩子还不知道是谁的呢。”

“怎能这样说？”陆烨不满地一耸眉峰，心头像戳进一根刺，比他自己受了污辱还要难受。

“请注意，是柳丽明亲口说的。”

“不管谁说，都要有根据，你跟着乱说也不对。”他对罗文岳的妻子柳丽明没好感，这个在《龙门日报》当记者的女人，嘴巴太碎、太泼，往往言过其实。而且，她往老丈人楚逸凡家跑得太勤。

车速遽然慢下来了。雪晴脸色骤变，胸脯微微起伏着——这是“红灯警报”，她的小姐脾气要发作了。陆烨看了她一眼，心软了。刚回基地就吵，何必呢？沉默了一阵，他把话头岔开了：

“算了。今天先回家，明天再说。你刚才说，安德森又在发什么脾气？”

“英国华海公司的船中了标，承包了马可·孛罗的海运。爸爸发表了声明，要把它赶走，逼安德森把海运服务交给开发区的海运公司。”

“怎么能这样干？”陆烨愕然。老丈人主政龙门经济开发区才半年，虽然在报上被誉为“新时代的创业者、改革家”，但已经干出几件让中外石油界人士大伤脑筋的事情。

“怎么不能这样干？”她瞪了他一眼，“保护民族海运业，发展地方经济嘛，这叫肥水不流别人田，懂吗？”

陆烨紧紧抿着嘴，预感到基地又面临着一场危机——马可·孛罗号要进来了，空运危机刚解决，海运服务又风波骤起，这肯定又会延宕开钻时间，他知道，时间就是石油，就是钱！现在最要紧的，是高速优质地探明龙穴海区的油田，油田拿不下来，别的都是空话。何况，华海也是和我国海运部门联营的外资公司。但，这道理不一定能说服她，只会惹她生气。

“你怎么不说话？又是爸爸不对？”

“恐怕——干得不怎么漂亮。”

“哼，还当政委呢，吃饱了船上的洋面包，胳膊朝外拐。”她调皮地笑着，伸过手来轻轻捶了他一拳。

还好，安全运转。红灯警报消失了。陆烨松了口气，看来她也不想吵嘴。

“洋面包谁吃得多？洋老板出钱送你到休斯敦进修两年，回来还雇你当首席译员，连总裁的专车也交给你了，还有脸说别人？”

“可我爱国！”她嘴一翘，“谁像你——”

“你这不是爱国，是爱你爸爸。”

轿车轻轻跳了一下，刹住了。雪晴柳眉倒竖，杏眼圆睁，像盯住一个仇人似的盯住他：

“你说什么？”她脸色煞白，嘴唇哆嗦着，突然用手往自动键盘上一按，车门自动打开了，她转过脸，冷若冰霜：

“你下去！”

血“呼”的一下全涨到面上，陆烨二话没说，拎起提包就下了车。

宾士车像条大鱼，猛地向前一蹿，开走了。

三

陆烨站在公路上，悻悻地苦笑了一声。

一辆集装箱车风驰电掣地驰过，鼓起一阵雄风，扬起一路灰尘。他愣愣站着，任凭漫天黄尘直扑口鼻。你有这副气势吗？没有。你就是对付不了她。结婚四年，两年她在美国，两年你在海上，每逢海休回家，久别胜新婚，你总舍不得下狠心教训教训她，总让她居高临下地拿自己来消遣。如今越发难伺候了，陆烨真后悔当初没听大梁的话，新婚时就打掉她千金小姐的威风，让她学会像所有钻工的老婆一样过日子。

真奇怪，她怎会看上你？当初追求她的人不可胜数，可她偏挑中你，“你老实，看你的眼睛就知道。”她说。出国考试，她考上了，你名落孙山，以后再也没有机会，她苦恼过，但从美国回来后，她变得豁达了，不但没嫌弃禀赋不高、能力也并不太强的丈夫，而且爱得更深、更热烈——她的爱很特别，小姐脾气闹得越凶，过后往往给予你爱的补偿越多。

这种爱，有时使陆烨害怕，最要命的是她常大胆妄为地动用安德森办公室的单边带无线电话机，向远在数百海里的陆烨谈私事，“洋老板的东西，不用白不用。”她常说。这电话一响，海里的作业船、定位台、监听台起码有十对耳朵在听，还自动录音。她却满不在乎。

一路灰尘沉落了，陆烨在公路上踽踽独行，他又想起了那桩使他耿耿于怀、寝食难安的事情——

“密斯脱陆——”长着一撮金黄色口髭的高级监督托马斯向他做了个听电话的手势。

他扔下沾满泥浆的手套，离开了正在做防台风准备的钻台，来到报务室。

“陆烨吗？我是雪晴——”陆烨一听，皱起眉头，慌乱地瞥了一眼埋头看书的报务员，喇叭传出的声音很大，可报务员连头都没抬，习以为常了。

“什么事，你讲——”

“你回来一趟，就赶十二号台风前这班直升机——”

“为什么？”

“你别问，叫你回来，你就快回——”

“是基地的意见吗?”

“郭老头同意的，你少啰嗦——”

对方关了机。直升机来了。陆烨匆匆登机，他不受外方管辖，是来去自由的。舱门关上时，他从舷窗里看到托马斯微笑地向他挥手；大梁则向他举了举拳头。这是什么意思？说他不该走？还是要他回基地对老婆厉害一点？他没搞清楚。

回到基地，他才知道，原来是老丈人楚逸凡调到龙门市当市长兼经济开发区管委主任。雪晴要他回来给爸爸接风，郭欣也希望通过他来缓和一下基地和开发区的紧张关系，所以也同意在紧张的防台风准备中将他叫回。第二天凌晨，突然转向的强台风正面袭击了龙穴海区，一场大祸从天而降——麦哲伦号翻沉了！

消息传来，陆烨刹那间两眼发直，脑子结成一块冰，全身都麻木了。雪晴像发了疯，抱着他哭一阵，笑一阵。他根本没理会，好像她不存在，眼前不断旋转着大梁的拳头、托马斯的笑容……他迈开腿，机械地向门口走去，可是雪晴惊恐地死死把他拖住了。

“你上哪儿去？外面还在刮大风，下暴雨!”

他回过头，蓦地，看见墙上挂着一张照片，那是他和大梁从日本回来后在平台上照的——两人手搭着肩膀凭栏而立，背后是高高的井架，就在这舷栏边，陆烨差一点被巨浪卷进太平洋，多亏了大梁那一双有力的肩膀……

他推开雪晴，一步步走到墙边，端详着照片，眼睛红了。他默默地把照片镜框摘下来，交给惊惶不安的雪晴：

“去，把它放大，要二十四英寸!”

雪晴“哇”的一声大哭起来了。

陆烨一扭头，冒着豪雨疾风冲出家门，登上了急如星火顶风启航的救援船。就在这船上，他见到了罗文岳，那刺透心脏的目光，那一声锋利的冷笑，就像在他的记忆里砍了两刀，那伤口，至今仍在流血。

五天，可怕的五天，焦灼的五天，失望的五天。由海军大型舰船和石油专用船舶组成的庞大船队，奉国务院的指令在惊涛骇浪中穿梭般搜索了五天，徒劳无功。只捞起一些麦哲伦号的漂浮物。陆烨捡到了一顶塑料遮阳帽，帽上印着麦哲伦号的吉祥物—— 一只金海豚。这顶帽子是从一只无人的救生筏内找到的，他一直把帽子戴着，此刻，就在手里提着的出海提包里，有了它，提包显得格外沉重……

一辆黑色的轿车突然蹿到身边刹住，把陆烨的思绪打断了——

没错！她又吃了后悔药，把车子开回来了。他欣慰地舒了口气。咦？不对，他呆住了：从打开的车门探出来的，竟是一个花白头发的脑袋——党委书记郭欣。自从李长河调北京后，基地的党政大权都集于他一身。

"怎么回事？雪晴没去接你？"老头子有点惊讶，"你这条'平台'没拖轮拖着，瞎跑什么？不怕翻沉？"

陆烨摇头苦笑。郭老头伸出精瘦的手臂，在陆烨壮实的胸膛上擂了两拳："得用上你这条'半潜式'① 啦，党委决定，大后天你飞北京，参加国务院的海洋石油对外合作会议……"

"不，这些会是你们开的，我上马可·孛罗——"

郭欣摆摆手："上车吧，上车再说。"不由分说把他塞进轿车。

"会后，你留在北京，参加一个很重要的学习班，你先看这个——"车开了，郭老头从公文包抽出一纸公文递了过来，"这暂时还保密。"

高速行驶的轿车摇晃了一下，一行行铅字跳进陆烨的眼帘：

> 参加海洋石油各大公司总经理级干训班名单：
>
> 陆烨
>
> 报批职务：龙门海石油开发公司总经理……

什么？陆烨吓了一跳，手里像捏着一团火一样，哆嗦了一下，脸一下子烧得通红，连呼吸都变粗了："莫名其妙！全基地都成了老弱病残了？怎么选来选去选到我头上？"

郭老头在椅背下指了指司机，摇摇头，暗示陆烨噤声。

"我实在不合适。"他还是憋不住，爆出来了。

"你说，谁合适？"郭老头脸一沉，把头转向车窗，"回办公室再说吧！"

① "半潜式"——一种较先进的钻井平台。

四

车子驶进基地大门，“嘀、嘀——”猛然来了个急刹车，巨大的惯性把陆烨和郭欣都抛离了座位。

司机恼火地破口骂起来：“他妈的！找死——”突然，汹涌欲喷的一大串不干不净的语言，也来了个急刹车——

站在轿车前的，是风尘仆仆的罗文岳。

他两眼冒火，眉宇间凝聚着一股肃杀不平的怒气。看样子，他出差刚回到基地，得知职务被免、老婆出走的消息，一肚子怨气无处发泄，气汹汹要拦党委书记的汽车喊冤。这真是件麻烦事，陆烨看看郭欣，老头子眉头打结，不安地拉长了脸。

“找我？”老头子钻出轿车，来个先发制人，“晚上谈，好吗？你刚回来，先休息休息。”

他不开腔。气氛一下紧张起来，陆烨赶紧下了轿车。

“海运的事你们研究了吗？”劈头一句，陆烨始料不及，给镇住了：他第一句话竟只字不提自己的事！

罗文岳对陆烨不屑一顾，从衣服口袋抽出一张报纸递给郭欣，一对锋利的眼睛盯着他：

“看看吧！楚逸凡竟然宣布国家认可的合同无效，还登到报上，这叫改革？这叫松绑？简直是无法无天！再不采取措施，闹到国际上去，局面就不可收拾了。”

郭欣沉重地点点头：“知道。我们正在协商……”

“协商？”罗文岳更加咄咄逼人，“如果那个好大喜功的老头子一意孤行呢？——他们四条船只有一个有合格证书的船长！你们怎么办？妥协？”

郭欣抬头望着他，不回答。

他深棕色的眼睛倏然失去了全部热力和光泽，痛苦地小声问：

“你们真的准备让步？”

郭欣面无表情，清癯的脸上，筋肉仿佛僵死了一样。

“你们估计到吗？海运不解决，外方宁肯把船开到香港停着，一天花十几万美元也不会心痛的！反正出油后中方要用油来补偿。这场官司一定得打到底！你们不打，我打！尽管我现在什么都不是，妻离子散，白丁一个，可我还有口气，还能说话！”罗文岳暴怒起来，眼睛又重新迸射出凶猛的光，他激动地喘着大气，挥动着双手。

可是郭欣仍像木头人似的站着！

罗文岳难过地长叹一声，转身走了。

郭欣回到轿车上，一言不发，一直盯着罗文岳远去的背影。陆烨摊开那张《龙门日报》，一行标题像烙心的炭火蹦出来：

坚决维护我方权益，华海公司中标无效。

马可·孛罗号钻井船的海运服务，必须由我开发区新组建的龙门海运服务公司承包。

就在同一版内，醒目地刊登了一篇介绍楚逸凡事迹的通讯：《新时代的开荒牛》，在文章的右上角，还用心良苦地登了一帧老丈人视察龙门海运服务公司的照片：老头子站在一艘石油拖轮上，洋洋自得，一脸舍我其谁的神气。具有讽刺意味的是，摄影和作者竟是同一个人——罗文岳的妻子柳丽明！

丁玉琼难产！

陆烨在办公大楼一听到消息，就赶到职工医院，但没见到她，她严重心衰，已被送进产房抢救了。

天黑了，产房外灯光很暗，大厅里空荡荡的，只有一个人面壁坐在暗角里，默默地抽烟。人们像忘却了生命垂危的丁玉琼，竟没有人来看望，这使陆烨心头像灌了铅似的……

大梁结婚十年，想儿子想得发疯，可是丁玉琼有心脏病，一直没敢要。这次怀上了，夫妻俩一咬牙，死活也要养下来。才怀上几个月，大梁就遇难了，孩子还未出世，就没有了父亲……

门吱呀开了，一个穿戴白衣白帽的姑娘迈着急促的碎步走过来，陆烨急切地迎上去：

“她——丁玉琼，怎么样？”

姑娘双手往白大褂口袋一插，头一歪，用带刺的口吻问：“你就是那个罗文岳吧？你还敢来？”

陆烨哭笑不得，桃色新闻不管是否真实，其传递速度都是惊人的。这里的医护人员大概把来探望丁玉琼的男人都当成罗文岳了。他忙摇头：

“不，我是她爱人的同事。”

坐在暗角的人突然站起来，沉稳地走上前：“我就是罗文岳——为什么不敢来？我来了！”他那迸出火星的眼神把那姑娘吓了一跳。

陆烨看着他，四目对视了好几秒钟，陆烨终于垂下了眼帘，不自然地避开对方能把人穿透的目光。他竟来了，真够胆量！飞短流长全不放在眼里，他真够骄、够狂！在这种时候，这种处境里，目光还是那样不可一世。

“你可以去发布新闻。”他对姑娘说，“鄙人行不改名，坐不改姓，更不怕流言蜚语。”

姑娘竭力掩饰着尴尬和慌乱，耸耸肩走开了。

罗文岳的脸轻轻抽搐着，转身望着窗外，根本没有和陆烨对话的打算。

难堪的寂静。陆烨双眉紧锁，像有把钝刀子在他心尖上来回锯着。他忍不住了，两个男人总不能老这样僵持着共处一隅，成见归成见，事实归事实，何况你原来就不相信会有这样的事？总得有个人来搞清楚。

“你，真的问心无愧？”他单刀直入，打开天窗说亮话了。

罗文岳回过头，目光直逼对方：“你不是很了解大梁两口子吗？”

脸上发烧，心头直跳，你能说什么？陆烨愣住了。

门又吱呀开了，一群医生护士鱼贯而出。

陆烨和罗文岳急忙上前截住头发全白了的妇科主任：“主任，丁玉琼——”

妇科主任用手托了托眼镜，她认识他们。她扫了罗文岳一眼，然后低声向陆烨说：

“你跟我来。”

陆烨回头看看罗文岳，跟妇科主任走了。罗文岳脸色阴沉地站在原地。

“孩子生下来了，是男婴，两千三百克。但大人情况很差，心力衰竭十分严重，抢救了两次……”妇科主任边走边小声说：“哦，产妇在产床上，断断续续反复说话，为了以防万一，我让护士记下来了——”

她把一张病历纸交给陆烨，纸上两行潦草的小字痛苦地在纸上扭动着，使人心酸——

“……谣言害人。告诉郭书记，我死也要死得清白……罗文岳是好人，不能冤枉他……”

陆烨的双手发抖，一股辛酸的滋味爬上咽喉和鼻腔，他好不容易才控制住自己激动和复杂的情感，猛一转身，径直向罗文岳走去。他定定地凝视着罗文岳那张冷峻而倔强的面孔、那双深邃的目光，终于，把那张病历纸递给了他。

罗文岳伫立着，眼睛盯着那张纸，刹那间闪出了晶莹的泪花。突然，他一手掩着脸，一手使劲揪着自己的头发，坐到长椅上了。

陆烨突然感到一种震撼全身的激动，他竭力克制着，慢慢坐到罗文岳的身边。

五

两个男人稍微松了口气——丁玉琼的严重心衰暂时控制住了。

郭老头也匆匆赶来了，刚向值班医生问了几句丁玉琼的情况，一个紧急电话追着他屁股骤然而至，迫在眉睫的事态把在场的三个男人的心都捏紧了：楚逸凡开始强迫华海公司的三艘工作船离开龙门开发区的码头！

“来真家伙了！”罗文岳冷笑一声，“简直是财迷心窍，瞎碰乱撞！”

陆烨脸上发烧，他避开了罗文岳的视线，可那视线的焦点一直透到心里，使他心里火烧火燎：老丈人是太绝了，不抓提高服务质量和竞争能力，却想一口吃成个胖子。不但抓住外方拼命咬，连左邻右舍都恨不得咬几口。

“现在，要避免事态恶化，还有一着棋可走。”罗文岳的眼睛一闪一闪，“可是会被人指着背脊骂卖国、骂李鸿章。”

“什么棋?”

“把华海的船引到我们基地专用码头去。”

郭欣摇摇头：“楚老头会打上门来拼命的，我们和开发区的关系本来就弄得够僵了。”

“我去。”陆烨冲口而出。

“你?”两人意外地望着他。

“出问题都推到我头上好了。”他坦然地说，转身走了。

开发区码头如临大敌，站满了人。华海的三艘工作船，正被人强行解缆，汽笛悲愤地长鸣，此起彼伏，像极不情愿离开这个码头。

陆烨跳下汽车，一眼就瞥见人群中停着一辆乳白色的高级轿车。

老丈人也来了，可能就待在车里。他不会不来，陆烨知道他的脾气。

他正要登上华海的船，忽然听到有人叫他——

“陆烨吗？我正想找你，”老丈人看见他了。轿车门打开，身材魁梧、声若洪钟的开发区主任向他走来，“你来干什么？”

“上船。把他们带到我们基地专用码头停泊。”

人们愕然。反应最强烈的当然是楚逸凡，他恼火地斥责起来：“这不是要拆我的台吗？真比李鸿章还李鸿章了！这是谁的主意？”

“是我。”陆烨坦然地回答。他跳上船，消失在驾驶舱里。

凌晨一点，他才回到家里。

雪晴在床上和衣睡着了。客厅茶几上，放着一盅炖好的银耳羹、两本书，书上用方糖罐压着一张便条——

> 我又后悔了，能原谅我吗？
>
> 到处找不到你。爸爸来过，亲自送来两本书，要你一定好好读读。
>
> 我很累，先睡了，回来一定要叫醒我。
>
> 另外，有个重要消息得让你先知道，爸爸说，基地准备任命你当总经理。千真万确！他和李老板通过几次长途！

陆烨一怔，恍然大悟：你成了一个隐蔽的大棋盘上的一颗卒子。把你摆到总经理的位置上，并不是你能干，而是因为运筹帷幄的人们不想别的人来干扰他们。其实，巨大的幕后筹划和交易早就进行了——尽管不一定是在为某个人的利益。这一切，你都蒙在鼓里。

他竭力排解着内心的厌恶，伸手拿起那两本书翻了翻：《大趋势》、《第三次浪潮》。

这两本成为大热门的美国书，陆烨仔细读过。在研究微观经济的管理，制定基层思想工作的方案设想中，他还从中吸取了一些东西。老头子现在来送书，颇有心计——他想提前向女婿灌输那套“地方经济高于一切”的理论。他在接受新信息方面很开通、很敏感，甚至不惜借奈斯比特、托夫勒的口来为自己张目。但他的眼光、方法和目的却是陈旧的，他处心积虑梦寐以求的，就是用种种地方行政的手段挤跑所有的竞争者，独霸整个龙门海石油开发的专业服务。这使他的“理论”变成了“新潮派”加“小国诸侯”式的怪胎。老头子精明过人，可惜，他那套滥用行政手段、取消竞争的办法，陆烨绝不苟同。陆烨知道，海上石油服务应是国际性、社会性的，搞地域垄断只会保护落后，使中外投资者望而却步，决无好处。

哦，太晚了。他怕惊醒雪晴，蹑手蹑脚地回到卧室。他凝眸望着雪晴安详的笑靥，忍不住轻轻亲了她一下，蓦地，她醒了。

“你上哪儿去了?”她把脸紧贴上来，他感觉到她的脸发烫，“害得人家到处找你。”

“丁玉琼难产了，心脏病复发，很危险。”

“啊？你到医院去了?”

“她在最最痛苦的时候，还在不断地说……”他的声音都变了，雪晴睁大眼睛，不安地望着他沉痛的脸。他把那张病历纸递给了她。

黯然无语。她低下头，双眼潮红地咬着自己的食指，长长地叹了口气。突然，她扑到他怀里，紧紧地搂着他。

“真想不到……我真后悔。”她喃喃地说。

他温柔地抚摸着她瀑布般的秀发：“雪晴，还有件事得告诉你。”

“什么?”

“在码头上，我见到了我爸爸，惹他生气了。我把华海的船引到基地码头上了。”

“啊——”她紧抱陆烨的手倏地松开了，“你——”

“我是对的。”他问心无愧。

雪晴咬着嘴唇伏到枕头上，哭了。

六

又是噩梦。他冷汗淋漓。

雪晴终于睡熟了，眼角还有泪痕，嘴唇仍在轻轻翕动着。哦，她在说什么？正在诉说着那一直隐藏到最后才吐露的心曲吗？刚才，她说，可能有孩子了……这激动得你难以成眠，你倏然后悔了——不该把和老丈人唱对台戏的事端出来，这对感情变化大起大落的她，太严酷了。

你怎么又做起噩梦来了呢？她洁白的手臂正搭在你的胸前。难道是这只充满爱抚的手臂把旧魔引来的？不，怪你自己，你有心事。

下床。摸黑走进客厅，陆烨在黑暗中逡巡着，一抬头，依稀看到墙上那张放大了的合影照片，照片下挂着那顶印有麦哲伦号吉祥物的遮阳帽，在幽幽地闪着蓝光……

手终于又触到那顶遮阳帽了，瞬间，耳边又响起了大海狂暴的呼啸，眼前，那个橘红色的浮标在滔天白浪中时隐时现……

哦，龙穴海区，那遥远的、宝贝得令人如痴如醉的茫茫烟水，那一片使人战栗、炫目的蓝色的火焰，它难道有一种魔力？你就是远远离开它，它也在梦中紧紧揪住你的心。它吞没了大梁、吞没了托马斯、吞没了几十个弟兄和外国朋友，你逃脱了，因为你离开了岗位。从此，你的灵魂就像那橘红色的浮标，系上了由几十条生命铸成的锚，在那片闪玉流金的海域里沉浮、颠簸。

为了消除人们对出海作业的恐惧、疑虑和鄙视，你走上了一条荆棘丛生的崎岖小路，一条世人认为要背着沉重的十字架才能走的路。然而，命运的激流马上就要将你冲到另一个位置上。常有这样的情况，在几种力量旗鼓相当，争持不下时，人们往往宁愿推出一个鲜为人知的角色来坐第一把交椅；你现在就是稀里糊涂地充当这样的角色——你要掌权了。但，这并不是你想得到的。职务、权力，在人们心目中是个很重的砝码，如果天平的另一头是事业，是责任，它们却可能突然间失去分量。坐在权力交椅之上的，可以是出类拔萃者，也可以是平庸无为之辈。如果你欣然放弃自己的追求，借这难得的机缘来坐这把椅子，可能会坐得很稳、很安逸，甚至会有些许成绩，但如果要做出轰轰烈烈、激动人心的建树——你没有这分能量！你是个很普通的人，硬着头皮坐到那个位置上，最终只能变成一个累赘。既然大海里的一朵浪花、海空里的一缕流云，都有它存在的价值和理由，你也可以在海洋里干下去，追求着自己的位置、自己的事业。

急流勇退吧！这必定会招来一场风波，首先雪晴会反对，她渴望丈夫留在基地，留在身边。郭老头、组织部门呢？唉，“实事求是”天天说，怎么偏偏在选择干部这样的大问题上，不多搞点“实事求是”？牛不喝水强按头，你将要被人按住脑袋，喝下那口本来不想喝的苦水——

“砰、砰、砰”，三声谨慎的敲门声。

敲门的人显然小心翼翼，很有分寸，但在万籁无声的清晨，这三声叩击犹如敲打着人的心弦一样清晰。

抬头看座钟，四时二十三分。这个不速之客是谁?

门一拧开，站在面前的竟是双眼浮肿、疲惫不堪的罗文岳！陆烨惊异得睁大眼睛。

“回去睡不着，找你谈谈。”他一点也不谦让，一进门就坐到沙发上，而且叼起一支烟，利落地用打火机点燃了。但他双手在微微发抖，两只激动得发红的大眼睛，紧盯着陆烨。

陆烨这才意识到，自己双手一直紧捏着那顶遮阳帽。

“马可·孛罗号真的不来了，改航香港——我刚才到过总调度室。”罗文岳往沙发背上一靠，喷出浓浓的烟云，闭上了被烟刺痛的眼睛。

果然如此，他估计得真准。

“我对你有看法，对你爱人也有意见，”他睁开眼睛，明眸里闪出穿透力极强的光，“但是，我想来想去，还是要来找你，现在，能打开这个僵局的，只有靠你了。”

“靠我?”

“因为——”他蓦地顿住，眼中闪动着热切的神采，声音里突然蕴含着一种特别的柔情。“现在我相信了，你有党性——”

陆烨仿佛面对着一个强大的光源，两眼被烤得发热，喉头发干，全身血液的温度骤然升高了，心脏在膨胀，压迫得他不得不深深地呼吸。想不到，做梦也想不到，罗文岳身处这样的逆境还有这样的胸襟，这样的情愫，这样的语言。陆烨被感动了，他轻声说：

“你要我干些什么？尽管说。”

“国家要吃大亏，一天十几万，拖下去受得了吗？我给中央写了封信……”他的双眸又变成两个灼人的光点，“搞海洋石油为什么要这样折腾自己？这关系大局。你到北京开会，如果有办法，把这封信当面交给……总理。现在，对付这样的事情，似乎只能这样办了——”

沉默。陆烨定睛看着罗文岳，脑子在飞快地转动着。只能这样办吗？对的，只能这样。在下面没完没了扯皮，再简单的事情也会扯成一团乱麻，只好请中央来果断处理……

“我知道，这等于告你老丈人的状，但事关大局，我相信你会干的。”他掏出一封没封口的信，“刚刚才写好，恐怕有点草率，你最好看一看。”

信递到陆烨面前，但他没有接。

“我不相信——我这回会看错人。”罗文岳扬起浓黑刚直的眉毛，目光重新变得十分冷峻，犀利地逼视着陆烨。

接不接？陆烨感动得不能自持。他能赤诚相见，委以重托，你呢？你能承担得起吗？不，你还得好好估量。强烈的感情倾注在最理智的基础之上，才会有好结果的。你接过这封信，有把握把事情办好？你是不能应付波谲云诡的矛盾和局面的，你没有这种本事。怎样捕捉时机？措辞怎样才全面、准确而又有分寸？遇到询问和质疑怎样答对？这不能靠感情用事，也不能靠血气之勇，这需要渊博的知识，需要对内外情况全盘了解，需要掌握大量精确无误的数据，还需要有一副十分精明清晰的头脑和口才。而你，只懂一些ABC，很多东西完全茫然无知，这怎么行？

全基地只有一个这方面的行家里手——罗文岳！

脑子里倏然掠过一道闪电似的念头，他沉思着，权衡着这个有些大胆的设想……

“请你再想一想……大局！”罗文岳幽深的目光仍充满了期待。

陆烨仍默默地看着手中的遮阳帽。

罗文岳脸色一变，绝望了。他收起信，霍地一下站起来，冷笑着说：

“打搅了，我显然找错了人。”他拉开门，要走了。

“别走。”陆烨突然开口。

他回过头，脸上浮现出玩世不恭的笑意：“还有什么吩咐？”

“不，不是‘吩咐’，是一定要全力支持你——问题是怎样才能做出最有效的支持。”

罗文岳眯起双眼，重新打量着陆烨。

“我们都是共产党员，”低沉而暗哑的话是从心底里憋出来的，“我们应该好好谈谈，对事情作个全面估量。……”

声音很深沉，但两个人都被这低频率的声波所震撼，仿佛发生了井喷，整座楼宇都似乎晃动了一下，两颗心突然相通了。

曙色熹微。楼下突然传来了汽车的急刹声，紧接着，一个男人扯开喉咙的喊叫打破了清晨的宁静——

“陆烨！陆烨同志！大夫请你马上去基地医院，丁玉琼不行了——”

两个正在小声倾谈的男人一听，都脸色如灰，急如星火地夺门而去，飞奔下楼。

隔壁熄着灯的卧室里，一个人影飘到窗前，呆呆站立着，目送着医院救护车的尾灯远去。蓦地，黑影靠到窗棂上呜呜哭了起来——她是雪晴。

七

窗外大雨滂沱。

郭欣老头子铁青着脸，胸前还别着半小时前参加丁玉琼追悼会的小黑纱条。他坐在宽大的办公桌后面，眼睛半张半闭地审视着陆烨。空气似乎一下子凝固了，像一块冻胶，外面风雨的喧嚣从密闭的铝合金窗传进来。

“你决定了?”沉吟半晌，他发话了。尽管他已经花了几分钟时间来思考，声音仍然隐约渗透着惊疑，隐藏着忧虑。刚才陆烨的剀切陈词出乎他意料，也在他心头招来阵阵风雨。

陆烨郑重地点了点头。经过冷静思考定下来的事情，他是绝不会改变的。

“你怎么会生出这样的念头?”郭欣皱起眉头，“你和他关系一直很僵。”

“他比我合适。”陆烨看着老头子喜怒好恶不形于色的眼睛，“这与个人之间的芥蒂无关。”

郭欣深吸了一口气，轻轻摆摆手：

“这样做，不一定能改变他的处境。他的确是个干才，我也做过些努力，可是——”他双目一闭，苦笑着说，“现在能力越强的人，有时反而越会把事情办糟，你明白吗？到处都是泥潭，越拼命使劲，陷得越深。”

“这种情况会改变的。”陆烨摇了摇头。

老头子低下了花白的脑袋，巍巍地点了几下，当他缓慢地抬起头时，陆烨发现他眼睛红了。

“这个——眼下咱们还无能为力，”他小声说着，吃力地选择着字眼，艰难地表达着胸臆里的情感，“不过，应该去试一试，这——得感谢你，你是有希望的……”

一股电流般的激动灌输全身，陆烨被打动了。哦，老人也有他的苦衷，在用人的问题上，即使在他权限之内，有时也不得不做出违心的举动来。看样子，免掉罗文岳、把你推到总经理的位置上，并不是郭老头子的本意……要干成一番事业可真难哪！龙穴海区里使人炫目的是那蕴藏极丰的巨大财富，而办公室里，会议上，公文中，还有各种看得见和看不见的人与人、部门与部门之间的关系里……使人炫目的是什么？谁能说得清？陆烨忽然怜悯起这个本来很正直的小老头来，他被无形的重担压弯了腰，他毕竟在这使人炫目的环境里奋斗了大半生。

“就这样吧，先让他去北京开会。”老头子下了最大的决心，站起来。激动过去了，他开始冷静下来，用一种练达、谨慎的口吻说，“至于他的工作……还得要费点工夫。”

陆烨点头，他能理解。

“你呢？你打算怎么办？”郭欣走到陆烨跟前，手抓着他的肩膀，老头的手枯瘦如柴，但陆烨感觉到他潜在的力量。

“我上马可·孛罗！干老本行。我有这个瘾。”

“这和安德森没达成协议，马可·孛罗号上中方将不设政委了，只设工人代表，要顶班干活的。”

“那我就当工人代表。”

郭欣蓦地转身，面对陆烨想说什么，但说不出来，眼里蒙上了一层泪翳，他默默地点了点头。

“还有一件事，得让你知道。”陆烨的眼睛闪闪发光，“大梁的孩子，一生下来就没有了妈妈，现在老罗执意要收养这孩子，我觉得不好，这恰好成了一些人向老罗继续泼脏水的话柄，再说，他，也没有家了……”

“你说怎么办？”

“我来收养他。”

话一出口，陆烨胸中一阵松快。这个改变家庭结构的决定，分量比上马可·孛罗当工人代表的决定还要重！

“雪晴——怎么样？”郭欣小心地问。

“还没告诉她。”陆烨沉思着说，“我了解她，她会通的。”

郭欣那双表面慵倦，但不时闪动出睿智的光彩的眼睛紧盯着陆烨，俄顷，他长叹一声：“哎——你呀……”布满红丝的眼里滚出了两滴老泪。

陆烨冒着大雨，蹬着单车，好不容易才赶回家，奔上楼来，他微喘着，一见雪晴就问：

“怎么样?”

刚从医院检查回来的雪晴笑了笑，调皮地反问：“什么怎么样？快换衣服吧，落汤鸡同志。”

“检查了?”

雪晴做了个沮丧的鬼脸：“借用你的一句行话，还是没有‘油气显示’。”

陆烨默默地换上了雪晴递来的睡衣。

“没有孩子，就值得难过成这个样子?”雪晴咯咯地笑起来。

陆烨捉住雪晴的一只手，柔声说：“不，我们已经有了——大梁的儿子，我们要收养他。”

雪晴惊讶地抽回手：“你怎不和我商量一下?”

“我知道，你会同意的。”

“可是，我也有了，真的有了!”雪晴激动得满脸通红。

“真的?”陆烨一把搂过她，深情地亲着她的眼睛、眉毛，“那好极了，咱们有两个！两个！你应该高兴!”

雪晴喘息着，扳开陆烨的手，满脸凝愁：“你别像哄小姑娘一样哄我，两个！不是两个洋娃娃，是两个孩子，你叫我怎么办?”

陆烨愣住了。垂下两只手，呆呆坐到沙发上。他两眼瞪着墙壁，墙上依然挂着那张合影，那顶遮阳帽。他艰难地思索着，终于沉着地开口了，说得很从容、很理智：

“在我看来，两个孩子都是我的，都是亲骨肉。我想，搞我这一行，有个最起码的要求，就是要关心人，懂得人情！如果不通人情，那就不配搞政治工作，不配当政委。雪晴，这样办好吗？大梁的孩子——咱们养下来，你生了以后，如果顾不过来，可以先把咱们的送到妈妈家——”

“你——”雪晴尖叫一声，突然又止住了。她吃惊地望着陆烨，在他那双忧郁而执拗的眼里，竟噙着两汪泪水！

“我知道，你会爱这孩子的，我相信你——”他的声音有点颤。雪晴打了个寒噤，她觉得，这声音扇得空气都在发抖，她也颤抖起来，连心也在发颤。

“哎，你呀——”雪晴的泪水迸出来了，一下子把他揽到自己丰满温热的胸前，用手拨弄着他一头湿漉漉的乱发。

"你同意了?"

"嗯，我都要，哪儿也不送。"她啜泣着说。

"答应我，待两个孩子都一样。"

"嗯，答应。"

陆烨抬起头，用手抹着雪晴的泪眼，慢慢站起来：

"告诉你，我决定不留在基地机关了，上马可·孛罗上去，当工人代表。"

雪晴猛一抬头，像不认识他似的，目不转睛地瞪着他，两人默默地对视了很久，她忽然掉头走开了。她把脸贴在钢窗玻璃上，玻璃上布满了水点，流动着一条条小河川，分不清究竟是外面打过来的雨水，还是人落下的泪水。

"雪晴……"陆烨过去轻轻摩挲着她的双肩。

"我早知道，家里留不住你，你是姓海的。"她哽咽着说，双肩剧烈地抖动着，始终没有转过头来。"你走吧，只有在那里，才能找到你的位置……"

陆烨心头一热，低头感激地亲吻着她雪白的后颈，泪水簌簌地流了下来。

八

一架"波音707"客机昂首展翅起飞，傲然穿云向北。机内，一个气宇轩昂、精明强干的中年男子凝视着散聚无常的流云，深沉地思索着。这是第几次晋京？他记不得了，每一次他都肩负着艰难的使命，而这一次，他感到身上的压力最重——那一片令人炫目的海区，那一艘庞大的钻井船，那一颗颗赤诚的心……仿佛都沉甸甸地装在他的胸襟里……

四天后，一架直升机从龙门石油基地升空。送行的人比往常多得多，最老的有年过六旬的长者郭欣，最小的来到这个世界不到两周，他躺在雪晴的怀里，睁开和钻井队长大梁几乎一模一样的眼睛，好奇地望着这个陌生的世界。

陆烨走到雪晴面前，深情地低头吻了一下婴儿的小脸，用眷恋的目光看着雪晴。

"走了。"

"嗯。"她咬了咬嘴唇。

他真的走了。刚走出十多步远，突然又回过头，快步向这没有血缘关系的母子俩走来。他拉开出海提包的拉链，掏出了那顶印有麦哲伦号吉祥物的遮阳帽，帽上那只金色的海豚，在阳光下耀人眼目——

人们围拢过来，看着陆烨默默地把这一特殊的礼物系在新生婴儿的襁褓上，前后左右都动情了，老郭欣热泪纵横，周围一片唏嘘……

直升机腾空远去，向南，向南……终于，飞临那个叠翠浮金、令人炫目的海区。在那个巨大的橘红色浮标上，直升机悠悠地打了个转，悬停在空中。遵照海洋石油工人的妻子丁玉琼的遗言，马上就要登上马可·孛罗号的中方工人代表陆烨把她的骨灰撒在浮标的周围，还投下一个雪晴亲手用鲜花编成的小花环，花环挽带上写着：

你们献身大海，大海属于你们

——献给与大海永存的爸爸和妈妈

海洋石油工人之子：梁海

海　响

海响，亦称海吼或海鸣，台风来临前两三天，沿海可听到海响。其声嗡嗡如远处飞机，又如海螺号角或远雷回旋，静夜尤其清晰响亮。当声响逐渐增强时表明台风已逼近。

——手　记

一

她终于听出是那微妙的声响，终于！

夕阳变成一个熟透了的大圆番茄，缓慢地沉落，溢彩浮金的海平面突然跳起来，吻它，咬它。粗鲁而又亲昵地把它用力拖进火辣辣的怀抱。它挣扎着，半推半就。霎时间，大海的胸脯被烫破了，流出金红色的血液。

她的眼睛，变成一颗炽热的火球。

一种黏稠、凝重的声响灌进她的耳朵里，仿佛遥远的海底有根粗大的琴弦在鸣奏，大海那金红色的血液，沿着听觉神经爬进她的血管里，爬进她的心里，滚烫滚烫。

“你听到了么？”

“什么？”

“海响——”

你摇摇头。什么也没听见。

“使劲听听。”

你笑了，还是什么也没听见。除了海浪拍击防波堤的喧嚣，你的感觉只捕捉到他的呼吸和那浓烈的男性气息。

“台风。台风要来了。”

台风又来了。他却远去了。

海风飒飒吹着，调皮地把这遥远而可怕的声息剪断，续上，断断续续。卢抗神情郁悒地吮吸着这个声息。仿佛在巨浪没顶的一瞬间看见一个救生圈，发现一张白色的风帆——可这声息会带来什么？恐惧、灾难、死亡、痛苦，缱绻不绝，遗恨绵绵……

她快支撑不住了。撑起心灵大厦的那根柱子在不停地断裂、崩塌。在会议厅、办公室，在一切需要她听汇报、做指示的场合，每分钟她都惊恐地听到自己意志力和忍受力吱吱嘎嘎被扭断的声音。晴天霹雳，任书记突然病逝！他是在大会上猝然倒下的。开会前一晚，他还把她叫去，通报了一个中央负责同志指令要彻底清查的大案——“龙建总”的问题严重得出人意料，让她这个市委党风调研组长大吃一惊。

“说老实的，当初我也怕，怕得罪人，怕丢选票。抓严一点吧，落个反对改革的名声，结果——唉，做人难哪！”年纪刚过半百的市委书记愠怒地蹙起眉峰，过早花白的短发竖起，宛如刺猬。

她打个冷战，朦胧看见迎面压来一座庞大的冰山。

她知道，搞“调研组”只是个过渡，她快要“上”去了，不闯过这个突如其来的漩涡是不行的。此刻提出回团市委，任书记肯定生气。谈到午夜，她决定硬起头皮向那冰山一头撞去。

第二天大会，她发现任书记眼圈乌黑。在讲话点到“龙建总”时，他情绪激动，甚至拍案而起，震慑了全场。会后，他们在休息室碰了碰头，要走的时候，突然，他脸色煞白，继而转灰，站不起来。市委副书记肖诚惊讶地上前搀扶他，可没扶住，他中弹般捂住胸口，一步踉跄就扑然倒地。从此，他就再不能充当她的保护人和支持者，撒手离开了这个嘈嘈杂杂、危机四伏的世界。

一个月后，她发现，不仅她面前横亘着一座冰山，身后，也有一座冰山逼来，她被夹在一条狭缝中苟延残喘，可能，再过几天，两座冰山合为一体，她就会被挤压成齑粉。

海风一阵阵吹来，随风而来的腥咸鲜活的气味，像一只只扑灯的飞蛾，钻进人的嗅觉。使人想到刚起水的大对虾、大螃蟹，想到大渔网里软绵绵、白脱脱地蠕动着的鲜鱿，想到破了壳的奶白色珍珠贝。可是，此时此刻，这不断干扰她的海风和气味却令她讨厌、恶心。她觉得胃液上翻，恍惚有一只飞蛾终于钻进胃里，它扑动着，不停地分泌出酸液，搅起轩然大波。

怎么了？几天来，她每时每刻都惊恐地意识到一个可怕的威胁。完了，肯定是——她如同被雷击一样，全身麻木，变成一堆余烬死灰。这个月来，她一直提心吊胆，——千万不能出事！可是越怕鬼越见鬼，这冤孽说来就来，而且在这种时候来！

报应。

恐惧、羞愧、不堪重压的绝望，像高高涌起的浪头，一下子把她吞噬了。

耻辱是无法洗脱的，没指望了，越拖下去越糟，卢抗深深恨自己，当初为什么有那么多的顾虑、迟疑和惴惴不安呢？为什么故作矜持，偏要保持着那一段自欺欺人的距离呢？就因为提拔么？

他走了，就在那次台风以后。大周就身处异域，两年音讯全无。

唉，提拔的苦头，她算吃够了，一辈子都得付出难以估算的代价。

神气活现的码头管理塔楼，傲岸地沉默着，对渺小的她不屑一顾。她手里这个大案的主角——龙门建设总公司总经理邝南疆，几天来和他的公关部经理陆雯一直在这装修一新而又未交付使用的七层塔楼里处理“码头工程善后”。他过去是她在团市委的同事，现在却成了冤家对头。近来他一反常态，不再恭敬地把她的“调研组”当作贵宾了，避而不见，连电话也不接——昨天，她要当面核实几个材料，亲自出马，找上门来，一眼瞥见他的豪华皇冠车分明停在院子里。可碰了一鼻子灰。

他手下人挡驾。“邝总没有来。”用一句冷冰冰的话和一个白眼打发她，仿佛打发一个乡妇村姑。

一口浓痰从那倨傲冰冷的喉咙里迸出。“破——鞋！”两个字像浓痰，直射她的耳朵。霎时，她敏感的心像被浓痰击碎了，溅出自尊而屈辱的血。她转头怒目而视，可大铁门“砰”的一下关死了。她的愤怒撞到冷酷的铁板上。

欺人太甚！一定得找到他，一定要和他对上话，较量较量！卢抗怒火中烧。她推车走在长长的码头栈桥上，忽然站住，她醒悟了——她再也不能居高临下地去摆布邝南疆的命运了，她的命运也正被邝南疆摆布，她的命运像面食店里巨大的面团，被许多只手搓揉着，这众多的手中，也有邝南疆那双强悍冷酷的手……

她曾经被搓揉成一个女强人。

《时代呼唤强者》——《龙门日报》清样上的长篇通讯。她耳热心跳，一阵阵潮水般的兴奋涌动着—— 一篇座谈发言稿，被刘宇拿去三改两改，竟改得连自己也认不出自己了。“不，不，别发表吧，这不好。”她红着脸坚持——得做人呀！“你啊，谦虚是好的。可宣传一下不是为你自己嘛，现在需要这样的强者，吹一吹有什么不好?”任书记一锤定音。于是，阴差阳错，她被搓揉成“女强人”——提拔，再提拔……命运的华彩乐段似长长的栈桥一直伸延。可她明白，这终有尽头。

现在，她和邝南疆，都站在这个尽头上了，大概。

二

裙子被扯动了一下，一只小手在拉。

“阿姨，爸爸呢？回家，我要回家。”

一个小女孩怯怯生生的尖细嗓音。

元元眉清目秀的杏儿眼，正仰着看她，眨巴着泪汪汪的大眼睛。糟糕，竟把元元给忘了。

临下班，老陶推门进来。他是“调研组”副组长，建设银行的总会计师。一团乱麻似的案情忽然被他找到了头绪，他突破了一个知情人！两百台进口汽车的批文倒卖基本搞清来龙去脉——邝南疆正处在这个污浊漩涡的中心！

进出口的批文可以卖大价钱，她过去闻所未闻。一张纸上盖几个权威机关的公章，可以值十几万、几十万乃至上百万，还有回扣，私人全装荷包，叫“代代（袋袋）平安”，生意场上五花八门的狡诈诀窍令她眼花缭乱、头皮发炸。邝南疆手下的“五虎将”，没一个干净的，全都掉进这口肮脏的深潭里。邝南疆则是个谜，他有没有收回扣？收了多少？答案像一只难以捕获的猎物藏匿着，“调研组”每个人都大睁眼睛搜寻着蛛丝马迹，渴望着那最后一扑……

桌上电话铃骤响，卢抗伸手接电话，话筒里竟传出一个小女孩的哭声——

“呜——爸爸，快来，我要回家……”

她懵了。一下子又明白过来——这办公室原来是邝南疆的总经理室，“调研组”来后，他客气过分地把这间豪华办公室让出来了。今天是星期六，幼儿园的孩子全被家长接走，而邝南疆的女儿元元却被遗忘了。她还真行，竟还会拨电话！

卢抗倏然有了主意。

元元的妈妈苏志英得了白血病，长期住院。卢抗匆忙交代了工作，赶到幼儿园接元元。过去搞专案的一套不行了，案子越辣手，越得别出心裁，居高临下式的，鼠窃狗偷式的都无济于事，对前恭后倨、人情淡薄的邝南疆，偏得用人情治他——用单车驮着元元找他，看他怎么办！一边办你的案子，和你较量，一边对你讲人情味，新鲜？有挑战性？反正，得出其不意，搞出点名堂来。仁者无敌。

单车驮着元元直闯码头，又看到他那辆白色的豪华皇冠——可是，仍然吃闭门羹！

这个没心肝的爸爸，为了和陆雯在塔楼上幽会，竟连女儿来到大门外也不见！卢抗气得发抖。

“你爸爸回家了。阿姨领你回家吧。你家在哪儿?”

元元两眼一闭，小鼻子一皱，嘴一扁，哇一声哭了：“我不——知道，我要妈妈……”眼泪鼻涕滂沱。

“元元乖，不哭。啊，不哭。”手绢遏制着眼泪鼻涕的攻势。卢抗捧着元元的杏儿脸：“阿姨先领你去吃饭，再去妈妈那儿，好吗?”

元元呜咽着点点头。

太阳大口大口地喝着海里的血。喝饱了，醉了，一头栽倒、淹没。再也不能从血海里抬起头。

“呜——”海响！这个躁动不宁的精灵在回旋、奔突，顽强地钻进卢抗的躯壳里。

战栗。一阵海风摇摇摆摆袭来，和心底透出那股寒气相搀；舔着她的衣裙、她的肌肤，舔着她陡然突起的鸡皮疙瘩和凛竖的毛管，一个熟悉的旧梦蓦地掠过她的心境——

海疯了。狂暴地跳着，嗥着，冲上陆地，吞噬了家属区一大片竹棚。一栋栋简易的家属房被烈风撕开、揉碎，呻吟着消失在张牙舞爪的大潮中。他，还有她，扶持着，喊叫着，为寻找被大潮围困的人在风浪中跌跌撞撞地跋涉。

切骨剧痛!

一枚尖利的长钉扎进脚掌。海水嘶嘶地吸吮汩汩流出的血，吸吮着骨髓。她瘸了。他看看她的脚，一声没吭，猛然把她背起——

黑暗。一个山洞？一条隧道？这个世界不存在了，只剩下夏娃与亚当……

草丛起伏。一只小白羊。

唉，算了。一页珍贵而残缺的记忆，一笔债务，一段未了情，一个不堪回首的污点。

天暗下来了。

“坐好了。元元，咱们找妈妈去。”她把元元抱上单车前梁，离开了长长的渡轮码头栈桥，吃力地向市区方向蹬去。

三

他们在塔楼上。肯定!

卢抗仿佛感觉到一道幽幽的目光似根无形的长线，黏在她的背上。她回头向塔楼张望一下，暮色中，塔楼上映着落日余晖的宽大落地窗前似乎有个人影伫立。

他们在塔楼上干什么？正在……

不，恐怕不仅是幽会。他们在这里待好几天了。她看见了他们——

站在窗口眺望的，是陆雯？这个摩登窈窕的小美人儿，此刻一定在冷冷地目送我的背影，涂着猩红唇膏的嘴释放着蓄积已久的冷笑，像个诡计得逞的女特务，邝南疆呢？一动不动地半躺在安乐椅上，连眼睛都不睁一下。这个三十五岁的暴发户；身上最后的一点感情和人情味都被铜臭挤出了皮囊，把女儿遗忘了，扔掉了，没有丝毫恻隐、内疚，只顾着紧抿住两个叠起火柴盒似的厚嘴唇，一手捏住强悍有力的方下巴，转动着他的十二门心思盘算着过关的诡计——“大动作”!

这“大动作”有几拳几脚，卢抗能估中几分。

转移和收拢非法资金，这是他们肯定要打的一路拳脚。

几年间，“龙建总”像一个被压缩空气猛然吹起来的大气球，膨胀得吓人。除了承包大量工程赢得巨额利润外，靠转手贸易、倒卖批文、倒卖地皮房产、做海南汽车生意，秘密积累了七八百万元的资金，这些秘而不宣的资金，邝南疆几乎全部以工程预付款名义“放空盘”，分散到十几家有协作关系的乡镇企业中去了。只给各方土地爷一万几千“手续费”，他们什么发票都敢开，什么款项都敢转账，神仙也查不出来。现在银行银根收紧，停止贷款，转手贸易和批文倒卖纷纷“出烟”败露，“龙建总”整个庞大机器有运转不下去的危险，收回“空盘”上的资金，成了邝南疆殚精竭虑的当务之急。可是，那些乡镇企业不是鱼鹰，要他们一个个马上把巨额资金吐出来，比逼鱼鹰把到嘴的鱼吐出来要难得多。邝南疆有这回天之力吗？哼哼，难！

逆风。卢抗拼命蹬着车。车子似在沙漠中行走。每当她俯下身来用力，元元被风吹起的柔软头发就喷洒到她脸上。元元大概好多天没洗头了。有股气味很难闻。

恶心。

他就这样当爸爸、当丈夫？冷血动物！

人情的武器真穿不透他冷漠的防弹衣？不信！来几次短兵相接的对峙，总能找到他的弱点，找到机会……

可是，你拼命挣扎，能挽救你自己吗？你再也不是原来的你了，一切都将是徒劳的。

机会，曾经有过，可你轻轻放过了——

一封信躺在桌面上，安安静静。它会倏地变成一把匕首、一支上了膛的无声手枪。这是“调研组”进驻“龙建总”第二天的一个重大收获。你来得尴尬，一来首先就得出榜安民：我们来不是搞运动，不是工作队，只是来“调查研究”——自欺欺人！在中国，“工作队”、“调查组”成了个不祥的符箓，堂堂市委也得绕开走。你没想到，邝南疆很有气派地隆重而热烈地用超规格的标准接待了你，你也没想到，下车伊始就有一个匿名者送来一份厚礼—— 一封揭发信。信中揭发总经理邝南疆以权谋私，把姘妇陆雯安排到公关部掌管大权，终日花天酒地，大搞腐化。列举了几个露骨的细节，比某类小说描写更具可读性。

"信，看了吧?"副组长陶总划火柴点了一支烟，忐忑地向信瞥了一眼，仿佛那是颗定时炸弹。他还是抽他的"红梅"，陆雯昨天送来的一条"555"烟，还有一个精致的台式金杯打火机，纹风不动地被冷落在案面。

点点头，看过。

陆雯你早就认识。这个省内小有名气的女才子，是从省城带着一个创作计划来"挂职"深入生活的。前年，邝南疆恰似明星在龙门市升起。她首次来采访，你还是团市委宣传部长，两人曾在邝南疆还不太奢华的会客室里不期而遇。

她和你并肩坐在一张金黄色的藤沙发上。她是一朵盛放的鲜花，在你身边无所顾忌地纵情展现自己的娇艳和魅力。灿若云霞的红晕，顾盼生辉、闪动着灼灼的钦羡和崇拜的眸子，那一声声仿佛发自心灵深处的赞叹，轻而易举地使一个健壮的男子浸泡在舒服、亢奋的氛围中。相形之下，你像片蔫了的叶子，苍白、枯涩，失去了水分和光泽，你心里涌起了酸楚和妒意。

你还清楚记得，她当时那一声颇能引起许多敏感遐思的赞叹："哟，你成了富甲一方的大老板了嘛，我要来干干，你要不要我?"

当时你心头掠过一丝不快。可理智告诉你——她崇拜他，这很正常。你也在崇拜这个没有进"梯队"而毅然跑出去干事业闯天下，一举成名的硬汉——你也是女人，也是那种崇拜英雄、崇拜强者，容易倾心于男子汉豪雄的力量和胆魄的女人。不过，大庭广众中，你必须用严肃端庄的闸门来管束你起伏不定的情欲，谁叫你进了"梯队"，又是个女人呢?你的内心世界被压缩得只有单人床般窄小，你的思绪只能像小偷一样蹑手蹑脚在那小天地里徘徊……可你还是暗暗拿邝南疆和他比较了，你发现，他们在气质上竟有一点共同之处，都是认准了目标死不回头的汉子。

"这样的人，太少了。"他说。

"邝南疆?我担心他干不长，都说他出格，狂。"

"中国什么人都不少，就缺几个这样的狂士，冒险家。"

冒险家。邝南疆确是个冒险家。你补了他的空缺进了"梯队"，他离开团市委后却跑去承包了市建公司一个十五人的青年工程队，家当只有五百元，雄赳赳打到深圳特区闯天下。开始挖土方，两周后承建了一项简易仓库，不出两月，这个临时聘用了三名青年助理工程师的小建筑队，竟胆大包天承包起建设一条商业街的大工程！他们闪电般拿出最佳设计和图纸，闪电般中标，又闪电般用工程预付款购置了打桩机、吊车等重型设备。当有人控告他们是一群无资金、无设备、无能力的骗子，有关部门派员到工地查处时，他们的工地早已机声震天，俨然是家大建筑公司在作业了。两年后，这支在特区“发”起来的队伍滚雪球般越滚越大，杀回龙门市，成立了在全国各地拥有二十多家分公司、联营公司的总公司，把攫取利润的触角伸展到全国……

“你也想冒冒险，做个他这样的大老板？”

“我？准备冒险，但不做老板。”

他终于冒险去了，漂洋过海，在异国海域打井找油。

时势造英雄。

邝南疆是什么英雄？枭雄。卢抗艰难地喘了口气。单车在下坡，省力多了。一个古怪的问题蛇一样爬入她的脑际——你当初为什么会做出那个叫人瞠目的举动？你给这个枭雄让出一条华容道——

……掌声、喝彩，汇成暴雨狂风，那是在“龙建总”的成立大会上，你似乎才认识了什么叫作改革家——他刚被树为省劳模，陆雯写他的报告文学《创业艰难百战多》刚引起轰动，他被誉为龙门头号改革家。他口若悬河，激情有如火山喷发：

“什么奖金超标准？不对！我的经济效益高，大家辛苦赚来了钱，就该奖！堂堂国营职工拿钱比不上炒田螺的个体户，讲什么社会主义企业优越？哪个服？敢奖，就优越，不敢奖，优越个屁！”

“国营职工要敢于与个体户比富，国营企业也要让职工富起来才能显示社会主义优越性！”……痛快淋漓！他几乎控制了大会每一根激动的神经。一个小伙子在欢呼中情不自禁，跳起来高喊：“邝老总万岁！”全场一愣，紧接着炸开，掌声如雷，如海涛，如山崩。卢抗眼中，出现一条桀骜不驯、吞噬一切的洪流，在滚翻、在颠扑，在呼啸着伸延……

真是个改革家！当时，她血脉贲张，他在台上挥动双手的姿态，烙刻在她磨洗不掉的记忆里。

如今，这个形象一变，变得狰狞可怕，露出一条大尾巴——经济问题。你还没来得及看个仔细，又冒出一条可能更丑的尾巴——男女关系。他要完蛋了。人们并不关心是陆雯的文章成全了他，还是他带携了她，反正，只要含糊地暗示，他感激她，她也报答了他。都用了特殊的方式……这就够了。

“陶总，火柴——”她拈起了桌面那封信。陶总眼镜片惊慌地一闪，大惑不解，迟迟没将火柴扔过来。她走过去，按动了金光闪闪的台式打火机，“咔嚓——”

“烧？这——”

“烧。”

“……”

一朵橙色的小花跳了跳，倏地变成一条明亮的黄色大舌头，一舔，匿名信迅速化作青烟，化作灰烬。

“匿名信不算数。不管对谁都一样不算数。这件事，请你明天在大会上宣布一下。”

微微舒了一口气，这是积聚多年的一口恶气。陶总沉默着，看着纸灰发愣。

匿名信的苦头，你吃够了。在兵团、在大学、在机关……它像影子一样跟着你，你被提拔，它也提拔，迫得你天天左顾右盼，夹起尾巴做人，而且，常常强迫你忘记自己是个女人……

“调研组”再也没收到揭发信，匿名的没有，署名的也没有。机会失去了。骇人的冰山却矗现在她面前，越逼越——近。

没有人给她让开一条华容道。

四

一个人站在窗前，余晖撞在他的宽额头、高鼻梁上，在他的脸上冲压出一片闪亮的金箔。

他就是邝南疆。

公路宛如黑色的长蟒，一个小白点在蟒身上缓慢地爬动着—— 一个带小孩的白衣裙骑车者。他眯着眼睛眺望着，天暗下来了，他脸上的金箔黯然失色，消失了，小白点也消化在浓重的暮霭里。

“只有这样办了——把上头提倡的这面旗子抓过来舞舞，再冒一次险。”他仍在眺望，目光竭力要穿透那一片迷蒙的暮霭。

一个穿着宝蓝短套裙的漂亮女孩子——陆雯，从宽大的瑞典式写字台上一堆材料中抬起头，表情冷峻，若有所思：“卢抗蹲在公司大楼里，还敢搞你的‘猫爪战术’？冒险!”

沉默。他的眼睛仍在呼唤那雾翳里的目标。迷茫中有一线亮光——汽车的灯光。这亮光很快熄灭了，远处一片昏暗。

“冒险也是门艺术。”他说：“在中国，想办成事，就得冒险、抢红灯。等绿灯亮了才起动，一辈子别想发达。”

“太精辟了！可以编入《南疆语录》。”她调皮地笑笑，“可是卢抗肯定会知道。吞并十三家企业，上千人，这么大的动作她一干预就办不成了。有人说，她要接班。”

“哼，她？算什么东西？她玩得过肖诚?”他回头看着陆雯。女人容易坏事，是时候了，得和她分手。尽管一下子很难割断情丝，但这也是为了她好。他坐到沙发上，胸有成竹，点燃一支烟，柔声说：“不过，我先退一步，让卢抗得意去吧。你，还有‘五虎将’，来个金蝉蜕壳，暂时调开，集中精力搞‘大动作’，你们都离开龙门，这里由我一个人先顶着，只要‘大动作’一搞成，我马上在各大城市开设分公司，你们都去当第一把手，广州、上海随你挑……”

“我不——”

“就这样定了。”他突然严厉起来，刚才还是如炬灼人的目光，变得鹰鸢一样冷酷峭刻。

她咬着嘴唇低下了头，披肩长发垂落到光可鉴人的桌面上，泪水漫出了眼堤。

五

白色的墙。

白色的长椅。

白色的门帘、白色的床、白色的人——白色的世界!

她打了个寒噤。自小她就怕进医院。国外，有不少医院把基本色调换成天蓝色，安详、静恬。白色不是健康的颜色。

恶心又出现了。她恐怖得几乎窒息。怎么这么倒霉，唉！

拖着软塌塌的双腿，像踩着棉花，又似陷入泥淖。内外科找遍了，竟没有苏志英这个病人！她急了，额头沁出密密的细汗珠，双眼渐渐恍惚迷离了。

“阿姨，妈妈呢？我要妈妈。”小元元拉住她的裙子，不肯再走。

会不会在综合区——“高干病房”里？卢抗背起元元，径奔六楼综合区。苏志英果然在这里！但是，值班护士说，苏志英刚抢救过来，现在正在特护室输血，谁也不能进去。

“刚才输的血还是你们‘龙建总’找来的呢！一个电话打过去，你们总经理室马上就从海军医院血库中把血提来了。除了一个活人的脑袋，你们什么都能搞到！”护士是个圆脸姑娘，翘起嘴角冷笑，话中浸透着冷讥热讽：“这个病人比部长、局长还高级，她的血还真不好找，AB型，怪得很，A型血和B型血输不进去，要是今天找不到AB型的血就危险了。”

哦，AB型。卢抗恍惚记起，自己也是这种血型——记不清在哪儿听说过，这是一种多愁善感、心胸狭窄的血型。

元元哭着、闹着，好不容易哄住，却又在沙发上枕着她的大腿睡着了。

多愁善感？恐怕有点。心胸狭窄？冤枉。机关里，有人还说她会做人，是能和百药的“甘草”，是“和稀泥专家”！

唉，“做人”！

“你能当官。因为，你会‘做人’。”

“我倒愿意做个猴子。”

“‘做人’，也是一门学问，怎样学的？天生的？”

“逼出来的。”

“人人都学会‘做人’——极乐世界。”

他长长的一声呼哨，似针一样刺痛了你的耳膜，你的心。

直升机颤抖着，憋着劲，抖出一串雷霆。要起飞了。

舷窗。一个圆圆的小世界。第一次坐直升机，你好奇地满足地睁大眼睛。突然，一辆白色面包车猛地冲过小机场大门，守门的在后面追着、叫着什么。出什么事了？

面包车一直向直升机冲来，后面远远追来几个人：大胖子机场主任、守门的、武装警卫……真出事了。

面包车直逼直升机的肚皮。直升机慌乱地打了个哆嗦，雷霆似乎一下全逃逸了。你看见他——他从面包车上下来，狂风吹拂着他那一身红色连体工衣，一头乱发。一个红色的怒目金刚。

机舱里，省委书记、市委书记、陪同参观石油基地的干部们，全都摘下防噪音耳机，不安地交换着目光。舱门打开。他似一团火烧进来，烧得炫人眼目。

“我找市委任书记。”他敏捷地向机舱乘客扫了一眼，倏然发现你坐在书记们中间，一星惊愕的火星在他眼中一闪。

“什么事?”任书记微微蹙起眉头。

“钻井平台上下来一个重伤员。要马上送过海那边海军医院抢救，想搭你们的直升机。渡口堵死了，船不开。只好打扰了。”

肖诚书记客气地笑笑：“你看，我们这飞机——坐满了。”

他向肖副书记冷冷一笑，目光一转，紧盯着你。他身后突然响起一声怒喝——

“干什么干什么？下去，给我下去!”

他冷笑着，抱起双臂，傲然堵住舱门伫立。他身后，一声声愤怒的叫喊，从这团沉默燃烧着的火焰间隙中钻进来，可外面的人始终挤不进来，钻不过这道火墙。

省委书记惊讶地回头看了看任书记。任书记附耳向他嘀咕：“……姓周。……人大代表。……劳模。副船长……”隐隐约约。

你红着脸，鼓起勇气。“我——下去吧？这个座位……”

他仍在冷笑：“一个位置不够。伤员得要人护理。我们还要请任书记、肖副书记下去，去看看龙门奇观、世界第一的汽车渡轮码头。请吧——”

面面相觑。沉默像头怪兽，一口把机舱里的空气全吞了。闷热，缺氧，人人昏昏然。

省委书记沉吟一阵，嘻嘻一笑：“那——只好这样啰，救人要紧。”

机舱重新有了空气。乘客如释重负地活过来了，任书记带头走下机舱……

汽车渡轮码头。人山人海，拥挤不堪。等待渡轮的车辆排了足有两公里长，但渡船一艘也没开动，全泊在岸边，像一头头吃饱喝足的大河马排着晒太阳。

一群外国人焦急地站在渡口，无可奈何。一个大胡子洋人举起照相机，转动着炮筒般的长焦镜头，把渡船上的船工打瞌睡、抠脚趾、挖鼻屎的镜头拍下来——船工们对常来常往的外国人熟视无睹，丝毫没有在外人面前"做人"的打算。

"为什么不开船?"任书记绷紧了脸。

渡船全"坏"了，"停航修理!"实际原因是：上月刮台风，渡口所防风不力，沉了一条渡船，被交通局扣发了全月奖金。

"船坏了，可谁也没见有人动手修船，让几千人、几百台车半天半天耗着，多节约！这群外国石油专家，一小时工资上百美元，最高的几百美元，谁来算过这笔账?"他两眼闪动着奇异的火光，你站在他身边，听得见他的拳头捏得窸窸有声，感受到他全身逼人的热辐射，他整个人似乎变成一桶瞬间就要燃烧的汽油，一桶危险的"TNT"。

"外国人在看笑话，影响太坏了。这问题一定得马上解决。"任书记眉头打结。几条船的负责人找来了，他们畏缩、恭敬地站在一旁。市委书记命令立即开船，可船都"坏"了，只有一条说勉强能开，会不会出问题，谁也不敢说。任书记脸色铁青，跳上那条船，亲自指挥开船。

他蹲在岸上，眯起眼睛远远看着，嘿嘿地冷笑。

"你笑！笑什么?"你气爆爆地回头瞪了他一眼。

"你的大人物们不好做人了，就值得恼成这样子?"他恶作剧地眨眨眼睛："这不过是小菜一碟。连开一条渡船也要市委书记亲自出马，那交通局长、渡口所长、船长们都白吃干饭去了？你那个大机关能办多少事?"

"你能干，你怎么不上船去?"你真想和他吵架了。

"要我干，我就不是这样的干法——我不会'做人'!"他站起来，向熙熙攘攘的码头瞥了一眼，掉头扬长而去。

现在，你有点权了，可是被夹在两座"冰山"中间，你怎么"做人"?

责任感和自我保护意识撕咬，心乱如麻。

眼前这座冰山，已经在阴森的云山雾障中显露出狰狞骇人的轮廓——邝南疆手下以蔡卫国为首的"五虎将"，全是手眼通天的名门之后、皇亲国戚——

京都某领导之子，省副省长的女婿，原某军种副司令的孙子，某财厅厅长的弟弟……这两年，买卖“批文”、转手贸易，所得暴利都以各种冠冕堂皇的名目转移了。公司账本上，这些交易没有丝毫反映和显示，全都来无影去无踪。

更叫人瞠乎其目的是，有关部门查出，“五虎将”竟在香港有巨额存款！正是这个绝密的通报，使任书记矍然失容、震悚不安。是他亲手给邝南疆戴上龙门头号改革家的桂冠，他一直以龙门市有“龙建总”这样一只下金蛋的金母鸡为荣，没想到这只“金母鸡”会朝他有隐患的心脏狠狠啄了一口，令他抱恨而终。

卢抗大惑不解：“龙建总”前后两任党委书记，都是党龄长、资格老的老干部，却异口同声对邝南疆赞不绝口。现在明白了，原来，他规定：党委书记拿最高的工资奖金，住最好的房子，坐最高级的轿车，用最豪华的办公室，可以用谈生意和公差名义长期在各地名胜游山玩水……总之，他把书记像菩萨一样供起来了——而这一切，都被报刊舆论颂扬为服从党的领导，尊重老干部！

然而，费尽九牛二虎之力，调研组仍然未能突破邝南疆的难点，从混乱得令人吃惊的账目上怎样也抓不到他的把柄。

唉，冰山！

最令她毛骨悚然的，是从背后压来的这座冰山，它像是专门为毁灭她而在一夜之间矗起的——她似乎反而被对手抓住了把柄！

那天，她回宿舍。打开门。地上有一只故意剪破的绣花女鞋，破鞋显然是从打开的气窗扔进来的，像一条张着嘴的死鱼，一条色彩斑斓但又臭气熏天的鱼。鞋跟上粘着一张长长的字条，蜷曲着，似一条随时都会昂伸起头来咬人的白花蛇——

她用脚尖拨动了一下字条，墨迹未干的字像一只只癞蛤蟆跳起来咬破了她的眼角膜：

“破鞋整人绝无好下场！”

她厌恶地用两只手指拈起破鞋，气得发抖，真想把它扔到垃圾桶里，转念一想，留下了。用报纸包好，带回“调研组”办公室里。

陶总看着办公桌上的破鞋，默默抽着烟，良久不语。他是从建设银行抽来的，查经济是个行家里手，但一碰到政治上的倾轧纷争，他就退避三舍。

“还有难听的，你还不知道呢。”陶总张开嘴，露出一只只焦黄的大牙，悠长地释放了憋了半天的一口烟，似乎要让烟把闷在喉咙里打转的话带出来："市委大楼里，有人悄悄地传，你和任书记有点那个——呃，不大清白，还说，你偷偷去医院做过人流——"

气管被割断了，心脏被剜开了，裸露的神经被撒上一把盐，她听到自己灵魂深处发出一声凄厉的叫喊，震得全身都在簌簌地抖动。

幸好，没有喊声，没有泪水。喊声和泪水都在愤怒的烈焰中挥发、升华了。她坐下来，盯着陶总，冷冷地问："还有什么？"

"没有——呃，没有了。唉，本来不想告诉你，不过，你知道，也好……"

"谢谢您，陶总。"她小声说，转过身来，眼睛濡湿了。

飞短流长会传到省城，传到刘宇耳朵里吗？肯定会。只是天真的傻瓜才会幻想这些谣言只能覆盖龙门这方圆五十平方公里。

刘宇会怎么样？妒火焚身？不动声息？难猜。和他在一起，本来就得多一个心眼。

"谈"了几年，一直秘而不宣。像一杯次等茶，越泡味越淡。和他真没有什么好谈的。自从她生活中那一个区域出现了愁苦的空白，这位腼腆、文雅得像女孩子似的市委书记的秘书，就经常出现在她面前，悄悄地顽强地，一点一点填补着这块空白。三年多了，一再谈到结婚，一再耽搁。他调到省里，说看看再"办"，她同意了。前些天他从省城回来，参加任书记的追悼会。他哭了，泪涌如泉："哎，好人没好命……"他说了又说。他当然应该感激任书记，没有任书记，他不可能认识她，更不可能调到省里，三步并两步由市委书记的秘书提到外经委副主任的岗位上。

从追悼会场出来，她要回"龙建总"大楼上班，他两眼通红地陪着她一道走，悲痛也似团滑腻的湿棉花一样塞住了她的喉咙，两人沉默地走了好长一段路，他忽然腼腆忸怩地说："小抗，咱们……先回家吧……"

回家？她惊讶地看他一眼。他又急于干那种事，而且在这种时候！

"我想……想你，很想——"他小声说。

她摇摇头，什么也没说，转身走了。

晚上，一切抗拒都再次成了多余的，她又服从了。她恨，恨那个昏乱的夜晚，恨刘宇，也恨自己……

现在，只有结婚了，刘宇说过国庆结婚。她还得提早——

她心里一阵凄凉，怎么落到这步田地？靠结婚来解救自己！唉，多愁善感，可怜、可悲复可鄙的女人！

六

“医生说，你们可以进去了。”圆脸护士轻轻说，看看表，又吩咐：“不要谈得太久。”

恍如大梦初醒。

进不进去？她为难地看看睡熟的小元元。叫醒她于心不忍，怎么办呢？她要见妈妈，当妈妈的也一定想见见她。

卢抗终于踏进特护室，没弄醒元元。元元在长沙发上睡得很甜。空气中弥漫着一种特殊的药味，像一把钩子，一下子又把她的恶心勾起来了。慌乱中，她看到了一张惨白得几乎透明的脸，这脸庞虽然消瘦得只剩下一对病恹恹的大眼睛，但轮廓还残留风韵——她以前是个俏俊人儿。

“您好，我是——团市委的。”她突然意识到自己的身份，这会使病人感到突兀、不安，一下犹豫起来。恶心的感觉更加明显，仿佛刚吞下了一只滑腻腻、活跳跳的青蛙。“您……觉得好点了吗？”

只能说句套话。躯体里的青蛙挣扎着，抗议着她的虚情假意。

病人虚弱的目光在她的脸上滑动。她感到那病入膏肓的目光冰凉、阴冷。俄顷，苏志英疲惫地闭上了眼睛。

谢天谢地。卢抗赶紧深吸了一口气，想压住兴风作浪的胃液，可终于忍不住，她狼狈地奔进卫生间，把酸水吐在抽水马桶里。

苏志英的眼睛又睁开了，幽幽地看着从卫生间里忐忑不安地走出来的她。病人冰冷的目光乖戾地抚摸着她，她脸上的皮肤被冻僵了，皮下的筋肉在痛苦地痉挛——

“我认识你，你叫卢抗……坐吧。”

苏志英竟还认得自己！她们见过面，几年前在一次舞会上。就这一次。她像瞎子一样忙乱地在语言仓库中摸索着，没话找话：

“听说，您病了，我一直都没来看看，真对不起……”矫情和愧疚碰撞着、搏斗着，怎么这样笨拙和木讷？她惶恐不安。好在，苏志英没有像邝南疆那样仇视她。

“我早就该来了——”

“谢谢，太打扰你们了……”病人惨惨一笑，令人感到可怜、可怕。“你们工作忙……我不想给添麻烦……可是……”

可是什么？卢抗突然产生一种渴望。

“……我、我有些事情放心不下，总想……找个人说说……”

卢抗看见病人眼里奇异的波光一闪。她深吸了一口气，关切地坐到床边，轻轻地把皱巴巴的床单拉拉平，用眼波向病人送过去几分同情和期待——她是“龙建总”的会计室主任，是“财神”，一定知道内幕。

“也许，我的病也到该说的时候了……”

“千万别这么想，现在，医疗条件好，应该有信心——”她到底想说什么？卢抗巴不得她说下去。

“我最放心不下……是元元……她爸爸。”

她要说了！卢抗屏住呼吸，轻轻握住她的手，抚摸着，希望柔情能稳定她的情绪。

她喘了一口气：“……市委，有人要整他。其实，他没问题，一分钱没装荷包，真的。你们老同事了……你，要帮帮他……”

她说的是这个！失望猛然掏空了卢抗胸中所有的热情和期待。病人无神的大眼睛定定地盯住卢抗的脸，有点神经兮兮，两只惨白的手骤然抓住她的小臂，冰冷得叫人发慌、发虚。想不到这个奄奄一息的女人也竟会以攻为守，先发制人。

她知道丈夫不忠吗？为什么至死还在维护他？唉，这个身患绝症的女人不单自己在“做人”，还要替变心的男人“做人”，一幕悲剧！

“我……”心跳。一时语塞。灵机一动：“现在，只有你才能帮他了——把情况摆清楚，谁也不能乱整人……”

病人长叹一声。闭眼摇摇头，沉默了。

给她一个暗示，谈谈邝南疆和陆雯？不，这样太残酷，太不会做人——面对一个病人。

“我把元元带来了，在外边，我抱她进来。”卢抗起身，把睡眼惺忪的元元抱进病房。

“妈妈——”元元张开双臂扑向病床。

苏志英搂住孩子，眼泪似钟乳石上渗出的水珠，眼睛却直勾勾望着她。卢抗见不得人掉泪，急忙转过脸。突然，她清晰地听到宁静的走廊里传来一阵由远而近的脚步声。强悍有力的皮鞋掌钉和轻捷的高跟鞋有节奏地敲击着花阶砖地面，像一根根钉子钉进她的耳朵里。

元元转过小脑袋，突然怯怯地望着门口："爸爸——"

邝南疆和陆雯出现在特护室门口。

一场猝不及防的遭遇战。

乖巧伶俐的陆雯愕然的脸上首先释放出甜得腻人的笑容："哎——卢抗同志，您也来了？"她象牙色的手臂伸出来晃了晃，立刻又应付自如地缩回去，涂着红色指甲油的纤长手指优雅地攀着小巧的鳄鱼皮手袋细长的带子。

邝南疆板着脸，灼人的目光轻蔑地在卢抗面上打了个转，立刻越过卢抗投向病床上的妻子女儿。他傲然迈步，径向妻女走去——仿佛卢抗只是病房里多余的一把椅子、一件摆设。

脸上的皮肤被烫熟了。受辱的感觉似着了火的汽油沿着神经蔓延。突然，她自尊地高昂起头，向前跨了一步——

"您好，邝总经理！"她坦然大度地向他伸出右手。

邝南疆眯起眼睛，那只伸到他面前的手挑战似的挡住了他的去路，但他瞬间就把脸上微露的窘态打扫得一干二净。他向她微微点点头，竟不理会她的手，即刻急步趋前，做出一副急切与妻女晤谈的样子。

卢抗冷笑着，咬住！今晚一定要和这位不可一世但又岌岌可危的风云人物对上话。看看他表演吧！她冷冷地坐在病室的沙发上。看他抱起元元，坐在病榻上，温情脉脉地与妻子絮语连绵。

她忽然又恶心起来，人哪，怎么变得这么冷酷，又这么虚伪！

陆雯打开冰箱，把带来的一大网兜潮州柑放进去。剥开一个柑子，招待卢抗："吃柑，这柑还不容易买呢，到外轮供应公司买，还得花外汇券——"

这是提醒？还是暗示？女人总要显示自己的存在。

邝南疆回头迅速地睨了陆雯一眼。陆雯立刻默契地沉默了。卢抗看见他眼里闪动着狡黠的光点，嘴角浮起一丝微笑：

"小陆，今晚我要陪陪志英和孩子，你先送卢抗同志回去吧！"

他下逐客令了，而且指定了一个押送的！

七

“台风警报……今年的第七号台风，在西太平洋上形成后，穿巴士海峡进入南中国海……目前，正以每小时十五公里的速度，向我国东南沿海靠近……中心最大风力十二级以上……预计，有可能在珠江口至海南岛一线登陆。”

暗夜冥冥。邻居电视机正黄钟大吕似的开着，声波牵引着一片黄澄澄的灯光，鬼魅般从窗口飞进来，她一骨碌从床上爬起来，愣愣坐着。没开灯。

台风真的要来了。

海啸！

暗夜饥渴地吞没一切光亮。黑色的风和黑色的潮主宰着天地。

“有人吗？”

“有人吗——”声音一出口就被风卷走了，没有回音。只有风的尖啸，潮的喧嚣，台风顶托起来的大潮呼天抢地扑来。临时家属区的人大概撤光了。

“没有人了。”

“大概没有人了。”

你伏在一个移动着的小岛上，胸脯发热。临时搭起的竹棚一栋一栋分崩离析，竹木横飞。抢险队的人全不见了，只有他，还有你，仍在瞎忙，企图找到被突如其来的大潮围困的人。一块木板，狼牙棒似的，龇着尖利的钉子在水底狠狠咬了你一口。他凶狠地咬着牙，拔出钉子。他变成一匹马，一峰骆驼，把安全全部给了你。

狂风。急雨。海潮从背后一阵阵涌动。前路一片漆黑，哪里是路？分不清。回不去了。

轰——哗！又一座竹棚被撕开、摧毁了。你惊叫。他把你往上提了提，两手把你的腿夹得更紧。湿淋淋的腿变热了，雨水、潮水、风，都变热了。

土堆上，有个集装箱房。门敞着，像头张开嘴的巨兽。避风的地方。

“进去吧？”他说。

"嗯。"潮水闪动着蛇一样的眼睛，舔着他的脚。

突然，想起刘宇。为什么想到他？不知道，他到省城去了。

你被放在一张桌子上。他紧挨你站着，粗重的呼吸像一只哆哆嗦嗦的手伸过来，湿漉漉、热烘烘地轻拂、摩挲，竟那么温柔、那么胆怯！你知道，他的脸挨得这么近，两人只要一动，肌肤就会贴在一起。你觉得脸上所有毛孔都张开了，每个细胞都大睁着眼睛，张着嘴。可是，他没动。你也没动。

陡然，你的手被一只健壮有力的小兽咬住。你的心"咚"的一下撞到喉咙上。你把手轻轻抽开。你明白，冥冥六合中，有一双眼睛——

那只小兽轻轻爬到你的头上，温顺地、小心翼翼地舔着你的湿发，只那么一两秒钟，又悄悄溜走了。

腿发软，腰肢也发软。往旁靠一靠，躺下来，会怎样？啊，真想。你靠了。靠在冰冷的箱壁上。你感觉到他紧紧逼上来，感觉到他低下头。你闭上眼……蓦地，怀里被轻轻撞了一下，他的脸紧贴到你被湿衫绷紧了的胸脯上。滚烫。一声呻吟，你软瘫了，头晕目眩……

草丛。小白羊。

小白羊的腿没在草丛里，低着头，磕磕碰碰向前走。一步一步，嘴里喷着青草的气息。热的。

没有眼睛。什么也看不见。只有混沌的烟雾。声浪，如歌如诉……

黑色的精灵呜呜作响，墨水似的海潮涌进集装箱。到处闪动着蛇一样的眼睛。

"不行?"

"嗯。"

"我抱着你走。"

"不——"你挣扎着要起来。

你变成一片羽毛，轻轻飘起来。他身上的热力和气息又传导过来了。你看见你湿衣衫下的每一块肌肤都在张嘴吮吸。你迷糊了，如痴如醉。紧紧搂住他的脖子，任凭他向深水蹚去。

"铃——"电话。

“小卢吗？我是肖诚。您好。半夜打搅您了——”主持工作的市委副书记半夜打电话来，还是第一次。她骤然紧张起来。

“下班前，没找到你，我请陶总到家里来谈谈调研组的工作。呃，问题严重啊，市里又收到新文件，要抓紧经济大案要案，‘龙建总’的问题，呃，要研究，明天上午，市委常委开个会，请你也来，谈谈情况……要狠狠摸摸邝南疆的老虎屁股，摆摆他的问题……我听说了，对你搞威胁、搞人身攻击，是吗？一定要狠狠查！要查出幕后策划者和指挥者，狠狠打击那股猖狂的气焰……我明天要亲自布置这件工作！说不定与邝南疆有关系！要狠狠揭……”

卢抗默默放下电话，耳朵里不断回响着肖副书记咬牙切齿的声音——狠狠……狠狠……狠狠……

怎么回事？一反常态，判若两人。

“上车，我带你。”

“上哪儿？”

“去见识见识一个场面。”他卖关子。

“哼！”你横坐上单车尾架。“去就去！我可没你这么大架子，三请四请请不动。”

“还一肚子气？”他跃上单车，把车子蹬得飞快。“当心变成氧气瓶。”

你撇撇嘴，不吭声。

中午，石油基地领导设宴招待来解决汽车渡口阻塞的老大难问题的市委副书记肖诚。为人敦厚、和和气气的肖副书记指名要见告状的人大代表大周，以表示谢意。你三次去请，他就是不露面，最后竟发了火：“去个鸟！鬼才去捧他那个场！”跑了。气得你脸发青。

“你们这个肖书记，会当官，很能解决老大难。难怪报纸吹捧他——”他在用力蹬车爬坡，说话却轻飘飘的，有点玩世不恭，让人分不清是赞扬，还是讥讽。

“你真认为他不错？”你警觉起来，不知他葫芦里卖什么药。他笑笑，宽阔的背像个音箱似的发出带共鸣的声音——

“培养几十年，培养出这等人物，还真他妈不容易！”

“渡口酒家。”渡口办的。单车戛然刹住。酒家门口满地炮仗纸屑，红红一片似遍地凤凰花落英。里面觥筹交错、人声嘈杂。喜气洋洋的酒气和鞭炮的硝硫味混成一体，直冲人的鼻孔。

好热闹的宴会！中午在石油基地的宴会中热情洋溢、笑容可掬的肖诚书记，如今又出现在这里。他方正的面上泛着红光，如沐春风，人们举着酒杯，轮番向他敬酒——

“肖书记，好呀！”

“肖书记，没有你撑腰，石油基地每个月的五千块钱哪里能到手？我敬你一杯！”

“肖书记，难得你这样关心群众的好书记，祝你高升！”

……

他坐在大榕树的石头上摸出一根烟，冷冷地面对酒家的喧嚣，很久很久才把烟点上，狠狠吸了一口：“渡口老大难解决了，怎么解决的？软硬兼施，要我们基地每个月拿出五千元，给渡口做补贴、奖金。沉了船明明是个责任事故，也不追究了，大慈大悲，普度众生，皆大欢喜。哈，拿共产党的钱为自己拉选票，真聪明得冒烟了。”

你沉默着，扭头看着在落日余晖映照下洒满了锡箔和金箔的海湾。

“这就是我们的好干部！”他发出一声深沉的叹息，眼里闪射出骇人的光芒。“当官的人人都争着做人，党就成了丑八怪！”

你怔住了。

“我要告他！给省委、给中央写信！”他把一支烟扔在地上，一脚踩灭，推起单车就走，忽然站住，回过头来：

“你，干不干？”

你呆站着，没有回答。机关工作的常识告诉你，这算不上什么大错误，甚至连缺点也算不上，也许，不少人还认为肖书记做得好、做得对哩！只要能维持庞大的一套机器运转，万事大吉。

“算了。没必要把你也拉上。”他忽然笑了。“我是个偏执狂。是吧？其实，我只是心里憋住一口气，我不信……上车！”

他的信发出去了，千真万确。可如石沉大海，没有回音。

邻居的电视机终于关掉了。四周安静下来，她的头脑却陷入深深的泥沼里，一团混沌——

一味强调团结、强调保护改革积极性、强调划清两种界线、素有谦谦君子之风的肖副书记，为什么一下子又一连强调了四个“狠狠”？

捉摸不透。

窗口透进房里的一小片橙黄色的灯光突然消失，黑暗顿时似铅一样灌满了这间房子。她的两只眼珠像被猛然摘去，什么也看不见了。

视觉失去的时候，听觉却格外灵敏起来。她确凿地从敞开向海的窗口听到了一个新鲜湿润的声音，像有人在远海里吹螺号。这螺号声融入铅液般沉重的空气里，突然使她疲惫不堪、浑浑噩噩的心灵一振：

——这是海响！

八

这一夜，蓦然听到大海躁动不安的信息的，还有另一个人，——卢抗的冤家对头邝南疆。

他失眠了。

从医院回到家，已经十点多钟。他让老岳母安排元元睡下，坐下来燃起一支烟，刚想动手草拟一份整顿公司财务制度的计划，客厅里骤然响起了“苏珊娜”的电子音乐——门铃响了。

谁呢？这么晚了。他心头掠过一个熟悉的预感，接着胸中卷起一阵热浪。但这热浪很快就落潮、降温，迅速露出了心底峥嵘冰冷的礁石。分手的决心已下，再想接上情丝，就不是邝南疆了。

门开了，不出所料，果然是陆雯。

“有急事？”他问。他极少让她到家里来，尽管妻子长期住医院。因为，家里还有个老岳母，他不想伤老人的心。

她笑笑不答，理理头发，径自走到长藤沙发前，一甩长发坐下，接着从鳄鱼皮手袋中掏出香烟和一个小巧的镀金打火机，“咔”的火苗一跳，燃起一支烟，款款抽起来。

他皱起眉头。他承认她有勾魂摄魄的魅力，但看不惯她抽烟，从小刻蚀下来的印象是很难磨洗的，年轻女人抽烟仿佛是对抽烟的男人的一种挑战，他不喜欢，此刻更加反感。

“说吧，什么事？”

"急事。"她吐出一串烟圈，立刻把烟捏灭，扔在烟灰缸里。"可把我累坏了，我是搭的士赶来的。最新消息——有人确实看见老任和卢抗有那么回事，老任死前一天，也就是他点我们'龙建总'的名之前的十几小时，他和卢抗在办公室里鬼混，搞得很晚，直到零时二十一分才离开市委大楼回家。卢抗先走，骑车。老任是步行。第二天，有人在大楼的厕所里发现一个避孕套——"

他眼珠子一动不动地盯着她，嘴角搐动一下，露出一个莫测高深的笑容：

"真是个了不得的好消息。这么晚来，我以为你能替我收回几百万呢，原来—— 一个避孕套!"

"你别打岔，这比几百万更顶用!"她笑嗔着挥挥手。"更精彩的在后头里。你猜为什么卢抗这几天无精打采的？像只发瘟鸡？她怀孕了！刚才在车上，我就看见她不停吐酸水。有两个有经验的女职工一看她的脸色和走路的样子，就断定她有问题了——"

"还有什么?"邝南疆靠到沙发背上，点着烟抽起来，他一向对女人们的家长里短嗤之以鼻。

"今晚小蔡他们商量过了，关键是证人，小蔡他已经和证人谈过了，他肯作证，一口咬定听到书记办公室有动静、有对话——当然是那种对话……"

"啊?"邝南疆扬起眉毛，手中夹着的香烟冉冉升起的氤氲，在空中弯成了一个问号。

"真正可以唱一台好戏呢。你知道卢抗的未婚夫是谁？神不知鬼不觉的，我也是今晚才听说，原来是老任一手提拔起来的那个小白脸——现在正在省里飞黄腾达的刘宇!"

"什么?"邝南疆脸色一变，紧绷得像石头。

"大惊小怪什么?"陆雯咯咯咯笑起来："反正有卢抗好果子吃。现在问题是证人要这个——"

她大拇指和食指搓了几下—— 一个典型的数钞动作："小蔡和他谈妥了，先给三千，从我公关交际费里开。还打算签个约，从明天起，吸收他业余参加我公司工作，当公关联络员，每月工资一百元，一定两年不变……"

邝南疆起身踱了两步，没吭声。陆雯有点诧异地看着他，一阵沉默，像话剧里突然来了个静场。

突然，邝南疆嘴唇抽动了一下，轻轻吐出三个字："钱不给——"接着，又像在一根绷得很紧的弦上一下一下地弹出三个音："让他滚!"

“什么?”陆雯瞪大双眼，画了黑眼圈的眼睛大得骇人。

他爆炸般吼出来：“叫他滚！滚!”

陆雯脸色顿时煞白，几乎哭出来了：“为什么？为什么？好不容易——”

他颓然坐到沙发上，双手叉着头发，整个人变成一座沉默的火山。

“不能太天真了，她是下决心置你于死地的……”

“死就死吧——”

“你应该好好想想……”

“你回去吧——”他不耐烦地挥挥手，把头埋在两个巨大的臂弯里。她一步三回头，可他紧闭着双眼，直到大门锁“咔嚓”一响，他都没有抬头。

他一直没离开那张沙发，他忽然觉得，自己高压油井似的往外迸喷的精力枯竭了，整个人的全部神经，曾经高度紧张而活跃的神经，都像死了的蛇一样蜷曲、瘫软，了无生气，他感觉到自己的心在流血，血滴到地板上，汇成一个深潭，这个潭黑得发亮，可以照到自己的脸，他好久没这样照镜子了……

他闻到一阵腥咸味，窗外吹进来一阵燥热的海风。他站起来，黑沉沉的夜色似一个庞大的精灵立即向他扑来，像要劫夺他的思绪、他的眼睛、他的躯体。蓦地，他的听觉被一只无形的手轻轻触动了。什么响？汽车？飞机？船？还是有人在哭？都不像。

他什么都想到了。就是没想到台风。

九

天阴，闷热。空气能拧得出水。

下班前，团市委来电话，有信。她回去了。

希望有他的信。可信一到手，一看信封就知道，一封是妈妈来的，一封同学的。没有他的信。她坐在办公桌前怔了好一会。

很累很累。昨晚，她一夜没睡好，海响一直在耳际回旋。

他不会再来信，他们之间中断联系快两年了。

秘书小张走过来，又递过来一个信封。

“信？我的?”真希望出现奇迹。

小张诡谲地笑笑：“不是信，是奖金。三十块钱。”

"怎么还有奖金？不是说直属机关的'龙发'公司脱钩了吗？"龙门商贸发展公司是市直属机关与"龙建总"合营的一家公司，最近根据中央精神，党政机关不得经商，这条财路本来是断了的。

"管他的。发给你，你就'代代（袋袋）平安'。听说，请示过肖书记，他说，'七一党生日嘛，给大家一点学习资料费。'我看问题不大，大家山呼万岁，谁管脱不脱钩？"

卢抗犹犹豫豫地接过信封。她觉得信封烫手，仿佛是块烧红的铁板。拿不拿？不拿意味着向整个直属机关挑战。

她终于把信封揣进手提袋里，抬起头，难为情地向小张笑笑，那钱似乎是偷来的。

"民意测验的结果，你听说没有？"小张突然凑近来，压低声音说。

她茫然，摇摇头。

"肖书记呼声最高，你排得很后，几乎包尾了。"小张声音里有几分同情、惋惜。"你本来不大会做人，又去搞什么调研组，尽干得罪人的事。叫人怎么投你的票？"

她苦笑："不是不会做人，而是不会做官。"

蓦然，想起了他的一句刻薄话："……拿共产党的钱为自己拉选票！"

她远远没他尖酸刻薄。是因为根本没有说这种话的勇气，还是因为头上有顶乌纱？

"龙发"公司，倒霉的公司，就在那里，他离开了。那天，恰好是"龙发"公司开张大吉。

他忽然来了电话，说想见面谈谈。她心里"咯噔"动了一下——结束了。她和刘宇的关系，不可能永远瞒着他，可能，他什么都知道了……她把他约到"龙发"修饰一新的咖啡厅里——

"你当团市委书记了？"他问。

点头。你只能点头。

"祝贺你。"他举了举咖啡杯子。嘴角挂着一条冰凌般的笑纹，眼中闪烁着忧伤，令人怦然心动："希望你当个好官——"

"赶鸭子上架。"唉，做人！谢天谢地，别提刘宇。

"可上架的鸭子尽管吓得呱呱叫，心里还是高兴的。"他垂下眼帘，用小匙搅动着咖啡，低声说："说实在的，我并不希望你当这个官，可能我自私——因为，这样一来，我们之间会隔着一个海。"

"为什么？"心里咚的一跳，你问。

"我，一个打工仔，一个处处对官场横挑鼻子竖挑眼的打工仔，而你，偏偏是个步步高升的当官的。"

"当官又怎么啦？你也是个官——副船长！"你满脸通红。

"你不懂。到外国钻井船上，副船长是工人代表，也是打工仔。"

"你怕我居高临下对你？和我在一起你觉得自卑？抬不起头？想不到，你还长着条大男子主义的尾巴。"你冷笑。呷一口咖啡，咖啡太苦。《莫斯科不相信眼泪》的男主人公一知道自己的恋人是个厂长，立即逃之夭夭，眼前这位男子汉竟也是这种角色，可笑！却又令人黯然神伤。

"那你再给上堂党课、团课嘛，还可以赠送更多的帽子……"他红了脸，强悍地把面前的那杯咖啡用手指推到你面前，"如果这样，我们更没什么可谈的了。"

你默默地把那杯咖啡推回去。

"咱们在一起，心理很难平衡。"他眼睛突然变得很凶。"你知道，我不可能在你那个海洋里游泳，而你，不仅能游，还有希望抵达彼岸。你何必要在生活的航线上给自己拴上一个大秤砣呢？那只能让你减速、下沉！"

"我不是你说的那种人。"

"可我认定你是——你已经身不由己了。"

"那——咱们真的不可能谈什么了？我不信！"你站起来。"我偏要——"

"向这现实挑战？没必要。还是留着这口气，向你们机关的现实挑战吧。"他苦笑着摇摇头。"我们，还是朋友。"

你叹了口气，咬咬嘴唇，又坐下了，杯子里的咖啡亮得晃眼，像一只惊讶地瞪得老大的眼睛："我总觉得，你身上有些东西很怪，你不像个工人——"

"什么东西？"

"你给社会开药方的热情和责任感……普通工人不会这样。"

"怎么样？打工仔就一定五大三粗，浑浑噩噩？只会干活、吃亏、睡觉、骂娘？错了！我和他们喜怒哀乐没什么两样。只不过我更愿意充当过河卒子而已。老发牢骚不顶用，就想动手动脚干点什么。将来，我会成为你讨厌的角色。"他举杯一仰头，把咖啡全倒进嘴里，那一定很苦很苦，可他有滋有味地啧啧嘴，站起来："所以，我们……不大合适。"

分手时，他那一向习惯直视别人眼睛的目光忽然畏缩地溜向地面，脸上尴尬地挂上愧疚的笑容："……说实在的，我是有那么一点——大男子主义。"

哦，他也不过如此。

他走了。再也没回头。有消息说，他和他的钻井队一道，出国去承包勘探工程去了。

下雨了。闷热的大气似块吸足了水分而变得沉甸甸的海绵，受到台风的挤压，一直被海绵囚禁的雨水便怒气冲冲地溅射出来，龙门这座海滨城市顿时成为亿万枝雨箭的靶子，雨的利矢射得街上行人抱头鼠窜，四散奔逃。

卢抗回到家门口时，全身雨水淋漓。她蓦地站住了——门口有两个带泥的鞋印。

屏息静听，倾盆而下的雨淹没了一切。大门冷峻地反射着风雨的喧闹。这两个鞋印有什么名堂？又是来扔破鞋的？或者是个来访不遇的不速客？突然，屋里竟然有响动，她心头一阵紧张。

谁？

门开了，她看见一个赤着上身的男人正在她房间里，躺在床上看报纸。听到门响，急转过面来——刘宇！

他跳起来，身体白白胖胖，似一个没见过阳光的胖蘑菇。国字脸上的笑容烂漫，冒出一股孩子般的天真，或者是返璞归真、大智若愚的傻气：

"你回来啦？"

"吓我一跳，原来是你！"卢抗放下手提包，扫一眼他只穿着牛头短裤的雪白身子，忐忑地把目光移开了，脸上布满红晕。"你怎么来了？出差？"

"出差。可完全为了你——"他调皮地笑笑，"砰"的一下关上大门。"一下飞机就被大雨浇了个落汤鸡，好不容易叫到的士，赶到这里。唉，你也全湿透了，快换换吧——"

卢抗打开衣柜，捡了几件干净衣服，忽然转脸狐疑地瞥了他一眼："你，怎么进来的？"

又是一个调皮的笑容——他眼里快乐地跳动着一个狡黠的光点："我的钥

匙，你上次给我的。”

“上次？你不是把钥匙还给我了？”

“我自己不会去配一把？”

明白了。这家伙，真鬼！卢抗蹙起眉头。他突然把她抱住了，一只大手拧过她的头，热烈地吻她，她挣扎了一下，闭上双眼，在他热腾腾的拥抱中晕眩了，失重了，融化了——

他把她抱到床上，他的手像一个滚烫的火球在她身上滚翻、钻动、撞击、爆炸！她的湿衣服哔卜作响地裂开——她骤然睁开眼睛，凶狠地挣开他的手，像只挨了一重鞭的小马驹似的惊跳起来：“不——”这声音是这么大、这么尖，两个人都怔了怔。他缩回手，茫然地坐在床上，刹那间，他双眼变红了，噼噼雳雳地燃起一簇新的火焰，可她站起来，狠狠地瞪着他，又硬又冷的目光像一记闷棍打在他头上，他不敢动弹了。

她急忙拿上干衣服，逃奔到卫生间，重重地摔上门。

他就这样。上次，开完追悼会那天晚上，他就这样干的。粗鲁、强蛮，不顾一切像疯狗。他从来就不尊重人的感情，只顾自己，只要满足自己的欲望和要求，其他不屑一顾……

“咯咯”，他敲门了，讨厌！

两年前，外面也是下着大雨……

他狂暴地压到她身上，扯断了那根带子，橡皮筋一弹，她像被火烙了一下。“不……不要……”她惊恐地抗拒、挣扎，可是不一会，在烈火般烘烤灼烫人的筋肉进逼下，她精疲力竭，被烈火剥夺了赖以蔽体的一切，耻辱感刹那间被化解了，牙根发痒，喉咙里泛起一股腥甜的味儿，清醒的神志昏乱起来，由于疲劳而变得极度敏感的神经却突然亢奋，“啊——”她呻吟着，软瘫在他强悍得令人窒息的拥抱之中——

恶心。她又吐了。他还在敲门。

风雨过去。床上死一般沉寂。他忽然支起半截身体，点燃一支烟，悠然自得地吸了一口，俯下身来看着她的脸：

“想不到，你经历过了——”

她把头埋到枕头里，全身似陷入泥潭里，从兵团到大学……她经历过的所有污泥浊水直从她张开的口中咕咚咕咚往里灌，她不能开口，发不出声音……

“你还怕什么？这也难怪，三十岁的人么——”

她转过脸，目光推开了一扇沉重的散发着一股潮湿的腥气的大门，她看到了一个城府极深、阴森森的笑容。

“你放心，我不计较。”一团团烟像恩赐似的扑到她脸上：“也不会问过去的事。说好了——”

唉——

“咯咯”，他固执地厚着脸皮敲门。

她飞快地换衣服。新穿到身上的是一套端庄的藏青色套裙。门一开，他几乎是扑进来的，张开双臂要拥抱她，她一抬手，把他挡住了。

“你让我安静一会行不行?”

“你今天怎么了?”

“心里烦，你最好先和我聊一聊。”她绕过他，走到小厅坐到沙发上，冷淡地对他笑笑：“你来，怎么电话也不打一个？什么事这么十万火急?”

他倚着卫生间的门框，抱起双臂：“今天早上我才决定要来的。有个好消息，你听了什么烦恼都会‘呼——’一阵风吹得烟消云散的。”

“什么好消息?”

“我和你都要上中央党校了。最近有一个短训班，省里决定我去，和我谈了，回来就接正职。你去是肖诚书记提的名，上另一个班，都是些各省重点培养的女干部，我问过组织部的朋友，回来调到省里工作不成问题……”

“什么时候?”

“通知过几天就下发，大概一个星期后就要去报到。”他走过来，温柔地搂住她的肩膀。“你说，是不是好消息?”

“不一定——”吸一口气，迅速压住了她心脏的怦怦乱跳。

脸上的笑意瞬间挥发了，他惊诧地看着她说：“你不是对搞什么调研组厌烦透了吗？这种吃力不讨好的事，招人骂、讨人嫌，精明一点的早就躲得远远去了。”

“要是我现在不厌烦了，干出点瘾头来了呢!”她明亮的目光聚焦一样盯住他的眼睛。他垂下眼帘，苦笑着说：

“我不相信。你何苦呢？鸭子死了嘴巴硬，市委直属机关民意测验，你几乎排到副班长的位置上了，知道吗?”

“你的消息怎么这么灵通?”

他脸上主宰表情的肌肉搐动着，几秒钟内完成了从嘲弄、谅解、宽容到豁达的变化，突然爽朗地爆出一阵大笑："你也太小看你的未婚夫了，我这是关心你嘛！别忘了，我是从龙门市委调到省里去的，市里总还有几个至爱亲朋吧？现在是信息时代，闷着头干，能干出什么名堂？"

"正因为这个民意测验，我决定闷着头干下去——"她站起来，理了理裙子，坚定地说。

"什么？"他愣住了，两眼瞪得溜圆、发红，像一使劲眼珠子就会弹射出来似的。他小声问："中央党校……不去了？"

她没回答，拿起手提袋和雨伞，径自走到门口，回头说："快穿好衣服，我陪你出去找招待所，再到龙门餐厅吃晚饭——走吧。"

"这是我的家，我哪儿也不去！"他生气了，一屁股坐到沙发上："你犟，我也会犟！你发什么神经？一结婚，早晚要调出龙门市，何必呢？"

沉寂。

顷刻间，巨大的犹豫如同泰山压顶似的把她的意识压成一片薄饼。他站起来，一步一步向她走来——

"小抗……"

泥潭。她的感觉猛然膨胀。不堪回首的往事……兵团的茅屋……大学里肮脏的宿舍……一个个泥潭，提拔……提拔……她在提拔的泥潭里跋涉。年深月久的污泥浊水从张开的嘴巴往里灌，她一阵恶心。

夺门而出！她没有迟疑，门一摔，重重地关上。她飞也似的奔下楼梯。

"小抗——"他的声音像哀号，久久在楼梯过道中回荡。

十

强台风突然转向，咆哮着横扫龙门市。

停电，停水，电话中断。每一座建筑都在恐怖地战栗。偌大的龙门，在千万条狂舞的巨龙袭击中变得渺小、猥琐、可怜，像只匍匐在地的小甲虫，无可奈何地等待着厄运——台风像潘多拉魔瓶中钻出来的巨怪，正抬着天大的黑脚板压来……

喘口气，歇歇吧。一天米水不沾，卢抗累得直不起腰来了。她疲乏地坐在临时发电房门口的地板上。

按分工，团市委书记在抗风中分管医院和救护。市人民医院断了电，应急发电机又被倒塌的机房砸坏了。她，几个工人抢险队员，赶到石油专用码头，顶住刀风箭雨，好不容易把一台借来的发电机拉回医院。

全身虚脱。冷汗浸浸。冰凉阴湿的水泥地板，就像沾了糨糊，把她的身体粘住了，她迷迷糊糊闭上眼睛。身子顿时变成云一样轻飘飘的，随风飞升、飞升……她飘进家门，倏然看见，大周闯进门来了，掀起床上的刘宇，她想上前去劝说两句，可竟动弹不得。大周把直挺挺的刘宇举起来，往楼下扔，刘宇没往下坠，而是随风飘起来，他哈哈大笑，落到一座白色的冰山上……冰山尖顶上，坐着一个人，身子像邝南疆一样魁梧，可面孔看不清，是谁呢？

……

“吃点东西！”有人推推她的肩膀，一个面包，接着是一杯水递到她面前，那个穿花衬衫、牛仔裤，长了一脸青春美丽痘的瘦小伙子正咧嘴对着她笑。刚才在路上，大家正合力搬开一棵阻断道路的倒树，又一棵路树倒下来，幸亏他拉了她一把。

“你呢？”她咬了一口面包，向他笑笑。

“早在肚里喂蛔虫了。”他拍拍肚子。

一阵反胃。她急忙喝了口水，胃里闹腾得更厉害了，她撕下一半面包塞给他：“给——我够了。”她急忙把剩下的一半塞到嘴里，强迫自己咀嚼、咽下，压住那倒海翻江似的反胃。

小伙子也不推辞，两手一拍，那面包就迅速消失在蠕动的上消化道里。他眉眼挂笑地说：“好，体恤部下，友爱同僚，为官之道——”

怎么这副腔调？她好奇地看了他一眼，他摸摸疙疙瘩瘩的脸，眼里闪动着一种揶揄嘲讽的光——

“我认得你，你曾在我们石油基地蹲点搞过什么教育，现在你的官越当越大了……”

“你是石油基地的？”她望着他，声音甚至有几分惊喜：“你认识大周吗？”

“他——你还记得他？”他眼里爆出星点火花，发出一声冷笑：“你不是把他甩了吗？还问什么？”

甩？卢抗心头一跳，颤声问：“谁说的？”

“都这么说。”

“他，现在哪儿？”怒气直冲脑门。

"不在了，死了。"他低垂下头，两眼直勾勾地盯着她。

"啊——"她脸色惨白，抠着墙壁，缓缓地站起来。

"你，想知道吗？"

点头。默默点头。她发不出声音了。

"……在马来西亚，上个月，钻井船井喷……他回过头去抢救一个受伤的同伴，直升机起飞了……十分钟后，船就烧完了……"

一声呻吟，卢抗双手一下子捂住面，全身抽搐起来，她靠着墙，慢慢地倒下……倒下……这个世界要躺倒了，一团漆黑。

"喂——"吓坏了的小伙子急忙架住她："别、别——"

"小卢，你怎么啦？"人民医院的老院长站在面前，急忙把她的脉，神色不安地问："不舒服？"

"哦，不，刚听到一个朋友不幸的消息——"她竭力使自己镇静下来，双腿还像通电似的簌簌颤抖着，满眼金星闪烁，一团一团的乌云飘飘忽忽地扑过来……她坐在小伙子搬来的一张破椅子上，虚弱地问："有事？"

老院长推推鼻梁上的眼镜，不幸的事情天天有，对她的颓然失态并不很在意。他小声说："苏志英又不行了。"

"哦？"她一下没反应过来。

"苏志英又得输血了，非要 AB 型，现在哪有？救护车全出去了，电话又不通——"

她明白了。闭上双眼默默点点头。她艰难地站起来，恍惚在破椅子上坐了一百年。

"走吧，看看她……"

苏志英是着了凉，咳破了支气管引起大出血濒危的。大夫们千方百计给她止住出血。此刻她躺在病床上，奄奄一息，但神志还清醒，仍用阴冷、枯涩的目光摸索着卢抗的脸。

"你来了……"

"您别说话。"

"快了，我快活不成了……"

"别这么想，你会好起来的——"

她闭了闭眼，嘴唇翕动着："他知道不知道？为什么不来？"

“他忙。”卢抗只能这样说，对他一无所知。

苏志英吃力地摇了摇头：“他要完了，他要垮台了，我知道的。连你，都要整他——”

一下涌到脸上的血似火焰煎灼着薄薄的皮肤，卢抗竭力把愤怒和厌恶压在心底，她不再说话了，唯恐一开口会喷出怒火。

“我早就说，小蔡会坏事，那个人会坏事，他不信……”苏志英仍旧喃喃地说，声音越来越小：“省里的那个人害了他，他本来……不信他……肖书记知道……做汽车生意……害死人……”

那个人——谁？肖书记知道？知道什么？

卢抗那充满微细血管搏动的脑子突然攫住了宛如电光石火般的一闪。

苏志英的眼睛虚弱地半睁半闭，眼角滚出一滴闪光的泪珠，这仿佛是熔化的铅液，沿着卢抗的视线和神经逆向滚动，一直流进卢抗的心脏，溅起了一缕青烟——她最怕看成年人流泪。

她转身对老院长小声说：“准备给她输血吧，我是AB型。”

她走出病房，向血库走去。

阵风十二级！

强台风尖啸地嗥叫，发誓要撕裂这个港城，它的巨手骇人地拍击着每一扇门窗，让浩劫的恐惧震撼每一个人的耳膜、神经和骨髓。

卢抗头晕目眩，靠在苏志英的床头。自已殷红的300CC血液一滴一滴地流进苏志英的血管以后，她全身的元气、意念和活力都似乎被抽空了。恶心更加厉害，翻江倒海一般。小腹发凉、发麻，像塞进了一块冰，完了！她仿佛感觉到那个软弱无力的小生命挣扎了一下，立即被封冻起来，整个躯体只有一念仅存，仿佛被一根钉子钉死在脑髓里——

要让苏志英吐露真情！

“呼——”门开了。卷进一阵狂风，闯进来一个身穿帆布雨衣，满身泥水的人——邝南疆！他来的真不是时候。卢抗站起来，感觉地在晃，人在晃，仿佛地震。

“你还在这里？”他冷冷打量着她：“谢谢你给她输血……我想和我家属说说话。”

又是逐客令。

走不走？不！一个灵感突然闪电般掠过，卢抗的脑际一片雪亮——打开天窗说亮话，就当着他的面说！

“我也正要和她谈谈，”她扶住床栏，冷峻地笑了笑。“您不妨听听——”

她俯下身，柔声说：“苏姐姐，我们是不希望您和邝南疆同志背上黑锅的，你说有人害老邝，是不是指在汽车批文交易中私分回扣的事？情况您一定都清楚，拿回扣的都有谁？”

苏志英沉默着，没有开口。

“没关系，查清了，老邝不也可以解脱了吗？您说有姓蔡的，还有一个省里的，叫什么名字？”

沉默。苏志英转过脸去。外面地动山摇的风雨一阵阵刮进三个人的心里。

“叫刘宇。”一个无比冷酷的声音——邝南疆阴沉的男低音。

天塌地陷。两座白色的巨大冰山轰然撞在一起，重合了。巨大的压力挤得卢抗的脑子炸裂开来，她觉得自己被合拢起来的坚冰搓成僵死、渺小的一团肉末。她死死抓住铁床栏，不让自己颓然倒下，不顾一切地保持住自己的尊严和气度。

“还要问吗？”邝南疆灼人的目光像逗弄一只小猫，蹂躏着几乎窒息的她。

一个人走来，是他，还是她？背着一个人，步履艰难，到处都是黑色的潮水，脚下却烈火熊熊……

黑森森的漩涡，小白羊在漩涡中沉浮。没有哀号，没有凄怆。它在挣扎着，在没顶的一刹那间，安详地回过头来，泪水一闪。

她冷静下来了。

“刘宇拿了多少？”她的声音出奇的低沉。目光却直视着邝南疆傲睨的双眸。双方目光在空中撞击，她仿佛听见金属的铿锵。

“不多。”他淡然一笑，那笑容一下似乎凝固了。他的目光依然桀骜不驯，语气咄咄逼人：“要了十万。两百台汽车的进口批文，都是他一手搞到的。他，你查不查？”

“当然要查！”她凛然提高嗓门。“查到底——”

目光咬住目光。躲闪、退让，意味着全线崩溃，一败涂地。

他玩世不恭的笑像变成狞笑，他就要得逞了，他把对手逼上悬崖，就差最后一击——“你查得清吗？谁不知道你们的关系？而且，你再隐瞒也没有用——你已经有孩子了。”

卢抗睚眦欲裂：“不错，我是他的未婚妻。而且——你的情报很准确，我已经怀了他的孩子。可是，我请你注意——我，决不做交易！”

时间似乎凝固了，空间似乎消失了。只有声音像一个精灵，无休无止地在黑洞中伸延——

他的目光断裂成一截一截，落到地面上。

“那——你怎么办？孩子……”他低下头，掏烟，打火，深深吸了一口。低沉的声音像一头被缚住的野兽在挣扎。

“打掉。”一个冷战。她用声音给那头仍在搐动的野兽打上一个死结。她看见床上病人几乎透明的脸庞，看见她惊恐得似乎永远不能闭上的大眼睛，看见了一团烟雾下五官在变形的脸。男人的脸。

“你呢？”

沉默。寂静像把火，滋滋地舔灼着两个对话者的心境。

“主意你自己拿。你是聪明人——”

她在等待。

他抬起头，冷冷的目光突然闪烁着一星古怪的希冀：

“能不能……给我点时间，让我把事情做完？”

“什么事？”

“搞横向联合。把原来和‘龙建总’有协作关系的乡镇企业都并进来……我邝南疆可以垮掉，‘龙建总’不能垮，那是八千人的饭碗！”

她的嘴张了张，但久久无言。

十一

茶色玻璃门横在面前。空调机嗡嗡作响。

卢抗深深吸了一口气，把天底下新鲜、干净的空气全吸进去，让它们先占住肺泡所有的空间，她真不该又到这地方来，会场里的空气，一定污浊不堪。

可她必须来。

精疲力竭。强者必备的厚甲、头盔，在一次次厮杀中变成一个坚韧的茧，把本来就不是强者的她裹在其中，她被裹得喘不过气来，更没有力气去舞弄武器，四面楚歌、腹背受敌，她支撑不下去了。她竭力咬破这个茧，挣扎着钻出这个沉重、坚韧的壳，扔掉盔甲、武器，辞职。她本来就配不上这副行头，她只是一个小人物，一个很平凡、很普通的女人。

平平静静地过日子，比什么都好都强。她心如死灰——尽管肖诚不同意她辞职。

“小卢，要经得起风浪啊。”肖诚副书记和蔼地笑着，他亲自到宿舍来看望刚做完人流手术的她。“刘宇反咬你一口，谁相信他？任书记和你的关系，别人不清楚，我还不清楚吗？我也是任书记培养起来的嘛。我们研究过了。刘宇一定会严肃处理，你嘛，不要辞职了。不想抓案子，可以回团市委。好好干，争口气嘛。要相信市委，市委能处理好这件事，能向群众解释清楚……”

今天，通知她开会。在“龙建总”会议厅。

扩音器瓮声瓮气的声音，从玻璃门的门缝里逃逸出来，像从角落里伸出一把剃刀、一块瓦片，刮着她的听觉。

“……市委决定，撤销卢抗同志团市委书记、市委党风调研组组长的职务……撤销邝南疆同志‘龙建总’总经理、党委副书记的职务……”

一记闷棍！锋利的剃刀一下把她的听觉割断，又在她的喉咙划了一下，她聋了。哑了。她看到了那只手。肖诚副书记流溢着甜甜笑意的眼睛里，闪动着剃刀的亮光。

茶色玻璃门变得山一样沉重。推开它，就像推开一个世界。

卢抗脸色煞白，出现在人们面前。这是另一个世界。

全场愕然。

陶总正在念文件。他惊诧地抬起头，默默地摘下眼镜。脸色灰白的邝南疆坐在一个角落里，神情沮丧，阴沉地瞥了她一眼。你完了，强者！你的梦想，你垂死挣扎的“横向联合”……全完了。完蛋的代价，就是悟出了——这个世界没有强者！

与会者交头接耳，偌大的会议厅顿时嘤嘤嗡嗡一片。

“我，可以说两句吗？”她问，喉头发涩。

陶总犹豫了一下，点点头。

“……市委的决定，我服从。我不搞调查工作了，但我希望，调查要一丝不苟进行下去。要查个水落石出，不管牵涉到我，还是牵涉到其他人，该立案就立案，该交司法机关，就交司法机关，不能姑息！”

全场肃然。就像石头扔进水里，却没有声响，没有水花，没有波纹。世界定格了。

死寂，与会者全都陷入沉思入定。她却分明地听到呜呜回旋的回声——海响！那个充满躁动不宁的顽强活力的精灵，又重新钻进她的躯壳里——

“你听到了什么？”

“什么？”

“海响——”

……

“台风，台风要来了。”

哦，海响！

浪尖上的信笺

怀着对我国海上石油工人深深的敬意，谨从生活的海洋里撷取这星点浪花，呈献给正在祖国辽阔的海域里缚牵油龙的青年同志们。

在某种意义上说，地球上最伟大的生命是海洋。她浩瀚无涯、烟波渺渺、深邃莫测，每时每刻都在呼吸、搏动；每天都潮涨潮落、造化无穷：萌发着生机，积聚着力量，创造着奇迹，漾动着悲欢，孕育着希望……

一个故事又在她生生不已的浪涛上诞生了——

屹立在南浦湾海面上的钻井平台“海洋三号”，突然传出了一桩新闻：最年轻有为的司钻罗力猛，在中国——斯贝尔海洋石油联合公司第一口海上油井开钻以后，竟传奇般遇到一件令他惊讶不已的事情……

一

“开钻!”

钻井船长一挥手，钻机像头怪兽似的怒吼起来。

于是，开钻仪式被悄悄推迟一个半小时所带来的不安和焦灼似乎烟消云散了，一轮又一轮讨价还价的马拉松谈判也似乎暂告结束。在开钻前一刻钟才乘直升机姗姗来迟的尊贵客人们，和主人一起热烈鼓掌、热情握手甚至拥抱，拍下一张又一张有纪念意义的合影……碰香槟的叮当声和高唱友谊的词令交汇在一起，顷刻间又被钻机的巨响吞没了。哦，连大海也好奇得躁动起来，万顷碧波上潮头挤赶着潮头，浪花追逐着浪花；凑热闹似的蜂拥到海洋三号钻井平台这个钢铁的庞然大物脚下，急得一蹦几丈高，仿佛要伸长脖子、竖起耳朵，迫不及待要听听那叩响海底宝库大门的声音，看看这中国——斯贝尔海洋石油联合公司第一口油井的诞生。

当班司钻罗力猛威严地挺立在岗位上，他卷起工衣的袖子，露出像能经受高温高压的钢条似的粗胳臂，稳稳地握着刹把。他身材高瘦，但四肢骨骼粗壮，加上一副极富男性气质的略长面孔：高额高颧、鼻头稍大、鼻梁笔直、厚嘴唇总是紧紧地抿着、一对有点招风的大耳朵，使他外表近乎粗犷、剽悍。但他却有一双出奇地温顺柔和的眼睛，双眼皮，看人时总带着诚挚朴实的笑意。这对那些苦苦地想在钻井平台这个单调的男性社会里猎取镜头的摄影师来说，无疑具有很强的吸引力，此刻他正全神贯注地盯住指重表，对眼前不断掠过的耀眼闪光毫不理会——钻台下足有十几个中外记者围着，中国——斯贝尔海洋石油联合公司第一口井的开钻，自然引起海内外的普遍关注，外国几个大新闻社正等着抢发电讯和传真照片呢！要不是钻井船的何船长上前拦阻，有几个公然违反采访规定的外国人就举着电视摄像机笨手笨脚地爬上钻台来了，急得守规矩的中国电视记者满头是汗。现在好了，机会均等，谁也别想占便宜。

罗力猛绷着脸，像伫立战壕的将军一样凛然、自负，完全沉浸在工作中，对记者们不屑一顾，眼睛里闪出一丝和善的嘲讽的笑意，这平台上，数罗力猛照相最多，可也数他最讨厌照相，他简直对突出个人有种天生的反感，对那些眼睛只盯住英雄、超人的记者，他会闹出一些不大不小的恶作剧，逢场作戏地把他们捉弄一番。刚才，他在更衣室里换工衣，有两个中方记者竟闯进门来：

“请问，哪一位是罗力猛同志?”客客气气的，一脸是笑。

“他不在。”罗力猛故意向周围的伙计们扫了一眼，伙计们忍住笑，不敢吭声。

“哦，您也是准备上开钻后的头一班?请问，头一班的司钻是罗力猛同志吗?”

“可能是，也可能不是——不知道。”罗力猛有点不客气，他穿上裤子，边扣裤门扣子边走出更衣室。

谁知两个记者竟盯上他不放了：“您是罗力猛的战友，请您谈谈上次打出那口高产油井时，他是怎样不顾个人安危制服凶险的井喷事故的?”

“那简单，他上去把防喷闸一扳——这谁都会。”

“当时，外国专家都往远处躲呀，他是怎么上去的?”

“有中国人在嘛，我们的人全冲上去了，不光罗力猛一个。”

两个记者大失所望，有一个还不死心："事后您有没有听说他当时是怎么想的？或者，他后来说了些什么？"

罗力猛转过身来坦率地回答："据我所知，他也是个肉身凡胎，当时，他什么也来不及想，哦，事后，他说了一句话：'真有点儿后怕！'"说完，他促狭地朝两个记者笑了笑："对不起，我得上钻台了。"掉头走开了。

现在罗力猛站在钻台上，和记者们近在咫尺，可他们的一切活动似乎和他毫不相干，他的眼睛和整颗心都拴在指重表上。在他看来，摄影、录像、拍电视都是做给不懂石油生产的人们看的。这些照相的老兄们一来，就要工人们摆姿势表演"欢呼喷油"的场面，一次又一次地重新点着燃烧臂，让大家冲着喷油火炬大喊大叫，真像演戏一样。开会、剪彩、照相就能出石油？没有的事！想出油还得靠实打实的硬功夫！照相能出名，甚至名扬四海，可换不来石油，找油要靠默默无闻、平平凡凡的劳动——

直升机又起飞了，拖轮一声长鸣，又解缆返航了，这都与罗力猛无关。尊贵的先生、太太们深情地向平台告别，满载而归的记者们抓住最后的机会大拍特拍平台的全景、远景，罗力猛全都没看见。他握着刹把，操纵着钻机不停地向岩层深处钻进、钻进！指重表的指针显示出他足以使最坚硬的岩层战栗的威力，使他完全陶醉了。

突然，挂在胸前的报话机响起了何船长的呼叫声：

"罗力猛，罗力猛，马上到船长室来，让副司钻接替你工作。"

奇怪，什么事呢？罗力猛皱起了眉头。

"船长有请。"鬼头鬼脑的副司钻狗仔，快手快脚地登上钻台，滑稽地行了个大礼。

"什么事？"

狗仔两手合成一个正方形，笑嘻嘻地"咔嚓"了一声。他知道罗力猛最怕这玩意儿。

"照相？"罗力猛狐疑地问。

"当然，你是平台的最佳男主角嘛，瞧刚才围着你照相那副架势，简直就是天鹅湖里的王子，可惜，没有奥杰塔——"

"放屁！看我不撕了你这两片嘴——"罗力猛恶狠狠地把双眼一瞪，可手并没离开刹把。

"不不，在下岂敢？"狗仔连连作揖，他把嘴凑在罗力猛的耳边，神神秘秘地说：

“绝密——洋人大记者要找你，快去……”

“怪事!”罗力猛把刹把交给狗仔，满腹疑团地走下钻台。

二

船长室里，没有记者，只有船长和李政委。一见罗力猛进来，何船长就瞅着他笑：

“给你一个特殊任务。”

“见记者？不去。”

“不是见记者，是会朋友。”李政委大笑起来：“快换件像样的衣服，跟船长到贵宾室去。”

“是洋人吧？这么大架子？见他还得换衣服？不换！我这工衣还是刚洗的，穿它见客，算抬举他！咦？这洋人找我什么事?”

“好！不换算了。”何船长古怪地向他眨了眨眼：“刚才开钻推迟了一个半小时，你知道为什么?”

“听说是斯贝尔方面提供的电子配件有问题，让我们查出来了，索赔谈判差点谈崩了……”

“这个危机在开钻前解决了，全靠艾菲尔一艾普公司的全权代表。他们比较友好，一知道这事陷入僵局，就主动降价，更换全部有问题部件，击败了原来的承包商，可能还要在咱们联合公司占点股份。他们是名牌公司，今后，我们就得长期合作了……”李政委插上嘴，又卖关子似的点了支中华烟，眯起眼抽着烟说：

“就是这位贵客想见见你，并且声明和你是老朋友，要叙叙旧，不见面就不走——”

罗力猛笑了：“这家伙怕是个神经病吧。”这不是瞎猜，洋人里什么人都有，有一回在南浦基地，有个洋鬼子喝醉了，搂着罗力猛硬要做他的“太太”，莫非又要闹这样的笑话?

何船长苦笑着说：“谁知道？不过，上头有交代，不能怠慢这位全权代表，艾菲尔是名牌大公司，今后我们的配件全由他们提供，你得客气一点，不认识就解释几句，好把人家打发走。”

何船长把罗力猛领到贵宾室门口，轻轻地敲了两下紧闭的房门。

里面传来了一句英语：“请进——”罗力猛顿时一愣：

这是一个女人的声音！

门开了，房里一阵幽香扑鼻而来，一个女人背对着门坐在窗前的转椅上，她一头金黄的鬈发，穿一身雍容华贵的金线绣花精白丝质连衣裙，在窗口昂贵的深红色丝绒帷帘映衬下，显得格外夺目。她像不知道有人进来似的，仍在撩开窗帷的一角在观察钻台上的情况，看来，她是在有意怠慢敲门的客人。

何船长冷静地打量着眼前的这个女人，一言不发。

罗力猛忍不住了，鼻子重重地哼了一声，正转身推门要走，何船长把他拦住了——

随着那转椅慢慢地转动，女人的身子转过来了，和他们打了个照面。这是一个漂亮、高傲的年轻贵妇，头发金黄，皮肤白皙，可是眼珠却是黑色的，鼻梁也不高——是个中国人！

罗力猛惊呆了！这是谁呢？难道是……真的是她？她怎么成了——

“怎么？还没认出来吗？怎么会认不出来？我只不过烫了头发，染成金黄色……”

“您——”罗力猛的咽喉像被一个疑团塞住似的，他看着这个女人，脑子里霎时响起雷霆，胸腔里卷起风暴，使他刚想推门的手都颤抖了。

女人霍地一下站起，热情地伸出右手，没等罗力猛伸手，她就一把将他粗糙的手紧紧握住了，咯咯咯地笑起来：

“你的傻劲儿又发作了对不对？对不起！我知道，你不会认不出我，只是受不了我这种居高临下，盛气凌人的态度，对不对？向你道歉，行了吧？本来，我做梦也没想到会在这里见到你，这真太突然了，刚才开钻时我在观礼台上看见了你，差点要大声喊起来，好不容易才控制住自己，冷静下来想一想，干脆，不走了！搞个突然袭击见见你，蛮有意思的，对不对？”

她热情洋溢地说着，一发而不可收，何船长感到有点尴尬，轻轻地咳嗽了一声，她敏感地注意到了，回过头去嫣然一笑说：

“真对不起，我连起码的礼貌都不讲了，何先生，我和力猛原来是好朋友，好多年没见面了，能让我们单独谈谈吗？”

“请便，请便，你们谈吧，我正要上钻台上去。”何船长正想脱身，他意味深长地拍了拍罗力猛的肩膀，走了。

罗力猛像根钢柱子一样默默地站在这个女人的面前。

罗力猛：

唉，活见鬼了，她怎么会变成这个样子？……辛卓娅，你不可能会变成这样，不可能！可眼前这个女人又明明是你！这是怎么回事呢？我给弄糊涂了。

往事，还历历在目，就像发生在昨天——

“咣当咣当、咣当咣当……”哦，是那列向北开行的列车，在那黑洞洞的闷罐车厢——她是那样语重心长地开导我、理直气壮地教训我、热情如火地鼓舞我……她像个爱护弟弟的好姐姐，像个热心为在暗夜里摸路的旅行者引路的好向导，像个扶掖后进，启发愚顽的青年导师……

唉，这是怎么回事呢？

辛卓娅：

他愣在那里想什么？这个斯巴达克思！

他如果还像过去那样单纯该有多好哇！不幸，现在他的目光是深沉的，深沉得有点不可捉摸，他变了，可是，我呢——

我也变了，至少我现在变成一个强人，强得连偌大的联合公司头面人物也得对我毕恭毕敬，然而，即使是真正的强人，也有他的烦恼。数不清的烦恼、忧虑，把我的聪明和勇气都挤跑了，我变得胆小、神经过敏。以前我可不是这样的，认识眼前这位宝贝的时候，我一无所有，可谓胆大如斗，豪气冲云天——真可笑！

……那天晚上真黑……

神不知，鬼不觉，我摸进了站台——有列火车大概是临时停车停在站里，正好上我这个无票乘客。我是水鱼吃秤砣铁了心，要扒火车北上的了。爸妈被隔离审查，死活不知，农场我是待不下去了，同下乡的三个女伴，都被一个什么“长”“看”中，付出了说不出口的代价，回城、升学都走了，剩下我一个死不就范的，变成了那个大色鬼的眼中钉。正在这时，我接到一个同学的远方来信，在我眼前展现了一个金光灿烂的新天地，我决心要到这新天地去了，我从海南岛跑回内陆，在一个空军机场找一个儿时的朋友鲁小亮借了三十块钱。

当夜，把头发一剪就毅然上路，走了十几里，脚上打了泡，痛得再也走不动了，我灵机一动，就钻进那个小火车站里——

列车有个闷罐车厢的门敞开了一小半，正好！我往里一钻——

哈！这车里怎么这么香？菠萝？香蕉？还有芒果！这一筐一筐的，有满满一车吧？万岁！我成了这小小的水果王国的王后啦！先吃一个芒果再说！嗯！慢着，又有个人爬进来了，“哐当！”他把门关上了，黑洞洞的车厢里亮起了一道光柱——这是他的手电。他是什么人？和我一样的无票乘客？还是这个水果王国的“国王”？哎呀呀，真危险！快躲到角落里吧，混过这一晚再说。

唉，真困，火车总算开了，深夜里我打熬不住，缩在角落里睡着了。

咚咚咚咚……什么响？唉，下雨了，脸上洒了好几滴雨水，咦？这雨水怎么有股怪味儿？紧接着，鼻子钻进一股难闻的臊味儿，蒙眬中伸手往地板上一摸，湿漉漉的，再一摸，有一个桶！在咫尺之间，我感觉到一个人睡眼惺忪的气息。

——我的妈，什么“下雨”！他是在……

真缺德！可我不敢出声，双手紧紧捂住脸，遽然间，我的胸脯被踩了一脚，我大声叫起来，那人猛一跳，碰倒了几筐芒果，恰好这时候列车来了个紧急制动，周围几垛果筐全倒了，我和他两个人都埋在芒果堆里。

“他妈的！你是干什么的？”一道电光照到我脸上，晃得我睁不开眼睛，我被劈胸揪了起来。

“干什么？坐车的！怎么样？你能坐，我就不能坐？”我虽然是个狗崽子，造反派的脾气也是足斤够两的，气大声粗地和他顶起牛来，我恨透了抓住我胸襟不放的这只手，他的手劲真大，讨厌透了，我用力一挣，破军装嗤的一下破了一大块。

“你、你……女的？”照在我脸上的手电光随即熄灭了。

糟糕，大难临头了！

作为一个十八岁的女孩子，我经历过十分野蛮甚至血淋淋的场面，在农场里，也受过叫人肉麻的纠缠，但也奇怪，在那个乱哄哄的世道里，我却从来没有遇到直接的性侵扰，在我的想象中，那是非常非常可怕的事情，我宁愿立即去死，也不能让这家伙在我身上占什么便宜。我悄悄地从随身挎包里掏出自卫武器—— 一把锋锐的三角刮刀。

谁料那冤家却嘟嘟囔囔地走开了：“好好好！好人不同狗斗，好男不同女斗。你等着，天亮了找你算账!”

他打着手电走到闷罐车的另一边，一头栽下睡觉了，临熄手电时还喊了一声：“晦气!”我差点没笑出声来，算这小子命大!

火车又开了，我摸索着转移了“阵地”，找到了两垛果筐中间的一条窄缝，还搬动了几个筐子来构筑“工事”，洒在脸上那些叫人恶心的“雨点”，没法找到水来洗，只好胡乱擦了擦，也不顾脏了，蜷缩着身子就躺在“工事”里，起初，我还竭力保持警觉，可是不一会，在火车的噪音和不断的摇晃的夹攻下，睡魔终于把极度疲乏的我征服了。

“喂，起来!”

哦，天亮了，他来算账了！我睁开眼睛，站在跟前的是一个又高又瘦的毛头小伙子，穿着一件又脏又破的蓝工作服，看样子顶多不超过十六岁，嘴巴上方的茸茸的汗毛还未褪，一双疲惫无神的大眼睛故意装出了气汹汹的样子：

“你把我的香蕉作践成什么样子？你得赔!”

我一看，昨晚构筑的“工事”倒了，香蕉散了一地，不知怎么搞的，有的还压在我的屁股下面。

我一忽儿爬起来，唉，狼狈了，胸前那块破布掉了下来，露出背心式的白文胸，我感觉到那小伙子好奇的目光，像针扎一样，我不满地瞪了他一眼，他的眼睛忽然闪出慌乱的神色，目光很快溜到别处去了，脸红耳赤地转过了脸。

我也难为情地转过身，整了整衣服，用挎包带勒住那块倒霉的破布，回头一看，他走了。不一会，一件衣服突然隔着果垛飞了过来——是他那件破工作服。

哼，我才不稀罕呢，一股臭汗酸味儿！我把衣服朝飞来的方向扔回去，打开我做枕头的提包，拣出了我唯一的一件好衣裳——爸爸的一件中山装。衣服太长，穿上左看右看不顺眼，不知怎的，我忽然眼眶一热，泪水差点要掉下来，我咬着牙，取出针线，费劲地缝起破衣服那块破布来，缝着缝着，泪水竟不知不觉淌下来了，我掩着脸轻轻抽泣起来。

我听到一个人紧张的喘息，抬起头，见他只穿着件印有“石油学校”字样的背心，手拿着刚才扔过来的衣服站在我面前，一脸晦气地把衣服往我面前一扬，硬邦邦地说：

“别缝啦，赔给你——”

他把衣服往我面前一放，扭着脑袋走了——连眼角都没敢往这边溜一下。

我抹着眼泪鼻涕，偷偷看了一眼这个胆小的男子汉，咧开了嘴——笑了。

罗力猛：

……听到她抽抽噎噎地哭泣，我吓住了。从小时候起，妈妈就不许我欺负女孩子，连骂一句都不行。我和我妈一样，心肠软，最怕见人流眼泪，原来我还想不管三七二十一把她撵下车，可她一哭，把我全搅糊涂了。我真后悔，昨天晚上为什么要去揪她？为什么别的地方不揪，偏偏揪到她那个地方？我看看自己的手，手是干净的，可我总觉得沾了点什么东西，有点滑腻腻的，唉，太背时了！

以后是好久一段时间的沉默。隔着几垛果筐，谁也不理谁。终于，我忍不住喊起来：

“喂，你说吧，你要到哪儿下车？”

沉默。又隔了好一会，她才反问一句：

“你这车上哪儿去？”

上哪儿？我这车上北戴河！可是能告诉你吗？这是保密的！发车前站上的军代表就再三交代过，这列车谁也不让上，不让检查，起止地点也只有我和列车长知道，由列车长单独向下面各站、各次机车交接，其他人无权过问……我代表车站押运这车神秘北运的货物，主要任务是尽量减少货损，避免水果在长途运输中全部烂掉，活儿辛苦极了，可责任重大啊。

“车上哪儿你管不着，你说，你在哪下车？”我想让她搭一两个站就打发她下车。

“东北。能让我去吗？”

哼，异想天开！我别过头去不理她，心里却吃了一惊。她，一个女孩子，就凭这副可怜相能上东北？我这车倒也顺路，可是，能带她吗？我，一个男的，她，一个姑娘，在一个闷罐里住上十天，搞不好得坐半个月，行吗？呸！我正要喊“不行”，忽然听到那边有些响动，伸头一看，她正在弯腰拾地上散落的芒果，一个一个地捡，很小心地装回果筐里。

她没穿我给她的衣服，却穿了一件很大很大的男人制服，样子挺滑稽，也挺寒碜，我动了恻隐之心，也过去和她一起捡起来。

快收拾完了，我实在忍不住，板起脸孔对她说：

“你下一个站就下去。”

“为什么？怕我吃光你的水果？我可不是馋猫，你放心好了。”她竟向我扬了扬眉毛，抿嘴笑着。见鬼！她的眉毛真长，一直飞入剪得短短的发角里，她的嘴巴小，眼睛大，眼睛比嘴巴还会说话，她就这样瞟了我一眼，我想好的最后通牒就再也说不出口，全跑到爪哇国去了。

“我知道，你这车皮一定是上北方，起码是到北京！”她调皮地向我眨着眼睛。

“你怎么知道，不是！”我舌头僵硬地撒了个谎。

“别骗人啦！你看，这香蕉、菠萝全是生的，对不对？清一色的规格，连大小都差不离，对不对，芒果更不用说啦，这年头谁在国营商店见过这样的芒果？一个个用纸包着，还经过保鲜处理。不是给中央首长的东西，谁能花这样大本钱搞长途运输？”

我呆住了，啧啧，这个剪短头发的假小子，还真有两下子呢！

“怎么样？咱们来个革命大联合，一起来完成这个光荣的任务。我帮你干活，你让我搭车。你的责任可不轻，多一个人多一分力量，人多力量大嘛，对不对？”

看她能说会道的，我起了疑心，会不会是个女骗子？不像，她太年轻了，一副喝墨水的学生腔。

她是什么人呢？得先弄清楚。

“你到东北去干什么？”

她忽然严肃起来，很庄重地小声问：

“你听说过大庆吗？”

大庆？我心头一震，我爸爸就参加过大庆会战！

“我要到大庆去当石油工人！”她庄严得连声音都变了，眼睛也放出异样的光彩。

“你？行吗？到大庆，可不是闹着玩的。”

“怎么不行？那里组织女子采油队了，将来还要成立女子钻井队，男的干得了，我们也一定能干！”

不知怎么搞的，我的心扑通地动了一下，那一刹那间我着实是受了感动，我想起了爸爸、想起了我将近一年的石油学校生活……

她见我不说话，忽然像说悄悄话似的压低声音，可怜巴巴地小声哀求起来："别撵我了，好不好？你看——"

她咬着嘴唇，脱掉穿在右脚上那只破破烂烂的解放鞋，我看见她脚上打了几个血红的水泡。

"为了上大庆，我从海南岛翻山过海来搭火车，腿都走瘸了。……"

我转过脸，不吭声。

"要是你不同意，这车我可以不搭，可是，就是走断腿，我也要上大庆!"

我转身走开，没搭理她，可我心里明白，她是撵不走的了。

她，就这样留在闷罐车上，也留在我的记忆里……

陈设豪华的贵宾室里，空调设备把温度控制得清爽宜人，隔在海上钻工和贵妇人之间无形的冰层，也逐渐消融了，对往事的回顾使他们找到了沟通感情的方式。

"一晃就是十多年了，想不到你真的当了钻工……"

"我也想不到，您会……对不起，我得先知道您现在的身份——您现在是华侨？还是外籍华人?"

"我还是我，我还是辛卓娅。"年轻的贵妇打开一罐香烟，递给罗力猛，罗力猛摇了摇头，她粲然一笑，优雅地伸出涂了指甲油的纤手抽出一支叼在嘴上，举起一只精致小巧的镀金打火机，"咔嚓"一下把烟点燃了：

"这些年来，真像做梦一样，对不对?"她款款地吸了一口烟："咱们那一段经历，真可以写一本小说。"

罗力猛憨厚地笑了笑："也许您来写，会更精彩。"

"是吗？那可有意思极了。"辛卓娅很有风度地扬了扬下巴："不过，可惜现在我有我的事业了，日子过得真不轻松！别以为就只有你们工作累，我们干的也是累死人的活！有一点时间，合上眼睛想想过去那些难忘的经历，也就算休息了。"

罗力猛笑着看看自己长满厚茧的巴掌，使劲搓了搓："我可不能像您那样念旧，如果老用休息时间想过去的事情，那就没有力气干活了。"

"哦，这么说，你把过去全丢了？那一段难忘的艰苦历程现在只属于我一个人所有，你没份儿?"

"您想合伙开一间专经营过去的联合公司?"他抬起头，辛辣地瞥了辛卓娅一眼。

辛卓娅有点悲戚地摇了摇头，含笑望着眼前这个粗犷而善良的钻工："你真会说话……你知道，我到这里见你不是为了故意刺激你的，我珍惜过去那一段经历，珍惜和你的友谊。见到你，我真高兴，你把已经昏睡多年的我——过去的我唤醒了，我渴望和你谈谈心，像一个真正的知心人一样谈……这种机会对我来说太难得、太宝贵了。可能你会很难理解，可我……就是这样。要知道，即使是一个最要强的人，也会有心理上的弱点，人不光要有事业、有追求，还得要有朋友……知心朋友，否则心灵就会空虚，这种空虚有时真可怕……"她突然抬起头，打了一个寒噤，深情的目光蕴含着淡淡的哀愁：

"……力猛，你以前很有同情心，很乐意帮助人，这一次，咱们一起谈谈，就算你再帮我一次，再让我搭一次火车……好吗?"

她的嗓音还像过去那样，像是从心底的琴弦上鸣奏出来的，真好听。罗力猛觉得胸口一阵发烫，他的心弦突然被这好听的声音震荡得微微发颤，眼前，又出现了那个毕生难忘的姑娘，那个蓬头垢面，女扮男装的女孩子……

罗力猛：

再帮你一次？现在你需要什么帮助呢？

我们第一次见面的时候，究竟是谁帮了谁？唉，"帮助"——这颠倒的历史……

"你爸爸还到过大庆？现在呢?"

"死了。"

"死了?"她吃了一惊。

"他从大庆调到四川，死在那里。"

"怎么死的?"

"井场上起了大火，他去救火……爆炸——给烧死了。"

一阵沉默。闷罐车在摇晃着，车轮粗暴沉重地碾过铁轨。

"……英雄。"她的嘴唇抖动着，轻轻吐出这两个字。哦，就因为她这一句话，阻隔在我们之间的三山五岳突然消失了。

她起身攀着小铁窗，面向窗外默默地站了很久、很久。突然，她回过头来问我：

"你上过石油学校？为什么不去当石油工人?"

"想当，命不好，当不成——"

“为什么?”

她眼睛一翻，嘴角里浮现出带几分鄙夷的冷笑。

“……爸死后，单位送我到石油学校读了一年，‘文化革命’一来，都造反了，说我爸是走资派红人、走狗，骨灰都给扒了出来，学校也不让待了，我和我有病的妈妈都被撵回老家——”我的胸口隐隐作痛，沉重地喘了一口粗气。

“后来呢?”她扬起眉毛关切地问。

“后来，我妈死了，舅舅帮我在铁路上找到工作，当了押车员。”

“唉，可惜……”她叹了一口气，忧郁地看了我一眼，眼睛里像闪动着深幽的湖水，似乎隐藏着无穷无尽的怜悯和忧虑。

“有什么可惜的，命中注定——”我双手抱着后脑勺，靠到果筐垛上。

她不说话了，转过脸去望着窗外，过了好久，她突然背着我问：

“你就甘心放弃自己的理想，这样跑一辈子车?”

“干一天算一天，混呗!”我懒洋洋地回答。

“没出息!”她一句话像喷到我脸上的一团火，把我的脸烧得火辣辣的，一直烧到心尖上，我坐不住了，差一点就要跳起来。可是她仍然轻蔑地背对着我，没有回过头来：

“要是我是你，就是死，也要回去干石油去!”

这每个字、每句话，都像一颗颗钉子，把我钉在车厢地板上，使我瞠目结舌、动弹不得，我被震慑了，嘴巴顿时失去“战斗力”。

“人总得有理想，为了实现它，就是苦斗一辈子，也值得!”她的声音不大，可一板一眼说得严峻、恳切，她慢慢地转过身来了，水灵灵的大眼睛里跳动着一簇热情的火苗：

“我就不信什么命中注定！命运是自己安排的！你是石油工人的儿子，血管里流的是石油工人的血！父亲还是个为革命献石油牺牲的烈士，你怎么能离开石油呢？应该去搞一辈子！这么轻易地叫人把你的石油工人的‘帽徽’、‘领章’给摘掉，我都替你难为情！你就不会为自己的理想去争、去吵、去斗吗?我真奇怪，你怎么对石油没有一点感情！没有一点志气!”

我对石油没感情？我没有志气？一下子我像触了电，猛一哆嗦，全身的血都涌到面上，太阳穴也像面大鼓似的嘭嘭作响，喉咙像有东西梗塞着，想喊，喊不出来，唉，真窝囊透了，我这个男子汉，今天在这个剪了头发的假小子面前顿时矮了一截。我呼的一下站起来，握起拳头瞪着她吼：

"你——别小看人!"

她眼里掠过了一丝嘲弄的笑意，忽然又把身子转过去，扒着车窗说:

"好，不小看你。你别当石油战线的逃兵啦，咱们知难而进，一块到大庆干石油工人去，敢不敢?"

见鬼！逃兵？我憋红了脸，像吃了火药一样爆出一句话来:

"干就干，我就不相信，我干不过你!"

她高兴地转过身，双手一拍："那好极啦，我有个伴了。咱们来赛一赛！等跑完这趟车，就直上大庆!"

"赛就赛!"

她忽然蹙起眉毛："比赛总得有个时间限制吧？十年，怎么样？十年后看谁先成为新铁人!"

"好！十年就十年!"我伸直颈脖喊。

她笑嘻嘻地向我伸出一个手指头，我知道，两个人的手指钩在一起，使劲拉三拉，就算双方签订了"条约"、"协议"，并立即生效和具有约束力了，我毫不迟疑地也向她伸出一只手指……

这天上午，我和她分吃了车上仅剩下的三个馒头，两人吃了八个菠萝、一串香蕉，她太饿了，好像几天都没吃过东西，这一下放开肚皮吃，吃得她直吐酸水，车一停站或临时停车，她就迫不及待地红着脸往车下跳，好一会才偷偷摸摸扒回车上来，我猜到她去干什么——

火车又向前走了，唉，这改变了一个人命运的奇遇，这漫长而难忘的旅程啊……

"变化真大啊，对不对？你绝想不到咱们会在这茫茫大海的钻井平台上重逢吧?"在贵宾室里，辛卓娅像西方人做祷告似的双手往胸前一合，发出一声慨叹："唉，咱们的青春，一去不复返了，真是往事如烟……不过，你还像过去一样，是个男子汉，一点也没变。"

"不，咱们都变了。"罗力猛笑着拍拍自己厚阔的胸脯："我，现在是联合公司的中方人员，一个钻工，而你呢，是联合公司的股东，承包公司的洋老板——"

"你错了。老板不是我，而是我的丈夫。"辛卓娅微笑着摆摆手，打断了他的话："我也不过是他那个艾菲尔一艾普公司的雇员罢了。但我可以竭尽绵力为祖国、为你们做点事情。今天，我就劝说我的先生出面解决了中方和斯贝尔方面争持不下的一个大难题，推动了我们和贵联合公司的长期合作。要不是这样，今天的开钻仪式恐怕得往后推迟，咱们也可能见不着了。你说，巧不巧？真不知道，这究竟是命运的安排？还是上苍的旨意——”

“我记得，你是不相信命运安排的。”罗力猛倏然又想起了闷罐车，想起了那个雄辩而又倔强的姑娘。

辛卓娅瞟了他一眼，笑着举起纤秀的手拍拍自己的额头，感动地喊起来：“天哪，你还记得火车上我说的话？唉，时过境迁，那一切都如烟消逝了。现在，我只相信这一条哲理：弱者听凭命运摆布，强者却能摆布命运！”她突然神色黯然地低下头：

“而我，每时每刻都在这两者之间挣扎……”

她沉默了，沉吟了一阵，她忽然站起来，脸上又呈现出早先那种开朗的、自负的笑容：

“你还没见过我丈夫吧？这次他在基地忙着谈判签约，没有来，有机会我一定会介绍你们认识的，他人还不错，在美国人里可谓难得——”她走到席梦思床上打开一个小小的航空旅行箱，取出一叠彩色照片，递给了罗力猛。

“这是我们去年到广州谈判时在东方宾馆照的，我们两个人来，没带小女儿。他说他爱中国，起了个中国式的名字，叫唐纳克，你以后也可以这样叫他。他的爸爸是个退役将军，抗战时来过中国，父子俩很相像，拿他爸爸年轻时的照片一比，简直分不出来——”

照片上的唐纳克，碧眼、高鼻、身材修长，风度翩翩，样子还相当年轻，但又留着一撮大胡子叫人猜不出他的实际年龄。

又一张单独的彩照递到罗力猛的面前，这是一个坐在草地上的洋囡囡，一个很可爱的，穿着红色连衣裙的混血小女孩。她的身后是一栋白色的别墅。

“我的女儿。两岁。我叫她珍妮。”辛卓娅把女儿的照片捧到嘴唇边，轻轻吻了一下，然后回过头来，双眼又突然流露出忧郁的神情：

“我一直只顾得说话，忘了告诉你，在国外我用了个外国名字——约瑟芬。不过，在中国，我永远是辛卓娅，请你还是叫我的老名字。”

约瑟芬？似乎在哪儿见过这名字。哦，书上有过，这是拿破仑的老婆的名字！怎么她用上了，笑话！罗力猛随便翻了翻那叠彩色照片，不在意地把它搁到茶几上了。他对照片上的这个“拿破仑”丝毫不感兴趣。

"咚、咚、咚"，有人敲门。

"请进——"

政委进来了，彬彬有礼地通知：

"夫人，运送检验备用配件的联合检查组的飞机到了，一会就要飞回基地，您是不是现在走?"

"谢谢。"过去的辛卓娅，现在的约瑟芬有礼貌地向李政委点头致谢，她回过头不无遗憾地看着罗力猛，原来充满活力的容颜突然变得有点苍老，她像一下子泄了气似的说：

"唉，我得走了……"

出门的时候，罗力猛主动帮她提了旅行箱："我送您上飞机。"

她的脸霎时红了，一双美丽的眼睛，像溢满深情的幽潭，长长的睫毛眨动了一下，静静的"湖水"顷刻间泛起惆怅和惘然若失的漪澜，她小声说："谢谢。"头一低，提起鳄鱼皮小手袋，轻轻地走出门去了，过道里有节奏地响起了她的高跟鞋走在塑料地板上的脚步声。

白色的贝尔直升机刚刚降落在钻井平台的直升机坪上，大螺旋桨刮起的阵阵狂风，吹得站在一旁候机的人们眯起了眼睛。飞机轰鸣和钻机的噪音结合在一起，使人感到刺耳。

"约瑟芬"忽然抓住罗力猛的手，在他耳边大声说："差点忘了问你了，你的太太呢？在哪儿工作?"

罗力猛笑而不答，扬起手来摇了摇。

她疑惑地看着他："还没结婚？那么心上人呢？总有了吧?"

"有了。"罗力猛抬头望着高高的钻井架，调皮地笑了笑，把手一挥："看见了吗？就是它!"

"你呀，唉——"辛卓娅不说话了，而是深深叹了口气，有点悲哀地闭上了眼睛。

直升机的舱门打开了，最先下来的，竟是一个身着粉色 T 恤，下穿朴素工作裤，身材娇小玲珑的姑娘，她神采飞动的小脸笑容可掬，一见罗力猛，立刻惊喜地喊起来：

"力猛——"

罗力猛一愣，眨了眨眼，突然跳起来，把手提箱往甲板上一放，奔上前去紧握着姑娘的手：

“嗨，刘鹰！你怎么来了？”

姑娘抿嘴一笑：“怎么？不欢迎？”

“哪里，咱们庙小，容不下大神！”罗力猛嘿嘿笑着，向着她把双掌一合，开了个玩笑。

姑娘轻轻捶了一下他的宽肩膀，瞪起了一双会唱歌似的眼睛，笑嗔着说：“真坏！你就是不欢迎，我也要来，到学院分配公布前的最后一天，我还在作‘最后挣扎’，坚决不留校！老天爷保佑，还是我胜利了。”

“我知道，还动用了这样的武器——”罗力猛故意苦着脸，伸出两只食指在脸上点点画画：“——眼泪！”

急得姑娘跺着脚抗议：“瞎说，你看见啦？我才不哭呢！”她像孩子般的举动，惹得周围的人投来好奇而关切的目光。

辛卓娅笑盈盈地走过来，热情地向刘鹰伸出手：

“刘鹰小姐，今天在这儿见到您，真使人高兴——”

刘鹰焕发着青春活力的深棕色眸子扑闪扑闪着，有点惊讶地打量了她两眼，和她友好地握了握手：

“您好！您是——”

“您不认识我，可我却对您有大致的了解：您是石油学院的研究生，大前天一分配到南浦基地，就参加了进口设备开箱的联合检验组，以您的才学和负责精神，在两天两夜里为贵方查出了大量索赔的依据，一出马就立下汗马功劳……”贵妇人高贵又矜持地扬了扬眉毛，下巴一翘：“怎么样？我说得对不对？恭喜您——”

刘鹰和罗力猛都吃了一惊，刚下飞机的联合公司中方技术负责人林总工程师听见了，和李政委一起走过来，一边客气地和“约瑟芬”握手，一边风趣地打着哈哈：

“约瑟芬夫人，您的情报工作了不得，咱们小刘才来两天，您就把她的底细摸得了如指掌了，难怪贵公司发展如此迅速——”

“哪里？年轻漂亮的刘鹰小姐是贵方的一颗明星嘛，要是有谁看不见，那他的视力准是出毛病了。”说着，她意味深长地睨了罗力猛一眼，亲昵地揽住了刘鹰的肩头。

“刘小姐，您和林总是来开箱复检的吧？据我所知，平台上这几箱备件也不怎么靠得住，您一定能大显身手！为敝公司提供更多的合作机会。咱们交个朋友吧，我中国名字叫辛卓娅，可记住了?”她打开做工精美的鳄鱼皮手袋，取出两张名片：“这是我和我丈夫的名片，日后请多多关照，请一定给我写信，一定——”

李政委提起贵妇人的提箱，轻轻地提醒：“夫人，请上飞机。”

“谢谢。”她向李政委点点头，又伸出温柔的双手轻轻握起刘鹰的小手，不紧不慢地说：

“刘小姐，真对不起，刚交上朋友咱们又要分手了，我可以和罗力猛先生说句话吗?”

姑娘对她提出这个问题感到古怪，她笑了：“请说吧。”

“约瑟芬”的忧伤的大眼睛望着罗力猛说：“力猛，谢谢你的接待。我很高兴，原来我以为，你会把这次见面当成是冬尼娅和保尔在铁路上的偶遇，但你没有这样做。”说着，向罗力猛伸出了右手。

罗力猛丝毫没有犹豫，果断地伸出右手迎上去，深邃地瞥了她一眼：“这是因为，这个冬尼娅曾经扮演过保尔。”

她的面色骤然煞白，悲哀地低下头，令人怜悯地闭上了美丽的大眼睛。过了好一会她才恢复常态，脸上现出勉强的笑容，水汪汪的眼睛多情地瞅着罗力猛：“多谢你，再见吧。”甜甜的嗓音，又像是从心底的琴弦上鸣奏出来一般。然而在她的灵魂深处，却响起另一种声音：

“……我还在爱着他吗？唉，这一切都过去了……”

她甩着金黄色的长发走了，罗力猛始终站在原地，没再上前一步。

直升机很快上完乘客，关上舱门，腾空而起。罗力猛没有像在场的人那样目送飞机，他一直陷入沉思之中。

飞机在视野中消失了。刘鹰回头问罗力猛：

“这个女人你过去认识?”

“还不仅仅是认识……”罗力猛望着大海说。

三

力猛，我亲爱的朋友：

尽管你可能不会同意我这样称呼你，也好像不符合这个国家的习惯，但请原谅，我还是要这样写，这样叫你。

在直升机上，我望着浩渺无涯的大海里孤零零的钻井平台，忍不住流出了泪水。看着命运把你支配到这个钢铁的小岛上，而我自己却在遥远的国度里安享荣华，我忽然感到自责和内疚。

今晚我又失眠了，你临别时说的那句话深深地刺激了我，使我不能自制地不断回顾过去的岁月，真是百感交集，久久难以平静，我是个对自己走过的道路从不后悔的女人，但对你，我亲爱的朋友，曾经在危难困厄中竭尽全力甚至不惜牺牲自己帮助过我的人，我感到无言以对——虽然现在我时刻想念着你，十分想见到你。你对我恩重如山，而我却根本没有给予报答，反而引你走上了一条如牛负重、既崎岖又危险的小路后一直不闻不问。以你对理想的顽强追求、勇敢的献身精神和善良忠实的品格，本来可以得到更大发展、求得更美好的前途，但是，我的幼稚无知把你耽误了。十三年，对于人的一生是多么珍贵，能干多少事情，能够取得多少辉煌的成就啊。当我听到你竟然还未结婚时，我心都颤抖了，这十三年你是怎样熬过来的？我真不敢想象。幸好，我终于见到了刘小姐（恕我冒昧，我不知道你们的关系，但我看得出来，你是她的心上人），于是，我的心灵似乎增添了某种安慰，我虔诚地为你祝福，我决定，为了你们的未来，我愿意全力来帮助你，像你过去帮助我一样，以挽回我给你造成的损失。

亲爱的朋友，你需要什么帮助吗？请千万不要把这当成是“恩赐”，我知道你是决不会接受恩赐的，这是你的正当权利。我欠了“债”，就得偿还，而且要不折不扣地交付利息。

明天我就要飞香港了，我随时都会来看你。如果需要见我，或需要什么帮助，可通过敝公司驻南浦基地的办事处转达，我立即就可以飞来，我愿做你最恭顺的仆人。

遥祝

幸福！

盼望你的回信，回信亦可由我公司的办事处转交。

辛卓娅

于×月×日凌晨三时

"你们谈过恋爱?"刘鹰看完最后一页信笺，抬起头来，深棕色的眼珠子充满了揶揄的笑意。

"你看像吗?"罗力猛苦笑地望着她。

"就是谈过，我也不吃醋!"刘鹰笑着把信笺叠得整整齐齐，一把揣进罗力猛的裤兜里："真有意思，你这个老老实实的血统石油工人，居然和一个资本家太太有过一段罗曼史，不可思议!"

"不是罗曼史，而是患难史——"罗力猛沉思着说："那时候，她比谁都要革命，我才十七岁，可以说，她当过我的带路人……"

"你怕什么？我说过了，我不管你们过去是什么关系，你就是和她谈过恋爱，我也爱你!"刘鹰笑得更欢了，她突然抱着罗力猛的脖子，在他脸颊上轻轻吻了一下，然后满脸飞红地推开房门跑了，房间里留下了一串珠圆玉润的轻盈笑声。

罗力猛怔住了。他下意识地摸摸发烫的脸颊，胸腔里突然涨起爱的波涛。

罗力猛：

……来这么一下子，叫什么？吻?

哦，她的嘴唇真柔软，热乎乎的，她的头发似乎还有点香，这股香味和贵宾室里那种气味不同，那里的香味是浓郁的，闻多了像要醉，脑袋变沉、发晕；可是她的，却是淡淡的，叫人清醒……

三十岁了，这是第一次？……不，是第二次——

"咣当!"列车又停了，临时停车？还是添煤加水？说不定又得重新编组，改挂机车了。

"嘭！嘭！嘭！嘭!"有人用力敲打闷罐货卡的大铁门，我急忙示意她躲起来。这条大干线上，这段时间运输秩序乱得不得了，发车三四天了，这节货卡已改挂过两个机车，换了两次车长，可谁也不知道里面居然藏着一个女孩子。

铁门一打开，满脸皱纹像个苦瓜干似的列车长把头探进来，神色慌张地小声对我说：

"喂，小伙子，前边有武斗，车让铁路上的什么纠察队截停了，看样子要检查货卡，我得把你这卡锁上，免得惹出麻烦损失货物，一切我顶着，你在里面忍着点，千万别吱声。"

"轰隆隆"，铁门关上，咔嚓！锁上了。

辛卓娅从垛堆里爬出来，看了我一眼，满不在乎地趴小窗口往外瞧，这时已近黄昏，四野静悄悄的，她什么也没看到。

"虚张声势！睡觉吧，呵——"她打了一个长长的呵欠，回到她的"窝"里。这几天，我俩一直是"男女授受不亲"，分别蜗居在闷罐车的两端，界线严格得很。

"睡觉?"我"砰"的一声把小窗关上，我铁路上见过世面，知道列车长紧张的原因，虽然自"全国山河一片红"以来，大型武斗就平息了，可是近来不知怎么搞的，有的地方又死灰复燃了，搞得铁路上不太平。我这卡货有部队的禁令做护身符，但有时造反派一耍起蛮来，天皇老子也不放在眼里，这车上全是好吃的，一纸禁令怕保不住。

果然，十几分钟后，人声嘈杂，由远至近，我们这个闷罐车厢被包围了。

起哄的声音响起一片，夹杂着老车长焦急的声音在哀求、在辩解：

"同志哥呀，这可不是开玩笑的，这是南边的部队往中央送的呀，这禁令上写得清清楚楚的……违反了，上面怪罪下来，谁担待得起呀……"他的声音被一阵嬉笑怒骂淹没了。

"喂——静一静!"突然，响起了一个很好听的亮嗓子，如果这人唱歌的话，准是个不错的男高音。人们一下子静下来了。

"老东西，咱们都是吃铁路饭的，你也会听说过，咱们铁路'制止武斗纠察队'并不是乌合之众，也不是派性组织，咱们也是上面支持的，职责只是保护铁路，制止武斗，其他的事咱们不管。部队的禁令嘛，对不起，这年头我们见多了，支派不支'左'的部队专搞这些名堂，越怕查越有鬼！今天这车我们查定了。你打出中央做招牌？我们也有中央做后台！打开来，如果没有武器，你走你的，如果有，不客气，照单没收！我们是在执行中央制止本地区武斗的紧急命令：严禁任何武器输入!"

"对啊——"外面又是一阵呼啸。

"哐咚——"铁门上的锁被砸掉了，大铁门被推开，一群荷枪实弹的人扒着车要一拥而上，我腾地一下跳到车门当中：

"不能检查！不能检查——这是送给中央首长的水果!"

可是我给推倒了，当即被扔下车来，脑袋磕在道石上，磕破了，鲜血直流。剧烈的疼痛中，我看见辛卓娅又像我一样蹦到车门前，拦住气势汹汹的

"纠察队"：

"这是送给中央的水果，谁敢检查，就是反对毛主席，反对林副主席，反对党中央!"

她的声音很尖，一下子压倒所有人的喧嚣，全场都给她镇住了，闷罐车周围突然像死一般沉寂。

"噢，一个小娘们!"人们待了几秒钟，一个拿半自动步枪的光头小伙子首先像发现新大陆似的喊起来。接着，人群中响起了一声惊人的呼哨，一些乱七八糟、不堪入耳的喊声像狂潮一样卷起了：

"哈，剪了头发的假小子!"

"男人的头，女人的屁股!"

"喂，小四，摸摸她的奶子，看是真还是假！……"

"别吵——"站在路边的人群当中，突然响起了一声吆喝——那个男高音，接着，一个三十来岁的男人攀上闷罐车。这人四方脸，长得挺英俊，他一上车，先按住了一个掰着几根香蕉要吃的家伙的手，劈手夺了他手中的香蕉，扔回车里，然后又跑进闷罐车里转了一圈，不一会，又重新出现在门口，抱着双手，托着下巴，眼睛骨碌碌转了转，把车上的"纠察队"都撵下了车：

"下去！下去！这些东西是你们吃的？再馋也不能碰！想找死啊？快给我下去!"

我捂住流血的伤口，舒了一口气，支起半个身子。谁料这家伙自己没下车，他围着辛卓娅走了几步，突然开口说：

"你，干什么的？押车的？哪有女的押车？再说，来押车你把头发剪了干什么？我看你不是押车的——你是扒车的!"

车下响起了一阵哄笑——

"总不会连她也是送给首长的吧?"

"别看剪了头发，模样儿还挺俊哪!"

辛卓娅又羞又气，胸脯急速地起伏着，她气恼地说："我干什么你们管不着!"

"管不着？老子们要保护铁路的安全，既然是送中央的物资，能随便让人扒车吗？有证件吗？没有？哈，女流窜犯，对不起，得跟老子走一趟!"

"等一等!"我一急，想爬起来，老列车长连忙死死把我抱住，我眼睁睁地看着"男高音"拉了一下辛卓娅，她挣脱了，"男高音"做了个手势，两个光头的小伙子背起步枪，迅速爬上闷罐车把她架下来，一伙人前呼后拥地把她拉走了。

“唉，小伙子，你怎能干这种事，弄一个女的在车上……”老列车长直摇头：“她是你什么人？怎能让她扒车？”

我心里又焦急又难过，有气无力地撒了个谎：“她是我……姐姐，我偷着让她上车，没告诉别人……老车长，你一定要想个办法救救她。”说着我抱着脑袋蹲下了，伤口疼得我直龇牙。

老头子为难地搓着手：“这事难办哪，怎好跟人办交涉？明摆着你不对，搞不好连我连车都给扣下了，这伙人惹不起，没理都能搅翻天，让他们占住理还了得？”

不能指望他了！我咬着牙站起来：“老车长，刚才你也看到了，这伙人什么事都干得出来，我说什么都得去救她，求你做件好事，不要发车，等等我们……一生一世我们都记住你。”

老车长看了看表，踌躇了半天才说：“好吧，我只能等半小时——这里停的虽然是岔道，可四十分钟后要过两趟对开车，不能再拖了。到时你不来……可别怨我们。唉，这鬼地方！”他摇着头向车头方向走了。

天慢慢黑下来了，我上车拿了根手电，用带子挂在脖子上便沿着那伙人走的方向追去。

前面是一个小站，一马平川上只有几栋破旧平房，和铁路上常见的小站没有什么不同，但是，房子前面竟然还垒着沙包工事，山墙上，昏暗的路灯映照着这些年常见的标语：

“制止武斗，铲平伪革委！揪出黑后台！”

“坚决推倒伪革委，誓死拥护新革委！”

标语像新写的，看来这地方有两个革委会——新的和旧的，两个“红色政权”打起来了，难怪这伙人这么无法无天。

我蹑手蹑脚摸上前去，第一栋房子后面，点起了一堆火，火上架着大锅，两个人正蹲着杀猪，两支苏式步骑枪扔在地上，一棵歪脖子树上还挂着一条装着手榴弹的弹袋。

“他娘的！连站岗的都跑去逗那小娘们寻开心了，就剩下咱俩干活，一会伪革委的人摸来，就有好戏瞧！”一个杀猪的嘟嘟囔囔地说。

“走，咱们也不干了，看看热闹去！大洋马他们早就憋不住了，说不定已经在玩上了。”

两个人把刮猪毛的刀扔在地上，提起枪起身走了，我偷偷地尾随着这两个人，一直走到车站候车室，我刚趴在窗户上，里面就传出一声叫人头皮发炸的怒喝：

“你坦白交代！你哪来的？”

马上有一个人插嘴：

“喂，让她先交代，同押车的睡过觉没有？”话声未落，屋里爆发出一阵使人难以忍受的哄笑。

“下流，流氓！”辛卓娅愤怒地尖声抗议。

“他娘的！你这臭婊子还胆敢骂人？你他娘的才下流！”——我的心一阵紧缩：我看见十几个汉子围着辛卓娅，坐的站的都有，一个个目露淫光，脸带邪笑。那个四方脸的“男高音”，慢悠悠地踱到辛卓娅面前，突然一反斯斯文文的常态，伸手用两只指头钳住她的嘴巴：

“你还嘴硬是不是？叫你知道老子的厉害！”

啊——我的心一阵紧缩，连忙低下头，闭上眼睛。

“啪！”一个耳光，谁打谁了？我头晕眼花搞不清了。我心里怦怦乱跳，耳里猛然灌进一串野蛮的叫喊：

“好哇，还打人？大洋马，给她点颜色瞧瞧！”接着，是尖叫、扭打、挣扎、调笑、狂喊、乱糟糟的一片响声。

怎么办？怎么办？我要急疯了，突然，一件东西，在我脑子里闪了一闪：

手榴弹！那挂在树杈上的手榴弹！

我着了魔似的奔到歪脖子树下，摘下了两颗手榴弹，直奔回候车室的窗户下，我紧张得手都不听使唤了，哆哆嗦嗦地揭了盖，霎时，我愣住了：

怎么？扔进去？那辛卓娅不也一起——

突然，一声疯狂的叫喊像火一样灼痛了我的神经：

“来啊，叫小娘们知道爷们的厉害——”

紧接着，屋里的灯突然熄灭了！

我的头“嗡”一下涨得要爆炸，情急智生，我举起手榴弹，拉了弦就往屋后的空地扔去。

“轰——”手榴弹炸了，弹片横飞，震得屋顶晃了晃。我大声喊起来：

“伪革委的武斗队来了，伪革委的人来攻了！”

屋里乱作一团，有人喊“开灯”，马上就有人训斥：“想找死？快出去，拿枪！散开，快散开！”

一伙人像丧家狗一样蜂拥夺门而出，接着就“砰砰啪啪”向屋后的野地里乱打枪。

我紧贴墙根，“呼”的一下蹿进候车室里，“刷”地掣亮了手电，有一个家伙还待在屋里，正趴着窗户向外看，一见手电光就吓得猛然回过头，用手挡住两只惊恐的眼睛，哆哆嗦嗦地问：

“谁？干、干、干什么？”

看他慌得不能动弹，我反而胆壮起来，用手电照住他的眼睛，二话没说，冲上去抡起手榴弹就砸了他一家伙，他“噢——”的一声倒在地上。我急如星火地拉起辛卓娅的手，手电掉在地上也不管了，语无伦次地压低声音吼：

“快跑！没命了——还不跑？跟着我——快，快跑！”

全身细胞都紧张得像要蹦出躯壳，神经都搅成一团乱麻，脑髓全都凝成了一个字：跑！

可是，辛卓娅全身软绵绵的，跑起来东倒西歪，像散了架。我顾不得那么多了，死命扯住她的手，拉、拽、拖！像一匹发癫的马，发狂的牛，一个劲往列车的方向跑、跑！

“呜——”机车一声长鸣，它等得不耐烦了，武斗的枪声把司机吓破了胆，他要开车了！

老车长还站在机车下边等着，他一见我们跑来，连说：“好、好、好！快上车——”

我们跑到闷罐车旁，火车已经起动了，我已经精疲力竭，辛卓娅瘫在地上，像死了似的。我一看，左手还握着汗湿了的手榴弹，赶紧扔掉，辛卓娅还躺着不动，我急得眼都要喷出火来，用力抱她上车，几乎把牙齿都咬碎了，才把她塞进车里，我半个身刚攀上车，火车就加速了，我双脚悬空，趴在车上喘了半天，才有力气滚进闷罐里。

我们就这样躺着，一直躺到半夜。

这一夜又是走走停停，幸亏没有再发生那种梦魇般的事情。

天色熹微，我听见她在唏唏嘤嘤地啜泣，我动了一下，浑身骨头都痛，脑袋发胀，我艰难地爬到她身边，撑起了半截身子：

“你，没事儿吧？”

“没，没事。”她急忙拭擦着眼泪。我惊讶地发现，她又穿上了那件补过的破军装，再一看，她正在收拾昨天穿的那件干部服，好好一件衣服全扯破了。

“哎哟，你的头——”她突然发现了我头上的伤口。

“没事，现在不痛了。”

她又哭了，抽抽噎噎地从破衣服上撕下一条布条，替我把头包上。包好头，她仍转过身去哭个不停，我忍不住了，也背过脸去，硬邦邦地安慰她：

“别哭，你说过，死也不怕！咱们还要去当石油工人呢！”

她突然转过脸，倒在我的怀里，哭得更厉害了。我的心狂跳起来，血液在全身血管里奔腾，但我动也不敢动，既不敢用手碰她，也不敢推开她，只好像个泥菩萨似的挺直身子让她把脸贴着我的胸膛哭。她哭了好一阵，好像睡着了，但仍一阵一阵地抽搐着，我用微微颤抖着的手，想轻轻推开她，可她把我抱得更紧了，并且倔强地仰起了脸——

我终于喘着粗气推开了她……

四

钻机轰鸣。

钻井平台像一把威力强大的巨型弓弩，把由一节一节不断延伸的单根钻杆、钻挺组成的利箭，射向海底，刺穿岩层，倔强地突破、挺进，呼啸着锲入神秘的地壳王国，召唤着那躲藏的油龙。

直升机停在平台上，刘鹰环顾了一下左右候机的人，默默地走向舷栏。林总和她两天工夫就把那几箱复杂的进口产品检验完了，查出了几件假冒名牌产品的过时货，连外国专家都竖起大拇指赞“威里骨!”两天！就这两天。唉，检验慢一点就好了，让刘鹰有更多的机会、有更多的时间……

刘鹰捂住被海风搓揉得有点发潮的面庞，可笑，怎么能这样想呢？又不是孩子了。她知道女性在这里是不能久留的——会给人家带来诸多不便。让她住了两天已经算莫大的恩惠了。然而这样仓促离开，她总觉得惆怅、遗憾。刘鹰就要上飞机了，他还没有来。他仍在钻台上，还有十分钟才能下岗。她也不敢去找他，怕干扰他的工作，他会生气——十分钟！在走之前能见一面，说句话也好啊！

"走啊，小刘，"戴眼镜的林总工程师提着工具箱，大声地招呼她登机了，刘鹰怔了一下，有点恋恋不舍地回头扫了一眼通向钻台的通道，钻台让高大的生活仓挡住，看不见他，只看见高耸的钻塔，那副架势、那种气派，倒像屹立在钻台上的他——

唉，刘鹰真希望飞行员突然发现遗漏了什么小物件在平台上，只要耽误几分钟就行。可是，不可能，只得登机了。

乘客全部就座，机舱门关上，就要起飞，突然，仪表板上的小蓝灯一闪一闪，扩音器响起了何船长的声音：

"洞洞拐，洞洞拐，海洋三号呼叫，海洋三号呼叫，请暂缓起飞，请暂缓起飞，刚接到基地急电，要把今天的砂样由你送回基地……"

副驾驶答："洞洞拐明白。"打开驾驶舱的门，跑下去了。刘鹰心里一阵舒畅，她盯着窗口，不禁又着急起来——他还不来！嗨，难道他会忘了我今天要走？机舱门仍然关得死死的，她看看乘客们，一个个都安安稳稳地坐着，没有一个人有想下去活动活动的意思。

副驾驶跑回来了，手里提着一个小箱子。发动机咆哮起来——刘鹰的头失望地垂在震动着的机窗上，深棕色的眸子顿时失去了光泽。

啊，通道尽头跑过来一个人，哈，是他！他一身钻井的泥浆，连脸上都溅满黑点，他举起了手——

刘鹰几乎要跳起来，她笑得脸上像绽开了一朵牡丹花，她向他说了些什么，他听不见。他双手卷成喇叭筒喊了些什么，她也听不见，最后，刘鹰贴近窗口，双手往脸上抹了抹，做了个洗脸的动作。

罗力猛不明白，他惶惑地学着刘鹰的样子，双手往脸上抹了一下，哈，整块脸变黑了，成了个黑人！

刘鹰笑得前仰后合，直升机轰然拔地而去，只剩下满脸泥浆的罗力猛。他一个人站着，向远去的直升机招手、招手……

罗力猛：

只看见人的脸，什么话都没说，就这样去了。

那一回，也是这样，一句话没说就分手，那是十二年前，人却是另一个，不是她——

我们终于把货运到终点站——北戴河！

交货的时候，一个穿着四个口袋衣服的军人夸奖了我一番，说我对中央首长阶级感情深，任务完成得很好，并当场算清了押运费：两百零六元四角。我们顿时从穷光蛋变成了荷包鼓胀的“大富翁”！

我和辛卓娅去逛了北戴河——她小时候跟爸爸在这里疗养过。可是扫兴得很，到处都是禁区，戒备森严，连一条狗也进不去。我们大失所望，垂头丧气地到了山海关。

山海关——“天下第一关”！我们就要从这儿出发，去大庆当石油工人了！经过那个可怕的夜晚，辛卓娅变忧郁了，可她去大庆的念头变得更倔强、执拗，不可遏止！我们发了誓：立下的志向，雷打火烧不能变，千难万险不动摇！我们认真地打点起“行装”来——衣服鞋袜实在破得不成样子，讨论了半天，一致决定“共产”，每人买一套新衣服、新鞋袜，剩下的钱，买硬席车票，坐客车到大庆去！

百货商店的人真多，我和辛卓娅挤了进去，盘算了好一会，我打定主意给她买一套草绿色的军装，我把衣服拿到手，正要叫掌管咱们两人的“财权”的辛卓娅付钱，忽然看见她捂着口袋，脸“刷”的一下全白了。

“怎么回事？”我吓了一跳。

她愣在那里，没有回答。

我明白了，钱，我们所有的钱，全被可恶的小偷偷走了！

辛卓娅像得了一场大病，整整一天不吃不喝，内疚和痛惜像沉重的磨盘一样把她的心压碎了，可她没有哭，只是老低着头坐着，眼睛直勾勾地瞪着地面，嘴唇都咬破了，血流出来也不擦一擦，那副样子，叫人看见心里都难受。

“算啦，丢了就丢了。谁偷咱们的钱，叫他烂手烂脚，吃进肚里叫他烂肠烂肺！没有钱，你都能从广东跑到山海关来了，现在咱们两个人，还愁去不了黑龙江？”我装出一副笑脸，一面安慰，一面开导。

她转头看了我一眼，没吭声。

“我有办法，担保咱俩都能到大庆！”

“真的？”老天爷，她终于开口说话了！“什么办法？”

“你的拿手好戏——扒车！”我胸有成竹地说：“铁路上我熟，又是铁路员工，只要找到北去的列车，我就有本事扒上去。”

原来我以为她会高兴，谁知她满脸乌云似的摇摇头："不，我再也不扒车了。"

我的心又沉重起来，我知道，那晚发生的事情使她寒了心，她再也不愿去受那样的惊吓和折磨了——扒车，什么事情都会发生的。

"有了！"我忽然又想到一条路。"扒军列！"

"什么？"

"扒军用列车！保证安全，就算万一给抓住了，咱们也能给当兵的讲讲道理，你宣传宣传石油工人的重要性，说不定能感动上帝，顺顺当当把咱们拉到大庆去！"

"对！有门儿！"她听了，大眼睛一转，放出晶亮的光，一忽儿站了起来："走！"

"慢着，你跟自己的肚子闹了一天别扭了，先安抚安抚它吧，要不它就要暴动啦。"我笑着打开她的挎包，掏出两个馒头塞到她手里。

"哎，肚子真的唱'造反有理'了。"她接过馒头像饿狼似的啃起来："只争朝夕——走！"

我背起她的挎包，满怀信心地跟着她向前走去。

当夜，下起了倾盆大雨。

真是个好时机，我们沿着白天侦察好的线路，偷偷地躲过了哨兵，溜进离编组站两公里的军用专线。专线上停着一长一短两组车厢，哪一组往北开？还得冒险去摸一下。

霹雳一声，长空大地像被一把闪着寒光的利剑劈裂了！雨越下越大，我们俩躲在一片矮树林里，全身湿透，冷得发抖，我把我的工作服披到辛卓娅身上，用一根腰带把身上的挎包束得紧紧的，免得它活动起来在身上晃荡：

"我去车上侦察侦察，探探路，你在这里等我。"

"小心点……"她挨近我的身子，温柔地拨弄了一下我的湿头发，电光一闪，我看见她闪动着柔情的眼睛，她苍白的脸庞……

"如果出了什么事，我一叫喊，咱俩分头跑，回到城墙根见——"

"嗯……我等着你。"她把身子紧贴着我，我的心一阵发烫——她的胸口是热的。

我走了，向前走了几步，回过头来看她，恰好天空掠过一道长长的闪电，天地间亮如白昼，在一道道闪亮的雨线中，我瞥见她也在看着我，笑容满脸地举起了手—— 一刹那间，眼前又一片漆黑，她消逝在沉沉夜幕里……

我在泥水里匍匐前行，接近了一组列车。

这组列车只有五六节车厢，中间有两节外表与一般的行李车没有什么区别，我悄悄地攀上扶梯，一拧这车的门把，门竟开了——

我猛的吃了一惊！原来这外表土里土气的车厢，里面奢华得吓人，地板上铺着红地毡，车壁上装着壁灯，一张铺着绿绒桌布的长桌子还摆放着一瓶鲜花……

这是专列！我竟闯到这高级的禁区来了！

门外有人声，我急忙一闪身，躲进车上的洗手间里。

“……王参谋，今天北戴河送来的水果，放在哪儿好?”声音自远而近。

“什么东西?”

“首长爱吃从南方刚运到的芒果、菠萝、香蕉……”老天爷，我们押运来的水果，竟转送到这儿来了！

“放在一号冰箱吧，首长明天随时可能要用车——”

声音渐渐远去了，我喘了一口大气，正想快点脱身，洗手间的门突然被打开了，一个女兵端着一盘高脚酒杯出现在我的面前，她一看见我，吓得“噢——”的一下尖叫起来，盘子“咣当”的一下摔在地上，酒杯全摔碎了。

我慌了神，不管三七二十一，夺门而出，跳下车厢，倒霉！脚被扭歪了。

“抓坏蛋——”，“站住!”

“砰——”鸣枪警告了。

我不理会，拼命向前跑。

“扑通”的一下，我被绊了一跤，转眼间，一个人像座山一样压在我的背上——我被抓住了。

当天夜里，我被关进监狱。

那节专车是一位当时红得发紫、地位显赫的“中央首长”的，尽管他当时并不在车上，但当兵的从我身上的挎包里搜出了一把锋利的三角刮刀，这一来，我就是全身长出舌头辩解，也没法使人相信这不是“凶器”。于是，我大庆去不成了，锒铛入狱，成了“企图行刺”的“现行反革命要犯”!

更荒唐的是，我竟成了辛卓娅。因为挎包和刮刀上都写着这个名字。为了她不受牵连而被追捕，平安地到大庆去，我死死咬定这是我的姓名，就这样，我顶着别人的名字，糊里糊涂地被关了一年。

“九·一三”以后，那位“首长”成了不齿于人类的狗屎堆，我却莫名其妙地被押送回“原单位”，办案的不管我一再声明和恳求，仍然荒谬地坚持把我当作“辛卓娅”。一家伙把我押回海南岛原来辛卓娅待过的那个摘星岭农场里。演出了一场只有在中国的二十世纪七十年代初期才会有的荒唐滑稽剧。

我的理想是到北国的大庆，可是，命运却把我发配到祖国最南端的海岛。唉，理想……

五

直升机在蓝色的大海上空飞行，刘鹰一直在望着大海中那个小黑点——钻井平台。从空中望下去，偌大的平台一下子变小了，这使她很扫兴，直升机，你飞慢一点不行吗？在这苍茫的大海上，除了海水就是海水，平台看不见了还有什么可看的？

“小刘，”林总工程师用手戳了戳鼻梁上的眼镜，打趣地问：“你这研究生不愿意留在学院，死活都要到这基地来，就是为了他？”

“为他？他是谁呀？我不知道？”

刘鹰羞涩地抿着嘴笑，脸上现出了两个浅浅的笑靥：“我谁都不为，就是为了石油！”

“好！你将来嫁给石油好了！”林总大声笑着说。前排座位的人听见了，也乐得哈哈大笑。一个外国专家不知道大家笑什么，伸长脖子要人翻译给他听，旁边的人比着手势说了又说，他终于听懂了，笑着连连点头，向刘鹰抛了一个飞吻。

刘鹰故意转过脸，装着没看见。这个外国人在平台上就老盯住她了，她讨厌那双饥饿、贪婪的蓝眼睛！她望着窗外烟水茫茫、海天相接的远方，独自沉思起来……

刘鹰：

我什么时候认识他的呢？

哦，海里有一片白帆，这白帆顺着风飘，能飘到哪儿去呢？能飘到海南岛去吗？

啊，海南，这绿色的明珠，亚热带的宝库，这瘴疠蛮荒之地，这滴着血也流着蜜的山山水水，这用汗水和泪水灌溉过的土地、使孱弱的幼苗壮硕又使参天大树夭残的森林田野啊……

傍晚，晚霞烧红了河水，我和爸爸赶着牛群回栏了。

一个光头的小伙子蹲在牛栏旁新盖的草房门口，正望着天边的晚霞发呆。看样子，满肚子心事。

"喂，你是新来的知青？"我那时才十四岁，对连队来的每一个陌生人都很好奇。

"是新来的流窜犯，害怕吗？"他脸色阴沉地打量着我。

"哦，原来是你呀！"我听老军工指导员说，去年农场跑了一个叫辛卓娅的女知青，最近上级说找到了，可是把一个男的流窜犯当成辛卓娅押送回来了，闹了个大笑话。我笑着说："我才不害怕呢！我和爸爸跟你只差一个字。"

"你们是——"他诧异得眼珠子也瞪出来了。

"你是流窜犯，我们是流放犯！"我把赶牛鞭一扬："怎么，你害怕吗？"

他搔着后脑勺，憨厚地笑了，那样子，一看就知道不是坏人。我友好地和他攀谈起来。

就这样，我认识了他——罗力猛。

六

推开舱门，往自己床上看了一眼，罗力猛就发现自己的小天地起了变化：床单拉得平平整整，往日堆在枕边的书刊全部"各就各位"，像一列受检阅的士兵，排列在床头小书架上。他明白了，刘鹰临上飞机前，曾在这房间里替他们收拾过。

"咚——"狗仔一脚踢开舱门跟着进来了，倒头就躺到床上，十二小时的一个工作日下来，他累得像条死蛇烂鳝一样，动也不想动了。倏然，他背上像上了发条似的一下蹦了起来，瞪圆眼睛环顾房间，像刘姥姥突然进了大观园，大惊小怪地打着后脑勺叫喊：

“怪哉！是咱们走错了房间，还是七仙姑下凡了？咱们这男子汉的标准公馆，怎么转眼变成小姐绣房一般？”他一愣神，猛然醒悟：“对啦！一定是那个大学生小妞儿来过！”

说着，他掀枕头，翻床垫，还把脑袋伸到床底下，着了魔似的寻找他自命为“男子汉标志”的宝贝——脏衣服、臭袜子、擦鼻涕的手巾……尽管平台上有洗衣机房，可他始终顽固地坚持这一信条：不把这些“男子汉标志”积蓄到一定数量，不送去洗，如今，这些光荣标志全部都不翼而飞了。

“糟糕，”狗仔像被挖了心头肉似的哭丧着脸：“……把我分期分批的计划全打乱了，这么一大堆送去洗，啧啧，这可真有损形象，传到基地去，我连老婆也找不到！姑娘一听就吓跑了——怕洗衣服给累死！谁肯嫁我？”

罗力猛笑嘻嘻地看着他：“——自作自受！”

“噢，上帝！”狗仔在身上画了个十字：“这七仙姑下凡，给有的人带来幸福，也给有的人带来灾难！你当然眉开眼笑啰，我担保，这七仙姑是冲你来的，表面上我沾了你的光，可实际上是坑了我。虽然如此，我狗仔为朋友两肋插刀不含糊！就是自己没老婆也要放声欢呼——七仙姑下凡啦，咱们的猛哥有老婆啦！”

狗仔连鞋也不脱就蹦上海绵床，手舞足蹈地唱起黄梅戏《天仙配》来了：

树上的鸟儿成双对，
绿水青山带笑颜，
……
夫妻双双把家还……

真是个鬼才！急得罗力猛一把揪住他，把他的手一拧：“老实点！”

他痛得咧嘴龇牙，连连告饶：

“不……不敢乱说了，这七仙姑是学雷锋做好事，并没有看上咱们油鬼子，对咱们猛哥没情没意——”

“滚！”罗力猛笑着朝狗仔屁股轻轻踢了一脚。狗仔装模作样地“哎哟”一声，捂着屁股，一瘸一瘸地奔出门去，突然又把头伸进门来说：

“就凭您赏赐的这一脚，兄弟我要加倍宣传！”

“七仙姑下凡啦……”他一路嚷着跑了。

撵走了这个叫人哭笑不得的活宝，房间里安静下来了。

罗力猛坐到床上，每天干完活，他还有一个坚持了好几年的每天一小时自学计划。就是凭自学，他攻下了英、法两种外文，现在靠字典他可以看很多种资料，并且已经写出几篇关于海洋石油勘探的论文了。他定了定神，用手掌搓了搓脸，伸手从书架上取出那篇耗费了不少心血写出来的论文初稿——《南浦湾三个含油构造的勘探和远景比较》，打起精神修改起来，改着改着，脑袋不知不觉地向枕头靠去——这样舒坦多了。

嗯？后脑勺怎么枕到一个硬东西？什么玩意儿？他拿起白枕头一抖，一个圆圆的东西从白枕套的开口滚出来，从床上滚到地上，一下子分成了两半——原来这是一个"友谊"香脂的小圆铁盒子，可是里面装的并不是香脂，而尽是砂子！现在，这盒子散开了，砂子撒得一地都是。

罗力猛怔了一下，立即明白了——这是珍珠河边的砂子！是刘鹰故意把它放进枕头里的。

唉，这比珍珠还要贵重的砂子啊……罗力猛急忙蹲下身去，细心地捡起砂子来。

罗力猛：

珍珠河，它又在我心里流淌起来了！它闪闪发光，流着，流着，似乎小小的河道里流的不是水，是什么呢？——是汗？是泪？哦，那是一个永恒的生命，是一个不灭的灵魂！

我被吊到连部门口的大树下，胸前挂着一个大黑牌，上面写着"流窜犯、强奸犯罗力猛"！名字上还打了个大红叉叉。

前几天把我从场部领回来的大嗓门连长"大喊石"指着我的鼻子吼：

"你这小子找死？逃跑还不算，还想糟蹋哑巴的小女孩？不枪毙也要判二十年！"

唉，这难道真是命中注定吗？我发着高烧，逃出了连队，在摘星岭的大山里转了一天一夜，竟迷迷糊糊地转回到原地来了。在珍珠河边，我见那个放牛的女孩子刘鹰为牵一头落水的黄牛犊，一下子滑到深水区的旋涡里，差点要淹死，便把她救上岸，刚要给她做人工呼吸，大嗓门连长带着几个人扑上来，不由分说地把我抓住了，还给我安上了一个可怕的罪名，这是一个神憎鬼厌的罪名啊！

时近中午了，热带的太阳在我头顶上喷着毒焰，我的生命和身上残存的水分，似乎都被蒸发干了，我昏死了过去……

“哑巴，就是这家伙，想糟蹋你的女儿……”昏迷中，我依稀听到有人说话：“等指导员回来，就……”

我像个垂死的人回光返照一样，微微睁开眼睛，只看见一个容颜枯槁、神情呆滞的白发老人正冷漠地看着我，他就是刘鹰的哑巴爸爸？他会怎样对付我呢？

突然，他手一伸，把一个行军水壶举到我的嘴边，我吃力地仰起脸，发狂似的承受起这救命的仙霖甘露来。

“哑巴，你怎么——”站在一旁的人来干涉了。可他不理会，反而动手松掉吊我的绳索，我一下子软瘫在他的怀里。

“哑巴！干什么？”像空中响起一声炸雷，“大喊石”连长走来了，他一手揪住哑巴的胸襟使劲地摇，一手扬起，眼看就要向哑巴脸上扇去，可是哑巴紧紧地抱着我，滞呆的眼睛突然变得那样威严，闪动着凛凛逼人的寒光。

连长的手停在半空中，揪住哑巴衣服的手也松开，他被震慑了，只得气急败坏地一跺脚：“哑巴，你疯啦？他逃跑，还要搞你的女儿——”

哑巴不屑一顾，吃力地背起我，一步一步向我原来住的草房走去。

当晚，我从梦魇中惊醒过来，又看见他——那个目光呆直的老头，还有我救起来的那个姑娘小鹰，她正在油灯下用湿毛巾替我冷敷，见我睁开眼睛，高兴地回头叫了一声：“爸爸，他醒了。”接着她像小孩子跟小孩子说话那样俯身在我耳边说：

“别怕，你没事啦，老军工指导员从场部回来了，我把你救我的事都说了，我说你是好人……”

我的心尖悸动了一下，一年多来，我一直在苦难和屈辱中挣扎，我以为，除了我自己，这个世界没有一个人会承认我是个好人了，现在，一种绝处逢生的希望随着女孩子温柔的话语，悄悄地从心底萌生，就为这一句话，我要感激她一辈子。

“你为什么要跑？”姑娘好奇地问：“还想到大庆去？”我们前天见面时，我曾对她说过扒车去大庆被关了一年的遭遇，她想起来了。

“我发过誓……”我呻吟着说：“死，也要死在大庆……”

老头直勾勾地盯住我，冷漠迟缓的眼睛突然像被注入了感情的熔岩，奇迹般跳动着两簇异乎寻常的火苗。

“不死！要活——”这个哑巴“咔喇咔喇”作响，像被撕破了的喉咙里，竟然吐出了粗嘎含混的声音：“……为将来……要活！还要学点知识……祖国需要……”

原来，他不是真哑巴！

我的身心都被震撼了——要活！正是我身陷囹圄，受尽磨难之时，悲愤地从心里发出来的呼喊！要多学点知识，也是我多年的向往，我激动地流出眼泪，感到一阵晕眩。

父女俩悄悄地交换了一个眼色，姑娘含着笑两只手把短短的小辫子弄散，又迅速地编起来扎好，咬了一下好看的小嘴唇，开口了：

“你别跑了，我爸爸想收你当学生，你干不干？”

太突然了，我吃惊地望着他们，肚里塞满一肚子话，可是没有一句话说得出口。

“爸爸正在教我高中的数理化和英语，每天晚上都上课，如果你也来参加我们的‘珍珠河夜校’，咱们就是同学了……”

哑巴像提醒她什么：“电……电。”还做了个手势，小鹰急忙点头说：

“对，还有电站。爸爸向连队里建议搞个小水电站，指导员回来说，上级批准了。他要我爸爸来搞，我爸爸想让你当助手，咱们一起学，一起干！好不好？”

哦，这个世界还是有好人的，我还是能被人信任的，我人生的道路上居然能看到一线光明！我思潮起伏地望着这热心善良的父女俩，泪流满脸地喊出声来了：

“老师——”

从此，我这个不幸的人和那个不幸的家庭，结下了不解之缘。

我病好了以后，跟着哑巴父女俩上了水电站工地，也成了“珍珠河夜校”的第二名“学生”。小鹰的爸爸叫刘望南，原来，他是一个保密研究院专门研究铀矿的副总地质师，在隔离审查中受了酷刑，声带被搞坏了，成了一个连发音都非常艰难的“哑巴”，可是到底他有什么问题，连队里谁也不清楚。

我们干得很卖力气，小水电工程进展很快。在小水轮发电机安装好的那天傍晚，老军工指导员王有山把我找去了。

他正低头咕噜咕噜地抽着“大碌竹”，抽“大碌竹”水烟筒，本是粤西高雷一带农民的习惯，开发海南的移民也把这习惯带来了。不知怎么搞的，这个志愿军出身的关东大汉也瘾上此道，而且瘾头特别大。他有两支全场闻名的“大碌竹”，一支很长，长得可以做镢柄锄把，也可以权充竹担扛挑重物，这是留在家里用的；一支极短，短得还没一尺长，上面有钩子，可以挂在屁股后头，上山下地、田头路边随时可以“开火”。他还有个好习惯，和人谈话时，自己抽完“一筒”，一定会装上自己的烟丝，用粗大的手掌把烟筒口揩干净，双手敬到你面前。

他见我进屋，又把扁担一样长的烟筒送过来了。我摇摇头：“我不会。”

“怎么？不会？”他不相信：“试试嘛，好东西啊！”

“指导员找我有事？”我问，挡开了他伸到我鼻子下的烟筒，他见我不抽，连说好好好，迫不及待地自己抽起来，他猛吸一口，仰面闭起眼，“叹”了好一阵，然后“啊”的一张嘴，屋子里顿时云生雾绕。

“小伙子啊，这些天你干得不赖！”他终于开口了：“这电老虎学问老鼻子多，非你们这些知书识字的银（人）来侍候不行。你就不过想去大庆扒错火车嘛，算什么流窜犯？我就不相信你是坏银（人），只要你不跑就好，我把你当自己银（人）……”他在团团烟雾中眯起双眼，斟酌着肚里的话，欲言又止。

沉吟良久，他又像要壮胆似的，狠狠地抽了一口烟，抬起头盯着我：“跟你竹筒倒豆子直说了吧！本来嘛，我知道，这小水电站工程离不开哑巴，可是，从明天开始，得靠你了……”

“为什么？”我声音都发抖了：“那他呢？”

“唉，哑巴……让他回去放牛去。”

“不行！没有他，电站转不了！”我直截了当地说。

老王为难起来，小声地说：“跟你实说了吧，不行了，场工作组明天就来，有银（人）打了小报告嘛，说咱建水电站用了坏银（人），其实，哑巴坏在哪儿？老婆死在牢里了，带着个姑娘还是玩命似的干。唉，没法子，胳膊拧不过大腿……”

我的脑袋像结成一块冰，茫然地离开指导员的家，来到珍珠河边，河滩上亮着一盏小马灯，我们的“珍珠河夜校”往常就在这儿上课，现在，小鹰父女俩正在河边忙着筛砂子，河滩的砂砾太粗，要过两遍筛才能拌混凝土。整个小水电工程的砂子，都由我们三个包了。

我默默地走到他们跟前，小鹰一见我阴沉的脸色，眼圈立即红了，她咬着嘴唇，仍不停地摇动着筛子——我明白，他们也知道了。

我一咬牙，夺过小鹰手中的筛子，用力一推，把筛子架推倒了。

“别干了！都别干了！明天我也上山，一起放牛去！”我赌气地抱着头，蹲在地上。

小鹰爸爸严峻地望着我，摇了摇头。他把手中的铁锹往砂堆里一插，慢慢扶起筛砂的架子，仰天长啸一声，长久地望着天上闪亮的星星。过了一会，他突然弯腰捧起一把过了筛的细砂，像自言自语似的，嘶哑的喉咙又发出痛苦的声音：

“……我们……能当一把……砂子，就够了——”

我心一酸，一头栽在砂堆里，全身战栗着痛哭起来。

小水电站终于竣工了，一个记者来看了看，不久报纸就登出一篇文章，还登了照片，文章里说，小水电站是“在场工作组领导下，狠抓阶级斗争”建成的，还特别提到了“大喊石”连长，说他亲自带领群众进山采石，解决了工程技术上一大难关，“土石匠赛过洋专家”，连“大喊石”看了报自己也脸红，站在连部门口喊：“真放屁！俺只会打石头，连电滚子也没摸过几下，哪会解决什么‘鸡术’、‘鸭术’？”最要命的是，这文章还居然说：“……有一个有严重政治问题的坏人妄图插手‘小水电’的建设，被工作组及时发现，发动群众坚决斗争，‘阶级斗争，一抓就灵’，这件事激发了大家干劲，终于使工程提前完成……”我拿到这份报纸，当天就做了手纸，扔到茅坑里了。

河边的土冈上还剩下两堆垒得高高的细砂，整个工程，没有一颗砂子不是小鹰父女筛出来的。他把全部心血都倾注在工程设计上，挥洒在那些精筛细选的砂子里，掺在压力管孔道、机房和机座的混凝土里了。小水电站终于落成了，在庆祝会上，工作组长喜气洋洋给“有功人员”——“大喊石”和两位老工人戴上大红花，然后昂然发号施令：“送电！”顿时全连灯光通明，大人小孩兴高采烈地拍着巴掌又笑又跳，鞭炮“噼噼啪啪”震耳欲聋，扩音喇叭播出“霎时间天昏地又暗”的“白毛女”样板歌声……我望着明晃晃的电灯，忽然觉得那电流是从河岸上的沙堆里发出来的，那金光闪闪的沙堆啊，埋着一颗亮晶晶的红心，可此时此刻，又有谁记得那忍辱负重的父女俩呢！

指导员从台上走下来，挤到我身边，轻轻问我："哑巴呢？不在？真糟糕，这么晚还在山上吗？准又是牛跑失了，这哑巴——唉！"

我听不下去了，那一字一句像锥子扎我的心，我扭头离开会场，跑到珍珠河边——

河滩上，小鹰父女俩正提着马灯挑砂，他们一担一担地把那两堆筛过两遍的细砂挑上河岸的小土冈上，按连里规划，那里准备建一个电磨房。

我眼眶一热，把衣服一脱，"呼"的一下赤膊跳下河滩，抢过小鹰和她爸爸的担子，把这些担子都压在自己的肩上，像挑两把鹅毛似的，脚底生风地冲上那个土冈……

珍珠河啊，苦难的河，像甘露一样滋润着我心底那块苦旱之地的河啊！

十二级台风！

烈风像一只只无比巨大的九头黑鸟，一次又一次地呼啸着扑向大地。几天来不停的暴雨，此刻更加暴虐了：狂风挟着横来的雨鞭，凶狠地抽打着战栗着的山林，天像要裂了，地像要陷了，昏天黑地中，小小的摘星岭在恐怖地喘息着，似乎再也忍受不下去，再熬上一刻半点，它的心脏会突然破裂，整座山岭都会跳将起来，像死尸一样瘫到咆哮着的海里。

"山怕洪、海怕风"，此刻这两个煞星一齐君临我们的连队，茅屋瓦房被掀了顶，蚊帐床单被吹上天空，铝锅被吹得在地上飞跑……可是胼手胝足的人们并没有顾得上保护自己家的锅碗瓢勺，他们冲向仓库、冲向牛棚、冲向电站，瞪着发红的眼睛保护着自己血汗的结晶。

山洪暴发了！

地处河畔的连队一下子被洪水包围起来，指导员上摘星岭保护胶林和电站去了。留在连队的人顿时慌了神。我和小鹰父女拼着命刚把山背的牛棚用地桩绳固定好，就看见几条壮汉弓着腰，艰难地顶风从牛棚冲过，我大声吼道："干什么去?"可是声音一出口就被风吹跑了，连自己听来都觉得吃惊——简直就像重病号的呻吟一样虚弱。

"大喊石"冲过来了，他在向我大声吼叫着什么，我没听清楚，他又向哑巴比画了一下，凑着哑巴的耳朵大喊一通，我的哑巴老师一听，马上放下手中的绳索，两眼像鹰隼一样闪光。他走过来，拍拍我的肩膀，脱下自己的军用雨衣，亲手把军用雨衣罩在小鹰的塑料雨衣外面，细心地替她扣上扣子，摸摸她的头，然后一弓身，消失在风狂雨猛的山口。

“大喊石”一把拉住我，在我耳边吼：

“你也和俺一起去！山根的二十方木材要让洪水冲跑了，这儿背风，留小鹰看着就行啦！”

我明白了，山根的河岸上堆着二十方木头，这是连队辛苦了一冬砍下来准备盖房的，要被水冲跑了！我回头拍了拍小鹰的背，在她耳边喊：“好好看着，不要乱跑！”就和“大喊石”一起冲过风口，向珍珠河上游的山脚奔去。

真险！原来山下宽阔的河滩，现在已经变成像瀑布一样咆哮奔泻着的大河，河水都涨到木材堆上。有几根原木浮了起来，一下子被恶浪掀离木堆，像脱弦的箭一样顺着湍急的洪水漂走了！

人们立即动手抢搬木头，搬！搬！顾不上喘气，顾不上脊梁像针刺火烧一样疼痛！扛起原木就往山上跑！摔倒了又爬起来，虽然每走一步都是和风雨拼搏，可是来到这里的十几个男子汉，都争先恐后地抢着干，好像扛的不是一根从山上砍来的木头，而是一根价值连城的金条！

原木堆一根根减少，可是洪水更凶猛地涨上来，又有几根原木被洪水卷走了。我把一根原木扛到山坡上，突然看见一个满身泥水的人站在水边，拦住正要弯腰扛木头的“大喊石”，他把手里抱着的那根原木塞到“大喊石”手中，接着又弯腰去抱第二根。大家一下子明白了：传！聪明啊！干疯了的我们谁也没想到这个办法。转眼间一条人龙排起来了，运送原木的速度加快了，我抹去脸上的泥水，拼命睁大眼睛，终于看清了——这个泥人是小鹰爸爸，我的哑巴老师！

就剩下几根原木了，遽然一声巨响，大地抖动了一下，对面的半边山坡竟崩塌了！

我被崩山巨大的冲击波击倒在地上，刹那间我触电似的跳了起来，一个更加骇人的景象出现在我的眼前——

山洪铺天盖地似地扑向我们这边山坡，接着“哗”的一下恶狠狠地砸了下来，洪水落下去了，我看见站在人龙最前边的小鹰爸爸在水里冒出头来，用力从水里拉起了“大喊石”，使劲一推，把“大喊石”推到岸边，忽然又一转身，扑向一根即将漂走的圆木——

轰隆隆——更大的山崩！

泥石流！泥石流发生了！

“刘老师——”我呼喊着扑向山下，可是晚了，令人恐怖的红色浊流像几十条污秽的恶龙，张牙舞爪地把他卷住，他在里面挣扎了两下，马上就被吞噬了。

在这一瞬间，我听到了一声痛苦的喊声：

“啊——”

声音是那样微弱，可是在我耳里变成震天撼地的霹雳，变成突然嵌入灵魂里如火如霜的刀锋，变成扭曲我每一根神经的绞盘！我不顾一切地一头向浑浊的泥龙撞去，可是被几个人拼命夹住，又拖又拽往山上撤——

洪水扑上来了。

唉，珍珠河，这血泪的河啊！

灾难过去了，悲痛却咬噬着全连人的心。

昔日的河滩，淤塞着厚厚的乱石稀泥。珍珠河变丑了，变窄了！人们在烂泥堆里，挖出一根卡在岩石里的原木，接着又在附近找到了小鹰爸爸残缺不全的遗体。

这个噩耗一直瞒着小鹰。头两天，人们对她说爸爸到别的连队帮助保护胶林去了。风停了，洪水退了，连队人人都开始收拾残局、恢复家园，被洪水分隔在各处的人都陆续脱险归来了，小鹰焦急起来，从早到晚都站在路口翘望，见人就问：

“我爸爸呢？他什么时候回来？”

“你见到我爸爸了吗？他上哪儿去了？”

大家支吾着，总是安慰她：爸爸被抽到很远的地方搞抗灾斗争去了，很快就会回来。可是她不相信：“不，别人都不去，怎么光他一个人去？他不能说话，怎么会叫他去？”

人们面面相觑；摇头叹息着走开。小鹰觉察到了，害怕起来，她一把抓住一直守在她身边的我，瞪起眼睛大声喊：

“你们别骗我！我爸爸到底上哪儿去了？你说，你说啊！”

我望着她，眼泪像雨点一样落下来。

“啊，爸爸——”小鹰突然凄厉地尖叫起来！她撇下我，沿着珍珠河狂奔，一路跑，一路哭喊着：“爸爸——爸爸——你在哪儿？”

然而，她的爸爸不可能再出现了，劫后的珍珠河和摘星岭肃穆地沉默着，只有呜咽着的山风送来令人心碎的回声：

“爸爸啊，爸爸——”

要下葬了。墓地就在曾经打算建磨房的河边小土冈上，离小鹰爸爸挑砂垒堆的地方不远。这时候，人们才知道，他原来是一个烈士的遗孤，从小在苏联保育院长大，大学毕业又留在苏联的军工部门工作，新中国成立后才和爱人一起回国。正当年富力强，一场政治风暴把他变成“特务”，关押了两年，妻子死在狱中，“一号命令”下来以后，他带着女儿被发配到这里。

四个老军工扛着小鹰爸爸的灵柩。后面，小鹰捧着爸爸遗下的军用雨衣，哭成个泪人。全连都来了，工作组早就离开连队了，但这时又传下话来：刘哑巴的问题没搞清楚，丧事从简，可以开个简单的追悼会，但不要以连队或个人名义送花圈……然而，送葬的行列中，人人手里都拿着一朵白纸花……

下棺的时候，小鹰晕过去了。指导员老王泣不成声，他抱着小鹰喃喃地擦着泪水！

“……就为一根木头！就为一根木头啊——”

全连大恸！我哭号起来，拨开众人，走到小鹰爸爸曾经挑砂的地方，那两堆细砂早已被风雨夷平了，可是一层厚厚的细砂仍顽强地粘在冈上的泥土里，我颤抖着捧起了一掬细砂，回到人群当中，回到我的老师的墓穴旁，把这闪光的砂粒撒在棺木上。

细砂，唤起了全连的回忆，人们又仿佛看到他在河滩上挑灯筛砂、挑砂的身影。人们默默地在我身后排成一列长龙，每人手里都捧着一掬砂土……

小鹰在老王怀里醒过来，悲怆地抽搐着，忽然像想起了一件什么事情，无力的小手从怀里掏出一个小布包，呜咽着交给指导员。

老王小心地打开小布包，里面净是一毛、两毛的零钞票。

“……爸爸说，这钱攒着……不能花……将来，交党费——”

“我的好同志哟——”老王抱着小鹰，泪流如注地跪在墓前喊起来。

突然，又有一个人跪下了，他一边向墓穴里撒砂，一边哭喊：

“老刘啊，俺对不起你！你是好人！俺对不起你啊——”

他，就是“大喊石”，原来，向上面打小报告反映水电站“问题”的人，就是他。

坟墓前矗竖起墓碑：刘望南同志之墓。碑石是“大喊石”从山里采来的，他亲自进山选了一块最好的石料，没让老王和别的同志开口，就端端正正把“同志”两个字刻在死者姓名之后了。

我的老师就这样长眠在这流着血和泪的珍珠河畔，长眠在这使我的心灵经历严峻洗礼的地方。然而，我总觉得，他的灵魂并没有飘逝，每当日出日落，河水泛出耀眼的漪涟，河砂在阳光中闪烁——那就是他的英灵在闪光！

珍珠河啊，闪光的河！

七

力猛，我亲爱的朋友：

我还是要这样称呼你，因为你竟然不按礼貌的习惯回信，我要一直这样写信给你，直到你回信告饶为止，这也算是一种惩罚吧？对不对？

我又来到北戴河了，此刻，我正在中海滩专供外国人住的别墅里给你写信。旧地重游，感喟万千。我流出了眼泪——我想起那个漆黑的雨夜，阴森森的树丛里传来你的大声叫喊……为了我，你吃了多少苦啊，你怎么就只字不提呢？是往事不堪回首，还是故作矜持，不屑提及？你不说我也想象得到，那年头，被关起来的滋味不会好受。

可能因此你会恨我一辈子。如果我当时真的去了大庆，你虽然在铁窗下含辛茹苦也许会得到某种安慰。可是不幸得很，事情总不如人意，人生的波涛把我这一叶孤舟抛向了另一个天地，你怨我是完全有理由的，因为我违背了初衷。可是我该去怨谁？命运之神的法力，弱者终究是难以抗拒的啊！现在回过头来看，我当时的“最高理想”真纯洁透了，幼稚得可爱！我追求它的那股狂热劲头，堪当一代热血青年的楷模。尽管这样，我并不后悔！正是这些人生道路的波折，使我猛然悟出事业成功的真谛，我才得以从这一个台阶跃到另一个台阶，当我以那种狂热、执着的劲头追寻另一个目标时，我果然成功了！正基于这个原因，我才特别怀念那一段盲目地在摸索、在追寻的生活，怀念那段艰苦历程的伴侣，这个伴侣不是别人——就是你！

啊，力猛，此时此刻，我多么想知道我们分手后你的遭遇，又多么想把我的经历告诉你啊……

约瑟芬扔开笔，心烦意乱地点了支香烟，深深吸了一口，闭上了眼睛。

原来想好了很多很多的话，写不下去了，怎么搞的？哦，准是让这个该死的电话给干扰了——

唐纳克来了电话，要她明后天飞到日本去。本来，他俩一起到北戴河休息的，可是他住了两天，不耐烦了，要走。她当然不干，他只好自己先走了，去日本洽谈一桩生意。约瑟芬一个人留下来，乐得自在逍遥，没想到他这么快就来电话……

约瑟芬：

守着这个洋大爷，我可是真的厌倦了。

他是个经济动物，没有一点人的感情！作为一个丈夫，他是不合格的，这并不仅是指他暗地里寻花问柳，关键是他太没有同情心了，每一秒钟只想到自己、想到自己的事业。我佩服他那股为了达到目的不择手段的疯狂劲头，佩服他坚强的个性，也的确从他身上学到不少东西。可我不能依附他！依附了他，我自己便不存在了。难道我在那几年中步履维艰地苦苦追求的，就是为了求得一时的温存而失去独立的人格、去做一个享尽荣华的贤妻良母？不，我才没这么傻，我也要有我自己的事业！我要在这弱肉强食的世界里做一个能支配别人的强人！

不管怎么样，给力猛的信还得写下去，唉，一提笔，就想起那个阴霾惨淡的早晨……

从郅岳军家里出来，我对拯救力猛完全绝望了。

我被扒军列带来的严重后果吓呆了，我根本没想到那里竟然全是不准平民百姓出入的禁区！根本没想到竟会闹到开枪、抓人！那天夜里，我冒雨跑回城墙根等了一夜，力猛没有露面，他肯定是被抓住了！急得我双脚直跳。我一筹莫展地冥思苦想，猛然想起郅叔叔——郅岳军来，他原来是我爸爸的秘书，听说现时在秦皇岛当个什么官，找到他，或许有希望救力猛！我把眼泪一擦，跑到秦皇岛市像瞎子摸象似的在各政府机关寻访了一整天，傍晚时分才找到郅叔叔的家。

郅岳军还没回家——他去出席文艺晚会了，我忍住饥肠如绞的折磨，不理会郅家的人不时投来的白眼，耐着性子等到晚上十点钟，他回来了。

几年不见，他变成了个大胖子，肚子鼓起来，原来就喜欢眯起的眼睛变成一对小弯月牙，乍一看像个弥勒佛。

“哟，这不是小卓娅吗？哪阵风把你吹来的？怎么成了这副模样儿？你爸爸呢？出来工作了吧？”

我一听，心眼咕噜一转，马上随口应答：“早出来了，蹦跶得挺欢的。”

“在做什么工作？在省委还是在下面？”

“在省委，什么八办九办，反正他保密，我也不管他。”我睁眼瞎说，漫天价胡编，其实，我自己也不知道爸爸现在被关禁在哪个角落里。

“出来就好，出来就好，”他眯着笑眼看着我，又看看我脚下的行李，打着哈哈问：“这么晚了，来找我有什么事吗？”

“有，无事不登三宝殿。”我胆一壮，绕了个弯子把事情兜出来了：“我和一个同志想到大庆去，中途下车到处转了转，没想到这家伙迷了路，跑到禁区里，被拘留了，想请郅叔叔想个办法，把他弄出来，不知这事好办不好办？”

“这个嘛——”他皱着眉头，小小的眼珠子转了转，问道：

“这人叫什么名字？有证明吗？”

“叫罗力猛，证明——证明在我这里。”我把罗力猛的证明递了给他。

他很仔细地看了看证明，沉吟地把证明还给我，又皱起了眉头，有点为难地说：

“可以试试看，我先打个电话，能不能帮上忙，不敢说。”

我千恩万谢，他看看表，说还有事，叫爱人安排我休息，就进房去不露面了。当晚，我和他家的老保姆共一个铺，我已经几天没睡好觉，疲惫不堪，一听有点希望，紧张的心情一下子松弛了下来，再也支撑不住了，身子一挨床就睡熟了。

第二天两眼一睁，大太阳晒进屋了。我跳下床，忙问老保姆：“郅叔叔呢？”

老保姆冷冷地说：“上班去了，他爱人打电话回来说，请你快离开，一会保卫组就要来人查户口。”

我的心凉了半截，急得快哭出来：“那……那我的事，他没说什么吗？”

“没有。”两个字像块扔过来的石头。

我还想问什么，老保姆转身走开，不管三七二十一，把我的行李提到屋外，我气得发抖，刚迈出郅家大门，她就“砰”的一声把门关死了。我回头狠狠瞪了这扇可恶的大门一眼，一屁股坐在行李上，眼泪再也忍不住了，汩汩地往下流。我竭力咬着自己的手指，不让嘴巴哭出声音来。

唉，世间人情如纸薄！晚上还说得好好的，第二天一早就扫地出门了。还算是我爸爸的老部下呢！哼，就凭带出这样一个老部下，爸爸也活该挨打倒！

上哪儿去？前路茫茫。我心一横，豁出去了！到郅岳军的机关找他！看他敢把我怎么样。我提着行李闯到他办公的那个大院，门卫拦住不让进，连他人影也见不着。我大闹一场，把门卫闹得不耐烦了，不一会来了两个民警，把我双手往后一扭，像老鹰抓小鸡似的把我捆走了。

孩子们在街上喊：“看哪，抓了一个女流氓！”

“不对，是个疯丫头！”

“疯子！”“疯子！”

孩子们的叫喊触动了我的神经，我一咬牙，破罐子破摔！说我是疯子我就是疯子，看你们怎么治我？我胡言乱语地在街上闹起来，他们把我弄到派出所，有个女民警来搜我的身，我唾了她一脸唾沫。他们火了，把我按在地上，从我身上搜出了罗力猛的证明、感谢信，这一下他们怎么也不相信我是疯子了，怀疑我是个小偷或者是女骗子。可是任他们审来审去，我一直颠三倒四地装疯卖傻，他们一点办法也没有，只好把我关在收容所里。

我怎么也想象不到，收容所竟会这样肮脏、令人作呕。和我关在一起的，有两个满身虱子的乡下女人，可能真有精神病，一个身份不明的老太婆，两个坏透顶的女流氓。我一进去就被押去挖防空洞，干了一整天，累得全身骨头都像安错了地方，晚上回到收容所，还和两个女流氓狠狠打了一架。

这两个坏女人可能是因为卖淫被关进来的，无耻得叫人吃惊，她们竟敢肆无忌惮地谈论如何和男人鬼混，还不时做出下流得恶心的动作，“吃吃吃”地大声笑着，谁听了都会起鸡皮疙瘩。她俩叽叽喳喳地交头接耳了一阵，那个像蝴蝶谜一样的瘦女人跑到我跟前，用手抬起我的下巴：“哟，还挺俊的呢！我看还新鲜不?”接着一只黄黄的瘦手竟伸到我胸前捏了一把：“嗬，够斤两的，就凭这俩玩意儿，出去能卖大价钱！”

我猛地跳起，一巴掌把她揍倒在地上，另一个叫喊着扑过来，我像只暴怒的狮子，发狂似的又撕又咬，头发也扯下一把把，最后把她们治住了，尽管这两个臭婊子嘴上骂得天崩地裂，可始终缩在角落里没敢过来，我仰天大笑起来。

哦，我真的要发疯了！

苦熬了两个多月，有天管理员把我带到办公室。

办公室前停着一辆伏尔加，我一进办公室，顿时愣住了，一个白发老人老泪纵横地向我扑了过来——

爸爸！

啊，苦难熬到头了。

咯、咯、咯——有礼貌的敲门声。

约瑟芬急忙拭干不知不觉地流出来的眼泪，打开化妆盒匆忙地往脸上扑了扑粉，把未写完的信锁进抽屉里。然后慢悠悠地去开门。

一个风度翩翩的外国男子立在门前，一见她就热情地招呼：

“啊，太太，怎么还不去浴场泡泡海水？”

“您好，克拉克先生。”她向他伸出了手，来人没有握手，而是轻轻托起她的手吻了一下。他是一个国际财团的高级代表，是和约瑟芬中午在国际俱乐部吃饭时相识的，并约好了下午一同游泳。

“您专门来请我吗？”她含情脉脉地问。

“非常乐意为您效劳，太太。晚上到起士林去，我请客。”

“您真客气。请稍等，我得拿泳衣和浴巾。”

这个男人跟着她进了屋，随手就关上房门，在约瑟芬打开衣橱取泳衣提包的时候，他突然从后面抱住她，然后扳转她的头，给她一个热烈的长吻。

她笑嘻嘻地推开他，打开门逃出去了。她觉得有点意思，但在心里又警告自己：“这种人对事业毫无帮助，只能作为检验自己的支配能力的一次试验，玩一玩，逢场作戏而已。”

他走了。

夜深人静，大海也发出一阵阵甜美的鼾声，使人觉得大海就躺在自己的枕头边。哦，它是浩渺博大的，连呼吸都充满着撼人心魄的力量，人和它相比，显然多么可怜。人为了活在世上，就得爬行，就得奔走，就得搏杀！如果要活得好、活得像个人样，就得每一分钟都在挖空心思，就得用一切手段去征服——征服钱财、名誉、权力、征服人！只有敢于征服、善于支配别人的人，才能成为强人！

可是，这海……

约瑟芬在黑暗中大睁着眼睛，突然用枕头捂着眼睛，嘤嘤地哭了。

约瑟芬：

这封信我真不知该怎样写下去。

可能已经太晚了，我和那个人已经分开了整整十三年，我们之间隔着一个“海”、一个“太平洋”！要想征服他，首先要征服这个“太平洋”！

奇怪，我自己是怎样跨过这个海洋的呢？哦，这件事情仿佛发生在久远的年代里，但我仍记得每一个细节，往事，又像长长的电影拷贝一样，映现在记忆的荧幕上了……

“爸爸，我还得去找一个人。”在急驰的伏尔加里，我突然想起一件事情，这件关系到一个人命运的大事几乎被突如其来的父女重逢的喜悦挤出脑际。

“不行，没时间了，我们还得赶北京的火车，为找到你，我花的时间太多了。”老头子摇摇头。

“我这件事很重要。”

爸爸不作声了，两眼望着窗外飞掠而过的树木。

“我的问题刚解决，工作还没定下来，得马上赶到北京去，迟了不行，这比你找什么人都重要。”他沉着脸开了口，又长长地叹了一口气。

我明白了，这关系到我爸爸、妈妈和我——我们一家的政治生命，直到现在，爸爸还不知道妈妈的下落，他的心情比我要着急得多。

果然，从他胸臆里发出了令人伤心的男低音：“要找，应该……先找到你的妈妈……”

“妈妈——”眼泪在我脸颊上汩汩流淌。

妈妈比爸爸更惨，她是最先被关起来的。她出身于一个反动大官僚家庭，参加革命后又曾经做过某一位大人物的秘书，照顾过他一段时间的饮食起居，那个大人物被“打翻在地、永世不得翻身”以后，妈妈便首当其冲，在一个夜晚被一群武装人员和红卫兵押走了，从此杳无音讯。算起来，我整整有四年没见过她了。

我暗暗作了安排，见到妈妈以后，一定要去找力猛，然后去大庆——决不食言！我想我能够说服爸爸妈妈。

在北京等了好些天，爸爸的任命下来了，借助一个老首长的关系，爸爸当了一个新组建的军事工程指挥部的第二把手，协助军代表抓全面工作。然而这消息带来的欢乐是短暂的，三天后，一个可怕的打击落到我们父女俩头上——组织上派人正式通知爸爸：经查实，妈妈因病死在狱中，遗体已火化，但骨灰一直无法找到！

爸爸一整天没有说话，脸上的肌肉都在痛苦地抽搐着，以致整个面部都变形了，使他的容颜变得十分可怕。晚上，他起床解手，一走出房门口就摔倒了——心肌梗死！

他在北京的医院里躺了几个月，他的独生女儿——我，也只得在医院里陪伴了近半年。

就是这个医院，改变了我以后的生活。我曾经怀着负疚的心情，多方设法打听过罗力猛的下落，可是始终没有确切消息，只听说他被送回广东去了。唉，大庆、力猛……渐渐都在我的脑海里沉没了。

“老首长，还认得我吗?”一个衣着剪裁妥帖合身但很朴素的女人出现在家门口，她身材还很苗条，皮肤白嫩，长着一双向上飞得很厉害的丹凤眼。我抬起头来瞥了瞥她，马上就强烈地感觉到，这是一个叫人猜不出年龄的女人，从她的风度和精心修饰过的头发却可以看出，她从前可能当过演员，至今还保留着演员的某种职业习惯。

“哦，小李！李玉婷！”爸爸在躺椅上瞪起昏花的眼珠子，欠着身子叫起来。他出院好几天了，还得休养两个月。

凭着一个女性本能地对漂亮女人的妒心，我再次挑剔地打量了这个李玉婷一眼，马上想起来了，她在五十年代是个年轻走红的歌舞演员，在当时时兴的大小舞会里是爸爸经常的舞伴之一，因为爸爸与她来往太密，惹得妈妈常常闷闷不乐，夜间哄我睡时会突然搂着我偷偷掉眼泪，后来妈妈终于和爸爸大闹一场，直到一个老上级出面干预，事情才了结，这个演员从此在家里消失了。想不到，她竟会在这种时候又重新出现，我更万万想不到，这个不速之客后面还跟着一个不速之客！

像看到一只癞蛤蟆跳到身上一样，我突然厌恶地发现李玉婷身后还进来了一个人，他一进门就点头哈腰，我不禁打了个寒噤，浑身汗毛凛竖，是他——郅岳军！

我二话没说，扭头就奔出家门。

像鬼缠住了我们家似的，这一男一女以后就经常来了。爸爸像换了一个人，病态的忧郁一扫而光，在一个星期天，爸爸要设宴招待他们，他一面吩咐我到机关食堂订一桌好菜，一面小声地埋怨我："你还在记郅叔叔的仇？算了，过去的事就让它过去吧，他当时没帮助你，也有他的难处，他都一再向我道歉了嘛，把你关起来，那不是他的错，他已经把那个派出所所长处分了……"

"都是我的错！你把我撵出家门好了，我知道有人想侍候你！"我火头上顶了他一句，抄起一本小说就跑出大院，跳上公共汽车，远远地躲到天坛看书去了。

我无所事事地逛到晚上八点，回到家一看，"家宴"竟仍在进行，桌上杯盘狼藉，爸爸和郅岳军还在喝酒。

"喝！喝！你不要命啦？"我上前把爸爸的杯子和桌上的酒瓶全都收起来，回头狠狠瞪了郅岳军一眼。

郅岳军对着我嘻嘻笑着："不、不要紧，小、小卓娅……你爸爸今儿高兴，以后……以后不用愁，有人照顾了，你李阿姨是个好大夫，治家……治家也是一把好手，我知道……我了解——"

我气得脸色发青，两眼盯着爸爸："这是真的？媒人是谁？是他？"我一指郅岳军。

爸爸舌头打结，一脸傻笑。

我火冒三丈，恶狠狠地把酒瓶摔在地上，"砰——"酒瓶碎了，恰好李玉婷从厨房里捧着汤出来，一见愣住了。我瞪着她喊："滚！快滚！"一扭头跑回自己的房里蒙头哭起来。

有人跟着进来，拉亮了电灯，接着有一只手温柔地抚摸了一下我的头。我躲开了，骂了一句："滚开，别碰我！"

"你何必发这么大的火？咱们还是心平气和地谈谈的好。"——这是李玉婷的声音：

"我早就料到你会撵我，可是，你爸爸已经够倒霉的了，最好不要再增添他的烦恼了。你不欢迎我，我可以不来。但你光会哭闹，却是最失策的，这不是在逞强，而是在示弱，这是赶不走我的——我是个要强的人，喜欢开诚布公地谈。”

我倏然转过头，睁圆了双眼瞪着她。想把她臭骂一顿，可是一看她不动声色的脸容，我噤住了，骂人的话全被脑子里瞬间跳出的一个大问号堵在喉咙里——怪！她竟敢在这种情况下装出若无其事的样子来劝我。对这种人，哭、骂，甚至动手揪她、撕她恐怕都是无济于事的，她说得有点道理，撒野只能是示弱。

“我们俩最好还是做朋友，我知道你家的不幸，在这种时候，你最需要人来关怀、体贴、宽容和谅解，而不是猜疑、仇恨、暴怒和火拼——”

“我不要你来做救世主！”我尖叫起来。

她大度地笑了笑：“我当不了救世主。可是，我也是过来人，知道做女人的全部痛苦。我的遭遇比你更不幸，我转业以后，凭自学考上了医学院。我有过两个丈夫，头一个反‘右’时自杀了，第二个‘文化大革命’中离了婚。我现在是孤身一人，可这些磨难都整不倒我，我还是活得好好的，能吃、能睡，工作也挺称心……如果将来我们能生活在一起，你也不必担心我会侵吞你们的家产——还是你来管家！当然，如果你不愿意在这新组织的家庭里生活，那我也可以走开。不过，我们已经说好了，你父亲会跟着我到我那边去，人都老了，我们想相依为命……”

我顿时气得发抖，她竟把一场剑拔弩张的对峙巧妙地转化成一次谈判、一次交易，处处显示出她在居高临下地左右局势——我受不了，我像泼妇一样跳起来骂街了，啐了她一脸唾沫，当天晚上就打起包裹离开了家。

前路茫茫，到哪儿去呢？

我突然想起鲁小亮——那个在我逃出农场时借给我三十块钱的小伙子，我跟他一家都很熟，最近我在王府井碰到他的妹妹，知道她的父亲最近升了官，全家都回到北京来了，她还把家住的地址给了我。我提起行李就到鲁家去了。

鲁小亮开门一见我，眼睛睁得铜铃般大，好像见到一个火星人：“是你？稀客！稀客！”

我凄然一笑：“你别把我看成天外来客，我是来还债的，顺便求你妹妹帮个忙。”

“什么事？”

“借一块宝地落脚谋生——老爹要娶后妈，合不来闹翻了，无家可归啦！”

“这好办!”他笑着把手一挥：“我们家向来是‘摆开八仙桌，招待十六方’的，专收留从家里跑出来的逃亡者。”我突然觉得，他略长的脸型有点像罗力猛，虽然没有罗力猛的五官那样粗犷，那样富于男性美，但眼睛乌溜溜的，比罗力猛要机灵、活泼、有头脑……

我就在他们家住下了。一个月后，爸爸和李玉婷结婚了，我却通过鲁小亮爸爸的关系参了军，去大庆的梦想彻底粉碎了，我在一个代号为“0703”部队的计算机站当了一名“学员”。和鲁小亮接触越多，我就越佩服他的风度和魄力，佩服他在高层领导人物当中周旋的手段和本领——他简直是“通天”的!我的心被他征服了，和他的关系越来越亲密，而且很快超过朋友的界线，我把原来不该属于他的爱和少女珍贵的贞操，都给了他。

“九·一三”事件像一个晴天霹雳，在“0703”的营房里炸开了。

我懵了，不知所措——鲁小亮畏罪自杀了！接着，他的父亲也出了大问题，被隔离审查。更令我震惊和屈辱的是，我发现失身于鲁小亮的少女不只我一个，光在“0703”，就揭发出有四个女孩子被他玩弄过!

“0703”被别的部队接管了，集中整训，半年后番号被取消，人员遣散，我提前退伍了。

理想又一次破灭，我在人生的旅途上又一次受到挫折，我看破了红尘，革命啊，主义啊，路线啊……在我看来全都成了过眼云烟。

“啊，天大亮了!”约瑟芬一骨碌从床上爬起来，拉开厚厚的窗帷，阳光像决堤的海潮一样泻进房间，她在窗前呆呆伫立着，一夜的放纵和失眠使她脸色苍白，她百无聊赖地点着一支烟，可马上又把它捺灭了，若有所思地坐到桌前，打开抽屉取出那封写了一半的信，正要下笔——

咯、咯咯，又是那有礼貌的敲门声。

“讨厌！讨厌透了!”她把笔一扔，生气地用英语喊出声来：“回到您的房间去，我现在不需要您!”

八

糟糕，又输了！打扑克真不好学，握刹把拿进尺，下套管取岩芯，样样都得心应手，偏偏打这扑克一摸就输。

伙计们起哄了——夹耳朵！夹鼻头！狗仔吆喝一声："算啦，便宜了他，要他坦白交代，前两个月来检验备用配件的那个大学生小姐，是不是他老婆！"

"对！""对！"

"升堂——"舱室里闹翻了天，狗仔把一个破黑提包往脑袋一扣，提包两边破洞插上两块硬纸板，俨然像个大戏里的昏官过于执拗，他拿起桌上一本英汉小字典当惊堂木，"啪——"吼开了：

"罗力猛，从实招来——"

"说——"几个声音一齐喊。

"胡扯什么？我一直把她当作自己的妹妹——"唉，舌头真笨，一点也不听使唤，说这干什么？太不理直气壮了。

"还不老实？人赃俱获！"狗仔忽然甩开了他的"官帽"，这时他不像个昏官倒像个强盗了，他跳过来掀开我床上的枕头，露出一封信——"看，刚收到的情书！"

"哈，公开——"

倒霉！这是今天刚收到的辛卓娅的信，竟叫狗仔发现了，这信上尽是些乱七八糟的东西，说什么也不能让他们抢去！我跳过去要抢，可是小伙子们把我按住了——

有人拍肩膀，谁？啊，辛卓娅，她又来了，该死！她老缠住我干什么？

"力猛，起来，快起来！"

罗力猛一个鲤鱼打挺跳起来，睁开眼睛，哦，刚才是在做梦。怎么会做这样的梦？怪！

何船长站在床前，神色有点异样。

"什么事？"罗力猛擦了擦眼睛，霍地一下站起来。

"海水泵出了毛病，海水打不上来，现在正在开备用的，斯贝尔的船上代表要飞机从香港送一套新泵来，这要花外汇，又得增加打井成本，表面上是双方负担，实际上最后还是要我们将来生产的石油来偿还的，我方不同意——"

罗力猛的眉头跳了跳："我下海去看看！"他知道，海水循环是船上动力的冷却手段，海水打不上来，会给设备连续运转造成巨大威胁。

"那位先生说，现在海上浪大，下海违反安全规定，而且下去也不可能修好。政委和我找陈工程师商量了一下，都认为我们不能让他牵着鼻子走，抢修应当立即进行，安全规定并没有禁止下海抢修这一条，实际上，他们是想逼我们多花钱买配件，他们早就和艾菲尔一艾普公司的配件承包商有某种默契。”

“哼，赚钱赚红了眼，连窝边草也吃!”罗力猛脑海里突然冒出了辛卓娅的脸孔，好个“约瑟芬”！她会干这些事吗？缺德？貌似爱国、慷慨，一旦把竞争对手挤掉，签了长期承包合同，就不择手段捞钱了！罗力猛顿时像吞咽了一条海蛇，胸中滑腻腻的作闷。唉，人哪，为什么会变成这样呢!

“你们班在休息，是不是你们干？和外国人的嘴巴官司我来打，你准备一下，动员——”

“用不着动员，让其他人睡觉，我一个人先下去看看。”罗力猛脱下衣服往床上一甩，走出房间。

海水泵是沿着平台的三条巨大钢骨架桩腿之中的一条伸进海里的。罗力猛在桩腿里往腰上拴安全索的时候，斯贝尔那个大胡子代表跑来了，用英语说：

“您要干什么?”

“修理——”罗力猛打了个手势，用英语回答。

“NO！NO!”大胡子叫起来：“你们要修理多久？一个礼拜？十天？抑或是一年?”

罗力猛冷笑一声：“马上就好!”

大胡子摇摇头，立即回过头通过译员向在一旁帮忙的何船长嚷起来，他的译员是从香港雇佣的，戴着金边眼镜，普通话说得结结巴巴：“……这是不行的，违反安全规定。下去的这位工人如果修不好海水泵，将得不到全部奖金，如果损坏了设备或出了事故，联合公司不可能负责赔偿和抚恤，而且，贵方全体人员亦将不能获得奖金，甚至要扣发工资——”

何船长愤然说：“如果他修好了呢？先生，您该怎么办?”

大胡子无言以对，耸耸肩膀冷笑着看看罗力猛，嘟哝了一句悻悻地走开了，罗力猛听懂了他的话，那意思是说，“这当然是好事，但他也不会得到额外的报酬。”

政委和陈工程师匆匆跑来了。陈工脸色阴沉地对老何说：“备用的那台海水泵声音不大对头，可能是太久没使用——”

眼下连打嘴皮官司的时间都没有了。眼看全船的动力就要受到威胁，钻机就要停钻，老何没说话，望着罗力猛，船长的视线像牵动了所有人的眼睛，一下子大家的目光都投向罗力猛。

罗力猛不声不响地拿起了潜水面罩，带上修理工具就攀着桩腿的脚手架下去了。正在睡觉的人也闻风而来，桩腿栏杆周围顿时围满了人。

平台离水面近三十米，桩腿下水汹浪吼，风雷激荡。一个接一个的浪涌像座座小山，疯癫似的向钢铁桩腿一头撞来，顿时粉身碎骨，化作一声沉雷，一堆白雪。罗力猛越接近海面，就越危险，一旦被海水鼓起来，抛到纵横交错的桩腿钢条上，或者抛到坚硬无比的巨型桩齿上，那很可能就会变成一具血肉模糊的尸体。曾经有一艘炮艇改装的运输船，被大浪鼓起来，轻轻地在桩齿上蹭了一下，钢铁的船壳立即就被桩齿“咬”出一条长达一米的深槽，而那个桩齿竟丝毫不损！

十五米、十米……罗力猛越接近汹涌咆哮的海面，平台上的人越是担心。哗—— 一个巨浪扑过来，激起的浪花泼得罗力猛全身湿淋淋的。罗力猛紧攀着脚手架，一动也不动。上面的人觉得他像是有点犹豫，其实，他在默默数着两个巨浪之间的时间差：

一秒、两秒、三秒……六秒！第二个浪涛的浪花刚落下去，他突然拉上面罩，猛一纵身——

“啊——”人们发出的一阵惊呼未落，罗力猛“咚”的一下扎到海里去了，像个出色的跳水运动员一样，脚朝上，头朝下，一插进海水里就不见了踪影。

罗力猛一插进海水里，就沿着保护海水泵管道的大套筒一直往下潜，问题很快就查清楚了，原来是这根大套筒在海水以下有一处被海水腐蚀、断裂了，沉重的套筒套着泵管一直坠入海底，刚好把海水泵头罩住，封死了海水进入海水泵的通道——海水泵本身并没有损坏。

怎么上去？贸然上浮是危险的。罗力猛在海底向上望了望，上面是一片明亮的碧绿色，像一块巨大无垠的绿玻璃，几条优哉游哉的小鱼，在头顶上来回游着，有一条甚至游到他面前，要叮吮他的脸，他用手一拨，这条小鱼飞快地逃跑了。

胸腔憋得难忍，耳朵像针刺一样疼痛起来，他在水里慢慢升浮，“绿玻璃”越来越亮，他听到轰隆一声巨响，猛然抱住了身旁那根粗大的套筒，然后像爬树一样一下一下往上蹬。

出水了，偏偏这时一个巨浪又铺天盖地扑了过来，他死死抱着套筒，浪涛没有把他抛起来，立即把他埋在五六米深的海水里，潮头一落，一股巨大的吸力把他往外拉，像背后有一只魔鬼的巨手死死攫住他，要把他甩到海里一样，他咬着牙没松手，等海水完全落下去，他拼命向上爬了一两米，身子完全露出海面后，便向旁一跃，像只长臂猿一样挂到脚手架上，巨浪又扑上来了，他紧攀在架上不动，待海水一落，他又飞快地攀上去，一直攀到安全的高度上。

人们松了一口气。可马上又给吓了一跳——人们看到，罗力猛的胸膛、背脊、双腿和双臂，全是一道一道的伤痕，鲜血淋漓。原来，大套筒在海里泡久了，长满了海蛎，海蛎壳像一把把暗藏的利刃，在罗力猛抱着套筒时暗下毒手，罗力猛在水里只顾得和巨浪搏斗，全身神经都绷紧了，竟一点也不觉得痛，现在低头一看，也吃了一惊，海水浸过的伤口让海风一吹，疼痛发作了，高度紧张的神经一下松弛下来，立即像被千万枚尖利的钢针戳着，他感到一阵钻心似的疼痛。

"力猛，快上来！上来！"何船长和政委急得向他猛打手势。

怒涛在他下面汹涌澎湃，他攀着铁架子，摇了摇头，却没有说话。

人们急了，狗仔飞快地脱了衣服，攀下脚手架，准备接应。

"拴上安全索！不要命啦！"罗力猛突然瞪起了双眼，咆哮起来："套筒在水里断了，快放一根钢缆下来，带管卡夹的！"

神经一松弛，他觉得累了，似乎平台在倾斜，倾斜。他闭上了眼睛——啊，他眼前出现了毕生难忘的景象：珍珠河水在闪光、山洪在呼啸、一根圆木在沉浮……他耳边突然掠过一声使人肺腑欲碎、衷肠寸断的呼喊声：

"啊——"

他咬着牙，遽然睁开了双眼！

钢缆放下来了，狗仔带着两个小伙子下来接应，罗力猛没等狗仔来到身边，再次入水重蹈险境，把钢缆牢牢地拴住了断裂的套筒，然后钻出水面，指挥着电动绞车把断了的套管吊起，狗仔他们用罗力猛的办法跳到水里，用水下电焊把套筒接上，又加焊了条把套筒固定在桩腿钢梁上的支架，直到海水泵"呼"的一下转动起来，罗力猛才精疲力竭地回到平台上。

他一上来，人们就要扶他到医疗室去敷药，他甩开了人们的手，坚持自己走。他走了几步，回过头来看了一眼钻机，钻机仍在轰鸣，一切正常。他满意地笑了。

在医疗室，那个戴金边眼镜的香港译员正在向医生要镇静药，一见罗力猛进来，忙恭恭敬敬地闪在一旁，他一边看着医生检查罗力猛的伤势，一边赞叹道：

“罗生，您真有胆！……这要在香港，你这样敢去搏，老板会让你赚很多钱。”

罗力猛正坐在椅子上，让医生清洗伤口，他皱起眉头，淡然一笑：“赚钱再多，也没我现在赚得多。”

“你……赚得多?”香港译员愕然。

“我有一个南海，好几个油田!”

“哦——”香港译员终于搞清楚了罗力猛的意思，笑着说：

“怪不得你敢这个时候下海，没有奖金也不在乎。”

罗力猛正擦药水，痛得嘴里嘶嘶作响，一听这话，两眼圆睁，头发都竖起来，把两个大拳头支在大腿上：“谁说不在乎？这个月的奖金一分钱也不能少！我就是把奖金丢到海里喂鱼，也不能让他大胡子仗着手里几个臭钱欺负人！这是什么地方？瞎了他的眼!”

香港译员一脸尴尬，托了托眼镜框：“当然、当然，奖金应该给，应该给的……”他赔着笑脸点点头，走了。

罗力猛“扑哧”一笑，连忙捂住嘴，回头对医生说：“和他们老板打交道，光会碰杯讲友谊，他们就门缝里瞧人把你看扁了，拼命想法子占你的便宜，骑住你的脖子屙屎屙尿。他真要把我们当窝边草吃，我们就得长刺儿!”

“哈，力猛，你又立一功!”

何船长一步跨进房来，一脸春风!

“大胡子认输了，承认紧急抢修并没有违反安全规定，这位仁兄摇着脑袋说，你们为国家干活，是这个——他举起拳头；又说，我为公司干活，是这个——他又举起一只小手指，最后做出个投降的姿势说：我斗不过你们……”

罗力猛笑着向椅背靠去，突然又“哎唷”一声跳起来——椅背又把背脊伤口触痛了。

这一下可够受的了，前后左右都有伤口，躺也不是，趴也不是，连软软的海绵床垫都像长满了仙人掌。看来，只好像老和尚打坐一样，要坐着睡觉了。罗力猛心情烦躁地坐起来，他坐卧不宁，有如热锅上的蚂蚁，虽然大开着的窗户不时有海风吹进来，他仍感到闷热难当，抄起一本杂志当扇子，用力猛扇，结果越扇流汗越多，他扔掉杂志，把汗衫一脱，裸露出涂着大片红汞药水和敷着棉花纱布的上身，快快不乐地走出病房，走到职工医院楼顶宽大的天台上。

他是被强行“押”下平台的——伤口发炎了。一回到基地职工医院住院，宣传处的秀才就找上了门，要写报道、写材料。对不起，他又让人家大失所望，从晚饭后一直待到天黑，让秀才呆坐冷板凳，最后他对秀才说，你实在要写篇东西交差，就写我们平台吧，我们平台人人都像钢筋混凝土，我只不过是混凝土里的一撮砂子。秀才眼睛一亮，连忙把这句话记在本子上——可怜，抠了半天，总算抠到了这句“闪光语言”。

秀才一走，他更郁闷了。这是为什么？他自己也说不上。罗力猛伫立在栏杆边望着楼下的行人。慢慢地，他被基地的夜色吸引住了——基地简直是一座崭新的城市，栋栋高楼鳞次栉比，码头上靠泊的大小船舶繁灯闪闪，就像撒在海里的星星！这蔚为壮观的滨海油城是怎样建起来的？是千百劳动者一砖一瓦、一砂一石建起来的，当然，得有人设计、有人画图、有人打桩、有人浇注、有人砌砖……在日复一日、年复一年的建设中，人们默默无闻、平平凡凡地工作着，没有惊天地泣鬼神的壮举，也没有叱咤风云的声威，然而，一座新城终于奇迹般在海边矗立起来了！记者、秀才们，总不会成天围着那些在设计室、建筑工地上不声不响干活的人们转吧？他们需要有扭转乾坤之力的英雄、卓越不群、非同凡响的斗士，如果一时找不到，他们也会从不够格的人中拉一个出来，给他涂抹上沾满英雄气味的油彩，吹吹打打地送到人们面前。

闪亮的珍珠河水在罗力猛眼前流淌起来，那影影绰绰地发光的潋滟波纹，那银汁一样默默无语地流淌的悠悠流水，映出了一个人的脸孔——他的老师，那个永远长眠在珍珠河畔的核能地质专家。这个蒙冤受屈、忍辱负重的共产党人，带着无形的枷锁来到天涯海角的农场当一名默默无闻的老牛倌，就像那筛过的河砂掺进了混凝土一样消失了。可是他心灵那不灭的光辉，照亮了罗力猛的眼睛！在那浊浪排空、沧海横流的岁月，他为抢救一根微不足道的木头而献身，可能会为一些胸怀鸿鹄之志者所不齿，认为不明智，不值得，然而罗力猛知道，像他的老师这样怀有纯洁信仰和崇高理想的人，在向那根木头扑去的刹那间，决不会停住脚来将价值得失比较一番。他的牺牲本身，是一曲遗恨绵绵的悲歌、是对那个摧残忠贞之士、把亿万普通劳动者当作“蚁民”来驱使、把他们的献身精神和工作热忱恣意践踏的荒唐年代的控诉啊！

突然，一个人的声音闯进罗力猛的心境，像一枚烧红的钢锥刺痛了罗力猛的神经：

“现在和未来，都是强人的世界，你要显示出你生存的价值、不枉此生，你必须摆脱被人像搓面团一样蹂躏的命运，你必须做一个出人头地的强人——”

强人？什么是强人？有钱？有名？抑或是有权？这个人的信上没说。这封信现在就在罗力猛的裤袋里，这是一封向罗力猛的信仰情操和道德观念发起挑战的书信。啊，他突然醒悟到刚才自己为什么焦躁不安了：自己在等待着她——刘鹰。他在她面前不应该有秘密，得把这封来自北戴河的信交给她看——他决定要写回信了！

刘鹰来了。

她手里拿着一个面包，一边往嘴边塞，一边在各个病房张头探脑找罗力猛，当她找到罗力猛的空病床时，她笑了，紧张的心情一下消失大半。她刚从五号平台上飞回来，一下直升机就听说罗力猛负了伤，急得她几乎当场掉眼泪，现在她看见床上放着他写的论文稿子和汗衫，马上就猜到——他伤不重，并且在等她，等得不耐烦，到外面乘凉去了。

罗力猛一眼就认出出现在楼梯口的刘鹰。顿时感到胸腔一阵通畅——啊，海风吹来了，这才叫真正的海风呢！烦躁、闷热一下子烟消云散，他向她跑了过去。

刘鹰快跑到他跟前，忽然又跑开了，她拉亮了天台楼梯口的电灯，定定地站着，等罗力猛走过来：

“让我看看伤——哟，你怎么搞的，全身上下没一块地方好的！”她轻轻抚摸了一下纱布裹着的伤口，声音温柔得像一阵清风：

“痛吗？”

“没事，让海蛎壳刮破的，没伤筋动骨。”

她笑了，调皮地仰着脸看罗力猛：“你总说老了，让我再看看，老了没有？嗯，还挺年轻嘛。”她见罗力猛的脸刷地一下红了，便把头一偏，嘟起小嘴说：

“哎，我可老了——叫你给吓的，刚才一听说你受了伤，吓得我登时老了十岁！”

罗力猛哭笑不得：“你呀——人家都在发愁，你还开玩笑。你看看——”他把约瑟芬的信掏出来，递给她。

“那个阔太太又来信了？”刘鹰轻蔑一笑，做了个鬼脸，抽出信笺，十分仔细地从头看了一遍。

“怎么办？”罗力猛问。

“她把那个世界的一套带回来了，想找你解解闷，填补一下精神空虚——你回不回信?”

“你说呢?”罗力猛转过脸看着她。

“应该回，你不写我来写。”

“你写什么?”

“我写——罗力猛不是您的白马王子，我比您更了解他!”她“扑哧”一声笑了：“还写上，您希望他成为您所想象中的出人头地的强人、超人，而我却知道，为了国家富强，他会永远当一个平凡的普通劳动者，我恰恰也就喜欢他这个——平凡!”

罗力猛两眼闪出泪花，声音都颤抖了：

“小鹰——”

刘鹰一下子扑进罗力猛怀里，她把脸紧贴着罗力猛的胸脯，轻声说：“把灯关了吧……”

罗力猛：

我一直把她当作自己的小妹妹。在她爸爸牺牲后那几年农场生活中，我们患难与共，朝夕相处，我关心她、照顾她、保护她……为了她，我彻底放弃了去寻找辛卓娅、去当个石油工人的念头，违背了闷罐车上庄严的诺言，虽然有时想起来，感到深深的内疚和遗憾，但我都默默地把这种感情深埋在心底——我绝不离开亲妹妹一样的小鹰！我要对她负起父兄的责任！

我永远忘不了，她在珍珠河边送我离开农场的情景——

四月的珍珠河畔，是花的世界，凤凰花如云似锦地遮蔽了一片片绿荫，杜鹃像一簇一簇的火焰，燃烧在河岸、山坡上，连摘星岭上吹来的风，都是香的。经过长时间的政治严冬，1975年的暮春，似乎比往年有更多春天的气息，那天上午，已经当了场政工组副组长的老军工指导员老王来了一个电话，把小鹰叫到场部去了。

叫她去干什么？我有点忐忑不安。但一想到农场里有的知青的爹妈一个个平反、复职，我就预感到事情可能与小鹰爸爸有关。果然，中午我正躺在珍珠河边的树荫下看书，她兴冲冲地跑回来了。

“指导员说，爸爸有可能平反!”她两眼闪闪发光。

“真的?”我高兴得跳起来。

“他说，研究院还不知道爸爸牺牲了，经过好几个单位，七转八转才转来一封公函，了解刘望南同志的近况——他们把爸爸叫同志!”

“啊——可盼到了!”

“信上还说，如果刘望南同志有申诉材料和有什么要求，希望场部及时转给他们!”

“这——有吗?”

“爸爸那几年写了好多好多，待会儿我就去把它都翻出来，重新抄一份寄去。”

“我帮你抄，走!”我迫不及待了。

“别急呀，还有一个好消息呢。”她站着不动，两眼望着我笑：“是你的——”

“我的?”我狐疑地看着她，但她天真无邪的眼睛里，没有半点开玩笑的蛛丝马迹。

“给！推荐表和体检表。”她从衣服口袋里掏出两张纸塞到我手里：

“石油学校到农场来招生了——石油勘探专业！还剩下一个名额，指导员说推荐了你!”

我像在做梦，手里那两张表在簌簌作响，纸上印着不少铅字，我想看一看，可是脑子像麻木了一样，竟搞不清是什么意思！唉，原来我认定自己没有机会再跨进校门了，我这辈子的课堂只能在珍珠河畔，在山间田野；我更没想到能实现自己当初梦寐以求的理想——当个石油工人。

此刻，幸运的大门猛然大开，已经埋藏在心底、日益变得依稀模糊的旧梦一下子变成就要实现的事实——哦，我惘然若失、眼迷心乱了！这是真的吗?推荐上中专大学，我们这个农场每年的名额少得可怜，不少知青争得头破血流，有的人还走尽终南捷径、旁门左道，我一个坐过一年牢的人，来到这个农场究竟是算刑满分配工作还是作为知青上山下乡都还没搞清楚，能被推荐上学?不会是王指导员开玩笑吧?

“我——能去吗?”我喉咙都差点哽住了。

“怎么不能去?报名表我已经替你填了，只要请连长在推荐表上签个名，加个鉴定，就办妥了，招生是王指导员负责的，后天就得到县城集中出发——快回去吧，我帮你去收拾收拾!”

“我，我走了，那你——”

“我怎么啦?我长大了!”她把嘴一撅，嚷起来：“能吃饭，能干活，虽然你个子比我大，可我干什么都不会比你差，不信比比看！”

我看着她，忽然间发现，她的确长大了，不再是几年前那副皮包骨头的可怜相，她在艰辛劳作中长起了骨架，练出了体魄，在人们不知不觉中变成了一个结实的姑娘，虽然她个子不高，但身材匀称，胸部微微挺起，小小的瓜子脸泛着健康的色泽——又红又黑。我怎么一直没有注意到呢？她已经像棘野蛮荒之中顽强地成长起来的杜鹃，在悄悄绽开花蕾了。

“你放心走吧。你走了，我一个人也要坚持自学！将来，我也要去搞石油——和你一样！”她望着珍珠河水喃喃地说，像在发誓。

“小鹰，咱们一起去找指导员，”我突然闪出一个新念头：“咱们换一换，你上油校，我留下——我年纪比你大，又是男的。”

“你疯啦！”她跺着脚喊起来：“这又不是小孩子过家家，煮泥沙饭，糖果换饼干！哪能随便换呢！再说，你就是拿枪押我，我也不去！石油学校我不稀罕！听说，以后要恢复考试了，我还小，再啃它几年，凭真本事考大学，考石油学院，你让我上中专，不是拆我的台吗？”

我沉默了，她拉起我就走。

平静的、有节奏的作息突然被打乱了。一天跑了四十公里来回从山北农场场部体检回来，我手忙脚乱地开始收拾东西，连队给我做鉴定，我向父老兄弟们话别……忙得晕头涨脑，小鹰喜气洋洋，不停地帮我操办一切，晚上，她在抄完爸爸的一份申诉书后，竟还把我的行李包拿走了，她要把破衣服都翻出来补好。

启明星还在天上闪烁，我就起床了。一开门，小鹰抱着我的行李包，默默地坐在门前的树墩上——她把我的被单衣服都补好了，天晓得她昨天晚上有没有睡觉！

我们向珍珠河边走去。在小鹰爸爸墓前，我肃立了很久很久，晨光熹微，连队方向那边传来声声鸡啼，我不能再久待了，我深深地向墓碑行了一个礼，哽咽着说：

“老师，我走了……”

我流着眼泪离开了老师，离开了摘星岭下的连队，离开了小鹰。我登上高高的摘星岭时，天已经大亮了，回头俯瞰连队，还看见小鹰在闪光的珍珠河边挥手……

在县城集中后，我才见到许久不见的王指导员。他是代表场部来送新生上学的，还是那副老样子，拿着那根短烟筒在人丛中转来转去，一见我就说：

“你放胆去！一切都包在我身上，你得好好学啊，可别——”他忽然不说了，低头咕噜咕噜猛抽起烟来。好久才抬起头，慢条斯理地张开嘴，让浓烟和声音一起从口里喷出来：

“你无论走到哪儿……心里记着珍珠河、记着刘哑巴和小鹰就行了，唉，难得啊——”

他挥了挥手，让我集合去了。

上车了。在车快开的时候，他忽然奔过来攀住车窗，脸色严峻地叫我把头伸出车窗。他起劲地踮起脚尖，凑着我的耳朵说：

“……我本来想不告诉你，可我憋不住，你上学的这个名额，原来是我决定留给小鹰的，可是她填表时，把你的名字填上了，哭着跪在地上，要我答应帮她的忙，我……我……”他说不下去，眼睛里涌出泪水。

“啊——”我头顶像劈了一个炸雷，我倏然伸手抓住他的双肩，使劲地摇，大声喊：“你为什么要答应？为什么？不——我不去了！”

啪——他竟打了我一个耳光！一下子把我打懵了，只见他瞪着血红的眼睛，举起黑油油的竹烟筒咆哮：

“没出息的东西！你这要伤她的心啊！让大家都去不成你就舒服了？乖乖地给我坐着！你敢下来看我不揍你——”

“开车！”他流着眼泪向司机大吼。

车开了，我呜咽着把半截身子伸出窗外，一直看着他消失在尘埃里。

我到石油学校不到一年，又一阵政治狂潮席卷了中国大地，原来以为小鹰爸爸很快可以平反昭雪的希望顿成泡影。小鹰来信说，王指导员被下放回摘星岭当工人了，罪名是“举逸民”，“企图替特务翻案”，这是研究院“反击右倾翻案风领导小组”来函揭发的，某个大官作了指示，农场怕事情闹大，不得不把指导员打发回连队了事。小鹰上大学也没指望了，而送我上油校这件事，竟没人追究，可能是老指导员和连队的男女老少始终没有露出马脚，也可能是某位好心的农场头头开只眼闭只眼，故意装糊涂。

我更加思念农场了，珍珠河夜夜在我梦境里流淌，摘星岭的山风时时吹进我的心扉，我发奋苦学，终于不负远方亲人们的期望，完成了两年半的学业，被分配在海洋石油勘探局当钻工。1977 年，小鹰也果然靠勤奋自学以优良成绩考上了北京石油学院。

石油工人的生活，就这样开始了。在到钻井平台报到的船上，我不由得又想起辛卓娅，她现在会在哪儿呢？她真的到了大庆吗？真想和她通通消息——

九

约瑟芬一下飞机，就在机场叫秘书给艾菲尔驻南浦港海洋石油基地的办事处打了个电话，当她听说“海洋三号”钻井平台上的大班司钻罗力猛仍在海上作业，未回基地休假，便“哼”的一声，走出候机大楼，坐上办事处派来接她的“奔驰”车。轿车开动后，她忽然改变了主意，不再下榻基地外宾招待所，叫轿车径直开到海滨花园宾馆去了。

这次重返故国，她的身份大不一样，不再是唐纳克总经理的夫人了，而是艾菲尔在香港的代理公司一艾普公司的董事长兼总经理。她终于体面地、不伤和气地和唐纳克分道扬镳了。唐纳克在日本恋上一个年轻貌美的影视明星，很快就如胶似漆，不能自拔。恰好他继承了父亲一笔巨产，他也不心痛和约瑟芬离婚会造成的经济损失，慷慨地答应了她的要求，把艾普公司的全部产业和一笔可观的银行资本作为离婚条件。两人紧张活动了一个多礼拜，双方律师也挖空心思地咬文嚼字整一周，终于圆满地做成了这笔交易。

事业，终于做出了一番令人瞩目的事业！经过多少艰难曲折、付出多少辛酸的眼泪，今天终于功成名遂了。她踌躇满志地检阅了她的“新王国”，坐在公司的写字楼里开始了紧张繁忙的经理生涯。她坐在安乐椅上忙了几天，忽然做出决定：到大陆视察一下办事处的业务，便把工作都交给了她认为很得力的助理总经理，带上新聘的女秘书，经广州直奔南浦。

刘鹰给她的回信，早在她忙于进行离婚谈判时就由办事处转到了，她匆匆看了一遍，一笑了之——这个小女孩子太幼稚了，她竟然慷慨激昂地指责约瑟芬，鹦鹉学舌地重复某种教义中的陈词滥调。她不知道，约瑟芬是过来人，当年比她要虔诚得多，“理论水平”比她高得多！如果约瑟芬拿出当年的劲头和她辩论，会叫她大吃一惊！

此刻，约瑟芬穿着一身杏黄色的华丽睡袍，躺在海滨花园宾馆的席梦思床，倏然又想起刘鹰，想起她那封“正气凛然”的信，突然忍不住哈哈大笑起来。只有独自一个人在卧室里的时候，她才能这样自由自在地显露本相，不必装出雍容华贵、端庄贤淑的贵妇派头，也不用摆出豁达精深、从容若定的总经理架势。她是强人——强人就得有几副脸孔！

她笑着、笑着，眼睛淌出了泪水……

约瑟芬：

这个漂亮的小妞儿挺可爱的，罗力猛倾心于她一点不奇怪，如果我是男的，我也会千方百计把这个小小的美人儿弄到手。看来，她十分担心失去罗力猛，这次她执笔回信是一次“火力侦察”，和我在“强人哲学”与“平凡哲学”上道短论长是假，想显示自己的身份和价值才是真的。如果我不罢休，再给罗力猛去一封信，她就会跳起来大动干戈了。这真是一个有趣而又有点残酷的游戏！

把这个游戏一直玩下去怎么样？我要证明，我不仅在驾驭命运、驾驭时机、驾驭自己方面是个强人，在驾驭别人的灵魂方面，也是个强人！其实，小妞儿的担心是多余的，我并不是从肉体需要方面对罗力猛有所求——这种事情已经令人厌倦了，我之所以攫住罗力猛不放，是为了报恩、为了济世，同时也是为了事业！我知道，他的论文初稿已经受到有关方面的注意，我的公司要在南中国海立足，他也许是一个用得着的人才。我不仅要从精神上俘虏罗力猛，而且也要他那个很有才华的小妞儿皈依我，只要这个专管技术检验的年轻女专家肯帮忙，我的公司在南浦的大宗交易就能一帆风顺了——这是“强人哲学”的胜利！到那时，我一定要捧着她迷人的脸蛋猛亲一口，纵情地奚落、教训她：小妹妹，咱们之间的辩论可以结束了吗？你乳臭未干，不谙世事，好好跟我学些本事吧！崎岖世路、炎凉世态毁灭了多少人的宏图大略、壮志雄心，也成全了卧薪尝胆、受尽胯下之辱而自强不息的少数有志者。我，就是这样志在必得的强人！

多么艰难的道路啊，现在回过头去看，就像一场梦……

人心惶惶地等待了一个月，退伍的分配去向终于定下来了，我被分到大三线的一个军工厂！我拿到通知，难过得哭了。

两天后，我突然收到一封信，拆开一看，竟是李玉婷写来的——

卓娅：

你妈妈的问题解决了，骨灰和遗物已由你爸爸领回家，我们希望你能回家一趟。

李玉婷

×月×日

回不回去？我伤透了脑筋。现在是决定命运的时刻，只有依靠爸爸，才能改变我可悲的命运。思前想后，最后心一横，回！我冒着大雨，在傍晚时分回到家里，一进门我的眼泪就像泉水一样涌出来了——妈妈的遗像镶上黑框，放在客厅靠墙的桌子上，照片下，是一个黑漆的骨灰盒。

"妈妈——"我喊了一声，奔到遗像前痛哭起来。

里间门帘一掀，李玉婷出来了，她穿着一套黑色的毛哔叽，胸前还佩了一朵小白花，静静地立在一旁任我哭泣。过了一会，她见我情绪安定些了，给我倒了一杯热茶，小声地说：

"你爸爸把你妈妈的骨灰领回来以后，受了刺激，今天上午心脏病又犯了，住进了医院，我本来要留在医院陪他，可他不让，要我回来等你。他知道你一定会回来的……今天下大雨，你就别走了，房间我已经替你收拾好了……"

我心里涌起一股复杂的感情。回头望了一眼身边的这个女人，她依然风姿绰约，脸庞保养得很好，白里透红，像个三十出头的青年妇女。可她的心呢？会像她的容颜一样好吗？妈妈生前恨透了她，她现在却煞有介事地奠祭妈妈；我啐了她一脸唾沫，她却仍然若无其事地留下来等我、替我收拾房间……难道她真不会记仇？有这样的女人吗？我知道，世界上的女人几乎没有不记仇的。

她好像猜透了我的心事，微微一笑对我说："你别担心，我不会把那些事放在心上，事情过去了就算了。我们还是一家子，以后就在一块好好过吧！"说着，她到卫生间拿来了一个脸盆，一条新毛巾，从暖瓶里倒出开水把毛巾涮了涮，默默地递给我。

我心里微微一震。唉，竟有这样的女人！我用热毛巾捂住脸，眼前突然冒出李玉婷流着眼泪对镜洗那一脸唾沫的情景。不，这个女人决非寻常之辈，我得提防着她！不过，倒可以向她学点东西，寻些诀窍——

"你吃饭了吗？我给你包了饺子。"她说。

我摇了摇头："谢谢，不想吃。"我第一次对她用了客气的语言，半推半就地跟她和解了。我不吃，她还是把饺子端了出来，极力劝我尝几个，我拗不过，举筷吃了一个。

“怎么样？还可以吧？我看得出来，你还有胃口，多吃点，喜欢吃明天我还给你做。”她又夹了一个直送到我嘴边。

吃完了她做的饺子，我们实现“和平共处”了。这一夜我们睡在一间房里，像两个新结交的朋友一样，谈了很多、很多……

第二天晚上，我和她上医院看爸爸，我心中的石头终于落了地，爸爸没有怨恨我，知道我现在的处境还答应设法把我留在北京。回来的路上，她忽然闪烁其词地望着我说：

“卓娅，有件事我不知该不该告诉你，不过，我想你应该知道——”

“什么事？”我有点诧异，不知她葫芦里又要卖什么药。

“回家再说吧！”她卖关子似的沉吟了一会，忽然又沉默了。

回到家，我忍不住了，边脱风衣边问：“你刚才说，想让我知道什么？”

“瞧你急的——”她回眸一笑，不慌不忙地脱了风衣，搓了搓手，又走到梳妆台前往脸上抹了点护肤霜。

我气得牙痒痒，向她的背瞪了一眼，故意装出无所谓的样子说：“好，你不想说，拉倒！我去睡觉了。”她没搭腔，轻轻地笑了笑，还在精心地保养着她的容颜。

我钻进被窝，故意蒙头大睡，其实怎么也睡不着，偏偏她还在忙这忙那，只听见她尽量放轻脚步在走来走去，在扫地？收拾房间？一会儿又传来一些叮叮当当的响声，她又在洗茶杯？洗瓶子？哼，这个鬼女人，可真会磨人呢！

终于，她来到我的床前，我蒙着头不理她。她笑了：“你别装，我知道，你睡不着，你的性格和我一样——”

我把被子一掀，生气地瞪着她：“为什么要卖关子？你别说了，说了我也不听！”

“这会儿你不听我也要说——”她一开口，我就赌气地捂住耳朵，她用柔软温热的双手拨开我的手掌，轻轻地问：

“你知道你妈妈的父亲是什么人吗？”

我愣了一下，她为什么会问这些？我迟迟疑疑地说：“听说，以前是个大官僚，后来在美国当了大资本家——”

“她还有一个哥哥经商，现在生意做得很大，一个弟弟是有名的美籍华人科学家。”她竟如数家珍！

“真的吗？你怎么知道？”我跳起来，她连忙用被子把我的身子裹上：

“当心着凉。”她脸上显露出羞愧的表情：“说出来，可能你又得啐我的脸了。不过，我还是要告诉你：前几年，我在医院里搞专案，在一次外调中，查到我们经手的一个案子和你妈妈的案子有牵连，我们调看了你妈妈的档案材料——”

“啊——”我叫了一声，两眼紧盯着她。

“当然，我没有参与迫害你妈妈。但光是这一点，就够我难受一辈子的了。你爸爸到北京工作后，我通过老郅找到他，你妈妈的案子转了好几个单位，连骨灰都找不到了，我凭着以前的一点线索，尽力帮你爸爸搞清楚你妈妈的问题，找到了她的骨灰。总算赎回了一点罪过，心里有一点安慰。”

她长叹一声，用手掩住了脸孔，不一会又放下双手：“不过，我还得做一件事，我得帮助你和断绝音讯四十多年的外祖父恢复联系，现在中美关系逐渐正常了，和亲人恢复联系是允许的，我之所以要这样做，并不因为我是你的后母——你可能还不会承认我，而是因为，我的爸爸，曾经做过你外祖父的副官，不过，他在抗战中阵亡了。”

“真的？”我太惊讶了，天下竟有这样巧的事情！她像沉浸在追忆中，蕴含不露地点了点头：

“现在在国内，除了我，可能没有一个人会知道这一层关系了……可怜你外祖父他老人家，一直还在思念他的女儿。”

“你怎么会知道？”我更惊诧了，这些事情真像发生在梦境之中。

“到你家来以后，我就想试一试给美国写信，和你外祖父恢复联系，但你爸爸坚决反对，说人已经死了，事情也说不清楚，还扯那关系干什么？搞不好又要出岔子。可是我——”她突然顿住不说了。

“你怎么样？说呀！”我催促她。

“我……”她突然流出了眼泪，“我做了一件很对不住你爸爸的事，为了你，为了你死去的妈妈，也为了远在海外的老人，我瞒住你爸爸，用他的名义写了一封信——”

“你——”我愕然。她的行为太使人震惊！

“我想我这样做，是对的。首先对得起你可怜的妈妈，如果要千刀万剐，我甘愿承当，死而无怨。”她擦干泪水，坦然地说，“最叫我欣慰的是，你外祖父叫你大舅代笔回信了，说了很多人情味很足的老话，不过我还没敢拿出来给你爸爸看。”

“信呢？在哪儿？”我迫不及待想看到这封大洋彼岸的来信。

她把信给了我，一封来自另一世界的信，展现在我面前——

辛诚江贤婿如见：

顷接万里来鸿，惊悉吾女幼君已不在人世，不禁老泪纵横，哀痛至极。

忆吾女幼君儿时，生性聪敏，活泼可爱，为阖家之掌上明珠。可叹其未成年即离家出走，投身共产，奔走革命。吾等长辈，心念神思，萦萦长怀，无奈慑于政治水火之限，未敢贸然联络，乃铸成骨肉离散地北天南，音讯断绝生离死别之大错。今遥望故国，痛悼吾女，垂首低眉，唏嘘凄绝！呜呼，吾女在天之灵如见老父此心，察吾爱女之情，吾虽在九泉之下亦无憾事矣！

夫吾女已殁，贤婿及外孙女幸存，今辗转投书，情意拳拳，此乃吾痛心疾首时之安慰也。吾外孙卓娅必似其母，贤婿可念吾女生前夫妻之情，加倍珍爱之，用心抚育，使其成为栋梁之材，以告慰吾女，告慰远隔重洋之亲友。如卓娅之生活、学业需支持，吾自鼎力承当。吾虽不才，然而惨淡经营数十载，家业仍丰，幼君之一兄一弟幼骏、幼骅，经商、学术均有成就。卓娅吾女之骨肉，吾之外孙，决无坐视不顾之理。今中美和解，交往渐多，吾窃以为，今后联络会比过去较为方便，吾老朽矣，重返华夏故土无望，惟望汝等多告乡情，以解离愁。若有生之年，能见贤婿及外孙一面，亦了却吾生平之一大愿焉！

八十老翁　卓若舒×年×月于纽约

（卓幼骏笔录）

我的心口狂跳，在眼前一片昏暗的云山雾水中，我像猛然发现了一条金闪闪的路，这条路越过无边无涯的叠浪重洋，一直通到——

一抬头，我看见李玉婷犀利的目光正在注视着我。

“怎么样？你不会骂我自作主张干这件事吧？”她苦笑着叹了口气：“不过，

你骂我、打我、把我抓起来枪毙都没有用。反正事情我已经干了，大不了你把这事告诉你爸爸，把我从这家门口踢出去。”

“不——”我竭力掩饰着心头的兴奋，压住咚咚作响的心跳，故意用一种淡泊的口吻说：

“这信交给我保管吧，用不着告诉爸爸，这关系到我自己，由我自己来处理。”

她两道细细的柳叶眉微微蹙了一下，旋即绽开笑容：“你不怪我那我就放心了。你真是个好姑娘！我说过，咱们是能够成为好朋友的——我看，你可以先给你外祖父写一封回信，反正你头上没有乌纱帽，怕什么？你爸爸那儿，咱们先不告诉他，我来慢慢做工作，他身份不一样，当然得慎重些……”

“不，什么时候也别告诉他。”我斩钉截铁地说：“信，我会写。但这事只能你和我知道。”

“为什么？他是你爸爸呀！”她扬起眉毛，惶惑地问：“你连你亲爹都信不过？”

我冷笑一声：“等该告诉他的时候，我自己告诉他，不用你代劳，我只求你一件事——替我保密！如果有一天老头子突然问起这件事，那肯定是你在枕头边把事情吹出去的，那以后我就不再信任你了。”

“你放心，我怎么能干这种事？”她赶快宽慰我一番：“我替你保密，还选择适当时机帮你敲敲边鼓，行了吧？咱们俩互相通气，统一行动。”

这一夜，我失眠了。天快亮的时候我才勉强睡着，我做了个梦，梦见纽约，我坐在外祖父家的客厅里……

天有不测风云，“文革”以后一直倒官运的爸爸忽然时来运转了，他突然又被“上面”看中，他的那个指挥部被改成一个局，他一跃被提为局长兼党委书记。我也被留在北京，安排在一间图书馆工作。在这种情况下他当然不会把在美国的外公放在眼里，我和外公的联系也只能偷偷摸摸地进行了。李玉婷果真把这个秘密包得严严实实，纹风不透。我和她已经结成“同盟”，相处得俨然亲生母女一般。

我盼望的机会终于来到了，外公来信——希望我去美国，他要让我上大学“深造”！

我把信交给爸爸，他看了大吃一惊，连脸色都变了：

“你和他通过信？”

我点了点头。

“你疯了？美国是什么地方？又不是上海、广州，你怎能去？这是原则问题！”他跳起来了。

“对你可能是原则问题，可你得替我设身处地想一想，我还年轻，我要出路、要前途、要幸福！你的‘原则’能给我吗？我只能背着个大黑锅当一辈子图书管理员！”

咚！他一拳砸到桌面上，把老花镜也震到地上摔碎了，脸也变成猪肝色：

“你还想要我再挨一次打倒吗？你怎么变成这个样子了？告诉你——我不准！”

李玉婷上前想打打圆场劝劝他，被他一掌推开了。

我头一拧，冷冷地说：“怕我葬送你的前途，弄丢你的乌纱，对不对？——自私！自私透顶！如果妈妈还在，她就不会像你！”说着，我的眼泪簌簌地往下淌。

客厅里突然寂静得怕人，暴跳如雷的爸爸像中了魔法，霎时变成个哑巴。我回过头去，见他脸色铁青，面部的肌肉痛苦地不停抽搐着，他颓然地扶着桌子，嘴唇颤抖了很久，才发出一声悲酸的哀鸣：“唉，你、你……这是要我的命啊——”老头子一下子像老了二十岁，老态龙钟地移动着蹒跚的步子，慢慢地走进他的房间，砰的一声关死了房门。

这一夜，无论李玉婷怎样求、怎样劝，他都没有再开门。

李玉婷不安地走进我的房间，悄悄地对我说：“老头子气坏了，我真担心出问题……”

我恨恨地说：“死了才好呢！没有这个爹，我走得还便当些！”

她哆嗦了一下：“你，你怎么这么狠？”

我眼圈一红，伏在被子上哭了：“……我没法这样活下去，我受不了……调到哪儿都有人戳脊背，都有人知道鲁小亮和我的关系，顶风臭十里！可我不甘心就这样过一辈子，我要混出个人样来！”

“唉，你过的什么日子，我知道……”她的眼睛也濡湿了，“我们都是苦命的人。不过，这事不能急，得慢慢想办法，你还年轻，又未结婚，机会还是有的，不像我——”

我一下子猜到她的心事，她在美国也有两个有钱的叔叔，但除了我她谁也没说，连爸爸也不知道。我脑子霎时转出了一个稳住她、利用她的主意："……你对我好，我心里明白，我也把你当亲妈妈看待，你别担心，只要我能出去，将来爸爸有三长两短，我会把你也接出去。"

"是吗?"她颤抖着，连声音都变调了——我道破了她心头隐藏很深、很久的秘密，说出了她最需要的话，使她一反平时矜持、敦厚的常态，眼睛里闪出贪婪的光。但这种光一闪即逝，她眼中的泪水像开闸似的流出来了：

"唉，我的好闺女——"

她紧紧地抱着我，抽抽噎噎地哭起来。

我蓦地从梦中醒来，客厅的挂钟刚敲两下：凌晨两点。

"唉……"我听到了一声像垂死之人绝望的哀叹，不禁毛骨悚然——这是爸爸的声音!

我的心顿时被恐惧和不安攫住了，急忙蹑手蹑脚走到他房门口，可是，他的房门仍紧闭着。

遽然，房间里又传来一声低沉的悲鸣：

"……我有罪、有罪啊——"

这是梦呓？是忏悔？还是……？我疑团满腹，百思不得其解地回到床上，蒙头躺着，忐忑不安地思索着、揣摸着……一直到天明。

我和李玉婷绞尽脑汁，悄悄地商量了两天，她突然想出了一个主意——

"有了，找郅岳军!"

"他?"我像吞了一条活蚯蚓，十分恶心地皱起眉头。

"只有他才有办法了，他现在当了秦山地区革委副主任，分管政法，只要你迁到他那儿念书，他就有权批准你出去，到时再告诉你爸爸……"

"……也好。"我一咬牙，同意了。只有这样才能避开我爸爸的干涉，达到目的。

李玉婷给郅岳军去了信，很快就有了回音，郅岳军建议我去读电子中专学校，我从这学校的几个专业中选择了英语专业。

一个月后，我对爸爸说，我不出国了，图书馆也没法干下去，关于我的谣言闲话太多，我不能在耻辱中生活，我要到外地读书去。

“你想上什么学校？”爸爸惊讶地问：“为什么一定要离开北京？”

我说，郅叔叔那里有所电子中专，和我原来在部队的专业对口，我想到他那儿去，他已经答应帮忙让我进这间学校了，李妈妈也同意。

爸爸皱起两道浓眉，犹豫了很久，最后才扶着额头叹口气说：“去读书也好，你高中未读完就下乡，知识太少了。原来，你妈妈是希望你能上大学的……”他突然不说了，沉吟了一会，站起来踉踉跄跄地回到自己的房间，我又听到他一声悲怆的长叹。

我终于离开北京，在李玉婷的陪同下到了秦山。

我顶了别人的一个招生指标，进了电子中专英语专业班。李玉婷把我来的真实意图向郅岳军交了底，郅岳军满口答应，但谨慎地表示，这事千万不能急，一要等待时机，二要积极准备。我只得耐着性子，横下心来拼命学英语，为了登上大洋彼岸，我豁出去了。

眼看三年过去了，外公在美国已替我办妥入境手续，他等急了，三次来信催促。我毕业分配迫在眉睫，我沉不住气了，度日如年，晚上失眠，白天精神恍惚，一下课就往郅岳军家里跑，但他不紧不慢的尽说宽心话，并没有着紧帮我办手续。更可气的是，这家伙年龄比我大二十岁，但总是没规没矩的，常常倚老卖老动手动脚，说话越来越放肆，我讨厌透了，可又得忍着，生怕得罪了他，出国的希望化为泡影。

1976年秋天，惊天动地的事件突然降临——“四人帮”垮台了，我刚毕业，被分配留校当英语教员，正在无可奈何地眼巴巴等待着郅岳军给办出国手续。李玉婷来信说，爸爸有可能要被提到一个重要岗位工作，心情很好，她向他试探地提起一些老战友的子女出国、到香港的事情，他说，将来有机会，也让卓娅去留学，学多点东西——看来，老头子心眼活动了！但有个奇怪的条件，他坚决不同意我去美国。

有一天，我正在学校里备课，突然接到郅岳军亲自打来的电话，要我马上到他家，我猜事情有着落了，马上蹬起自行车赶去。

郅岳军坐在客厅里，一个人在喝闷酒。他老婆最近发现得了乳腺癌，住院动手术，就他一个人在家。

他一见我进门，立即起身把大门栓上了，十分神秘地阴沉着脸说：

“你爸爸出问题了——停职审查！你知道了吗？”

我脑袋像受了重重一击，顿时呆了。

“你还不知道？消息绝对可靠，他被揭发出跟某个要害人物有牵连。唉，他一垮，我也好不了啦……泸州特曲，你喝点好吗？”

我摇摇头，茫然地坐到沙发上，呆了好一阵，心境渐渐平静下来了，管他干什么？能过海就能当神仙，我走我的，现在顾不得他这个亲爹了！我说：“爸爸是爸爸，我是我，一人做事一人当，您说，我出去的事怎么办吧？”

他举起酒杯，一仰脖全灌下去，啧了啧嘴：“你爸爸靠不住了，这破船迟早要沉。你恐怕也永远翻不了身，我成全你，走为上策，晚了就走不成了。”

我着急了：“那您可得帮我快点办哪——”

“唉，你不知道，有点棘手。”他嚼了几粒花生米，又满满地灌了一杯。突然用被烈酒烧红的小眼睛盯住我：“办出境要政审，我查看过你的档案……你，嘻，有点问题……”

我的心突然一沉——完了！又是和鲁小亮的事，唉，我这辈子让他坑了！

“你别担心，”他把酒气熏人的嘴巴凑到我耳边说：“你和鲁小亮——嘿，那几页揭发和你写的交代真够精彩，不过，你放心，我把它全抽出来了，不然你也上不了中专，现在就在我手里——”他拍拍衣兜，两眼燃烧着可怕的欲火：“鲁小亮能和你干初一，别人也可以和你做十五嘛，对不对？你不是大姑娘上轿头一回了，只要别人不知道，来一百次也无所谓……”

我打了个冷战，几乎是哀求了：“……您说这个干什么？求求您，别这样，快替我办吧——”

他咧嘴一笑：“是得快办，关卡我全给你打通了，护照、出境证明明天我一个条子就可以到手，但我花了大力气啦，你该怎样谢我？”

“我、我出去后，再报答您。”我可怜巴巴地说：“您爱人有病，我会让外公给您寄药，寄钱。”

“这些小意思，先谢谢你。”他突然伸手摸了摸我的脸蛋：“我还想要一件东西……”

“什么？”我要窒息了。

“你”——

啊，我全身都麻木了，头晕目眩，怎么办？这可是个关键时刻，过了这一关，我就自由了！郅岳军淫荡的双眼盯住我，我的脸像着火一样烫，突然觉得全身软绵绵的，一点力气也没有了。

他见我低头不说话，突然像饿狼一样扑过来把我搂住了……他喷着酒气把我抱到床上，在他粗野地撕扯着我的内衣的时候，我颤抖地说：

“你、你可得一定给我办好啊……”

泪水，像雨点一样洒落到出国护照上，我终于把它搞到手了！我把自己关在房间里哭了一个下午。啊，我不是为自己而哭泣，我已经把自己的羞耻荣辱视若草芥了！我的脑海里刮起一场凶猛的龙卷风，把几年来我身边的一些人的脸孔都刮到我眼前，又把他们卷到一个最阴暗的角落里去。郅岳军那个鬼魂似的胖脸始终待在阴霾中若隐若现，酒气冲天的嘴巴一翕一翕可怕地动着，酒后吐真言，那阴森森的呓语像烈火点干柴一样，烧着了我所有的神经：

“……人，都他妈的是肮脏的动物，有谁是干净的？没见过！我知道，你不干净，你和鲁小亮——嘿，够风流的！你以为你爸爸干净？最不干净的是他！以前就背着你妈搞女人，我亲眼见过！李玉婷说，‘文化革命’审查他们，有一份整大人物的证明材料要他们签字，你妈不肯签，把命送掉了，你爸为了保官保命，签了！这下可好，他出来了，说老实话，你妈其实是你爸爸害死的！……

“……李玉婷这个骚货也不干净，为了要嫁给你老爹，求我拉线撮合……还和我睡过一觉，哈，那一身白肉……她为什么要和你老爹结婚，你知道吗？她不是看上你老爹，是看上了你！看上了你外公有钱，她想出去又没门路，她早把你们家的底子摸透了……早几年，她搞过你妈的专案……”

哦，人与人之间的关系竟是如此龌龊邋遢，臭不堪闻！我以出卖肉体的代价，无意中解开了一个长期困扰我的疑团：原来爸爸对不起惨死的妈妈，是他出卖了她！像鬼魂附体一样的良心谴责将使他痛苦终生。他反对我去投靠外公，并非是为了什么“原则”，而是为了求得自己内心的安宁！为了生存，为了发迹，他们什么都可以出卖，都可以背叛，都可以踩在脚下作为晋升的阶梯，但在大庭广众之中，甚至在自己家里，还得装成冠冕堂皇、道貌岸然的君子圣人，披上一件金光闪闪的外衣——

我是为过去而哭泣的，过去的一切，快乐、追求、激奋、爱憎、向往、愚昧、荒唐……像个千变万化的万花筒，现在，这个万花筒在我心目中粉碎了。过去的我，也已经不存在了，我变成另一个人，一个大彻大悟者——我的需要就是一切，为达到目的不择手段！凡别人干得出来的，不管世俗的眼光如何把这看成大逆不道，只要能成功、能出人头地，我一样可以去干，而且要比别人干得更棋高一着！

我擦干眼泪，屈辱、软弱、受人摆布的地位去你的吧！我要强大起来！一团烈火在我心中熊熊燃烧，我要支配自己、支配命运、支配别人！只要我有了足够的力量，我就要向所有给我吃过苦头的人报复，让他们也吃够我的苦头！

哈……我突然笑了。

“屋里有人吗？电报!”收发员敲门送来一份加急电报——

“父病，即返，出国事宜缓行。李玉婷。”

我冷笑一声。父亲，这个名词突然变得如此陌生，已经不能在我心中占有一丁点位置了。缓行？决不！我默默地把电报撕了。

我办妥了退职手续，动身起程了，顺路回到北京。我忽然萌发了一个念头：去看看爸爸。不是为了孝道，而是为了去看一幕戏，看看这个善演正面人物的人是如何演出最后一幕的。

爸爸躺在病床上，这是他第二次心肌梗死发作。我走到他的床前，没有开口叫他，也没有招呼坐在一旁的李玉婷。

“啊，卓娅来了!”李玉婷连忙让座，“这几天他天天叨念你，我说你一定会来的。”

“卓娅……”爸爸颤颤巍巍地开口了：“你来了……就好了，我活不长了，有句话，你记住，你要学你的亲妈妈，她给你取名叫卓娅，是想你当英雄，像苏联的卓娅一样……你妈妈做到了……我，没做到，我做了一件错事……对不起你妈，对不起……党，也对不起你们——”

“你别这样说——”李玉婷呜呜咽咽哭了。我的心口也咚咚直跳，鼻子有点发酸，可是我马上控制住自己，脸上仍冷若冰霜。奇怪，古人说，人之将死，其言也善，这是真的吗？他的话孰善孰恶？这个人在生命的火焰快熄灭的时候，竟然爆出了这几星奇妙的火花，真叫人不可思议。

“你听着。……爸爸……现在受审查……又倒霉了……可是，革命了这么多年，我还是要跟党走的……我还是一个共产党员……”

我的鼻子轻轻一哼，表示对这丝毫不感兴趣，岔开了他的话头，用一种冷漠得怕人的口气说：

“爸爸，我要走了。”

“这么快就走？学校里的工作这么忙吗？”李玉婷吃惊地瞪着眼睛看着我。

我冷笑一声，看也不看她："学校里的工作？永别了！我是要上美国！再见——"我转身走了。

"啊——你、你、你给我回来——"走廊里传来了老头子声嘶力竭的咆哮，夹杂着李玉婷呼天抢地的哭喊：

"卓娅，卓娅——别走，回来啊！快来啊，看看你爸——"

我走到楼梯口，看见几个医生护士向那间病房的方向奔去，我飞快地奔下楼梯，从此就再没有回头。

十

罗力猛两眼连眨也不眨，死死盯着指重表，现在是一个叫人欢欣鼓舞又令人悬心的时刻：钻头先是穿透了二十多米厚的油层，接着又穿过了一层砂岩，正向下三系的主力油层步步进逼。一个危险的征候出现了——井下压力不正常！油气甚至冒到平台上来了，钻台上，人人都闻到一股令人不安的异香……人们仿佛看到，被囚禁在三千多米岩层下的那条硕大无朋的油龙，正在狂暴地翻滚躁动，它桀骜不驯地等待了千年万载，现在机会来了！只要钻台上的人稍一疏忽怠慢，或者机械部件出个什么故障，它就会乘隙冲天而起，在海空中呼啸咆哮，把庞大的钢铁平台在转眼间变成一片火海，一堆废铁！

如果出了事，首当其冲的是罗力猛！

钻台上牵动着多少人的心啊：基地每隔十五分钟就来电询问情况，船长、政委和斯贝尔那个大胡子代表，彻夜不眠，通宵达旦地守候在钻台下。交接班的时候到了，紧急应变的各个岗位也作了明确的分工，可是大胡子坚持要罗力猛继续司钻，他不放心别的人在这种时候掌握刹把。

"泥浆怎么样？"钻台上，罗力猛大声问副司钻狗仔。他像个庞大交响乐队的指挥，得心应手地调度着钻台上一切动作。

"陈工程师把比重调好了，他守在泥浆房里。"狗仔看了看压力，匆匆忙忙走开了。他负责协调钻台和泥浆房的联系。何船长打开微型报话机，与总控制室的计算中心联系，通报压力情况和计算结果，船上和基地的甚高频通信系统达到空前繁忙的程度。

突然，狗仔提着一个铁桶从泥浆舱里冲出来，一脸喜气地高喊：

"原油！原油！泥浆池里分离出好大一片！"整个钻井平台轰动了——见油啦！这油是循环泥浆从井下带上来的，带上来的油越来越多，第一号储油罐很快就注满了。

罗力猛终于把油龙制服了！

整整一天一夜，全船没有出现一点惊慌、忙乱，没有出现过半点差错，人们有条不紊地按预先分配的位置各就各位，信赖地把一口价值极高的油井、一座拥有先进设备的钻井平台和全体人员的命运，交在一个年轻人手里，他就是罗力猛。

船上的外国雇员都连画十字，互相拥抱。大胡子代表紧紧地搂着刚走下岗位的罗力猛，拍着他的背喊：

"英雄！您是中国的骄傲！"

罗力猛挣脱了他的拥抱，笑着说：

"先生，您搞错了，我只是中国的一个普通工人。"

大胡子转过身，竖起大拇指对周围的人说："没有错，中国工人是中国的骄傲！"

基地立即发来了贺电，接着是联合公司、艾菲尔公司、南浦区委、省委……贺电似雪片飞来，使全船沉浸在胜利的喜悦中。

一架贝尔直升机降落在平台上，勘探局和基地的领导、联合公司双方总代表都来了，在和全体骨干见面的时候，联合公司的董事长、勘探局郭局长发现少了罗力猛，忙叫政委去找，恰好斯贝尔的总代表听了大胡子的汇报，也要求见一见罗力猛，但人们把全平台都找遍了，也找不到他！

罗力猛失踪了？

何船长还在钻台上指挥固井，一听说这事也吓了一跳。他沉思了一下，忽然笑了，对政委说："把狗仔找来，审他！"

政委真的去"审问"狗仔了。狗仔先是装傻，一口咬定不知道，后来被逼急了，只得"招供"：原来罗力猛眼困得不行了，叫狗仔偷来了管理员的钥匙，偷偷钻进被服仓库睡觉了。这仓库平时难得开启，十分僻静，天晓得他什么时候看中了这块乐土！

狗仔招了"供"，马上又后悔了，央求李政委："你千万不能告诉罗力猛是我说的，他说过了天塌下来也不能吵醒他，他最讨厌应酬接待了，如果知道是我说的，非把我扔海里不行。”

李政委打开了被服仓的门，一下怔住了：罗力猛只穿一条裤衩，赤条条躺在地板上，手里还抱着仍在修改的论文：《南浦湾三个含油构造的勘探和远景比较》。他疲劳极了，正在呼呼大睡。这个仓库平时是不放空调的，他热得全身冒汗，连地板都印出了一个湿漉漉的渍印。

政委的眼睛湿润了，有人在后边轻轻拉了他一下，他一回头，原来是郭局长，只听见郭局长压低声音说：“别叫醒他，让他睡吧。”他们轻轻关上门。郭局长随即叫人打开配电房，亲自在通往被服仓库的空调开关上用力捺了一下，空调的绿灯亮了，他走了两步又回过头，把温度稍调高了一些，他怕骤然冷却会使罗力猛得感冒。

“喂，信——艾菲尔公司的工程师本来要亲手交给你的，可是你老兄失踪了，他又急着要跟飞机回去，只好由我转交了。”狗仔把一封纸质和印刷都相当精美的信扔给罗力猛。

罗力猛一看信封，心里咯噔跳了一下——又是她！这是第三封了。

“谁来的，坦白从宽。”狗仔两眼咄咄逼人。

罗力猛一手把信揣进口袋，什么话也没说就走开了。

力猛，我最亲爱的朋友：

你不必惊讶我用了这样亲密的称呼，我现在彻底自由了——因为我离了婚，同时，我刚接管了一家产业雄厚的公司——艾菲尔一艾普公司，成了拥有这家公司的董事长。我在事业上越是获得成功，就越深深地怀念曾经和我一起在闷罐车上历险的朋友。我离开这个国家六七年了，各式各样的人物我都见过，但他们都像行云流水一样在我心目中迅速消逝，没有留下丝毫痕迹。唯独你——亲爱的朋友，是深深地烙刻在我心坎上的！所以，我不能不这样称呼你！

刘鹰小姐给我的信，我收到了，我十分感谢她。并为你有一位如此痴情地爱着你的小姐作伴侣而感到高兴，这证明我的眼光不错——你是值得爱的！

先把刘鹰小姐和我的争论撇开好不好？（尽管“强人”、“平凡人”之争对我颇有吸引力）看到刘鹰小姐的信，我就像见到了当年的你，你们的气质太相像了。我喜欢你，当然也会喜欢她。在闷罐车上，我曾经说过：我可以当你的姐姐。现在，我同样可以说：我也可以当刘鹰小姐的姐姐。她漂亮、纯洁、活泼，是挺惹人疼爱的。

然而，我越爱你们，心里就越觉得负疚、惭愧——我是有罪的。当初，我和你就像沙漠里朝圣的苦行僧，在追索由道听途说构筑起来的圣城，正当饥渴交困之时，天空出现了海市蜃楼，我指给你看，你不要命地奔前去了，中途还带上了一个刘鹰小姐。可我，却走上了另一条路，结果，你们一辈子都在苦难的沙漠里跋涉，而我却找到了水草丰美的绿洲。

多么幸运哪，现在我们又碰在一起了，我还有机会来挽回我自己的过失，我可以把你和刘小姐请到我那富饶的绿洲里来，休息、定居都可以，只要你们愿意，我们甚至可以一起来经营它，在它之上筑起令人惊羡的宫殿！

我现在已经有一个计划了，我一定要让它实现！我曾向有关人士详细了解过你这几年的全部情况，当然也了解刘鹰小姐，你有难得的意志和品格，只要加以训练，你会成为难得的人才。对这一点，我充满信心。你能马上回到南浦基地来吗？我十分想见到你。

来吧，我等着你。

吻你！

你的辛卓娅

×月×日

要是在过去，罗力猛会喊起来："搞什么名堂！"一把将这封信撕得粉碎，可现在他把信折好，沉思起来。

信里的隐蔽的意思还是可以揣摸到的，毋庸置疑，这是一封不是求爱的"情信"，信里充满着暧昧而又富有诱惑力的情感。

此刻罗力猛脑子里翻腾着的，已经不是"她想干什么？""她为什么要这样干？"之类的问题了，他的思绪从这封信上跳了开去，像一枚火箭载着探测仪器不断飞升、飞升，终于挣脱了地球的羁绊，遨游在广袤无垠的茫茫太空一样，他的思想延伸到更深邃、更广阔的领域里。

罗力猛：

……是谁在时间空间的沙漠里跋涉？哦，是历史！是跟随着历史奋而前行的整整一个国家和人民！而并不是一两个可怜的苦行僧。在漫长而又艰难的历程中，有昏天黑地的沙暴，有灾难深重的迷途，有成群磨牙吮血的豺狼猛兽挡道，也有凶险丛生的陷阱。当然，也会有征服艰险的豪迈、欢乐的壮歌，也有对穿越沙漠后幸福的憧憬和向往。有时，也会因为看见海市蜃楼而忘乎所以，蜂拥地离开了原定的方向，朝相反的方向跑去……

有人看到一小块、一小块的绿洲了，他们离开了跋涉者的行列从此安居乐业，这本来无可厚非。但如果这些幸运儿用幸灾乐祸的嘲弄、沾沾自喜的炫耀、对那一段艰辛而又壮烈的历程的恶毒诅咒来弥补他们贫乏的精神生活。他们就显得太可怜、太可鄙了。他们没有想到，一小块一小块的绿洲只够少数人享用，而一个庞大的国家唯一的出路，只能是走出这个沙漠，况且，小块的绿洲或许可以足够他们安享天年，但不足以繁衍子孙，造福人类，因为，无情的沙漠正在虎视眈眈，不知何时就会将这些小小的乐园一口吞噬。

现在，约瑟芬董事长（她居然还重新启用那个被她自己玷污了的名字——辛卓娅）在她的“绿洲”上向我们招手，可是，我宁愿在沙漠里跋涉一辈子，即使这辈子走不到沙漠的尽头，最终倒在黄沙里变成一堆枯骨，我也要走下去。因为，我们的理想是跟随着历史走出这个沙漠，而且，和我一道走的，不光是一个阶级，而是一个国家，是整整十亿人……

“力猛，一个人待在房里发什么呆？”何船长一步跨进房间，政委也跟着进来了，盯着罗力猛开了个玩笑：“在想着你的大学生？”

何船长大笑，按着罗力猛的肩膀说：

“伙计，这一下我们可得强迫命令了，有两个非常重要的任务，随你挑一个。但在把任务交给你之前，得先答应我们一个条件——”

“对，等价交换。”政委接着说。

“你们搞什么鬼？”罗力猛丈二金刚摸不着头脑：“叫我干什么就直说，含含糊糊的我可不干。”

“你得先答应我们的要求。”

“答应什么？”

“吃——喜——糖！”

“嗬！这么馋我的喜糖?”罗力猛的脸霎时红了，但嘴也还挺硬：“嘿嘿，那你们等着，我六十岁结婚——”

何船长收起笑容，一本正经地拉了拉政委：“那我们走——”他俩真的走出门去了。

罗力猛急了，张开双臂把他们一个一个地抱进房里：“拐弯抹角干什么?有屎就屙，有屁就放!”

“那条件——”

“答应!”

何船长拍着手喊：“好！干脆！有咱石油工人的气派!”他生动的脸上容光焕发：

“小伙子，你双喜临门哪！第一，我们国家准备从欧洲引进一座深海钻井平台，要组织一个从考察、谈判、设计、监造到验收都一揽子包下来的代表团，时间一年半，决定人选时，部里挑来挑去，挑上了你！第二，斯贝尔方面提出，为了今后长期合作，要求选送一些年轻有为的人才，由他们出钱送到美国深造，学成之后签订长期劳务合同，在联合公司任职，他们提出的名单里，也有你，还有你的那一位大学生——刘鹰!”

“局长说，两条大路由你挑!”政委笑着说：

“出国留洋娶媳妇，这不是双喜，是三喜临门，怎么样?要不要电子计算机给选择一个最佳方案?”

罗力猛顿时心里热烘烘的，脑袋像喝了烈酒一样有点晕、有点涨，可是他很快就冷静下来，抿着嘴沉默了好一阵，平静地说：“这事，我还得同刘鹰商量一下……”

政委和何船长相视一笑：“当然，当然，刘鹰比电子计算机管用！你准备好，下午还有飞机来，你回基地商量去吧。”他们说说笑笑走了。

罗力猛坐在床上，默默地思索起来。

罗力猛一下直升机，就看见她——刘鹰。

她含笑跑上前，兴奋得一脸通红：

“何船长用甚高频电话通知我，说你回基地，要我接你的大驾!”她把罗力猛的手提箱抢过来，夹到自行车的尾架上，脑袋一偏，调皮地看着他：

“你知道了吗?”

“知道了什么？”

“装傻！何船长没告诉你？林总都找我谈话了——出国！咱们一起去。斯贝尔提出的名单！”

“瞧你，高兴得这副样子！”罗力猛笑了笑，推着自行车往前走。

“当然高兴啦，你不高兴？”

“我还得想一想。”

刘鹰觉得有点突然，她站住了，盯住罗力猛：“想？想什么？你不想去？”

罗力猛回头看着刘鹰深棕色的眸子：“想去。可是，部里还有一个任务，到欧洲去引进一座深海平台，时间一年半……也点了我的名。”

刘鹰不说话了，心里像一锅刚开的滚水突然被掺了半锅冰水一样，冷热相羼，很不是滋味。默默地跟着罗力猛的车子后走着。

“你说，该怎么办？”罗力猛边走边问。

“我也得想一想。”刘鹰小声地说。声音低得几乎听不见。

两个人此刻胸中波澜叠起，都很不平静。回到罗力猛的宿舍，两人相对而坐，默不作声。

刘鹰咬了咬嘴唇，突然抬起头：

“那——咱们马上结婚。”她亮晶晶的眼睛望着罗力猛：“结了婚再分手，你上欧洲，我上美国，好吗？”

“你——”罗力猛用力把冲到喉咙眼的话咽下去，顿时全身热辣辣的，他舒了一口粗气，闷声说：“……我得好好想一想。”

刘鹰突然咯咯咯地掩脸笑起来：“今天咱们怎么的啦？像打排球似的，老把‘想一想’这话儿扔过来扔过去。”

“你说什么？”罗力猛一下子弄不懂她笑什么。

“我说想一想，我想好了，你又要再想一想，那还有个完没有？真的要想成个老大爷老太婆了！干脆？就这样决定了，我这就去找领导，打报告结婚！”她站起来扭头就走。

“哎——”罗力猛一把没拉住，刘鹰笑着跑了。走廊里传来了她笑得喘不过气的喊声：

“就这样定啦，你快写报告吧！”

罗力猛哭笑不得，搓手跺脚，不知所措，他定神想了想，突然冲下楼梯，他想把她追回来，再和她好好商量一下，还有，约瑟芬那封来信，可能还有点名堂——

“刘鹰——”罗力猛高喊着跑到楼下，刘鹰早骑车跑得没影儿了。

第二天一早，罗力猛接到联合公司总经理办公室的通知，要他去接受一个海外华人报纸记者的采访，他想躲也躲不开，办公室主任知道他怕见记者，事先把他盯住，很快就叫来一辆小轿车，把他送到海滨花园宾馆。

一个港式打扮的女郎站在宾馆门口，一见罗力猛就迎上前问：

“请问您是罗力猛先生?”

“我是罗力猛，请问您是——”

女郎笑了笑，并不作答，但又不失风度地向他微微点头致意，然后说：“请跟我来——”她把罗力猛带进一座庭院别墅式的高级客房，请罗力猛坐在沙发上，送上一杯龙井茶说：

“真对不起，请稍候——”

她彬彬有礼地欠了欠身，退出去了。罗力猛正在疑惑，突然有一个穿天蓝色工作服的女人闯进来，罗力猛惊讶得瞪大了眼睛——

她是约瑟芬!

她这回竟没有一点贵妇派头了，也没有再把头发染成欧洲女人一样的金黄色。不过那一身工作服用料还是考究的，样子就像外国公司的现场技术人员。她一见罗力猛，便一甩扎在脑后的一束乌黑秀发，高兴地喊：

“哎呀！力猛，可见到你了！你再不回来，我真要上平台找你啦!”

“是这儿的记者先生请我来的，您——”

“记者?”她狡黠地笑了笑，落落大方地坐到罗力猛身边的沙发上：

“我知道，记者先生不在，现在我是这儿的主人。”

罗力猛惊异地“啊”了一声，狐疑地看着她。

“让咱们老朋友好好来谈谈吧?”她说。

罗力猛冷静地略一思索，点头同意：

“好吧，谈什么呢?”他漫不经心地打量着这客厅的陈设：前面墙上，一幅装在镜框的图画吸引了他的视线——《沙漠之舟》，画着几匹瘦骨嶙峋的骆驼，背负着沉重的行囊，最大的那一只背上还坐着个小伙子，小伙子正悠悠地吹弄着笛子。骆驼昂首挺胸，傲然地向前走去……罗力猛脑海里突然冒出沙漠、绿洲、向前蹒跚着跋涉的人流……他知道，在今天，一场思想上的短兵相接不可避免地来到了。

约瑟芬目不转睛地望着罗力猛，忽然把手一挥："我不提我那些倒霉的信了，可能每一封信你都收到，但如果我一提起，你就会不舒服。"她得意地微笑着，一会儿又突然皱了眉头：

"不过，我还是想知道，你对你现在的一切——生活、工作、学识、地位……已经满足了吗？是否你原来的理想，就不过如此？"

罗力猛望着那沙漠之舟，把两手小香蕉般粗的手指交叉着插来插去，严肃地思考着，终于，他说话了：

"不。"

约瑟芬惊讶地转面看着他："不满意？"随即轻轻笑起来："那咱们找到最共同的语言了，我对命运的安排从来就是不满足的。1977 年我出国，我那个有钱的外公把我一切都安排好了——上大学、大学毕业后到我二舅的研究所工作，可我到大学和那研究所一看，马上就改变了主意，那得默默无闻地干大半辈子！而且最后出名的，也不是你，而是主持研究的大权威！我到我大舅的公司去了，边学英语边学做生意，还到大学经济系旁听几门课。1979 年我外公去世，给了我一笔遗产，这够我做一辈子饱食终日、无所事事的阔小姐、阔太太，可我不干，那有什么意思？人总得不断向自己的命运挑战的！我看准机会嫁给了唐纳克，尽管现在又离婚了，但我根本不后悔！我终于混出个人样来了！你同意我这句话吗？人，总要不断向自己的命运挑战的！对不对？"

罗力猛盯着墙上的那只倔强的骆驼，这只骆驼在想什么？是只想找到绿洲吗？不——它是在想走出沙漠！他点点头："对，人总得要不断向命运挑战。可是，这挑战是为了什么呢？我和您之间恐怕不会统一。"

"我想能统一的。"她悠悠地点了一支烟，但举在手上却没有抽，雄辩地说下去：

"人要活得有意思，一定得有钱，但光有钱是不够的，还得追求精神上的充实和满足。我说的满足，是真正的而不是虚假的，无休止地去寻求那飘渺虚幻的海市蜃楼——像我们当初梦想靠当个石油工人出人头地一样，是肯定不可能得到真正满足的，这是从我痛苦经历中得出来的结论。真正的精神满足，是建立属于自己的事业，并且能随心所欲地支配它、摆弄它、扩展它——"

"这就是强人吗？"罗力猛笑了。

"对！只有强人才能在世上立足，才能受世人尊重！"她傲慢地笑了笑，递过一张名片："就是他——海外一位名记者，因为我有名有利，他才会受我差遣，让我用他的名义把你请到这儿来，如果换上别人，行吗?"

"什么?"罗力猛像被蝎子蜇了一口——他上了她的当!

"请你原谅我耍了个小小的花招，行不行?"她轻飘飘地说，粲然一笑："如果我现在不是一家公司的老板，你们也不会把我奉为上宾，你们办公室也不会为我一个电话就忙得不亦乐乎地把你请来。这也证明，只有敢向命运挑战，才会有地位，才能成为强人……"

"难道，向命运挑战，就是要像你那样成为大老板?"罗力猛打断她的话："不！我如果只当好一个工人，一个有知识，有创造性的劳动者，算不算强人？——国家要兴旺发达，中华要振兴强大，离不开这样的人。只要我们为国家拿到大油田，我们就是强人!"

"什么强人？这是自我泯灭，甘心做一辈子命运的奴隶!"约瑟芬站起来，激动地捺灭只吸了一口的香烟："其实，你完全有条件摆脱这种可悲的命运，现在就有机会——"

她突然顿住，卖关子似的瞟了罗力猛一眼，可他冷静地听着，脸上几乎没有表情。

"你大概也知道了，联合公司要选人出国深造，你和刘鹰都入选了。这是一条绝好的晋升之路，学成之后，你们就有了本钱，我可以帮助你们双双跳出联合公司，跃到更广阔、更有作为的发展空间去，成为真正的强人——就像我一样!"

尽管她在闪烁其词，罗力猛还是听出了弦外之音，他淡然一笑，出其不意地问："您知道混凝土靠什么拌起来的吗？水泥、石子、钢筋，还有最大量、最平凡的砂子——"

"什么意思?"她感到茫然。

罗力猛严肃地站起来，睿智的眼睛闪着晶亮的光辉："尊敬的董事长，我，就是要成为这样有用的砂子，而不是成为像您这样的'强人'老板，更不能当您这样的老板的代理人！按您的逻辑，似乎您这样成为老板的人，才算是有志者，才是向命运挑战的强人，否则都是命运的奴隶。您错了！您忘了，砂子拌进混凝土，它的命运就会与整座混凝土大厦紧密相连，永不分离——在这方面我比您强得多！我和十亿人的千秋大业联系在一起，我们这代人肩上扛着民族的兴衰和命运！您有这样的志气和胸怀吗?"

约瑟芬突然愣住了，她打了个寒噤。

“当然，您来做生意、合资、投资搞建设，我们欢迎。如果你们有心为人民做些有益的事情，国家和人民都会感谢你们。但请注意，如果有谁仗着自己有钱，以为在这里能用钱买到一个骑在千万普普通通的工人农民知识分子头上拉屎拉尿的权利，或者以为能买到一个高人一等、任意作威作福的主人地位，那他就大错特错了！您出国时间并不算长，这一点您当然会清楚——在这块土地上，即使是默默无闻、辛苦一世的劳动者，也是主人！”

罗力猛说完，转身大步走出客厅。

约瑟芬失神地瞪着他的背影，突然虚弱得像全身被掏空了。胆怯的女秘书悄悄地走进来，犹犹豫豫地把一份复印过的电传记录稿交给她。一行粗黑的字迹突然像飞溅的火星蹦进她的眼睛，使她的五脏六腑顷刻间痉挛起来——

“据悉，唐纳克先生新设的环球动力机械公司特派代表已与斯贝尔方面在香港谈判，意欲在以下领域取代本公司……”

她已离婚的丈夫掉过头来杀回马枪，要和她竞争、要吃掉她了！

约瑟芬怒不可遏地转过身，她忽然盯住墙上那只骨瘦伶仃但又铁骨铮铮、饥渴交困但又昂首向前的骆驼，歇斯底里突然发作了，她咬牙切齿地把画框摘下来，猛向地上一砸！哗啦——画框玻璃全碎了，可那骆驼还是那样倔强、高傲、不可逆转地在沙漠上走着……

呜—— 一艘满载的油轮出港了。

海风习习，碧波荡漾，两只海鸥飞快地掠过长长地伸到海里的防波堤，尽情地在不远的海面上起舞、嬉戏。罗力猛坐在堤上，望着这两只雪白的海鸟，心里忽然升起了一丝惆怅——

唉，这回真的要和小刘鹰分手了。

罗力猛焦躁起来，捡起堤上一块蚝壳，向栖落在一块礁石上卿卿我我的海鸟扔去，这对情投意合的伴侣大吃一惊，猛扑着翅膀向远方飞去。

“干吗撵它们?”一个女孩子的声音，罗力猛一回头，刘鹰正笑嘻嘻地站在他身边：“心里不好受，找鸟儿出气，算什么男子汉?”

“你好受?”罗力猛苦笑着回敬了她一句，挪了挪身子，用手拍拍旁边的堤石：“不跟你斗嘴了，说吧，和郭局长谈了吗?”

“当然谈了！”刘鹰坐在他身边：“我说我支持你不去留学，参加引进深海平台的代表团。可老郭说了个新情况——”

“什么新情况?”

“他说，斯贝尔方面突然改变了人选，他们提出，如果罗力猛要参加深海平台的引进，那刘鹰也不能入选。”

罗力猛愕然：“为什么?”

“哼，这次选送留学的全部费用是斯贝尔集资提供的，我们两个的赞助人不是别人，正是艾菲尔－艾普公司的约瑟芬!”

“她?”罗力猛霎时明白了！他紧握起拳头，胸膛起伏着，胸臆里像埋藏着一串串吓人的炸雷。

刘鹰严峻地递过一封信：“那个女人还有一封信给你，老郭让我带来了——”

罗力猛接过信，不看一眼，顺手又从工衣口袋掏出另外那三封，默默地把它们撕成碎片，海风一吹，碎纸顿时像夏天稻田里一群一群令人讨厌的白蛾，在湛蓝湛蓝的海面上飞、飞、飞，终于跌落在海面，再也飞不起来了。它们浮在波涛之上，就像浪尖上一星一点肮脏的泡沫。

罗力猛和刘鹰并肩站着，望着被海浪追逐着的纸片。他们互相看了一眼，哦，这目光里蕴含着多少爱、多少柔情、多少信任啊，因为，他们的血，都是热腾腾的。

青春做伴

一个老妇人佝偻的身躯，孤独地踯躅在滨江公园的围墙边。

她低着头，挎着菜篮，默默地沿着墙根走到围墙的尽头，站住了，慢慢回过头，阴晦的眼睛呆呆地望着公园门口，终于，她迟疑地又转身往回走了。刚升起的太阳照在她矮小的身子上，使她身后拖着长长的影子，像个弓着腰吃力地拉纤前行的老纤夫。

公园里的茶楼将近收市，茶客们大多上班去了。这里一清早就门庭若市，热闹非凡，但现在时间已过八点半，冷清的楼顶茶座上只剩下三几个茶瘾特别大而又无所事事的茶客。

一个年轻的茶客把喝空了的“生力啤”空罐随手往楼下一扔，空罐“咣当”一声落到公园大门边的榕树下。接着他悠然地点着一支“三个五”香烟抽起来，这是他喝掉的第四罐啤酒。在这里，能从清早一直坐到现在的茶客是少见的，又喝茶又灌啤酒的茶客，更是凤毛麟角。他抽着烟，饶有兴致地望着街上那个老太婆。

“你认识这老太婆吗?”他问陪坐在旁边的中年妇女。

“怎么不认识？烈士的妈妈嘛，鼎鼎大名。”中年妇女向街上看了一眼，鼻子里哼了一声。

“她在这里巡来巡去，你猜她想干什么?”

“她？九成九是看中地上什么宝贝了，你看——”

果然，老太婆走到公园门口那棵榕树下，呆呆地站住了，她盯住地上那几个闪闪发光的东西——“生力啤”空罐子。突然，她弯下腰，把空罐捡到菜篮里，然后像做了亏心事似的左右看看，又慢吞吞地走开了。

青年茶客摇摇头，苦笑着转过脸：“唉，真可怜……”

“谁说不是!”中年妇女撇了撇嘴，“烈士母亲、干部家属，成天捡破烂，名声也够好听了。”

“你知道吗?”青年茶客抬起头，突然目不转睛地盯着中年妇女，“今天我请你饮茶，就是想请你帮帮这位老人家——”

“什么?”中年妇女吃了一惊，嗫嚅着说，“帮她?！我和她的儿媳妇可是死对头……”

“哈……”青年人仰天大笑起来。这笑声引起了邻座一个平头小伙子的注意。他刚到，正狼吞虎咽地扒着一碟猪肠粉。他开始留心他们的谈话了，听着听着，陡然捏紧了两个瓦罐大的拳头。

四十分钟后，在公园对面的青春电子修理行门口，爆发了一场凶狠的斗殴。然而，引发这场斗殴的焦点人物，正在这个城市的另一个角落里奔忙着，对此全不知情……

一

天，总是阴沉沉的。暮色降临，江风乍起，街道上连行人也少了。

叶晴艰难地下了单车，望了望愁云满目的天空。唉，总算在下雨前回到家了。不，只是回到家门口，还有一段“危乎高哉”的“蜀道”——五层楼的楼梯。这对一个年轻的健康人来说完全算不了什么，可此刻要她扛着单车往上爬，无疑是受一次苦刑。

她蹒跚着推车走到门口，无力地靠在墙上。此时，这栋楼里的人家，大都在吃饭了，有谁到七点钟才下班呢？只有她。平时楼里的年轻人，只要见她骑车上下班，总是把她的车子抢过去，替她扛上扛下，她不想麻烦人，干脆走路上班。可是今天不行，她得跑几个厂，办很多事，车子是少不了的。没想到，一天奔波下来竟这般疲乏，肝区又在隐隐作痛。倒霉的肝炎又要复发了吧?

下雨了。雨点是沉重的，打在水泥地上滴答作响，风也来凑热闹，挟着雨点直往门洞里钻。叶晴脸上霎时添上几颗泪滴似的雨点，冰凉冰凉的。歇够了，该开动啦!

单车前轮在楼梯口扑通一下撞到扶手上，叶晴赶紧扶着墙，使劲稳住身子。这时，楼下两边的住家门几乎同时打开了，区委书记林和坤—— 一个瘦骨嶙峋的中年汉子，还有小三—— 一个圆脸小伙子，从各自家门奔出来。林书记一把抓住叶晴扛着的单车，说："叶大姐，累成这样还扛车？你喊一声嘛！来，我扶你上去。"

叶晴强打精神笑了笑，拨开老林的手："你在吃饭吧？快回去，菜凉了陈姨又有意见了。"她知道老林为人：什么都好，就是有点"妻管严"。

小三趁他们说话之际，扛着车，脚步像打鼓似的敲着楼梯，"咚咚咚"直蹿上五楼去了。他放好车子又一阵风似的奔下楼去，正在扶着扶手慢慢上楼的叶晴看着他，吃了一惊：

"怎么？你的脸——"他的圆脸上，有一块青黑色的瘀肿，"又打架啦？"

"嘿嘿，"小三摸摸脸上的伤疤，装出一副不在乎的样子：

"跟地皮打了一架——骑车叫人撞倒了，摔了个嘴啃泥，地老爷就把我打扮成这副模样了。"他咧着嘴笑，神色有点不大自然。

"你没动手打人家吧？"

"打谁？打地皮？嘿嘿，不是它的对手。"小三晃着圆圆的小平头，故意把话岔开，搀扶着叶晴上楼。"阿婆你别门缝里看人，我小三也学会讲道理了，再说撞我的是个女仔，我拳头再痒也让她两滴眼泪吓飞了。"

好一张油嘴，像在说相声，叶晴微笑着摇了摇头。这孩子变多了，两年前刚从教养所出来时是个什么样子？畏畏缩缩，见人连头都抬不起，可自尊心又出奇的强，谁在他面前提到偷鸡摸狗、开片打架，他瞪起发红的双眼，扭头就走，以为人家在揭他的疮疤。叶晴了解到他是偷交电仓库的电子零件被捉进教养所的，由于他平日好摆弄无线电，便提出要把他吸收到新开张的青春电子修理行学修理。那真翻了天啰，有人反对，有人要退出，怕"一粒老鼠屎搞臭一锅粥"。现在看，小三不是"老鼠屎"，他表现还是不错的。这栋楼盖好以后，叶晴和他成了同楼邻居，每看到他有一点长进，她心头总升起一缕欣慰。可是，今天他怎么啦？摔跤摔的？不，俏皮话说得再好，也掩盖不住眼睛里那一丝异常的变化。眼睛是一个人心灵的窗口，此刻在他的这个窗口里，好像住着一位近来不常见的客人——不安。

叶晴停住了脚步，眯起眼看着他。

"你不相信？真的，真的没打架——"

叶晴不作声了，她默默地让他搀着，吃力地一步一步走上二楼、三楼……突然，她转身扶住楼梯扶手，坚决地把手从小三的胳膊里抽出来，喘着气说：

"小三，别骗我……"

这话是背对着小三说的，很轻，很深沉，像是从心灵深处传出来似的。这是恳求呢，还是责备？叶晴自己也搞不清。然而，她从小三的沉默中感觉到：他的心被震撼了。接着，她听到了两下轻微而短促的喘息。

叶晴回过头来，看到小三两眼含着泪水。

“阿婆，他们……他们骂你，在我们修理行门口，我——”

叶晴的心急速地跳了两下，她早就料到，会有麻烦找上门来，但她没想到，被她触犯了的人竟会和小三打架！

“那你也不对，动拳头能证明我们是对的？能把那些乌七八糟的事情打掉？你呀，你还是没有改——”叶晴盯住小三的脸，突然把话打住。

小三的眼泪夺眶而出，他用拳头把泪一擦：“我、我没改，我不对——”他突然恶狠狠地瞪起眼睛，“可是，阿婆，你，你真傻啊——”

他一扭头，红着眼睛蹬蹬蹬地奔下梯去。

他怎么了？今天怎么这么反常？孩子们感激她，照顾她，为她不幸的境遇抱不平，这是常有的事，可今天这种情况，却从来没出现过：一个小伙子为她去跟人打架，而且脸也被打肿了！他遇到些什么特别恼人的事？吃过饭得找他好好谈一谈……

妈妈和小欢欢站在楼梯口。

啊，她们又出来迎接叶晴这个日日迟归的大忙人了，又在等她吃晚饭了。

小欢欢跳了起来：“嫲嫲回来了！嫲嫲回来了——”

得装得高兴些，笑起来气色可能会比刚才好看一点。老妈妈八十五岁了，满脸皱纹像陈年的老干姜，喜怒哀乐的表情，越来越难在这张脸上见到了。她背越来越驼，身体越缩越小，小得竟像个十一二岁的孩子，和五岁大的小欢欢站在一起，竟只高出个肩膀。唉，她衰老的心灵，装满了人间最苦最苦的汁液，自己就算有天大的烦恼，也不能让她老人家操心。

倏然，叶晴看见了放在楼梯口转角的那个破纸箱，她一愣，心绪一下变坏了，似乎再也没有力气迈上这最后两级楼梯——纸箱里放着几个啤酒罐子。

自从叶晴把老妈妈接到城里一起生活，老妈妈惜物如金的癖好使她一直感到心酸。老人家在乡下穷苦惯了，家里一张烂纸片，一个空火柴盒都视若珍宝。对老人这种贮物癖，叶晴开始只是不以为然劝几句。叶晴生性爱清洁，而老人偏爱收藏破烂，她尊重老人，默默容忍了老人家把床底和墙角变成收藏废物的垃圾堆。近几年，老人这种癖习越来越厉害了，街上一个破纸盒，一个旧瓶子也要捡回来收藏，不知根底的人还以为老人受刻薄，风言风语多起来了。叶晴劝过她，恳求过她，老人惶恐地收敛了几天，过后却更加起劲了，像一个被迫戒烟的老烟鬼，一旦重新抽上了，恨不得耳朵、鼻孔都点上烟来抽一样。叶晴伤透了脑筋，但又无可奈何。昨天，就在昨天，叶晴还郑重地劝过老妈妈。可是今天她又去捡了，而且，捡回来的破罐子不像往常那样藏起来，竟然堂而皇之地堆在门口！

“妈。”叶晴终于喘息着走上最后一级楼梯，亲切地喊了一声。老人浑浊无神的眼睛看着她的脸，掉光了牙齿的嘴巴动了动，可是没说话。一股异样感觉像阴云一样掠过叶晴的心头——老人家有心事！

她稳定了一下情绪，立即有说有笑地搀着老人，拉着小欢欢走进家门。

“吃饭、吃饭。”叶晴紧张地张罗起来。桌上已经摆开煮好的菜，一碟碟都用盘子扣着，老人颤颤巍巍地揭开盘子，露出还冒着热气的清蒸鱼、蒸水蛋、炒菜心。叶晴从厨房灶上端来饭锅，从锅中心挖了一碗“饭心”，双手捧着，送到老人面前：

“妈，今天又累您等了。”

老人咧了一下嘴，露出了没有牙齿的牙龈，失神地拿起筷子，默默地吃起来。叶晴给小欢欢盛了一碗饭，给她夹了点菜，然后自己也慢慢拨动了筷子。

老人有什么不称心的事呢？烦恼肯定不少，她这个年纪，早该歇着，让儿孙端茶递水地来服侍了。可在这个家，她还得里外操持，买菜、煮饭、带小欢欢，能没烦恼？但叶晴像了解自己一样了解这位善良的老妈妈，她辛苦一世，操劳惯了，如果真的什么也不让她干，三天就得生病。有好几次，叶晴要请保姆，她马上发了脾气，严正声明：保姆来了，她就立即回乡下去。人越老，脾性就越像小孩子。她老人家的烦恼从来不隐瞒，这就是她成天唠叨的：叶晴回家吃饭太晚啦，这么大年纪还不知冷热啦，要不，就是根据一些街谈巷议为叶晴的小厂小店操心担神，哪个厂停工了，哪个店亏本了，什么人又下了不准这不准那的什么“精”什么“神”了……但这还不至于令她心事重重，那到底她为什么这么反常呢？

突然，叶晴的心像被针戳似的悸动了一下，她想起了小三那双愤懑、含泪的眼睛。难道，老人的心事与小三的异常举动有什么牵连？

胸闷、恶心，吃不下饭了，叶晴怕老人发觉，故意装出开胃的样子装模作样大口吃着，突然，她噎了一下，赶快用汤匙挖了一块水蛋放在碗里，捧着走开了。

以往，只要她一捧着碗进房去忙公事，老妈妈就会干涉："阿晴，吃饭做工，肠肚穿窿，什么事这么要紧，不能吃完饭再干?"可是这一回，她只是默默地看着叶晴从桌边走开，却没开口。

叶晴在房里待了一会，悄悄走进厕所，把咽不下去的饭头菜尾，倒进便坑，放水冲掉，回到房门口，她站住了——老妈妈在房里。

老人看了看她的空碗，叹了口气，一声不吭地把碗拿走了，转身从厨房端来一个热腾腾的炖盅，好香！是鸡汤。

"妈——"心中一热，叶晴的喉咙像吸入了一团高温蒸气，说什么好呢?说实在吃不下，不吃，会伤老人的心，老妈妈是在用人心换人心，以风烛残年的最后一点生命力，来照料她这个唯一的亲人啊。

"妈，这鸡汤我吃，不能白费您老人家一片心意。来，咱们全家吃，您、我、小欢欢，一人分一点，好吗?"

老人仍然没有作声，翕动了一下嘴巴，固执地把头一拧，转身走了。叶晴捧着鸡汤走出房间，硬把鸡汤倒在老人和小欢欢的碗里。

"妈，您不吃，我也不吃。"叶晴望着板着脸执意不肯吃鸡汤的老妈妈，也认真起来。她把炖盅放在饭桌上，悄悄地在桌下轻轻拉了拉欢欢的衣服。

小欢欢真聪明，立刻领悟了叶晴的意思，眨着黑溜溜的大眼睛说：

"老祖祖不吃，我也不吃。"

老人痴呆地沉默着。

"妈——您吃啊!"

"祖祖，您吃嘛——"

老人木然地捧起碗，呷了一口汤，把余下的全倒给小欢欢，又叹了一口气，捧着空碗走进厨房。

"妈，您辛苦一天，快歇歇，我来。"尽管疲惫不堪，叶晴还是抢先一步，堵在厨房门口。小欢欢奔过来，拉住了老人的手："祖祖累了，不让您干，不让您干!"她把鸡汤捧得老高，凑到老人的嘴边：

"您吃，您吃嘛!"

趁一老一少在厅里纠缠，得赶快把活儿干完。叶晴洗碗、刷镬，把剩饭和剩菜倒在一起，用电饭煲煮成汤饭留明天当早餐；给老人和欢欢烧好洗脸洗脚的热水。收拾得差不多了，小欢欢拿着扫把进来，挺神秘地压低声音说：

"嫲嫲，祖祖今天哭了。"

叶晴心头一震，转脸看着欢欢。

欢欢圆眼瓜子脸，虽然只有五岁，但已经在幼儿园跳了一级，是个"小尖子"，离开父母的孩子大概心智成熟得早，她小小年纪就懂得疼家中的老人了，不会瞎说的。

"老祖祖为什么哭，你知道吗?"叶晴问。

欢欢乌溜溜的眸子一闪一闪的，撅起嘴巴摇摇头。

老人在厅里走动，叶晴给欢欢递了个眼色，欢欢噤住了。叶晴抚摸了一下她的小脑袋，把自己那盅一口也没尝过的鸡汤递给她。

老祖祖究竟有什么心事呢？乖蹇竭蹶的命运把这年龄相差甚远的不同血缘的三代人结合在一起，使叶晴肩上挑起了扶老携幼的重担，她像眼里容不得沙子一样，容不得这个和睦的家庭出现哪怕一丝一纹的裂痕。尽管老妈妈爱捡破烂的怪脾气给她带来过不少烦恼，惹出不少是非，使她的冤家对头抓到攻讦的把柄，她也从不埋怨、责备这位饱经忧患的老人，只是忍气吞声地咽下这些苦果。在家庭生活中，她和老人相依为命，像两个在严寒中靠对方体温御寒活命的人，只要需要，她俩谁都可以为对方掏出心来。但是精神生活呢？叶晴却一筹莫展——尽管她和老妈妈亲如母女，但精神生活的和谐并不是光靠互相关心、互相体贴就可以解决的，老妈妈并不真正了解叶晴，叶晴有她的孤独和不幸，有她精神上的创伤，有她埋藏心底多年的苦衷。这些，她从来没向善良、慈祥的老妈妈吐露过，只是把它深深地冻结在心灵深处。

活计干完了。叶晴凝眸沉思了一阵，走出厨房，她想出了一个主意：

"小欢欢，来，讲个故事，让老祖祖开开心。"

"嗳，讲个什么呢?"欢欢应声而出，嘴里不停地嚼着塞得满满的鸡肉。

"你最拿手的呀，猪八戒娶媳妇。"

小欢欢真有讲故事的天才，她一会儿模仿猪八戒，一会儿模仿小媳妇，一会儿又模仿孙悟空。往常她一讲这故事，就把老妈妈逗得乐不可支，开怀大笑；可今天，老人完全麻木了，滞呆的脸上只挂着一点点做出来给叶晴看的笑容，使人看了难受。到小欢欢讲到猪八戒娶了个假媳妇，装出了个垂头丧气的样子时，老人家突然神色大变，慌乱地转过脸，撩起衣角揩了揩眼睛。

叶晴连忙摆摆手，小欢欢的故事断了尾巴，小厅里一阵沉默。

不能再拐弯抹角了，得直截了当地和老妈妈谈一谈。叶晴低声叫欢欢到楼下老林家看电视。欢欢有点委屈地走了。

叶晴搀着老人的手臂，扶着她坐到木沙发上，自己半蹲半跪地依在老人身边：

“妈，您有什么心事，别瞒我——”

老人回过头，呆呆地看着叶晴，突然全身颤抖起来，她小声地开口了，声音饱含着不安和凄凉：

“阿晴，你有五十六了？”

叶晴点了点头。

“你也是埋了半截黄土的人了，妈问你一句，你、你别见怪——”老人抖得越发厉害了，“有人说，你、你不是我的儿媳妇……”

轰的一下，脑壳像发生了爆炸！镂骨铭心的痛苦，无穷无尽的悲哀，日积月累的内疚……突然像涌起的大潮，顷刻间将大吃一惊的叶晴吞没了。她猛然站起，只觉得一阵晕眩，仿佛自己在往下沉、沉……

“你、你真的不是——”老人惊慌起来，“真的——”

……

无言以对。泪水，苦涩的泪水渗入了鼻腔，涌满了眼窝；透过朦胧的泪花，依稀看见老人欲哭无泪，欲号无言，张着嘴巴悲痛欲绝的脸庞。不应该再隐瞒了！叶晴默默合上双眼，泪珠立即沿着脸颊流下来。啊，镇静些，得镇静些！老人有权知道一切真相，应该向她解释清楚，但是老人知道瞒了她二十多年，会埋怨吗？会生气吗？她这个年迈的老人能经得起这一变故吗？

然而，不能再编造新的谎言了。老人枯涩的眼睛，正可怜巴巴地呆望着叶晴，全身都在不停地哆嗦着——她在等待回答。再瞒下去，只会给她衰老不堪的躯体再添上一块心病。还是照实说吧，二十多年了，我们一直以婆媳关系厮守相处，老妈妈，您心地善良、经磨历劫，您会谅解的。

“妈——”望着老人，叶晴泪如泉涌，不过，心里却坦然、踏实了。

“我和您儿子水生，没有成亲，不是夫妇，可他是为救我牺牲的……他的妈妈，也是我的亲妈妈……我这辈子，离不开您这亲妈妈——”她捧起老人的手，依偎到老人身边。

老人半张的嘴巴不住地翕动着，严峻地久久凝视着叶晴的脸，接着，伸出枯柴一样的手掌抚摸了一下她瘦削的肩膀。

“你后来……嫁过人？”

无须隐讳。叶晴点了点头。

"有人说……他是坏人，害过水生，劳改死了——"

"谁说的?"热血冲到脸上，叶晴控制不住了，猛地抓紧老妈妈的手，几乎是在喊、在哀求："不！不是的！妈妈，他是好人，和您的水生一样的好人，做过工人，打过游击。他，他是受了冤枉……"哦，又是一阵晕眩，再也说不下去了。

"阿晴、阿晴啊!"老人突然恐怖地瞪大双眼，上气不接下气地喘息着，紧紧搂住了叶晴："有人要害你，害我们家，叫我们不得安生……你要当心，妈什么……都明白，你不是我的儿媳妇，就做我的亲女吧，二十年哪……不容易啊——"

"好妈妈啊——"叶晴扑进老人的怀里，放声哭了。

二

冥冥长夜，辗转难眠。

叶晴明白了，她苦心经营的青春发展公司，已被卷进了一个险恶的漩涡。这个漩涡之所以可怕，不仅是有人要置她个人于死地，而且还企图摧毁她的事业!

事出有因，居心叵测的阴谋总是带有明确目的性的，那这支卑劣毒辣的暗箭究竟是从哪个角落射出来的呢？她陷入了深沉、痛苦的追索之中……

事情是在上午发生的。

据小三说，今天早上，他在青春电子修理行值完夜班，照例到对面的滨江公园茶楼吃早餐。吃着吃着，邻桌一男一女的谈话引起了他的注意！男的是个长头发的"西装友"，女的四十上下，长脸龅牙，长得一副"八婆"[①]相。小三认出，她是青春橡胶厂从前的出纳，体制改革后，因贪污被解雇了，这女人恨死了叶晴。

小三叙述很详细，叶晴闭上眼，也能想象出当时的情景：

① "八婆"：广州人对多嘴多舌的长舌妇的谑称。

……“西装友”要了满满一桌烧卖、虾饺、糯米鸡、炸春卷，一边呷着“生力啤”，一边白沫横飞地在骂人：

“丢那妈！那婆娘不是人！仗自己有块臭招牌，尾巴翘上天，到处害人！其实，底子臭得很。我最清楚。你还不知道吧？一挖，包你吓一跳！”

“什么臭底？她是破鞋？”龅牙“八婆”连忙凑过去。

“西装友”压低声音在“八婆”耳旁叽咕了一阵。

“真的？”

“哼，还有更‘爆棚’[①]的——老太婆的儿子，其实就是她和她老公害死的！”

“啊——”

“……为了自己逃命，她叫老太婆的仔去送死……”

“毒啊！毒！这个女人……哼，害死人家的仔，还叫他八九十岁的老母当牛做马几十年服侍自己，竟还有脸当什么经理，吹自己什么先进、什么和睦家庭！——真是世间少有！”

“你想搞臭她！嘻，我有一班沙煲兄弟也正想打抱不平，出一口气！”

“还用说，搞臭她！”

“别的你不用管了，只是那老太婆……”

“老太婆？怎么？”

“西装友”又点了一支烟，微笑不语。

“啊，对，对！”那女人恍然地拍了拍桌子。“等一会，她从市场买菜回来，我请她饮茶，叫她回去问那女人要仔，闹他个天翻地覆！”

小三猛然醒悟：这两个狗男狗女在想算计阿婆！他一肚子火爆出来了，但他没有愣头愣脑冲上去挥拳踢腿，而是紧紧盯着这两个用心歹毒的男女，一直看着那个“八婆”把买菜回来的老祖祖拉进茶楼，像毒蛇一样缠着老人摇唇鼓舌。那个油头粉面的“西装友”蹲在茶楼下的花坛边，笑眯眯地抽着烟，像在看一场即将开场的好戏一样洋洋得意。小三越看越气，忍无可忍，睚眦欲裂地向“西装友”的屁股一脚踢去——

① “爆棚”：广州方言，尖端、到顶的意思。

危机，并不是头一次袭来，自从她首次要求调离街道办事处，去管那家濒于散伙的街道办的小橡胶厂时，各种各样的冷嘲热讽、打击刁难就经常降临了。她终于被逼得提前退了休，应聘当了这家小厂顾问。她在大学学过化工，应付这家小厂绰绰有余。后来，在区委新来的书记老林支持下，干脆当了厂长。他们试制成功了一种各地油田急需的橡胶封圈，一下使工厂扭亏为盈。几年中，这小厂在风浪中变成三家、四家，叶晴搞了一次破釜沉舟式的改革，把这几家小厂小店变成了一个以待业青年为主体的“青春联合发展股份公司”。事业越搞越大，她内心的危机感、恐惧感也越来越沉重，她得时刻警惕着：那致命的一击会骤然到来。

然而，流语飞语、街谈巷议虽不少，那可怕的打击却迟迟不来，相反，省报上登了一篇报道：《“青春”在闪光》，把石门市的青春公司大赞一番——她出名了。

接着，又出了一件使她喜出望外的事情。

“哈哈哈哈……‘南洋妹’，是你呀？还认得我吗？”一位老干部把帽子一摘，露出满头花白的短发——这是在石门专署办公室里，她正要接受专员的接见，没想到一进门就被这个人拦住了。他是谁呢？啊，是他——程洪涛！打游击时的战友，她还给他治过伤，救过他的命。她兴奋地紧紧握住了他温暖的大手。

“三十多年没见，小白鸽变成老白鸽啰！”程洪涛感慨地摇着头，把她拉进办公室，按在沙发上，还给她倒了一杯茶：

“你可真有本事！赤手空拳做成一番大事业—— 一个公司！啧啧！不简单！怪不得省报要将市委一军，其实，也将了我们地委、专署一军。将得好！我这老骨头不将一将就僵化了。看，连老战友在眼皮底下孤军奋斗搞改革也不知道，不是成了又聋又瞎的老糊涂了吗？我一看报就寻思，叶晴？不会就是我们那个‘南洋妹’吧？一问，果然是你！”

——原来，他就是要见叶晴的首长。

“报纸把我们说过头了，其实，我们做得还很不够。”叶晴惶恐地搓着手，微笑着说，“我们算不上什么——”

“不！”程洪涛连连摆手，激动起来，站起来踱开了步。“宣传得还不够。一个老游击战士，退休干部，办了这么一件得人心的大好事，容易吗？有几个人做得到？光这一点，你就是个典型！我就是要树你这样的典型！你放心，现在你肚里那些文化水大有用场了。听说你新中国成立后还去上了大学？高明。这步棋太对了！尽管后来风风雨雨，如今你们这些知识分子总派上用场了嘛，干出事业来了嘛！不像我高小未毕业的万金油……嘿嘿！”他拍拍花白脑袋，“老了，临老学吹打也来不及了。攻关，搞大事业我是不行了，只能做你们这些改革者的后勤。有什么困难，你马上来找我好了，有人跟你作对，你也要告诉我。”

俗话说，背靠大树好乘凉。以前叶晴对此是没有任何体会的，打那次程专员接见以后，她办什么事都顺当多了。市委、区委、街道争先恐后地重视起她的青春公司来。连市里那个一直对青春公司“管卡压”的张承天副书记，也开始大开绿灯了。

她是在大树底下乘凉吗？究竟是沾了省报的光，还是沾了老战友的光呢？都说她是有作为的知识分子，可笑！她算什么知识分子？大学里学的专业早丢光了，成了不折不扣的“万金油”，不过，她还一心一意地想发挥这“万金油”的作用罢了。老程的支持是实在的，他在张承天副书记陪同下，亲自视察了青春公司的四个小厂、一个旅店、两个饭店，他对叶晴搞的“破釜沉舟”式改革很感兴趣，将改革措施一条条做了记录。他尤其欣赏小厂小店招工时带股入店，按股分红和利用各家各户的关系吸取港澳华侨的小额投资的做法。在全市大会上，他称赞叶晴有头脑，有创造，有闯劲，是街道企业改革的先锋。他还带来了一个电视录像组，青春公司各小厂小店的姑娘小伙子，欢天喜地地和大首长们一起上了电视荧屏……

要不要把今天发生的事告诉老程？叶晴纷乱的思绪突然揳入一个新念头。她得罪了什么人呢？这事情太蹊跷，而且造谣也造得太卑劣，使人寒心！谣言是会杀人的，它使叶晴清白的历史蒙上一层污垢，而她的历史，包括在最严峻考验面前的表现，老程都可以作证，他是应该记得很清楚的。

不，他很忙，这件使人莫名其妙的无头公案，还是不要麻烦他了。自己的历史是用血汗写的，别人要玷污也不那么容易。

往事，像潮水一样奔涌到记忆的闸门口，使年深月久的闸门突然失去了控制。啊，闸门被冲开了，往事的洪流在眼前奔腾开来——

“南洋妹”叶晴又回到“白鸽队”[①] 了。

这次她是从文工队调回来的。拄着拐杖，披着各式各样油布、蓑衣行军，被战士们刻薄地称为“盲公队”的文工队，因为不适应小队伍分散作战，被支队党委下令解散了。为了粉碎敌人对山区的清剿，支队决定化整为零，分路出击，跳出外线。主力要回到石门附近的滨海河网地带活动。那是抗战开始就建立的老区，虽然在敌人鼻子底下，但敌人派系间争斗很激烈，更便于隐蔽、坚持。

为什么不答应她的坚决要求，让她到主力去？原因她自己也能猜到：这是因为她是“知识分子”，是“南洋妹”。

她出生于南洋一个富有的华侨胶场主家庭，太平洋战争爆发时，她刚从南洋到香港，考进一家英文书院读书。她父亲准备让她通晓英文后到英国留学，专攻化工，学成后好帮他经营一家橡胶工业公司。谁料香港沦陷，原来依靠的叔叔下落不明，与家人音讯断绝，她别说书读不成，连吃饭也成了个大问题。那年头的香港，手里捏着黄金美钞饿死的人有的是。她只得到一家纱厂当了一年多女工，在一个进步教师鼓动下，跟着几个回内地打游击的女工跑到游击区来了。那是 1943 年，她才十八岁。可在那支小小的游击支队里，她却成了个鼎鼎大名的“知识分子”。打了三年游击，到了内战迫在眉睫，华南游击部队面临严重困难的 1946 年初，她仍然是个“知识分子”，也许是出于对“知识分子”的关怀爱护吧，激烈、残酷的战斗总是轮不到她。

可能还有一个原因：她和大队参谋长“高尔基”有过一段爱情瓜葛。

其实，两人只热恋过很短一段时间，很快就分了手，“高尔基”也和别人结了婚。这次行动，“高尔基”被支队指定为协调各小分队活动的特派员，组织上可能是考虑到这些因素，没有同意叶晴的请求。而且，部队只要一个卫生员，那当然是“高尔基”新婚的妻子李惠英。

可是，她永远忘不了“高尔基”。

部队要出发时，“高尔基”到正准备分散到各地的“白鸽队”来看望伤员。叶晴站在山寮边，没像别人那样迎上前去，她知道，自己这样做不合适。

春风满面的“高尔基”咬着一个黑烟斗，正和伤员们谈笑风生。他长着一副颧骨很高的长脸，嘴唇上的胡髭很黑、很长，浓眉下一双犀利的眼睛喜欢冷

---

① 白鸽队：游击战士对部队卫生队的爱称。

峻地眯着，永远是一副老成持重的样子，而且喜欢戴一顶破毡帽，酷似照片上的高尔基，虽然那时只有二十六七岁，在部队里他却算是个学问家——抗战时在广西读过大学，是皖南事变后被国民党通缉才和几个同学结伴回乡打游击的。部队里稍有点文化水平的人，都叫他“高尔基”，农民出身的战士不知高尔基是何许人也，还以为这就是他的真名实姓，有的干脆就叫他“老高”，甚至闹到敌伪布告上也出现“匪高尔基部”、“通缉高尔基”的字样。他打仗时像头狮子，但和叶晴单独相处时，却胆小得像只兔子，显得格外温顺、谦和、文质彬彬——然而，这一切都成为过去了，他们之间从此会陌如路人……

伤员们正围着他，抢他带来的烟丝，突然，“高尔基”抬起头，远远地瞥见了她。

他得意的眼神立刻变了，变得是那样茫然若失，蕴含着无穷无尽的忧伤和懊悔，他从来没有向她引罪自咎地表白过，然而这眼神已经足够了——他的内心十分矛盾、十分痛苦。

叶晴马上转身走进了山寮。她的心绪被搅乱了，乱得像被烟熏火燎过的山蜂巢。

感情丰富而又充满对爱情憧憬的叶晴曾经多么爱这个人啊，谁能料到呢？他忽然回避了她，没有片言只语的解释，没有半点自责和内疚。他只是从前线托人带来一张字条，用叶晴熟悉的笔迹写着：

叶晴同志：

我们不谈下去了，愿你保重。

就一句话，只有这冷冰冰的一句话，他甚至连自己的名字也没签上！

几个月后，他结婚了，匆忙又突然。他爱人李惠英是“白鸽队”副队长，童工出身，年纪比他还大。据说，他俩是组织上撮合的。这时叶晴才隐约听说，“高尔基”所以和她分手，是嫌她是个娇滴滴的“知识分子”。这使叶晴十分愤懑，知识分子就低人一等？他自己不也是个知识分子吗？还是个大学预科生呢！还有一个“小广播”说，“高尔基”挨了批评，有人向组织反映：他和叶晴谈恋爱，感情不健康，知识分子嘛，总是喜欢温情脉脉的，这样的人能带好兵吗？“高尔基”很精，立即就刹车转舵了。

后一种说法，像一把两面砍的双刃剑，既伤害了他，也伤害了叶晴。她气得双泪长流，浑身发抖，彻夜不眠，想立即找领导谈清楚，但天一亮，她沉默了。忍受吧，默默吞下这颗苦果吧，现在是打仗，谁有工夫来听你的申诉，花时间来调查你感情健不健康呢？

一个受了委屈又决心用行动为自己表白的人，有时会创造出奇迹。叶晴拼命工作，任劳任怨，多次受表扬嘉奖，她学会四五种方言，和任何籍贯的战士都能有说有笑，亲如家人；在山村，在水乡，到处受乡亲的欢迎。她变了，外表看，她简直和一个农家少女毫无差别。但每当一人独处，她常常会痴呆地沉思，偷偷地垂泪。唉，那难以名状的痛楚是抹不掉的，它烙在心坎上了……

叶晴跑进山寮，慌乱中拿起一条绷带卷起来，卷了十几圈，才发现这绷带是脏的。她突然清晰地感到——她害怕见到他。

山寮外突然响起了脚步声，叶晴的心像停摆的挂钟，“嗒”的一下停住不动了。

沉重、急促的呼吸——他进来了。竟不顾众目睽睽，走进了她的山寮！

“啊，你进来干什么？快出去吧，快走吧！”她想喊，可这些话出不了口，它变成一串泪珠，无声落到胸襟上。她不敢抹眼泪，怕他看见。她屏住呼吸，咬着牙下了决心：决不转过身去，就这样背对着他！

空气像凝固了。沉默，沉默像两把大锁，紧紧锁住了两个人的嘴巴。

突然，他轻轻咳嗽了一声——首先卸下了紧锁嘴巴的大锁，显然，他有很多话要说，憋不住了：

“叶晴……同志。”同志本来是亲切的称呼，可此时此刻从他嘴里冒出来，就像一块扔过来的石头！话一出口，他又顿住了。他发窘了？还是在憋足劲要把一肚子的话说出来？

然而，他憋了老半天，才挤出一句话：

“……再见了。”

话音刚落，他那沉重的脚步声就一下一下地离开山寮，消失了。

他的话竟这么少，这么简单！

叶晴蓦地回过头来，望着空荡荡的山寮，长舒了一口气。他走了，真的走了，这即使叶晴如释重负，又使她增添了无限的惆怅……

邃然，她发现她常当板凳坐的木桩上，放着一个小小的硬皮日记本，绿色的漆布封面在夕阳的斜照下闪着耀眼的光——这小本子是叶晴从香港带来的，一直舍不得用，送给了他。现在，他又归还给她了。

她颤抖的手，轻轻翻开日记本，里面是空白的，他没有在上面写过一个字。洁净的扉页上，她的字迹还是那样工整：

与您共勉——

让青春之火，在革命斗争中发光！

叶　晴

一年之后，“高尔基”和刚生下孩子的爱人带着一个小组发动抗丁抗税，隐蔽在一间乡村小学里，原是地下联络员的小学校长暗中叛变通敌，他和李惠英都负伤被俘了。

叶晴恨自己，终日被深深的懊悔和内疚折磨着，只要一闭眼，就仿佛看见正在忍受着酷刑的“高尔基”……自己为什么这么绝情，这么软弱呢？在他离去的那一刹那，连回头看他一眼的勇气都没有，让他……就这样去了，唉！

肝区又在针扎似的一阵阵作痛，太阳穴的动脉砰砰作响。吃一颗止痛片吧，今天得吃一颗了。看来，这又是一个不眠之夜。

窗外，淅淅沥沥。又下起雨来了，得关上那半扇窗……肝怎么还在痛呢？这止痛片真没用！哦，窗玻璃上一道一道的雨迹，像什么？像人面上一行行的眼泪……

啊，老妈妈，叶晴下一辈子也深深感激您！您没有相信那个长着毒蛇舌头的女人的鬼话，没有再提起您的水生，没有再问他是怎样死的，一句也没有问，您像相信自己亲生女儿一样，相信了一个正直的共产党人说的是实话，真不愧是水生烈士的妈妈！

可是，还有一个秘密——您儿子的秘密，您是不知道的。他和叶晴不是夫妇，连对象也谈不上，然而，他粗犷淳朴的心灵里竟隐藏着这样一个秘密，直到他英勇牺牲后，叶晴才在他遗下的一张纸片上揣摸到——

那时候，也是下着这样的雨，使人愁闷的雨……

“我早就说过，知识分子都靠不住！”机枪班长何水生暴跳如雷，“高尔基”被卑鄙的小学校长出卖的消息传到山村隐蔽的医疗站，伤员们气坏了，恨不得马上把叛徒捉来零刀碎剐。何水生骂得最凶。他是“高尔基”从恶霸私牢里救出来参军的青年农民，当过“高尔基”的警卫员，后来又一直在他手下作战，两人感情很深。这时他的伤快好了，所以能像头被激怒的老虎，拄着拐杖在房子里窜来窜去：

“靠地主资本家剥削来的田地家产知书识字，能有几个好东西？这些乌龟王八蛋，全他妈是投机分子！革命胜利了，一个都不能让他们跑掉，动摇的、叛变的、投机的，统统机枪点名——”

他突然“卡了壳”，他看见心如刀割的叶晴低着头，含着眼泪默默地在为一个重伤员用硼酸水洗着沾满脓血的伤口。

霎时间，伤员的目光把叶晴的脸灼得发烫——在这里，只有她是个倒霉的“知识分子”，而且还是个“靠地主资本家的田地家产知书识字”的“南洋妹”！

叶晴的心“怦怦”直响，她受不了伤员们的那种目光，可是，她又不能表白，更不能抗议，这样做，只能在战士们心里留下更坏的印象。

中队长关岳山披着蓑衣走进屋里，叶晴可怜巴巴地望了他一眼——又来了一个知识分子！

他会带来什么消息？“高尔基”能脱险吗？他能使那种使她成为众矢之的、如芒刺背的压力减轻吗？唉，自己的痛苦为什么要让人分担？难道让大家都盯着关岳山，自己就会好过些？不，痛苦是分担不了的，如果痛苦能分担，叶晴真想把全医疗站、全支队的悲痛都压到自己身上——包括何水生的在内，让巨大的痛苦把自己压垮、压碎！

果然，大家又不约而同地盯住了关岳山。这个又粗又壮的知识分子，在反清剿中挂了花，现在负责留守指挥部的工作，大概昨夜一晚没睡，双眼布满了红丝。

叶晴一看他的眼神，就预感要出事了。

“立即转移！”他神情严肃地望着众人。“交通送来紧急情报，有人出卖了我们这个医疗站，清乡的敌人分两路摸上来了。”

天下着雨，敌人来得真快，人们一离村，山口那边就响起了枪声。

按事先布置，大家按伤势轻重搭配，三两分组，互助扶持着攀上海拔千米的大雾岭。叶晴背着伤势最重的阿涛。她这一组，恰恰有何水生。

山路崎岖，叶晴身上也像压着一座山，步履艰难地背着阿涛向前走。前面开路的何水生突然不走了，挡住了叶晴的去路。

“给我背。”他背向叶晴，瓮声瓮气地说。

“走开！”叶晴从来也没有对人发过这么大的脾气，也不知哪来的力气，她背着阿涛从何水生身边一冲而过，差点把水生挤得打了个趔趄。

敌人封了山。他们在山上坚持了五天，情况严重起来——阿涛奄奄一息，原来准备三天的存粮吃完了，医疗站送粮的老乡始终没露面。

叶晴也病了，一早起来就觉得全身发烫，头晕眼花，但野菜还是要去采的，不然三个人都会挨饿。她正要支撑着走出山寮，一直留心她脸色的何水生举起拐杖把她拦住了：

“‘南洋妹’，我去，今天你歇歇。”

叶晴笑笑：“你是伤员……”她拨开他的拐杖走了。天又下起大雨，叶晴在山上滑了一跤，滚下了十几丈深的山崖，头撞在山石上，登时晕死过去……

怎么摇晃得这么厉害？叶晴微微睁开眼——她在一个人的背上——啊，原来是何水生。他一直跟在叶晴身后。

“放下……”叶晴想挣扎，想跳下来，可全身像块棉花，软绵绵的竟一点力气也没有。

一回到山寮，何水生的身子猛晃了晃，然后突然倒下了，叶晴和他一起摔到了地上。

阿涛虚弱地惊叫：“阿何，你们……怎么啦？”

何水生没回答，晕过去了。

叶晴昏昏沉沉地睁开眼，大吃一惊——何水生快痊愈的伤腿上全是血，把裤管也染红了。原来为了救叶晴，他扔下了拐杖，用没愈合的伤腿支撑着向上攀，伤口又绽开了，血不断流出来，可他硬挺着，走完了这两里长的山路。

第二天，他的伤口就发炎了。

寮外大雨滂沱，寮内雨漏如注。何水生头枕着一块大石头，躺在一张油布上苦笑着，无力地翕动嘴唇唱起山歌：

“……我们打仗唔怕死，就怕食饭‘舂白灰’① ……”

他又叹了口气，解嘲地说：“这下子，连‘白灰’都没得舂了，光喝野菜汤得了。吃得连口水都是苦的！”他“呸”的一声吐了一口唾沫，叹了口气：“等胜利了，回家见到妈妈，第一顿饭一定要饱饱地吃他一顿豉油炆猪肉——”

“……餐餐野菜汤，打倒蒋匪帮……”他又哼起山歌来。

---

① 舂白灰，意为光吃白饭。

叶晴正强打精神，准备生火煮野菜。她回头看看他，这个壮健如牛的大汉，现在脸色蜡黄，双颊凹陷，憔悴得不成样子。缩在一角的阿涛似睡非睡，听到水生唱歌，也咧了咧嘴，可是没发出声音。

心中一酸，叶晴忙低下头去。柴草湿了，光冒烟，不着火，火柴划了十几根，快划光了。唉，泪水直流，也不知是烟熏的，还是心里急的。

她一咬牙，从小卫生箱拿出那个小日记本，手像通了电流似的剧烈颤抖起来。她翻开本子，从中间开始，撕下一页、两页……

"'南洋妹'！你疯了，这么贵重的东西——"何水生蓦地爬过来，一把夺过日记本。

叶晴默默地把两片白纸塞进灶里。

"你……你……"何水生脸色铁青，气得说不出话来。

柴草着了……哦，他原来一直跟在"高尔基"身边，是他的知心朋友，还替他保管过东西——包括这个本子。"高尔基"的心事他全知道，他一定洞悉这个本子的秘密。

他捏着本子，一屁股坐到石头上，"嘿"的一声向地上狠狠砸了一拳，把湿漉漉的泥地砸出一个坑。

何水生没有把日记本还给叶晴。当天夜里，叶晴趁他们睡熟了，给他们留下了一张字条，带上米袋溜出山寮，下山去找堡垒户借粮。第二天早上，当她又越过敌人几重岗哨，千辛万苦回到隐蔽点时，山寮却空无一人了。

留守指挥部派人把他们接走了，秘密工作的原则不允许留下一点给叶晴指示去向的标记。那个绿色的日记本连同叶晴的小药箱，也被何水生带走了。叶晴的衣物还在，只少了两个发夹，在何水生当枕头的那块大石头上，她勉强辨认出机枪班长拿木炭学文化时留下的字迹：

……青春……革命……发光……

叶晴像个野人似的在大山里游荡了两个月，才找到关岳山带的队伍。可是何水生已回到石门附近的小分队去了。

那个宝贵的日记本重新回到叶晴手里，是在一个凶险的夜晚——何水生把她救出险境，但他从此没有回来……

度过了那个凶险的夜晚，翌日，天色熹微时，叶晴在江边密林似的甘蔗地里打开他临别时留下的挎包，里面只有一个裹得密密实实的油布包，她赫然发现：油布包着她那个绿色的日记本，本子里仍是空白的，只夹着一张对折的纸片，纸片包着两个叶晴用过的头发夹子。纸上，写满了粗犷而又歪歪斜斜的字体，叶晴悲痛欲绝地认出，这是何水生写的——

让青春之火，在革命斗争中发光！

叶晴

让青春之火，在革命斗争中发光！

叶晴

叶晴！叶晴！叶晴！叶晴！

……

脚步声。

啊，老妈妈起床做早餐了。时间正好五点半。

叶晴在床上挺起身，肝又痛起来了……不管它！今天早上应该先干些什么？哦，打官司！矿泉啤酒厂和矿泉度假村的筹建审批报告被压下了。市里有人竟乱出馊主意，想挪用青春公司这笔外汇进口汽车做生意！这一定得顶住！要往上追，追个水落石出……还有，得再找陈老研究一下基建的预算和设计，看能不能再省十万、八万……哦，清明快到了，今年一定得抽个时间去替水生扫扫墓……那桩使人寒心的无头案子呢？唉，顾不了这么多了——

叶晴用力压了压肝部，紧闭着眼睛做深呼吸：一、二、三！她站起来，咬着牙关穿上衣服。

三

清明时节雨纷纷。还未到清明，离这个使人感慨万千的节气还有好几天，牛毛细雨就整天下个不停了。

路上的出门人呢？“欲断魂”还不至于，可也够狼狈的，肖烈患有肺气肿，一到这天气就闷得透不过气来，他硬着头皮跟在关岳山四四方方、够斤够两的屁股后头，百米冲线似的跑过长长的码头栈桥，终于挤上这艘开往石门的内河客船。

好不容易挤进了三等舱，肖烈向这熙熙攘攘的三等舱扫了一眼，大平铺类似北方大车店的大炕，一律两层，占满了这不大的空间。刚好能躺一个人的铺位一个紧挨一个，男女老少混杂相处，或躺或坐，人满得可以用一句广州话来形容——“爆棚”。

这就是三等舱！活像广州茶楼里热气腾腾地挤满虾饺、烧卖的大蒸笼！

肖烈心里涌起了一股复杂的情感，是厌恶？还是亲切？说不清。他多少感到有点新鲜。不，并不新鲜，只是旧梦重温。在这条江上，他往返过多少回？小时候回乡，就是挤在这样喧嚣的船舱里。不过，那时的船都是木壳的“花尾渡”，由一只扁长的“电船”嘟嘟嘟地拖着跑。现在，“花尾渡”都成为历史陈迹了，据晚报报道，最后一只“花尾渡”已装饰一新，改成了海鲜舫开张了。

“哈，到这地方来见识见识也好，可治治你的官僚主义。”关岳山用手帕揩着脑门的汗油，解嘲地笑着对肖烈说。他为自己成功地把肖烈弄上了回石门的船，颇有点洋洋自得。

“治我？我首先治治你的更年期综合征吧！”肖烈反唇相讥。惹得旁边的一个姑娘哧哧地笑起来。她的同伴——那个身着笔挺西装、打扮得像个港客的小伙子忙问：“你笑什么？”姑娘却脸红耳赤地低下头，想使劲地忍住笑，可是憋不住，终于爆发出一阵开怀大笑。

关岳山也发窘地打着哈哈，要治他的更年期综合征，听来就像男人得月经不调一样可笑，这是妇女的毛病嘛！不过他并不计较，他和肖烈那又高又瘦、像根电线杆的身材刚好相反，显得又矮又胖，像个汽油桶。性格也大相径庭：肖烈严峻得近乎尖刻，他呢，体胖心宽，知足常乐。

肖烈反而不安起来，会不会太尖酸刻薄了？唉，心境不好，嘴巴就容易伤人。更年期综合征——老关的老婆就有这毛病，这两年越发厉害了：喜怒无常、精神恍惚、自我中心，高兴到哪里就去哪里，义无反顾，使老关大伤脑筋，吃够了苦头。拿这句话回敬这位老兄恐怕会伤他的心，勾起他的烦恼。可是，肖烈最近看到一本医学杂志上说，男人也有更年期的问题，而且老关也真像那回事：容易兴奋，有时神经质、固执得像个孩子。在从化疗养时仅听他回忆了一下年轻时在石门的往事，就大为激动，极力怂恿他回去走一走，疗养结束途经广州，他竟不打招呼私自买了两张船票，不由分说硬把肖烈拖到码头——说他得了这种怪病，一点不冤枉他。

石门，是肖烈的故乡，但他小时候却常住省城、香港。关岳山的家倒是世居石门的商家。他俩在香港读中学是同学，一起参加了党的地下外围组织。现在孩提时的印象已经相当模糊了，青年时代他们结伴外出求学的情景却还记得很清楚。这些往事，现在和老关谈起来还是有滋有味的……

然而，关岳山要他回乡一趟，却使他十分踌躇：他没有时间也没有这份兴致，疗养结束后，他正面临着一个严峻的十字路口，必须全力以赴，精神抖擞地走好这人生的最后几步，否则，后悔莫及。

唉，此时回乡，能有什么好心情？这一年来，肖烈被折腾得几乎心力交瘁。先是老伴心肌梗死死了，接着是在党代会上落选，常委当不成了，连委员也几乎是排到副班长的位置上。组织上试探性地找谈话，暗示准备给他“挪一挪”，挪什么？干顾问？离休？这对肖烈来说都是痛苦的。三个月前，他的精神陷于崩溃边缘，被送到从化温泉疗养。没几天，善插科打诨、说笑逗乐的关岳山也到了那里，老友碰在一起，日子自然容易打发些。可是肖烈始终没能振作起来。回乡，应该是在春风得意、心旷神怡的时候，愁肠满肚的杜工部，不是在他的诗里也高唱“白日放歌须纵酒，青春做伴好还乡”吗？此刻，什么来伴随垂垂老矣的肖烈呢？忧伤、焦虑……

肖烈撇着嘴角苦笑一下，江风刮进舱里，带进几星冰冷的雨点。雨，叫人怅惘烦闷的雨，又下大了。

姑娘好奇地打量着肖烈，温柔的目光里隐藏着揶揄、鄙夷？不，大概还有点怜悯吧。她是在猜想，这两个身穿哔叽中山装的老头子到底是什么身份？还是在纳罕眼前这个神色黯然的瘦高个男人说话如此放任？

这姑娘衣着很一般，一件太空褛，一条尼龙裤。烫过的头发蓬松地挽到脑后，红润的脸庞，丰满的嘴唇，处处给人一种成熟健康的美感。她突然发现肖烈也在转动着眼珠瞥她，便急忙把目光收回去，垂下眼帘，随即又像掩饰似的扬眉微微一笑，开朗大方地问：“请问，老伯也是到石门吗？”

“是的。”

“啊哈，我们是同路，”小伙子热情地插进来了。“抽烟。”他友好地递过两支滤嘴烟。肖烈早就戒了烟，客气地谢绝了，关岳山却大大咧咧接过烟抽起来。

小伙子长着白净的国字脸，双目挺有灵气，只是头发长了点，叫人看了不舒服，但又没有长到男女不分的程度。他和姑娘是什么关系呢？好像挺亲密的。是恋人？姐弟？同学？嗨，可这又和一个迟暮已临的老头有何相干？同路罢了。

偏偏关岳山爱搭讪，他抽了别人的烟，像不说句亲热话不舒服，涎着脸皮凑过去：

“哦，你们——呃？哈哈，旅行结婚？”

两个年轻人难为情地互相看了一眼，一齐掩住脸笑得前仰后合。那姑娘好不容易才忍住笑，白了关岳山一眼：

“您这位老伯，想演一出拉郎配？还是想当个乱点鸳鸯谱的乔太守？”

关岳山用手拍着锃亮的脑门，故意装出一副诚惶诚恐的模样：“哎呀，搞错了，你们俩——不是那么回事？哈哈哈，对不起，我这副老脑筋——平反，平反！不不，叫改正……”他纵声大笑，声若洪钟，压倒船舱里一切嘈杂声，招惹全舱人都伸长脖子往这边看。这个秃头胖子就是这样，善于装傻卖呆地逢场作戏，搞出恶作剧来又使人毫不怀疑他的善意，真是为老不尊！且看这叫人难堪的玩笑怎么收场吧！

还好，那姑娘倒没生气，撇撇嘴角，但还是笑嘻嘻的。她大度而开朗地对关岳山说：“好吧，满足一下您的好奇心。”她明眸里闪出一丝捉弄人的狡黠，在小伙子肩上拍了一巴掌：“他是我弟弟。”

说着，她还得意地晃了晃脑袋，像还有句潜台词：您信不信？

小伙子立即心领神会和她一唱一和，把头向她一摆：“我和姐姐相依为命，爹妈不在了，全靠她带大我。”

两人嘻嘻哈哈笑起来。

好一出双簧！肖烈抬起滞呆的眼睛睨了睨这姐弟俩，哼！两个青年人虽然年龄像是相差三几岁，可是相貌差别太大，一个脸庞是圆的，像成熟的红苹果，另一个脸型略长，五官没有一点相同的遗传基因作用的痕迹，说是两姐弟，谁相信？现在的年轻人哪，解放过头，如果那姑娘脸上有几条皱纹，头上有几根白发，让那小伙子叫她妈妈，他也会嬉皮笑脸喊几声呐！

因为害怕冷清、寂寞而恨不得长出两根舌头的关岳山，看来十分庆幸能遇上这对能逗乐的年轻人。他是个热镬里的煎饼，一粘上就熟的角色。这鬼东西，怎么不让他去搞外事？要不当个采购员、推销员什么的也满能胜任，当什么党委书记？真是埋没人才！看，他演戏似的，装出一副钦佩的样子！

“啊，你这当姐姐的，不简单哪！你们到石门……呃？干什么？”

小伙子瞟了姑娘一眼，她忍住笑。就是瞎子，不看他们的表情，也能从话音中听得出他们是在现编“台词”、信口开河——

“去探阿婆。”

“你们还有个阿婆在石门？在家里养老？”

姑娘憋住笑，摇摇头。

“还在工作？起码五六十了吧？在干什么？”——查户口的语言！这位堂堂大厂的党委副书记，此刻在充当派出所的户籍警。

“在当老板。”

“什么？什么？”

“当老板。”年轻人居然堂而皇之重复了一遍。

“哦，香港回来的。”关岳山自作聪明地点了点头。

“什么香港？就许香港有，不许我们有？”

“你们？什么单位？国营的还是集体的？哪有什么叫老板的？”

“不是国营的，也不是集体的，更不是私人的。”姑娘矜持地仰起下巴，一本正经。

“嗬，现在连这样的……老板也有了！”关岳山大为吃惊。

“别的地方不知道，咱们石门就有。”小伙子作了一个介绍的手势。“请看——我这位姐姐，就是这样的老板，在石门鼎鼎有名。”

“噢？”这一回，连肖烈也不得不刮目相看，重新将这位年轻的“女老板”打量一番。

“看！这不——露馅了吧！”关岳山呵呵大笑，再次声震船舱。“去探什么阿婆？你们本来就是石门的嘛！”

两位年轻人忍俊不禁，关于“老板”的神话不攻自破了。

唉，竟以做老板为荣！真不可理解。当年，肖烈就是不愿意在当棺材店老板的父亲身边生活，才出走投身革命的。老板，是个罪恶和耻辱的名词啊，现在的年轻人，和我们差距太大了，这叫什么？代沟？是代沟——好多人都这样认为……

眼不见，心不烦。社会上的“代沟”不理它倒罢了，家里的呢？你说圆的好，孩子非说方的好，有时甚至你说“一碗豆腐”，他们却硬要说“豆腐一碗”，尽管内容实质一样，他们偏要变更一下形式，以显示他们比老一辈高明……唉，可能，家庭里的“代沟”也是老年人冠心病的病根。

肖烈想起了两年前的一幕家庭小纠纷——

那是个星期天，一个登门请求调动的工程师刚失望地告辞，从大学里回家度暑假的小女儿肖劲就大放厥词了：

"爸爸，你不该扣住人家不放，我声明，我支持这个人调走!"

"这是公事，小孩子干涉什么?"

"提个意见不行吗？家庭成员都是平等的。"

"你懂什么？不了解情况，有什么发言权？我们也是爱才的，并没亏待他，这个人，这山望那山高，知识分子的尾巴翘得太高。"

"你这是偏见！知识分子有尾巴，你有没有!"小女儿毫不退让。"你们的谈话我全听见了。是你不对！应该让人才流动才能合理使用。人家是化工研究所有研究项目的工程师，你却把他弄去当什么筹建副主任，他不同意上这个项目，就分工他抓基建，驴唇不对马嘴！况且，夫妻两地分居又不解决——"

"你能解决？蚊子吃秤砣，光凭一嘴劲!"

"哎，爸爸，再难也得解决啊，你听说过行为科学没有？人家日本——"

"我可不在日本，我在中国!"肖烈阴沉着脸说。

"嗨！爸爸，你这话就说得没水平啰。"女儿大大咧咧地奚落父亲，在"水"字上她拖了个长音，还滑稽地打了个转。

"劲劲，怎么能这样说爸爸!"最怕肖烈发脾气的老伴提心吊胆地望着他，赶紧使眼色示意自己最钟爱的女儿"撤退"。

"爸爸宰相肚里好撑船，不会生气的。"肖劲一手搂住了爸爸的肩，"对吧？爸爸。我说个笑话给您开开心吧——上个月，我们到海洋石油基地实习，听说出了这么一个洋相：有一座钻井平台要到日本大修，护照啊，外汇啊，什么都准备好了，第二天就启航。突然，有一位'土老憨'，不知是真的不懂还是故意出洋相，他发现有件顶要紧的事还没办，像发现新大陆似的叫起来：'糟糕，咱们还没有去换粮票!'"

"什么?"肖烈一下没听清。

"他要换到日本的国际粮票!"

哈哈大笑。可是笑声一落，小肖劲把话锋一转，直逼老头子来了："爸爸，你是管工业的，还这样管下去，也会像那工人一样——顶多是'国际粮票'的水平!"

肖烈肚子的无名火几乎要从喉咙里喷出来了，这"刁蛮公主"也太放肆了！你知道个屁！调走一个人牵涉面有多大你知道吗？大家闹调动，我这个厂还上不上？我这经委主任还当不当？唉，算了，跟她说这个有什么用？肖烈哼了一声，压着怒火，铁青着脸走开了。老伴忙把女儿拉进房里，这个小家伙竟又在房里拉开架势，与妈妈辩论起来。

儿子呢？这个前妻在新中国成立前生的儿子倒还可以，这么多年与老伴相处不错，工作也争气，在老关的石化总厂入了党，还当了个副科长，老关说，下面还报来材料，准备把他作为接班人提拔。儿媳妇呢？这个儿媳妇就让人看不顺眼啰！唉，一想到她就心烦：她好打扮，被人起了个全金南市闻名的外号——“香港小姐”！有一次，也是前年夏天吧，她竟穿着一件五光十色的紧身T恤和儿子一起回家来了。肖劲一看她这身打扮，立刻大惊小怪地啊了一声，装出要晕过去的样子——原来，那衣服前面印着的英文是“吻我”，后面印着“超级性感女郎”！这位在歌舞团混过几年的高贵小姐不懂英文，不知从哪个走私贩子手里买来这件宝贝衣服，还穿着它招摇过市，把肖烈老脸都丢尽了……

船停了。广播喇叭“嗡嗡嗡”地响着，有些旅客挤到舱门口。肖烈从窗外望出去，原来这是一个渡站，船不靠岸，岸上也没有码头，全靠一只大肚子水泥艇把要搭船的旅客送上船，又把要上岸的乘客接走。肖烈凭着模糊的印象，想起了这儿的地名——簕村。

船又开了。

无聊。为什么要像个老傻瓜似的让关岳山牵着跑呢？当初，如果不犹豫那么一下子，在一刹那间就断然决定——退掉船票，现在可能已经回到家了。

回到家又如何？这个家已经不是原来那个家了。那个把家拾掇得井井有条、头头是道的人，已经不在了。尽管这个当了十几年市委招待所所长的女人常把“兢兢业业”念成“克克业业”，把墨西哥念成“黑西哥”，把《镜花缘》说成“镜花绿”，在文化水准和气质上他们有相当大的距离，但他们毕竟做了二十九年夫妻。她体贴丈夫，在一切场合都不遗余力地维护他的权威，她爱孩子，就是肖烈前妻的孩子她也一视同仁……现在，她被装在那个小小的黑盒子里，像寄售商店的货物一样，寄放在殡仪馆那又大又高的架子上。那个一厅四房的家，已经空了三个多月，自从他到从化疗养，就没人住了。儿子有自己舒适的小窝，不稀罕那套房子，不过，儿媳妇可能会在那里搞什么家庭舞会，弄得乌烟瘴气，然后一走了之。小女儿呢？哦，牙尖嘴利的小肖劲，在办完母亲的丧事后，又带着满脸泪痕迫不及待地回到她的新岗位——银塘湾海洋石油基地去了。

对了，可能正是这个原因，使自己在那一瞬间犹豫了一下：石门离银塘湾很近，只有四十多公里。是不是想再见见女儿？说不清。他已经有一年多没见到她了，但是，再见一次又怎样？反正还是要分别的——女儿有自己的事业。肖烈真后悔，她大学分配时，他没听从老伴的劝告，将关岳山给工学院党委书记的信塞到邮箱里，把女儿拉回到身边来，而顺从了女儿任性的意志：让她自己选择。现在完了，女儿不再是家里的人了，变成人家的人，有朝一日，还会变成人家的妻子，不再是他的小肖劲了。

肖烈的心猛一抽搐，脸上浮现出痛苦的表情，他想象得到，当他一个人走进那空荡荡的家，一个人住在那里，整天面对着那死气沉沉，毫无感情，但又在每一分钟里都能唤起他对死去亲人的回忆的家具摆设，心里会是什么滋味。

不行，还是得尽快回去。

市里的机构调整开始了吗？总得要跟他这个未下野的经委主任打个招呼吧？不，你不在，正好合了那一班人的心意，干脆把你撇开了。你已经不是市委常委了嘛，已经在暗中替你安排“光荣”、“体面”地离开的后路了嘛！把他们肚里计算好的那几步棋告诉你，算是恩赐，不告诉你，也合理合法。你是个“万金油干部”，现在用不着“万金油”了。唉，手脚被束缚了这么多年，刚可以舒展舒展，干一番事业，可是忽然又说你老了，不中用了！你还想坚持你那一套工业布局？你还想按你的如意算盘振兴全市企业？靠边站吧！哦，现在不兴叫靠边站了，叫“让贤”，说不定他们已经指定了坐我那把交椅的“贤”了。“让贤”？真是“贤”，让也罢了，他还没干呢，谁晓得他“贤”不“贤”？让我现在从头干起，我也会干出点名堂来，我也会“贤”！

也许现在回去已经迟了。在人们眼中，肖烈是个一蹶不振的老鳏夫，是个老得光拉稀、上不了阵仗的老廉颇，没有什么用了。让晚年的孤寂、工作上失意的痛苦来埋葬他吧，让他在每个月领百分之一百零五的工资，供应一只鸡，一斤油，三斤精肉的“天国”里安息吧——

可我肖烈是个活人……

“老肖，要不要到舱外走走？吹吹海风？”老关打断了肖烈愤懑的思绪。广州人把珠江叫海，关岳山外出多年，还保留着这个习惯的叫法。

“算了。”肖烈看看窗外，还下着雨呢。他向关岳山伸出一只手：“给支烟。”

关岳山摇摇头：“你这老肺气肿，想创造条件进大烟筒[①]？”

“唉，太闷。”肖烈缩回手，转脸望着窗外的雨帘。“……凄风惨雨愁煞人……”

“哎，老兄！你怎么这个评价！这是好雨嘛，好雨知时节，当春乃发生嘛！贵人出门多风雨，你这贵人不出门，它还下不起来呢！”

“一次愚蠢的旅行。”肖烈解嘲地苦笑。一肚子闷气都朝身边这个始作俑者发泄出来。“浪费时间，耗费精力，最后是扫兴而返。”

“那我罪大恶极了？没有功劳也有苦劳嘛！”

“有一点苦劳——就差没动手绑架。”

“哈——”关岳山又纵声大笑起来。“老实告诉你吧，如果真是绑架，那罪魁祸首也不是我，我只不过是个把你弄上船的‘帮凶’……”

“是谁的主意？”肖烈突然火冒三丈！好哇，原来这家伙不是什么“更年期”的心血来潮，而是真有预谋的！他狠狠盯住关岳山，真想揍他两拳。

关岳山搔着秃顶，狡黠地笑了笑，小声地说：“你多年不见的老战友。”

“谁？”

“程洪涛。”

“阿涛？”肖烈十分意外。他和程洪涛三十年没见过面了，听说他原来在石门地区一个县当县太爷，老关与他交情原来并不很深，天晓得他们是怎样勾结上的！

关岳山看看左右，笑嘻嘻地压低声音说：“这家伙上去了，最近当了专员，气大声粗的。上个月，我从从化回广州看望一位老首长，恰好碰到他，他问起了你，关心得很。本来想到疗养院看看你，请你到石门散散心。因为要和地委书记连夜赶回去贯彻省委工作会议精神，来不及了。只好托我办这件事——等疗养结束后一定拉你回石门，他说只要打个招呼，他马上派车来接，包吃包住玩个痛快，我当然从命啦，免费玩乐，回乡一游，乐其所哉！不过，我没让他派车，自己跑去买了船票，给他拍了个电报，叫他到码头恭候！”

原来如此！真活见鬼了！肖烈向来对游山玩水不感兴趣，和阿涛几十年不见了，能见一下当然也好，可是见了他说些什么？诉说自己心中的悲哀？——

---

① 大烟筒，广州人对火葬场的俗称。

老婆死了，孤身一人，要“退出第一线”……如此这般，让自己过去的下级来怜悯自己？不，不是味道。人家正在春风得意呢！他对此表示同情，自己就好受些了？唉，那更难受了！肖烈皱起眉头：“你这促狭鬼，怎么不早告诉我？”他真的给了这个秃头胖子一拳。

“告诉你，你惦记着家里那两亩三分地不肯去，那我这侍从副官也去不成啦，只好出此下策先斩后奏。”

“唉，这连愚蠢的旅行也够不上了——”肖烈两手交叉抱着后脑勺，万念俱灰地靠在铺上的棉被卷上。

“那你说是什么？”

肖烈忧郁地看了关岳山一眼，伤感地吐了一口闷气：“……苦难的历程。”

关岳山仰起脖子大笑不止，那笑声响亮甚至有点刺耳，像只吃饱喝足、踌躇满志的公鹅！

四

“叶晴同志吗？你好啊。”电话里传来一个愉快的声音。“听得出来吧？……哈，‘南洋妹’，我是阿涛！”

“什么？阿涛？啊，是老程？程大专员，我正要找您呢！”叶晴又惊又喜，真是及时雨，事情越办越棘手，叫人一筹莫展，刚想到要找他，他就打来电话，正好把问题向他反映一下：“有件很难办的事，请您一定要帮帮忙……”

“什么事？能办的我都给你办！”

叶晴用力咽了一口唾沫，清了清嗓子，接着用很清晰的声音对着话筒说起来，她越说越快，越激动，到最后几乎变得语无伦次了。

“是这样吗？”对方的声音却很冷静，像一切练达而客观的领导者一样，他没急于表态，说：“投资引进办坚持要这样做？他们有什么理由？”

“他们认为这样可以赚大钱，对市里，对我们都有好处……”叶晴激愤地对着话筒大声喊起来：“可问题不在赚钱，这样搞不行！外汇买了汽车，我们啤酒厂要引进的成套设备怎么办？再说倒卖免税进口的汽车是歪门邪道……不管怎样说，他们没理由支配我们的外汇，更没有理由压下我们办厂、办度假村的报告！”

“不让你们办是不对的，乱弹琴!”耳机里的声音像火苗似的冒了一下，接着沉默了几秒钟后，突然又问：“市里领导知道吗？他们是什么态度?”

这下把叶晴问哑了。她给市委写过信，今天也去找过书记、市长，可他们忙，仅让秘书科长跟她谈了一会，还不知道那科长向他们汇报了没有，更不知道他们的态度如何。

“这样吧，这个工作我来做，我支持你。你不要急，不要和市里闹僵，闹僵对你们、对市里都不好，明白吗?”

“可是——”

“反正这事我包下来了，你就别再伤脑筋啦。喂！告诉你一个好消息，让你高兴高兴——你知道吗?‘高尔基’要来啊!”

“谁?”

“‘高尔基’！大知识分子——”

“肖烈!”叶晴脱口而出。心脏蓦地痉挛了一下，连握电话的手也微微颤抖起来。

“他在金南市当经委主任。下午五点半到，我们一起到码头接船，怎么样?到时再谈，好吗?”

“好……”叶晴轻轻放下电话，沉重地吁了一口气。心里像刮了十二级台风的海洋，剧烈地翻腾激荡起来。

“高尔基”突然又出现在她的面前了。他离开叶晴时，曾经诀别似的说过一句：“再见了……”但这没成为生离死别，他从死亡的边缘又活了下来，她在敌人迫击炮和重机枪组成的火网下又见到了他!

唉，他们有过机会，就始终没有……

“轰——”迫击炮弹在爆炸!

战士们杀红了眼，终于把被折磨得不像人样的“高尔基”抢到手，叶晴不顾一切地扑上去……

这是一次冒险的化装伏击，为了营救即将被押送省城的战友，新任特派员关岳山临时调集了三个小分队化装成渔民、船工，袭击了停在官渡围的敌人的电船，叶晴也跟着关岳山的队伍参加了行动。可是正要撤出战斗，早有戒备的敌人从四面围了上来。关岳山突围时负了伤，下落不明。叶晴带人掩护着“高尔基”，在甘蔗林里且战且走，快到天黑，一颗流弹飞来，背“高尔基”的最后一名战士当场牺牲了。

叶晴弯下身，要把“高尔基”背起来，可瘦得皮包骨头的他，不知哪来的力气，突然挣开她的手：

“放开我，快跑——”

他深深陷下去的眼窝里，闪着激动的泪光，叶晴的心突然感到被撕裂般的阵痛，双眼都湿了。她发狠地咬了咬嘴唇，一声不吭地又伸手像钳子一样紧紧地攫住他，执拗地把遍体鳞伤的他背了起来。

可是他一翻身又滚下来了，他从她腰间拔出了那仅存的一颗手榴弹，在地上支起半截身子，瞪起发红的眼睛，嘶哑地吼叫了一声：

“快跑——”

就在这时，一个端着汤姆枪的敌兵突然窜出来，拦住了去路。

“高尔基”猛推了叶晴一掌，默默举起了手榴弹。叶晴含着热泪，不顾一切地挺胸迎上去，和“高尔基”紧紧地依偎着——就是死，也要死在一起！

“别，别拉！是我们——”那敌兵紧张地胡乱抹了抹脸上的污血，掀开了军帽：“我们是‘大只何’的人，来救你们的……”

他回过头，焦急地学鹧鸪叫了几声。

一个穿敌人军装的大汉从蔗林里钻出来——他是何水生！

他们得救了。

何水生当了武工队长，专门在石门镇城郊活动，在这次行动中，他奉命分兵去石门营救李惠英和几个被俘的战友，没想到情况突变，营救失败了，他们撤出战斗途中知道了关岳山部队陷入重围，便带着战士化装冲入包围圈终于找到了他们。

就在这天晚上，水生永远地离开了他们。只剩下她和“高尔基”在蔗林里坚持，他们朝夕相处，患难与共，在那艰难而又永远难以忘怀的日日夜夜里，他们又重新紧紧地联系在一起了——

然而，他们只走到差一点就改变关系的边缘，却微妙地什么事情也没有发生……现在叶晴回想起来，心里还在隐隐作痛。人一上了年纪，就常常容易回顾过去。新中国成立以来，她忍受着可怕的孤寂和冷落，熬过了多少落落寡合的春夏秋冬。这使她变得刚毅、顽强、不卑不亢，在人们面前善于把自己的痛苦禁锢在灵魂深处，在这方面，她是个强者。因为，她那上有老、下有小但就是没有男人的残缺家庭里，总得要个强者来支撑啊。可是一到她清夜独处、闭门沉思的时候，她的心理就常常会一下子失去平衡，心里像突然缺了一块，支撑她精神世界的支柱也像突然倒了一根——她重新成为一个弱者。老妈妈日常的照料和关心，不停的唠叨和操心担神……是远远排遣不了叶晴心头的悲酸和惆怅的。叶晴也是个人哪，她也是个女人，在为了事业拼搏得精疲力竭之后，她也需要有人来慰抚，渴望向知心人诉说自己的烦恼和忧虑，憧憬有一个在很多方面都比自己强的主心骨在身边……这些，老妈妈肯定是无能为力的。可是，这个人是谁呢？唉，隐藏自己内心的渴望和孤凄，是最痛苦不过的了……

现在，他又重新出现了。

他来干什么？这么多年不见了，应该去接接他——

叶晴一看手表，“唷”的一声叫起来，匆匆走出办公室。今天约好到陈老家里谈矿泉啤酒厂和度假村的基建问题哩。

五

关岳山的笑声惊动了絮话绵绵的“邻居”，两个年轻人不说话了，一齐望着这个大出洋相的老活宝。

“笑？有什么好笑的？你还是闭上你的嘴巴，这儿的噪音够大的了！”肖烈苦笑着挥了挥手，转过身不再搭理关岳山，两眼望着阴雨蒙蒙的江面。

一只小艇在客船旁边行驶，嗬，艇尾装上柴油机了，看样子，驾艇的姑娘想和大船赛一赛，可毕竟比不过，不一会就落在后头，看不见了。

肖烈把视线收回来：关岳山正百无聊赖地捧起了一本《李白诗选》。在企业工作这么多年，他还是没有改掉这毛病——爱附庸风雅、舞文弄墨。肖烈看过他在金南石化总厂工会办的铅印刊物《工人文艺》上发表的几首歪诗，半文半白，像顺口溜，可他老先生竟然美其名曰“七律”！使人觉得可笑。

肖烈的右边，那对年轻人亲昵地挨在一起，继续他们一度中断的谈心，谈个没完没了。

突然，姑娘咯咯地笑了起来：“那你过去的底细，都向你那位陈冲小姐公开了？”

嗯？不对，他们两个看来真的不是一对儿，这两个年轻人像在谈小伙子的对象——陈冲。不会是那个去美国留学的电影明星吧？不，可能是一个姑娘的外号。

“不公开怎么办？阿婆牵的线，我不说，她也会告诉她。反正，我就是这个衰样了。姜太公钓鱼，愿来的，我把半边床板让给她，不干，各行各路！”小伙子搔了搔脑袋。“不过，有一回，事情太那个……我还是打了点埋伏，没敢告诉她。”

“怎么回事？”姑娘又咯咯地笑起来，关岳山点了根烟，眯起眼睛，还是捧着书像在看，其实，他在竖起耳朵听——

“你知道，我什么坏事都干过，就是没干过那个——对你们女同胞，我还是规矩的。只有那一回……”他回头看了看肖烈和抽烟的关岳山，也来了烟瘾，掏出烟来叼了一支点上，笑了笑。“唉，羞死人——”

姑娘不好意思再问了，她掩饰地扭头看着窗外，抿着嘴笑。

“你想听，又怕听是不是？那我公开！不是有个电视剧叫《新岸》吗？那也是我走向新岸的开始……”他抽了口烟，眯起了很机灵的眼睛：

“那是我高中毕业的那年冬天，我闲得沾了一身坏毛病，偷鸡摸狗什么都干，还和几个伙计学会了搓麻将——当然是赌钱。那天没手运，从朝到晚，输得一塌糊涂，背了一屁股债，单眼四——就是前年被判了十年的那个东关霸王，他拍着我肩膀说，债，不用还了，今晚你去找个女仔来拍拍拖[①]，给弟兄们开开心怎么样？我的妈！我可干不了这事，我只好说我不会拍，还没拍过……他们起哄得更凶了，单眼四把他们常用的办法如此这般给指点一番，就把我拉到滨江路边那个黑洞洞的小巷口，那已经是晚上十一点了，我心里发寒。过了两个骑车的女仔，都没敢动，单眼四他们不耐烦了，这时恰好有一辆单车来了，骑车的像个苗条姑娘，他们把我一推，我把她连人带车撞倒了。我把她扶起，笨嘴笨舌地说：‘小姐，对不起……我送你回家。’我以为她肯定会生气，谁料她反而笑了，说：‘跟我也来这一套？你是哪条街的？跟我走吧。’我吓了一跳，傻头傻脑跟她走，到了有路灯的地方，借灯光一看，噢，上帝，什么小姐，头发都白了，年纪比我妈还老！”

关岳山和姑娘笑起来，小伙子发现肖烈表情冷淡，眼里流露出嘲讽的神色，便不好意思地摇摇头，叹了口气：“……我扭头就想跑，可被她拉住了——你猜，她是谁？”

① 拍拖，广州话，意为谈恋爱。

“还用猜？阿婆嘛。”姑娘像胸有成竹。“把你训一顿，从此你就走向‘新岸’了？对不对？阿婆给我说过，这样的事，有过两三回……”

“嘿嘿，算你猜对了。不过，开头我像马骝[①]学做人似的，难哪，不知费了阿婆多少心血。”小伙子一脸惭愧，喉核也一动一动的，看来真的动了感情。“阿婆这个人，真是难得……原来，我自以为看透了——共产党还不是那回事？看街道、区上那些干部，有几个得人心的？这几年跟着阿婆干，我算服了，她这样的人才算共产党……只有共产党才能有这样的人……”

肖烈心头一震，重新打量一下这个小伙子，这是肺腑之言吗？这个看来是油嘴滑舌的年轻人，能说出这样感情真挚的话来？这些年来，牢骚、怨言、风凉话塞满了耳朵，有人说，发牢骚成了会说话的人一种通病，中国简直成了个牢骚国。特别是年轻人，嘴里吐出那些不恭不敬的话来，简直能把人气死！然而，在这开往石门的船上，在这样一个西装革履、留着半长头发的年轻人嘴里，竟说出对共产党充满崇敬的话，使肖烈突然激动不已。

这个“阿婆”是个什么人呢？

四个人，包括那个小伙子，都沉默了。小伙子的话突然把大家带进一个庄严肃穆的领域，使大家都深思起来。

“呃，”关岳山小心地结束了短暂的沉默，看样子，他好奇心太强的毛病又发作了。“请问，你们说的阿婆，是什么人呢？”

小伙子和姑娘交换了一下眼色，会心一笑，几乎不分先后地说：“我们的老板。”

“老板？”——又是老板！

“她是——”关岳山仍不满足。

“她是——我们青春联合股份发展公司的经理，叫叶晴。”

“啊，叶晴！”肖烈和关岳山一齐惊呼起来。

“你们的阿婆是不是中等身材，瘦瘦的，五十六七上下？”肖烈忙问。

“是呀。”

“她打过游击？”

“当然打过！”

“怎么？两位认识我们阿婆？”姑娘和小伙子不胜惊诧。

---

① 马骝，广州话，即猴子。

“认识，当然认识！太认识了！”关岳山看了肖烈一眼，忙不迭地说。

“哈，妙极！”小伙子显得更热情了。“抽烟——”又是敬烟！

“哦，你们都是叶晴的部下？”关岳山问。

“她是我们青春发展公司的副经理孟敏儿。”小伙子一边介绍，一边潇洒地从口袋摸出张名片，递给关岳山。“这是我的名片。”

肖烈凑上一看，名片上印着：

石门市　青春联合股份发展公司

发展计划部　副部长

辛毅明

哼，年纪不大，名堂不少！肖烈嘴角浮现出一丝冷笑，但他始终沉默着。

“呃？失敬失敬！原来你们一个是经理，一个是部长啊！真是有眼不识泰山！三生有幸！三生有幸！”关岳山连连抱拳作揖，可眼睛里却堆满了揶揄的笑意。

“不敢当不敢当，在老前辈眼里，我们只是小字辈充大头鬼，姜还是老的辣，还得请老伯多多指教。”年轻的女经理有点腼腆，但从她熠熠生辉的眸子可以看出，她很聪慧，言谈不俗，颇有点绵里藏针的味道，看起来真像是那么一回事。

“请问，两位老伯高姓大名？到石门有何贵干？”小伙子亮了名片之后，口气大了，甚至有点狂妄。

自然又得通报姓名。不过身份没露底——老关说，抽空回乡，探亲访友，如此而已。

“哎呀，您就是关岳山同志？金南石化总厂的党委副书记？怪不得您说认识我们的阿婆！我找您找得好苦！”小伙子一下子窜过来了，抓住老关的手摇了又摇。关岳山不无懊悔地看了肖烈一眼，像是说——糟糕，暴露了。肖烈无可奈何地笑笑：谁叫你多嘴呢，你自己招来的麻烦，自己去收拾吧。

“你找我，有什么事？”关岳山嘿嘿笑着，他最怕熟人来找他要汽油、柴油、液化石油气，所以先举起一块挡箭牌：“我正在疗养，还没上班……”

“您兼总厂纪检会书记，对吧？我找您告状！”

“告状？”

"你们总厂销运处太不像话，喏，这是我们阿婆写给您的信——"小伙子急急忙忙从西装内袋掏出一封信，交给关岳山。"为找您，我从你们金南找到从化，到处扑空。"

告儿子所在的销运处？肖烈的心突然跳快了，辛毅明的声音像枚针一样扎耳朵。"省里批给我们蜡烛厂和橡胶厂两百吨石蜡、二十吨炭黑生产出口产品，还从你们总厂水泥车间调拨五百吨水泥，他们就是卡住不给，非要我们给他们私下转手三台进口面包车！"

肖烈不由得挨近关岳山，目光一触到叶晴那娟秀的字迹，眼睛倏然像被一簇火烫了一下，血猛烈奔流起来：他赫然看到被告人的名字——肖坚！

哦，两眼昏花，一切都朦朦胧胧，像罩上了重重白雾。关岳山和小伙子说了些什么？没听清。得谢谢他，他还是有分寸地、不动声色地把那封信放在自己衣袋里："……好，我回去叫人去查一查……"他连看也不看身边的肖烈，没让他难堪。

儿子会干这种事？真难以叫人相信！他要面包车干什么？他们总厂不是有的是小汽车吗？

"丢那妈！我们筹集了点外汇捐款，四面八方的手就伸过来了，都要汽车！"辛毅明忿忿地骂起来。

关岳山小心翼翼地问："你们有汽车？"

"有个屁！"辛毅明把头向孟敏儿一歪。"她和阿婆想出个新点子，想利用这附近的矿泉水，搞个矿泉啤酒厂和矿泉度假村，好不容易在外面筹集了一百万港元的捐款，市里就有人打起合理利用外资的旗号，要刮去做面包车生意。"

"这，你们肯干？"

"他们说包我们赚大钱，其实，就是先用这笔钱在香港买车，然后假借港商赠车给我们的名义混个免税进口，再让他们高价转手给北方一些急需面包车的单位。好家伙，能赚几百万！他们这个如意算盘刚打响，我们还没表态呢，那个姓肖的鼻子比狗还灵，马上伸手问我们要车子，好像我们开了个汽车厂！"

姑娘也忍不住插嘴了："你们总厂那个姓肖的副科长，是个雁过也要拔毛的角色，我真怀疑，他和我们市外资引进办那伙人在穿连裆裤，合伙逼我们进口汽车。能为他进口三两台，以后就能进十台、二十台，门一打开，我们那百多万就全变成汽车进来了……"

"有这样的事？"关岳山睁大眼睛，少见多怪地叫起来。"这样干行吗？"

“不行!”孟敏儿干脆利落地说，“花了这笔外汇，我们建厂必需的进口设备就没外汇买了，信誉也完了。更重要的，这是歪门邪道，干不得!”

小伙子深深叹了口气：“说老实话，当初我也动了心，绕个弯就可以赚大钱，就算让市里刮去百分之三四十，我们也能赚两百多万！何乐而不为？可是给阿婆按住了，死活不让干，她说这是损害国家利益的事，不能干!”

肖烈感到胸口被压上一块沉重的钢锭：瞒税进口，倒卖汽车，当然不是正路，叶晴做得对……儿子怎会和这样的事有瓜葛呢？他怎么会认识石门的人？唉，这可能仅仅是巧合，提出要汽车，可能是奉命而为，说不定他们处真的需要这样的汽车呢！用这条件来卡人当然不好，但儿子只是个小小的副科长，大概不会有这么大的胆子。关岳山说，他表现还不错嘛。

“那你们不同意买汽车，不就行了?”关岳山笑着说。

“行？人家干脆什么都不让你建了，行个鸟!”这位“部长”大概本性难移，说话一激动，总带上点不文明的附属品。

“谁不准?”

“市外资引进办。”孟敏儿恼怒地说。“我们这次上省，就是要去奏一本！凭什么不让我们搞？连省报都说他们没道理，晚报也准备发消息支持我们。”

啧啧，一家伙就捅到报上去了，看来对叶晴手下的这些年轻人真小看不得。两个老头子相互看了一眼，默不作声。

“两位老伯都认识我们阿婆，是老战友吧？看得出，你们都是老革命了，你们支持不支持我们呢?”年轻的女经理开始“将军”了，“将”得肖烈和关岳山措手不及。

关岳山愣了一下，用手摸了摸光亮的脑门：“怎么？连船上也拉人当啦啦队呀？支持，支持，当然得支持了！叶晴的事业嘛，怎么样！哈哈，老肖你呢——”

沉默。

空气骤然变得局促起来，大家都觉得挺难堪。最后连肖烈自己也觉得过意不去，咧嘴笑了笑：“我可不敢乱表态……我支持有什么用?”他微微摇了一下头。“讨人欢喜的话，谁都会说……”

肖烈突然意识到，他说这些扫兴话非常不合适——他是被告人肖坚的父亲！真是老糊涂了，说这些干什么？唉，你稍息去吧！他后悔地转面看着江面，又冷峻地沉默了。

年老和年轻的乘客都不作声，大家都觉得扫兴。

肖烈感到自己在这几个人中间坐不住了，他从铺上下来舒展了一下筋骨，没向同伴打招呼，便独自走出了船舱。

心乱如麻……啊，这雨好像停了。船开到哪里了？快要过合水了吧？这沿江一个一个的墟镇村庄，应该说是熟悉的，它们能唤起很多回忆。

还记得吗？就在这条江上，穿着府绸白恤衫，梳着西装头的两个年轻人，蹲在一只疍家[①]小艇上吃艇仔粥……他们就是这样在兵荒马乱中从广西回到了石门，雇艇的钱，还是关岳山偷偷变卖了母亲的首饰才凑齐的。

肖烈在舷边过道上来回踱步，沉思着，思绪有如那悠悠江水……

叶晴倒干出了一番事业，真没想到！她一直处于逆境厄运之中，就像广州人说的，行衰运行到脚趾公。在肖烈厄运缠身的时候，她奋不顾身地救援过他，甚至对他寄养农家的儿子也有救命之恩。那是在 1949 年，肖坚还不到三岁……可是肖烈对她呢，却没帮半点忙，眼巴巴地看着她在痛苦中煎熬。

那年深秋，他还在省重工业厅工作，久不上门的老友关岳山忽然来了。他是化工学院党委办公室的副主任，境遇也不大好，他那胆小怕事的妻子，因为官僚地主出身问题在肃反中受审查，前几年莫名其妙地自杀了。妻死之后孤身一人，虽说才四十多，人却已显得很苍老，发顶也开始谢了。

他神情严肃，神秘地压着嗓子说：

"有个人遇到些麻烦，得你去帮帮忙……"

"谁?"

"叶晴。"

"怎么？她……"叶晴在化工学院毕业后，留校工作已经有了一年了，会遇到什么麻烦?

"情况很糟糕，你最好劝劝她……"

"划了'右派'？不会吧？不可能!"

"不是她，是她爱人。他报道了知识分子座谈会上大量'右派'言论，罪行很严重，被送去劳改，没几天就病死了。叶晴开始不肯和他离婚，现在又拒不检查，在学院里反应很强烈，党委里有人主张开除……"

① 疍家：广州人对水上居民的称呼。

这消息使肖烈大为震惊。叶晴的丈夫印刷工人出身，是在游击区入党的老同志，一直在支队政治部搞油印小报，新中国成立后当了新闻记者，和叶晴相识多年，早两年才结婚。没想到现在竟会成为罪行严重的‘右派’！真令人不可思议。

肖烈踌躇了好几天，终于去了。可得到的回答是长时间的沉默，最后是一个字："不！"他几乎是含着泪水离开叶晴的宿舍，这是新中国成立后他最后一次见到她。

叶晴得了个留党察看的处分后就被下放了。关岳山有没有做出努力使她留在党内，肖烈一直怀有疑问，但他始终不敢再提起这件事。

肖烈心底里突然涌起了一种奇怪的渴望——想知道叶晴现在的情况。她什么时候到石门工作的？怎么会当起这个不伦不类的什么公司的"老板"？大概早就重新建立家庭了吧？唉，怎么不去问一问那两个年轻人呢？看得出，他们是叶晴的信徒，问起叶晴，他们会津津乐道的。

可他依然凭栏伫立着，没回到那个拥挤的船舱里去。一朵乌云瞬间又把他开始转晴的心境笼罩住了：在那两个年轻人面前，他总觉得有点抬不起头，他怕他们的嬉笑怒骂，怕他们又提起买汽车、提起那封告状信、提起他的儿子……

江风浩荡，雨停了，天还是阴沉沉的。

喇叭又响起来了："前面是官渡围码头，有到官渡、甘水、三竹、糖厂……的乘客，请准备落船……"

官渡围！肖烈心头掀起一阵狂澜。谁想得到？三十五年之后，他又回到了这里。这片土地，沾染了战友和自己的鲜血，也铭刻着他绵绵不绝的哀思——为了营救他而盲目、莽撞地发动的一次伏击中，有三十多名战士牺牲和被俘。

他永远忘不了这里的堤围基堰，忘不了那片像是无边无垠的甘蔗林……

"老伯，您在这里？"那个当"部长"的辛毅明，从船舱甬道里的人丛中挤出来，来到他身边。"关书记在到处找您。"

"让他找好了。"肖烈嘴角挂着嘲弄的冷笑。蓦地，他瞥见小伙子背着一个式样时髦的旅行包。"嗯？你要在这里下船？"

"我们矿泉啤酒厂和度假村都计划建在甘水村，那儿现在有我们一个筹建组，我要去看看。"小伙子俨然像个要去视察的官员。

“啊，甘水！对，那儿是有几眼好泉水。”肖烈想起来了。

“您也知道?”小伙子兴奋起来。“前不久，我们请省里的专家来鉴定过。那是全省少有的好矿泉，保健价值很高。”

是吗？三十几年前，那里只有几个肮脏的水坑，坑边到处是鸡毛鸭毛、猪毛狗毛——乡民们不知道这泉水的价值，常在这里剀鸡杀猪，这就是这几个水坑给他们带来的唯一好处……

“我上岸了，将来有机会请到我们度假村来，我们热烈欢迎!”小伙子没发现肖烈又陷入沉思，笑容可掬地伸出了右手。肖烈茫然地和他握了握手，他挤进下船的人流中，消失了。

下船的人流刚退尽，上船的人流又拥来了。肖烈离开伫立了很久的舷边过道，走到舷栏的尽头，好像在寻找什么人似的望着上船的人流。

最后一个上船的乘客踏上了船舷。水手们解缆，搬开供乘客上落的跳板，船又要开了。肖烈忽然迈开了长腿，一步跨上了码头，成了最后一个下船的乘客。

他站在码头上，目送着缓缓离岸的客船，蓦地，船的顶层冒出了一个满额汗油的半秃大脑袋——关岳山。

关岳山紧张地东张西望，突然，他看见站在码头上的肖烈，急得又是挥手又是跺脚，惊恐万状地冲着他大叫大喊：

“你想干什么？太离谱嘛！唉，你这个老傻瓜！你才是不折不扣的‘更年期’！……”

肖烈摇摇头，望着他的挚友，微笑地招了招手。

六

“阿婆，快请坐。”一个童颜鹤发、精神矍铄的长者把她迎进客厅。客厅里，摆满了各式各样的盆景花卉。

“啊，陈老，您这真可以搞个小型盆景展览啦!”叶晴精神一振，似乎肝也不怎么痛了。陈老正忙着泡茶，听叶晴称赞他的盆景，高兴得胡子也抖动起来：

“哪里哪里，现在忙，没工夫侍弄它了。您先看图纸吧，基本搞出来了。”

陈老原来是金南市城建局的总工程师，一年前退休回到石门，叶晴聘请他当了顾问。老工程师全力支持青春公司，把晚年的积蓄都入了股。度假村的设计由他领着两个年轻人在搞，啤酒厂的基建计划也要他来审核。他和年轻人一样，称叶晴为“阿婆”，尽管他年龄比叶晴大十多岁。

“您在金南十几年了吧?”叶晴呷了一口茶，像是在随口闲聊。“您认识肖烈吗?”

“肖烈?”他拿起一大卷图纸，熟练地摊开，回头对叶晴笑笑。“怎么不认识？老领导了。”

他对着图纸沉吟起来：“人倒很正派，可是，该怎么说呢？总之，是个典型，是个悲剧典型……”

“哦?”叶晴站起来，正要俯身去看图纸，突然像被蝎子蜇了一口，抬起头，望着这个正在苦笑的老头。

“有时我觉得他挺可怜，他一直不得志，这么多年不受重用。在金南蹲了二十年，常常受打击、被排挤，因为什么？因为他是个知识分子。但是他自己在实际工作中，却也常常不相信、不尊重知识分子。当然，他有他的难言之隐，有时不得不违心地去说话、办事，去整人。他越这样干，自己的处境就越艰难，每况愈下……”陈老顿住了，转面看着叶晴，悲哀地摇摇头。“你说，这是不是个悲剧？中国知识分子的悲剧——”

心像浸泡在苦水里，“嘟嘟嘟”冒着气泡往下沉；眼睛瞪着图纸，图上画了些什么，一点也没看清，只有晦暗浑浊的迷雾在昏昏然地飘拂着。哦，灵魂深处痛苦的阀门被这老头子的话拧开了，脑际里又横亘着那辛酸的经历。

大学毕业后干了些什么？只在学院里待了一年，接着下放锻炼、农场劳动……三年经济困难时来到石门，干废品收购站，街道办事处，直到这几年才算有了用武之地，也算沾了点化工的边，橡胶厂、蜡烛厂、溶剂厂……一家一家办起来了，可是，头发也白了，还能干多久？然而，这种失却年华的痛楚不只是她一个人才有，此刻她才知道，一直身居要职的肖烈，原来也有这么多难言之隐，也处在一个可怜的境地，他如果有所回顾，大概也会感到痛苦……

“怎么？你和肖烈很熟?”老工程师发现她神色异样，有点忐忑不安。

“认识。只是几十年没见面了。”叶晴小心地回答，她怕老工程师难堪。但她还想知道得更多一些。“肖烈对知识分子有偏见?”

陈老捋着下巴的胡子，凝视着图纸发起议论来：“可怕的是别人对他有偏见，他默默地接受了，把这种偏见视若神明供奉起来，再拿去对付比他境遇更坏的人……怪不得有人说，知识分子干部整起知识分子来，比大老粗更可怕。我想，这也有点道理。王明、张国焘不也是知识分子吗？林彪、江青也不是大老粗……我们党的历史上，对知识分子打击得最厉害的人，恰恰自己也是知识分子，当然，这不是指肖烈……”

像突然扑入了一股凛冽的冷气，叶晴不由得打了个寒噤，他是不是对肖烈有成见？还是看问题有点偏激？知识分子似乎有这样一种毛病。可是，他说的现象无疑是普遍存在的。解放这么多年，真正“大老粗”出身当领导的已经不太多了，大多数领导干部起码都有一定文化程度，为什么还相当严重地存在着不重视、不信任知识分子的倾向？这真是一场悲剧吗？

陈老喝了一口茶，两眼闪出亢奋的光彩，他的话一发而不可收了：

“肖烈这样做的结果，两头都没讨好。嫌他是知识分子的人，偏见并没消除，被他亏待了的知识分子呢？也伤透了心。……在 1977 年，到处喊甩开膀子大干。怎么大干？除‘四害’的鞭炮刚烧完，很多人还戴着‘左’字眼镜，结果甩开膀子大干变成蒙上眼睛傻干。金南市的头头心血来潮，硬要再上一个五万吨的新化肥厂。原来市化肥厂有个技术员给肖烈写了一封信，提出不同意见，认为原市化肥厂还大有潜力，不必上新厂，信里同时还提出几条整顿挖潜措施，其中有一条是发奖金。不知是出于好心，还是想试探试探，肖烈把信转给市委书记，建议常委传阅，恰好碰上‘凡是派’要‘举旗抓钢’，坚决主张新厂上马的第一把手一查，那技术员是个摘帽‘右派’，平时对他们的做法有很多不满言论，决定要抓这个典型整他！压力一来，肖烈不但不敢再支持那技术员的意见，还在一次大会上批判了那封信。你看，他就是这样，整了别人，自己的威信也整没了。其实，他开始心里是明白的……”

“那技术员很有勇气——”叶晴的肝区又痛起来了，她皱起了眉头。

“你知道这人是谁？就是你家欢欢的爸爸。”

“啊，是李文杰？”叶晴的面色煞白。她知道欢欢的爸爸一生非常不幸，可他这段经历，她从不知道。更使她痛心的是，肖烈竟会做出这种事情。她呻吟了一声，无力地坐到沙发上。

“怎么？肝又痛了？阿婆，你应该抽时间去医院看一下，这样拖下去……”

“病我会去看的，先研究图纸——”叶晴双手搓了搓脸颊，理了理头发，又站起来伏在桌子上。

从陈家出来，离五点半还有一个小时。

叶晴疲乏地蹬着车子，心情坏极了。老工程师在她临别时，欲言又止、吞吞吐吐地告诫叶晴要当心，他从市建委一位同行嘴里听到一些传闻：一位领导对人说，叶晴的手也伸得太长了，当了香老大还不够，还想干什么？想当垄断资本家？不行，得限制一下，要保证我们的优势——

“我们”是指谁？难道她、陈老、整个青春公司，不包括在“我们”之内吗？奇怪的逻辑！对青春公司的飞短流长已经不少了，什么“公不公，私不私”，“是混血儿加私生子”，“挂街道集体的招牌，卖发展资本主义的狗肉”，没想到市委领导里也有持这种观点的人。更令人气愤的是，这位大人物最后竟然说出这样的话：“得查一查她的经济，知识分子精得很，没有大油水捞，这种人会拼命干？我才不信呢！”

查吧，青春公司三百多职工可以作证，银行可以作证，自己连中等水平还达不到的家境可以作证。叶晴不做亏心事，不怕鬼拍门，创办青春公司以来，她一直只领自己的退休工资，没多要一分钱的分红。对社会上总是害怕别人富的“红眼病”患者的怀疑，叶晴是能坦然处之的，但是对那些动辄把知识分子当烂泥踩在脚下的非难，叶晴忍受不了。这些奇谈怪论，是对共产党人神圣使命感的亵渎。

莫非这番话与外资引进办扣压兴建啤酒厂和度假村的审批报告有联系？很有可能……

唉，老冥思苦想有什么用……得去看看工艺蜡烛厂，他们要“断炊”了。

嘟嘟嘟——哨子响？有个人大声喊：“喂，骑车的，停下！停下！”

叶晴回头一看，站在马路中央的民警正指着自己。糟糕，闯红灯了。

她惶恐地下了自行车，戴太阳镜的民警一见是她，愣了一下：“是您呀？叶大姐。走吧，走吧。”他连连挥手放行。她在街道工作十几年了，几乎所有民警都认识她。

民警肯通融，可是头一个被捉到的违章骑车者却不肯通融。他毫不客气地把小红旗塞到叶晴手里：“喂，给你，我交差了。这年头，连罚站马路都有走后门的，真要命！”他骑上单车，扬长而去了。

叶晴站在那里，哭笑不得。以劳代罚，让违章者充当执法者来管理交通，是现代交通史上一大发明。叶晴对这种发明一直是持怀疑态度的，可是她的

"前任"离"任"时说的那句话，深深地刺痛了她，她不愿意因为自己的过失而使"这年头"抹黑，因此，她没有接受民警的恩惠，而是默默地拿起小红旗站在路边。

按规定，叶晴得捉到另一个违章者才能离开。也许是她运气不济，也怪此时的骑车者特别遵守交通规则，二十分钟过去了，竟还没有一个闯红灯的"替死鬼"。

"……妹妹你罪犯哪一条……"一个沙哑的嗓子嗲声嗲气地唱着粤曲，由远而近——前面，两个蹬着垃圾三轮车的小伙子过来了。红灯一亮，他们戛然刹车，其中一个留长头发的看见叶晴的小伙子眼尖：

"这不是街道的阿婆吗?"

"人家现在是青春的老板了。"

"老板也来当'街心总理'?"小伙子肆无忌惮地在寻开心。

"那够威风的啦，一人之下，万人之上嘛。谁叫她不安分，头发都白了，还骑车到处闯——"

"哦，积极过头，升总理了……"

绿灯一亮，两辆三轮同时"开动"，长头发回过头望着叶晴，故意哭丧着脸，扯开喉咙唱起来："妹妹呀，你罪犯哪一条……"

叶晴莞尔一笑，望着他们的背影沉思起来。在街道工作这么多年，调皮捣蛋的年轻人接触得太多了，遇到这样的场合，她不会动怒，反而会萌发起一种慈母般的内疚：这些都是我们的孩子啊，变成这样，我们老一辈人就没有责任吗？历史给他们阴暗的东西太多，而我们贡献给他们的太少，不是常说共产党人要为未来的事业献身吗？他们就是祖国的未来，老年人当然应该为年轻一代贡献一切……

"我的天！原来你在这里当'街心总理'!"区委书记林和坤跳下单车，呼呼直喘气。"害得我到处找你!"

"她当总理当出瘾来了，我让她走，她死不肯辞职。"民警走过来，笑着夺过她手里的小红旗。"走吧，你下野了。"

"有急事?"她推着车子和老林并肩走着。

"嗯。"老林长满络腮胡子的瘦面上像蒙上了一层乌云。他是工人出身，脸上和心里一样，藏不住烦恼。"何先生变卦了!"

"什么?"叶晴猛吃一惊。何文灿老先生是香港一个大地产商的父亲，原籍石门，一直很关心乡梓建设，现在担任香港“石门发展后援会”的会长。他与叶晴早已辞世的父亲是世交，兴建矿泉啤酒厂和矿泉度假村的捐款，就是他通过“后援会”筹集的。昨天叶晴还和他的全权代表郭启昌见过面，怎么今天就变卦了呢？

“郭启昌和何先生通了电话，跑来找你，你不在，他向我转达了何先生的意见——决定按市外资办的主意行事：送一百台面包车。”

明白了！市外资办插了一手，越过青春公司直接与郭启昌谈过了，来了个釜底抽薪！

“我说叶晴不会同意这样做的。郭启昌说，哪有这么傻？国家允许赠车，这合理合法，别的地方都这样干，一举数得，发了大财嘛。我们捐款，也要讲效益，事半功倍的事情，何乐而不为？他还说，现在政策多变，听说过一段时间可能就不允许赠车了，那时你想捞也捞不着了。”

“国家允许赠车，但我们不能拿这车去向内地倒卖高价！”叶晴几乎要窒息了，张大嘴巴深吸了一口气：“他们准备怎么办？”

“一百台车分赠青春公司下属各厂、店，然后再由投资办集中起来卖掉，每辆车价在三四万之间，市里抽取百分之三十五……”

“好家伙，他们一下子就干赚一百多万！郭启昌呢？起码要捞几万回扣！”叶晴眯起眼睛冷笑，她怒不可遏地扶着车子站住了。“我要去找市委——”

“算了吧！张书记今天发火了，”老林瘦巴巴的脸上浮现出一丝苦笑。“你让敏儿上省告状的事他知道了……”

“知道又怎么样？又不是告他，他发什么火？”

“这还不清楚？卖车是他的主意，这已经不是第一回了。”

叶晴冷静下来了，怪不得老程在电话里问市里领导的意见，叮嘱不要闹僵了关系。这位张承天副书记是市里有名的“惹不起”的实力派，现在强调搞活经济，领导中谁替市里赚到大钱，谁就腰挺手硬，连市委书记、市长都得让三分。原来卖车是他的主张，自己怎么就没想到呢？问题更复杂了，心急解不开死结，得好好想想……

“叶大姐，”老林的声音突然变得很低沉，眼睛不自然地垂下，目光在脚下前方扫来扫去，他好一会才坚决地抬起头，严峻地盯住叶晴：

“我想——还是得告诉你，你得当心，有人要搞你的鬼！市纪委给区委转来一封群众来信，控告你假冒烈士妻子，长期虐待革命烈属，逼得何妈妈衣食无着，到处捡破烂……”

“什么?”叶晴气得发抖，一种摧肝裂肺的痛感像电流一样折磨着她的神经，她的手足骤然麻木了，似乎有股能把五脏六腑都冻结起来的寒气灌满了她的胸腔——昨天发生的事情就像丑恶的底片，在脑际里显影出来，她感到一阵恶心。

蓦地，叶晴机械地迈开了脚步，木然地推着车子向前走去，仿佛一个在冰天雪地里快冻僵的人，为了避免全身的血液和骨髓都冻成冰块，不得不艰难地向前跋涉……

啊，那一年除夕，在凛冽的北风中，她也是这样艰难地走进那个几乎没有了炊烟的小山村——

推开一间破茅草屋的门，她看见一张破床上躺着一个垂死的老妇人，满脸浮肿，披着一张破棉絮在颤抖。她的眼睛像口干枯的深井，但又像狼一样闪着饥饿的光。

“她就是何王氏。”带路的向导说，“新中国成立前避难逃到这里，一直孤寡一人，现在正发黄肿，吃簕古头、黄狗毛吃成这个样，好几个月了，唉!”

叶晴心里一酸，失声呜咽起来：“妈……妈妈——”

她抱起了老妇人，泪水汩汩地流。为了告慰烈士的英灵，她一直在寻找水生唯一的亲人何妈妈。何妈妈原来住的村子早就搬迁了。对于老妈妈的去向，众说纷纭，有人说她死于战乱，有人说她在清乡时逃到外乡。叶晴苦苦寻觅了十年，终于在她下放锻炼结束、又被分配到石门小城工作之际，追寻到可靠的线索，在这偏僻的山村找到了她。不由得百感交集，哽咽难言。

“你?”老妇人茫然地瞪着叶晴。

“我答应过水生，您的水生……”叶晴伤心地脱下自己的棉衣，给老人穿上。“一定要找到您……”

“水生？水生给当差的捉住，整死了，早死了!”老人干枯的眼里竟闪出了一点泪光，“要是他还在，我、我就不会饿……饿成这个样子了……”

叶晴的心悸动着，接着全身都颤抖起来：“妈妈受苦了……水生不在，有我们。我这次来，就是要接您出去，一定好好服侍您老人家……我找您找了十年……从今天起，我们就是一家人——”

她说不下去了，急忙打开带来的帆布旅行袋，拿出一包包点心——这是

1960年珍罕的奢侈品，花了十几元从广州南方大厦买来的“高级饼”。

叶晴的到来，把这仅有十来户人家的小山村惊动了，饥饿的大人和孩子围在何妈妈的茅屋门口，顷刻间就把叶晴带来的食物分光吃光。叶晴身上只留下回程路费，其余的钱和粮票，全都分给了乡亲们。当她再次提出要把老妈妈带走时，村民却将信将疑地窃窃私语起来，似乎在怀疑这突然降临到孤寡老人头上的变化孰吉孰凶、是祸是福。

老妈妈从忐忑不安突然转变了态度，死也不愿跟叶晴走，倔强地不肯离开这间破茅屋。

一个干瘦的老头儿瞪着狡黠的小眼睛，干咳一声对何妈妈说：“我说嘛，你死不了，三灾六难，必遇贵人。不管你自己的命多丑，你儿子却是有功之臣，山里人不知道，城里人可都明白。你儿子虽然不在了，但还是有面子的，人家倚仗这面子，认个干妈，在外头可以风光快活，你也可以享一两天福……”

老头这么一说，一些年迈的村民连连点头，眼里充满着怀疑和忧虑：

“……听说，像阿婆这样的人，在城里能拿到一个什么证，能按月发钱呢……”

“是啰，非亲非故……”

不信任的目光逐渐交织成一个焦点，落到叶晴身上。

一个主意在叶晴心里盘算成熟了，她环顾左右，从床上站起来干脆地说：

“不是非亲非故，更不是认干妈，我是她的儿媳妇，赡养亡夫的母亲，是我的责任。”

一席话把所有怀疑者的口都堵住了，茅屋里顿时鸦雀无声……

“妈，我一定要带您走——”

她终于把老妈妈接到城里，开始组成了这个没有真正亲属关系的家庭，她万没想到，这件事竟也可以成为别人攻击的靶子，成为企图使她身败名裂的一条新罪证。

老林长长的一声叹息，像把钩子把叶晴的思路钩回到现实中来，她撑着车子又站住了。

“阿婆，几桩怪事都是冲你来的，你千万要冷静，你这种年纪——”

“还有什么事?”

"还有……"老林嗫嚅着，欲言又止，"……刚才，公安局来了电话，说青春的后生仔打伤了人，被群众扭送公安局了。我跑去一看，原来是小三!"

"小三!"叶晴痛苦地抽搐了一下。"……为什么?"

老林狠狠地一拳打在自己的车鞍上："呸！这帮家伙为了整人，什么手段都用上了——"

"你快说，为什么抓小三?"

"唉，今天是星期六，欢欢幼儿园提早放学，回家路过电子修理行门口，被两个孩子打哭了。小三看见，赶出门去追那两个孩子，谁知在公园门口被一群后生围住了，说他欺负小孩，还动手动脚引小三打架，小三火了，结果吃了亏……听派出所的老古说，这伙人把小三捆到公安局，一路走一路骂，全是针对你的。什么臭婆娘包庇小流氓，青春公司是流氓公司——"

叶晴没有说话，噔的一下上了单车。

"哎，你要到哪里去?"老林在喊，他不放心地也跳上单车追了上去。

她没回答——她已经说不出话来，极度的愤慨和心灵的痛楚占据了她整个躯体，她什么都听不见，脑子里只有一个念头：得去看看小三！不能委屈了这个年轻人，他心头的伤痕才愈合，一有反复，以前做的工作全白费了……

叶晴发了疯一样从派出所赶到公安局，又从公安局赶到公园找到看门的老头来给小三作证，终于把写了悔过书的小三领出了公安局的大门。这时已是晚上九点钟了——"高尔基"没去接成。

她在肝痛和疲乏中挣扎着，一步一步向前走，一直陪着她奔走的派出所治安警老古告诉她一个令人诧异的情况：今天在幕后指挥捆绑小三的，是一个长发青年，有人认得，他是市委张副书记的小舅子!

七

一艘机艇装载着乘客离开了官渡围的小码头，"突突突"地向西开去。

机艇上，辛毅明向全艇五六个乘客，滔滔不绝地讲起了"阿婆"，他那表情丰富的神态，把人们的心都抓住了。坐在一旁的肖烈，尽量地克制着内心的激动，他做梦也没想到，叶晴竟还供养着烈士何水生的妈妈！他的躯壳里像突然爆发了一场震天撼地的海啸，两眼闪动着泪光，激动地望着江岸，双手死死抓住机艇的艇沿，仿佛一松手，就会跌落到冰凉的江水里似的。

肖烈沉重地低下头，缓缓向后流动的江水模糊地映出一张惭愧得五官都移了位的脸容。辛毅明呢，大概乖觉地看出了这个古怪的老头子心情不佳，没有再眉飞色舞地充当他那位“阿婆”的义务宣传员了。哎，得谢谢你，小伙子！亏得你盛情邀请我到甘水村你们的筹建组过夜，并在一路上充满崇敬地谈起你们的“阿婆”，谈起“阿婆”英勇牺牲的“爱人”何水生，谈起她如何千辛万苦寻觅十年才找到烈士的母亲，谈起她如何以孝顺老人而闻名于邻里街坊……才使得乍一听惊讶得目瞪口呆、继而又激动得几乎不能自持的肖烈恍然大悟，明白了一切……

就在这条江上，我们失去了骁勇的武工队长何水生，那是在那次惨烈的突围之后，他掩护了叶晴和我——

浓墨似的夜幕像沉重的铁闸，不仅封闭了我们的视线，也压在我们的心头——在这茫茫寒江里的一叶孤舟上，只剩下我们三人，水生带来的那些战士，在我们冲到江边时牺牲了。

江水哗哗作响，这是桨声。壮健的水生划起双桨，使小艇像装上一台发动机，他急于把我送到群众基础较好的甘水附近蔗林隐蔽，把全身力气都使尽了。我虚弱不堪地靠在船板上，默默看着一闪一闪的双桨像快刀一样起落，剁着墨玉似的江水，艇边拖着一条微微漾动着波光的水痕。

“老高……任务，我没完成——”水生在艇尾划着桨说。我隐约看见他脸上闪着泪光，这个铁打似的汉子，竟然流泪了：“我们在县城，没把惠英同志救出来……抓到一个伪警察，他说，惠英同志已经被送到省城，可能，可能已经不在了！”

叶晴“啊”地惊叫了一声。我登时像挨了雷殛感到天旋地转，一个可怕的意念像恶魔一样萦绕在我心头：我没有了妻子，还不到一岁的孩子没有了母亲……我悲恸地紧闭上了眼睛。

“不，不会的，敌人的话不可靠，你别信，不要信……”叶晴慌乱地安慰我，可声音是绝望的，我痛苦地摇摇头。

小艇拐入了横江，顺风顺水，走得很快，眼看就要进入甘水村的涌口了。

突然，甘水村方向传来一阵狗吠。

贸然进村是危险的。水生机警地把艇停靠在岸边蔗基旁，低声说：“近来敌人也搞化装突袭，你们先在这上岸，到蔗田里隐蔽起来，我先进村找三叔公摸摸情况……下半夜到这里接你们……”

他消失在阴森森的夜幕里。

叶晴扶着我，钻进茂密的蔗林里，刚想坐下歇一歇，骤然听到一声清脆的枪响——

叭！

接着，密集的枪声炒豆般响起了，我们急忙钻出蔗林，向甘水村口望去。奇怪，枪声离我们越来越远，约莫过了半个钟头竟停息了，夜又恢复了死一般的宁静，我顿时全身冰凉，不祥的预感袭上我的心头。

直到天明，水生也没有回来。叶晴伤心地啜泣起来。

机艇转入了三角洲密如蛛网的河汊水道，就像一辆手扶拖拉机奔驰在田间小路一样，在平静的水面上划出重重波纹，掀起一阵喧嚣。

“石门糖厂快要停榨了吧？大蔗田的甘蔗都收完了。”一个中年乘客打破了船上的沉寂。

“是啊，也该收啰，‘清明蔗，毒过蛇’嘛，”一个老年乘客说，“都快到清明了，这江边的蔗林都剃了光头啦。”

肖烈蓦地抬起头，一个陌生乘客一句普普通通的话语，突然强烈地震撼着他的心灵。可不是吗？两岸都光秃了，甘蔗都收完了。官渡围方圆十几里的甘蔗是最出名的。那时候，这里到处都是成片成片的甘蔗林，像北方大平原上的青纱帐……

水生走了，我们和组织失去了联系，在我身边只剩下你——叶晴。我是怎样活过来的？只有你最清楚，是你救活了我——

我一睁开眼睛，就看见身边密密匝匝地长满了粗壮的甘蔗……看见了你眼睛里惊喜的泪花：

“哎，你醒了，你真坚强……一直发高烧，说胡话，好几天了，我真怕你——”

“……死不了……”我咧了咧嘴，想笑一笑。是我的笑容太可怕，还是你知识分子的气质太重？你不敢看我的脸，转过身去抹眼泪。

后来，我才听堡垒户三叔公说，在我伤口严重感染、昏迷不醒的这几天里，为了逃避敌人搜捕，你背着我转移了七个地方，还冒险摸黑闯进驻满敌人的官渡围，找到了“白皮红心”的番摊铺老板，用自己珍藏多年的母亲遗物—— 一只金戒指的代价，从敌人军医那里搞来仅有的一支当时被神化得死人都能救活的盘尼西林！可是，这一切你却没有向我说过一个字。

……褐绿色的草药汁液，掺和着黄澄澄的甘蔗汁，你用铁汤匙一勺一勺地喂到我嘴里，像母亲在喂养吃米糊的婴孩。那草药，是用你那斑驳不堪的搪瓷口缸煎的；甜丝丝的甘蔗汁，是你用手榴弹捶打甘蔗碎片榨出来的。难道你就是靠那一支盘尼西林、靠这既原始又神奇的土疗法帮助我战胜了死神，战胜了伤口发炎的疼痛？哦，远远不只这些，应该说，还有你不动声色的大智大勇，你那春风般温柔的双手，你那在最愁闷的时候也能抚慰人心的话语，甚至，还有你呼吸气息的温馨……

到我能够坐起来的时候，我发现自己再也离不开你了。

只要你一离开我们隐蔽的这片甘蔗林，去找堡垒户打听部队的行踪，或者去借粮、采药，我就心神不定，魂不守舍，坐卧不安，眼巴巴地盼望着你早点回来——

外来的干扰打断了绵绵不绝的沉思。

“阿欢，醒了？”机艇上唯一的一个妇女把一个面包递给她的小女孩。“喏，吃吧。”这孩子刚伏在母亲的大腿上睡了一觉，睡眼惺忪地捧起面包大嚼起来。

“这孩子叫什么？”辛毅明巴不得找个话题，重新活跃起艇上的气氛，他笑嘻嘻地捏了一下女孩的脸蛋问：“叫阿欢？”

“告诉叔叔，你叫什么名字？”母亲敦促着小女孩。

“叫阿欢。”女孩看了辛毅明一眼，又低头吃面包了。

“有意思，我们阿婆家也有个孩子叫欢欢！”

“嗯？”肖烈突然转过头来：“叶晴收养了一个小女孩？”

“怎么说呢？说收养也行吧。”辛毅明望着啃面包的小女孩，叹了口气。“那女孩没有妈妈，她妈妈是阿婆下放时三同户的女儿，在一个橡胶农场生产队当医生，1979 年得急病死了，扔下了不到三岁的欢欢，阿婆恰好到那个农场订货，看到欢欢怪可怜的，就把她带回来了，至今还没落上户口，还是个‘非洲黑人’。”

“那孩子的爸爸不管？”女乘客问。

“她爸爸是个怪人，四十多岁才结婚，1976 年粉碎‘四人帮’时才生下孩子，所以起名叫欢欢，他们长期两地分居，这个当爸爸的连老婆要死了也回不了家，到下葬才发疯似的赶到，光掉泪，不说话。欢欢差点连他都不认识，他哪能照顾女孩子？”

“在哪儿工作？”

“听说在金南，还是个工程师！”

“在金南？叫什么名字？”肖烈忽然关心起这件事来，是受了叶晴的触动吗？大概是的。

“姓李，叫李文杰。他很惦记女儿，回来看过两三次，差不多一两个星期就来一封信，阿婆有时实在忙，就叫我代笔回信，让他放心……”

李文杰！

竟会是他！心脏像被烧得通红的烙铁嗤的一下烫了个窟窿，血像锅炉里膨胀的蒸汽，一下都冲到脸上，使脸上的肌肉都痛苦得抽搐起来，肖烈连忙用拳头撑着太阳穴，指关节竭力地挤压着那个“砰砰”作响的地方，想用肉体的疼痛来抵消那从内心爆发出来的痛楚……

赵书记：

转去市化肥厂技术员李文杰一信。此信的思想观点在各厂矿技术干部中，有一定代表性，请市委开个专门会议研究一下。

建议将此信转给各常委同志一阅。

肖烈　1977年×月×日

这是梦魇吗？不是。可这张便笺又清晰地展现在眼前，像毒蛇一样啃啮着肖烈的良心。就是这封含含糊糊、模棱两可的信，把一个刚从可悲境地里爬出来的人又重新逼到不幸的边缘。肖烈不认识李文杰，对他的情况一无所知，在他的这封信几乎诱发起一场新的小型政治运动后，肖烈更不想去认识这位会招致麻烦的人物了。后来他甚至连问都没问：这个人挨批后怎么样了？化肥厂机构调整后此人被分配到哪个角落？总之，不了了之。

再次听到这个人的名字，也是唯一一次得知这个人的情况，是在1979年，经委办公室的秘书和旁人说起一个笑话：某厂一个“右派”改正了，这个年近五十的老“右派”头一件事不是要求补发工资，也不是要求入党，而是要求退团！理由是他是在大学当团总支副书记时被打成“右派”的，现在应该重新承认他的团籍——这是政治生命！然后再给他办退团手续。该厂团委对他认真得有点滑稽的要求不好推托，果然半开玩笑地给他办了退团手续，还发给退团证。肖烈听了，付之一笑，他想，这可能是出于一个长期受委屈的知识分子的变态心理。

“挺可怜的，这人是哪个厂的？”肖烈随口问道。

“还会是谁？就是让您批过一顿的那个倒霉鬼李文杰嘛！”秘书的话有股怪味儿，不知是谄媚，还是挖苦。

“哦。”肖烈当时的心脏猛烈悸动了一阵，他的脸色都变了，匆忙掉头走出了办公室。

“老肖同志，您是金南来的，您认识欢欢爸爸吗？”

辛毅明的话，像在心头的伤口上撒上一把盐，该怎样回答呢？——我不认识他？撒谎！就是你，给他那个刚建立不久的小家庭带来过不安和忧虑，甚至可能是你种下了那场不幸的祸根！——我认识？可我的的确确不知道他长得是高还是矮，是瘦还是胖，现在在干什么？不知道他四十多岁才结婚，不知道他夫妻两地分居，更不知道他妻子死去两年多，女儿由别人来抚养，至今还未入上城市户口！

唉，为什么不知道呢？说不知道，就能遮掩这一难以饶恕的罪过？

“我认识他，”肖烈沉痛地抬起头，说“他是个好同志，以前我不了解……唉！”

辛毅明愕然，瞪着肖烈说不出话来。

唉，叶晴，你总是在默默无闻地替我医治着创伤。敌人刑具撕裂的创口早已愈合了，但我却昏昏然地用自己的手，在灵魂中抓出两个无形的创面，你孝顺地赡养何老妈妈，慈祥地抚养欢欢，能使我这些不光彩的创面愈合吗？可悲的是，我这两处创伤一直淌着血而自己不自觉啊！

“到了。”二十多分钟的航程真短，甘水村就在眼前。

这就是甘水吗？认不出来了。那些低矮的泥砖屋、茅草屋全都无影无踪，取而代之的是鳞次栉比的两层小楼房。甚至还有一家茶楼——“陶陶居”。人们把广州最有名的大茶楼也搬到连地图上也找不着的小村庄来了，不过只搬了个名字，这家“陶陶居”太小了。然而也有鼻子有眼，真像个茶楼的样子。种田人出力流汗之前到那里“叹”上“一盅两件”，想必也会乐也陶陶的。

一栋一栋的小楼房盖得不错，现在水乡农民的小康之家，比过去地主还阔气得多！可惜，他们的审美观跟不上物质财富发展的步伐，那些质量很好的小楼大多涂成大红大绿，窗子都开得很小，活像一群严肃庄重的男子汉突然穿起了花花绿绿的衣服，一个身材匀称、脸形端正的人却别扭地长着一双特别小的眼睛一样，叫人看上去有点别扭。

“筹建组”住在一栋刚建好的小楼房里。辛毅明说，这是一个无父无母的单身年轻农民准备娶老婆的资本，但房子建好了，媳妇还没有着落，只好暂时租给青春公司，价钱十分便宜，每月才象征性地收十块钱租金。

“喂，青春常在，芝麻开门——”辛毅明像《天方夜谭》里的阿里巴巴那样吆喝一声，原来紧闭着的门果然打开了。肖烈惊讶地发现，所谓“筹建组”，只是两个二十岁上下的姑娘。

“来客人啦，介绍一下，这位是阿婆的老战友——肖烈同志，他在这儿打过仗，想旧地重游看一看，晚饭你们得好好招待！”辛毅明装模作样地对着两个姑娘发号施令，看见两个姑娘掩着嘴巴瞅着他笑，他也涎着脸皮笑起来：“当然，也有我一份。”

“馋猫！”一个眉清目秀的姑娘笑着瞪了他一眼。这姑娘像谁？哦，像陈冲！莫非“陈冲小姐”就是她？两个姑娘和肖烈寒暄一阵，笑着走开了，一个给他们安排住房，一个张罗晚饭。

“老伯，您可别小看这两员女将，她们可是我们青春旅店的开山元老。五年前，孟敏儿全家出国，她一个人留下来，在阿婆支持下用家里的房子办起第一家街道旅店，她们都是创始人。那时她们才十六岁，刚高中毕业……”小伙子如数家珍，眉宇间微露得意的神色。

“其中一位是你的‘陈冲小姐’，对吗？”

“嘿嘿，”小伙子腼腆地傻笑起来，“才刚刚开的大使馆，谁知道她会不会‘政变’？跟我这样的人在一条槽上吃食，不容易——”

“人家可不是母猪！”心绪一直不佳的肖烈也忍不住笑了。

晚餐很丰富，简直是一个小小的宴会。“陈冲”做的盐焗鸡特别好，可以与广州东江饭店媲美。小伙子洋洋得意地透露，她将是矿泉度假村的经理。为了让姑娘小伙子不扫兴，肖烈在辛毅明不停的劝导下，破例喝了葡萄酒——是乘兴而为？还是借酒浇愁？他也糊涂了。

晚饭后，他谢绝了小伙子的陪同，带着酒后的微醺村前村后逛了一阵，到处打听曾经掩护过他的堡垒户三叔公的下落，人们茫然无知，后来，一个老太婆告诉他，三叔公早在公社化那年就故世了。他听了嗟叹不已，黯然神伤地独自走上了村后的小山丘。

天渐渐暗下来。肖烈纹丝不动地坐在山丘上，像一块突兀在山头上久经风雨的黑石头。

他望着开始安静下来的田野河涌，望着家家户户袅袅炊烟，望着在山边甘水潭里洗澡的孩子们，胸中突然注满了像那甘泉般的眷恋之情，他动荡不已的心绪慢慢安宁下来了。

这真是个好地方！将来要养老，回到这儿来也不错嘛！在这块土地上，我打过仗，流过血，牺牲了不少战友和同伴，在离这不远，啊，大概就在那片暗红色的晚霞下面，我和叶晴在甘蔗林里躲藏了近一个月。这里给我留下了深刻、难忘的记忆，在这里了却残年，也是值得的。

他们的度假村和啤酒厂能办成吗？这些年轻人还真像要干一番事业似的，他们要征购这个小山的一半面积，不仅要建一个大厂房，还要把山下的泉水抽到山上来，搞个小游泳池。然后依山逐级建几栋庭院式的小平房，建设一批康乐设施，用较低廉的住宿费招待港澳中下层人士来度假。石门离港、澳都近，这里的矿泉水据说含有一种有益身心的元素，看样子，他们真能赚钱的……

洗澡的孩子三三两两地走了。山上山下突然一片寂静。

不远的树从里有人轻轻在说话，谁呢？肖烈隐约看见两个人的背影，像是年轻人——哦，他恍然大悟！不一会，他看见两人依偎在一起，又面对面地慢慢接近——

肖烈微笑地转过脸，悄悄地起身走开了。他不想让两个年轻人难堪。

年轻人嘛，我们也有过年轻的时候……

狂风！暴雨！甘蔗林里一片可怕的喧嚣。

我和你蜷缩在蔗林里搭的一个破棚子里，躲避着这深秋时节突如其来的风雨，棚顶的蔗叶梢在风雨中飘摇，你不顾我反对，坚持把一切能遮风挡雨的东西都盖到我头上、身上、腿上——你怕我的伤口被水淋湿了会复发。

雨水像泼进来似的，你全身一下全湿透了，冷得脸色泛青，瘦削的身子不停地发抖。

我看着你，那颗负疚的心也随着你哆嗦起来，好像那从棚顶漏进来的水柱，那从棚口射进来的雨箭，不是浇到你的身上，而是浇到我的心里。

“阿晴……给你。”我掀开披在我头上的那张油布，把它蒙到你的身上——何水生留下这张只有两张报纸大的油布，是我们抵御风雨的最后一道防线。

“不——”你固执地把油布又给我披上了。你仍然在风雨中战栗。

一阵沉默。棚外的急风暴雨像一把无形的大扫把，呼啸着不停拨动俯首帖耳的蔗林。

突然，我的血液狂躁地在全身奔涌：“——阿晴！”我叫了一声，一手拉住油布的一角，另一只手颤抖地把另一角撑开，“你……来吧，坐在一起，暖和一点……”

话音刚落，我立刻感到窒息了似的，我像犯了罪的犯人，惶恐地等待着你的判决。

你迟疑了好一阵，可是终于挪动身子，和我紧挨着坐在一起，伸出双手替我撑开雨布，你撑油布的左手轻轻搁在我肩上，身体的一侧几乎是紧紧贴着我，我感觉到了你的体温、你的呼吸、你的心跳……

我们就这样一直坐到天黑。

风雨稍停，你累极了，把头微微靠到我的肩膀上，我全身都发烧了，竟然伸出那只僵直得几乎要麻木的右手小心地揽住了你的腰，你遽然抽搐了一下，却并没有躲开，我强硬得有点粗鲁地低下头去，蓦地，听到了一声轻轻的呻吟……

这是坚持在蔗林那三十几个日日夜夜里的第一次，也是唯一的一次。我轻轻地亲吻了你的脸颊。当我激动得不可抑止，一下子紧紧搂抱住你的时候，你突然惊恐地“啊”了一声，双手死死掩住脸。我吃惊地松开手，你挣扎着跑到棚子外面去了。

这一夜，你守在棚子外面，再也没有进棚子里来。

唉，我失望地大睁着眼睛，等待着天明……

跟往常一样，天一亮，你捧进来一碗掺着野菜、薯丝的甘蔗粥，除了双眼圈的黑晕更深之外，像什么事情也没发生。

“阿晴……”我痛苦地抓住你一只手。

“别这样，”你叹了一口气，抽回自己的手，声音平静得叫我吃惊。“我要对得起惠英姐，我总觉得，她还活着……”我愣住了，双手慢慢地抱住了几乎胀得要爆炸的脑袋。

“我们……跟别人不一样。”你小声说，声音有些颤抖，听起来令人心酸。“对自己得严格些，牺牲的东西，要多一些……”

我绝望地叹了一口气。

你温柔地抚摸了一下我乱蓬蓬的头发，我抬起头，见你眼里充满了晶莹的泪水……唉，我明白了，我们两个都必须做出彻底的牺牲——窒息内心躁动着的欲念，在曾经热恋过的两颗异性心灵中间掘出一道鸿沟！即使是朝朝暮暮同处一室，甚至身贴身地躲风避雨，你也只能是我的战友，我的恩人，而不可能成为我的爱人！你医治着我肉体上的创伤，可是解除不了你和我精神上的痛苦。在爱情上，我们都是重伤员……

当初为什么要叶晴牺牲这纯真的爱情呢？在那里，我没有想通，现在也难回答。叶晴，你想过吗？你能回答吗？你在破棚子里，没有再多说一句话，就走出去了，以后就再也没有提起这些事，只是更加沉默，几乎变成一个不会说话的哑巴，直到部队派小鬼班来找到我们。你把我送到新建立的地下医站，也只是悄声说了一句：“再见。”但是，我却在后来听说，你在归队的路上大哭了一场。

我们又一次错过了、失去了机会，唉，命运，捉弄人的命运啊……

夜幕低垂，山上可见的一切都缓慢地融入冥冥六合之中。肖烈回头向那灌木丛的方向望了望，那儿黑魆魆的，什么也看不见，什么声音也没有，大概那两个热恋中的年轻人“隐蔽”起来了，也可能转移了“阵地”。这一切都与他无关，他是个上了岁数的老头子了。

这次到石门，能见到叶晴吗？会见到的。她大概会和我一样，老了。辛毅明说她样子还不老，头发才开始白，怎么会不老？她也有五十六七了……

他在小山的另一头坐下来，又呆呆地坐了很久很久。哦，不早了，该回去了。他刚走上村前的土路，一辆汽车射出的两束光柱扫过来，晃得他睁不开眼睛。他退到路边的土坑里，谁料到那车开到他身边，忽然刹住了。这是一辆噪音很小，连肖烈也叫不出牌子的外国轿车。

“请问——这是甘水村吗？”司机伸出脑袋问。

“是的。”

“这村有个青春公司的筹建组吗？住在哪儿？”

“你找他们？有什么事吗？”肖烈诧异地问，但他心里马上猜到——阿涛捉摸到他的行踪，立刻派车来接了。

八

想不到，做梦也想不到，阿涛和关胖子合谋把他哄骗到石门，居然是为了这样一件事——他们煞费苦心在石门给他找了一个晚年伴侣，这伴侣不是别人，竟是叶晴！

肖烈的方寸全乱了。昨天，轿车把他送进专署大院的小招待所，急似热锅蚂蚁的程洪涛和关岳山劈头盖脸把他好一顿臭骂，接着就摊了牌，使他大吃一惊，一夜没睡好。第二天一早，肖烈还头昏脑涨，两个热心过火的老媒人又拉拉扯扯地"押"着他上门"求婚"了。

爬上五楼，敲门。

门开了。开门的不是叶晴，却是一个只有五六岁的小女孩。

"找谁?"小女孩惊恐地望着门外这三个不速之客：白头发的，秃顶的，额头差一点点就碰到门楣的，都陌生得很。

"我们找叶晴呀，她在家吗?"程洪涛友善地摸了摸小姑娘的头。

"哦，找我嫲嫲！她不在，一早就出去了。"小姑娘活跃起来，两只黑溜溜的眼珠子，像一对会蹦会跳的黑葡萄。

"星期天也不在家休息?"关岳山故作惊讶地大张着嘴巴。"这女强人可真是个大忙人哪!"

"我们的'南洋妹'，是个拼命三郎。"程洪涛笑着说。

哦，叶晴不在家，肖烈松了口气，心情稍稍安定下来了。上楼的时候，他心跳气促——这不完全是肺气肿在作祟，更重要的原因是他感到十分难堪。

"进来，进来。"程洪涛反客为主，大摇大摆把肖烈和关岳山引进屋里："跟'南洋妹'用不着客气，昨天她不去接船，今天咱们就守住她的庙，非要把这菩萨捉到不可!"

"你们进来干什么?"小女孩不大高兴了，撅起了小嘴巴。

"怪哉！叶晴还有小孙女?"关岳山拍拍小姑娘的脸蛋。"小朋友，你叫什么名字?"

小姑娘眨了眨眼睛，瞪着关岳山的秃脑门："我不告诉你，我不认识你——”

“嗬！这小家伙还挺厉害的。”程洪涛肥胖的身躯坐在一把破藤椅上，压得藤椅“吱吱”作响，摇摇欲坠，吓得他马上站起来，坐到木沙发上。他叼起一支香烟，又给关岳山扔了一支，望着孩子说：“小朋友，能告诉我吗？你是谁家的孩子？”

孩子不信任地盯着程洪涛：“我就是这家的，嫲嫲家的——”她突然用小手捂住小嘴巴，“不，我不说！我不认识你！”

肖烈蹲到孩子跟前，眯起眼睛把头一歪：“你不认识我们，我可认识你——你叫欢欢，对吗？”

小欢欢惊奇地看着肖烈，抿着小嘴笑了，点了点头。

“你们家还有一个老婆婆——”肖烈一时想不起来欢欢应该怎样称呼何妈妈，“对了，就是很老很老的那一位老人家，也不在家吗？”

“哦，你问我的老祖祖？”小姑娘挺机灵，一下子就领悟了，“她现在上街买菜了。”

关岳山大为惊奇：“我的天！你老兄怎么知道得这么清楚？”他向程洪涛做了个鬼脸，“喂，老程，看来我们俩这媒人是多余的了，你看你看——”

肖烈懒得向他解释，回过头来冷峻地盯了他一眼，吁了一口气：

“她是李文杰的女儿。”

“什么？李文杰？是我们金南那个李文杰吗？”关岳山几乎要从木沙发上弹起来。“她怎么会在叶晴家里？”

“李文杰是谁？”程洪涛问。

“我们金南的一个工程师。”关岳山向老程解释说。“原来在老肖手下一个厂当技术员，后来调到我们总厂，提了个工程师，一直是默默无闻的，直到前几个月，才发现他是个奇才，他搞了个什么尾气回收装置，初步计算，一年可多赚回成百万！”

“啊？”肖烈也吃了一惊，这件事他是头一回听说。

“来来来——”关岳山把小女孩拉到身边，抱到膝上，“你爸爸很了不起啊，你得向爸爸学，长大了也当个工程师。”

“我不当工程师。”——令人惊讶的回答！

“为什么？”三个老头子面面相觑。

“当工程师不能回家。”小欢欢把脑袋一歪，嘟起小嘴说，“爸爸老不回家，妈妈说，爸爸当工程师了，工作忙，他回不来啊……妈妈生病了，他也不能回来……我没有妈妈了……”

三个上了年纪而又身负重任的人沉默了，沉重地低下头。这个稚气十足、天真烂漫的小女孩，心灵里竟笼罩着这样一个可怕的阴影！她奶声奶气的几句话，比冗长地讲述一个悲惨的故事更为惊心动魄，更发人深思，令人心碎。

肖烈干涩的眼睛模糊了，他坐到身旁一张小板凳上，转过脸去，沉痛地闭上双眼。泪水，悄悄爬到开始衰老的脸颊上，很快就往下流。但眼泪带不走耻辱、内疚和灵魂受折磨的痛楚，这些都往心里流，不，往心里灌！眼前这个小女孩，是开粉碎“四人帮”庆祝大会那天生的，所以取名欢欢，可谁想到她的命运竟有这么多蹇难呢？

“你们怎么都不说话？”小女孩看看这个，又看看那个，老头子们阴沉的脸色使她害怕起来，有点不知所措。

“哦，说，要说的。”关岳山心不在焉地抬起头：“说些什么呢？”

“要不我跟你们讲个故事？”欢欢对自己讲故事的本领很自豪。

“好啊，讲吧，我们最喜欢听故事。”程洪涛装出一副很感兴趣的样子。

欢欢有点羞怯地走到客厅中央，像在幼儿园登台演出一样向老观众们鞠了个躬：

“……各位小朋友，现在我给大家讲一个故事，这个故事是我嫲嫲教的，名字叫《好孩子不骂人》……”

欢欢黑溜溜的眸子一闪一闪，突然张着嘴巴不说话了。

“怎么不说了？说嘛——”关岳山鼓励她。

“老爷爷，骂人的不是好孩子，小朋友不要骂人，可是昨天街上怎么很多大人也骂人哪？骂我嫲嫲，骂我，还叫小朋友打我……”

“哦，为什么？”老头子们又吃了一惊。

“他们在公园门口骂嫲嫲是一肚子坏水、专告黑状的贼婆……还打小三叔叔……”

告黑状？肖烈倏然联想到孟敏儿向省报告状的事情，会不会和卖汽车的事有牵连？不至于吧？一个市级的外资引进办公室，不至于会卑劣得与市井无赖为伍。

“有这样的事？”程洪涛皱起了眉头。

关岳山伸手拍拍程洪涛的肩膀：“我的大专员哪，这件事你可得过问过问哟——”

“‘南洋妹’原则性强，得罪了不少人，我大张旗鼓表扬她以后，有人竟告到地委一把手那儿去了，说我让知识分子吃香喝辣，连口汤都不让工农干部舔了……嘿嘿，现在这个局面，屁大的事也有人骂街，叫你左右为难，前不得，后不得，冷不得，热不得，牵一发动全身，总有人跟你过不去，难哪……”程洪涛发出一阵喟叹。

“怎么回事？在这里发牢骚有什么用！我们还是答欢欢的问题，再听她讲故事吧。欢欢，好不好？”肖烈冷落了欢欢，连忙把她揽到怀里。“骂人的孩子不是好孩子，骂人的大人，也不是好大人，明白吗？”

欢欢点点头。

“那你讲故事吧——”

“从前，有一个小朋友，和一条小狗交了好朋友……”欢欢讲起故事来了，又大又亮的黑眼珠亮晶晶的，哦，那是从纯洁无邪的童心里闪出的光辉。

孩子的故事进到肖烈的耳朵里，但没有变成信息传导到大脑中枢，他的脑际被一种剪不断、理还乱的复杂思绪占据了——

孩子躺在床上，发着高烧，不时在抽搐。抚养他的堡垒户朱嫂吓得手足无措，难过得直掉泪。孩子只有两岁，他一出生，就遇到不幸——我和他的妈妈都被俘了，他就一直寄养在朱嫂家里，在解放战争的最后阶段里，我带的游击大队回到朱村一带，站稳了脚跟，打开了局面。可是，却眼看着他要夭折了。

你来了，是跑着来的，浑身上下大汗淋漓。

“可能是肺炎。”你皱着眉头说，“得赶快抢救，不然——”

怎样抢救？这是游击区，正面临着残酷的清剿，敌人三十八师的两个团正在千方百计要在我们解放大军南下之前把我们吃掉。

我长叹一声，摇摇头。

你突然想出了一个主意：“化装——”

“你疯了？为我一个孩子冒这么大风险？”我勃然变色，断然反对。

“你说什么？毛毛不光是你的，他是新中国的！他生在这个时候，我们拼了命也得让他活下去，让他过过社会主义、共产主义的好日子。”

你还是去了。你瞒着我，化装成敌一五八团新任营长的太太，带上小鬼班的侦察员海仔冒充敌人勤务兵，抱着我的小毛毛在敌人营区附近拦截了一辆敌人的卡车，一直闯到县城，闯进敌人的师部里，给孩子打了针，吃了药，又坐着敌人运粮的卡车回来，还带回来了一些我意想不到的情报！

你老了，小毛毛也长大了，成为国家干部；入了党，我们给他讲过这件对他来说生死攸关的往事，他还会记得吗？真不敢想象，如果他真的干出了向辛毅明勒索进口汽车的事情，让叶晴知道了她曾舍命救下的小毛毛竟会变得这样肮脏，会气成什么样子！

“祖祖！老祖祖回来了！”正在神采飞扬地讲故事的小欢欢突然眼珠子一转，向门口扑去——她听见了老人上楼艰辛的脚步声了吧？肖烈的思绪和目光被欢欢牵到门口——

一个容颜枯槁、表情滞呆的白发老妇人出现在他们面前。肖烈心一酸，连忙站起来：

“何妈妈——”

但是，何妈妈已经完全认不出肖烈了，肖烈却仍勉强认出她——他还依稀记得她旧时的模样。那是四十年前，他从大天二的私牢里救出一个抗租的青年农民，第二天一早，这个青年农民的寡母就送儿子来参加队伍了。送子参军，这在老解放区是平常事，但在新开辟的游击区，却是件很轰动的壮举。那时候，肖烈也像今天这样，紧紧握着她那双粗糙皴裂的手，感动地说：“好妈妈，等我们胜利了，我和水生再回来侍候您，让您过好日子……”

胜利了，肖烈没有来，水生也早离开了人世。后来才知道，水生在引开敌人后负了伤，终于弹尽力竭被擒，在敌人严刑之下坚不吐实，连敌伪档案上也有他“咆哮公堂、肆无忌惮”的记述。在一个风吼浪高的夜晚，他被敌人塞进猪笼，沉到虎头石的海湾里……

泪水涌上了眼眶，一直在打转，和老妈妈说些什么好呢？肖烈的喉咙像塞满了炽热的沙子，再也发不出声音来了。他发现老妈妈手臂上还挎着菜篮子，连忙把她的篮子接过来。无意中，他向篮子看了一眼，篮子上面是一小块猪肝，一把青菜，几个鸡蛋，而下面，竟然放满了空罐头盒、旧瓶子和一些废铜烂铁！

——老妈妈在捡破烂！

他遽然呻吟了一声，几乎站不住了，脚步轻浮地把衰老得有点懵懂的老妈妈搀到关岳山让出来的木沙发上……

叶晴和区委书记林和坤一起走出石门宾馆，她脸色苍白，额上冒出豆大的冷汗——肝部突发的剧痛使她双腿发颤。但一种兴奋和欣慰支持着她——昨天深夜，她终于与香港的何老先生通了电话，叶晴耐心地向老先生解释了不能接受赠车方式的理由，请他改变主意、收回成命，把捐款方法由赠车再改为提供矿泉度假村和啤酒厂的部分基建费用和引进设备。今天一早，叶晴和老林就与昨晚刚回来的孟敏儿碰了头，简单分了工，接着就赶去宾馆，当着郭启昌的面，再次与何老先生通电话。何老先生答复简单明确：同意叶晴意见，准备下星期签订合约。当叶晴把电话交给郭启昌，说何老先生有话要跟他说时，这位全权代表的脸皮变成了猪肝色，目露凶光，那模样简直想把叶晴一口吞了。但他一听到耳机里何老先生的声音，立即变换了一副脸孔，连说话声音都是甜腻腻的，连说了七八个“好的”，一副奴颜媚骨的嘴脸，叫叶晴差点要呕出来。

“现在的关键，就是取得市委张副书记的支持了……”老林稳稳当当地把着单车车头，轻快地踏着。显然，从昨天到今天，就像“柳暗花明又一村”，使他多少又增添了点信心。

叶晴竭力蹬单车，怎么也赶不上老林，她已力不从心了，只好自甘落后。老林还在边蹬边说，拉了很长一段距离以后，才发现叶晴没跟上来，便把车子停在路边等她。

“怎么啦？又运转不灵了？你得去看看病。”老林关切地望着她，皱起了眉头。

“不是……”叶晴气喘吁吁地掩饰着，她下了车，“我想，我们应该现在就去找他！”

“找谁？”

“张副书记！”

“对呀！星期天他一定在家，上他家找去！”

掉转车头，直奔市委宿舍。

可是，扑了个空。张副书记家里人说，他刚接到电话，有急事出门去了。

到市委大楼找，也找不到他的踪迹。

“他能上哪儿去呢？”无可奈何，叶晴只好拖着精疲力竭的身体回到青春公司办公室——这早先是孟敏儿的家。孟家全家出国接受遗产，只有孟敏儿没去，一个人留下来了，她把这里变成青春旅店，旅店扩大营业，盖了新楼以后，这里又成了公司办公室。家具还是孟敏儿的祖父留下来的。叶晴躺在那张破烂不堪的沙发上，连和老林说话的力气也没有了。

“算啦，你先休息一下，我去找他。”老林给她倒了一杯开水，又匆匆出门去了。

叶晴闭上眼睛，昨晚几乎通宵没有睡，她感到非常非常疲倦，肝区的疼痛时刻困扰着她，一点也没有减轻，这种疼痛是自1960年患肝炎以来第一次遇到的，怎么回事？看来忙完这一阵真的要去医院看一看。

咦，好像忘记了一件重要的事情——对了，“高尔基”要来。他到了没有呢？没去接他，太遗憾了。他还是那个样子吗？那种西式的旧毡帽，大概是不会戴了。烟大概还在拼命抽。他沉思起来的样子，也像画像上的高尔基，现在老了，可能会更像……他会是个什么样子呢？

哦，他来了，眯着眼睛，额头上堆起了深思熟虑时才会有的皱纹，只是没有了胡子——不，这是幻觉……不对，房子里有脚步声，是有人进来了……她睁开了眼睛——

一个胖女人站在跟前，她身上的肉像不把衣服撑破誓不罢休，把一身港式花衫绷得紧紧的，硕大的乳房像两座小山似的隆起在胸前——她是林和坤的妻子陈亚珍。

“阿林呢？死到哪里去了？”她一张嘴，原来清楚显现的两个肉下巴便变成了三个，每句话都火气十足。

“哦，是阿姨啊，”叶晴想站起来，可是一阵剧痛把她钉在破沙发上了，她只得又闭上眼睛喘了一口气，虚弱地说：“请……坐。”

“坐？我没这份福气！我问你，那个死老鬼躲到哪里去了？”

叶晴吃了一惊，不对头！发生什么事了？怎么说话这样咄咄逼人？她强打精神对着陈亚珍笑了笑：“老林去找市委张副书记去了，您有什么事，请坐下，慢慢说……”

“慢慢说？别跟我来这一套！我可不像你们知识分子，肠子绕几十个弯，我是家属工，有话就说，有屁就放！”陈亚珍瞪起两只牛眼，胖脸涨得血红，狠狠手一挥。“我问你，你和我家那个死老鬼搞了些什么名堂？”

“你说什么？”叶晴全身一震，吃力地挣扎了一下，缓缓站起来，两眼悲哀地盯着陈亚珍。“陈姨，你怎能这样说话？”

叶晴咬着嘴唇，双手颤抖地压着肝部，说不下去了。要冷静，千万要冷静！她心里一直在告诫自己。做过十几年街道工作，和各式各样难对付的妇女打过交道，处理过千百宗夫妇不和、争风吃醋、怀疑外遇等家庭纠纷，可是从来没有遇过这么荒唐事情—— 一个醋意大发的女人竟把妒火烧到自己的头上！这是一个非同小可的事态，那伙躲在阴暗角落里千方百计要置她于死地的人，已经动用了最能使一个女人、一个寡妇声名狼藉的武器。“寡妇门前是非多”，如同老鼠会偷油、猫儿嗜吃腥一样，似乎成了市井众生头脑里一条铁的规律，人们要作践一个寡妇是易如反掌的，尽管她行为非常检点，尽管她已经上了年岁，早过了那个容易招致怀疑的年纪……

“好哇，不能说？准你们两个勾勾搭搭，就不准我说？”陈亚珍像个母夜叉似的双手叉腰，气汹汹地开始撒野了。“昨晚鬼混了一夜还不够，今天一大早又不见影了！老实跟你说，老娘今天就是来找你算账的！真是知人知面不知心，没想到你这老狐狸精这么坏，七老八十，头发都白了，还到处卖你的烂×！臭×！”

陈亚珍用手指点着叶晴，怒目而视，步步紧逼，唾沫花喷得叶晴满面都是，最后，两个大奶子竟快拱到叶晴身上了。

叶晴非常镇定，她清楚地看到陈亚珍只不过是一个阴险叵测的阴谋的受害者，有人利用这个女人，把事情闹得满城风雨，搞臭叶晴和林和坤，搞臭区委支持的青春公司。这会不会和倒卖汽车的事情有联系呢？可能！非常可能——叶晴完全不理会陈亚珍那些不堪入耳的粗言秽语，冷冷地看着她的脸，突然地重新坐到破沙发上，双手交叉放在两腿中间，那神态竟是这样安详、严峻，像是一个精神病医生，在冷静地观察着疯癫大发作的病人。

凡泼妇骂街，总要有旗鼓相当的对手才能把骂街的艺术发挥得淋漓尽致。陈亚珍骂得性起，突然发现对方没有反应，便愣住了。她咽了一口唾沫，像是在嘀咕：这骚货是胆怯不敢应战，还是在看耍猴戏一样不动声色地冷眼旁观？当她断定叶晴那副阵势属于后者，不禁勃然大怒，心中那座火山顷刻间更加猛烈地喷发了——

倏然，她听到叶晴凛然冷峻的声音：

“有人想陷害你家的老林，你知道吗？”

“火山口”突然被堵住了，陈亚珍张着大嘴巴一时竟说不出话来。

“因为老林支持青春公司，使全区的待业青年都安排了工作，赚了钱；也因为老林坚持原则，顶住了倒卖汽车的歪风，有人恨透了他，巴不得立刻扳倒他！这情况你不会不知道……”叶晴歇了一口气，她激动得声音都变了：

"昨天小三为什么差点被关起来？就是有人设下圈套，先教唆街上的小孩子打欢欢，然后又把小三引出来，逗他打架，仗人多势众把他捆起来送公安局，想借此搞臭青春公司、搞臭区委！你看，光对小三，这样肮脏的手段都用上了，对老林还会客气吗？"

全身冷汗直冒，肝区钻心似的痛，可话不能不说完：

"……我再告诉你一件事，前天早上，有个女人在路上拦住我家的老祖祖，在她面前说了我一大堆坏话，怂恿她去告我虐待她！这件事小三也亲眼看见了，好在我的老妈妈心清如水，我待老人如何街坊邻里也有目共睹……你想想，如果不是心眼坏透了的人，能干这种事？好陈姨，要当心哪，千万别中了别人借刀杀人的诡计——"

叶晴突然感到全身都像被掏空了似的，再也支撑不住了，她喘息着，强烈的晕眩使她睁不开眼睛。她靠在沙发上，抖动的手从上衣口袋里掏出一个小塑料药瓶，倒出两三片药含在嘴里，再伸手往茶几上拿杯子，可是抓了两次都没碰着杯子。

陈亚珍瞠目结舌，不知所措，她由愤怒变为惊异，惊异又变成惶恐。她终于发现叶晴气色不大对头了，火气也大大下降，甚至突然动了恻隐之心，上前一步，把杯子放到叶晴手里。

"……谢谢你，陈姨……"叶晴的头无力地垂在沙发上，微微地睁开眼睛，对陈亚珍艰难地笑了笑，她拿杯子的手一直颤抖着，费了很大力气才举起杯喝了一口水，咽下了药片。

"哼！"陈亚珍感到不好下台阶了，但在舌头上的话又难转弯，她把嘴一撇，大模大样地转身背对着叶晴，双手交胸摆出一副宽宏大量的姿态："我陈亚珍不是病猫，从来不捡死老鼠吃，你要是真的不舒服，你开声，我可以去叫——"

叶晴没回答，她又闭上了眼睛，嘴里还在喃喃地说："陈姨，要当心，要当心哪……"

砰！门被猛力一下推开了。孟敏儿一阵风似的闯进来，高声嚷着："阿婆，搞清楚了，外资办的马副主任和郭启昌——"她突然一愣，奔到沙发前：

"阿婆——"

"她，她可能不舒服。"陈亚珍嗫嚅着，为了掩饰窘态，突然灵机一动，从口袋里掏出一小盒清凉油，手忙脚乱地往叶晴脸上乱搽。

叶晴睁开眼，盯住孟敏儿，气息微弱地问："什么?"

"你……"孟敏儿欲言又止。

"说嘛，我只不过……有点头晕。"她又艰难地喝了一口水。"吃了药，就好了——"

"……"

"说吧。"叶晴冰凉的手拉了拉孟敏儿，让她坐在沙发扶手上。

"外资办的小王偷偷告诉我，他们的马副主任早就和郭启昌串好了，为了逼我们进口汽车，叫石化总厂运销处那姓肖的小子卡我们脖子，想打开进车的缺口，甚至和山西、江苏几个采购挂了钩，订金都收了，车一来就脱手。卖一台车，中人和姓马的、姓郭的各得百分之三！还准备拿出百分之四当外资办的奖金，因为有人嫌分得少，把这事泄露出来了，小王才知道内情。你知道卖车的中人是谁！——张副书记的小舅子!"

这消息使人愤慨，但叶晴并不感到特别震惊，她估计到了。此刻她焦虑的是：张副书记有没有陷进这个泥潭里？他是被自己的亲属、亲信蒙骗，还是直接参与了这一肮脏的交易？我们可不能眼看着党的干部犯错误……叶晴坐不住了，心一急，摇摇晃晃地站起来，孟敏儿赶紧扶住她。

"敏儿，用单车推着我，我要去找市纪委宋书记——"

孟敏儿为难起来："不，你不舒服，我先送你到医院。改天再……"

"不行。现在就去。"她的声音出人意料地强硬，透出一种不容犹豫的倔强和威严："你不去，我自己去——"

孟敏儿眼圈霎时红了："嗯，……我去。"她小心地搀扶着叶晴走出门去。

剩下陈亚珍一个人待在青春公司的办公室里，她茫然地站着，站了很久、很久……

九

"这叶晴是怎么回事？好像故意躲着我们。"关岳山摇着秃脑袋，皱着眉头，"奇怪！老程还没向她露底嘛，咱们也没打起招牌去替你求婚，老战友来了也不见一见?"

肖烈没有搭腔，从叶晴家出来，一直回到招待所，他都恍惚怅然。吃饭时尽管老程不停地劝酒夹菜，他却一点胃口也没有。何妈妈、小欢欢，以及叶晴清贫的家境给他刺激太深了，他甚至暗自庆幸没有一直等到叶晴回家。见到叶晴，说些什么好呢？无言以对！在那屋子里面对何妈妈、小欢欢，已经使他够惭愧的了，再加上一个叶晴，内疚、悔恨会像潮水一样把他淹没，使他窒息……

程洪涛给叶晴留下字条，写些什么，肖烈没心思去看，但字条里一定有什么名堂——刚才在招待所饭厅门口，他趁着几分酒意拍着肖烈肩膀说："老兄，静候佳音吧，如果她来招待所找你们，就说明她同意了，哈哈……"说完，他就告辞回家了。

这样做是不是太可笑了？都六十几岁的人了，老婆死了才一年，居然让人到处牵着跑，厚着脸皮向一个五十多岁的老太太求婚！让儿女知道了会怎么说呢？——"恶心！"他们会异口同声地指责。恶心就恶心吧，肖烈自己也觉得有点恶心。叶晴会怎样看待这件事，这倒是十分重要的。她会感到厌恶呢？还是会觉得太滑稽？不，应该找个机会私下向她解释清楚——他开始也是被蒙在鼓里的，这完全是程洪涛和关岳山合谋搞出来的恶作剧。他根本没有往这方面想过，从来没有——

从来没有？应该说实话。有过的，那是在年轻的时候……不，不光在年轻的时候，那种微妙的感情是一颗有生命的种子，被埋在冰封的泥土里，不知道什么时候萌发，就像隔了许多年的旧梦，也会有可能突然在一个清静的夜里重新出现一样……

关岳山回到了自己的房间，一下子就进入梦乡，肖烈和他共住一个一厅两房的大套间，隔着墙壁也能听到他那打雷一样的鼾声。这家伙害人不浅，把肖烈弄得狼狈不堪，他自己却心满意足地蒙头大睡，真可恶！

电话铃声。肖烈怕吵醒关岳山，急忙趿着鞋奔出房间，拿起客厅书桌上的电话——

"您是金南市的肖主任吗？金南市有长途电话找您……"

肖烈一愣，金南的电话怎么追到这儿来？谁的消息这么灵通？

电话里传来轻微的沙沙声，好长一段沉默。接着，响起了一个十分熟悉的声音——是儿子肖坚！

什么事！肖烈心口突突地跳起来，不会是又发生什么不幸吧？

"……爸爸，您跑到石门去干什么？我们都想您快点回来……"

哦，心里一块石头落了地。没有什么不幸的事情。神经太敏感了。可是，儿子怎么会知道找到石门？谁告诉他的？

“今天早上，我和石门一个单位通电话……联系业务，他们告诉我，您到了石门。爸爸，您应该快点回来，家里有点事……”

“什么事？”

“市里的机构调整开始了，市委正在开会，石化总厂也开始搭配新的领导班子，北京部里派来工作组，甘副部长也来了，关叔叔的爱人急得要命，也要他快点回来……”

“就为这些事叫我们回去？”肖烈突然冒火了，什么调整、新班子？都是老头子的事情，我们不急，你着什么急？你未免把老头子们的官瘾看得太重了。他压住怒火，故意轻描淡写地说：“好嘛，那我们多玩几天，等他们搞完了，再回去——”

“不，爸爸，还有一些要紧的事……”儿子又沉默了，大概在斟酌着如何开口，耳机里能听见儿子呼吸的声音。

肖烈心中升起一团疑云，还有什么事？为什么吞吞吐吐的？

“你说吧，这是长途电话——”肖烈提醒正在支支吾吾磨时间的儿子。

“是这样的，爸爸。”儿子终于下决心了。“你们以前没告诉我们，我和小孙最近才听说，妈妈在银行还有一笔八千多元的存款，是储蓄所的一个朋友告诉小孙的——”

肖烈吃了一惊，老伴居然存了这么多钱！什么时候存的？大概是“文革”时期发还的那笔工资？那不是交党费了吗？哦，大概她并没有交上去，但为什么一直瞒住我？他百思不得其解，儿子又为什么突然提起这笔钱呢？真怪——

“有这么多吗？我也不知道。你打算和我说什么？”

“您也不知道？”儿子显然十分意外，“我们把家里翻遍了也找不到存折……”

“你要那些钱？”

“是这样……爸爸，喂，听见吗？我们听说，您到石门是想……哎——我们，我们想，如果您想再结婚，这笔钱……最好留给我们。”

啊，怒火中烧，肖烈的脸上像爬上了一条小蜈蚣，全部肌肉都在痉挛。他真想跳起来，对着电话怒吼：混账！你怎么会想出这样的念头?！你怎么就只想到钱，钱，钱！真不要脸！呸——

然而，他什么也没有说，“咔嗒”的一下挂了电话。

血一直往头上涌，脑袋变得格外沉重。肖烈用发抖的双手抱着脑袋，大口大口地喘息着，一激动起来，那个不争气的肺就特别折磨人……

唉，想不到，儿子竟是这样的人！他灵魂深处竟是这样肮脏！这样的人难道不会做出向辛毅明勒索进口汽车的事？完全有可能！刚才怎么没想到这件事？真应该在电话里质问质问他，让他说个一清二楚……

哦，不用问也能想得到，他在电话里也招认了：联系业务。联系什么业务？这些人怎么会如此迅速地知道我们的行踪？肖坚怎会莫名其妙地猜到父亲到石门和续弦、结婚有关联？这里有鬼！

肖坚到底和什么人混在一起？他们在搞什么勾当呢？莫非……

肖烈倏然痛苦地猜到：他们串在一起，是和进口汽车的生意有关，他们是在和叶晴作对！

你呀，肖坚，你这个叶晴冒死救下的小毛毛，现在竟在暗地里搞救命恩人的鬼，拆她的台，你下得了手吗？哦，三十多年前的声音又在耳旁响起了："……他是新中国的……"谁想到呢？他竟变成这样！叶晴，我们对不起你，你知道会伤透心的，他是个不肖的东西，是个叛逆啊——

脚步声。肖烈抬起头，看见程洪涛蹙着眉头进来了。

"糟糕，官司打到我家里来了，只好到你们这里避难。"程洪涛苦笑着说。"看来得劳你们两位大驾，下午无论如何都得找到叶晴，帮我做做工作——"

肖烈一下子没反应过来，瞪大眼睛望着程洪涛："什么？"

"叶晴他们和市委副书记老张闹僵了，他跑到我家来告状……嘿，说来话长。这位老张本来就对叶晴很反感，我做了不少工作，还亲自上门去向他谈了叶晴的经历，要不是我说出真情，他们还以为何妈妈真是她的婆婆呢！可是矛盾并没解决，现在更不可收拾了。"程洪涛摇着花白的脑袋说。"叶晴他们有笔外汇，大概有那么百把万港币吧，市里也并不是想白要他们的，只想安排好一点，进点好汽车，大家都赚点钱，两全其美。老张早就和我打过招呼，我也点了头，港商也十分乐意，可就是叶晴死活不同意，非要从外面直接进口他们需要的东西。还背着老张直接和港商洽谈，推翻了老张的计划，甚至还想捅到报上去，这下子把老张气得嗷嗷叫，拍着桌子要撤支持叶晴的那个区委书记的职。他们不服，老张一气之下就跑来找我，钉着不走。说下面对叶晴意见很大，告状信一大堆，什么冒认烈士家属啦，虐待革命老人啦，飞扬跋扈，胡作非为啦，还说我是叶晴的后台，要我做工作，还说如果僵下去，他要收回给青春公司的征地批文，把矿泉让给省里的单位。叶晴的脾气我是知道的——死牛一边颈。这样闹下去有什么好处？现在变成‘香老大’了，自己更要自觉一些才好……”

“你想要我们干什么？当说客？”

“你们是稀客，帮说说看，可能会说得动……”

“说什么？我一觉好梦都叫你吵醒了。”关岳山打着哈欠跑出来了。

肖烈铁青着脸，缓缓地坐到沙发上。

“怎么样？婚姻大事，我帮老兄你，这件区区小事，老兄你拉兄弟一把，如何？”程洪涛连连拱手。

“不——”肖烈把身子往后一靠，两眼简直要喷出火来。“我支持她——”

“谁？”程洪涛一愣，意外得脖子也伸长了。

“叶晴！”肖烈愤愤地吐出这两个字，把头一拧，看着窗外。

关岳山也呆了，惊讶地眨着双眼。三个人都沉默着，客厅里的气温像突然降到了零度。

电话铃遽然响起来，关岳山看着两个人都没动弹，轻手轻脚地上前去拿起电话，听了几秒钟，他把电话递给程洪涛：“老程，你家里找你……”他如释重负地吁了口气，好像在庆幸这个电话来得正好，打破了紧张的僵局，转移了矛盾。

“什么？”听电话的程洪涛骤然变色，他心烦意乱地嗯嗯了几下，啪的一下重重地把话筒按在机座上，回过头说：

“叶晴突然晕死过去，送医院抢救了……”

十

睁开眼睛，到处一片白色。

输液架上，小玻璃管里的水珠缓慢地往下滴，一、二、三、四……像在计算着时间。时间好像过去了很久、很久，这是发生在什么时候？从宋书记家里出来？回到家里？哦，是在重新去找张副书记的路上——这一切都恍若隔世：她突然两眼一黑，晕倒在街头。人们为她做了些什么？她怎样来到医院，她全不知情，只觉得自己的眼睛被一团暗红色的雾霭遮盖着，身体轻得宛如一缕青烟，悬浮在昏暗无光的冥冥夜空中。

“……肝昏迷……腹水……坏死……”“肝卡”……在混混沌沌、朦朦胧胧之中，她依稀听到有人轻轻说话。然而那个时候她虽然有一点知觉，但既睁不开眼睛，又不能动弹，仿佛脑袋里装上一台冷冻机，把所有的思绪、理解力、全部的喜怒哀乐都冰冻起来了，只有少许记忆细胞还在顽强地活着，把那些极其微弱的信息储存了下来。

她渐渐清醒过来了。

“肝卡”是什么意思？会不会是——肝癌？突然一股寒气贯串全身，使她战栗了一下，如果真是那个人类最憎恶的病魔缠身，那她的日子就不多了。唉，太晚了，如果早一点检查、治疗……

怕死？怕。她心里还有多少事情放不下啊，那些厂、店……那个矿泉——还有更使人牵肠挂肚的——她如果不在了，何妈妈和小欢欢该怎么办呢？

谁不想活得久一些、命运好一些？叶晴也是肉身凡胎—— 一个普通人、一个普通的女人。此时此地，她想得更多、更强烈。她心灵深处还有很多赤诚的希望，甚至还有孩子般的幻想、少女般的憧憬和一个过早地经受不幸的女人对家庭温暖的渴望……

她倏然想起年轻时看过的一本书的书名——《热爱生命》。哦，生命，叶晴终于懂得怎样珍惜你了，你能慷慨地恩赐给她更多时日吗？她还不到五十七岁，她的事业才只开了个头，有那么多青春焕发的年轻人伴随着她……还有，她还有点想开始新的生活——肖烈来了……阿涛留下那张纸条暗示了他的来意……真遗憾，竟没有能见到他，没有和他说上一句话，只让敏儿给他送了个道歉的字条，还不知他看到没有……

一个胖胖的小护士轻手轻脚地进来，看看输液架上的瓶子。瓶子里的补液快滴完了，她把瓶子摘下来，换上一瓶小的。

“别……我不想打了。”叶晴微睁双眼，轻轻地说。

“啊？你觉得怎样？好些了吗？”小护士蓦地回过头，关切地问，可双手还在不停地操作。

“别插了……我不打……”叶晴执拗地悄声重复了一遍。“我想起来……”

“这可不成。”小护士微笑地摇摇头。“这药怎么能不打呢？贵重得很哩！全市才找到两瓶，还是市里张副书记亲自从药品公司找来的……”

“啊？”叶晴更加忐忑不安了。连张副书记也惊动了？还亲自替她找药……

不知道老林有没有找到他？谈得怎么样？

“你不知道，很多大首长都来看过你了，都很关心你，想你的病快点好，你就安心休息吧……啊？”小护士挂好药瓶，调整了一下橡胶管上的夹子，回头嫣然笑了笑，走了。

叶晴轻轻叹了口气，又闭上眼睛：张副书记小舅子的事情，张副书记知道吗？真糟糕，如果一个市委领导犯这样的错误，对党的威信打击可太大了，这怎让全市人放心呢？

门外不远的地方有人说话：“醒了？”“醒了。”脚步声由远而近……

门口出现了一张气色很好、但略显苍老的脸，神态和蔼可亲又带点威严——张副书记。

“啊——”叶晴身子轻轻动了一下，可是让快步上前的张副书记亲切地制止了。

“别动。别说话。我来看看你就走。”张副书记微笑着。“我是来向你道歉、作检讨的。我这个官僚主义，竟一点也不知道你带着这么重的病坚持工作，外资办和你顶牛，我也没有很好地支持你，让你操了心……”

张副书记面带愧色，他低下了已经斑白的头，很不自在地搔了搔头发剪得短短的后脑勺。“你是对的，我已经批评他们了……唉！”

心尖轻轻颤动了一下，叶晴忽然被感动了，一个市委领导当面向自己道歉，作自我批评，什么时候有过？他的小舅子和马副主任搞的那档子事情，他可能真的不知道。要不要告诉他？要的，当然应该告诉他。可是，他现在难过得很，告诉他打击太大了，他心脏有毛病，还是等他情绪稍好的时候……

“那——决定不进汽车了？”叶晴小声地问。

“不进了！”张副书记坚决地摇摇头。

“……这就好，这就好……”叶晴脸上露出欣慰的笑容。

“不过有个新情况，我想还是告诉你的好。”张副书记忽然不安地紧绷起脸，连脸上的肌肉都抖动起来。“我刚得到消息，省里不同意我们在甘水建度假村和啤酒厂。省旅游公司的领导知道我们要搞，今天找我谈了，那块地他们要全部征收——”

一个猝然而至的打击！叶晴发出一声绝望的哀鸣，全身像跌进一个暗无天日的冰窟里……

内科入口的门厅，几乎站满了人。

肖烈喘着粗气，踏上最后一级楼梯。挤在人堆里，他宛若鹤立鸡群，向门厅扫了一眼，这里真是什么人都有——西装革履的港客，穿着满身油污工作服的老工人，更多的是青年男女，也有几个老头、老太太，肖烈还看见了退休回石门定居的总工程师陈老。他坐在墙角里默默地抽烟，但肖烈已经无心上前去打招呼，也无心探究为什么这里聚集着这么多人了。二十分钟前，他接到电话，“病危通知”四个字像毒蛇一样咬噬着他的心，他和关岳山几乎是一路跑着赶到医院来的。

内科的门紧关着，推都推不开。

是不是还未到探病时间？还是今天内科来探病的人太多了？怎么还不开门呢？肖烈的心口像同时被几匹烈马的马蹄敲打着。两天里他是第三次来到这里，但前两次，叶晴一直昏迷不醒，进行抢救的医生不允许客人长时间待在病房里，他没能与她说上一句话。他只看到她在晕倒之前让孟敏儿送来的字条：

“高尔基”同志：

今天我甚忙，不能为你们接风，请谅，阿涛提到之事，家里见面再谈！……

“让开！让开！”一个两眼通红的圆脸小伙子搀扶着何妈妈，脸带泪痕的辛毅明抱着小欢欢挤到跟前来了。

“何妈妈——”肖烈迎上前去，可是被巨大的不幸和悲痛折磨得有点迷迷糊糊的老妈妈竟毫无反应，她木然地被小伙子拉着，一直走到门口。辛毅明和在他身后挤上来的孟敏儿、“陈冲”，默默地向肖烈点了点头，算打了招呼。

“喂，开门——”小伙子粗鲁地擂着写有“内科”两个红漆大字的玻璃门。

“哎，同志，小心玻璃——”关岳山好心地小声劝阻他。

“同志，让我们进去见见阿晴吧。”何妈妈竟把肖烈和关岳山当成是把门的人了，她撩起衣角揩了揩红丝密布的眼睛：“她是给愁坏的，没钱办工厂，她心都操碎了。三天了，她……都没醒，我的心跳得慌，记挂啊，万一……”

“何妈妈——”肖烈的喉咙梗塞住了，不知该怎样安慰她才好。

“你们可得救救她啊，我和小欢欢就靠她——”老人颤巍巍地说，“求求你们，求求你——”

她说着，竟向着肖烈要跪下！

肖烈心中一酸，马上架住老人家，眼泪夺眶而出。

小伙子抽泣着把头一扭，更狂暴地敲打着玻璃门“开门！快开门——”

门终于开了，一个老成的中年护士把着门出来，不满地扫了一眼门外一拥而上的人群：

“敲什么？不是说过了吗？病人病危了，不是亲属不能进来——”

“我们都是——”小伙子拉着何妈妈就要闯进去，可是让老护士威严地挡住了。

“同志，阿晴是我儿媳妇……是儿媳妇……”老人不顾一切地挣开护士的手，一颠一颠地挤进门去了。“祖祖——”小欢欢悲戚地尖叫一声，辛毅明把她放下了，她哭着从门缝里钻了进去。

肖烈上前一步，护士打量了他一眼，大概觉得此人有点身份，便问：“您是——”

肖烈想回答：是老战友。但他倏然改变了主意，盯住护士轻声说：“也是亲人——从远地来的……”

护士犹豫了一下，侧了侧身，肖烈毫不迟疑地从护士面前挤进门去，回头一看，关岳山和那个愣小伙子也挤进来了。

门外却骚动起来：

“让我进去，我也是亲属！”

“我们都是叶晴的亲属——”

可是护士闪进门来，把门紧紧地关上了。肖烈这才明白，门外的人群，都是闻讯后赶来看叶晴的。

一个青年医生默默站在危重病房的门口，看见肖烈一行人走上前来，小心翼翼地推开病房的门。

叶晴静静地躺着，脸色惨白。

老妈妈跌跌撞撞地扑上前去，伤心地抚摸着叶晴的脸：“阿晴……”

叶晴张开没有一点血色的嘴唇，轻轻地吐出一个字：“妈——”

老妈妈布满皱纹的脸上淌着泪水。她用长满褐色老年斑的手抹着通红的泪眼，颤声说：

“阿晴，你别愁坏了身子……没有钱盖工厂，也不是你一个人的事，大家出力想法子……”

她抖抖索索撩起外衣，从老式内衣的布口袋里掏出一个塑料薄膜小包，十分郑重地把小包打开——里面竟是一卷印着“大团结”图案的人民币！

病房里的人都惊呆了，这叠厚厚的十元面额人民币在老妈妈手上战栗着，送到了叶晴面前：

“这是我……几十年捡破烂……换的钱，你拿去、拿去吧，工厂盖不成，你心不息……”

“妈——”叶晴虚弱地张开嘴巴，呼吸急速起来，她摇了摇头。“我，我用不着这些钱了，您拿回去……保重，身体——”

老妈妈惊恐地看着叶晴，突然捧着她的脸哭起来：“阿晴啊，你可不能去啊，让阿妈替你，啊？你让妈先去——”

小欢欢也“哇”的一声哭起来了。只有七八平方大的小病房在哭声中战栗。

青年医生急忙闯进来，严厉地做了个手势，小伙子抹着眼泪，和关岳山一起把悲痛欲绝的老妈妈拉起来，老妈妈挣扎了两下，颓然瘫软在关岳山的怀里——她休克了。

叶晴痛苦地闭上眼睛，眼角里滚出一滴泪珠。

医生护士都赶来了，病房里一阵忙乱。

“‘高……尔……基’，”肖烈心头一震，他听到叶晴在轻轻呼唤他。他急忙转身俯到叶晴的身旁，他感到她的手在白被单下哆哆嗦嗦地蠕动，连忙轻轻按住它。

“……阿涛给我……字条，说你……可我不行了……全身都有……癌细胞，我这辈子……波折多，但我做了党的健康的……细胞，我不遗憾……”

叶晴苍白得怕人的脸上，竟现出淡淡的红晕，肖烈的心肺被巨大的恸痛压迫得要爆裂了，他哽咽着捧起叶晴的手，全身都剧烈地颤抖起来。

“替我……照顾……妈妈……欢欢……好吗？”

肖烈睁开泪眼望着她，点了点头。

她笑了。

按叶晴最后的遗言，她的骨灰撒在虎头石的海湾里。这天正好清明。

人们站在状似虎头的那块巨大海礁上，徐徐地把她的骨灰撒在喧嚣的海水之中。她在大海这个永恒不息的生命里，找到了归宿。

在岸边一个小山上，人们也找到了何水生烈士的坟墓，这是中华人民共和国成立初期建的，墓碑已经有点残破了。他们用红漆把碑文重新填写了一遍，修整了并没有安葬何水生遗体的坟茔——他是被敌人装在猪笼里沉下海的，整个虎头石的海湾，都是他英灵安息之所。

如今，叶晴的骨灰也撒在这里。她和何水生并非夫妻，也不是恋人，仅仅是为了履行赡养烈士母亲的义务，她才自认是烈士的遗孀。但死后，他们却像一对耀眼的星辰同现于夜空，两朵洁白的浪花共处于大海一样，真的永远在一起了。

为什么她会做出这样的抉择？肖烈陷入沉痛地追索之中。唉，难道她到生命的最后一息，还在压抑着自己的感情和渴望，还在默默地做出牺牲吗？——为了回答指斥她冒认烈士亲属的非难，为了减轻横来的世俗舆论对何妈妈造成的心理压力，她用自己的骨灰表明了心迹……

不，她不会这样想——

那又是为什么呢……

人们下山了，聚集在小山下的车辆周围，区委书记林和坤搀着何妈妈，领着青春公司和各单位代表、死者的生前友好，在默默地等候着。然而，却有两个老年人始终待在这向海的小山上，沉浸在巨大的悲痛之中，久久盘桓不去。肖烈哀伤的目光从海面移到公路边，他看见人群中的女儿劲劲——她是昨天从石油基地赶到石门的。儿子给她挂了长途电话，那八千元巨款的存折竟在她那儿找到了，原来藏在她从家里带回基地的一个旧皮箱夹层里！但她与哥哥的态度相反，声明支持爸爸续弦，并把存折交给了父亲。

不，孩子。能陪伴爸爸度过晚年的，不是这个存折，也不是哪一个人——这门心思已经有如过眼云烟消失了。像电光石火一样，他心灵里的确曾跳出过那一星点希望的火花，而现在这火花已经消逝了，随同叶晴的骨灰一起，撒落到这蓝幽幽的大海里。

失去的实在太多了——埋藏在心底几十年的旧梦；多年来与自己的地位成正比的适应能力和自信；对儿子的信赖和关注；甚至和老战友程洪涛刚恢复起来的密切关系……可是，又像得到了些什么——

到底得到了些什么呢？他严峻而又深沉地思索起来。

他想到了那个叶晴珍藏了几十年、经磨历劫但仍保存得很好的日记本——这个纸质已发黄变脆的本子，已按死者的遗愿随遗体一起火化了，但那上面的字迹却深深印在肖烈心中，在这些字的一笔一画里，他看到一个永远焕发着青春活力的心灵，看到了她的一生……这些字又是一面面镜子，每一面都可以照到肖烈自己，使他羞惭，令他深省，促他警奋……

关岳山默默地向他伸出一只手，手掌里躺着两个小小的发卡。

“她的?”

关岳山点点头。他把一只放到肖烈手里，然后将另一只珍惜地用干净手帕包起来，放在哔叽制服的胸袋里。

“留下点纪念吧……到死，也忘不了……”关岳山低下沉重的秃头，像个病人一样蹒跚着，龙钟地慢慢向山下走去。

肖烈低头凝视发卡。三十几年过去了，它还是夹在叶晴珍藏的日记本里，保存得好好的。叶晴临终时提到日记本要一起火化，却没有提到它，老关把它取出来了。这两个发卡为什么会夹在日记本里，这是一个谜。老关知道这发卡蕴藏着叶晴心灵的秘密吗？他为什么要留下这两个发卡呢？

肖烈倏然想到了——老关大概也爱过她！那是在1957年，她刚刚成为寡妇，而他的前妻死得很早……

哦，海风吹来了，吹得脸上也是湿漉漉的，又要下雨了吧？

“爸爸，走吧……”抱着小欢欢的女儿不知道什么时候来到身边，怯生生地劝了一声。“要不，赶不上晚班的船了。”

肖烈收好发卡，闭上眼睛点了点头：“好的，走吧……”

他心里同时在说：我还要回来的，小劲劲，你同意吗？下次回到石门来，我就不走了……

小说卷

短篇小说

海风轻轻吹

海风，体贴人的海风啊……

晶晶闭上眼睛，这大自然的抚爱，使她像一团乱麻的心稍稍安定了些。海风挟带着春天温暖、湿润的气息，无声地伸出透明的手指，抚摸着晶晶泪痕始干的脸颊。唉，它能吹到心窝里该多好啊，可是——

为什么要跑到这海边来？不知道。晶晶只记得她喜滋滋地拆开音乐学院吴老师的来信，心口跳得像面“咚咚”作响的小鼓。吴老师临走时，几乎是打了保票的呀！他挥着手对前来送行的她和卫卫说：“请放心，你们的事，我一定成全，帮忙到底。”但是，此刻一切落空了。晶晶的目光跳过一行“音色较优美，吐字清晰……”等客气评语，直向信尾扫去，倏然，她打了个寒噤——上面赫然写道：“经再三研究，你唱法上的毛病是较难克服的，对一个搞声乐的人来说，也许是致命的……”完了！理想，晶晶为之付出过辛勤努力的理想，像只在大海中艰难向前的小舢板，被一个突如其来的巨浪高高抛起，又被恶狠狠地摔在一块峥嵘的礁石上，一下子全破碎了。她漫无目的地瞎逛，当一阵阵海风迎面吹来，使她宛如从噩梦中猛然清醒，她才意识到自己孤零零地站在海边的望海礁上。

斜落的太阳照在平静的海面上，像在海上撒下一撮蹦蹦跳跳的光斑。在这叠翠浮金中，晶晶仿佛看见一双明亮的眼睛，紧接着，闪烁的光斑中又出现了另一双含笑的眸子，这两双眼睛很快变成了两张小伙子的脸孔，一个英俊而温柔，一个质朴而含蓄，他们都张了张嘴，想说话，他们会说些什么呢？

“没关系，陆路不通水路通，反正不能在一棵树上吊死，咱们趁早另想办法……”卫卫的声音。老一套！晶晶叹了一口气，捂住了耳朵，不想听。

“祝贺你——”另一个嘴角露出嘲讽的微笑，“失败的苦果是人生的补药，你吃得太少了。”——他会这样说吗？会！晶晶的眼泪流出来了。海风吹在湿漉漉的脸上，凉冰冰的，晶晶生气地把泪水擦掉——他就是这么个人！叫人捉摸不透，像什么？像海上跳跃的光斑？像深不见底的大海？不，他比大海还骄傲咧！

两双眼睛，两张脸孔，都跟大海有缘分，他们都在跟海打交道的单位工作，一个像平静富有的大海一样，既矜持又温驯，另一个却像神秘而又辽阔的大海，深邃莫测又使人神往。

理想又一次破灭了。晶晶面前，是一个令人心慌意乱的十字路口。前几天妈妈就打了招呼："二十三啦，今年再考不上，就应该和卫卫确定关系，那孩子等了好几年了，再说人家正在争取出国学习，说不定哪天就要走……"他们好像是串通好的，卫卫的妈妈也是这个腔调，简直是一个鼻孔出气！晶晶冷冷地白了妈妈一眼："你做主？有本事把我过过磅，一百块钱一斤，嫁出去得了。"这话惹恼了爸爸，他摘下眼镜一摔说："你这孩子，怎么这样说话？当初不是你把卫卫领到家里来的吗？来往几年了，卫卫哪点不好？"

卫卫哪儿不好？晶晶迷惘地望着波光潋滟的大海：大学生，现在搞外事工作，更容易使少女们动心的是，有一副理想的身材和英俊的面孔，他哪儿怠慢过自己呢？不，就差没有为女朋友摘星星、攀月亮了，即使在考试期间，为了让晶晶高兴，他也敢放弃宝贵的自习时间，特意陪晶晶看电影，他哪儿不好？

要不是另外一个人莽撞地闯进晶晶的生活里，也许就不会有今天这个十字路口了：既然考不上，以后的道路是笔直的，确定关系——结婚——生孩子——做样样称心的主妇，而且满可以把丈夫使唤得团团转；因为卫卫在晶晶面前，总像欠她什么似的，甘当一只听话的小猫，饶有兴味地享受着被这任性姑娘支配的"乐趣"，这个他在家里是体会不到的。

"难道这就是生活吗？"晶晶咬着嘴唇，轻轻地摇了摇头：

"要是他，又会怎么样呢……"

海风轻轻吹着……

一

这个人出现在晶晶的面前，完全是偶然的。

去年，晶晶报考部队歌舞团——卫卫帮搭的线。尽管卫卫的双亲反对未来儿媳当演员，但是卫卫还是俯首帖耳地为晶晶奔走；晶晶有言在先，要迈进声乐艺术的门槛，才能处理“个人问题”，卫卫岂敢说个“不”字？不幸得很，晶晶的唱法，把监考的老歌唱家们吓了一跳，他们开会研究了几次，最后不无遗憾地给晶晶发出一纸通知——不录取。

晶晶沮丧地来到每天清晨练声的海边，默默地一直坐到夕阳沉入海底才回家。爸爸、妈妈问她出了什么事？晶晶一摸口袋，发现那通知书不见了，大概是掏手绢抹眼泪时丢掉了。

过了一个星期，心头的创伤渐渐愈合了。妈妈天天唠叨：“学唱歌，能唱到把树上鸟儿逗下来也比不上现在的工种好哇！电传机打字员，全市有几个？别的姑娘连望也不敢望哩。”而晶晶也正开始思索，还要不要继续练声？这时候，发生了一件事——

星期六，晶晶搭公共汽车回家，一上车，就被三个流里流气的“串仔”缠上了：

“好一个靓女，怎么一个人搭车？不寂寞？”

“你不认识？工人歌舞团的台柱，大名鼎鼎的小歌星啊！”

“哈啰！久仰！交个朋友吧！”——一只干瘦的手竟搭到晶晶肩上了！

“干什么？”晶晶愤怒地甩开那只邪恶的瘦手。她求援地望了望车上的乘客，周围的人个个敢怒不敢言。忽然，前边有一个宽肩膀的青年男子分开众人，挤到晶晶身后，用一种不容置疑的口吻低喝一声：“走开！”晶晶怔了一下，一甩头便挤到车头几个女乘客中间。在人丛中，她惊魂甫定地回头张望了一下，只见那个小伙子双臂抱胸，倚着车后梯柱子泰然站着。三个小流氓正虎视眈眈地逼上前去，车上突然响起一声惊人的呼哨！

一场殴斗就要爆发，后边的乘客纷纷往前躲。这时，汽车忽然停住了。

一个中年妇女推了晶晶一把，悄悄地说：“还愣着干什么？快下车吧！”晶晶回头看了一眼，急忙随着惊恐的人流拥到车门口，可是她又站住了：“我走了，他呢？”她再看看后车厢，那里还是紧张得一触即发，架没打起来，车上的乘客已几乎跑光了。

车就要开了，又是一声呼哨，那三个“串仔”突然像脚上装了弹簧，抢着蹿下车。车开了，车下扔上来一块石头和一句恶狠狠的临别赠言——“后会有期！”

那个青年弯腰捡起那块石头，掂了掂，轻蔑地笑了。他把石头抛出车窗，环顾了一下只剩下几个乘客的车厢，发现晶晶还站在前边的车门旁，正对着他微笑。

“你还没下车?”他惊奇地问。

晶晶笑着摇摇头，没说话，她不知道用什么表示感激。

下了车，两人走在一起。那小伙子中等身材，比卫卫矮一些，肤色很黑，脸上甚至显得很粗糙，可是眼睛却很大、很亮。引人注目的是，他剪得短短的一头浓墨似的黑发，竟然有些卷。这和他健壮的身材、刚强坚毅的面容配在一起，简直成了一件装饰品。

看来他也不大会说话，走了好一段路，他只说了半句话：“刚才，你应该赶快下车——”话未说完，他的舌头像被胶结住了。

临分手的时候，他突然问晶晶：“你是市工人业余歌舞团的?”

“是呀。”

“你认识夏晶晶吗?”

“我……认识。”晶晶迟疑地回答。

“那请你把这个交给她。”他把一张折成长条的纸片交到晶晶手里。晶晶好奇地打开一看，正是她上周遗失的那张通知书。

宽肩膀的小伙子站住了，他眯起双眼，像在思索，又像在眺望远方，腼腆的脸容忽然变得很严肃：“你能把一句话转告她吗?”

晶晶忐忑不安地点了点头：“能。”

“只要不向命运低头，就能把挫折的苦果变成人生的补药。路，是人走出来的——请她相信这些话吧。”

一簇火苗在晶晶脑际里闪了闪，顿时化作熊熊大火，把她全身烘得热腾腾的。晶晶低着头，把手里的纸片叠来叠去，好久才红着脸说：

“你……不认识她?”

那小伙子苦笑着把头一摇说：“听过她的录音，认识她的歌声，人，我倒不想认识。”

“为什么?”晶晶蹙起眉毛，奇怪地问，“那你为什么要这样关心她?”

小伙子犀利地瞥了晶晶一眼。晶晶心里怦然一跳，连忙低下头，只听见他慢慢地说出一句话：

“因为我熟悉挫折的滋味……”

晶晶蓦地抬起头，向小伙子有礼貌地点了一下头，说声“再见”，转身要走。她向前跨了两步，又站住了。

“哎——你，你在哪儿捡到的?”晶晶扬着手中的纸片，大声问。她突然意识到眼前这位并不是卫卫那种可以随心所欲地使唤的青年，她的脸又霎时红了，连忙乖觉地转换了口气：“我让她好好谢谢你……”

小伙子回过头，笑了。他挥了挥手：

“你叫她谢谢海风，是一阵海风把它刮到我面前的。”

他走远了。晶晶却愣愣地站在那里，把他要她“转告”的自己的话，揣摸了很久、很久……

二

第二次见到他，是在海上——

那天，一艘由旧炮艇改装的运输船在风浪中颠簸了十多个小时，把晶晶和一群专业、业余艺术家们折腾得面无人色。这个临时凑合的演出团，人人都兴高采烈地上船，要跟几位领导去茫茫大海里慰问钻出高产油气流的海上石油工人，谁知一出海就反要别人来“慰问”了——很多人连黄胆水都吐出来啦!

在海洋石油公司工作的姜卫卫，作为东道主的代表之一负责接待慰问团，他也吐得脸色发青，但仍硬挺着。慰问团的领导要他休息，他拍拍胸脯说：“我当过海军，大海是老伙计啦，这点风浪，没啥。”运输船和海上钻井平台接缆后，他一边吐着黄水，一边搀扶着晶晶出船舱，还大声给周围的女演员鼓劲。可是正要登上平台上放下的那个吓人的吊篮，晶晶突然晕过去了。

晶晶睁开眼睛，已经躺在床上。医生正往她的静脉注射葡萄糖，卫卫在枕边轻轻说：

“别动，一会就好了。”

晶晶翕动嘴唇说：“这是在哪儿?”

卫卫说：“这是在平台上，不用愁，这里风浪再大也不会颠簸，你现在躺的是我一个老同学的床铺，安心睡吧。”

医生打完葡萄糖，晶晶又躺了半小时，躺得不自在，挣扎着要起来了，卫卫忙按着，她生气了：“动手动脚干什么？人家还要演出嘛。”

卫卫闹了个大红脸，嗫嚅着说：“还演什么？你不就是一个二重唱？唱中音的那个女同志吐得太厉害，喉头咯出血，唱不成了。”

“倒霉！白来了。”晶晶一头栽在枕头上，长长地叹了一口气。突然，门口有一个人说话了：

“二重唱唱不了，能独唱吗？”

“独唱？”晶晶吃力地撑起身子，回头一看，眼睛霎时亮了，啊，是他！晶晶顿时乱了方寸：“你？你……您是——”

“大帆！”卫卫上前拖住那小伙子，回头对晶晶说：“你们还不认识吧？这是何帆，我们一起下乡的农友，过去是翻译家、音乐家，现在是光荣的海上钻工。这是夏晶晶。”

“哦——”何帆向晶晶凝视了一下，脸上很快就浮现起嘲讽的微笑：“我知道，是工人业余歌舞团的台柱子。”

“啊，您……”晶晶记起自己曾对他说过谎，不禁耳热心跳。

“你们认识？”卫卫有点诧异地微笑着。

何帆摇摇头，爽朗一笑：“不，我只认识她唱的歌。”说着，他走到桌前，拿起一盒录音带装在一部小“三洋”里，一捺按键，轻柔、甜美的歌声，带着晶晶唱歌时特别的呼吸音从机子里飘出来。晶晶扬了扬眉毛，笑了——这是她唱的《海风在心中荡漾》。这首歌是晶晶最能发挥自己长处的压台节目之一，她已经有一年多没有唱这歌了。现在在这茫茫大海中听到自己的歌声，感动得眼圈一下子红了。她望着神情专注地听歌的何帆，胸间翻腾起一重重的波涛：

“……他一定是从去年迎春音乐会实况录音中转录的。为什么他不提那一面之交呢？为什么他不当面拆穿自己的故弄玄虚呢？啊，他怕我难堪，怕挫伤我的自尊心——真是个好人。”

“你也喜欢这首歌？新鲜！”卫卫故作惊讶地搔了搔后脑勺。

何帆眨了眨明亮的眼睛：“这说明海上的油鬼子不光会享受风浪、烈日和寂寞，而且也善于改进自己耳朵的功能。”晶晶和卫卫都开心地笑起来。何帆却没有笑，他关了录音机，看着晶晶说：“你还能唱吗？录音听腻了，小伙子们很想听听你的真嗓子。”

“……怕没有伴奏，唱不好。”晶晶又高兴，又担心。

卫卫一听，忙摇手抢着说：“她唱不了，晕船晕得这么厉害，再说这次来也没准备独唱，这歌也好久没唱了。”

晶晶不高兴地转过脸，窝了一肚子无名火：哼！你是我肚里的蛔虫？怎么知道我不行？想着想着就撑起软绵绵的身体，嘟起嘴巴往外走。卫卫忙拦住说："哪儿去？医生叫你好好休息呢！"

晶晶不看他，对何帆淡淡一笑说："我去找手风琴手商量商量。"

"晶晶——"卫卫拉长了英俊的小白脸。晶晶瞪了他一眼，滑稽地向他鞠了个躬说："行啦行啦，谢谢你的关心！可是我没给你卖身契，唱个歌你管得着？我偏唱，你受不了跳海去！"说着她扑哧一声笑了。

卫卫苦笑着直摇头："你呀——真任性！你歇着，我去找拉手风琴的说说。"说完匆匆走了。

何帆看了看表："还有一个钟头，你抓紧时间休息。如果手风琴拉不来，不用愁，我们能解决。"

"这儿有人能伴奏？"晶晶不大相信。

何帆不答话，从床底的水手柜里拿出一把小提琴，调了调弦，一扬弓，悠扬的琴声宛若一泓清流，沿着晶晶记忆的渠道，淌进她的心扉——这正是那首爱情歌曲的前奏！

一曲终了，晶晶拍着手，高兴得像个孩子："太好了！我原来还担心忘词呢，你这一拉，我全记熟了。你拉得真有感情！"

何帆笑了笑，夹起琴说："你休息吧。""你等等，"晶晶留住他，调皮地问："我们见过面，刚才你怎么说不认识？"

何帆明亮的眼睛审视了晶晶好一会，又微微地眯上了：

"因为我想象中的夏晶晶，是另外一个人……"他突然把话刹住了："小伙子们怕你唱不了，才派我来'现场观察'的，现在我可以去交差了。"

他转过身，竟头也不回地走了。

晶晶的心里突然变得空荡荡的："他想象中的夏晶晶是怎么样的呢？这个人真古怪，说话像是叫人猜谜一样……"晶晶打量了一下这个海上钻工的小房间：房里很整洁，两床一桌，桌上立着一个书架，塞满了书。晶晶浏览了一下，尽是《自学英语》《法语入门》《大学基础英语》……怪不得卫卫说他过去是个"翻译家"！

卫卫忽然一阵风似的闯进来，如释重负地说："都商量好了，王部长、拉手风琴的小马一致建议，市里的宁书记也同意了，第一首唱《我为祖国献石油》，第二首，第二首是什么？哦，《手捧枇杷献亲人》。"

"什么？献完石油还要献枇杷？"晶晶几乎跳起来："不唱'海风'啦？"

卫卫为难地说："去年市里两个领导都说这歌不大——那个……再加上你那种唱法……这你也知道。王部长说，这是生产第一线，要鼓舞士气、激励斗志……"

"谁说的也不行，不是我自己点的，不唱！"晶晶火了，她狠狠咬住嘴唇，眼泪一下子漫出眼眶。

"晶晶，你听我说——"

"不听！"晶晶捂住耳朵。

"就怕宁书记有看法，我看你还是唱——"

"我唱样板戏！"晶晶抹着泪水，跑了。

晶晶在直升机平台上找到了何帆。他和几个小伙子正在准备为晶晶伴奏。小伙子们一见晶晶，手中的乐器都停下来了。晶晶听到了低低的窃语：

"瞧，就是她，'三个一'的拉菲克……"

"乖乖，'三个一'真交上桃花运啦！"

"哼，可惜了这副金嗓子……"

何帆一看晶晶难堪的神情，马上起来干涉："喂，都闭嘴，少说长道短的。"小伙子都老实了。当他们听晶晶说有人不让唱"海风"，小伙子们又吵吵嚷嚷起来，一个个瞪大了眼睛，大声质问这歌犯了什么天条，好像晶晶就是不让唱这首歌的人。

何帆眯起眼睛，望着波涛起伏的大海，冷笑一声说："这还不明白？你们听说过吗？——有个人在冬天生孩子，老怕孩子冻着，用大棉被裹得紧紧的。有天气温回升，恰好她打摆子，自己捂了两床棉被，也给孩子捂了两床，结果把孩子闷死了。现在那些好心人也把我们当成孩子了，要给我们捂棉被呢！"

晶晶和小伙子们都笑了起来。

"不管他，他捂他的被子，咱吹咱的'海风'！"

一阵海风吹过，宛转动人的乐声在平台上飞扬起来。晶晶听着听着，心里一热，什么晕眩呀、疲乏呀，都被海风吹跑了。她站在一旁轻轻地唱起来：

> 深夜里，是谁轻轻推开门窗？
> 温柔的手抚摸着我的脸庞，
> 给我带来美好的消息，

心爱的人，正盼望着那相会的时光。
在那海云缭绕的远方，
在那宽广浩瀚的海洋，
他正在用汗水浇灌爱情的花朵，
让海风传送花儿的芬芳。
啊，海风！请你每晚都来陪伴我，
海风永在心中荡漾，
海风永在心中荡漾！
在清晨，是谁轻轻推开门窗，
亲热地掀动着我的衣裳，
给我带来美好的消息，
心爱的人，正在憧憬着那幸福的时光。
在那海浪滔天的远方，
在那壮美富饶的海洋，
他正用汗水浇灌幸福的花朵，
让海风传送花儿的芬芳。
啊，海风！请你每天都来拥抱我，
海风永在心中荡漾，
海风永在心中荡漾……

“唱得不错嘛！”——晶晶身后传来一声喝彩。她回头一看，呀！宁书记正笑眯眯地望着自己，神色紧张的卫卫和钻井平台的领导在一旁站着。

“这就是你最拿手的？叫什么歌？”宁书记又开口了。

“叫……”晶晶突然灵机一动，想胡乱编个歌名，支吾过去。可是何帆开口了：

“叫《海风在心中荡漾》。”

“是谁编的呀？”

“不知道。”晶晶红着脸，摇摇头。这歌原来就是传抄的，去年音乐会上她一唱，就在市里流传开来了。词曲是谁作的，她确实茫然无知。

“蛮好听嘛，等会演出，你唱唱看。”这时，只见王部长一步上前，在老书记耳边嘀咕了几句。他一听就大笑起来：

“这恐怕是些老夫子的意见吧？前一段我没听全，后一段我倒听清楚了，唱唱爱情就不健康？不见得，一家之言！一家之言……”

老头子说说笑笑走了。卫卫走到晶晶跟前，窘迫地说：“真想不到宁书记会喜欢这歌，原来我以为——”

何帆在一旁冷冷地插上嘴：

“你原来以为她冻得受不了，所以给她捂了两床棉被。”

周围的小伙子爆发出一阵大笑。卫卫却莫名其妙，他看见晶晶笑得弯腰淌眼泪，也傻乎乎地笑了……

三

晶晶撩了撩被海风吹乱的头发，蓦然发现：天快黑了。可是，她还在这儿干坐着，笼罩在她心头的惆怅，并没有随风飘去，反而更加浓重了。

唉，要是一切都可以从头开始——包括爱情，此刻就没有这么多烦恼来折磨人啦。感情的天平又一次在心中晃悠、倾斜，晶晶惊奇地发现，占上风的，又是他！那个拼命追求自己，不知帮过多少大忙的“好朋友”，从来没有在这架微妙的天平上占到便宜，而那个只见过几面，对自己一直谜一样保持着距离的古怪青年，竟每一次都能在这种梦境般的选择中成为佼佼者。

“这是为什么？”晶晶怔怔地望着远处拍岸的浪涛，她自己提出问题，可是无法解答。什么在簌簌作响？哦，是手中捏着的那封吴老师的来信，一枚无形的长针刺入晶晶的心里，使她痛苦地哆嗦了一下。唉，算了吧！理想，前途……难道不唱歌就不能过日子？何况自己很可能根本不是唱歌的料子哩！卫卫待自己百依百顺，女友们都说他将来准是个“五好丈夫”，妈妈说：“跟卫卫过一辈子，也够理想了，人品好，有才学，爸爸又是……”

“听妈妈的？”晶晶的呼吸突然被窒住了。她闭上了眼睛，一下子像跌进万丈深渊，胸口被压得透不过气来，喉咙像被憋哑了一样，想喊也喊不出来——啊，树影摇曳，海浪喧腾，海风，海风来了！晶晶急忙张开嘴巴，一股清新的海风扑进她的胸腔里，蓦然，一个倔强的声音从她心底里喊出来了：

“不——”

一阵海风拂过，上星期天在这里邂逅相逢的景象，又清晰地显现在晶晶的脑海里……

那天清晨，晶晶照例到这海边来。按一个退了休的名旦角的指点，她每天都在这里用独特的方法练习吐字发音——她执拗地幻想把中国戏曲的吐字方法和某种现代西洋唱法结合起来，这已经多次成为“不录取”的理由了。可是她始终不悔。

“中——国——伟——大——”

“山——河——美——丽——”

晶晶站在望海礁上，迎着东方的彩霞，反复地练着字头、字腹、字尾的发音，声波和着海风，在海边袅袅回旋。突然，望海礁底冒出一个人来，他手里拿着一本书，看也不看晶晶，转身沿着海滩走开了。

何帆？是他！晶晶心里一高兴，脱口喊出来了：“喂——你回来！”

他好像老大不情愿地站住了，回头说：

“我不姓‘喂’。”

“那你姓傲！傲气的傲！傲得见到熟人连头也不点。”

“早读时间，神圣不可侵犯，懂吗？”何帆把手中的书一扬，又低下头念念有词了。

晶晶跳下望海礁，奔到何帆面前，劈手夺了他的书，一看，是本手抄本，密密麻麻写满了外文。晶晶懂英文，可是这些外文她却一字不识。

“是法文？”晶晶抬头问。

何帆点点头，接过书说：“现在不是聊天的时候，你要聊，一个钟头后，在这儿等我。”说着掉头迎着冉冉初升的朝阳走去。

一个钟头后，晶晶在早点铺买了两瓶汽水和一包点心，刚坐到望海礁上，何帆依约来了。

“真准时！”晶晶看看表说，“你常来这儿背书？”

何帆摇摇头：“海上的油鬼子哪有这些享受？不过回到岸上，一早一晚我准来。”

“你调到岸上来啦？”这惊喜的声调，晶晶自己听了也感到不好意思。

“不！我下死心和她结婚了，过一辈子！”

“结婚？谁——”晶晶吃了一惊。

“大海。”

“哦，”晶晶舒了一口气，她笑着抢过何帆的手抄本，嗔怪地瞟了他一眼：“那你还背这个干什么？跟大海讲法语？”

“对，它现在需要法语。签了联合开发的协议，大规模的勘探就要开始，几个国家都要派人来。”何帆热烈地说，顿了一下，他转脸看着晶晶，乌亮的眸子闪烁着幸福的神采：“要派人去欧洲三国见习，初选，我被选上了。”

“啊，真的吗？祝贺你！”晶晶欢欣雀跃地忙把汽水、点心塞到何帆手里：“嗯，吃吧，慰劳你！”可是她很快就发现，何帆的情绪变了，他的嘴角牵动了一下，那张久经风吹日晒的方脸膛露出稍带嘲讽的微笑，目光变得既冷漠，又严峻。

“现在还不是祝贺的时候。”他眯起眼睛，摇了摇头。

“初选选上了就很不简单，卫卫争取了很久，现在还在半空中晃荡呢！”

“他？你放心——”何帆鼻子“哼”了一声。

“为什么？”

“你还不了解？他很有天才。”何帆嘴角挂着揶揄的冷笑，他这种神情使晶晶心里很不舒服。卫卫有什么天才？不就是个工农兵大学生呗！再看看何帆明亮而深邃的目光，她明白了，这话里有“骨头”！他为什么会这样看卫卫呢？晶晶心烦意乱地发现，自己对朝夕相处地“谈”了几年的卫卫，的确没有心心相印的了解。她想起平台上的小伙子带着不屑一顾的神情，把卫卫叫作“三个一”，“三个一”是什么？是绰号？是蔑称？晶晶突然产生了一个固执的念头，想把有关卫卫的一切都搞个水落石出——

“告诉我，‘三个一’是什么意思？”

何帆一怔，突然窘得满脸通红。他难堪地说：“对不起，我不知道。”

“不行！”晶晶任性地把头一扭，接着把手抄本一扬，像头小鹿似的跳开了：“你不告诉我，这个——你就别想要回去。”

“别闹！”何帆急了，睁圆了眼睛说：“知道了也不会告诉你……”可是晶晶三步两脚纵身跳下望海礁，笑着向礁后的小树林一溜烟跑了。

晶晶跑呀跑呀，总觉得何帆就要追上来了，可是一回头，天！连个影儿都没有。她又跑回望海礁一看，何帆早走了，只剩下那些汽水、点心，原封不动地放在那里。

晶晶一生气，把汽水、点心全都扔到大海里……

那天，在晚霞开始融入海中，把远方的海水染成玫瑰色的时候，晶晶第二次登上望海礁。何帆正坐在礁上，望着大海出神。晶晶把那本手抄本向何帆一扔，一言不发地紧绷着脸坐在一旁。

何帆吃了一惊，他捡起手抄本抬头一看，抓了抓头上黑漆似的短鬈发，带点歉意地笑了：

“谢谢，你再不还我，我就要去公安局报案了——有人拦路强抢珍贵的外文手稿。”

晶晶转过脸，不理他。

何帆继续笑着说：“当然，现在可以既往不咎了。不过，你休想拿这个作交换……”何帆突然把话咽回去——晶晶猛然转脸对着他，面上两行泪水在闪闪发光！

“你不该瞒着我。”晶晶的声音有点颤抖：“我全知道了……这‘三个一’的外号，还是你的杰作——他下乡一个月就参军，参军一个月上大学，大学毕业分配在政治处一个月就调到外事办。你看不起他，可是在我面前，你连吭也不敢吭！”

何帆沉默了一阵，抬头望着晶晶说：“谁告诉你的？”

“没有不透风的墙！我去招待所找过平台上下来的同志了，你不说，别人不能说？”

何帆转脸向着大海，又眯起了眼睛：

“你为什么非要打破这个砂锅不可？”

“妈妈肚里带来的习惯！”

“不告诉你，也是我的习惯……现在你既然知道了，我倒想问问你，他有这样的本事，你是感到幸运呢，还是觉得脸红？”

晶晶愣住了。

“有这样的爱人，当然会幸运的，他是一座通往理想之宫的金桥。”何帆辛辣地睨了晶晶一眼。

“爱人？谁的爱人？”

“你的。”

“胡扯！我不承认。”

何帆惊奇地睁大眼睛：“那是为什么？”

“因为我不是你所说的幸运儿！”

“啊——”何帆张开嘴巴，若有所悟地点了点头，揶揄地笑着说：“不过你也幸运过一阵子，比如说选了个好工种什么的。”

“我是考上的。”

“对，考上的，可是报名表上并没有你的名字。”

晶晶难堪地沉默了。她当上电传机打字员，卫卫的确帮了很大忙。她开始并没有报名，后来英语考试才考了五十多分，当她听说成绩比她好得多的人也落选了，脸上就发烧。不过想起这两年在艺术道路上的坎坷，晶晶心里又有点坦然了。在这方面卫卫也帮过不少忙，却没有一次是成功的，晶晶自己可没少流一滴汗水。何帆为什么会突然提起这些事呢？她狐疑地瞥了何帆一眼，不安地问：“你怎么知道我没报名？”

何帆转过身，背向着晶晶：“因为当时我也考上了，在最后一天被人拉了下来，换上了你。”

啊！晶晶全明白了！这个勤奋好学而又像谜一样古怪的青年，竟是她一次幸运的受害者！晶晶满脸羞惭地低下头，把手指伸进嘴里狠狠咬着，好久才轻轻吐出一句话：“你，恨我吗？”

“不。”何帆没有回头，一直入神地望着大海，像要和海风絮语交谈一样，轻声用英语朗诵了一句拜伦的诗：

“人是奇怪的动物……”

晶晶读过这首诗，还记得下面的句子：“……奇怪地使用自己的本性和各式各样的技术”，她猜到何帆蕴含不露的用意，眼睛里一下子噙满了一汪委屈的泪水：

“你不是在嘲笑我吧？”晶晶哭了。

“不。如果你说的是心里话，那么就有幸看到一个令人兴奋的怪事：人不是一个模子铸出来的，金桥不是万能的——有人竟然敢于放弃它！这使我更相信，没有金桥，路总也可以走出来的，不过要靠自己的脚板。”何帆好像在晶晶身上发现了新大陆，他的一双明眸，亮得像夜海上空的星星。

晶晶抬起头，眼睛勇敢地迎上何帆热情的目光。两人的目光一碰，很快就像老鼠见到猫一样，溜往别处去了。短短的一秒钟，竟好像深谈了一个小时，一整天。晶晶为了这一秒钟，整整失眠了两个晚上……

从那天起，晶晶天天都能在这儿见到他。两人越谈越知心。何帆坦白地告诉晶晶：《海风在心中荡漾》这首歌，就是他写的。这在晶晶心中掀起了一阵热浪：多巧哇！这首歌使她在市里歌坛中崭露头角，而她，竟也是第一个知道这歌作者的人！何帆对她的帮助真是太大了。

可是，现在晶晶最需要他，他却不露面了，为什么呢？

随着夜幕降临，大海呼出的气息也改变了温度。海风变凉了，它在提醒晶晶，该回家了。

晶晶走下望海礁时，突然觉得自己是在向一座悬崖走去，耳朵里又响起卫卫妈妈亲热得有点过火的声音："晶晶呀，今年再上不去，明年就别再劳那个神了。不要说你，就是我家卫卫也为这事累瘦了十多斤，何苦来哟！你们赶快定下来吧，我们包把你们的事办得圆圆满满的……"

"不——"晶晶的内心又一次发出喊声。她闭上了眼睛，咬紧了嘴唇，倔强地向前走去。

四

晶晶穿过小树林的时候，海滨公园已经没有游人。路灯可能被顽童用弹弓打掉了，好长一段路都没有亮光，显得有点阴森。她不由得加快了脚步，快走到树林尽头时，突然有一个人影出现在她的面前，把她吓得魂飞魄散。

"别怕，晶晶，是我。我听说你未回家，就猜你在这儿。"晶晶听到一个熟悉的声音。

晶晶定下神来，才看清楚眼前的是满脸春风的卫卫："是你？你找我干什么？"

卫卫的神情激动极了，他说："知道为什么急着要见你吗？特大喜讯！晶晶，快祝贺我吧！"他一把将晶晶抱住了。晶晶拼命挣扎。可是卫卫冲动地紧搂着她，不停地吻她的眼睛、眉毛、嘴唇和脖子。

晶晶全身哆嗦着，不断地躲避着卫卫嘴唇的袭击。她和卫卫相处几年，从来没有让他拥抱和亲吻过。有好几回他们谈到深夜，卫卫见四下无人，想亲她，抱她，她却突然发了脾气。现在他竟然在这种情况下强吻她，更使她无法忍受了。

"啪"—— 一记耳光，卫卫捂住半边脸懵了。晶晶挣开卫卫另一只手臂，猛然向公园大门冲去。

"晶晶，你听我说，我太兴奋了，太高兴了，我忘记你不喜欢这样……"

卫卫在后头追着。

“滚开点!”

“晶晶，原谅我吧，刚才我是高兴得糊涂了。我告诉你一个好消息，我被选上了，下个星期就要去北京集中。”他又拉住晶晶的一只手。

晶晶冷冷地抽回手，站定了。

“我们明天就去登记，结婚。妈说，你就别考什么唱歌了，她想办法把你调到科技情报所当资料翻译，这工作比守电传机还清闲，甚至可以不用上班。”

“你都安排好了?”晶晶的声音像一块冰。

“为你的事我妈不知操了多少心啊，她一直就不赞成你去唱歌。你几次考试，我们家都请招生的吃过饭，你考得再好，妈和他们一嘀咕，你就留下来啦。她都是为了咱们好。这回我们结了婚，我出国回来再带点洋货，搞好‘基本建设’，全家的现代化就实现了——至少提前十年!”

晶晶像被迅雷击中似的，呆若木鸡。

卫卫小心翼翼地抚摸了一下晶晶的双肩，见她没有动弹，便把头伸到晶晶的耳边，甜蜜蜜地说：“晶晶，我爱你，没有你，即使我到了国外，也是一具没有灵魂的躯壳，答应我吧，明天就去登记，啊？明天!”

晶晶缓慢地转过身，好像根本没有听见卫卫的甜言蜜语。她盯着卫卫的眼睛，低声问，“你被选上了，何帆呢?”

“他下来了。幸亏我活动得及时，他要去了，我就完了。”卫卫脸上浮现出得意的笑容。

晶晶的脸色刷的一下变白了。她很不客气地甩开卫卫向她伸过来的手，忽然狠狠地跺了跺脚，像躲避一头野兽一样，转身狂奔起来。

卫卫大惑不解，他气喘吁吁地边追边喊：“晶晶，你怎么啦？怎、怎么回事？晶晶——”他被地上的树根绊了一跤，嘴里灌满了沙子。等他从地上爬起来，吐了几口泥沙，晶晶已经跑远了。

“晶晶——你等等我!”卫卫痛苦地向着晶晶远去的身影呼喊。

海滨上空响起一个女孩子响亮而清晰的声音：

“我们从此—— 一、刀、两、断!”

晶晶一口气跑到海洋石油公司招待所，找不到何帆。一个小伙子告诉她，何帆落选了，现在正在码头等船回平台去。晶晶向那个小伙子借了一辆自行车，急如星火地向码头蹬去。

自行车在码头上飞驰，停靠在泊位上的一艘艘大小船只在眼前闪过。突然，晶晶听到一声震人心弦的汽笛，一艘4500马力的拖轮启航了。晶晶一急，一直把自行车蹬到码头边上才刹掣，还差一个巴掌的距离就要栽到海里，好险！晶晶也顾不上害怕了，抬头就向正在离岸的船上搜寻起来。

对，是他！在灯火通明的甲板上，他背向码头，面朝大海，正伏在栏杆上用心思。

“何帆——何帆——”拖轮离开码头七八米了，船上机器轰鸣。晶晶竭尽全力喊叫，可是他就是听不见。

甲板上的船员们都停下了活计，望着岸上这个急得满头大汗的姑娘。一个机灵的水手觉察到她要找谁，就走到何帆身边，拍拍他的背，滑稽地做了个手势。

何帆一回头，立即像三级跳远一样跳过了甲板上堆放着的几堆物资，奔到靠码头的这边船舷边。晶晶看到了他亮闪闪的眼睛，她的眼泪汩汩地流下来了，一时不知说些什么好。眼看着船缓慢地越移越远，她才使劲挥着手，大声喊出来：

“别灰心，路，总可以走出来的——”

一阵海风吹来，晶晶急忙拨开挡住视线的乱发。她看见何帆高高地举起两只手，又把两只手合在一起，使劲地在头顶上摇了摇——啊！晶晶明白了：他没有向命运低头，他咽着挫折的苦果，可是仍在倔强地奋而前行！

海风轻轻吹，轻轻吹……

火红的云霞

他望着天边，久久地伫立着。

那里，有一片云霞庄严而缓慢地飘移，像一条巨大的游龙，傲然地在地平线的上方伸展、沉浮、翻卷。色彩是那样绚丽夺目，变幻是那样神奇莫测，准备踏车上路的梁霄，忽然像个孩子似的对它眷恋起来。

一辆开往郊区的班车在公路上驰过，碾碎了梁霄的遐思。他抬腕看看表，便向停放在路边的自行车走去。不早了，地委副书记丁一林正等着他呢！老丁要派车接他，他谢绝了。何必呢，自己骑车不更自在吗？

他一骑上车，心里又嘀咕开了：尽管老上司丁一林在电话里闪烁其词、藏头露尾，但是，一个管工业的地委副书记，星期天一大早召他去“聊聊天”，总有缘由吧！他想谈些什么呢？天晓得！

一

梁霄悠然自得地骑着自行车，目光仍在深情地追逐着那一片使人赏心悦目的云霞。哦，那是什么？一抹薄薄的流云。它在那厚重的云锦上轻轻飘动，就像正在翩翩起舞的仙女们挥动着的纱巾。几束阳光顽强地钻出云层，给它染上柔和的金黄色，真美！这就是人们常说的祥云瑞气吗？这样的景色在哪儿见过？梁霄低头思忖着，车子越蹬越慢，往事，像瀑布一样在眼前倾泻出来……三十多年前，在鸡笼山，在那荒草萋萋的山野，他—— 一个从城市进入游击区不到两年的中学生，刚当上班长的十八岁的青年，也曾这样向天际凝望。那时，远没有现在这样舒适安逸，他正忍受着伤痛和饥渴的折磨，注视着天边那片像鲜血染红的晚霞。而她，一个十一二岁的山村小姑娘，正在他身边用一个破瓦盆煮着马齿苋……

她是梁霄在只身突围的路上遇到的。鸡笼山上一场恶战，他那个班为掩护支队转移，拼光了。他带着伤从山顶滚到山脚，在一个山洞里隐蔽了两天后，冒险向附近的一个小山村爬去，可是，那里已变成一片废墟，村民都被敌人杀害了。在村后的树林里，他遇到一个幸免于难的女孩子，他们两个都活了下来……当时怎会想到呢？这个山村小姑娘——文水娣，竟会在他春风得意的年华里，成了他的妻子。

他成为鳏夫已有二十多年了，可是关于妻子的一切都是难忘的……他们找到队伍后，文水娣就被留在支队的文工队里——她会唱很多动听的山歌。新中国成立后，梁霄送她上了工农速成中学。后来，又通过老上级丁一林的关系，把她送进大学速成班。1958 年她提前毕业，改名为文洁淼，变成了一个身材苗条、相貌端庄的大姑娘。她被分配到地委秘书科，很快就和梁霄结婚了。

在这新婚燕尔的时候，梁霄人生道路上漫长的严冬袭来了。因为“反对钢铁元帅升帐”，他一夜之间被撤掉地委工业部副部长的职务，几天后，他又“升格”为一个大案的“主犯”，他们离了婚。以后，梁霄再也没见过她——她现在在什么地方呢？

一辆乳白色的上海轿车迎面开来，戛然刹住，把心不在焉的梁霄吓了一跳，几乎摔下车来。司机探出头问：

“您是梁厂长吗?”梁霄认出来了，他是丁一林的司机。他很客气地说：“省里来了工作组，我刚送丁书记去温泉招待所。他要我告诉您，请您一定要到他家等他，替他应酬应酬家中的客人，等他回来一起吃饭……”

小轿车掉头开走了，梁霄却愣愣地站在那里沉吟：搞什么名堂？刚刚还急如星火地打电话催我，怎么忽然又撇下我走了。这老头，真是越老越古怪！省里来了工作组？莫非是……梁霄像抓住了点头绪，他知道这位老上级在操什么心，这次梁霄的平反、复职，被安排到本地区最大的南江化工厂当第一把手，丁一林出了很大力气。老头子指望他能扭转乾坤，把这个岌岌可危的厂子搞上去，可是事情并不那么顺心。梁霄长吁了一口气，骑上自行车，脑子里又浮现出几天前在地委开会时见到老丁的情景：

“哈，好个梁霄呀！你真要当乔厂长啊？一上任就把厂里的小车都卖喽，可别把我辛苦五年弄起来的大家当败光啊！嗯，你住的厂长楼离厂区四公里，卖了车你怎么上班?”老头子气大声粗，拍着梁霄的肩膀直嚷。

“我搬到厂里住了。”梁霄回答。

“好！乔厂长风格！这下子‘南化’有希望喽！”丁一林大声赞许着。忽然又皱起了眉头：“不行！光靠贷款、卖东西怎能过日子？今年无论如何也要把两万吨合成氨搞出来，省里要来工作组，听说快开会了，我得再去叫喊叫喊。天塌下来也要想办法上！”

上？谈何容易！主要设备七零八落，投资花完了，离投产还差一大截呢！即使自己搞到资金，投产所需的电呢？煤呢？水呢？原料呢？“南化”是五年前由丁一林亲任会战总指挥开办的摊子，1977 年又把原计划扩大了一倍，变成综合性的化工厂，结果建厂五年，成了个胡子工程。现在，之前设计的工艺已经落后、过时了，可是庞大的工地仍在施工。工人说这是“拿钞票铺地板”。梁霄面临的局面就像曹操吃鸡肋——食之无味，弃之可惜。他想给老头子泼点冷水，这时开会的铃声响了，他怕三言两语说不清，便把到嘴边的话又咽了回去。

“喂，给你一个能干的行政科长，要不要？”丁一林突然转了话题。

梁霄略一迟疑，委婉地说：“‘南化’的干部超编了，再说——”

可是丁一林打断了他：“不，不，我知道，行政科长你没有，一定得要！”

难道现在叫他去是为了这件事？

二

丁一林住在一座有花园的小平房里，院子大门虚掩着，梁霄仗着和老丁有老交情，推着车子就闯了进去。

“喂，找谁？怎么门铃也不按就进来了？”院子里响起了一个女孩子不友好的声音。

梁霄四下一看，不见人影。

“看什么？在这儿呢！”梁霄顺着声音抬头一看，路边番石榴树的浓荫里，一个穿白色连衣裙的姑娘正神气地看着他，嘴角露出嘲弄的笑意。她坐在横架树杈的一块木板上，一手捧着本书，一手捏着一个啃了一半的胭脂红番石榴。看样子，她是在边看书边摘番石榴吃，风流惬意得很。

“我找老丁，他出去了，叫我在这儿等他。”梁霄不慌不忙在树下架起自行车，又起腰仰面打量起这个姑娘来。她是谁？丁一林的女儿？他有这么个女儿吗？梁霄记不起来了。这姑娘很漂亮，鹅蛋形的脸上长着一双很秀气的丹凤眼，可惜眼神里流露出一股傲气。

“哦，我知道了，你是个当官的——‘南化’的一把手，对吧?”姑娘笑了笑，又不客气地嚷开了：“喂，当官的，让开点，我要下来了。”话音刚落，她就从树上纵身往下一跳，裙子飞扬起来，她轻盈地蹲落在草地上，院子里响起了一连串清亮的笑声。

梁霄有些吃惊地看着这个大胆的姑娘，故意逗她：“你怎么知道我是‘南化’的？有特异功能?”

“哎——”姑娘拖长声音，骄矜地扬了扬下巴：“不仅知道你是第一把手，还知道你是‘乔厂长’，据说上任后从不走后门。我正想考验考验你，看是真还是假。”

梁霄听出她话里包含着的讥讽意味，大度地笑了笑说：“好吧，怎样考验呢?”

“我想调到你们‘南化’，要不要?”姑娘盯着梁霄，直截了当地说。

“你是老丁的女儿?”梁霄故意把话岔开。

“嗬，是书记的女儿就要，不是就不要?‘乔厂长’原来如此!”姑娘大笑起来，调皮地向梁霄缩了缩鼻子：“哼！要我去我还得考虑考虑哩！听说穷得连小轿车都卖了，尽大货车!”

“你是个女司机？不简单嘛!”梁霄忽然对她感兴趣了。

“什么不简单！能把握方向盘，却不能把握自己的命运，只能到处求爷爷告奶奶!”姑娘嘟起小嘴，抱怨起来。

原来她还嫌不够快乐逍遥呢！梁霄想起了她刚才那副居高临下的神态，不禁失声笑道：“你要怎样把握自己的命运呢？万事不求人?”

姑娘把吃剩的番石榴一扔，冷笑一声：“那只有你们才能办得到——有权嘛！我父亲一伸腿，我们就成了平民百姓，再也没人上门来烧香了，眼下能有个安身之地就谢天谢地啦!”她向梁霄做了个鬼脸，双手向房门一摆说：“请进!”接着又向着厨房喊道：

“妈！丁伯伯的客人来啦!”说完一扭头咚咚咚地跑到院里去了。

哦，这姑娘不是老丁的女儿。唉，她明亮的眼睛，开朗的笑容，充满青春活力的躯体，和她脑子里的灰暗思想多么不相称啊！年纪轻轻的，心却老了。

梁霄的心情变得沉重起来。自己年轻时是个什么样的：不谙世事，胸无城府，办事情只凭血气之勇，常常摔跟斗，还不大会在生活和斗争的激流中沉浮进退，即使没了顶也不在乎。至今，他也没有学会明哲保身，看人下菜碟子那一套，更不会怨天尤人，意冷心灰。哦，回忆的闸门又打开了，梁霄又想起那个暑气逼人的夏天，新婚不久的深夜，他从浓烟滚滚的"小土群"回到家，一挨床就睡死了。文洁淼和往常一样，把水端到床前，给他轻轻地洗，轻轻地刷……第二天，他发现衣兜里一份向领导机关反映"木炭炼钢"的失败和虚报"产量"情况的材料不见了，一问文洁淼，原来是她偷偷地扔到锅灶里烧了。他向新婚的妻子发了脾气，又赶写一份交了上去。结果……

咳，还想它干什么！梁霄挥挥手，像要把这些与现实毫不相干的思绪驱赶开。这时他才意识到自己已经站在地委副书记精心布置的小客厅当中。女主人上哪儿去了？那姑娘的妈妈怎么不出来呢？他咳嗽一声，坐到沙发上，仍不见动静。他忽然觉得有些异乎寻常。客厅外的过道上，传来厨房里的剁肉声，一下又一下，单调得很。一股炸鱿鱼的香味从那里飘逸出来，直往梁霄的鼻孔里钻。这味菜最对梁霄的胃口！看来主妇还作了一番调查研究呢！梁霄觉得应该对主妇有所表示，便走出客厅，四下张望起来：

"书记夫人呢？怎么躲起来了？"

他看见厨房里有个女人在切肉，从她烫过的头发挽成的发髻看，可以肯定她不是老丁的爱人。梁霄尴尬地环顾左右，房子里没有其他人，她是谁呢？为什么不回过头来？

忽然，他看见她停下菜刀，肩膀不停地抽动起来。

"你，你是——"

女人突然转过身来，呵！是文洁淼！他看见她苍白的脸上流着泪水。在这短短的一刹那，一切惊异、询问和表白都成了多余的——他面前的女人千真万确是他过去的妻子，虽然他们结婚一个月后就分离了，后来，一个年纪比她大得多的县委书记娶了她。然而，她的音容笑貌、她的温存体贴……和她离别时那一串痛苦的眼泪，都深深藏在梁霄那惨痛的记忆里。这么多年过去了，她秀丽的容貌竟然没有多大变化，只是眼角和额上添加了些岁月流逝的痕迹。看着她低头咬着嘴唇默默垂泪，梁霄的眼睛不由得也濡湿了。他知道，她到丁家来，不是一般的串门访友，此刻难言的内疚、痛苦的回忆，正是撕啃着她的心，可是，那过去的一切能够完全怪她吗……

沉默。两个人就这样泪眼相对，丁一林夫妇好像是有意安排，都躲开了，屋里只有他们两人。突然，文洁淼像是受不了这种感情上的折磨，双手撩起束腰的白围裙，掩面向外跑去。就在她和梁霄擦肩而过的时候，他轻轻地揽住了她的臂膀：

"洁淼……"

她站住了，慢慢地放下围裙，回过头来看了梁霄一眼，忽然，猛地转过身，扑在梁霄怀里。

三

梁霄在省工作组的住处开了一天会，骑车回到"南化"时，已近黄昏了。一走进他的"窝"——厂长办公室，不由得惊讶地睁大了眼睛。办公室全变了！其他人的桌椅不翼而飞，只剩下他的桌椅摆在窗前。房中间用绿绸屏风隔开，屏风后，他原来睡的行军床变成了一张中型钢丝床。床上用品全换上了招待所崭新的备品。梁霄笑着皱起了眉头——这是文洁淼干的。新上任的行政科长已经行使她的职权了。

梁霄做梦也没想到，文洁淼会在后夫亡故之后不到一个月，就千里迢迢来找他，更没想到，她带来的那个活跃、高傲的姑娘文晓，竟是他的亲生骨肉！那天晚上，洁淼含着泪悄悄告诉他，文晓是他的女儿。在梁霄被隔离之后，文洁淼就发现自己怀了孕，当她感到不得不离婚时，她痛苦极了，曾写过一封长信给梁霄，但梁霄没有看到，信给扣下了。后来，她迫于无奈跟那个人结婚时，已经怀孕三个多月，她怕打胎，一直瞒住后夫，而那个老新郎不知是糊涂，还是因为无嗣而故意装聋作哑，竟然也不闻不问，所以，文晓一直被人当成是早产儿……

五十一岁的梁霄，竟又谈起"恋爱"来，不过比年轻人的初恋还秘密。在老丁的坚决干预下，文洁淼母女很快调到了"南化"。他要走了梁霄一个得力的科长，指定文洁淼负责行政科，一手促成了这件好事。这一切只有文晓蒙在鼓里，她是个烈性子，他们怕她转不过弯来，想等"条件"成熟了再告诉她。

此刻，梁霄站在这布置一新的"窝"里，隐约闻到新被褥的那股清新、特殊的气息，突然心里一热：他又想起了那些温柔的梦——他睁开疲惫的眼睛，一双柔软的手在他身上轻轻地擦、轻轻地洗……

门外有轻盈的脚步声，梁霄一回头，文洁淼提着一个饭篮进来了。

她含笑地看着他："一看你的样子就知道你还没吃饭。"说着打开饭篮，摆出两样菜式：香喷喷的酥炸鱿鱼，正好下酒；韭黄炒鸡蛋，这韭黄在本地是稀罕的东西，梁霄已经多年没有见过了。

"吃吧。"文洁淼把热腾腾的饭盛到碗里。"我来。"梁霄兴冲冲地夺过碗勺，盛了一碗就大口大口吃起来。文洁淼接着拿出一瓶样子古怪、装潢精致的酒。梁霄见了，惊奇地问道：

"噢，哪来的？"

"没喝过吧？美国的威士忌。人家送给丁书记，他舍不得喝，昨天他老伴让我拿来了。"

梁霄用筷子点点那碟韭黄："这也是老丁那里弄来的？"

文洁淼笑而不答，把酒倒满了小杯，放在梁霄面前，轻轻叹了口气坐下说："真得要好好谢人家，他们操了多少心！你知道吗？丁书记在替你使劲，想让你在工交办里挂个副职。他说，'南化'这个厂，眼前难搞一些，可在全区都有影响，搞好了，上去就容易了，你年纪还不大……"

梁霄举杯呷了一小口，忽然皱起眉头，看了一眼文洁淼，又一仰面把酒喝光了。

"怎么啦？"文洁淼有点不安地看着他。

"这酒……味道挺怪。"

"喝多了就惯了，也许咱们土，尝不出那洋滋味的好处。"文洁淼笑了，突然，她关切地盯住梁霄惊叫起来：

"哎呀！你的眼睛里怎么这么多血丝？"

"弄一个材料，昨天搞了个通宵。"梁霄低头扒着饭说。

"你呀——几十岁的人了，还不会爱惜身体，"洁淼睨了梁霄一眼，给他添了点菜："听说丁书记这些天也是开会、熬夜，连家也不回。我也说他老伴了，身体是本钱嘛，哪能让他这样拼命？唉，听他老伴说，他近来心情不好，有人到处收集这儿盲目投资和浪费的材料。谁都知道，把'南化'抹黑了，地委这几年抓工业的成绩也就给否定了。你得小心点，'南化'垮了还行？这不是要出丁书记的洋相吗？要是丁书记坐不住了，对咱们……影响可就大了。"

梁霄心里突然像塞了一块石头。他抬头看着文洁淼，她还不老，容颜保养得很好，像只有三十几岁，皮肤白皙，躯体还像过去那样轻盈和充满弹性，嘴唇和胸脯蕴含着烫人的热情……这就是当年和他一起在山野里找马齿苋充饥的小姑娘吗？他凝神望着文洁淼，寻找着，比较着——她的确还像过去一样爱自己，可是，心灵呢？还能像过去那样相通吗？

“你怎么老是这样看着我？我可没什么好看的，老了。”她嗔怪地瞟了他一眼。

“我又想起了那些马齿苋……”梁霄有些感慨地朝那碟香滑可口的韭黄看了一眼。

“你在说些什么啊？”——她竟一点儿印象也没有了！她只顾想着自己的心事，马齿苋竟在她的脑子里唤不起联想和回忆！梁霄的心突然一沉。文洁淼没有觉察到他的不快，仍然沉浸在自己的伤感之中：“二十多年了，别人都说我们生活条件优越，可谁知道我的心？看着别人夫妻恩恩爱爱地过日子，可我——”她突然抬起头，满眼噙着泪水：“咱们都老了，再也经不起折腾了，我现在只指望……”她没有说下去。梁霄轻轻拍了拍她的肩膀，可又不知说些什么好。

她指望什么呢？指望给她温存、幸福？哦，她这辈子是不幸的，应该好好体贴她。梁霄望着文洁淼，她慢慢地闭上眼睛，把脸轻轻贴在他的肩上。他脑子里突然闪出一个念头：

“应该告诉她！”

多少年了，他身边没有一个可以分忧的贴心人，他把多少要说的话都泯灭在内心感情的波涛之下。他一直在等待着、盼望着……现在，她回来了！梁霄双手捧起文洁淼的手，轻轻地抚摸着，苦笑了一下。

“洁淼，如果说老丁的日子不好过，那我比他更不妙，你还不知道——我这个厂长可能当不长了！”

文洁淼浑身一震：“你疯了？开什么玩笑——”

“真的，你听我说，省里开始调整工业布局、压缩基建项目了。今天省工作组开座谈会，收集了不少反映，看来‘南化’得下马……”

“什么？”文洁淼站起来，“这不是成心要拆丁书记的台吗？你得给丁书记通通气！”

梁霄脸上的肌肉遽然抽搐了一下，他目不转睛地注视着她，像是第一次认识似的，嘴里轻轻吐出一句话：

“这，老丁知道，在会上和他唱反调的也有我。”

“啊——”文洁淼惊叫一声。梁霄拿起桌上那瓶威士忌，苦笑着掂了掂：

“昨天晚上，我就跟老丁争起来了，吵了大半夜……”

“你……你……”文洁淼再也说不出话来了，她瞪着失神的眼睛，慢慢地坐到椅子上。

四

一片玫瑰色的晚霞，悬挂在车窗上。

“哎，真好看！”女司机文晓欢叫一声，打断了梁霄的沉思。他悄悄端详了一下文晓，突然发现，这姑娘的确很像自己——眼角稍向上挑，笔直而略长的鼻梁，上嘴唇很薄，下嘴唇却稍厚些……性格呢？只有一点几乎是和他相同的：过分的执拗。其他方面差异可就大了，他尽管胸中翻腾着炽烈的火焰，脸上却像一块冰。目光是深沉的，深沉得使不了解他的人乍一看还以为这是一双迟滞无神的眼睛……而她呢？率直得惊人，嘴巴快得像把刀，活泼得像林中鸟。可惜她的思想被污染了，连那使人听来像唱歌似的声音也是灰暗的，真使人担心。

汽车开出省城后不久，文晓把住方向盘，首先打破了沉寂：

“喂，厂长，知道吗？人家都笑话你呢——到省里开会，来回都坐拉货的解放牌！”

梁霄转面看着她秀气的脸，不禁动了感情：孩子，被人笑话我经受多了，算不了什么。但是你该叫我爸爸，你是我的女儿啊！“厂长”这个词，像咫尺天涯，把我们之间的父女亲情分开了。

“你为什么这样傻？还是个当官的呢！把小车卖掉，你不坐不打紧，害得我这小车司机调到这里要改开大车，连妈妈都说你——”

“哦，说我什么？”梁霄两眼盯住车窗，不动声色。

“说你是天字第一号的大傻瓜！本来在厂长楼住得多舒服，你非要让给那几对无房结婚户，你以为这一让其他当官的就会学你？不恨死你才怪呢！叫我妈这个行政科长也不好当。”

姑娘的话像一根针，扎进梁霄的耳朵里。

那是他初到“南化”的第三天，一个人被安排住进了厂长楼，四房两厅。晚上他正要睡觉，突然，电话铃响了，值班的陈副厂长报告：厂里发生了殴斗事件，护厂班的人被打伤了！他马上蹬车赶去，一查竟是这么回事：护厂班在工地上抓到一对正在睡觉的青年男女，不由分说要送保卫科，不料那个男的突然像狮子似的咆哮起来，护厂班的人给了他一巴掌，他却一连打倒了三个。闻声而来的工人，反倒同情他。原来，这是一对结婚三个月的新婚夫妇，一直分不到房子。这种情况，据说全厂有好几对。有两对，甚至干脆拉上一块布，住在同一间工棚里……

第二天，厂长楼那套最好的单元房让给了五户无房的夫妇。失眠了一夜的单身汉厂长，在办公室搭起了床铺——他受到了赞扬和尊敬。然而，也听到些叫人寒心的奚落和嘲笑。想不到，她们刚来就知道了这件事，而且，会这样想，这样说……

汽车拐了个弯，晚霞又重新出现了，像一团一团红色的珊瑚礁，有几团还镶上了璀璨的金边。人生在暮年将至的时候，也会出现这样美的云霞吗？复婚——重建一个温暖的家庭。这个破镜重圆的家庭已经只隔一臂之遥，然而梁霄却预感到它在那里停住了：他一再使文洁淼失望！她曾在言谈中暗示过，她很中意那栋靠近市区的房子，尤其欣赏那个树木葱茏的庭院……他没有往心里装。难道二十多年岁月的风雨，真会在他们之间冲蚀出一道无形的沟堑？要填平这道沟，需要些什么呢？房子？安逸？权力？他似乎都能伸手拿到。可是，他能随便伸这个手吗？

也许，并不存在这条沟？他们共过患难，虽然后来被迫分离了，但她的心仍然装着他，她是通情达理的，她爱的是他，而不是房子，或者其他什么东西……

一声尖厉的喇叭像一把利剪把梁霄的思绪剪断了。文晓把车头往路边一偏，一辆乳白色的小“上海”飞快地超到前头，文晓快活地叫起来：“丁伯伯的车！”说着，用手按了两声表示友好的喇叭，可是小“上海”没有理会，一个急转弯，消失了。

文晓兴奋起来，话又多了：“当官的，你和丁伯伯一起在省里开会，为什么不坐他的车回去？偏要坐我拉货的车？”见梁霄一时答不上来，她调皮的小嘴一撇，露出了讥讽的冷笑：

“哦，我知道——共产党教的：坐大车比坐小车革命！”

这话真刺耳！梁霄微微摇了摇头，唉，姑娘，我真不希望自己的女儿说出这种话来，可是，我能理解：你们是精神上受创伤最惨重的一代啊，怎样解释不坐老丁的车呢？有些问题真不好说，这次会议简直成了一场风暴！针锋相对的意见都摊了牌，老友成了冤家，还能坐到一辆车上吗？梁霄苦笑了一下说：

“我所知道的常识告诉我：坐小车坐大车都可以革命，不过，在我的印象中，有人说过坐大车比坐小车快。”

“胡说。”文晓瞪起眼睛笑了。

梁霄望着前方的公路，说起故事来：“1960年我在一个很荒僻的山区被监督劳动——修公路。那里有些人一辈子没见过汽车，有天来了一辆小吉普，一个老山民摸着吉普说：‘这车这么小就跑得这么快，长大了一定跑得更快！’”

“咯咯咯……”文晓笑得几乎伏在方向盘上。

可笑吗？可是梁霄初听到它的时候真想哭！这个故事该引起我们的深思呀！我们穷得多么可怜！大家胼手胝足干了三十年，到现在还在治这个穷病，然而，我们又大手大脚地花了多少冤枉钱哪！从大炼钢铁到眼前这一个不死不活的“南化”，剥夺了多少山民看汽车、坐汽车的权利和机会呢？数不清！现在好了，压缩基建项目，下马！关门大吉！把有限的资金花在“四化”的刀刃上。可丁一林你恼火什么呢？说我当面拆你的台？说我把“南化”的状况污蔑得漆黑一团？省里也完全支持我的意见啊！这个厂在本地区是重复基建项目，完全是好大喜功，头脑发热，一哄而上搞起来的。几年来乱支乱购、大肆挥霍达到惊人的程度。眼看熬不下去了，又“打死狗讲价”，乱拉资金硬上。这是在办工厂？这是在为自己树功德碑啊！要拆这个“四不像”的功德碑，“乔厂长”肯定当不成了，当个下马将军，再打一次阻击吧！阵地要放弃，大部队要转移，总得要人打阻击的。打阻击不像攻城那么威风凛凛，美名远扬，搞不好是要丢盔卸甲，落荒而逃的……

晚霞呢？不见了，只剩下一幅暗红色的帷幕，汽车一头撞进苍茫的暮色里。文晓沉默了，像在聚精会神地驾驶，又像在思索着什么，她嘴巴抿得紧紧的，像竭力憋住一些话，不让它冒出来。

汽车进入最后的归程了，文晓突然像忍不住似的，开了口：

“厂长，听说你要当个晚婚‘英雄’？”

“谁说的？”梁霄愕然，一个姑娘家提这样的问题实在大胆！

“好事嘛！不过得实际点，随便找一个，要求不要太高……”文晓嘲弄地瞟了梁霄一眼，脸上浮现出玩世不恭的笑容。梁霄明白了，姑娘觉察到妈妈可能会和“厂长”成为一对，可是，她不知道，他们本来就是一对啊！她的话里暗示着什么？断然的反对，警告他不要抱有幻想？还是居然斗胆要做红娘？

梁霄苦笑着沉默，要不要把真情告诉她？他转头看着车窗外，痛苦地思忖了很久，最后心一横，闭上眼倚着窗口打起盹来。

嘀、嘀、嘀——嘀嘀嘀——嘀、嘀……为什么这样按喇叭？像跳秧歌舞的节奏。文晓这调皮的孩子搞什么名堂？哦，到了！洁淼就站在路边——她在等我们回来！文晓在按喇叭向妈妈致敬呢。

梁霄一跳下车，就看见文洁淼的一脸阴云。他笑着向她伸出手去，她心绪不宁地和他握了握手，眼睛里流露出焦灼的神色，轻声问：

“出了什么事情？刚才丁书记一到家就打来电话，说‘南化’的事他和工交办一概不管了，由你负全责。火气很大，是不是你们又……”

梁霄见文晓正亲热地偎到妈妈身边，连忙摆摆手：“今晚开党委会，会上说吧。”说完，他拎起提包，向他的“窝”——厂长办公室走去。

五

云霞为什么会变得这样快呢？鲜亮明丽的红云刹那间变成了惨淡的阴霾，在那一团团的愁云里，有一张苍白的脸庞——洁淼！梁霄忽然间醒了。

这些天来他难得睡上一觉，今晚好不容易躺下了一会儿，可是又被梦魇闹醒了。他眼睁睁地躺着，心事又像潮水般涌上心头——

要关好一个厂并不比要建好一个厂容易。梁霄使尽浑身解数，终于按省里的要求把下马的工作铺开了。党委成员中有人撂了挑子，迫不及待找门路调走了，党委书记兼厂长梁霄和几个党委成员天天忙得头晕脑胀。这真是一场阻击战！各种方案和纪律的制定，安排各种人员的去向，辞退基建临时工，把厂部和两个车间改成地区化工技校和生产农药的小厂；基建队改成建筑安装公司；其余房地产、设备车辆处理拍卖……纷乱庞杂的工作像一个个连绵不绝的波涛，把他们吞没了。而梁霄心理上比别人还多两重压力，一是他和丁一林的关系已经完全破裂，无可修复了；二是文洁淼那双忧郁的眼睛……

不知为什么，这些天洁淼没有登门。当然，她有她的工作，也够她忙的，可是——

从省里回来那天晚上，开完会，文洁淼在林荫小路上等着他。

“到我的‘窝’里去吧。”梁霄看着她的眼睛说。

“不了，太晚。”她垂下了眼帘，忽然转身扶住一棵树干：“老梁，这些年，风风雨雨把我搞寒心了，我带着文晓来找你，不求什么，只求有一个好的归宿，你好、我好，平平安安过上晚年。文晓也顺顺当当的，我就心满意足了。可你总让我担心，你……和丁书记的关系搞得这样僵——”

“我知道，有人会说我忘恩负义。”梁霄伸手在树上攀住一根枯枝，“叭”的一声把它折断了。什么时候开始，老上级和老部下变成一种人身依附关系的呢？为什么受过赏识和重用，就一定得向个人感恩戴德、尽节尽忠？难道立场和原则可以抛到九霄云外吗？这样我们会变成一支什么样的队伍啊？可怕！

“这些年的苦头你还没吃够？你把丁书记得罪了，工厂一下马，你怎么办？我怎么办？能上哪儿去呢？别忘了，你是地委管的干部啊！”

前面宿舍楼剩下的两支日光灯熄灭了，四周一下子变得漆黑，人像堕入了不见天日的深渊。梁霄的心也像往下坠了一下，随即轻声笑了：

“到底是女同志有心计，你想得真远，我现在可是朝求升，晚求合，当一天和尚撞好一天钟，顾不了这么多……”

她急了：“你呀，傻瓜！现在还是二三十岁的人吗？五十多岁了，还能折腾几年？做人总要给自已留条退路——”

退路？梁霄的脑袋嗡地响了一下，眼前又浮现那飘过的红霞，那鸡笼山阻击战的硝烟……亲爱的，你也该知道，打阻击，有时是没有退路的，自己想留退路也留不住，首先想到的，应该是完成任务，是责任……可是怎么对她说呢？她不是个孩子，也不是一个刚到部队的小文工队员了，她大学毕业，有二十年党龄，已经结过两次婚——而且正在等待着，准备重建一个新的家庭……梁霄默默地伸出手，抚摸着她那浑圆的肩头。她趁势把头靠过来，脸贴着梁霄的胸膛，温柔地说：“你听我的吧！咱们一块去丁书记家，你好歹做些表示，让他了解这是省里定下的意图，不能全怪你，我来同他商量一下今后的调动……”

梁霄笑着摇了摇头，捧起她的脸，悄声说：

“洁淼，我的退路，不在丁一林那里，而是你……你的支持，你的爱——”

文洁淼忽然变得冷淡了，她挣脱了他的手，声音颤抖地说：“你……不！

我的心受了一辈子折磨，……再这样提心吊胆，颠沛流离的，我、我受不了！”她哭了，一扭身，抽抽噎噎地跑开了。

她走了。可是梁霄还渴望着见到她，她还是会再来的，他能说服她——感情这根绳索，已经牢牢地把他俩系在一起了……

嘭、嘭、嘭！半夜打门，出了什么事？梁霄一跃而起。门一开，一个满头是汗的小伙子闯了进来。梁霄认出来了，这是那个和爱人在工地上睡觉被护厂班抓住的小伙子。

“老梁，汽车队出事了，被辞退的临时工和附近的农民围住仓库要抢东西，胖队长看着不管！”

“什么？”梁霄像被火烫了一下，猛地跳起来，他最担心的事情终于发生了！汽车队离厂区五里路，当初在那里建队，无非是要占住多征收的一百亩农田，直到下马前，还在那里盖房子。雇来的临时工都是车队长的同乡同族、三亲六戚，工厂一下马，把他们辞退了，他们借口辞退不合理，闹了几天。现在竟串联起附近要求收回农田的农民动手哄抢了。哼，果真应了那句风凉话：“美洲有个加拿大，中国有个大家拿”，像话吗？梁霄叫小伙子去通知陈副厂长火速集合护厂班和干部职工赶到现场去，自己跳上自行车，向车队飞驰而去。

快到车队了，迎面跑来几个人，梁霄认得有一个是车队的青年司机，急忙跳下车：

“干什么去？车队怎么回事？”

“哎呀！厂长你可来了！”小司机认出梁霄，一叫喊，几个人都围过来诉苦：那帮人围住仓库要砸开抢东西，说厂里欠了他们的债，谁去拦阻就打谁，凶得很！胖子车队长在睡觉，找他，他说反正散伙了，他管不了。

“混账！”梁霄怒不可遏，想立即带着这几个人往车队冲。忽然他又站住了，向车队库场那边望了望。偌大的车库，里面黑灯瞎火，人声嘈杂，看来仓库已经被砸开。他定了定神，猛然间想出个主意，转头吩咐那个小司机：

“你们去把三台车发动起来，一台车听我指挥，两台横着把库场入口和出口堵死，再去把全部电灯一起打开，灯一亮，大家拼命按喇叭！”

几个人分头去了，不一会三台车从车棚开出来，梁霄攀上一辆货车，叫司机打开车灯直向仓库开。这时，库场上的灯全部亮了，小伙子们还弄来一盏一千瓦的大射灯，把光束一下子对准仓库大门，汽车喇叭也发狂似的嗥叫起来。

抢东西的人猛吃一惊，顿时乱成一窝蜂。梁霄趁机指挥着货车一直开到仓库门口，把大门堵住了。他看得清清楚楚，一大堆人在手忙脚乱地又搬又抬，“各取所需”。其中有临时工、农民，还有几个职工和家属，有的人甚至趁机把新房子的门窗也拆了，往一辆手扶拖拉机上装。

梁霄在车上做了个手势，汽车喇叭戛然而止。他威严地大吼起来：

“把东西放下！都给我放下，你们这是在犯罪！”

这一吼，震慑了全场，空气像突然凝固了。一个抱着一大堆东西的妇女吓得一失手，把一个小油桶哐当一声掉到地上。有的人往阴影里躲，有的人开始往地上扔东西。

梁霄严峻的目光扫视全场后，厉声地说：

“国家的东西，一根铁钉也不能拿走！不听劝阻，继续哄抢，一律追究刑事责任！听到了没有?”

鸦雀无声。突然，在一个暗角里，飞出一个阴阳怪气的声音：“别听他这一套。这是只准州官放火，不准百姓点灯！当官的能在这里拉走木材，我们为什么不能拿?”

人群骚动起来，梁霄在车头盖上猛击一掌，厉声喝道：“谁拿谁犯法！当官当兵的都一样！谁敢再煽风点火，严加惩处！”

骚乱被控制住了。陈副厂长带着大队人马及时赶到。梁霄叫人把全部参与哄抢的人集中起来，逐一登记，追还物资。他马上找来车队的骨干了解情况，追查挑动哄抢的为首分子。

一个突如其来的打击，使梁霄如被五雷轰顶似的怔住了：真有干部从车队拉走了两方木材！这干部不是别人，竟是文洁淼！正是她下午开仓拉走木材，使车队长有了撒手不管的借口，引发了这场严重的哄抢事件。

第二天清晨，梁霄精疲力竭地回到厂里，胸腔里像灌了一桶熔化的铅，又灼又沉。他径直来到三号宿舍楼找文洁淼。文洁淼不在，文晓刚起床，正在窗前对着镜子欣赏昨天才烫的鬈发，她毫不掩饰地告诉梁霄：妈妈昨天就进城给“大官们”送木材去了，丁书记夫人和旅游局长夫人各要一立方，而且指定要上等的海南木。

“有什么办法？现在是树倒猢狲散，各奔前程嘛！我佩服你，不愧是个当官的，真沉得住气。不过，你是个领导，是个宝贝，不愁没人抢着要！”——她仰着脸，又是那副不冷不热的笑容！

梁霄沉默地盯了姑娘一眼，他强忍着胸中的怒火，铁青着脸匆匆离去。

血往脑子里冲，他感到一阵晕眩，他痛苦地闭上眼睛。他的眼前突然出现了：礼堂里坐满的人群，他在台上讲话，重申纪律，宣布要对几个私分私拿、煽动哄抢的人员严肃处理，其中，有胖子车队长，有文洁淼……梁霄的心剧烈地颤抖起来，脚步生风地奔回办公室，几乎是扑向电话机，急如星火地抓起电话——

拨号——“找谁?”“找文洁淼。”——不在。再拨，不在。再拨……终于，耳边响起——她在旅游局长家里。

“洁淼吗？我是梁霄。”他仿佛听到了自己咚咚的心跳声，不得不缓了口气，尽量压低声音：“……昨天下午你从车队拉走了两方木材？请（——他斟酌了一下才用了这个字眼）你马上把木料拉回来，我派车……”

“为什么?”耳机里传来了她惊讶而不满的声音。

“因为这件事，车队昨天闹乱子了，明白吗？不能拖，要在上午拉回来!”梁霄加重了语气。

耳机里沉寂了一阵，又响起来：“木材是领导要的，有什么问题？别人有意见，我付钱好了。喂，怎么样?”

“——不行。”梁霄咬了咬牙说。

“就这么绝？这不光是为了我，也是……也是为了你!”对方显然被激怒了，说话声颤得厉害，带着胸腔里发出的气音。

“洁淼，不能这样，你想想看，这关系到全厂下马的大局，一乱起来就不可收拾了，你明白吗?”梁霄几乎是近于恳求了：“洁淼，厂里有纪律，我们是党员，是干部……”

“纪律?”文洁淼几乎尖叫起来：“纪律还不是你们嘴巴里出来的？你这是成心——”她抽啜了一下，没往下说。咔的一声，电话里的声音消失了。

梁霄慢慢放下电话，木然地站着。这又是一场阻击战，阻击的不是敌人，而是自己的亲人——离开后又将要复合的妻子！他眼前突然又闪过鸡笼山的荒野，那个脸黄肌瘦的小姑娘呢？电话里说话的会是她吗？她到哪里去了？

身后有人咳嗽一声。梁霄回过头来，陈副厂长默默地递过一张公文稿纸，那是刚起草好的处分决定，上面列着胖子车队长等几个人的名字。梁霄踟蹰了一下，一抬头，碰到了陈副厂长那炯炯的目光，他伸出微微颤抖的手，用笔在处分名单上加了三个字：

文洁淼！

他知道，他这一笔，犹如一把利剑劈出去，把他和那个人的关系一刀两断了。

六

他凝视着天际，雨后如血的残阳映照着他的身躯，使他俨然似一尊正在沉思的石像。

天边，那一片如火的云霞变幻着，像许多美妙绝伦、璀瑰华丽的火凤凰在轻盈地起舞，它们飘渺如烟的彩尾，被夕阳的几枝金箭射中了，放出北极光一样的奇光异彩。哦，那是云中的彩虹吧？梁霄被迷住了。他真想沿着脚下这条路，一直走到天边那片云霞中去——然而，他只有十分钟了……

就要离开“南化”了。在这里，他有过雄心，有过希望，有过爱恋，有过挫折和苦恼。这里使他重新闻到鸡笼山上的硝烟，体味到阻击战的艰辛……现在，那个曾流水般花钱的工地已变得空荡荡的了。转产农药的小工厂已经开工，技校正在招生，建筑安装公司也拉到经济特区承包工程了。“南化”的牌子已经摘下，只剩了一个小小的留守处。他终于把这场阻击战打赢了。一股宽慰之情涌上心头。工厂关闭，在别的国家里，可能意味着失业、破产、跳楼自杀……而在这里，只是队伍的转移和重新组合，准备新的进军。今天，他能妥善地关掉一个厂，将来，只要给他一个厂，他就能把它顺当地开起来！可惜，现在他得去从事完全陌生的工作了——他被调到一个山区小县。

他拿到调令，坦然地付之一笑，当天就买了晚上八点的火车票走马上任。打阻击付出了一点代价——要“落荒而逃”了，可这比当年要好得多，那时是躲在深山里，现在是去县城——当年那个文水娣呢？不在了，不可能再遇到了。那里还能看到云霞吗？会有的，只要有天空，有云彩，有太阳……

残阳被云霞吞没了，梁霄转过身，提起那个伴随他蹉跎了二十多年的破皮箱，慨然上路。皮箱里只有一张纸不是他的个人“资产”，那是一张他准备永远保存的公用信笺，上面有文洁淼的字迹—— 一张最后通牒！

那是旅游局发来了调文洁淼母女的调函被党委否决之后，文洁淼叫文晓送来的，上面没有抬头，没有落款，只有寥寥十四个字：

“最后一次求你，请不要做得太过分！”

他想起了那天晚上的“谈判”，那是梁霄永远也不会忘记的……

当时，他心里像海洋刮起的风暴一样不平静，可他极力克制住，对神情忧郁的文晓说：

“党委讨论过，你妈妈应该把木材追回来，承认错误，使全厂都受到教育，才能调走。”

文晓失望地望着梁霄，眼圈一红，两行眼泪从眼中涌出。她倔强地转过脸，悲切地小声说：“要是我求你呢？你知道，我是个很要强的人……今天来求你，不光是为了我妈、为了我自己，也是为了……”她突然伏在椅背上，失声痛哭起来。

梁霄突然领悟到女儿的话里可能隐藏着什么，心猛地一缩，整个胸腔遽然变得空荡荡的。他有点手足无措地站起来，迈着沉重的步子走到女儿身边，轻轻抚摸了一下她的头，眼睛模糊了：

“别这样，文晓，看见你们这样，我……我心里也不好受！”

“那你——答应吧？”文晓泪痕满脸地回过头，满怀希望地看着他。

他拿起她的手，慢慢地拍了拍，长长地叹了口气，转脸看着窗外，很久很久才发出一个低沉的声音：

“不——”

文晓盯着他，慢慢地站了起来：

“嗬，真是铁石心肠！哪来这么强的原则性？共产党教的？可是，人总要识点时务啊，你不睁眼看看？人家丁书记官比你大得多，党龄比你长得多，就不像你！两方木头算什么？有的人干的比这厉害，你有本事去抓嘛？只会抓住妈妈的小辫子不放，逞什么英雄？难怪你汽车越坐越大，房子越住越小，有官当也当不长，一辈子倒霉——”

说这话的是自己的亲生女儿？这就是一直在革命干部家庭里长大的青年？她的话像一根烧红的铁钎捅进梁霄的心脏里，还搅了两下，使他痛苦得几乎要咆哮起来。然而，这是她一个人的话吗？这是被扭曲了的历史的回声啊！最不幸的是，她的这些话，有些竟是人人耳闻目睹的事实呵！这更使梁霄痛心疾首，怒火中烧！他咬着牙，拼命遏制住自己的情绪，他不由自主地伸手去抓桌上的玻璃茶杯，但手抖得厉害，杯子掉到地上，碎了。

文晓不安地看了梁霄一眼，不往下说了。可是梁霄突然放弃了训斥她的打算。不，医治这些历史的癣疥，时代的创伤，不能光靠语言，得靠行动！靠我们一代人自我牺牲、艰苦奋斗的行动呵！他依然纹丝不动地坐着，冷峻地注视着她，一直看到她发窘地垂下眼帘。

"讲完了？"梁霄深深吸进一口气，胸中火辣辣的激情融合着真挚的父爱迸泻出来：

"孩子，虽然你是吃着党的奶水长大的，可是你把党当作了乡下的奶妈，不认识她了。我们不能因为天空飘来一朵乌云，就说天永远是黑的，否则就是不识时务——你叫我睁开眼睛看看？其实，我们都大睁着眼睛，你是在乌云密布的时候学会睁开眼睛看世界的，所以到现在你还是满眼乌云。但是，天空中不仅会有乌云，还有蓝天，还有彩霞……这些你见得太少。你见过为了掩护部队转移，肠子被刺刀挑出来还抱着敌人跳崖的烈士吗？你见过挑粮上山饿晕在山路上的'交通'吗？我就是从他们身上看到蓝天、看到彩霞、认识我们党的！原则性也是他们教的，你明白吗？"

文晓呆住了，她瞪着亮晶晶的眼睛看了梁霄好一会儿，像要重新认识他似的。突然，她摇了摇头，面上又浮现出那种似笑非笑、玩世不恭的神情：

"唉，真看不出你这种人肚子里还装着这么多的感情……大道理说不过你，没办法了！我白跑一趟，算我倒霉！有一个心肠硬得连亲生女儿都不要的爸爸……"她的眼泪又涌出来了，她猛地用手一擦，转身跑了。

梁霄遽然一震，霍地站了起来："等一等！你回来——"她背向着他站住了。他颤抖着，用几乎低得听不见的声音说：

"你，都知道了？"

她抽搐了一下，没有再回过头来，"……到这里，我一直担心妈妈会改嫁，和你结婚。直到今天，我才知道……你是我的亲生父亲……"她哭出了声，"……可是，妈妈再也不会跟你好了，永远不会了……"她一跺脚，捂着脸跑了！

姑娘走了，以后梁霄再也没见过她。文洁淼终于把两方木材拉回厂里，挨了个党内严重警告处分。"南化"下马的最后一个症结，总算在梁霄离开前得到解决，她们的调动也如愿以偿了。

……前面就是宿舍区，三号宿舍楼就在拐弯处。她们还在那里吗？他知道，她们会永远怨恨他。可是，真奇怪，她们的面容怎么还老在他眼前时隐时现呢？

梁霄沉思着往前走，“嘀嘀”——汽车喇叭声！他站住了。三号宿舍楼边停着一辆银灰色的丰田牌轿车，一个拎行李包的女人低着头急匆匆地从宿舍奔出来，是文洁淼！文晓呢？哦，她会开车，这车说不定是她开来的。文洁淼上车了，蓦然，她回头一望，阴沉的脸陡然变得像死人一样惨白，她呆呆地站了一会，突然转头钻进汽车，嘭的一声关上了车门，她走了……

咦？厂前广场上怎么站着这么多人？足有上百个，他们迎上来了。当了技校校长的陈副厂长跑来说：“老梁！你也不告诉一声。我们大家都要送送你。”一个老工人不由分说地夺下了他手中的皮箱。人群里有的脸熟，有的陌生。有些人不是已经走了吗？怎么又回来了？梁霄的喉咙哽咽了，想说句话，说不出来。“突突突突”……一部拖拉机开来了，这是留给留守处唯一的运输工具，一个小伙子在上面招手，又是他，那个和护厂班打起来的小伙子，他在请梁霄上车。

唉，眼睛怎么的了？像被蒙上一层白雾。他发现很多人眼中都闪动着晶莹的泪光。

“谢谢，谢谢大家……”他好不容易才吐出这几个字，向送行的人挥了挥手。没有握手，没有道别，他被拥上了拖拉机，坐到那个壮硕的小伙子身边。

就要走了，梁霄的目光依恋地掠过人群，突然，他发现一个姑娘站在远处的屋墙边，正呆呆地望着自己。

“文晓……”梁霄喃喃地翕动嘴唇，热泪盈眶。

姑娘咬着嘴唇，始终没有说话，她慢慢地举起一只手，遽然，转身伏在墙上抽搐起来。

梁霄的眼泪流出来了，深情地望着一直沉默的女儿。

拖拉机开动了，梁霄背过身去，擦掉溢出的泪水，回过头来，大声地说：“同志们，再见——”他终于喊出声来了。

前面是急转弯，在进城大路的远端，一辆银灰色汽车的影子像只甲虫在向前爬动。拖拉机拐了个弯，颠簸着向如荼似火的天边驶去。

那地方真美，哦，那是晚霞。

冷　　锋

一

南海边，没有比这更冷的天了。

从清早起，一直刮着凛冽的北风，只要一走出这低矮的活动板房，立即就能领略到这强大寒潮的威严——恶狠狠扑过来的风阴飕飕的，搓揉、撕啃着你，森森寒气从人们淌着清鼻涕的鼻腔一直透到五脏六腑里，似乎非要把人的思绪和骨髓都冻结起来才罢休。

抬头看看灰蒙蒙的天，他皱起眉头。

失望。焦灼。

这样的天气，直升机会不会像老母鸡一样趴窝？但是不管怎样，今天一定要飞。

海上发来急电，"大力神"号出事了——卡钻！在钻透了两个高压油气层之后，三千多米长的钻杆竟动弹不得，时间拖得越长，事故就越凶险，时刻都可能发生灾难性的井喷。这口已经花掉上千万美元的探井，这艘价值上亿元的钻井船，都将毁掉；船上八十多名中外人士，也在劫难逃。

十万火急！基地党代会今天结束，郭文虎本来准备好致闭幕词的，也推掉了。他一早就带着精干人马直奔基地停机坪，等从军用机场起飞的直升机，准备上"大力神"钻井船处理事故。可是一个小时过去了，又一个小时过去了，旷野里只听见北风的呜咽，空中始终没有传来直升机的轰鸣。电话挂不通，派到基地总调度催问的老宋，也没有回来。

停机坪空荡荡的。郭文虎只穿一身加厚的运动冬衣，焦躁地踱着步子，在这坚冰一样又冷又硬的大水泥盘子里打转转。他今年四十三岁，人却显得很年轻。他长着一副白脸书生的面相：天庭饱满、鼻梁笔挺，嘴唇秀气而红润，只是那一双深邃的黑眼睛，还保留着多年钻井生活磨炼出的刚毅和强悍。他当上主管海上作业的副总经理还不到三个月，上任后建树平平，对他的评价却大相径庭，连他喜欢穿运动衣这一个人喜好，也有弹有赞，毁誉半参：一说这种穿着表明他有活力，有冲劲；而另一说，则认为他在作态邀宠，很不稳重，大有故意显示自己年轻力壮之嫌。他在珊瑚海号当见习翻译的儿子把这些议论传到他耳里，他付之一笑，竟穿着这套运动衣出席了基地党代会，很使一些人瞠乎其目。

“呼”——好大的风！他仿佛猛地跳进一条冰冷刺骨的激流，感觉到一股股干冷萧索的流体呼啸着从耳边掠过，糟糕，风越刮越猛了，还能飞吗？他的心一下收紧了。倏然，他在风的簇拥中清晰地体验到一种异样的撞击，宛如在激流中奋力逆水游泳时，心口被冒失的鱼儿撞击了一下，接着，又来了第二下，第三下——终于，他恍悟了，受撞击的是他的听觉，他听到了远处锣鼓的铿锵。

明天是除夕，海边村子里的大狮鼓响起来了。

春节到了。这是一个使十亿多人都喜气洋洋的节日，它给人类的四分之一带来了欢笑、忙碌、团聚、热闹、狂喜、陶醉和希望，然而，对郭文虎，这个年却毫无乐趣可言——妻子丁薇因心脏病住院了，儿子在珊瑚海号平台上，天地一方。节日只带来沉重的心理压力和忧虑：“大力神”号的卡钻有可能酿成震惊中外的灾难性事件！这是中外合作开发我国近海石油搞得最成功的一条船啊！“大力神”一出大事故，这个春节就得蒙上黑纱，全基地都会被这个灾难折腾得黯然失色，冲击波会惊动全省、石油部……乃至中央，喜庆的欢笑会变成孤儿寡妇的痛哭，锣鼓和鞭炮会变成悲怆的哀乐和挽歌……

这是一个凶年啊，唉！

二

停机坪值班候机室里飘出一阵快节奏音乐，故弄玄虚得有点恐怖。大概是停机坪值班员打开了收录机，他一直缩在这活动板房里面。

尽管北风频繁地用无形的冰冷大手捂住他的脸，封住他的耳朵，郭文虎仍隐隐约约听到了那种呆板的、不关痛痒的记录速度播音：

“……冷锋控制……低温……南海……海南岛……午后……风力加大……八级……”

——电话铃声！

他“砰”的一下推门闯进活动板房，带进一股寒风，他手下三员干将正在嘻嘻哈哈“摆龙门”，连声鬼叫“冷死人”。

值班员百无聊赖地关上了收录机，一边漫不经心地拿起电话，一边后仰着身子打呵欠，呵欠打得很长，嘴巴怎样也合不拢，一见郭文虎，慌忙用手掩住他的“血盆大口”。

“什么？飞机？没来。”“啪”的电话挂断了。

还是失望。

郭文虎阴沉地看着那个有十六个按键的新式电话机，到紧要关头，这家伙总是这么折磨人。

有人拍拍郭文虎的肩头——又是他，大崔。他靠壁板坐着，拍郭文虎肩头的，不是他的手，而是手里的大碌竹——粤西地区农村常见的水烟筒。

“郭工，狗日的直升机都害感冒了，格老子的都让我们回家暖和暖和吧？”

他总是这么大大咧咧的。他是全公司最好的中方司钻，外号叫崔大钻，处理事故很有一手，所以郭文虎处理危机的班子里总有他。可他的嘴巴很臭，什么话都敢说，而且从不把当官的放在眼里，他和郭文虎曾在“海洋一号”平台上工作过，现在人人都叫“郭总”，他却偏喊“郭工”。他把烟筒一收，蹲在长条凳上，有滋有味地装烟、打火，可是光说话不点烟，十足一副雷州老农的神态，这位四川汉子学起广东人的抽烟技术来，和他打井一样出色。

“你喊一声解散嘛，我们好回家搂老婆啊，再说，要过年了。”

眼看手中的火柴要燃尽了，他才优哉游哉地点烟，但让郭文虎“噗”的一口气吹灭了。

“你再敢动摇军心，我就连你吃饭的家伙带这大碌竹一起劈了！”郭文虎一手把烟筒夺过去，敲了敲他的脑袋，笑着坐到他的身边，也入乡随俗地点火“咕噜咕噜”地啜起烟来。

“怨得我？飞机到现在还不来嘛！你听听天气报告，下午起阵风八级，我们直升机的胆子还没有跳蚤×大，他敢飞？”

“这个天，还勉强能飞，风再大，就难说了。”斯斯文文的刘工程师用手托托眼镜说。

“我看你是舍不得老婆。”郭文虎向大崔挤了挤眼睛，把烟筒递给了外号叫“博士”的程达明。

“他刚才交代了，说老婆好不容易才从四川来探亲，他也刚从船上回来三天，又得走，没有亲热够。”程达明笑着“揭发”。

“还亲热个球毛！‘小弟弟’都冷缩了，硬是猫在裤裆里，掏也掏不出来……”大崔越说越粗野，越放肆，引起一阵哄笑。

墙角坐着两个外国专家，是外方专门指派来处理事故的。年长的叫戴维斯，五十来岁，满脸胡子，年轻的叫皮埃尔，他们不知道中国人在笑什么，好奇地望着。金发碧眼的皮埃尔对那截“大碌竹”发生了兴趣，老盯着，看样子跃跃欲试。

“哈啰，试一试?”程达明笑嘻嘻地把大碌竹递给皮埃尔，还开玩笑地手把手教他装烟点火。

皮埃尔猛嗳一口，竭力想把烟吞进去，突然，他两眼发直，剧烈咳嗽起来。他的洋相，又引起一阵善意的哄笑。

一声刹车的尖锐响声后。门再次被推开，一个穿着厚厚的羽绒出海服的人带进来的料峭寒气，又一下子涌满了这个小小的空间，刚有了点暖意，又消失了。

进来的是党委办公室主任宋志云，他长着一张国字脸，五官端正，有点像电影演员达式常，曾经两次在街上被人误认围观，成为基地一大新闻。他年轻能干有头脑，和郭文虎关系不错。他原来也是搞钻井的。多次要求归队搞老本行，昨天一收到“大力神”卡钻的电传，他就请缨跟郭文虎一起上船处理事故，态度十分坚决。此刻，他神色冷峻，进来后门也不关，马上把郭文虎拉过一边要谈什么，直到大崔大叫“关门”，他才醒悟，快手快脚把门关严了，抱歉地向大家笑笑。

“什么事?”

“刚才叫通了军用机场，我们用的‘S－76’直升机出了点毛病，恐怕一时修不好，是不是取消——”宋志云的声音压得低低的，生怕影响其他人的情绪。“不行。”郭文虎眉毛一拧：“今天一定得飞。”宋志云点点头，有点为难地沉默了。

所有人的视线都集中到郭文虎脸上，人们不知道他们谈什么，但看得出来，这事很神秘，很严重。郭文虎敏感地觉察到了，脸色忽然开朗，淡淡一笑，低声吩咐：

“请机组赶紧修，同时设法调其他机组待命，实在不行，就向别的单位求援，借一架直升机应急，反正今天中午前一定得飞。”

“好的，我马上办。”宋志云忽然又沉吟起来：

“不知道该不该告诉你——”他小心翼翼地看了郭文虎一眼：“新党委第一次会议，今晚开。”

“我知道，不参加了。”

“我看，你得留神，他们活动得很厉害——”

郭文虎倏地抬起头，注视着宋志云的眼睛。他们指谁，郭文虎心里明白，兼党委书记的总经理郑山即将退居二线，很多人都认为郭文虎应该接任，这次党代会选举新党委，他也得票最多，可也有人反对，而且条条理由都是冠冕堂皇的，天有不测风云，政治和权力的角逐则更高深莫测……

“有人指望今晚……你不在，正中下怀，他们都是玩权术搞名堂的行家!”宋志云愤然，很有神采的眼睛里燃烧着一股凛然正气。

沉默。说什么好呢？我们的选举，假假真真。庄严肃穆？形同儿戏？都难说得上。一股又苦又涩的汁液翻涌上郭文虎的心头，曾经有过这么个笑话，一次选举，某公胜券在握，可是关键时刻他的膀胱不争气，撒一泡尿回来，他目瞪口呆地发现形势逆转，几个原来口口声声效忠他的人，转而投效了安坐不动的对手，于是乎，一泡尿成千古恨……

荒唐！可这有时又是事实。

真的要较量一番，居下风的未必是他郭文虎，然而这值得吗？昨晚，总公司领导和工作组都和他谈过话，他了解上级的难处，也揣摸到他们秘而不宣的意图，他相信自己的直觉。

今天，哪一头重，哪一头轻，他心底那杆天平十分清楚。

宋志云期待着，屏住了呼吸，仿佛出气一粗会妨碍他的决策。

他决定了，释然一笑：“你去吧，快去落实飞机。”

宋志云眼睛里掠过一丝怅色，看得出，他有点失望。他勉强地笑笑：“飞机的事好办。”开门走了。门外响起了他那辆英式吉普的引擎声。

“什么事?”大崔给郭文虎递过烟筒，狡黠地眨着眼睛。

郭文虎学他的样子蹲在长条凳上，“咕噜咕噜”地啜了两口水烟：“没有什么，直升机出了点毛病，还得等一等。”

眼睛看着眼睛。活动板房里突然肃静，只听见风从窗缝里钻进来，发出不祥的尖啸声。

三

铃声骤响——电话！

两个外国人正往墙上掷飞镖取乐，大家在一旁看着解闷，一听铃声，连戴维斯和皮埃尔都站住了，所有的目光都集中到发出响声的那一个点上，接着，又盯住了拿起电话的郭文虎，盯住了他不动声色的眼睛。

电话是总调度打来的：直升机的那点小毛病排除了，马上就可以来。可是机场飞行管制不同意起飞。

“为什么？”一簇火苗在郭文虎的眼睛里闪动了一下。

“不清楚，可能其他地方出了什么事。”

“‘大力神号’上怎么样？”

“第二次解卡失败了，出现井塌，泥浆流失很严重……船上高级监督罗杰斯先生又来了电话，要求快派人去。”

“立即把船上事态的危险性给飞行管制说清楚，出了事他们要负责任！”

发生什么事情了？莫非……郭文虎心头忽然闪过一种不祥的预感，飞行管制从来没有干涉过我们用的直升机啊，要不要亲自给飞行管制的头头老周挂个电话？

“我说啊，狗日的不让飞咱们就不飞。”大崔用茶杯给他的宝贝烟筒“咕咚咕咚”灌足水，又在大放厥词，“这种天气坐飞机，搞不好格老子老婆要当寡妇。”

没有人附和。郭文虎看看他亲自点的另外三员兵将，一个个神色阴沉，紧绷着脸。当他与程达明目光相接时，这个“博士”不自然地笑笑。

“那还是我好，还没有让老婆当寡妇的资格——好在我还没有老婆。”

郭文虎给他一个眼色，目光里蕴含着责备，他想制止这种情绪蔓延。

无济于事，程达明忧郁地一面点头，一面卖弄自己的知识：“根据国际劳动保护中心1981年12月发表的报告统计，海上石油工业发生的意外事故是煤矿的十倍，而且，有百分之七十是直升机的事故……”

郭文虎摇摇头，轻轻地拍拍程达明的肩头，当机立断地扭转了话题：

“船上，第二次解卡失败了，情况更严重，怎么办?”

大崔向外国专家一撇嘴：“问洋人啊！问我们有屁用，人家拿的钱是咱们的二十倍!”

“可这口井是我们的，是中国的!”郭文虎火了，恶狠狠地瞪了大崔一眼，所有人都不吭声了。

郭文虎突然不安起来，是不是太冷酷了？他们已经很不错了，明天就是大年三十，放弃节日、放弃与亲人团聚，去冒大风险，容易吗？他们三百六十根骨头哪根长哪根短你还不清楚？嘴再臭，心还是热的。

“铃——”电话铃突然发了疯似的打破沉寂，使人心头一震，是凶？是吉？总像有点异乎寻常。

“什么?”这是即将离任的总经理兼党委书记郑山的电话，郭文虎一听，脸色刷的一下变了。

简直五雷轰顶！他儿子出事了。基地总调度为了应急，要求从“珊瑚海号”钻井平台起飞的一架直升机直飞基地待命，准备以它代替郭文虎那架迟迟不能起飞的直升机。不料这架直升机在海上飞行二十分钟后出事了，掉到海里，机上人员生死不明。郭文虎的独生子，在“珊瑚海号”上当见习翻译的郭彬，就在这架直升机上！

两耳嗡嗡作响，脑子结成一团冰坨，眼泪一滴滴落在电话上，数字按键一片模糊，唉，泪水淹没了这桌子，这屋子，这些人，这一切的一切……

“……你爱人还不知道，机上人员名单，我暂时保密，但谁也没告诉。飞机的救生装置很好，现在正组织搜寻抢救，或许还有希望……你留下来吧，‘大力神’上的事，我去处理……飞行管制还不放飞……我带人坐船去……”

老郑头的声音还在响，但他已经支撑不住了，颓然坐到椅子上，麻木的手还攥着电话，呆呆地一声不出——他什么也说不出来了。程达明轻轻上前，摘下他手中的电话，把它放到机座上。

发生了什么事情，大家全知道了。屋里死一般寂静。恐怖、悲怆，像打着尖哨从缝隙里袭进来的寒风，慢慢地灌进人们的躯壳，袭进灵魂深处。

“呜呜——呜呜——”救护车？还是警车？声音越来越响，看样子是直奔停机坪来的。大崔奇怪地向窗外看了一眼，顿时紧张起来：

“格老子的，搞啥子鬼哟！刘工，老宋把你老婆、我的老婆都弄来了。”

门一打开，屋里人都呆住了，随一阵寒风扑面而来的，是一个叫人茫然无措的场面—— 一辆基地医院的救护车停在门口，宋志云正把脸有泪痕、精神有些恍惚的丁薇扶下车，跟着下来的，是大崔的老婆，刘工的老婆，程达明的妈妈……

郭文虎突然转过身，飞快地用衣袖擦了脸，噔的一下站起来，迎上去。

女人们几乎是扑进来的。丁薇一见郭文虎就双泪长流，双手紧紧地抓住他一只手臂，生怕他突然飞走似的。她哭着、哭着，却一句话也说不出来。

“这回该信了吧？”宋志云在一旁笑着说：“我说你们都没上飞机，她们就是不信，基地都传开了，说掉了一架飞机，还有鼻子有眼地说你们这一档子人就在这架飞机上。把她们这班内阁总理们吓得失魂落魄，干脆，我叫一辆救护车，把她们全拉来，让她们亲眼看看，好放下这条心。”

哦，她果然还不知道真情，郭文虎明白了，妻子是奔他来的。

大崔大声嚷起来，他在呵斥他老婆：“哭啥子嘛？真是头发长见识短，摔架飞机有啥子可大惊小怪的？老子见多了——”他突觉失言，把话尾巴捏断了——这海口夸得真太不聪明。

“我们没事，回去吧。”郭文虎轻轻扳开妻子的手，在她瘦嶙嶙的手背上拍了拍，眼睛却瞥着站在墙角里伸长脖子看热闹的两个外国人：“你看，把这么多家属都惊动了，传出去多笑话……”

丁薇笑了，她双手抹着眼泪：“看见你，我放心了，刚才，我急得心都要跳出来了。”

“回医院去吧，要注意保暖，按时服药，上楼梯要慢慢上……”他把妻子送到门口。

丁薇突然站定了：“你还要坐飞机去？”

他凝视着妻子惊恐的大眼睛，微微摇了摇头：“没有飞机了。”

妻子的眼泪又汩汩流下来了：“别坐飞机了，听到吗？”她一手抓住他的手，尖尖的指甲掐得他有点疼：“答应我，不坐飞机，坐船去。还有，你打电话，告诉小彬，叫他也别坐飞机回来，坐船，听到吗？一定要坐船回来……”

一阵心酸，他竭力憋住眼眶里的泪水，默默地点点头。

“你答应我——”

“我会打电话……你放心好了。”他小心地将妻子扶上车。

四

救护车开走了，带走了那几颗虚惊一场又慢慢安定下来了的心。门开着，但谁也没去关。屋里变得像冰窖一样冷，家属们把屋里仅存的一点热气也带走了。

人人心头都像压上个大磨盘，大家相对无言。皮埃尔无聊地掏出一本机场小说，津津有味地看起来，戴维斯像个机械人似的面壁而坐，向板壁的一个圆盘掷飞镖，掷一下，拔下来，又掷一下……

郭文虎怔怔地对着自己的出海提包，刘工捡起他的羽绒出海服，轻轻说：

“郭总，回去吧……”

宋志云看看这个，又看看那个，这屋里的气氛使他局促不安，一听刘工劝郭文虎回去，仿佛恍然大悟：

“啊？来电话啦？我看你还是回去的好，刚才，我在办公大楼，我听说老书记急如星火地要调船，说要亲自带人上‘大力神号’，我就估计非要把你留下来不可……”

郭文虎软弱无力地拎起了出海提包，宋志云要给他穿上羽绒衣，可他一手找过来随随便便搭在肩上，沉重地向门口走去。

宋志云跟在他身后，小声地说：

“让你留下来，肯定是新党委的工作要你安排……”

郭文虎回头睨了他一眼，脸上的筋肉抽搐着，没有开腔。

“要是这样，也不用和空中管制打交道了，你留下来也好，给那伙人来个措手不及，干一场就干一场！”

“你，还去不去?”郭文虎忽然停住脚，低声问。

“我？我……听你的。”宋志云打了个突，字斟句酌地说：“我想，你事情一定多，我留下来也好。”

郭文虎瞪着眼睛，像在眺望着远方什么，又像什么也没看见，他说话了，像叙说着一件遥远的往事：

“听我的没有用，昨天晚上，我和总公司领导，工作组长都谈过了，我决定，不当党委书记，也不当总经理……”他心中有数，什么都安排好了，他的新职务，将是副总经理兼总工程师，但他没说出来。

宋志云待在那里。

郭文虎忽然转过身来，看了宋志云一眼，在门口站了片刻，默默地把门关上了。他疲乏地走到电话机旁坐下，拿起电话按了几下号码，忽然又挂断了，托着下巴，愣愣地看着大崔闷头抽大碌竹。

“怎么，又不留了？”程达明问。

没有回答。大崔抬起头，默默装上烟，用手揩了揩粗大的烟筒口，好像这样能使黑油油的烟筒口干净些似的，然后递到郭文虎面前。

郭文虎抬起头，接过烟筒，感激地看了他一眼。

火柴点燃了烟撮，猛地一啜，烟筒嘴上放出一闪一闪的红光，不到半分钟，烟撮就被燃尽，成为烟渣被嚯的一下吹掉，它只有半分钟的寿命，然后，就变成烟渣，变成烟雾，变成尼古丁积聚在人的肺泡里……

耳朵还在嗡嗡响，一个声音像从遥远的地方被北风吹过来似的，一下又一下地撞击着心头：“……你的爱人还不知道……正在组织抢救……或许还有希望……”

人的生命，也是一种放光发热的燃烧，儿子还不到二十，应该燃烧得更长呵，怎么这么轻易就被窒灭掉？不，不，可能真还有一线希望。你真应该留下，应该亲自去参加援救——为了宝贝的独生儿子，为了丁薇，为了她那不断流泪的眼睛……

郭文虎皱起眉头，狠狠地抽啜了一口，生切烟的味儿真辣！烟雾仿佛一下子灌满了他的五脏六腑。他缓缓地站起来——

可是，钻井船呢？

口一张，浓重的氤氲从喉咙里冲出来了，嘴是苦的，舌头是苦的，连声音也沾了苦味：

“谁知道，坐船……要多少小时？”

刘工戳了戳眼镜：“大约要二十二小时。”

程达明眼睛一转，补充了一句：“等于从海南岛去一趟西沙。”

大崔一手捋过烟筒，唾了一口口水：“呸！这个天，坐船颠这么远？别说肠子要全吐出来，格老子连鸡巴卵子也保不住。”

郭文虎伸手抓起电话，动作很吃力，仿佛电话沉重得像个哑铃。

“我想好了。”他脸色苍白，握电话的手在微微颤抖，他并不去按号码，而是严峻地环视众人，眼神是庄严的，庄严下面深藏着痛苦：“‘大力神号’，我还是要去，而且，必须坐直升机，否则，来不及了……”

肃静。没有人吭一声。

宋志云脸色都变了，他刚张口想说什么，突然又噤住了，他瞥见大崔鄙夷的目光。

“我这就给飞行管制周主任挂电话，要他马上放飞。不想坐飞机的，劳烦他跑一趟，回基地办公大楼告诉郑书记，船，不用调了。”

谁都没有动。郭文虎的手指按动了电话数键。每按一下，电话机里响起一声悦耳的乐音。

五

天空中响起沉雷似的轰鸣——“S－76”来了。

“狗日的，到底来了。”大崔贪婪地啜着最后一筒烟，嘴巴一张，喷出一条长长的烟带，他舒舒服服地闭上眼睛：“啊——安逸！这回就是飞机硬要和大海亲嘴，把我们拽下去见海龙王，我也知足了。”

他抽完烟，把烟筒啪地往值班员桌上一放说：“这宝贝我不带了，要是飞机摔下来，你就替我交给老婆，夫妻一场，留个纪念。”

屋里的空气突然像凝固了。

人们拎着出海提包走出活动板房，天竟斜飘起使人冻得牙齿打战的牛毛细雨来，哎，真冷！直升机桨叶搅起阵阵狂风，逼得郭文虎披上御寒的出海羽绒衣，一股股寒气仍然从心底里往外冒，他眼前闪动着妻子泪光闪闪的眼睛，感到莫名的内疚和痛苦。

皮埃尔走到郭文虎面前，彬彬有礼地操一口美式英语问：

“请问，我们就坐这架直升机去吗？它为什么拖延了这么长的时间？”

郭文虎顿了顿，用英语大声回答：

“因为，有一架直升机失事了，他们要进行例行的安全检查。”

一阵刺骨的寒风刮过，年轻的钻井专家微微颤了颤，深蓝色的眼珠子转动了一下：

“是否可以告诉我，那架直升机失事是否由于天气的原因?”

“我不知道，可能会有影响，但根据贵国生产的这种直升机的性能，现在完全可以安全飞行。”郭文虎说着点点头，走上了停机坪。

“S-76”降落在停机坪上，驾驶员走下机舱，两个都是年轻的中国人。他们跑过来帮值班员把笨重的仪器设备搬上机舱。

郭文虎看见戴维斯向皮埃尔嘟哝了些什么，小伙子又跑过来了。

“副总经理先生，在这样的天气飞行，能否换一个我们公司雇请的M国驾驶员?”

郭文虎不客气地盯住他的眼睛，盯得他垂下了眼帘：

“十分抱歉，由于今天上午驾驶那架失事直升机的，正是M国驾驶员，现在，我们只能够请中国驾驶员来送我们了。”

皮埃尔愣住了。原来差不多冻青了的白脸孔，忽然间微微一红，他耸耸肩头，低声说：

“对不起。”

郭文虎友好地拍拍他的肩膀，他怏怏地走开了。

该登机了。郭文虎走到舷梯边，迟疑地停住了脚步。他回头看看众人，个个脸色冷漠，一点表情也没有。大崔手里紧紧攥着他的宝贝烟筒——他到底没有把烟筒留下!

郭文虎心头一热，眼圈红了。

眼前，又出现妻子惊恐的大眼睛，泪光点点。

唉，也许，真应该留下来，我真不是一个好丈夫、好父亲……

突然，他发现，在应该登机的人中，有一个没有走出活动板房。

他深深吸了一口气，唉，怎么早没看出来呢?他竭力把迟疑和内疚都压进心底。哦，这天气真冷!君临岭南大地，肆虐南中国海的冷锋，也似乎飕飕地锲进了他的每一条骨髓，使这个铁石心肠的汉子也寒栗了。他一扭头，慨然登上舷梯，钻进机舱……

“请系紧安全带，戴上防噪音耳机……”直升机起飞了。

涨潮，涨潮，伶仃洋

命运和他开了一个玩笑，使他在春风得意之时受到严酷的惩罚——曾经热血如潮的易凯也被“冷藏”起来了……

眼睛，一双倔强的眼睛，忧郁地注视着正在哗哗涨潮的小海湾。

大海涨潮真有气势：一排一排白浪前呼后拥呼啸而来，尽管高高涌起的浪涛在龇牙咧嘴的嶙峋怪石面前，一个个被碰得粉身碎骨，变成一堆堆白雪，一团团烟雾。但它毕竟一点一点地把左右两个岬角的礁岩吞没了，连横陈在簕竹湾正面、像道门户似的帝女礁，也只剩下一线黑影。它踌躇满志地一个劲儿往上涨、涨，漫上沙滩，鼓满了海湾，似乎真的要冲上山根的那个娘娘庙，淹没那个新发现的皇帝陵，让皇帝和娘娘洗个海水澡才善罢甘休。哦，这就是大海！眼前这海的名字不大好听——伶仃洋，但它涨潮时那股撼天动地的声威，毫不逊色。当然，它也有落潮的时候……

人呢？也有潮涨潮落吗？在人生的旅程中，能不能永远憋足那股“涨潮”的劲头呢？

唉，难哪！易凯正面临“落潮”，而且落到了有生以来的最低点。八个月前，他是全基地最年轻最有才华的勘探船长。小道消息沸沸扬扬，有鼻子有眼地风传他很快提公司副总经理，据消息最灵通的胡同大叔说，连办公室都给他腾出来了。然而，顺风顺水也会翻船，正在他得心应手地准备施展抱负的时候，一向对着他微笑的命运突然变了脸，他金光闪闪的前程黯然失色了，他遭受了人生道路上第一次惨痛的挫折——

一个大事故！超负荷运转的吊车突然失灵，把一辆沉重的勘测仪器车从作业船摔到运输船甲板上，后果不堪设想：设备严重损毁，五个小伙子负重伤……唉，他不该为赶任务冒风险抢那一天时间、不该下令顶着大风起吊……

那个可怕的灾难发生后一个月，他不得不含泪离开勘探船，来到这里。面对宋末名臣文天祥“伶仃洋里叹伶仃”的海洋，他成了这个荒凉海湾的主人，衔头全称是海洋勘探开发公司陵海前线基地筹建组长。其实，他既不用“筹”，也用不着“建”，这个“基地”刚划出地盘就被远在北京的总部忍痛“冷藏”了——根据国家的经济状况，大约五年以后才能投资。他的任务，只是统率着一个因公致残，至今腿还有点跛的老胡同，守住地方政府慷慨地大笔一挥从地图上划给他的0.3平方公里沙滩、簕竹丛生的荒山和一个曾经作过海盗窝的残破庙宇——娘娘庙。

命运和他开了一个玩笑，使他在春风得意之时受到严酷的惩罚——曾经热血如潮的易凯也被“冷藏”起来了，他蜗居娘娘庙里，患了严重的失眠症，即使勉强成眠，也常常梦见在大风中摇晃的仪器车，梦见在海里挣扎的小伙子，梦见妻子劲岚担惊受怕的泪眼……

“易凯——”远处的呼喊把易凯的思绪打断。哦，胡同大叔从乌石墟赶墟回来了，他会带来些什么消息呢？

胡同匆匆穿过娘娘庙旁的簕竹丛，气喘吁吁地向海边跑来，他的腿原来就有点跛，现在风湿痛又发作了，跛得更厉害，走起来一蹶一蹶的。他边挥手边笑着喊：

“好消息呀，基地来信了，咱们这个点撤掉！你能回去了！”

“什么？”

“基地来信了。”

胡同可能刚喝了两盅，满脸红光，一嘴酒气，他眼睛本来就小，现在更乐得见牙不见眼，笑意把他与年龄不相称的满脸皱纹犁得更深了。易凯接过他递过来的一纸公文，扫了一眼，这封因为挂号而辗转了许多时日的重要来函使他的眉头倏然蜷缩起来。

什么公文！寥寥两行字，光说筹建组撤销，人员另行分配工作，可这簕竹湾呢？地产权呢？竟草率得一字不提！难道他们可以把0.3平方公里的海湾土地打进行李包里带回基地去吗？这可是个有开发前途的海湾啊！

“苦着脸干什么？能回家过年啰，天天能搂着小媳妇亲热啰，还不高兴？”老胡同笑嘻嘻地逗着易凯：“我一来就批了八字，你在这个荒湾待不长，我知道，郭老头不会这么狠心，让你们小两口当牛郎织女……”

老胡同是公司第一把手郭树欣的救命恩人。二十年前在一次抗台风中，他挡住了一条绷断的钢缆，救了郭树欣，自己却跛了一条腿。因为立了这一功，他红过一阵子，当过标兵模范，还当过仓库主任，但没几个月，把仓库管得乱七八糟，一场大火烧掉了三分之二的紧缺物资。从此他就成了糊不上壁的烂泥、一个令人事部门头痛的长期编余干部。郭老头尽管感激他，但恨铁不成钢，无可奈何。热肠热肚的他也不图什么报答，能常到郭家走动走动，在灌了几盅“神仙水”之后能以郭老头的“发言人”身份在众人面前喷喷口水花，他就心满意足。

此刻，他又叨起郭老头来：

“别看你挨了处分，郭老头还是看得起你的，上次我回基地，他一见我就问：易凯情绪怎么样？你有年龄这块金牌，又有学历这块银牌，单缺一张最硬的王牌——后台！只要跟紧郭老头，你手里就有王牌，准能东山再起，不会倒霉一辈子……”

易凯嘿嘿笑了：“我手里只有张最小的牌——我自己！”他把公文还给胡同，忽然，看见胡同口袋还插着一封信。

“还有信？”他心里突然萌生起一股渴望：劲岚一个多月没来信了，会不会是她的？

“噢，光顾高兴，差点忘了，你的信，广州来的。”

“广州！”易凯差点跳起来，那个著名的历史学家邝文佑教授又来信了！他急忙撕开信封，不知是海风吹，还是他心急，叠得整整齐齐的薄信笺怎么也展不开。

“又是说那个皇帝坟墓的事？”胡同好奇地问。

“对。”易凯读着信，心跳突然加快了，唉，要是这信早来几天……

“你这个人……”胡同不以为然地摇摇头，突然失声喊起来了：“哎，糟！我忘了——你还有一封电报！”

“电报？”易凯回过头盯住胡同：“哪来的？”

“不知道，还没来得及看。”胡同焦急地翻着身上所有口袋：“嗯，哪儿去了？”翻了足有一支烟工夫，最后，他绝望了，一拍脑袋：

“嘿，我这脑筋——该死！扔到哪儿去了？”

易凯哭笑不得。唉，真是个糊涂大叔！这个倒霉的电报谁来的呢？会不会与簕竹湾命运有关？只有天知道！

他茫然了。唉，这个让人吃苦又丢不开的簕竹湾啊——

易凯脱掉毛衣、长裤，跃进了深冬冰冷彻骨的海浪中，开始了每天傍晚必修的“功课”——游泳。当了七个月的弄潮儿，他学会了一边和风浪搏斗，一边思考。

像眼前难对付的浪峰一样，一个艰难的抉择突然涌起，横亘在易凯的脑海里：

走，还是不走？

他和胡同在这里“筹建”了七个月，历尽艰辛地作过各种勘测和规划，这些沐雨栉风得来的成果先是被“冷藏”，现在干脆被一阵风吹掉了——国家拿不出钱！

然而，无心插柳柳成荫。他像无意中发掘到一个金矿一样突然发现了这个荒湾的价值：这个似乎沉睡过去了的寂静海湾，竟令人惊异地淹埋着几个颇有价值的古迹！

——在娘娘庙后山簕竹林深处开荒种菜时，他们发现了一座伴有石人石马的古墓，残碑上刻着“大宋祥庆少皇帝之陵”，祥庆就是赵昺的年号，南宋末年，他被元军追击，在崖门由宰相陆秀夫背着以身殉海。没想到这个小皇帝赵昺的坟墓竟会在这里！

——在湾左岬角山上踏勘修路时，发现了一个古炮台遗迹，还在一个石洞里找到一尊铸有道光年号的铁炮，这大概是鸦片战争的遗物，林则徐、关天培麾下的兵弁也许用来抵御过入侵的敌寇。

他们的发现惊动了文物部门和著名的历史学家邝文佑教授。几路人马来到簕竹湾转了半个月，据邝教授分析，娘娘庙和兀立湾口的帝女礁，可能源于宋亡后遗民对死难于崖门漂流到此的宫廷妇女的悼念，帝昺陵在沿海发现过几处，都不可能是真冢。这一个更有可能是在娘娘庙建成之后由后人附会而建的义冢。接着，邝教授根据海内孤本《陵海志》，继续发现了宋遗民凭吊故国君臣的崖刻“滴泪岩”、明代来往西洋的重要港口陵山港遗址，考古队的潜水员还在湾内-7米的水深发现了两艘装载瓷器的古船！原来，在明代，这里曾是“舟舶如梭、车骑如流”的繁华之地，“出使入贡悉经于此。”可是，天灾人祸，这里历尽沧桑，竟变成一个荒湾！

这些发现鼓舞了易凯，在和邝教授彻夜长谈的时候，他根据国外一些做法，提出了自己一个大胆的设想：簕竹湾毗邻港澳，远望伶仃洋，湾口有玲珑秀丽的帝女礁，东有滴泪岩、古炮台，中有娘娘庙和帝昺陵（尽管是个义冢，但好歹也算个皇陵），还有古港遗址和古沉船，在不到0.3平方公里面积内拥有这么多古迹，这是块宝地啊，完全可以将它开发成一个风格独特的海滨旅游区，在区内重修帝昺陵和娘娘庙，还可以搞一个文天祥公园，立一个文天祥的塑像，让人们面对伶仃洋，缅怀他“留取丹心照汗青”的忠贞情愫。在炮台山上，也要立一个林则徐的塑像，让人们永远记住过去……还有，要搞一个介绍古港遗址、展览古沉船的航海史陈列馆，搞海水浴场、度假中心和开展冲浪、帆板、潜水和游艇运动的航海运动中心……并以这些“无烟工业”为依托，搞跨业联营，在海外集资集股，逐步把海湾西侧发展成国际性的海洋勘探开发基地，这样，不需要向国家伸手，反过来又可以促进各项“无烟工业”的繁荣。

易凯的设想使老教授大为兴奋，他离开簕竹湾后，热情为易凯充当说客，在各级领导机关之间奔走游说，在报刊上大声疾呼，终于引起了一些党政领导的注意，事情有了一些眉目。然而，就在这宛若洪荒的簕竹湾刚露出一线曙色的时候，易凯却接到公司的一纸公文——他要走了。另行安排工作，他们会给他安排个什么工作呢？

呼哗——呼哗——海风挥动着无形的大手，驱使着有如千军万马般的海浪向环抱着一泓碧水的岬礁轰击。易凯顶着风，终于登上了古炮台下的左岬角。

轰—— 一个巨浪炸裂了，晶莹的浪花霎时间把他淹埋，在夕阳斜照下显得五彩缤纷的水花甚至喷到比易凯高出一臂的巨型岩礁上，阳光给岩壁添上了一抹淡淡的玫瑰色，现出了隐约可辨的崖刻：

滴泪岩！

易凯打了个寒噤，他晒得黝黑的身上只穿着一条湿淋淋的游泳裤，被浪花一溅，海风一吹，冷得全身鸡皮疙瘩直冒，这毕竟是阴历十二月，春节快到了。

筹建组撤销了，往年过年过节他总在海上，今年大概可以和妻子女儿在一起过年了，今后甚至还会终日厮守在一起。一想到劲岚和女儿茵茵，一缕柔情从他的心底升腾起来，汩汩地在全身运行，寒气被驱散了，胸中变得暖酥酥的——

怎能忘记她呢？从他们恋爱的时候起，劲岚就不断为他做出牺牲……橡胶林深处的生产队只剩下他们两个异乡来的知青，日子是多么难熬啊，这时，上面给队里拨来一个大学推荐指标，队里征求他们两人的意见，她说："易凯去吧。"说完就背起赤脚医生的小药箱上山出诊了。易凯毕业后分到勘探船上，可她家的出国申请也批准了——全家到加拿大定居，谁也没想到，她一个人留了下来，和他结了婚。从成家到有了小茵茵，他们一直当牛郎织女，劲岚默默地把家务重担承担了，没有一句怨言……

哎，能把这个小小的三口之家在城市里安顿下来，该有多好哇！他能带小茵茵去亲眼看看过去只能在画片上见到的大熊猫了，再不会让妻子天天听气象广播，为在海上作业的他担惊受怕了，再也不会让深夜出诊的年轻妈妈把女儿锁在家里，让她哭哑了嗓子了，他们能在星期天逛公园、听音乐、看电影，和千千万万个幸福家庭一样，舒舒服服、美美满满地过日子了……

易凯回过头来，眺望满潮的簕竹湾，甜滋滋的心情一下子无影无踪——这个荒凉的海湾有股神秘的力量像磁铁一样刹那间吸住他的心，使他心灵深处那架权衡"走"还是"不走"的天平发生混乱的晃动，他茫然了。唉，这个让人吃苦又丢不开的簕竹湾啊——

倏然，易凯又想起那封倒霉的电报，谁来的？会不会是基地收到了他的报告，重新考虑全盘计划，来电收回撤销筹建组的命令？如果真是这样，他还得守住娘娘庙过日子，起码得奋斗三五年，甚至更长，十年、八年……

不，我想把海湾捏在手上，把你和孩子装在心里。

陵海市的市委书记约见了易凯。

原来，市委在邝文佑教授的呼吁下仔细研究了易凯的设想，决定大量吸收外资与海洋勘测开发公司联合开发簕竹湾。

傍晚，一辆市委的丰田越野车冒着残冬的冷雨驱进簕竹湾。易凯轻捷地从车上跳下来，向司机道了谢，然后一边用口哨吹着贝多芬《欢乐颂》的调子，一边走进他的"别墅"——娘娘庙。可是，迎头被眉开眼笑的老胡同拦住了：

"你今天双喜临门啦，从头到脚都冒福气！"他神神秘秘地笑着，回头向庙里张望了一下，突然压低声音："咱们娘娘庙的娘娘显灵，下凡来看你来啦。"

"胡扯！"易凯噗扑一笑："我有老婆。娘娘看中我，我还看不上她呢——"

老胡脸一沉："不相信？"他转身进庙，从耳房里拉出一个忍俊不禁，笑得满脸红晕的年轻女子："看，这不是娘娘下凡了？"

“劲岚!”易凯一愣，他做梦也没想到，妻子竟会突然出现在他的面前。

耳房门口，冒出一个胖乎乎的小女孩，肉嘟嘟的小手上抱着一个绒制小熊猫。

“茵茵，快叫爸爸。”劲岚回头喊。

可是，茵茵没开口。她羞赧地奔出房来，躲在妈妈的腿后，两只乌溜溜的眼睛却一直好奇地瞪着易凯。

唉，连女儿也不认识自己！从她出生到现在，三年多了，他这个当爸爸的一直在忙，在她身边的时间加起来还不到四个月，难怪……“茵茵!”易凯心一酸，一把将她抱起来，不停地亲她那红扑扑的脸蛋，亲得她用小手紧紧捂住脸，她害怕爸爸粗硬得像钢丝刷子似的胡子。

“看你，把孩子都扎怕了。”劲岚连忙把茵茵抱过去，嗔怪地瞪了他一眼，可是，那目光是温暖的，像一股温泉，流到他的心里。

“我们母女来接你一起回去过年，欢迎吗?”劲岚把茵茵抱进耳房，放在易凯的床上，随手摊开一堆刚换下来的湿衣服，易凯的心内疚地悸动了一下：这么远的路，又下着雨，她还带着孩子……

“怎么这么晚才回来?”见他没搭腔，劲岚把湿衣服拧了拧，晾在挂毛巾的尼龙绳上，脸上带着宽容的微笑：“电报写得清清楚楚嘛，你这车是怎么接的?真把我急死了，幸亏一个司机好心，让我们搭车——”

“唉，唉——”老胡同慌乱起来，看样子他又好心地办了件糊涂事，胡说易凯到车站接车了，现在不得不狼狈“招供”——根本没去接车，电报让他给弄丢了。

“算了。”易凯苦笑着截住老胡的话头，尴尬地伸手帮劲岚把晾着的衣服扯了扯，坦率地承认：“我没去接你。”

“噢?”劲岚那柳叶形的长眉毛一扬，飞快地瞟了瞟丈夫，不动声色。

“太忙了，”易凯硬着头皮把老胡同丢电报的罪责包下来：“在市里搞穿梭外交忙了几天，筹建组一撤，这簕竹湾又得荒下去，其实，这是块宝地，我不想丢。”

劲岚咯咯咯地笑起来：“这个破海湾丢不得，我和孩子丢了都无所谓，对不对?”

易凯眼珠子机灵地转了转，笑了：“不，我想把海湾捏在手上，把你和孩子装在心里。”

“就你嘴巴滑!”劲岚脸上绽出两个小酒窝，笑着捶了捶他，手很轻、很软。她走到床边打开旅行包翻了一阵：

“给。”一个公函信封交到易凯手里：“你可别小看它，别人排着长队抢也抢不来，这是郭书记主持党委开了三次会，才决定给你的，给我带来了。”

这是一张调令，任命易凯为海洋勘探开发公司驻广州办事处副主任——一个叫人馋涎欲滴的肥缺。

他恍恍惚惚像丢掉了什么，丢了什么呢？哦，丢了一个海湾，丢掉了他自己……

久别胜新婚。

下半夜，易凯醒了，他睁着大眼睛。一夜的缱绻反而使他思绪清晰起来，他想了很多很多……

雨早就停了，月亮从云层里探出头来，温柔地把清辉轻轻泼进庙里，他朦胧地看到妻子美丽白皙的脸庞。劲岚在梦中似乎还在安详地微笑，哦，今晚她太兴奋了，竟没有觉察到易凯有难言之隐。

“妈妈，动物园……”小茵茵咂着嘴在说梦话，把一条胖胖的小腿搁在妈妈身上，劲岚低低地哼了一声。易凯小心翼翼地把茵茵的腿移开，深情地低头吻了吻妻子和女儿，然后披衣下床，轻轻给她们掖好被子蚊帐，他没点油灯，蹑手蹑脚地走出了破庙。

海涛拍岸，海风浩荡！易凯倚着庙前的石狮子，望着月光下闪耀着点点白光的海湾，胸中也奔突着浪涛、呼啸着狂风。

这回真的要离开簕竹湾了！心灵深处那架天平发生了倾斜，为了妻子、为了女儿小茵茵，他得走，得到广州办事处走马上任——

在铺好由三块床板拼成的“大床”以后，阔别大半载的小两口忽然在油灯下沉默了。茵茵早已睡熟，通情达理的老胡同把床铺搬到娘娘的石供桌上，当了娘娘的活供品，正睡得鼻息如雷。夫妻两人都想说几句话，但又期待着，似乎在挑选着最恰当表达夫妻情分的语言。

看着茵茵憨态可掬的睡相，易凯忍不住亲了她一下，劲岚轻轻笑起来，妩媚的杏眼流溢出幸福的神采：

“还有一个好消息，我没告诉你——”

“什么?”

你猜——”她竟学着某个爱情电影的镜头，卖起关子来。

“猜不出来。”

“使劲猜。”

易凯苦着脸，闭上眼睛，过了一会，他摇了摇头，抓起自己一把头发，装出一副绞尽脑汁的样子：

“真会折磨人！再不开谜底，我可急得要去跳海了!”

“你敢？我可不想当寡妇!”

“那叫我怎么办？我已经死了几十亿个脑细胞，再猜下去就得变白痴，你忍心?”

劲岚使劲憋住笑，用手拨弄了一下易凯乱蓬蓬的头发，依偎到他怀里，甜得像蜜一样的声音从胸臆里流淌出来，欢快得有点微微发颤：

“告诉你，我考上医学院进修班了，三年！咱们可以一块进广州!”

“真的呀!”易凯也一下子激动起来，她带着孩子还能考上进修班，真不容易！这是件大喜事啊！

“咱们总算可以安个家，过过安稳日子了……你在办事处工作，茵茵送托儿所，我甚至还能当走读生呢，好吗?”

易凯没回答，他浑身热烘烘的，小两口都不说话了，感情的熔岩很快就把他们融合在一起。

现在，那炽热的熔岩冷却了。

海风不停地摩挲着易凯的脸颊，牵动着他的衣衫，这是在挽留他吗？哦，连海涛也发出一阵阵沉雷似的呼喊，声音是那样深沉，那样愤懑，那样倔强，这个博大伟岸的生命在呼喊些什么呢？

海洋，曾令他春风得意、云衢高步，也曾使他饱尝了挫折的辛酸和炎凉，抱恨终生。因为挨了那个严厉的处分，他这辈子可能没有机会再当一船之长了，他在远海里吃了败仗，但在这阅尽人间屈辱和苦难的伶仃洋边，他却倔强地挺起了腰杆，辛辛苦苦当了七个月的开荒牛，他在艰难创业中找到了医治精神创伤的药方，奇妙地感受到充实和满足。

如今，他得走了。一想到走，他的心就猛地往下一沉，他恍恍惚惚像丢掉了什么，丢了什么呢？哦，丢了一个海湾，丢掉了他自己……

“你怎么啦?”暗处传来了劲岚惊惶不安的声音。易凯没有回头，也不吭声，但他感到了她带来的阵阵温馨，接着，一件毛外套披到了他的身上——

“半夜三更跑出来，也不多穿件衣服！睡不着觉?”

“嗯——”易凯发出的声音像一声悠长叹息。

他坐到石狮子脚下的花岗石棱上，劲岚默默穿上她那件鲜蓝色的太空褛，坐在他身边。两个人又相对无言了，像在潜心等待着、倾听着大海那一下又一下撼人心魄的拍岸声。

“岚，我不想走了……”易凯终于开了口，像搬开了压在心头的一块磨盘，胸口顿时一阵松快。

“我知道——”劲岚抽啜了一下，打了个寒噤：“……我猜出来了。”

“我考虑过，办事处的工作，我干不适合……”

“知道，你过不了舒服日子……你是个苦行僧。”劲岚的声音在海风中萧瑟，像在哭。

易凯捉住她的双手，两眼闪闪发光：

“岚，你知道这湾外是什么海？这是伶仃洋啊！文天祥‘人生自古谁无死，留取丹心照汗青’这首诗，就是过伶仃洋时写的！这里有那么多古迹，港湾条件好，又靠近陵海市的深水码头，怎么会没有开发前途呢？我和陵海市委谈妥了，他们答应把引进外资的国际海员度假中心和海洋公园设在这里，和我们合作搞一个海洋开发和旅游业合璧的联合开发公司！每年抽出百分之四十的利润作为建设海洋开发基地的投资，四年就可以搞——”他突然顿住了，他看见劲岚脸上闪烁着泪光。

“……你不光是个苦行僧，还是个冒险家……”劲岚抬起头，泪眼汪汪地望着他。

“轰——”一个大浪横蛮地闯上沙滩，发出一声巨响，仿佛连地底也颤抖了一下，易凯的方寸全乱了：为什么不多替她想想呢？结婚后，她天天为他提心吊胆，没过一天安生日子。为了孩子，她放弃了几次上医学院进修深造的机会。因为学历不够，至今还是个医士，不能提医师。如果他留在这个荒凉的海湾，那孩子怎么办？她怎么办？他不敢再看劲岚的眼睛，转面看着被冷幽的月色笼罩住的海湾。

她又低低地啜泣了一下，易凯的心颤抖起来，叹了口气：“唉，算了，我还是该走，让别人来搞也一样……”他捧起劲岚的手，慰藉地抚摸了一下：

“咱们睡吧?”

劲岚沉默地点点头。他们双双站起来，回到了娘娘庙。

清晨，一辆摩托惊醒了酣睡中的簕竹湾。

陵海市的机要通讯员转送来一份昨日深夜发来的加急电报：

“报告收悉，不同意与陵海市联合开发簕竹湾。根据国务院批复及省府324号文件，该湾为我公司所有，不容谈判，叫易凯春节前到广办报到，胡同返基地，搬家车辆已由广办派出。”

不容谈判！难道就这样判决了簕竹湾的前途？这可是个无期徒刑啊！易凯愣住了，一直捏着那电报的手缓慢地垂下，仿佛这一页电文很沉、很沉。海潮拍岸深沉、愤懑的声浪又在冲击着他的耳膜，震撼着他的心灵！

“茵茵，咱们要到广州过年了，高兴吗？”劲岚蹲在地上，一边用泉水替茵茵洗脸，一边用眼睛瞟着易凯。

“高兴。”茵茵歪着小脑袋：“到广州也住这样的破房子吗？”

“傻孩子，广州哪有这样的破庙？”老胡正在喜滋滋地洗头，从脸盆里抬起脑袋对茵茵说：“你爸爸又当官了，住好房子，很高很高的大洋楼。”

“那是动物园吗？”茵茵突然眼睛一亮。她从未上过动物园，凡大人说的好东西，她总是把它与动物园联系在一起。

“不是，那是爸爸工作的地方，不是动物园。”劲岚粲然一笑，一把搂着茵茵亲了亲，回过头看了易凯一眼，眼睛一下子红了：“到了广州，让爸爸每个星期天都带你上动物园好吗？”

“妈妈也去。”

“好的，爸爸妈妈一起带茵茵去……易凯——”她突然看见易凯转身进庙，推着单车向通往陵海市的土公路走去。

“喂，你要上哪儿去？”劲岚惊恐地瞪大眼睛，站起来望着他。

“到市里，打长途电话，得让他们收回成命。”

“唉！你回来……”急得劲岚直跺脚。

胡同正抹得一头香皂泡沫，一听也急了，连忙一蹶一蹶地跑过来：

“哎呀，我的小祖宗，你想干什么？叫咱们走咱们就走嘛，何必为这个荒湾惹郭老头生气？万一老头子改变主意，胡乱把你我戳在这里留守，怎么办，这鬼地方荒得像原始时代，再待下去人都会变成猴子了！”

“放心，我会让他派人来替咱们。”易凯在早晨的霞光里挥了挥手，纵身跳上了单车。

“哎，吓老子一跳！”胡同舒了一口大气：“咸吃萝卜淡操心，真是个怪人！”

长途电话，又一个长途电话。

磋商，再次磋商……

深夜里，娘娘庙总闭不拢的竹门透出了油灯柔弱的光线。易凯精疲力竭地回到庙门口，正想推门，又忐忑不安地缩回了手。不，他还没想好，这番话该怎么说——

“有麻、胀、酸的感觉吗？”门里传出妻子的声音。

“哎哟，跟过电一样。”哦，老胡同的关节痛得厉害，劲岚在给他扎针了。

“你还有药吗？”

“有，就这风湿丸，买了两盒，可吃了屁事不顶。”

劲岚突然大笑起来：“老天爷，这是什么风湿丸？这是妇女调经丸！”

“什么？呸！妈的，那鸟石墟的小药店尽坑人！晦气！哎哟——”

“你自己不会看看蜡丸上的字？”劲岚笑得直喘：“好了，你得注意防寒，这么重的风湿病，本来不适宜待在这样的环境工作的。”

“谁说不是？这鬼地方！连壮得像条牛的易凯也喊腰疼——”

“真的？”劲岚紧张起来。

“谁说的？瞎说！”易凯赶紧推门进庙，胡同忽的一下从娘娘的供桌上滚下来，紧盯住他问：

“啊，回来啦？上面怎么说？”

易凯笑笑，转身抓起凉开水罐，“咕咚咕咚”狠狠喝了个饱，抹了抹嘴才开口：

“打了几次长途，光电话费就花了两百多——”

劲岚披着那件鲜蓝色的太空褛，两个眼圈儿有点黑，焦急的大眼睛定定地望着易凯，默不作声。

易凯的舌头突然像结了冰，原来想好的词儿一下子全都冻在舌头底下了，他避开胡同的视线，用隐藏着不安和歉意的目光偷偷瞥了一眼妻子。

“要我们留下？”胡同预感大事不好，跳将起来。

"没有——"易凯心情沉重地坐到椅子上。

谁也没要他们留下，倒是易凯自己把自己留下了——

第一个长途挂给郭老头，老头子咆哮如雷：

"……鬼迷心窍，胆大包天！——划给咱们的地盘为什么要让别人来插一只脚？荒着也不行，不行！一寸地也不能让！你得当心，给你的处分还没撤销，别再惹麻烦！快到广州办上班去，再闯祸我可没好果子给你吃……"

没办法了，只好硬着头皮把电话挂到北京总部，找主管总部的刘副部长！

居然让他找到了！对着国家一个部的首长，他越说越激动，反复说明、解释和恳求，简直不厌其烦，刘副部长大概有点生气了，劈头一句打断了他的啰啰嗦嗦的汇报：

"你还想再挨一个处分？"

易凯的心噔的一下停住了，全身冰凉。他急得冲着电话喊："只要簕竹湾能搞出个样子，一百个处分我也愿挨！"

"真的吗？你看我们派谁搞这档买卖好呢？"

刘副部长出其不意一句话，把易凯问哑了。

"嗯，你来怎么样？敢不敢干？"电话里的声音一半像期待，一半像嘲弄。

血涌到易凯的脸上，心一横："给我权，我就敢！"

"好！我就要你这股犟劲！你留在簕竹湾吧，不要到广州上任了。我带几个人马上就去，让老郭也去，我们得先看看，才好与陵海市拍板……"

他的命运就这样被决定了。

后悔吗？有一点儿。唉，那个天天都能团聚，美满、温暖、幸福的小家，茵茵每星期都去动物园的憧憬……全都成了海市蜃楼——还得两地分居啊！

易凯像全身爬满了蚂蚁一样不自在，他一狠心，把刘副部长的决定向胡同和劲岚摊牌了，奇怪，话一说完，他反而如释重负，浑身松快，就像豁出命去做了件使自己心安理得的错事，现在心甘情愿坐在众人面前等待谴责一样坦然。只是，他仍不敢往劲岚那边看，怕见到那双忧伤的眼睛。

老胡同不住叹气，憋了半天爆出一串话来：

"你这是最后机会啊！我也是挨过处分的，重新出头的机会错过了，才落到今天这步田地。你现在就像赶末班车，再搭不上，别人就把你看死了，你追吧，爬吧，没人可怜你，往后就把你忘记了，你正年轻，可不能学我，鬼知道你的什么联合开发搞不搞得成？哪有你这么傻的？不去广州留在这荒湾守娘娘庙！这是抓把黄连当甘草，自讨苦吃嘛！”

易凯释然地笑了笑，黄连，甘草，该怎样评价呢？不都是药吗？他的心反而亮堂了。

“妈妈——”耳房里，小茵茵醒了，大概是被噩梦惊醒的，她“哇”的一声哭起来。

劲岚绷着脸站起来，低着头向耳房走去，她像什么事也没发生，但一只手却紧紧揪住衣服的胸襟，她看也不看易凯，然而，她漠然直视的眼睛，却充满了谴责、充满了痛苦——易凯像遽然受到重重一击，猛地跳起来，跟着妻子走进耳房。

“劲岚——”易凯轻轻抚摸着她的肩膀。

“别吵！”劲岚把脸一扭，紧紧抱着不停地抽噎的小茵茵，轻轻拍着，拍着，她的泪水涌出来了，滴到茵茵面上。唉，母女俩都在哭。

易凯拿过一条毛巾，默默擦去茵茵脸上的泪水。劲岚抱着孩子转了个身，把背对着他。

“孩子……怎么办？我要进修，谁带？”她的泪水流得更多，更多。

“我想过了……”

“你说，怎么办？”

“我——带。”他轻轻吐出这两个字，每个字却像有千斤重。

搬家的汽车，就停在土公路边。

胡同把腿支在车头座位上，愁眉苦脸地不停抚摸着他那倒霉的膝关节，眼睛却睨着娘娘庙门口。

易凯要留下来，还要带小孩，简直发了疯！而他那贤妻良母型的妻子劲岚，这两天像哑巴一样沉默，临到汽车装好要开走了，她竟突然提着旅行包要跟车走！易凯的嘴巴却像贴了封条，连半句挽留的话也不说。唉，这两口子啊，怎么都这么犟呢？老胡同的眼睛湿润了。

庙门口，易凯抱着小茵茵，默默地给妻子送行。劲岚低着头，急急地向前走，仿佛丈夫、孩子都不存在，都不屑一顾。

“爸爸，妈妈上哪儿？”小茵茵问。

“妈妈……上街去买饼饼、买气球，待会回来跟爸爸一起带茵茵上动物园……”易凯把脸贴紧茵茵，内疚像火一样把五脏六腑烧着了。

"这儿有动物园吗?"

"有……有的。"

"有熊猫吗?"

"有……"易凯感到自己的脸像高热病人一样发烫，内疚的火烧到脸上来了。

"能天天都去吗?"

"嗯……天天——"易凯痛苦得差点要呻吟了，他扭过头来，咬着牙，瞪大眼睛，盯着海湾。

哦，伶仃洋，正在涨潮……

小茵茵挥动小手叫道:"妈妈，妈妈，快点回来，爸爸说天天都领我上动物园!"

劲岚迟疑了一下，突然一手掩着脸，像喝醉了酒一样踉踉跄跄地加快了脚步，简直是在跑。

"妈妈——"

可是当妈妈的没有回答，她甚至连头也不回。

聪明的小茵茵觉察到不对头了，她尖声哭起来，奶声奶气的哭音，像刺痛了海风，刺痛了大海，涨潮的海湾每一阵喧嚣里都似乎积郁着不平。

"妈妈——"孩子扯开细细的嗓子在喊，声音凄楚得怕人。

劲岚的脸陡然变得灰白，手一松，旅行包掉在地上，她站住了，缓缓地转过身，突然发疯似的向丈夫和孩子奔去。

易凯看着流着泪奔来的妻子，又低头看看怀中张开双手拼命哭喊的小茵茵，鼻子一酸，眼圈红了，可是他仍沙哑着嗓子说:"你……还是走吧，我能带好——"

劲岚一把抱过孩子，蹲下身去呜呜哭了。

易凯伫立着，红着眼睛眺望着远处的伶仃洋，这时，海风吹得更劲了，海湾里涛声震耳，有如虎啸龙吟。哦，这又是簕竹湾在呼喊吗?易凯仿佛听到了这样的声音——

涨潮，涨潮，伶仃洋!

番鬼坟

咸丰八年正月，英夷咭利陈兵船于龙门外海。遣艇登龙牙岛汲水数度，是月十五，夷酋毙。舁于龙牙之阳窆之。夷船发炮十数而去……

——龙门县志

村长阿发头大如斗，这番鬼坟，怎么办?

番鬼坟，是块丑样的大石。黢黑，铁硬，凹凸不平，似只伏在龙牙顶山腰上肚子鼓得滚圆的癞蛤蟆。在放一个屁全岛都臭的小小龙牙岛，三岁细路仔都晓得它的来历，整个龙门海亦赫赫有名。现在，村里老人们要立时三刻将它挖掉、填平，难！真难！说归说，谁肯真动手？再说，这老古董真动得吗？事关国际，岂能儿戏?

岁月如流，风风雨雨，那大石头一直傻傻伏在那里。阿发只记得它热闹风光过一回——那阵县城里下来的学生哥、全岛唯一的民办教师阿东，率领辖下的二十几个小学生（阿发那阵年已十六，却在读小学，自在其中），在那癞蛤蟆般的丑石头前一字排开，猛喊了一通“打倒帝修反”、“砸碎封资修”……喊够了，傻傻地结队回村。阿发尿急，灵机一动，转身朝那番鬼坟射出一泡黄尿。几个调皮仔一见，纷纷效尤，霎时间，那丑石头上急尿如雨。阿东老师一旁看着，笑口吟吟，并不制止。村人大奇，于是又有一段“古”新鲜热辣，不胫而走：原来，上知天文，下知地理的阿东，竟也考据出番鬼坟下躺的那个红毛番鬼头目，是当年上岛要霸占那口甜水井，被岛上英雄盖世的先人乱棍打死的，如今对着鬼坟屙尿的这帮细路哥的爷爷的爷爷的爷爷，或许当年都抡过痛打红毛鬼的大棒。阿东把这段只有自家知道的英雄史诗写成文章，登上县报省报，龙牙岛因此一时名声大噪，村人脸上亦多了些风光。本来，阿东还要再来搞一次革命行动—— 一不做二不休，把番鬼坟挖掉。可是来不及，他已接到调令，从此不再端民办教师的饭碗，急如星火地离岛上陆，到县革委会耍笔杆子去了。

番鬼坟依旧是块又大又丑的黑石头。

村人依旧与这丑石头相安无事。只是细路仔们朝它屙尿屙出瘾，有尿见它尿急，无尿的见它也能挤出几滴。阿发长大了，当村长了，此瘾却传给了他的儿子阿成。阿成除非不上山，一上山就要对它屙尿，再急也要憋住留到番鬼坟上撒。番鬼坟被一代代人的尿雨洗得更黑、更粗糙斑驳，周围渐渐爬满了连蔓的飞机草，茸茸的，长势极好。

眼下，麻烦一个接一个，番鬼坟成了祸害。

龙牙岛近年日子安乐了，人丁兴旺，偷渡外逃绝迹。面向大陆的龙牙湾，建了小码头。过去偷渡出洋，现在成了海外赤子的阔佬捐款，在村口盖了座天后庙，香火日盛。一日，村长阿发的爷爷、德高望重的七十老人龙六公，顶着毒日头去南湾捉蟹，忽见番鬼坟上烟气袅袅，心中惊骇：莫非那番鬼的阴魂不散，放出鬼气作祟害人？抬头猛见他的重孙阿成一伙毛头小子正在附近狼奔豕突学功夫，怕他中邪，连喝几声，赶开阿成一伙。六公的儿子早年死于海难，阿发的儿子阿成是三代单传的独苗，宝贝得紧要。可阿成一伙却不信什么鬼魂鬼气，心中暗笑：刚刚往番鬼坟上齐齐屙过尿，如大雨倾盆。哪有什么鬼气？可怎敢辩驳？只好呼啸散去。六公忧心忡忡，唯恐鬼气冲撞了天后庙的香火，急掉头回村叫人担一担狗血屎尿，淋在鬼坟之上。又与全村老辈人斟酌再三，经全村议决，要在离鬼坟数百步外的龙牙顶，加盖一座关帝庙，以镇住鬼坟，扶正辟邪，保住全村的福运。龙牙岛自古惟老是尊，惟老是听，阿发虽是一村之长，却属孙子一辈，哪敢说个不字？只得照办。

过了清明，关帝庙落成，全村热闹胜年节。炮仗烧得惊天动地；从城里请来戏班在村口搭台挂幕。只等一入黑就开锣做戏；大烧猪脸红耳赤，高踞供案；村人长幼有序，一律向红脸的关大帝亦向大帝面前那红脸的烧猪头跪拜如仪。说怪也真怪，偏偏在这关口又出了一件事令全村惊疑不已—— 一艘机船靠上了码头，船上竟大模大样走下来一个活生生的红毛鬼佬！

真是白日见鬼了。

那鬼佬牛高马大，白脸高鼻，碧眼红唇，两臂更像两条洗净的白萝卜，一腮茸茸红胡须，一头长长的鬈发，赤金丝似的在日头下闪闪放光，显得不男不女，不神不鬼，不伦不类。一班人陪他走路，领头一个，却是阿东。不过，人们早已不喊他阿东，而恭恭敬敬称他陈县长，这陈县长奔前走后，引着大胡须鬼佬把小小龙牙岛踏看一遍，还钻进新落成的关帝庙逛了逛。白脸的鬼佬向着红脸的关大帝挤眉弄眼，大不敬地伸手摸摸关大帝的胡子，还做了个吓人的鬼脸，老人们一旁看得咬牙切齿，又心惊肉跳。那鬼佬从关帝庙出来，走到鬼坟边的土坪上，顿时似拾得银纸一样眉开眼笑，兴高采烈。他在鬼坟边盘桓半日，指天画地，叽叽咕咕念念有词，最后一脚踢飞一块拳头大的卵石，拍拍阿东肩膀，在众人簇拥下摇摇摆摆走了。阿东留话：外宾（即鬼佬。做官的人毕竟讲礼貌）过几日还要来，来了就要住下，不走了，村人得小心照顾，注意国际影响，云云。

六公顿生疑惑：莫非这鬼佬是当年那死鬼头目后人，要来祭祖守灵？那岂不是要扫关帝的威风？晦气！果然，这鬼佬一来，全岛的节日气氛立时黯然，大戏唱得不汤不水，各家分到的烧猪肉也味同嚼蜡。老人们议短论长，认定这是非灾即难的恶兆，于是心焦如焚地怂恿阿发村长，即刻把番鬼坟挖掉。阿发本不甚信鬼神，但得罪全村老人他又没这个胆子，正左右为难，那鬼佬又坐一条大机船到了，而且比上次来得更威风，带来三五十人，前呼后拥，卸下大箱小箱无数，在鬼坟边土坪上昼夜不停动工做屋。村人谁还敢动那鬼佬的祖坟？罢罢罢，阿发只好挨骂。

真是眼一眨，老鸡乸变鸭。鬼坟边，一日之间精灵般矗起一座古怪木屋。这屋有檐无瓦，窗口顶着个蜂箱，一口大锅架在屋顶上，不知要煮何物。屋里屋外拉满电线，高低纵横，令村人莫测高深的敬畏油然而生。后生们晓得，这屋里大概安装了什么科学仪器、无线电报机之类，老人们则一言贬之，把那屋叫“鬼庙”。

陈县长又传下话来，村长阿发囫囫囵囵照本宣科，知照村人——那间顶着大锅的怪屋，有个了不得的“定威案台”（到底叫什么东西，阿发记不清，也说不清），这家伙本事极大，能照住海里的大船，总之事关中外合作，紧要得交关。村里要供给淡水、青菜鱼肉，还要保证安全。那屋里一粒螺丝值几担石斑鱼的价，谁敢进？各家各户千万要管好细路仔，鬼佬的东西万万动不得，出了事，要追究刑事，坐班房吃官司。

天！六公暗叫苦：那鬼佬果真是来祭祖守灵的。不单盖了“鬼庙”。连拜山的“定威案台”也搬来了，如何是好？

这忧患亦如感冒伤风，会传染。一时间，村中父老也个个长吁短叹，忧心如焚。

大机船开走，鬼佬带来的大队人马，竟也跟船走个清光。剩下那鬼佬和一个黄肤黑发的四眼后生搬进那“鬼庙”。那“鬼庙”顿成全村注目的中心，新落成的关帝庙和天后庙，反而“退居二线”，被人们淡漠了。村人留意着，只见那鬼佬成天缩在屋里，屋顶上那口大锅也不见煮什么东西，毫无拜山祭祖的动静。四眼后生倒很活跃。此人白白净净，斯斯文文，却会讲鬼话，有人见他常与鬼佬叽里咕噜，有讲有笑，投机得很。“鬼庙”入伙那日，四眼后生就下山来找村长阿发，一脸客气。他请村长找个人担水，每日十担，出价之高，令阿发登时两眼发直，真有大只田鸡随街跳么？出手如此大方，实让人疑心内有圈套。然而村长转念一想，鬼佬荷包鼓胀不知柴米价，掏他一把还怕钱咬手？于是心旌摇动——这水自家包担了！

阿发慨然包了供水，却难为了十四岁的儿子阿成。阿成担了一担水，从村口翻过龙牙顶，几次往返，骂臭了鬼佬祖宗十八代的老母，捱得腰酸腿疼，“鬼庙”旁边那大水箱还空荡荡远未见满，于是愤然丢开水桶扁担，火爆爆喷出一支尿来向鬼坟怒射。可阿成骂归骂，屙尿归屙尿，水还得照担，阿发背着人照收银纸。

村人不知底里，指背戳脊数落阿发没骨头，竟叫儿子侍候鬼佬。六公更七窍生烟，把阿发叫来问罪。阿发嗫嚅几句，申明这是县长交代的公事，老人更恼，凛然怒喝：不管你公事婆事，县长要担叫他自己来！你不要儿子我可要个香炉趸。骂得阿发脸绿脸红，只好作罢。此事一阵风传开，村人交口称赞，人人遂以为鬼佬做事为耻。那鬼佬自然没想到“鬼庙”才开张，就断了水，也买不到新鲜青菜鱼肉。有人在关帝庙上望见，那鬼佬和四眼仔餐餐食面包罐头，门口丢了一堆罐头壳。六公预言，如此不出五日，那享惯福的鬼佬必挨不下去，乖乖走路。说得人人点头膺服称是。

谁料到，“鬼庙”的小烟囱不久又升炊烟。有人又望见四眼仔在水箱边剖鱼洗菜。六公叫阿成去探了一回，见大水箱竟满得快溢出来。那鬼佬哗哗啦啦在小冲凉房冲凉，痛快淋漓，六公听了吃了一惊，疑云顿生。莫非那鬼佬长了三只手？趁黑从甜水井偷水，在村里偷菜、偷鱼，大干其不干不净的勾当？当日，六公蹲在关帝庙门口，盯住那架大锅的屋顶，侦察半日，未见异动。只听见“鬼庙”里鬼话连篇，声不绝耳，不似吵架，也不像聊天，倒似在喊电话，和念咒诵经亦差不多。六公百思不解，耐着性子打熬到半夜，忽闻有人一声咳嗽，六公睁大双眼，看得真切，只见一人担着担水翻上龙牙顶来，此人竟是骂鬼佬骂得最凶的水根！水根轻敲“鬼庙”的门，那门一开，射出一片强光。四眼后生出来，数钱，塞在水根手里，那水根慌慌张张，把水倾在水箱里，悄然而去。接着，每隔一根烟工夫，水华，水山、水生、水木……一个个担着水鱼贯而上，一连七八个，个个偷偷摸摸……做贼一般。最后一个，令六公见了恍如五雷轰顶——那竟是孙子阿发村长！他提着一篮青菜，恭恭敬敬送入“鬼庙”里！

六公抚膺摇头，一声长叹：白日人人骂鬼佬，晚上却暗暗与鬼佬通水交易，这不是鬼迷心窍么？这成什么世界了？龙牙村还有什么福运？呆坐良久，闷闷下山。

回到屋里，阿发正在洗脚。六公脸灰脸蓝，拖过大碌竹筒“咕噜咕噜”抽。半日，不发一言。

阿公，早歇吧——孙子心里忐忑。

六公冷笑，歇？我歇了你好再去送菜送肉服侍鬼佬？贼头！

阿发一惊，竭力辩白。说与鬼佬交易做买卖并不贱格，国家还和外国做大生意呢！再说，鬼佬什么都肯出大价钱，陈县长说，这鬼佬是岛上的财神爷，挣他的钱越多，越爱国——

“啪”，一声巨响。村长窒住了——挨了老人家一大巴掌。

放屁，放屁——六公伸出青筋棱棱的手，指住村长鼻头——你不怕得罪祖宗啦？不怕断子绝孙啦？得罪了关帝天后，还爱国？爱你个死人头，给鬼迷住啦你！

孙子辈的村长此时只能当孙子，两脚浸在脚盆里，一声不出，脸红得似煮熟的龙虾，一肚冤气憋着，成了个氧气瓶。

次日，村人真相大白。原来那个白白净净的四眼后生暗中串了七八家，许下一担水五元钱的高价，广种薄收，诱人给“鬼庙”担水，钱这东西总是叫人心眼活络、发痒，于是所向披靡。担水人白天怕人望见生闲话，只好半夜上山。原以为你知我知，心照不宣，不贪多、不独吞，人人有份，每晚轻易挣他五块稳当钱，岂料天机泄露。村人个个大彻大悟，给鬼佬担水原来大有油水。有愤愤者也顾不得咸言淡语了，撕下面皮，抢着担水上山。六公等老人拦不住，禁不得，气得眼火直爆。不多时，“鬼庙”那偌大的水箱告满，可那甜水井的水仍一担一担被人担上山来，源源不绝。四眼后生急得连连摆手，叫道够了够了，再不给钱。村人怨声载道。一连数日，担水者更争先恐后，或恶语相加，或拳脚相向，甜水井边、龙牙顶上吵闹不休。“鬼庙”门口，亦成了市场。村姑渔妇，不时挑担携篮，盛着新鲜鱼菜肉，肥美鸡鸭鹅，以城里数倍价钱向“鬼庙”兜售。买菜的多是四眼后生，并不讨价还价，看中就买，十分厚道。那鬼佬有时也踱出“鬼庙”来，看买卖，看女人，看得兴致勃勃，一脸傻笑。六公急得双脚直跳，怒斥女人们贱烂，但骂走这个，那个又来。钱似乎比冥冥六合中的主宰有更大法力，人们宁要眼前实惠而不顾日后报应。

于是，老人们聚在关帝庙前痛心疾首，却也无可奈何。

有人出个主意，十万火急到县里有名的湖岩道观请来须发皓白的老道士。那老道士果然了得，在关帝庙前悬起一面八角形的小镜子，照住山腰的“鬼庙”，意在祈求破其鬼气，保住岛上安泰。真灵验，三两日后，担水者口角争执渐少，今日你担，明日我担，心平气和，竟成默契。只是一担水价钱从五元降为三元。女人们的鱼肉菜蔬禽蛋海味，也被学精了的四眼后生大大杀价，渐与城里的价钱无差了。

村人骂鬼佬和四眼仔精奸，好奇心却长盛不衰。街谈巷议，总离不开那鬼佬的长相、做派、言谈举止。连他如何吃喝屙屎尿，怎样冲凉睡觉，皆入话题。最引村人瞩目的，便是鬼佬游水。

那鬼佬水性极好，日日落海游水，风浪中竟能游几个钟头不歇，高兴时则摊手摊脚仰在沙滩上晒日头，全身晒得红扑扑，红萝卜一般，那金红色的毛油光闪亮，牛头短裤的裤裆拱起一物，宛若一座山丘，笑死人，也吓死人。鬼佬个头大，那劳什子当然也大得出奇。早晚要出事——村中见多识广者，对鬼佬德行了如指掌，发出警告。村人心里因之蒙上阴影。

一日，阿成捉了只大龙虾。那鬼佬在海湾游水见了要买。招手示意阿成跟他入“鬼屋”拶钱。阿成得此首入“鬼屋”禁地之殊荣，大开眼界，趁机尽收屋中所有于火眼金睛之中。不看犹可，一看即刻失魂落魄，目瞪口呆——在满屋密密麻麻的电线开关、机器仪表、蓝图表格中，竟挂着一幅大画，画的是一个全身光溜溜的金发女人，活脱脱真人一般！

阿成当堂心跳耳热，像着了定身法，连鬼佬给的钱也不会数了。出门直奔村里，逢人便讲。一时间全村沸沸扬扬，原来鬼佬果然一刻也离不开女人！这岛上的女人们岂不是十分危险？他连画上的女人也剥个精光，难保不把岛上的姑娘媳妇剥得一丝不挂。万一真出了事，龙牙岛的男人还有什么脸皮？

这鬼佬真是个灾星！

不怕一万，只怕万一。次日，“鬼庙”门可罗雀，十分冷落。女人们不再露面，半天上来一个卖菜的，却是个不怕剥衫的男人。

鬼佬经常落海游水的南湾，更被赶海拾贝、捉蟹摸螺的女人们视为畏途，偌大的一片海滩，女人们的身影完全消失了。

行船偏遇顶头风。那日挨晚入黑，正涨大潮。“鬼庙”的四眼仔忽然闯到村中报信。说有一姑娘被大浪打翻小艇，负伤落水获救，现在他们屋里。

六公和村长阿发一听，顿时脸如死灰。

那姑娘，正是六公的小孙女、阿发的小妹、龙牙岛二十岁的人尖儿阿彩。

原来，阿彩刚好前几日在南湾放养了一网箱大虾。这两日村里满天神佛说鬼佬，她还怎么敢去照看？白天去怕撞见鬼佬游水，又怕村人闲话，于是决计趁黑用机艇将虾箱拖到北湾。吃过晚饭，她就驾起机艇，想绕过岛东的龙嘴岬，拐入南湾。据她后来对人说——那阵风大浪急，一个大涌拱起，小艇竟被抛到一块礁石上，摔成碎片，她亦受伤落水，昏昏沉沉被海流越卷越远，眼看难逃一死，忽然大浪里钻出一个人来，一手勾住她，一手奋力搏浪，向海滩游去。

谁有这般好的水性？只有那个胡须满脸的鬼佬。

那时天全黑了，那鬼佬救起了阿彩，究竟还干了些什么？阿彩不讲，无人查考。四眼仔报信时气喘如牛，连话也说不清，越发叫人焦急生疑。六公和阿发顿时火烧火燎，搬起村中精壮后生，抢上山去，一脚踢开“鬼庙”大门，只见阿彩全身精湿，衣衫凌乱，躺在一张床上，那鬼佬捋着阿彩一条粉嫩的手臂，正往伤处涂药水。阿彩双眸紧闭，懵懵懂懂鬼迷了一般。六公大叫，放开放开！那鬼佬吃了一惊，瞪着双眼，叽叽咕咕讲鬼话，人人对他怒目而视，七手八脚抬起阿彩就走。个个心里都像压了个大磨盘——阿彩怕完了，那鬼佬，什么事做不出？

消息传开，全村震动。阿发家里更乱成一团。女人们手忙脚乱，替阿彩净身、上药、换衫。灌了一大碗红糖姜汤，阿彩清醒过来，女人们七嘴八舌，问长问短，千方百计要从阿彩嘴里掏出话来，人们关心阿彩，更关心鬼佬怎样作践她。

阿彩脸红耳赤，在窥测逼问的目光和飞沫的夹攻下，恨不得一头钻进墙缝里。东一句西一句问急了，她“哇”一声突然放声大哭，用被单蒙了头，任凭怎么劝说，一味呜咽抽搐，死不开口。

众人明白，这妹仔既不肯开口，必定蒙垢受辱无疑。那鬼佬果然干出邋遢事来，伤天害理啊！阿彩还是个黄花闺女，哪有猫儿不沾腥？女人躺到鬼佬床上，等于送到猫口的鱼，他哪能不吃？一时间，全村男女视此为奇耻大辱，愈发义愤填膺，口口声声要千刀万剐那色魔淫棍，掉过头来又似有所失——阿彩竟不明言，谁也不知那鬼佬如何动作，整个事件混沌迷离，似一个人有手有脚，却没有眼耳口鼻，这叫全村老老少少的好奇心如何能满足？可惜！龙牙岛似乎因之失落一个有滋有味的故事。

六公闷头抽着大碌竹烟筒，一屋嘈嘈杂杂令他心烦意乱，烟筒一举，横眉大喝，嘈，嘈个卵！喝得一屋人登时哑了一般，黯然而退。只剩三两老者，默默相对。

屋外，一班后生群情激昂，舞刀弄棒，摩拳擦掌，立誓报仇雪恨。正要打杀上山，把那鬼佬丢落南湾海里，切下他害人的大阳物喂鱼，屋里忽然传出话来，令后生们不可造次。老人到底多吃几十年盐米，六公怕鬼佬一口咬死是他救了阿彩，向救人的兴师问罪，胜之不武，何况，鬼佬干出的那些污糟事，谁也没亲见，事情闹大了张扬出去也只能给龙牙岛抹黑。想来想去，打打杀杀不是办法，要炮制那鬼佬，赶走这全岛的心腹大患，只有一个绝招：制水！

当夜，村民便定下村规，从今以后，同仇敌忾，滴水不得上山。有谁贪图鬼佬钱银，暗中供水，天理不容。保全全村的面子，保护女人们的名节，在此一举。

“鬼庙”突然被断绝了淡水和鱼肉菜蔬的供给，莫名其妙。尴尬了两日，四眼仔被打熬不住的鬼佬差下山来，赔着笑脸再次走家串户，把价钱一涨再涨，却不灵验，竟无人敢应承。家家户户都诸多推搪，连门都不招呼他入，冷若冰霜打发他奔走数日，一事无成。叫四眼仔百思不解，白脸凹了下去，眼镜似乎又多了几个圈。

“鬼庙”淡水用完，实在挨不下去了。一日，一艘大机船靠上码头，运来几大箱罐头食物，船员拉出几大盘帆布带子，一直把带子拉上“鬼庙”水箱里，机器一开，帆布带子鼓胀起来，村人恍悟：这机船在向“鬼庙”供淡水！

全村数日之奋斗，眼看付诸东流，既丢了面子，又白白丢了好些赚大钱的机会，村长阿发大呼晦气。忽然，奇迹自天而降——机船拼命往山上抽水，可“鬼庙”水箱却总注不满，四眼仔急得一头是汗，查了半日，发现帆布水管被戳了无数窟窿，机船里抽上来的珍贵淡水，全浇了龙牙顶上的石头。

莫非关帝显灵？六公心头一动。连忙向关帝烧香叩头，感念关帝恩德，阿成一伙却在关帝庙门内窃笑——关帝顶屁用，割水管扎窟窿，他们手中的小刀比关帝灵。

大机船泡了整整一日，淡水却始终无法供上岛去，呜地叫了一声，败兴而去。

又挨了几日，鬼佬终于走了。

“鬼庙”昼夜之间夷为平地，整间屋一下子全都变成大箱小箱，搬上了大机船。有人亲眼见，鬼佬离岛上船时，跑到关帝庙门口合掌拜了拜，是否表示心服口服？不得而知。也有人听见，鬼佬登船走人时，大叫“古怪”，有人纠正说，鬼佬不是叫“古怪”，而是叫“跪拜”，总之，他是被村人整怕了，夹尾巴灰溜溜走的。

半月没出门见人的阿彩，也悄悄离开了龙牙岛。她原先已同邻岛一后生订了婚，礼金也收了，事发以后，那后生差人来退婚，礼金也不要回，姻缘竟就此一刀两断。阿彩走后，村中有人传说，她到海南岛五指山搞建筑做包工女去了。也有人说她到陆上嫁了人，究竟孰是孰非，六公家人守口如瓶。外人无从打听，消息越传越鬼怪越真切——有人又亲眼见，她在县城里嫁了鬼佬，和鬼佬一道出洋去了。

鬼佬既走，村人松了一口大气。细路仔们蜂拥上山，瓜分了“鬼庙”遗下的一堆罐头壳、空酒樽、旧报纸。阿成在垃圾堆里扒拨半日，捡到那幅画——虽然已被揉成一团，摊开来皱纹纹的，但那个浑身光溜溜的番鬼女人，依然风情万种地对人飞媚眼，阿成看得眼冒金星，全身着火一般滚烫。

一份县里来的红头文件姗姗而来，传递到村长阿发手中，文件说，定位岸台（至此村长方知“鬼庙”的大宝号并非“定威案台”，而是定位岸台）[①]是海洋石油勘探的重要设施，对中外合作开发龙门海石油资源作用甚大，岸台所在地干部群众需全力以赴，切实保障岸台中外人员的用水、食品供应云云。恰好阿发屎急，在茅厕里将红头文件捧读一遍，随手揩了屁股。

山上，六公领头，老人们各自统率本家子子孙孙，真的动手挖那鬼佬的祖坟了。这祸害不除，龙牙岛永无宁日，万一，那大胡须的鬼佬卷土重来，或

① 其实应为定位岸台。是为海上石油勘探的作业船只定向、定位、导航的专用无线电台站。

者，那大胡须鬼佬的儿子、孙子又找个借口来凭吊一番，岂不贻害子孙？挖掉此坟，事不宜迟。村长阿发只眼开只眼闭，于是村人一齐动手，挖坟不止。挖不动就凿，凿不动就炸。轰隆隆炸了两日，炸出一个大石坑，一无所获。原来，那块大圆石头，竟是龙牙顶整个庞大的花岗岩出露的一小块。哪有什么鬼坟？不知是谁的爷爷的爷爷的爷爷信口开河，胡说一通，说那番鬼头目就葬在这里，害得几代人都上了当，细路仔们白屙了二十年的尿。

此后，村人炸山采石，用船运到大陆卖钱，倒也多了一条生财之道。

明月几时有

一

陆地！

甲板上顿时沸腾起来了，所有人的眼睛都注视着船首的前方——海岸线！对于远离祖国十八个月、又在海洋上漫长地航行了七十多天的人来说，有什么比祖国的海岸更诱人呢？

郭海强紧紧地抓住舷边的栏杆，眼睛不知不觉涌出了泪水。回来了！可回来了！在那个遥远的国度里，他和伙伴们的肩上承受着无形的千钧重担，十八个月来苦钻苦学，日日夜夜紧张得像台高速转动着的船用柴油机，现在，终于把这顶天立地的庞然大物——半潜式自航钻井平台，安然无恙地开回到祖国的领水里。

苍茫的水天中，隐约显露出一条灰色的细线。这条细线的颜色慢慢变深。不用拿望远镜看，郭海强就知道，这是海岸的一个岬角或半岛，那后面呢？是他熟知的山山水水：富甲一方的水乡、四季常绿的田野、奔腾不息的大江……他的家，就住在那江边的一个乡间小镇里。孤单的老父亲现在怎么样了？他的眼病好了吗？他一定收到我给他的信了；望月，这个好心肠的姑娘一定会把信念给他听的。上次父亲得眼病的消息，就是远隔重洋的望月写信告诉他的，她一再请他放心，安心在国外工作，家里的事情她和邻里街坊都会料理……他赶紧给姑娘回信表示感谢。好多年了，郭海强一心扑在工作上，难得有机会回乡探亲。但他知道，老父亲的日子实在不好过。唉，妈死得早，父亲身边一个儿女都没有，现在只有靠她和乡亲们了。不知为什么，一想到她，郭海强的思绪就像一股温泉突然涌入一条几乎要封冻的溪流一样。

每天拂晓，四周还是灰蒙蒙的时候，有一个小姑娘在镇口的大榕树下又伸胳膊又踢腿。一个刚搬到镇子上来的男孩子好奇地爬到树上，目不转睛地看着她，一直看到晨雾散尽。

“喂，你成天瞪着我看什么?”小姑娘练罢功，一仰面朝郭海强嚷。

“你在干什么?”只有八岁的郭海强一手抱着树干，一手托着下巴反问。

“练功嘛，这也不懂?”小姑娘扎起马步，指指地上的一叠海碗，“喂，下来，把这叠碗放到我头顶上，好吗?”

海强一溜烟滑下来，小心翼翼地把碗举起放在小姑娘的头顶上。嗬，这些碗真沉!

“为什么要练功?”海强又眨巴着眼睛问?

小姑娘顶着海碗从从容容地说：“不练功，阿嫲不给早饭吃。”

“为什么不给早饭吃?”

“阿嫲说，不练，长大了哪里都不要，一辈子没饭吃——”小姑娘屏着气息，慢慢地往下蹲，不再回答海强那一连串的“为什么”了。

从那天起，他们认识了。小姑娘叫阮望月，只有六岁，可是力气比郭海强大得多，挑水、干活更比郭海强利索。论打柴、游水，男孩子几乎都不是她的对手。镇内的孩子欺生，骂海强是“飞来龙”“外来狗”，她总是站在海强一边，捋起袖子要打抱不平。每逢结伴去扒草捡柴，望月总比海强捡得多，回到镇口，她一把一把地把自己捡来的柴禾往海强筐里塞。他们成了好朋友……

八月十五的月亮，真圆——

在池塘边，海强和望月一齐趴在地上，双手托着下巴，望着从江面上升起来的月亮：

“喂，你为什么叫望月呢?”

“阿嫲说，我妈生我的时候，月亮又大又圆，我妈就叫我望月。”

“你妈呢？现在在哪儿?”

“她跟爸爸到外边跑码头去了。阿嫲说，不跑码头，养不活全家呀。你妈呢?”

“死了。”海强难过地低下头。

“阿嫲说？人死了，就飞到黑洞洞的天上去了，那里看不见月亮，是吗?”

海强没有作声，望月看看海强忧愁的眼睛，眨了眨双眼，低声说："阿嫲的话其实我也不信，像今晚这么大的月亮，在哪儿都看得见，你妈也看得见，对吗？"

海强点了点头，望月抬头看着皎洁的月亮，忽然很庄重地说："我们来唱歌吧，阿嫲说，对着月亮唱'月光光'，月亮会听见，你妈一定也能听得见……"

她唱起来了：

月光光，照地堂。年卅晚，摘槟榔。槟榔香，切子姜……

啊，古老的童谣，难忘的童年！你被记忆这把万能的雕刻刀，精细地镂刻在心灵的深处，只要感情的潮水冲走面上岁月的流沙，它立即闪闪发光地展现在眼前，令人神往，遐思不已……

若干年后，海强才知道，原来，望月的父母其实是一对穿州过县的杂技班艺人。

"呜——"汽笛长鸣。

郭海强蓦地睁大了眼睛——想到哪儿去了？现在是在钻井平台上呢！哦，远处的船只在鸣笛向钻井平台致敬，乘载着引水员的快艇急速地向平台开来。祖国，伸出双臂欢迎远航归来的儿女了。

二

锣鼓喧天，码头成了欢乐的海洋。

远航归来的出国人员，一个个成了英雄，他们在热烈的掌声中走上码头。郭海强几乎被基地的老伙伴、老同学抬了起来，他应付着来自四面八方的招呼，不住地点头、握手，神经兴奋得几乎要麻木了。直到突然有人在他肩上重重一拍：

"喂，大个子！出国回来，学生就不认先生啦？"——这是女孩子的声音，豪爽而带点怨气，听起来使人觉得甜甜的。

"是你啊，凌兰兰！"郭海强回过头喊了一声，正要伸手相握，双手早被姑娘紧紧抓住了。

凌兰兰，外事处的小翻译。这天，她穿着件白领白袖、湖蓝色的连衣裙，修长的身材更显婷婷玉立、楚楚动人。她给人们的印象相当好，漂亮、聪明、工作热情积极，老老少少都喜欢她。海洋勘探基地原来仅有的一艘自升式钻井平台叫“海洋一号”，调皮的小伙子也在背地里叫她“海洋一号”——全基地的第一美人嘛！据说还曾闹出过大新闻：她当了先进工作者，照片上了大橱窗。一天晚上，橱窗玻璃被打破了，其他照片安然无恙，唯独少了她的——被人偷走了。后来一查，原来是附近国际海员俱乐部喝醉酒的外国海员干的。他说：照片叫他看得着了迷，所以失去了理智。最后有关部门以破坏公物论处，罚了他二百美元。此事一传开，人们轰动了，啧啧，二百美元一张照片，她还能不成为地方上的新闻人物？

郭海强他们出国前，外事处派她来辅导这批即将漂洋过海的幸运儿学习外语。她真下了苦功夫，突击三个月，让他们都过了关。不过，郭海强被她整得最惨，常常被罚个别补课：“哎呀，你真笨！”不知多少回，凌兰兰冲着他生气、瞪眼，使这个爱脸红的大个子青年狼狈万分。一到国外，他由衷地感激起这位严厉的小老师，要不是她倾尽心血地教授，他们这班幸运儿在异域学习、工作、生活，肯定会寸步难行。

“凌老师您好！”和郭海强一起出国的大班司钻肥仔麦最调皮，他从人丛中挤过来，向凌兰兰来了个九十度鞠躬，窘得凌兰兰赶紧放开郭海强的手，转过身去打他。突然，有人朝她怀里塞了个大娃娃：

“兰兰，送您一个洋妹妹！”

周围的人哄声笑了。送娃娃的人是随行翻译李力佳，他是外事处最精明能干的译员之一，大学毕业分配到基地不久，就和郭海强他们一起出国了。他穿一身白西服，显得气度不凡，翩翩出众。

“谢谢，谢谢。”兰兰的脸红得更厉害了，她欣喜地看着胸前的大娃娃，感激地向李力佳瞥了一眼。

“喂，走吧，听说今天基地要为我们设宴洗尘接风。我提议，先为我们的娃娃老师干一杯！”肥仔麦一叫喊，人们乱哄哄地响应起来，推推搡搡地走了。

凌兰兰被他们簇拥着，笑得几乎喘不过气来。突然，她回过头来，发现郭海强站在原地没动，就向他招了招手。可郭海强只抱歉地点点头，摇摇手，转身又和码头上的老熟人交谈起来。

祝捷大会一结束，一个惊人的消息把整个基地都震动了——郭海强被任命为新编号的钻井平台“海洋二号”的副船长！

郭海强激动得说不出话。这是一件破天荒的事情，他，一个农家子弟，一个中专毕业生，一个只有七八年实践经验的青年技术人员，担任了目前国内最先进的大型钻井平台的副船长！能行吗？这副担子委实太重了！

基地宣布，明天起，出国人员休息两天。家住在基地的人回家团聚去了，单身的伙计们也一下子各散东西。郭海强一个人回到宿舍里，怔怔地坐着。他需要安静，需要时间，让百感交集的大脑缓冲一下。他倒了一杯冷开水，正要喝，门被敲响了，接着一个女声用娴熟纯正的英语问：

“可以进来吗？”

郭海强一下慌了神，想了想连忙用英语回答：“请进来。”

门轻轻开了，凌兰兰在门外探了探头，调皮地抿着嘴笑，却不进来：

“进来不打扰您吗？船长先生。”她仍用英语说话，像过去一样，老给自己的学生出难题，逼学生用英语会话。

毫无办法！郭海强只好像在国外一样，走到门口，双手往房里一摆，说：“能接待您，荣幸之至！请。”

凌兰兰捂着嘴笑起来：“嗯，还可以，能给八十分。”这回她用普通话说了，语气俨然像个主考官，可那一脸笑呀，简直是在恶作剧。她终于迈进房来，带进来一股香味。郭海强紧张地给她端椅子，倒橘子水，顿时手忙脚乱，额角上沁出了汗珠。

“你怎么不到城里散散心？”她呷着橘子水问。

“我？不想去。”郭海强拘谨地回答。

“没有空？你们不是休息吗？”

“不，我没事。”他赶紧声明。

“那好，咱们谈谈吧。”姑娘大大方方地瞅着郭海强笑了笑。

“哦，谈？”郭海强舌头不听使唤了，“谈什么呢？”

“谈谈国外的生活啦，见闻啦，巴黎的大街，挪威的森林……都可以，随便你，我都想听——”她突然皱起眉头，伤感起来，“我干吗是个女的呢？唉，要不然这回我也跟你们一块去了，出国不带女译员，这多不公平！”

“你去？”郭海强想开个玩笑，“那就不光丢照片啦，搞不好，连人——”他又突然“卡壳”了。

“连人怎么啦?”凌兰兰飞红了脸，撅起了嘴，“哎呀，你真坏！我还以为你真是个老实头呢！好，我不跟你谈了!”

糟糕，一张嘴就闯了祸。郭海强搔搔后脑勺，转念一想，堂堂汉子，何必这么畏畏缩缩的呢？于是他笑了笑，认真地说：

“不是看不起你们女同志，你们出国可以，上钻井平台就不那么方便，到了外面……”

“我知道，外面净是大老虎，大鲨鱼!”凌兰兰瞪起眼睛，“扑哧”一声笑了。郭海强也咧开了嘴，唉，姑娘家真难对付。

耐着性子，赔着小心，郭海强天南地北、漫无边际地和他的小老师摆起龙门阵来了，一直谈到晚班交通车从城里回来，楼道里响起嘈杂的人声。

凌兰兰一看手表：“哟，十一点啦，我该走了。”

“以后有空，请来坐坐。”郭海强诚心诚意地说，向她伸出了握别的手。

“哎呀，你看我这马大哈，差点把这事忘了!”凌兰兰突然拍着自己的脑袋叫起来，“我那个当港务局长的爸爸，是个海港迷，他听说你们远航回来，想约你到我家去谈谈途经的各港口的情况，行吗?”

郭海强有点踌躇：“这——”

“明天晚上，行！就这样定啦，一定得来。”她伸出手和郭海强握了握，匆匆走了。

肥仔麦哼着“甜蜜的工作甜蜜的工作……”噹的一下踢开门闯了进来：“嗯？——香!”

这家伙的鼻子比狗还灵!

“什么香?”郭海强皱起了眉头。

“啊，明白了——”肥仔麦一眼瞥见凌兰兰喝剩的橘子水，回过头来狡黠地审视着郭海强，“咱们的‘海洋一号’来过，对不对？怪不得，刚上楼时，见她直往‘望夫楼’[①] 那边跑，比兔子还快!”

郭海强笑了笑：“她有事找我，随便谈谈。”

“嘿嘿，你还不懂，这就有门了!”肥仔麦放声大笑，猛地一下跳起来，“万岁！咱们握刹把、打大钳的，终于打败了李力佳这个小白脸！祝贺你——”

他握住郭海强的手使劲摇：“你今天荣升两个职务：‘海洋二号’副船长兼

① 单身女宿舍的谑称。

‘海洋一号’的——船长!”

“胡说!”郭海强生气了，一把将肥仔麦推倒床上，“睡觉去吧！再敢说三道四，揍你!”

三

这就是港务局长的家？一栋小洋楼，一棵老榕树——这榕树和家乡镇口那一棵有点像。月亮还没升起来，远远一看，这棵树黑黝黝的，像座小山。

还记得吗？那天拂晓，天也是这样黑，就在那棵黑黝黝的树下，望月拉住了海强的手——

“海强哥，往后我不来这里练功了，我要走了。”

“到哪儿去?”

“爸爸要带我到很远很远的地方去。”

“去跑码头吗?”

“嗯。我走了以后，你还会记得我吗?”望月一双大眼睛水灵灵地闪着光。

“记得。”海强指着快隐没在西边树梢头的月亮说，“到月亮又大又圆的时候，我一定会想起你。”

月亮沉落到树影里，她也走了，唉，一去就许多年……

“嘿！你来啦，我真担心你失约呢!”一阵清朗的笑声从树影里传出来，凌兰兰一阵风似的奔到他面前，抓住他的手，直往屋里拖。

客厅里有点气派：正面，挂着一幅很大的海港全景，其余墙壁上，挂着一些名人书赠给兰兰爸爸的字画，最引人注目的是那幅古画——唐伯虎的《骑驴归思图》。

兰兰端来了咖啡，她矜持地笑了笑，眨着眼睛说：“我爸爸真该骂！他把你约来谈海港，自己却跑了。他说有紧急会议，要我向你道歉。这个老头子真要命!”

郭海强连忙摆手：“不，不，这没什么，你爸爸工作忙，这怎么能怪他呢?”一边说，一边向通往内室的过道扫了一眼，她妈妈呢？怎么不出来？该不会是不高兴我来做客吧?

“我妈也不在家，她到兰溪温泉疗养去了。”她的脸涨红了，声音有点异样，“今晚家里就我们两个人……”

郭海强的心咯噔噔紧跳了两下——这是什么意思？天晓得！他不敢再往兰兰那边看，站起身来，装着欣赏墙上的字画。

“你对字画感兴趣?”

“哦。”

“哈，”兰兰双手一合，从沙发上跳起来，“咱们又有共同语言了！我爸爸一有闲工夫就捣鼓这些玩意儿。我小时候，他就教我练字，背唐诗宋词。哎呀，学了外文，诗词也忘得差不多了。你呢？会背诗词吗?”

“凑合着能背一些。”他记忆力好，少年时学的古文他还记得。不过，此刻他的眼睛却看着窗外——月亮升起来了，室外一片银辉。

“嗬，今晚的月亮，真大、真圆!”她真聪明，仿佛知道郭海强的心思。“咱们到阳台去，在那儿赏月，好吗?”她不管郭海强同意不同意，拉起他就上了楼。阳台很宽敞，她和他并肩凭栏，眺望夜空。

“月色真好!”兰兰被月华如水的夜景陶醉了，从胸臆间发出一声慨叹。郭海强转头看了她一眼，发现兰兰竟真的是这样美！她只比他矮十厘米左右，在女孩子当中，算是挺高的了；她身材苗条，像个舞蹈演员；她面部的侧影，在月光映照下妩媚动人，像是用华美的白玉雕琢成的。

“咱们一起背诗词好吗?”说着，她仰望明月，低吟起苏东坡的《水调歌头·明月几时有》：

……
但愿人长久，
千里共婵娟。

凌兰兰朗诵结束，回过头来，正要嗔怪郭海强为什么不开口，突然发现海强湿润的眼睛，不由得“啊”了一声。

“你真的动感情啦？其实，我朗诵得并不好，爸爸说我抑扬顿挫都没分清。”她十分感激地看着他说。

郭海强赶紧转过脸：“不，你朗诵得很好。使我想起家乡，想起童年，记起了那首童谣——你会唱吗？‘月光光，照地堂，年卅晚，摘槟榔……’”

凌兰兰抱歉地摇了摇头。她是北方人，虽然在广东长大，但从来没有听过这首古老、动人的童谣。

唉，真可惜，要是她也会唱，那该多好！

四

浩繁的工作，像潮水似的向他们扑来，把他们吞没了。

郭海强不分日夜地奔走在平台和基地之间，工作的紧张程度，不亚于在国外。放假探亲的事，谁都知道没有可能，不仅不敢提，连想也不去想了。郭海强只好写信回家报个平安，说明工作忙走不开，请老人家不要惦念，注意身体。通情达理的老父亲很快就让望月代笔回了信，还是那句老话：要尽心尽力工作，家里有什么难处都能熬得过去，眼病正在治疗中，叫他放心。

一天半夜，郭海强回到宿舍，发现肥仔麦心烦意乱地坐在桌前，连声叹气。

"哈，著名的乐天派也哭丧着脸，真比公鸡下蛋马长角还新鲜。"

"得了，人家的平台都要翻沉了，你还在一旁打哈哈？当什么副船长？"肥仔麦无精打采地回敬他。

"这么严重？"郭海强一愣，"出了什么事？"

"什么事？好事！"肥仔麦懒洋洋地把一封信往桌上一摊，"父亲大人来信了，给我找好了老婆，限时限刻要我回去结婚！"

郭海强一听，高兴得直拍肥仔麦的肩膀："肥仔麦啊肥仔麦！亏你自封是个乐天派呢！这是大喜事嘛，发什么愁？向林指挥请个假，赶快回去拜天地、进洞房去！"

"还进洞房？"肥仔麦跳起来，捶着桌子喊，"你看看，给我找了个什么样的！"

他从信封里抖出一张照片，苦笑着往桌子上一拍："我已经够胖的了，她比我还胖！将来生个儿子更胖！照张全家福，嘿，够好看的了！"

郭海强拿起桌上的照片一看，不禁失声笑起来：姑娘五官还算端正，可就是太胖了。

肥仔麦伤心地说："胖也无所谓，可是她心肠怎么样，我知道吗？信上说，她家是个万元户，她自己的积蓄就有好几千，可她家还向我家要礼金，知道我出国回来，还非要彩色电视机和摩托车！什么玩意儿！”

“你父亲没征求过你的意见？”郭海强皱起了眉头。

“上次回去探家，他问我城里是不是定准能找到老婆。他问我，我问谁去？我说，我们干海上钻井这一行的，城里的姑娘一听就吓跑了。他就立定主意在家里给我找。”肥仔麦激动起来，话像拧开的水龙头冲喉而出，“我想了想，算了，干上了咱们这一行，就得做出点牺牲，谁不想一下班就回家，和老婆孩子亲热亲热？星期天上上公园、看看电影，幸福呀！可咱们没这福气！农村找就农村找！这么大的农村，找不到好老婆？不信！城里姑娘瞧不起咱们，咱们就该低人三分？不，老子的胸膛挺得更高！咱们海上找油的，娶个农村老婆光荣！可现在——”

肥仔麦的话像一股激流，猛烈冲击着副船长年轻的心。他想起前两年那一次叫人啼笑皆非的经历：基地团组织为了解决年轻人的婚姻恋爱问题，特地和附近的绢纺厂团委联合组织了一次迎春晚会。基地的小伙子们准备了丰富多彩的游艺活动，一个个穿戴整齐，兴高采烈地等候着客人们的到来。结果，那天只来了七八个女同胞，再瞧瞧那长相——呀，叫人丧气！当时肥仔麦就愤愤不平地议论：绢纺厂真缺德，把咱们这儿当成处理品仓库了！

唉，这些事，不能提啊！郭海强心里蒙上了一层阴影。这一夜，两副床板“咯吱咯吱”响，他俩都失眠了，眼睁睁地苦思苦想了一个通宵！

第二天，日程又是满满的。下午，郭海强收拾好一大沓资料，准备去开座谈会。正要走出办公室，基地的林指挥一步跨进来，笑吟吟地说：

“小郭，这些天忙得够呛吧？好，明天你补休一天。”

郭海强急了：“林指挥……”

林指挥打断他的话，笑着说：

“就那么一天嘛，好机会啊，可别错过了，快去吧。”说着把郭海强推出了门。

走廊上，迎头碰到了凌兰兰，她夺过郭海强夹着的资料，翻了翻：“要去开会？咱们一块走吧。”

“你也去参加座谈？”

“船长级的会，我能参加？”她调皮地回头一笑，“我有话跟你说。”

“什么事？”郭海强满腹疑团。

凌兰兰停住了脚步，眸子里含着神秘的笑意：“你到过兰溪温泉吗？”

“没有。”

凌兰兰的声音突然变轻了：“明天是星期天，我和爸爸到兰溪温泉去看妈妈，你也一起去，换换脑筋，好吗?”

“这……我没时间，工作这么多，得加班……”郭海强脸霎时间红了。

“瞎说。”凌兰兰撅起了嘴巴，“明天你补休，当我不知道？要不愿意，就实说。”

郭海强突然明白了，他被林指挥装进一个善意、友爱的圈套里，而幕后指挥者，正是她——凌兰兰!

踌躇中，他耳旁突然响起了肥仔麦昨晚愤懑的叫喊。他茫然了，不知所措地点了点头。

“好啦！这个还给你!”凌兰兰的脸像绽开的红牡丹，她把资料往郭海强怀里一塞，“说定了，骗人是小狗!”接着，她敏捷地把一个小信封插在郭海强的上衣口袋里，看见郭海强愕然的神色，她把食指往嘴边一嘘，满脸羞涩地警告他说：

“先不准打开。”一扭身，她轻盈得像只小鹿似的跑了。

整整一个下午，郭海强胸前像挂了颗炸弹。开会时，他一直正襟危坐，仿佛只要动一动，炸弹就会立即引爆。座谈会一结束，他找了个僻静的地方，战战兢兢地把那个小信封打开了——

里面竟是一帧兰兰的照片！她含情脉脉对他笑呢！

郭海强幸福得几乎要晕眩了，捧着照片的双手颤抖起来，这不是一张普通的照片，这是姑娘一颗赤诚的心啊！他把照片珍贵地揣在内衣口袋里，顿觉脉搏加快，全身发烫，像穿上了传说中的火龙衣。

晚饭他吃得特别香，饭量大增。他一直沉醉在甜蜜的情感里，彩虹般的遐思不断缭绕在他的脑际。饭后他到海边的地质大队去要几份资料，他兴冲冲地沿着海堤朝前走，海风徐徐，海浪细语，痛快极了！一路上，不由地哼起：

甜蜜的工作，甜蜜的工作……

突然，他心里打了一个冷战，歌声戛然而止——他看到海面上悬着一轮苍白的月亮！

怎么会忘记了她呢？他愣愣地望着被夕阳照得粼光闪闪的海面，眼前腾起了一阵烟雾；望月，这个童年的小伙伴，又哼着那动人的童谣走到跟前来了——

郭海强再次见到望月的时候，他已经长成一个高大的小伙子了。那天，他刚刚从县城里领到了海洋勘探学校的录取通知书，兴冲冲地搭渡回家。一上埠头，远远看见镇口的井台上有个女人在汲水。奇怪得很，她没用扁担，也不用木桶，却把一顶草帽住头上一戴，接着把装满水的水缸举到头顶上，像朝鲜人那样顶着离开了井台，直往镇子里走。

埠头上的人哗然。人们说，她就是当年常在榕树下练功的小姑娘望月。她在一个杂技团里工作，是个很出色的演员。如今她是回乡来探望养育她的老阿嫲来了。难得呀，他天天给海强的爹打水。

望月？郭海强激动极了，他追上前去。

“望月，你天天这样，真叫人过意不去哪！”正在生病的父亲站在天井里，连声称赞。

“望月！”郭海强在门口叫了一声。她回过头来了，啊！郭海强简直不敢认了，这就是当年的望月？她能有多大了？不过十六七吧？可是，红扑扑的脸庞、粗壮的手臂，挺得高高的胸脯……很像个成熟的妇女。最叫人难为情的是：她站到他面前？却还不到他的肩头！

三天以后，天边刚蒙蒙泛白，海强就出门远行了。老父亲只让儿子在家里待了两夜，就打发他上路——海洋勘探学校远在北方，老人家怕耽误了报到日期呀！

镇口大榕树下，闪出一个人影。“谁?”“我……望月。”“你也起得这么早?”郭海强疑惑地站住了。她低着头，他看不见望月的脸容。

“我刚练完功。阿嫲病了，我去东涌岸边采点车前草……”望月把头抬起来了，她从地上提起一个小竹篮，“你不也是要到东涌搭车吗？我撑艇送你去吧，顺路……”

江水在艇边闪着光，竹篙一下又一下地插到水里又拔出来，发出好听的声响，好像在催促他们：“说话——说话——”可是，谁也没有开口。

天没有放亮，反而越来越暗了，不一会，江面上刮起了大风，天上掠过闪电，下起了暴雨。望月急忙用蓑衣盖好郭海强的行李，把小艇撑进一条河涌，弯入涌边一个被水淹了的破烂鸭棚里。

“老天爷……不想让你走。”望月笑了。

“也不让你去采车前草。”郭海强傻呵呵地咧了咧嘴，他看了望月一眼，一身湿衣裳把丰满的身子绷得紧紧的。郭海强胆怯地把目光移开了，呆呆地望着从破棚顶漏入的水柱。

大雨滂沱，河涌水猛涨起来，鸭棚里的水位也升高了。高大的郭海强坐在艇头，脑袋恰好碰到低矮的棚顶架，他想弯腰向艇心挪一挪，又忍住了——望月就坐在艇心啊，怎好和她坐到一起呢？

“海强哥，你坐过来吧。”

“不用。”郭海强把头埋在两个膝头中间，窘得满脸通红。

望月绞了一下滴水的头发：“那我们换个位，看你虾公似的弯着腰低着头，多难受呀。”

“不——”郭海强仍坐着不动，他摆弄着肩上的挎包，放左放右都不称心，最后把它系到鸭棚的横梁上。

“海强哥，你去学勘探，会很辛苦吧？”望月悄悄问。

郭海强点点头：“听人说很苦……”

望月抬头望着海强说：“能把你的辛苦分给我一点就好……我不怕苦。”

海强心里一热，感激地看了她一眼，可是她却害羞地低下了头。在暴雨抽打着的破鸭棚里，他们就这样静静地相对而坐，耳热心跳地沉默了很久，很久……

天渐渐放亮，大雨仍下个不停，猛听见远处一阵锣响，有人在喊：“鱼苗场浸水了！鱼苗场浸水了……”

鱼苗场是全镇的聚宝盆哪，被水淹了还了得？郭海强倏地一直腰，脑袋猛撞到棚梁上，震得棚子直摇晃。他顾不得疼痛，一头窜了出去，三蹬两踢就游到堤围上，回头一看，望月跟在他身后。“快！”他招呼一声，像脱弦的箭一样直往鱼苗场奔去。

他们和四方赶来的乡亲冒着大雨垒堰筑堤，一直忙到风收雨歇，太阳在云层中探出头来，海强才想起那小艇、那鸭棚、那挎包……他匆忙赶到堤围上一看，登时两眼发直——那河涌变宽了，几乎和大江连成一片，原来在涌边的鸭棚只剩下一根快没到水里的木桩，木桩上系着的小艇还在，这真是万幸！

可是那挎包——那里面有父子俩省吃俭用省下的五十块钱，这是海强北上的路费。最要命的，是还有那张录取通知书和户口、粮食迁移证！没有这些，海强怎样上学校报到呢？

望月一直像影子一样跟着海强的脚跟，见海强着急，她也慌了，他俩撑着小艇顺流而下，找啊，找啊，找遍了洪水淹没的大小河涌，他们终于失望了。傍晚，他们阴沉着脸回到海强家里。

老父亲没有开口责怪儿子，也不听望月小声的安慰，只是不停地摇头、叹息。海强勾着头坐着，闷声不响。这时天全黑了，望月站在门口呆呆地望了一阵黑沉沉的天，向老人家借了个手电筒走了。

翌日清晨，辗转反侧到半夜才合眼的海强被一阵拍门声惊醒了，他听见望月欢喜得几乎颤抖的声音：

“阿伯，海强哥，找到了！找到了！”

老父亲猛地把门一开，望月几乎是扑进来的。海强见了望月吓了一跳：她脸上、颈上、手上全是一道道血痕，腿上更是鲜血淋漓，沾满泥水的衣服破了几大块。可是她高兴地笑着，笑得流出了眼泪——她手里高举着那个挎包！

原来，望月没有回家，她打着手电去找专赶洪汛捉鱼的“鱼王”阿金伯去了。按阿金伯的指点，她把艇直撑到河涌分洪的必经之路——地势低洼的竻竹围。上半夜，竻竹围几乎被洪水淹没了，下半夜洪水稍退，竻竹林才一丛一丛地露出来，她就在这长满尖刺的竻竹里爬来拨去，找了大半夜，终于找到了那堆被卡在竹丛里的破鸭棚顶，找到了那个缚在横梁上的宝贝！

郭海强终于别井离乡远去了。一去又是十多年。海洋勘探学校毕业那年，海强曾经大着胆子写过几封信给望月，可是都没有回音——后来才知道，她在一次演出事故中，为了抢救同事负了重伤，一直躺在外省的一个医院里。直到前两年，海强才和她通了信，她告诉海强，因为她负过伤，落下了残疾，不能再干杂技了，为了赡养已经瘫痪了的老阿嫲，她没有留在城里，回乡当了个供销社营业员……郭海强去信安慰她，鼓励她，他们通了一段时间的信，当郭海强兴高采烈地写信告诉她自己被选派出国考察以后，她忽然又不回信了。她是不是在有意疏远前途似锦的海强呢？可是，她的心呢？会不会仍在等待着他？

不！不！或许她已经结婚了，她不应该让青春白白流逝，她是个好姑娘，她的生活一定是美满幸福的！

嘿，庸人自扰，郭海强的心境豁然开朗。他抬头一看，暮色中，海面上那轮月亮变得黄澄澄的了。他迈开轻松的步子，迎着飒飒的海风向地质大队走去。

五

郭海强抱着一大沓地质资料回到宿舍，又是午夜时分了。今晚精神得很，横竖睡不着，开个夜车，把明天的工作做完，好去兰溪啊！

他蹑手蹑脚进了房门，肥仔麦这家伙还没睡，正躺在床上看报纸。他已经打定主意不回家，把婚事推了，所以有些闲情逸致。

“啊，你回来了。”肥仔麦在床上伸了个懒腰，一个鲤鱼打挺下了床，把一张报纸递到郭海强面前，“你看看这篇文章，啧！找老婆就要找这样的！我就不信在农村找不到好老婆！人家不也在农村吗！”

郭海强笑了笑，把报纸撂在一边——他没工夫。

“哎，看不上眼？比不上你的‘海洋一号’是不是？别那么神气好不好？我劝你也拿给‘海洋一号’看看，让她学着点，将来做个好媳妇……”肥仔麦又把报纸递过来了，并且按住了郭海强的脑袋。

这回郭海强不能不看了，他敷衍地扫了一眼标题——

《水乡姑娘心灵美》

水乡？郭海强的视线一下子被吸引住了，匆匆往下看了看，猛然间跳了起来：

——珠江之滨，秀丽水乡，传颂着一个好姑娘长年照顾一个病弱老人的动人事迹，姑娘名叫阮望月，她……

里面写的是望月！文章里说，望月主动照顾体弱多病的老人郭泰安，已有好多年了。今年，有人给年过二十六岁的望月提亲，条件很好，可是老人突然得了眼病，而老人的独生子恰好出国考察，为了让老人的亲人在国外安心工作，她毅然推迟了婚期，日夜服侍老人。但姑娘这一高尚行为不为对象所理解，他以等不及为理由，把婚事退了。最近，老人的眼病恶化，双目几乎失明，姑娘又婉拒了两次提亲，毅然背起老人到省城求医……

泪水禁不住往下流，手中的报纸簌簌作响，郭海强的心里刮起了飓风，发生了地震，他全身被震撼了，他看见望月含笑地向他走来，矮矮的身材、红扑扑的脸庞、挺得高高的胸脯、粗壮的手臂……耳边又回荡着那优美的童谣：

月光光，照地堂，年卅晚，摘槟榔……

“望月——”他两眼发直，突然失声喊出来了！

天一亮，凌兰兰就跑来了。

肥仔麦在楼梯口碰到她，忧郁地看了她一眼，叹了口气，把手里的工作服往肩上一搭，一言不发地下了楼。

“喂，走哇，你还没洗脸?”凌兰兰闯进房间，一看郭海强萎靡不振的样子，猛吃了一惊，“怎么啦？病了?”

郭海强轻轻摇了摇头。

凌兰兰一急，把手伸到郭海强额头上摸了摸，又摸了摸自己的额头，没有比较出热度，便使劲推了他一下：

“到底出了什么事？哎，你倒是说呀!”

郭海强突然捂住自己的脸：“我父亲瞎了，双目失明……”

“啊——”凌兰兰倒抽了一口凉气，急忙把小小的拇指伸到嘴里，狠狠地咬着，眼里闪出了泪光，“那怎么办？怎么办？你想回去看看?”

郭海强不语，好久好久，才木然点了点头。

凌兰兰一把抓起他的双手，俯着身子像哄孩子一样急切地说：“你应该回去，不要惦记工作，马上就得走！看看还有没有希望……啊，我去替你请假，我这就去找林指挥!”她掉过头去用小手绢擦了擦眼泪，猛一转身跑了。

郭海强像醉汉一样摇摇晃晃地站起来，踉踉跄跄地扑到床上，一把扯过被单蒙着脸，无声地哭了。

房间里静悄悄的，然而这静寂本身就像一团烈火在煎灼着郭海强的心。不知过了多久，兰兰气咻咻地跑回来了，一进门就伸出温暖的小手扶起脸色苍白的郭海强：

“林指挥同意了，他要你快去，越快越好。呶，这是批假条。”

郭海强默默地接过批假条，连头都没抬。

“我已经请交通科给你买好明天回去的车票了，一会儿就可以送来。”凌兰兰突然羞涩起来，“我叫他们买了两张……”

郭海强一听，惶惑地转动了一下眼珠子，可是仍然没有抬头——他不敢看她的脸！

凌兰兰低头摆弄了一下衣角，微微喘着气，低声说："我春节加了四天班，加上平时加班，正好有十天补休，现在外事任务不多……林指挥也同意了，我、我和你一起去，行吗？"

郭海强的脑子里轰然一声巨响，眼前黑沉沉一片，什么也看不见，什么也感觉不到了。

月亮升起来了，好圆！

黑压压的天、墨染般的海、一下子罩上了一层乳白色的轻纱。月光是清朗的，可是人呢？心呢？

郭海强把明天的两张车票揣在上衣口袋里，拎着个提包上了进城的小渡轮。这个口袋，昨天还装过那张珍贵的照片。今天，它没有了，郭海强不愿意再看到它，把它连同一封由恳切和痛苦交织成的信，悄悄地留下了，还给它原来的主人、他的小老师，那个只会吟咏宋词而不会唱古老童谣的姑娘……

明天会发生什么事情呢？郭海强不敢去想。他对她的不辞而别，只有肥仔麦一个人知道，最难办的事都包在这位弟兄身上了，肥仔麦拍着胸脯保证，舌头说烂了，说断了，也要妥善解决好这个难题——他的肩膀上，扛着三个人的明天哪！唉……

一只手伸进船窗，拍了拍郭海强的肩膀：

"喂——信！说是下午才到的？基地林指挥叫你看看。"说话的是码头上的售票姑娘，她把信交给郭海强，头也不回地上岸去了。

郭海强惊讶地展开这封由省报报社寄给基地领导同志的来信，眼睛顿时又被泪水濡湿了——这信是一个记者写的，他在采访望月的时候，了解到望月仍深深地爱着郭泰安老人的儿子郭海强，可是她心情又十分矛盾，因为她负过重伤，恐怕日后会拖累老人的儿子；为了他的事业和终身幸福，姑娘毅然做出了痛苦的抉择……记者希望，基地领导能协助做好郭海强的工作，使他不会因为姑娘的一时疏远而产生误解，让这个心灵纯美的姑娘得到幸福，让有情人终成眷属。

哦，水中迷乱的灯影，船舷上跃起的浪花，在眼前融成一片月光。船开动了，郭海强心头忽然升起一个疑团，这信是谁送来的？怎么会知道我坐这班渡轮呢？他目光迷惘地向码头瞥了一眼，突然愣住了——

码头上，孤零零地站着一个人！

是她！她穿着白色的连衣裙，正在向他挥手！

“兰兰——”郭海强几乎要扑出船窗！哦，这个亭亭玉立的姑娘渐渐融在一片月光里了……

月儿皎皎，小渡轮离码头越来越远，向月影绰绰的远方驰去。

舞会如期举行

一

陈宁一下直升飞机，故意定定地站立了片刻。双脚像和大地亲吻似的，亲热得不得了。他浑身放松，舒服极了，几乎不想再动弹，整整一个半月，他远远离开了陆地，在那浮在海面上的钻井船上当班，现在，在海上、在空中那种晃悠悠、空荡荡的感觉消失了，他又再一次感受到大地母亲的亲切、坚实和牢靠。

突然，两眼一抹黑，一个圆滚滚的东西套到陈宁的脑袋上，把他吓了一跳。他马上就反应过来了：这是一个反扣过来的摩托车头盔。他想摘掉它，可是被身后的人死死按住，一阵咯咯咯的笑声轻盈地飘进他的耳朵里。

“夏姗姗!”他喊了一声，挣扎着摘掉了头盔，二话没说就来个以其人之道还治其人之身，把头盔硬扣到这个搞突袭的团委副书记的头上，笑得她几乎喘不过气来。

“你在这里干什么?”

“恭候你团委书记的大驾啊!”夏姗姗一手抱着头盔，一手拨弄着被头盔弄乱的长发，不满地睨了他一眼，做了个鬼脸：“找你这个甩手掌柜算账!”

不久前基地开过团代会，陈宁和夏姗姗当选了正、副书记，但是中外合作的钻井船上需要优秀钻工，外国船长说什么也不放陈宁走，夏姗姗只好一个人把基地团的工作包起来了，她一见陈宁就叫苦连天，喊他“甩手掌柜”。

陈宁两眼一闭，双手抱住脑袋，装出一副头痛欲裂的样子：“又要捉我去开会?”

夏姗姗笑嘻嘻地歪着脑袋看着他："不，要告诉你一个好消息。"

"好消息？是皇恩浩荡把我革职，还是宣布免除我参加会议的苦役？"

"没那么便宜！"她眼飞神飏，向停机坪值班房的墙上一指："请看——"

墙上，贴着一张海报，海报上别出心裁地画一个踮起脚尖的芭蕾舞演员，四个龙飞凤舞的大红字分外醒目——"迎春舞会"，大红字下面，是几行鼓动性很强、叫人心旌摇动的黑字：

> 年轻人，不要辜负了这一派大好春光——
>
> 您想让青春更焕发、精力更充沛、身手更矫健吗？跳舞吧！
>
> 您想保持身心的健康、成为一个文明优雅、活泼开朗的现代人吗？跳舞吧！
>
> 您想得到爱神丘比特的帮助，找到自己称心如意的伴侣吗？跳舞吧！
>
> 迎春舞会定于星期六晚七时在直升机停机坪上举行，特邀龙门市青年舞蹈辅导队前来教授各种交谊舞，望青年朋友们踊跃参加，欢迎各级领导、各界人士参观指导。
>
> 基地团委

陈宁一看就明白，这是多才多艺、聪慧豪爽的夏姗姗的杰作。

"怎么样？"夏姗姗推来一辆雅马哈摩托，把一卷海报塞到陈宁手里："敢和我一起去贴海报吗？"

陈宁欣然跳上摩托车的尾座。

二

石尾墟，原是个偏僻贫穷的渔村。自从附近海域发现了石油，现代文明仿佛刹那间都涌到这一片古老破落的海滩上来了。墟的周围，楼房如雨后春笋般拔地而起，石油基地用不到一年的时间，就把这个小墟完全包围起来，连高鼻碧眼的外国人，也常三三两两到小墟来走家串巷，用外汇券向半农半渔的村民买鸡蛋、买鱼、虾、蟹，离墟不远，建了个直升机停机坪，直升机常来常往，乳白色的机身在太阳光里闪闪发亮，像个王公贵族似的傲视一切，显得威风凛凛、气度不凡。

夏姗姗执意要在墟里贴一张海报，可是，墟头围满了人，密密麻麻的足有好几百，挡住了去路。

又在搞什么名堂？每次陈宁从钻井船回基地路过，在这里都能看到一些新玩意儿，卖药的、耍蛇的、教功夫的、用小鸟占卦、用扑克算命……无奇不有，老少咸宜。

人堆里传出几下单调的锣鼓声，夏姗姗撇了撇嘴："这几下破锣烂鼓也值得挤成这个样子？可怜！"

"你可别小看，说不定人家是民间艺术家。"陈宁挤进人墙，想看个究竟。

"的的锵锵、当当咣、咣咣咣"……原来是两个外江佬在耍猴。猴子又老又瘦，身上的毛疏落落的，长满了癞疤，还跛了一条腿。陈宁左右一望，人人脖子都长了半尺，有些还是基地的青年工人，他的朋友、膀大腰圆的渔民青年水满，蹲在前排瞪眼咧嘴，更看得兴致勃勃。

猴子拿着一顶小帽，一蹶一蹶地向看客要钱了，水满掏出一枚五分硬币一掷，打中了猴子的脑袋，顿时哄声四起，四面八方的硬币飞蝗般向猴子扔来，吓得猴子扔下帽子乱跑，人们乐不可支，气氛达到高潮，墟场被笑声震动了……

夏姗姗一把将陈宁拉出来："走吧，有什么意思？人家的荷包胀，你的那位'民间艺术家'活受罪！"

"这倒是一条生财之道。只要猴子不以身殉职，这两个耍猴子的一年准能发财。"

"哼，歪门邪道，愚昧落后！"

"就你开明先进？就怕人家不买你的账！星期六的舞会，参加的人有这里三分之一，我就谢天谢地了。"陈宁故意激她。

她正往墙上刷糨糊，倏地回过头来："激将法？好！我就是累断了筋，也要把舞会搞得比这里热闹，参加的人要比这里多！"

"喂——"有人一声招呼，然后陈宁肩膀挨了重重一击，他一回头，原来是水满。

他们是偶然认识的。有次在墟上，水满和卖假蛇药的发生争执，打斗起来，水满被几个卖假药的团团围住，恰好陈宁领着一班伙伴路过，路见不平，一拥而上，打得卖假药的鸡飞狗跳，那条没有毒牙的眼镜蛇成了一团肉酱，冒牌蛇药撒了一地。从此，陈宁和水满也成了朋友。

“贴什么？要做什么？”水满大惊小怪一嚷，行人纷纷驻足，耍猴的那一摊子刚散，这一边又围起来了。

“跳舞？”水满指着海报上画的“公仔”，大大咧咧问：“就是跳这种趴泥舞(芭蕾舞)？听人家说，电视里跳趴泥舞的不许穿裤子，是不是？”

陈宁哑然失笑。夏姗姗也脸一红，使劲憋住笑，赶快挤出人群发动了摩托。陈宁向他解释了几句，看他似乎明白了，才匆匆跳上摩托尾座，扬长而去。

夏姗姗驾着摩托急驰，终于忍不住了，迎风爆出一阵大笑。

三

他们刚进团委办公室，机关党委书记罗正平踩着他们脚后跟进来了。

“听说，你们星期六搞舞会？”

“怎么，你不支持？”夏姗姗把头一歪，警惕地盯着他，“我问过张总经理，他可是满口赞成的。”

“你怎么知道我不支持？”罗正平反问，他四十出头，当过几年秘书科长，是刚提起来当机关党委书记的，说话很注意分寸：“凡是年轻人健康有益的活动，我都支持！你们这是第一次，所以得特别下工夫，除非不搞，一搞就得像样点，要搞得上上下下都没意见，对不对？”

夏姗姗意味深长地向陈宁眨了眨眼睛。

罗正平皱着眉头沉吟着，深思熟虑地开口了：“刚才，我听到两位同志议论你们贴在饭堂门口的海报，当然，这只是一家之言，不是全部领导的意见，但听听也有好处，对不对？”

“我们的耳朵早就起茧子了。”夏姗姗用手指挖了一下耳孔。

罗正平很有涵养地笑笑：“他们不是说你们组织活动不好，而是认为这海报有片面性，读了海报，会使人产生误解，跳舞就不负大好春光，就能焕发青春……那不跳舞呢？难道不能焕发青春了？难道反而有负大好春光了？还有，这一句：‘想保持身心健康，成为一个文明优雅、活泼开朗的现代人吗？跳舞吧！’也不妥当。不跳舞就身心不健康了？就是古代人了？不见得吧？文明优雅的现代人——怎么理解？如果光跳舞就能解决问题，五讲四美三热爱还要不要搞了？还有，未结婚的跳舞可以找到伴侣，那结过婚的来跳舞呢？大家都来寻求爱神的帮助，那岂不乱了套？”

“老天爷，这是海报，不是社论！”夏姗姗叫起来了。

“当然，当然，海报总是海报，像那些什么销量第一、雄冠全球的广告，可以夸张些，但实事求是总还是要吧？对不对？总不能为活跃一些青年的生活，伤害了其他人的感情吧？再说，五讲四美……”

“对，对，都对！能不能这样呢？”陈宁学着罗正平的样子，也装模作样地皱起眉头：“请机关党委发一个文件，鲜明准确地阐明一下开舞会的目的、意义、应注意的问题，帮助我们团委把思想工作做到舞场上去，怎么样？”

“我们在开舞会之前组织学习。”夏姗姗接口说，眼睛里闪动着调皮的光彩。

罗正平一怔，两眼转了转，马上和颜悦色说：“这倒不必，老同志有些看法，我只是向你们转达转达，有错就改嘛，注意一下，总有好处……”

夏姗姗一挥手，没好气地说：“对不起，改不动了，海报全贴出去了，办公大楼门口有一张，谁愿意改谁改去。”

罗正平脸上红一阵、白一阵，悻悻地走了。

下午，枝节横生，事情多起来了。先是外事办打来电话：“你们开舞会，外国人知道了，要求参加，怎么办？”

“那好嘛，我们欢迎。”夏姗姗得意地向陈宁眨了眨眼。

“出了问题怎么办？”

“会出什么问题？”夏姗姗愣住了。

“唉，外国人一跳上瘾，什么乌七八糟的舞都跳，你怎么办？他们要放他们的音乐，你怎么办？跳疯了，乱搂乱抱你怎么办？还有，舞会是露天的，保卫工作怎么做？出了事谁负责？”

问题一大串，把夏姗姗问哑了。

接着，保卫部来电话，不同意团委邀请附近华侨农场的绢麻厂、缫丝厂女工参加舞会，理由是停机坪是重要设施，外人不能随便进入，海报上“欢迎各界人士”的字样应该去掉。

“这些厂来的都是女孩子，难道会带炸弹？”

“谁敢保证？除非经过审查，由我们批准。”

机关车队也来电话说，星期六晚司机要回家，派不出大客车去龙门市接辅导队，辅导队不来，舞会就得塌台，因为基地吵开舞会的小伙子，绝大部分都是“舞盲”。

配电所也跟着起哄了，说停机坪方向线路负荷太大，星期六晚无法保证照明。

夏姗姗一打听，这几个单位的领导全都对海报那几句话有意见。

“想不到，搞个舞会比孙悟空上西天还难。”她满脸凝愁问陈宁：“你看，咱们要不要把海报改一改?”

“不改。”陈宁摇摇头。

“那么，把时间往后推一推？准备充分些。”

“不推。”陈宁沉着地启齿一笑：“舞会如期举行。”

“好！甩手掌柜不甩手了!”夏姗姗双手一拍，一展愁眉，“有你这话垫底，我敢血战到底!”

陈宁顾不上休息了，里里外外忙起来，他和夏姗姗一起，兵来将挡、水来土掩。他们当机立断：舞会改在新建成的灯光球场举行，清理碎石、铲平混凝土结块，布置彩灯彩带，张挂横额灯笼的任务，交给了机关团总支去突击完成；让电影队团小组星期六晚在外国专家俱乐部放一场《少林寺》，务必要把一些潜在的好事之徒吸引住，不让他出来惹麻烦；让运输大队团支部准备一台卡车，万一机关车队真的不派客车，就出动卡车接辅导队；另外，还找了两个当电工的团员“一级戒备”，万一断电，就采取应急措施……

他们煞费苦心、运筹帷幄，仿佛在组织一场大战，把最困难的局面、最意外的情况也想到了。可是，他们却疏忽了一些最显而易见、使人哭笑不得的情况。

四

星期六，万事俱备，只欠东风，舞会终于如期举行了。

陈宁领着一班西装革履的小伙子，负责接待来自华侨农场绢麻厂、缫丝厂的姑娘们，三辆东风牌卡车鱼贯而来，打扮得花枝招展的姑娘们笑着嚷着跳下汽车，小伙子们正殷勤有礼地上前寒暄，公路上突然又出现了一溜车队，东风牌、解放牌、大日野、拖拉机，最后甚至还有手扶拖，一车一车满满挤着华侨农场的年轻人——当然小伙子占了绝大多数!

一时间，公路边成了青年的世界，到处都是红男绿女。陈宁立即决定，把基地团委举行的舞会改成石油基地与华侨农场青年的联欢舞会，正在商谈主持人选，负责迎接辅导队的夏姗姗忽然派人把他找去了。

辅导队坐着运输大队团员开的大卡车，终于赶到了，正在基地工会阅览室里休息。夏姗姗站在门口，急得一头是汗。

“糟糕!”她一见陈宁就跑上前，紧张地压低声音说：“辅导队的领队是个马列主义老太太，一来就给我上了堂政治课，什么要用革命精神占领青年娱乐阵地，什么清除精神污染有几条重要经验……还说，一看我们的会场布置，就觉得气氛不对——”

陈宁哈哈大笑：“她不会像‘文化革命’时那样来抢我们的麦克风吧?”

夏姗姗跺了跺脚：“咳！你还开玩笑？这舞会要扫大家的兴了，她说，市委刚发了个规定，辅导队不能教交谊舞，只能教集体舞!”

“啊——”陈宁瞠目结舌，他沉思了一下，说：“集体舞就集体舞，跳起来就是胜利!”

他们正在一旁商量对策，一个气急败坏的小伙子奔过来了，连声告急：

“两位头头快去收拾一下吧，舞会开不成了，灯光球场挤满了人，轰不走、劝不开，像个菜市场!”

陈宁和夏姗姗急如星火奔到球场，果然如此，四乡来的农民、渔民，骑单车来的，坐手扶拖拉机来的，扶老携幼，源源不绝，宛如千山万谷的小溪流一样向灯光球场倾注而来，小孩子们调皮地在密密麻麻的人丛中跳着、跑着、叫着，球场边一大堆砖块很快被搬清光——全被人们搬去垫屁股，卖甘蔗的、卖花生的、卖炸豆干的，竟在球场里摆档口做起生意来。舞会的主角——衣着时髦、光彩照人的青年男女，反而被挤到球场边站着，球场内外一圈一圈麇集了两三千人。突然，人头涌涌，球场骚动起来，有几个外国的年轻专家出现了，《少林寺》似乎对他们没有吸引力。人们像观赏熊猫一样，很快就把他们包围起来，仿佛他们马上就会演出使人耳目一新的节目，他们也在好奇地左右顾盼，自鸣得意。

陈宁苦笑地对夏姗姗说：“你的誓言实现了——现在这里比在石尾墟看耍猴的人要多十倍、热闹十倍!”

夏姗姗急忙挤到球场边的扩音机旁，对着麦克风喊起来：

“同志们，朋友们，舞会很快就要开始了，先由辅导队示范表演，请球场上的同志马上离开，马上离开——”

无济于事。挤到球场上的人不见减少，反而越来越多，人人都似乎在引颈以待，巴望着一桩新奇神秘的事情出现，仿佛一个火星人马上就要到来，或者马王堆古尸会立刻当众复活。

夏姗姗越喊得凶，球场上的人越觉得神秘、兴奋，她直喊得声嘶力竭，发火了：

“还搞什么舞会？这时候下场跳舞真会被人当猴耍!”

陈宁一眼看见水满攀在篮球架上，一边啃着甘蔗，一边东张西望，他过去把他拽下来了。

“怎么回事？怎么会来这么多人？你知道吗？”

水满“呸呸”地吐着蔗渣，有点尴尬地说：“唉，都说今天会有几百个洋人参加跳舞，还要跳不穿裤子的‘趴泥舞’，我说不是，都穿裤子的，可谁也不信，一传十，十传百，附近一二十里各村的人都来了。”

一阵喧哗，球场又骚动起来，大人喊，小孩哭，不知发生了什么事情。

陈宁又好气又好笑，他知道，这个舞会不能再开了，一开必乱，搞不好还会闹出大事，他和夏姗姗商量了几句，挤回到扩音机旁，大声宣布：

“非常抱歉，由于条件不具备，今天的舞会不能举行了，请大家离开，请大家离开……”

人们仍挤着不动，似乎在怀疑。这是一个圈套，大家仍以为，只要场地一空出来，舞会马上就会重新举行。

夏姗姗火气冲天地夺过麦克风，大喊一声“散会——”

声音未落，她的眼泪却先流出来了。

“我就不信，难道一个舞会都搞不起来？”夜深了，夏姗姗垂头丧气地和陈宁回宿舍，一边走，一边说，“我真想找人吵一架，痛骂一场。”

陈宁默然无语，走到一张被人撕了一半的海报前，抬头说：“你想吵架也找不到对象，你不知骂谁才好。”

夏姗姗看着海报，伤心地说：“也许我真的不该出这样的海报，更不该在海报上画上个跳芭蕾舞的。”

陈宁摇摇头，低声说：“不，不关海报的事，这类活动我们过去没举办过，过去海报出得太少、画得太少了……”

他们踏着月光，默然向宿舍区走去。

春夜，正在悄悄消逝

夜，静静的。

一弯新月安详地挂在天上，银辉透过树木疏密错落的华盖，星星点点地洒落到我们身上，雨早就停了，可是我们头上盛开的紫荆，仍不时滴滴答答地滴下大颗大颗的水珠，一片片开残了的花屑，也不时无声无息地在我们眼前落下。我和他并肩坐在江滨公园湿漉漉的水泥长椅上，好久都没有说话。

还要说什么呢？该说的都说了，就差没把心掏出来了。

他的手动了一下，掏烟、打火。轻轻地吸了一口。

突然，他扳过我的脸，看着我的眼睛，小声地说："茵茵，我相信你——"

眼泪夺眶而出，我哭了，一下子扑到他的胸脯上。我怕哭出声来，使劲咬住嘴唇呜咽着，泪水染湿了他的胸襟，他温存地摩挲着我的头，他的手，蕴含着好多好多说不出的话，给我慰藉、给我温暖、给我柔情……

一

虽然是暮春时节，可是一到下午，这套引进的石化装置工地现场就热得像火炉一样了。我拿起一盒高强度合金焊条爬进了一号大型球罐，一个电话又把我找了出来，工程处的一个命令使我呆若木鸡：要我马上准备行装，出发到南港油码头参加新管线安装，时间半年。

"就我一个人去？"在部队办公室，我疑惑地问梁队长。

不知为什么，平日有说有笑的老队长神情有点异样，他鼻子喷着粗气，花白的胡茬不住地抖动，连句话也不说，只是望着我点了点头。

"我不去！"我一屁股坐在椅子上，故意气恼地皱起眉头，我脸上的酒窝很深，即使有时生气，别人也会误认为我在笑，所以我尽量板起脸孔，把不愿去的神情表演得特别坚决。

梁队长漠然地看着我，一转身，竟走出去了，副队长古桂珍在旁边轻轻推了我一下说：

“阿茵，上面已经定了。还是去的好。”

“不！”我执拗地转过脸。她是副队长兼团总支书记，又是我的“那个”的介绍人，上次我要报考职工大学，队里怕丢了我这个王牌焊工，死活都不让去，就是听了她的话我才没去大吵大闹，这一回我不会再上当，豁出来了。

“阿茵，改换一下环境，对你有好处……”不知是无意还是有心，古桂珍突然冒出这样一句，真使我莫名其妙。我正在火头上，马上把她的话顶回去：

“改换什么环境？我得了肺痨还是癌症？告诉你，我哪儿也不去，就蹲在这里焊球罐！”

古桂珍欲言又止，苦笑着摇了摇头，我心里忽然掠过一丝不祥的预感：发生了什么事？为什么偏偏要我“改换环境”？怪哉！我一把抓住古桂珍的手，盯住她的眼睛：

“对啦！你的话里有骨头，你们一定有什么事瞒住我。”

“没有，没有。”古桂珍急忙挣开我的手，摇头否认。哼，口是心非！我发表声明了：

“不说清楚，我就不去！”

“唉，这是工作需要嘛！”

“我们队高压考试及格的焊工有十多个，为什么偏偏叫我一个人去？这里有鬼！”

“你真多心，怎么能怀疑组织呢？真是——”

古桂珍严肃起来，她坐在我的旁边，一只手搭上我的肩——来了，这是一番婆婆妈妈、不厌其烦的谈话的前奏，我这个人耳朵软，每逢一遇到她这样口水当茶的谈话，结局总是缴械投降的，所以这回她一开口，我就赶快捂住耳朵，转过身不理她。

幸好窗外有人叫她去处理一件急事，她拍拍我的肩头说：“等一会再谈。”匆匆走了。我松了一口气，向她的背影做了个鬼脸。她年纪还不大，才三十八岁，是全厂有名的标兵，很关心人，有一副热心肠，可就是迂得叫人受不了。我进厂时对她崇拜得五体投地，日子一长，也对她敬而远之了。去年她提出要把她爱人的表弟程伟介绍给我，吓了我一跳，赶紧向她又跪又拜请求"赦免"，谁知她第二天竟把他带到我宿舍里来了，好像看准了我会喜欢这个长得像电灯柱一样高的小伙子似的。我真恨死了她，不过，这回她倒真做成了这件好事，我后来真的爱上了这个长年在海上找油的海上钻工，说句老实话，我又有点感激她……

我等了十分钟，她还没回来，办公室里只有我一个人呆坐着，我正想趁机溜走，"铃——"桌上的电话响了。

我犹豫了一下，接还是不接？——管他的！我又不是干部，可是，万一是工程上的急事呢？一想到工程，鬼遣神差，我拿起了话筒。

一听声音就知道是副处长庄仁玉打来的，爱开玩笑的工人把他的宝号动了手术，叫他压人王，他说话有个特点，快得像打机关枪：

"——喂？我是老庄，你古桂珍吗？听老梁说那个脸有酒窝的姑娘不愿走？喂——"

这显然是在说我！我骑虎难下、进退两难了。灵机一动，我含混不清地连连"嗯"了两声。

"——不能迁就她！领导研究过，一定要她走，这是爱护她，免得出问题。哦，还有那个长头发，也要调离施工现场，外国专家快来了，要注意队伍的作风。听说那个长头发和她在工地跳舞？乱弹琴！那姑娘天天晚上到处串，影响很坏，对这种水性杨花的浪漫姑娘要教育，谈恋爱我们不干涉，可是不能乱爱，不能搞三角、四角……"

我目瞪口呆，傻了。耳机里还在"喂、喂"个不停，我一咬牙，重重地把话筒扣在机座上，转身冲出办公室。

二

太阳西斜了，银白色的炼油塔、向阳的玻璃窗，路上小伙子戴的墨晶镜全都和我作对，一闪一闪地反射着刺眼的阳光。走出工地，我的眼泪再也忍不住了，扑簌簌地直往下掉。为什么？为什么竟会发生这样的事情？在人们心目中，我成了什么人？委屈、愤怒、怨恨在我胸中交集、积聚、膨胀，我的胸臆难受得快要爆炸了！

我如狂似痴地在厂道上走着，到处找梁队长、找古桂珍、找压人王！见鬼！他们都不知躲到哪里去了。找他们干什么？去吵、去闹？这样转眼间就会变成全厂的头条新闻，这犯得着吗？我愣住了。心一横，天王老子来调我也不去！一切照常，看他们能把我怎么样！不是对我爱说爱笑好玩爱闹看不惯吗？压人王不是说我浪漫、乱爱吗？好！我给你们看看！叫你们看看我怎样浪漫，怎样乱爱，怎样三角、四角……这个念头一闪，我的脑子立即像一颗火星跳进大油桶一样冒火、燃烧！我立即抽身往回走，全身的感觉都麻木了，只有脑子热烘烘的，两条腿好像是别人的，茫然地走，走，走。

一辆三轮摩托车风驰电掣地迎面驶来，我竟一点也不懂得躲避一下，瞪大眼睛迎上去。“嘎——吱”，摩托车在离我几米远的地方刹住了，一个人探出头来，就是这个该死的陈小列，像条讨厌的蚂蟥，甩都甩不脱，碰到他真倒霉！

“嘻嘻，小酒杯，今晚有空吗？”

我瞪了他一眼，把头一拧：“没空！”

“嘿，晚晚有约会，当我不知道？”

“你放屁！造谣！”我的眼珠喷火了。

“造谣？不是去造船厂，就是去化肥厂，都找谁呀？”他死皮赖脸地凑上来了。

“反正不找你！流氓！”我几乎要哭出来了，一转身，飞快地走开了。

这个陈小列，曾经发了疯似的追过我，他给我写过好多信。叫人一看都长起鸡皮疙瘩。更要命的是他不知羞耻地人造舆论，逢人就说我对他有意思，说我一见到他就笑得绽出两个深深的酒窝，后来，我认得他鸡爪印一样的字迹，一收到他的信就扔到厕所里了。他干活吊儿郎当，技术考试，他门门只得个二三十分，可谁也没本事把他“刷”出厂去。技术性强的工作不敢交给他，只好安排他干些杂活，他也乐得成天开着摩托车东游西窜，照样拿奖金。工地上人人都把他看作是人憎鬼厌的神台猫屎，现在，糊涂到家的“压人王”竟把这个神台猫屎和我相提并论，当作同类项合并了，还翻出我在工地上跳舞的事，真冤枉死我了！

哦，讨厌的太阳，照得我眯起了眼睛，眼前冒出一片金花，那天的情景又浮现了……

那天提早完成了定额，全队闲得拍苍蝇，快下班时，我中学时的同学张敏平托人给捎来了几盒英语900句的录音带，陈小列像猫儿闻到腥，马上粘上来了：

“是邓丽君吗？借来听听？”

“怕你听不懂！”我嘲讽地撇着嘴说。他拿起录音带看了看，大失所望，吹了一声口哨，故意说起风凉话来：

“临老学吹打，可怜！”接着又油腔滑调地说，“现在学这些番鬼话，难道有奖金？”

我盯着他的长头发，冷冷地回敬他一句：

“你头发留得这样长，奖金一定多得不得了！”

“你看不惯？十分荣幸！”他得意扬扬地抚弄了一下长头发：“告诉你，这叫现代化——时兴！”

我哈哈大笑：“这叫现代化？那我们女的最现代化啦，男人都成了出土文物！原始人更现代化——谁的头发都一样长！”看着他张大嘴巴，眼睛不停地眨，我开心极了，大声对他说：

“告诉你，我临老学吹打，这也是——时兴！”

可是这家伙像油缸里的西瓜滑头滑脑，舌头像注了润滑油，他眼睛一转，连连向我鞠躬：

“佩服、佩服！可是，就算你把这些 ABCD 背个滚瓜烂熟，又有什么用呢？你能当工程师吗？能当技术员吗？没有大学毕业的饭碗证，你能端这个饭碗吗？还不是天天捏焊把！我劝你还是今朝有酒今朝醉，跟我学些本事吧？学费免交，怎么样？伦巴、探戈、的士高……嘣嚓嚓、嘣嚓嚓——”

这个神台猫屎，竟闭起眼睛在工地上转起来了，工地上哗然，年轻人嘻嘻哈哈围上来观看，他更疯了，尖下巴一翘、鼻孔朝天。我从小爱跳爱唱，中学时还跳过《白毛女》，后来兴跳交谊舞，我也偷偷学过几回，我内行地看了他一眼：他的舞步蹩脚极了，简直像卓别林的鹅行鸭步一样可笑。

“够了！”我冷笑着喊了一声，向他伸出一只小手指：“你这水平呀，算这个！叫人笑掉大牙。”

他两眼一瞪，火了：“你懂个屁！你会？跳两下试试！”

周围的小伙子起哄了：“跳啊！”“跳啊！”“光会弹不会唱，谅她也不会。”“打个赌？”……

陈小列高傲得像只得胜的公鸡，优悠地转了一圈，口沫横飞地叫：“我敢打赌！她敢跳，我剃光头！”

我冷眼一睨逗他："真的?"

他拍着胸膛硬充好汉："决不食言!"

一股热血涌到我脸上来了，我看了看众人，一咬牙："我跳，保证比你强!今天非叫你剃光头不可!"我挺身站了出来，先轻松地转了两圈快三步，接着双手在胸前比画一下，把我以前练过的拿手本领——旋转拿出来了，一圈、二圈、三圈……一连转了七圈，我才做了一个优美的姿势停下来。四周响起了一阵喝彩声，一群人按住陈小列，三下五除二把他脑袋推得寸草不留，登时乐得梁队长呵呵大笑说："好个芦茵，谁都没法治住这个长头发，今天倒是你把他治住了。"——没想到，转了这几圈会种下今天的祸根，真是人一衰，喝水也塞牙缝!

三

迎面扑来一阵热风，白炽的电弧光直刺眼睛。我又茫然地转回工地来了。

——我就是要在这里干!我就是不走!就是要让你们看看，每天晚上我在干什么!想逼我走?要我放弃自己的主意?妄想!上次不让我考职工大学，我已经让过一次步了，这次无论如何也不让了!

我气呼呼地拿起面罩，正要攀上球罐的脚手架，忽然被人拉住了——是古桂珍。

"哎?你怎么还干活?我到处找你。"

"找我干什么?我不去!"我恶狠狠地瞪了她一眼。她很大度地笑了：

"嗬，像吃了火药，咱们再找个地方谈谈?"

她把我带到工地边一间小仓库里，然后小心地把门关上，端来两把椅子，把手搭上我的肩头招呼我坐，我一扭身，躲开她，她沉吟了一下，很稳重地开口了：

"傻姑娘，有什么好生气的呢?调你去南港支援，是组织上关心你的成长，那儿技术要求高，你是队里最好的焊工，当然要你去才行，再说，那里离程伟的基地很近，你们可以经常见面。"

我怒气冲冲地打断她："你说，凭什么诬我乱谈恋爱，搞三角四角?"

她有点突兀，眼睛睁得很大："谁说的?"

我才没那么傻，“哼”了一声，不理她。她追问了好一会，见我不理她，才遮遮掩掩地说：“唉，最近，有些同志是对你有些意见……”

我气炸了，眼睛一下涌满了泪水：“什么意见？在人背后泼脏水！”

她又叹了一口气说：“其实，对有些风言风语，我也不相信，你平时虽然爱玩好闹，可还是个正派姑娘，怎么一下子会这样不检点——”

“造谣！”我猛地一转身，泪水流出来了。不检点，对一个姑娘来说，是个可怕的恶名，万一传到程伟那里，我的……什么都完了。

古桂珍很认真地说：“你别急呀，是非总会搞清楚的嘛，既然你把问题提出来了，我也不妨向你了解一些情况，澄清一些误解，好吗？”

我咬着嘴唇哽咽着，没好气地说：“你说吧。”

她盯住我：“那张时间表是怎么回事？”

“时间表？”我懵了，眼前一片云烟雾水。

她从裤兜里掏出一张纸片，我接过瞥了一眼，上面写着：

星期一晚　工人文化宫　7∶30

星期二晚　造船厂俱乐部　7∶00

星期三晚　青年宫　7∶00

星期四晚　滨海化肥厂文化宫　7∶30

星期五晚　敏平家……

我明白了，这的确是我自己订的备忘条，一直贴在我的文具盒盖的衬里上，不知是哪个好事之徒把它抄了出来，一个小报告打到队里。

“有人说你天天晚上都按表上的时间去约会，和好几个人谈——”

“什么？”我几乎吼起来：“简直含血喷人！我哪有什么约会！这是我天天晚上旁听夜校课程的时间表！”

“啊，是这样！可是……怎么会每晚地点都不同呢？”

我脸上又是眼泪又是汗，竭力向她解释：因为队里不让我去考脱产学习的职工大学，我一赌气，下决心苦战三年，利用晚上时间学完大学的课程，我过去的同学、现在在总工会职工教育处工作的张敏平帮了我的忙。抄来了全市厂矿夜校的课程表，并给我弄到旁听证，让我选择最需要的课程，所以我的数学在工人文化宫上，力学听造船厂的，机械听化肥厂的，英语跟青年宫补习班，每逢星期五晚，还要到张敏平家学日语，一个星期里每晚都要换地方。古桂珍边听边点头，似乎相信了，可是临到末了，她忽然又拿出两封开了口的信：

“那这些信是怎么回事？化肥厂、造船厂来的。陈小列把信偷拆了，到处散布。我已经狠批了他一顿，可是群众有看法，说这些事一个巴掌拍不响……”

我瞟了瞟信封——这是两个和陈小列一样无耻和无聊的家伙写来的，我每次去这两个厂上课，他们都在门口纠缠不休，已经来过几次信，硬说我对他们露出酒窝笑，对他们有情有义，还威胁说，如果我不和他们好，他们就会发神经。我一看这些信就火冒三丈，一把抢过来把它撕得粉碎，扔在地上还踩上几脚，积郁在胸中的怨恨和愤怒像火山般喷发了：

“这些无聊的东西你还相信？亏你还当领导！这算什么？听任谣言害人、杀人！我不和你谈了，你高兴就去怀疑吧！去造谣吧！我不在乎！告诉你，我哪儿也不去！不仅要自学完大学课程，还要亲手把这引进工程建好！退缩半步我就不是人!”

我冲出门去，随手“砰”的一下用力把门关上，边抹泪水边向工地跑。

“芦茵，你有电报!”后面有人叫，是梁队长的声音。

我愕然地停住了脚步，接过电报，我的手哆嗦起来，摊开一看，竟是程伟打来的——

“调动要服从，余话面叙——伟”!

我气得几乎要晕过去，程伟怎么会知道调动的事？会不会他们又搞了些什么名堂？我全身颤抖着，手中的电报纸簌簌直响。

古桂珍气喘吁吁赶上来，梁队长和她说了些什么，她满脸通红地走过来，很尴尬地说：

“这……这调动的事前几天就研究了，怕你不通，我写信叫程伟劝劝你，谁知他会这么紧张，还打电报来，真是——”

“你们哪——”我瞪着古桂珍半天说不出话。突然，我猛地一跺脚，号啕大哭起来。

四

夕阳慢慢地沉没在西天绛色的尘埃薄暮里，我的心，也盛满了沮丧的眼泪，在可怕的浪涛里下沉。我伏在床上，咬着枕头不住啜泣着，今天发生的一切，使我感到抑闷难耐，使我眩晕，使我恶心作呕！夜幕开始笼罩大地了，宿舍里一片昏暗，可我没有力气起来开灯，也不敢抬起头来把胸中的闷气排遣一下，因为我总觉得，我面前那赫然洞开的窗户，有点像马王堆古墓那阴森可怕、寒气逼人的墓穴！

床头的小闹钟在滴滴答答地走着，秒针走一圈，就像拧发条一样把我的心扭了一下。这一分一秒，都是我的生命啊！今晚就是这样过去了，一个晚上的时光能学多少个单词，能干多少事情啊！可是，我让它白白地浪费了，生命的航程就是这样白白地缩短、消逝了。

猛然，我记起来了，今天是星期五。

张敏平会在家里等我吗？会！他此刻一定在小厅里，一会儿看看手表，一会儿又看看窗户。哦，一个声音在我耳边响起了：

"……你的倔强劲儿感动了上帝，真拿你没办法，看老同学份上，我只好帮人帮到底了。这样吧，每星期五晚，你到我家来，我们一起学日语，我教你……"

——这是敏平亲口说的，当时我大喜过望，几乎要跳起来："那说好了，雷打不动!"还逼他勾了手指。这个从前的同学，现在成了我的老师，已经有两个多月了，然而今天——今天要中断了吗？

"不——"我倏地从床上跳起来，在黑暗中瞪大了眼睛，"我就是要叫你们看看——"马王堆墓穴一般的窗户？去他的吧！程伟不高兴？随他便！如果他是这么不通情达理，那他根本不值得我爱！我不是卖给他的奴仆，他没有阻止我和别的男青年正常交往的权利，更没有理由拦阻我学习！爱情是自私的？呸！自私的爱不叫爱情，那是占有欲！我咬着牙，用着了魔的速度换好衣服，拎起小书包冲出宿舍，骑上自行车就往城里奔。

天空竟淅淅沥沥下起小雨来了，我没有回头拿雨衣，听任雨点打在脸上、身上，拼尽力气向前蹬！

来到张敏平的家门口，我从头到脚水淋淋的，全湿透了，我拂了拂身上的雨水，举起手，按响了张敏平家的门铃。

门开了，开门的是一个穿连衣裙的姑娘，哦，我见过她的相片，她是张敏平的对象，我笑着向她点点头，正想开口，谁知她白眼一翻，"砰"的一下门关上了。

我脊梁骨一下子变得冰凉冰凉的，正茫然不知所措，门又开了，戴眼镜的敏平走出来，他对我抱歉地笑笑，把我让进门里过道上，但他再没有挪动脚步往里走，就这样站着。

我发现他脸色有点苍白，眼睛闪烁着不安的神色，他用手托托眼镜架，苦笑着小声说：

"本来……我们家都很欢迎你来学习，大家都说你是个上进心很强的女孩子。可是，可是……不知为什么，我的对象很有意见，她妈妈还给你们工程处打了电话……"

"我明白了！"我直截了当打断了他，一头撞进门外阴森的雨帘里。

雨越下越大，雨水打在我的脸上，流到我的眼睛里，又从眼睛流到嘴里，那味道，是苦涩苦涩的……

唉，为什么？为什么春夜的雨竟是苦涩的呢？

闪电，雷鸣，迎面而来几乎像要把我吞噬的车灯，都不能引起我近乎麻木的躯体什么反应了，雨吗？下吧，折磨人吧！有什么了不起？我想起李白的一首诗："……欲渡黄河冰塞川，将登太行雪满天……"此刻，我面前只是雨，霏霏的淫雨，它除了淋得我一身湿，使我像落汤鸡似的一时见不得人，又有什么可怕呢！

我痛惜失去了今晚的时间，春夜正在悄悄地消逝，一去再也不会复返了……

雨停了，我回到宿舍，门口有一个人正在徘徊。他，是程伟！一见我他就奔了过来："哎呀，你怎么现在才回来？还淋得一身湿湿的！桂珍姐正到处找你。"

我不作声。

"电报收到了？我刚发出电报，恰好有辆顺风车，我就赶来了，反正我在休假……咦，你不舒服？"他的手按在我的额头上了。

"你呀——"我猛地一转身，向大路上跑去。"芦茵——"他追上来了。

五

月牙开始偏西，春夜像流水般逝去了……

"我更爱你了。"他贴在我的耳边轻轻说。

“为什么?”我看着他的眼睛，他的眸子是诚实的。

“因为，你是一个有理想有志气的姑娘。”

我心里一热，故意一撅嘴巴：“给戴高帽子，不听!”说着用手捂耳朵，可是双手被他握住了。

在他的怀抱里，我也想说：伟，我更爱你了。因为，互相信任是爱情的基础，你是个信任人而又值得别人信任的好人！啊，他厚实而又温存的嘴唇把我的话拦住了。

浪花呀浪花

一茬白花，又一茬白花，这茬刚凋零、消失，那茬又在萌发、怒放。

婷婷凭栏伫立，她从小就爱看海，爱看浪花，浪花给她带来多少美丽的憧憬呢？谁也没回答清楚。

可是生活……唉！尽管古往今来的诗人都爱把生活比作大海、浪花来咏叹，但婷婷此刻看来，至少它没有浪花那样洁白，它是混浊的——有那么多叫人难以摆脱的烦恼！

婷婷眼睛湿润、模糊了。人不能永远待在浪花里，要恋爱，要结婚，要找间房子……这一切有多难哪！婷婷闭上眼睛，脑海里闪现出汪丽霞小两口怨恨的目光，婷婷打了个寒噤：怎能和他们争房子呢？他们等了多久啊！而自己又为什么要和家里闹翻呢？要是当初理智一点，现在找房子也不作难了。爸爸或者姑丈一张条子，找间把房子还不容易？可是……

那天婷婷下班回家，发现客厅来了个"皇太子"：妈妈敬茶递糖，爸爸敬烟点火。原来"皇太子"给家里买了个"处理价"的进口洗衣机！婷婷在过道里哼了一声，撩起门帘进房去了。爸爸跟着进来，小声说："他就是那个——你妈说过的，跟你一样爱读书、爱写诗，你去和他谈谈嘛……"

婷婷翻了翻眼皮，走出客厅，坐到沙发上一言不发：跟"皇太子"打个照面，算是给他帮买洗衣机的酬劳。

小伙子挺时髦，穿着件"人皮"（婷婷把人造革夹克叫作"人皮"），一对大鬓角像钩子似的向前弯，它使婷婷倏然想起猪肉档上的秤钩子。嘴巴挺健谈。先开门见山，讲房子：现在家住多少平方，将来结婚还可以弄到一套多少平方的。买进口货吗？认识"下面"的老板，只要打个招呼，电视机、洗衣机招之即来……他侃侃而谈，居然谈起诗来：马克思说愤怒出诗人……高尔基真是世界最伟大的诗人，"海燕诗"写得好极了。普希金爱情诗不行，那首给西伯利亚朋友还可以，大概是在那里做苦工太久了……婷婷终于忍俊不禁，捧腹大笑起来，其后果可想而知。

就为这个活宝，婷婷和家里大吵一场，架越吵越大，最后婷婷一跺脚搬回局里去了。真巧，海洋勘探局的宿舍正在大调整，被小伙子戏称为“望夫楼”的女宿舍乱得像蜂窝，婷婷几乎跑断腿，才找到正忙得焦头烂额的房管科长老迷糊，他一见婷婷就眯起笑眼：“你好福气，单身楼开打桩机也插不进人了，刚腾出仓库楼梯间，优待你，十平方暂住两人，还有个是刚来的大学生。”

啧，这条件，能叫全局姑娘都羡慕得流口水啦！婷婷拿了房票，把那间房打开一看，嘿，大学生先搬来了，像个摆书摊的，连她的一张破床也堆满了书，人却不见踪影。一直到晚上十一点，还不见人回来，婷婷便草草帮她铺好床，自己先放下蚊帐睡了。正睡得迷糊，暗锁一响，那夜游神回来了，“哟、哟、哟……”大概是推进来一辆自行车，大学生手脚轻得像小偷，“嘎吱吱”，上了床？“吱嘎嘎”，站在床上挂蚊帐？“哗啦——砰！”床塌了！车碰倒了！

“唉，真对不起！”声音很低，但进了婷婷耳里不啻是一声炸雷—— 一个男人的声音！

婷婷睁眼一看，尖叫一声，连忙把薄被单往身上蒙。天老爷，怎么进来个小伙子？活这么大第一次这样狼狈。慌乱得连话也说不出来。

可是那冤家竟然笑起来：“哈……怎么回事？您别害怕——房管科安排您住这儿的对吧？这班糊涂虫！把咱俩当成同类项目合并了……这种事情我以前也碰到过。请放心，我马上撤退……”

一阵忙乱的声音过后，婷婷隔着蚊帐见他推车走到门口，正想松口气，谁料他又站住了：

“据我的经验，处理这种闹剧，只能悄悄地和平谈判，要是去房管科兴师问罪，转眼间准会成为全基地的大新闻，比卫星转播还快！”

他的口气像是在聊天——哼，恼得婷婷转身蹬了一下床板。当她从被单探出头来，门已经关上，那家伙一声不吭地走了。

婷婷一夜没合眼，第二天一早就去找房管科，兴师问罪也罢，和平谈判也罢，这公案总得了结啊！一进门，就见老迷糊一手拎着个行李卷，一手捏着一张信笺，腆着肚子在发脾气：

“不像话！不像话！像个小偷，爬窗户进来的，你看看，你看看——”他把信笺伸到婷婷面前，好像婷婷是来办案的法官。

婷婷一看信笺，不由得失声笑了——

房管科大人台鉴：

因为你们把我分在女宿舍，昨夜走投无路，只得攀窗而入，借贵室栖身。今早有紧急任务出海，半月后才能回来，行李、自行车请代为保管，并请另行分配房间为盼！

海洋地质大队男性公民：刘雪华

原来这家伙"撤退"到这里。聪明！婷婷对这一怪招挺欣赏。鸡还要有个窝呢，人总要找个地方睡觉吧。一丝怜悯渗进婷婷纷乱的思绪里，像在化学反应里加了催化剂，她对这个大学生的反感忽然都消失了。

半个月后，婷婷结识了这位男性公民。他刚从海上回来，来搬走寄放在楼梯间的书籍杂物——这房间新住进三个姑娘，扬言要把这堆劳什子扔到海里去。婷婷好心地帮他把东西运到地质大队的办公室，那是海边的一间活动板房，离基地生活区一里多路。

"为什么搬到这儿住？多不方便。"婷婷擦着鬓角的汗水，替他鸣不平，"找房管科嘛，他们敢不给？"

"哈！让我多活几年吧！这儿比得上北戴河，一迈步就能洗海水浴，海风比空调还凉快，何必找他们怄气？"大学生晃着圆圆的小平头，咧开嘴巴笑着，如果没有额上那道很深的皱纹，婷婷会把他当作中学生。

"你这是故作姿态，其实你是在苦恼自己没本事！"婷婷尖刻地揶揄道。这是报复，她想起了那晚他那副叫人啼笑皆非的腔调。

"那要看你说的是什么本事啰，如果你说的是关系学——"他忽然趾高气扬起来，"我可以当教授！一点不假，我老头子在省委！"

"当大官？"婷婷闪烁着嘲弄的目光。

他扬起下巴，骄傲得像个王子似的大声说："大官？我老头子管大官的饭碗！当炊——事——员！"

"哈……"婷婷笑疼了肚子，她蹲在地上好久才直起腰来，喘着气说："你像在说相声。"

小伙子笑了："这就是本事呀！你可别把我当阿Q。生活里没有笑声，就像海里没有浪花……"

说得多好！婷婷瞥了他一眼，眼前忽然溅起了一簇奇妙的浪花，他怎会和浪花联系在一起？奇怪！

就这样，婷婷和他“建交”了，而且很快就要结婚。真巧，他也是爱看浪花的，可是，浪花总归是浪花，不能变成房子……

他们不能指望父母。这门亲事一开始就遭到婷婷父母坚决反对，她和家里彻底闹崩了。而那个省委机关的老厨子，婷婷还未见过一面。只看过他两封信，字像中学生写的，都是些“操正步”的话，什么互相帮助呀，注意节约呀，还一再声明：“一切靠你们‘自力更生’！”

自力更生？谈何容易！家具大床倒还能将就，两张单人床一拼起来就行了，房子呢？自己能盖吗？婷婷一筹莫展了，雪华却处之泰然：

“我是海风，你是浪花，咱们结婚有所大房子——大海！”

“废话！”婷婷气急了，瞪起了眼睛：“亏你还自封关系学教授呢！一点本事也没有，草包！”

雪华做了个鬼脸：“你比我也好不了多少，咱们一对草包！”两个人一齐笑了，可是婷婷眼角里却流出了泪水。

“如果人人都是这样的草包，恐怕都有房子了。”雪华眺望着大海，发出一声喟叹。

两个人都沉默了。眼睛都盯着拍岸的浪花。浪花呀，总是洁白的……

一天黄昏，雪华正在他的“北戴河”游泳，婷婷来了，硬把他拉到一块礁石上，红着脸告诉他一个好消息：市里盖了两座优待“只生一个”子女的夫妇的“独优楼”，局里分到一间，和她同科的汪丽霞得到消息，赶紧办了“独优”手续拿到了。市计划生育办的王姨说，只要他们登记结婚办“独优”，也能帮他们“批”一间……

雪华一听就笑了：“哈……对你这项设计，我是个怀疑派。好事——轮不到咱们，除非咱们真的应聘去当关系学教授。可惜咱们现在研究的是草包学，草包应该有草包的思维方式……”

“去你的！”婷婷笑着一掌打去，他打了个趔趄，“扑通”一下又掉进了海里……

不管怎样，这房子对草包还是有相当的吸引力，他们去登记了，办了“独优”，果然分到一间房子：独优一栋301！

他们兴冲冲赶到房管局开房票，可是，被兜头浇了一盆冰水——房子早分完了！而且，这独优一栋301，原来也不是他们的，是汪丽霞的！汪丽霞也搬不进去，因为“上头”有指示，谁也不许动！找熟人一打听，吓了一大跳——三个权势单位：市委行政办、房管局、市计委正为抢这间301闹起一场轩然大波。为了这间十五平方的小套间，计委压下了房管局宿舍加层预算，削减了给市委行政办的基建木材指标；房管局扣下了原拟分给计委的两套房子，要行政办立即归还在“文革”中占用的一块民宅地皮；市委行政办则卡掉了房管局的三名“照顾招工”指标，令计委暂住市委宿舍的几户立即搬出……

这番搏杀使婷婷和雪华瞠目结舌：301是根肉骨头，还是块风水宝地？值得这样张牙舞爪去抢去争吗？他俩坐在海堤上，茫然若失。婷婷想哭，可是眼泪流不出来：它全变成火辣辣的一股气体，从喉咙眼里喷出来了：

“精彩！简直比得上古罗马的斗兽场……真想向瑞典皇家科学院提个建议，谁抢到房子，给他关系学的诺贝尔奖奖金……”

雪华没吱声。婷婷诧异地回过头：“你怎么不说话？”

“说什么？牢骚话吗？说得嘴巴都抽筋了。发牢骚算什么本事？有时，猫呀狗呀也会发牢骚，叫几声。可我们是人！”他脸色阴沉，站起来就走。

“哎，你到哪儿去？”婷婷追着问。

他没有回答，加快了脚步。暮色中，婷婷见他挥了挥手：“八点半，你在这儿等我——”

一簇浪花扑上堤来，他的声音也被这风浪淹没了，唉，这个人——这浪花……

婷婷在海边消磨了两个钟头。今夜月圆、风大、潮高，浪花开得很盛、很美。可是婷婷一点兴致也没有，她想着心事，忧心忡忡地等候着那位“男性公民”。从今天起，她和他就是夫妇关系了，可是房子……

“婷婷！”一声熟悉的呼唤打断了姑娘的沉思。婷婷跳起来，一看雪华的脸色，心里顿时像压上一块铅：“怎么？你和人家干仗啦？”

“什么干仗？一场天大的误会，三家衙门闹了一场‘三岔口’，厮杀一场，原来他们都是在为我们争这间房子！”

“什么？”婷婷睁大了眼睛：“到底怎么回事？”

雪华紧紧地抓住婷婷的肩膀，按她坐在海堤上，深情地看着她那双乌黑的眸子：

“好婷婷，现在不能不告诉你了，是这么回事：我那老爸爸——就是在省委的那一位，并不是炊事员，而是在一个部里当头头——他在五十年代被罢官后，连炊事员也不够格，只在澡堂里烧了好多年锅炉，所以我们从来都不把他现在那官衔当回事。原来我想和你开个玩笑，也没告诉你……最近这里传说要调他来当第一把手，一些脑袋尖的人就忙碌起来了，他们和你爸爸、姑丈打听到我正要和你结婚，都积极从几条门路为我们找房子，又怕人知道……”

“结果大水冲了龙王庙——”婷婷皱起了眉头冷笑。

“刚才，到市计委杨伯伯那儿，才弄清楚……”

婷婷不说话了，他们苦笑着，无言地对着夜海里绽开的浪花……

三天后，他们结婚了。新房就在海边——地质大队的板房间出一角，一推窗就可以看见浪花。

茶会散后，婷婷伏在窗前，凝望着大海，突然“嗤”一声笑了：“要是有人到独优楼301去给我们贺喜，汪丽霞那里就热闹了……”

“最好还带着礼物，等见到新娘新郎，才发觉拜错菩萨、贴错门神。”雪华也笑了。他捧起婷婷一只小手，轻轻抚摸着：“你不后悔?”

婷婷轻轻摇摇头：“——你看，浪花！在晚上，浪花特别洁白，对吗?”

她把脸贴在雪华胸前，他的胸膛是热腾腾的。她听见他的低语：

“生活的浪花应该更洁白，那是我们的——”

浪花呀浪花，在海风吹拂下盛开……

彩虹在伸延

一

在蓝色的波涛上，有两只帆板在疾驶，帆是三角形的，红绿相间，风把帆鼓吹起来，就像一对在蓝天飞翔的大蝴蝶。

海曦在熙熙攘攘的浅海里划了两下，又站定了，她根本没心思游泳。穿着五颜六色泳装的男女嘻嘻哈哈地在她身边穿梭而过，她都没转动眼珠子瞄瞄，只是羡慕地盯住远处那两只“大蝴蝶”，今天她就是为着学驾帆板而来的。可是，那该死的宋克灵没来，叫她白白等了半小时。

这个海滨小城也有一个小小的文艺界。海曦和这位宋克灵可算是文艺界里的“知名人士”。宋克灵是海曦中学时的同学，长得一表人才，风流倜傥，发表过两首“啊”字连篇的诗歌，别人叫他“宋诗人”，他也甜甜地点头应答。他在文坛交游极广，嘴巴能开出牡丹花。但他也有长处，凡他认为值得结交的文艺界人士，只要有所求，他都能一口允承，乐于奔走效命。海曦因为发表了两篇小说而引起人们注目，从海南农场调回到这阔别十年的小城文化馆工作后，也得到他不少帮助：海曦孑然一身，举目无亲——父亲死了，母亲远嫁，她回城后正为住的地方一筹莫展，宋克灵知道后一拍胸口，真的为她搞到一间很清静的房间，一套煤气灶，一辆上下班必需的自行车！就这样，他们的接触多起来了。那天，他和海曦到滨海泳场游泳，海曦忽然发现了一件新奇的玩意儿——有两个小伙子把两只小小的三角帆船推下海，然后站在小船上乘风疾驰，他们只需拉住帆上的扶杆，不断调整重心，就能操纵小船的方向。无所不晓的宋克灵告诉海曦，这是一项新的航海运动——帆板。

“我也要去试试。”海曦忽然来了冲动。

“那得参加航海俱乐部，可惜你已三十而立，超龄了。”宋克灵笑嘻嘻地卖着关子：“不过，我和帆板教练老郭说说，下个星期让你玩玩倒可以，举手之劳，包你学会!”

现在，他把自己的承诺丢到爪哇国去了。此刻他说不定正在哪家客厅里口沫横飞地高谈阔论呢！因为他这漂浮的毛病，海曦很看不起他，纨绔子弟嘛，不是个正经搞事业的，但对他一副热心肠，又不能不由衷地感激。

在海里泡了一会，海曦唇焦舌燥，忽然注意起泳场围墙根的那几档西瓜来了。卖瓜的真会做生意，竟高挂起“开刀包红、不红包换”的招牌，还不时大声吆喝着抢生意，一档比一档声音高。海曦跑上沙滩，披上了大毛巾，走到西瓜档前巡视一番，买瓜的人真多，要挤到摊边选个好瓜还真不容易，海曦撇撇嘴，走开了。忽然，她看见墙角的树荫下，摆着两箩西瓜，一个小伙子倚着树席地而坐，正在入迷地看杂志。看样子，不是卖瓜的，可能是在替人看瓜，所以这儿无人问津。

海曦好奇地走上前去，想看看他看的是什么杂志。一个“引车卖浆者流”在忙里偷闲地读书，唤起了海曦对自己在那动乱的年月里含辛茹苦地苦读的回忆，使她触景生情、感喟万端。

那小伙子发觉有人来，忙合上杂志问：

“同志，买西瓜吗?”

原来他是卖瓜的！这样能做生意吗？咦？怎么回事？他的目光在海曦身上转了转，急忙溜到一旁，脸刹那间红了。哦，海曦立即明白了，自己穿着游泳衣！海曦拢了拢大毛巾，含笑地瞟了瞟这窘态百出的小伙子：他有二十五六岁，瘦长的脸，鼻梁挺高，嘴唇厚实，头发长了点，但恰到好处地衬托出头部的轮廓，使之显得并不难看。他虽然很瘦，但骨骼长大，看得出来，这是个“钢条”形的家伙，而且太阳穴边有一个疤痕，显示了他曾经有过不大安分的经历。可是，这种人怎么会这么腼腆?

“这瓜好吗?”海曦顺眼一睨他刚放下的杂志，心里怦然一跳：《泥泞的海滩》——这是她回城后发表的第一篇小说，一篇记录了辛酸、抗争和希望的习作。而这个小伙子，就是她见到的第一个读者，在这样的环境、在这样的大热天……她心头莫名其妙地一下子涌起了对这个年轻人的一股感激之情。

“瓜好，不过，也有不好的，要会挑。”小伙子有点慌乱，一骨碌爬起来，紧张地在箩里挑拣了几个，最后捧起一个不大不小的圆瓜说："这个，包红！"

"你怎么知道？"海曦不想买瓜了，好奇地和小伙子搭讪起来。

"咳，我卖瓜才两个月，也是学的。"小伙子咽了咽口水："瓜有瓜道，这种瓜要讲四个字：枯、正、凹、粉。枯，就是瓜蒂秧子要枯的，留青的是不熟就摘下来的生瓜；正，就是瓜身要圆正，歪头扁脑的不要；凹，就是瓜的屁股眼子要凹进去，凹得越深越好；粉，就是瓜表面最好有一层茸茸的白粉……"

他竟卖弄起自己的西瓜学问来了，这倒有趣——

"吃好瓜不用刀，用手一扳就开，看这个——"他真的举起手要扳，"哎——"海曦想制止他，可是来不及了，他用手掌一剁，西瓜果然清脆地"叭"的一声裂成深红色的两片。

"糟糕，我的钱包在保管站里。"海曦见木已成舟，这瓜不买不行了，忽然醒悟到自己身无分文——穿着游泳衣嘛，真马大哈！

"请你吃。"小伙子大方地递给她半边西瓜。

"这是干什么？不好！"海曦没有接，她为难起来。廉价的殷勤，她在做女孩子的时候就见多了，那只会引起她的警惕。可这一回，面对这一个素昧平生的陌生青年的这种表示，海曦却并不反感，她反而萌动起一个念头：和他谈一谈，了解一下这个人……这样做，不为别的，只因为他是自己见到的第一个热心的读者……

"吃吧！"小伙子把半片瓜再一掰两半，又递过来了。海曦推开他汁水淋漓的捧瓜的手，含笑地注视着他的眼睛：

"咱们素不相识，你这样大方请客，为什么？"

小伙子不好意思地低头笑了笑，眼光在地上来回扫着，像在寻觅一件丢失的东西，好一会才抬起头，大胆地望着海曦说：

"我们认识——"

"可我真的不认识你。"

"您吃了这块瓜，我把底细告诉您，我有许多故事说不定对您写小说会有用呢！"

"是吗？你怎么知道我会写小说？"海曦大为惊奇，疑惑地接过瓜，咬了一口，嗬，真甜！

小伙子蹲下来，也在大口大口地吃瓜，两人笑眼相对。可是海曦觉得，自己的笑出于礼貌，笑中带有很多问号；而小伙子的笑，却隐藏着一串未知数、一串故事……

“哎呀，原来你躲在这里，害得我找得跑断脚筋!”宋克灵突然冒出来了。他身材颀长，衣着讲究，国字脸上架着副时髦的太阳镜，脸上笑得很甜，而眼镜片后的那双眼睛，却在冷冷地打量着卖西瓜的小伙子。

“躺进棺材也活该!”海曦咯咯咯地笑了：“你呀，看看现在几点了？还等你去学帆板呢，哼，吹破天！想吃瓜吗？给!”一块啃干净的瓜皮扣到宋克灵白净的手上。

“嘿！真是个女骑士！还学什么帆板？快跟我走吧!”宋克灵扔掉瓜皮，一把拉过海曦就走：“知道吗？方雨同志来了，要待一段时间，休息休息，他想见见你，快走。”

方雨？海曦听宋克灵多次提起过，他是外省一个电影厂的中年导演，最近拍了两部爱情片，崭露头角，倾倒了不少少男少女，可是海曦始终无缘见他一面。

“这——”海曦看看卖瓜的小伙子，有点踟蹰，可是，身不由己地被宋克灵拖着走。

“海曦老师——”卖瓜的小伙子突然叫了一声，捡起地上的杂志，脸刹那间像烧红的钢锭：“这本书……请您题个字，可以吗?”

活这么大，海曦还是第一回被人称作老师，也是第一回要给人“题字”，她的心不由得猛烈地跳了几下：他不仅认识我，而且知道我就是《泥泞的海滩》的作者，看来，他真的喜欢这篇小说？……海曦挣开宋克灵的手，回到小伙子身边，接过杂志，从宋克灵衬衣袋里抽出金笔：

“您——贵姓?”

“哦，叫陆志光。”小伙子毕恭毕敬地回答。

海曦端端正正地在杂志的扉页上写上：

“请陆志光同志指正

——海曦”

“这书，让您破费了，真对不起，晚上到我住的地方来坐坐：新河沿10栋302，好吗？我真想听听您的故事——”海曦笑着把杂志还给小伙子。

“真啰嗦，快走吧!”宋克灵不耐烦了，他很不客气地白了正呆呆地看着海曦的小伙子一眼，一手拽过海曦就往前走。

“您一定来，啊?”海曦回过头来招呼。小伙子茫然地捧着杂志，看着海曦越走越远，才轻轻地点了点头。

二

晚上，他来了。

他很不自然地坐着，不停用手搔后脑勺，样子别扭极了，呷了一口海曦特意为他泡的茉莉花茶，才稍稍安定下来，眼睛盯着海曦简陋的书架，脑子像在紧张地思考着什么。

“咱们谈谈吧，你不是要把底细全告诉我吗？”海曦亲切地问她说。她想起来了，几个小时前，他曾经称自己为老师，因而不由自主地拿出了一副老师的样子。

“……您这么随便就把我请到家里来，您知道我是个什么人吗？”他突然像下了很大决心似的咬了咬嘴唇，然后咧嘴一笑，盯住海曦。这一笑一反常态，竟带几分野性和冷酷。海曦心里一沉，有点毛骨悚然，可是她马上装起安之若素的样子。她是见过世面的，同这种人打交道，多少有点经验。

“请您到这里来，就是想知道这个。”

“好，我告诉您，我的手很不干净——偷过您的东西。”他坦率得使海曦震惊，“可您别害怕，那是第一次，也是最后一次……这多亏了您，海曦老师，多亏了您的《泥泞的海滩》……”他的眼睛湿润了。

“我？”海曦惊讶得说不出话来。

“您记得吗？在3路公共汽车上，您的手提包被人割开了一道口子——”

“啊，你干的？”海曦惊呼起来，她看见陆志光低下头，用手抓住头发，倏然想起来了：几个月前，她刚调回城，有一天带着一份自提笔写作以来“自我感觉”最佳的稿子赶去邮局，准备挂号寄给一个全国较有影响的文学期刊，谁想一下车，发现手提包瘪了，原来包底竟被人割了一条六寸长的裂口，钱包、刚领到的工作证、那份几乎没有起稿写下来的“孤本”，都成了小偷的战利品。海曦急得在街头上团团转，眼泪直流，招来一大帮闲人看热闹，毫无办法，她抹着眼泪逃走了。

一个星期后，海曦收到了一个匿名者送来的包裹，分文不少的钱包、工作证都在里面，同事们开玩笑说，海曦碰到了一个“好小偷”。更妙的是，过了几天，又出现了另一个奇迹，海曦竟收到了那个权威性的文学期刊的通知，说来稿收到，拟发第八期云云。果然，第八期把《泥泞的海滩》登出来了。不用说，这稿子，也是那个“好小偷”寄到编辑部的。

现在，这个“好小偷”就坐在海曦的面前，他是来请求宽恕，还是来邀功，抑或是另有企图？海曦慌乱起来：谴责他？感谢他？还是像个大姐姐、像个长辈一样对这个回头浪子勉励一番？不，不，都不合适。还是像个朋友那样谈下去吧，推心置腹，真诚相待。既然一个人有勇气把自己生平最不光彩的一页翻给你看，那你也应该满怀同情地把这一页认认真真看完：

“那您为什么这样干呢？把东西偷了，又还给我，还替我把稿子寄出去——”

“因为，您的小说使我惭愧得要死，我觉得，您是在写我，写我们家的事——您在小说中写的那个路路，真像我前些年那个样子，但他比我有志气。我的父母在‘文化革命’中死了，为了让姐姐留城，我不到十六岁就到山区插队，那时，我也着迷地看过一阵子书，学写点东西，幻想有朝一日能执笔写作。没想到，我那些没头没脑的文章惹了祸，被蹲点的工作队说是‘黑日记’、‘三攻击’，把我关了起来。幸亏我平时老实肯干，乡亲们替我说了不少好话，工作队才没把我交给公安机关判刑。我躲过一难，躲不过第二难。前几年，知青都陆续回城了，就剩我回不了。这时候，可怜的姐姐得了急病，几天就死了……”他眼里的泪水涌出来了，啜了一口茶，情绪稍为安定些，才继续说下去：“我失去了唯一的亲人，差点要疯了，不管三七二十一跑回城里。没有户口，城里把我的知青档案搞丢了，几年找不到工作，只好靠打散工，做小买卖度日。我的信仰破灭了，理想变为灰烬，结交几个猪朋狗友，一碰面就喝酒打架、打麻将、打扑克，混混沌沌地过日子。那天，我到郊区想找点木工活干。在汽车上，突然看见两个新结识的牌友挤在人堆里扒窃。我正欠着他们的债。他们给了我一个眼色，伸过手来拍了拍我的肩头，我没作声。他们又干开了，用刀片割开了您的提包。我偷偷地看了您一眼，您一点也没发觉，我心里‘怦怦’乱跳，胸口憋得要爆炸，可就是眼瞪瞪的说不出话来。下了汽车，两个小偷高兴极了，亲热地打了我一拳说：‘你老兄够朋友，今天开市大吉，有你一份功劳，以后就一起来做这档生意吧！这一份全归你——’他们把您的钱包和那个大信封塞到我手里。我愣住了，口袋里穷得冒烟，这笔意外之财使我动了心。可转眼间，他们的话又在耳边响起来了——从今天起，我成了小偷的同伙，成了一个贼！我发抖了，手里捧着的东西忽然像堆冒火的炭，灼烫着我的手，炙煎着我的心。我像得了大热症，晕头晕脑回到乱七八糟的窝里。晚上，我拆开信封，以为是什么值钱东西，谁知是篇小说，我没好气地看了两眼，真奇怪，那开头的几行字一下子把我的心攫住了，我再也放不下来。把它看完，我流泪了，小说像把大锤，敲得我脑子嗡嗡响，一个晚上都没睡着。您的小说在堕落的悬崖边上救了我，把我心底里死去的回忆和信念唤醒了。要建立一种信念真不容易啊，就像要把《天方夜谭》那个巨大的妖怪捉进小瓶子里去一样艰难。要学坏呢？简单极了，只要走差一步，把瓶子塞一打开，让妖怪一冒出来就无法收拾了。这些年来谁的心里没有伤痕？难道自己身上有伤痕就可以去偷、去骗、去给别人增添新的伤痕吗？我不能照老样子活下去了，要像您写的那个路路那样——即使心上的伤口还滴着血，也要堂堂正正做一个人！第二天，我向派出所作了交代，把东西送还给您，把您的稿子寄了出去。我想这小说一定能打动读者的。结果，真像我想的那样，登出来了，我在报上看到评论文章，高兴得流出眼泪。这也触动了我。现在，街道正在帮我解决户口问题，给我领来了开水果摊的营业证，我整天要卖西瓜，但我还年轻，除了要混口饭吃，还可以搏一搏学写作。试试能不能像您一样去帮助别人，即使走这条路像服苦役一样艰难，可我的心是明亮的——这样活着，总还算有点意义……因此，我一直想再见到您，把我的经历向您说说，您或许会嫌弃我，我不配做您的学生——”

“哪里？看你说到哪里去了——”海曦的脸涨红了，她不会说应酬话，刚才这个小伙子陈述的一切，像一股激流一样猛烈地撞击着她的心扉，她确信他说的都是真话，谁当谁的老师？是她，还是他？生活，千奇百怪、激荡浩渺、造化无穷的生活啊，你每时每日在产生多少这样的奇人奇事？你才是老师！海曦也是在十年动乱的污泥浊水中挣扎着爬起来的，没有那一段饱含眼泪的屈辱和咬紧牙关的抗争，她写不出《泥泞的海滩》，而眼前这个比她小七八岁的年轻人，他会写出什么来呢？海曦浮想联翩，越想越远了，她按捺不住内心涌起的波涛，站了起来，迎着窗口徐来的夜风默默地冥想：生活是烟波浩渺的海洋，两个年轻人在大风大浪里都呛过水，淹得半死，可是他们都没有沉下去，他们浮起来了，只不过一个已经缓过气来了，而另一个才露出头来，当然，要到达理想的彼岸，还得拼命——

“其实，你也可以当我的老师，虽然你年纪比我小。你刚才说的，就给我上了一堂课。”海曦回过头来，突然微笑地问陆志光：“你见过帆板吗？”

陆志光看着海曦，有点茫然：“见过，教练员要吃西瓜，也让我玩过两回，可是总翻到海里。”

“我连一回也没玩过。”海曦的目光越过陆志光，深沉地思索起来：“……驾驭海洋不容易，驾驭生活，掌握自己的命运，更难！在这方面，咱们都是学生，你说呢？”

陆志光严肃地点了点头，他在体味，在深思……

“咯、咯、咯”，敲门声。

门开了，进来了两个衣冠楚楚的男人，一个是宋克灵，另一个是老成持重，但和蔼可亲，精力充沛的方雨。

“啊？是你？”宋克灵一见陆志光，有点惊愕，但他马上笑容可掬地说：“咱们海曦和你交朋友，日后不愁没好西瓜吃啦！”

“油嘴滑舌！”海曦嗔怪地瞪了宋克灵一眼，急忙招呼方雨：“方雨同志，您快请坐！”

“海曦呀，这么晚了，还在谈创作？”方雨笑容满脸，神采奕奕，并不显老，乍一看叫人猜不着他的年龄。据宋克灵说，他对海曦的作品十分赞赏。

“不，聊聊天。”海曦忙着斟茶。房间里的椅子不够了，陆志光局促地站起来，把椅子让给大模大样的宋克灵，结结巴巴地告辞：

“你们有事，我，我走了……”

“你再坐坐嘛。”海曦用目光挽留他。

“不了。”他从方雨的神态和语气中知道这是个大人物，来访海曦一定有重要的事情。从宋克灵的眼睛里，他看到了鄙夷的神色。他心一横，自尊地昂起头：“我以后再来，再见！”他朝新来的客人点了点头，拉开门匆匆走了。

“他？你也感兴趣？”宋克灵的嘴巴向门外一翘，轻蔑地问。

海曦睨了他一眼，没有回答，只是有礼貌地对方雨笑了笑：“请稍等一下。”转身冲出门去。

“哎——你等等！”海曦的声音在黑暗的楼梯通道里回响着。可是陆志光没有回答，海曦赶到楼下时，他已消失在暗夜里了。

三

方雨这个人很随和，没有一点导演架子，海曦很快和他混熟了。宋克灵提议星期天到海滨泳场玩一个下午，他居然也兴头十足。那天一进泳场，海曦就先跑到那个墙角，陆志光仍在那里一边看书，一边卖瓜。好像看书才是正业，卖瓜是捎带的。海曦要他挑了两个大西瓜，硬塞给了他四块钱，便和宋克灵把西瓜抱去招待方雨。吃了几块瓜，方雨下海“游泳”——其实和洗澡差不多，宋克灵陪着他，才泡了一会就爬上岸了。海曦对游泳不感兴趣，她终于玩上帆板了。那玩意儿并不难学，航海俱乐部的老郭——宋克灵的酒肉朋友指教一番，海曦竟然也扬帆出海了。不过翻了三次，逗得躲在蘑菇伞下休息的方雨和宋克灵哈哈大笑。

太阳西斜了，突然天色一变，下了一场阵雨，淋得海滩上的人抱头鼠窜，该“收兵回朝”了。他们三人跑上岸躲雨，海曦忽然想起了陆志光，她撇下了方雨、宋克灵，冒雨跑到墙角一看，自行车和装瓜的箩筐还在，人却不见了。她又跑到管理处，远远就听到他的声音——他在跟人吵架：

“你们不能不管！这是人命关天的大事！”陆志光扬着一件小孩子的上衣，大声地嚷。

“算了吧，卖你的西瓜呗，还管得这样宽干啥？想当雷锋？现在下雨，要找自己下海去找嘛！”对方大概是个救生员之类的人物，满脸不在乎。

“你这是什么话？”陆志光脸红脖子粗，捏紧了拳头。海曦一看急了，搞不好他真会打架，连忙上前拉了他一下：

“什么事，有话好说嘛。”

航海俱乐部的老郭也站在旁边，他大概也吃过陆志光不少西瓜，插上来劝道：“小陆，不会有事的。游泳场几乎天天都有这样的孩子，上衣一脱，就跳到海里去了，游累了，爬上岸晒干裤子就光着身子跑回家，衣服忘了拿——我见多了。”

“不，”陆志光执拗地摇着头说，他脸一涨红，太阳穴边的伤痕都闪着光：“这孩子几乎天天都来，衣服就挂在我西瓜档边的树上，从来都没有忘记拿衣服，今天他来的时候，我就见他脸色不好，现在多半淹在海里了……”

一个进来躲雨的人注意地听起来，这人是个五十开外的胖子，粗眉大眼，看来他并不常来游泳，他打量了陆志光一眼："你是这儿的救生员?"

那个救生员模样的哼了一声："什么呀！一个卖西瓜的个体户，狗抓耗子多管闲事——"

陆志光的眼睛要喷出火来，那个胖老头拍了拍他的肩膀，盯住那个救生员说："同志，你这话不对嘛，这不是闲事，一条人命哪！谁都该管，这位同志做得好，咱们这个海滩设施不行，周围又有礁石，出事是随时可能的。来，咱们都下海去，分头找一找，好不好?"

那个救生员看了看胖老头，像突然发现了什么，红着脸低下头不吭声了。海曦碰碰老郭，轻声问："他是谁?"

"市委张书记——"

哦！海曦感激地看了胖老头一眼，马上响应起来："对，咱们快去找找。"她拉起陆志光就走，胖老头大声吆喝起来："同志们，丢了个小孩，可能淹在海里了，能下海的同志，都去找一找——"在周围房子里躲雨的人群骚动起来，纷纷冒雨向海边跑去。海曦回头望了一眼，宋克灵和方雨仍然躲在更衣室的屋檐下，正伸长脖子张望，好像不知道发生什么事情。

人群在浅海里像撒开大网，陆志光游在这个"网"的最前边，他最先登上突兀在海上的那块礁石。海曦紧紧地跟着他游着，突然听见他欢叫起来。

"找到了！找到了！在这儿——"

他从那道深深的岩礁缝里抱起了一个小孩。海曦登上那块礁石一看，那孩子全身抽搐着，身上烧得烫人，已经不会说话了。

周围的人都向礁岩游过来。有人一登上礁岩就说："万幸万幸！要是一涨潮，这孩子就完了……"海曦看着陆志光，他紧紧地抱着不住地抽搐着的孩子，用胸膛暖着这个被拯救的生命。海曦胸中突然涌起一股激情：我们人哪，相互之间就应该这样，在风浪中强弱扶持，危难中舍身相救，这样才有希望！她抬起头，这时，雨还在下，可是，天上出现了一道彩虹，这道彩虹真美呀……

把孩子救起来以后，张书记打电话叫来一辆救护车，晦曦和陆志光陪着把孩子送进医院，又跑了大半个城市找到孩子的父母，带着他们赶到医院，看着孩子转危为安，才与陆志光分手回家。回到宿舍，已经是晚上九点多钟了，海曦累得骨头都散了架。可是，她刚捺亮了灯，关上门，坐在椅子上喘一口气，又有人敲门了。

进来的是宋克灵。

“今天看到了两个活雷锋，十分感动。连方雨同志都赞不绝口。”宋克灵自己倒了杯水，坐着一边慢慢地喝着，一边轻飘飘地说，眼睛里隐藏着奇异的光，不知道是揶揄，还是在窥探着什么。

“少说废话吧，这么晚了，还来干什么?”海曦嗤声一笑，同样用轻飘飘的口吻说：“来发奖状，还是来采写一篇泳场新风之类的报道捞几个钱稿费?”

宋克灵的目光像雷达一样在海曦脸上“扫描”了好一阵，突然收起了笑容，头一歪，正正经经地说：“和你商量一件大事，本来想在游泳后回来说的，可是给救孩子的事耽搁了——”

“什么大事?”海曦一听，脸上变冷了，她转过脸去，避开了宋克灵的“雷达”。

“你知道方雨同志为什么要到咱们市来休假吗?”

“谁知道？想泡海水，吹海风呗，不外如此——”

“不，是我写信动员他来的，我想让他见见你。”

“见我?”海曦倏然转过身，盯住宋克灵：“我又不是动物园新到的河马、长颈鹿，也不长三头六臂，只写了这几篇不咸不淡的小说，有什么值得看的?他这么老远跑来，好奇心也太重了。”

“唉唉，看你这张嘴。”宋克灵急了：“干脆，给你挑明了吧，他对你的小说感兴趣，正考虑把它改成电影。你有才华，生活底子也厚实，如果这个电影出来了，将来前途无量……可是，个人问题总挂着不大好吧？都三十几了，我的意思——”

“给我找个婆家?”海曦讥讽地一笑。

宋克灵嗫嚅起来：“是这样，方雨同志今年才四十三岁，爱人去年去世了，我想给你们俩拉拉线——你可以考虑一下……”

“啊，我明白了。”海曦背过身去，不客气地打断了他。

可是宋克灵仍在不厌其烦地唠叨：“……你们‘独身主义’的苦衷我理解，高不成低不就嘛，总要找一个比自己强的，现在，如果你们——两个人在事业上都有好处，他有名气、地位，生活条件也优越，可以帮助你发展得更快，年纪虽然比你大十几岁，但有成就的人结婚都是不大注重年龄的，这你知道……他是个热心人，只要你和他混熟了，你的小说拍电影就妥了！有个作者搞了个电影剧本，求我帮着转给他，他很爽快地答应经营一下，只要署上我们三个人的名字，据说能开拍的希望很大。你看——现在是关键时刻，时机千万不能错过……”

“对不起，我要睡觉了！”海曦厌恶地在床上扬了扬被单，下逐客令。

“我还没有跟方雨同志谈这件事，你再考虑考虑。当然，如果找一个像方雨那样有才学、有地位，又像那个卖西瓜的那样年轻、健壮的最好，可是，鱼和熊掌不可得兼呀！”宋克灵走到门口，那根讨厌的舌头仍在不停地转动。

“嘭！”回答他的是一下响亮的关门声。

考虑考虑……海曦失眠了。

命运之神果真有如此法力？只要海曦走进那个门去，就能马上拥有本来不属于她的一切吗？事业，多么冠冕堂皇！透过这层灿烂夺目的镀金外壳，海曦看到什么呢？是一桩秘而不宣的买卖，一次见不得人的交易，或者，是一个养金丝鸟的精致笼子——这光闪闪的金外壳是容易迷人的，可是，宋克灵的嘴巴太笨了，他满可以举出一千条理由，说明只要以“事业”为重，命运之神可以给她安排多么美妙的前景。可惜，从海曦发表第一篇作品起，她就不大相信命运之神的安排了。她懂得，那白纸上用铅粒印成的每一个黑字，都是她的心血和脑汁凝结成的，都是她把握住自己命运的一分力量。她默默地积聚着、热切地盼望着，终于有这么一天，她那焕发起来的能量能像一支燃烧着的蜡烛，照亮了别人的生活，献出了自己。平时，她有点放浪形骸，可以和宋克灵之流交游周旋，其实，她在潜心地观察、揣摩和体味着人世间的酸甜苦辣，她肚里打着她的算盘……

现在，金光四射的“事业”和朴实无华的理想打起架来了——

或许，想的全错了？方雨不至于这样。他可能是个正派人，一位好的电影工作者。只是宋克灵这个牵线人太拙劣，把他的形象破坏了……

啊，不！即使这样，海曦也不，她和他没有感情。为什么女人就非要依附男人？她不需要拐杖，不需要登云的天梯，不需要一个居高临下的伴侣，不需要恩赐和特殊的垂青……她要像驾驶帆板一样，认准方向，就要自己来操纵一切，登攀的路要自己开辟，幸福的蜜要自己来酿造——她相信自己，也相信这个社会……如果人生真的需要一个终身伴侣，她首先要他尊重她相信自己的权利……

突然，一双幽幽的眼睛出现在她的幻觉里，这是宋克灵！他在放肆地窥探着她内心的隐秘，目光像嗅到了异味的猎狗。海曦的心猛一沉，遽然睁大眼睛坐起来，然而那个古怪幻影没敢接受她的挑战，刹那间消失了。

这个人充当着什么角色呢？把爱情浸泡在关系学里一起贩卖的掮客，维护一种比木乃伊还古老却至今仍是根深蒂固的信条的卫道士。哦，他是合格的，在他心目中，男女之间除了肉、欲、私情、赤裸裸的互相利用和依附，不会有其他东西。可是，男人、女人，都是人哪，人和人之间，难道没有比欲望更珍贵的东西吗？

海曦眼前展现出一道彩虹，她爬起来，撩开窗帘一看，天已经蒙蒙亮了。

四

海曦在匆忙吃早点的时候，陆志光冒雨来了。

他眼睛布满了红丝，左边太阳穴又多了一道伤痕，右脸颊上青肿了一块。他的模样使海曦满腹狐疑。

"你打架了？"

"路见不平，动了几下拳头。这件事等一会再说——"他笑着把话岔开了，掏出一个小本子："昨天回去后又把稿子改了个通宵……"

这是昨天他和海曦分手时约好的，他最近点灯熬油写了篇小说，很想请海曦帮看看，指点指点。海曦答应了。现在她看陆志光不想提起那些事，也不细问，把早点盘子往陆志光面前一推，说："吃吧！"便一手往嘴里塞面包，一手接过陆志光的稿子翻起来。

他还完全不懂写稿的规矩，稿子是用小学生的作业本写的，密密麻麻，很多地方文不加点，错别字也不少，看起来费劲得很，可是海曦不得不承认，这故事动人、精彩极了！他写的是在一个深山里，一个壮年猎人十几年如一日地服侍瘫痪了的妻子，甚至背着她到处求医访药，他的行动感动了他们的邻居—— 一个被老虎咬死了丈夫的寡妇，这个寡妇也像照顾亲姐妹一样照顾猎人的妻子，病人自知一病不起，执意要和猎人离婚，让寡妇和猎人结合，最后，他们和睦地生活在一起，病人得到悉心的照料和极大的安慰……

"我真想不到，经磨历劫的你能写出这样善良、美好的心灵。"海曦合上本子，瞪着陆志光发出一声感叹。她兴奋极了，像荒野里发现了一块黄金、一颗钻石。

“那……那还是受了您的影响，”陆志光发窘地搔着后脑勺说：“原来我认定了，人都是自私的、残忍的动物，看了您的小说，很多往事又涌到我的脑海里来了——不对，人不光有自私的、残忍的，也有善良的、美好的、拼命向上的。人，总不能自己掉在泥潭里，就把天下都看成是个大泥潭……”

“等等——”海曦急忙抄起手记本子，飞快地把他的话记上，他的话触动了海曦的灵感。她停住笔，深有感触地发起议论来！

“……就像我们都曾经陷入过泥潭一样，在人生的道路上，常常会碰到这样那样的难处，要想实现自己的理想，可真不容易，要遭受许多挫折。可是，理想的挫折不是人生的毁灭，只有勇敢进取、顽强地追求理想的人，才会懂得人生的价值和乐趣，像酸甜苦辣都可以调味上菜一样，在人生的道路上跌得鼻青脸肿，奋斗者有时也会感到蛮有趣……”

有人敲门。倒霉！为什么偏在这时候？

陆志光把门打开，进来的又是宋克灵，他头发湿淋淋的，衣服沾满水渍——外边还在下雨。

“哦，一大早你们谈得这么火热？”宋克灵眼中闪着诡谲的光，他偷偷地打量了一下海曦和陆志光的脸，又像个侦探似的老练地把目光向海曦床上扫了扫，见床铺整整齐齐，没有攫住可疑的目标，他才沉下脸，对海曦说：“出了一件极其糟糕的事情——”

他卖关子似的闭住嘴，眼睛狡黠地在陆志光脸上晃来晃去，然后用耸人听闻的口吻宣布：

“昨天晚上，滨岛宾馆旁边的公共汽车站发生了一桩抢劫案，方雨同志被人抢劫，还被打得昏迷不醒，连是谁把他送到医院都不知道。”

“什么？”海曦吃惊地睁大了眼睛。宋克灵却一直盯住陆志光。陆志光对此竟没有什么惊讶的表示，只是略为皱了一下眉头，接着又微微一笑。这一笑，竟使目不转睛地观察着他的宋克灵打了个寒噤。

宋克灵眼睛骨碌一转，轻轻对海曦说：“海曦，请你出来一下，有一件重要的事情要告诉你。”说着，脑袋神秘地往门外一偏。

“什么事？这儿说不行？”海曦惊疑地说，可是她还是跟着他走到门外的楼梯通道上。出门前她回头抱歉地望了陆志光一眼，发现他神色黯然，他站了起来，转身看着窗外的蒙蒙细雨。

“知道吗？”宋克灵压低声音说：“今早我去医院看方雨同志，他告诉我，昨晚他被抢劫犯打晕了以后，迷迷糊糊看见那伙人不知为什么打起来了，他认得其中一个，样子好像那一个——”他嘴巴往海曦屋里一努。

“胡说，我不相信！”海曦生气地一转身，“噔噔噔”地跑回宿舍，一推门，陆志光站在门口：

“我知道你们在说什么，说昨天晚上的事对不对？你们当然可以怀疑我参与作案——那伙人的确是我原来的朋友。”陆志光忧郁地垂下了眼帘，可是忽然他又睁大眼睛，眸子里射出热切的光：“但是请相信我，我是路过那里才发现他们把人打晕抢东西的，我上前去要他们把钱还给事主，后来，打起来了，我追了三条街，没追上，我只好回头，把那位同志背到医院再去报案。”

“哼，你简直在写小说……谁知道？谁证明？”宋克灵站在楼梯口铁青着脸说。

“你这样的人当然不会相信，但是——事实会知道！事实能证明！”陆志光走到宋克灵面前，眼睛对眼睛地狠狠盯了他好一会。宋克灵哆嗦了一下，急忙转身让开了个位置，闪上了上一层楼的楼梯。

陆志光转身面向着海曦，眼睛突然变得温顺起来：

“海曦老师，真想多听听您的意见，可是今天……不适宜了，我只是请您……相信我！”说完，他突然像个小学生一样向海曦深深地鞠了一躬，飞快地奔下楼梯。

海曦呆住了，她瞥见陆志光转身时眼角里闪出晶莹的泪光。她想喊住他，急忙转身奔向阳台，倏然，她站住了——她看见桌上放着一小瓶云南白药，白药下压着一张医院的探病卡，一张字条，卡上病人姓名一栏写着：方雨，字条上只有简单一句话：请把这瓶药转交给他。

海曦明白了，眼前突然闪现出纷乱的海滩，那个从海里救起来的孩子，那道雨中的彩虹……她双手把陆志光留下的东西拢起来，可是宋克灵突然抓住她的手：

“他给你留下条子？写些什么？真想不到你会这样。昨天的案件肯定有他一份，听说，他真的是个不务正业的流氓……刚才你和他谈些什么？”

“你感兴趣吗？”海曦挣开他的手，冷笑着说：“这本来不是个秘密，但说出来你也不可能理解……”

“你们在谈恋爱？你疯了！”宋克灵冲动地跳到海曦面前：“条件好的男人有的是，什么样的人不能找，找他？”

海曦不屑一答，转身向阳台走去，外面的小雨还下着。她透过蒙蒙细雨，看见陆志光正昂着头，挺着胸越走越远。这时，太阳也从云层里露脸了，天空中霎时间出现了一道美丽的彩虹。

“你说老实话，这是真的吗？”宋克灵的声音在发抖。

海曦回头看了他一眼，摇头叹着气说：“你想象得太离奇了，可惜，生活的色调是多彩的，并不只是你眼底里那一两种颜色……”她不说话了，仰面看着天空，雨中的彩虹在空中伸延，伸延，渐渐筑成一条弯弯的七彩长桥……

啊，白云……

是云？是烟？是雾？混沌、迷蒙，什么也看不清。哦，一朵白云飘来了，雪白雪白，真美。

璐丹睁开眼睛，原来是一个梦……

一

“嘻，醒啦？”一个人扑到璐丹身上，抱起她的头，热辣辣地亲了她一下：“好姐姐，真谢谢你啦！”

“你疯啦？”璐丹擦了擦脸颊，看见妹妹玮姗几乎是光着身子，便嗔怪地瞪了她一眼：“快穿上衣服吧，不害羞？”

妹妹抿嘴一笑，一扬下巴，转身窸窸窣窣地穿起那件花了三十元买来的时髦连衣裙来：“羞什么？住在这个密不透风的鬼阁楼，活像烤乳猪，叫人知道才羞咧——”

她突然不说了，回头狡黠地瞟了璐丹一眼，嘴角挂上一丝难堪的笑意。她撒娇似的依到姐姐身边，让璐丹帮她拉上背后的拉链。

“姐姐，你不会后悔吧？你真好！”玮姗像鸡啄米一样又在璐丹脸上亲了一下，敏捷地扶着梯子下了阁楼。

“……后悔？后悔什么？”璐丹转了转身子，充当床铺兼地板的阁楼呻吟了一下，她想起来了——

妹妹想结婚了。她谈恋爱是个公开的秘密，可是突然提出要结婚，却使全家吃了一惊，她对象是谁大家还不知道呢！昨晚，爸爸带回了好消息，单位照顾住房困难户，分给他一间房，全家皆大欢喜。谁去住呢？弟弟小，奶奶老，只有她们姐妹俩了。璐丹故意不吱声，她知道玮姗在动心思，果然，玮姗开口了，居然连脸都不红，“姐姐，让我一个人去吧，我要结婚了。”

说什么好呢？只好同意了。

妹妹都要结婚了，自己呢？一股不知道什么滋味的烦恼突然潮水一样袭上璐丹心头，她一生气，索性拉起被单把头蒙上。

日子就是这样过去了……找上门来的，别人牵线介绍的，父母暗中推波助澜的——都是十天半月就“关闭大使馆”，连妹妹都在背后笑她在研究“爱情优选法”。可是，玮姗知道什么呢？如果她也有过那样的经历，也遇过那样的一个人，她也会那样选择的。璐丹从农场回到城里好些年了，她被招到一家化工厂，又在工厂农场劳动了一年，试用期满后，分配到化验室当化验工。开头，一本本化工技术资料和工艺流程图使她茫然无措，瞪着眼睛苦恼了几天，她这才明白了这些年她失掉了什么——比金子还要宝贵的时间和知识啊！她时常想起他来，唉，要是他还在自己身边，那该多好……

眼前一团迷雾，那是胶林里的氤氲吗？还是那山岫飘移的白云？啊，是云朵——和十年前见到的一模一样……

“收胶啰——”白云深处一声呼喊，像拨动了一根巨大的琴弦，顿时山鸣谷应，余音袅袅，那里是九团廿九连的林段，和璐丹所在的八团三十连仅一壑之隔。清晨，每当璐丹磨好胶刀，吹熄胶灯，这快快乐乐的喊声就飞过来了，像晨鸡报晓一样满志踌躇，悠然自得，可是，就是看不见人。

挑胶乳回连队了，专门捉弄割胶工的老天爷突然变了脸，雷公电母挟着狂风暴雨，扑向胶林。璐丹机灵得像只小鹿，连忙跑上山背的一间破牛棚躲雨，一对盛满胶乳的胶桶，用些树枝胡乱盖住，就留在路边。

这场雨可真大，足足下了有两个钟头，等雨一停，璐丹转过山背来寻胶桶，一个意外的情景把她吓得目瞪口呆：原来曲曲弯弯的山路不见了，出现在眼前的，竟是一条奔涌咆哮的小河，浑浊的山洪像瀑布一样呼啸而下，不断在璐丹脚下打着狰狞的圈圈——盛满胶水的胶桶、胶灯、胶刀和胶线袋全部被水冲跑了！

璐丹急得直抹眼泪，她才十七岁呀！回到连队收胶站，正准备挨克，收胶员胡伯却挤眉弄眼地冲着她笑：

“嗬，今天璐丹可真不简单，跑到九团雇长工啦，要人家冒着大雨帮你挑胶水。”

原来，有人帮她把胶水挑回来了，胶桶、工具一件也没少，谁干的？璐丹愣住了。

“怎么，你真的不知道谁送来的？这个你不会不认识吧？”胡伯从抽屉里拿出一把胶刀，璐丹接过一看，刀柄上刻着一行字：

九团二十九连李云

“真是个好小伙子呀，手勤脚快，能说会道，这是他洗胶桶时漏在地上的，放下胶桶他就急如星火似地走了……”老头子还在唠叨，璐丹却红着脸悄悄藏好胶刀，挑起自己的割胶工具，飞也似的跑了。

晚饭后，连队要和二十九连赛球，从来不看打球的璐丹居然也跟着小伙子们出发了。到了二十九连的大晒场，满场子都是小伙子，谁是李云？问人吗？这多难为情！这时，二十九连的大喇叭响了，一个粗大的嗓门在批评一件坏人坏事，开始璐丹没在意，后来听清楚了，原来有个人今天丢掉了一担胶乳和全套割胶工具！璐丹心里猛然一跳，脸上像被火灼一样烫。

“这个倒霉蛋是谁？”璐丹轻轻问一个胖姑娘。

“还会是谁？李云呗，我们连的唐·吉诃德！”胖姑娘轻蔑地缩起鼻子：“不过也怪可怜的，今天被雨浇成个落汤鸡，一回来就发高烧，还要挨大喇叭点名。”

璐丹的心颤抖起来，急得几乎喘不过气：“他，他现在在哪里——”璐丹见胖姑娘扫来诧异的目光，脸一红，忙乖巧地信口胡编：“哦，我们是同学。”

胖姑娘把她引到半山腰一间草棚旁，径自走了。璐丹却踟蹰起来，进不进去？里面是个素昧平生的小伙子呀！

草棚里有人说话：“……三十九度八，烧一点也没退……大喇叭在批你呢，今天到底怎么回事？”

“……”另一个人的声音又低又沙哑，这就是李云？璐丹靠上门边才听清几句话：“……我把八团的那担胶水挑上高地，回去一看，原来我以为安全的地方，被山洪冲坍了，我自己的胶桶、胶灯全没了……送胶水到三十连时，我摸摸胶刀还在，后来我再回头找胶桶，连胶刀也丢了……”

“胶刀没丢，在这里——”像被鬼遣神推似的，不知哪里来的勇气，璐丹一步跨进草棚，昏暗的草棚里只有两个人，但她一看就知道躺在床上的是李云：一副文弱书生的脸孔，两颊烧得通红，眼睛却晶亮……

哦，皎洁的云朵飘过来了。多白，多美！

一个小伙子亢奋的呼喊声从白云深处飞出来，马上就有一个女孩子娇柔甜润的嗓音和它应和了，在群山此地彼落发出“收胶啰——”“收胶啰——”的共鸣时，袅袅的白云化成青春的笑声，填满壑谷，撒满青山。

啊，白云……

二

璐丹又见到那朵白云了，那是在前年一次报告会上——

那年掀起一阵英语热，英语教科书和唱片成了热门货，璐丹姐妹也被卷进这股热潮里，费劲地同 A、B、C、D 打起交道来。一天璐丹正在默单词，妹妹却打扮一新，硬要拉她去参加自学英语的经验交流报告会。

“去见识见识嘛，听说介绍经验的都是青年，有的还要被选派出国呢！”

玮姗就是这样，默单词无精打采，一听说出国就精神百倍。

全场在青年宫礼堂，姐妹刚坐定，报告就开始了，璐丹漫不经心地往台上一瞥，突然愣住了，在台上介绍经验的竟是他——李云！

璐丹晕眩了，她捂住眼睛，失神地站起来，飞快地逃出会场，玮姗追出来，可是璐丹能向妹妹说什么呢？只能说她不舒服，先回去了。

唉，白云，那片使人心绪不宁的白云啊，怎么老在眼前晃动呢？……

哦，她躺在云的怀抱里，他吻着她的嘴唇，眼睛，少女的心在幸福地打战，初恋的缱绻使她如醉如痴……尽管连队里三令五申，不准青年恋爱，可是两年胶林栉风沐雨的生活，使他们日削月朘地掘开了羞涩和恐惧的堤防，终于像云雾依恋深山的胶林一样相爱了。

这是一个杜鹃啼血的夜晚，他们刚刚知道一个喜讯：璐丹被招工回城，李云被推选上外语学院。天下竟有这样巧、这样幸运的事情！他们并肩坐在一棵枝叶如云的大胶树下，沉浸在甜蜜的遐想里……

……“璐丹，你也学英语吧，我上大学后，把学到的全都教你，这样，我走出校门，你也大学毕业了，咱们都是大学生！”

“嘻嘻……你还不知道？我才读到初二，实际上还是个小学生，等你把我教成大学生，咱们都成老公公老婆婆了。”

“就是成了老公公老婆婆也要帮你学会，说定了——”他紧紧地握住了璐丹的手。

"……怪不得你们连的人说你是唐·吉诃德——"璐丹含笑地望着他。

"为什么?"

"因为——你老是向想象中的风车挑战。"

他笑了，声音像一团火："其实，我和他正相反，他老是面向过去，我呢，想着将来——人总要有点理想，生活中没有理想，就像鲜花失去了色泽和芬芳……"璐丹抬起头望着他，哎，他的眼睛真亮，就像云朵空隙里闪亮的星星。在白云的怀抱里，璐丹什么也看不见了，只看见这一双眼睛……

三天后，这双眼睛却像利箭一样，穿透了璐丹的心。

……璐丹简直不相信自己的耳朵，她瞪着来送行的李云，怒气冲冲地把行李包往小镇车站的地上一甩，冲着他减起来：

"你怎么不同我商量，随随便便把大学让给别人上？你真傻！傻！傻!"

李云结结巴巴地解释着，他说团里原来有两个名额，他和陆坚都选上了，可是今天上面忽然来电话，两个名额只能去一个，陆坚哭了，他英语学得早、基础好，而且，他父母都去世了，城里还有个老奶奶，需要人照顾……

璐丹更火了："他是你什么人？他老奶奶关你什么事？他怎么不照顾照顾你？你回去吧，告诉他，不让了，让团里定，该谁谁上!"

李云白白净净的脸皮突然憋得通红，老半天才从薄薄的嘴唇里吐出一句："我原来以为你会同意的，人不能光考虑自己过得好……"

"别废话了，你去不去?"

"我不——"他执拗地一拧脑袋。

璐丹心一横："那咱们就吹!"

"什么——"那书生面变成了关公脸。

"你要做活雷锋，我可要回城！咱们黄牛过水各顾各好了!"璐丹竭力憋住眼泪，一甩头，提着行李上了长途客车。在车窗旁，璐丹偷偷瞥了他一眼，这时候她多希望他再开口说一句话——不，说一个字啊，可是，他站在那里，始终紧紧地闭着那片薄薄的嘴唇，一言不发。眼睛，那双璐丹曾不止一次地吻过的眼睛，此刻却射出叫她难以忍受的光辉……

璐丹的泪水簌簌地流——车开了。

三

吃晚饭的时候，玮姗还没回来。

妈妈叹了口气："星期天她总是这样。说要结婚了，可是我们连她的对象姓甚名谁、什么样子都不知道……"

璐丹摆着碗筷，"扑哧"一笑说："妈你放心！保证不会是麻子瘸子，玮姗找对象，不漂亮不要。"

妈更愁了："这个玮姗哪，一会跟这个，一会跟那个，真叫人担心，千万别闹出什么事来。"

妹妹有多少个男朋友？现在要跟谁结婚，璐丹也闹不清楚，昨天，家里人问她要和谁结婚，她卖关子似的笑了一阵，找个借口匆匆忙忙去了。从前，璐丹知道她和两个大学生过从甚密，现在又常听她谈论跳舞，什么探戈、伦巴、的士高……璐丹都是从她嘴里第一次听到的。

"你们姐妹俩，一个太随便，一个太古板，玮姗刚到年龄就嚷着要结婚，你呢，二十八啦，连对象还没有……"妈妈又念叨了，璐丹一听就头痛。

璐丹真懊悔呀！自从那天"吹"了以后，两人天各一方，再也没有见面的机会了。起初，璐丹萌动过给他写信的念头，可是倔强、高傲的个性使她缩回了执笔的手。后来，后来听说他调去搞石油了，有了对象……白云，白云飘然远去了。

妹妹回来了，神色匆匆，急急忙忙地坐下喝汤、吃饭，像是又要赶去约会的样子。

爸爸和妈妈交换了一个眼色，妈妈试探着开口了："姗，你说要结婚，对象是……"

"结什么婚？吹了！"

"咣当"，一把汤匙掉在地上。全家愕然。

"那是个大傻瓜！"玮姗皱着眉头嚷起来："原来以为他会有出息才跟他，谁知他是一个不可救药的白痴！他们钻井船要去日本大修改装，要去大半年哪，外汇津贴加起来，起码能捧回一架彩色电视机，精灵一点的都像猫儿闻到腥一样要挤到船上当份闲差，他倒好，听说珠五海区打出了油，正急着要人，连一句招呼也不跟我打，就不要命似的往那里钻——”

“你昨天才说要结婚——”连一贯“不介入”的爸爸也忍不住了，瞪起眼睛插上嘴。

“昨天是昨天，今天早上我才知道他变了主意嘛！哼，又傻又犟，简直中了邪、着了魔，好说歹说都不听！”妹妹振振有词。

“就为这事就吹，值得吗？”璐丹话一出口，心里突然像被针扎了一下，浑身一哆嗦。

玮姗翻了翻白眼：“对他我早就腻烦透了，像个乡巴佬，一副寒酸相，要不是听他们总工程师的儿子说可能要选派他去欧洲见习，我才不会跟他好呢！追我的人有的是，好几个人排着队挂号！”

“你呀——”“你真是——”全家一齐来谴责了。

“得啦！得啦！”玮姗捂起耳朵，发起脾气来：“我知道你们要说什么，你们不是说要互相了解吗？其实我对他一点也不了解，他前年才调来，成年累月在海上干活，我们才见过几次面，根本没感情！”

“不了解就继续谈嘛。”妈妈想息事宁人。

“还谈个屁！幸好今天早上我没和他去登记，要不然现在就当寡妇了——”

“什么？”

“我们吹了以后，他回基地了。刚刚听说码头上出了事故，有几个抢险的人倒了霉，其中有他！”

“啊——”

“他叫什么名字？”

“李云。”

璐丹倏地一下站起来，眼前不断有白云在飞舞、在旋转，她脸色惨白地呻吟了一声，颓然像被雷电击中一样瘫在椅子上……

四

她是在白云里穿走，还是白云在她身旁飘忽？璐丹眩晕了，可是她脚步没有停，一直在跑，不，在飞。

勘探局医院矗立在眼前，一切都像是被白云簇拥着，白色的墙，白色的帷幕、白色的人。

“李云在哪儿?”她见人就问。

“李云?”

“李云……”

“李云——”她看见他了。他躺在一片白云中间，左手缠满了白色的绷带，右脚装上了夹板，脸色像云朵一样白，只是两只眼睛亮得像云层空隙里闪烁的星星……

她扑上去，依偎在白云的怀抱里……

吕雷文集

2

散文卷

SPM
南方出版传媒
花城出版社
中国·广州

图书在版编目（CIP）数据

吕雷文集 ： 全3册 / 吕雷著. -- 广州 ： 花城出版社，2018.6
ISBN 978-7-5360-6355-6

Ⅰ. ①吕… Ⅱ. ①吕… Ⅲ. ①中国文学－当代文学－作品综合集 Ⅳ. ①I217.2

中国版本图书馆CIP数据核字(2018)第137658号

出 版 人：詹秀敏
责任编辑：李　谓　余红梅
技术编辑：薛伟民　凌春梅
装帧设计：ATAI 工作室

书　　名　吕雷文集
　　　　　LÜLEI WENJI
出版发行　花城出版社
　　　　　（广州市环市东路水荫路 11 号）
经　　销　全国新华书店
印　　刷　虎彩印艺股份有限公司
　　　　　（东莞市虎门镇北栅陈村工业区）
开　　本　787 毫米×1092 毫米　16 开
印　　张　80.75　12 插页
字　　数　1450,000 字
版　　次　2018 年 6 月第 1 版　2018 年 6 月第 1 次印刷
定　　价　228.00 元（全 3 册）

购书热线：020－37604658　37602954
花城出版社网站：http://www.fcph.com.cn

作家吕雷

吕雷，中国作家，中国作家协会主席团委员、享受国务院特殊津贴专家、广东省作家协会副主席、党组成员、一级作家，曾任第十届全国人大代表。

1947年生于重庆，1968年参加工作，上山下乡当割胶工人，曾历任宣传队创作员、副队长、兵团文艺创作组创作员、师政治部工作人员、厂政治处宣传干事、团委副书记，1975年调茂名石油工业公司工会任宣传科干事，1980年调广东省作家协会文学院任专业作家，1984年后到北京中国文学讲习所（中途改为鲁迅文学院）和北京大学中文系首届作家班学习，任党支部副书记，1988年北大本科毕业后，仍回广东省作家协会文学院任专业作家。1993年成为享受国务院特殊津贴专家，1996年至1998年挂职任湛江市委副秘书长。

历任中国作家协会第四届（1984年底）、第五届（1996年底）、第六届（2001底）、第七届（2006底）全国代表大会代表，并当选第五届、第六届、第七届中国作协全国委员会委员，并当选第七届中国作协主席团委员。1997年起任广东省作协副主席，曾于2003年－2008年任第十届全国人大代表、2002年任广东省作协党组成员、副主席，兼创研部主任，2006年任广东省作家协会专职副主席、党组成员，2008年后任第七届中国作家协会主席团委员，广东省作协副主席、一级作家，兼职世界华文文学联会理事、中国文字著作权协会理事。

著作有：小说集《云霞》《浪尖上的信笺》《望海椰之恋》《阴晴圆缺》、小说剧本集《海响》、散文报告文学集《白云魂》、长篇电视小说《大江长歌》；与人合作的文学作品有：长篇小说《大江沉重》《澳门雨》《铁血莲花》《中国维和警察》、长篇报告文学《国运——南方记事》(与赵洪合作)；

电视剧作品有：《眩目的海区》《大江沉重》；

与人合作的影视作品有：《亚热带太阳》《云霞》《澳门雨》《天地良心》《铁血莲花》《中国维和警察》电影《加州来客》等一批。

1980年以小说《海风轻轻吹》（《作品》1980年12月首发）获当年的全国优秀短篇小说奖，1982年以小说《火红的云霞》（《人民文学》1982年2月首发）获当年的全国优秀短篇小说奖，1983年以电视剧本《云霞》（与陈定一合作）获首届全国电视艺术委员会的电视文艺优秀剧本奖，1984年以中篇小说《眩目的海区》获《人民文学》“读者最喜爱的作品奖”，1988年获中国作家协会、中华文学基金会颁发的“庄重文文学奖”，1999年获中华文学基金会、中国石油天然气总公司颁发的中华铁人文学提名奖；2003年长篇小说《大江沉重》（与赵洪合作、2002年8月作家出版社出版）获中宣部第九届五个一工程入选作品奖、入选第六届茅盾文学奖终评，2009年报告文学《国运——南方记事》（与赵洪合作、2008年6月人民文学出版社出版）获中宣部第十一届五个一工程优秀作品奖、中国改革开放优秀报告文学奖，2011年再获第二届中国出版政府奖提名奖。

曾三度获得广东省鲁迅文艺奖、两度获广东省重点扶持文学项目重奖和多次省内文学奖项。

吕雷5岁时与奶奶合影

吕雷、林国惠夫妇与中学语文老师缪启法、黄德仪老师在一起

吕雷与父母、女儿合影

吕雷、陈世旭参观深圳东部华侨城植物园

1980年1月6日广东文学院成立全家福

目录

神州梦寻

岁月留痕

师友心香

浮云雨点

散文卷

神州梦寻

国脉长河

黄河！黄河！

我风尘仆仆，从千万里之遥，一头扑进你的怀抱。黄河岸边的雄风，鼓动起我的衣襟，我突发奇想，想效仿泰戈尔的诗句，大喊三声：顶礼！顶礼！顶礼！跪倒在黄河的出海口大堤上，可我没有，我不敢，怯懦的我不知这样是否反而会亵渎这条有灵性的中国母亲河，只好双眼发潮，茫然四顾，任凭满腔的激情撞击心房，任凭思绪纷飞，穿越千古。

从孩提时起，“白日依山尽，黄河入海流”、“大漠孤烟直，长河落日圆”、“黄河远上白云间”、“黄河之水天上来”这些伟大的诗句已经镌刻进我记忆的年轮。和世界上所有著名的江河一样，黄河是一条流淌着歌的河流，多少年多少代，华夏子孙的感天动地的歌吟从黄河源头一直唱到入海口，从孔夫子在黄河故道泥泞中艰难跋涉发出的咏叹到老子骑着青牛出函谷关云游黄土高原的吟哦，从诗经、李白、杜甫一直到光未然、冼星海的黄河大合唱、到贺敬之的三门峡梳妆台，从青海的花儿到陕北高亢的信天游……这些悲歌浩歌连缀成恢宏的史诗，融入沉甸甸、黄灿灿的滚滚波涛，伴随着无数征战杀伐、中原逐鹿、王朝更迭，在中国大地上刻凿出一幕幕旷世奇观，层层叠加浓缩成一个伟大民族的文明史。

站立在黄河入海的大堤上，仿佛走进一个神奇的历史之门，你放飞遐思，张开想象的翅膀，你能骇然发现，眼前这条九曲连环的黄色巨龙，从远古奔腾而来，它在160万年前的地壳“桑巴嘉年华”中应运而生，从青藏高原的巴颜喀拉山巢穴中跃动而出，虎视眈眈地吞噬着崛起群山间散落珍珠似的大大小小湖盆水系，它饥渴地夺路而出，拐了个大弯扑向蒙古高原，然后一路喧嚣掉头南下，声威赫赫地沿着地壳抖动出的700多公里长的晋陕大峡谷，摇头摆尾地撞向三门峡巨大山体，它一时头破血流，暂时被阻挡住了，于是停下来积蓄惊天力量，形成一个巨大的三门古湖，千年万年弹指一挥，时机终于到来，它狂暴地呼啸着，深深地犁开深厚的岩体，惊心动魄地把大山劈成人门、鬼门、神门，独独留下了擎天一柱的中流砥柱和王母娘娘的梳妆台，它心满意足洋洋自得，裹挟着黄土高原的天量泥沙，惊天动地地扑入华北平原的巨大凹陷，经过漫长地质年代的沉积，淤平了华北凹陷，可这条黄色巨龙依然暴虐狂妄，它扑向遥远的海洋咬住不放，桀骜不驯地想把眼前那片蓝色衔在嘴里吞进肚里，它的头撕咬住大海晃来晃去，从胶州湾晃到渤海湾，上半身翻过来甩过去地打滚，把华北平原的沃土越积越厚，终于催生了东亚这个最肥沃最伟大的平原，也创造出了光辉灿烂的中华文明。

黄河，黄色的巨龙！塑造繁衍了黄皮肤黄面孔的亿万儿女，塑造出雄浑博大、质朴沉实的民族品格，也塑造出中国人的物质家园和精神家园，在这种开天辟地的塑造中，也把它自己打造成承载国运和国基的重要血脉。它以惊人的生命力和创造力，哺育着两岸广袤的土地，而且不断扩展着，它是世界上最能“造地”的大河，它辛勤地从遥远的黄土高原搬运泥沙，年复一年地造出华北平原，如今，它仍面向海洋“制造”国土，每年一声不响地以 25 平方公里面积向前延伸，相当一个澳门。这种奇迹令国土仄窄的日本友人也吓了一跳，据说他们曾开玩笑地杞人忧天：万一将来黄河填平了“一衣带水”，我们怎么办？

黄河创造人类的家园，也带来无尽的苦难和忧患。自古以来黄河决过多少次口改过多少道？今日已难考证，就在近百年内，1900 年至 1938 年这短短 39 年中，它的下游共决口 135 次，平均每年 3.46 次。它总是静如处子动如脱兔，一阵安澜一阵狂暴。它喜怒无常，动辄令人们家园尽毁，人或为鱼鳖，尽管它每每给人们带来灾祸，但人们依然得把它祀奉为母亲河而敬畏有加，古今民谣中鲜见有抱怨黄河辱骂黄河的，连脍炙人口的成语，不乏对大江有大不敬的贬义，如江洋大盗、江湖骗子，等等，却少有对大河不敬的成语流传。敬畏黄河，敬畏这条福祸相当让人爱恨交织的母亲河，成了华夏子孙的深入骨髓的记忆遗存。

在黄河吼声如雷的壶口，在黄浪滔天的三门峡，你如果定睛注视着它那翻滚着黄色泥浆的漩涡，你能看见一个人的身影，哦，那是远古的祖先——禹，沉雄的涛声仿佛是他深沉的号子，他背负着父亲鲧以土掩水失败被杀的屈辱，发愤治水，改鲧的“围堵障”为“疏顺导滞”，终于平息水患，受到万民拥戴，人们在他名字前加上个“大”字，奉他成为夏朝开国君主。历朝历代，以农耕立国的有为君主，莫不以治黄治水为国之要务，视黄河决口改道为国家灾难，每到汛期，八百里加急的汛报可飞马直至殿前，治河有功的臣工，晋京可享受鸣炮三声，接受封赏。清代雍正帝未登大位前，以四阿哥身份奋力治黄堵口，赢得了政绩和康熙的青睐，当了皇帝后，仍不忘留守黄河边嘉应观的老皇叔，把他封为镇守黄河的“影子皇帝”，将嘉应观加建为皇宫形制，在黄河两岸传为佳话。这个嘉应观，后来就成为治黄的要塞，新中国第一任水利部长傅作义曾在这里驻扎，亲自靠前指挥上火线，治理黄河水患。

嘉应观里，一幅陈年照片常常吸引人们好奇的目光，那是共和国的开国领袖毛泽东在凝视黄河，细心的人们会发现，毛泽东默默地坐在黄河边一块石头上，脚下却有一大堆烟头，他一定在那里沉思默想了好长时间，他在想什么？现在已无人知晓，人们只知道，开国大典后，毛泽东除了首次出访苏联，第一次出京城就直奔黄河，视察黄河大堤和险工，视察中华人民共和国成立后第一个引黄水利工程——人民胜利渠的渠首。

仔细地看看黄河，大概是他平生一大心愿，人们记得他后来再次来到黄河边说过的一句意味深长的话：人说不到黄河心不死，我是到了黄河也不死心。人们也记得，在长征胜利结束后，他第一次率军东渡黄河东征时，曾被黄河的气势震慑，对部下说过这样一番话：你们可以藐视一切，但是不能藐视黄河。藐视黄河，就是藐视我们这个民族……

脚下一堆烟头，一个人枯坐凝思神往，这个画面似乎可以用两个字来做注解：敬畏！

后来他来到水面比开封城高出三四米的黄河柳园口，不由得发出一声惊叹：这就是悬河啊！惊叹后他又生发出一个忧虑：这黄河涨上天去怎么办？

他说：李白说黄河之水天上来，我真想骑着毛驴到天上去，从黄河的源头一直走到黄河的入海口，我要看看黄河究竟是怎么一回事。事后，他又多次表示要骑马沿黄河走一趟，直到晚年会见尼克松时，还念念不忘此事。

笃信“人定胜天”，在战争中气吞万里如虎，横扫千军如卷席的毛泽东，一生对中国对世界、对革命对政治大气磅礴的毛泽东，对水利更是全世界大国领袖中的行家里手，他在瑞金担任中华苏维埃政府主席时就强调：水利是农业的命脉。而此刻面对着世界上性情最古怪最变幻莫测的黄河，却罕有地敬畏和谦恭。对淮河，他挥笔题词：一定要把淮河修好！对海河，他又大笔一挥：一定要根治海河！对眼前的黄河，他却不再发出“根治”之类号令，只是对黄河水利委员会的领导王化云等人一再叮咛："一定要把黄河的事情办好！"

难怪开国领袖面对黄河凝思不语，这是一条国脉所系的长河。

就在远古时古黄河冲杀出古湖盆灌满华北凹陷的三门峡，年轻的共和国遇到了大难题。

中华人民共和国成立之初的人们铆足了劲，要在三门峡搞一个威震世界的大工程：把黄河拦住，挡住泻向下游的天量泥沙，让黄河水变清。

三门峡工程集全国之力，开始由苏联专家帮助指导，后来由中国人自己干1960年9月14日工程竣工，举国欢腾，欢庆"黄龙"被锁。

没想到被束缚的黄河发了脾气，第二年就向人们报复，回转身来淹向800里秦川，一下子吞没了25万亩良田，硬把潼关水位抬高了4到5米，淤积渭河，威逼西安，更可气的是，三门峡水库一年内淤积泥沙15亿立方米，侵占了330米高程以下的库容四分之一还多，黄河能灌满华北凹陷，把它淤积成华北平原，区区一个三门峡水库还不是小菜一碟？如此下去，偌大水库不出几年就会变成一个巨大泥盆，成了一个威力无比的定时炸弹！

陕西省人民代表联名提案，向中央告急！向全国告急！

黄河给在取得非凡成就后显得心高气傲的人们一个教训，再次让他们懂得敬畏。

三门峡是个大课堂，人们学乖了，学精了，学会敬畏，学会如何理顺这条国脉长河的脾性，凡事得按科学来，按规律来，于是，人们开始小心翼翼修改三门峡工程的设计，艰难地煮熟这锅"夹生饭"，黄河的守护者们总结出调水调沙的规律，终于救活了这座差一点"出师未捷身先死"的大型水库。三门峡成了新中国的水利人才库，从这里走出了一代代的水利专家，三门峡也是后来长藤结瓜般遍布黄河沿线大大小小的水利枢纽和工程的"老师"，有了三门峡的教训和整治经验，龙羊峡、李家峡、刘家峡、盐锅峡、青铜峡……一个个黄河水利工程建起来了，黄土高原上的水土保持工程大规模展开了。

于是有了小浪底水利枢纽。

小浪底人称水利界的小联合国，用的是世界银行的贷款，实行的是国际招标，这是国脉长河再次向全世界敞开胸怀，招四海来风，纳八方才俊，欧美亚几十家顶级公司闻风而动，前来一试身手，为的是解救黄河水患之危，有了三门峡的经验，中外各方神圣终于在中国人的决策指挥下，攻破了各种世界性难题，让这个集多项世界第一的水利枢纽蓄水、发电、调水、调沙一举成功！黄河守护者们大手一挥，宏伟大坝喷薄飞腾出清水、黄水、黑水三条巨龙，预兆着国脉长河激活了新的生命力和创造力。

随着全球气候改变，年年洪患的黄河变成年年断流，最长的断流出现在1997年，竟断流226多天！母亲河严重贫血，全国163个院士联名上书，呼吁拯救母亲河！

黄河守护者们启动黄河中上游的多座大型水利枢纽，开始联合接力调水，为母亲河输血，挽救华北平原的良田和油田。南水北调也成为国家战略，举国出力，东、中、西三条调水长龙将从水源较为丰沛的长江流域穿山越岭，直奔黄河而来，为母亲河持续奔流增加动力。母亲河焕发青春，科学发展令她更亮丽迷人，生机勃发。

身沐黄河风，耳灌黄河吼，脚走黄河岸，我溯源而上，寻幽访胜，一路上美不胜收！

行走黄河，收获两个大字：敬畏！敬畏黄河，就是敬畏自然，敬畏规律，敬畏历史，敬畏辛劳。敬畏是一种慎独，是一种智慧的反刍，一种经验的磨砺，一种心灵的洗礼。

顶礼，国脉长河！

顶礼，三门峡！

顶礼，小浪底！

顶礼，黄河的守护者们！

诗的长江，梦的三峡

地球上所有的江河都有生命，有生命的江河都有流淌不尽的歌和诗。

长江是世界上产生伟大诗篇最多的江河，炎黄子孙最伟大的诗魂、诗仙和诗圣都向她顶礼膜拜，鬼斧神工、壮丽雄奇的长江三峡激荡着百折不挠、滚滚东去的江水，也充溢激荡着惊天地泣鬼神无比瑰丽璀璨的诗情，永远等待着倜傥俊彦、旷世之才用充满虔诚和灵性之手去采摘、去掬取，好用那朵朵如珠似玉的浪花催生出历久不磨、万古流芳的华章。

我有幸又一次来到了长江，来到了三峡，而且是在大江又一次截流的关键时刻。

逆流而上，逆流而上……我去寻访先贤的踪迹。哦，那低头行吟、仰首问天的屈夫子安在？他的英灵在故里的绿水青山中流连，还是在大宁河小三峡的清波中闪烁？那仗剑去国、辞亲远游的天才李太白在三峡里走过多少个来回？江底里埋藏着多少他纵酒放歌的故事，还有多少个他狂醉后扔在水里的酒杯？不要怠慢了双眉紧锁、一肚子悲愤和忧患的杜工部，看见了被纤夫的绳索千百年勒刻出的纤夫石，就会明白他额上道道皱纹为何这么深，他饱含泪水的眼睛为何这等深沉；我们那位为百姓做了好多好事又狂放不羁的东坡先生哟，尽管一再被贬迁、流放，直到海角天涯，可是永远不忘长江边那一曲高歌：大江东去……

长江的诗汇成了诗的长江，长江之所以为长江，因为长江有诗，因为有诗，长江格外伟大！

有诗，就会有梦，长江有诗有梦，因为有三峡。

华美妙曼缠绵悱恻的诗章和飘渺浩茫的梦境是一对孪生姐妹，是一埕陈酝勾兑的醇酒，她令天下凡夫俗子、才子佳人如痴如醉，张开理想的翅膀向幸福憧憬飞升，也令万千豪杰挑灯看剑、无数英雄竞相折腰。三峡是梦的故乡，一个美丽的梦做了两千多年，令后世的伟人也发出感叹：神女应无恙？三峡的水土滋养了人们心目中最有魅力最楚楚动人的女性，一曲昭君出塞流传神州大地，引发了百代的遐思，千古的期盼。三峡，梦的三峡，我长途跋涉来此拜望你，逆流而上，逆流而上……把扑面而来的峡风驯作胯下的骏马，我东顾西盼作一番新世纪的梦寻，寻访云雾缭绕中的美人，寻找如诗如梦的意境，然而一个比诗更壮美、比梦更令人惊奇的现实矗立眼前——

三峡建起了一座举世瞩目的拦江大坝！

在华夏大地上，从人类文明萌发的时候起，我们的祖先就不断和洪水搏斗，治水成了我们民族的记忆遗存，成了口口相传的英雄史诗，永远铭刻在从古到今的梦中，远古那一位叫禹的先人治水成功的壮举，令万世子孙在他的名字前加上了个“大”字，而且历朝历代还尊他为王，其实他那时可能只不过是一个征服四邻的强大部落首领；李冰父子修筑都江堰并一直造福至今，被世代修庙供奉，本是一个地方官吏也可被朝拜为王，视同神圣，香火不绝，这种尊崇只能发生在中国。而西方的先民在洪水滔天时只能祈求一叶方舟漂泊逃命，获取一线生机后当然不能忘记感谢上帝。扎根故土，挣扎求全和漂浮海上、指望上苍似乎成为两种文明不同个性的基因。

治水，在中国人心目中是关乎千秋万代生息繁衍的大事，何等重要、何等庄严！每一代明君，每一位有理想有抱负的政治领袖，在建功立业中，总把治水作为一块分量沉重的基石，这种现象也只能发生在中国。1918 年，伟大的先行者孙中山在《建国方略》中就已经提出要在长江三峡修筑大坝，“高峡出平湖”亦成了开国领袖毛泽东和他的战友们魂牵梦萦的理想，从 20 世纪 50 年代起，勘测、规划、争议、论证了足有半个世纪，支持和反对的两种声音此起彼伏，其激烈程度和时间之长超过了过去时代任何的“面折廷争”，人们不难发现，在那个年代拥有绝对权威并且经常一锤定音的领袖对这一大计却出奇地冷静，参详再三迟迟没有拍板，直到时光流逝到了 1992 年的春天，在北京人民大会堂里，共和国第一次以人民代表大会全体表决的方式来决定三峡工程的命运，也是中国第一次以民主程序来决定是否值得用倾国之力来兴建一座拥有多项世界第一的超大型水利工程，其结果当然已经载入史册，这里我想说，无论是占三分之二投赞成票或三分之一投反对和弃权票的人民代表都同样值得我们的尊敬，这是一次没有失败者的表决，每一票不管赞成还是反对，都浸透着高度的历史责任感和全民族的关注，都能促使工程的所有勘察者、设计者和建设者们把“只能成功、不许失败”八个大字凿在心头，如履薄冰、如临深渊、殚精竭虑、万无一失地建好这座世纪工程。

一个做了几千年的民族梦，就在三峡里展现出坚如磐石的轮廓。大幕一旦拉开，身负重任的建设者们就把史诗式的话剧演得惊天动地，越演越精彩。环顾四海，看今日域中，世人谁能见过这等动人的诗章——在三峡工地上，一位年过六旬的国宝级水利权威、工程院院士烟尘中出没，风波里来去，风吹日晒令他面色黧黑，当他摘下眼镜时，脸上只有眼镜框和镜腿压着的皮肤是白的，他掌握着共和国上千亿工程量的图纸，却十几年来一直和老伴在工地一间陋室里过着最简朴的生活；在难度极大的永久船闸攻坚战中，武警水电部队的战士挥汗如雨地坚守在大型施工设备的驾驶室中，一个月就坐烂一个坐垫，长时间强烈的震荡把好多人的胯部颠肿颠烂了，当将军们出现在工地时，一声“立正”，不少人就是无法挣扎站起来，首长们落泪了，多好的战士多好的人啊，站着的将军向坐着的士兵敬礼，只有在三峡，在中国，才有这样的敬礼。

在三峡库区偌大的一片山山水水中，一百万人在合力书写着一部最感天撼地又壮美得令人肃然的史诗，人们为国分忧、为国奉献，离开故土，到完全陌生的地域中开创新的生活，他们舍小家，为大家，为了三峡工程的库容达到175米的高程，炸掉多座老县城，拆掉无数工厂和大楼，清除了千百万吨的垃圾和废墟，为的是给中国、给世界创造一个清洁、环保的三峡水库。虽然各省市以温暖的胸襟迎候着来自三峡的移民，然而离别总是伤感的，有道是故土难离，自古以来有多少离乡别井的诗章使人泪湿衣襟？当人们抓一把故乡土放进行囊，小心地移一棵树苗捧在手中，打一瓶井水装在远行的壶里，送行的领导和干部忍不住痛哭失声，亲人啊走好，亲人啊一路平安！声声珍重化作三峡的云，化作三峡的雨，凝结成三峡一页厚重昂扬的历史。在短时间内实施百万大移民，其难度差不多等于限期搬迁一个小国家，这在外国是不可想象的，但是我们的共和国以她独特的优势做到了，我们的人民以她们的深明大义和坚忍团结做到了，这是一大奇迹！

人们知道，我国是个水资源相对贫乏的国度，人均水资源的占有量极低，而21世纪又是水资源将比所有资源更为重要的世纪，我们的水资源太少却又屡屡闹洪灾，这无异于一个贫血的人血管经常破裂造成失血，而经历过和1998年特大洪水作生死较量的中国，更深切感受到洪灾对长江中下游发达地区的巨大威胁，长江中下游发达地区经济总量在全国举足轻重，简直是国脉所系，既要保住宝贵的水资源又要根除长江水患，兴建三峡工程正是解决这两难的万全之策，我们的人民在这一关乎全民族根本利益的举措中，表现出非凡的胆略和勇气，百万大移民和气象恢宏的三峡工程，用辉煌的成就昭告世人：中国人敢作敢当，中国人顶天立地，中国人在用自己的双手改变命运。

2002 年 11 月 6 日，三峡工程在全球关注的目光中，实施第二次成功的截流，两条粗大的围堰飞快地合龙，锁住了万古咆哮的长江。

世上每个国度都有动人的诗，每个民族都有色彩斑斓的梦幻，可我坚信，这一天，最动人的诗，在长江，最美丽而且正在变为现实的梦，在三峡！

急就于三峡二期工程成功截流之时

国运与名山

金秋十月，我第二次上庐山。

中国名山奇多，或秀美妩媚，或险峻雄奇，或诗书传世，或传为神仙居所，或为帝王临幸，钟灵毓秀，各显风流，唯独庐山拥有别样价值。在中国历史长河中，它为无数名人雅士所倾倒，留下数万首诗篇，铭有大量令人叹为观止的摩崖石刻，又有白鹿洞为大儒所开，被尊为中国古代四大书院之首，学术地位无可比拟，季羡林老先生因之称为“人文圣山”，而在中国近现代百多年历史中，它又是一座政治名山，和中国的政治紧密相连，与国家、民族的命运一道在历史大潮冲击下载浮载沉，见证了许多个决定国运的惊心动魄时刻。

庐山与中国国运的脉搏一起跳动，荣辱与共，是从鸦片战争后的九江开埠肇始的。九江作为楔入中国内陆的一个向西方列强敞开的门户，在 19 世纪末到 20 世纪初菌集了大批洋商洋官、传教士和冒险家，他们看中了庐山牯岭这块避暑胜地，纷纷在此置地大兴土木建别墅、教堂、学校，旧中国的达官贵人也投洋大人所好，趋之若鹜地在庐山建屋置业，古老的庐山于是乎顿时“洋”了起来，宛如一位白胡子老人脱去中式长衫，穿上了燕尾服打上了领带。这种奇特景观成就了一个举世罕有的国际别墅建筑博物馆：英式、法式、意大利式、西班牙式、不中不西式……应有尽有，令人眼花缭乱。人文圣山在国运极颓之时披上华丽洋装，这似乎是一种极具讽刺意味的悖论，但它的确见证了殖民地半殖民地一段重要历史，有如上海外滩、香港尖沙咀，用异国的智慧、文明和风情在中国的名山上为后世留下珍贵的历史年轮。

庐山政治名山的光环，很大程度上来源于一座以花岗岩为地基的百年别墅。中国历朝历代的皇帝或最高统治者似乎都有一种挥之不去的恐惧，或者说忌讳，他们从不住在被推翻者居住过的屋檐之下，即使逼于无奈使用旧皇宫，也必重建，或翻建改名，以显示君临天下的赫赫权势。而到了现代，这座表面并不奢华但很实用的老别墅，却神奇地吸引了中国两位领袖人物，他们居然都喜欢住在这里。毛泽东作为一个胜利者，并不在乎自己的死敌蒋介石曾经在这座石头房子里如何处心积虑地置自己于死地，每上庐山都把此处作为下榻休憩之所，不改建，也不改名。这里成为国共两党最高领袖蒋介石和毛泽东都住过的唯一的别墅，也成就了中国建筑物的一段传奇。

这座别墅，就是美庐。

美庐坐落于庐山的“最佳风水宝地”牯岭东谷，前有山涧长冲河流过，后靠挺拔的大月山，形同安坐在一把巨大的太师椅中，深谙风水文化的老蒋自然中意此宅。它始建于1903年，由英国兰诺兹勋爵建造，1922年转让给赫莉太太。1933年，赫莉为了巴结中国炙手可热的第一夫人，将此幢别墅让给蒋介石夫妇居住，见第一夫人喜欢，次年更将此屋作为顺水人情的大礼，赠给了宋美龄。从此这里名正言顺成了“蒋公馆”，1948年，喜爱此处的蒋介石在院子里一块石头上题刻“美庐”二字，于是美庐成为庐山上最引人注目的建筑物。

这座雅致的英国式别墅，建筑风格和庭院布局堪称庐山别墅的精华。长廊屋顶上攀缘着茂密的美国凌霄花，相传为宋美龄亲手栽植，整栋建筑外表看似乎并不起眼，主楼为石木结构，设有精巧的内凉台和宽阔的大阳台，连通着构思独特的附房和长廊，错落有致、实用而充满异国情调。院内古木参天，遍种奇花异草，加上庐山清凉的气候，难怪20世纪三四十年代，蒋介石长期把庐山当成国民政府的“夏都”，将美庐作为“夏都”中的“行宫”。人们记得，他在此行宫中最主要的活动就是指挥剿灭他的死敌共产党和毛泽东，包括策划对中国共产党领导的工农红军和“苏区”的几次围剿和抗战胜利后发动的内战。但是，人们也记得，卢沟桥炮声骤起，在中华民族危难之际，蒋中正终于认清即将亡国灭种大祸临头，在美庐中痛定思痛，在“七七事变”10天之后的1937年7月17日，发出扭转国运并让全世界刮目相看的强硬声明：

“如果战端一开，那就是地无分南北，年无分老幼，无论何人，皆有守土抗战之责，皆应抱定牺牲一切之决心。”

“如果放弃尺寸土地与主权，便是中华民族的千古罪人！那时便只有拼全民族的生命，求我们最后的胜利。”

这些掷地有声的话语，一扫阴霾，令国人振奋不已，传诵一时，从此中国拉开了国共合作、全民投入伟大的抗日战争的帷幕，庐山和美庐盛载了这一段大历史，也足以为“政治名山”的称号增添光彩了。

作为新中国开国领袖的毛泽东，竟然也无独有偶地中意居住美庐，在庐山为年轻的共和国留下了大悲大喜、既有历史功绩也有惨痛的历史教训的足迹，中国共产党在庐山召开过两次中央全会，都发展成为震撼全国、举世诧异的两大政治风波，为这座名山更加上了沉甸甸的政治砝码。

1959年，毛泽东上庐山开中共政治局扩大会议和八届八中全会，就住在美庐里。他本来意在开个总结经验教训的"神仙会"，不料开成了斗争会，急于求成的他听不进彭德怀的善意批评和提醒，把为民请命的彭、黄、周、张打成"军事俱乐部"、"反党集团"，致使"反右倾"运动蔓延全国，本来就失去平衡的共和国巨轮更加向左倾侧，"三分天灾，七分人祸"的三年困难险些令新生的国家陷入万劫不复的境地，"庐山会议"再一次将庐山与国运紧紧地捆绑在一起。

此后，毛泽东1961年上庐山开会，也下榻美庐。他在"文革"中第三次上庐山，仍住在美庐，于1970年8月23日召开中共九届二中全会，并又一次发起了事关国运的大斗争。这一次却是冲着"文革"中羽翼渐丰、迫不及待要准备抢班夺权的林彪集团来的。一生中经历无数惊涛骇浪的毛泽东，开始觉察到他自己亲封的"副统帅"、"最亲密的战友"心怀叵测了，可是他巧妙地没有把炮口对着林彪，而是后发制人地先将投靠林彪的"秀才班头"陈伯达拎出来示众，发起"批陈整风"，然后张开一张无形巨网，等着林彪一伙手握兵权的将领们往里面跳。

林彪集团的暴露和垮台，实际上宣告了"文革"的破产，尽管开始时与林彪集团合谋后来又争权夺利反目成仇的"四人帮"曾借机而起，企图指染更高权力，但人心难违，国运难违，六年后"四人帮"终于一朝覆灭，中国进入一个崭新的时代。

庐山和美庐还发生过许多与国运勾连的历史事件：1937年，在抗日战争即将爆发、中华民族处于生死存亡的紧要关头，周恩来代表中国共产党人捐弃前嫌，不计"十年内战"的血海深仇，深明大义地主动两上庐山，与狐疑满腹的蒋介石商谈合作抗日，最后促成了第二次国共合作，推动了他在"七七事变"后发表那号令全国奋起抗战的著名讲话。抗战胜利后，在内战危机再次降临的1946年，美国将军马歇尔八上庐山，试图调停国共内战，几乎天天在美庐与被马歇尔的同袍史迪威戏称为"花生米"的蒋某人磨嘴皮，说动他联合建立"军调部"到处去捺灭内战的火苗，最终功亏一篑，全国内战大爆发，马将军只好黯然回国……

一座大山与现代中国的政治和国运有那么多的关联，被称为“政治名山”当之无愧。

此次重上庐山，适逢世界名山大会在庐山牯岭召开。我们中国作协庐山国际写作营一行中外作家，便被邀请作为大会的特邀嘉宾参加了此次盛会。会上成立了世界名山组织，庐山管理局的郑翔书记当选为该世界组织的主席，凸显了庐山在满天星斗般的世界名山中的显赫地位。

大哉庐山！伟哉庐山！

虎门——历史之门，神奇之门

在中华人民共和国第一面国旗庄严升起，新中国的礼炮震撼人心地轰鸣的21小时前——1949年9月30日下午6时，在开国大典进入倒数读秒的关键时刻，中华民族的三千精英在戎马倥偬、日理万机中欣然聚首，在毛泽东、周恩来的率领下来到天安门广场正南端，他们披着一身金色余晖，肃穆地聆听毛泽东主席宣读亲自撰写的人民英雄纪念碑的碑文：

> 三年以来，在人民解放战争和人民革命中牺牲的人民英雄们永垂不朽！
>
> 三十年来，在人民解放战争和人民革命中牺牲的人民英雄们永垂不朽！
>
> 由此上溯到一千八百四十年，从那时起，为了反对内外敌人，争取民族独立和人民自由幸福，在历次斗争中牺牲的人民英雄们永垂不朽！

随即，毛泽东亲自执锹铲土，为共和国第一个伟大的工程奠基。

于是，一个特别的历史年份——1840年，被人民共和国开国领袖着力千钧地镌刻在中华第一碑之上，刻意令其为后世永不忘怀。当巍峨的人民英雄纪念碑矗立之时，人们赫然发现，在纪念碑身精美镌刻的八块浮雕中，第一块就是表现1840年鸦片战争“虎门销烟”的悲壮历史，人们也就更刻骨铭心地记住虎门，记住这个中国近代史的开篇之地。

作为中国人，不能不知道虎门。

大江大河的出海口，人们习惯也把它称之为“门”，在珠江众多的“门”中，名气最大的是虎门。在古代，千舟万舸从这里扬帆远航，闯远洋，走外番，把华夏的丝绸、茶叶、瓷器、莞香和文化远播海外，而各路远客番使商贾，也从这些“门”进入华夏文明之地，八方来仪的交汇不仅活跃了国际间的贸易往来，更频繁地促进了文明的碰撞、交流和融合；在虎门对开的伶仃洋上，南宋名臣文天祥曾吟哦出震古烁今的爱国诗篇；500多年后，林则徐愤怒地在虎门销毁了西方殖民者企图侵蚀中华老大帝国的鸦片，但虎门的金锁铜关没能挡住西方殖民者，他们用大炮夹着鸦片轰开虎门这座大门，从此，中华民族与西方列强的坚船利炮展开了100多年的殊死抗争。历史似乎有太多的偶然，而林则徐手执号令硝烟的杏黄龙旗一挥，竟在虎门不经意间揭开了历史划时代的一页，珠江口曾经发生的激烈炮战，令虎门成为进入中国近代史的第一道门槛。

历史有情，珠江有幸，令虎门成为一道历史之门。

我们沿着历史长河一路寻溯，可以发现更多的偶然与必然，令虎门这道历史之门更为熠熠生辉。

400年前，不知是上苍冥冥中的安排还是历史的机缘巧合，在位处珠江口的虎门，已经发生过悄悄改变中国的事件，但这与后来的鸦片战争相比，显得太平凡，它对中国的改变，只起着“随风潜入夜，润物细无声”的作用——明万历十年（1582年），虎门北栅村人陈益历尽艰辛，从安南引进了一种粗生高产的旱粮作物——番薯，这是中国引种薯类作物最早的尝试，它改变了中国较单一的粮食种植结构，也几乎改变了耕地短缺饥荒频仍下人们的食物链，令生存环境有所改善，更易于人口繁衍，明、清两代人口有一个迅猛的增长期，有专家认为这与大量种植番薯有关，此说是否有根据尚待考证，但时至今日，很多农村出生的老人仍总无限感慨地坦承：我是吃番薯长大的。毫无疑问，番薯的引进，对中国的粮食经济发展有莫大贡献。

其实，在比陈益引种番薯更早半个多世纪，也有一件令虎门人乃至广东人自豪的大事发生过：明正德年间，东莞虎门人何儒在担任虎门白沙巡检，发现停泊香港屯门的葡萄牙船舶上有一种新式武器——“佛朗机大炮”，怀有强烈好奇心和责任感的他随即要求登船查验，暗中画下图纸进行仿制。1521年，葡萄牙水手抢掠疍家渔民，明朝水师与“红毛”在虎门对开的屯门海面发生炮战，何儒仿制的大炮竟然压制了正宗的“佛朗机大炮”，葡人狼狈逃窜。1522年更发生新会“西草湾之战”，明军水师大获全胜，俘虏了葡萄牙船只2艘，缴获数门洋炮。捷报飞奏朝廷，皇帝下旨：洋炮悉数调往京师，着何儒任建康同知，带全部虎门工匠前往南京，仿制新的“佛朗机大炮”，又称“红夷大炮”，并安装在当年的水师船只上，与倭寇、海盗作战。

这是一幕历史的悲喜剧，一个古怪的轮回。中国人发明了火药，但只用于喜庆节日和礼仪，或拜神，或驱鬼，却从没想到它能在战争中发挥更大用场。这一被称为世界四大发明的玩意儿被浩浩荡荡的蒙古马队带到波斯、带到欧洲，聪明的葡萄牙人据此造出了“佛朗机大炮”用于海战，善于航海的“红毛”带着他们的大炮在地球上绕了个大圈，结果又落入到了广东东莞的虎门人手中。

在明代，东莞人擅长用炮，并非偶然，这当然与何儒造炮有极大关系。至崇祯年间，明朝最后一支卫国柱石——一代名将袁崇焕，用大炮击伤清太祖努尔哈赤，终令其不治身亡，为明朝立下赫赫战功，也种下了功高震主悲剧性的奇祸苦果。而袁崇焕恰恰就是东莞人。

中英最早的海战也发生于虎门海面，时间在比鸦片战争还早200多年的明朝末年，是次战斗以中方胜利告终，当然明朝水师的大炮成了克敌制胜的法宝。可以想象，当时中国和欧洲各国的战力相比，是占上风的。如果不是英国工业革命进展神速，国力极大提升，而中华的老大帝国裹足不前，日益衰败，后来的鸦片战争是另外的一种结果。

然而，历史不相信“如果”。负累着不少“为天下先”光环的虎门乃至整个广东，依然被人轻蔑地视为“天高皇帝远”的南蛮之地。

在中华民族的发展史上，有太多的灾难也有太多的辉煌，太多的大起大落大喜大悲，总让世人无暇顾及一些开启历史之门的小小动作，风起于青萍之末时总是无人知晓的，等到大风起兮雷霆万钧之时，大千世界方才蓦然回首，细细品味娓娓道来地领略一番这风光无限的成因和改天换地的后果。

第一个吃螃蟹的勇士总是容易被历史湮没和忘却的，但如果这些勇士在品尝美味的同时又开启了历史之门，他们的这种“第一”就被打上值得纪念的印记。在共和国从封闭走向全面开放的漫长历程中，虎门人一直是搏击风浪的弄潮儿，如果将来中国的有识之士撰写一部改革开放史，必定会出现若干勇于风波出没的虎门勇士的身影。

我们的后代很难设想，在那一段特殊的岁月里，为什么得和中华人民共和国成立前“提着脑袋闹革命”一样去“提着脑袋搞经济”。在20世纪60年代那种种严峻的政治运动中，敢于抓生产不仅犯忌而且要挨整的。偏有这么一些虎门人，悄悄地打开了一小道门缝，打着“公社供销社”代购代销的旗号，把稻草用渔船运到香港，卖给香港赛马会喂马，将所得款项在香港购得化肥运回虎门，分配到各大队用于发展生产。在一片“阶级斗争，一抓就灵”的喧嚣里，虎门有人冒天下之大不韪，为了集体的生存和发展，居然敢吃了一只小“螃蟹”！在改革开放的今天，这是开启先河的举动，理应大书一笔，可惜，此事一直鲜为人知。

历史往往有惊人的选择，而这些选择又往往是形式相似内容迥然不同。在中国现代一个重大转折关头——1978 年“三中全会”召开的前夕，虎门，又是虎门，又逮住了一只形状古怪但可能是美味佳肴的“新螃蟹”。

1978 年 8 月，一位上海籍的香港人来到虎门，租用了镇办企业木器厂的一间厂房建立了太平手袋厂。有人考证：这是中国改革开放中的第一家“三来一补”企业。（三来一补：“三来”即指来料加工、来样加工与来件装配，“一补”是指补偿贸易。）

太平手袋厂严格说来还不像一个工厂，更像是一个手工作坊。但当时中国人大多还背着草绿色的军用挎包，市场上的手袋都是式样老土的帆布袋子，女性不宜，而太平手袋厂的产品采用香港面料及款式，这些印上世界流行卡通形象的手袋不仅能使女性陡增妩媚，而且能使少妇看上去有点像女生，不仅在香港畅销，而且立即风靡大江南北。

港商看上虎门可谓顺理成章。地处珠江出海口的东莞虎门，历史上就是出口港，并有先有虎门，后有香港之说，因为香港之得名，源起于东莞特产“莞香”的出口，香港香港，出口莞香之港也。所以从这里出货到香港及东南亚，十分便利。但在 1978 年，那时的党政领导敢于接受太平手袋厂，真得有股子活生生吞下一只螃蟹的勇气。

据曾任虎门镇委书记的钟淦泉回忆：“当时的镇子又小又穷，集体企业只有两家——木器厂与农机修配厂。港商自投罗网当然是想赚钱，这个道理谁都明白，让不让他办厂？当时的黎书记敢吃螃蟹，说就让他办，他办厂一定要请工人啊，我们有的是人，到厂里做手袋比种田收入多，有什么不好？农民收入多了，经济不就发展了？不干是傻瓜！”

手袋厂正在热气腾腾地出货时，广东省委第一书记习仲勋在中央工作会议上进言：“希望中央允许广东与港澳厂商建立直接联系。凡是来料加工、补偿贸易等方面的经济业务，授权广东决断处理，以减少不必要的层次。”

广东热切的呼声，得到邓小平坚定的支持和回应。他多次强调：

“广东可以放手干。”

接着下来，虎门打开了大门，迎接滚滚而来的外资，奇迹发生了——在短短时间内，外资、合资、个体、私营企业如雨后春笋般蓬勃发展起来，形成千军万马发展经济的大好局面，小小的虎门镇，原来只有数万人口，现在得容纳70万—80万的打工大军，原来的村民们很多都当了企业老板，有的企业还做得挺大。

作为中国“三来一补”的发源地，如今的虎门已经今非昔比，不仅是“鸟枪换炮”，而且是换“飞机”，换“导弹”！全镇企业和工商户已有5万多家，外资企业1800余家，光五星级酒店就有七八家，农民人均纯收入达14391元。但这些数字对表述虎门如今的经济发展程度已经没有什么意义了。它俨然是一个发达的大城市，一座60多层的摩天大厦拔地而起，俯视着这片英雄的土地，眺望着烟波浩渺的珠江口，虎门的一张大名片——富民服装城的崛起，令她成为世界闻名的国际服装之都。

在新世纪来临之际，我曾经出访过欧洲一个国家，临回国时还剩下一些彼国货币想花掉它，我到了一家服装铺胡乱翻捡衣物，当我要求洋老板再找一件大一号的衣服时，他一句“无问题”令我吓了一跳，这位金发碧眼钩鼻的“洋鬼子”竟然说的是地道广东话！原来他的衣服全是广东进的货，来的次数多了自然成了个广东通，我再问他从广东何处进货？他得意地把头一昂，说：“虎门！”

哦，又是虎门！我登时血脉贲张，眼泪都激动得快溢出来了，虎门产品竟然远销到万里之遥的中欧小国，我毫不犹豫地掏钱买下这件衣服，尽管它比在广东买贵得多，可我要的就是这份自豪，这份骄傲，这份虎门情结。虎门这一历史之门，又竟然成为中国通往世界之门！

历史，造就了虎门，中国的改革开放，造就了这一神奇之门，造就了这个中华第一门！

虎门：大炮的悲喜剧

一门德造巨炮昂首凝视着珠江口、伶仃洋。

它在凝视什么？是在审察来者，还是在远眺故乡？

走近细看，口径250毫米的炮口里塞着一个炮弹头，像一个乍看眼神威严的人被装上个假眼球，原来它是瞎的。

貌似吓人的庞然大物顿时化作一个孤零零的百岁失明老人，可怜地蹲在珠江岸边，无言地向游人展示着岁月悲凉，世事沧桑。

记得1981年我第一次踏足虎门，这门巨炮就给我留下深刻印象。

到虎门，不能不去炮台，不能不去看那些记录着血泪和酸楚的古炮。在一个多世纪乃至几个世纪的历史长河里，虎门的一门门古老的大炮，一直在扮演着数不清的历史悲喜剧主角。

那年广东文学院刚成立不久，同是"新科院士"的作家陈庆祥兄热情邀请副院长仇智杰、散文家杨羽仪和我一同到他的家乡虎门游玩。我们坐的是"花尾渡"，清晨下船到达庆祥兄住在北栅村的家，他豪爽地杀了两只下蛋的母鸡给我们做早餐，那在20世纪80年代初是很奢侈的伙食了。在参观林则徐的销烟池时，竟意外巧遇秦咢生、刘逸生、谢家因等几位广东书法大师在为虎门泼墨挥毫，因为彼此认识，很亲热地迎上去倾谈一番，因急着看炮台，竟没有向几位老人索要几幅墨宝留念，那年头文人还讲究"秀才人情纸半张"，没有当下这么多功利，晚辈向前辈要字，也只是一句话的事。

到虎门威远炮台看炮，心情复杂且压抑，尽管江风浩荡，大江奔流，风景如画，可是一见那锈迹斑斑、古老而笨重的"八千斤"大炮，依然生发出一缕思古之幽情，大有怆然而涕下之感慨，怀古之余，心底忽然冒出少许疑惑：这些当年由佛山铸造、曾经令国人振奋的大炮，果真发射过御敌的炮弹吗？如果它真能喷发出愤怒的火焰，那珠江两岸各大小炮台一齐怒吼，进行密集的拦截射击，江面沸腾，水柱冲天，强虏何愁不灰飞烟灭？

可惜，历史是不相信“假如”这个字眼的，能假设的不过是今人的想象力。事实是，在第一次鸦片战争中，英军攻陷虎门几大战略要点，守将陈连升父子、水师提督关天培先后壮烈殉国，炮台设施被敌方尽行摧毁，后人说是英军在奸人（估计是充当汉奸的鸦片贩子）指引下在远处登陆，抄后路全歼了要塞守军。据英国人的战报说，他们攻进要塞后发现，中方有些大炮竟来不及装药发射，这真是中国大炮的悲剧！

英国人这一招在后来的对华战争中屡试不爽，即使大清花费多少银子铸造和购买大炮修筑炮台严守海防，到头来总是竹篮打水一场空，威严列阵的巨炮全部成为聋子的耳朵——摆设，到了“第二次鸦片战争”，鸦片诱发的贪欲再次像眼镜蛇在魔笛下翩翩起舞，在汉奸帮助下，英军舰队一路所向披靡，溯珠江而上直取广州，沿岸炮台全部失陷，英国人竟生擒大清的体仁阁大学士、两广总督叶名琛，他可能是中国与西方列强交战中被俘的最高级官员了，最后这位相当于内阁成员、人称“叶相”的中国一品大员，悲惨地被囚死于印度加尔各答。

看罢威远炮台，庆祥兄又带领我们去沙角海军码头看沙角炮台，于是，我们有幸见到了本文开头提到的克虏伯大炮。在20世纪80年代初，沙角古炮台还是驻军的防区，到处竖立着“军事禁区”的牌子，正对着海军码头的克虏伯大炮，无疑是此处一大亮点。250毫米的口径，8.5米长的炮身，以其庞大的身躯，在中国炮的家族中不说是老大、老二，起码也是老三了。在我印象中，除了厦门胡里山炮台280毫米口径的克虏伯大炮和大连当年俄国在日俄战争中建造的254毫米口径大炮，沙角炮台这门炮口径也算大的了，起码比广州著名的五层楼门前摆放的那几门同是晚清重臣张之洞进口的克虏伯大炮口径大，广州那炮口径不过是220毫米。大炮作为战争之神，在发展的初级阶段各国都是以口径大小论英雄的，口径越大越威风，讲究的是一炮制敌，击沉敌舰，威慑对方。直到“二战”中，苏军才将炮兵理论发展到极致，创新出弹药极速投射，全方位覆盖的新战法。显然，虎门沙角这门大口径巨炮，在19世纪末曾经威风八面。

据说珠江对岸的蒲洲大角炮台上也有一门与沙角相同的巨炮，当年双炮遥对，扼守珠江口，不可谓不威武雄壮，只可惜沙角此炮根本没派上用场，大炮的基座旁有一说明此洋炮来历的牌子，我还依稀记得大概的介绍，说当年腐败的清朝政府李鸿章卖国，崇洋媚外，花费巨资专门从德国买来这门克虏伯大炮，但试射第一炮时，炮弹未出膛就卡在炮管里，从此变成废炮，也成了“纸老虎炮”云云。在这克虏伯大炮旁边，摆放着一门铁锈斑驳的小土炮，说明牌子上介绍：这是鸦片战争期间中国军民在林则徐的领导下英勇抗击过英国侵略军的“功劳炮”。两炮并列，一大一小，一洋一土，一边尽管粗壮高大却瞎着眼睛塞着嘴巴丑陋无比地任人唾骂，一边虽然短小精悍土气十足但沐浴着国人崇敬的无上荣光，两者形成了鲜明但可笑的对照。我当时似乎有点疑惑，但最终还是认可了这幕泾渭分明的悲喜剧，不得不承认，在爱国主义深入人心的当时，这种对照还是具有相当吸引力和说服力的。

那天看完沙角炮台，已经是下午二时，庆祥兄请我们到当时乡间唯一的“茶楼”午饭，记得“茶楼”已经空无一人，我们入座后，看过菜牌，发现一味菜式颇为独特，名叫“凤凰胎”，我看价钱很便宜，便点了试试，谁知端上来一看，不过是炒鸡蛋，大家喷饭大笑。

30年后，我再访虎门，已是沧海桑田，全然没有乡村旧模样，小小虎门已经变身为一个偌大的现代化都市，再次回忆起“凤凰胎”的趣事，颇有心得。历史上，现实中，有多少“凤凰胎”式的事例？本来朴实的真相被包装上五花八门的华丽外衣，这也是一出喜剧，你说他欺诈？但他可有此一说：山鸡可变凤凰，蛋就是“胎”，说鸡蛋就是凤凰胎只是美誉并无虚妄，你奈他何？

适逢当日读报，广州某报大张旗鼓报道：“抗英功臣‘克虏伯’大炮重回南沙”，说的是当地政府不惜重金，按照历史资料重新铸造了鸦片战争时抗击英军的前膛炮和克虏伯大炮，设置于虎门对岸的南沙大角炮台之上，为的是隆重纪念鸦片战争中的1840年12月15日大角山炮台当年打响抗击外敌入侵的第一炮。昔日的古战场上还重修了抗英英烈墓，墓碑正面左侧上方刻录摘自1841年两广总督奏折中当年虎门海战阵亡的将士英名录。报上还说：“克虏伯”炮始造于1867年，是19世纪末期世界最先进的大炮，由精钢制造，射程在1万米左右，每3至5分钟发射一发炮弹，火力强大。

呜呼，又是一则新闻“凤凰胎”！官员、记者没有历史常识信口开河，在当下几乎成为惯例，读者已经见怪不怪，可难道编辑不会去认真核对一下？值班总编也不把把关？在同一则新闻中记者编辑在自打嘴巴、互打嘴巴，连标题都错得离谱：一者，“鸦片战争”在1840年爆发时，克虏伯大炮在祖家德国尚未问世，怎可能会跑到万里之外的中国珠江口南沙打响抗英的第一炮？二者，当时民族英雄林则徐呕心沥血布防虎门炮台，最值得他骄傲自豪的是佛山铸造的八千斤大炮，号称天朝开眼看世界第一人的林文忠公当时根本没有“崇洋媚外”的丁点念头，而且连对手“英咭利夷”也鄙视为蕞尔小国，在给道光皇帝的奏章中详尽地报告了自己作为前敌统帅对敌人的了解：“夷兵除枪炮之外，击刺步伐俱非所娴，而腿足裹缠，结束严密，屈伸皆所不便，若至岸上更无能为，是其强非不可制也。”竟说英军士兵只善海战不能陆战，只因膝盖不能弯曲，又说英国人缺了中国的大黄茶叶就不能消化吃进肚子里的牛羊肉活不下去，所以才会拼死拼活远航中国乞求做生意，他怎会跑到欧洲的德意志去高价购买人家尚在娘胎之中的克虏伯大炮？三者就连与林则徐炮口相对的英国军舰，彼时使用的也不过是比中国大炮射击速度快一倍的前膛炮，就如巴麦尊、伯麦、义律这些英国头面人物彼时也不知克虏伯是何人，更不知晓刻有膛线的先进后膛武器克虏伯大炮是何物，遑论耳目闭塞的中国人？

虎门报社长梓英兄笑着告诉我，我30年前看过沙角海军码头的那门克虏伯大炮，还有故事。他最近挖掘出一则史料，确凿证明：所谓克虏伯大炮第一次试射就被炮弹卡住炮口成为废炮，竟是当时为了批判崇洋媚外、卖国主义的政治需要而编造出来的假史料！

我瞠目结舌，以讹传讹、谬种流传的“凤凰胎”式笑料，又添一例。原来，虎门报收到一篇署名钟其诣的来稿，钟其诣是中华人民共和国成立初在虎门参军的老军人，来稿说明20世纪50年代初期，他的一位担任过炮兵团副团长的战友叶苏驻守沙角，天天在克虏伯大炮旁边经过，根本没见过炮口上塞住个“发射不出去”的炮弹头，当时大炮是完好的。而且当过炮兵的军人都知道，根本不可能出现炮弹击发后炮弹头卡在炮口的情况，一旦出现卡弹，那将是非常恐怖的灾难，重则猛烈爆炸炮毁人亡，整个炮台会夷为平地，轻则炮管断裂，酿成重大事故。他和叶苏在20世纪70年代故地重游时发现克虏伯大炮被人故意塞进一颗炮弹头，讲解员借此起劲地批判李鸿章卖国主义崇洋媚外，叶苏曾经以老炮兵身份据理力争，力斥其非，搞得那讲解员满面尴尬，哑口无言掉头而走。

虎门报原文刊登了钟其诣的文章，为克虏伯大炮辩诬。可怜的克虏伯大炮，竟蒙冤受屈了近半个世纪，直至如今，才真相大白。

其实，不管是洋炮还是国产的土炮，都能成为战争利器，也能披上华丽的外衣，成为虚有其名的“凤凰胎”。就看主导战争的人们怎样去利用它。我看过一则资料，同是由晚清进口的克虏伯大炮，有一门被设置于厦门胡里山炮台，因安装时不慎弄缺了炮口，被戏称为“缺嘴大将军”，可正是这门“缺嘴大将军”，在著名的中法海战中一炮击毙法国海军司令孤拔将军，取得了晚清反侵略战争中难得一见的战绩。

广州人俗称聊大天、侃大山为之“车大炮”，也有隐含对胡诌海吹、夸夸其谈的讥讽。更有广州人把吹牛哄人的伎俩，也斥为“车大炮”，可见旧时广州人并不把大炮太当回事。当年，孙中山长年累月漂洋过海、穿州过府四出演说，宣传推翻帝制、创建共和，守旧的广州人就给了他一个“孙大炮”的绰号，没想到孙中山不仅热衷于宣传的“大炮”，更热衷身体力行地操弄起义的枪械和大炮，几起几落，越挫越奋，终于推翻了腐朽的清朝统治，成为中国乃至全亚洲民主革命的先行者。

广州人对大炮的不屑不敬，我寻思盖源于历朝历代的封建统治者更多地把“炮”作为一种抖官威、显权势的礼仪，而极少用于实战，钦差来了，要放炮相迎，官老爷升迁，要放炮庆祝，总督出巡，要放炮告之民众肃静回避，连斩决犯人，也得放一通响炮弹压全城，久而久之，老百姓厌烦了，对它失去了应有的敬畏，反而成了调侃的对象。

然而，揭开历史上各种“凤凰胎”的外衣，追溯蒙尘积垢的本来面目，细数钩沉，往往能获得新的启迪。

历史在打转，文字也在打转，我又想起前面写下的文字：可惜，历史是不相信“假如”这个字眼的，能假设的不过是今人的想象力。

虎门，春之遥想

楼高62层的崭新大厦矗立在那里，直指云天。

它坐落在中国人都知道的地方、中国近代史的开篇之地——虎门，但取了一个颇洋气的名字：索菲特。

我登临这东莞第一高楼，嚯！开阔的视野给眼球好一阵强刺激，无边春色尽收眼底，当年林文忠公指挥大清炮队与英国远征军的坚船利炮浴血拼杀的战场，现在已经变成一个偌大的现代商城，一桥飞架，跨越旧称“阿娘鞋岛”的威远，连通珠江口两岸，由铁锁铜关化作跨海飞龙，令人恍若隔世。

欲穷千里目，更上一层楼。登高让人遐想联翩。

春光撩人。仰俯今古，细品钩沉，怦然想起了一个似乎值得记住的春天。

171年前，京城风雪交加，钦差大臣林则徐当了南下干部，他是个责任心很强且创意十足的官员，为完成他心目中极其神圣的禁烟大业，一出手就石破天惊，他向沿途各级衙门发出“紧急通知”：本钦差衔皇命奔赴岭南禁烟，轻车简从，只带跟班差役10人，并无前站后站之人，如有借名影射，立即拿下。所雇夫价、轿价均已自己发给，所有尖宿公馆，只用家常便饭。跟班人夫，不许暗受分毫站规、门包，需索者即刻扭送禀报，私自送物者定行特参。此言一出，犹如向贪墨成灾的大清官场扔了一个“震荡弹”，震得大小官员晕晕乎乎心大心小十五十六：这个林钦差，莫非是个怪物？他是作秀还是玩真的？

林大人一路南下，也把一路地方官员吓得噤若寒蝉，他从天字码头登岸光临五羊城，已经是春天了。在钦差大臣下榻的越华书院，林则徐蓦然瞥见在春风中怒放的木棉花，宛若一支支高擎的火炬，他仿佛想效仿那些独立枝头、不屈不挠的花儿，挥笔写就一副对联聊以铭志：海纳百川，有容乃大，壁立千仞，无欲则刚。于是乎又一而再、再而三地扔出了“爆破弹”，震慑积重难返的广东官场，威吓傲慢无礼的洋人，用严刑峻法责罚那些鸦片烟鬼，甚至不惜使用“连保连坐”之法，“时获食烟之人，贯耳游行”；“食烟之人被获，即其不食烟戚友同到官收监。”两个月内，轰轰烈烈，战绩辉煌，洋人被迫交出囤积的200多万斤鸦片，走私贩子有不少被砍了脑袋，省城内官商士民的所有鸦片烟具被收缴，因此，才会有一场震惊中外、举世瞩目、千古流芳的“虎门销烟”历史大戏揭开帷幕。

就这样，珠江口本来不大出名的小镇虎门，便定格在天安门的人民英雄纪念碑的浮雕上，这浮雕成为中国人民追求独立自由的象征。

这个170多年前的春天之所以值得纪念和深思的，不仅仅是因为破天荒销毁了洋人荼毒国人的几百万斤鸦片，也不仅仅是这一激怒了大不列颠的大动作开启了中国血流成河的近代史，也在于林则徐的勇气和决绝。

公元1839年的春天，林则徐恍若一个中国的堂吉诃德，手持长矛向着一个鬼影憧憧、深不可测的庞大体系冲杀，而支撑他的，只是一种对家国、民族的危机感，一种独立寒秋的士大夫人格和他所谓的“民气”，他向鸦片宣战，得罪了靠鸦片贸易牟利的洋人，得罪了依仗大大小小“潜规则”从鸦片生意中获得好处的大清官场，甚至得罪了沉醉于鸦片的“外向型经济”给地方带来表面繁荣的商人和市民，可以说，他把“自己友”全都得罪了，而从他的决绝中受惠的，却又全是与他遥不可及的黎民百姓。

因此，他是孤独的，官场中与他形影相吊的，也只有邓廷桢等几个主禁派官员而已。即使是那些几乎同生共死的战友，有的身上也不那么干净，只不过林大人自己感到太形单影只，一到广州急需拉住几个“死党”支持，遂对他们的“污点”只眼开只眼闭，而这几个官员面对林大人的雷厉风行心悦诚服，对他的刚正不阿清白无瑕自惭形秽，对他的网开一面更感激涕零，于是大家齐齐玩，组成一个自以为有当今圣上支持的小集团，在广州地头搞“禁烟运动”。

可叹的是，他们在这个春天的所有努力和心血，不到一年多便付之东流，落得个革职、充军的下场。

林则徐被充军的悲剧，总导演是他感恩戴德的道光皇帝，而道光身后，则站立着整个封建统治的利益体系，当他们感到林则徐把事情闹大了，把他们的眼前利益搞砸了，便把招惹英咭利夷引发战争的责任一股脑儿推到林则徐头上，老账新账一齐算，林则徐、邓廷桢辈在劫难逃。

更可叹的是，林、邓感到“民气可用”而所倚仗的草根们，对他们的去留几乎保持缄默，由于彼此间遥不可及，广东人对林则徐遭受天大的委屈麻木不仁，就是林则徐被赶走之后，英国舰队在烟民汉奸引领下，沿珠江一路长驱直入，攻炮台，陷要塞，闯进省城广州，老百姓们也几乎无动于衷，直到英军到处抢掠搞女人，广州人才感到“被剃了眼眉”，才感到切肤之痛，才揭竿而起，风起云涌搞了个“平英团”大闹一场。

这时，人们才明白林则徐的可贵。

171 年前的那个春天，让人明白，决绝是多么冷酷、多么孤独，多么不容易，多么辉煌！

龙珠塔门外的阳光草地

美不胜收！

仿佛在仙境中畅游，在梦幻中徜徉，我感觉到，人人都已经把这四个字凝聚在瞳孔里，绽放在满脸的笑容里。

在阳光下巍然矗立、闪闪发光的雪山，在默默地注视着我们这一班美景的饕餮者，我们“叹”够了九寨沟那一个个碧绿、蔚蓝、宝石蓝、孔雀蓝的海子，享受够了那视觉的盛宴，经历过那与大自然水乳交融的生态狂欢，兴高采烈地跟着阿来去拜访龙珠塔。

龙珠塔不是一个塔，而是一个人，一个结实得像塔一样的藏族汉子。

车子到了藏族寨子边上，看见一座色彩浓烈的藏楼外，几个男人坐在草地上晒太阳。我们的司机伸出头去用四川话大叫：嗨！亲戚来了！一个藏族汉子悠闲地站了起来，笑吟吟地走过来，连说：哦，哦，真是亲戚来了，真是亲戚来了！

他跟阿来和四川作家赵智熟极了，赵智每次领作家到九寨沟，总要到他家转一转，一来二去，攀上“亲戚”了。这次也不例外，我们说想到沟内的普通民居看看，赵智领我们一转又转到了他的“亲戚”家里，原来就是正面向着公路的那座色彩浓烈的藏楼。我在饱览九寨沟湖光山色时问过阿来：为什么藏族民居喜欢用大红大绿的色调？他是获得过中国最高文学成就的藏族作家，他的话无疑带有某种权威性，长着一副佛相的他淡淡地说：这是生存环境的需要，也是藏族精神因素决定的。

龙珠塔把我们迎进屋里，老实说，我吃了一惊：太富丽堂皇了！

这是一座凹形的三层建筑，一进门本来是个院子，也类似汉族地区农宅的天井，可是现在加盖了一个穹形的玻璃雨棚，就变成这座建筑的前厅了，其实把它称为旅游纪念品超市更为准确，里面摆满了琳琅满目的藏族首饰和旅游商品，女主人领着三位脸蛋红扑扑的藏族姑娘热情地招呼我们，这红脸蛋就是天下闻名的“高原红”吧？一问女主人，三个女孩儿其实才是真正的亲戚，来帮忙招呼客人的，主人的儿女都在成都读书。走进里屋，第一个是约30平方米的房间，围着火塘陈设着很多座位，墙上挂着不少主人与来访者的合影，我以为这是个招待客人的客厅，藏族姑娘介绍了才知道其实是他们的厨房兼餐厅，仔细看看墙上的照片，有几位国家领导人来过做客，哦，金庸大侠来访的照片也赫然在目。

龙珠塔家真正的客厅在右侧，红墙红柱，简直就是个红色大厅，厅内供着佛像，也挂满珍贵的唐卡和写满经文的旗幡，显然是个佛法庄严之地，龙珠塔把我们引进来，才热情地向我们逐一敬献哈达，我们一一合十回礼：扎西德勒！三位“高原红”忙碌起来，像花蝴蝶似的穿梭往来，向我们敬上酥油茶，又上青稞酒，我问：我们可以参观一下你们家吗？女主人爽朗地说：你们是亲戚，随便看。于是乎我们放肆起来，从一楼看到三楼，这楼有十几间房间，主楼二层是主人卧室，与大城市的豪宅主卧不相上下，副楼一侧是姑娘们的闺房，非常整洁而且散发着女儿香，三楼都是客房，有点宾馆格局，干净简朴，被褥都很厚，一位“高原红”说，原来这些房间都是可以接待游客的，近年九寨沟为了保护沟内的生态环境，规定游客只能在沟外宾馆酒店住宿，沟内藏族民居的客房只能接待亲戚了，当然如果有个别“背包客”夜间前来投宿，她们也欢迎，总不能让远方来客露宿荒野吧？家里开了这么多客房又不能经常接待旅客，会不会减少收入？女主人说政府有补贴的，沟外有如雨后春笋般兴建的宾馆酒店所有收入会按比例分成给沟内的藏族居民，旅游高峰期每天来几万人，龙珠塔家每人每年可分得一万多元。赵智笑着问他：去年你收入有多少？有一百万吧？龙珠塔腼腆地笑笑：没有那么多，几十万是有的。

有位青年作家听了咋舌道：这么富啊！他俏皮地对“高原红”打趣说：那我不走了，留在你们家行不？

哪知“高原红”大大方方地回答：欢迎啊，不过你得先给我家放三年牦牛。为什么？得看看你能不能干活啊！

大家一阵哄笑。这一招真灵，看来曾经令不少真真假假的追求者知难而退，望而却步。

从客厅往右走，就是主人最为神圣的经堂了，正中虔诚地供奉着白渡母的铜像，四周墙上画着精美的壁画，很多地方还挂着珍贵的唐卡，与其他房间不同，其他地方可以随便看随便拍照，这里却很特别地竖起一块“请勿拍照”的牌子。而有趣的是，这里也陈设着商品柜，摆出来的都是富有藏族特色的高档精品，有不少银器，更多的是手工织造的唐卡和制作精细的佛像，在最高处，一尊身穿军大衣挥着手的毛主席铜像和众多佛像并排而立，在香氤缭绕的庄严中竟也达至某种和谐。

龙珠塔家买了两辆小车，一辆奥迪 2.4，一辆皮卡，三个“高原红”都会开车。我们惊叹地围着崭新的奥迪轿车看，女主人指着车说：这车不好，那皮卡才好，又能装人又能装货，这车装不了东西，只能送孩子到成都上学用。

我们大笑，说：这奥迪是好车啊，在城里，只有部长、省长才能坐这样的车，你还嫌不好？

女主人一脸茫然，不知道我们为什么硬说奥迪车好。

走出龙珠塔家大门，嗬！阳光灿烂，把门前的草地照得金晃晃的一片。

咦？阿来呢，我们发现阿来突然不见了。

几个藏族汉子仍坐在暖洋洋的金色草地上高谈阔论，有一个人躺在这一圈人的边上蒙头大睡。

我一眼就认了出来，这不是阿来吗？好家伙！他竟躺在这金灿灿的草地上睡着了。

有人轻声说：让他多睡一会吧，回到藏区，他得在家乡多接一点地气啊。

过了好一会儿，阿来在草地上打了个滚，揉着眼睛爬起来，一言不发地领着我们上车。

亲戚再见！车窗外，龙珠塔和他的妻子站在金色的草地上向我们挥手，连同那冬日和煦的阳光，一齐定格在我的数码机上，也定格在我的记忆里。

梦寻蔚蓝，魂牵台湾

在我们生活的这个星球上，最伟大的生命是海洋。

海洋孕育了所有生命，包括人类。所以，如果在太空中遥望我们的星球，也会充满着神奇的梦幻：海洋把人类庞大的家园，也点染成自身的色彩——一片蔚蓝。

华夏子孙从来都对这一片蔚蓝顶礼膜拜。

有人说，我们的祖先来自黄土高坡，过惯了面朝黄土背朝天的农耕生活，农耕文化深入骨髓，中华民族就像缺钙一样从来就缺乏蔚蓝意识，当我们的黄土文明与来自大洋彼岸的蔚蓝色海洋文明一发生冲突，必然一败涂地。

此说似是而非。

其实，从远古始，我们先人的伟大传说早就印证了中国人并不畏惧海洋。夸父追日，逼近太阳时被烤得唇干舌燥，跑到海边一口气把大海喝干，何等气度！精卫填海，一只小鸟嘴衔石子，不填平大海誓不罢休，何等悲壮！

1983 年 6 月 9 日，在广州市市区内广州交易会附近一座名叫“象岗”的小山上，突然从兴建楼房工地里挖掘出一座陵墓，里面价值连城辉煌灿烂的文物令考古学家们困惑不解，继而又大吃一惊：它是秦末汉初第一代南粤王赵佗的孙子赵眜的陵墓。最令人惊讶的是，陪葬品里竟然有长达 120 厘米的 5 根原支大象牙，这样的象牙只能产自非洲，有来自西亚的波斯或巴比伦的蒜瓣形花纹扁圆形银盒，墓主身上的 32 枚半圆球形金花泡饰，其焊珠工艺具有古代西方的工艺特点，一件漆盒里装有主要产自红海沿岸的乳香，并有雕工精湛复杂的犀角玉杯、犀形玉璜、充满异域风格的玻璃宝杯、红髓玛瑙珠饰等物。象牙、犀角、香药、琥珀、红髓玛瑙珠饰、玻璃杯等，可以肯定是非洲、中东或印度舶来品，在中山路原市文化局内，也挖掘出秦代大型船舶的船坞遗址，铁证如山地证明秦末汉初的南越国已经有了频繁兴盛的海外交通贸易，早在汉代中原地域通过张骞通西域打通陆上丝绸之路之前，远在所谓南蛮百越之地的广东，已经与外洋诸国沟通了商业往来，成为我国秦末汉初的重要港口和海外珍异特产的集散地。

这是一个石破天惊的发现！

这最原始的物证说明：中西文化最早的海上交流始于南粤，南粤先民必有一批敢于闯荡汪洋的勇士，最先吸纳外洋来风，扬帆远航，走向蔚蓝。

不必说了：先秦徐福只率五百童男童女就敢投奔怒海去找寻蓬莱仙山……也不必说了：郑和七下西洋，亲率当时世界上最庞大的舰队一直远航到非洲东岸……就说东吴孙权派出大军东渡台湾，垦荒开发，就足以证明海洋并非是迫使炎黄子孙故步自封的疆界，为了自给自足和繁荣昌盛，中国人敢于冒险犯难，不惧艰辛！而当时号称海洋民族的欧洲国家，也只能在地中海里打转，整个北美大陆，仍只是一片不毛之地。

中华文明与海外诸多文明的差别是强烈的，例如，中外都有远古洪水滔天大难临头的传说和神话，号称海洋民族的人们，大难当头不外乎都是梦想泛舟逃避或祈求上帝指寻新岸，所以人人都相信有一只救苦救难的挪亚方舟；而中国没有这般企求，只出了个前赴后继治水的大禹父子，这位叫禹的儿子更倔，在父亲治水失败被杀头后不屈不挠，为救民于水火三过家门不入，终于一朝治水成功，被后人世代敬仰为王。

三宝太监郑和的舰队更令西方人不可思议，这支拥有数万大军的舰队远涉重洋，遍及东南亚、印度洋沿岸和东非诸国，居然不占一寸土地，只是宣示“天朝”恩威，用今人观点看来，活像一群学雷锋、做好事的宣传队；与此相反，郑和下西洋其后百年间，西方的达·伽马、哥伦布们打着探险寻宝的旗号，孤帆片板、数十水手每到一岛一地，必插上旗子实施占领，风高杀人夜，月黑放火天，以滥杀当地土著为乐事，而他们居然亦被尊为开辟新航线、发现新大陆的大英雄。

我们的祖先靠辛劳开拓了泱泱大国的海上疆界：台湾、海南、南沙、西沙、东沙、春晓、钓鱼岛……中国人开垦种植，捕鱼捞贝，历朝历代没有主权争拗，荷兰人曾一度染指台湾，很快就被郑成功挥军驱逐，郑成功因此成为彪炳史册的民族英雄。

1840 年鸦片战争以降，西方列强的坚船利炮震撼了病入膏肓的封建王朝，先是清廷割让香港，后又有甲午之败，李鸿章在亿万国人唾骂中签下了马关条约，屈辱地向日本割让了宝岛台湾。

我们的蔚蓝，一片一片地失去。

历史不容忘却，更不能重演。

我经常梦寻蔚蓝，是因为我曾经拥抱蔚蓝。1978年，我在一片蔚蓝中圆我的作家梦：我是登上了中国第一艘自升式石油钻井平台“南海一号”的第一个作家，后来数年中，我一直在蔚蓝的南海中体验生活，自升式平台、半潜式平台、采油平台……蔚蓝的海风、高洁的流云启动了我的遐思，激发了我的灵感，难得而精彩的蔚蓝色素材助我在33岁那年获得全国的文学大奖。记得，有一回钻井平台在远海作业，一艘挂着某大国旗帜的军舰迫近前来耀武扬威，吓得平台上的洋人雇员脸色煞白，连问：“你们的海军呢？你们的军舰在哪儿？”我方人员回头看看，指指高处飘扬的五星红旗，淡淡地说：“没事，有她在，谁敢过来？”这事像刻在我脑子里一样，久久不能忘怀。祖国每一片蔚蓝都无比珍贵哟，要守住她，要靠国力！靠骨气！

20多年弹指一挥，中华冲天崛起，开放改革的千古奇观令整个世界瞠目结舌，有人不舒服了，内心的不安和恐惧驱使他们想出一招又一招，阴鸷地阻挡中华民族伟大复兴的步伐，其中最阴狠的一招就是“台独”，妄想从中国的胸脯上杀上一刀，把台湾从祖国的怀抱中分裂出去，还要切割一大片蔚蓝国土，抃断我们与世界紧密相连的命脉，把中国死死封锁在第一岛链的狭窄空间里。

事关国脉，事关国运，有血性、有骨气的中华儿女，血脉贲张，绷紧神经，紧紧盯住台湾海峡的风云变幻。

去年3月，在人民大会堂里，人民的总理温家宝饱含深情地吟诵出一首清末广东著名爱国诗人丘逢甲的诗篇：“春愁难遣强看山，往事惊心泪欲潸，四百万人同一哭，去年今日割台湾。”

丘逢甲是伟大的爱国者，是辛亥革命的有功之臣，他是辛亥革命后通过《临时约法》、推举孙中山出任临时大总统的广东三位参议员之一。他的历史功绩，完全可以与詹天佑、邓世昌齐名。第一次甲午战争后，日本出兵强占台湾，出生台湾的丘逢甲三次刺血上书要求清政府“抗倭守土”，后愤然倾尽家财组织台湾义军浴血奋战抗击日军，失败后，写下了这首充满忧国情怀的诗篇《春愁》。事隔100多年后，温总理让我们重温了这首思念台湾的爱国绝唱，掷地有声地表达了13亿炎黄子孙的心声：“世界上只有一个中国，大陆和台湾同属于一个中国，大陆和台湾同胞血脉相连，一条海峡不能把我们的骨肉隔断……”

海峡每一片蔚蓝，都牵动13亿人的强国之梦啊！

今年3月，全国人大审议《反分裂国家法》，作为人大代表，我在广东团大会上作了审议发言，面对众多中外传媒，我激动地倾诉着梦寻蔚蓝、魂牵台湾的情怀。我说：《反分裂国家法》是集中亿万人的智慧、经过深思熟虑、反复推敲提出来的，充分体现了中华民族期待国家统一和强盛的要求，凝聚了国家和全国人民的坚强决心和意志，字字千钧，句句铿锵，有情有义，有理有节，刚柔并济，掷地有声，通篇闪烁出不可冒犯的威严。历史将会铭记，我们的子孙后代也会铭记，我们手中的赞成票负荷着何等分量！我一定投下这具有历史意义的神圣一票！

2005年3月14日，历史性的一刻——

我们，2800多名全国人大代表齐集人民大会堂，表决通过了《反分裂国家法》。

吴邦国委员长一声“请按表决器！”和所有人一样，我向标有“赞成”字样的绿色表决器一伸手，重若千钧地庄严一按！

宁静。人民大会堂顿时鸦雀无声，神州大地都在倾听，整个蔚蓝色的星球都在倾听：

赞成：2886！反对：0！

刹那间，大会堂沸腾了！山呼海啸！风雷激荡！

反对为0！祖国蔚蓝的疆土啊，你听到吗？富饶的宝岛啊，你看见了吗？我们用掌声拥抱你！

拥抱蔚蓝，国运昌盛！

人间烟火话玉溪

我这一生，似乎再也与香烟无缘了。

记忆所及，我中学时代的同学几乎没有一个抽烟的，我们是“老三届”中最年长的一届学生，那时的教育使同龄人形成一个共识，学生抽烟是一种恶行，银幕上的坏蛋形象大多叼着纸烟（宛如《列宁在 1918》中刺杀列宁的女刺客），使那时单纯的年轻人大多数厌恶抽烟，至于伟大领袖也抽烟，那是革命工作的需要，那当然很神圣的。

后来，天翻地覆，大革文化命，我也很神圣地抽起第一支烟来。那是在一片荒芜的校园里，我抱了一摞马列著作，躲进一个由厕所改成的只有几平方米的小房间，熬了几天，想炮制一篇“指点江山、激扬文字”的大文章，我破天荒花了一两角钱，买了两包“丰收”。非常不幸，品名“丰收”的香烟并没令我的“著作”丰收，反而在那个密不透风蒸笼似的小房间里呛得我喉咙发烧，接着就得了非常严重的喉头炎，文章没写成，烟也不能再抽了，从此，我再不敢碰烟。

经过一段不长不短、百无聊赖的时日，我们上山下乡了，去国营的橡胶农场接受工人阶级贫下中农的再教育，出乎我意料，除了“上头”布置下来搞的千篇一律模式化的“忆苦思甜”大会之类，在胶林里，老工人们给我的第一次“再教育”，就是劝我抽烟。

带我割胶是一位身材矮小、慈眉善目的老班长，他把我带到胶林，先坐下来，笑眯眯地递过一支粤西人称为“大碌竹”的水烟筒：“啜一啖？”

我摇头：“我不会。”

“不会？不会就要学。”他很认真，意味深长地抽了一口烟，谆谆地教导和烟氲一起悠悠地吐出来：“不抽烟的人，很吃亏的。”

我愕然。所幸，我脑筋还算灵活，马上就领悟到为什么不抽烟会很吃亏。

抽烟的人到地头，天经地义地“啜一啖”，你不抽烟，一到地头就得面朝黄土背朝天干活，只能眼巴巴地看着会抽烟的男人女人小孩悠闲自得地在一旁吞云吐雾，心里那种不平衡、那种失落油然而生，手脚也自然懈怠，放慢了节奏，等抽罢烟的蜂拥而上，麻利地开始干活，他们的优势很快地显现出来了，通常是很快地赶上不会抽烟的人，甚至超前，不多时，一声“啜一啖啰——”，会抽烟的男女老少又陆续蹲在地头飘飘欲仙，又剩下几个不会抽烟的孤苦伶仃地挥汗如雨，等候烟民们下一轮的追逐。这种情景，在“大兵团作战”式的开荒、挖胶树穴、插秧、割禾中屡试不爽。

于是“老三届”不抽烟的信念不攻自破，于是“存在决定意识”这一真理又一次得到证明，很多原本不抽烟的伙伴也抽起烟来，而且烟瘾越抽越大，他们似乎比老烟民更有理论，更振振有词，老烟民只是认为劳动中不抽烟“很吃亏”，他们却认为在艰辛的劳作中抽烟是一种有节奏的调剂，绝不是什么偷懒，而是一种兴奋和刺激，有助于提高劳动效率云云。

只有我，很顽固地坚持“吃亏”——不抽烟，当身旁的不抽烟伙伴一个个减少，我越发感到自己孤苦伶仃，后来，每逢大小新老烟民享受之时，田间里只剩下我和几个坚持不学抽烟的女知青在“修地球”，以至于被其他男知青讥为“洪常青”，老工人们也善意地笑称我为“傻仔”，我自己则是“哑子吃黄连”，绝不是什么境界高，老实说我也非常想在烈日下躲进树荫呼朋引类去“啜一啖”，倒霉的是我那不争气的喉咙非常敏感，一吸入烟就会发炎，为保护我那弱不禁“烟”的咽喉，只好一直“吃亏”下去。

积数年的“吃亏”，倒令我更加理解人们为什么要吸烟，我虽然不吸烟，但我不反对别人抽烟，在我看来，吸烟与不吸烟，和有人爱吃辣有人不吃辣，有人嗜酒有人滴酒不沾是一个道理，抽烟是人生一种乐趣，是人间烟火的一个组成部分但你也有放弃这种乐趣而选择另一种乐趣的自由，劝人抽烟或制止人抽烟，都是脱裤子放屁——多此一举，至于“××政府忠告市民，吸烟危害健康”之类的强制广告词，我第一次见到时就觉得好笑，既然你说这东西危害健康，下个命令禁止不就一了百了？还“忠告”什么？想深一层，就会觉得这个政府仍有不便明言之处，其用意是：招呼给你们打了，抽不抽烟你们自己看着办，烟我还是准卖的。难怪，这一条“忠告”，最终变成了香烟进入千家万户的通行证。

我是不抽烟，但仍生活在人间烟火中，朋友中也有不少是抽烟的，人家抽烟，我看烟，闻烟。从“大碌竹”水烟筒到各种牌子的中外名烟，成了我了解人情世态的一个小小窗口。记得改革开放之初，各种牌子的外国烟似乎一度成为人们身份的标志，有钱的或者冒充有钱的，身上总揣着一包“万宝路”、“三个五”，上茶楼饭店，一坐下来先掏出来“啪”的一下把烟拍在桌上，端茶倒水的服务员一看牌子就知道客人是什么“料”，服务态度也往往“因烟而异”。那时我经常到南海的石油钻井平台上体验生活，平台上有不少外国人，供应免税的外国烟，极便宜，抽烟的朋友们知道了我有这条门道就托我带烟，所以每次我乘直升机或乘船从平台上下来，总为朋友们带七八条外国烟，开始我并不知道市场上外国烟与国产烟的差价，把烟带回来后一问取烟的朋友，那差价先令我瞠目结舌，继又令我愤愤不平：外烟凭什么要比国产烟贵几倍？难怪平台上只供应外烟。我大为感慨，什么时候国人以抽国产烟为荣，连外国人也以抽中国烟为乐就好了。

使我这个与烟无缘的非烟民对国产烟刮目相看的时日，大概是在20世纪90年代初，有一次我到广东一个海滨城市，当地一官员请吃饭，来的都是当地有头有脸的人士，落座后大家抽烟聊天，我发现，几乎所有人都抽一个牌子的香烟——红塔山。

我耳目一新。好奇地问：怎么都抽这种烟？哪儿出的？

“玉溪。云南出好烟。”别人答道。

我拿起别人的烟盒欣赏一番，又问：

“比起‘三个五’、‘万宝路’如何？”

“比外国烟醇、好抽，中国人自已的烟嘛，真材实料。”朋友又一次令我这个非烟民茅塞顿开。

这是我第一次听到“红塔山”这个名字，也是第一次知道了“红塔山”在南方烟民心目中的地位，我还知道，抽“红塔山”的风气是悄悄地萌发的，在这个滨海城市开始只有少数人慧眼识珠，后来不知怎的在几个月时间“忽啦”一下子全抽起来了，形成时尚。“三个五”、“万宝路”靠边站去了，连造假烟的，也急忙“改换门庭”，扔下外国烟的假包装，赶制起冒牌的“红塔山”来。

那时，我又想起我从钻井平台上下来时生发出的那番感慨来。

时值1997初春，我这个素与香烟无缘的人却有幸得了一个机会，来到生产“红塔山”的香烟王国——玉溪，有幸住进建得富丽堂皇、比沿海发达地区的高级酒店也毫不逊色的红塔大酒店，更令我眼界大开的是，我们有幸参观了目前国内最先进而且在亚洲也是最庞大最高水平的卷烟企业——玉溪卷烟厂。

于是，我和参加红塔笔会的朋友们开始走进一座又一座的金山。

这真是一座金山，当我们在数十个巨大的烟叶仓库中穿行，在一垛垛堆到仓库顶部的烟叶“山”之间流连时，不由不发出惊叹，粗略计算一下，光这一座座烟叶山的库存价值，就值几十亿、上百亿！

更令我们叹为观止的，是那座庞大的生产车间，这是玉溪卷烟厂和红塔集团乃至全国烟草企业的“龙头”，产量、产值和规模都位居亚洲第一、世界第五。自动化、电脑化已经把我们头脑中的“车间”概念完全改变了，这里没有马达轰鸣，机声震天，看不见日夜奔忙、满脸汗水和油污的工人，取而代之的是光洁明亮、井然有序、一尘不染的生产线，穿戴整齐斯文的值班工人俨然像一个巨大的科研机构的科研人员，聚精会神地监控着生产线的仪表。车间里最引人注目的不是工人，而是一个个无声地在生产线间穿梭搬运原料和配件的机器人。我是个写工业和城市题材小说的作家，搞专业创作前一直在大企业里工作，也是第一次见到这么新鲜、先进的玩意儿，大家围着一个机器人评头品足，说它“不用吃、不用喝、不闹情绪、不搞罢工，也不用休息，绝对服从指挥”，有人还故意站在它面前，挡住它的去路，它默默地停下了，人一走开，它又默默前进，严格按照控制室设定的路线，把几箱原料径直送到生产线的进料口，待原料输入生产线，它又按原路返回，不由得不令人啧啧称奇。

沿着机器人行走的方向，我们来到配料车间，这其实是一个全电脑控制管理巨大仓库，巨大的建筑物里是见不到一个人，几十米高的厂房排满了纵横交错的轨道和上下连接的输送带，大大小小的原料箱鱼贯有序由上而下，由等候在出料口的机器人“搬”走。

最激动人心的，是面对一条当今世界效率最高、速度最快的卷烟生产线的时刻，这台机器速度之快令我们目不暇接，惊讶万分，它竟可以在一分钟内生产 12000 支“红塔山”（相当于 600 盒），只见一条白线从这头射向那头，速度比子弹还快，瞬间就被“切”成无数支香烟，接着就被包装成一盒一盒的名牌“红塔山”，在生产线的末端，一条条的香烟已经包装成一箱箱的制成品，马上就可以变成畅销甚至供不应求的商品。

“这简直是一台印钞机嘛！”朋友们发出感叹。

“不，比印钞机还快！”马上有人纠正。

我默算一下，如果一支“红塔山”香烟价值五角钱，那么这条生产线一分钟就可以生产出6万元产值，那么一个小时，一天，或者一个月呢？乖乖！这样算下去真不得了，更何况，玉溪烟厂这样的生产线有好几十条呢！

从香气四溢的车间里走出来，映入我们眼帘的是一片公园式的绿草地，是美不胜收的亭台楼阁和庭院，我们醉了，服了！怪不得玉溪烟厂去年可以向国家上缴近200个亿的税利！

这里，真是一座为人间烟火提供源源不绝能源的金山！

到过玉溪，我这个非烟民似乎与香烟不再无缘分的了，起码，我对香烟这种特殊的商品有了更深一层认识，大千世界、芸芸众生，离不开人间烟火。香烟，香烟，人间烟火之香，人间烟火之烟也！试想，如果没有“红塔山”，对中国上亿（可能不止上亿）的烟民，肯定不是什么好消息。

晚上，热情好客的玉溪人请作家们题词，身兼作家书法家的黄尧自然要当众挥毫，他要我想句话，我当即将一天的参观感受写下来递给他，他看了后说，“好”。马上挥毫写在宣纸上，他写的是：

世上烟如海，国有红塔山。

生命礼赞

冬残春至，我乘车穿行在珠江三角洲的公路上，一路满眼是花——路边田畴里种的是柑橘花卉，路旁延绵数十里的是万紫千红的花摊花档，公路上涌动的是四面八方来拉花的车流：卡车农夫车车斗里载满花，小轿车行李箱里摆着花，面包车吉普车里也挤满花……从广州到陈村，我一直疑心自己是在一条浩荡的花河里载浮载沉。广东人用花来迎接春天、装点春天的风俗和虔诚，顿时令我心醉神迷，对春天的向往和对花的崇拜，在广东城乡的迎春花市上表现得淋漓尽致，这种向往和崇拜，我想可能从我们的猿人祖先茹毛饮血时就开始了，现代的广东人不过是将这种经历千万年的厚爱发展成为一种特别热烈的形式。

花是有价的，在陈村，我目瞪口呆地发现，一盆只有四片叶子的兰花“闪电”，标价38万元被人买走；花又是无价的，全世界各国各民族，都不约而同地把最美好的事物比作鲜花。几十年前有一篇出名的小说，随着岁月淘洗，人名和情节我都淡忘了，但至今我仍刻骨铭心地牢记着其中一个细节：一个后来慷慨赴死的小战士，在田野行军时把一朵小野花插在枪管上。我相信这一朵小野花也同样打动过许多读者，谁能说出，这朵小野花值银几何？

我对植物学的知识少得可怜，但我知道，开花是植物生命延续和繁衍的一个是重要的过程，哪怕是一棵小草，也有它生命中最辉煌绚丽的时刻——这就是开花。草木将生命力聚集到一个芽苞，然后拼命绽放！这些花有丑有美、有俗有雅、有素有艳，却都是生命力凝聚和迸发的体现。去年春天，我目睹过几乎广湛公路沿线竹林的大片枯萎，竹林干枯前最显著的特征就是开花，那一丛一丛的竹林活像冲出地表的喷泉，“喷”出一簇一簇并不好看的竹花，随后就结实、死去，那份悲壮真令人动魄惊心，仿佛在警喻世人：即使冥冥中的力量要你死去，你也要拼尽最后一点生命力辉煌一次，绽放一次！就算不美丽地要开花！

我似乎悟到人类为什么几乎无一例外地珍爱花了：每一朵花蕾绽放，每一丛花团锦簇，都是生命对辉煌绚丽的渴求，都是生命对自然的挑战，都是自然对生命的礼赞啊！

仙人桥随想

云中神，雾中仙，一步一种神态仙姿，一步一番诗情画意，我来到了张家界。

游了张家界的金鞭溪，才知道还有个袁家界，而且景色更迷人，素来对游山玩水兴趣不大的我突然游兴大发，非要看看不可，从张家界武陵源区的中心景点“水绕四门”乘号称“天下第一梯”的高速观光电梯出发，上升到300多米的高度，果然如入仙境，茫茫云海中的奇峰兀立，千姿百态，鬼斧神工，有如座座海上蓬莱神山在脚下游走，长戟怪剑，天地造化，好似万千天兵天将列阵在倾听号令，一时间，你会心醉神迷，不知身处何方，今夕何年，难怪有同游者豪情万丈地对着远山大吼：喂！统统有——向我看齐！

擅唱当地土家族情歌的民间歌唱家金鑫介绍：今天游的是一条新开的线路，张家界是一个面积几百平方公里景区的统称，它基本上是一个巨大的台地，周围美不胜收、如戟似剑的金鞭岩、索溪峪、天子山、天门山都是由远古洪荒的水流切割冲刷台地而形成的，所谓袁家界旅游线路，实际上就是沿着这个巨大的台地边缘走一段，差不多可以将景区的精华尽收眼底。比起美国的一大片褐黄荒凉的大峡谷，此地更雄奇壮美，多姿多彩，秀丽玲珑。

走过曾是土匪窝的乌龙寨（电视剧《乌龙山剿匪记》就取材于此地发生的故事），又去另一险峻的景点“一步难行”，此时游人明显少多了，只有一两个气喘如牛地爬山的年轻人，和刚才摩肩接踵、络绎不绝的情景形成鲜明对照，再去更为奇崛惊险的“仙人桥”，竟再没见到一个游客，路边专卖旅游商品的小店用塑料布围着，货架上摆满商品却空无一人，一派路不拾遗的气象，显然多日无人光顾了。漫漫山路上，除了鸟雀鸣啭和我们一行的足音，山野一片寂静，只有刺破青天的锷锷群峰像杀气腾腾的古代武将，冷峻地盯着我们，看我们敢不敢过“仙人桥”。这“桥”其实只是两峰之间天然生成的一块石板，一米多宽，10 多米长，“桥”下，就是刀削斧劈的万丈深渊。

我们站在“桥”头，腿肚子打战，心里发毛，谁也不敢迈出半步。

我不禁疑惑：这样的绝色奇景，为何游人这么少？答案很简单，这里离主要景区较远，旅游团队的导游偷懒，怕费时费力又无效益，致令此地空养深闺无人问津。再有，就是当今出来旅游的不光是年轻人，也有大量的妇女儿童和年老体弱者，交通不够便捷制约了大量游客。同行者有人说，就这样好，如果游人蜂至，不怕死的个个都到“仙人桥”上蹦跶几下，那“仙人桥”没几年就垮了，中国岂不又少了一个绝世奇观?

我却认为这对游客中的弱势群体不公平。发展旅游事业，是要造福广大人民群众，既然旅游景点是开放的，就不应是年轻力壮者的专利，老人妇女儿童也有充分的理由和权利游览祖国的大好河山。发展和保护从来就是一对矛盾，但并非一个解不开的死结，问题是要掌握好一个度，在发展的同时加强保护，使两者相得益彰。

由此我浮想联翩：有西方人提出了一种“零发展”理论，据说还有点市场，一言以蔽之就是不能再搞工业化了，大工业不能再发展了。因为你无论如何保护环境，工业发展都会产生污染，实质上就是在牺牲环境，人类只有一个地球，而人的欲望是无止境的，所以任何发展都等于破坏人类自己的生存空间，干脆别发展算了。

我想，这是一种“饱汉不知饿汉饥”的理论。西方已经现代化了，他们就大叫保护地球，你起步晚吗？那你就别再搞什么名堂啦，等着做我的市场好了，既然人类只有一个地球，那你们为我们也为人类保存剩下的绿洲吧，这种打着为全人类幌子的东西，其实骨子里是自私自利的。他们的产业已经转向高科技，发展速度远远高于大工业时代，却回过头来叫别人“零发展”，那么发展中国家的发展速度不是变成相对的负数了吗？现在的国际发展格局是西方列强用过去一个多世纪时间划分好的，我们只有用超常规的发展战略，才有追赶的机遇，不过机不可失，时不再来，国人需珍惜珍惜再珍惜。

仙人桥一游，饱览绮丽奇景，思绪却跳出景外，获益良多。

行走中原读大书

河南河南，大河之南，这是我有生以来第一次踏足您，亲近您。

就像俄罗斯人依恋遍布白桦林的俄罗斯原野，就像印度人依恋古老文明的发祥地恒河平原，我总有一种挥之不去的寻根梦幻，那是祖辈流传下来的一个记忆遗存、一种血浓于水的情结——我们祖先的根，在河南！

儿时读泰戈尔的诗，有一首印象殊深，第一句劈头就是三个顶礼：顶礼，顶礼，顶礼！美丽的母亲孟加拉大地……顶礼是佛教的最高礼仪，顶礼膜拜之谓也，如今我已经近垂垂老矣，对祖先肇发之地进行一次顶礼之旅，朝拜之旅，也是一大幸事。当辽阔无垠的华北大平原呈现在眼前，我心头总涌起一阵莫名的激动，回想起初入文坛之时，在医院里陪伴久卧病榻的恩师萧殷先生，先生沉疴日重，每说一句话都大喘不止，但他依然深情地向我描述从延安辗转来到中原解放区的情景，他说，那次彻夜行军后伫立太行山的边缘，陡然看到一望无际的大平原上升起一轮红日，他冲动得翻滚下马，放声大叫……那一刹那间先生全然不似一个垂危的老人，他眼睛里闪烁出异样的神采，全身颤抖，这一幕令我心头怦动，双眼发潮，终生难忘。今天，我终于体验到先生当年的冲动和震撼了，大平原！中原大地！我终于像依恋母亲一样投入您的怀抱。

一出机场，车子飞驰在宽阔平坦的高速公路上，越近省城，高速公路更纵横交错、密如蛛网，进入新区，更显大北京、大上海的气派，这是河南吗？不可思议！

自少年时代开始，我不断被灌输、被教诲这样一个概念：河南是出焦裕禄的地方，是诞生林县红旗渠的地方，是人们与滔天洪水、干旱盐碱、贫穷落后作殊死抗争，但始终难得温饱的地方，于是我似懂非懂地认定，可能那片土地太苦太穷了，世世代代的人们只好背井离乡，流徙全国，也把故乡披荆斩棘逆境求生的农业文明撒遍神州大地，而后世很多人都像我那样，只听说过祖先的根在河南，却从来无缘寻根一窥究竟。

行走在中原大地，就像翻开了一本非常珍贵非常难得的大书，无数千古奇观扑面而来，不由得你不发出阵阵赞叹。甫一抵达，主人颇有深意地首先安排参观河南文学院，这可能是当今中国各省中最具规模也最有特色的文学殿堂了，占地20亩，建筑达10000平方米的高大建筑中除了给作家提供写作、交流、开会的场所外，还设有一个令河南增光添彩的河南文学史展览馆，将古往今来与河南有关的文学大家几乎一网打尽，囊括其中，入内一看，古代的从孔、孟、老、庄到李白、杜甫、白居易，当代的从姚雪垠、李准到张一弓、李佩甫、郑彦英、杨东明，一一陈列介绍，煌煌大观，宛如满天星斗，熠熠生辉，规模之巨，介绍之精细详尽，令人叹服，河南大地这本大书刚翻开第一页，就叫人印象深刻地领会：这是一个拥有博大精深、源远流长、光辉灿烂的文化积淀的文化大省、文化强省。

接着下来的五天朝拜之旅，河南这本大书可真让我目不暇接了，从郑州、嵩山少林、龙门石窟、白马寺、殷墟、美里一路到汤阴，河南土地上真是宝藏遍地，洛阳、开封这些拥有多少朝代古都美誉的城市，地下层层叠叠埋藏着历朝历代皇城遗迹，地上抬头就见国宝，伸手就摸到文物，让我们真切地触摸、感受和研读中华民族伟大的古老文明创造的千古奇观。

少林功夫闻名天下，世人一说少林，总想到武僧们的身手如何了得，近年反而少人提及禅宗的始祖达摩了，在登封嵩山观看气势恢宏的千人实景演出《禅宗少林大典》，再现了达摩少林面壁九年的历史情境。达摩，全称菩提达摩，南天竺人，婆罗门种姓，传为佛传禅宗第二十八祖。这位印度僧人与广州有缘，南朝梁武帝时他逆海上丝绸之路航海而到达广州，他下船踏足广州的地方至今仍为广东人纪念，古称“西来初地”沿用至今，建有华林寺。外来的和尚会念经，自古皆然，达摩到南朝都城建业面见信佛的梁武帝，哪知梁武帝并不大相信这位面目古怪的西天和尚，面谈不契，达摩遂一苇渡江，北上北魏都城洛阳，后驻锡嵩山少林寺，面壁九年，成为中国始传禅宗之祖，“不立文字，教外别传，直指人心，见性成佛”，留下不少颇为神奇且动人的传说：一苇渡江、面壁九年，断臂立雪，只履西归，等等，并经二祖慧可、三祖僧璨、四祖道信、五祖弘忍，而后经我们那位伟大的广东老乡六祖惠能传承融会弘扬，一花五叶，禅宗蔚为中国佛教最大宗门，于是，少林寺便为中国禅宗祖庭。

佩甫兄说“文革”后他到劫后残存的少林寺，一片凋零，寺庙破烂不堪，只有三个和尚，所谓登封县城也只有半条街，改革开放之初，香港电影《少林寺》一红火，少林便名扬中外，登封很快就发展成一个颇有规模的现代化新城，成了世界的武术之都，武术学校遍地开花，来自全世界的游客似潮水一波一波涌来，成了河南一大奇观。

读着嵩山少林这一页大书，偶发奇想：令我不解的是富有传奇性和想象力、饱含哲学思辨意味的禅宗文化，在少林武术兴起后，其思想锋芒渐渐被“武功文化”所遮蔽，“少林”二字几乎与功夫画上等号，人们反而对禅宗、达摩了解不深，介绍不详。其实，武功少林之背后，还有一个更强大更深奥的“思想少林”存在，目下似乎世人只识少林功夫，达摩和禅宗反成了虚幻飘渺的概念。也许，叫人眼花缭乱、惊心动魄的武功和盛大表演更能吸引人们的眼球，也更容易与资本与市场所接受，当今之世，凡事一与资本合谋，便风生水起，如虎添翼，而冥思苦想让人伤透脑筋、机锋论辩考验人们智慧、见微知著开拓人们想象力的东西太深奥太吃力不讨好了，相比之下，难道它真会只能相形见绌、黯然失色？真冀望有朝一日，“思想少林”和“武功少林”一样，在中国崛起的地平线上大放异彩。

行走河南读大书，让我重新读懂了河南人，读懂了河南人的坚忍不拔的民性。在去汤阴的路上，同行的著名作家邓刚感叹：河南人的“一根筋”了不得，而且自古皆然，岳飞是河南汤阴人，他明知直捣黄龙迎还二帝肯定对当时的皇上造成威胁，甚至招致杀身之祸，可他就是一根筋地率兵北上攻打金国，虽死不悔。

说起河南人坚忍不拔的民性，我又看到了另一个崭新的千古奇观，这就是近 30 年来，河南人民在党的领导下，坚持改革开放，创造性地来了个跨越式的大发展，令中州发生了翻天覆地的沧桑巨变，从而带动了神州中部的迅猛崛起。从洛阳、汤阴、新乡、安阳各个发展迅猛、生态良好、各有千秋的新农村、牡丹画村到郑州、洛阳令人惊叹的新城区建筑群，都令我们鼓舞振奋，感慨万千。

走读大河南的高潮出现在访问刘庄新农村那天下午，连续走访数地的大家已经疲惫至极，但一走进刘庄普通农户那与北京上海广东香港富豪别墅都毫不逊色的 472 平方米的洋房时，人人不禁眼前一亮，精神一振，这上下三层并带地下室、电脑室、健身室的住房，从装修用料、家居陈设到家用电器，全部高档，要放在香港、深圳，起码价值几千万，更令人惊异的是，这里 350 多户农家，不分高低贵贱，家家都由集体分配住上这样的别墅。听介绍，原来刘庄除了拥有现代化的农业，还办了在全国都可以排得上号的大药厂。很多医药原料如肌苷、青霉素、防疫用的疫苗针剂，都在全国产量份额中独占鳌头。

然而最值得刘庄人骄傲自豪的，不是大药厂，不是大别墅，而是他们拥有一个肝脑涂地为他们服务，坚忍不拔地带领他们奔康致富的农民政治家、人民英雄史来贺。

地处黄河故道上的刘庄村，以前是穷得叮当响的穷村。1952 年，21 岁的史来贺当了党支部书记，一干就是 51 年，历尽千辛万苦，硬是刘庄搞成一个令世人钦羡不已的富裕社区，成为河南乃至全中国科学发展、建设和谐社会的一面旗帜。

史来贺是当代中国农民领袖中的先知先觉者，早在 20 世纪 70 年代，就力图将单一的农业经济向工业转移，为集体掘得第一桶金，接下来一发不可收，工厂越办越大，村集体也越来越富，成为全国的致富典型，但他又坚持集体所有、集体生产、集体分配的原则，在商品和市场经济的大潮中，这似乎是独树一帜的。近年来我走访了很多社会主义新农村的先进典型，发现他们都有一个突出的共同点：这就是全靠带头人的自我牺牲、甘于奉献的共产主义理想信仰和人格魅力来维系，如果带头人稍有私心，或者换了一个急功近利的带头人，欣欣向荣的格局即刻土崩瓦解。从 1976 年起，刘庄村集体已经对全体村民进行过几轮住宅分配，从农家小院换成洋房，洋房又换成二层别墅，后来又变成三层别墅。史来贺在世时，最初带领村民自筹资金要给每家每户盖成独门独户的住宅。每一次新房建成，村民们都要建房出力最大、操心最多的史来贺先搬进去住。史来贺说："搬新房先群众，后干部。群众中谁住房困难谁先搬。"就这样，盖好一批，搬迁一批。每一次史来贺都是最后搬进新居。而他的家，陈设用具却永远是村民中最普通朴素的。因此史来贺作为一名普通的农村党支部书记，被党中央高度重视，中共中央组织部把他的名字与雷锋、焦裕禄、王进喜、钱学森列在一起，成为全国人民心目中享有崇高威望的共产党员优秀代表。村民向我们介绍说，温家宝总理来到刘庄参观了史来贺的事迹陈列馆，感动得流下热泪，执意要看看史来贺的家，向他的老伴致以亲切慰问。我发现，虽然史来贺去世多年，但村民们说起他们的老书记，眼睛总是湿漉漉的，他们说，有个第三世界国家的总统来参观，看了村民的房子，听了史来贺的事迹介绍，离开前激动得高叫中国万岁！共产党万岁！

我被震撼了！行走中原读大书，我又读到了中原人民人性的崇高，读到信仰和精神的伟力，读到挣脱贫困走向富裕的坚强决心。中原大地上土生土长出史来贺这样一位体现中国创新价值观的伟大儿子，这又是一大奇观，值得国人自豪，我激动地在农家自设的留言簿上写下了这样一行字：中国农民的创造力是举世无双、无与伦比的！

我要永远铭记：中原大地上这些林林总总的千古奇观，是中华民族至尊至贵的瑰宝。

追寻草原上不落的太阳

草原像浩瀚的海，吮吸住我们的眼球，震撼着我们的大脑。

蓦地，耳旁响起一曲儿时熟悉的歌，我们着了魔似的，把风儿当作伸展开一双彩翼的神马，骑上它一路奔驰、追逐壮美，追逐雄浑，在草原上奔波、求索，像远古时的夸父，追寻着草原上不落的太阳。

辽阔无垠的呼伦贝尔大草原，是中国版图上水草最肥美的原生态草原，她拥有碧波荡漾、清漪万顷的淡水湖——达赉湖（呼伦湖），号称中国第五大淡水湖，也是西部内陆最大的天然淡水湖泊，珍珠般散落在草原上的蒙古包里，奶茶香甜，烤全羊金黄的色泽诱人，扑鼻的香气像把钩子，钩起所有人的食欲……难怪，这一块祖国版图上珍贵无比的碧绿翡翠，会成为横扫亚欧大陆的成吉思汗铁骑的发祥地，当年一个名叫铁木真的蒙古汉子，就是凭借统领呼伦贝尔大草原发迹，进而荣登蒙古成吉思汗的大汗宝座的。时至今日，当我们走进一个个蒙古包，依然看到成吉思汗的画像，所有到访的尊贵客人就在他的注视下喝“下马酒”，敬天、敬地、敬先人，一代天骄依然骄傲地接受着后人的虔诚膜拜，他是草原上的太阳。

草原上各族人民也曾经并依然真诚地歌唱着另一位伟大人物，也被人们称作草原上不落的太阳，可他对铁木真有点不屑不敬，尊其为一代天骄的同时，又嘲弄地说成吉思汗“只识弯弓射大雕”。

也是这位伟大人物说的：俱往矣，数风流人物，还看今朝。

今朝，草原上不落的太阳在哪儿？

在呼伦贝尔，我们被告知：大草原的地下，是一片煤海。犹如中东几乎凡有清真寺的地方，地下就埋藏有石油一样，在呼伦贝尔大草原，也几乎是凡有蒙古包的地方，地下就埋藏有煤。

追寻，追寻，我们追寻到海拉尔，追寻到草原深处的伊敏，追寻到更偏远的扎赉诺尔，煤在呼伦贝尔草原被称作“太阳石”，它的确可以像太阳一样发出热和光，草原下埋藏的大煤海令能源匮乏的国人倍感振奋，中国的大国企华能集团捷足先登，其他能源巨头也纷至沓来，年产几千万吨的特大型煤矿很快就形成规模，向连通全国的大电网输送强大的电能和热能。

我也来自特大型的能源国企，先进的大厂房、大矿山像久别重逢的亲人令我倍感亲切，倍感兴奋，但我特别关注和极力想追寻探究的，是人，是生活在一年之中只有两三个月无霜期，有近半年时光在零下 20 摄氏度到 30 度，甚至零下 40 摄氏度的恶劣生存状态下挥汗如雨地挖掘着“太阳石”的人们。

如今，在草原深处一座整洁优雅的小城里，这些终生与“太阳石”打交道的人，正一个个地向我们走来，他们粗犷，他们腼腆，他们刚毅，他们木讷，但他们一旦打开胸襟，你会看见一颗颗红扑扑跳动着的心——

他们说，10 年前，是矿山最艰难的时刻，每个矿工家庭只要有两人在矿上工作，就要有一个人下岗，而且矿上每个上班的人，从领导干部到工人每个月只能领到 180 元生活费，就这样苦熬了一年，终于令矿山渡过难关，起死回生，经过整合重组，加入了华能，现在矿工每月能拿两三千元……而我知道，在全国的国有煤矿中，这样的薪酬仍然是最低的，这是用血汗、用生命换来的酬劳，何况他们拼搏在祖国最北边陲的高寒地区？他们很坦然地对我们说，我们付出了，可要求不高，这儿纬度高，太阳出得迟，落得早，长年下井升井经常是“两头黑”，我们升井的时候，能看见太阳，看见蓝天，能洗个热水澡，回家能看见亲人的笑脸，就很满足了！

没有豪言壮语，只想看见阳光、蓝天！这是草原一样的胸怀，太阳石般发着光和热的一颗颗心啊！

他是一名工人发明家，在矿山里自学成才，即使生存环境恶劣、工资待遇很低，依然痴心不改坚持发明创造，他经过反复琢磨试验，发明出“万能拆卸轮”、400 吨压剪机、煤块破碎机、设备增压机、浮动机等新设备，获得数项国家专利，并荣获日内瓦国际博览会和尤里卡国际博览会等两项金奖。被誉为矿山英才的他还屡屡在矿山遭遇事故和火烧眉毛的机械难题时，被紧急召唤到现场排忧解难，大家屏息以待，只见他眉头深锁，反复在设备旁思考掂量，很快就能拿出解决之道，令全矿皆大欢喜！有年大年三十，他在井下忙到晚上，刚回到家里，井下又突发机械故障，矿领导亲自来到家里搬救兵，他二话没说，穿上满身油污的脏衣服重新下井，直至大年初一的下午，才排除故障回家

“过年”……

他是矿山的“守护神”，从1987年加入矿山救护大队，就一起在矿井下与死神打交道，多次参加和指挥了矿山的抢险救灾战斗，数度冒死挺进“死亡地带”解救矿工，扑灭大火，在一次连续抢险十多小时后，他用的救生设备突然失效，晕死在地，被战友发现后把他抬到有新鲜空气的地方，他苏醒过来后，更换了救生设备又冲进险境救人。一次中秋节前夕，他又冲进了突发险情的井下，连续20多天没有回家，在与死神搏斗中度过中秋节，救出了被烈火围困的矿工……

他，须发皆白，今年87岁，是矿山元老中的元老，也是熟知矿山每一根骨头、每一寸脉搏的高级工程师，他把一辈子光阴和精力都奉献给边陲矿山，他除了用生命来揭开矿山的地质秘密，还花费很多精力去揭开草原的另一种令人惊讶的奥秘。

才20多岁，他就来到这个百年老矿——扎赉诺尔煤矿。1902年，沙俄霸占这片草原修建东清铁路，一个修路的中国工人从草原上一个老鼠洞里发现了煤，从而发现了这个蕴藏量极大的露天煤矿。当年还年轻的他像读一本古书一样翻遍历经沙俄、日本人、苏联人经营过的这个矿山，他注意到人们未曾留意的矿山另一面——

20世纪50年代的某一天，巨大的电铲剥离开草原的表土层，在深处突然发现了一些人类的骷髅，他马上意识到这不是一般的发现，因为附近出土过旧石器时代的人头盖骨化石和工具，这很可能是远古时人类的遗骸，他和同伴们一方面向上级报告，引起矿长和党委的重视，加强了对化石的保护，另一方面与中国科学院裴文中教授取得联系，曾经因发现“北京人”头盖骨化石而誉满全球的裴文中教授故此两度来到草原，平易近人的大学者大权威不但与他促膝谈心，与他在一些学术问题交换意见，甚至还发生争论，经考证，裴文中肯定了这是与北京“山顶洞人”有某种渊源关系的新石器时代人类“扎赉诺尔人”的化石，正是这些生活在几万年前的达赉湖（呼伦湖）边的人们，创造了最早的扎赉诺尔文明。从那时起，“扎赉诺尔人”的头盖骨一共发现了13个，还随同出土了大量石器、陶片、骨针、动物化石，等等。此后令人兴奋的是，矿山又出土了三具比较完整的长毛象化石，两大一小，刚好像一个长毛象家庭！也从那时起，他迷上了矿山的考古和环境保护工作，他认定，本地地质和地层非常独特典型，可供研究的元素非常丰富，应该设立一个博物馆，无论从科研、科普和旅游的角度，都很有价值。在党委的支持下，他奔哈尔滨，上北京，跑地质部，跑新华社，为此奔走呼号，人家是“跑部钱进”，他可是“跑部护文”，经多年努力终于出了成果，矿山在资金极其紧张的情况下，拨出资源，他和职工们也出钱出力，终于建起了一个“扎赉诺尔国家矿山博物馆”，身为中国地质学会会员、内蒙古考古博物馆学会会员的他，尽管年过八旬已至耄耋之年，仍担任了名誉馆长。一个边陲矿山，敢挂牌设立一个“国家博物馆”也真够牛的了，但人们一来看看他们的“镇馆之宝”，就不能不服：完整的古人类头盖骨化石，你有吗？完整的古长毛象化石，有几个省以上的博物馆收藏？功成名就，八十有七高龄的老爷子该歇歇了吧？可他不，他又为长毛象的学名较起真来了，博物馆说明书和资料上，根据某些专家意见把长毛象叫“猛玛象”，他说不对，猛玛象的象牙是弯的，而扎赉诺尔出土的象牙是直的，国际学名应该叫“纳玛象”，应该改过来！为什么？因为应该讲科学，现在不是讲科学发展观吗？科学是来不得半点随意将就的。直到我在几千公里之遥打电话到满洲里向他核实情况时，他还在电话里强调：应该称纳玛象，我们得讲科学，这可儿戏不得！

老人的心海里永远没有落日，他始终有理想、有精神追求，尽管经历过许多挫折，尽管退休多年，他依然执着地践行着青年时立下的誓言：我这一生成为不了一名共产党员，死不瞑目！他多次向党组织提出申请，即使在退休后，他依然兢兢业业、孜孜不倦地追求，他说：树活一身皮，人活一口气，人是要有一点精神的，入党，就是为了更好实现我的精神追求。在他 80 岁前夕，他终于成为一名中国共产党党员，实现了他 60 多年的夙愿。作为一名老专家、新党员，他很快找准了为党工作和奉献的新定位——继续为矿山的生态环境和文物考古出谋划策、出力流汗，实现他的理想，充实他的精神。

此刻，我在南国遥望，在神游万里之外的呼伦贝尔大草原后陷入沉思：过去，人们曾经盲目地崇拜某个人，以为他可以代替我们思考一切，给我们带来一切，但在与资本和市场的艰苦博弈中，那些盲目崇拜和机械的说教纷纷崩溃了，如今，草原上的产业工人们，那些开采“太阳石”的人们，拿着最微薄的工资，承受着最大的风险，从事着最繁重的劳作，他们又凭什么维系那种从群体痛苦中冶炼出来的信条呢？

我从 87 岁老人身上找到答案，我忽然明白了——

精神和信仰，就是照亮人生的太阳。

在与资本和市场的博弈中，做一个有信仰的人并不容易。但是，理想！精神！就是草原煤矿工人心中永远不落的太阳啊，在资本和市场两根巨大的魔棒搅动起滔天大潮的当下，每个人都在与之博弈，怎样才能因势利导，驾驭着它们一步一步走向和谐，走向小康？拼搏在草原深处一波一波地开采“太阳石”的人们，冒着零下 40 摄氏度的酷寒给千百万人送去光明和温暖的人们，无言地给了我们启示：他们不是伟人，他们最普通、最质朴，最沉默，但他们心中有太阳！有不落的太阳！

听，那昆仑之雷！听，那国运之交响诗！

天安门。人民大会堂。

我庄重地拾级而上，一步一停留，一步一抬头，心潮起伏，百感交集，思绪万千。

今天，3 月 14 日，本来应是一个极普通的日子，然而，又因为我们近三千全国人大代表的到来，成为一个极不平凡的日子，一个在国家历史上大书一笔的日子。

回头眺望天安门广场，倏然，一种奇特的景象压上眼帘：记者特别多，不少一身戎装的将军们遭到大批中外记者“长枪短炮”的“围追堵截”，军人们庄重地沉默着，在文人们七嘴八舌地追问中纷纷突出重围。再望望广场中央的人民英雄纪念碑，她在阳光辉映下巍峨挺拔，北京的天空格外晴朗，连刮了两日的朔风也歇停了，好一个三月小阳春！

我心中怦然一动：哦，再过几十分钟，我们就要就《反分裂国家法》进行表决。此刻，在这全世界最大的广场上，凝聚了亿万人的目光，牵动着无数紧绷的神经，祖国的五湖四海、山林草木、城市林立的高楼、乡村袅袅的炊烟，都在紧张地屏息等待，历史和未来，都在潜心地倾听……

纪念碑那亘古不磨的一幅幅浮雕，突然跳进我的脑际：“虎门销烟”的怒火，五四运动的呐喊，抗日烽烟四起，百万雄师过大江摧枯拉朽横扫神州大地……

我的思绪穿过时空的天幕：一个老人在吃力地攀登昆仑之巅，悲怆地在漫天风雪中驻足遥望，那是林则徐吗？充军伊犁九死一生的艰难跋涉中，多少次他嗟叹着蓦然回首，吟诵着那震撼人心的千古名句：“苟利国家生死以，岂因祸福避趋之”！谁能解开那个千古之谜呢？在一百多年前粤东普宁那个极其简陋的行馆里，一个万民拥戴的民族英雄痛苦地离开人世，他本来已经被封建王朝重新起用，可是却因患小恙突然暴毙在旅途之中，弥留之际，老人依然心有不甘地连呼："星斗南！星斗南……"

40多年后，同样在粤东的大山里，又一个热血汉子泪水纵横地在挑灯看剑，字字血，声声泪地一唱三叹："春愁难遣强看山，往事惊心泪欲潸，四百万人同一哭，去年今日割台湾……"谁能排解台湾义军首领丘逢甲千般苦痛万般忧伤啊？他出生于台湾苗栗县铜锣湾那年，正是甲子，其父想起收复台湾的郑成功也是甲子年出生，就给他起了个"逢甲"的名字，令他从小就树立起效法郑成功的鸿鹄之志。当朝廷屈辱，重臣卖国，宝岛台湾被拱手割让与东洋强盗的消息传来，台湾百姓哭声震天，肝胆俱裂的丘逢甲三次刺血上书，要求"抗倭守土"，未被腐败的清廷理睬，宝岛爱国军民群情激奋，丘逢甲毅然毁家纾难，尽散家财组织义军，与登陆日军殊死一搏，几经浴血后弹尽粮绝，不幸负伤，被迫内渡退回到粤东蕉岭老家。从此，台湾成了他生命的一部分，他把自己住的房子，命名为"念台精舍"，给儿子起名为丘念台，他在"念台精舍"挥笔写下的那首泪满诗行，通篇溅血的爱国绝唱，流传了一百多年后，被我们的温家宝总理两次面对全世界的媒体深情地吟诵，人民的总理，煌煌大国的政府首脑眼泛泪光，情深意切，字字铿锵，一下子就深深震撼了国人的心灵，打动了每一个炎黄子孙的情怀。

三八节那天，全国人大广东代表团审议《反分裂国家法（草案）》，因为要求采访的中外媒体太多，会议不在广东厅而破例改在大会堂西大厅举行，我为在全团大会上发言，开夜车准备了大量资料，一打开电脑，我就想到丘逢甲，想到他的《春愁》，顿时两眼泛潮，胸臆有如波激浪涌，我一直写到次日凌晨，完稿后改了又改。终于，在神圣的人民大会堂，我有生以来第一次面对中外媒体密集的镜头、面对着麦克风说出我心中的话：历史将会铭记，我们的子孙后代将会铭记，我们手中的赞成票负荷着何等分量！

十多年前，我到过宝岛台湾，那是乘搭台湾中华航空的班机前往美国访问，中途在台北停留，但是，我被死死限制在机场有限的区域里，8个小时不得超越雷池半步。我只能深情地眺望着机场落地窗外的秀丽景色，望着那高高的椰子树和蓝天白云，真是欲哭无泪，留下终生的遗憾。我们和台湾同属一个国家啊，我们同文同种同根啊，人为的藩篱怎能这样冷酷无情，无端地斩断骨肉、自残手足呢？

如今，我怀揣着重如泰山的赞成票来了。来到高悬在大会堂上方的国徽下，来到紧连着共和国八方经纬、13亿人跳荡血脉的巍巍大厦中。我从有如森林般的摄像枪、照相机、录音机中穿行，感受着一个伟大的国家的呼吸，触摸着一个奋然崛起复兴民族的心跳。历史告诉我，未来告诉我：中国疆土被割裂的惨剧决不能重演！中国不能没有台湾，台湾不能没有祖国，十指连心，手足情重，台湾是我们的国脉和国运所系！

台湾，台湾！此刻我们在人民大会堂的台阶上一次又一次呼唤你！你可曾听到？

铃声，声声入耳，震人心弦，仿佛在庄严宣布：国家的最高权力机构肃穆地启动新的一轮又一轮运作。

表决，表决，表决！一连进行了七项表决和投票，全体代表通过了诸项决议，选举了胡锦涛总书记担任国家军委主席，确认了胡主席提请人大通过的国家军委组成人员名单，最后的一项议程，在亿万人的翘首盼望中展开了！

代表座位上的表决器红灯闪烁，吴邦国委员长主持着这项神圣的《反分裂国家法》表决，每隔15秒钟，他就威严地发出宣示：请按表决器！一连说了三遍。

其实，委员长在作第一次庄严的宣示的话音刚落，我就迫不及待地把手伸往那标着“赞成”字样的绿色按键，几乎用尽全身力气往下狠狠一按！

再转头看看身旁那位武警的朱将军，和我一样，他的左手也狠狠按在绿键上，久久没有松开，我们相视会心一笑。

人民大会堂突然安静下来，一刹那间，偌大的人民大会堂鸦雀无声，像一场最隆重最关键的大赛，运动场上所有的运动员在屏息倾听发令枪响前那片刻的静寂，紧张而充满神圣的期盼。

人们在等待一个激动人心的时刻，历史迎接一个伟大的决定！

啊！出来了！出来了！电子屏幕打出了表决结果：赞成：2886；反对：0！

我情不自禁欢呼起来！

整个大会堂情不自禁欢呼起来！

反对为0！山呼海啸般的掌声响起来了，整个大会堂沸腾了！我赶快举起照相机，对着电子屏幕打出的表决结果按下了快门，记录下了这历史性的表决数字。

人人都在使劲地鼓掌，主席台上，我看到胡锦涛主席一边鼓掌一边与王兆国副委员长热烈握手，我前座有几位代表鼓着掌，在座位上几乎弹跳起来，我的眼睛湿润了，用尽平生最大的力气猛拍手掌，手掌发烫、发麻了，不管！一生就此一回，此时不鼓，更待何时？

鼓掌，这是人民的意愿！

鼓掌，这是国家的意志！

鼓掌，这是对祖国每一寸山河无比珍爱的拳拳之心在呐喊！

鼓掌，这是几千年历史和短暂人生瞬间的交汇！

鼓掌，这是国家民族大义与个人情感倏然迸放！

生活在这个星球的朋友们都来听吧，这是昆仑之雷！这是四海之涛！

全世界所有国家都来听吧，这是当今中国的时代强音，是我们崛起国运之交响诗！

此时此刻，我们用掌声维护国家主权，我们用掌声拥抱台湾同胞，我们用掌声向全世界再一次宣告：世界上只有一个中国，台湾是中国的一部分，我们国家的事情，由包括台湾人民在内的13亿中国人来做主！

大会胜利闭幕了。我们随着人流走出人民大会堂。啊，北京！满城灿烂春光！

广场凝眸

——写在聆听温总理政府工作报告之后

顺着人民大会堂的台阶逐级而下，心潮起伏，浮想联翩。

雨雪还在下，可是寒风冷雨驱不散我心中的暖意，大会堂里那35次热烈的掌声依然在我脑际回响，人民代表们为人民的总理朴实无华、感人至深的报告35次鼓掌，就是35次期许，35次喝彩，35响春雷！35次扬眉吐气、欢呼雀跃！那是人民的心声，那是天下归心的共鸣！

人民英雄纪念碑在风雨中屹立，凝眸一眼看见她，我就想起碑身那一块著名的浮雕，还有开国领袖着力千钧地在碑上写下的那个令人过目难忘的年份：1840！

这都和我熟悉的那个"小镇"有关——广东虎门。

中国人谁不知晓这段惊天地、泣鬼神的历史呢？民族英雄林则徐在虎门毅然销毁了英国人祸害中国人民的鸦片，从而翻开了中国近代进程新的一页。然而将虎门称为"小镇"，那是30年前的概念了。沧海桑田，30年的改革开放施展最伟大的魔法，使先贤鲜血染红之地不再是农村，也不是"小镇"，而是变成地地道道的现代化城市了。

回眸，回眸，一桩桩往事在眼前闪回：

中欧一个城市的商场，我在逡巡。一个商号中的几件衣物吸引了我，当我要求洋老板再换件大号的衣服时，他咕哝了一句："无问题！"吓了我一跳，天！这个"洋鬼子"竟然说的是地道广东话！我即时问他，怎么会说广东话？他说，他年年去中国，不会广东话怎能做生意？我再问：从何处进货？他头一昂，说："虎门！"

虎门！我登时血脉贲张，眼睛发潮！万里之遥的中欧竟在卖虎门产品！尽管洋老板要价不低，尽管我这个广东人在异国他乡买广东货回家会被人嘲笑为十足傻瓜，可我愿意！我毫不犹豫地掏出钱包，我要的就是这份自豪，这份骄傲，这份虎门情结。

回眸，又一次闪回：

一日我在虎门镇政府一间会议室外走过，一大群女同胞在会议室里叽叽喳喳七嘴八舌，几位干部在焦头烂额地向她们解释着什么……是上访？还是纠纷？我一问，原来是一群嫁到城镇的农村姑娘，坚决要求把户口从城里转回娘家村子里！

我愕然。人往高处走，水往低处流，我这辈子只知道农民进城入户叫“农转非”，这是中国大多农民梦寐以求的好事，幸事，天下竟然还有梦想“非转农”的奇事？

就是有如此千古奇观！而这千古奇观就发生在曾经蒙受耻辱又高扬英雄气概的虎门！

这里，城乡差别已经颠倒过来了。这是农村比城镇更富有而衍生的发展难题，开天辟地，风云变幻，穷了几千年了的中国人，如今理直气壮地对官员们说：城里没乡下好，没乡下富，我不玩了，你得想法子让我回去！这事以前能想象吗？敢想象吗？

虎门在变，中国在变，虎门只是当今中国最精彩的一个缩影。

站在天安门广场，在人民大会堂的台阶之上，面拂北国之风，耳听改革春雷，凝眸遐思南国，谁是有幸享受这一切的幸运儿？

哦，在今天——2007 年的 3 月 5 日，是我！

一个老人和一座城的传奇

——邓小平和深圳

一、深圳期待与邓小平一家延续亲情

2009 年 7 月 29 日，邓小平同志夫人卓琳同志在京逝世，享年 93 岁。

《深圳特区报》发出消息称：噩耗传来，深圳人民无不感到万分悲痛。

2009 年 8 月 8 日，深圳市领导专程赴京，“代表深圳市几套班子和全市人民沉痛悼念卓琳同志。”

“灵堂设在客厅，卓琳同志的遗像当中摆放，深圳市几套班子敬献的花篮，由数百朵盛开的白菊花组成，放在灵堂右侧的前方。深圳市领导一行，神情凝重走进灵堂，向卓琳同志遗像三鞠躬，表达市委、市人大、市政府、市政协和 1200 万深圳人民的沉痛哀悼。随后，与卓琳同志的家人一一握手，劝慰他们节哀保重。深圳的同志远道而来，卓琳同志的子女邓朴方、邓林、邓楠、邓榕像接待亲人一样，给予了热情接待。”

与中央媒体发布的消息不同的是，深圳媒体强调邓家与这个城市特殊关系，表明了邓家与深圳的“亲情”。而且，深圳敬献的花圈摆放在显要位置，派出几套班子领导前往吊唁，全国各地能以亲情示哀的，只有深圳一城。

消息特别提到：“深圳市委书记表示，小平同志每次视察深圳，卓琳大姐都相随相伴。深圳人民对小平同志、卓琳大姐两位老人家，始终满怀感恩；对一代伟人的丰功伟绩，始终铭记在心。他告诉邓家子女：在深圳，无论是红岭路口的邓小平同志画像前，还是莲花山顶的邓小平同志塑像前，每天都有市民去瞻仰、缅怀，天天鲜花不断。而仙湖植物园里，小平同志、卓琳大姐一起种下的高山榕，已长成一棵枝繁叶茂的大树，深深扎根于深圳这块热土上。”

邓朴方对深圳的同志专程前来吊唁表示感谢。他说，我们一家人对深圳有着特殊的感情。邓林、邓楠、邓榕也对市几套班子领导、对深圳全市人民表示感谢，衷心祝愿深圳今后发展得更好。她们纷纷表示，一定会经常去深圳，去看看深圳的发展变化，去看望深圳的同志和深圳人民。

深圳媒体格式化语言掩饰不住的是这座城市与邓家那份浓浓的亲情，如果理解当今深圳特区面对金融风暴下的艰难突围和“特区不特”的困惑，就尤其懂得这份亲情的珍贵。

其实，小平夫人的逝世只不过给这座城市不断地缅怀小平与她的特殊关系提供了一个契机。上一次契机是小平逝世十周年忌日，数十万鹏城百姓涌向莲花山小平塑像、红岭路小平画像及他当年两次南方视察留下的处处值得纪念的地方，缅怀这位事实上为其设计、命名和“放生”过这座城市的伟人，是他赋予她政治及生存权利。“没有邓爷爷就没有我们的今天”，那一天，深圳中医院的老医生谢寿昌指着小平塑像告诉自己怀里 2 岁多的小孙子。老人挤进人群，好不容易找到一个位置，赶紧招手将自己的家人都叫过来拍照。“我们每年这一天都会来。感谢小平给我们带来幸福。感谢小平给深圳带来美好的今天，我们要永远纪念他，永远感恩。”

自毛泽东、周恩来之后，没有哪个中国领导人能受到百姓如此长期膜拜，也没有一个城市市民群体对国家领导人的纪念有如此自发、集中与强烈的表达。他们把小平看作是为这座城市签发“出世纸”（准生证）的人，是长期呵护他们家园的守护神。当然，斗转星移，小平夫妇远行之后，这座城市上空夺目的光环正被更多城市的光环所遮蔽，尽管深圳的官与民都期待着邓小平一家与她的亲情永久延续，但一个新的时代毕竟已经开始了。

二、深圳边界的景象曾经拷问过邓小平

当年，正当改革的先行者们在小心翼翼地试图突破禁区，在极为有限的范围内酝酿与争论特区能不能搞的问题时，有潮水般的百姓却出其不意地用脚板参与了一次“投票”。时至今日，仍没有人深入探究过这次大规模的百姓“投票”对特区的催生究竟起了什么作用。

1979年5月6日，来自惠阳、东莞、宝安80多个乡镇的7万群众，像数十条凶猛的洪流，黑压压地扑向深圳，两个海边防前哨不到半个小时就被人山人海吞噬了。

这场惊天骤变是被一则谣言引爆的。不过，事发前并没有任何飓风来临的征兆。谣言说，在伊丽莎白女王登基纪念日当天，香港实行大赦——凡滞港人士可于三天内向政府申报成为香港永久居民。深圳还在当日“大放河口”，允许群众自由进出香港。

一位72岁的深圳土著，说起这一幕时不胜唏嘘：1979年5月7日，“大放河口”的翌日，毗邻香港的20公里海面上，漂浮着数百具尸体，腥臊的海风抹去了这块土地上的任何一丝生气。眼前，天空阔远，万籁俱寂，似乎一切都没有发生过。东起沙头角，中至下步庙，南到红树林、蛇口，连一个人影也难以找到。

“谁也无法统计，有多少人将生命作了这海湾的祭献。”当天，老人从派出所领到了750元葬尸费——在他埋葬的50具尸体中，有4具是他的亲人。

“5·6”事件再次唤醒了人们对20年来100万村民冒着九死一生的危险，逃往香港的骇人记忆。

1949年10月19日，南下进军神速的解放大军挺进到罗湖桥头却戛然止步，深圳获得解放。但由于中英交恶，双方从1951年便封锁了边界。随后的20年里，深圳共出现了4次大规模越境“冲卡”群体事件。

第一次是1957年前后，实行公社化运动期间，一次外逃了5000多人。

第二次是1961年，经济困难时期，一次外逃1.9万人。

第三次是1972年，外逃2万人。

第四次是1979年，撤县建市初期，有7万多人沿着几条公路成群结队地拥向边境线，伺机越境。最后外逃3万人。对于只有11万劳动力的宝安县来说，这是一次空前的大失血。

小规模的偷渡越境更持续不断。中华人民共和国成立30年，深圳市的前身——宝安县的逃港者有多少人呢？我们没有准确的数据可以查证，但可以从人口数据对比中得到答案。1970年，当时的宝安县人口是304629人，到1979年，总人口才312610人，10年增加了8081人，增长0.26%。宝安县志有记载，1956年、1958年、1962年人口增长是负数。1962年年末总人口下降到26.7万人，比1960年少4.7万人。30年来，宝安县人口增加3.8万，年平均增长率为0.48%，与全国同期增长率1.93%比，仅四分之一。一些老宝安说：宝安县人30年没有生小孩。沙头角镇的人说：这个有1000余户5000多人的乡镇，中华人民共和国成立后向香港流动了累计有两个镇的人。

官方数据说，历年来参加外逃的计有119274人次，其中已逃出港的有60157人。一名叫刘宝树的本地老人却对上述数字表示怀疑，据他估计外逃成功者至少有30万人，参与逃港者不下100万人。

“中国改革实践第一人”袁庚回忆说，那时，港英当局每天从文锦渡押回的非法越境外流人员就有四五百人。

在20世纪六七十年代，当地公安的主要任务是监视“三偷”：偷听敌台；偷窃集体财产；偷渡出境。有的农民就是借口去割草，划着一只小船偷偷溜到香港去了。这在当时也算是寻常事，相比之下，生产队干部更心疼的是那只不再划回来的小船。

制止村民外逃，不仅是当地政府的颜面所在，更攸关珠江三角洲的稳定和发展。尽管从中央到地方一直对这个问题严防死守，保持着高压状态，但是偷渡之风却愈演愈烈。

据深圳地方史记载，从1978年3月开始，万丰村的男女青年每晚一伙一伙地泡在万丰鱼塘、石岩水库、求雨坛水库里苦练游泳技术，以备偷渡。当时，宝安县委书记方苞接连发出了四道“全面禁止偷渡”的指示，并调派上千公安、民兵沿着海岸昼夜巡逻，在广深公路设卡，拦截偷渡人群。可是不到两年的时间，万丰村民采用乘船、泅海或利用大雨、台风之机从陆上逃至香港的村民就达到了1200人，其中1979年逃港的有320多人，占全村劳力的50%以上。由于劳力大量流失，有9万亩土地被抛荒了。金秋8月，沉甸甸、金灿灿的水稻烂在田里无人收割，附近的村庄里几乎难以见到15岁至35岁的男女青壮年。

1979年，深圳市第一任市委书记张勋甫，发现在上任的头一个月就有3054人次外逃香港，逃出1855人。

在20世纪80年代初开发蛇口工业区时，一次就发现了400多具偷渡者的遗体。

任何对深圳历史稍有了解的人，都不会否认1977年11月是一个重大的转折点——一个人口不足3万的边陲小镇，首次闯入了邓小平的视野。他把广东作为复出后首次视察全国的第一站，到广州与中共中央副主席、全国人大常委会委员长叶剑英会面。

因为深圳边防部队对愈演愈烈的逃港事件几乎无力防守，广东省主要领导把这作为恶性政治事件捅到了邓小平的面前。

然而令汇报者愕然的是，邓小平似乎对这个“惊天动地”的问题无动于衷。沉默了好一会儿，邓小平才背过身，十分肯定地说了两句话：

“这是我们的政策有问题。”

“此事不是部队能够管得了的。”

（上述材料引自《深圳重大决策与事件民间观察》）

有文章说，这两句话让广东的同志百思不得其解：说政策有问题，难道不准外逃的政策有变？说部队管不了，那谁又管得了？其实，如果说外人听不懂这两句话还情有可原，但在广东，是个神志正常的人都听得懂，只不过没人敢明说罢了。然而在当时，只有邓小平才能面对深圳边界景象的拷问，深刻领会先秦先贤孟子的那句名言：

域民不以封疆之界。

叶剑英也在广州不断地对家乡人说：我们家乡总这样下去不行啊，要想想办法！

1978年，习仲勋刚到广东主政，在视察沙头角时，独自望着对面的香港长久沉思。接受拷问的习仲勋此刻不得不面对着活生生的资本主义的样板，不得不面对社会主义与对面的香港令人难堪的对比，这种发展的反差是无法回避的，作为一个老共产党员，他绝不能如同鸵鸟一样将脑袋钻到地下装作看不见。

当时的广东省委书记吴南生则带上秘书一竿子插到深圳田间地头进行实地调查。

吴南生发现了一件蹊跷的事：深圳有个罗芳村，河对岸的新界也有个罗芳村。不过，深圳罗芳村的人均年收入是134元，而香港新界罗芳村的人均年收入是13000元；宝安一个农民劳动日的收入为0.70到1.20元，而香港农民劳动一日收入60—70港币，两者差距悬殊到100倍！

香港新界原本并没有一个什么罗芳村，居住在这里的人竟然全都是从深圳的罗芳村逃过去的。

也是在这一年的5月14日，谷牧视察深圳时针对逃港现象说出了与邓小平意思一样的话：“现在往那边跑的多，将来一定往我们这边来的多。我们大家共同努力。”

谷牧意识到，边民往哪儿逃，取决于哪儿有吸引力。对饥饿中的群众大讲“社会主义的优越性”，是没有说服力的。正如邓小平说：“现在我们虽然也在搞社会主义，但事实上还没有资格大谈自己制度的优越性。只有到下个世纪中叶，达到了中等发达国家水平，才能说真的搞了社会主义，才能理直气壮地说社会主义优于资本主义。”

小平在广州重新设计国是。他与叶帅都住在南湖风景区，叶帅则到小平住处，二人关门密谈。后来公布的史料才透露出来，小平此次到广州，是与叶帅等商议全党工作重心要转移的问题。他说：“文件要以什么为纲？什么才叫工作的纲？这个问题值得研究。现在提以揭批‘四人帮’为纲可以，但很快就要转，要结束；要转到经济建设上来。要以经济建设为中心，肯定不能提‘以阶级斗争为纲’了。”

邓小平回京后对深圳一直念念不忘。在中央会议上几次提到了它。现在几乎可以肯定的是，在深圳成为小平的试验田之前，当中国下一步如何走还没有定论之前，它已经起了一个全国其他城市不可能起的作用——它告诉小平：再这样下去，不成。

据于光远回忆，在起草一次大会的重要发言时，小平提出一些地方可以先富起来，他说出的第一个地方，就是深圳。

到了1984年小平第一次南方视察时，深圳农民与香港新界农民的生活反差的事，他还记得很清楚。因此他在深圳短暂的视察日程中，就有了深圳一个渔民村之行。

邓志彪是渔民村的第一任村长，人称“彪叔”。1984年1月24日，小平抵达深圳。彪叔接到通知，说有中央首长要来，彪叔算是见过世面的农民，他并没有多想是哪位中央首长要来，作为全国首个万元村户，渔民村已经红遍了全国，彪叔特地穿上了从香港买回来的一件款式很新潮的风衣。

他与村支书吴柏森两人立在村口等，10时许，一辆警车出现了，紧接在后面的是首尾相连的几台中巴车！领导人居然坐中巴？彪叔感到不可思议，当然，这个习惯后来也从北京传到了广州，广州的大官下去，也坐上了中巴。

更让彪叔惊讶不已的是，从第一辆中巴车里走下来的竟是邓小平。公社书记汤锦森，将彪叔拉到了小平面前说：“这是村长。”

不知怎么的，彪叔拉着小平的手，鼻子一酸，眼泪就流了下来，他对自己这种表现，很意外也难为情，但当时怎么也控制不住自己的感情。

小平问了他贵姓，听说也姓邓，然后很慈祥地笑了起来，彪叔这时才将眼泪止住。

渔民村曾经是逃港的重灾区，家乡办特区后，背井离乡的渔民们陆续返回家乡，除了打鱼外，又搞起运输业与加工业，还开办了酒楼，到了1981年，全村户户收入过万元，成为广东第一批万元户村，村里还盖起了32幢两层的别墅楼。

小平一行人转了一圈后，来到了支书吴柏森的家，在吴柏森的小楼中，各种家电应有尽有，都是从境外进来的靓货。

吴柏森说的“广东普通话”，小平听不懂，于是市委领导充任闲谈的翻译。吴柏森对小平说，现在日子过得不错，人均月收入，有500元。

邓榕吃了一惊：“老爷子，比你的工资还要高!”

小平听了后特别高兴，主动拉着老支书要拍个合影。他感慨地说：“全国农民都要达到这个水平，恐怕要100年吧?”

深圳市委书记梁湘把话接了过来，如同领军令状一般说：“不用那么长时间，我想有50年就可以。”

小平沉吟半晌没有说话，若有所思的样子，过了一阵他说：“至少也要70年呀，以本世纪末算，再加50年，因为我国人口多呀。”

在村支书与中央领导人比收入时，彪叔在一边吓得半句话不敢说。我们的收入比中央首长还高？这意味着什么呢？一股莫名的恐惧心理从脚底升起，“我心里不由得咯噔一下”，事后彪叔这样形容。他当时担心这会成为一种错误，一种必须改正的错误。如果当时有领导人说这样不行，要改过来，村民不允许比中央领导人的收入还高，他们就会立即改。可小平没有“仇富”，反而很高兴。

小平问：“你们现在的生活改变了，还有什么要求吗?”

吴柏森想了想说：“要求倒是没有什么要求了，就是有点儿担心。”

“担心什么?”小平问。

“担心政策会变。”吴柏森说：“我们搞运动都搞怕了，现在虽然富了，但我们天天都怕政策会变，一变，我们就又变成资本家了。”

一席话使全场静了下来，吴柏森说出了在场每一个人的心声。小平也静了一阵没有说话。他此次到深圳来，下了决心只看不说的，有话要到北京去说。

但他总是在每一个细节上碰到这种没有回旋余地的境地。但他面前这位是农民，他们要的不是对政绩的评价，是实实在在对今后好日子的期盼。小平想了想，采用了一种更含蓄与更深刻的回答："政策肯定是会变的。但只会往好的方向变，不会往坏的方向变。"

从吴家出来后，小平又看了村文化室，看到村里在文化建设方面的成就和许多奖杯呀奖状呀奖旗呀什么的，他显得特高兴，但是，小平只是听，只是笑着点头，再没有说话。

不说话，并不等于他不惦记着渔民村。8 年之后，小平第二次南方视察，当他视察皇岗口岸时，88 岁的老人来到桥头，到了距深港分界线大约 10 米地方。小平指着河水问："这儿是不是深圳河？"

时任皇岗边检站长的熊长根回答："是的。"

小平又指着河边一片新楼说："那么，这儿是什么地方？"

熊长根接着说："这儿就是渔农村。"

小平说："不对吧，渔民村不是在罗湖桥边吗？"

熊长根马上解释："那儿是渔民村，这儿是渔农村。"

小平这才点点头，表示明白了。

三、深圳是小平过河时摸到的第一个石头

1977 年 7 月 16 日到 21 日，党的十届三中全会在北京召开，会议一致通过恢复了邓小平的所有职务。

此时小平开始将全党工作重心转移的思考变成行动，而这个行动的开端并不是在北京开始的。后来小平自己说："我是到处点火。"

邓小平点第一把火的地方，是广东。他到广东得到的印象最深的地方，是深圳。

邓小平关注深圳，还有另一个大背景，这就是在 1978 年，时任国务院副总理的谷牧根据中央的意图，派代表团兵分几路进行考察。一个是港澳经贸考察组，另一个代表团便是以谷牧为团长的共和国第一个赴西欧的政府考察团。几乎是同期，还有一个由李一氓担任团长的中共代表团考察了南斯拉夫。

考察团、组出发前，邓小平找谷牧谈话，他指示：好的、坏的都要看看，

既要看看人家的现代工业发展到了什么水平，也要看看他们的经济工作是怎么管的，资本主义的先进经验、好的经验我们应当把它学回来。

统一穿着中山装的考察团极其庄重地踏出国门，从 5 月初一直考察到 6 月上旬，人家对中国政府派出的访问团极其重视，谷牧他们到处享受了“红地毯”级隆重接待。

7 月中旬，各路考察团、组先后回到了北京，几份考察报告分别转呈了中央。这几个报告，在中央高层和元老中引起轰动，对于后来创办经济特区以及对外开放，起了重要作用。尤其是赴南斯拉夫的考察团的报告中提到：同样是社会主义基本经济制度，可以有多种模式。这对小平发动改革开放和“在南海边画了一个圈”，可能大有启发。

无独有偶，想在中国划出一块地方来“搞搞震”（广东话，搞点出格名堂之意）的人中，广东的领导人是第一批想吃螃蟹者。这个灵感起自胆大包天的吴南生，吴南生想在老家汕头弄个类似出口加工区一样的名堂。1979 年 2 月 28 日下午，到汕头传达十一届三中全会精神的吴南生返回广州，当晚省委第一书记习仲勋就到了他家中。此前吴南生曾给他发了一个电报，电文中提到了这些想法，但语焉不详。习仲勋是心有灵犀一点通，知道他有更精彩的东西在肚子里没倒出来，故恨不得立即交心。果然，当晚两个人谈了很久，畅所欲言，在广东下一步怎么走的问题上达成了共识。

3 月 3 日，广东省委召开常委会，吴南生说，现在老百姓的生活太困难了，国民经济也到了崩溃的边缘。我们应该怎么办？既然三中全会决定解放思想，我提议广东应该先走一步。我是个喜欢下棋的人，先走一步，叫作先手，先走一步这个子怎么下呢？我想，可以先划出一块地方，用各种比较优惠的政策来吸引外资，把他们先进的东西引到我们这儿来。吴南生说：“这个地方，我提议可设在汕头。汕头外贸量仅次于广州，她的海外华侨也是全国最多的；当然还有一个重要原因，就是汕头地处偏僻，就是万一搞不成，影响也不大。”

这也说明了广东高层对这么搞，其实心里一点底都没有，还没办就想着怎么收场，这也叫未出师先算败吧。

常委会上，大家你看看我，我看看你，这事来得太突然。只听吴南生又说：“如果省委同意，这事就交给我去办，我的意思很明白，如果搞出事了，杀头就杀我的头好了。”

吴南生以项上人头作抵押，充分估算了失败的代价，并且主动请缨当先锋，习仲勋挂帅就更淡定了，他说："要搞，就全省一起搞（此话说得气冲牛斗），4 月份中央要开工作会议，我们要赶快准备一下，向中央打报告。"

这就立即带来一个问题，向中央打报告，那么广东就要向中央说得清清楚楚明明白白，广东到底想搞一个什么名堂呢？这可把吴南生难住了。

吴南生他们将好几个名字摆弄来摆弄去的，"出口加工区"、"自由贸易区"、"贸易合作区"，总也不得要领。此时离进京时间越来越近了，习仲勋与吴南生就真的叫这个未出生的孩子的名字给憋住了，猛想起叶帅不正在广州休养吗？两个人遂径直去找他求援。听了两个人的汇报后，叶帅十分高兴："好啊，这个事，你们不妨先直接向小平汇报，听听他的看法！"

小平办事就是不含糊。他听说广东要划个地方搞对外开放，居然为一个名字老定不下来为难，马上说："就叫特区嘛，当年陕甘宁就是特区。"

小平一锤定音，正在怀孕中的孩子有了名字。这个名字再次体现了小平务实的政治智慧。你在字义上没法给一个特区定性，它是计划经济还是市场经济的？进而言之，是社会主义还是资本主义的？字面上定不了性，但它又是与现行体制的既成框框不一样的特殊地区，要不怎么叫特区呢？定不了性不要紧，可以实现特殊政策就行，实际上就等于给特区开了绿灯。

尽管特区是小平提的，但北京当下就有了不同声音：陕甘宁那个特区，是政治特区，而广东的特区，不过是经济特区。

这倒提醒了习仲勋、吴南生：既然不是政治特区，那当然就是经济特区了。对，就用这个名字。如果说要摸着石头过河，那么经济特区这个委婉的提法，就是足以抵抗非议的一块"大石头"——是邓小平为勇闯激流的改革开放先驱们摸到第一块过河的"大石头"！

中央工作会议提到了改革，但如何改，并没有明晰的提法，直到会议闭幕，华国锋所做的闭幕词也没有提到广东、福建提出的开放问题，因为这两个省提出的问题，被打算作为特例，放在会后再处理。

会议中，习仲勋又向邓小平做出专题汇报，邓小平说："你们上午的那个汇报不错嘛，在你们广东划出一块地方来，就叫特区！"接着他又说了一番让人血脉贲张的名言："对，办一个特区！过去陕甘宁边区就是特区嘛！中央没有钱，你们自己去搞（要特别注意这句话！这才是此段话的中心意思！），杀出一条血路来！"

小平一锤定音，等于给深圳特区开出了"出世纸"（准生证），使广东、福建的形势在会议上发生了逆转，对外开放、改革经济管理体制的议题成了会上最热门的话题。

在北京参加会议的张汉青21日致电省委汇报说："中央希望广东放手搞，要试办出口特区。划出一定地区作为侨胞与港澳同胞的投资场所。如广东的深圳、珠海、汕头、福建的厦门，上海的崇明岛。外国厂商可以直接投资办厂，地方也可以与之办合资企业。"

小平要在对外开放问题上摸着石头过河，是因为此前中央决策加速四个现代化却遇到了资金不济外汇不足的瓶颈。而深圳声称不需国家外汇同样可以搞出口加工区，不向中央要钱，这可是相当于天上掉馅饼的好事。现在难以想象的是：小平当时就预料到在深圳这个地方会出现决定中国命运走向的争议，并且累及他以88岁高龄还要再次到深圳为其正名。

与吴南生们想法一样，小平之所以同意选择地处沿海几处荒僻之地搞特区，除了有对外交往的便捷之利外，还有就是这些地方远离中枢要地，再"搞搞震"也无关大局。小平选了上海的崇明岛，但一间房都不如河西"一张床"的浦东都不在列，可见深圳也好，几个特区也好，都是试探性的马前卒。直到小平第一次南方视察后立即召集各地大员商议开放沿海14个城市，湛江、北海都入列，仍然没有浦东。可见小平对特区的信心，有一个逐渐成形的过程。他曾在深圳说过，改错了改回来就是了。

深圳前市委书记李灏认为：小平同志作为唯物主义者，他不能过早下结论，特区刚办了四五年时间，当然不能轻易说是成功的。但是他斩钉截铁地说，中央试办经济特区的政策是正确的。意思就是这个试验不能动摇。所以他当时说了这个话，特别是题了词，这是给深圳第一次也是唯一的一次题词。他针对当时的思潮，明确指出，办特区的决心不能动摇。没有小平拍板也不会建立特区，没有小平同志1984年那么坚定的话，我们特区早就收摊了，就不会有后面的实践和经验。

最后小平终于在上海感叹浦东开放晚了，事实证明上海再不开放必将落后，小平两次南方视察大大加速了中国改革开放的进程，小平在从深圳乘船前往珠海的途中曾打着手势对广东干部们说：不要挡，不要挡。充分说明老人敏锐地觉察到时代潮流汹涌澎湃，势不可挡。

无数个深圳和变异的深圳被全国地方官们复制出来，现在深圳人觉得特区不再特了，不是中央不再给他们独享的政策，而是比深圳还特区的地方如雨后春笋一样冒了出来，全国都特了，特区还能再特吗？

四、深圳既是小平的实验田，也是他的课堂

小平给深圳特区开出了“出世纸”，也在深圳学到了很多东西，哪怕是在匆匆忙忙的南方视察工夫。很多回忆文章都提到他在深圳说了很多话，都是些石破天惊一锤定音的话。其实他更多的时候是看，只看不吱声，他是做过学徒工的人，多看多听、少问少说是他早年的看家本事。他很善于学习，观察敏锐，理解透彻，而且对事物的认识不先入为主。以他的阅历与资历，能如此虚心而诚恳地学习，在共产主义运动史的领袖们中是十分罕见的。

1984 年 1 月 26 日，小平第一次南方视察到了蛇口，袁庚向他汇报时，小平来了兴趣。小平到深圳一直是只看不说话，到蛇口视察时他也不说话，只是听得很认真。但此时他要求到那个铝材加工厂去看看，“走，我们一起去看看。”小平说。

到了工厂后，他兴趣很浓，这里看一看，那里摸一摸。他摸着生产出来的铝材说：“很滑溜啊。”又凑到跟前仔细看铝材的包装上印的英文。他问：“这是要运到美国去的吗？”

袁庚说：“是的，这些全是要出口到美国的。”

小平此次在深圳，没有对他看到的任何事物发表评价，但仅在蛇口有一次例外，这就是当袁庚汇报到那两句著名的口号时他说：“对，很好。”

当时袁庚说：“我们蛇口，有两句口号，叫作‘时间就是金钱，效率就是生命’。”袁庚汇报时心里还直打鼓。有人对这两句口号很反感，说，蛇口搞的都是些什么东西？又是要钱又是要命的。但他还是将这两句口号做成大广告牌立在路边，而且在小平面前提到了这事。

小平的女儿邓榕脱口叫了出来：“我们在路上看到了！”

也许是小平只看不说，她也有些着急，不过这一次小平简短而直接地肯定了这句口号。袁庚非常高兴，因为这两句口号引发的争论，不是如今我们能想象得到的。

小平也很高兴，尽管他还是把住嘴就是不出声，但兴奋之情已经溢于言表。到“海上世界”吃午餐的时候，小平便怂恿服务员给他倒茅台酒，倒一杯

就喝一杯，一下子喝下去3杯，一边的邓榕见势头不对，就将他的杯子给夺了过去。

小平在深圳时就是不开口，深圳市领导们很着急，委托人暗示小平对深圳工作作些评价，但小平就是不开口："我只看不说，现在不说，回北京再说。"

他回到北京后，召集了几个中央负责人谈深圳的情况，还谈到了扩大开放的问题。小平提到了蛇口："深圳发展得很快，蛇口发展得更快。为什么，因为给了他们一些权力，他们提出的口号是'时间就是金钱，效率就是生命'!"

当年国庆游行，上头通知蛇口也出一台彩车。这台经过天安门向小平致意的彩车，悬挂着这两句标语。它与北大学生打出的"小平您好"一样，成为当天最夺目的标语。而那两句标语的原件，1987年被中国历史博物馆收藏。

它确实是中国发展史上的一个里程碑。

小平提到，"要学习借鉴全人类的一切文明成果"，就是说是全人类的，包括资本主义国家的经济、政治、文化、社会、物质的精神的一切文明成果。学习要有一个课堂与实验室，深圳就起了这个作用。据李灏称：深圳参考了各种做法，香港的、新加坡的，我们都参考了，再结合我们自己的实际，研究改革方案。我们的每一个方案、每一项改革都要反反复复经过多次论证、讨论、议论，我们这些议论都有中央部门参加，充分讨论。每一项都是这样的，不是说心血来潮，要搞某项改革就搞某项改革。在特区建设前十几年，我们进行的改革试验，有中央、省市人员参与的，但几乎所有改革方案都是没有得到事前批准的。每项改革都是自己负责，自己实验，成功了就坚持做下去。

小平以治大国若烹小鲜的魄力启动了改革开放，但他一直对新加坡有着浓厚的兴趣。曾力主在苏州工业园复制新加坡的经济发展模式。殊不知新加坡的李光耀对深圳一直长期观察并始终抱有信心。他认为中国如果把深圳的事情搞成了，一定能成大气候，因为中国领导人能从中探索到治国大策。

小平二次南方视察时，时任市委书记的李灏跟小平同志讲，李光耀对特区评价很多，有三句话是最重要的，第一句话：中国不能没有深圳，因为它是改革的试验场、实验地。深圳特区的作用就是因为它是实验区，不是这样的话，像深圳这样的小渔村、小县城，全国有千个，怎么这么重要？第二句话：如果深圳实验成功了就说明小平同志提出来的中国特色社会主义的路子是走得通的。当时，改革开放以来一直有种怀疑，你要搞中国特色社会主义，谁知道怎么搞，一些社会主义国家转向了，你还要举社会主义旗帜，走这条道路，无非加个中国特色这几个字，究竟走得通走不通，要么人家就认为你是挂羊头卖狗肉，什么社会主义，就是资本主义嘛。如果是真的，究竟怎么走。你有什么样子做出来啊。李光耀非常敏锐，他就是说，你这个实验成功，就是中国特色的社会主义的路子、邓小平开创的中国特色社会主义的路子是走得通的。

所以李光耀就说，我很注意你深圳这个特区，我每年都派人来调查研究，注意你这里的动向，你这个动向究竟怎么走、怎么做，你做的究竟会对国内外有什么影响？他还对印尼总统苏哈托讲，要注意深圳这个小地方。当时国内很多人都不明白，他明白，头脑很清楚。他说，中国抓住机遇继续发展，到本世纪末，世界上各个国家都不能拿你们怎么样了。再过二三十年就跟美国差不多了。

李光耀的第三句话是：我当新加坡总理一二十年，我培养了很多百万富翁，但是我自己不能当百万富翁。他的意思是，政府要廉洁。1985 年我就开始跟他探讨。他一来就问我你这里有没有贪污？我说，特区也不是社会的真空，当然会有。他问我采取什么措施，我说采取多种措施，如参与香港和新加坡经验，成立类似反贪局的机构。在这之前我们已决定成立监察局。他跟我讲“高薪养廉”。我知道新加坡的部长一个月薪水两三万美元，而我们只有三几百块钱，实行低薪制。我跟他说，我们国情就这样，拿太多脱离群众也不行，“这点不能学你们”。

小平认真地听取了李灏的“传达”，当时也没有吭声。但不久，他就发表了著名的“南方视察讲话”重要片段。

五、深圳由不得小平不争论

小平对习仲勋说中央没有钱你们自己去搞，后面加了一句杀出一条血路来，说明他对深圳的政治前景是有顾虑的。这在当时的背景下一点也不奇怪，否则吴南生请缨时也不会说要杀头就杀我好了。但小平是希望在深圳搞建设，搞建设就不是搞斗争，他是希望不争论的，用小平的话说，允许试，允许看。毕竟是边陲一块小试验田而已。但党内就有那么一些同志，就是不允许看，不允许试，他们对深圳攻击了近 20 年，几度险将深圳打入深渊。这么一股子死缠烂打的劲头，不由得小平不争论。小平坚决捍卫深圳的政治生命，也缠斗了十几年，因此说小平与深圳的情分，算得上鲜血凝成的战斗友谊。

小平争论方式独特：就是选择深圳做试验田，一心一意种出实践和经验的“粮食”，也做了失败失收的准备。他提倡不争论，其实就是少说多做不打嘴皮子仗，也为了争取时间集中精力种好试验田。他第一次南方视察之前，中央力主改革的主要领导人都到过深圳，说了很多鼓励的话，但并没有扼止住对深圳的非议。人们对深圳创办初期受到的一波又一波的攻击无不耳熟能详：什么走私通道啦，租界啦，除了五星红旗什么都变了色啦，这不奇怪。但奇怪的是当时党内对改革开放是达成了共识的，深圳却成了是非之地。1983 年搞了第一次治理整顿，主要是经济上做一些调整，改革开放的方向没有什么人质疑。深圳引发的争论却很大，不仅党内高层有不同意见，各地大员对深圳尤其看不习惯。深圳引发的争论，除了政治因素外，还有一个直接因素，就是它享受到的特殊政策引发了各地方的不公正不公平感觉，利益不均导致普遍对深圳的反感。最典型的说法，是内地不少人认为深圳是靠进口外国货赚内地人的钱，靠输血过日子，针头一拔就死掉。那时中央一开会，各地方大员一方面猛要求在自己地盘上办特区，一方面埋怨深圳的特殊政策给内地带来了麻烦。大到各地银行企业争相到深圳去分一杯羹，造成肥水外流，小到内地人才以“此地不留爷，自有留爷处”的态度来个“孔雀东南飞”，这是对内地地方政府权威的直接挑战。

对深圳最烦的当属掌握实权的中央有关部委办。深圳以特区之特殊身份，很多事情绕过中央部委的审批自行其是，更直接挑战了部门利益与权威，此风一长，国将不国，北京也就不再北京了。别人大事小事都要“跑部前进”，就你深圳一次又一次地到最高领导人那里告实权部门的状，这事叫“隔锅台上炕，蹬鼻子上脸”，是官场大忌，婶可忍叔也不可忍。别说中央有关实权部门，就是近在咫尺的广州，省里有关“衙门”同样对深圳不忿，该放的权力就是不放，该开的绿灯就是不开，为此大事小事都要劳烦任仲夷出面为深圳打圆场。

深圳在“条条”里不受待见，在“块块”内引发妒忌，似乎这个大搞“特殊化”的特区举国无亲。讨厌深圳的人未必就认为那里有什么政治问题，但攻击深圳的人一发难，袖手旁观者多，出手救援者却几乎没有，也就不奇怪了。

但更令人想不到的，是从深圳捞到多多好处的香港，也有很多人看深圳不顺眼，其中原因，是香港的深谋远虑者很快就发现深圳如果搞起来，是香港的强劲对手。本来香港许多人是打算用深圳做它的后花园与水源地的，既然香港有的深圳都想有，还要香港做什么？在深圳特区创办初期，香港媒体是唱衰深圳的，香港传媒发表了不少负面的文章，特别是有一个大报以“深圳的庐山真面目假大空”为总题目，连续发表了12篇攻击特区的文章。

此时的深圳，算得上黑云压城，四面楚歌，里外不是人了。

1984年1月24日中午，邓小平的专列抵达深圳。稍事休息后，便听了市委书记、市长梁湘40分钟的汇报，他聚精会神，听到梁湘说深圳1982年工业总产值达到3.6亿元，1983年跃上7.2亿元时，邓小平插话说：那就是一年翻一番喽！梁湘连忙说：是翻了一番！比建设特区前的1978年增长了10倍多，财政收入也增长了10倍。邓小平听了，只是满意地微笑，并不开腔。梁湘汇报完后，请他做指示，邓小平指指脑袋：你说的我都装在脑袋里，我暂不发表意见。说着一挥手：到外面看看去！

他登上了当时深圳“第一高楼”：国商大厦的22层平台。俯瞰大厦四周正在大兴土木的罗湖城区。一派热气腾腾的景象呈现在他面前。没想到这座仅22层的楼房，给邓小平很深的印象，他回到北京，就提到了这次登临：“这次我到深圳一看，给我的印象是一片兴旺发达，深圳的建设速度相当快，盖房子几天就是一层，一幢大楼没有多少天就盖起来了。”

只是他怎么都没有想到，八年后他再次去南方视察时，根本就不可能再登这“第一高楼”了。当年他在22层天台看到周围的那些工地楼盘，已经迅速矗起，并将国商大厦埋进阴影里，当时的著名的“第一高楼”天台变成了一个小“天井”。

小平登上国商大厦天台时，夕阳已经在天边发出散射光，寒气逼人。殊不知此刻的光线最合适看景象，因为斜射光更能呈现物象的立体感。小平由省长梁灵光、深圳市委书记梁湘陪同，在天台上兴致勃勃地边走边看，走了一圈。

梁湘说：“深圳已经竣工与在建的高楼，我指的是18层以上的高楼，已经有60多座。”

小平不吱声，凝望着对面在建的一幢大楼，梁湘解释说：“这幢大楼叫作国贸大厦，要建成53层，它是目前国内最高的建筑，我们采用先进的滑模技术施工，再加上工人都是没日没夜地干，3天就能建一层楼。”

小平笑了：“看见了，我都看清楚了。”他在天台上默默地站了20来分钟，只说了这么一句话。但不久，3天一层楼的深圳速度，就传遍了全国。巧的是，到8年后的1992年春天，小平第二次来到这里，再次登临的就是他凝望过的那座国贸大厦。

现在不得而知的是，小平为何1984年第一次到深圳南方视察，也许他还想多看一阵子。多看一阵子更有把握性，说话的风险也小一些。但也可能再不去深圳不行了，他有些挺不住了。因此小平第一次来深圳，只听不说，小平听完汇报后没有讲话。这是对的，说出去的话是收不回来的，可见对深圳的事，小平非常严谨审慎。但他回到广州后给深圳题了词，用李灏的话说：这就把特区“保”下来了，如果没有的话，期间可能特区就会夭折。

后来，很多回忆文章都众口一词地说小平是“斩钉截铁”地为深圳题了词，事实是小平在珠海很痛快地应梁广大在餐桌上的临时动议，写了“珠海经济特区好”，之前在深圳并没有打算题词。珠海题词将深圳逼到了这样一个份儿上：珠海好，深圳就未必好。因此深圳没有题词是万万不能的。情急之下，深圳派要员追到广州珠岛宾馆，再三请求小平为深圳题词。但小平几次三番地婉拒：“到了北京再题吧。”这不像是小平的性格。为什么？深圳太特殊，是是非非也太多。后来，深圳市委派来求字的人只好赤膊上阵，通过各种关系，在小平下榻的房间里铺上了纸砚，再三请他题词。小平思索了好几天，最后提笔凝思，在洁白的宣纸上写上了一句：“深圳的发展和经验证明，我们建立经济特区的政策是正确的。”题完字后，深圳来人大喜过望，拿了题字连饭都不吃就想跑回深圳去。怕什么？怕小平反悔，把字要回去。可见深圳的人内心深处之忐忑。

作为一个政治家，小平当然懂得搞政治最重要的是要均衡。因此，小平对深圳的题词，其伟大意义怎么解读都不过分。

第二次南方视察，情况就大不一样了。深圳不仅站住了脚，而且成为中国式社会主义的标志，这点小平有了绝对把握。他此次再到深圳，不再是救深圳，此时的深圳已成庞然大物，再猛烈的攻击她都能承受了。但中国特色的社会主义道路都面临空前的凶险，是继续改革开放还是以防止和平演变为中心，摆在了小平及全国面前。此时小平再到深圳，是将深圳当成推动改革开放的前沿阵地，他要在深圳救中国。

让我们再来回顾这一部盛世的前奏，扭转乾坤、改变国运的交响——

六、一封令老广心花怒放的绝密电报

1992 年元旦，广东省委书记谢非是在忙碌中度过的。

第二天是个休息日。这天一早，谢非照例来到办公室加班。他有在节假日继续工作的习惯。

秘书陈建华神色匆匆地进来，甚至连声招呼都没打。这是比较反常的事儿。谢非和颜悦色地问：什么事这么急呀？陈建华小心翼翼地交给他一份绝密电报，谢非接过来一看，内心顿时心花怒放，但表面却不动声色。

电报来自中共中央办公厅。内容非常简单：小平同志要到南方休息，请做好安全接待工作。

谢非将电报反反复复地看了一遍又一遍。然后手持电报，在合群路大院那间并不宽敞的办公室里转圈圈，陷入深刻思考时，就有这种下意识的动作。

秘书陈建华是个“醒目仔”，见他一直沉默不语，轻手轻脚地离开了他的身边，到外间把办公桌上所有电话机的铃声改变为闪光提示。

谢非在冥思默想，这时需要绝对安静。

谢非当时在想什么？现在任何人也无从确切知道了。但是后来历史进程中一系列大事发生，都与这一电报紧密关联，谨言慎行而又善于战略思考的谢非，不可能不从这薄薄的一页纸中掂量出那惊天动地的历史能量：这张纸，对广东、对中国，实在太重要了！

或许，改变举步维艰的国运，在此一举。

长久深思熟虑之后，谢非拿起电话，拨通了省委副秘书长陈开枝的手机，开口就问：“开枝同志吗？你现在在哪里？”

接电话的陈开枝有点惊讶，因为他听出了从来就从容不迫的谢非声音里有一种别样的兴奋和激动，一下子就敏感到有大事要发生，今天是假日，如果不是有要事，谢非是不会问他身处何方的。他立刻回答：“我正在南海搞调研……”

谢非打断了他，说了一句只有陈开枝才听得懂的话：

“我们盼望已久的老人家要来了，请你马上回来。”

陈开枝一听，情不自禁地当众蹦了起来，以他的身份，那是绝对的失态。他知道“老人家”指的是谁，也明白了谢非的心思。谢非打电话，一句就是一句，绝无半句多余的寒暄和废话，处理重大问题更是简洁精炼。长期的省委机关工作，将陈开枝打造成处理高层次政治活动和应付突发事件的政务高手，情况紧急，他知道谢非此时离不开他，二话没说，立即就要往广州赶。

当时在场的人除了有农民及镇村干部外，还有南海的书记、市长。人们正要请他吃饭，见他一接到电话就急如星火立马要走，连忙挽留：

“什么急事？再大的事也得吃饭，吃了中午饭再走。”

陈开枝一边叫车一边忙不迭地向书记市长道歉：“马上得走，吃饭事小，工作事大。什么事？对不起现在还真的不能说，也许，你们很快会知道。”

陈开枝饿着肚子驱车径直赶往谢非的办公室，看了谢非递过来的绝密电报，心照不宣地交换了一个眼神。

政治舞台上的风风雨雨，令他们具备了一种敏锐的直觉：小平此番南来，非同小可。“老人家”不到别处休息而偏到广东，而且偏偏在这样敏感的时刻来，是给广东一个无比巨大的机遇，就看广东有没有这样的能量和本事把握这个机遇了。

谢非和陈开枝两个人见面后，第一件事就是并排坐下来分析中办的那份只有一句话的绝密电报。那不是一般深入解读，是恨不得把每一笔每一画都掰开了揉碎了去抠，去猜，力求解出其中的微言大义。他们还同时得知，此次小平同志到广东来，中央没有其他领导陪同，北京也没有派来一位记者，同行的只有小平的身边工作人员和亲属。

谢非深思熟虑字斟句酌地把话一个字一个字吐出来：“如果有其他的领导陪着来，才可能真的是来休息。他老人家8年没到广东来了，我们能不能在不影响他休息的情况下，尽量多安排他多看一看？”

他像在问自己？又像问陈开枝。

陈开枝心领神会地点点头，但没有作答，顺着谢非的思路加上一句：“还要尽量地请老人家多说说话。”

谢非点了点头，此时他面部表情似乎很平静，但陈开枝知道，其实他的心情非常激动，双眼发亮，眼不错珠地一直盯着手中的电报，这种情形陈开枝是很少见的。少顷谢非又郑重地开口：“省委准备将全程陪同小平同志的任务交给你，这个任务光荣而艰巨，你要尽快拿出一个完整的计划，提交省委审定。”

谢非的判断和直觉是：机遇在南方，老人家这回南来，必有一个大动作！

在讨论接待方案时，情况比较清楚了，还知道“邓办”将派出一个三人小组前来“打前站”。陈开枝按谢非的思路，想尽量让老人家多看多说。

有同志提出异议：“中央电报上明明写的是来休息的嘛，中央办公厅也没有派人跟着来，也没有跟记者，就他一家子来，怎么可能是进行战略部署呢?”

现在回过头来看，其实小平“两次南方视察”的提法是并不准确的，小平同志几乎年年冬春之交都南方视察，但是，对中国发展和改革开放具有重大影响，甚至左右了中国崛起进程的两次，却都发生在南方的广东，一次在1984年，另一次就是世人所熟知的1992年春天，国人家喻户晓的那首歌里唱的那个春天。

小平到上海怎么就不算南方视察呢？他到上海果真只是休息吗？让我们回顾一下他在第二次南方视察广东前两年到上海“休息”时都说了些什么。

1990年春节，他在上海休息之余过问浦东开发：“上海和浦东开发，不是上海一个地方的事，是全国的事。浦东开发，可以带动长江三角洲与长江流域的发展。”

回到北京后，他又向中央政治局的同志说：“我已经退下来了，但还有一件事我要说一下，那就是浦东开发，你们要多关心。”

1991年1月28日到2月18日，小平在上海过春节。他同样没有闲着。先后在上海视察企业及浦东开发区。小平激励上海人说：“我们说上海开发晚了，要努力干啊!”“上海人聪明、本质好，如果当时确定在上海也设经济特区，现在就不是这个样子；14个沿海开放城市有上海，但都是一般化的，浦东如果能像深圳特区那样，早几年开发就好了”。

很多在第二次南方视察中说出来令人感到石破天惊，震动中外的话，其实并非小平在广东第一次说出来的新版本，是他在上海说过的。有些话更是反复说过的。

面对当时政坛上质疑改革开放的风气，小平在上海时重申：“改革开放还要讲。”

他说：“不要以为一说计划就是社会主义，一说市场就是资本主义，不是那么回事，两者都是手段，市场可以为社会主义服务。”

他说：“发展经济，不开放是很难搞起来的，世界各国的经济发展都要搞开放，西方国家在资金和技术上就是互相融合、互相交流的。”

他鼓励上海人：“什么事情都要有人试第一个，才能开拓新路。”

甚至广东人一直认为是老人家特地叮嘱广东人的名言，其实也是最先在上海讲的："希望上海人思想更解放一些，胆子更大一些，步子更快一些。"

然而，同样的话在广东重复一遍，成就了国人家喻户晓念念不忘甚至加速了中国崛起进程的"那个春天"。

七、谢非提出出乎"邓办"意料的视察路线图

"邓办"三人先遣组在1992年1月3日先行到达广州。为首的是张宝忠，当时已是副军级。他一下车就强调：小平同志是来休息的，你们既要让他们看看广东改革开放的新成就，又不能让他过于劳累。陈开枝则按照谢非的意图，努力建议在确保老人家安全和健康的情况下，多看一些地方，多坐下来谈谈。

先遣组的同志对此表示理解，但对省委提出要让老人家视察完深圳、珠海之后，经珠三角的顺德返回广州的建议比较犹豫，更倾向在珠海休息后再返回深圳转向上海。陈开枝则搬出了谢非早已策划好的理由，出尽浑身解数做说服工作：他强调，如果不从珠三角的陆路返回广州，就得从珠海走海路返回深圳再坐火车走，两次横渡珠江口的伶仃洋，无论从安全方面，还是从老人家的健康舒适方面着眼，都是不妥的。何况船上还有老人家老老少少一大家子？从陆路返回，考虑到老人家不宜乘车时间过长，中途还可以在顺德停车小休一下。先遣组似乎比较理解了，但对珠三角地区的道路不大放心，陈开枝乘机建议：各位8年没来过广东了，可以先按这条路线先走一遍，那条路线的路、桥都是新修好的，很好走。

这个出乎先遣组意料的提议与原方案比，是一个环线，它将小平到深圳、珠海休息的两个点变成了对整个珠三角的视察，其象征意义非同小可；这个日程安排，除了照顾到小平一家人有休息时间外，主要是保证小平在广东期间可以多看看，多谈谈。其中相当部分内容是安排小平到生产第一线视察。

谢非反复向陈开枝交代，强调要争取小平到中山顺德去看看，因为他认为，小平同志对特区比较熟悉，但对珠三角开放搞活的全面情况可能并不十分了解。中山顺德不仅顺路，而且她们是广东"四小虎"之中的两个，代表着广东自主启动的改革中的两个典型，也是珠三角的缩影；尤其是顺德，她将在这一年开始成为谢非亲自抓的综合改革开放的试验基地。

顺德人听说小平可能来，乐不可支，准备了详尽的汇报材料，谁知打前站

的人迎头给他们浇了一盆凉水："你们汇报时，说五分钟就够了。"

顺德人大失所望："五分钟能汇报出什么东西？"

"打前站"态度坚决："这是谢非同志的意思。我们陪小平同志来不是听你们汇报的，是听小平同志讲话的，他只要一开口，你们就要立即收声。听明白没有？"

顺德人很聪明，立即明白了："收到。"

与小平同志合影留念，这是广东党政军领导的最大愿望，也是谢非极力要争取的目标，他不便明言但人人都可以理解的动因是：总设计师和在最具代表性工程中实施施工的各级"技术员"、"施工员"零距离接触，可以极大鼓舞广东广大干部群众，合影其实是一种嘱托，一种信赖，一种厚望。而世人将会从一个新的角度来看待广东——广东，除了是一片顶着逆风猛然崛起的热土外，还是一个在紧要关头承担开启国运的先锋闯将，中国改革开放命运很大程度上取决于广东人的新一轮探索和开拓。

谢非对整个方案斟酌再斟酌，强调再强调，陈开枝理解他的精神，凝练成一句话：万无一失。

还有一个问题让谢非煞费苦心：老人家此时完全按一个离休老人来要求自己，规定了"六不"："不要专门汇报，不要陪餐，不题词，不见记者，不摄影，不报道。"

这可怎么办？

谢非是这样理解老人家的指示精神的：小平认为自己不过是个退了休的普通党员，不必像接待现职领导一样事事依照严格规格和程序，尤其反对前呼后拥、兴师动众。但这个"六不"是很难执行的，因为他毕竟不是一个普通的退休老人，而是中国改革开放的总设计师，如果再真的按小平要求实行那"六不"，那么可能谢非煞费苦心做的一切安排，其结果都会化为乌有。

谢非冥思苦想，一种对历史负责的使命感令他决定采取进二步退一步的争取——妥协加变通的办法，对小平指示的前半截坚决执行。这"六不"中，不汇报、不陪餐、不题词都好办，广东省委不再打算搞专门汇报，边参观边介绍其实就等于汇报了，耳听为虚，眼见为实，拿出实打实的建设成就让老人家看，就是最好的汇报；领导也不陪餐，每餐饭由小平一家人自己吃，按照邓家历来简朴的习惯，不上鲍参翅肚等名贵菜肴，多上各类蔬菜，还有老人家喜吃的法式牛角面包、广东陈村粉和节瓜，各地也不准再请老人家题词留下墨宝；

对后半截的“三不”怎么办？只好钻空子、打打“擦边球”了。“不见记者、不摄影、不报道”这三不，其实就是不让张扬，但谢非意识到，小平南方视察必将是历史的重要里程碑，必将列入史册甚至可能改写历史，是一定得认真记录下来的。

老人家说不见记者，但没有说不准记者见到他，也不等于记者不能跟着；不报道，但不等于不能记录。记者手勤脚快，权作随行的工作人员，随时可以将老人家在车上、路上谈的话记录下来，作为历史资料。于是，谢非找来陈开枝，亲自点了记者的将，这些记者都是长期采访谢非工作的老熟人，能力强，靠得住，配合起来也默契。因为随时要审时度势相机行事，只能靠眼神间的心领神会了。

为谨慎起见，就带记者随行一事，陈开枝还奉谢非之命专门请示了邓办主任王瑞林，算是给邓办的人打一预防针。陈开枝摆出一副极其为难的表情对王瑞林说：“你不叫我留下资料，以后我怎么交代啊？”王瑞林笑着说：“弄就弄吧。”

就这样，总算“发”了半张“许可证”。

谢非点的记者，有新华社驻广东分社的牛正武，他负责文字记录；文字记录是全部报道的核心。用新华社而不是省报记者，可以看得出谢非用心的缜密。不用本省记者，省得有违反“六不”之嫌，但这个新华社记者又是老熟人，就跟用自己的子弟兵差不多。效果是一样的。摄影用的是省报《南方日报》摄影记者梁伯权，用他也是很有讲究的。此人不仅与谢非熟，与小平一家子都熟，上次南方视察乃至改革开放之前，小平每到广东来，都是他给摄影的。你录音可以偷着来，但摄影总不好偷拍吧？谢非想事情很细，因此将梁伯权请了出来，小平对他的镜头，总得给三分面子吧？当然谢非还组织了“第二梯队”，就是自己的秘书陈建华。他的摄影技术也了得。如果连梁伯权的面子都上不去，照相的任务，就落到谢非的秘书身上，老人家说不摄影，但不会反对“小陈”秘书拎着个照相机在他和谢非身边转来转去。至于能否报道，什么时候可以见报，那就得见机行事了。

还有就是省电视台的一个二人摄制组，领队外号叫作“肥佬”——他也是谢非的老熟人、资深记者李亦平。两人熟到什么程度？“肥佬”这个外号就是谢非当年给起的。

小平抵达深圳的当天，牛正武才接到陈开枝通知，临时从广州赶到深圳，可见谢非在当时叫不叫记者的问题上心情极为矛盾，谢非在深圳迎宾馆陪记者牛正武进餐并亲自交代任务。在他看来，记者采访是否成功甚至成了他要关心的头等大事。

谢非对牛正武说："原来说小平同志是来休息的，不让报道，所以事前没有通知你来，可是小平同志一到，消息立即传开了，看来要做好报道的准备。"

牛正武不由得想起陈开枝通知他时，还不敢明说是小平到了深圳，陈开枝是这样说的："有重要任务，上面有人来，谢非同志要你尽快赶到深圳。"怕他听不明白，陈开枝压抑着激动的心情，又补了一句："是我们这些年一直盼望的、掌舵的来了！"

就这样，作为新华社记者，牛正武在总社既没有派出记者，也没有通知他采访的情况下，接受了谢非亲自安排的任务。谢非如此解释："小平同志上次视察广东是在 1984 年，距今已整整 8 年了。我们一直盼望着小平同志再次亲临广东视察，现在终于盼来了。"

饭后，谢非的秘书陈建华将牛正武请到了自己的住处，向他介绍了小平此次来的行程安排，以及他刚得知的小平抵达广东前在武昌车站向当地领导人说的话，中心意思就是要坚持改革开放，要搞得快一些。这些都是广东渴盼的政治信号。接着，陈建华表情有些神秘地递给牛正武一台录音机，就出去了。牛正武一遍又一遍地听着小平在武昌谈话的内容，以一个国家通讯社记者特有的政治敏感，揣摸着谢非让他采访小平的意图。

八、谢非一颗拎着的心终于放下了

1992 年的初春，已经宣布退休的邓小平挥洒自如地在中国大地上再次留下了推动中国跨越式发展的政治杰作，这一大手笔在中国伟大政治家追寻与探求国运的所有历程中，堪称经典——

在中国共产党人为中华崛起而英勇奋斗了大半个世纪，冲波逆折不屈不挠进入改革开放历史进程的关键时刻……

在列强环伺、敌对势力磨刀霍霍图谋一举扼杀中国社会主义事业的风口浪尖上……

在广东风风雨雨中持续高速发展十多年，此时承受前所未有的内外压力的紧要关头……

一个退了休的老共产党人离开北京，冒着初春深夜的严寒，悄然南下——

希望在南方，老人要去奏响激动人心的国运交响诗的第一个音符。

历史记住了这个日子：1992 年 1 月 17 日。

一列没有编号的专列冲破西伯利亚刮来的滚滚寒潮，星夜南来，它载着春天的气息，向南，向南……

目的地——深圳。

1992 年的深圳，实际年龄只有 13 岁，但作为世界上一个最年轻的大城市，已经初具端倪。这天，谢非的心情极好。小平抵达的前一天，深圳天气沉闷，但紧接着就是一场倾盆大雨，将天空洗得纤尘不染，也把谢非的心情洗得透亮。在深圳新修的罗湖火车站里，谢非率领着包括深圳市委书记李灏在内的一班省市领导在月台上翘首盼望。

1 月 19 日上午 9 时正，专列稳稳当当地准点停在站台上。谢非一见小平同志在女儿毛毛搀扶下出现在车门口，就赶紧上前帮着搀扶，小平却神采奕奕地向他伸出右手，谢非紧紧握住老人家的手，一腔殷切敬仰的感情从心底冲出肺腑："小平同志，我们非常想念您，广东人民盼望您的到来!"

谢非陪同小平上了 1 号中巴车，车队随即开动，后面还跟着几辆拉行李的小货车，这种小货车深圳人叫"农夫车"，是临时借来的。那时深圳人还不知道邓小平已经抵达深圳，只是有点好奇地看着这个车队在大道上风驰电掣，不晓得车队里坐着什么人物。说是一般来宾吧？前后都有警卫车护送，这可是一级保卫的规格。不像。说是大人物吧？车队里怎么会有农夫车？哪有大人物如此老土？也不像。一路上，深圳的市民看着这支车队发笑，守在路边的警察们也笑。临时借用来的农夫车司机们也没有想到此次出车帮忙，却着实地"威"了一把，车队的简朴与享受的保卫规格之高形成了一个看上去挺滑稽的效果，见多识广的深圳人也猜不出到底是何方神圣光临。

夹杂着"农夫车"的车队驰往深圳迎宾馆桂园别墅院，1984 年小平第一次南方视察，也是下榻这里。迎候的省市领导干部再次与小平握手，就一一告辞离开，腾出时间让在专列上奔波了两天的老人家洗漱静养。深圳市委书记李灏到小平的秘书王瑞林的住处，商量下午的日程。谢非却多了个心眼，他来到了小平的住房外静候，他有一个直觉：老人家精神很好，说不准一洗漱完毕就要出动。

果然不出谢非所料，一会儿中央警卫局的副局长孙勇突然急匆匆地从屋内走了出来，一见到深圳市委接待处处长姚欣耀就说："快去备车，小平同志要出去看看。"没有任何思想准备的姚处长只好转身先去找车。不想车还未到，小平同志已经换了一件衣服，就信步走出来了。看到谢非，老人家点点头说："你在啊？出去看看？"

谢非心里一热，赶紧劝道："原来安排是下午出去的。坐了这么久的车，太劳累了，您还是先休息一下吧？"

小平说："我坐不住呀！"

谢非心里十分感动。只是这一句话，他就吃透了小平此次来的目的，心里有了底。谢非赶紧叫人找陈开枝找车，他自己先陪着老人家在院子里转一转。全盘负责首长一家生活起居的"大总管"陈开枝正在各个房间穿梭安排大大小小事务，突然听说老人家要外出，急忙赶上前，谢非一见也急忙向他招手。

正在院子里散步的老人家也看见了陈开枝，又说："你快点叫车，出去转转。"

老人家真不是来"休息"的！他一到深圳就要工作，急切要了解深圳发展的状况，像一个慈祥的老父亲，焦急地要去看望阔别 8 年的小儿子。

谢非与陈开枝陪着老人家在院子散步，再次提到希望能让老人家多休息一会儿，等到下午才正式开始参观。这时，小平的女儿毛毛提起了 1984 年 2 月 1 日为深圳补写题词的往事，小平突然开腔，一字一字地把 8 年前的题词读出来："深圳的发展和经验证明，我们建立经济特区的政策是正确的。"

88 岁老人居然将 8 年前写的东西背出来，一字没错，一字没漏！这说明他一直将特区记挂心头，了然于胸的。谢非十分激动，和陈开枝连声叫好，鼓起掌来。

接着，谢非抓紧机会向小平介绍深圳和珠海两个特区在城市建设中不同的优势和特点，小平点头称赞："好嘛，各有特色。"言简意赅，字字千金。令谢非深感小平对省委坚持深圳、珠海各有特点的建设思路是赞同的，一个城市的建设要有自己的特色，一个国家的发展也必须走有自己特色的发展道路。

下午，原班人马再次坐上中巴车，陪着小平察看深圳市容、罗湖火车站。

1 号中巴上，老人家热切地向窗外张望，按谢非的安排，深圳市委书记李灏充当"导游"，拉开嗓门，带几分自豪地解说着深圳的最新成就，谢非则坐在车门口的座位上，被戏称“售票员”。

在陪同小平的一路上，除了向小平当面介绍，参观和会见时，谢非总是笑眯眯地跟在队伍后面，将与小平挨近的位置让给别人。当然，如果说小平是中国改革开放的总设计师的话，谢非就是此次南方视察行程安排的总设计师，看到情势向预计的方向发展并不断出现喜出望外的局面，谢非一颗拎着的心终于放下，心情好极了。

一路上，小平看到深圳处处生机勃勃、广厦林立，脸上露出欣慰的微笑。谢非、李灏一路介绍情况，其实就是不叫汇报的汇报，小平开始只是目光闪亮，欣喜地微笑不语，慢慢就拉开“话匣子”。据谢非、陈开枝在一些文章中回忆，老人家边走边看边插话，说出了很多“金玉良言”：

……“八年过去了，这次来看，深圳特区发展得这么快，我没想到，看了以后，信心增加了。”

接过李灏关于深圳借鉴香港和国外经验的话题，老人家又说：“也有不少人担心股票市场是资本主义的东西，所以让你们深圳和上海先搞试验。看来，你们的试验说明社会主义是可以搞股票市场的，说明资本主义能用的东西，也可以为社会主义所用。证券、股市，这些东西究竟好不好？有没有危险？是不是资本主义独有的东西？社会主义能不能用？允许看，但要坚决地试。看对了，搞一两年。对了，放开；错了，纠正，关了就是了。关，也可以快关，也可以慢关，也可以留一点尾巴。怕什么？坚持这种态度就不要紧，就不会犯大错误。”

“社会主义要赢得与资本主义相比较的优势，就必须大胆吸收和借鉴人类社会所创造的一切文明成果，吸收借鉴当今世界各国包括资本主义发达国家的一切反映现代社会化生产规律的先进经营方式、管理方法。”

“在市场经济方面，香港、新加坡做得好，我们要向他们学习。”

谢非等陪同小平看完深圳罗湖的新火车站，又前往皇岗口岸参观，小平还站到皇岗口岸的大桥桥头，兴致勃勃地走下汽车，边听介绍，边向界河南面的香港深情眺望。

车上，老人家问谢非：“广东有多少人口？”

谢非张口就答：“有6300万人，面积17.8万平方公里。”

小平说：“广东要力争用20年的时间赶上亚洲‘四小龙’。”停了一会，他又补充说：“不仅经济要上去，社会秩序、社会风气也要搞好，两个文明建设都要超过他们，这才是有中国特色的社会主义。”

这是小平再一次对广东领导人耳提面命，言之殷殷，语重深长。

九、石破天惊，小平开口了！

小平再次来到罗湖区摩天大厦林立的建筑群中。

8年前，他来过这里，那时登临的是当时最高的国商大厦，才22层。

8年后，当年的第一高楼成了罗湖高楼家族的小弟弟。老人家再次登临上次南方视察时仍在建设中的国贸大厦顶层，而且在那儿说了很多话。

后来担任深圳国贸大厦副总经理的查生明，1992年时任大厦的人事部长兼总办主任。1月19日下午，他突然接到市委办公厅的一个电话，秘密通知他明天上午有首长要来国贸视察。谁要来？这个醒目的重庆仔想了想，还是有备无患！于是马上到商场买了一台当时最高档的日本“健伍”牌录音机，花了1.7万元。第二天，首长在9时35分在众人簇拥下来到国贸大厦，原来是邓小平！

查生明惊喜万分，但有关人士一进门就给查生明来了个下马威：“不照相，不录音，不签名!”

刚要往外掏“健伍”的查生明好生失望，只好把它揣了回去，尾随小平登楼。小平一行首先乘观光电梯直达42层，再来到53层顶楼的旋转大厅。

此时的中国第一高楼高160余米，它的广告词很有些舍我其谁的味道：“这里的高度与海拔无关”；谢非注意到：老人家每到一地，总喜欢登高望远，纵览全貌。所以极力主张让老人家登上深圳最高的地方看看。

88岁的老人比起8年前明显出老了，他登临旋转大厅时，他的身体似乎有点龙钟，他的手也在抖，但顶层的视角与旋转大厅的宽广视野显然是小平没有想到的，它给了老人以极大的视觉冲击力。

旋转大厅以缓慢的速度作360度的旋转，这是深圳人喜欢来喝茶、聊天、会友的公共休闲之处，今天迎来了中国人民伟大的儿子、改革开放的总设计师。在老人家的脚下，深圳已初显大都市轮廓，远处的香港则历历在目，双子城的万千气象尽收眼底。天高云淡，老人设计中的现代化蓝图仿佛一下子现身面前。他终于将深思熟虑的话说了出来，而且一开口就滔滔不绝。而且当他纵论那著名的“社会主义也可以搞市场经济”论断时，他的手立即不抖了，神采飞扬，英气逼人。

如果说查生明醒目的话，那么当时他简直就是英明了，他偷偷地将“健伍”录音键摁了下去，把小平好长的一段经典论述记录下来：

“市场经济不只是资本主义才有，我们社会主义也可以搞市场经济。”小平一开口，就一发不可收，而且精神抖擞地一口气说了30多分钟，谈话层次分明逻辑清晰，显然是有备而谈，只不过他事先未必会想到在此处开口，是谢非和李灏摊开深圳的总体规划图，向他介绍深圳历年的建设成就和远景规划时，激起了他的谈兴，一时间精辟的思想观点有如高天流云飞瀑奔泻：

“深圳的重要经验就是敢闯，没有一点闯的精神，没有一点‘冒’的精神，没有一股气呀，劲呀，就走不出一条好路，走不出一条新路，就干不出新的事业。不冒点风险，办什么事情都有百分之百的把握，万无一失，谁敢说这样的话？一开始就自以为是，认为百分之百正确，没那回事，我就从来没那么认为。”

“改革开放胆子要大一些，敢于试验，不能像小脚女人一样。看准了的，就大胆地试，大胆地闯。”“现在建设中国式的社会主义，经验一天比一天丰富。经验很多，从各省的报刊材料来看，都有自己的特色。这样好嘛，就是要有创造性。”

“改革开放迈不开步子，不敢闯，说来说去就是怕资本主义的东西多了，走了资本主义道路，要害是姓‘资’还是姓‘社’的问题。判断的标准，应该主要是看是否有利于发展社会主义的生产力，是否有利于增强社会主义国家的综合国力，是否有利于提高人民的生活水平。”

老人家一口气阐述了“三个有利于”的著名观点，令全场人心激奋，顿生拨云破雾之感，风风雨雨、是是非非争论了多少年，也迷惘了多少年，经老人家一点拨，豁然开朗。紧接着，只见小平举起那只曾经指挥千军万马的右手，鞭辟入里地提高了声调：

“不坚持社会主义，不改革开放，不发展经济，不改善人民生活，只能是死路一条。基本路线要管一百年，动摇不得，只有坚持这条路线，人民才会相信你，拥护你。”

一席话把现场气氛带入高潮。这一番讲话石破天惊，预示着中国改革开放进入新一轮高潮。这段话也是小平第二次“南方视察讲话”主题中的重中之重，黄钟大吕响遏行云更扣人心弦。查生明见到闪光灯闪个不停，干脆将录音机摆了出来，这时没有人顾得上干预他了。

在这深圳高层建筑的顶层中，小平再次强调，要多干实事，少说空话。会太多，文章太长，不行。他环顾四周，指着窗外的一片大厦“森林”深有感慨地说：深圳发展得这么快，是靠实干干出来的，不是靠讲话讲出来的，不是靠写文章写出来的……

小平边环顾深港两地一览无余的景色，一边纵谈国是，兴致越来越浓，话也越讲越多。开始他还是默许身边的人为他录音拍照——除了小平自己以外，所有人都觉得他的话字字千钧、句句都值得认真回味，这是一笔历史财富，后来他也只好很大度地从众，主动与陪同人员合影，还为人签字。当天整个儿国贸大厦都沉浸在一种欢乐的气氛中，一切清规戒律均在不知不觉中消弭。

当楼上“三不”瓦解时，楼下的保密工作也出现重大纰漏：小平到国贸大厦的消息早就传了出去，如击鼓传花一般喜讯四溢，不到 20 分钟时间，楼上楼下居然拥来两万多人！等小平从楼上下来要离开时，国贸大厦底层已几乎要没入人海，谁也算不清来了多少人。

“小平您好!”“邓爷爷好!”“欢迎小平!”欢呼声直上云霄，这是小平南方视察中第一次出现群众自发欢迎他到来的盛大场面，真切显示了深圳特区的人民群众对改革开放总设计师的衷心爱戴和敬仰。小平虽然对此没有什么思想准备，但也显得非常高兴，频频向大家招手致意。欢呼雀跃的人群中，不少人流着热泪在呼喊要跟小平握手，有一位市民流着泪对维持秩序的保卫人员高叫：“我有今天是邓小平给的啊，你让我好好看他一眼吧!”

谢非目睹此情此景，不禁热泪涟涟，他被群众的热情震撼了，两万人自发地拥上前来欢迎小平，充分表现了广东人民的真情实感，这令他心潮澎湃，往往喜怒不形于色的他不时摘下眼镜擦拭。谢非为保密千算万算，这一场景是他绝对没有想到的。但他没有其他随行人员那样紧张，他坚信不会出事，反而在心底升腾起几分欣慰——深圳人，好样的！广东人，好样的！

深圳市委书记李灏也满怀喜悦，像个门门功课被老师打了高分的小学生，当他从口袋里摸出“暗藏”的录音机，此时才发现什么也没录上——空白！原来他的“师傅”陈建华虽然临阵磨枪式地教过他如何启动录音键，他却一直全神贯注地指着地图向小平介绍情况，后来又屏息聆听小平令人耳目一新、春风扑面的谈话，没想到偷偷伸进自己口袋的手指按错了键。

国贸大厦的查生明此时非常得意，对自己的接待工作更感到非常自豪："相照了，音录了，字也签了！"就如同千辛万苦摆下酒席后客人得以尽兴，那是主人最得意的事情。此时有人在震耳欲聋的欢呼声中拍了拍他的肩膀："查主任，请问您的录音机录了多少带子？"

查生明有些意外："一盘半这样吧。"

"还是交给市委吧。"

"我还没来得及重听一遍呢。"

"不必了。"

查生明将录音带交了出去。但他还是很高兴，小平说的话，他每个字都烙在了心中。

当天回到宾馆住地的时候，谢非示意陈开枝扶着老人家下车。可能是小平在开心之时突然想起了有人对他说过一些经济特区的坏话，老人家突然自言自语地冒了一句："那些人尽讲屁话！"（引自田炳信：《访中共广东省委原副秘书长陈开枝》）

谢非等人听了，没有一个人搭腔，一时间静场。但人人都听得出来他当时指的是什么。

鉴于头一天李灏失手，录音机全是空白，搞得手忙脚乱，陈开枝也要"赤膊上阵"了。他公开向邓办主任王瑞林说"明天我的口袋要放个小录音机啊！"人家没说行，也没说不行，算是默许了。于是，几个小录音机同时开动，实施"全天候"服务。

关于小平在深圳各种场合的讲话，曾经有好多不同版本，在民间流传最广的就是"谁不改革谁下台"的说法，谢非同志的秘书陈建华曾经对时至今日依然在坊间流传的关于这句话种种猜测做出澄清，他回忆："原话是这样说的，'反对改革的人就不要反对了，去睡觉好了'。这是小平同志在去深圳仙湖植物园种树返回住地的途中，在车上讲的。"

谢非虽然自己不往前凑，但他安排陈建华对小平同志"全程紧逼"，又拍又录。时至今日，陈建华仍然拥有许许多多小平"南方视察讲话"的第一手原汁原味的图文"版权"。

同样的声音，同样的话语，不同的人来听、来贯彻、来落实，实际效果大相径庭。而这一举世瞩目的南方视察中，谢非总是像一个勤勉的学生、谦逊的部属，紧紧追随在老人家的左右，言者有意，听者更有心。如果把这次历史性的南方视察看作是一个精心安排的流动大讲坛，主讲人是总设计师邓小平，那么这个讲坛的搭建者就是不爱张扬的谢非，尽管时代的聚光全部集中在邓小平身上，但在幕后，我们总能时隐时现地看到谢非殚精竭虑忙前忙后的身影。

在小平南方视察的全过程中，所有随行人员中最忙的人是谢非的秘书陈建华，他不仅拍摄了老人家几乎全部活动的照片，小平全部重要谈话，也几乎全部收录进他的录音机里，按照省委指定，他得把这些在当天全部整理成文字材料，有时听不懂老人家的口语，就找老人家的女儿毛毛帮忙。在整理过程中，完全忠实原话，圆满完成谢非交办的特殊任务，也为这一历史性的大事件保留了一份珍贵的文字记录。

十、谢非三次斗胆进言，小平再三拒绝

邓小平到了深圳！只有一河之隔的香港媒体马上知道了。几万人自发地拥到国贸大厦周围热情欢迎小平，欢呼震耳欲聋，本来是绝密的南方视察已经无密可保，近在咫尺的香港焉有不知之理？

香港《文汇报》率先登出了新闻特稿，还配发了小平参观中华民俗村微缩景区的照片。

保卫部门紧张起来。街谈巷议、道听途说无法追查，境外传媒的消息也大可不必去回应真假，但照片发在境外报纸上可不是开玩笑的：首先，这是一幅近距离的照片；其次，它千真万确地证实了小平果然就在深圳；再有，它暴露了小平此行的行踪和特点，给日后的警卫工作带来了难度。警卫部门认定这是一起事故，最担心是内部人员泄密，或者与境外媒体有联系。但经认真排查，所有随行人员似乎都是可靠的。

《文汇报》关于小平的照片像一瓢水泼进油锅里，香港新闻界立刻炸了锅。香港各大传媒第一时间做出积极反应，港澳传媒的“狗仔队”的专业精神是举世闻名的，于是大批记者涌过罗湖桥，撒豆成兵似的遍布深圳街头巷尾、旅游景点，打探小平的行踪，捕捉大小传闻，或者守候在小平可能出入的下榻及参观处，用长枪短炮随时侍候，争先恐后地在头版发表了真真假假、似是而非的

大量报道：

“邓小平视察深圳行程紧凑精神好。”

“深圳当局证实邓小平来了。”

“邓小平南行，中国改革开放将起新高潮。”

“邓公此番有大动作。”

“邓小平畅怀谈改革，希望广东起个好头。”

“邓小平重提在内地再造香港，发展经济不强调意识形态。”

“邓小平鼓励大胆改革，在深圳逗留期间呼吁要搞得快一点。”

“邓小平强调搞经济广东要起龙头作用，称不管国际形势如何变化坚持稳定压倒一切。”

……

香港成了风暴之源，全世界的媒体都在大刮“邓小平旋风”，把小平南方视察炒得如火如荼。内地传媒呢？一片静悄悄。

这种舆论形势颇为滑稽。

谢非审时度势，觉得在无密可保的情况下，索性将小平南方视察的声势做大，反而对推动中国改革开放更有利。本来他亲自组织了采访组，跟着小平走，将小平在南方视察过程中的言谈举止记录下来，只是凭直觉感到必有大用场，但之后如何报道，囿于小平打过“六不”的招呼，他却一时把握不住最有利时机。如今，箭在弦上，不得不发了！

在整个小平南方视察期间，谢非没有对小平提出过任何要求，除了请他接受采访之外；而且他敢于斗胆在小平一而再、再而三的回绝的情况下提了三次。小平说不题词，他都出面帮着挡，但如果不报道，他心有不甘。

港澳传媒纷纷以显著题位（黄金时段）及篇幅猛刮“邓旋风”，虽然他们手中真货色有限，但这并不能妨碍他们大炒特炒，谢非天天都紧盯着看，看到一些胡乱编造的消息不禁哑然失笑。这些消息还有些沾边，几乎可以肯定是有人给透露出去的。世界上没有不透风的墙，这可以谅解，但有人居然向境外提供新闻照片，这么做胆子也太大了些。

很快地，谢非对是谁干的已经心中有数了，他已经指示要认真处理。但实际上，他也暗示此事不必深究，查出“泄密”之源，下次注意就算了。原来问题出在被参观的单位，一些兼职记者、报社通讯员之类的干部职工见到小平后心情激动，主动向香港《文汇报》发稿，他们认为《文汇报》是爱国报纸，可不管什么内外有别，自己人不说两家话。

谢非觉得向小平进言的时机已近成熟。第一次进言，他小心翼翼地对小平说："小平同志，海外对您到了深圳已经有了很多传闻，是否可以由我们自己发一个正式的消息?"

小平同志没有同意。

紧接着，境外的有关报道进一步延伸，一是外国媒体也加入进来，接着，境外媒体开始根据他们手中仅有的材料借题发挥，种种猜测及评论铺天盖地：

"邓小平珠海行踪极为保密，记者兵分四路实行大包围。"

"邓小平讲话，将是定于今年第四季度召开的党的第十四次代表大会的主题。"

……

谢非有些着急了。无论境外媒体怎么说，只要不离谱，不是恶意攻击和中伤，对扩大改革开放的声势还是有利的，这正中他的下怀。他急的是要更加紧迫地把这把火形成燎原之势。他就任省委书记后撤销了各地拆鱼骨天线的决定，从而放开引进了香港电视节目，扩大了香港与内地的信息交流，他知道广东的6300万人民群众已经从境外媒体中知道了他们最想知道的东西，现在我们的舆论已经明显地被动了。

他第二次向小平进言时说："小平同志，您此行肯定会对改革开放产生巨大的推动作用，广东希望就此主题作一些报道。"

小平还是不同意。小平对谢非的意图洞若观火，老人家的政治艺术和韬略已臻炉火纯青的境界，对此陈开枝是这样理解的：

"至于'不见报'，我认为这是老人家站在全局的高度，从大局出发，积极稳妥地推进改革开放的一种政治韬略。'不见报'体现了老人家'不争论'的光辉思想，他说：'我们推行三中全会以来的路线、方针、政策，不搞强迫，不搞运动。愿意干就多干，干多少是多少，这样慢慢就跟上来了。不搞争论，是我的一个发明。不争论是为了争取时间干，一争论就复杂了，把时间都争掉了，什么也干不成。不争论，大胆地试，大胆地闯。"（引自陈开枝：《1992·邓小平南方之行》）

小平一是遵守党内纪律，既然已经退休，谈谈意见当然可以，但公开发表出来就得由中央定夺，二是显然怕火候未到之时，通过官方渠道把风过早放出去，可能会引起争论的激化，引起全国不必要的震荡。反而影响了集中精力抓发展。这一点，小平比谢非看得高。

不过，谢非注意到小平在深圳时，会见了新华社香港分社社长周南，他认为这是一个重要的政治信号，小平并非刻意封锁消息搞得神神秘秘滴水不漏。于是他立即将这一情况通报了正在珠海焦急等待的市委书记梁广大。他知道梁广大这个人四海之内皆朋友，香港很多大报的老总们都是他的朋友。再有，梁广大虽号称“梁胆大”，但心却很细，而且还有处理疑难杂症的政治智慧，很多复杂的难题他都能迎刃而解。

果然，梁广大立即将港澳几家爱国报纸的老总请到珠海，小平到了珠海后，梁广大本着与小平同志特别熟稔的底气，向老人家隆重推出了他的老友们：其中有香港《文汇报》《大公报》《澳门日报》的负责人等。小平也就顺水推舟地网开一面，默许这些老总与他一起视察，这本身也是一种变通，有将他的思想“出口转内销”的意图。同时，有关部门对泄密的新闻图片事件的查处也不了了之。

一向为人随和行事周密的谢非，却在代表广东要求传达小平的声音这个事情上，表现出难得一见的执拗。谢非知道，在境外媒体大刮“邓小平旋风”的状况下，如果我们自己的媒体对小平南方视察这样的头等大事长时间沉默，这等于严重失职，很快会被全国老百姓质疑和指责的。

谢非执行小平不陪餐的规矩是坚决的。小平在广东11天，都是只与家人一起用饭，很多地方领导想宴请他，都被谢非挡了驾，但谢非要求报道南方视察消息同样坚决，他第三次向小平进言：“小平同志，您此次来广东的消息实际上已经传遍全国。很多人纷纷向广东打听消息，我希望能在您离开广东后，将这次广东之行最后见见报。”

谢非再一次碰到了钉子。小平摇摇头说：“不开这个口子了。”

十一、涨潮，涨潮，伶仃洋！

1月23日上午10时，天气极佳，天和海一样蓝得透明，令人神清气爽。谢非等陪着小平一行视察完蛇口和赤湾港，小平要乘快艇去珠海了。

当小平和谢非来到蛇口码头时，远远地就看到梁广大急步走来，老远就伸出双手直叫：邓书记！

不用向小平介绍他是谁，小平对他印象深刻，老熟人了。

谢非笑着摇摇头。也许全国只有他一个人现在还管小平叫邓书记，也不知梁广大指的是小平退休前的哪个职务。梁广大认为这个叫法更亲热一些，上次南方视察，他就一口一个“邓书记”，反正叫顺了口，“小平同志”在他看来反而成了官方称谓，听上去有些一本正经，不如他这个独特的称呼叫得亲热。

“邓书记”与梁广大亲切握了手，他不知道满脸笑得开了花的梁广大在怀里掖了一台袖珍录音机。

在众人小心翼翼地挽着小平登上前来迎接他的拱北海关“902”快艇时，陪同上船的还有后来担任深圳市委书记的厉有为。

谢非将梁广大拉到了一边，小声说：“广大呀，在船上我俩要分分工。我说说省里的工作，你说说珠海的工作。但我们都要简明扼要，总共不要超过10分钟。我看老人家在深圳说的话，好像意犹未尽，我们要把时间留给他，让他多讲讲。”

梁广大心有灵犀，对谢非说：“请你放心，我也希望多听老人家说说。由我简要地把话题引出来，然后就听他讲！”

在刻意安排之下，在“902”二层前舱里只有那么几个人，其他陪同人员及小平家人都进了后舱。

一声欢快的汽笛响起，902快艇启航了，像一把利剪，剪开了珠江口烟波浩渺的海面。

前面就是伶仃洋，珠江口“八门”中最为壮观宽阔的一片水域，南宋名臣文天祥就在这片洋面上吟诵出感天动地的千古绝唱。伶仃洋从来就是华夏的南大门。如今，一位饱经沧桑、坚如磐石的老人，在8年间第二次飞渡伶仃洋。

伶仃洋在涨潮，涨潮。

88岁的老人家在快艇前舱刚一坐下，就找到了当年金戈铁马的感觉。他戴上老花镜，对谢非说：“拿地图来！”那架势仿佛一下子回到了当年指挥千军万马厮杀的前线指挥所。用陈开枝的话说：“仿佛邓政委正在向求战心切的部下布置一场事关国家存亡的重大战役。”

也许是粤北清远石灰岩山区的绝对贫困仍然缭绕在谢非心头，因此他对小平的汇报并没有谈特区及广东的品牌珠三角；谢非将准备好的一张大幅广东地图摊在小平面前，在小平面前指点着他的17万余平方公里辖区及6300万百姓，汇报说：“广东按经济发展水平，可以划分为三个世界。‘第一世界’是经济发展比较快的珠江三角洲；‘第二世界’是发展中等的粤东、粤西的平原地区……”

小平看看谢非，说：“那余下的是‘第三世界’了？”

谢非老实地承认道：“是。我省‘第三世界’是大片山区。目前经济比较落后 。”

小平戴上老花镜，追着谢非指点的地方看，听得很认真。谢非说：“广东正努力缩小贫富地区的差距，力争在下世纪初，赶上中等发达国家与地区的发展水平。”

谢非这一番话值得认真解读。首先，他在小平同志面前揭示了被特区及珠三角的光芒遮蔽了的广东真相，即 80%以上的地方仍面临不发达及穷困现状，其中不乏清远白湾皇宫村那样极端贫困的农村；再者，谢非绝不是一个守成者，他志向高远，他在小平面前提出的奋斗目标，即广东要在本世纪初整体达到中等发达水平，现在看来仍然是一个十分艰巨的任务，这是中国第一个地方官在小平面前明确地给出了达到现代化的时间表，表明中国向现代化迈进不再是一个抽象的远大目标，而可以在一个地区、在一个可以预期的时间内、以一个明确的标准首先实现。

小平同志被谢非的话所打动。他情不自禁地用乡音说：“要得，要得！”

这显然是小平最感兴趣的话题。

他认为广东用 20 年时间在综合水平上赶上“四小龙”是有希望的，他鼓励谢非说，抓住时机，发展自己，关键是发展经济。广东要带头闯，再上几个台阶。

谢非说到这里却没有展开他的汇报框架，也可以说他的汇报也仅仅是这个框架，见好就收，他深知时间宝贵，机会难得，要把话语空间留给小平。于是他把话题转了个弯：

“小平同志，广东现在的发展形势很好，但大家却有一个共同的担心，就是怕政策变；现在我们听到了很多议论，给人的感觉是改革开放的政策要动摇了，很多同志都担心会变呀。”

小平将头从地图上抬了起来，摘掉了老花镜，看着谢非。谢非也看着小平，没有再出声。此时船舱里的高兴轻松气氛，渐渐凝重起来。

谢非扫了梁广大一眼，他正在摆弄他的录音机，与小平见面后，梁广大觉得录音机掖着不方便，于是从怀里掏了出来，但也不敢明摆在小平面前，只好一直抓在手里。

梁广大见谢非用眼光瞟他，知道该他上场了。梁广大清了清嗓子说："邓书记，自打您1984年南方视察之后，特区发展得很快，现在已经有七八百家外资企业进驻了珠海，而且门类齐全。不过现在总觉得政策要变，对特区的议论很多呀，压得我们都透不过气来。比方说是以改革开放为中心还是以治理整顿为中心？现在我们的发展到底是不是太快了——"

一句情绪略为激动的话打断了梁广大，小平说："什么叫太快？什么叫调整？如果不是几年来发展了一下，你拿什么来调整？我不反对调整，但要抓住时机发展自己！"接着，小平的话匣子就打开了，他滔滔不绝地往下说，谢非、梁广大和厉有为，聚精会神地用心听、用心记，最多也只有个插话的份了。

——"关键是要发展经济，现在周边国家和地区发展那么快，如果我们搞得太慢，老百姓一比较就有问题了。能快的地方就要快，不要挡。"

说到这里小平激动地打着手势：

"我们不要挡，来之不易呀，能快就快，能发展就发展，什么叫高速度？低速度就等于倒退。要因地制宜，能快则快，只要是讲效益，讲质量，搞外向型经济，就没有什么可担心的。低速度就等于停步，甚至等于退步。要抓住机会，现在就是好机会，我就担心丧失机会。不抓呀，看到的机会就丢掉了，时间一晃就过去了——发展才是硬道理，如果分析不当，造成误解，就会变得谨小慎微，不敢解放思想，不敢放开手脚，结果是丧失时机，犹如逆水行舟，不进则退。"

老人家顿了一下，又说："现在，就是要选人民公认是坚持改革开放路线并有政绩的人，大胆放进新的领导机构里，使人民感觉到我们真心诚意搞改革开放。人民，是看实践，人民一看，还是社会主义好，还是改革开放好，我们的革命事业就会万古长青。"

"基本路线要管一百年，动摇不得。只有坚持这条路线，人民才会相信你，拥护你。谁要改变三中全会以来的路线、方针、政策，老百姓不答应，谁就会被打倒。"

梁广大听得热血沸腾。他的心兴奋得直颤抖，最担心的是手心里那台录音机，别不会出什么毛病吧？他说："现在我们还听到一个说法，就是这样搞下去会产生两极分化——"

梁广大再次被小平打断：

“什么叫两极分化？过去几十年那么穷，就不叫两极分化了吗？再这样下去不行。这不是两极分化，是经济发展的规律，大家一起穷好吗？我们不是心血来潮，是要向全党和全国交代的！对比周边发展快的国家和地区，我们还有什么理由挡？有些人就是不懂这个道理。我没有读过很多马列的书，《资本论》也没有读完，但我信实事求是。没有实事求是，就不是马克思主义。你们学马列要学管用的，我的入门老师就是《共产党宣言》、《共产主义 ABC》。我们搞改革开放，不是靠本本，而是靠实践，靠实事求是。我读的书不多，就是信一条，相信毛主席讲的实事求是，过去我们打仗靠这个，现在搞建设、搞改革开放也靠这个。我们讲了一辈子的马克思主义，其实马克思主义并不深奥，马克思主义是很朴实的东西，很朴实的道理。”

谢非说：“现在有一个说法，中国主要的问题，是要防止和平演变——”

小平说：

“这个观点是十分错误的。没有经济的发展，社会主义国家才会发生和平演变；只有把经济搞上去了，才能防止和平演变，根本的问题，还是发展经济。我们不必再搞什么新的东西，按现在已有的办法去发展，一心一意地搞一二十年，就可以把经济搞好了，像苏联东欧，他们的经济不发展，一夜就倒了，搞起来难，倒下去也就是一夜之间的事，这不行呀！”

小平又说：

“所以政策不要随便变。你一变，人家说中国改革开放的政策又要变了，公布了出去的事，就要取信于人，人家港澳紧靠着我们，你一变人家就会更敏感，你不能变，不能动摇。短短十几年，中国就变成这个样子，靠的是改革嘛，坚持就是胜利。现在你就是政策稳定人家还不放心呢。要好好坚持改革开放，不要动摇，我最大的特点就是不动摇。”

谢非情不自禁地打断了小平：“我们支持您！”

梁广大说：“我也支持！”

“我这个人还是有点好处，”小平说：“就是不动摇。”

谢非由衷地说：“这个不动摇十分重要。”

“902”艇是高速艇，通常来往深圳珠海间航程为 60 分钟。这一次承担接送小平的重大任务，船长极小心谨慎平稳地航行，严格控制噪音，结果本来 1 小时的航程，它走了足足 100 分钟，为谢非、梁广大、厉有为等聆听小平的教诲提供了更多的时间。

不知不觉间，船已靠近珠海码头。越来越浓的谈兴主要是在小平和梁广大这两人之间展开的。既然话匣子已经打开，一些有碍谈话展开的规矩就可以不在乎了。梁广大不知什么时候将一直攥在手心的录音机摆到了茶几上，而且由毛毛负责操作。

梁广大说："唉，现在日子刚刚好过一些，又有人怕富。傻子瓜子（指年广久）不是就被打倒了吗——有些人就是'左'，看不得人发财——"

小平同志接着说：

"现在这样的事多得很，所以说不坚持改革开放就没有希望。"

说到这里，老人家的脸色严肃起来：

"现在，有'右'的东西影响我们，也有'左'的东西，但根深蒂固的还是'左'的东西。有些理论家、政治家、拿大帽子吓唬人的，不是'右'而是'左'。'左'带有革命色彩，好像越'左'越革命，'左'的东西在我党历史上很可怕呀！一个好的东西，一下子被它搞掉了。'右'可以葬送社会主义，'左'也可以葬送社会主义。中国要警惕'右'，但主要是防止'左'——"

老人家意犹未尽："中国出问题是在 1957 年，问题出在一个'左'字上。反对资产阶级右派是必要的，但是搞过分了。'左'的思想发展导致了 1958 年的'大跃进'和人民公社化运动，这是比较大的错误，使我们受到惩罚。1959 年到 1961 年三年困难时期，工农业减产，市场上的商品很少，人民群众吃不饱饭，积极性受到严重挫伤。那时，我们党和毛泽东主席由于长期斗争历史形成的威望很高，我们把困难的情况如实告诉了人民，'大跃进'的口号不再喊了，并且采取了比较切合实际的政策、步骤和方法，1962 年就开始从困难的景况中恢复，1963 年、1964 年情况比较好。但是'左'的指导思想并没有根除。1965 年又提出党内有走资本主义道路的当权派。以后就搞了'文化大革命'，走到了'左'的极端，极'左'思潮泛滥。'文化大革命'实际上从 1965 年就开始了，1966 年正式宣布。1966 年到 1977 年搞了整整 10 年，党内的骨干差不多都被打倒了。"

二层的前舱一下子静下来。

突然，邓小平的小女儿毛毛大声问：

"您在历史上受过几次'左'的迫害呀?"

小平伸出了三根手指头在大家面前晃着："三次呀！"他提高了声音。

小平摆摆手，似乎要把那些令人不快的回忆赶走，再次打破了沉默，谈兴更浓："学马列要精，要管用的。长篇的东西是少数搞专业的人读的，群众怎么读？要求都读大本子，那是形式主义，办不到。最近，有的外国人议论，马克思主义是打不倒的。打不倒，并不是因为大本子多，而是因为马克思主义的真理颠扑不破。实事求是是马克思主义的精髓。要提倡这个，不要提倡本本。我们改革开放的成功，不是靠本本，而是靠实践，靠实事求是。农村搞家庭联产承包，这个发明权是农民的。农村改革中的好多东西，都是基层创造出来，我们把它拿来加工提高作为全国的指导。实践是检验真理的唯一标准。我读的书并不多，就是一条，相信毛主席的实事求是。"

老人家意犹未尽，兴致勃勃地回忆起改革开放初期的形势："……对改革开放，一开始就有不同意见，这是正常的。不只是经济特区问题，更大的问题是农村改革，搞农村家庭联产承包，废除人民公社制度。开始的时候只有三分之一的省干起来。第二年超过三分之二，第三年就差不多全部跟上，这是全国范围讲的。开始搞，并不踊跃呀，好多人在看。我们的政策就是允许看。允许看，比强制好得多。我们推行三中全会以来的路线、方针、政策，不搞强迫，不搞运动，愿意干就干，干多少是多少，这样就慢慢跟上来。不搞争论，是我的一个发明。不争论，是为了争取时间干，一争论就复杂了，把时间都争掉了，什么也干不成。不争论，大胆地试，大胆地闯。农村改革是如此，城市改革也应如此。"

根据新华社记者后来采访当事人的追忆，邓小平还有一段精彩的话，他一再对谢非说：你们能发展多快就发展多快，别管他那一套。

回过头来话题一变，老人家又谈起"左"的危害：你们别给那些假马列主义者吓唬住，他们尽用大帽子压人。我告诉你们，我邓小平就没读过许多马列的书，我只是读过《共产党宣言》、《共产主义ABC》，但是，我懂得用马列主义的方法来分析问题、研究问题。你们查一查，我们三中全会以来所做的决定，哪一条是从马列主义的书上抄下来的，没有。但是，你又查一查，我们哪一条是违反马列主义、毛泽东思想的，没有。

谢非面带微笑，坐在一边没吭声，潜心聆听；厉有为本来就不太爱说话，整个航程里他也一声不出，只是把小平的话一个字儿一个字儿地夯在心底；前舱里还有卓琳，她从来不插话，只是意味深长地看着这些满身都是宏大关怀的男人们。

船已经轻轻地泊定在珠海九洲港，但没有人通报，无论是谢非的秘书或是人称“总领队”的陈开枝也都浑然不觉。大家似乎知道，前舱里老人家那撬动历史之轮的谈话还在进行之中。

烟波中，海鸥在振翅，在欢叫，仿佛声声呼唤：涨潮，涨潮，伶仃洋！

只见邓楠兴冲冲地走进前舱说：“船都已经靠岸了，你们还没有谈完呀！人家已经在上面等我们了。”

小平说：“话是没有谈完，等住下来继续谈吧！”

梁广大陪了一干人离船登岸抵达自己的“领地”时，顿觉自己豪气干云。他心里说：“我有录音我怕谁？”后来他在全市大会上，凡是讲到小平“南方视察讲话”时，第一个动作就是把那个录音机掏出来往主席台上一墩。那股劲头儿，说明自己不是一般的正宗。

还有一个人认为自己满载而归，他就是谢非的秘书陈建华；他与梁广大不同之处，在于利用全程贴身陪同和小平默许的“特权”，尽一切可能将小平南方视察的场景抓进自己的取景框。现在全国各地关于小平二次南方视察的出版物的照片，很大部分出自他的手。

陈建华引为自豪的作品，包括一组特别编辑的小平谈话时的照片，从衣着及背景来看，是摄于同一时间与地点，小平不断地边谈边打手势。作者于是选了5张小平打手势的照片（均为右手，在5张照片中，小平分别举起1至5根手指头），合为组照，并为这组照片起名为“五个金手指”；如今，《五个金手指》广为流传，人们耳熟能详，因为陈建华拍摄的这组照片，非常巧妙生动地概括了小平二次“南方视察讲话”的精髓。

有人对《五个金手指》的图片加以妙趣横生的说明，依次如此“图解”小平谈话时右手比画出1至5个手指时的情形：

（1个手指）：坚持党的基本路线100年不动摇；

（2个手指）：广东力争20年赶上亚洲四小龙；

（3个手指）：再用30年时间，形成一个基本定型的社会主义制度；

（4个手指）：在任何情况下，都要坚持四项基本原则；

（5个手指）：收回香港后，原来的制度50年不变。

十二、他谱写了一部壮丽无比地改变中国面貌的国运交响诗

一列专列屏息停在广州火车东站，静候总设计师的到来。

1992年1月29日下午5时40分，小平抵达。与广东省、广州军区各位领导合影留念，满足了大家殷切的期望，随即登上专列。梁广大多次挽留“邓书记”在广东多住些日子，可老人家说：我念着上海啊！

他终于走了，取道江西直奔上海。

在广州东站的月台上，谢非一直望着小平的专列远去。新华社的资深记者田炳信描绘了当时的场景，他在《邓小平最后一次南行》这本书中这样写道：

“谢非望着踏上专列的邓小平，望着他那头上的丝丝白发，望着他那风尘仆仆的身影，鼻子有点酸。谢非在官场中历练多年，已练就了喜怒不形于色的本领，他还是控制住了。深深咽了一口，那是泪，有点咸。”

谢非在20世纪六七十年代就是广东省委的一支笔，他字写得漂亮，头脑清晰，为人冷静、沉着。他清楚记得，小平同志视察南方在广东逗留了11天，仅仅休息了两天时间，其余时间天天到基层实地考察。他不顾年事已高，一路走、一路看、一路谈。他在视察期间没开过一次会，所有重要谈话都是在路上、在现场边看边谈。

多年以后，很多人写了回忆文章，但只有谢非把小平一生到广东的次数统计过，并记载下来：“邓小平一生16次到广东。中华人民共和国成立前3次，开放前10次，开放后3次。”

谢非有种预感，老人家恐怕是最后一次来广东了。谢非后来撰文写道：“我们不禁从心底涌起对这位伟人的无限崇敬之情!”

随着专列徐徐启动，邓小平一生中为中国和平崛起而指挥的最宏伟又最感人的最后一次战役，完满结束了。

小平走后接踵而来的是中国最盛大的传统节日。这年春节，谢非格外兴奋和忙碌，小平南方视察给广东、给全国带来强烈震撼和共鸣，这是他早就预料到的，他没想到的是，他一再向小平要求宣传报道南方视察的信息，小平却以一个退了休的普通党员身份和特有的组织纪律性，坚持“不开这个口子”，此

时竟神奇形成了一个效应：全国、全世界都在传说，都在猜测，都在期待，但我就是不说，这叫弯弓蓄势，引而不发，如同一个大水库，积蓄了越来越满的水能，一旦在某个时机打开那个闸门，那种爆发力是惊天动地的，只要巧妙加以利用，就能收到事半功倍的最大效益。

其实，小平一离开广东，广东省和深圳、珠海的党报就下起了“绵绵春雨”。“梁胆大”领导下的《珠海特区报》最大胆，率先在 1 月底就公开了小平南方视察视察珠海的经过。这完全是出于广东宣传战线领导和记者们强烈的政治责任感、对改革开放政策的热诚拥护和关切国运的胆识。

新华社资深记者田炳信对于国内传媒对小平南方视察的消息三缄其口的现象，后来不无调侃地写道：

中国的所有媒体都像保密局的干部。缄默其口，什么也没有报道，不是他们不知道，也不是他们没有新闻敏感。在邓小平广东视察的路上，就有新华社广东分社的副社长、高级记者牛正武，就有南方日报社和广东电视台的记者。

这不能怪他们。上面有指示，新闻有纪律。

田炳信记载：

1 月 19 日，小平抵达深圳视察的消息当天就传开了。可是中国官方没有发布消息，急于求证事件真相的境外媒体记者就找到时任深圳市委宣传部外宣处处长兼深圳市政府新闻发言人黄新华。

怎么办？没办法也得想办法啊，黄新华终于计上心头了。事实上，黄新华就邓小平同志是否已抵深视察的答复在若干年后的今天也仍然被行内人士视为某种外交辞令的经典。

此后数日，包括路透社、美联社、法新社这世界三大通讯社在内的多家媒体的电稿里，都可以寻觅到黄新华当时那句经典答复：深圳经济特区是邓小平同志亲自倡导建立的，党和国家领导人经常来深圳走走看看，视察工作是很正常的事情。

黄新华说：他是在接受香港媒体采访时首次使用上述的表述，而香港媒体借此也纷纷刊出了深圳市政府证实邓小平同志南下深圳的消息，“其实嘛，我也没有说出邓小平到底有没有来深的准信儿，这不违反党的宣传纪律”。

“邓旋风”由此而起！改革开放的春风借此再度吹荡长城内外。可是黄新华的心还悬着。境外中英文报纸白纸黑字，明明白白可都写着是你黄新华说的，上面查起来可不是好玩儿的。

黄新华心里还是没个底儿，时任深圳市委宣传部部长的杨广慧当时恰好在北京开会，他只好向分管的副部长做了汇报。

没想到，他得到的却是爽朗的笑声："你怕什么？香港股票已经借你黄新华的贵言劲升几百点了，许多人会请你吃饭的，你怕什么？有事咱们集体负责。"

实际上，广东各地的宣传部门早就按捺不住了，他们纷纷用变通手法大打"擦边球"：《南方日报》《深圳特区报》《深圳商报》和《珠海特区报》在有关领导的部署下，开始巧妙地把小平的重要谈话逐一用本报评论员文章形式加以阐述和披露，大造改革开放的强势舆论，只是没有点明哪些话是小平说过的，也没有出现小平南方之行的字眼。最典型的莫过于《深圳特区报》从1992年2月20日到3月6日的"猴年八评"和3月12日《深圳商报》开始发表的"八论敢闯"。

紧接着《人民日报》和上海的党报也开始以小平"南方视察讲话"的要点作为文章题目，密集地发表理论文章和评论员文章，加大了宣传力度。

严守党的组织纪律的邓小平深知，能否发布有关"南方视察讲话"权威信息的决定权在中共中央。所以一再说："不开这个口子"。2月初，小平仍在上海，江泽民同志在中共中央政治局常委会讨论起草十四大政治报告的指导思想时，早已定下基调，他强调指出：报告通篇要体现邓小平南方重要讲话的精神，以邓小平建设有中国特色社会主义的理论为指导。在小平结束南方视察后的1992年2月28日，中央很快做出决断，以中共中央〔1992〕二号文件形式向全党传达了小平"南方视察讲话"内容，紧接着召开了中央政治局全体会议，学习贯彻小平"南方视察讲话"，新华社也播发了中央政治局会议消息，并将小平"南方视察讲话"的主要内容公之于世。中央政治局常委李瑞环同志来到广州，听取了汇报，对有关组织宣传邓小平南方视察宣传报道，给予高度重视和肯定。中共中央政治局常委、中央党校校长乔石在1992年中央党校开学典礼上向全体学员传达了小平"南方视察谈话"精神。共和国最后一位元帅聂荣臻同志在临终前，竭尽最后的生命力对着录音机留下遗言："……我坚信党的改革开放政策，坚信走有中国特色的社会主义道路是十分正确的。我非常赞同邓小平同志视察南方的重要讲话……"

以江泽民同志为核心的党中央启动了新闻信息的"核按钮"，刹那间已经在境外热炒了两个多月关于"邓旋风"各种新闻，马上形成了国内铺天盖地的新闻“核爆炸”。《深圳特区报》首先发表了陈锡添采写的《东方风来满眼春——邓小平同志在深圳纪实》这篇著名的长文，详细披露了小平从1月19日到23日在深圳的活动和讲话内容，《羊城晚报》当天予以转载，接着《珠海特区报》与《南方日报》先后发表长篇通讯，报道了小平从1月23日到29日视察珠海的详情和多次鼓舞人心的谈话，这些权威报道一扫众多猜测编造和似是而非的非正式消息，在全国起了正本清源、再掀波澜的作用。

3月30日，新华社向全世界正式公开了邓小平南方视察的消息和讲话内容，3月31日，《人民日报》转载了《深圳特区报》的《东方风来满眼春——邓小平同志在深圳纪实》，把全国宣传邓小平“南方视察讲话”推向高潮，一时间神州撒满春消息，春风荡漾，春雷激荡，鼓舞人心。

江泽民同志在即将出访前会见外国记者，有记者问及他对《东方风来满眼春——邓小平同志在深圳纪实》一文时，他非常肯定地回应：邓小平同志视察南方的重要谈话，早已在全党和全国传达。现在发表邓小平同志视察深圳的报道，可以使全国人民更好地了解他的谈话精神，以便全面地贯彻落实。

一场撼人心魄的“春天的故事”宏大话剧再掀高潮，在广东这个近18万平方公里、6000多万人口的大舞台上，谢非是现场总指挥。而深圳，是这场盛大演出的核心区。深圳从此加速再加速，很快就与毗邻的香港并肩而立，成为令世人刮目相看的双子城。

小平离开广东后第三天，广东省委在广州珠岛宾馆召开厅局级以上干部会议，由谢非传达邓小平谈话记录稿。此时传达邓小平南方谈话的中央文件尚未下发。谢非的传达整整进行了3个小时，全场鸦雀无声，充满了大战前夕庄严的崇高感和使命感。

谢非在传达时表现出少有的兴奋与激动，对广东干部大声疾呼：“小平南方视察将对全国及广东产生重大影响，我们要开足马力，不负小平！”

由于谢非向小平实事求是地分析了广东的现状和发展趋势，表示了广东力争在下世纪初达到中等发达国家水平，令小平印象深刻，也很高兴，他在视察过程中一再向谢非耳提面命，提出了一个特别要求：广东争取用20年时间赶上或超过亚洲“四小龙”，率先基本实现现代化。这也是小平同志第一次向一个省提出率先实现现代化而不是与全国一道进入现代化的设想。谢非把这作为小平神圣的嘱托，牢记于心。

在随后不久的1992年10月12日，中国共产党隆重召开了中共十四大，全党以邓小平建设有中国特色社会主义的理论为旗帜，全面贯彻落实小平南方视察谈话精神，江泽民总书记代表党中央做报告，把改革开放14年来的伟大实践称之为“开始了一场新的革命”，明确宣告：中国经济体制改革的目标，是建立社会主义市场经济体制。他更代表党中央，赋予广东20年赶上亚洲“四小龙”基本实现现代化的历史重任。

会上，谢非担负了更重的担子：他当选为中共中央政治局委员。

中共十四大开创了两个“亮相”仪式，一个是新当选的中共中央政治局常委的全体亮相，另一个是新当选的中共中央政治局委员亮相，在第二个“亮相仪式”上，阵势惊人的中外传媒记者向“新科”政治局委员们发起了连珠炮式的提问，中国发行量最大的报纸《参考消息》作了有趣的综述，其中最受关注的是刚刚陪同邓小平作过历史性南方视察的谢非，外电在报道时用了引人注目的八个字来形容谢非别具一格的答问：有备而来，侃侃而谈。

事隔多年以后，人们回忆起当年在小平南方视察之后广东万马奔腾的发展形势，依然心驰神往，壮怀激烈。陈开枝在《1992·邓小平南方之行》一书中回忆道：在劲吹的改革风、不尽的开放潮的促动下，1992年我国社会生活中各种“热浪”滚滚而来，人才热、股票热、地产热、边贸热、实体热、集团热、“三产”热、“炒更”热、拍卖热、保健热、“巨奖”热等这热、那热，一浪高于一浪，而这些都是发生在1992年春老人家发表南方谈话之后。中国政治经济生活中一系列方兴未艾的改革大手笔，给走进第14个年头的改革开放涂抹上多彩绚丽的一笔。

但是在广东指挥这场“春天的故事”倾情演出的谢非，当时头脑是相当清醒和冷静的。他率领省委省府班子，在构建社会主义市场经济体制作了艰辛和全面的探索，在全国先走了一步。小平南方视察后，全国形成一片争先恐后的发展态势，并且出现热气腾腾的一片房地产热、开发区热、集资热、股票热，广东却集中力量策划建设高速公路、码头港口、机场铁路、城市地铁等重大基础设施，和大办重化工业基地、大型流通市场基地、珠三角专业镇群落等关系国计民生的建设，并率先提出发展经济要突破行政区域的限制，倡导小珠三角的协调发展和融合；使外向型经济出现爆发性的增长。深圳更以高科技的资本密集型产业作为先导，大力发展现代服务业，成为全世界发展得最快的新都市，也成为中国现代化程度最高、人均收入也最高的大城市。当年小平驻足远眺的罗湖高楼群落，演变成为东起大鹏湾，西至伶仃洋岸边绵延近百公里的现代化城市带，处处高楼林立，绿化园林错落有致，常住人口超过千万。

从 1978 年到 1997 年，时间不到 20 年，广东的国内生产总值、财政收入、工商税收，呈十几倍几十倍的增长，社会主义市场经济体系的构建令广东发展产生了几何级数的飞跃，这是中国从盘古开天、三皇五帝以来最迅猛的财富积聚和增长，世界史上可能绝无仅有，只能再次使用一个词来形容：

千古奇观！

小平南方视察五年之后的一天，北京天气很冷，小平最后的日子在 301 医院度过的。他多年的随身医生黄琳看得出他很痛苦，但小平很平静，一声不吭；他神志异常清醒的时候也一声不吭。他不再评价任何人，也不在乎任何对他的评价。黄琳回忆说：我明白他一定知道自己病入膏肓，问他还有什么话想说。小平淡淡地说："该说的都说过了。"

是的，他已经说过了，在深圳，在伶仃洋，在珠海，他说了又说，他以 88 岁高龄南方视察，成了当代中国在 20 世纪 90 年代猛然发力的加速器，成了中国重铸国运和平发展的新指南，南方视察以后，他重归平静而低调的退休生活。

但是，他的剪影，却长久地铭刻在他曾经"画了一个圈"的南海之滨，长久地铭刻在他命名为"特区"的人们心坎里。那座神奇地崛起的现代化大都市矗立起他的塑像，每逢纪念日，成千上万的深圳市民会不约而同地拥向莲花山，向梦幻般改变了这个边陲渔村和千万市民生活的睿智老人致敬，小平与深圳已经血脉相连，密不可分，一个老迈年高的共产党人在 20 世纪末谱写了"一个老人与一座城"的传奇。

在亿万中国人期盼香港回归的日子里，老人驾鹤西去，给深圳这座城市留下的，是一系列震古烁今的话语，一部壮丽无比地改变中国面貌的国运交响诗。

（本文由吕雷、赵洪所著的长篇报告文学《国运——南方记事》改写而成；参考资料：《广东人民永远怀念小平同志》，谢非著，1998 年 2 月 18 日，南方日报；《1992 · 邓小平南方之行》，陈开枝著，中国文史出版社；《邓小平最后一次南行》，田炳信著，广东旅游出版社；《梁广大珠海为官十六年》，茹晴著，中国经济出版社；《邓小平八次南方视察记》，童怀平、李关成著，时代文学杂志。）

散文卷

岁月留痕

白发红心我奶奶

奶奶是我的童年偶像。

我是她一手带大的。1948年重庆地下党遭受空前破坏，父亲带着一岁的我紧急撤退到香港，病得奄奄一息的我回到奶奶的怀抱，那时我因发烧而整夜啼哭，奶奶也经常整夜抱着我在香港街头上踯躅。我奶奶识字不多，但我心目中她是无所不知，无所不能的。她会讲很多很多的故事，令我刚上幼儿园时，过于依恋她而常常紧抱她的腿坚决不肯放手，她也只好终日守在幼儿园里陪着我，让老师们非常为难。她喜欢听“大戏”（粤剧），偶尔也会唱几句，我至今仍记得几个粤剧大老倌的名字，就是从她嘴里听来的。

奶奶是个了不起的革命母亲，这是我年纪渐长慢慢知道的。她早年守寡，靠当佣人含辛茹苦养大五个儿女，全部送他们参加革命工作，她在日军占领香港期间，也曾奋不顾身参与斗争。

现在公认，1997年7月1日进入香港驻扎的人民解放军是我军第一支“驻港部队”，其实，在1941年日军占领香港时，中国共产党领导的武装力量就已经进驻过香港，他们才是最早的“驻港部队”，论辈分可以算得上现时的驻港部队的爷爷，他们神出鬼没地在香港市区和城郊开展对日城市游击战，在沙头角、元朗、大屿山等战略要点建立了游击区，手枪队打击日寇出入闹市如履平地，制造大爆炸，吓得正在“访问”香港的日本天皇特使魂飞魄散。他们轰轰烈烈地干出一桩桩举世瞩目的历史奇迹——在日军严密搜捕和封锁下，抢救出诸如茅盾、邹韬奋、何香凝、柳亚子等七八百文化精英，甚至还抢救出了曾经是共产党人死敌的国民党高级将领余汉谋等一众重要官员，其中包括戴笠的情人、电影明星胡蝶，因此被茅盾誉为历史上最伟大的营救；在盟军陈纳德飞虎队的轰炸机轰炸日军香港基地时，他们又奋不顾身地抢救出多名被日军击落的美军飞行员，营救出被日军俘虏的多名英军高级军官。

香港九龙有条太子道。当年威震港九的东江纵队港九大队市区中队的老战士提起这条路，会产生一种特殊的感情，他们忘不了太子道174号的女主人吕妈——我奶奶。

奶奶的家，其实是知名人士荆老伯的物业，荆老伯是老同盟会员，早年留学日本，回国后曾在“湖南一师”当过老师，据说曾经给毛泽东上过课，香港沦陷后，他拒绝了日本旧友的拉拢，坚决不当汉奸，逃回内地，委托当佣人的奶奶看管房产，奶奶便当上了女主人。当时香港已成恐怖世界，天天都有人饿死，奶奶深明大义，毅然送走了可以持家的大儿子、大女儿，让他们到游击区参加革命，还在家中开设了“东纵”市区中队的联络站。

奶奶家里经常开着一桌“麻雀局”。四楼住着一户汉奸，楼下住着日本鬼子的马队，他们却对三楼经常通宵达旦的“雀战”声从未产生过怀疑，他们做梦也想不到，这“麻雀局”竟是在港九神出鬼没的游击战士在开会！当时“东纵”在香港活动分布多处，市区由市区中队负责，中队长方兰是一位年轻姑娘，经常出入奶奶的家，奶奶叫她“方姑”，她也是我姑姑的直接上级。在方姑安排下，奶奶专以替日军军官洗衣服为掩护，常常在走廊里用烧木炭的大熨斗洗烫日军衣服，实则是在为同志们望风放哨。在这种“夹心饼干”式的险恶环境里，指战员们反觉得“风雨不动安如山”。这里，是他们温暖的家。

1944年初春，盟军飞虎队飞机轰炸香港的日军目标，多架次军机被击落。其中一位美国飞行员克尔中尉被迫带伤跳伞，被我“东纵”一个11岁的小交通员李石奇迹般营救到游击区。日军眼看着美国飞行员在眼皮底下消失，狼奔豕突在城里城外大肆搜查，港九突然变得十分紧张。

一天早上，我奶奶梳妆打扮，雍容华贵地出门了。身后还跟着一个衣着入时的少女——我的大姑。她们要完成中队长“方姑”交付的特殊任务：采购贵重药物、高级食品，还有一项奇怪的物品——西洋人吃饭用的刀叉！原来，游击区内食物药品奇缺，生活极其艰难，为把国际友人接待好，东纵领导决定：通过秘密联络站在香港购买。领导还细心地考虑到，今后进入游击区的国际友人会逐渐增多，他们不会用筷子，因此还必须买若干副刀叉！

174号楼下，日军马队一个新来的日本军曹阴鸷的眼睛盯上了奶奶母女俩，手一扬拦住她们，接着就动手翻我姑姑手中的藤篮，奶奶竟拉住他，笑嘻嘻地摇了摇手。

军曹火了，恶狠狠地打了奶奶一耳光。奶奶愤愤地揭开藤篮上的白布，军曹吃了一惊——里面装着一叠洗得干干净净、烫得整齐笔挺的日军将军制服。

日军马队队长闻声赶来："嗨，八格!"板起脸孔把军曹训斥两句，接着左右开弓，大巴掌扇得军曹眼冒金星，然后客气地把头一低，摆手向母女俩示意放行，还连声："翘秀哭。"(对不起)

奶奶在这日军队长眼中，是大大的"良民"，他知道：她天天到"大日本香港占领地总督部"的高级军官家里洗衣服。可是他们做梦也没想到，这母女俩一个是游击队母亲，一个是年方17的女游击队员，他更不能想象，就在他头顶上的三楼，竟会是东江纵队的一个重要联络站!

奶奶母女俩凭熟人熟路，机警地在港岛置办了指挥部要的物品，但回九龙时，在渡轮上却突然发生了意外。

她们母女在船上刚坐定，全船就乱哄哄地闹起来——几个宪查和印籍"摩罗差"，窜上船来要搜查了。"摩罗差"见母女俩，就径直过来动手翻东西，一看她们的藤篮里装满了蛋糕、西饼、炼奶、罐头、刀叉……面如菜色的"摩罗差"，顿时两眼放光。立即围拢过来了。

"喂，带这么多东西上哪儿去?"一个宪查问。

"探舅父。他病了，需要营养。"我大姑说。

"你舅父干什么的?嗯?"一个宪查突然狂嗥起来。

奶奶说："他在为皇军做事，当翻译官。"说着，她揭开另一个藤篮，露出那几套军官制服："这是他的替换衣服，要我们给他送去。"

敌人面面相觑，谁敢得罪"皇军"的翻译官?只得悻悻地走开了。

第二天，我大姑离开九龙市区，在新界化装成一个客家妹，挑着担子秘密把这批物资转送游击区。

克尔中尉离开游击区时，给东江纵队的指战员写了一封感谢信，信中说："……我知道，你们当中还有很多人是我所见不到的，他们为保护我的安全，在危险和困苦中工作着，我只有用这样的办法来表示我的感谢……"在"二战"后期，"东纵"共营救英、美两国军官10多名，为国际反法西斯统一战线做出重要贡献。

那时，香港每个居民每天只配给六两四钱（小秤）的碎米，奶奶外出俨然是一个贵妇，其实衣服饰物全是主人的，她却是一贫如洗，经常饿肚子。她小女儿才8岁，饿得骨瘦如柴，被迫去工厂当童工。从游击区潜入市区的交通员，常常把一篮篮番薯、芋头和白米送来接济奶奶一大家子。但是她绝不肯轻易动用这些部队接济的粮食，宁愿一家大小捱“神仙糕”（用少量碎米加硼砂熬成稀粥凝结而成），也要让住在家里的同志们吃饱、吃好。因此，同志们都把她看作是自己的妈妈，亲切地称她为“吕妈”。

那时才7岁的我叔叔小竹，有一次饿得火冒金星，忍不住拿起一块准备送游击区的糕点就要咬，奶奶见了，劈手夺下，下狠心朝叔叔的小手掌拍了几下，边打边问：“以后，还敢不敢乱拿大哥大姐的东西?”叔叔摇着头哭了，奶奶也濡湿了眼睛。午饭喝粥的时候，她从锅里给叔叔多打些粥渣，自己却只喝了一碗米汤。市区中队的负责人王大哥看在眼里，趁着执行任务，把叔叔带在单车尾上“游单车河”。到了大街上，他叫叔叔闭上双眼。口中念念有词：“小竹小竹，有福有福，吃块番薯，肚胀卜卜。”说着变戏法似的掏出一块自己省下来的番薯，放在叔叔的小手里，叔叔睁眼一看，喜出望外，低头大啃起来。以后，王大哥就经常带着叔叔外出执行任务。王大哥是个灵俏人，会讲故事，会教唱歌，很快成了家里的孩子头，孩子们和游击队员的朝夕相处，受了熏陶，小小年纪就知道了“打跑了萝卜头（日本鬼子）才有活路”的道理，都懂事地掩护大哥大姐的行动。在战士们撒传单、发送东纵《前进报》时，有时会遇到巡逻的“摩罗差”，孩子们便故意唱起当时香港几乎无人不晓的童谣：“ABCD，大头绿衣，捉人唔到，猛吹BB……”被奚落的“摩罗差”恼羞成怒，扬起警棍追打孩子，孩子们便机灵地四散奔逃，把敌人引开，让大哥大姐们圆满地完成任务。

美国飞行员的安全脱险，令派驻香港的日本天皇特使震怒异常。日军对游击区血腥的扫荡开始了。在市内，敌人残暴统治也变本加厉。“方姑”的母亲冯芝老人和女游击战士张咏贤不幸被捕，冯芝老人同我奶奶一样，也是东纵的联络员，在一次行动中被日军雇佣的“摩罗差”（印度巡警）逮捕，她当街怒斥“摩罗差”：“你帮萝卜头（港人对日军的蔑称）做什么？以为有咖喱鸡给你吃?”老人在日军狱中遭受严刑拷打，坚不吐实，最后被残忍杀害。得知老人即将被杀害，市区中队队员们义愤填膺，纷纷要求去劫狱营救冯芝老人，但方兰为了保存有生力量，忍痛坚决制止。“方姑”母女同用一腔爱国情怀和热血，谱写了一曲可歌可泣的东纵史诗。

为了有效地打击和牵制日军，市区中队决定在市区内开展轰轰烈烈的“四月行动”。

4月一天夜里，一声巨响震撼了九龙地区，市区中队成功地爆炸了亚皆老街四号火车桥，威震港九的刘黑仔手枪队也在沙田击毙了一个日军头目及其翻译。“‘老八’打进城来了!”顿时震惊全城，日军立即全市戒严，第二天，开到城外和宝安、东莞扫荡的日军也全部拉回市区。

一天深夜，中队长“方姑”从游击区送来了一位伤病得很重的领导干部老卢。东纵司令部把老卢交给了市区中队，指示要千方百计将老卢送进可靠的医院动手术。

老卢在太子道174号隐蔽了一夜，第二天奶奶把他送进了法国医院，并亲自护理老卢。

法国医院是当时香港的高级医院，只有富人才能就医。老卢乔装富商，奶奶则冒充老卢的表姐，日夜在病榻旁侍候。老卢既然装成阔佬，伙食就不能寒酸，奶奶想方设法把他的伙食搞像样一点，保证老卢的营养。而她每天还靠番薯、“神仙糕”度日，而且只能背着人在洗手间里偷偷吃，因为在这样的贵族医院，吃得太差会招致怀疑，带来危险。

老卢手术后第三天，医生提出要用一种针药，医院里没有，只能靠家属想办法，奶奶只好去找关系搞药，在归途中，四周突然响起了凄厉的防空警报。街上戒严了，行人惊惶失措，日本宪兵和“摩罗差”拼命弹压，奶奶被驱赶到日本兵营附近“石屎楼”墙角里，动弹不得。她试图挤出人堆，可是刚一挤到前面，胸前横架过来一把刺刀——日本兵拦住了去路。

“我家里有病人，急病，很危险……”她推开刺刀，焦急地往前走。

啪！她又挨了一耳光，一个中国宪查油腔滑调地说：“真是寿星公吊颈嫌命长！你不看看这旁边是什么？——兵营！你跑出去暴露了目标，炸弹一扔下来大家一齐上西天！

就在这时，一辆日军的敞篷小汽车发疯似的窜过来，急刹在兵营门口，一个日军军官跳下车钻进兵营。奶奶眼睛一亮，认出开车的原来是一个日本将军的司机——台湾仔阿南。有一次，她看见阿南的衣服破了，主动替他补好，阿南特意送奶奶一小罐炼奶，奶奶不肯收，他见四下无人，突然用中国话悄悄说：“我不是日本人，是中国人——台湾人。”这举动把奶奶吓了一跳，后来不断观察，发现阿南确实还有点爱国心，正想做些争取工作，他却被调走了，没想到在这里又碰到他。奶奶突然心生一计，竟大声喊起来：“阿南，阿南——”接着不管三七二十一，拨开刺刀奔到阿南的汽车旁，气喘吁吁地说：“将军家里有急事要办，能送我去吗?”

阿南一见奶奶，格外热情，连忙招呼她上车，在戒严日军众目睽睽下一溜烟把车开走了。奶奶在医院附近把车停住，绕路赶回法国医院交药，看见老卢用药后安然无恙，心里一块石头才落了地。可是她再也没机会见到那位曾经深情地自认是中国人的台湾仔阿南了。

奶奶完成了掩护老卢的任务不久，队伍里有人被捕变节，太子道联络站有暴露的危险，市区中队撤离了。一天深夜，一队日本宪兵如临大敌地包围了奶奶的家，横蛮地闯进来突击搜查。奶奶紧紧地护着被惊醒的孩子，默默下了决心：如果敌人发现了什么线索，就一头从阳台上跳下去，宁为玉碎，不为瓦全！由于市区中队撤离时工作做得干净利索，敌人什么也没捞到，只好胡乱把一个临时寄居在奶奶家的亲戚抓走了，据说这个当教师的男青年骂过日本人，被住四楼的汉奸听到了，但对奶奶，敌人却抓不到任何把柄，只得草草收兵。

中华人民共和国成立后，我父母奉调回到广州，奶奶一家也回到内地。父亲则被指派到苏联留学，当时广州三天两头被国民党飞机轰炸，损失惨重，所有干部家属被疏散到粤北，奶奶孤身带我到乐昌县暂住了大半年才回省城。在我五六岁时，奶奶就经常带着我或者带着我妹妹去香港“探亲”，因为我两个姑姑还留在香港工作。直到我长大后，妈妈才告诉我，奶奶的“探亲”，是肩负某些使命的，有关部门了解她当过“东纵”的联络员。

“探亲”中我印象最深经历的有几次，一次是奶奶带我到香港启德机场铁丝网旁看飞机，还教我把涂着“青天白日”的飞机数量记下来，记得她指着几架螺旋桨飞机喃喃地说：“这些飞机都是我们中国的，英国鬼把它扣下了，不让它们飞回广州去。”后来我才明白，那是当时轰动一时的香港“两航起义”的飞机，当时被港英当局扣留在香港，最后被强行运到台湾。

还有一次，她带我到尖沙咀的码头看船，刚好那天有一批英军伤兵在码头上岸，有的断手，有的跛脚，更重的是用担架抬上救护车，有个香港警察边看边说：共产党的兵真好猛好犀利呀，英国鬼平日神气活现，这次被打残了，哪里够共产党打？懂事后我才恍悟：那是朝鲜战场下来的英军。那一幕，深深地印在我的脑海里。

再有一次，奶奶带我上街，路过她当年掩护过的老卢同志的机关，便想进去探望他。但门卫很牛，说首长很忙，哪能你想见就见？快让开，不要把门口挡住了！刚好老卢同志的车子要开出门，老卢一见连忙下车，高兴地说：吕妈你怎么来啦？说一声我好派车接您啊！奶奶说：你好难见，门卫不让进。老卢同志就对门卫说：你们不知道，老人家救过我，比亲妈还亲，她是老革命，老英雄！

奶奶在20世纪60年代初患癌症去世。不久“文革”开始了，极“左”路线在她头上强加了种种恶名，后来更是连这位革命老人的墓碑也砸碎了。当我在荒凉的小山上重新找到奶奶的坟墓时，发现坟前只有一块无字的石碑……一切供人凭吊的标记都被破坏了，只有那萋萋荒草和星星点点装缀其间的野菊，伴陪着寂寂无闻的坟茔。

然而，白发红心的奶奶是我心中永远的偶像。我们党诞生90年了，在近乎一个世纪的征程中，有多少像奶奶这样的普通、平凡的母亲在党的旗帜下默默地奉献着自己伟大母爱？有多少先烈流血牺牲才换来今天走向繁荣富强的新中国？正是他们的血水、泪水和汗水，融入了时间和历史这一长河，永远流淌在我们心中，长存于天地之间！

胶林浪漫

长途客车上，昏昏欲睡。

“妈妈，橡胶林！”一个小女孩清脆的呼唤从前座传来，令我一震，急忙睁眼。小姑娘羊角辫扎红蝴蝶结，四五岁，一望而知是农场工人的女儿，脸蛋红扑扑的，一只小手正指着车窗外——

窗外，莽莽苍苍的丘陵起伏，郁郁葱葱的胶林逶迤。

心中一阵热浪翻腾。对于我们这些在橡胶林里挥洒过汗水、泪水和鲜血的“老知青”，橡胶林曾是痛苦、烦恼、劳累、委屈的渊薮，也寄托着我们那一代人精壮的青春、理想、欢笑、梦幻、情爱和浪漫，在生命的旅程中，很难找到这样具有双重身份的人生驿站：既是炼狱又是伊甸园；既是在巨大压力下熟习处世、演练“做人”的舞台，又是在种种逆境中学会挺起脊梁的学校。

胶林是美的，尤其是晨雾欲散未散之时。那时南方的大小舞台和银幕上，经常看到一个舞蹈叫“胶林晨曲”，就把这种美渲染到极致。其实，胶林的早晨是最累人最要命的：二更三更起床割胶的胶工们此时已在山野中来回奔走数小时，精疲力竭，汗流浃背，又饿又渴，还要赶在艳阳高照之前把数百株胶树的胶乳收上来，其繁重辛苦可想而知，胶林里湿气重，几乎所有胶工都是一身汗一身水地收工回营，日久自然影响健康，那时，女知青得妇科病，男知青得风湿病很普遍，折磨我 40 多年的风湿心脏病，就是在胶林里落下的病根。

我的橡胶林，没有浪漫，有的是沉重，有的是严酷。

我在胶林里经历和“创造”过几个可笑的“第一”，奈何始终与浪漫无缘：连队知青中，我第一个负伤不慎让锋利的胶刀割破血管，顿时血涌如泉，幸好伤的是静脉，据当时连队那个只会开阿司匹林的赤脚医生说，如果伤了动脉，我的小命堪虞；我第一个失足滚进一个可怕的棺材坑中，半天爬不上来，以致有人以讹传讹说我被女吊死鬼拉住了后脚，其实是我瞥见坑里的森森白骨吓得脚软；我第一次在胶林中遭遇地震——时值清晨，胶林里滚动一阵巨大而沉闷的雷鸣，接着胶树冠上的露珠儿哗的一下全滚下来，像下着一场大雨，紧接着山丘晃动起来，我脑子里第一个反应是美国扔了原子弹，匆忙慌乱中我模仿当时宣传战备图片介绍的防范姿势，三步两脚跳到林中空地上趴下，过了一会才醒悟发生了地震，这时我看见对面山头上一个中年女工被吓得搂住胶树干哇哇大哭，大叫“地牛翻身啦——”我刚收的两桶胶乳被震翻了，洒了一地；还有，我第一次险些把盘在树下的眼镜蛇（俗称“饭铲头”）当成胶杯，伸手几乎触到它时才发现那是要命的玩意儿，吓得登时扔下胶刀没命狂奔。

不仅浪漫离我非常遥远，连和我一起上山割胶的几位男知青似乎也受到我的感染，失去了浪漫。

终于有了一线希望：有一天早晨附近 A 连的山头飘来了悦耳动听的女高音，令我们几个如闻天籁，不约而同引发想入非非，她是谁？来自何方？长得怎么样？一个个问号沉重而长久地压在几个渴望浪漫的男子汉心头，几乎所有人都秘而不宣地产生这样罪恶的念头——最好再来一次地震或者什么灾变，只要那山头传出一声尖叫，我们这边就有机会也有理由冲过去扮演英雄救美，一睹芳容自然不在话下，说不定还会有浪漫眷顾。

皇天不负有心人，一日，我的朋友阿祥和阿瑜得知 A 连女知青全体出动去“趁墟”，新来的女高音自然亦在其中。他们兴冲冲借来辆除铃儿不响哪都响的单车，一路大叫“无铃无掣”权当开路喇叭冲到山下的墟场，去实行“火力侦察”。

他俩中午就回来了。几个人一齐围上去问究竟，阿祥一脸失望地说：睇过吃不下饭。阿瑜更沮丧，大叫“散墟！散墟！”意思是我们心目中的“佳人”一走过，连墟也给吓散。最后核实：原来是个“六百工分”！（朝鲜影片中一个角色，其胖无比，据说一年挣六百工分）。

我们的胶林缺少浪漫，但不缺少英雄故事。

深秋的一天凌晨，我头戴胶灯在山上割“大树位”（割胶树比平日多一倍），突然发现前面一二百米的胶苗丛中，有一对黄中带绿的光点，不像“鬼火”，也不是萤火虫，当时我的确毛骨悚然，迟疑半天，最后决定避之则吉，硬着头皮转身下山割另一处山头的胶树。不料大约过了一个小时，远处山头突然有人大喊救命，用胶刀柄将胶桶敲得咚咚咚震天响，我们附近几个山头的男知青一齐奋不顾身奔过去，发现外号“癫仔”的知青魂不附体爬在树上，铝质的胶桶也敲破了。一问，才知道他碰到老虎，险些儿葬身虎口，好在他会爬树，捡回命一条。

可惜当时我们谁也意识不到华南虎绝迹得这么快，30多年后的今天就连联合国派专家来找也再难寻觅到它的踪影，而我们处于云开大山余脉的胶林，当年的确是处于百兽之王的威慑之下，和它打过照面的人，比比皆是。

就在"癞仔"敲烂胶桶逃过大难第三天，我们全连破例没在三更起床割胶，一觉睡到旭日东升——连长杨头破天荒没有敲起床钟！

其实杨头并未失职。当过兵的他当晚准时起床，充做大钟的拖拉机犁就挂在他家不到10米远的菠萝蜜树上，他打开门正要向"大钟"走去，突然魂飞魄散：他看一只老虎就蹲在那犁下。它像一只巨大的猫，和吓懵了的杨头大眼瞪小眼对峙足足有一分钟。

浑身筛糠的杨头终于清醒过来，识时务地一步一步倒退进家门，飞快把门关上插死，大口大口喘着气，再也没敢开门，成全了我们那天美美的天光觉。

虎害日益严重，隔三岔五的夜晚，连队养的猪就被老虎拖走一两头。最可恨的是老虎拖猪后并不吃干净。我们在胶林、相思林中捡回过猪的残骸，只剩下一些皮和内脏，还有猪蹄子，惨不忍睹。杨头伤心地挖个坑，把残骸埋了，没料到了晚上被人挖起来，老虎的残羹剩饭大概又成了人的美味佳肴，谁干的却不得而知。

连队养猪本来就不多，老虎拖走一头，全连就得损失一两个月的肉食，眼看过年的猪肉都分不成了，终于有打虎英雄横空出世，他们就是阿祥和阿瑜。

阿祥和阿瑜自告奋勇宣布要在猪栏守夜、伏击老虎那天下午，连队被一片"风萧萧兮易水寒，壮士一去兮不复还"的悲壮笼罩。杨头送来珍藏多年一直舍不得穿的军大衣，阿婆送来保暖的棉被，老班长送来全连唯一的一盏马灯。时值深冬，割胶作业停止了，但他们的开荒挖树穴和积肥压青任务让几个知青分担了，还凑钱打了几斤番薯酒给他们晚上御寒壮胆。吃过晚饭，他俩就把铺盖扛到离连队300米的猪栏边，把两把大禾叉打磨得雪亮，一心准备和老虎决一死战。

第一夜平安无事。

第二夜依然如故。

第三晚出事了，我们的两位打虎武松大概喝多了番薯酒，过不了景阳冈，竟一头沉沉睡到第二天太阳晒屁股。后果很悲惨，全连硕果仅存的一头大猪失去踪影，叫老虎神不知鬼不觉地叼跑了。

那年春节，知青们连猪肉也捞不着吃。杨头灵机一动，让大家吃忆苦餐，全连的肚皮彻底“革命化”。

弹指30多年过去了。那片连绵碧绿的胶林依然不时浮现在眼前，它已经化成我们人生的脚印，融入我们的生命和血液中，铸成我们的人格和灵魂，尽管，它似乎并不浪漫……

今年我一岁

今年我一岁，并不是我的档案履历上的年龄，我确切的年龄已五十有三，已过“知天命”之年了，当年在兵团当知青，我们舞文弄墨写新闻报道、快板、对口词之类，总把兵团的师长团长们形容成“年过半百，两鬓斑白”，弹指一挥，转眼间我们自己也如此这般了，这日子过得真像一部漫长而又起伏跌宕、节奏快速变幻的电视连续剧！

一年多前，我经历了一次生死攸关的心脏大手术。

手术不知进行了多长时间，朦朦胧胧，混混沌沌，我恍惚听到有人说话。

那人在说：这是一例双包开，星期五继续……

我一惊，双包开？什么意思？星期五继续？是不是我给“拉”开了，手术未完，“拉链”没拉上，星期五再接着做？

这一惊，使我清醒了很多。接着，我听到一个熟悉的声音——负责给我做手术的心外科权威吴若彬主任抚摸着我的手说：老吕啊，你的手术完成了，很顺利，你安心休息。

我轻声说：谢谢。接着悄悄用另一只手摸索，我摸到了胸前蒙着的棉纱，摸到自己快速、微弱但均匀的心跳。

我一阵狂喜！我活过来了！我挺住了又一次生死考验，驱除了自上山下乡以来折磨了我30年的病魔，我真有福！蓦然，我想起了前年我去大连开全国中年作家会议，散会时湖北作家刘醒龙遇到飞机起飞失事，机敏的他率先打开求生门逃出险境，回到机场见到仍在候机的我们一群，第一句话就是：活着真好！

活着真好！这一刻我也真想对每一个人说：活着真好！

这一天，是我又一个生日。

我这一辈子，可能是命中注定会不止一个生日。

我出生在中国内战全面爆发的隆隆炮声里，出生地恰好在白色恐怖笼罩着的重庆山城。忙于地下活动的父母无法照顾我，把我送到农村老乡家寄养，那时农村卫生环境极差，本来就孱弱的我染了一身重病，我一岁时，由于重庆地下党高层领导叛变，整个组织被破坏，很多人被关进渣滓洞、白公馆，我父亲的上级和战友齐亮、胡有猷烈士也被捕了，齐亮还是冒险前来通知我父亲紧急撤离后，回到成都老家不久出事的，后来他和妻子一起在重庆于中华人民共和国成立前夕牺牲在渣滓洞。

那时真是千钧一发，我父亲急如星火携我和另一女同志乔作一家三口逃出重庆，可在逃亡的江轮上，不争气的我一直“哇哇”大哭死不认“妈”，令周围的乘客好生奇怪：怎么这孩子只跟爸不跟妈？如果当时船上有特务或遇到搜捕，我很可能成为第二个“小萝卜头”，也葬身渣滓洞了。

我跟父亲撤到香港，父亲在当时南方局钱瑛大姐的领导下工作。香港是我们老家，有奶奶照顾我，不料我的病更重了，又一次陷入生死边沿，奶奶紧张得不得了，亏得当时南方局的同志不时接济钱和药品，妈妈也脱险来到香港，买来了特效药，最值得庆幸的是，解放大军势如破竹席卷南方数省，中华人民共和国诞生了，广州解放了，我们一家也随奉调的父亲回到广州，在衣食医疗有保证的革命大家庭里我治好了病，穷苦了一辈子的奶奶天天念叨共产党好，毛主席伟大，她年年给我过生日煮红鸡蛋时总是说，长大了你要记住，是解放救了你的命。自打从我能记事始，我就懂得，我的命运是同解放连在一起的，年复一年，奶奶的话深深刻进我生命的年轮里。

老父亲说得不错，我的命大，大在我有好几次“生日”，我从娘胎中出来是一次，重庆虎口脱险算第二次，中华人民共和国成立初党把我这个小生命从病魔死神手中夺回来是第三次，而今，我已知天命，从“小吕”一下子变成了“老吕”，成功地经历了这次颇具风险的心脏手术，是第四次……每一次，总是党温暖的阳光照耀着我。

活着真好！手术后我曾问为我做手术的另一位心脏权威郑主任，我还能不能写作？他笑着说，你甚至可以踢足球！他一下子使我充满了自信。我相信，我的人生，又能从今天开始。

人的生理年龄不能随意改变，但我相信心理年龄却可以依据人生大事发生改变的。

今年我一岁，一岁的我能做什么事？孩子一岁时的心态是怎么样的？我早把这很遥远的印象忘掉了。这一回的一岁，我在术后的康复中却做了不少事：为友人编写了一本画册，写了长篇报告文学，珠三角一个市建了一个“世纪广场”，书记市长给我打来电话，要我为广场上的“书碑”写几句话，我曾目睹了这个市几乎从一张白纸发展为全省增长名列前茅的县级市的风雨历程，总觉得有责任完成这一重任，于是几经修改，写下了这几句话：

为了人类家园
的美好明天
为了辉煌灿烂
的新世纪
挥洒
热血和汗水
奉献
智慧和力量
我们
祈求和平
我们
召唤文明
我们
追求富足
我们
创造繁荣

从这个市我又想到珠三角人近20年来创造繁荣的千古奇观，我沉思多日，竟激动得耿耿难眠。我决定要好好写一部自己觉得可以拿得出手的长篇小说，当然大手术后应付这重脑力劳动有点吃力，幸而有文友赵洪相助，他正巧在这个市供职，很多情况比我还熟悉。20多年前，我刚崭露头角，也是和他合作，写过一个剧本得过全省剧本业余创作一等奖，这次重新合作，两人都很投入，他是快手，我擅慢磨，取长补短，相得益彰，计划60万字的小说写得苦，我们不住同一个城市，为了讨论和改稿我得跑来跑去穿梭往返，我们很快拿出大纲和前几章初稿，京城的一家大出版社名编懿翎看后反应积极，比我们还要着急，才写一半，她又把影视机构找来了，直催得我们心里发毛。

今年我一岁，日子过得很紧张充实。几乎天天都是和电脑做伴度过的。正值党的 80 岁生日来临之际，我满脑子还是我们的小说。我和小说中的人物一起兴奋、紧张、焦虑和激动，和小说中写到的那条大江一样或奔腾澎湃，或温情脉脉地流淌。我庆幸我可以再度以一个劳动者的姿态，又在党的阳光照耀下，与共和国同行，迎接新世纪的曙光，开创一个新的明天。

罗浮秀色中那一抹绚丽华彩

都说山不在高，有仙则名，水不在深，有龙则灵。

眼前这座罗浮山，不高，主峰名曰“飞云”，才海拔1296米，可是在南粤却大名鼎鼎，秦汉以来号称仙山，连太史公司马迁也把它称作“粤岳”，名列中国十大名山之一，被誉为“岭南第一山”。大文豪苏东坡曾在这里作下“罗浮山下四时春，卢桔杨梅次第新。日啖荔枝三百颗，不辞长作岭南人”的名句，更使罗浮山名满天下。

我有幸登临罗浮，山风徐来，松涛灌耳，满眼秀色，令人顿扫尘嚣，精神爽利，仿佛沾了些许仙气。

此山有仙么？有！至今仍让道教人士崇敬膜拜、感念不尽的葛洪，曾在此山炼丹修道达36年之久，那是近1700年前的往事了，他创建炼丹修道的庵堂，可能是中国最早的道教遗址之一，后来成为罗浮最为著名的冲虚古观。中国人有仙的概念，这与西人“神”的观念有所不同，中国的“仙”，都是凡人肉胎羽化而成的，与一早便在天上“霸位”君临天下俯视人间的“神”是有些区别的，例如传说中的我的祖宗吕纯阳（吕洞宾）、八仙过海中的何仙姑、张果老、铁拐李等，据说史上真有其人，人不分贵贱，引车卖浆者流，甚至市井乞儿，均可成仙。葛洪当然也被奉为葛祖仙人。

此山也有佛。崇山峻岭中巍然矗立起一座华首寺，闻始建于唐开元盛世，也是座往事越千年的古刹。

名山、名观、名寺并立，在岭南好生了得！此山长期成为达官显贵、文人墨客乃至市井百姓畅游度假、避暑消闲的胜地，民国时期，孙中山、宋庆龄、蒋介石、宋美龄都来过，中华人民共和国成立后，周总理和后来的国家主席江泽民也来过，叫人觉得有趣的是，新中国十位开国元帅中，竟有七位登临过罗浮山，接待过的国共两军的高级将领，更无法计数，使这座仙山或因秀美，或因险峻、或因妩媚雄奇，或因有诗书传世，或传为仙人居所而令人崇敬之外，再加一道浓重的威武色彩。

而我，对于罗浮山有一种别样的依恋情怀，是因为她的冲虚古观，曾经是我党华南抗日武装的指挥中心，她曾经作过“东纵”的司令部！

那是一个伟大胜利前夕的火红岁月，1945 年，身经百战、越战越强的东江纵队一路冲破艰难险阻，在罗浮山建立了根据地。那是惨烈的抗日战争大决战的时刻，延安派出以王震为首的南下纵队，从北方一直杀到南方，准备与东纵会师，建立五岭抗日根据地，经略华南。在国际上，美国盟军与东纵建立了良好关系，甚至派出联络军官，在东纵架设了战略电台，准备以东纵为依托，在华南大举登陆，给日军以致命性的一击。东纵的战略地位和战略价值，一时突显，无人能小觑。反观以美国人为干爸爸的国民党军，集结于粤北，却并未受美军的重视，欲大举登陆之部署也未曾与闻。

如今，冲虚古观旁边，建起一座别具一格的“东纵纪念馆”，门前屹立着东纵战士的雕塑，给佛、道、儒共处一山的罗浮秀色抹上一道绚丽的华彩。

作为后人的我，对东纵纪念馆中的陈列内容，几乎耳熟能详。东纵很多领导人的名字，是我从小就熟知的：司令员曾生将军，中华人民共和国成立后长期担任广州市市长，为广州市民所爱戴；东纵领导成员中的梁威林同志，后来当过广东省副省长和政协主席，对我有知遇之恩，他是位关心文学事业的老领导，正是长期在香港工作的他动员霍英东先生给广东省作家协会捐赠 500 万元，为建设省作协的大楼打下了坚实的基础；东纵不少领导干部，还是我父亲的上级或同事，在观看东纵的战斗序列表时，我心中涌起了一阵阵激动，那些人我都认识啊！特别是看到东纵港九大队的事迹时，我更感慨万千，这是因为，我的家——九龙太子道 176 号，准确地说是我奶奶的家，曾经是东纵港九大队驻香港九龙的秘密联络站。我的父亲和姑姑，曾经是东纵的一员，我奶奶更是东纵战士亲切地称为“四妈”的革命老人。

世人现时只知道 1997 年 7 月 1 日进入香港驻扎的解放军是我军第一支“驻港部队”，殊不知东纵作为中共领导的武装力量，在 1941 年日军占领香港时，就已经进驻香港，他们才是真正的第一支“驻港部队”，论辈分可以算得上现时的驻港部队的爷爷，他们几乎是踩着日本人的脚后跟进入香港新界的，并在香港市区和城郊开展神出鬼没的城市游击战，在沙头角、元朗、大屿山等战略要点设立了游击区，手枪队打击日寇出入闹市如履平地，制造亚皆老街铁桥大爆炸，吓得正在“访问”香港的日本天皇的王子魂飞魄散。他们轰轰烈烈地干出一桩桩举世瞩目的历史奇迹——在日军严密搜捕和封锁下，抢救出诸如茅盾、邹韬奋、何香凝、柳亚子等七八百文化精英，甚至还抢救出了曾经是共产党人死敌的国民党高级将领余汉谋等一众重要官员，其中包括戴笠的情人、电影明星胡蝶，因此被茅盾誉为历史上最伟大的营救；在盟军陈纳德飞虎队的轰炸机轰炸日军香港基地时，他们又奋不顾身地营救出多名被日军击落的美军飞行员，营救出被日军俘虏的英军高级军官。我的奶奶和姑姑，当时就参与了这些营救工作，她们冒着生命危险买来高级蛋糕、食品和多套供洋人吃饭的刀叉，尽管全家挨饿，自己也饿得眼冒金星，也决不沾一丁点，连夜穿过日军的封锁线，翻山越岭送进游击区，热情款待这些盟军军官和飞行员。

中国共产党人的真情感动了盟军将士，也为东江纵队带来了国际声誉，为我党加强与盟军的联系做出了特别贡献。我曾见过美军飞行员克尔中尉画的几张漫画，生动地描画了游击队员对他的营救经过，精彩地表现出美国大兵的幽默感和艺术才华，不知为什么，纪念馆里竟然没有陈列这些珍贵的漫画，只展出了克尔中尉给东纵将士的一封热情洋溢的感谢信。正因东纵为此做了大量工作，甚至流血牺牲，赢得了美方的信任，所以才会有后来向东纵解放区派出联络官和电台之举，这是美国军方在中共控制区域除延安外架设的第一个战略性电台，东纵在请示延安后，同意予以合作。当抗战胜利后，国共内战面临爆发的前夕，美国急忙居中进行调停，国民党方面坚称广东没有中共部队，只有土匪，我党代表据理驳斥，美方对国方代表也不表认同。

当时东纵在香港活动的主力分布多处，市区由市区中队负责，中队长是一位年轻姑娘，名叫方兰，她经常出入奶奶的家，也是我姑姑的直接上级。我奶奶的家楼下驻扎着日军一队马队，最危险的地方却是最安全的，市区中队在奶奶家开会时，就摆开一副麻将，“噼噼啪啪”打起来，让邻居误认为这是一班醉生梦死的麻将友在“搓麻”，奶奶还按方兰的指示，当上了一名日军将领的洗衣妇，常常把日军将军服拿回家里洗涤，一旦有汉奸特务找麻烦，把这些军装一亮，便吓得他们面面相觑，诺诺而退。当东纵一位重要领导干部负伤被秘密送到香港法国医院留医时，我的奶奶充当他的表姐，日夜在医院看护陪伴，送水送药，在极端困难的条件下保证了伤员的饮食营养和安全，使他健康地重返抗日前线作战。

东纵纪念馆也介绍了方兰的母亲——冯芝老人的英勇功绩。冯芝老人同我奶奶一样，也是东纵的联络员，在一次行动中被日军雇佣的“摩罗差”（印度巡警）逮捕，她当街怒斥“摩罗差”：“你帮萝卜头（港人对日军的蔑称）做什么？以为有咖喱鸡给你吃？”老人在日军狱中遭受严刑拷打，坚不吐实，最后被残忍杀害。得知老人即将被杀害，市区中队队员们义愤填膺，纷纷要求去劫狱营救冯芝，但方兰为了保存有生力量，忍痛坚决制止。母女同用一腔爱国情怀和热血，谱写了一曲可歌可泣的东纵史诗。

到了东纵在罗浮山设立司令部时，东纵已经在香港地区建立了广泛的游击区，几乎控制了大屿山和新界多处山地，令日军和汉奸胆战心惊，不敢踏足，害怕遇到“老八”（港人对东纵的简称，一说为八路军，另一说为共产党的“共”字下面有个“八”）。8·15 抗战胜利后，英军远在印度、澳大利亚，香港几成真空，其时东纵顺势拿下全港，也是做得到的。但延安为了顾全大局，没有这样做，在与国民党方面签订了“双十协定”后，中共中央更电令东纵主力搭乘美军军舰撤到山东烟台。共产党人严守纪律，东纵港九大队奉命撤出香港，就地复员了部分战士，发布告香港同胞书，向全香港市民挥泪告别。于是东纵的“驻港部队”成为一段尘封的历史，如今有谁到香港新界细一打听，可能还能找到一些过去以种菜、做小买卖为生的耄耋老人，竟然是当年东纵的复员战士！他们都几乎记得当年的东纵战歌，知道自己的司令部曾在罗浮山。

都说山不在高，有仙则名，水不在深，有龙则灵。

罗浮名胜，山不高，水不深，可她的山很秀美，水很清澈，她的影响力、辐射力更令人倾慕，因为这座南粤名山有历史、有灵气，有多元的文化，更有夺目秀色中那一抹绚丽华彩。

哦，那绚丽的色彩，是东纵战士的热血染成的鲜红！

满树繁花三十年

改革开放30年，鲁院——这个中国作家协会的“黄埔军校”复办也近30年了。

30多年前，北京小关元大都土城墙遗址脚下一个属于北京朝阳区绿化队的大院里，突然聚居了一班锋头甚健的中青年作家。

中国作协租用了这个院子，开办了新的一期文学讲习所。文讲所原是丁玲在中华人民共和国成立初期创办的，到丁玲挨批时共办了四期，以后中断了20多年，1981年复办第五期，广东的陈国凯、杨干华、孔捷生，都是五期学员，同学中如蒋子龙、王安忆、叶辛、张抗抗、叶文玲等现在都是中国作协主席团里的头面人物了。

我参加的1984年的八期，学员们也来自全国各地。50多人中，有10多人已经荣获过全国大奖，其他人也风华正茂成就拔尖，后来不少人担任各省作协领导，但比起五期的老大哥，还是望尘莫及。

老童生赶考

与全是“钦点”的五期不同，我们入学前，都经过了颇为严格的考试，那是在1983年冬天，天寒地冻，条件艰苦，好在那时年轻，又在上山下乡刚打熬过来，并不当回事，南方各省青年作家精英云集长沙，济济一堂，显得非常热闹开心，大家戏称这是“老童生赶考”，都希望搭上这一班“文学快车”。湖南作家叶蔚林、莫应丰、韩少功、张新奇、叶之蓁、聂鑫森、贺晓童等竭尽地主之谊，尽一切可能帮助安排大家的食宿，我们结识了后来成为同学的云南黄尧、罗建琳，广西聂震宁等青年作家。考试两天，朋友交了一大帮，有不少还真成了知心至交。

难忘土城小关

1984 年春 3 月，我到北京北土城边的小关入学。

小关真是个令人怀念的地方，生活虽清苦，但交上了来自各方的朋友，亦可称得上雅事。

然而真叫我开眼的是我的一班同学。

刚开学，同学们自发组织了一场联欢晚会，于是各人亮相：程世管和杜保萍当司仪，执法如山，人人都得出节目，逼得东北大汉邓刚用一口大连腔，唱了几句“革命现代京剧”《列宁在十月》，他学“斯大林”唱道：“手拿大衣心欢喜，尊一声弗拉基米尔，伊里——呀奇！武装起义一切准备就绪，阿芙乐尔的大炮高高架起……”来自湖南的叶之蓁、贺晓童唱的是花鼓戏“刘海砍樵”，老夫子模样的聂鑫森忽然变得搞笑，客串一出湘剧“彭德怀出征”，用湖南话念白：“美国鬼子兴兵犯边，本帅彭德怀，奉我主公毛泽东之命，率中国人民志愿军抗美援朝……”把大家笑得前仰后合。

过了几天，班里选出班委会和临时支部支委，邓刚当时名气最大，长相俨然像个部落酋长，当选为班长，部队作家刘兆林和青海作家程世管当选副班长，班主任陈珊珊老师任支部书记，我和南京军区作家朱苏进任支委。

我当了支委后发现，有很多很有成就的青年作家还不是党员，如邓刚，13 岁当童工，成名后拿了两届全国奖了，还是个无党派人士。适逢那时我们八期学员开始“密谋”把文讲所的短期培训改革为正式的本科学制，把文讲所改为“中国文学院”，我就与朱苏进商量，直接给当时中国作协的党组书记张光年同志写了封信，要求改名称、延长学制和在学员中发展党员。

这时又发生了一件滑稽的事：北京召开了一次严格保密的党内会议，青年作家只通知了邓刚一人参加，邓刚傻乎乎到了警卫森严的京西宾馆开会，领了不少“绝密文件”，在主持人宣布党内保密纪律时，才猛然意识到自己根本无与会资格，他很焦急地对丁玲说自己不是党员，要走人，丁玲大吃一惊，赶快向主持人报告，主持人一听当即脸红脸绿，马上补充宣布：我们党有个传统，在召开党内会议时，也邀请党外人士参加，所以这次会议也邀请著名的青年作家邓刚同志列席，请邓刚同志也遵守会议的保密纪律。

丁玲坚决不让邓刚走，邓刚只好留下来，继续傻乎乎地享受宾馆的伙食，那比文讲所两毛钱一顿的饭菜好得多。很多年后，我们才知道，那次会议引起很多麻烦，甚至成为触发当时高层交锋的焦点。邓刚以他傻乎乎的精明在那个巨大的旋涡中独善其身，实属万幸。

一个月后，光年同志指示：同意在文讲所学员中发展党员，几乎同时，中国作协党组全体出动，在光年率领下来到文讲所，宣布同意延长学制至两年，文讲所改名，但不同意叫“中国文学院”，而称“鲁迅文学院”，表示要延续延安“鲁艺”的传统，光年还宣布了鲁迅文学院的筹备委员会名单：主任为唐达成，委员有谢永旺、李清泉、徐刚、邓刚、吕雷、何志云。这一段是件鲜为人知的陈年旧事，没想到过了20年后翻阅光年出版的日记《文坛回春纪事》，竟清楚记录了当时的情景和筹委名单，光年对中国文学事业呕心沥血的热诚和尽职尽责扶掖后辈的精神令人感叹！

中国作协同意办鲁院，我们立即制作了一块牌子，湖北作家李叔德会写会画，仿鲁迅笔迹在牌子上写上“鲁迅文学院”几个大字，一伙人风风火火地把牌子挂在院子大门口，吸引了不少路人好奇的目光：“这么一个破院子，居然是家什么学院?”

其实，我们真比学院还“学院”。来给我们上课的，全是名满天下的文化巨匠：丁玲、光年、艾青、姚雪垠、严文井、老李准、冯至、萧乾、朱子奇……李德伦专门给我们讲过交响乐，黄永玉给我们讲过美术鉴赏；我和王蓬、张玲的辅导老师是《林海雪原》、《芙蓉镇》的催生婆、大编辑家龙世辉，(他也是陈国凯的老师)，邓刚的老师是崔道怡，陈源斌、储福金的老师是李国文，几个军人同学的老师是刘白羽、徐怀中……

临时支部有了发展党员的权力，第一批就发展邓刚和湖南苗族作家贺晓童入党，后来又连续发展了好几批。

班长邓刚

我与班长邓刚住隔壁。他对广东人有种天生的偏见，我最令他反感的是两件事：一是说广东话；二是经常在宿舍用电饭煲煲汤。他一听我说广东话就不屑地把嘴一撇："说什么鸟语！比外国话还难听。"我煲汤从不独食，常分给同学尝尝，就他坚决不沾，仿佛怕有毒，还在一边恶毒地说：广东人天上飞的除了飞机不吃、地上站的除板凳不吃什么都敢吃。有天他在隔壁呼天抢地地大叫"吕雷——快来！"我以为发生什么大事赶紧过去，只见他从墙上拈起一只大蚊子，一脸坏笑地说："刚打死的，好肥，快拿去煲汤！"登时把同宿舍的乔良、郑九蝉笑翻在地，气得我七窍生烟。

后来他来广东，我请他吃饭，故意点了一碟"龙虱"放在他面前，吓得他大惊失色："这是蟑螂！你竟让我吃蟑螂？"

在京学习，两年总共搬了三次家，从小关搬红庙小学，再搬十里铺鲁院现址，最后搬到北大。前两次邓刚都是指挥兼苦力，离开北土城小关时最狼狈：天刚亮，人还被窝里，拆房子的就把房顶扒开了，邓刚招呼同学们赶紧将鲁院的家当装车走人。最后大家要转学北大作家班拿北大文凭，邓刚卖力奔走，终于办成了，他却在门上用粉笔写上：同学们，再见了，请记住我的缺点，忘记我的优点。然后扛着行李悄然离去。

别看邓刚长得高大威猛，面相却极憨厚老实，一副很农民的憨厚样，但他再有急智再能言善辩也有倒霉的时候，有一回他到俄罗斯，在边境被我方检查站截住了，理由是：护照照片不合格。他傻了眼，争辩说怎么不合格？照片上明明是我嘛！人家拿出规范条文："你看，正面照左右见双耳，你照片上的耳朵哪里去了？"他一看顿时泄了气，原来他白长了个大脸盘，偏偏两只耳朵怕羞似的紧贴脑袋两侧，正面怎样照也照不出来！百般无奈之下，只好到照相馆重新照相办证，哪知摄影师对镜头左看右看，他那怕羞的耳朵依然千呼万唤不出来，还是无法"左右见双耳"，情急智生，叫照相馆里的小姑娘躲在他身后，用纤纤玉指捅起他两只耳朵，好不容易完成了这张"左右见双耳"但几乎成了兜风耳的标准相，得以顺利过关去俄罗斯。

军人作家们

班上有五名身着军装的作家引人注目，他们是朱苏进、唐栋、刘兆林、乔良和简嘉。

兆林是沈阳军区来的作家，当时已经获过全国大奖，当选副班长的他心细如丝，说话慢条斯理，善做思想工作，最令我感动的，是他特别关心病号。

上海作家傅星在全班中年纪最小，长着一副娃娃脸，最讲卫生，连水果、黄瓜也得用洗衣粉洗过才吃，没想到他竟是全班第一个生病住院的同学，那几个星期，刘兆林一下课就往医院跑，守在床头，像照顾自己的亲弟弟一样照顾傅星。

他会做工作，善解矛盾。一群年轻的作家聚集，而且有不少是风流才子，难免出些风花雪月的可笑怪事。一日，邻近一家大学的一个男学生找上门来，手持利刃，张口就要找“某某老师”拼命，刘兆林一看这个连胡子也没长出来的小后生，连忙笑着招呼他坐下，一边斟茶倒水，一边细声细气问：“你找某某老师决斗？所为何事？”

后生愤愤道：“某老师抢走了我的女朋友！”

“哦？”刘兆林笑眯眯地耐心听了“案情”：原来，是班里举办舞会惹的祸。鲁院周六开舞会，吸引来一班邻近大学的男女学生，那对刚“拍上”的男生女生来跳舞，不想那小女生结识了男生所说的“某某老师”，马上与男生拜拜，男生认定“某老师”是罪大恶极的情敌，于是拿着一把刀来要与情敌“老师”拼个你死我活。

刘兆林觉得事态严重，找来邓刚，两人一起点拨男生“放下屠刀，立地成佛”。他俩一唱一和，经过一番开导，那大学生觉得那女生不爱也罢，还与刘兆林、邓刚交上了朋友，当然也没再找“某老师”的麻烦。

“某老师”幸运地避免了一场血光之灾。当然，也少不了受到某些批评和奚落。

朱苏进则是另一种品格。他高高瘦瘦，戴一副近视眼镜，话不多，喜深思，不爱串门，印象中他最爱是下围棋，读武侠，殊不知他动笔写起小说来，大气磅礴、才思奇崛，有一股子男子汉的雄浑劲道。

别人在高谈阔论时，他总在一旁静静听着，偶尔插上一句话，能让热闹的辩论霎时静场，大家愣上一阵子，方有人拍案叫绝！他是那样一种作家，写，能写到你骨髓里去，说，也能说到你的骨髓里去。所以，20多年前，他就有《射天狼》、《第三只眼》等轰动文坛的佳作问世，20年后，他成了影视文学的高手，专攻大片，《鸦片战争》、《康熙大帝》等扛鼎之作红遍了全国。

我有幸与唐栋同窗四载有余，有两年在北京大学作家班我们还成为室友。

和唐栋相处往往是很快乐的。他戍边多年，阅历丰富，10 年剧团编剧练就了他说话表情生动、表达准确、擅长模仿别人的语言动作的本事，常逗得满屋人哈哈大笑。

但他为人并不促狭，一旦和他交上朋友，就会发现这人绝对有副热心肠。当年班上有位大龄女同学要结婚，他作为大事操办，这对新人差点赶不上火车，新娘急得要哭，唐栋比谁都急，窜到大街上拦出租车没拦上，他硬是说服了一个开公家车的司机把他们送到火车站，他也陪着搬行李送火车，俨然是新娘家的大哥哥。还有一次，有位朋友受人诬陷被通缉，逃到北京四处躲藏，他了解案情后，竟把这人领到宿舍藏起来，后来真相大白，此人获得平反，《人民文学》上还发表了李延国为此案写的长篇报告文学。

乔良是来自兰州空军的一个青年军官，胖乎乎的一个小伙子，口才了得，反应奇快。在第一次小组会上，大家自我介绍，他一开口就给我极深的印象：语言得体、谦虚中掩藏着高度的自信，一个大脑袋装满了知识，博览群书而且记忆力甚佳，而且对政治、军事问题总有自己一套独特的见解。

他与邓刚同住一屋，年纪比邓刚小十几岁的他反而成了邓刚治理班政的“军师”，两人辩论常常演变成智力的较量。我闲时踱过隔壁去听他俩斗嘴，也是一大乐事。

乔良的小说写得真是棒极了。他在鲁院时写长征“湘江之战”的小说《灵旗》轰动一时，那感觉之奇崛，令人过目难忘。拥有如此才情，如此犀利的思辨能力，如此渊博的学识，对政治、军事问题钻研极深而且富于独立思考，若干年后，他写出军事论著《超限战》，就不令我惊讶了。乔良因此被一位权威将领称为“军事变革先行者中的先行者”，他甚至在“9·11”前几年就准确预测到恐怖袭击对未来战争模式发生的影响，引起大洋彼岸一群军事专家的恐慌，台湾陈水扁的军事智囊们更皓首穷经地研究来研究去，甚至把“超限战”作为“共军”的代名词。乔良作为一位军队作家，有此成就，值得鲁院的同学们自豪。

简嘉是因为写《女炊事班长》获全国奖一举成名，立功提职，从基层部队调到大军区创作室任专业作家的。他的小说富有幽默感，这在军事小说中难能可贵。例如他写连队里一匹马，因为发情，经常有“作风问题”，令班上的女作家们读了个个忍俊不禁。

文章写得幽默俏皮，但简嘉为人是极真诚实在的。这也是我们成为至交的原因。记得有一段时光，他太太当了红遍大江南北的“四川模特艺术团”团长，率领一大群美女到各省巡回演出，简嘉为了体验生活，也曾穿州过省，替太太管理着那个花枝招展的艺术团，居然从来没有发生绯闻，可真不容易！弄得邓刚很同情地发出感叹：可怜的简嘉，活像一只守着一盘鱼的猫，只能看，不能沾，多痛苦！

掉进万泉河里的赵本夫

在当年土城边，有一个作家老是喜欢蹲在宿舍门口晒太阳，吃饭，他蹲着；聊天，他蹲着；看打球，他也蹲着。他就是汉高祖刘邦的老乡赵本夫。

本夫是凭小说《卖驴》获全国大奖而一炮而红的。有一年暑假，花城出版社社长李士非要我分期分批约同学到广东开“笔会”，我们一路游广州、游海南、游特区，游得兴高采烈。

在海南，出了件大事：在红色娘子军的故乡，本夫掉到万泉河里，差一点儿追随娘子军的英烈们去了。

万泉河是一条美丽的小河，我们分乘几只快艇兜风，掀起大浪在河中扩散，本夫乘坐最后一条快艇，大叫大喊想追上我们，不料一下子扎进大浪里，瞬间连人带艇都消失了！

我们吓得魂飞魄散，赶紧齐齐掉转船头去救本夫。

惊心动魄的十几秒钟后，河水里冒出了两个黑点，那是两个人的脑袋，一个是本夫，一个是快艇驾驶员，老天保佑，幸好本夫的水性还不错！只是游泳姿势是不雅的“狗刨”。

我们七手八脚把落水的本夫拉上快艇，本夫直乐：“这辈子值了！跑到这万泉河来洗了个澡！”

他衣衫尽湿，大家忙“捐献”衣物给他，只是内裤没法解决，我找来一条纸内裤送上，他两眼圆睁：“纸的？能穿？”旁人笑说：“放心，戳不破的。”大家一阵哄笑。

我却到现在还有点后怕：如果当年本夫的脑袋没在万泉河里冒出来，世人再也看不到《天下无贼》了。

从鲁院复办算起，近 30 年过去了，北京的北土城一带已经变成大公园，而我们住过的院子，早已变作高楼大厦，但文坛友谊还在，温馨还在，鲁院这棵常青树，已经开出了满树繁花，这万紫千红中，展现着我们的青春，我们的梦想，我们的才华和激情。

入住红花岗

——广州杂忆

我在广州的第一个住处，是现在烈士陵园那座有个圆球状屋顶的建筑物，那一年，我三岁，广州刚解放，时为1950年。

现在我才搞清楚，那个用“大波”做屋顶的房子，原来是前清张之洞们的遗产，清末时兴讲“新政”，故模仿西方的议会形式，建起这座所谓西式的“咨议局”。我们入住时，已有很多“老住客”——数不清的野鸽子，房子里到处都是鸽子屎。记得五岁时跟着表哥爬上过那个“大波”的顶部，那顶是铁皮的，铁梯上也全是锈，吓得大人们大惊失色，叫警卫员将我们这两个小捣蛋鬼捉下来。

我为何会入住这座“咨议局”，说起来有段“古”：1948年我一岁时，重庆地下市委被国民党破坏，父亲携我撤退到香港，在钱瑛大姐领导下做青年工作，1949年广州解放，那时广州与香港仍自由通行，父亲趁机回到广州“自己人”的地盘，本想走走看看，呼吸一下解放的新空气。在街上碰到地下工作时的老领导，他说广州解放了急需干部，你还留在香港干什么？回来回来。于是父亲就奉调回广州华南团委，我们一家也入住了作为华南团委机关的大圆顶房子。

华南团委在红花岗，东边围墙外就是墓地，那时候就听说，国民党就在那里杀了不少人，我们在那里牺牲了不少烈士。南面东较场是个荒凉的大草坪，杂草丛生，我们常去捉草蜢，遇着那里有大型集会，也去看热闹，集会的南下大军穿着黄军装、机关干部和青年学生穿着蓝制服，唱歌、扭秧歌，煞是红火，最流行的歌是“解放区的天，是明朗的天……”也有南方大学的学员调皮，合着秧歌锣鼓点唱：“餐餐豆芽菜……餐咚餐，豆芽菜……”有时髦的就唱苏联歌：“我们的祖国无比辽阔广大，到处都是原野和森林……”广州街上的马骝仔把下面那句改成："鸦鸦乌呀无钱过新年……"我回家学了这一句，被觉悟很高的老奶奶教训了一顿。那时机关也驻着解放军，都是东北兵，他们自己的炊事员做饭，有一次，一个小战士把自己的饭给我吃了一口，辣得我哇哇大哭，气得一个连长把小战士狠狠"刮"了一顿。

在那政权变更天翻地覆的沸腾年代，斗争还是很尖锐复杂的。晚上，常有特务向机关打黑枪，"大波顶"房子也常常是射击目标，敌机经常轰炸广州，我三天两头跟着大人跑警报，不管白天夜晚，警报一响，就奔向最近的防空洞，由于不准有丝毫亮光，首长干部、勤杂家属在黑暗中挤成一堆，从不分上下高低。有一次敌机轰炸，炸弹就落在防空洞口不远，爆炸声震耳欲聋，父亲冒着硝烟跑出去捡回来一块炸弹皮，守洞口的警卫员大喝："快回来，你不要命啦？"大概是1950年底，国民党飞机轰炸得太厉害，机关的家属小孩全部转移到粤北乐昌县暂避了半年。这些情景印在我心底，后来把它写进一部小说里，还虚构了叶剑英元帅在防空洞亮手电谈工作的情节。

我们搬离团委机关以后，那个地方很快就建起了广州起义烈士陵园，成为广州一重要景观——红陵旭日，日日游人络绎不绝。前些年我们全家去旧地重游，除了那个大圆顶房子和当时作为华南团委办公楼的一座两层红砖楼还在，全部旧貌变新颜，老夫聊发少年狂，我突发奇想想再爬爬那个"大波顶"，可惜不可能了。陈迹与往事俱已有如轻烟飘散，只留下儿时真切感觉和激荡情怀历历在心。

家住六榕路

我曾住在六榕路65号，与南方名刹六榕寺为邻，只隔一条名叫仓前街的小巷。

六榕路有一边是省交际处（现广东迎宾馆）的围墙，基本全是住宅，铺头不多。最热闹的地方是六榕寺的大门口。

那年我六岁，是记忆日渐丰富的年纪。记得六榕寺门前有很多摆卖元宝蜡烛和算命的小摊，有一档专卖芝麻糊、花生糊，味道极好，只卖五分一碗，小孩子只要三分。六榕寺名满天下，六祖在此讲过经，苏东坡为它题过匾，但1950年代的六榕寺还是比较清雅幽静的。每天寺僧的早课和晚课，我们都隔巷可闻，令我至今仍对僧人诵佛的声调和神态十分熟悉。我还结交了一个比我大几岁的小和尚，法号“法云”。法云小和尚眉清目秀，齿白唇红，如果不剃发就像个小姑娘。我们经常交换食物，我给他糖果、话梅，他给我番石榴和斋包，那大概是供品，供佛供久了撤下来再让小和尚吃，有一次我吃了他一个包，没多久就上吐下泻，吓得老奶奶严令我以后不准再吃法云的东西。

看信男善女求神拜佛和看算命先生解签，是我童年一大乐事，尤其是看雀鸟叼签，那笼中的小鸟像有灵性一般竟会跳到一大堆“利事”签封前，用嘴叼出一封“利事”，然后由算命的拿出里面一首诗，巧舌如簧、摇唇鼓舌讲解一翻，赚上两角三角钱的酬金。我看是看，但并不相信，因为我的偶像奶奶说了，那通通是迷信。偶像奶奶说的自然是真理，我也有责任传播奶奶的真理，有一回我在六榕寺弥勒佛前看见一个与我年纪相仿的孩子在父母指引下纳头便拜，我就上前把他拉起来，说：“别拜，那是迷信。”登时被旁边一位伯爷公呵斥：“你这细路哥懂什么？连毛主席都说信佛有自由，对佛要保护，你为什么不让人拜?”我大惑不解，回家问奶奶，思想进步但识字不多的奶奶也茫然，这成了我涉世之初最早的惶惑。

六榕寺令我难以忘怀的，是庄严的大佛和慈祥的观音，是巍峨的花塔，(那时花塔是广州市区最高的建筑物之一）而后花园凉亭上的讲古摊，更是我开蒙之地。那几年，每天下午，总有一位老者在此“开讲”，吸引很多人围着“听古”。老人夏执一扇，冬持一钵，一张嘴甚是了得，可以绘形绘色再现战马嘶鸣，兵器铿锵，箭矢如蝗，旗帜蔽日，嘴巴营造千军万马的大拼杀场景能让你身历其境，他的声音有极强的模仿能力，让你过耳不忘，他表情动作也极生动有趣，甚至不时来一个做大戏的亮相和身段，总能恰到好处地抓住听者的感觉想象，以至于多年后我写起了小说，也在不断地捉摸通过感觉来与读者相通的窍门。他讲隋唐英雄的忠勇仗义，水浒好汉的侠肝义胆，三国正邪忠奸的生死较量，令我听得如痴如醉，几年下来，我听了《薛仁贵征东征西》、《狄青平西》、《杨家将》、《七侠五义》、《说岳》，等等好多套“古”，记得老人讲到岳飞风波亭被害后，岳家军全军悲愤欲绝，他直讲得声泪俱下，老泪纵横，人们也听得肝胆尽裂，只觉山河变色、草本含悲。后来我上小学了，下午还常逃学听“古”，那讲“古”老人不知以何为生？讲“古”似乎只是他人生一大乐趣，并不受听古人的钱财，顶多在唇干舌燥之时，用破葵扇托住十几枚自制的陈皮梅，说为大家生津止渴，请听客帮衬，每枚只收两分钱似乎还很难为情，听客们急于听“古”，总是扔下碎钱将陈皮梅一抢而光，他收下两三毛钱，立即又生生猛猛口吐莲花，往往是讲到他最忘情，人们听得最投入时，他突然吐出我最不想听到的12个字：“欲知后事如何，请听下回分解——”在大家怏怏散去后，我总觉得这句话像个钩子，明天又会把我钩回到这里来。

40年后，我为了寻访六祖惠能遗踪，重访六榕寺拜访主持云峰大师，云峰原是湛江人，与我相谈甚欢，我问现在还有无讲“古”人？他说早就没有了，我到原来的后花园看了看，果然没有了。

我相信，如果还有讲“古”佬讲“古”，六榕寺仍会增色不少。可转念一想，今夕是何年？“戏说”大片充斥电视荧屏，早就剥夺了男女老少眼球选择的自由，人们还有闲暇坐到后花园来听古么？我的想法大概只是一种奢望罢了。

在中山大学读小学

我在中山大学读过书，说来惭愧，不是读大学，是读小学——中山大学附属小学。

孩提眼中的中大，是个宽阔无边的大乐园。1950年代中的中山大学，没有那么多人，也没那么多高楼大厦，较多的是名教授们住的红砖绿瓦小洋楼，教职工大多住绿荫环绕的黄墙黑瓦小平房，校园里草木扶疏、郁郁葱葱，还有很多荒野树林，有一个有名的故事片就把它当成原始森林在此拍摄，放映后谁也看不出这是中大，说是海南岛谁都信。

我的小学在大门右侧不远处，主体是一幢两层楼房，同样是红砖绿瓦，典型的中大风格。小学有操场，我们的早操、课间操全在操场上进行，小学旁边一个很大的蒲桃树林，也是我们嬉戏的乐园。记得最让我着迷的是语文课和音乐课，我天生孱弱，五音不全，对“香枝戳豆豉、豆豉上楼梯”的五线谱和简谱也全无兴趣，喜欢音乐课盖因教音乐的梁主任极会讲故事，他每教一首歌，总是先讲一个有关这歌的故事，唱“二月里来啊好春光”和《保卫黄河》，他就讲冼星海生平，说他当过本校校工，天天给同学打钟上堂，后来到法国学音乐，饥寒交迫穷困之极时拉小提琴创作了著名乐曲《风》……他给我们讲贝多芬耳聋后指挥“第九”大获成功，讲音乐神童莫扎特，讲用乐谱来换一片面包的舒伯特，他讲的故事灌注着人生哲理和奋斗精神，令我牢牢记住了故事中的人物，而他教的歌，反而不少忘记了。

还有一个体育老师是业余画家，兼教我们图画，偏我体育、图画都不好，不合格是家常便饭，但我特别喜欢他教图画，他教课用一半时间讲画家的故事，讲俄罗斯大油画家列宾、苏里柯夫……还拿出巡回画派的杰作给大家欣赏，娓娓动人地大讲这些油画的历史背景和人物命运，给我印象极深。那年有个苏联著名画家马格西莫夫来华讲学，他也去听课，带回了马氏的画册给我们一一讲解。现在开始强调素质教育了，我回想起来，中大附小当年不也是出色的素质教育吗？幸亏当年我遇到了这么多会讲故事的小学老师，否则我今天的写作会大打折扣。由此我敢大胆妄言，不会讲故事的小学老师，不是好老师。

我的同学有不少是教授的儿子，家教甚严，一次我与一同学在池塘里捉一种叫“花手巾”的小鱼，回家时光着脚提着鞋子走到马丁堂，遇到一位严肃的老人，那同学立即上前鞠躬，待那老人走后，这个教授的儿子把舌头伸得老长说：“弊家伙，我打赤脚，让许校长看见了。”原来那老人就是大名鼎鼎的许崇清校长。

中大的树林里有很多鸟儿，那时没有环保意识，也不知保护动物为何事，用弹弓打鸟，成了男孩子一项很值得荣耀的事情，我的同班同学达国，是打鸟大王，也是我的“师傅”。跟他打鸟是件乐事，也是苦差，我常常被他责骂“赶雀屙屎”。我们打过不少“白眼圈”、“钓鱼郎”、“白头翁”，晚上出征，用手电照着，甚至能打到夜游鹤。后来兴起全民打麻雀的运动，麻雀的九族也惨被株连，阿标更是大显身手，那时大家都狂热，一声令下，男女老少齐上阵，老人孩子站在屋顶敲锣打鼓放鞭炮，吓得小雀大鸟无处落脚，直到飞得筋疲力尽，一落树枝上，即被阿标们用枪用弹弓射杀，还将一对对鸟爪子斩下来上报请功。没想到几年后，又说麻雀不是害鸟，要平反云云，其时我等已滥杀无辜无数矣。

1950 年代从中大出城，只有 14 路车可坐，挤得像沙丁鱼罐头。我们常从北门坐小轮到天字码头，几步路就到北京南，5 分钱船票，十分经济。在中大北门码头，还时常可以看到中大学生的水上运动训练，摩托艇来回穿梭风驰电掣，划艇手风波出没力争上游，常让我们小学生看得眼热，梦想有一日也能成为真正的中山大学学生，可惜我只有在中大读小学的命，没有这样的缘分。数年前中秋节，我应邀到中大赏月，中大依然是那样高贵典雅，马丁堂前的大草坪更显南方最高学府的气度，只是高楼大厦成群结队，少却了往日的野趣和森林气息。我还认出当年陈寅恪先生住的那座小楼，记得原来绿草地上有条水泥路专门漆成银白色，专门给视力不好的陈先生出入所用，现在已经没有了。女作家兰妮和区区特意陪我去找寻附小怀旧寻根，附小的主楼还在，已经改成一个学院的教研室，大蒲桃林没有了，我一阵惆怅，耳边分明还回荡着儿时的喧闹，只是昔日在林中一同嬉戏的小伙伴，各散东西无从寻访了。

推开那扇大门

从初中到高中，整整一个中学时代，我就喜欢在那扇大门外转悠，伸头探脑，在门里像有块强大的磁石，吸住了我青春的憧憬、年轻的梦。

我知道，那大门里面就是文学殿堂。

为什么会喜欢文学？三两句话是说不清道不明的。记得我在中大附小上小学三年级时，学校墙报上“发表”了我第一首“诗”。我不时在那块大墙报下闲逛，悄悄注意有没有人看我的“诗”。有一天，看见有个高年级的大哥哥抬头在看我的诗，我走过去说：“这是我写的。”

“你写的？”他似乎不相信。

“就是我写的呀！你看——我的名字写在上面。”

“哦，这就是你呀？”他像记住了我的名字。

我得意了半天，上课老师说了些什么全没听进去。

我从小体弱多病，在男孩子里，跑、跳、踢足球、打弹弓乃至打架，事事不如人，在班上只有两件事能引人注目：一是请病假，二是早上迟到。我的“诗”发表后，我马上意识到，有一条我比班上所有人都强：我的“诗”能上学校的墙报！从那时起，我偏爱文科，暗下功夫要“拔尖”，我喜欢作文，每逢作文课，我总会升腾起一股“露一手”的兴奋。我家里有不少书，生病的时候，就躺在家里看书。小学二三年级，我就读了不少大部头中外古典名著。那时的小学生，有“比看书”的风气，谁读的书多，谁脸上有光——

“《牛虻》看过了吗？”

“……还没有。”

“我看完了。”于是，又可能得意半天。

对文学的强烈兴趣，就在这悠悠岁月里滋长着。

少年是多梦的季节，梦幻的变化会不时产生兴趣的萌发和转移。我 9 岁时，除了喜欢文学，还迷上了装矿石收音机，进而学装电子管收音机。陶醉在装机成功的同时，也陶醉在电波传来的抒情散文和长篇小说的朗诵里。

我的数学成绩不行，但会弄无线电却使同学们刮目相看。上中学以后，我又找到一条摆脱“病猫”形象的捷径，我着魔似的学打乒乓球，连在走路、吃饭时也来几个抽杀手形动作！我体质差，但我灵活，反应快，加上勤学苦练，会动脑筋，很快成为学校和业余体校的主力，还和队友一道夺得全市团体冠军。我知道自己不可能成为专业运动员，对文学依然一往情深，而且开始梦想当记者或作家了。打乒乓球的成功激发了我的自信。我相信，文学殿堂并非高不可攀，凭自幼培养而成的兴趣加上不懈的努力，我一定能推开那扇大门。我已不满足在墙报上发表诗歌和文章了，开始给报刊投稿，尽管屡投屡退，心中的劲却憋得很足，就像输球了老想赢回来一样。终有一日，我自编自导自演的一部话剧上演成功，那自信更加强烈了。高中毕业，我踌躇满志地报考了人民大学新闻系，老师同学都料定我能考上，不料，祸起萧墙，一场天塌地陷的灾难降临。“文革”开始，高考取消，我一夜之间成了“小邓拓”、“小黑帮”、“黑五类”，成了满墙大字报炮轰的目标，我写的文章和话剧，成了“三反”罪证，最赏识我的语文科组长被迫自杀。我绝望至极，文学梦破灭了，心如死灰。接着就是大串联、打派仗，浑浑噩噩打发两年时光，几乎与小说诗歌绝缘。我不相信这个世界还需要文学了，但长着一个脑瓜、两只眼睛，机械惯性似的仍需要读点什么，只好读历史，读哲学。几年下来，我啃完了《中国通史》《世界通史》《中国哲学史》，还认真做了大量读书笔记。后来，我才发现，这是无心插柳柳成荫，这几年较系统地读历史对我的笔墨生涯大有裨益，不了解历史，就算能推开文学大门，你也没有后劲走下去，了解历史是搞文学的基本功。

对文学的热情，是在我一生中最艰难最灰暗的日子里重新点燃的。1968年，我上山下乡到了粤西山区的橡胶农场（后来改成了兵团），住在一个四处透水的旧牛棚里，一天重活干下来，满身泥水，全身散了架。深夜，床被漏雨打湿，破被子冷得像冰窟，我突然发现无数大蚂蚁在我身上爬，原来，我的床铺正架在一个硕大无朋的蚁巢上，而水一浸，蚂蚁都爬出来了。于是不得不发动一场人蚁大战。在那风雨交加的不眠之夜，普希金的不朽诗句蓦地涌上了我的心头：

灾难忠实的姐妹——希望，

在幽暗的地下潜行，

她会唤起勇气和快乐，

盼望的日子就要来临……

我被崇高的人格力量震撼了，含着热泪点亮油灯，激奋地写了一首诗，又写了一封致友人的散文式长信，至今我还记得里面有一句话："艰难困苦，是人生的补药。"自那天起，我又开始写作了，我需要用笔来寻觅，来挖掘生存的勇气和激情，追寻生活的希望和真谛！

长路崎岖，我的文学梦没有柔情脉脉，没有春风拂面，它只有火焰、热血和对光明的苦苦追寻。大概从那时起，崇尚悲剧性壮美，崇尚人格力量，崇尚忧患意识的个性，就悄悄地融化在我的血液之中。

文学青睐才气，更青睐刻苦。

我出版第一篇小说，一共改了 8 稿，当时把关看稿的是兵团一位参加过抗美援朝的部队诗人，对我关心备至，但对创作却严格得似乎不近人情。

"这样写怎么行？拿回去再改一稿。"

"这里，还有这里，不合情理嘛，再改——"

他严厉，我对自己要求也很严格。一而再，再而三，他不开绿灯放行，我就一次次推倒重来，直到他点头认可。改了 8 次，也抄了 8 次，稿纸堆起来足可以做一个大枕头，我一直保存到今天，留做纪念。

以后我每发表一篇小说获得了好评，我就不禁想起那位老诗人，想起那个"枕头"，我由衷地感激他的严厉。我想，如果当年我那篇小说一挥而就便能获得出版，我今天恐怕成不了作家。

1979 年，由于我的恩师——著名作家、文学评论家萧殷的推荐，我在《作品》杂志发表了小说《血染的早晨》，一下子引起了文坛的注意。第二年，我调进省作家协会成为专业作家。但我知道，这并不意味着自己有多大能耐，这完全是一个历史性的机遇，可以说，文学的大门，我还没有打开。

巴斯德说：机遇只偏爱有准备的头脑。我为这个机遇苦苦准备了 10 多年，以后还要准备下去。

1981 年 3 月的一个深夜，我正在茂名石油公司招待所里伏案写作，一阵急促的拍门打断了我的思路，招待所值班员要我去接长途电话。

一个遥远的声音在我耳边响起：吕雷吗？你马上出发，到北京领奖，你的小说《海风轻轻吹》获全国奖了！

我当时懵了，愣了一阵我才意识到文学的大门吱呀一声被我推开了一条缝，我挤进去了。我不由得深深感激秦牧、易巩、黄培亮、欧阳翎等前辈作家，正是他们帮助，《海风轻轻吹》才得以及时发表出来，挤进全国评奖的行列里。可以说，我能推开那道门，前辈们也出了一把力。

后来，我才知道，推开一扇大门并不意味成功，门里面还有无数道门，要登上文学殿堂着实不易，就像给自己判了个推大门的“无期徒刑”。

你要成功，只能义无反顾地走下去，不断地推开那一扇扇的大门。

我的海洋石油情结

我的创作生涯是从上山下乡的兵团时代开始的，但是我第一篇全国获奖的作品，却与中国的海洋石油事业分不开，可以这样说，我是带着一身油花走进中国文坛的。

1975年从农场回城后，我在茂名石油工业公司做工会工作，粉碎“四人帮”后，有一阵提出要建设10个大庆，南海也算一个。我国引进了一艘自升式海洋石油钻井平台“南海一号”。当时南海石油基地归“茂油”管，我算中国最早登上南海钻井平台的作家，连续几年我都去钻井平台体验生活。那时海上钻井平台是中国最先进的东西，全是进口的，最先开展中外合作勘探石油的“南海二号”、“南海三号”、“南海四号”平台我都生活过，与海洋石油的工人干部结下深厚友谊。那时坐洋人的直升机上平台得支付几百美金，要领导特批，现任海南省委书记的卫留成同志当时任中外合作公司的中方代表，他就批准过我坐直升机。当时石油工人朋友们还送给我一件后背印有“南海石油”字样的T恤衫，我一直宝贝地收藏舍不得穿。

1980年，才在杂志上发表了3篇小说的我，就被调到广东作协当专业作家。海洋石油的生活积累一直令我魂牵梦绕，激动不宁。平台上的生活非常艰苦，也非常危险，我产生了一种责任感，想把那种海洋石油工人不平凡的生活、工作和爱情用一篇小说表现出来。当时的石油钻井工人，有文化的年轻人很多，找对象却很难，长年累月在海上，每天干活12小时，除了睡觉、吃饭，几乎没有业余时间和娱乐。有次我带了一个宣传队去慰问，年轻工人兴奋得不得了，好久没见过女人了，来了女客人简直像过节。钻井平台很高，海平面很低，大概有10层楼那么高的落差。我们坐船去，得要用吊篮把人一个一个从船上吊到平台上。宣传队的男孩子不怕，就是抓住绳子站在吊篮上那么吊上去。但女孩子死活都不敢上吊篮，太危险了，我只好在后面一个个地推，陪着护着女孩子们一个个吊上去，她们有哭的，闹的，尖叫的，晕船的，一塌糊涂。平台上一大群钻井青工看着女孩子一个个吊上来，嘻嘻哈哈就在那里把她们“分”了：这个“给你最合适”，那个“我最合眼缘”，其实是过一把嘴瘾，当一个个“梨花带雨”的姑娘来到面前，平日嘴巴最放肆的小伙子都成了红脸关公，个个成了小心翼翼侍候周到的绅士。尽管大半人晕船，宣传队员们最后还是坚持在直升机平台上演出了一场节目，让工人们看得兴高采烈，给宣传队做了一顿美餐，用自己钓的鱼答谢宣传队员。这事给我刺激很大，回来以后我就构思了《海风轻轻吹》。这是我当专业作家后写的第一篇小说，也是我第一次写有关海洋石油工人现实生活的作品，但它的确是从我生活中来的东西，而且出于一种责任感，出于一种真诚、淳朴、厚重的情感。

还得感谢秦牧先生。当时小说写出来以后给了《作品》，《作品》嫌太长，说你再改改，起码得删去三分之一。我很不甘心，觉得小说写得挺好，不想改。《作品》另外一个主编、老作家易巩知道后说你赶快拿给秦牧看一下，当时秦牧正准备下午去香港访问，没有睡午觉，赶在上火车之前把我的小说看完了，马上签发：不用改，不要删，就这么发，而且发头条。结果小说在当年（1980 年）最后一期——第 12 期《作品》抢发出来了。一发出来，刚创刊的《小说选刊》就以头条选载。

1981 年初春一个寒冷的深夜，我在石油公司招待所一间权当家具仓库的小房间里苦苦构思另一篇小说，有人在楼下高声叫我去接长途电话，我以为家里发生了什么事，飞奔下楼接听，我听到一个自己完全不敢相信的信息：我的《海风轻轻吹》在北京获评为全国优秀短篇小说，省作协主席欧阳山高兴地特批我坐飞机去北京领奖，那年飞北京的机票，只要 73 元，但那已经是我两个月的工资了。

以后，我一直保存着那件“南海石油”的 T 恤衫，那是收藏着一种记忆、一个情结、一种感激。一想到它我就心头涌出一股温情：感谢生活，感谢我的海洋石油工人朋友们。现在这件“南海石油”的 T 恤衫，被陈建功收藏陈列在北京中国现代文学馆“此物最堪思”的展厅里。

橡胶林里读唐诗

上山下乡的时候，我只带了两件旧衣服，一床破烂的棉被，还有令下乡知青们都很诧异的两洋油铁箱书。

有人问："都下乡了，还带这些劳什子干什么？"

我笑笑："舍不得丢。"

对这两箱书，装箱时我颇费周章，想了又想，最后，一箱上面放马恩列毛的著作，下面放《中国通史》和《世界通史》，另一箱上面放自以为值得保存的"文革"报纸传单资料，最下面放了普希金和玛雅可夫斯基的诗集和一本《唐诗小扎》。

不是说要和"封资修"彻底决裂、和过去彻底决裂吗？不是说要广阔天地炼红心，扎根边疆干革命吗？你还带着这几本别人全扔了的书干什么？我内心时时充满不安、惶惑和自责，甚至有几分犯罪感，总觉得自己的"三忠于四无限"掺了水分打了折扣，我在同去一个生产队的十几个知青中，年龄最大资格最"老"，（当过团支书）我一直痛下决心：自己虽然是个"走资派的狗崽子"，但上山下乡是个脱胎换骨的机会，自己应该做出表率，要以实际行动证明，我是忠诚的！

在我们两个"老高三"带领下，我们这一车知青离开城市、离开亲人时没有一个人掉眼泪，是带着欢笑带着歌声驰向山野、驰向胶林的。但我在领着大家高唱"到农村去，到边疆去，到祖国最需要的地方去"时，不时掠过这样一个念头：如果这些知青同伴知道了我的箱底里，竟然压着几本"封资修"，他们会怎样想？会发生什么事情？

但是，我实在是舍不得！

我只好硬着头皮，偷偷地留着这条"封资修"的尾巴，又不得不"夹起尾巴做人"，人模狗样地在大庭广众中高叫革命口号，装得比谁都革命。人哪，真是虚伪的动物!

现在看来，我当时那种做法和心理都是荒唐可笑而且是卑劣的，但这绝对真实。

到了目的地一下车，兴高采烈的我们傻了眼。说是去“军垦农场”，可我们眼前的山村比乡下的生产队还生产队，给我们住的地方，是一个旧牛棚，地上的厚牛粪还没起干净，匆忙中垫上一层干草再压上一层黄泥，架起毛竹木板那就是床了，无奈中我们只好入住“新居”。

胶林的劳动是艰苦繁重的。我们“老三届”虽然都经历过大跃进、大炼钢、修水利、农忙秋收等重体力劳动的锻炼，但那都是些临时性的突击任务，如今进了胶林，就得年复一年，月复一月“三更灯火五更鸡”地起床割胶，风来雨去地收胶，心中的茫然失落可想而知！“革命化元旦”之后是“革命化春节”，知青们都没有回家，春天来了，阴雨下个不停，我们的牛棚屋漏偏逢连夜雨，大家七手八脚把铁桶脸盆动员起来接雨水，一天晚上我从梦中惊醒，突觉全身奇痒，急点油灯一看，不禁毛骨悚然——原来我是睡在一个巨大的蚂蚁窝上，床上身上全爬满了被雨水驱赶出来的蚂蚁！觉是不能再睡了，那个不眠之夜我心中充满悲凉，处理完衣物被子上的不速之客后，只好躲在牛棚一角伴着油灯偷偷地翻开了《唐诗小扎》，用伟大先贤的诗句来抚慰那彷徨和痛楚的心灵。

在胶林割胶，所有割胶工都是凌晨摸黑单独工作的，偏远的林段离有人的地方好几公里，因此遇到毒蛇野兽是家常便饭，我们连队的山林还出现过老虎，货真价实的华南虎闯入我们的猪栏拖走了好几头肉猪，害得我们好几个月没有猪肉吃。每逢轮到我到最偏远的树位割胶时，要显示自己“革命”的我不敢不去，也不能暴露自己害怕，只能故作轻松地高声唱着革命歌曲心惊胆战地上路，到了林段，喘着粗气一路小跑地割、割、割，一个人手忙脚乱地工作时是顾不上害怕的，可是当割完了整个林段，全身瘫软的时候，特别是割胶灯用完了电石陡然熄灭的时候，恐怖就会像个无形的大网把你整个人罩住，你就会从脊骨缝里冒出凉气来，一只飞过的萤火虫，一滴突然掉下来的露珠，一片无声飘零的落叶，都会把你吓一大跳。

这时我的救命稻草还是唱歌，歌唱厌了就大声朗诵唐诗。有一天，我的老班长摸上山来“检查工作”，听见我抑扬顿挫念念有词地背李白的诗，躲在树后听了好一阵，才干咳几声现出真身，羡慕地说：阿吕你的毛主席语录念得真好听。羞得我无地自容。

老班长是个 1954 年参加农垦的土改骨干，没多少文化，一次开批斗会，他被指定发言，他央我帮他写好批判稿，还教他背了几遍，不料一上台，他就把我写的稿子念得稀里哗啦：“千钧……就是……就是霹雳……就是……就是开新宇，万里……就是……就是东风……就是扫残云……”惹得全场知青哄堂大笑，批斗会也没法开下去。他其实也不知那天我在背什么，却认定我在背毛主席语录，好心地汇报上去，硬说我割胶休息之余还不忘学毛著。那时我们连队的书记病了住院，主事的是连长杨头，他听了把我找去，笑眯眯地说：听说你在胶林割胶还大声读毛主席语录，团里马上要开学毛著讲用会，连里找不到人去，就你去了。我哭笑不得，眼看推托不掉，只得对他说：连长我出身不好，父母都还关着呢，你叫我去讲用，不怕别人说你阶级路线有问题？杨头一听，出了一身冷汗，拍着额头说：哎呀，我怎么就没想到？那，那就换个出身好一点的知青去好了。于是这段阴差阳错才告一段落。

我的那本宝贝的《唐诗小扎》，就这样陪伴我度过了艰苦的胶林生活，后来我调到了团部，几经起落，又突然奉调到师部，走时匆忙，只准带着背包，那两箱书包括秘不示人的《唐诗小扎》只得忍痛留在团部托人保管，一年后我回去找，两箱书竟被人打开，其他书还都在，唯独《唐诗小扎》被偷走了，我痛惜不已。许多年过去了，我还在怀念那本封面残破的书，现在想来，偷书者也许是个识宝之人，不然那么多书不拿，偏拿走这一本？只应了鲁迅先生笔下的孔乙己那句话：

窃书不算偷，读书人的事，能算偷么？

血水、泪水、汗水汇聚成的长河

——漂萍回眸片段

所有时间，都终将变成历史。而一百多年来中国的历史，则是一条由血水、泪水、汗水汇集成的河流，我出生晚，今年也六十有三了，在这条汹涌澎湃的长河中，只算得一星半点载浮载沉随波逐流的浮萍，回首凝望前尘，感慨顿生：太史公言，天下熙熙，皆为利来，天下攘攘，皆为利往。人活着，尽情享受生活，追求幸福天经地义，但千百年来，总有人追寻信仰而来，践行信仰而去，唯有他们的血水、泪水、汗水，才能聚汇成历史长河。我既置身这长河中，总得时时向上游回顾。人，唯有知从哪里来，才会知晓到哪里去，唯有知过去，才能见未来。

我，父亲，父亲的战友

我一出生便多灾多难。

1947年，中国内战爆发，重庆乌云压城，腥风血雨。我出生在重庆民建中学的猪圈旁边，那年是猪年，属猪的我冥冥中开始接受磨难，因为是早产，生下来后我不会哭，连吸奶的力气也没有，接生婆抱过一看，皱皱眉头说，这个娃儿怕喂不活。可我活下来了，民建是地下党办的学校，于是我有许多“干爹”、“干妈”，母亲没有奶水，“干妈”们就弄来奶粉，调开了用棉花蘸湿挤进我的小嘴里。六个月后，我被寄养在农村一个佃户老婆婆屋里，父母有时来看我，见我躺在灶台边的禾草堆上，大群苍蝇嗡嗡嗡地围着我飞舞，老婆婆熬好了米糊，用手指抠起一点一点抹进我嘴巴里，就这样把我养到一岁，当时谁也不知，老婆婆的东家有个肺痨病人，不满一岁的我感染了肺结核。

1948年，重庆地下党组织遭遇灭顶之灾。作为乡建学院地下党组织负责人的父亲懵然不知，到了约定时间，未见学运特支书记胡有猷来接头，又较长时间未见地下传递的《挺进报》，预感到巨大的危险在逼近，父亲只好启动紧急程序，到北碚“接头”，由我母亲在后面远远跟着，一旦发现不测立即回去报讯。就在北碚一座石桥桥墩旁，父亲与一个穿长袍的青年对上了暗号，细一打量，发现他竟是化了装的重庆北区书记齐亮，他在重庆《新华日报》工作时，父亲就和他有过联系。齐亮机警而冷静，却低声说出了晴天霹雳的几句话：“有人叛变，摊子被搞烂了，胡有猷被捕了，情况非常严峻。你回去马上把已经‘红’了的人，不管是党员还是外围六一社员，尽量撤离重庆，回家隐蔽、分散下乡都行。你家在香港，你最后走，如有实在没有地方去的人，得把他们带到香港去。你要准备好！什么时候走，等通知。”说完他们紧紧地握了手，齐亮旋即匆匆离去。

父亲回校后马上安排党员和外围积极分子撤离到上海、武汉、云南以及四川各地。自己也在焦急地等待最后的通知，一天清晨，风尘仆仆的齐亮突然来找父亲，紧急通知：立即带着找不到隐蔽地方的同志撤到香港去！分手时他紧紧和父亲拥抱，并深情说：“恐怕今后很难再见面了，望多多保重。”然后又一转身飘然而去。

老父亲每每向我追述那一时刻，都令我怦然心动，思绪难平，那真是个千钧一发的生死关头，是考验一个人信仰真诚的严酷时刻，60多年后，我已经无法探究那个清晨时分齐亮在通往歇马场乡建学院小路上疾走如飞时会想些什么？我只知道，往前走，他可能挽救党的一个基层组织和一批进步青年，成为救出几十条生命的天使、英雄，也有可能身涉险境，一步跨入牢笼，因为整个组织已经破坏了，乡建学院的地下组织是由条块结合组成的，任何一个环节出问题，他的舍命奔走都有可能变成自投罗网；如果退回去，他可以有更多时间自保，更有机会逃出虎口，他应深知自己已是敌人重点追捕的目标，每分钟都会被捕的危险，先摆脱追捕隐蔽自己也似乎无可厚非。可是，他义无反顾地做出抉择：逐一通知别人先撤离，把生的希望先给同志，死的危险留给自己，信仰！党性！在那清晨的疾走中发挥到极致。

当年父亲与齐亮分手后，马上到老婆婆家里接走我，按原来预设方案，没有暴露的母亲留下继续坚持，父亲和一男一女两个党员带我坐船撤到香港。同行的女同志充当我的母亲，不料，发着低烧的我死不认这个“妈”，拼命啼哭，同船的旅客纷纷投来诧异的目光，有人问：这娃儿怪咧！咋不肯跟妈？父亲尴尬地“解释”：孩子妈一直在乡下教书，我在城里做事，带孩子方便些，所以孩子只认我，跟妈反而生分了。江轮每停靠一个码头，都有军警特务上船盘查，父亲见我们这引人注目的“一家三口”破绽太大，临时改变计划不从上海转船去香港，而在宜昌下船，从陆路经武汉南下广州、香港，并与转移到香港的南方局领导钱瑛大姐接上头，这时父亲才知道：无耻叛变了的重庆市委书记刘国定竟带特务飞到上海搜捕当时地下工作最高领导钱瑛同志（中华人民共和国成立后任中组部副部长），并在码头上拦截从重庆撤离的地下党员，正是父亲决定在宜昌下船这一随机应变，让我们又逃过一劫。我奶奶在香港的家，是“东纵”的地下联络站，不久，我母亲也回到香港，一家人总算团聚了。父亲在钱瑛大姐领导下，投入紧张的工作：以办香港学生杂志的公开身份，秘密租赁了一所大房子，筹办准备接收城市的培训班；从事收集广州的情报资料工作；北平解放后，他又作为代表国统区和香港的七名青年代表之一（其中一名是著名作家马识途的妻子），北上北平参加第一次全国青年代表大会（即共青团一大）。

当时生活依然是极贫困的，我的病情加重了，整天啼哭，至今我依稀记得，奶奶抱着发烧的我，整夜在昏暗的马路上蹒跚。幸而当时香港已经有肺结核的特效药“麦仙”（大概是链霉素）上市，父母靠组织上的接济，给我买药救命。1949 年底，广州解放，刚从北方回到香港的父亲到广州公干，抽空上街看看新面貌，不料被一老上级发现“捉住”不放，父母只好先后奉调回到广州，在党的怀抱里，我治好了重病。但不久传来噩耗：我们的救命恩人齐亮和他的爱人马秀英同志（马识途的妹妹），在转移隐蔽到成都以后，被任重庆市委副书记的叛徒冉益智出卖，中华人民共和国成立前夕双双英勇牺牲在渣滓洞，父母的同学和战友胡有猷、杨翱、陈诗伯也惨被屠杀。为了信仰，他们把宝贵的青春和鲜血抛洒在历史的河流里。

由于高层领导的叛变和出卖，重庆地下党员和进步青年遭受逮捕和屠杀达数百之众，有个别侥幸者逃过严酷的追捕，日后也难免蒙受不白之冤。潜伏在敌人内部的程途同志，就是典型的一例：他早在抗战从事“民先”活动时就与父亲相识并成为好友，但彼此间并不知道对方真实身份，其实，他当时是我党重庆地下电台的特支书记，著名的《挺进报》消息来源，就是成善谋同志和他用电台收录后秘密递交陈然烈士编辑成报的。组织被破坏时，他和成善谋同时被大叛徒刘国定出卖，那天他正好与成善谋约好接头，远远看见一群特务围住成善谋，为首的逼问：说，程途在哪里？成善谋睚眦俱裂大呼：我就是程途！成善谋用顶天立地的一声呐喊，践行了自己至死不渝的信仰，以自己的生命换取了战友的安全。程途得以脱险，中华人民共和国成立后，他在重庆市公安局任职，不料在肃反中因他在敌特机关潜伏过而且上线牺牲无人证明清白，不幸蒙冤受屈，被打成历史反革命关押新疆劳改。程途虽然身处逆境，但信仰不泯，忠心不改，他获平反昭雪后担任了重庆市纪委常委，1982 年时他已病重，父亲和我到重庆医院探望他，他依然双目炯炯，握着我的手一再叮嘱：信仰，不要迷失信仰……他说出一段在新疆劳改时的传奇，把我感动得潸然泪下——那是新疆一个大雪纷飞的冬天，他们被押到野外劳动，一个囚犯触怒了看守队长，队长竟当众扒下那人的棉衣来惩罚他，程途向来好打抱不平，冲上前去论理：这么冷的天，你扒了棉衣不是要冻死他吗？这样干还叫共产党？队长大怒，命令把程途的棉衣也扒掉，他光身昂首挺立雪地里，全队囚犯一下子全跪倒地上为他求情，那队长更恼羞成怒越发一意孤行，就在这时，远处驰来一辆吉普，见路边跪着一大片人，一位清瘦冷峻的老军人连忙下车，一问缘由，老军人双目圆睁，喝令该队长也脱掉棉衣站在雪地里，并怒斥：他们也是人！你光身挨冻试试？冻死你这王八蛋！程途得救了，事后，他才知道，那正气凛然地挽救他的老军人，正是鼎鼎大名的王震将军！

信仰的光辉，在时间的河流中闪烁。不仅闪耀在战场、刑场、生离死别的瞬间，也闪耀在突如其来的灾难中、人生蒙冤受屈之时，更闪烁在默默无闻、隐姓埋名的埋头苦干之中。

2003 年非典疫情震惊全球，我到第一线采访写作并发表了有关钟南山院士的报告文学，香港报纸也转载了。香港的爱国工会便邀请我去香港给工会会员们作一场内地抗击非典的报告，会场上，我看见一大群白发苍苍的老人，他们都是工会的老骨干。意外地，我见到了我的“干妈”——当年与我父亲假扮夫妻把我从重庆带到香港的那位女同志。尽管当年我在船上不认她这个“妈”，但长大后我一直叫她“干妈”，那年她已经 80 岁了，她竟带着助听器、笔记本来听我的“报告”，把我感动得鼻子发酸，眼睛发潮。60 多年来，高官厚禄、级别待遇始终与她无缘，尽管她党内的“辈分”比起公开在港工作的许多高级干部“高”出许多倍，她却在香港一直只担任一个基层工会的秘书，几十年如一日，勤勤恳恳任劳任怨地为工人服务到 2008 年溘然长逝。那天，我一接到噩耗，便代表全家赶到香港世界殡仪馆为她守灵，看着一群群的工友、学生、街坊亲友来向她挥泪告别，我的泪水再也无法强忍，汩汩地往下流淌，流到脸上，流到心里。我一生坎坷，一出生就差点夭折丧命，成人后又适逢“文革”、“下乡”，心脏做过两次大手术，可谓几度“死过翻生”，人说人世间不如意事常有八九，然而，对比起这位为信仰奋斗一生清苦一生而且光荣经历几乎无人知晓的老人，我们还有什么可攀比，可抱怨的呢？

奶　奶

我奶奶识字不多，但我心目中她是无所不知，无所不能的。她会讲很多很多的故事，令我常常在上幼儿园时过于依恋她而紧抱她的腿坚决不肯放手，她只好终日守在幼儿园里陪着我，让老师们非常为难。她喜欢听“大戏”（粤剧），偶尔也会唱几句，我至今仍记得几个粤剧大老倌的名字，就是从她嘴里听来的。

奶奶是个了不起的革命母亲，这是我年龄渐长慢慢知道的。她早年守寡，靠当佣人含辛茹苦养大五个儿女，全部送他们参加革命工作，她在日军占领香港期间，也曾奋不顾身参与斗争。

香港九龙有条太子道。当年威震港九的东江纵队港九大队市区中队的老战士提起这条路，会产生一种特殊的感情，他们忘不了太子道174号的女主人吕妈——我奶奶。

奶奶的家，其实是知名人士荆老伯的物业，荆老伯是老同盟会员，早年留学日本，回国后曾在“湖南一师”当过毛泽东的老师，香港沦陷后，他坚决不当汉奸，逃回内地，委托当佣人的奶奶看管房产，奶奶便当上了女主人。当时香港已成恐怖世界，天天都有人饿死，奶奶深明大义，毅然送走了可以持家的大儿子、大女儿，让他们到游击区参加革命，还在家中开设了“东纵”市区中队的联络站。

奶奶家里经常开着一桌“麻雀局”。四楼住着一户汉奸，楼下住着日本鬼子的马队，他们却对三楼经常通宵达旦的“雀战”声从未产生过怀疑，他们做梦也想不到，这“麻雀局”竟是在港九神出鬼没的游击战士在开会！在这种“夹心饼干”式的险恶环境里，指战员们反觉得“风雨不动安如山。”这里，是他们温暖的家。

1944年初春，盟军飞虎队飞机轰炸香港的日军目标，多架次军机被击落。其中一位美国飞行员克尔中尉被迫带伤跳伞，被我“东纵”一个11岁的小交通员李石奇迹般营救到游击区。日军眼看着美国飞行员在眼皮底下消失，狼奔豕突在城里城外大肆搜查，港九突然变得十分紧张。

一天早上，我奶奶梳妆打扮，雍容华贵地出门了。身后还跟着一个衣着入时的少女——我的大姑。她们要完成中队长“方姑”（方兰）交付的特殊任务：采购贵重药物、高级食品，还有一项奇怪的物品——西洋人吃饭用的刀叉！原来，游击区内食物药品奇缺，生活极其艰难，为把国际友人接待好，东纵领导决定：通过秘密联络站在香港购买。领导还细心地考虑到，今后进入游击区的国际友人会逐渐增多，他们不会用筷子，因此还必须买若干副刀叉！

174号楼下，日军马队一个新来的日本军曹阴鸷的眼睛盯上了奶奶母女俩，手一扬拦住她们，接着就动手翻我姑姑手中的藤篮，奶奶竟拉住他，笑嘻嘻地摇了摇手。

军曹火了，恶狠狠地打了奶奶一耳光。奶奶愤愤地揭开藤篮上的白布，军曹吃了一惊——里面装着一叠洗得干干净净、烫得整齐笔挺的日军将军制服。

日军马队队长闻声赶来：“嗨，八格！”板起脸孔把军曹训斥两句，接着左右开弓，大巴掌扇得军曹眼冒金星，然后客气地把头一低，摆手向母女俩示意放行，还连声：“翘秀哭。”（对不起）

奶奶在这队日军眼中，是大大的“良民”，她天天到“大日本香港占领地总督部”的高级军官家里洗衣服。可是他们做梦也想不到，这两个“良民”，一个是专以替日军军官洗衣服为掩护的游击队母亲，一个是年方17的女游击队员。他们更不能想象，就在他们头顶上的三楼，竟会是东江纵队的一个重要联络站！

奶奶母女俩凭熟人熟路，机警地在港岛置办了指挥部要的物品，但回九龙时，在渡轮上却突然发生了意外。

她们母女在船上刚坐定，全船就乱哄哄地闹起来——几个宪查和印籍“摩罗差”，窜上船来要搜查了。“摩罗差”见母女俩，就径直过来动手翻东西，一看她们的藤篮里装满了蛋糕、西饼、炼奶、罐头、刀叉……面如菜色的“摩罗差”，顿时两眼放光。立即围拢过来了。

“喂，带这么多东西上哪儿去？”一个宪查问。

“探舅父。他病了，需要营养。”我大姑说。

“你舅父干什么的？嗯？”一个宪查突然狂嗥起来。

奶奶说：“他在为皇军做事，当翻译官。”说着，她揭开另一个藤篮，露出那几套军官制服：“这是他的替换衣服，要我们给他送去。”

敌人面面相觑，谁敢得罪“皇军”的翻译官？只得悻悻地走开了。

第二天，我大姑离开九龙市区，在新界化装成一个客家妹，挑着担子秘密把这批物资转送游击区。

克尔中尉离开游击区时，给东江纵队的指战员写了一封感谢信，信中说：“……我知道，你们当中还有很多人是我所见不到的，他们为保护我的安全，在危险和困苦中工作着，我只有用这样的办法来表示我的感谢……”在“二战”后期，“东纵”共营救英、美两国军官10多名，为国际反法西斯统一战线做出重要贡献。

那时，香港每个居民每天只配给六两四钱（小秤）的碎米，奶奶外出俨然是一个贵妇，其实衣服饰物全是主人的，她却是一贫如洗，经常饿肚子。小女儿才8岁，饿得骨瘦如柴，被迫去工厂当童工。从游击区潜入市区的交通员，常常把一篮篮番薯、芋头和白米送来接济奶奶一大家子。但是她绝不肯轻易动用这些部队接济的粮食，宁愿一家大小捱“神仙糕”（用少量碎米加硼砂熬成稀粥凝结而成），也要让住在家里的同志们吃饱、吃好。因此，同志们都把她看作是自己的妈妈，亲切地称她为“吕妈”。

那时才7岁的我叔叔小竹，有一次饿得眼冒金星，忍不住拿起一块准备送游击区的糕点就要咬，奶奶见了，劈手夺下，下狠心朝叔叔的小手掌拍了几下，边打边问：“以后，还敢不敢乱拿大哥大姐的东西？”叔叔摇着头哭了，奶奶也濡湿了眼睛。午饭喝粥的时候，她从锅里给叔叔多打些粥渣，自己却只喝了一碗米汤。市区中队的负责人王大哥看在眼里，趁着执行任务，把叔叔带在单车尾上“游单车河”。到了大街上，他叫叔叔闭上双眼。口中念念有词：“小竹小竹，有福有福，吃块番薯，肚胀卜卜。”说着变戏法似的掏出一块自己省下来的番薯，放在叔叔的小手里，叔叔睁眼一看，喜出望外，低头大啃起来。以后，王大哥就经常带着叔叔外出执行任务。王大哥是个灵俏人，会讲故事，会教唱歌，很快成了家里的孩子头，孩子们和游击队员的朝夕相处，受了熏陶，小小年纪就知道了“打跑了萝卜头（日本鬼子）才有活路”的道理，都懂事地掩护大哥大姐的行动。在战士们撒传单、发送东纵《前进报》时，有时会遇到巡逻的“摩罗差”，孩子们便故意唱起当时香港几乎无人不晓的童谣：“ABCD，大头绿衣，捉人唔到，猛吹BB……”被奚落的“摩罗差”恼羞成怒，扬起警棍追打孩子，孩子们便机灵地四散奔逃，把敌人引开，让大哥大姐们圆满地完成任务。

美国飞行员的安全脱险，令派驻香港的日本天皇特使震怒异常。日军对游击区血腥的扫荡开始了。在市内，敌人残暴统治也变本加厉。“方姑”的母亲冯芝老人和女游击战士张咏贤不幸被捕，很快就牺牲了。

为了更好地打击和牵制敌人，市区中队决定在市区内开展轰轰烈烈的“四月行动”。

4月一天夜里，一声巨响震撼了九龙地区，市区中队成功地爆炸了亚皆老街四号火车桥，威震港九的刘黑仔手枪队也在沙田击毙了一个日军头目及其翻译。“‘老八’打进城来了!”顿时震惊全城，当晚，日本天皇特使正在亚皆老街附近的宪兵部开会，被吓得魂飞胆丧。立即全市戒严，第二天，开到城外和宝安、东莞扫荡的日军也全部拉回市区。

一天深夜，中队长“方姑”从游击区送来了一位伤病得很重的领导干部老卢。东纵曾生司令员把老卢交给了市区中队，指示要千方百计将老卢送进可靠的医院动手术。

老卢在太子道174号隐蔽了一夜，第二天奶奶把他送进了法国医院，并亲自护理老卢。

法国医院是当时香港的高级医院，只有富人才能就医。老卢乔装富商，奶奶则冒充老卢的表姐，日夜在病榻旁侍候。老卢既然装成阔佬，伙食就不能寒酸，奶奶想方设法把他的伙食搞像样一点，保证老卢的营养。而她每天还靠番薯、“神仙糕”度日，而且只能背着人在洗手间里偷偷吃，因为在这样的贵族医院，吃得太差会招致怀疑，带来危险。

老卢手术后第三天，医生提出要用一种针药，医院里没有，只能靠家属想办法，奶奶只好去找关系搞药，在归途中，四周突然响起了凄厉的防空警报。街上戒严了，行人惊惶失措，日本宪兵和“摩罗差”拼命弹压，奶奶被驱赶到日本兵营附近“石屎楼”墙角里，动弹不得。她试图挤出人堆，可是刚一挤到前面，胸前横架过来一把刺刀——日本兵拦住了去路。

“我家里有病人，急病，很危险……”她推开刺刀，焦急地往前走。

啪！她又挨了一耳光，一个中国宪查油腔滑调地说：“真是寿星公吊颈嫌命长！你不看看这旁边是什么？——兵营！你跑出去暴露了目标，炸弹一扔下来大家一齐上西天！”

就在这时，一辆日军的敞篷小汽车发疯似的窜过来，急刹在兵营门口，一个日军军官跳下车钻进兵营。奶奶眼睛一亮，认出开车的原来是一个日本将军的司机——台湾仔阿南。有一次，她看见阿南的衣服破了，主动替他补好，阿南特意送奶奶一小罐炼奶，奶奶不肯收，他见四下无人，突然用中国话悄悄说：“我不是日本人，是中国人——台湾人。”这举动把奶奶吓了一跳，后来不断观察，发现阿南确实还有点爱国心，正想做些争取工作，他却被调走了，没想到在这里又碰到他。奶奶突然心生一计，竟大声喊起来：“阿南，阿南——”接着不管三七二十一，拨开刺刀奔到阿南的汽车旁，气喘吁吁地说：“将军家里有急事要办，能送我去吗？”

阿南一见奶奶，格外热情，连忙招呼她上车，在戒严日军众目睽睽下一溜烟把车开走了。奶奶在医院附近把车停住，绕路赶回法国医院交药，看见老卢用药后安然无恙，心里一块石头才落了地。可是她再也没机会见到那位曾经深情地自认是中国人的台湾仔阿南了。

奶奶完成了掩护老卢的任务不久，太子道联络站有暴露的危险，市区中队撤离了。一天深夜，一队日本宪兵如临大敌地包围了奶奶的家，横蛮地闯进来突击搜查。奶奶紧紧地护着被惊醒的孩子，默默下了决心：如果敌人发现了什么线索，就一头从阳台上跳下去，宁为玉碎，不为瓦全！由于市区中队撤离时工作做得干净利索，敌人什么也没捞到，只好胡乱把一个临时寄居在奶奶家的亲戚抓走了，据说这个当教师的男青年骂过日本人，被住四楼的汉奸听到了，但对奶奶，敌人却抓不到任何把柄，只得草草收兵。

中华人民共和国成立后，我家搬回广州，和华南团委的干部挤住在烈士陵园那座有圆顶的建筑物里（原清朝咨议局，孙中山在此就任非常大总统，现为革命博物馆）。父亲则被指派到苏联留学，当时广州三天两头被国民党飞机轰炸，损失惨重，所有干部家属被疏散到粤北，奶奶孤身带我到乐昌暂住了大半年才回广州。大约在我五六岁时，一天家里来了两个身材高大的叔叔，他们和奶奶谈了好一阵，又与我妈妈谈了话，从此以后，奶奶就经常带着我或者带着我妹妹去香港“探亲”，因为我两个姑姑还留在香港工作。直到我长大后，妈妈才告诉我，奶奶的“探亲”，是肩负特殊使命的，有关部门了解她当过“东纵”的联络员。

"探亲"中我印象最深经历的有几次，一次是奶奶带我到香港启德机场铁丝网旁看飞机，还教我把涂着"青天白日"的飞机数量记下来，记得她指着几架螺旋桨飞机喃喃地说："这些飞机都是我们中国的，英国鬼把它扣下了，不让它们飞回广州去。"后来我才明白，那是当时轰动一时的香港"两航起义"的飞机，当时被港英当局扣留在香港，最后被强行运回台湾。

还有一次，她带我到尖沙咀的天星码头看船，刚好那天有一批英军伤兵在码头上岸，有的断手，有的跛脚，更重的是用担架抬上救护车，有个香港警察边看边说：共产党的兵真好猛好犀利，英国鬼平日牙刷刷，这次俾打残晒，边够打！懂事后我才恍悟：那是朝鲜战场下来的英军。那一幕，深深地印在我的脑海里。

再有一次，奶奶有次带我上街，路过她当年掩护过的老卢同志的机关，便想进去探望他。但门卫很牛，说首长很忙，哪能你想见就见？快让开，不要把门口挡住了！刚好老卢同志的车子要开出门，老卢一见连忙下车，高兴地说：吕妈你怎么来啦？说一声我好派车接您啊！奶奶说：你好难见，门卫不让进。老卢同志就对门卫说：你们不知道，老人家救过我，比亲妈还亲，她是老革命，老英雄！

奶奶在20世纪60年代初患癌症去世。不久"文革"开始了，极"左"路线在她头上强加了种种恶名，后来更是连这位革命老人的墓碑也砸碎了。当我在荒凉的小山上重新找到奶奶的坟墓时，发现坟前只有一块无字的石碑……一切供人凭吊的标记都被破坏了，只有那萋萋荒草和星星点点装缀其间的野菊，伴陪着寂寂无闻的坟茔。

然而，奶奶是我心中永远的偶像。她用献身精神、伟大母爱的血水、泪水和汗水，融入了时间和历史这一长河，永远流淌在我心中，长存于天地之间！

母亲和她的表姐妹

我母亲出身广西容县沙田乡一个显赫家族，驰名中外的广西沙田柚，就出在她家的果园里。她从小叛逆，上房攀树，顽皮任性，不被她父亲喜爱，但她的舅舅很喜欢她，所以她常常住她舅舅家里，她舅舅叶琪是首先挥军攻入北京，后来又孤身到沈阳促成张学良"东北易帜"的北伐名将，受封上将。叶琪攻占北京后，母亲还随他在颐和园里住了一段时间。母亲的亲叔叔夏威，也是上将，任桂系总参谋长，是“李、白、黄、夏”四大首领之一，后来“解放战争——大决战”系列电影中，也有专门描写他站在白崇禧旁边出谋划策的镜头，演员选得还挺像。母亲从小过继给小叔当女儿，她小叔夏国璋是中将，抗日时英勇战死在淞沪战场上，所率一师部队全部阵亡，无一降者。至今南岳衡山抗日忠烈祠里，仍有他的纪念碑和照片。

偏偏这个尽出国军将领的家族，女儿几乎都当了叛逆投入共产党一方。这是国共内战中一个几乎带规律性的奇特现象。

母亲在中学时就参加救亡活动，迷上了进步话剧，差一点就被送到上海拍电影当明星。她的老师如中华人民共和国成立后担任过副省长的李嘉人、珠影副厂长卢怡浩等都是地下党员。母亲中学毕业后，家里急于让她嫁人，好束缚她，她终于离家出走，与表姐叶新（她舅舅叶琪的大女儿）一起跑到重庆求学，误打误撞地入读了平民教育家晏阳初开办的“乡村建设学院”，在那里认识了我的父亲。她以为追求革命就可以去延安，但那时国共双方已经和谈破裂，去延安已经不可能了，只好留在学校搞学生运动。据说，那时我的父亲外号“土匪”，头发乱蓬蓬的，爱玩爱打球爱开玩笑，平时“不问政治”，像个毛头小子，完全不像外人传说的地下党形象，反而我母亲爱出头露面，争强好胜，辩论竞选是一把好手，倒像个学运领袖，反动学生知道她一家有两个上将，有点无可奈何不敢招惹她。后来有进步学生才知道，地下党支部书记竟是我父亲，不禁大为吃惊：他？不像啊！

重庆地下党遭毁灭性破坏，父母撤退到香港后，解放战争形势急转，四野挟雷霆万钧之势，威逼湖南，在三大战役中未曾遭受打击的桂系白崇禧集团试图抵抗，还在湖南青树坪伏击了四野一个师，国民党便在“临时首都”广州“庆祝大捷”，大吹大擂。在大战一触即发关口上，母亲曾接受任务，策动夏威的如夫人和她一起去衡阳前线，对统率一个兵团十几万人马的夏威做工作，给他三条出路：一起义，二投诚，三离开部队出走香港。打算决战的夏威见母亲竟来劝降，惊得眼睛瞪得铜铃般大：你？你一个小女仔能代表共产党？走！快走！母亲只好返港汇报，但没几天，夏威兵团就全线崩溃了，中华人民共和国成立后父亲多次嗟叹：当初如果我跟着一起去，可能夏威会临阵起义的。我却不以为然，如果他们一起去，可能我那位死硬的舅叔公会把他们捆起来一齐崩了。事后证明夏威的确不会学傅作义、陈明仁，他对蒋介石不满，坚决不去台湾，也判定白崇禧去台湾必定倒霉，但他又决不改换门庭。1965 年李宗仁回归定居北京，在香港养鸡种果的夏威对报界说：李德邻晚节不保。

与我母亲一起出走的表姐叶新，后来到了南京求学，就住在担任国防部长和总长白崇禧公馆里。白介绍她到国军的报社中工作，然而他不知道，她竟在学校里加入了共产党，而且成了南京地下市委情报部的成员！在地下斗争中，她单线联系的“上线”是潜伏在国民党机关内的地下党员王集时，两人因工作需要，虽然不是恋人却时常要假装“拍拖”，王精通英、日两国语言，她带他去见白崇禧，很为白赏识，还叫他常来玩。后来，南京地下市委情报部的一些会议，干脆就在白公馆开了，这是白崇禧至死也不知道的。

解放大军过长江后，南京顷刻解放。他们的“假拍拖”变成了真夫妻。一天，王集时接到紧急任务，要他为刘伯承、邓小平两位首长视察南京做导游和解说。他登上了首长乘坐的美军吉普，发现车上除警卫员外还有一名英俊青年，看得出来，刘、邓对那青年厚爱有加，说说笑笑，还问你爸爸失眠好些了吗？烟还抽得凶吗？事后王集时才知道：那青年是毛岸英！

叶新的两个妹妹，也参加了革命，成为共产党员。

然而，历史长河不光有血，也有泪。母亲这些叛逆者在革命阵营中，无可幸免地遭受怀疑和严厉审查，在历次“左”风凄厉的运动中，她们像小托尔斯泰说的那样：在血水里泡三次，在碱水里泡三次，在开水中泡三次。戴极“左”眼镜的审查者总是反复盘问：“你们这些国民党高官的大小姐，怎么会放弃舒适的生活参加革命?”认定她们必有“打进来”、“拉出去”的图谋。母亲中华人民共和国成立初期就是行政科长，下放白云山农场因劳动积极，又当了机械厂副厂长，然而调到茂名后，尽管丈夫是领导干部，但组织部门只安排她到一家小木材公司当出纳，后来出纳都当不了，在木场与工人一起守木材。母亲和她的姐妹们凭着毅力和信仰，才渡过重重难关，侥幸活到离休。她们的出身也牵连到亲人，叶新和王集时因有功勋，中华人民共和国成立伊始颇受重用，调到北京公安部工作，但后来每况愈下，“文革”开始，王集时便被关进秦城，在狱中惨受折磨，以致瘫痪，叶新默默照顾成为植物人的丈夫多年，最后盼来改革开放、平反昭雪，2007 年才安然逝世。

我们总调侃父亲“车越坐越大，房越住越小”，他不到 30 岁便被定为 13 级（当时算高干），又是留苏回国干部，本来前途无限，但后来亦每况愈下，原因是受母亲家庭问题牵连，加上当时康生等人对各地地下党安排有过“不可重用，长期观察，控制使用”的指示，所以他长期只能担任副职，因为他主管宣传部，“文革”中更是茂名市委第一个被“揪”的“黑帮”、走资派，戴高帽游街，被批斗、关“牛棚”。

那是我人生一段最灰暗的时日，我从干部子弟、团支书一夜之间变成狗崽子、“小秦牧”、小牛鬼蛇神，被糊了一墙大字报，神憎鬼厌无人搭理。为了显示自己忠于革命、忠于毛主席，我陷入至今仍痛心疾首、心头滴血的荒唐：我与几个“黑帮”子弟一起，宣布对父母“造反”，在造反派支持下，我们各自押自己的父亲登车游街批斗。可是种种表白均无济于事，在炽烈的“左”风中，我无法回避怀疑蔑视的白眼，依然是个划入另册的“黑七类”。

至今，我仍对此痛悔不已。“文革”中有无数像我这样梦想当“左派”而不得的造反者，我们与千万人一样，曾热血沸腾地高举红宝书“横扫一切”，但日后又羞于深思、反省和忏悔，一味归咎大环境，这是民族的悲剧。我可以勉强承认，对青少年时树立的信仰，我没有遗忘，没有背叛，可是，从少年、青年到中老年，我们干过多少蠢事、傻事、荒唐事？走过多少弯路跌过多少跤子？其实，坦然面对，猛然深省，才能清醒，才能长进，才有希望。

直到上山下乡到建设兵团，三更灯火五更鸡，我天天摸黑在胶林大汗淋漓地奔走割胶，压抑的灵魂才被汗水浸透得稍觉安生。一天一个专案组来到我们团部，逼令我揭发母亲的“罪行”，我的回答令他们不满意，他们便吹须碌眼，拍桌打凳骂我不老实。团部一现役军人知道后，对我说：小吕你别怕，照实说就是了，他妈的凭什么来吓我的兵？下次再这样我叫他们滚蛋！

在兵团，因为我从不吝惜出力流汗，我倒没有受到歧视，从连队调到团部，团部调到师部，师部又调到兵团总部，总有爱护我的人一路提携，让我发挥所长，令我为日后从事文学创作走出坚实一步。

20世纪90年代，著名华人作家白先勇先生（白崇禧的幼子）来广州，我对他说：家母小时候曾经在您家住过，他很惊奇地问：令堂是谁？我说：她叔叔是夏威。白先生大笑说：原来您是夏将军的后人啊！我没有说出叶新夫妇在他家做的事，怕各自尴尬。不过，当年各自为信仰奋斗，叶新们是义无反顾的，他们勇于为信仰牺牲一切，虽九死而未悔，唯其如此，方值得后人永远崇敬。

卫姑姑和莫伯伯

我奶奶还有一个并无血缘关系的女儿和女婿，他们就是卫姑姑和莫伯伯。

卫姑姑是奶奶三个女儿当童工时的工友，那时香港沦陷，日寇横行，无父无母的卫姑姑饿得骨瘦如柴，她的亲戚还要卖她，逼她嫁给一个年老的金山客，她就逃到奶奶家里，认奶奶做契妈，与我几个姑姑挤住一张床，一起返工、放工，一起参加进步组织的外围活动。

"国共内战"爆发后，香港地下党动员一批进步青年回到广东打游击，卫姑姑毅然投身其中，同去的有后来成为她丈夫的莫伯伯，他们在工厂时就相识。回到内地后，他们参加了吴有恒率领的部队，在粤西、粤中一带活动，经历了几年艰苦的游击战争，莫伯伯因为在香港医药房做过药剂师，在部队里当上了医生，战士们叫他莫医官，爱开玩笑的卫姑姑却常常调侃他，说他"莫医生，专医死"，是个没正规学过医的"黄绿"。每逢她取笑莫伯伯的时候，涵养极好的他都只笑笑，不反驳也不生气。

中华人民共和国成立后有一天，卫姑姑穿着一身黄军装突然出现在奶奶面前，叫了一声"妈"，欢喜得奶奶抱住她大笑，原来她从粤西军区转业到省城工农速成中学学习。因为她在部队文工团演过戏（据说尽演些女丑角，如《白毛女》的地主婆、《小二黑结婚》的三仙姑之类），后来又被调到珠影工作，莫伯伯当时已经是大尉军官、粤西军区医务所所长，为此转业到我父亲所在的党校初级部当医生，他们夫妇就重新成为奶奶的家庭成员，卫姑姑虽然苦大仇深，但为人极豪爽风趣，爱唱爱跳，是奶奶全家的开心果。每到周末，一家人都回家大吃奶奶最拿手的好菜脯腌鲮鱼和焖鸡脚，说说笑笑，其乐融融。餐桌上，卫姑姑最善搞笑，兴起时还高歌一曲红线女的《昭君出塞》，她擅长表演各地方言，有次她学游击战士的茂名土话：我一枪打卯中，两枪打卯响，三枪打中个参谋长，四枪打中个大襟章……笑得全家肚子疼。

三年困难时，我父亲调茂名，母亲下放农场，奶奶患癌症，我小弟刚出世不久，无人照顾，卫姑姑就把我小弟抱到自己家中抚养，视同己出，一把尿一把屎带了好几年，待我家景稍好时，才把小弟送回来。我下乡到兵团后，因条件艰苦得了风湿性心脏病，1974 年被送到广州中山医做心脏手术，手术过程出了意外，鲜血喷得主刀大夫满面都是，幸好大夫很镇静，眼睛看不见，仅凭手感钳住了主动脉止住了大出血，救了我一命。术后，卫姑姑和莫伯伯把我接到省党校他们家中调养，那时正闹“文革”，什么都凭票供应，可是卫姑姑仍天天想方设法给我弄好吃的，我在她家住了一个多月，直至身体大体康复。在这段时间里，我与他们朝夕相处，他们对我讲述了过去的不少经历，令我终生难忘。

他们在打游击时，两人并不在一起，莫伯伯在医疗队，卫姑姑在“白鸽队”，“白鸽队”是战士们叫的，其实这支女同志较多的队伍，既是宣传队，又是运输队、担架队、群众工作队。莫伯伯当然不像卫姑姑调侃的那样医术不济，在医药条件极困难的游击部队中，他是救苦救难的活命神医，以至几十年后吴有恒司令员还在《羊城晚报》的一篇文章中专门写到他。他用刮胡子的刀片做手术刀，用猪肠衣做成缝合线，把缝衣针烧红扭弯做成手术针，给伤员做手术，没有消炎药，就设法用中草药代替，他还琢磨出一套对付跌打刀伤的医术，最拿手的是针灸、正骨和按摩，他对官兵一视同仁，赢得了指战员们的极大尊敬，打仗的危急关头，战士们拼死保护的，首先就是司令部的首长，其次就是医疗队的莫医官。

有一次敌人突袭我们一个堡垒村，杀害了几个帮助游击队的村民，还抓住一位女战士，对她百般摧残后，竟兽性大发，活活地把她肚子剖开，正在这时，我部队打回来，发现那女战士仍有一丝气息，莫伯伯紧急手术抢救，试图把她被剖开的肚子缝合，但可惜她失去血过多，终于牺牲。莫伯伯平日话少，追述往事也很平静，但他这段回忆仍令我毛骨悚然，惨烈残酷的阶级斗争激化时，有如恶魔出瓶，人性泯灭、天良丧尽，这幕历史惨剧，时时如警钟在我心头震响。

去年我到一家大学讲课，校方要求我讲讲《红岩》的故事，开讲前我做了个小测试：凡看过《红岩》、或听过《红岩》故事，甚至只听过《红梅赞》这首歌的同学请举手，结果令我瞠乎其目，满满一礼堂五六百人，全是大学生的精英，竟只有寥寥几人举手。冥冥中，我似乎听见有人说：一代人做一代人的事，后人对先辈们茫然无知，举世皆然，用句很酷的话说：神马都是浮云。历史更有如轻尘，轻轻一吹便风流云散。

果真如此？

春暖花开的时节，我到重庆拜祭拯救我们父子性命的齐亮烈士。在渣滓洞，满墙都是烈士们的遗照，他们为革命信仰、为民主自由、公平正义献出一切，也用信仰锻造了自己高昂的头颅。我仿佛觉得，这一个个高昂的头颅看着我，令我扪心自问：没有他们为信仰而血流成河，你不可能有幸活到今天，而在这每天的平淡无奇、舒适安逸中，你的信仰安在？

我深深地低下头，面对满墙英烈，我这个幸存者耳热脸红，惭愧莫名。纵然，不可能要求人人都具有英烈们舍生取义、杀身成仁的精神境界，芸芸众生中终日为生存奔波劳碌的是大多数，可是，一个进取的社会里，能让人们心灵中信仰的绿洲变成荒漠吗？能让流淌着血水、泪水和汗水的长河干涸吗？正常人的眼睛，都不应该只有到浮云、阴霾、黑暗，或者只有庸碌和低俗，也应该渴求信仰的温暖和阳光。有信仰的人生是美丽的，坚持信仰的生活是充实的。历史终将证明，先辈们流血牺牲绝非毫无价值、毫无意义，毕竟，一条大河依然奔流而下，它汇集着、也必将承载着更多人的希望。它已经眺望到浩瀚无垠的海洋，没有任何理由要它从头再流淌一回，更不可能要它改道另选入海口，抱怨它为何承载着如此多的血泪更是对历史无知和亵渎。今天，人们也许有幸不必再流血流泪来汇聚流量了，但是，汗水、智慧同样可以涌动起奔腾的力量，闪耀出信仰的光辉——我坚信！

寻找“全家福”

那天晚上我睡不着觉，往事像过电影一样一幕幕在脑际掠过，我忽然想起一张照片，一下把近20年前的人和事定格在一个方框里。

我知道这晚再也没指望睡着了，于是横下一条心，起床翻箱倒柜寻找起来，近20年来我搬了四次家，从住作协办公室到三房一厅，房子一次比一次好，一次比一次大，我的藏书从两个木箱变成九个大书柜，光照片杂物就堆满了几个不同的柜子抽屉，我翻来翻去搞得满屋烟尘飞扬，倒霉的鼻子受不了刺激，过敏性鼻炎又发作了，喷嚏连连，我更为气恼，赌咒发誓非要找着不可，要不简直是人生的一次失败！

遍寻不获后，我喘息着坐在书堆里发愣，时值午夜，我忽然又想起来了，1980年代中期，在一次笑谈中，有人说起“文革”中美术界搞了张“百丑图”，把广东文坛的名人个个画得青面獠牙，鬼灵精怪，一位报纸的老总听了忽然灵机一动，大叫：现在我们也可以搞一张“百俊图”，在报上发一个整版，肯定很有意思。大家一听都说好，这位老总说干就干，马上找来画家，可画家没有名人们的照片资料，一家一家去找太麻烦，我就把这张照片借出来，画家要画的人几乎上面都有，我千叮万嘱照片用完后一定要还给我，那老总慨然应允。不久，那漫画在报上发出来了，效果极佳，我印象最深的是，欧阳老画得很像，他老人家坐在一把梯子上，在一堆比人还高的稿纸上写《一代风流》，曾炜伯则在稿堆下面抽走稿子，塞到电视机里，把它变成电视剧。

难道那位老总没把照片还给我？如果真这样就太可惜了，十几年过去了，还哪里找去？

我不死心，又一次发起冲锋似的翻箱倒柜，谢天谢地，终于让我在一个旧信封里让我找着了，当我把照片抽出来的时候，首先看到站在最后排的我，我那时年轻，极瘦。有趣的是，当时从前排坐着的老前辈到最后一排的小字辈，一律身穿中山装，扣子一直扣到脖子上，看着这张泛着斑斑霉点的旧照片，我仿佛听到历史的回响，我激动得双手发抖。

这是一张新时期开始时广东文学界首张“三代同堂”的“全家福”。据我记忆所及，除了文代会那种用转机拍摄几百人都几乎看不清面孔的大合照，这张当时广东老中青作家代表人物的合照，可能也是唯一的一张。以后再也没机会照这样的照片了。

那是个什么年月啊！老作家们、中年作家们刚从干校、牛棚归来，我们这一辈当时算青年作家，从工厂、农村、机关、学校拢到一起，走到文德路75号大院，和一直敬仰的欧阳山、萧殷 、残云、秦牧等德高望重的老作家经常见面甚至朝夕相处，那种兴奋、那种自豪、那种意气风发是不言而喻的。那是一个劫后余生、百废待举的年月，那是一个充满活力、充满憧憬、团结奋进的年月，那是一个到处都存在禁区桎梏，到处都在打破禁区桎梏的年月。

这张珍贵的照片，是在广东文学院第二次会议上照的，我记得那晚是刚复刊的《羊城晚报》在公园前的越秀餐厅宴请文学院全体作家，所以大名鼎鼎的晚报老总、“司令作家”吴有恒也来了。那晚鸿儒满座，连我们许多人的恩师萧殷也抱病出席，欧阳老、残云伯等几位老前辈一再干杯，喝得红光满脸，韦丘那时不过50来岁，大叫大嚷代表“中坑”（中年）向老前辈敬酒，气氛极融洽。晚宴后，大家不分老嫩，一律步行去“艳芳”合照，于是有了如斯珍贵的留影。遗憾的是萧老身体不适提前告退了，未能参加合照。

文学院是在欧阳山提议、萧殷、残云、秦牧、秋耘、于逢、易巩等老作家热烈支持下办起来的，当时十一届三中全会刚开过，全国大举拨乱反正，广东创办文学院调入青年作家，是一个敢为天下先的创举，受到广东省委的全力支持，也为全国瞩目，引起极大反响。广东的晚辈作家，以《我该怎么办?》《在小河那边》、《姻缘》等作品爆响文坛，一时洛阳纸贵，在中国新时期文学中领有一席之地，并且初步形成了一个群体，当时的作协机关刊物《作品》也进入鼎盛时期，发行近70万份。由于这一千载难逢的机遇，在前辈的提携下，在时代大潮的席卷下，我们从工人农民机关干部摇身一变成了专业作家，其实说来惭愧，当时得以进入“专业”行列的，除了国凯、干华、杏元等早有文名，用贤章老兄的话说“做过好汉”外，我们大多数其时只有几篇小说面世而已。

弹指一挥，20 年过去了。我们也早已告别“青年作家”这一桂冠，进入过去自己笔下形容别人步入老年“年过半百，两鬓斑白”的行列，找到这张“全家福”，回首进入文坛以来的往事，一时感慨万端，日子总是要过的，人总是要老的，遗憾的是，对照起老一辈对我们的期望来，我做得太少。

依恋那海风吹拂的地方

——忆茂名

那一年，我 12 岁。

我是坐市长的车到茂名的。路好远，天还没亮，我吃过奶奶给我煎的荷包蛋就上了陈市长特意拐进黄华路来接我的车子，一直奔驰到天黑，才到达当时只有一栋两层小楼的茂名市委宿舍，那楼算是茂名最“豪华”的建筑了，可连厕所都没有，书记市长一律得上旁边的公厕方便，洗澡就到附近的水井边。其他干部不是住在茅棚里，就住在新坡村的农家。

那是个火红的年代。记得那陈市长胖胖的，人很和气，有次他叫爸爸一起去看刚钻探出油的油井，还带上了我，那地方大概在金塘，我还用棍子搅了搅黑乎乎的原油，一路上他很兴奋，说茂名真是个好地方，他带苏联专家探过，附近可能还有铀矿，专家的仪器嘎嘎直响，显示那里有矿。可惜没过多久，他就被批判为“右倾”，被调走了。

我到茂名的时候，露天矿的小山上已经竖立起一个黑色的试验炉，天天烟雾腾腾地用油母页岩干馏人造石油。我坐在茂名第二小学的教室里，就可以闻到浓烈的油味，我还欢天喜地地在墙报上写诗，歌颂“油香万里”，殊不知那是要命的空气污染！小东江一开始还清澈如练，江上居然还有人用鱼鹰捉鱼，但爸爸警告我千万不可下水游泳，那里淹死过人，他带人去捞了一天，才把尸体捞上来，据说是被一种叫“定风猴”的怪物拖下深水处淹死的，但我和同学还是偷偷地去游过。没多久，江水开始漂浮着一团一团的油污，发出阵阵刺鼻的恶臭，试验炉开始排放污水了，捉鱼的小竹排没有了，鱼鹰没有了，游泳的人也没有了。

少年时最令我狂喜的，是看海。

那年我已经在茂名一中读初一，陈耀发主任带着我们长长的队伍，走了长长的路，我们去看海，刚走到南海公社虎头山的防风林带，我就听到一种奇怪的声响，像雷鸣，可又比雷鸣低沉，像风吹，可又比风声强劲，是海！我突然爆发出一种莫名的冲动，我不顾一切冲出队伍，向大海方向狂奔，老师怎样呼喝也制止不住。冲出树林，呵！大海，我终于看到你了！这是地球上最伟大的生命啊，满涨的湛蓝几乎要溢到我的胸前，海风一阵一阵地吹拂着，送来了你博大的呼吸，我晕了，醉了，满脸傻笑，我大叫：大海！大海！我来了！同学们嘻嘻哈哈地看着我，笑我发痴发癫，我却全然不知，完全陶醉在了海风的纵情吹拂里。

最早与大海亲近的这一幕，后来经常定格在我的梦境中，我日后从文，喜欢写海，也许与那一次狂喜不无关系。海洋，对我的文学生涯的确关系太大。

少年时的茂名，是中国独一无二的南国石油城，虽然地处粤西偏远之地，但仍有众多名家大师到茂名深入生活，如著名诗人李季，来茂名写了不少诗歌，其中有一首我至今还记得一段："管你是金塘，管你是银塘，金塘银塘千百个，比不上我们一个露天矿！"著名老作家于逢、著名作曲家乔飞还经常住在我那小小的家，与父亲彻夜长谈，我似懂非懂地听他们谈艺术、议政治，讲人生。大作曲家吕远到茂名，也写了歌曲，可惜没流传开来，倒是他到湛江写了《第八个故乡》被传唱一时，他到粤西来必定是大有收获的，后来我听他著名的歌曲《西沙，我可爱的家乡》，竟听出了雷州、茂名一带流行的哀婉地一唱三叹的《啊啲吟》悲歌旋律，不禁大吃一惊！当时我父亲也尝试创作歌曲，有一首《石油城之歌》倒是在茂名流行一时，头两句我还记得："铁马歌唱，唤醒了小东江两岸，一夜春雨，石油城换上了新妆……"

当时北京、广州的艺术大师们经常带精彩的文艺节目来慰问建设者，我是场场不漏，有戏必看，艺术家们给我带来宝贵的艺术熏陶。我听过马思聪的小提琴演奏晚会，那天他穿着一身白色的西服，我从未见过这么气派的人，给他伴奏的是他的夫人，但是当晚无人给她翻琴谱，爸爸情急之下从市人民医院找了个懂五线谱的医生充数。中央歌剧院来过，中央乐团来过，印象最深的是杨化堂的男低音和罗天婵的女中音，一曲《克拉玛依之歌》让全场观众"拍烂手掌"。那时小提琴协奏曲《梁祝》刚刚问世不久，全场观众知道今晚有《梁祝》的演奏，不停地高呼"梁祝！梁祝！"在山呼海啸般的欢呼声中，小提琴演奏家（记得是林中汉）出场了，他一架起琴，全场便安静下来。

少不更事的我，懵懵懂懂，试图在琴声中体味什么叫爱情，婉转凄美的旋律中，我既紧张又羞涩，可是演奏过半，我的眼眶发热眼睛发潮，到尾声时，我的泪水夺眶出，霎时泪流满面。人们有点惊愕又有点好奇地看着我，有人讪笑：这小鬼，怕是个情种哩！我赶紧擦着眼泪，一扭头冲出大门，在黑暗处放声大哭。

初中、高中我都是在茂名一中读的，初中时科科成绩勉强合格，只是作文获得黄德仪老师青睐，常常被贴在教室墙壁上展示。可我最令学校头痛的是经常捉弄和顶撞老师，于是学校把我列为最顽劣的干部子弟向市委投诉，让我有生以来第一次挨了父亲的一记耳光。升上高中后我迷上了乒乓球，而且成为学校的主力队员，那可能是人生的第一次转折，在先后两位班主任严超凡、缪启法老师得法的诱导下，我突然有了集体的归属感和责任感，也成为一名好学生，后来被学校认为这是"学习毛主席著作"的重要成果。其实现在看来，老师因材施教调动起学生的自信心和自尊心才是重要的。

在业余体校的乒乓球队里，我们骑着单车四处比赛，也常到水东去看海，最远的地方到过湛江，湛江那湛蓝的海湾几乎令我着迷。高三时我成为班上的团支部书记，正在意气风发之时，一场"文革"风暴把我打入人生最灰暗的谷底，度过荒唐又严峻，胡闹无聊又煞有介事的两年。

那迷乱的日日夜夜里也不全是狂暴胡闹、派仗武斗，我们也干过些正事：1967年"八一"建军节后那一场特大台风引发大洪水，小东江堤坝崩溃，我们茂名一中的一群学生却不知死活傻乎乎地冲上去企图堵住决口，当我意识到根本无济于事时，一回头，整个河西市区已经成为一片泽国，我们七八个人被困在小东江桥上，大雨中，我听到一个人在声嘶力竭地呼喊：小将们，快撤！快撤啊！我认出那个瘦小的老军人正是当时茂名最大的官——军管会主任岳英（时任南海舰队副参谋长，指挥过"8·6"海战），他带着一群海军和陆军来救我们来了，我们被他们救进市委大楼里，免却了一场被大洪水冲到海里葬身鱼腹的悲剧。接下来那几周我们像疯了一样跟着军人到处去救灾抢险，先去茂名粮库把大水淹了的粮食抢运出来，接着又去镇盛公社，划着部队的橡皮艇去营救被困的群众。最后我们全累趴了，回到一中大楼睡了两天两夜。

我们要上山下乡了。听说我们将要去的地方是个山区，我和最要好的几个同学相约，"最后一次"去虎头山向大海"告别"，那天海风很猛，海滩上白浪滔天，四周不见人影，我们玩疯了，脱光了在海浪中大跳大叫，发泄着青春的愤懑，挥霍着多余的活力，闹到差不多夕阳西下，我们才像个醉汉一样踉踉跄跄往回走，在树林里推动单车时，我回头再一次看海，眼睛里刹那间溢满了泪水，前路茫茫，此一去真不知命运如何了，一转头跳上车，前面有人高声唱起“红军不怕远征难”，我也不甘人后地唱起来，心里却一直依恋着那海风，那海滩，那海浪……

其实我并没走远，也没离开大海，一直围着茂名打转：电白、高州、海南……最后又回到茂名，在茂名石油工业公司工作，我才真正有机会和大海、和石油打上交道了，当时南海石油勘探归“茂油”管，我经常自告奋勇去“南油”工作。粉碎“四人帮”后，有一阵提出要建设10个大庆，南海也算一个。当时引进了一艘自升式海洋石油钻井平台“南海一号”，那是中国最先进的“洋装备”。所以我连续几年都常去钻井平台体验生活，那时坐洋人的直升机上平台得支付几百美金，要领导特批，后任海南省委书记卫留成当时在中外合作区块当中方代表，他就批准过我坐直升机。有一回在钻井船上，我被安排与一个德国专家住在一起，语言不通，无法交流，只好打手势。他喜欢房间里打飞镖，可绝对不会邀请我一起玩，甚至不让我碰一下他的镖，有一回中方工人开玩笑，在他背上粘了张纸，写上“鬼佬”二字，我好心把纸揭下来，他看了也不生气，反而向我竖起大拇指，笑嘻嘻地把纸粘在胸前，趾高气扬地在众人面前走来走去。

海上生活是多彩的，也是极孤寂的。孤独时我常在直升机平台上吹海风，看海，看鱼。那时北部湾深海里的鱼真多，一群群比人还大的鱼整天围着平台转。外国船长管理极严，绝不允许工人钓鱼。他看我整天这里看看那里转转很不顺眼，曾经质问中方：这个闲人是干什么的？要赶我下船。中方经理替我打掩护，说我是“工人代表”，来“监督工人干活的”，他才作罢。

有次我要带了一个宣传队上平台慰问，年轻工人非常兴奋，开玩笑说“海上一年，老母猪当貂蝉”，说什么也得一饱眼福。宣传队的船到了，我却焦急得火烧火燎：得要用吊篮把人一个一个从船上吊到30米高的平台上。但女孩子们有哭的，闹的，尖叫的，晕船的，一塌糊涂，死活都不敢上吊篮，我只好在后面一个个地哄，陪着护着吊上去，平台上一大群钻井工人看着女孩子一个个吊上来，嘻嘻哈哈指手画脚就把她们“分”了：这个是你的，那个是我的，其实是过一把嘴瘾。最后宣传队员们还是坚持在直升机平台上演出了一场节目，让工人们看得兴高采烈，他们给宣传队做了一顿美餐，像绅士一样盛情答谢宣传队员。这事给我刺激很大，回来以后我就构思了小说《海风轻轻吹》。

这是我 1980 年当专业作家后写的第一篇小说，是我第一次写有关海洋石油工人生活的作品，也是我第一篇获得全国大奖的作品。

是不是少年时享受海风吹拂的记忆触发了我的灵感？我不知道，但冥冥中，我总觉得我与海、与海风有缘。

盗版猛于虎

来自石家庄的一个长途电话，震得我目瞪口呆。

来电者白先生素昧平生，是一个古道热肠的文学“发烧友”，他在石家庄一个由国家出版部门办的书市中发现一本当今最走红的政治小说作家张平“新作”：特大开本，封面上赫然印着“茅盾文学奖得主张平《国家干部》后又一最新巨著”字样，书名曰：《国家公仆》，翻开一看，内容竟然完全与我和赵洪写的《大江沉重》相同，只是书中人物名字作了改动。白先生义愤填膺，到处打听我们的地址和电话，几经周折终于找到我们，通报了这个令我头疼不已的消息。

“你们应该打官司，和他们打到底!”他说。

我茫然。打官司？和谁打？张平是我的朋友，我了解他的人品和文品，断然不会干出如此下作之事，而且他的长篇《国家干部》和我们的《大江沉重》，出自同一家出版社、同一个责任编辑张懿翎之手，堂堂中国作家出版社，决不会愚蠢到自己盗自己的版。我们的冤家对头只有一个：那就是躲藏在阴暗角落里的地下书商——当今横行中国出版市场的江洋大盗!

我打电话给张懿翎，她在电话里大叫：要死啦！这年头盗版比正版出得多，余秋雨的《借我一生》出来三天，北京街上到处都是盗版书了!

盗版比正版出得多？天！法制何在？天理何在？我又一次感受到了切肤之痛。

经济学里有“劣币驱除良币”一说，引申到当今我们的出版市场，恐怕不仅仅是“劣币驱除良币”，而是“假币驱除真币”了！盗版猛于虎，它祸害的远不止是我们这些爬格子的文人，而是在摧毁着我们民族的道德良心，它对社会的危害其实和明火执仗打家劫舍、张开血盆大口贪污受贿没有什么区别。当我们放任长街上一档又一档的书摊上摆卖的全是盗版书时，当我们对莘莘学子手中捧读和观看的都是盗版书、盗版光盘熟视无睹时，讲什么精神文明建设，什么先进文化方向，都是南辕北辙的空谈。

建设法治国家和社会，遏制和清除盗版狂潮，刻不容缓！

我们身上的堂吉诃德

不知多少年没看芭蕾了，蒙友人热情相邀，我破例放下爬格子的活，去友谊剧院看了场广芭的《堂吉诃德》首演。也许是我很少进剧院的缘故，演出水准之高、全场气氛之热烈、观众之文明和热情竟让我吃了一惊，与那种近乎疯狂的演唱会有两种绝对不同的体验，我想，这大概就是芭蕾这种高雅艺术独特魅力所在吧？

随着充满绅士风度的掌声，我也像舞台上的堂吉诃德先生一样走火入魔，犯起傻来，当他高举长矛冲向大风车，我竟忘乎所以地大拍巴掌，全场愕然，前后左右西装革履的洋人一下全看看我，似乎不明白为何要在这种时候鼓掌，似乎我是个看不懂芭蕾的土老帽，既没水平也不合礼仪，我也看看他们：不明白吗？这是全场的高潮啊！

堂先生最了不起之处，是他敢于向风车挑战。

世人能记住他，也因为他敢于向风车挑战。

在北大进修时，我曾多次在塞万提斯的铜像前流连，思索他笔下那个疯疯癫癫、半晕半醒、不合时宜的过气骑士何以能骑着一匹瘦马，带着满身毛病的仆人桑丘走遍世界每一个角落，甚至能演绎成高贵典雅的芭蕾舞剧几个世纪长演不衰，此刻我终于大彻大悟：其实，我们每个人在生命中的某个阶段、某种时候，都有过类似堂先生的经历和举动，只是往往陷于迷惘不自知而已。就如我自己，在满世界喧嚣浮躁的时候居然还在苦不堪言地爬格子，而且顽冥不化地一个劲写什么当代题材什么主旋律，是不是有堂先生在天之灵如鬼影相随？

走出剧院，人人都笑容满面。我想对他们说：朋友，笑吧，舞台上的《堂吉诃德》好看，我们自己身上的堂吉诃德更有看头啊，好好看看吧！

京华盛会掇萃

京华盛会掇萃 1

3 月 3 日：晴，仍有薄烟霞。

一早起来，略觉困顿。昨晚报到入住广东大厦后，打开电脑修改给人大的建议稿，我有个不争气的习惯，晚上一写东西就兴奋，只好靠两粒安定入梦乡。起来晚了，到餐厅用早餐时，见到很多代表已经在那里了。当人大代表已经有四个年头，大家彼此都较熟悉了，很多时候一起去视察、调研，结下诚挚友谊，相见之下，纷纷上前握手问候，分外亲切。

8 时，大家步行进省政府大院乘车，我被安排乘 1 号车。车队出发后，我发现与往年出发有些改变，以往前后警车护卫，一路高鸣警笛开路，道路上所有车辆一律先行截停，等十几二十分钟车队过后才放行，老百姓叫作“封路”。每每遇到这种情况，我心里总有点忐忑不安，如果换位思考：我自己身处路边，又急着去办事，被“封路”堵在路上 20 分钟，看着姗姗来迟又呼啸而过的车队，会做何感想？那滋味肯定是不好受的。现在不“封路”了，几辆警用摩托在前面交替引领，在一些路口遇到有车辆抢道或强行切入车队行车线路的，及时阻隔几十秒钟，车队一过，即刻撤离放行，既保障了我们能及时赶到机场，又不致造成交通堵塞，避免扰民。人民代表来自人民，代表人民，切忌给群众做成威风凛凛、高人一等的印象，交警与时俱进的新做法，值得一赞。

每年上京开会，南航都给全国人大广东代表团亲切周到的服务，今年也不合例外。我们乘坐的包机是南航最舒适的，机组也是最优秀的。每个座位上还别出心裁地插着一枝鲜艳的玫瑰，男代表们纷纷把玫瑰送给喜欢鲜花的女代表，到达北京下飞机时，女代表毛宇娥和倪慧英手中多了许多靓花，令全团都显得精神醒目，透出喜人的春天信息。

中午一入住驻地中国职工之家，稍事休息立即召开代表团全团大会，选举代表团的正副团长，全体代表一致选举黄丽满同志担任团长，钟启权、李兰芳同志为副团长。我参加了四次全国人大会议，这一次安排得最紧张和周密，简直是争分夺秒：九天半的日程，安排了六次全体大会和七次代表团大会，六次小组会。也就是说，我们起码要进七次人民大会堂开会，而且很多会议要公开让中外传媒采访，看来此番来京，真得打醒精神，高度绷紧神经了。

京华盛会掇萃 2

3 月 4 日：晴。

春天的北京，阳光和煦，春意融融。上午，进大会堂开全体代表参加的预备会议，选举大会主席团和秘书长。开会前意外地遇到了海南省长卫留成，20 世纪七八十年代我作为最早进入海洋石油基地深入生活的作家，结识了这位“老海油”，他当初担任中外合作区块的中方代表，后任南海西部石油公司总经理，给过我很多帮助和支持，那时乘坐直升机上钻井平台，都得中外双方代表签字，还得支付几百美元，而且我每次上去，都和洋雇员住一个房间，我不会外语，只好像哑巴一样打手势与洋人交流，洋人都觉得奇怪：人人都有岗位，有工作，这家伙天天东游西转到底是干什么的？我方回应说，他是工人代表，是来检查监督中方工作的，帮我搪塞了过去。为此我对海洋石油战线的同志怀有很深的感情，我获全国大奖和《人民文学》奖的两篇作品，都是写海洋石油的。如今在人民大会堂里巧遇久违的“老海油”，倍感亲切，更值得高兴的是他当选了海南省省长，当年南海西部公司打出了莺歌海气田和北部湾油田，为海南现代化建设做出了很大贡献，现在他去主持海南政府工作，海南会更有希望。

中午，代表团领导通知：要我明天听完温总理的政府工作报告后，下午在代表团大会上作一个审议发言，这是一个光荣又重大的任务，时间非常紧逼，我得对全体大脑细胞来个总动员，认真阅读报告，像去年准备审议《反分裂国家法》发言一样，精心准备，努力讲出心声，讲出水平。

京华盛会掇萃 3

3 月 5 日：晴。

今天醒得特别早，我知道，今天有大事，生物钟也显得格外灵敏。拉开窗帘看看长安大街，才清晨六点多，街上已经车流如织了。早餐后大家立即登车，我上 2 号车，黄华华省长和几位省领导也和大家一起坐上这 2 号大巴。大巴的服务员是位漂亮的北京小姑娘，红衣红帽，举着广东团的标志牌，一脸笑意靓丽可人，司机是位老师傅，细心地为大家准备了一个上下车的踏脚凳，还怕不牢靠，在旁边用脚蹬着，周到热心得令人感动。

九点整，人民大会堂庄严肃穆。十届全国人大四次会议正式开幕了。

如雷的掌声中，温家宝总理走到主席台前，认认真真、恭恭敬敬地向全体代表鞠了两个躬，又转身向主席团的成员深鞠一躬，全场再次鼓掌。总理深得我泱泱华夏礼仪之邦之精髓，身体力行地在国家最高权力机关中垂范，千万别小看了这三鞠躬，它表现了总理对人民的尊重，体现了国家一切权力属于人民的精神，党和国家领导人在彬彬有礼、落落大方的一投足，一弯腰中，重塑了全民的公共文化，开启了会议新风。

文如其人，我觉得温总理的报告写实实在在，重点突出，简朴明了，我自己归纳一下，有如下特色：重农、惠民、均衡、创新、环保、务实，细心一数，温总理在做工作报告时，一共响起了 28 次热烈掌声，报告结束后，大家用热烈掌声一直把他送回到座位上才停住，充分表达了人民对好总理的拥护和爱戴。

下午，代表团全团大会审议温总理的政府工作报告。刘昆、方潮贵、李连和、徐少华、罗东元、李东生、曾庆洪、刘志庚、郑利平等代表相继发言，从不同的角度结合自己的工作来审议政府工作报告，讲得都非常精彩。轮到我发言时，我以加快文化大省建设，提供精神支撑为题，着重谈了加强文化建设问题。温总理强调要加强文化建设，推进文化事业和产业的创新和改革，我认为：文化事业的改革，应该与社会主义市场经济相适应，根据社会主义文化事业的自身性质、规律和特点来积极探索推进，目标是发展文化生产力，出作品，出人才，尽可能满足人民群众的精神需求。文化事业有很强的意识形态属性，应该与文化产业的改革有所区别，有不同的政策和措施，不能简单地认为把文化推向市场就是改革。我举了我访问过的罗马尼亚做例子，这个国家的作家很多原来都是向往西方自由化、西式市场化的，然而苏东剧变后他们突然被抛入市场，却叫苦连天，对我说：我们一个晚上得到了自由，失去了饭碗，很多作家只能为三流小报写黄色故事赚取稿费谋生，这种自由其实并非真正的创作自由，而是被金钱异化了的自由。

在谈到文艺工作者的社会责任感时，我认为在社会和人民需要的时候，作家不能失语，不能缺席，作家协会应组织作家形成有战斗力的“集团军”亮相，张扬与人民血肉相连的文学精神。如2003年4月抗“非典”，我们闻风而动，在全国率先组织30多位作家冒险深入抗非典第一线甚至深入隔离病房采访写作，作品先后在《人民日报》《求是》《光明日报》等重要报刊发表，之后结集出版《守护生命》一书，荣获第六届国家图书奖。我们的行动得到省委领导的高度重视和支持，省委书记张德江同志在百忙中亲自为作家审稿、改稿，布置出书，稿子上眉批写得密密麻麻，令作家们十分感动，也让全社会认识到作家和文学发挥的巨大作用。事实证明，我们省的作协有一支招之即来、来之能战、战之能胜的作家队伍，并且再次证明，文学事业体制改革必须把社会效益放在第一位才有生命力，文化必须为社会进步、经济发展提供精神支撑，才能称之为先进文化。

吃晚饭时，有几位代表不约而同地向我表示祝贺，说我的发言讲得好。

京华盛会掇萃4

3月6日：晴，人民大会堂广东厅。

今天中央领导同志要来参加广东团的审议，按惯例在广东厅开会。我碰巧又与梁广大老书记坐在一起，彼此会心一笑。去年今日，我们也是邻座。

9时正，长春同志来了，风趣地用广东话不停地与代表们握手打招呼，全场气氛活跃和谐。黄华华省长、林树森、李鸿忠、杨月梅、雷于蓝等代表相继发言，全面深入地审议了政府工作报告“十一五”规划，也结合谈到广东辉煌的经济建设、文化建设，处处鼓舞人心。长春同志认真听着，不时插话，提纲挈领，点到实处。最后长春同志作了长篇讲话，他不用稿子，高屋建瓴、条理清晰地谈了四个方面的意见，希望广东在以下几方面继续走在全国前面：一是大力自主创新，二是推进建设社会主义新农村，三是构建和谐社会，四是全面深化文化体制改革；他尤其着重谈了文化体制的改革问题，原本我还有点担心，昨天我的发言是否有出格之处？听了长春同志的讲话，觉得他非常强调文化的意识形态属性，这很令我高兴，也值得好好消化和学习。长春同志还对广东提出了殷切期望，他是广东的老书记，对广东有深厚感情，我笨拙地做着笔记，希望尽量按“原汁原味”记录下来。可惜用电脑时间长了，用笔记竟很不顺手，这恐怕也属于技术进步带来的新问题。

京华盛会掇萃 5

3 月 8 日：晴。今天是“三八”妇女节。

中午，餐厅里就餐的全是男代表。原来女代表全都到 24 楼聚餐庆祝节日去了。这是每年“三八”节的“例牌”：省领导要请女代表吃饭，还要送些“神秘”礼品祝贺节日，去年是丝巾，今年据说是化妆品。咦？怎么张德江书记也在餐厅里？我端着自助餐盘子坐到张书记的餐桌边，边吃边问：“您怎么不上 24 楼和女同胞过节啊？”

德江同志卖着关子笑笑：“我跟丽满同志说了，如果中午要我去吃饭，今晚晚会要我上‘葫芦丝’就免了，两样随她们挑一样，她想了想，还是要我‘葫芦丝’。”

“葫芦丝”？就是出节目了吧？往年晚会他的拿手好戏是高歌一曲，堪称有刘欢的大家风范，今年他出什么好节目？

全天的紧张会议结束后，晚上，“三八”节晚会开场了。中国职工之家里住着广东代表团和云南代表团，两个省的书记省长全都到场，显现出晚会的“高规格”。主体节目是全总歌舞团和佧佤族的原生态民族歌舞团，还有著名舞蹈家刀美兰的独舞。节目表演到一半，德江同志果然手拿着一个“葫芦”走上舞台，全场掌声雷动。

原来他要演奏一种奇特的民族乐器——“葫芦丝”，这玩意儿我过去从来没见过。

他先来个开场白，说他今晚上场表演，出于三个字，一个是“情”，对女同胞表达祝贺之情；二是“缘”，“葫芦丝”这种乐器，他是在云南买的，也是在云南学会的，今天与云南省的同志们联欢，十分有缘；三就是“胆”，今天名家荟萃，都是专业的精彩表演，他只练了几个月，就敢上台，可谓胆大了……一番话幽默风趣，说得满堂笑声。

一片喝彩中，德江同志吹奏了一曲《月光下的凤尾竹》，这真是一种美妙的民族乐器，音色绵长悠扬，如歌如诉，比洋乐器单簧管、双簧管都柔和、动听，有很大区别，使人听后带有一种幽幽的梦幻感觉，据说只有五个孔，吹奏难度很大，真不知道德江同志是怎么把它学会的。一曲终了，在全场热烈要求下，他又再来一首《军港之夜》，这曲子家喻户晓，顿时又来个满堂彩！

听随同德江同志出过国的代表说，他在与国际友人的宴会上有时也拿出这一手绝活，一下子就把拘谨烦琐的宴会推向轻松活泼的高潮，也让外国的高级官员赞叹不已：原来你们中国的领导人如此多才多艺啊？真是闻所未闻，见所未见。令他们刮目相看。

德江同志出场不久，歌舞团穿插了几个歌舞节目，老省长卢瑞华又上场了，原来他也有一手绝活：变魔术！他先来个变彩色手帕，又来个变金属环穿链子，还邀请观众上台“监督”，手法之神奇、娴熟，令人叫绝。

猛然听到邻座的云南代表议论：广东的书记省长真了不得，什么都敢玩、什么都能玩！

我回头对他们笑笑，心里说：建设和谐广东，这也是我们的优势啊！

京华盛会掇萃 6

3 月 9 日：清晨，京城飞雪。到中午竟然飘起鹅毛大雪。

今天一早，到人民大会堂听吴邦国委员长作全国人大常委会的工作报告。像往常一样，大队“老记”早早就在天安门广场等候代表们的到来，“老记”其实都并不老，都是些俊男靓女，说他们是“老记”，是老朋友的尊称。

“老记”们都极有专业水准和敬业精神，他们能从几千人中一眼认出谁是应该盯紧的“目标”。我们同车的黄华华省长就是经常被“老记”包围的对象，这次我们的车刚停定，一群记者就一拥而上堵住车门，车上的陆百甫代表（国务院研究中心的经济权威）向大家发出“预警”：注意！记者又来包围省长了。

黄华华省长一下车，故意把“老记”引开，大家才得以顺利下车，他一边走，一边说，一大群“老记”就“长枪短炮”地簇拥着他，而且记者越聚越多，远远看去，活像一个缓慢移动的层层包围圈，在工作人员的帮助下，黄省长好不容易才“突出重围”。

被包围的除了省长、书记们，还有文艺界的“大腕”。赵本山是辽宁的人大代表，也是“众矢之的”。这天他戴着顶红色的高尔夫球帽，大帽檐压得低低的，但是还是被火眼金睛的“老记”们认出来了，一下又围个水泄不通。

“老记”们围文艺界代表的大腕，也围他们自己的“大腕”，凤凰卫视的美女主持吴小莉就很出风头，她一出现，也是像个橄榄球场的橄榄球，被“你抢我夺”，有趣的是，不少人大代表，也成了追星一族，赶上前和她拍上一张照片留念。

散文卷

师友心香

怀念萧殷师

萧殷师离开我们多年了。但是，他的音容笑貌，他热情如火、疾恶如仇、正直善良的品格和事迹，仍时时在我们心头像一颗灿烂炽热的星辰闪现，他引导我跟随一批广东中青年作家走进文坛的往事和教诲，仍然历历在目，常念常新。

1984 年 3 月，我到北京中国作协鲁迅文学院进修。开头几课是由文坛巨星讲学。有一天丁玲来讲课，这位年近八旬的老太太讲课亲切如拉家常，想到什么就说什么。突然，老人家话题一转，说起萧殷师，说他工作认真负责，说他从不整人，这在中国文坛十分难得……

我连忙打醒精神，正襟危坐听下去。

——萧殷师是好人，难得的好人，老一辈说他好，年轻人也说他好，中华人民共和国成立后这些年，他精力全花在写辅导青年的小文章上头了，本来，他可以写出很多解决高深理论问题的大文章的。他是搞理论的，有这个条件，这样贡献会更大些，可惜了……

我心头一震，一句话几乎冲口而出：不！他这样做值得！可我木木地坐着，没敢轻举妄动。转念一想，老人家说的不无道理，萧殷师临终前也经常喟叹："倘若还有时间，我还要搞出那部《创作论》，我还要写几部小说……"唉，我们这些在文学殿堂外张头探脑的后生，占用了他多少时间，耗费了他多少心血？我自惭自责。泪水浸上了我的眼眶。

萧殷师，都怪我们自己不争气！

在萧殷师指导过的众多作者中，我是个后来者，甚至可以说是个最后搭上"末班车"的幸运儿。从第一次见到萧殷师，一直到他辞世的几年里，我时时得到他的扶持。我好几篇自我感觉良好之作，他都在病榻上看过，指点过，严厉批评过。让我惭愧的是，我有负萧殷师的期望，一直没有拿出使他满意的作品来。

第一次见到萧殷师，是在1979年初。当时我还在茂名石油工业公司工作，茂名市开了一个由省里知名作家与当地业余作者见面的座谈会。会上我见到一位瘦小孱弱的老人——他就是萧殷师。没想到连上楼都大喘不止的他，讲起文学来竟中气十足，精神亢奋，简直一发不可收。他深入浅出地从浪漫主义，批判现实主义一直讲到社会主义的现实主义。我在稿纸上涂鸦了好些年，这还是第一次接触到较系统的文艺理论教育，不禁对这位老人景仰起来。会后，我跟着一些业余作者到他房间里攀谈几句，接着就不知天高地厚掏出自己一篇习作塞给他，请他"看看"。

这个唐突的举动，竟成了我人生的一个转折点。

当时萧殷师接过稿子，锐利地看了我一眼说："我看看。"说着就侧头凑着光线翻起稿子来。

第二天，他把我找去了："你的稿子，我看有基础，能改好。我昨晚看了一遍，中午睡不着，又看两遍……"他边翻稿子边谈，一谈创作，他就话似清泉源源不绝，他尤其强调要抓好细节描写，加强典型环境中的典型性格的刻画。最后，他又回到反复强调的话题上——社会主义文学中揭露阴暗面与过去的批判现实主义的区别，谆谆告诫我：要敢于揭露矛盾和丑恶，但文学的功能不仅仅是揭露……

我这篇习作，就是发表在当年《作品》5月号上的《血染的早晨》，这也是我第一次在文学杂志上发表小说。这篇稿子我至今珍藏着，稿子字里行间还留着萧殷师的手评——他改批青年习作喜欢用铅笔作眉批，都很简短，从不大删大砍和乱画，有的只写个"好"字。有的画上细线，写上"不真实"三字，字都写得很小，充分体现了萧殷师尊重作者、呵护文学新人的一片苦心。事后，我才知道，他当时正发着烧，而且一回到广州就住进了医院。但他仍把我那篇习作挂在心上，亲笔给我写了一封信，告诉我，稿子修改后比初稿好多了，他亲自给稿子改了标题，并决定在《作品》杂志上作重点稿发表。从此，我就经常得到萧殷师的关怀和指导。我也被新时期重建文艺大军的浪潮卷进文坛。三年后，萧殷师仍没有忘记这篇幼稚之作，当时有人认为这篇小说是"伤痕文学"，已经过时，建议我第一本小说集不必选入时，他愤怒地做出反应。在为我第一本小说集作序时，很有针对性地首先提到这篇作品。实际上否决了删除这篇作品的意见。

1982年春，《人民文学》以头条位置发表我的小说《火红的云霞》，接着，《人民日报》发表了两篇评介文章，我像小学生得了奖状急于告诉父母一样，兴冲冲赶去向久病在家的萧殷师“报喜”。

谁知，他皱起眉头，劈头批了我一句：“你可要清醒，其实，你那小说写得还不理想——”

我愣住了。萧殷师随后与我长谈，精辟地指出我那篇小说的不足之处，使我由茫然、失望转为感激、庆幸，胸中荡漾起一股暖流——我有多么好、多么严格的老师啊！

在萧殷师养病期间，我经常到医院或萧家去探望，有幸聆听萧殷师许多次娓娓动人的长谈。他回忆着，叙说着，引领我进入他那迷人的人物画廊，文学天地里……

他说过，他要写30年代一群革命青年在上海辛酸、苦涩而又充满传奇色彩的经历。30年代，他和赖少其、吕蒙等几位好友亡命上海，他绘声绘色地叙说着当时青年知识分子的心态和窘境，怎样夏当冬衣、冬当夏衣度日，怎样饿着肚子轮流说笑话苦中作乐，怎样艰难竭蹶地追求革命，向往光明……他精细入微地在眼前展现出一部1930年代文学青年的奋斗史。如果萧殷师能将它写出来，这将是多么宝贵的一部作品，可惜，他没有时间和精力！

萧殷师胸中永远升腾着炽热的热情，他在回首往事时，会突然双颊发红，双眼闪出罕见的光彩，他像诗人一样激动不宁，娓娓的话语宛如一只导航的小船，将你引入豪雄奔逸、悬河泻水般的感情洪波之中。有一次，他在东病区的病榻上，向我描述在华北敌后通宵行军的情景：他负了伤，骑马在小路上足足走了一夜，昏昏然中，突然发觉走到大平原的边沿，这时，天破晓了，他立马山崖，面对远处广袤无垠的华北大平原，太阳从金色的云霞中跳出来，壮景奇观使他顿时热血奔涌。他明白了古代军旅诗人，为何有一腔豪情唱大风的绝唱了！他说着，嘴唇哆嗦，眼闪泪光。我全身都被震撼，仿佛感觉到他的体能在辐射出热和光。我想，如果他把那一刹那的感受和情愫秉笔实录，必定能成为一篇叫人倾倒的好散文。他写散文是大手笔，写出过不少名篇，有的还成为语文教材，然而，他再没有时间和精力了，可惜！

萧殷师疾恶如仇，对“文革”恶行切齿痛恨。他多次表示要写几篇揭露“文革”的短篇小说。有一次，他兴奋地对我说，一个来自家乡的朋友讲了件真人真事，激发了他的灵感。他可以写篇小说：一个被诬为“反共救国军”的老实农民被严刑逼供，他被逼招认“黑司令”是刘少奇，这使办案人高兴极了：原来刘少奇竟还来过广东指挥“反共救国军”，他怎样来的？住在哪里？办案人穷追不舍，老实人乱招一气：他是坐飞机来的，住在我家里。办案人一想觉得奇怪：刘少奇坐飞机来过这穷乡僻壤？怎么会无人知晓？老实人从来未见过飞机，以为飞机跟手扶拖拉机差不多大小，只好回答：刘少奇那天把飞机停在他家天井里，那天下雨，怕飞机淋湿回不去，叫他把飞机推进柴房里锁起来了，所以没人知道……

然而这一令人啼笑的故事，并未能变成萧殷师的新作，他又病重了，被输液管输氧管“捆绑”在病床上，连呼吸都困难……

可惜！

萧殷师想写、要写的东西太多了，而他的精力和时间又如此有限，怎么办？他无私地给了我们——从20世纪50年代、60年代、70年代到80年代初的一群又一群络绎不绝地挤拥在文学小路上的学行者们。

在医院里，他一天咽不下半个小馒头，却能拆阅几十封文学青年的来信，看十几万字的稿子。他说，这才是我的“空气”和“粮食”，护士和家人把信和来稿打了“埋伏”，他却为此大发脾气。面对护士一天四次送来大大小小的药片，他常痛苦地皱起眉头，但自己却乐于为长长短短的青年习作“诊断”、“开药方”。这些习作中，有相当多失败之作，有的简直不能卒读，某省一位青年，仰慕萧殷师大名，一次寄来厚厚三大本中长篇稿子，要求推荐发表，他硬是抱病把稿子读完。我认为他为读这一堆废稿而耗费精力，损害健康得不偿失。萧殷师严肃地对我说：“他的问题在文学青年中很有代表性，总不能让他们在黑暗中自己瞎摸，浪费时间和精力，得从他们的失败中找出带规律性的东西来，这个工作别人不做，我来做！”他像中医诊脉一样，从大量来稿来信中洞悉千万文学青年的需求和动向，然后又像沙里淘金一样，从中筛选出带倾向性的问题，归纳出有针对性的论文选题。他把病榻变成生产精神产品的工厂，写出一封封回信，一篇篇论文，循循善诱地解难答疑。振聋发聩地启发愚顽，由浅入深地阐述艺术规律，鞭辟入里剖析弊端……对一些幼稚青少年提出的可笑问题，他也从不轻率处理，一推了之。一次，有个女孩来信，扬言做不成作家宁可自杀，可就在这封信中，她把萧殷伯伯写成萧殷“怕怕”，我看到这信又好笑又好气，而萧殷师却为此焦灼、难过，嗟叹不已，几乎落泪，他不顾劝阻，亲自抱病回信，好言相劝，耐心引导，制止那可笑又可叹的悲剧。

他是中国文坛这条流沙河中一名真正的淘金工人，年复一年，日复一日地从这条河的流沙里淘金，为了淘出真正的金子，他耗尽了毕生心血，奋斗了一生。殊不知，他自己身上也有一座蕴藏丰富的金矿，但他毅然舍弃，这样做，是为别人、为了事业、为了文学……他一生抉择、培养过多少新进作家啊，其中，有中国作协几届的负责人、有各省市的著名作家，不少人在国内外享有盛名。他是真正桃李满天下的，文坛如今星光灿烂，他功不可没。他驰骋文坛50年，崇高品格有口皆碑，他热情如火地扶掖青年新进，疾恶如仇地与邪恶斗争。他关心青年，痛恨拉帮结派、以权谋私、见风使舵、阿谀奉承、虚伪奸诈，他长期困于病室，但仍关心文艺界一切动向，对文艺界的不良现象，常常感到痛心疾首、嗟喟不已……他不止一次忠告文学青年："千万不要带着私心搞事业，有了私心，成就越大就越危险，危害越重！"这番话，有如警钟长鸣，常使我们感奋、使我们警惕！

萧殷师永远活在我的心中！

光年的春天

——送敬爱的光年同志远行

黄河滔滔，悲歌一曲，光年走了。

一个多月前，在人民大会堂开作代会，作家们和江总书记合影后我从人流中看见他，上前和他握握手，问候一声，没想到他走得这样急。

他是黄河的儿子，黄河培育和造就了他，可以说，没有黄河就没有光未然，没有光未然就没有令中国人热血沸腾的《黄河大合唱》。

他钟情于黄河，也钟情于春天，他的《黄河大合唱》歌词举世闻名，他的两卷本《文坛回春纪事》却鲜为人知，我从崇山兄处得知光年有此日记体的近作，辗转托兰妮在深圳买到了，赶紧翻阅，书中那种渴望春天、珍惜春天、歌颂春天的真诚和激情深深地感动了我，那种“事无不可对人言”的坦荡博大胸襟和急切扶掖后辈的“人梯”精神更令人动容，我打电话告诉远在大连的邓刚，他读到这书后来电说，十多年前文坛的风风雨雨、甜酸苦辣尽在其中了，看了睡不着觉。

我翻开相册，我和光年夫妇在敦煌鸣沙山骑骆驼的照片已经有点泛黄了，但他的音容笑貌赫然在目。在我眼中，他毫无大诗人、老革命、大领导的做派，只是一个笑口常开的好老头、一个待人像春天一样温馨的仁厚长者。

他从十年动乱的苦难中重新站立，舒展双臂拥抱文坛的春天之时，已经年近七旬，拖着患了癌症、动过大手术的躯体，他走上拨乱反正、百废待兴的文坛领导岗位。我第一次见到他是在北京的领奖台上，当时我还是个初出茅庐的后生小子，和《赔你一只金凤凰》的作者一起上台领奖，他在台上对那作者开了句玩笑：你就是写《赔你一只金凤凰》的？现在，赔你一个金奖章！说着双手郑重地把纪念章捧给那作者，我们都咧嘴笑了：这老头真有趣。

后来我到北京文讲所八期学习，和他见面多了。那时也正好是春天，八期的作家学员血气方刚，爱提建议。邓刚是班长，代表全班向光年建议将文讲所升格为鲁迅文学院，我和朱苏进负责学员临时党支部，当时我们无权发展党员，于是打报告给光年要求在八期中发展党员，我们也知道这两件都是难办的事，主要是学制太短，不到一年就要毕业了，估计中国作协不会同意。没想到光年对这些事特别认真，发展党员很快批下来了，我们赶紧调查培养，发展了几批作家入党，如今这些作家很多都成为各省作协和文艺单位的领导人了。光年还亲率作协的领导班子到文讲所来，宣布正式成立鲁迅文学院筹委会，筹委中除了作协四个党组成员和领导外，还有邓刚、我、何志云三个学员，学制也延长到两年，我们全班欢呼雀跃，七手八脚竖起了鲁院的牌子，号称“文坛黄埔”的文讲所，就这样改为鲁院，摆脱了到处“打游击”租房子办学的窘境，有了固定的院址，还建起了大楼。

在文坛的春天里，他办事比谁都焦急。那时的文坛全国注目，好作品一出洛阳纸贵，那时的文学刊物发行量破天荒地升上天文数字，那时涌现的优秀中青作家有如雨后春笋，立志当作家的小青年有如千军万马过独木桥，那时他真是热情如火，行动如风，翻开《文坛回春纪事》那长达数年的日记，就可以看见他用诗人的澎湃激情在工作、在奋斗、在呼喊的身影，他在晚会上像一个少年兴奋激动地朗诵诗作，他开会的发言也像诗一样铿锵有力、挥洒感情和文采，他的日记里，竟然还大量记着他对我们这些晚辈作品的评价，有褒有贬，一针见血，关怀备至，呵护有加……在他的努力下，中国的作家们总算没有辜负 20 世纪 80 年代初那一片大好春光。多年后，我跟他游敦煌，谈起那段充满激情和诗意的岁月，他说，不焦急不成啊，文学多少年才有那样的机遇啊。

文坛的春天就是光年的春天，光年的春天今生难忘。

（2002 年元月 30 日）

智者秦牧，仁者秦牧

第一次见到秦牧，大概是在 1980 年广东文学院宣告成立那次会议上，欧阳山高兴地说要放一个大炮仗来庆祝广东文学院诞生，老作家们个个喜形于色，在“越秀餐厅”聚餐时，连平时难得一见的将军作家吴有恒也来了，人们还习惯称他“吴司令”。那时我只在《作品》上发表过两三篇小说，才刚刚入行，按现在的标准看连文学青年都不大够格，居然也跻身于当时广东一群最拔尖的后辈作家行列中，调到省作协。我见到了景仰已久的著名作家：欧阳山、秦牧、陈残云、萧殷、杜埃、吴有恒、黄秋耘、于逢、易巩等等，好几位老作家都对来自全省各地的 30 多名中青作家讲了话，他们都谈了各自对文学的理解和创作经验，谈到对后辈的期望时，秦牧的话给我印象最深：他说青年作家要成材，一定要将自己的标杆定高一点，要敢于写大作品、大题材，敢于成为大作家，不能小有成就就浅尝辄止、沾沾自喜、就此却步，标高定得高一点，是动力，也是压力，就像一个跳高运动员，要不断跨越新的标高，打破纪录，才能摘取金牌。即使尽了自己的努力，越不过太高的标杆，也可以取乎其上，得乎其中，攀登的努力总不会白白浪费的。这番话给我震动很大，当时我有一个强烈的感觉，这位长者是一位智者！他的话语总是闪现着智慧的光芒，总让人心服口服，时光流逝了 23 年，他的谆谆教诲令我至今记忆犹新，多年来也照此努力践行，偶有所成，总感念秦牧教诲之恩。智者毕竟是智者，智慧的启迪是可以直入人心、受用终生的！

秦牧是位智者，也是一位仁者。

他对后辈的扶掖是真心实意，毫无保留的，令我终生难忘的一件事，发生在 1980 年的秋天。那年是我进入广东文学院的第一年，总想写出一个好作品来证明一下自身的价值，我到北部湾的海上石油钻探平台上生活了几个月后，回到省作协的小院，在酷热难当的资料室里挥汗如雨写了一个月，完成了我第一篇反映海洋石油工人生活的短篇小说《海风轻轻吹》，有 1.6 万多字。这是一篇反映年轻人战胜挫折积极进取的爱情小说，自己感觉是一个新突破，因为我过去从来没有写过爱情生活，当时写爱情的小说也不多。我兴高采烈地送到《作品》编辑部，一个星期后，我被告知：小说写得不错，但太长了，杂志容量有限，起码要砍一半才能用。

当时《作品》发行近 70 万份，是全国有名的顶尖期刊，能在《作品》发表小说是求之不得的幸事，我有点沮丧，但为了发表我仍然准备砍掉 5000 字，虽然这样一来必然伤筋动骨，小说也可能会只剩下个骨架。一天易巩见到我，问我在写什么？他是《作品》的主编之一，也是当时广东文学院的副主任，我把《海风轻轻吹》的情况告诉他，他一听急了，马上说："你快把稿子给我，秦牧下午要去香港访问，我请他赶快给看看，如果能用，尽量赶在年底的第 12 期，不然来不及了。"

第二天，我在《作品》编辑部看到了秦牧在稿子上批发的稿签：此稿写得不错，不必删削，发第 12 期头条，但文中仍有不少错别字，我已经作了校正，望告作者今后注意。(原文大意如此)

我翻了翻稿子，秦牧果然在稿子上改了很多错别字，我离谱得连翻译的译字也写成"释"字，他也一一校出来，真令我羞愧难当。黄培亮老师告诉我，秦牧一拿到我的稿子，中午没回家，就在办公室里看，签发后就直奔火车站上火车去香港，就为了赶在年底的第 12 期能发稿。

日后秦牧见到我，从来不提这件事，似乎这只是他人生之中一件不值一提的小事，或者他完全把这事忘记了。可是，这件"小事"对我一生的影响是巨大的：《海风轻轻吹》在《作品》1980 年第 12 期发表以后，翌年 1 月就被刚创刊的中国作协《小说选刊》头条刊用。那年春寒，我又到茂名石油工业公司深入生活，3 月初的一个寒冷彻骨的深夜，我在一间简陋的小招待所写稿，门卫突然大叫我的名字，说有广州来的长途电话，我匆忙飞奔下楼，一听电话才知道，《海风轻轻吹》被评上全国优秀短篇小说奖，欧阳山同志要我立即赶回广州，为了赶上 3 月 5 日的颁奖大会，他还特批我坐飞机上北京，那个时候，坐飞机是要开证明的，只有高干出差才能乘坐。这是我有生以来第一次坐飞机，清楚记得：从广州到北京票价是 73 元。

在事业上，秦牧于我有大恩，但他对我从来不摆"恩师"的架子，一如对待其他青年作家亲切随和，客客气气、彬彬有礼，只在最关键的时刻"点"我一下，令我有如醍醐灌顶，杀灭了不少浮躁之气。20 世纪 80 年代中期，文学院的中青年作家和作协某些领导同志因为办报纸的问题有点分歧，我当时血气方刚，总认为我们自己有理，在一次党支部会上率先向领导提意见，几乎把支部会变成“炮轰会”，彼此的关系顿时变得十分紧张，搞得自己也相当苦恼。秦牧知道后，并没有正式地教训我，只是在一次闲谈中用心良苦地来一点“和风细雨”，他说：吕雷啊，年轻人敢当面提意见不是坏事，但一定要注意对象，注意分寸，像你有些话，如果放在几年前、十几年前，问题就会很严重，我们都是过来人，都知道同志间的不同意见过火了、过头了都不是好事。你认为你有理，他认为他有理，其实，有理和有理之间是可以沟通的，怎样沟通？里面就有个方法问题。他的一番话，使我清醒了很多。直至现在看来，他的提醒，依然是金玉良言。

我在北大作家班学习时，文坛上风行探索创新，青年作家大多心高气盛，北大还杀出一匹“黑马”，骂倒当时全国著名作家，博得一片喝彩。我有点惶惑，从情感上说，我觉得他大杀三方痛快淋漓，从理智上说又觉得他“只破坏，不建设”，自己并没拿出过什么像样的东西来，秦牧刚好到北京开会，我到京西宾馆看望他时，顺便说出我的困惑，他沉吟了一下说：凡是轻易地否定别人智慧的人，并不说明他更有智慧，只能说明他的不智。

我的心里登时一亮，这简直是一句隽永的格言啊！对我来说不啻是一场及时雨，洗去了我心头的惶惑和浮躁，这句话，也是足够我受用终生的。

智者秦牧，仁者秦牧，我永远怀念您！

敬仰高山

——送敬爱的人民文学家欧阳山老人远行

得到欧阳老病危的消息，我马上赶去医院，但是，晚了！在20分钟前，他已经离开人世。

病室一片肃穆悲怆。望着他安详的遗容，我潸然泪下。

我记得，早在1979年，刚从“文革”的残酷迫害中被解放出来的欧阳老就大声疾呼要培养文学新人，在广东省委的支持下，他在全国率先创建了广东文学院，我这个一直在文学大门外张头探脑的新丁，才得以和一批新时期广东文坛上崭露头角的同辈一起当上了专业作家。在他的关爱下，1981年初春，我正在茂名石油基地深入生活。一天深夜，一个长途电话把我召回广州。原来，我的短篇小说《海风轻轻吹》获了全国奖，要我赶去北京参加颁奖会。

回广州第二天，在作协见到欧阳老，他很高兴，勉励了我一番，最记得的是那一句话：“你还得深入生活，没有生活，写不出什么好东西来。”当时，去北京时间紧迫，他以省文联、省作协主席的身份，特别批准我破例坐飞机去，这是我有生以来第一次坐飞机，也是第一次上北京。

在颁奖会上，获奖的青年作家们见到敬仰已久的几位文坛泰斗，兴奋之余，同室的外省作家京夫说：“你们广东也有中国文坛的一座高山——欧阳山。”他对我们能经常得到欧阳老的耳提面命钦羡不已。

的确，欧阳老在我们心目中，是一座值得永远敬仰的高山。

在我的少年时代，我就读过他的《三家巷》。我的文学梦可能就是从此开始的，我还听说，他是鲁迅的得意弟子，鲁迅在广州那篇著名演讲，就是他记录的。广东有这样了不起的作家，他能这样了不起地写出广州的风情和大革命时的人和事，令我感到自豪和激动。没想到，经历过“文革”风雨之后，我竟能进入了他创办的广东文学院，在他的指导下从事创作，这真是莫大的幸运。

为了创建广东文学院，培养中青年作家，他倾注了炽热的感情和心血，他任作协主席期间，文学院逢会他必来，来则必讲话，教我辈做人为文，关切之情，溢于言表，谆谆教诲，令人动容。他最令我们钦服的是，他的信仰无比坚定执着，对执行党的文艺路线和“两为”方向毫不动摇，充分体现了一个老共产党员坚强的党性。他向我们反复强调，要深入生活，和人民群众同呼吸共命运，党员作家首先是党员，然后才是作家。近20年过去了，他在历次会议上的音容笑貌，还深印在我的脑海里。

一个人在风吹雨打中有着如此坚定的信仰，也是一种幸福。坚守信念是一种非凡的品格，能在近一个世纪中坚守信念，更令人肃然起敬。

他真是一座高山——文学的高山，信念的高山。

有一种力量叫真诚

——深切怀念作家学者的良师益友谢非同志

中共中央原政治局委员、全国人大常委会副委员长、广东省委书记谢非同志离开我们12年了，每当回忆起他对我们的关心扶持、他那真诚的目光总浮现在眼前，令人心底油然涌起一股暖流。

我第一次接触谢非同志，是在1986年春天，谢非作为分管意识形态的省委书记，亲自提议召开一次全省的青年作家代表大会。他清醒地意识到，抓精神文明建设，落到实处，就是要出精神产品、出人才。而在文艺战线中，文学是具有基础性的一环，当时广东的文学创作一片繁荣，广东作家在全国多次获奖，省作协的刊物《作品》发行量曾飙升到近70万份，居全国省级文学刊物之首，但亦有隐忧：文学队伍中文艺思想庞杂，青年作家与老作家不够和谐。谢非了解到这些情况，在百忙中亲自出手来抓青年作家的培养问题。

青年作家的大会在省委的“松园宾馆”召开，这是经常接待叶帅等中央领导们的幽静之所，显示了会议的高规格和省委的重视。第一天会议，我们就感到诧异：会场上没有设主席台，上面只有一个发言席，所有领导包括最大的“官”谢非在内，统统坐在听众席上，谢非从早到晚安稳地坐在下面倾听青年作家们发言，有些发言杂乱无章，有的言不及义，甚至胡说八道，但是他依然不动声色，坐着边听边做笔记。

白天听了青年作家的发言，晚上谢非就自己动手起草讲稿，这是他的老习惯，会议结束前，谢非向青年作家们作了诚恳动人的讲话，他特别引导作家们要真正深入生活、深入群众、深入实际，不能急功近利，不能心浮气躁，要为自己的创作树立政治上、艺术上的高标准……他朴素无华的语言一下子打动了全场听众，有几句话令我记得特别深刻，他说：作家深入生活，不一定能理解生活，现在物质条件比过去好多了，但是，理解生活却比过去更难了，更艰苦了。我们面对大量新情况、新事物、新观念，怎么办？要根据马列主义和我党现阶段的政策精神，站在时代发展高度按中国国情去理解它；要亲身体验，细致观察，认真研究，科学分析，才有可能写出反映现实生活的佳作。

我们这些心高气傲的青年作家服了：原来这个书记真懂文学啊！

在开会期间，他与我们一起就餐，一起聊天，交上不少朋友。他还叮嘱秘书陈建华给我们留下电话，如果有什么为难的事，好去找他解决。那时的广东文学院院长陈国凯是青年作家的头头，他工人出身，创作过多篇轰动全国文坛的小说，但是对官场那套规矩不熟悉，有时到省委开会，他就真的去找谢非，像朋友串门似的推门就进，坐下就聊，谢非笑笑，也放下手头工作和他认真聊起来。那时深圳特区刚办了一家杂志《特区文学》，"借用"陈国凯去当主编，有一回谢非到深圳，专门找国凯谈心，他知道陈国凯一天到晚忙着编稿，还要筹措经费，便语重心长地对国凯说：作家还是要用作品来说话，你在深圳生活，很好！但是把时间精力用在办杂志上就可惜了，杂志可以交给别人去办，你是有影响的作家，要抓紧时间深入特区火热的生活，写出有分量有影响的作品来，我建议你去蛇口挂个职，和改革家、建设者们生活在一起，这样，写起东西来才有血有肉，有真情实感。

陈国凯听了谢非的忠告，到蛇口挂职当了个指挥部办公室副主任，与袁庚、梁湘等名满天下的改革家交上了好朋友，写出了一系列反映特区建设的作品，后来，更有受到全国文坛好评的长篇小说《大风起兮》问世。

那一年，我由中国作协推荐，经考试被北京大学首届作家班录取，但每年须交进修费用，那时省作协没有这笔预算，也有领导说，吕雷已经获过两次全国大奖，并在北京鲁迅文学院学了两年，不必再去北大学习。心细如丝的谢非知道后，在一个清晨把电话直接打到省作协领导家里，建议让我去北大继续学习，他说，这些青年作家都是从工人、农民、知青选拔上来的，但没有受过系统的大学教育，这对发展不利，现在有这样的好机会，应该支持，如果经费困难，省里帮助解决。

一个清晨的电话，令我受益终生，感念终生。

谢非曾说，领导干部多一些和专家学者、文化人交朋友，很有益处。古有孟尝君礼贤下士，那是企图网罗天下贤良为统治者个人卖命，共产党人要真诚地广交朋友，则是要集思广益、开拓思路、团结进取，以求科学决策造福人民。在他当了省委书记后，依然很看重与知识分子的交往和友谊，有一次著名诗人公刘到广东，那时省作协很穷，只能安排公刘住在附近一间很寒酸的小招待所里。有一天谢非突然专程来拜访公刘，并亲自安排他的食宿接待。谢非关心作家还落实到为作家不断改善创作和生活条件上，他主政广东期间，拨出巨资兴建了广东文学艺术中心，还专门为作家的宿舍楼更换了电梯。

张磊是广东省研究孙中山的权威、担任过省社科院院长，他回忆：第一次见谢非时，他还较拘束，后来接触多了，谢非那真诚的眼神化解了他内心的隔阂，当谢非知道广东的孙中山研究会因为没有经费无法开展工作后，真诚地对张磊说："广东应该好好研究孙中山，连孙中山也不研究，算什么开放？经费再紧张，研究经费也一定要解决。孙中山研究，应该是广东社科界第一重要的研究项目，它是广东社科界独有的特色题材，有着强烈的现实意义。"

由于谢非重视，对孙中山的研究工作红红火火地搞起来了，广东还倾力拍摄了红遍全国的历史巨片《孙中山》，张磊为这一大制作付出了大量的心血。

1984 年是黄埔军校建校 60 周年纪念。大批黄埔校友尤其是不少国共双方的高级将领都要来参加黄埔建校纪念会。纪念展览审查时，张磊请谢非来把把关，没想到有说有笑的谢非刚抬眼扫了一眼展览，就严肃起来，突然小声打断了仍在说笑的张磊："这个纪念展是谁搞的？"

张磊一愣，问："有什么问题吗？"

谢非挥手一指说："这么搞，不像是国共合作的黄埔军校，倒像是共产党的延安抗大了。"

张磊一听马上明白过来。只听谢非接着说："纪念展最根本的是要展出什么？历史真相嘛。你们看，蒋介石是校长啊！周总理、叶帅当时都是蒋介石的部下嘛，怎么能把他们的名字摆在蒋介石的前面？看看，展览里连蒋介石照片都没有，国民党党旗也没有。这叫什么黄埔军校？不实事求是嘛！要马上改。按历史真相改。要求 3 天之内全部改过来，要展出历史的真实面目！"

在场的专家听了谢非的批评，虽然严厉，却觉得特别高兴。这一顿批，批出了广东社科界盼望已久的新气象，这个预感使在场的张磊觉得十分兴奋。他对谢非说："请您放心，我们马上改。"

后来，谢非看了修改过后的展览，觉得很满意。纪念展开展后，很多当年的黄埔学员都回来参观，抚今追昔，令老人们感慨万千。一些蒋介石的得意门生尤其感动，他们对张磊说："这纪念展真是做到了尊重历史，真是不容易，我今天在这里，看出了什么叫作共产党的实事求是。"

张磊听得很舒服。他们又说："我们的校长呀，他确实是个枭雄，但不能说他是个小丑。他当年还总指挥我们唱革命歌曲呢，那时他还是有革命激情的，只不过他唱歌不好听罢了。"

事后，张磊将这些话说给谢非听。谢非说："还是这句话，搞什么都要实事求是。尊重历史才是唯物主义，说实话，人家才信服你。"

张磊至今认为，当年谢非实事求是、尊重历史的这个事例，使他的头脑观念产生了很大的变化。他从此把谢非当作一个知心朋友，用他的话说，这是"忘位之交"。

一次，谢非在《羊城晚报》上读到一篇文章《偌大广东竟没有一份儿童刊物》，他马上作出指示，要有关部门给省作协创办儿童刊物《少男少女》开绿灯。刊物创刊后，发行量很大，经费和纸张同时出现紧张，著名老作家黄庆云只好在一名小编辑陪同下找谢非寻求支持，正在文件堆中忙活的谢非一见白发苍苍的老大姐闯进来，急忙起身相迎，搀扶老大姐坐到他那张旧沙发上，他忙着为客人斟茶倒水时又突然发现：这1950年代陶铸就用过的沙发太古老了，老大姐坐上去立即塌下，很不舒服，他马上亲手搬来自己坐的旧藤椅，说："这藤椅虽然旧，老大姐坐上去高一点，不用屈着双腿……"小编辑惊讶地看着，怎么也想象不出眼前这位谦和真诚的人是省委的大领导。20多年后，这位当年的小编辑蔡玉明成为广东省委《南方》杂志的社长，她对当年谢非敬老尊贤的那一幕依然历历在目、津津乐道。那次见面令《少男少女》获得一大批平价的计划内纸张支持，也获得了经济援助，并使谢非与这本面向未成年人的杂志结下不解之缘。

有一次，发行量增至几十万份的《少男少女》与邮局在自办发行问题上产生了矛盾，邮局提出要罚款60万元才能延续下一年度的征订工作，这对杂志不啻是一记沉重打击，谢非知道后，明确指示：一分不交！还交代主管部门跟进此事，强有力地扶持了这家朝气蓬勃的未成年人刊物，并在日后多次为它脱难消灾。

1990年，《少男少女》别出心裁，开辟了《朋友会》、《生日屋》等专栏，鼓励有心理问题的孩子来信来访，说出心里话，与杂志交知心朋友，还替边远山区的孩子过生日搞活动，这种心理辅导活动富有独创性，非常成功，全国的孩子们诉说心事的信件如雪片飞来，想与杂志"交朋友"的竟有几十万之众，杂志为近千名想自杀、自残、离家出走的孩子解开了心头之结，劝阻了大量因处理不当而导致的极端行为，也挽救了很多孩子。但是，这一大好事竟被误会，被人告了一状，说杂志社在搞“非法组织”，《少男少女》几陷入停刊之灾，谢非了解清楚后，立即指示：至此为止，不必再查，杂志要继续办好。得知谢非亲自拯救《少男少女》，女编辑流下眼泪，小编辑们抱头痛哭。有人形容，谢非像飞马赶赴刑场高叫“刀下留人!”的英雄，在千钧一发中救出了差点被砍头的《少男少女》。

此后，《少男少女》采用活泼有效的多种形式对少年儿童进行教育的做法被充分肯定，成为全省唯一连续三次获得国家优秀期刊奖的刊物。

有一种力量叫真诚，真诚来源于坚定的信仰和对人民大众的高度信任关切，她是真正的共产党人与人民同呼吸共命运锤炼出来的一种美德。谢非同志的高风亮节，将永存于珠水岭南的天地之间。

老人与海

——怀念秦牧老师

1990年初夏，我陪广东文坛几位德高望重的老人去深圳，参加中国作协创作之家落成典礼。把大家安顿好后，我走进秦牧的房间。他一见我就示意我坐下聊天。我求之不得，和秦牧聊天是难得的精神享受。

“你还经常到南海油田基地吗？那儿情况怎么样？”

我坐到秦牧旁边，侃起海，侃起海洋石油。秦牧的知识惊人的渊博，他厚厚的眼镜片后的眼睛总是闪动着睿智的光彩，仿佛一提起那一片令他神往的蔚蓝，他大脑里那个浩渺的智慧之海也即时翻涌起欢快的浪花。

他不断提出问题，有些问题甚至是很专业的，例如：钻井船在茫茫大海里怎样才能找到要打井的准确井位？怎样才能估算到海底石油、天然气的储量？天然气与石油如何换算？在广东文坛中，我算是个“老石油”了，这回秦牧像考我似的，不断地发问使我露拙。说老实话，很多专业知识我只是一知半解，我的“半桶水”难以满足他的求知欲。要知道，他有着一个像海一样辽阔和深邃的大脑啊。

秦牧知道我是从石油企业调来的，并乐于向我了解南海石油的开发情况，是始于1980年。那时，他是广东省作协副主席兼《作品》主编，我呢，只是一个刚发表过几篇小说被调上来的新手。每逢见到秦牧，我心底里总是涌动着一股敬仰之情。

有一件事令我终生难忘。

1980年夏天，我从北部湾的南海一号钻井平台上下来，在作协酷热难当的阅览室桌上趴了一个月，写写改改弄出了一篇写海洋石油工人的小说《海风轻轻吹》。我忐忑地把稿子交给了《作品》杂志，这是我当“专业作家”以后第一次向《作品》投稿。大概过了半个月，杂志的编辑告诉我，小说可以用，但太长，起码要压缩5000字才能发。

我有点儿沮丧：当“专业作家”这头一炮没打响，这一删一改，发表肯定要推到明年去了。我取回稿子下楼梯的时候，碰到易巩老师。他当时与秦牧同任《作品》主编，并兼任我们文学院的副主任。他问我近来写了些什么，我把稿子的情况告诉他，他沉吟一阵，说：“我把稿子转给秦牧看看，他明天中午要去香港访问，不知道他还有没有时间。”

第二天下午，我正在午睡，易巩老师敲开门，一脸喜气地说：“发了，发了。秦牧为了你这稿子，连午饭都来不及吃，一直看到12点，批下字才去赶火车了。”

我感激万分，接过稿子，稿签上赫然写着几行批字，署名秦牧。这是我第一次看见秦牧的亲笔字迹。

记得秦牧的批示有三点：大意是小说写的是海洋石油工人的生活，很有新意，可作为重点稿即发第12期头条；稿子不要再删改，就这样发；小说还有不少错别字，告诉作者今后要注意。（我发现，稿子中我把翻译的“译”字错写成“释”字，秦牧细心地把它圈出来，改正了。）

当时我兴奋无比，同时也有点尴尬：秦牧大师毫不客气地在稿签上批评我“还有不少错别字”，传出去今后我这“专业作家”还怎样当？当时我根本没意识到，秦牧这个批签对我的文学生涯起了重大作用。

秦牧从香港回来后，一见我就笑眯眯地说：“吕雷啊，海洋石油你很熟悉嘛，什么时候带我们去海上看看？”我胸脯一拍：“没问题！”接着我就吹起我的海洋石油“生活”来——亲身经历、道听途说、想象渲染炒成一锅大杂烩。秦牧微笑着倾听，不时心中有数地发问。很明显，他能判断哪些是真实的，哪些是瞎吹的，只是出于尊重和礼貌没说破。

不久，我又独自到湛江茂名“下生活”去了，陪秦牧到海上看看的承诺一直没兑现。

《海风轻轻吹》发表了，第二年开春，喜讯频传，先是收到大量读者来信，春节刚过，又接到《小说选刊》的通知：决定选载《海风轻轻吹》，并上放在头条。3月的一天深夜，我正在石油基地一个堆满杂物的小仓库对灯苦坐冥思，企图继续炮制一篇写海洋的小说，楼下门卫高声叫我去接长途电话。我飞奔下楼接听，原来是《海风轻轻吹》得了全国优秀短篇小说奖！北京要我立即去领奖。因为时间紧迫，省作协主席欧阳山特别批准我坐飞机。这是我有生以来头一回搭飞机。

放下电话，我立即想到秦牧的批签。我终于明白，秦牧关注这篇小说，并不是由于我有什么能耐，而是它写了秦牧所关注的大海和海洋石油生活。在众多的文学新人中，我显得平庸而且笔拙，如果不是秦牧满怀责任感地赶在上火车前那个中午看完那篇稿子，这篇“还有不少错别字”的小说就不可能赶在年底的12月号《作品》上发表，《小说选刊》自然也不可能在第二年年头立即转载，当然它也就不可能参加全国优秀短篇小说评选，秦牧对我可谓恩重如山！

秦牧毕生热爱大海。他声蜚海外的名著《艺海拾贝》所展现那海一样的智慧，开启了我少年时的文学之梦。因为爱读《艺海拾贝》并写了不少读书笔记，在“文革”之初我这中学生还被打成“小秦牧”，在中学里被糊了一墙大字报。那时我做梦也没想到，若干年后我真的会来到秦牧身边，接受他的教诲和恩泽，在他浩瀚的智慧之海，人格之海岸边学步和“拾贝”。

令我痛惜不已的是，秦牧老师在1992年10月14日猝然辞世。直到他匆匆离去，我都未能履行承诺，陪他到海洋石油的基地走一走……

大海永恒，秦牧不朽！

冬夜，雪絮如烟……

——怀念著名编辑家龙世辉老师

雪如杨絮，还是杨花似雪？

望着纷纷扬扬飘落的雪花，我迷糊了。腿发木，脑袋也发木。在这偌大的京城里转来转去逡巡了一个多小时，我就是找不着那个胡同口！

北京的胡同都像孪生兄弟，模样都差不多，天冷，地上冻得像铺上一层滑溜溜的玻璃，可苦死了我这初到京城的“老广”，走快了怕跌跤，走慢了脚又冻得刀割似的痛。我是应邀到龙世辉老师家里吃晚饭的，看来这顿饭是吃不成了，等我摸到他家里，恐怕他得关电视上床休息了。

雪还在幽幽地下个不停，我心里直敲退堂鼓：算了，回去！明天给龙老师挂个电话道个歉。可是，什么理由失约？找不着路？我这当学生的岂不是太窝囊了？

我这是第二次上龙老师的家。鲁迅文学院作家班聘请他做我的辅导老师，第一次登门拜师是别人领着去的。这一次是他主动约我去谈我的一篇小说习作，怎能不去？

进退两难之际，又来到一个胡同口，一个人在那里站着抽烟，帽子衣服上全是雪。

“请问——”我正想问路，倏然惊叫起来：“龙老师，是您？”

他大笑：“我就猜到你摸不着路，我这儿的胡同特别黑。”等我等了多久？他没说，但他身上的雪替他说了。霎时，我觉得那雪是滚烫滚烫的。

他把我引上楼：“你们广东人怕冷，快进屋暖和暖和。看你这身打扮，像小炉匠。”

我笑出声来，他当然对小炉匠这个人物特别熟悉。文坛上不少人都知道，1950 年代曾红遍全国的《林海雪原》就是经他一手润色、加工，进行了 3 个多月的编改才得以问世的，但他对此从来只字不提，他是无名英雄。

热腾腾的饭菜端上桌，他和师母一直在等我。他端上一道菜更令我感动莫名，那是一砂锅在北京极难买到的狗肉！

他说："都说你们广东人会吃，特地给你弄了点狗肉，我们谁也不会做，只好切两斤豆腐一起煮。"

狗肉煮豆腐，我闻所未闻。但我敢说那是任何豪华酒楼、名厨高手也做不出来的美味佳肴，你能从中品得出他的风格、他的为人之道——真诚。

酒足饭饱，他点燃一支烟天南地北扯起来，谈文学，谈人生，我这时才知道，这位组编过《三家巷》《苦斗》《林海雪原》《前驱》《代价》《芙蓉镇》等200多部作品和当代名著的大编辑家，竟是黄埔军校的学生。"想不到吧？我这个人哪，一生经历坎坷得很啊。"他微笑着说："我不是恋文学，今天可能会在台湾那边待了，1949年，我的亲戚飞机票都买好了，让我走，可我留下来了。"

他轻描淡写一语带过几十年风风雨雨，丝毫不提他为文学付出的代价和牺牲。我想，如果当初他飞走了，那中国文坛会因此少了一个独具慧眼的伯乐，会有多少有希望的作品和有前途的作者被埋没？那真不好说。据说，在1950年代，浩然的第一本小说集投到出版社，编辑看不上准备退稿，他看后把稿子留下了，小说出版后打响了，浩然也因此出名，备受文坛注目。这样的事他干过许多次，他从不张扬，但在文学界早就广为传颂，有口皆碑。

他谈到我的小说，提了不少剀切中肯的意见。他开玩笑说："都说广东作家善写阴柔之美，一见你这付瘦弱单薄的样子，我以为又是一个婉约派，没想到你写的是有股子阳刚之气的海洋石油小说，看来真不能以貌取人。"一个多月后，这篇小说在《人民文学》上头条发表了，还被评为当年的读者最喜爱作品，大概只有我知道，这小说里也融会有他的心血。

夜已深，我告辞了。他坚持要冒着大雪送我到夜班车站，并且陪我站着等那半小时一趟的夜班车。直到我挤上了车，回过头还见他站在昏黄的路灯下挥手……寒风刺骨，雪絮如烟，我望着他的身影，心中涌出一股热流：他这辈子大概就是这样度过的——等作者，谈意见，送作者……为谁辛苦为谁忙？只有最具忘我精神和无私奉献美德的人，才能这样当编辑，他们是文坛的脊梁！我是个幸运儿，在刚步入文坛时遇到萧殷，来到北京学习又遇到龙世辉。

当我挑灯写这一篇小文章时，龙老师已去世半年多了，但他的音容笑貌，他的高风亮节，和那个雪絮如烟的冬夜，都铭记在我的心里。

哭 文 玉

你从高高的世界屋脊上下来，遽然又转身远离我们而去，这么匆忙，这么突然，现实像个恶魔，残酷得叫人难以接受！

我与你相交时间不算长，相知却很深，我还记得，在北大的指舍里，你向我讲述你在西藏的两位同志惨死于车祸时那副无限惋惜的凄楚神情。万没想到，天妒英才，万恶的车祸也没放过你，竟没在西藏，而在相对安全的八闽大地上又夺走你的生命。

你的音容笑貌还那么清晰。第一次见你，是在北京十里堡鲁迅文学院。那时第七期和第八期合并成一个班，攻读北京大学作家班的文凭，你从西藏来，比大家报到要晚，只能住在一个靠厕所的条件最差的房子里，你没有一句怨言，精神抖擞地投入学习和工作。两班合一，彼此间难免有些隔膜甚至猜忌，你以你的忘我工作、真诚和热忱化解了这个作家新群体内的阴云，也显现了你出色的组织才能和踏实细微的工作作风。从一些生活习惯和琐事，往往可以窥见一个人的品格和不凡之处。班里大家开玩笑，叫你“机器人”，因为你总把日程排得满满的，连今天几时几分该干什么都清清楚楚记在日程表上，除了作家班的课程和班委、支部的日常工作，你还攻读北京外语学院的课程，起早贪黑从北京最东郊的十里堡赶到西郊的北外上课，你有一只会叫的电子表，表一响，无论在闲聊或是在看书，你即刻“收摊”，进入下一个“设定”的“程序”，这种近乎刻板的生活方式，引来一些朋友善意的嘲弄，却使我十分敬服。我为人懒散，乍一见这种军人式的自制力和近乎雷打不动的守时作风，不禁心生内惭，自叹弗如：我的文人朋友圈内，这样勤奋的人太少见，正因为少见，愈发可贵，朦胧中我有一个感觉，文玉是准备干大事业的，他有志向！

进入北大校园后，我们之间交情日深。你是党支部书记，我是副书记，彼此配合得很默契。作家班里，聚集着50多位来自全国各地的中青年作家，难免发生碰碰磕磕、疙疙瘩瘩的小矛盾。你是化解矛盾、维护团结的专家，人称“和事佬”。你克己奉公，对自己严格得近乎冷酷，对朋友对同志却体贴入微。有一次，我俩谈工作，在寒气逼人的北大校园里走了一个多小时，走累了，两人就在一条石凳上坐下，你脱下一件厚毛背心，执意要我垫着坐，你说：“你身体弱，坐冰凉的石凳子容易腰疼，我身体比你好，抗得住。”一番话说得我心里热气腾腾。你见我经常生病，便出尽法宝动员我学气功，偏我兴趣全无，你便自作主张替我在气功班报了名，还替我交了学费，又动员高洪波、袁和平、范向东等人一齐上阵“陪太子读书”，连拉带扯几乎把我“绑架”到北大体育馆上气功课，可惜我天性愚钝，去了两次忍受不住那里状似宗教布道式的气氛，发誓不再去，“陪读”的朋友也一个个泄了气，辜负了你一番好意。

你待人友善、诚挚，处事既讲原则性也讲灵活性，特别令我佩服的是那种以身作则的精神。文坛中有的人钻营这个奖那个奖为自己捞名捞利，你正气凛然地反其道而行之，那一年的“庄重文文学奖”授予你，你坚决推辞，最后终于把奖金捐给了北大母校，为同窗树立了一个好榜样。

从北大作家班毕业后，同窗们各奔东西，你执意要送我，专门掏钱雇了出租车从老远把我一直送到北京机场，依依惜别。此后你调到中国作协，不久又出任作家出版社的副总编，百忙中你仍关心着我，我收到你寄来的一个药枕，原来，你记挂着我的失眠症，一次出差跑过成都，听说有一种药枕可助睡眠，便特意买来寄给我试用。五六年过去了，我一直枕着这个药枕，感受着你犹如春风般的手足情谊。你入闽组稿，不幸突遇车祸，永远离开了我们。噩耗传来，我抱着药枕哭了，文玉啊文玉，你不该走，你不能走，你才46岁，还有多少事等着你去做啊！你是在工作岗位上殉职的，文坛又少了一个吃苦在前、任劳任怨的老黄牛，一个热情奋发的实干家，我们失去一位亲密诚挚的朋友，真令朋友们扼腕长叹，悲满欲绝！

安息吧，英年早逝的文玉，我们永远怀念你！

怀念一位骑单车闯红灯的老头儿

广州闹市，文德路口。

一个交警拦下一辆闯红灯的单车，正要训斥，突然发现单车“骑士”是位须发花白、童颜鹤发的老人，只好改用埋怨的口气说话：

“哎呀，老伯，你多大年纪啦？还骑车闯红灯？”

老头儿张开缺了牙齿的嘴巴呵呵地笑，像个大孩子一样天真、腼腆：“老夫现年 78。”

这位骑单车闯红灯的老头儿，就是我们省作协的老秘书长、著名作家曾炜，作协里里外外，人称“曾炜伯”。年近八旬依然骑单车闯红灯，成为老人健康快乐的美谈，也成了他活力不减的标志。

曾炜伯 1953 年到作协机关工作，那时单位还叫广州作协，联络广东广西各地的作协会员，其实只有 50 多人，他也算开山元老了。1979 年我刚张头探脑地踏进文坛，在著名老作家于逢的家里第一次见到他，他风趣幽默，嗓门很大，对“文革”浩劫切齿痛恨，但对个人的际遇却非常豁达，印象特别深的是他诉说个人的一段遭遇：在干校，一位把墨西哥念成“黑西哥”的“工宣队”队长把作家们当成“牛”来羞辱，说什么“有小偷在西濠口打荷包，才偷几十块钱，被人捉住不是判刑坐牢就是送劳教，你们这班牛鬼蛇神从来不干活，坐着吃，从中华人民共和国成立后算起一共偷了人民多少钱？你们算过吗？到干校来就是要好好给你们算这笔账！”令人听来啼笑皆非。

他对后辈的创作一直是非常关注的。我写小说《大江月圆》时，很费劲地翻查了大量有关粤剧“红船”的资料，但始终不得要领，他知道后，非常热心地向我介绍了红船的沿革和趣闻，他在 1930 年代就入读“广州艺专”，当过粤剧编剧，还是大名鼎鼎的“南海十三郎”的弟子，曾多次登上红船听那位粤剧编剧的一代宗师讲课。曾炜伯的谈话使我有如拨云见日、茅塞顿开，很快完成了构思，灵感不断迸发，那是我努力创作的一部较为成功的“广味小说”，发表后反响很好，其实，那成功里也有曾炜伯的帮助和贡献。

今年初，这位骑单车闯红灯的老头儿终于病倒了，他突发心绞痛，可他不愿意麻烦任何人，自己“打的”到医院看急诊，马上就住进了特护病房。他做了导管支架手术后，我去看他，他艰难地喘着气，依然要强地大声对我说：我没事，没事。你们都不要来，我很快就出院的。

可惜，他最终没能熬过这一关。硬挺了好多天后，乐观、坚强、与人为善的好老头儿终于走了，这位 88 岁高龄老人的逝世，令省作协的同事们都十分难过。

骑单车闯红灯的老头儿，一路走好！

南 海 魂

汽笛悲鸣。

大海向左边倾斜，接着，又向右边倾斜。目穷之处，水天一色，茫茫天涯。眼前，船舷边怒绽出一簇白花、又一簇白花……白花缀满海面。

凄怆的汽笛声在海风中抖索。回答它的，是大海永恒的肃穆、冷酷的威严、博大的深沉。

大海无情！

细雨蒙蒙，我伫立船头。大副手一指："看，那就是'爪哇海号'沉没的地方。"——灰蒙蒙的海面上，一个橘红色的浮标在浪涛中一沉一浮，宛若苍茫暮色中跳动着一盏红灯、一束火苗、一个精灵。

就在这片莺歌海的波浪下，在深 75 米的海底，斜躺着巨大的"爪哇海号"钻井船，它变成一座永久性的钢铁坟墓。中外合作开发南海石油的第一批献身者——78 名中外船员，用生命铸成一个无形的巨锚，把无数人的哀思深深地系在这里，哀思来自太平洋两岸，来自大洋洲、南亚次大陆，及至非洲。多年过去了，那场击沉"爪哇海号"的狂暴台风，已渐渐在世人脑海里淡忘、消失，那场惨祸在众多的家庭撕裂的伤口，正在缓慢地愈合，但是，人类为了征服海洋、开发海洋的这一悲壮而惨痛的牺牲，却永远铭刻在莺歌海的波涛上，他们的贡献和献身精神永远不会泯灭。78 名中国人和外国人长眠在南海的波涛之下，南海涌起的每个波浪、每簇浪花，都跃动着他们的英灵。

哦，难怪，这儿满海都绽开着白花，那花开得那样晶莹、那样皎洁。

倏地，在那一簇簇雪浪花中，我分明看见一个可亲的脸容——

"你知道莺歌海油苗吗？不知道？哎呀呀，这在世界石油地质界都是有名的啊，你得知道啊——"他晃着那硕大的脑袋，伸出一根粗大得似条小香蕉般的手指点着我。他就是"老盐"，工人叫他"盐工"——这样称呼他是因为他嗜咸如命？还是因为他一出汗就在皮肤上、衣服上结满了白花花的盐渍？我没有深究——反正，我知道，他是 1960 年代初的石油学院毕业生，曾当过举重运动员，但他那又粗又短的手指头却会弹钢琴、拉小提琴、拉汕头的传统乐器椰胡！他酷爱唐诗，能像井喷一样涌出唐人的千古绝唱，而且，还能写出一笔好字，那几笔墨竹、墨兰，甚至可以挂到字画店里标个价，混上几个钱，更令人惊异的，他还能织制家乡的传统工艺品——汕头抽纱！他的博闻强记、他的心灵手巧，每每令我生疑——一个人能同时学这么多本事么？而他却像生来就会，眼见就熟，这恐怕是他那大脑袋所赐。

就在那烟水浩渺的莺歌海，就在那因为海面冒出天然油气苗而闻名于世的海区，他成了我国海洋石油勘探的先驱者之一。

1963 年，茂名石油公司地质勘探处的一队人马开到海南岛荒芜的莺歌海边，他们肩负着一个神圣而神秘的使命，在两个荷兰人废弃的大浮筒上架起了钻机井架，用土办法建造了中国第一个海上钻井平台，并破天荒钻出了海底原油！他，就是其中一员。那时他才 20 出头，初出茅庐。

他还能做一手好菜，尤其是做虾蟹海鲜，令人食欲大增。我们的初交，就是从一串螃蟹开始的——

“这儿住着一位作家同志？”一个人站在我的房间门口，他穿着皱巴巴印满道道盐渍的衣服，手里提着一串螃蟹，但最令我印象深刻的，是他圆圆的、脸色黧黑的大脑袋。他和我同是这个招待所的房客，当他认定了我的身份，便动手把我从书案边的椅子上拉起来：“走，一起去弄点高蛋白喂喂脑袋。好久没人和我谈过文学了，心里痒痒的。”

聊起来，我们原来竟曾经同属一个单位：我当作家前在茂名石油工业公司工会工作，他是公司地质勘探处的元老。

他把我拉进一家小饭馆，居然进厨房去夺过厨师的锅铲，弄起螃蟹来。不到 20 分钟，香气四溢的螃蟹上桌了，味奇咸却极鲜美，不知他怎么弄的。吃着螃蟹，他果然谈起文学来：罗曼·罗兰、陀思妥耶夫斯基、马克·吐温、杰克·伦敦……仿佛都是他的朋友。娓娓道来，头头是道……酒足饭饱，他忽然神秘地向我眨眨眼睛，压低声音道：“待会儿我要去揭穿一个骗局，有没有兴趣看看？”

我又跟着去了，因为这事儿颇刺激。

那时海洋石油基地刚草创，到处堆放着各地运到的器材、设备。突然，基地爆出一个令人毛骨悚然的大新闻——有人发现，在大路边一个设备堆放场里，竟赫然放着一个测井用的中子源贮存罐，中子源具有强放射性，这玩意儿本应是放在有防护设施的地窖里的，搞不清它是何时运到这里来的，也搞不清是谁的责任，总之是一笔糊涂账。中子源和中子弹一字之差，却把不少人吓煞！一时间基地里人心惶惶，谈虎变色，那一带成了使人望而生畏的禁区。

"老盐"正是要带我去那个地方。

"都是自已吓自已！哪有这么可怕？有人还说那是颗中子弹呢！你信吗？中国的中子弹竟多到随便乱放？鬼话！这是无知加愚昧制造的闹剧。中子源我摆弄过，只有一节电池这么小，用铅密封得严严实实，即使有射线泄逸，也是微乎其微的，何况——"他诡谲一笑："我敢断定，那是个没有铅封痕迹的新罐，里面肯定什么也没有!"

有关部门已经如临大敌地把那堆放场用绳子围了起来，并标上了有放射性危险物的标志。

他径直走到罐前，用力掀开沉重的罐盖，我顿时冷汗淋淋——

他却突然像个调皮的孩子似的欢叫起来，伸手从罐里掏出了那令人战战兢兢的东西——原来是一条破麻袋!

下午，远道赶来的环保机构人员用仪器监测证实，那确实是个从未启用的空罐，全基地蒙受了一场虚惊。

"老盐"在石油战线摸爬滚打 20 多年，他那颗特大号的脑袋令人惊异地装载了多少东西？钻井、测井、地质、气象、水文、电讯、电脑……几乎无所不知，他是基地有名的"万事通"，自然也成了我深入生活的向导和老师。

在一家宾馆里，我看到他雷霆大怒在骂娘——他正在参与一项中外合作谈判，谈判很顺利，但他却为我方做出过多的让步而不满：

"什么都 OK！最好当是 OK 代表，香槟一干皆大欢喜—— 一 OK 就可以出国呗！难怪外国人把我们的头儿都称为'OK 先生'了。我就不买账！该说 NO 的时候，我就 NO！国家让你来谈判，就是要你在 OK 和 NO 之间走钢丝，你就得要有本事、要大胆、不怕死!"

他很激动，一番话说得我也动情了。后来我接触到一些外国人，提起"老盐"，这些碧眼高鼻的朋友有的竖起大拇指，有的却耸耸肩膀表示不屑一谈。我想，这都是他"走钢丝"的后果。

那次强台风袭来之前三天，我急着离开基地飞北京，他回老家搬家，接到紧急任务要上钻井船，匆匆从老家飞回来，我们竟在基地以外 20 多公里的小机场不期而遇。

“你不喂过脑袋再走？可惜没有螃蟹。”他摇着大脑袋微笑，把我拉到快餐厅。他买来三文治，我买青岛啤酒，他咕咚咕咚地灌着啤酒，蒲扇般大手在我面前舞动——

“我们就是这样，‘情知海上三年别，不寄云间一纸书’，把老婆孩子丢在家里，20 年了——不管。让她们自己管自己，还要照顾那瘫在床上的老父亲。嗨！嫁了我这号人，倒霉哟！去年她到基地来看我，才到半个钟头，板凳没坐热，一个电话来要上船，她眼睛红红送我到码头。没几天，我要飞回基地，那天上午恰好摔了一架直升机，基地里的人都说我在里头，登时把她吓得躺倒在床上起不来，我一回来，她猛地扑过来，一个劲儿哭，连话也不会说了……”

说着说着，这个五大三粗的汉子眼睛发潮，一声喟叹令我心头战栗了——

这句话，像钉子一样永远钉在我的记忆里。

第四天凌晨，“爪哇海号”遇难了。

我在北京听到中央台广播，顿时失魂落魄，一颗心恍恍惚惚飞到南海边——

那时还有一丝希望：船沉了，人还活着，船上有足够的救生设备，救生球可以抗御最风险的风浪，有电台、有够几周用的干粮和淡水……总不会全军覆没的——他总是大难不死！

但是，噩耗终于传来了。

后来，我听说——出事第三天，他的妻子女儿坐着搬家的大卡车到了基地，人们帮她们安顿好新家，但不敢把噩耗告诉她们，她们买好了酒菜，喜气洋洋地等他回来欢庆乔迁入伙，然而，他没有回来，他再也不能回到他的亲人中间了——死神撕碎了一个家庭的美梦和幸福。泪雨，溅湿了他没有来得及看上一眼的新居。

他和 77 名中外罹难者一道，消失在那汹涌的波涛里。他们死了，生命溶进了南海博大恢宏的胸襟；他们活着——南海磅礴雄浑的潮汐是他们的呼吸，他们精壮的热血变成了浩浩海流，他们的生命修作南海之魂。每一个拍岸的惊涛，都是他们召唤后来者的呼喊——海洋的事业，永远是勇敢者的事业，是全人类的事业啊！

红灯、火苗、精灵……

浪花、浪花、满眼浪花……

啊，大海有情！

我伫立船头，把一个小小的花圈抛到海里，我的双眼濡湿了。花圈呢？不见了。转眼间融进浪花的世界里，让花圈给“老盐”和他的伙伴们捎上一些令人欣慰的信息吧——

就在“爪哇海号”遇难后半个月，又一批无畏的弄潮儿出海了，其中就有在“爪哇海号”上与你们朝夕相处，因轮休而幸免于难的老丁和小五……南海几万平方公里的海域里，又开始了新的一轮勘探招标；17 万吨的储油巨轮“希望号”，载满了南海第一个油田生产的原油……哦，南海的希望，希望的南海，都在涨潮，涨潮，涨潮！

“老盐”，魂归来兮！

难忘的香江之夜

——1992 年拜会霍英东先生追记

香港，华灯初上。

的士在车流中疾驰。我暗暗焦灼，不能迟到，一分钟也不能耽误，因为，这是一次重要拜会，此行目的：到香港中华总商会拜会霍英东先生。

霍先生在广东乃至全国享有盛名：从贫苦的水上人家传奇般崛起成为国际著名的亿万富豪，他非常关心支持广东的文化体育事业，我受省作协领导和顾问之托，要向他汇报工作，并转交一封新华社香港分社原社长梁威林同志的亲笔信。

那天上午刚到香港，我因事外出，我的一个朋友接到一个找我的电话，朋友客气地请对方留下姓名和电话，“我姓霍，我是霍英东。”——电话里报出一个令他难以置信的名字。

中午我一回来，朋友冲着我大叫：“赶快给霍先生回电话，他亲自打电话来找你，叫你某某点钟与他联络。”

下午我坐在房间等电话，4 点多钟，电话来了，果然是霍先生亲自打来的，他亲切地对我说：看来今天真没时间见面了，真对不住，我明天飞北京，下个礼拜一下午一定会回香港，我会和你联络的。接着，他又很仔细地询问：你什么时候离开香港？

我说，我只能在香港逗留到下个星期二。

他说：那我一回香港一定给你电话，争取晚上见见面，你放心。

好事多磨，一波三折，但霍先生办事认真、充分尊重他人、体察他人、守信讲效率的大实业家风范，给我留下了难以磨灭的印象。霍先生说出“你放心”一句话令我思绪万千，蓦然回想起两年前我们筹办广东文学的一次盛会的情景。

那次盛会是省作家协会主席陈国凯倡议筹办的，得到省委、省政府各位领导同志的大力支持。当时的省委谢非书记、常委黄浩同志、省政协主席吴南生同志欣然应允出席，霍先生也决定光临。

然而，开会前 4 天，我们突然接到电话，说霍先生突接北京通知，马上要飞北京开人大常委会，霍先生在北京忙国家大事，还能参加我们的会吗？我们通过白天鹅宾馆把电话挂到霍先生的座驾上，终于在霍先生前往机场的途中和霍先生联络上了，我们恳请先生尽可能光临我们盛会，霍先生在无线电话中干脆利落说了一句话：我答应过的事情一定算数，你们放心。

果然，霍英东先生准时践约，在北京取消了一些重要活动，飞回广州参加我们的大会。当晚，白天鹅宾馆宏图府满堂生辉，霍先生也容光焕发地出现在500 多名宾客面前，并且发表了热情洋溢的讲话……

我等到星期一，霍先生回到香港，即让我晚上 7 时到干诺道中华总商会二楼见面。

在位处闹市的香港中华总商会门厅里，我终于迎候到了景仰已久的霍先生。

霍先生身着一套黑色西装，足蹬运动鞋，一手拎着个很普遍的旅行袋走进来，和传说中的“西装而不革履”的形象完全吻合。而且他没带随从，他一见我便说：

“吕先生，让你久等了，真对不起。”和我握手后，便把我引进上楼的电梯，在电梯里，我试图帮他提那个显得沉重的旅行袋，可是他坚持要自己拎，一直拎到五楼餐厅。倏忽间，我感觉面前这位平易近人、亲切随和的仁厚长者与人们通常想象中的“超级亿万富豪”的形象形成了巨大反差，他像什么人？一个和蔼可亲的“香港老伯”？一个凡事亲历亲为的老学者？抑或……我当过半吊子的运动员，此刻我的感觉中，他似乎更像一个德高望重的老教练——一个不仅在运动场上，而且在商场上、在人生旅途中教人拼搏夺标、处世做人的老行尊。

一间装修别致高雅的小餐厅门口，挂着一个牌子：霍会长宴客。霍先生一落座，边吩咐上茶，边向我介绍他的公子霍震宇，接着他戴上眼镜，一边展读梁老的信，一边询问梁老的近况。

不一会，参加宴会的客人到齐了，邻近几个餐厅全都是与南沙的开发有关人士，英东先生热情地招呼客人入座，当他来到我面前，还特意嘱咐：“吕先生，先吃饭，饭后我们再坐下来谈。”在同时款待多批客人的繁忙之际，他仍处处周到得体地关照到每个客人的愿望，充分体现了他善待他人的热诚。

席间宾主洽谈甚欢，英东先生前厅后厅轮番应酬，其劳碌令我旁边的一位先生也发出感叹：看来亿万富翁也不是好当的，你看，连吃餐饭都坐不下来，辛苦得很。

一顿饭两个多小时倏忽而过，霍先生一一送走了客人，开始坐下来听取我的汇报了。我尽可能详尽又极其概括地向他一一汇报了基金会成立两年来的工作，他很专注地听着，当我汇报到省市领导特别是黎子流市长对我们十分关心，专门在天河划拨出一块较大的地皮，准备筹建广东文学中心大厦时，霍先生说：这事梁老说过，我也考虑好了，并且写好一封信准备答复你们。说着，他起身打电话，一封早已写好的复信很快就送过来了，我展开这封印着“霍英东笺”的复信，霍先生的信热情亲切，令人感动，尽管各方面期待捐款资助的要求甚多，难以一一满足，但为了繁荣我省的文学事业，霍先生慨然允诺资助500万港元，用以支持兴建文学中心大厦！

“霍先生，非常感激您，我相信全省作家都会铭记您对广东文学事业的巨大支持和帮助。”我向霍先生表示深深的感激之情，霍先生一双沉着明亮的眼睛，正和善地望着我。

他大概早已习惯应付这种场面，朴实无华地笑笑说：“这是应该做的，我个人的能力确实有限……”

他的话不多，没有丝毫张扬和炫耀，此次见面有两个多小时，他始终只字不提一个钱字，却在一封亲笔签署的信件中允诺拿出巨资，这体现了他的品格：真诚务实，急公好义。

电话铃又响了起来，我注意到，整个晚宴他穿梭应酬，但凡有电话必亲自接听，总共已有四五次之多。同时，门口还站着两位衣着入时的先生，似乎等着霍先生办什么事情。我意识到不能再占用霍先生的宝贵时间了，于是我自动地告辞。

没想到，这次拜会的尾声，霍先生的关切之情给我留下了我终生难忘的一笔——

“你是坐什么车来的?”霍先生微笑地问。

“我坐的士。”

“哦，这样吧，我送你回去。”

我开始以为是派车送我回去，谁知到了总商会门口，霍先生招呼我：来，坐我的车。示意我坐进他那辆豪华的“长宾”专车，他自己坐到后排座位上——原来，他真的要先送我回去才回家！这对我这样一个平常晚辈，真是一种极高的礼遇了！

在上车刹那间，我好奇地望了一眼这亿万富豪的座驾车牌—— 一个毫不起眼、普通得看一眼后两秒钟就会忘记的号码，没有时下某些显贵巨贾一味祈求身份和气派的“888”、“288”，他公司常用的电话号码也是如此，我心想，这又一次证明了他的独特品格：勇于挑战，把握命运，充满自信。

他一上车就不停地打电话，一连打了三四个电话后，我才有机会和他“聊”上了，我说，我有一个强烈的愿望，想写他，写一本书—— 一本较系统地反映他对改革开放贡献的书。

他谦虚地说，有人写过一些，其实我个人没有什么值得写的。

我说，应该有一本全面反映您在改革开放十几年来在广东和全国各地投资建设的书，这并不是为了宣传个人，而是应让大家都知道，改革开放是造福民族、功在千秋的事业，关系到每个炎黄子孙的现在和未来，一个人的能力有大小，但投身这一伟大事业，却是一种崇高的责任，一种历史的荣耀。

“那好，有时间再说吧。”霍先生很低调地回应。我知道，他总是不愿意宣传自己，突出个人的作用。

“宾士”很快就驶入弥敦道，在我住地门口停下来，我依依不舍地和面前这位仁厚长者握别了——

再见！霍先生，我再一次代表广东的作家感谢您！

宾士车尾的红灯平稳地向前滑行，渐渐远去。

霍英东先生与世长辞的噩耗传来，令我再次回忆起那个难忘的香江之夜，牵动了无限哀思，霍英东先生虽然远行了，但他爱国爱乡、热心扶持文化的风范长存！

雾见楼台

——怀念一位在饭桌上捡饭粒的大作家

读了《羊城晚报》（2008 年 8 月 23 日）刊登的赖海晏老师文章《想起了黄秋耘》，勾起了我对这位大作家的回忆。

第一次知道黄秋耘这个名字，是在读高中时，我已经成为一个狂热的文学爱好者，那时“文革”未开始，但文艺界已是山雨欲来风满楼，首先展开了对“中间人物论”的批判，依稀记得，首当其冲的是赵树理、邵荃麟，但“中间人物论”最经典的一句话：“不好不坏，亦好亦坏，中不溜儿的芸芸众生”却是一个叫黄秋耘的作家首创的。我上山下乡到兵团种橡胶后，有次兵团在海口组织文艺大会演，全体人员都得去听批判文艺黑线的报告，在听得云山雾罩间，猛然听见台上主讲人口沫横飞地批判起“中间人物头子黄秋耕”，正心生纳闷，只见旁边广州军区下放兵团的诗人西彤偷笑着转头对我说：这个官胡说八道，把黄秋耘说成黄秋耕了。于是两人捂嘴大乐。

没想到，一年后，我就见到了这位“中间人物头子”。兵团宣传处长叶知秋是位热心扶持青年作者的好领导，他把我们召集到兵团第一招待所创作小说，还从省城请来一位老作家来给大家看稿指点迷津，于是我们认识了刚从干校“解放”出来的黄秋耘。他那时憔悴、疲惫，但是给大家看稿子的热情很高，两天就看完了 30 多篇小说稿，逐一作了眉批和点评，他为老叶选出了 3 篇他认为是最好的稿子，作者分别是伊始、孔捷生和我，还说我的那篇可以与某某短篇名作媲美，令我既激动又惶惑。他临走那天，在食堂与我们一起吃饭，我惊讶地看见，这位大作家吃着吃着就偶尔停下来，伸手捡起掉在饭桌上的饭粒放进嘴里。我心中顿时产生一种莫名的震撼！我对他并不太了解，但知道他是 1930 年代的清华大学学生、“一二·九”运动的参加者，是个当过军官、搞过情报、又做过作家的高级干部，不仅在中华人民共和国成立前就翻译过罗曼·罗兰的长篇小说，还是当年将高士其背过封锁线、口含情报通知日军进犯香港的传奇人物，但这位翻译过“洋书”的大知识分子，对粮食的珍惜宛如一位终年挨饿的老农，不能不令我油然而生发出敬意和感慨。

1980年欧阳山在全国率先创办广东文学院，当时已经复职担任出版局领导的黄秋耘是坚定的支持者之一，我调到文学院后，第一部小说集《云霞》就是在他的关爱下出版的。他为人坦荡磊落，言谈风趣，1984年全国四届作代会是“文革”后第一次文学界的盛会，会上他直言不讳地批评某些党报刊登一些言情小说、武侠小说不够严肃：“什么《七剑下天山》啊、《书剑恩仇录》啊，占了好多版面，而好的散文、小说却上不了大雅之堂……”没想到当时《七剑下天山》的作者梁羽生老先生也是特邀代表，当时就坐在会议室里，即时起身激烈反驳，认为武侠小说也是文学百花园中不可或缺的一种，连中央领导人都喜欢读，怎么能说它不严肃呢？黄秋耘却气定神闲斯斯文文地举手说：“童言无忌，童言无忌啊！”惹出四座一片笑声。1980年代那种活跃包容、相互切磋、毫无官场气息、大作家们敢于面对面直抒胸臆的气氛，真是非常令人怀念。

1980年由华国锋、邓小平、李先念三位中央领导批准，我国加入了国际笔会，并设立了北京、上海、广州三个国际笔会中心，秋耘担任了广州笔会中心的主要负责人，当时中国作家中懂外语的可谓凤毛麟角，于是精通外语的秋耘就代表中国作协频繁出国访问，为中国文学走出国门拓展国际空间付出大量心血。那时我在鲁院学习，中国作协的招待所就设在鲁院里，所以经常见到出访欧美归来的秋耘，常常听他说些外国的奇闻轶事，他丝毫没有大作家、高级干部的架子，一到吃饭时间，就自己拿着饭盆到食堂排队打饭，和我们对面而坐，一角五分钱的饭菜照样吃得津津有味。

我喜欢和他坐在一起边吃边聊，那阵子正在批“人道主义”，我曾请教他的看法，他坦率地告诉我：19世纪伟大作家的人道主义杰作至今无人能超越，毛泽东也说要实行革命的人道主义嘛，只有不想讲人道的人才会批判人道主义。饭桌上，我又不止一次看到十多年前那一幕又在我眼前重现：只要有饭粒掉在桌面上，他毫不犹豫地捡起来就吃，吃得无所顾忌，心安理得，天经地义，也吃得令我辈面红耳赤，羞愧莫名；我也挨过饿，也下过乡，也深知“一粥一饭当思来处不易，半丝半缕恒念物力维艰”，可我能像秋耘老那样十几年如一日捡桌上的饭粒吃吗？我也曾暗想，秋耘是出席过无数大场面、大宴会的，在外事宴会中会不会也“照本宣科”，当着外宾捡饭粒吃呢，那多难堪啊！然而，回广州不久，在一次外事活动的宴会中，我真切地看到了，坐在主宾座位上的他，捡起了一小粒落在桌上的饭粒，不过没有用手，而是神色自若地用筷子送进嘴里。

一滴水珠能映照出太阳的光辉，一个不经意的细枝末节能展现一个人的人格和品质，秋耘老的散文名篇《雾失楼台》写得情真意切，凄美动人，余生也晚，与秋耘老虽然相差几十岁，就像远隔重重迷雾一样不能理解他真实的内心世界，但光是一个细节，就足可以令我记忆一辈子了。时至今日，每逢参加一些宴会酒席，面对满桌的玉盘珍馐、美酒佳酿，我会突然心生惶惑和愧疚，眼前会恍然浮现出秋耘老淡泊而执着的面容，这是一个散发着人性和良知光辉的“楼台”，一个与劳动人民心心相印、情感交融的“楼台”，它会在迷雾中失去么？希望它永远不会消失。

小关窗外满树花

20年前，北京城北的小关，也就是那有名的元大都土城墙遗址脚下，突然聚居了一班当时还算得上风华正茂甚至锋头甚健的中青年作家。他们来自全国各地，都是正正经经通过考试被录取成为中国作协文讲所学员的，号称中国作协的“黄埔八期”。班上引人注目地有5名身着军装、出类拔萃的部队作家，他们是朱苏进、唐栋、刘兆林、乔良、和简嘉，这5个人，在过20年后依然是在全国文坛上响当当的人物。

记得第一次开联欢晚会，人人都得出节目，唐栋唱的是《达坂城的姑娘》——原来他来自新疆。他故意改了歌词，把“你要嫁人不嫁给别人就要嫁给我”改成“就要嫁给赵本夫”，登时逗得全场捧腹。

我有幸与他成为同学，同窗四载有余，有两年在北京大学作家班我们还成为室友。

小关真是个令人怀念的地方。寄居一个绿化队院子的作家们，生活虽清苦，但交上了来自各方的朋友，亦可称得上雅事。春天窗外到处开满了梨花李花山里红花，还有种种叫不出名的花，一片素白，一片粉红，一片嫩黄，令我这“老广”体味到春天对于北方、对于人生的可贵，大开眼界。然而真叫我开眼的是我的一班同学，这当然也包括唐栋，他的小说获过全国、全军的大奖，散文、随笔也写得漂亮，文笔既有关中的灵气才情，又有边塞的冷峻苍凉和崇高感。

和唐栋相处往往是很快乐的。他阅历丰富，戍边多年。他曾绘形绘色地向我们披露了中苏珍宝岛之战以后新疆边界上一触即发的另一场重大危机，当时他就趴在边界上冰冷的战壕里，面对着只要战端一开就会铺天盖地压过来的苏联坦克集群。幸好这场大战没打起来，否则中国文坛和军队会少了一位才气横溢的作家。

他很会生活，即便是在紧张和愁苦中也会找点乐子，或在朋友中搞点善意的捉弄。他的 10 年剧团编剧不是白当的，练就了说话表情生动、反应奇快、表达准确的本事，而且特擅长模仿别人的语言动作，有他在场，常逗得满屋哈哈大笑。

但他为人并不促狭，一旦和他交上朋友，就会发现这人绝对有副热心肠。当年班上有位大龄女同学要结婚，他把这事作为大事操办，就在这对新人离京返乡时，差点赶不上火车，女同学急得要哭，唐栋比谁都急，窜到大街上拦出租车，忙半天没拦上，他硬是说服了一个开公家车的司机把他们送到火车站，他也陪着去搬行李送火车，俨然是新娘家的大哥哥。还有一次，有位朋友受人诬陷被通缉，逃到北京四处躲藏，他了解案情后，竟把这人领到宿舍藏起来，后来真相大白，此人获得平反，《人民文学》上还发表了李延国为此案写的长篇报告文学。

文思敏捷、阅历丰厚，又有一付侠肝热肠，只要努力，华章泉涌这是自然的事，十几年过去了，唐栋小说、剧本、散文随笔三头并进，还要负责对得起肩头上那副大校肩章的繁重军政要务，居然也一本一本文集问世，煞是壮观。这套文集，是他多年心血的结晶，也是心路历程的足迹。文为心声，我常想，小说该是作家为世人打开观察世界和别人生存状态的窗口，而作家的一部部作品，也可能反过来，是作家为世人打开观察自己内心世界和自己生存状态的窗口，唐栋不知同意否？

写到这里，我又想起小关窗外那满眼春意盎然的繁花。

幽默汉子，一夫多“栖”

——作家邓刚印象

见过邓刚的人，总会说：嘿，好一条东北大汉！的确，他长得牛高马大五大三粗、雄赳赳气昂昂威风凛凛。十三四岁就出来当童工养家糊口的他不知靠吃什么长成这么一个很有丈夫气的大个子。

他本来只写小说，他写大海的小说多次在全国获奖，在1980年代名名噪一时。后来迷上影视，他拉上简嘉和我，躲在南海边的一个城市用两年多时间一口气弄出90多集电视剧本。再后来他竟又做上了广告，成了第一个丢人现眼吃螃蟹、跳将出来卖身广告界的作家明星，为此，《羊城晚报》用大字标题发了文章：《邓刚撕破脸皮……》。据说，此文在他所在的大连掀起轩然大波，不少热爱他的市民跳起来痛骂，有的骂《羊城晚报》抹黑大连名人，有的骂他辱没了大连人的光荣和信任，他的信箱天天塞满劝他放弃做广告的读者来信，电话更被人打爆，有女读者声泪俱下：“这难道是真的吗？您要真的没钱花我们可以凑啊，何必……”搞得他浑身蚂蚁有口难辩哭笑不得。本来一个作家有小说、影视、广告三栖就足够了，可不安分的他近来又多了一“栖”，当起了婚姻爱情的专家顾问，像开坛布道一样在各种讲座上大喷口水，“指导”少男少女、中男中女、老男老女如何恋爱拍拖、结婚离婚、和睦度日以及如何应对“第三者”之类，他还把这些讲话整理成篇，出了一本又一本的畅销书，美其名曰：《邓刚答人生百问》、《邓刚幽默》、《男十女之幽默》，等等。

邓刚会说话，有急智，更会说故事，还在当狗崽子、黑七类时他二十七八了还谈不上对象，就是靠天天讲故事把根正苗红的老婆哄到手的。凡人多的地方，无论在工地车间、宾馆饭店还是在人民大会堂，只要他一开讲，人总是越围越多，不时爆出哄堂大笑。笑星冯巩和他聊了几次，竟惺惺相惜成了至交好友。《实话实说》的崔永元听说他能说会道，请他去做节目，一做开头央视就把他给盯上了，最近兴师动众到大连拍摄几辑专题，就专拍“邓刚和他的城市”这个内容。

邓刚的嘴皮子了得，在中国作家协会开会时，大概只有一个人可以和他斗嘴，那就是脑子转得快嘴巴更快的舒婷。（一些新新人类诗人狂得可以，大概以为舒婷人到中年，诗坛就该轮到他们为所欲为了，竟把她称为“舒婷外婆”！）开会间隙，听听“舒婷外婆”和东北大汉邓刚唇枪舌剑指东说西简直是件赏心乐事。有一回，邓刚和一位时下当红的××代作家同到某名牌大学开讲座，题目大概仍是“文学与爱情”、“小说和性爱”之类，他俩端坐台上，边听主持人讲开场白边“检阅”台下的靓女俊男，冷不防当红作家伸过头来问：“邓刚，你知道你们这一代作家和我们这一代作家最大区别在什么地方吗？”邓刚一愣，问：“在什么地方？”当红作家用嘴向台下一呶：“最大区别在于：只要我看中台下某位靓女，我就敢和她约会，而且一约会就能‘上’。你们却不能。”邓刚一笑，说：“是的，你一看中靓女就只想着‘上’，我们却得想着‘上’去了怎样下得来，这才是最大区别。”当红作家听了想想，只得大笑点头称是。这一“上”一“下”之争，是否道出了两代作家之间的鸿沟隔阂？有待智者分析论定。据知，那天的讲座，他们都受到热烈欢迎，不过，各有各的拥趸这是肯定的。

别看邓刚长得高大威猛，面相却极憨厚老实，在生人面前更显出一副傻乎乎的样子，就凭他很农民的憨厚样，就算他再有急智再能言善辩也有倒霉的时候，有一回他到俄罗斯，在边境被我方检查站截住了，理由是：护照照片不合格。他傻了眼，争辩说怎么不合格？照片上明明是我嘛！人家拿出规范条文：“你看，正面照见左右双耳，你照片上的耳朵哪里去了？”他一看顿时泄了气，原来他白长了个大脸盘，偏偏两只耳朵怕羞似的紧贴脑袋两侧，正面怎样照也照不出来！百般无奈之下，只好到照相馆重新照相办证，哪知摄影师对镜头左看右看，他那怕羞的耳朵依然千呼万唤不出来，还是无法“左右见双耳”，邓刚情急智生，叫照相馆里的小姑娘躲在他身后，用纤纤玉指捅起他两只耳朵，好不容易完成了这张“左右见双耳”但几乎成了兜风耳的标准相，得以顺利过关去俄罗斯。

邓刚有双怕羞似的耳朵，有朴实忠厚的面相，其实是个广东人所说“扮猪食老虎”的典型。有一回制片商在京城宴请编剧约写电视剧，京城不少酒楼饭庄是“充满机遇、充满牛×、充满陷阱”的所在，只要酒杯一端，××首长的秘书是我哥儿们、××的太太是我老婆的亲戚之类的大话就漫天飞舞，制片商约定我们写剧本，见我们文人面子薄好对付，便一味大拍肩膀称兄道弟故意不提稿酬问题，只要有人一扯这个话头，他便急忙说：好说好说，这个你们一万个放心！某书记是你们的同学，我也是某书记的好朋友，都是哥儿们、好朋友，我还能亏待你们吗？这个时候邓刚“面懵心精”的过人本色就凸显出来了，他笑笑说：“我们和某书记是朋友，和您只是认识，能不能成朋友，打过交道才知道。”那“哥儿们”一下噎住了，知道遇到了个聪明的主儿，只得亮出价码，几经邓刚讨价还价，最后才拍板成交。

十多年前在北京进修，我与邓刚是鲁院八期同学，总被他欺负，他孔武有力且身高 1.85 米，打是无论如何打他不过的，何况那时大家全是远离老婆，他浑身荷尔蒙爆炸充满侵略性。好在他欺负人从来不动手，只动嘴。他对广东人有种天生的偏见，而且特别看不惯我两点，一是说广东话二是经常在宿舍煲汤，他一听我和广东老乡说广东话就不屑地把嘴一撇：“说什么鸟语！比外国话还难听。”我就故意说得更多声音更大气他作为反抗。我煲汤从不独食，常分给同学尝尝，人人吃了都赞广东汤好喝、广东人会吃，就他坚决不沾，仿佛怕有毒，还在一边恶毒地说些广东人天上飞的除了飞机不吃、地上站的除板凳不吃什么都敢吃的风凉话。我和他住隔壁，有天他呼天抢地地大叫“吕雷——快来！”我以为发生什么事赶紧过去，只见他从墙上拈起一只大蚊子，一脸坏笑地说：“刚打死的，好肥，快拿去煲汤！”登时把在场的乔良、郑九蝉笑翻在地，气得我痛不欲生七窍生烟。

后来鲁院毕业，作家们各散东西。因为合作写电视剧，老被他欺负的我近年来仍得继续受他欺负。早几年他到广州一下飞机，就大“赞”广州人的摩托车技天下无双，“除了车轮底下什么空子都敢钻”，广州的大塞车“雄伟壮观”，令广州像个“巨大的蚂蚁窝，而且是个打翻了的蚂蚁窝”……接着如数家珍地说起大连交通如何如何，大连的草地如何如何，让你听了如坐针毡，恨不得即时把他的嘴贴上封条让他噤声。这家伙怪就怪在无论怎样数落广东，偏又老想来广东，几个月半年不来，他心里就发痒。这几年来多了，口风也渐起变化，有了几句好话，可见顽固如邓刚者，也是可以“与时俱进”的。去年他到珠三角走了些地方和企业，结识了位当过市委书记的朋友，听了一个荒滩变成现代化城市的故事，他说他终于有点了解广东了，广东人少说多做、敢做，始终把发展放在第一位，这是北方很多地方比不了的，珠三角的变化是中国的方向，是“千古奇观”！如果各地都像这样搞，中国大有希望。我听了他这番说话，心里有几分自得：受了这家伙多年欺负，这下子也让他服了一回啦！

“张牙舞爪”的性情豪客

老夫聊发少年狂

今年中国作协开大会，贤亮又被选入主席团，他有点得意地对我说，主席团里，我是老大！他说的是年龄，六十九了，身板还结实，创作有激情，甚至有点张牙舞爪，也数他了。

前年在北京开会，京城有位部级领导请客，派车来接，他叫住我和陈祖芬：别上那车，坐我的。原来他想让我们见识见识他刚在京城买下的“宝马”，我们成了这新车的第一批乘客。他豪气地说部长的“奥迪”只配在前面带路，自己只能坐“宝马”。他开着“宝马”招摇过市，我坐在后面有点提心吊胆：行吗你？他说：你一百个放心吧！交警说我年龄过了考驾照的线了，可我还不是照样拿到驾照？我还要把这车开回宁夏去呢！他真叫“老夫聊发少年狂”，牛气冲天，令我咋舌。

出卖荒凉的豪客

他常自称作家中的“最富一族”，靠什么发财？我去了趟宁夏才恍悟：原来他在出卖“荒凉”！

他把他当右派劳改时到过的两座古城堡废墟改造成了宁夏最有名的“西部影城”，《红高粱》很多著名外景就取自那里，从此一发不可收地接拍了近百部电影电视剧，他在劳改岁月里通读过《资本论》，似乎玩弄起资本这玩意儿也驾轻就熟，他把自己的外国版税全部投入，取得了这个“西部影城”的绝对控股权，从而成为真正意义上的老板。现在这个西部影城年收入近600万，已经是宁夏最大的旅游景点之一，连附近放羊的老乡也因此脱贫奔康，只要电影电视剧的摄制组一要“咖喱啡”（群众角色），他一个电话就可以马上叫来几十人几百人，老乡们也成了精，百姓、土匪、古代官兵、妖魔鬼怪什么都能演，演啥像啥，还有骆驼有马，分级按天取酬，摄制组甚至连服装费也省了。

是真名士自风流

贤亮很“绅士”，尊重女性，也喜欢女人，对此他毫不讳言，文坛上也尽人皆知。

他坦承：爱女人，是因为她们都是母亲，或将成为母亲。但在他的青年乃至中年，女人对他其实是遥不可及的。有个真实而悲凉的笑话，被他写进了小说《青春期》中：18岁当右派的他奉命去打扫男女厕所，发现粪坑中有很多带血的纸，吓了一跳，以为出了命案赶紧去报告，登时把劳改干部和犯人都笑疼了肚子。

前几年，我在《羊城晚报》发了一篇短文，写了他千里急电救助一位打工妹的事，自然也鼓吹一番他的“怜香惜玉”，后来他见到我，好一顿埋怨：你那文章给我招来好多麻烦。原来，各地的求助信雪片似的飞到宁夏，写信的自然都是女人，诉说的都是些叫人伤心落泪的事，目的只有一个：要钱。

贤亮性情善良，有时会从豪情万丈的汉子一下子变作一副“感时花溅泪”的菩萨心肠。一次宴会上，他高谈阔论，开怀畅饮，接到一个电话后，我见他脸色大变，几乎要伤心落泪，连忙问他出了什么事？他哽咽地说：唉，我们家的狗狗死了，我好难过，它是我们家的家庭成员，怎么说没就没了呢？我登时愕然，从来没有养过猫猫狗狗的我怎么也不能理解、也不能触摸他心灵最柔软的那一部分。

贤亮老兄风流倜傥，坊间自然流传很多有关他的风流韵事，文人相聚时常常有人当面开他的玩笑，他面不改色，既不辩白，也不生气，依然谈笑风生一派绅士风度。他常说他得罪人的事记不住，人家得罪了他的事他也记不住。几次都传说他即将“更上一层楼”，可总是没兑现。一次他和几位作家去医院探望一位生病的首长，首长暗示他上不去有原因，要他“注意一点影响”，他却对人家说：“您知道吗？我一注意影响就得躺到病床上去了。你就是因为太注意影响了才得的心脏病！”一句话噎得那位好心的首长哭笑不得。

好个“张牙舞爪”的张贤亮！

巍峨的脊梁

——钟南山启示录

灾难忠实的姐妹——希望
正在幽暗的地上悄悄潜行
她会唤起勇气和快乐
盼望的日子就会来临

——普希金

灾难!

一个阴险恶毒的幽灵，张开黑色的翅膀在空中盘旋，它悄然降临在早春的大地上。

多少年了！正在热衷迈向小康的中国人似乎早已经忘却了瘟疫大流行的噩梦，对那诡秘隐形、能在短短时间内张开血盆大口吞噬成百上千人生命的病魔也缺乏足够的警惕。于是，一场突如其来的灾难，把刚刚沉浸在羊年春节喜气洋洋中的中国人顷刻间卷进震惊和恐惧，也把各级新老班子的领导们在一年之计在于春的大好时光里谋划的宏图大计全打乱了。在中国，各大中小城市纷纷严阵以待，一派莺歌燕舞娱乐升平的明媚春光，转眼间掺进了一片肃杀肃穆、紧张不安的空气——

我们欣欣向荣的共和国与新世纪第一次的全球性的严重天灾打了一场遭遇战!

在这场没有硝烟没有烽火，但每时每刻都在流血都在死人的战争中，有一位 67 岁的老人始终挺直脊梁屹立在战斗的最前沿，他，就是几乎每天都被各大电视台各大报刊争相报道、为全国所瞩目的中国工程院院士钟南山。

一、他们撞到灾难的枪口上，院士变成斗士，他号令全所：反击！

我们有五千年文明史的神州大地，经磨历劫，不尽沧桑，世世代代炎黄子孙面对各种各样的灾害成了生存的第一要旨，全世界各民族的先民面对重大灾难的情感几乎都是一致的：先是极度的恐惧继而有几分世俗的敬畏，接着就是崇拜。只有中国人有着比较独特而且执拗的梦想：这就是力图从崇拜中获得驾驭和征服灾难的力量。这种崇拜与印度人崇敬恒河、埃及人膜拜尼罗河不尽相同，中国有两句古训："艰难困苦，玉汝于成"、"多难兴邦，祸福相倚"。黄河、长江之所以被誉为中华民族的母亲河，除了它们养育了华夏文明外，很大程度上在于它们在历史与流域中制造出来的故事：那就是无穷无尽的灾难，以及无数灾难酿成的那亘古不磨的忧患意识，更重要的是在大难临头时的挣扎求全和奋起重生，有如凤凰涅槃的精神力量。长江黄河对万世子孙们的予取予夺，以及子孙们的世代忧患奋搏，几乎成了中华文明的一条主脉，也成为深深植入炎黄子孙精神世界中的遗存基因。难怪在海外诸多文明中，有关远古滔天洪水大难临头的传说和神话，几乎都是泛舟逃避和在祈求上苍寻找新岸，唯独中国出了个前赴后继治水的大禹父子。在人类和疾病瘟疫搏斗的历史和传说中，中国的杰出人物更是熠熠生辉灿若晨星：神农、华佗、扁鹊、孙思邈、张仲景……

钟南山的身上，也流淌着大禹们的血脉，继承着华佗、扁鹊们的基因，作为一个出身于一代名医世家的工程院院士，他笔直挺立的脊梁，更灌注了现代文明的科学求实精神。

让我们把目光先扫描到去年的年底：12 月 18 日。

这一天是喜庆的日子，钟南山一直梦寐以求的大好事终于办成了，中国第一个与国际先进医学接轨的 ICU（重症监护中心）在他的广州医学院附属一院呼吸疾病研究所建成剪彩启用了，这是一个完全按国际标准设计、施工和配置的呼吸疾病 ICU，是由全国政协副主席、香港著名爱国人士霍英东先生的捐款 1000 万元建设起来的，为了让这笔捐款用到实处，他作为所长，和主管 ICU 的副所长肖正伦绞尽脑汁奔忙了许多时日。在一片鼓乐声中，蒙着"英东广州重症监护医学中心（ICU）”名牌的大红绸布徐徐揭开，钟南山和肖正伦欣喜地陪同中外宾客一道欣赏着这一堪称功德无量大手笔的杰作时，人们怎么也想不到，一场巨大的灾难正在悄悄袭来。4天后，这个刚刚启用的ICU就成为惨烈悲壮的战场，也成为全广东省抗击灾难最重要的核心堡垒。

12月22日，一辆救护车呼啸着开进广州医学院呼吸疾病研究所，肖正伦副所长收治了这个从救护车上抬下来的重病人，他是个来自河源市的的士司机，像是患了肺炎，但很奇怪，所有对肺炎有效的药物对他根本不起作用，持续高烧不退，肖正伦初步判断为“不明原因的非典型肺炎”。钟南山按老规矩来查房，听取了刘晓青、何为群医生的报告，马上检查了病人，这时病人情况恶化得很快，已出现双肺弥漫性渗出，呼吸窘迫症状，钟南山躬身俯在病人身上听诊，仔细检查了病人的口腔和咽喉，他同意肖正伦的判断，同时心中也打了个大问号——这可能是一种凶险的全新病例！紧接着，肖正伦副所长接到了河源的急电：在河源医院中治疗过这个病人的医生护士和乘坐救护车参与转送的人员都病倒了，一共倒了8人，症状和那个司机一样！

钟南山和肖正伦都吃了一惊，马上意识到这种病可能有强烈的传染性，而肖正伦收治病人做最初的检查诊治时并未作特别防护，但他这时顾不上自己也有可能被感染，当机立断与钟南山商量，把这个病人送到刚开张的ICU严密隔离，同时，全所开始紧急动员起来准备应变。

特殊的战争打响了，这是一场广东省在猝不及防的情况下和“非典”灾难迎头相撞的遭遇战，钟南山和他的研究所作为“尖兵班”，撞到一场瘟疫的枪口上。疫情如火，人命关天！院士此时更像一个勇猛的斗士，他身先士卒号令全所：反击！

钟南山敏锐地发现病人肺部迅速出现纤维化，病人呼吸极度困难，他与同事们商量后，认为在对该病一无所知的情况下，保住病人生命是第一位的，实施治疗应两害相衡取其轻，他凭着丰富的经验和洞察力，果断地及早采用了面罩通气方式维持病人生命，并使用了适当剂量的皮质激素来遏止病人肺部炎症扩展和纤维化，这种用药是与常规治疗完全相反的，需要冒很大的风险。但事实证明他最初的判断和尝试是正确的，病人熬过了最危急的关头，最后竟奇迹般康复出院了！

一辆小车急速驶离广州，飞驰电掣地奔向中山市。钟南山坐在车上，忧心如焚。

这种不知名的疾病更加来势汹汹，河源告急！中山告急！两地的情况基本相同，都是一倒倒一片，而且大多是医护人员被感染。由肖正伦任组长的专家组被急如星火地派往两市增援视察，钟南山为了获得这种闹得人心惶惶的“怪病”更多的第一手资料，也立即赶往当时有几十人发病的中山会诊，他和本所的肖正伦、陆军总院的黄文杰、中山三院的邓子德教授一道，逐一检查了所有病人，为了判断究竟是细菌感染还是未知的病毒感染，钟南山还仔细检查了每个病人的口腔和咽喉，在致病病原不明的情况下，他发现这种“怪”病有两个特点：在有很强的传染性基础上特别具有家庭聚集性和医院聚集性，非常有可能是一种病毒通过病人的分泌物和飞沫传染的，并首先提出：防治此病的过程中，通风十分重要。同时，两份由专家们认同并由肖正伦签署的紧急报告星夜报到省城，这两份报告对后来抗击非典灾难起了非常重要的作用，报告把这种当时称为“不明原因肺炎”的怪病定名为“非典型肺炎”，并对其特征、传染途径做出了基本概括和分析，还吸收了钟南山等人的诊断治疗方案，对诊断原则和整体防治工作提出重要建议，在钟南山主持下，制定了《非典型肺炎临床诊断标准》，其基本要旨后来经不断完善修订，推广全省乃至全国，被一直沿用，并被世界卫生组织所采纳。

钟南山和战友们在中山等地救治了几十位“非典”病人，接着，肖正伦还赶到江门、顺德、东莞抢救病人，在致病病原不明的情况下，绝大部分病人仍救治成功，有力地粉碎了“怪病蔓延，无药可医”和“染病必死”的谣言和由此引发的恐慌。1 月 5 日，刚回到广州的钟南山又出现在呼吸研究所的病房里，突然，一位从外地送来抢救的“非典”病人病情恶化，钟南山马上停止查房，亲自指挥插管抢救，当时人手紧缺，他像冲进肉搏战壕中的将军，在这场生死争夺战中既当指挥员又当战斗员，一面果断地下达指令：插管，上呼吸机，一面自己动手调节呼吸机的参数……还有一次，他上前动手与护士合力把一个抢救病人从车床移到抢救床上，亲力亲为用人工气囊给病人做人工呼吸全力抢救，终于把这些病人从死亡边缘上拽了回来。

这一桩桩事实，为他提供了坚实依据，他摸索出了一套可以尽量降低死亡率的有效治疗方案，这就是：在病人发病早期，使用中西结合疗法，清热解毒，减轻症状；对低氧血症者，尽量采用无创通气，帮助呼吸，保持气道通畅；对出现肺泡炎、肺部纤维化的患者，及早使用大剂量皮质激素；在病人免疫力下降时密切监察，对合并细菌感染者，则有针对性地使用抗生素，减少合并症。他们因此获得很好的疗效，在整个地球村都在“非典”恶魔面前战栗、人们谈“非”色变的时刻，只有钟南山敢率先在全世界面前放胆直言：“非典”并不可怕，“非典”可防，可治！

大概也是广东不幸之中的万幸，首先迎击“非典”灾难的是以钟南山为首的一群呼吸疾病医学专家，他们从临床实践中最先摸索出了一套比较科学比较有针对性的治疗方案，有效地把病死率控制在3.7%左右，这是一个令世界卫生组织的官员竖起大拇指称赞“了不起”的成就。世界卫生组织多次强调，广东的经验是人类对抗“非典”灾难的重大贡献，应该尽早推广与全世界分享。而在后来暴发疫情的一些大城市，由于强调病魔的传染性而先以传染科医护人员为主力摆在第一线，治疗和抢救程序上往往难以协调，结果出现6%至7%等较高的病死率，在加拿大、新加坡这些医疗系统非常现代化的国家，病死率竟达10%以上，有的国家和地区还被世界卫生组织宣布病死率为15%至20%！按常规，最先发现疫情的地方一般都是死亡率最高的重灾区，广东却在大天灾中创造了一个全球“最低病死率”，以钟南山为代表的广东医务人员为守护人类的生命立下不朽功勋。

二、天职就是生命，天职高于一切，履行天职就是最大的政治

天灾和劫难经常突如其来，令人猝不及防，防不胜防，尽管广东人有所警觉，但灾难仍像乌云一样从周边向广州聚拢，疫情终于在春节前后的广州发生了，由于多年从未遇过这种灾难性的传染病，对这种疾病来龙去脉一无所知，抢救病人的医护人员接二连三地倒下，呼吸疾病研究所ICU的医生何为群、陈思培等也不幸“中招”。

马年岁末，春节将临，终日奔波的钟南山身心疲惫、忧思满襟地回到研究所，他一面指挥着抗击“非典”，一面仍要坚持看完春节前最后一次专家门诊，这是他给自己定下的规矩，是钟南山多年一以贯之地视为每周的“必修课”，所以他一出门诊总是门庭若市，来自全国各地的呼吸疾病患者挤爆了诊室。他从来不因为病人太多而抱怨，他的学生说他：“一进门诊就亢奋，病人越多越拼命。”为了病人候诊不至于太辛苦，他独创一招：让病人轮候进入一个大诊

室分坐几张诊桌前，让他的几个研究生先进行记录病史、量血压等必要的程序，然后他先到第一桌看病，看完一桌，又大步奔向另一桌，这种“病人坐着等，院士跑步看”的循环流程，可以说是全球的医界奇观！

医者父母心，他一坐到病人面前，就极体贴耐心，对焦灼不安、不停诉说自己苦况的病人，他会微笑地轻轻握着病人的手，他有一个特殊的习惯动作，就是尽量侧身俯向对方，宽慰地说：“不要紧，总会有办法的，让我看看好吗?”他是个时时处处视患者为亲友，甚至在最微细处都体现人文关怀的仁厚长者。大冬天，他总会把听诊器在手心捂热才放到病人的身上，而且每一下都是准确地轻轻按下，提起，再按下，听筒从不在病人身上划动，他会根据学生记下的病史更详细更深入地询问病情，反复审视 X 光片和各种检验单，如果是个复诊病人，他还会叫自己的学生跑步去把原始片子调出来对照，他常常对学生们说，能慕名排几周长队来挂号找我看病的，肯定都是被长期病痛折磨得很苦的人，有的悲观失望，有的惊慌失措语无伦次，我们一定要体贴他们。在开处方时，他总是先了解一下病人的经济承受能力，然后沉思良久，斟酌再三，想方设法减轻病人的负担又达到最佳治疗效果。

仁厚长者总是和风细雨、润物无声的，但钟南山也有疾言厉色，甚至拍桌子发火的时候，不过绝不是对病人。这天，他就发了一次火，原因是他要收治一个哮喘病人入院，但这病人没带够住院押金被挡了回来，他愤怒了，连追随在他身边好几年的学生们都猛吃一惊，他亲自跑去力争，终于令病人顺利入院，他的一个女学生事后回忆说：“如果那天搞不掂，他会马上掏出钱来帮人办入院的。”

看完最后一个病人，学生们一看表，又是将近晚上 9 点了，这是院士门诊的“家常便饭”，年轻的学生们个个疲惫不堪，可是看看年过花甲依然腰板挺直、精神抖擞的导师，他们连个哈欠也不敢打，大家都知道，院士看门诊时连水都不喝，晚饭也不吃，只在下午 6 点时喝一杯医院送来的牛奶。从下午 2 时到 9 时一口气“直落”，把挂上号的病人全部看完才“班师回朝”。

钟南山在学生们簇拥着走到门口，突然神色凝重地说：“我还要上‘非典’病房去，你们就不要去了，吃完夜宵就回去休息。”学生们一听都觉得意外，往日导师到病房，总是乐于学生们跟随身后，他常说见多才能识广，尤其是对一些罕见的重症、难症的诊治，他总让学生们到现场多听多看，多想多学，这次为什么不让跟了？学生小王纳闷地追问了一句：“是什么特殊病人哪?”

向前走了几大步的钟南山忽然站住，回头看着这班亲如子侄的晚辈，他们有的来自遥远的北方省份，有的来自赫赫有名的名牌大医院，全都是因为敬仰他的医学成就和人格力量而不辞千辛万苦考到他门下成为博士生的，他沉吟了一下，慈祥的眼神倏地严峻起来：

“你们大家都知道了，那种传染很强的非典型肺炎由零星病例变为多发病例了，我们ICU的何医生也被感染，病得很重，是河源那个病人传染的，我得去看看。这个病可能会蔓延得很快，现在几大医院也有不少人在抢救病人时被感染，这都是全省最好的骨干啊，我想把他们和最危重的病人都集中到我们呼研所来救治，我们所条件最好，有英东重症监护中心，治这病是我们搞呼吸这一行的责任。这些天，我们先上，你们，就先不参加了。”

“为什么？我们也要上！”

“老师，我们跟着您上！”学生们慷慨激昂。

钟南山摆摆手：“这可能不是一般的传染病，要作持久战的准备，大家都上，到时都倒了，病人还救不救了？我想，还是分几梯队，你们放在后面，做好打大仗、打硬仗的准备。”

一番话说得年轻人眼睛发潮，热血贲张。大战当前，大名鼎鼎的院士身先士卒去趟地雷开路，一面抢救受伤倒地的战友，一面用身体挡住飞向后辈的炮火。为什么？就为他平时经常挂在嘴边的一句朴实无华的话：我们是医生，治病救人是我们的天职。

羊年春节到来了，广州虽然笼罩着“非典”的阴影，街头依然一派祥和喜庆，过惯了太平日子的人们还没有灾难来临意识。医院里，虽然没有硝烟炮火，没有血肉横飞，却爆发了一场又一场的恶战。钟南山没有战地总指挥的头衔，却担当了“二战”苏德战场中朱可夫元帅的角色，哪里危急就奔到哪里现场指挥、会诊，他钟爱的小孙子从外地回来过年了，急着要见见爷爷，可当爷爷的竟没有一点时间和他亲近一下，为什么？因为爷爷要履行自己的天职。

危急关头，钟南山主动请缨：把各医院不幸感染倒下的医护人员和最危重的病人送到呼研所来，这等于把最重的责任、天大的风险扛上肩头，院士的崇高声誉和全所的荣耀随时可能被毁于一旦，但钟南山说，不能顾这么多了，我们是搞呼吸疾病的，我们不干谁干？这是我们的天职。

连世界上最坚硬的航天器合金也会出现“金属疲劳”而断裂，何况是人？数月来的高强度连轴转使体魄健壮的钟南山两度病倒：2 月 18 日，他因疲劳过度感冒发烧，把领导吓了一跳，立即强制他回家休养，但他人回到家里，心却挂着病人，不停在家里用电话指挥抢救工作，不到两天，他又出现在“非典”病房里抢救病人、参加会诊了。2 月 25 日，他再次发烧，这是疲劳过度引起全身抵抗力下降的强烈信号，在他这个年龄，是非常危险的，他终于被强迫住院。因为他是全省抗击“非典”防线中的一面旗帜、一座大山，如果这面旗、这座山突然倒下，会产生不堪设想的心理影响，可是他在医院住了一晚，就溜回家，自己给自己治疗，一边躺着输液，一边在床上堆积如山的医学文献资料中搜寻他急于想知道的“未知数”，苦苦思索抗非典的对策良方，就在自己身处险境之时，他还时刻惦记着呼吸研究所和医院，惦记着病人，牵挂着全省的疫情，他很多学生都担当了各大医院抗击非典的主力，一天深夜，他突然打电话给已经担任了广州各大医院骨干的学生，询问各医院病人的情况，并叮嘱他们：在检查“非典”病人口腔时，旁边要放一把风扇吹着，尽量减少感染机会，感动得他们热泪盈眶。所里的同事去看他，他又在家里开起“专题分析会”，同事们说：“你这样哪里是养病？你是在拼命啊！”大家指望钟南山相濡以沫的夫人能强制他休息，不能再让他拼命工作了，他的老伴过去曾是国家女篮的骁将、省体工队的领导，原来身体极棒，但不久前也刚动过大手术，也正在家中养病，可是老伴对他如痴如狂地工作早就习以为常了，她一句知心话让大家无不动容：“老夫老妻了，要病就一起病吧。”

院士的家庭啊，也是肩负天职的家庭，也是抗击非典的坚强前线！

巍巍南山坚强如钢，钟南山奇迹般很快就恢复了健康，他回到同行中间时，大家发现他黑了，瘦了，一头颇有风度的略卷黑发白了不少，可他乐哈哈地调侃自己：“减了一次肥，十分成功，轻了 5 公斤！”他又对自己学生和年轻医生们“私下透露”：“经过这一轮琢磨，我心里更有底了，非典这个病其实并不难治。”但有心人从那轻松的笑容中，更多地体味出以身饲虎的悲壮和献身天职的崇高情怀。

一个以天职为生命的将军麾下必然聚集着忠实履行天职的团队。在他们中间，有吃年夜饭时才接到紧急通知从全省各地赶回来，年初一就齐刷刷地站在抗击“非典”的第一线的 14 个护士姑娘，她们有的毅然推迟了婚期，有的连外出旅游的机票也没来得及退掉，有人的至亲刚刚撒手人寰，脸上的泪水还未擦干，但是，没有一人迟到，没有一人请假，为的是履行天职！

在他们中间，有两个年轻的党员女医生刘晓青和陈思培，在人手极度紧张的时候，断然抬起担架，硬是把已经“放倒”几十人的“毒王”抬了回 ICU 抢救，后果是陈思培医生病倒了，刘晓青则坚守火线五个月，她们从未退缩一步——为了履行天职！

钟南山的学生黎毅敏已经担任了广州医学院附属一院的副院长，抗击“非典”以来一直坚持在 ICU 第一线，这个被钟南山亲切地称为“肥仔”的青年 ICU 专家成了他的好帮手，也承传了他的天职观，每次抢救的攻坚战总是冲锋在前。

在钟南山、肖正伦、陈荣昌等所领导的带领下，全所组成了四个梯队，一梯队被感染倒下了，第二梯队冲上去，二梯队有人又倒下了，三梯队又有人顶上，病倒的人一旦痊愈，又马上重上火线，他们前后共病倒了 26 人，所幸的是全部康复，后来人们问起这段惊心动魄的日日夜夜，副所长肖正伦数度哽咽、老泪纵横，他说：这不像在医院，而是像在战场上前赴后继堵枪眼、扛炸药包炸碉堡……而钟南山还是那句话，平静而实在：战场上有地雷，就要有扫雷班，我们呼吸疾病研究就是抗击“非典”的扫雷班，我们是医生，治病救人是我们的天职。

世界卫生组织的官员来广东考察，曾经私下问钟南山：

“你们医护人员中有没有因为害怕‘非典’而提出辞职？”钟南山看了他一眼，用流利的英语回答：“我可以骄傲地告诉你，没有，一个也没有。而且甚至没有一个人请假！”

在钟南山心目中，天职就是生命，天职高于一切，天职刻骨铭心。

有一句话人们耳熟能详：军人以服从命令为天职。那么，其他人呢？朗朗乾坤，太平盛世，芸芸众生中谁能时刻牢记自己的天职是什么？钟南山的天职观告诉我们：天职，就是个人对自己生存的这个社会的使命感和责任感，就是个人对自己职业和岗位的道德承诺，就是对他人的承担和伦理责任；一个健全有序、文明道德的社会，像钟南山这样忠诚地履行天职的精神有如空气和水一样不可或缺。

钟南山从来不讲空话、套话，有人暗地里在背后嘀咕：钟南山不讲政治。然而，面对中央电视台记者“你关心政治吗？”尖锐的提问，钟南山直面镜头，真诚坦率地陈述了他对政治的认识：

“我想我们搞好我们的业务工作，以及做好防治疾病，这个本身就是我们最大的政治……你在你的岗位上，能够做得最好，这就是最大的政治。”

这些画面在全国播出后，他最平白朴素的话语引起了极大的轰动，启动了亿万观众的心灵，激沸了青年男女的热血，无数豪言壮语抵不上一句朴实无华发自肺腑的真话、大实话，更比不上一个实实在在的行动。面对威胁全人类的灾难，难道钟南山们舍生忘死抢救病人不是最大的政治？每一次彻夜不眠的冒死抢救，每一次有可能感染所有医护人员的插管，每一次反复斟酌的处方审定修改，不都凝聚着他们对党对人民的无限忠诚、代表着广大人民群众的根本利益吗？非常时期掏心窝子的真话最能拨亮人们心灵里的一盏灯：履行天职就是最大的政治！

伟哉南山！

三、挺起了人格的脊梁

钟南山是共和国培养起来的工程院院士，但他总是自谦地把自己称为“搞临床的普通医生”。和他的同时代人一样，他走过了一段既平凡又坎坷、既艰难又奋发的路，伟大的人格力量是从平凡中吸取、从青少年时代开始凝聚起来的，共和国的风风雨雨锤炼了他坚强的脊梁。

1952年，钟南山考入广州著名的华师附中读高中，在高级知识分子家庭长大的他多才多艺，不仅学习成绩名列前茅，在运动场上，他是顶尖的好手，田径、篮球、足球都是主力队员；在文艺演出中，他是活跃分子，一根黑管吹得悠扬动听，倾倒不少男女同学。1955年，他考上了北京医学院，因为学习优秀、田径场上表现出色，第二年就当上了北京市的“三好学生”代表，光荣地受到周恩来总理的接见。

共和国建国初期朝气蓬勃、昂扬向上的生活，似乎一直在向这个来自南国的年轻人微笑。

然而生活不总是一帆风顺的。1959年，在为新中国十周年大庆而隆重召开的第一届全国运动会代表队选拔中，尽管他训练得非常刻苦，平日成绩也很优异，但是，他竟然落选了！一心向往创造辉煌的他，竟与第一届全运会无缘，他伤心透了，脑子一片空白，但没几天，他振作起来，他不服输！全运会参加不了，在其他比赛中他照样可以创造好成绩，他要破纪录！他不再靠死练傻练，而是花心思在增加爆发力上下功夫，果然，有心人，天不负，在全运会期间的一次会外比赛中，他这个非正式队员竟一举打破了400米中栏全国纪录！成绩是54秒2，真是不鸣则已，一鸣惊人，轰动了当时首都体育界。近半个世纪过去了，他创造的这个纪录，至今仍没有大学生能够打破。23岁的他，第一次体味到挑战自我，战胜挫折的艰难和喜悦，领略到挺起人格脊梁的辉煌。

1971年，他调回到阔别16年的广州。在北京医学院任教多年的他向往回广州当一名胸外科医生，可是，当时还处于"文革"动乱之中，医院"革委会"和军代表连门诊医生也没让他当，让这个北京来的臭老九在办公室当个干事，还算便宜了他了。

钟南山那股不服输的劲头又冒出来了，他在那百业荒废、"知识越多越反动"、甚嚣尘上的岁月，他坚持钻研医学业务，终于迎来了一个机遇：

一个患哮喘的老农给毛主席写信，诉说农村久患顽疾缺医少药之苦，毛主席当时也正被气管疾患折磨，即批示周总理在全国展开慢性支气管疾病的防治和研究。医院"革委会"正找不到人来干，便把学非所用的钟南山调到新成立的"慢支防治小组"，本来一心要搞胸外科的钟南山非常意外，对这种被普遍认为并无学术价值的工作毫无准备，但他转念一想，只要搞临床，什么活也干，而且一干，就要干出个名堂来！就这样，他一干就干了30多年，而且成了著名的呼吸疾病权威。

1978年，他又面临新的命运挑战：组织准备派他到英国爱丁堡大学医学院进修，但要经过英语统考，他当时已经是呼吸科的负责人，终日忙于抢救、会诊、门诊，疲于奔命，根本没有时间准备，而同时要去进修的人选都有脱产半年或几个月的复习时间，他只好在临考前几天"临阵磨枪"，对这种命运不公他没有怨言，但做好了落选的心理准备。没想到，他被选上了。好事多磨，1979年他一到英国爱丁堡大学医学院开始原定两年的学习，便收到导师弗兰尼教授一封信，声言他只能在爱丁堡大学医学院待8个月，其后要么回国，要么另寻学校一切自理，理由是："时间长了，对先生您本人不合适，对我本人也不合适。"原来，傲慢的英国同行根本瞧不起这个"钢条型"的中国医生。

面对突如其来的打击，钟南山巍然如山，不卑不亢，只是内心深处奔突着不服输的火焰，天行健，君子自强不息！他更加努力地学习，更拼命工作，医学院的洋同行们惊讶地注视着这位不知疲倦、着了魔一样工作的中国人，几个月后，教授们对他刮目相看，弗兰尼教授也大为震动，对这位黑头发、黄皮肤的学生大加赞赏，不再提只能学 8 个月的事，两年时光过去了，导师想方设法挽留他工作，钟南山感谢导师，可他还是转到伦敦大学从事高氧、低氧与肺循环关系的研究。一年后他终于满载而归，学成回国。多年后，老教授已经成为欧洲呼吸疾病协会的主席，他还念念不忘那位坚强、智慧而且大度自信的中国医生，他在瑞典开学术会议时与钟南山重逢，主动要求与中国开展学术合作研究，钟南山马上把广州呼吸疾病研究所的年轻人派到爱丁堡去，为两国的呼吸疾病研究架起一道学术桥梁。

挺起人格的脊梁，才能升起事业成功的风帆！

灾难，是人格的试金石，是信仰的测谎器，是对每一个人的精神世界的大挑战。

当一场前所未见的疫症灾难突然袭来之际，当大批医护人员纷纷倒下，酿成群众巨大恐慌之时，有人沧海横流方显英雄本色，舍生忘死救死扶伤，有人殚精竭虑废寝忘食力挽狂澜，把保护人民的生命放在首要地位，但也有人的人格扭曲了，信仰变形了，精神世界摇摇欲坠，他们面对危及全人类的“非典”大扩散，面对人命关天的险情，有的掉以轻心举措失当玩忽职守，有的私心作祟保权保位瞒报疫情睁眼说瞎话。在我们的国家里，天天讲实事求是，时刻强调科学精神，然而在最需要实事求是之时，他们偏偏就不实事求是，把科学精神抛到九霄云外。

2 月初，疫情紧急，人心浮动，准确判断疫情发展趋势，把事实真相告诉人民，使大家百倍警惕地紧张行动起来，又不至于出现极度惊慌的多米诺骨牌效应导致崩溃性的大灾难，这是比走钢丝还要困难的天大难题，稍有不慎，铸成大错，后果不堪设想，中央政治局委员、广东省委书记张德江一语千钧：要请人民群众信得过的专家上电视，实事求是公布情况。

这紧要关头，钟南山站出来了！他以广东省防治“非典”专家组长和中国工程院院士的身份，在电视上用沉着坚定话语告诉广东人民：根据已经治愈几十例非典病人的实践证明，非典不是不治之症，它可防，可治，并不可怕。

同时，他又以一个学者严谨的科学态度告诉人们：即使患病人数有所下降，但现在还不能说我们已经有效控制了非典疫情，因为它的病原体和致病机理还未搞清楚，还没有找到彻底制服它的特效药物，它还会有反弹的可能，目前只能说是对它进行了有效的遏制。

“有效控制”和“有效遏制”，一字之差，但绝不是概念之争，它反映出实事求是精神和科学态度的巨大差距。

记得，当年科学家钱学森冲破美国政府的阻挠，毅然地要求回国效力时，一个美国将军咆哮说，不能让他回到红色中国，他起码能顶五个师！这个颇具眼力的美国将军显然仍把我们这位大科学家的作用低估了，标志中国核大国地位的“两弹一星”丰功伟绩岂能用几个师人马来衡量？在当下“非典”灾难以黑云压城城欲摧之势向广东扑来之际，钟南山院士安坐在电视镜头前神态自若发表讲话，所起稳定人心、稳定大局、指明路向的作用也是难以比拟的。广东是被“非典”灾难最早侵袭的地方，但社会稳定，不停课，不停产，不停市，不停止办公，经济运行良好有序，人民面对现实，坚忍团结，沉着应对，斗志高昂，钟南山的几次电视讲话起了很大作用。

张德江盛赞：以钟南山为代表的广东省医护人员临危不惧，舍生忘死，救死扶伤，无私奉献，他们是新时代的英雄，人民的功臣！钟南山对省委省政府的科学决策起了重要作用，他是广东抗击非典的先锋！

在抗击“非典”灾难的关键时刻，一个权威部门宣布：已经从几例解剖尸体中发现非典型肺炎的致病病原——衣原体，接着，一位位高权重的领导人也肯定了这个发现。真是非同小可，石破天惊！如果这果真是一个科学的认定，事关中国十几亿人甚至全人类的一个重大威胁就有尽快解除的希望，如果这是一个草率宣布或者是一个不科学的结论，则完全有可能把全国的抗击“非典”斗争引向歧途，糜费天文数字的人力物力，非但不能征服病魔，还会死更多人，制造更大的灾难！

千钧一发！

钟南山又挺起人格的脊梁，站了出来。

人们还记得那一次气氛严肃得有点压抑的会议，广东省的医学专家们围坐在一张宽大的会议桌边，他们都是来自抗“非典”前线的主将，终日与隐形的“非典”病魔交手过招，现在来讨论那个权威部门的重大发现，要摸清楚这个幽灵般的对手究竟是何方神圣、姓甚名谁。

只见钟南山沉思良久，断然摇了摇头，说：“这，不可能。”

接着，他阐述说：到目前为止，我们所有临床的实践都不支持衣原体是“非典”致病病原体这一结论，我们要实事求是。对患非典的病人，我们都采用过大量对衣原体行之有效的各种抗生素药物，结果根本无效。如果是衣原体感染，口腔、喉咙和上呼吸道一般会有明显的症状，但我检查过很多“非典”病人，却很少有这些症状，我们认为“非典”还是一种未知病毒引起的可能性较大，是什么？我们不能轻率定论，但肯定不会是衣原体，至于尸体解剖后，尸体中发现了衣原体，我觉得这好解释，病人死前免疫力严重下降，什么病原体都有可能感染，衣原体可能是病人最后感染致死的病原，但不可能是致病的病原体。

一石激起千层浪，各位著名专家学者纷纷各抒己见，几乎一致认为，衣原体是“非典”病原一说不成立。与此同时，省疾病控制中心（CDC）也连夜对90例有关样本进行肺炎的致病病原体检测，其中只有17例对衣原体抗体呈阳性，不能构成认定。

钟南山勇敢地否定权威的发现和认定，同事和学生们都为他捏了把汗，有位不幸感染了“非典”的医生进了隔离病房还专门打电话出来，关切地问院士会不会“有麻烦”？大家深知，这对他的“前途”和学术声誉都有巨大风险啊！但他处之泰然，他认为，对学术问题应该实事求是，坚持真理，当自己看到的事实和权威说的不一样，当然要尊重事实而不是尊重权威，如果大家都明哲保身，受祸害的是病人，是亿万人民！

从非典灾难一开始侵袭南粤大地，钟南山就隐约意识到，这是一种新的病魔对人类的新挑战，它可能波及的不是一个地区、一个省、一个国家，它是一个威胁全人类的疾病。作为一个医学权威，他深知传染病大流行的恶果：公元6世纪，在东罗马帝国大蔓延的瘟疫横行半个世纪，夺去了上亿条性命，促使强盛一时的霸业分崩离析、灰飞烟灭；中世纪在欧洲肆虐的鼠疫，三年间令欧洲减少人口近四分之一；在南美洲，殖民者带来的恶疾曾经毁灭过整个民族，扼杀了一种文明；仅仅1918年美国暴发的一次流感，就病死67万人，超过美国在“一战”、“二战”、朝鲜战争、越南战争战死者的总和。

钟南山认为：威胁全人类的疾病，只能通过全人类的大协作来和它对抗。

钟南山无私地向各地医院的同行们交流自己诊断治疗经验，当香港的疫情发生后，香港东区医院派出医生来向钟南山取经，他坦陈了自己的全部心得，结果，东区医院的同行们采用了钟南山等人总结出来的“四板斧”，收治了80多个病人无一死亡，医护人员无一感染。

与此同时，钟南山也开始与香港大学和国际上有关机构协作，力求在寻找病原和诊断治疗上获取新的突破。

一些不好听的窃窃私语传出来了：要合作也最好与国内单位搞嘛，内外有别啊，怎能把我们国家的疫情数据和研究成果捅到境外去？尤有甚者，有人把“国家机密”的字眼也搬出来了。钟南山岿然不动，我行我素，他认定，画地为牢的做法征服不了“非典”病魔，反而是助纣为虐，随着人类频繁的交往，它可能会在几天内散播到全世界，酿成全人类的大灾难。在他的主导和积极推动下，广州市联合八个单位与香港大学微生物系共同协作，进行“非典型肺炎流行病学、病原学及临床诊治课题”联合攻关，取得了重要成果，4 月 7 日，攻关组从广东非典病人气管分泌物中分离出 2 株新型冠状病毒；4 月 12 日向全世界发布，4 月 16 日世界卫生组织宣布正式确认这一成果。钟南山以一个忠诚的科学家的道德良知、人格力量和学术勇气，再次在抗击“非典”灾难的关键时刻做出重要贡献。

2003 年 4 月 28 日，温家宝总理就任以来首次出国，出席中国——东盟领导人关于“非典”问题特别会议，钟南山作为一个医学权威专家随行，起了任何人不能替代的特殊作用。温家宝总理坚毅果敢、坦荡真诚，充分展示了中国政府对人民、对国际社会高度负责的精神和泱泱大国的风范，使会议开得十分成功，在亚洲各国联手抗击“非典”灾难中发挥了中流砥柱的作用。会后，钟南山随温总理回到广州，马上又风尘仆仆赶赴北京，增援疫情紧急的首都前线。温总理和吴仪副总理高度评价了他的工作，温家宝对钟南山说，你在抗击“非典”斗争中始终战斗在最前列，做出重要贡献，全国人民都会记住你，感谢你。

人民感谢钟南山，各种赞誉和荣耀像潮水一样涌来，全国总工会授予他全国“五一劳动奖章”，他关于“非典”的每一次讲话，都被各大电视台各大报刊广泛引用，他成了 2003 年春天最耀眼的“明星”，但是，他对这种“明星”效应，唯恐避之不及，他一向老实做人，低调办事，他对省委书记张德江同志说，工作都是我们整个团队大家一起做的，如果光突出宣传我一个人，就等于把我孤立起来了。对于我个人，给我荣誉我是这样做，不给我也一样做。在记者不停地追踪采访中，他总是多谈别人，少谈自己，特别要求传媒多关注他的同事，多关注一些从不被人注意的实验室和二线保障部门，他们是真正的无名英雄。

尽管钟南山不愿意宣传突出他个人，但全国各地的人民群众却更加热爱他，崇敬他，各种媒体赞颂他的节目文字多不胜数，古往今来，人们心目中的大英雄总是叱咤风云万军之中取上将首级，总是南北征战力拔山兮气盖世，然而，这一回灾难横来，万民景仰的大英雄，却是与看不见摸不着的病毒作战的学者钟南山和以他为代表的白衣战士，是拥有知识和科学头脑的院士，是实事求是敢讲真话的勇士，这是一个非常发人深省的强烈启示：中国，又一次把握住了机遇；中国，不能不与时俱进；中国，只有实事求是说真话办实事才能实现现代化！

钟南山！这三个字成为一种象征，代表着千千万万平日里默默无闻、埋头奉献，一旦国有危难、人民遭灾便义无反顾挺身而出的人们，他们以高尚的道德情操、挺直的人格脊梁、无私无畏的奉献精神，体现了我们民族伟大的凝聚力和不屈不挠浴火重生凤凰涅槃般的复兴意志，他们，是我们时代之魂；他们，是我们民族的脊梁。

四、敬礼，巍峨的脊梁，俯首的孺子牛！

面对死神，面对凶险肆虐的“非典”灾难，中国的白衣天使们挺起了坚强的脊梁！

广东抗击“非典”灾难的中坚堡垒广州呼吸疾病研究所，挺起了巍峨的脊梁！

钟南山院士，是巍峨脊梁中的脊梁！

然而，一位老员工悄悄告诉我一个秘密：身体健壮、肌肉发达、年近67岁仍保持着健美先生般身材的钟院士，X光照片显示他的脊柱竟有些弯侧！这是多年诊病行医形成的职业变形，他诊病时总是喜欢俯身侧向病人一边。

我的心头怦然一震，一张铭刻在中国人心头的黑白照片又清晰显现眼前：白求恩在简陋的前线医院里抢救伤员，他俯下腰身，全神贯注地在做手术……钟南山不就是今天的白求恩吗？对灾难，对病魔，他们挺起了脊梁顶天立地抗争，而对人民，他们深情地俯身奉献。霎时，泪水涌出我的眼眶，满脑海轰然反复回荡着鲁迅先生伟大的诗句：

俯首甘为孺子牛！

俯首甘为孺子牛！

南沙志气歌

一条巨龙般向南奔腾的珠江出海口，有一片与祖国版图最南端的宝岛同名的热土——广州南沙。

这块原是一片荒滩的土地，近年来忽然变得如珠似玉、令世人刮目相看，而且人们提到它的时候，越来越多地把它和一个人的名字紧密联系在一起。

这个人，就是全国政协副主席、香港工商业巨子霍英东博士。

要说南沙，就不能不说霍英东。要了解霍英东，就不能不了解南沙。

南沙——霍英东！霍英东——南沙！南沙成了霍英东生命中的组成部分。十几年来，他为开发南沙、建设南沙倾尽心血。

霍英东这个名字在中国几乎家喻户晓，曾有位内地著名作家在香港回归时问 90 高龄的老祖母，你知道多少香港人的名字？老人家扳着指头数：霍英东，董建华……多年连大门都迈不出的老人，头一个就说霍英东。全国都知道，霍英东是最果敢地率先支持中国改革开放伟大变革的香港大企业家，但是，对他为何要古稀之年一心扑在南沙的开发建设上，对他那种殚精竭虑、劳心劳力的程度，世人知道的并不多。这当然与霍英东一向来保持低调、默默耕耘、不事张扬的作风有关，也可能与珠三角、“南番顺”人“只干不说”，或“干了再说”的天性使然。

一切还得从南沙说起——

大海之子

1996 年 10 月 16 日，对于南沙、对于霍英东来说，都是个特别的日子。

这一天，由霍英东经科学论证、缜密构思和亲自指挥建造的世界上第一艘四引擎超高速铝合金双体喷射大型客船，在珠江口他旗下的南沙新技船厂下水试航。

作为作家，我有幸应邀参加了那次隆重、务实而并不奢华的新船下水典礼，那天，省市领导都来了，当时还未就任香港特首、还是国际航运业巨子、东方海外主席的董建华先生伉俪也来了。一时贵宾云集，大家围着豪华、奇特、崭新的双体客船参观，啧啧称赞，我看到霍英东先生眼睛闪动着兴奋的动人心魄的光彩，仿佛一个父亲在等待、在注视着新生婴儿呱呱降生。同时，我也注意到，尽管来宾们很高兴很热烈地交口称赞，但那基本上是“外行看热闹”，除了董建华等几位行家，大多数人并未深悟出这艘新船下水的划时代意义和真正的价值所在。

我走过一位老者身边，无意中听到他与一位海军军官的对话，一下子身心都被震撼了！

“不容易啊，不简单！我们国家能生产喷气式飞机，也能生产喷射式客船了，这是大型客船啊！”

“是啊，在欧美发达国家，研制这样的高速船舶，跟研制战机一样，花费的都是国防开支，个人独资搞成这样的项目，只有中国的霍英东！”

好一个“只有中国的霍英东”！

就这一句话，足以令我用全新的眼光，以另一种角度来打量这不仅是中国第一，而且是世界第一的四引擎喷射船了。

就这一句话，足以标志着曾在房地产业、国际体育事业、高级酒店服务业、公路桥梁交通事业等诸多领域上独领风骚的霍英东，又一步跃进世界顶尖级的高速船舶高新科技产业了。

当霍英东在剪彩台上发表热情洋溢的讲话时，我分明又看见他那闪亮睿智的眼神。

一个问号突然从我脑海里升起——霍英东拥有雄厚实力，积累了商海沉浮的非凡阅历，凝聚了过人的胆识和智慧，为何不利用香港回归的大好时机去进军其他本小利大的领域，偏要踏足这本大利微、风险极高的大型高速喷射客船研制和建造？

看着他红黑的脸庞，听着他略带番禺口音的广州话，我倏然明白了其中可能是最深层的缘由——

他钟情于大海，他是大海之子。

对于霍英东的身世，我略知一二。他出生于香港的水上人家，旧时广州人称“疍家”。在过去，疍家或称疍民是社会上最贫苦最底层的群落，相当于印度的贱民，他们世世代代居住在破船烂艇上，广府话中的“水流柴”即蔑指疍家，意思是像顺水漂流的木柴，漂到哪里就在哪里安家。

我小时也曾随大人租用疍家的船下乡探亲访友，看见船家的孩子个个赤裸，背上绑着一个葫芦，好生奇怪，问大人才知道，这是怕孩子掉到水里淹死，用来救命的，那时我也真想背一个，可惜没有。霍先生孩提时有没有背过那玩意儿？现在我已无从查考了。不过，在霍先生一次宴请中，叨陪末座的我倒亲耳听他说过，他小时候从未穿过鞋，不光是他，就连他的父亲，也没穿过。有次过节，他父亲特意买了新鞋穿上，上岸风光一番，不料一进小食店，他就脱鞋蹲在桥凳上，吃完东西拍屁股下地走人，鞋忘穿了，光着脚回到艇上才发觉。

霍英东幼年时的香港，虽已成大埠，但周边的港湾基本上还是些渔港渔村，想象得出，他家的小艇在风波里颠簸出没，在海港渔村中穿梭往返，他就在小艇里做饭、睡觉、干活、嬉戏……小艇就是他生活、成长的天地，就连启蒙识字，也是在开设于小船上的“卜卜斋”和免费义学开始的。那时候的他，会不会面对烟波浩渺的大海，立下这样的宏愿：

有朝一日有本事，要造一条大船、快船！

有没有这样的事？不得而知。但我想会有。

大海养育着霍英东，也在他的幼小的心灵上留下难以磨灭的伤痕。一场暴虐的台风，卷翻了他家的小艇，夺去了他两个哥哥的生命。小小年纪的他那时恰好在海边干活，赶上前去，一下子吓呆了：母亲跪在海滩上呼天抢地痛哭，远处海上，他的家——那条全家赖以为生的小艇，正被巨浪吞噬，港湾成了恐怖的地狱，很多水上人家也同时葬身大海。

几个月后，备受丧子打击和恶疾缠身的父亲，也痛苦地撒手人寰，长眠在青山的黄土之下。

那一年，霍英东才七岁。

大海的无情和冷酷、宽阔和博大，捶打砥砺着少年的霍英东。家庭被凶狠地摧毁了一半，勤劳能干的母亲含辛茹苦地将霍英东养育成人，直到今天，人们都不能不佩服这位劳动妇女的远见和坚定，无论怎样穷、怎样苦，她都坚持让霍英东接受尽可能好的教育。当作点小额海上接驳生意，生活有了丁点起色后，她让霍英东进了出过不少名人的皇仁书院就读，按她当时的家景，这可是了不起的大事。在那里，苦出身的少年霍英东接受了现代文明的熏陶，打下了英语基础，迈开了人生第一步坚实的步伐。

巴斯德说过：机遇只偏爱有准备的头脑。经历过日军占领香港时期的种种苦难：辍学，当苦力，受毒打……劫后余生的青年霍英东迎来了香港重光，已在波凶浪险的生意场上打了几个滚的他迫不及待，要去闯荡世界，寻找新的机遇。

霍英东向与他结下不解之缘的大海，发起人生第一次重大挑战。

早在皇仁书院读书时，他就迷上《鲁宾孙漂流记》一类海上历险小说，他渴望着扬帆出海，征服海洋，纵然经磨历劫，也要在大海神秘的某处掘出属于自己的第一桶金。当他听说南海的东沙群岛盛产一种“海人草”，而澳门恰好有商家高价收购用以制造胃药时，他那血气方刚、不安现状的心又怦怦跳荡起来，这不正是掘第一桶金的大好机遇吗？此时不干，更待何时？干！

他几乎用破釜沉舟的气概，不顾母亲和亲友的劝阻，耗尽积蓄买船集股，招雇人手，几经周折后，才 20 出头的霍英东，俨然一支远征军的首领，率 100 多人，驾两条船，终于抛妻别子，扬帆远航，直奔东沙。

在环境险恶、补给困难的东沙荒岛上，霍英东宛如野人般生存着、奋斗着，他不知被烈日晒脱了多少层皮，在台风、缺水、缺粮的厄难中几番死里逃生，手下的伙计因为挨不住苦跑了一批，又换一批，他终于收获了大批被视若珍宝的“海人草”，也磨炼出过人的心智和胆魄，半年过去，这次“远征”悲壮地结束了。但是，老天爷似乎故意捉弄和历练这个敢于弄潮的大海之子，原来拍胸口精诚合作的生意伙伴见他回来了，把一本账本扔给他看，他一看懵了，“海人草”竟然不值钱！他半年来的千辛万苦、以生命作代价的冒险只换来一个“零”！由于他未能带眼识人，他根本掘不到第一桶金，连他多年的积蓄也化为乌有。

多年以后，提起这段人生和生意上的第一次失败，霍英东的反应往往半是不堪回首的感慨，半是战胜苦难和挫折、做别人不能做、不敢做之事的自豪。能经天磨是铁汉，经此一役，这位大海之子已经成熟，可以对付任何人生的灾变和挑战，也可以真正能在大海中纵横弄潮，追风踏浪了。

最能体现他与大海有缘、并且在后来被外界认为是他的成功事业的一块重要基石的经历，是他青年时代的海上航运业。

1950年代初，中华人民共和国成立不到一年，朝鲜战争就爆发了。西方阵营敌视新中国，利用联合国的名义实行禁运，中国除了与苏联等社会主义国家有贸易关系，其他贸易管道几乎全被封杀，这对于一面要抗美援朝，一面要进行大规模经济建设的年轻共和国，无疑是雪上加霜，祖国急需大量燃油和建设物资，这时香港作为窗口和管道的重要作用就显现出来了，不少港澳商人利用这个机会与内地做生意。有准备的头脑终于遇上天赐良机，霍英东是搞海运的，加上他敢作敢为讲信义，顿时运输量大增，对做这种生意，他从来心地坦然，国家有困难，作为中国人，为国家做事出力很应该。

由于大量的海上贸易，西方阵营的禁运和封锁，在珠江口水道上被冲破了，国家得益，霍英东也获利，他与中方人员的关系，也开始建立，事实上，他是香港商界政界的老资格爱国人士，以他的贡献和成就担任今日高职当之无愧。事隔多年后，有位港英政府官员在会见我新华社香港分社负责人时，谈起了霍英东，那英国人凭一些道听途说说了些不负责任的话，我方负责人立即直斥其非，他说：霍英东先生帮助祖国冲破帝国主义封锁，是爱国行动。这是当时中方支持霍英东先生对外界最公开的一次表态。

大海铸造了霍英东不幸的童年，也铸造了他坚定进取、敢为天下先的性格，大海中一条条航迹密切了他与祖国内地的联系，也奠定了他庞大事业的基石。以一个以海为家的疍民的出身，晋身为全国政协副主席，恐怕在世界各国政坛中，也“只有中国的霍英东”！

大海之子，终于扬起成功的风帆，向着辉煌的目标进发了。

黄金水道开拓者

1970年代末，“文革”灾劫后的神州大地百废待兴，霍英东那个时刻准备着的头脑又预感到巨大的机遇向他走来。

在北京，他又见到了刚复出的邓小平，这是他二见邓公，第一次会见邓小平同志是在1964年10月，他作为香港爱国同胞国庆观礼团的副团长上京之时。1977年夏的北京之行，使他断定中国即将发生翻天覆地的伟大变革，他率全家回祖籍番禺寻根、考察，又到孙中山的故乡中山县访问，心里酝酿着一个大胆的计划。果然，具有划时代意义的中共中央十一届三中全会一开，他就义无反顾地率先向祖国内地大规模投资，先后兴建了番禺宾馆、中山温泉宾馆、中山高尔夫球场、广州白天鹅宾馆等大型项目，以及如星罗棋布处于全国各地的医院、体育、教育等设施。党和国家领导人对他的义举给予很高评价，邓小平还亲临中山温泉宾馆和广州白天鹅宾馆，这对霍英东来说，是一生中最大的荣耀。

但他仍觉得，光捐资、投资还不够，还要为国家切切实实做成一件大事，他思考着，摸索着，为了寻找到推动祖国内地经济建设的最佳切入点，他又拿出青年时代东沙探险的那股劲头，乘上一条小快艇，亲身考察、踏勘珠江沿岸的水网地带，要自己掌握第一手的资料。

作为一个成功的企业家，霍英东曾认真研究过经济地理，他在香港的房地产业奇迹般崛起后，就一直默默地潜心钻研、观察、分析、比较全世界大都市发展的历程和现状。他认识到，当今之世界，是一个流通与交换的世界，而在世界性的流通与交换中，海港运输依然占主导地位。全世界的大都市大多是在便于交通和商贸的大江大河出海口或深水港湾发展起来的，港为城建，城为港兴，是世界性现象。像上海、东京、纽约、伦敦等大都会就是典型例证。

他又研究香港的发展史，探求当初英国人为何要占领香港而不选其他地方，他曾就此事问对此颇有见地的三公子霍震宇，霍震宇认为，当时英国人一是从军事上考虑，香港扼有珠江口最高山峰，可控制珠江口各航道，进可攻退可守，二是从贸易出发，国际航线便于汇集在此天然深水港，可沿珠江深入和辐射华南内地，或北上华东华北沿岸。霍英东对此深表赞同。

他用富有历史感和使命感的目光，察看着珠江三角洲的山山水水。他意识到从历史名城广州到香港、澳门沿珠江口一带，自古以来就是海上丝绸之路的重要起点，是沟通东西方国际商贸的重要通道，在当今之世，广州的经济发展不断向南面的珠三角辐射，而港澳经济则不断向北面辐射，这两种辐射在珠三角特别是珠江口两岸重叠在一起，形成一块经济特别蓬勃强劲的热土，据统计，以珠三角为龙头的广东省，1997年进出口总额为1300亿美元，占全国三分之一，实际利用外资总额，则占全国的五分之一，其中深圳、珠海两个经济特区、东莞、南海、顺德、番禺等一大串分布在珠江两岸的新兴城市，有如一颗颗明珠宝石，大放异彩。随着启动祖国腾飞的开放改革深化和发展，这条水道、这块热土有可能成为举世瞩目的黄金水道、钻石走廊。

当他乘小快艇沿江踏勘时，在因当年林则徐销毁鸦片而举世闻名的虎门对岸发现了一条小河道，周围数十里全是一片荒芜滩涂和小山，除了一两个乱挖乱采的石场，举目荒凉。他的精神突然振奋起来，独具慧眼的他敏锐地看出这片沉睡之地的巨大潜在价值，他看了看地图，这个地方叫南沙，恰好属于他的祖籍番禺县。人们介绍：这里在历史上曾是兵家必争之地，南沙的蒲洲山有当年林则徐建的炮台，就在著名的虎门威远炮台对岸，据记载，鸦片战争中方还击英军的第一炮就是在蒲洲山上打响的。当年日军侵华，也曾在此登陆，受到爱国军民的抗击。怀古抚今，满怀爱国热忱的霍英东更对此地产生特别的关注。他用手一量，此地到广州约50公里，到香港、澳门30多海里，几乎距离相等！他知道，如果以它为圆心画一个半径为60公里的圆圈，那在此范围内有14座大中城市，2000万人口，珠三角最富庶的风水宝地尽在其中，须知，广东省特别是珠三角自改革开放以来，经济增长在全国始终名列前茅，其速度举世罕见。他还特别注意到，这里有条长达7公里、水深7—15米的深水岸线，风平浪静，是整条珠江条件最佳的水道，与海洋打了一辈子交道的他当然知道，这是建设良港的好地方。

霍英东赞叹：此地作为一个现代化交运港口的理想之地，简直是天造地设，妙不可言！

没有大事张扬，不搞“轰轰烈烈”，向来保持低调务实作风的他，下决心把南沙作为实现他那理想的“切入点”，要在广州经济和港澳经济两个辐射重叠的珠三角热土上再烧一把火，开始了开发南沙，建设南沙的默默耕耘。

万事起头难，首先搞规划。他亲自主持南沙开发规划的制定，要将南沙建成一座以深水港为中心，交通运输、工业加工、旅游服务业综合发展，功能齐全、环境优美，人口30多万的现代化滨海城市——南沙新城。他重金礼聘世界著名的城市规划专家作了一个和世界经济接轨的南沙新城整体规划设计。我恰好当时有机会接触霍先生，亲眼看见他和洋专家讨论规划的情景，他那种严肃认真、一丝不苟的态度，令洋专家如临考场，他仔细地审视着每一种设计和方案，不断用英语发问。当时在场人士个个正襟危坐，一片肃穆的景象，令我历久难忘。

很多人都没想到，霍英东开发南沙打响的第一炮，竟是建设汽车轮渡码头，建造快速渡轮，开辟南沙—虎门的轮渡航线。

方案一定，一片哗然。人们纷纷反对，理由是：轮渡已落伍，广东应大建桥梁，连霍英东公司的人都不好理解。但霍英东主意已决，他认为，搞旧式轮渡当然没前途，但我们要搞的是大型快速的轮渡，连欧美国家都在搞这些，我们为什么不行？他执意实行，并终于在1991年5月建成了中国第一座双层桥式汽车快速轮渡码头，开通了南沙—虎门的双层汽车快速渡轮航线，航程只有15分钟。

事实证明，霍英东是对的。

这一举措沟通了珠三角东西两岸的交通，使深圳到广州、东莞到番禺的车程缩短了40—120公里，大大节省了交通费用。一时间，来过渡的车流滚滚延绵不绝，有时竟达数公里，码头获得巨大的经济效益。6年后，日车流量超过13000辆次，年收益超亿元，投入的巨资早已收回。

就是在横跨珠江的虎门大桥通车后，轮渡码头依然盛势不减，珠三角两岸的大量货车为节省成本，仍钟情地驶向既省时又省钱的轮渡码头，码头外的车流依然延绵不绝。

对自己的得意杰作，霍英东心里算了一笔账：若从轮渡发送的货车总运量占总流量的40%估算，也就是每天至少有2万—3万吨货物通过渡口运达珠三角各地工厂企业，或运往港澳、海外市场。

这经济效益、社会效益有多大？谁也难以计算。

南沙一举成名！驰向四方八面的汽车到处报告：霍英东搞了个南沙渡口，走那里真省钱！

更重要的是，南沙开始真正成为珠三角的交通枢纽。霍英东把南沙变成黄金水道上一颗耀眼明珠的设想，奏响了激动人心的序曲。

一棋落下，全盘皆活。南沙建设的攻坚战打响了，霍英东投下近20亿巨资，南沙港客运码头、大楼很快就矗立在珠江右岸，并开通了南沙——香港的航线，使之与香港经济联系更加紧密。国务院正式批准成立广州南沙经济技术开发区，区管委会所在地很快就形成规模相当的居民区，霍英东又建起船厂、货柜码头、高尔夫球场、南沙大道等一批项目，使之与珠三角的陆路交通更四通八达。他与开发区组成联营公司，共同开发南沙以东21平方公里土地。南沙优良的投资环境，很快就吸引了美国、日本、加拿大、法国、新加坡、德国和港澳台等国家和地区的客商前来投资设厂。对踊跃前来的投资者，霍英东有个严格的要求：进驻南沙的必须是高科技、高附加值的项目，会造成污染的，再大的投资也不要。要永远保持南沙新城蓝天白云、青山常在、绿水长流的生态环境。

早几年房地产大热，无数内商外商蜂拥奔走，将内地的房地产市场搅得沸沸扬扬、满天神佛。不少人以为早年在香港房地产业中叱咤风云、称雄港九的霍英东，现在坐拥南沙20多平方公里，一定更龙腾天市，大赚特赚。不料，他们全错了，大跌眼镜——

霍英东竟风雨不动安如山！他仍在默默耕耘：架桥、筑路、建码头……实实在在地搞成配套的基本建设，老老实实地投入真金白银。

时至今日，人们看到外省那几个炒地皮、吹泡沫的开发区，有的仍是荒地一片，有的变成只有座座“房壳子”的空城、死城，无不佩服霍英东毫不急功近利的远见和英明，霍英东不愧为一心为国为民办实事的实业家。

直到现在，有一个事实还鲜为人知，霍英东开发南沙，是以霍英东发展基金会名义进行的。这是因为，霍英东决定用非牟利机构基金会来开发，将来的所有收益将全部反馈回报社会。

霍英东为开通心目中的黄金水道日夜奔走操劳，为镶嵌那理想中的钻石走廊而运筹帷幄，南沙人经常见到，晚上还从电视中见他在北京开会操劳国事，第二天一早却发现他坐在南沙的办公室里听汇报了，而且是经常带着三个儿子一齐上阵。南沙人这样评价他：他比年轻仔还有活力，做事比打仗还紧张。

开发南沙不可能一蹴而就、一步登天。它是一个庞大的、复杂的系统工程，需要决策者用高度智慧去把握和安排，找出主攻方向，抽丝剥茧地逐个解决。水上人家出身的霍英东深知船泊码头要拉缆扯绳，什么是开发南沙的“缆”？牵住它就能把南沙带旺搞活，把南沙真正变为珠江口的一颗明珠呢？

殚精竭虑的霍英东成竹在胸。

关键在距离。南沙到香港、澳门，南沙到广州、深圳的距离。

如果广州人到南沙像到市郊，香港人到南沙像到新界，可以住在南沙，早上到香港、广州上班，那有多好。

但这距离又是实实在在的。南沙—广州50公里，南沙—香港30余海里。

不过，在霍英东充满现代意识的心目中，距离是完全可以缩短的。香港、广州都可以“拉近”，或者反过来，把南沙拉到香港、广州这些大都市的旁边。这样，南沙以它得天独厚的条件，变得更具吸引力。

陆路还好办，路、桥一直在搞，一级路变成高速路，双车道桥变多车道桥，路好桥通，距离会自然“缩短”，霍英东不停地投资，乃至有人笑他搞路桥“上瘾”，就是为了缩短南沙到广州和珠三角各大中城市的距离。

水路呢？这关系到南沙与香港的联系，变得至关重要。香港作为亚洲和世界的金融、商贸、资讯、交通中心，其经济辐射对南沙、对珠三角所起的作用举足轻重。南沙作为珠三角的交通枢纽，必须成为贯通内地和香港的高效快捷的最佳管道之一，否则，南沙就不但称不上黄金水道上的明珠，其前途更不容乐观。

建设高效快捷的水路客运和货运体系，成为他开拓黄金水道的主攻目标。他斥巨资建设客运码头和南沙港联检大楼，又建起南沙货柜码头。他是大海之子，对海洋江河充满感情，开发南沙第一仗就是靠建造双层快速汽车轮渡和码头旗开得胜的，现在，又要和码头和船舶打交道了。

大海之子，黄金水道的开拓者，似乎真的永远离不开海，离不开船。

这是他的新挑战。

南沙壮歌

霍英东要造船。

这并不令人惊奇。霍英东早就造过船，他的有荣船厂在香港相当有名。

但是，这一次他是要造当今世界上最快最大最先进的双体铝合金喷射客船，这就不能不令人耳目一新了。人人都知道他向来敢为天下先，但每一次他做别人不能做、不敢做的事，都有实实在在的理由和目标，而这一次，是否有点“捞过界”?

不，建造大型高速船舶，是霍英东开发南沙、建设南沙、把南沙建成一个国际性的现代化海滨新城的战略重要组成部分。

霍英东很早就说过，开发南沙，成功与失败就看船，看船运与航速。

因为，他很周详仔细地研究过，尽管近年珠三角方圆百多公里已拥有 7 个机场，编织了密集的公路网，但他经科学论证和多次国内外考察，最后认定，沟通这黄金水道、钻石走廊，能最快捷最经济地从南沙到香港的大型交通工具，最佳选择应是可乘数百人的高速船舶。

在船上出生，在船上度过童年的霍英东，对我国特别是省港澳的造船航运业有很深的了解。在珠江流域，船舶一直是最重要、最经济的交通工具。从民初就兴起的“花尾渡”，即由一只“电船”（即小火轮）拖着一艘无动力的载客船在珠江上行驶，一直到20世纪七八十年代才结束历史使命。这种船航行极慢，那时搭这种船从省城广州到中山等地，直线距离不过五六十公里，但它在珠江航道上拐来拐去，足足要走一天。到香港就更慢了。

香港船运业就较发达，世界上出现什么新型船舶，香港很快也会有。霍英东回忆：很早期在香港造大船也比较困难，因香港政府海事处不让大船泊码头，上落客要坐小船摆渡。尽管这样，中华人民共和国成立前的省港两地交通还是较繁忙的，如香港开广东、广西、虎门、江门、岐门等地的航线，都建造了大船，启动了一次很大的航运改革。那时省港交通已兴起开晚班船，乘客要在船上住一宿，第二天到达上岸，很受乘客欢迎。后来国际上对客船的要求十分严格，例如要求大船船员每人都要有舱房住，而且不能住在舱底，一定要在甲板以上。那时大船船员役工都有百人以上，不可能适应这些要求。由于种种限制，那些省港船公司的大船也就逐渐被淘汰了。

1980年代初起，祖国内地开始开放，香港的船公司引进了早期的水翼船行走省港两地航线，一船载五六十人，速度也较快，风光一时，但因噪音太大、载客量仍小、航速未如理想等一系列缺憾，终于式微。

随着改革开放深入，邓小平肯定了“时间就是金钱，效率就是生命”的口号，祖国内地的经济大大活跃起来，各地都争先恐后进口了一批较高速的客船，日本、美国、欧洲、俄罗斯等国家造的高速、准高速客船打进中国市场，一时鱼龙混杂，新船旧船什么都有，仅珠江三角洲一地就向澳大利亚珀斯一个地区买了37艘铝合金双体船，国家耗费了大量外汇，这同时也说明，中国十分需要高速客船，市场相当大。

我国在高速船上起步较晚，当时全国也没一家船厂具备生产这种高性能船舶的能力。按我国标准，正常航速超过25节，载客超过12人的即为高速客船，与国际先进水平差距甚大。为了发展南沙，需要的高速客船也只能向外国定购，就是你有钱买，真正先进的高科技的东西人家还不一定给你。

霍英东看在眼里，急在心头，为了争分夺秒开发南沙，也为了填补国家高速客船业这一空白，同时考虑到高速客船制造业应该是一个国家的综合工业，其发展不仅能带动其他行业如电子、机械、铝合金材料、装饰材料等工业的发展；还可提高国内铝合金高性能船舶的制造技术水平。但这不仅需要引进技术，还需自我消化、吸收和改进，培养自己的技术队伍，争取形成一个全新的产业。

他毅然拍板：自己造船！要造最新最快最大的客船！

为了造船，霍英东认真考察过发达国家的高速客船。在加拿大温哥华的维多利亚港，他专门乘坐那里的客船航行，那船航速 17 海里，马力 10000 匹，船上设备非常豪华，刚上船感觉非常好，但在船上待久了，约 1 个小时后，就开始觉得烦闷了，所以他认为，从乘客心理角度考虑，短途航行的时间一定要控制在不超过 1 小时 15 分钟。珠江三角洲交通竞争非常大，火车、长途汽车、飞机等均可供旅客选择，客船有没有竞争力、生命力，就要看航速和服务。他打了个比方，像人们坐船从香港去番禺的莲花山港要 2 个小时 20 分钟，若只是偶尔回乡则关系不大，但若考虑上下班或公干，人们就不可能选择它。因此，每天 9 点以后，乘客就少了，没有常客，航线就很难维持经营。他断定，客船行走南沙到香港航线，若航程在两个小时以上，就不会有商业用途。

霍英东也完全了解，造船业仍然是当今世界各工业国最大最基本的产业之一。全世界有近 100 个国家都有造船业，同时也在争夺船舶市场。适者生存，落后者就会被淘汰。日本、韩国、挪威、瑞典和澳大利亚等国都积极支持本国造船业。每年都由政府投入大量资金补贴，瑞典和挪威一下就拿出 200 亿美元资助，而澳大利亚从 1980 年代起就给造船厂相当于船价 10%—15%的补贴。对于出口船只更是给予信贷、税收等方面的优惠，有的国家还向外国买家提供低息买船贷款。在这种有利条件下，他们的船价就变得很有吸引力了。尽管如此，各国造船业仍须十分小心经营，因为造船本来就是本大利微的行业，一不小心就会在竞争中败下阵来，失去市场。

至于制造高速船舶，尤其是航速高达 40 海里以上的新型船舶，更是一个难以涉足的领域。因为研制高速新型船舶，在世界各发达国家都被列为高科技的军事项目，由国防部拨出巨大的国防资源进行的。如何克服水的阻力，增加航速，一直是各国军事科技尖端而敏感的目标。霍英东知道，如果一艘 7000 马力的船航速为 17 海里，要每增加 1 海里速度，就得增加 1000 马力的推力。一般的民用船厂根本不可能有这么巨大的资源来研制这些项目。而完全由军用高速船舶转为民用又根本不实际，噪音、震动很大，稍受风浪影响就非常颠簸，乘客会感到十分不适，加上耗油量极高，所以很难用于商业用途。

既然世界各国都把高性能船的研制列为高精新的国防科技项目，由政府拨出高额国防开支进行开发研究。于是既生产军事产品又涉足民用品的大公司就利用其优势独领风骚，大发其财，垄断了民用高速船舶的生产。例如，为美国国防部制造飞弹和战机的波音公司研制出全浸式水翼喷射船，英国的仕文厂研究出“SES”气垫船。甚至高速船上使用的机械设备也都大多起源于军品。如：德国生产“MTU”柴油机的工厂是一家坦克发动机厂发展起来的，美国的船用红外线夜视仪几年前还全用于军事项目，未见用于民品上。

现在霍英东要在南沙造船，要用最新最大最快的船为开发南沙服务，却完全没有上述优势。他得靠自己，也就是说，他得面对世界造船业的竞争压力，也面临高科技的考验。

这又是一次新挑战。

霍英东喜欢挑战，他和儿子霍震宇开始在世界各国进行科技考察，会见世界著名的造船商和权威专家，认真挑选南沙最适用的船型和设计。

发达国家的高速船舶五花八门，各有千秋。如美国波音公司的喷射水翼船，在当时是“大哥大”，航速达40节，但载客只有200多人，造价却高达吓人的2200万美元，要引进它并不符合霍英东用低成本造出最大最快最好的船的要求。而在欧洲、澳洲较普遍行驶的另一种铝合金双引擎双体船，航速又太慢，也不可能达到霍英东要求一小时左右从南沙到达香港的目标，因而被放弃了。

看来，要引进外国先进科技，造一艘自己合用的船，套句时髦的话，要适合国情，也得要以天下为己任的霍英东父子绞尽脑汁，煞费苦心了。

在广勘博采的科技考察和严格论证基础上，经过与权威专家们深入广泛的分析研究，霍英东和霍震宇制定了一套研制方案，霍英东富有独创性地提出：要突破现时国际上最先进的双引擎高速喷射船的设计局限，研制出一种全新的四引擎大型高速宽体喷射船，这种船应能乘坐三四百人，经计算，推进马力要达10000匹以上。

在新加坡国际高速船舶会议上，霍英东的大胆决策引起与会专家一阵惊呼，他们认为这不可能做到。因为这一构想在发达国家都未见有制造军用产品的企业敢付诸实施，而且有多项领域涉及军事尖端科技，霍英东竟想独资研制成中国民用的四引擎高速喷射船舶，这个中国人真是心比天高。

当时香港还未回归，港英政府有些官员和权威人士知道霍英东要搞大型的高速喷射客船，而且要在内地的南沙建造，也一个个摇头摆手表示怀疑，他们认为现时中国人根本不可能有这样的能力和条件。有人还等着看笑话。

别人的否定和怀疑，没有动摇霍英东的信心，他付之一笑，继续我行我素，走自己的造船之路。

他憋足了一股劲，就是要为中国人争口气！就是要让总是低估中国人潜能的先生们目瞪口呆，大跌眼镜！他怀着满腔爱国热忱，以严谨务实的科学精神，像一位运筹帷幄领军打一场大仗的将军一样，滴水不漏地在南沙亲自筹划、组织、指挥了新船的建造工程。

霍英东具独创性的造船构思，经一批中外专家反复论证、计算，结论是可行的，绝非凭主观意志和心血来潮的草率决断。霍英东感到欣慰，他和霍震宇一起，认真研究引擎的筛选。

能产生10000匹马力的引擎，才能符合他们的要求。于是，军机使用的透平机，进入了霍英东和霍震宇的视野，但很快被他们否定了。这些主机的寿命是按小时计算的，频繁的变速启动会令其时限缩短，商业用途与军事用途毕竟不一样。英国产的高速气垫船使用的动力系统似乎较理想，但光有强大动力不行，噪音如雷贯耳，如用于大型客船，乘客会感到十分不适，一切以人为本，为乘客着想的霍英东，也把它否定了。

经三番四次的科学论证，他们选取了德国一家制造坦克的企业出产的“MTU 16V 396TE 74L”主机，这种主机在不少发达国家都用于军事用途，在航海上使用可靠性已有公论，按霍英东的首创构思，中外专家们设计将四部这种主机并用，配上四套从瑞典引进的“KAMEA63 SII”双重喷水式推进系统，就能产生超过10000匹马力的强大动力，喷水式是现时船舶最先进的推进方式，与喷气式飞机的原理相近，完全符合霍英东建造超高速大型客船的要求。

对于自己这种博采众长、择优而取的方针，霍英东有一套独到见解。他认为，当今之世界，是一个流通与交换的世界，市场经济，更是流通与交换的经济。什么都要自己从头开始研究制造不切实际，谁能吸取、融合别人智慧结晶为己所用，谁就能立于不败之地。美国波音公司造的波音747飞机，甚至连主要零部件也并不都由自己公司建造，发动机有的用英制“Rolls Royce”，有的用“GE”，很多东西都是同其他国家进行合作与交换，组装起来的。有点像以货易货的交易，英国向他们买一定数量的飞机，他们也会向英国购入一部分发动机。谁的东西好，就用谁的来提高自己的价值。

就为这种博采众长、择优而取，霍英东投入了巨大的精力和财力。但是，向来审慎稳健、胆大心细的他，就算在稳操胜算的情况下，仍然没有马上动工建造。

他还要实实在在的证明，就像香港人说的，钢索吊灯笼——万无一失。他把那个反复论证和计算的方案设计，拿到澳大利亚定制了一艘铝合金的四引擎喷射船，为了稳妥，这船稍小一点，载客量也少，船造好后命名为南沙 18 号。经一段较长时间的运行，证明设计毫无问题，切实可行，他才决然下令：自己造船！造大船！

早在这种最新型的铝合金双体高速喷射客船在霍英东和中外专家的设计室中，被紧张地设计之时，霍英东已未雨绸缪地在南沙东部的滩涂上打响了大战：填海造地，兴建现代化的新技船厂。

经争分夺秒的填海、打桩、施工，短短数月内，高大宽敞船厂建筑拔地而起，员工宿舍、餐厅、康体设施一应俱全，为了特别照顾聘请来的世界一流的中外专家，他还拨巨款建起了专家村，20 多幢小别墅一字排开，碧水清莹的蓝色泳池和网球场显现出不凡的高贵气派，船厂正式落成。

在建厂同时，霍震宇遵从父命一面在现场指挥、监督，一面求才若渴地在国内外挑选、招聘、任用高素质的工程技术人员和工人。偌大的现代化船厂，他只要一百人，有一半是大学毕业生，这是一支精兵。

经过夜以继日的紧张准备，新技船厂有如弯弓待发，霍英东一声令下，世界上第一艘大型的铝合金双体高速喷射客船终于动工。霍震宇被任命为新技船舶工业公司董事长兼总经理。

开弓没有回头箭！新技船厂施工进度表上的箭头，急速地直指霍英东定下的目标。

霍英东日夜关注着新船的建造，为了便于指挥，还在厂里安装了电脑可视电话系统，即便他身在香港，也随时可以通过系统观察船厂车间的生产实况，适时下达指令。

他多次谆谆寄语船厂员工，要精心施工，精密安装，创出一流水平，造好这艘为中国人争气的船。他指出：我们造喷射客船与造喷射客机比起来，虽然有区别，工艺上有所不同，精密度也有差异。但是，很多的高新科技、设备，如夜航、雷达、卫星导航、定位、自动监测、安全保障等，都十分相似。船上的监测系统十分重要。事关稳定性、可靠性、安全性的每一个细节都不可忽视。高速喷射客船在海中航行，遇到的复杂情况并不比喷射飞机少，如海潮的涨退、台风、吃水深浅、暗礁浅滩，码头泊位以及机器的冷却，等等。造船其实是一种挑战。所有设备的稳定性、可靠性一定要保证一流水准，铝合金焊接技术、防震动、抗噪音、防火、空调、发电等都要十分注意，小到连厕所用具都得亲自照顾到，务求精益求精。

造船是一种挑战，霍英东一语千钧！

挑战！他选用了最先进的主机和喷水推进系统，即使耗资巨大也在所不惜。

挑战！他想方设法在新船上安装上最先进的驾驶仪表、雷达、卫星导航、卫星通信系统和船用夜视仪，其先进程度可以与世界军事尖端科技媲美。

挑战！他选用了最轻但又最坚固的铝合金材质，有效地提高了船速。

挑战！他亲自改进新船室内设计和装修，强调安全性和舒适性，对抗噪音、防潮、防火、空调、隔温提出极高的要求，务求充分体现新船的美观、舒适、高雅、安全。

新技公司的员工曾感动地对我说，霍英东先生亲力亲为的程度，是谁也想不到的。为了确保乘客安全，他几次视察装修好的客舱，凡发现尖的、带角的东西他都要求立刻撤掉，或换成圆的、软的，以免船体遇风浪颠簸时令乘客受伤。

为了确保质量，霍英东还特意请来香港海事处的验船师定期检查，处处监督，包括铝合金的每条焊接，每道工序。

从小在霍英东的严格要求下成长起来的霍震宇，兢兢业业、不辞劳苦，从公司管理体制的建立和完善着手，重视技术队伍的培养和充实，力求现代化和高效率。他运用自己在电脑方面的专长，实现了设计、生产、管理、物料、财务的电脑化管理。在霍英东这位严师慈父的指导下，他与中外专家一道出色地解决了新船在大马力高航速条件下的安全性、舒适性、可靠性，以及抗风性、防火、防潮、低噪音等一系列问题，成为了当时建造高速客船最成功的创新范例。

霍英东与霍震宇两父子亲自策划和参与了新船建造的全过程。在霍英东亲自指挥下，霍震宇率领只有100多人的新技专家、员工，终于在短短一年中完成了这艘具有划时代意义的新船的建造，世界上第一艘大型铝合金四引擎高速喷射船在1996年10月胜利下水。

当有“船王”之称的候任香港特首董建华前来参加新船剪彩时，看见这船没有螺旋桨，还有几分诧异，但他一看到那四套高速喷水系统，并知道这一套喷水系统在两分钟内就能将一个标准泳池注满水时，他马上就明白，这艘新船，是当今高科技的结晶。

新船被命名为“南沙38号”。

“南沙38号”第一次的试航效果就极其令人满意。经中船总第701研究所以及中国船级社的专家和验船师严格的检验鉴定，“南沙38号”达到国际先进水平。同时它还被我国有关机构选评为世界一百艘高性能船之一，可称为“同类船的佼佼者”。

霍英东的壮举，又一次令中国人扬眉吐气。

胜利令人兴奋，但没有令霍英东陶醉，永远勇于进取、追求完美的他，立刻展开第二轮挑战——建造“南沙68号”!

霍英东对“南沙68号”提出了更高的要求。他强调以人为本，为广大乘客服务。他要求今后每一艘新船的装修要有一流水准，保证舒适、安全、豪华、大方。澳大利亚是国际上的高速喷射客船主要生产国，其同类产品比日本便宜一半。霍英东把挑战目标瞄准澳大利亚，他要求，新技公司的高速喷射客船造价要比澳大利亚产品低，质量和舒适性要超过澳大利亚。

在霍英东的严格要求下，霍震宇励精图治，严抓管理，“南沙68号”从设计修改，工艺要求，直至设备、仪器、零部件的安装及舱室的装修均是本公司国内员工自己完成的，而且整个建造过程都有中国船级社验船师在现场进行严格监督。

结果，霍英东再次大获成功。南沙再次响起一曲气势恢宏的志气歌！——1998年5月，“南沙68号”胜利下水。

中共中央政治局委员、省委书记李长春来南沙视察参观，碰巧参加了“南沙68号”第一次试航，素来小心谨慎的霍英东还担心会出什么小毛病，结果新船全部指标一次达到99%的成功率。这在国际造船业上都是罕见的。新技公司两次新船下水都有海军部队的代表参加，各级领导和海军代表对新船的评价极高。

"南沙 68 号"的试航及营运充分证明，这艘船完全符合国际海事组织（IMO）的有关技术要求，各项性能指标已达到和部分超过同期同类先进船舶的水平。韩国、日本、美国和一时称雄铝合金高速船市场的澳大利亚都未能造出这样不但成本低而且质量好的船。在中国"科教兴国"的口号日益深入人心的今天，先行一步的新技公司已实现了世界最新型船舶的技术转移，从而掌握了这门高新技术。而今，又一艘更高水平的新船——"南沙 88 号"，又开始建造中。

由于新技船厂的成功，国家有关部门给予了很高的荣誉，广州市政府向新技公司颁发了"高新技术企业认定证书"。对于这些成绩，霍震宇谦虚地说：这得益于省市领导的关怀及各级政府有关部门的支持，全体员工还需不断努力学习。

由于拥有"南沙 38 号"、"南沙 68 号"等大型高速喷射客船，成本降低，在霍英东造福于民的思想主导下，香港至南沙航线连续几年保持低票价，比其他航线同类船舶同等航程票价低 30%以上，因而该航线成了珠江三角洲最兴旺繁忙、质优价廉的航线，人民群众受益良多，也大大促进了"珠三角"黄金水道、钻石走廊的建设，霍英东把南沙建成国际性的新型滨海城市、珠三角交通枢纽、黄金水道上的明珠的理想，正在稳步实现。

赤诚挂云帆，搏浪闯沧海。在霍英东的辛勤耕耘下，南沙在迈向辉煌，新技船舶工业有限公司在迈向辉煌，让我们为他们的奉献和努力致以最诚挚的祝福！

平凡村官的24小时

一

好一个清爽的早晨！

关润尧匆匆忙忙吃了碗白粥，啃了个面包，便驾车出门。与同村乡亲们的早晨总在优悠中开始不一样，他一起床就像要去打仗。在一天的交响乐中，老关的序曲总是演奏着热烈的小快板。

虽然他只是一个村委主任、总支书记，但他同样得与大都会里的大干部、大老板一样日理万机，号称比七品芝麻官还小三级的“十品总理”，因为他除了主政一条村子，还得管理着这个村子的两个集体大企业：年产值超过10亿元的罗南土地股份集团和罗南企业集团。有人开玩笑说他忙得像个市长，他的村子像个“罗南市”：关润尧所在的罗南村4.75平方公里，有3519人，工农商学样样齐，工商企业120多家，外来打工者有上万人，有文化中心、图书馆、小型博物馆、球场、田径场，有9个村民小组，有9个公园，13个灯光球场，有小学、幼儿园，有万家乐购物中心、肉菜市场，还拥有70多人治安队伍和监控全村各条道路24小时治安状况的光纤摄像系统……的确，麻雀虽小，五脏俱全，真还像一个袖珍版的现代化新城哩。

他的车子汇入了浩浩荡荡的车流，珠三角的一派繁华气象，从一大早公路上就被大小汽车塞满可以窥探出来。他的村子就是一个创造繁荣的缩影，村民过的是“袋有银、居有楼、行有车、病无忧、少有教、老有靠、讲和谐、乐悠悠”的日子，全村1000多户，却拥有850辆小汽车，不到两户人就有一户“有车一族”，公路上的车子怎能不有如过江之鲫？他边摆弄方向盘边与同样开车上路的乡亲打招呼，把车子驶上南庄东平水道的大堤，下车站立一会，贪婪地深吸了一口新鲜的空气，凝视着他那小洋楼鳞次栉比的村庄，再过一会儿，这里将举行一个“路堤结合工程”的剪彩仪式，眼下纵横交错的村道，将要和这防洪大堤连结为一体，大堤成为全村的屏障和新的“主干道”。

关润尧对村子的一草一木都熟悉透了，他从18岁在这里当生产队长，曾经是全公社响当当的插秧能手，一手“双龙出海”的插秧绝活能叫人看得目瞪口呆，后来又在大队的自行车零件厂造过广州“红棉牌”自行车的零件，还经营过铁家具厂、电风扇厂，在改革开放的大潮中，终于把村里的地板砖厂发展成一个企业集团。他在这村子里摸爬滚打了39年，老人叫他阿尧，孩子后生叫他尧叔，同辈叫他“关sir”，这绝不是贬称，而是对他为发展全村的集体经济殚精竭虑领航掌舵的赞赏，在珠三角，只有最有智慧和能力的人，才配被人尊称作“阿sir”。

他凝视着罗南文化中心那座高高矗立的钟楼，那是他呕心沥血的一件“代表作”。起初，很多人不明白一条村子为何要花近2000万搞个文化中心，好大一笔钱啊，分了它全村每个成年人可得上万元呢！可是关润尧铁了心就是要建，他统一了党总支和村委的思想，又召开村民大会形成了民主决策，道理简单而且理直气壮：我们不能富了口袋，穷了脑袋！

同样的话，他在江泽民总书记面前也说过。

2003年3月，北京人民大会堂广东厅春意融融。江总书记来到全国10届人大的广东代表团参加审议政府工作报告。人大代表们个个如坐春风，关润尧作为农村代表，向总书记汇报了罗南村的基层建设成就：农村富裕了更要注重道德文化建设，村集体每年补助每个上幼儿园的孩子1500元、上中学的补助1000元、上大学的补助2000元，我们不能富了口袋，穷了脑袋……

“好!”江泽民听懂了关润尧令人忍俊不禁的“佛山普通话”，与旁边的李长春、张德江同志会心一笑，老关的精彩发言赢得与会代表一片热烈掌声。

占地近12000平方米的罗南文化中心搞起来了，功能涵盖文化、体育、休闲、娱乐和公民教育，设有2000多个座位的会堂、室内球场和大舞台，还有老人活动中心、乒乓球室、网球场，关润尧又执意要在里面开设一个拥有4万册图书的图书馆，还要设一个小型博物馆，主题是“致富思源、富而思进”，里面陈列了过去农村生产工具、生活用品——水车、打谷风柜、各式农具、农家小艇……还用声光电科技展现罗南旧社会的悲惨一幕，这是一对宛如真人一样的贫苦农民形象：老伯父病卧床上，老婆婆辛酸地端起药碗送上，屋漏偏逢连夜雨，窗外是电光闪闪，雷声隆隆，大雨滂沱……

这只是关润尧“脑袋工程”的一小部分，他的“脑袋工程”还要搞下去，越搞越大。

他回头看着大堤外的东平水道，这是北江的一条支流，也是他和父老乡亲们的母亲河、养命河，滔滔珠江河水养育了罗南，也养育了他，他从当选省人大代表和全国人大代表起，好几次履行职责都为了这条江河……

大江浩浩东去，他的思绪回到1998年……在一次省人大代表视察中，关润尧发现一个庞大的垃圾发电厂即将在某镇的珠江边动工，引起了周边居民的严重不安，当地的干部也找到人大代表表达强烈的反对意见，认为此垃圾发电厂会影响当地投资环境，他马上约同几位代表坐船到现场察看，觉得光从当时当地的经济发展角度考虑问题并不妥当，作为人大代表，还应从更高的角度和更广泛的范畴观察和思考问题，他们联名提交了关于不宜在珠江边兴建垃圾发电厂、以保护珠江水系的水质和生态环境的提案，还启动了广东特有的“直通车”机制，以人大代表身份“紧急约见”省长，四天后，汤炳权副省长和有关部门负责人会见了他们，省政府从善如流很快做出决定：垃圾发电厂另行选址兴建。人大代表“紧急约见”省长，在当时还属全国首例。几年后他当选为全国人大代表上京开会，与同为代表的汤副省长谈起那次开创全国先河的“紧急约见”，汤副省长竖直了大拇指大为赞赏，他说：你们的议案很好很及时，如果当时闷头把厂子建下去，到现在肯定还得搬走，损失更难以计算。喝了“头啖汤”的老关也从此次经历中咂出味道：人大代表决不像有些人所说的见面握握手，表决举举手，散会拍拍手，只要真正代表人民群众切身利益认真履行职责，就能做到有名有分、有职有权，完成宪法赋予的神圣使命。

同样是这条大江，引发了又一场生态保卫战，关润尧再次冲锋在前。他在一次调研中，发现本地一些高污染行业工厂因为受到环保限制，搬到了西江上游某地大肆设厂，而且沿江一开就是十几家，他心急如焚，马上给省人大常委提出建议，获得人大常委高度重视，经过各级人大和政府的艰苦努力，这个危害珠江生态环境的问题终于得到解决。

大堤上好些后生在准备剪彩仪式，他过去检查一番，对议程叮嘱几句，便沿着大堤前行，前面就是水闸了，生在水乡的关润尧对江水情有独钟，为了改善村子的水质和环境，他在三个代表学习中，启动了“水乡罗南”的建设大计，发动党员和群众开掘了一条3.5公里长的环村河涌，每天都从这个水闸输入汪汪清水，着力打造一河两岸的宜人景色，沿涌种树栽花，成条村子变成了一个大公园，涌清环境靓，水活人精神，水为财啊，此话不假，村子环境一变，外商内商纷纷到罗南置地开厂，土地升值，村民的土地分红自然猛增，人们预计，到明年，人均分红3000多元可以一下跃上4000元，人均收入连续三年超过1万元。可是他仍紧紧捏住几百亩农田保护用地，这是子孙后代的财富，哪能轻易动用？有人说他蠢，也有人说他精明，他不管说什么，事关集体根本利益，他必定千山我独行。他一个个做工作，说服村委集体表决，一咬牙花下大价钱买下村外300亩地，一年下来，怀疑的、反对的全傻了眼，又是“关sir”计算准啦，大大增值！这块买来的地成了村集体的聚宝盆。罗南村从1995年开始实行以土地为中心的农村股份制，村集体的掌控的财富不断增加，大河有水小河满，从土地股份集团成立到2004年共10年间，从1994年人均股份分配不足400元到2004年平均达到了3600元，2005年更突破了4000元，不单群众能增收，更是解决了村界矛盾，姓氏矛盾。村民个个都是股东，人人关心集体。

清亮的江水从水闸哗啦啦流进罗南涌。老关心头对这江水涌起一阵爱惜和敬畏，今年初夏发“龙舟水”，好险啊！凶猛上涨的洪水超出警戒线，离危险线只差0.15米，水闸边的大堤上突发管涌，已在大堤上坚守两天两夜没合眼的关润尧一看，心一下抽紧了：江水已经高出村庄4米，一旦决堤后果难以想象。区委书记、区长赶来了，命令抢险人员和物资立即到位，话音刚落，早已脱下上衣的关润尧扑通一下跳进水里，有年过半百的老支书率先垂范，抢险队员个个奋勇往水里跳，顷刻间大堤下爆发出一场肉搏大战，终于化险为夷，保住了美丽富饶的罗南。

锣鼓喧天，醒狮狂舞，有嘉宾来到剪彩现场了。关润尧回过头，快步向会场走去。

简单而隆重的剪彩结束后，客人们要求参观罗南村的经济建设和和谐社区建设，他又带着来自广州、佛山的领导和各界人士走村过户，大城市来的客人们像逛大观园的刘姥姥，看罗南的碧水蓝天绿地工程、“脑袋工程”，看村办龙舟节、运动会、学生体艺节、敬老酒会、与中山大学合办的全国第一个农民MBA研修班、村办卫生所的实地和图片展览，还看到村委每年花20万元给全村各家各户订阅的党报，人们啧啧称奇：

“真个是‘远望是林园，近看是花园，细看农民生活在幸福乐园’的新罗南哩!”

“小桥流水，亭台楼阁，莲荷娉婷，了不得！这里的人比城市人过得还舒适自在……”

“好一个和谐社区的活样板!”

老关有几分腼腆地笑了。回想十几年前他一当选支部书记，当即向全村提出要把罗南建设成“绿化、美化、净化”和“林园、花园、幸福乐园”的新农村，一言既出，举座皆惊，生性务实的村里人生怕支书“车大炮”、“讲大话”，可是老关带领党员群众拼死拼活扎实苦干，硬是打造出秀丽水乡景色，10 年辛苦不寻常，罗南旧貌变新颜，几年来荣誉一个个接踵而来：中组部、省委、市委授予的先进基础党组织、广东省先进集体、广东省十强村、广东省生态示范村、广东省卫生村、广东省文明村、连续 12 年被评为先进党支部……

年年岁岁、日日夜夜，关润尧把最宝贵的时光、心血和精力，全都奉献给了罗南，奉献给了关爱他的父老乡亲。

二

中午，是温情脉脉的回旋曲。

食堂里，关润尧用鲜鱼“打边炉”招待宾客，他一直站着给客人烹煮鲜美的鱼块：“打边炉要站着打才过瘾呀，吃吧，大家多吃一点，这些鱼啊，可不是买来的，全是我们村委会门前的莲藕塘里捉来的，我们的莲塘有人工河涌直通西江，保证没有用过人工饲料，没有任何污染，大酒楼也吃不到我们这样的美味河鲜。看，这是锦鱼，专吃鱼长大的，又凶又霸道，它天天追着鱼咬，所以它的肉质最鲜美，是河鲜的上品，因此我们才下决心清了这口塘，一清塘才知道，咳，大丰收！今天中午村委会、文化中心、治安队全都打边炉，人人都有福同享……呶，这是大头，鱼头云是珍品，你们试一试？来吧，这是脆肉鲩，吃到嘴里弹牙呢，味道好极了……”

一顿别开生面的鱼宴，尽管不上酒水，也吃得大家心满意足，齿颊留香。花多少钱？没花钱，这鱼呀、菜呀全是村委自己生产的，真个是“清风朗月不用一钱买”。罗南人坐拥10多亿元集体资产，却从来反对大吃大喝，老关对公款的开支更是“生葱捞豆腐——一清二白”，刚才有一些管财务的客人在村委的民主理财公告栏前停下脚步，看得特别仔细，不由得交口称赞：“哦，村委财务制度严得很呢……”“有监事会，有民主理财小组，每个月审核开支单据，还要向全体村民公布审单结果……”“哈，老关，你把村里的财务搞成透明财政了！”当时关润尧笑着自嘲一番：“我们村的集体开支是玻璃‘夹万’，一眼看清，集体的血汗钱，谁敢昧良心乱花费搞贪污，天地不容！可光靠道德自律不行，还得有严格周密的制度管着，才能滴水不漏、万无一失。”

陪同参观的区委领导告诉大家：老关纪检监察意识很强，他有一条“家规”，与自己沾亲带故的人不得在村委会和集体企业中任职，也不得在村集体的经济项目中招投标、做生意，他自己任董事长的企业集团，对村集体只有不断掏钱办公益事业的责任，从不花村集体的钱。正在村委会里，他这个主任实行“三不”：“不管财、不批条、不签单”，所有大笔建设开支如建设文化中心，开挖3.5公里长的环村河涌、收购外村大量土地等，都坚持集体讨论议决执行，不搞“一言堂”。正因为他公私分明、公道正派、廉洁自律，村中男女老少都心服口服，全村人口中，关姓人少，是小姓，但宗族观念早已被打破，每次选举村主任或党支书，老关总以绝对高票当选。

老关用他自己摸索出的一条“强基础、建机制、炼精华、抓特色”的路子，令“富裕罗南、文化罗南、水乡罗南、和谐罗南”的名声在外，来往参观访问的人络绎不绝，老关按村民选出来的民主理财小组要求，对接待费用限制特别严格，但各方人士、八路神仙又得热情招呼，“来的都是客，全凭嘴一张”，这就得动用“关sir”的智慧了，必要时他可以跳下鱼塘为客人们捉鱼，富饶的村庄尽显农民式的质朴、节俭和热情，让你不由得心里一热，乘兴而来，满意而归。

老关与客人们握别，热情地送他们登车离去的时候，一个后生上前报告：动员妇女参加环境卫生队工作难做，她们不是怕苦怕累，而是这活儿原来是外来工做的，现在由村里人来做，怕低人一等、没前途。

老关嘴一撇，笑了：什么低人一等？闲在家里吃分红搓麻雀就高人一等？那是二世祖！我们村的脑袋工程就是要破一破这些陈旧观念，从今以后，环卫工、绿化工全都不请外来工打理了，由本村剩余劳力来做。下午我带头扫街，没有外出的村委都来，让大家看看，罗南村的活儿没有高低贵贱之分……

三

下午，罗南奏响的是欢快得激动人心的波尔卡。

关书记扫街了！阿尧带头扫街了！“关 sir”带着一班头头扫街了！村中男女老少奔走相告。

人们看见，关润尧挥动着大扫把，左一下，右一下，干得认认真真有板有眼，在村委工作的七八个人也全体出动，加入了老关以身作则纠正劳动观、价值观的大扫除。

扫啊扫，扫完一条街又一条街……

关润尧欣喜地看到，道路两旁的高山榕长高了长大了，那是十几年前，他当选书记时在道路两旁种下的，当时买来的几百元一棵的小树，现在呢？到花木公司买长这么大的树得要好几万，人家还不一定卖给你！他边扫街边告诉乡亲：谁说搞环境卫生、打理花草低人一等没前途？不，一样可以创造大财富，看看这些大树靓树吧，全村道路可以挖出几百棵大树出售，又是几百万上千万的集体收入啊，比办个工厂利润还高……

老关扫大街，一扫扫了 4 个小时，既扫了垃圾，也扫除了几十名中年妇女和剩余劳力的思想障碍，罗南从此组成了一支完全由本村村民担当的环卫队和“花王”队。

四

晚上的关润尧，工作节奏犹如温柔的和声。

南庄镇的共青团员们开会，特邀关润尧给后生们讲讲“在社会经济转型时期如何成长，如何创业”。他来到后生们中间，不摆领导、长辈架子，也不充当教师导师角色，而是像知心朋友一般侃侃而谈，娓娓动人，“随风潜入夜，润物细无声”：

他讲年轻人应该树立“三心”——孝心、公德心、事业心……

他讲做人应该知廉耻、明荣辱、遵纪守法、洁身自好……

他讲人生要成功，应一点一滴奠定基础，不经一番寒霜苦，怎得梅花扑鼻香？做人要以勤励志，以俭养德，要树“五气”：志气、正气、勇气、大气、和气……

谈完心，后生们簇拥着老关出来，夜色正深沉。

他启动汽车，穿过公路，来到村口，一眼又看见那架设在高处的治安监控摄像头，如同看见了熟悉的朋友。

哦，那份酝酿很久的有关城乡治安问题的人大议案，该动笔了。回到家，得认真看书翻资料……一个罗南搞好治安算什么本事？当人大代表，得想全社会的大事啊，他打定主意：今晚无论多困，也得把议案初稿拉出来。

明天，村委要开会，分析研究罗南经济的“业态”、村内环境的“形态”、村里文化的“神态”、村民各式各样的“心态”……又是一个艳阳天，又是一轮新开始哩！

水上勉的六祖缘

广东发起中国作家品鉴岭南的活动，我有幸参加。最初的采风点定了新兴国恩寺，我听了精神一振，那是一千多年前广东一位伟大的智者——六祖惠能的出生故乡和圆寂之地，令我神往，我去过多次，我还想起一位与我一样同样热爱惠能的朋友：日本著名作家水上勉老人。

水上勉先生驾鹤西行，时间是 2004 年 9 月 9 日。

当时我曾仰望星空，我仿佛看见，一颗星星陨落了。他是东瀛数得着的著名作家，按中国说法，也算是文曲星了，他也是多年来为中日友好奔走的老人，这样的朋友走一个少一个，真令人伤感。

这位日本朋友在我心目中留下强烈的印象，是因为他极度崇拜我们广东人为之骄傲的六祖惠能。

1994 年的一天，他率领日中文化友好代表团访华，广州是最后一站。我记得当天广东方面为他而设的送行宴会，他是迟到的，当他风尘仆仆地赶回白天鹅宾馆时，我们已经在宴会厅等了好一会儿了。他一见面就连声道歉：对不起，真对不起，回来晚了，但今天是我有生以来最幸福的一天，因为，我终于有幸参拜了六祖惠能的出生地——新兴县国恩寺!

原来他一到达广州就坚持去新兴参拜国恩寺，一天跑了个来回，难怪回来晚了。

我心中一热，太巧了！我手头上正写着一部关于惠能的作品，而且为此专程到供奉六祖真身的曲江南华寺当了六天“和尚”体验生活，与寺里的佛门弟子同吃同住同念经。今天在餐桌上可以与这位日本大作家找到共同的话题了。

尽管那天我们中方的翻译没多少禅宗的知识，但我和水上先生很兴奋地交谈起来。他告诉我，他 14 岁在日本出家当小沙弥，那时起就崇拜惠能，后来因侵华战争兵员不足，沙弥也竟被征兵到中国，他却无缘参拜这位世界上唯一留下佛经的中国禅宗六祖。如今中日友好，他终于能到惠能故乡去顶礼膜拜，实在太难得、太幸福了。

他比我年长30岁，但谈起惠能相见恨晚，他不停地向我们倾诉着对惠能的敬仰，我则把我研究惠能的几点心得坦诚相告：惠能是世界上几大宗教中最伟大的宗教改革家，也是伟大的思想家，他把濒于湮灭的印度佛教改造成中国的禅宗文化，影响了整个亚洲；世界历史上几乎所有战争都与宗教有关，制造了无数民族仇杀和版图分裂，但我们中国很幸运，自唐代以来没有宗教战争，后世也没有形成欧洲、中东式的版图分裂，这不能不说得益于惠能所倡导的禅宗文化，他把儒、释、道共冶一炉，相互融合渗透，使中国出现像江西庐山、广东罗浮山等三种信仰同处一名山，甚至共处一寺庙的奇观，这在世界上其他国家是不可想象的……水上先生听了我一番话，激动得两眼放光，高举酒杯上前来向我敬酒，高声说要为吕先生的独到见解干杯！并当场送我一本小说集《醍醐的樱》，这是他一部重要著作，印制得非常精美。

宴会接近尾声，依依惜别之情油然而生，然而，水上勉突然制造了一段出人意表的插曲。他郑重地向大家声明：明天我不回日本了，我要和吕雷先生一道，去大庾岭寻找六祖惠能隐居之所！

我愕然，日本代表团其他成员也傻了眼，省外办的领导更措手不及。水上先生不愧是大文人，天马行空，随心所欲，可他是团长啊，团长把团员扔下了去粤北大山朝拜惠能隐居之所，其他团员怎么办？飞机票怎么办？外事活动安排全部打乱，这可不得了。况且，当年惠能以一个杂役之身接受了五祖弘忍真传，被同门僧兵猜忌追杀，“遇怀则止，遇会则藏”，16年隐居大庾可能只是一个虚泛的说法，事件已经过去了一千多年，怎么能说找就找得到？

看到日本团员一脸焦急，外办的同志也不断向我使眼色，我只好硬着头皮站起来说：水上先生崇拜六祖惠能的虔诚令我非常非常感动，水上先生的盛情邀请也令我荣幸，但明天去大庾岭时间太仓促了，而且明天我还有重要会议，请原谅我不能陪同您成行，我希望，日后水上先生有便，再来访问中国，我一定陪同您走遍大庾岭，一定要找到惠能隐居的地方。

日本团员们如释重负，个个笑逐颜开。水上勉却突然满面通红，看样子真生了气。那一刹那间，我真难受，我让一位真诚热爱中国、热爱惠能的外国作家朋友失望了，我对不住他！

如今，水上勉先生已经离世多年。他最终没有机会再到南岭的崇山峻岭中去找寻惠能隐居的遗迹。我一想起这事就心怀愧疚，但他崇敬、思念惠能的感情永远在我心中萦留，说不定此刻，他的灵魂正在粤北，正在大庾岭随风飞翔，在追寻惠能不朽的智慧和功业呢！

散文卷

浮云雨点

澳门人物速写

近十年间，或因公务，或因写作，我多次踏足港澳，两地都交了不少朋友，三教九流，芸芸众生，时在念中。香港已回归，澳门亦回归在即，感慨良多，齐涌笔端，想写写澳门，竟一时无从落笔——三年来，我与邓刚、简嘉合作已写了三个有关澳门的电视连续剧，从清朝写到当代，好不容易积累的那一丁点澳门知识和观感，似乎已被现炒现卖抖落个精光。转念一想，不如写一写我所结识的澳门朋友。澳门人与香港人有很多相同点，也有很多不同点，澳门华洋杂处、中西交汇 400 多年，比香港开埠早得多，按理说该比香港更“西化”、“洋化”，但实际上大多澳门同胞的中国文化传统更为根深蒂固，与内地人的交流和沟通更为容易和密切，回想起一个个澳门朋友，印象鲜活，颇具个性，他们的经历最能说明，澳门不光有赌场、有色情架步，更有人世间的关怀和友谊，有真善美的绿洲，有爱国爱乡的情怀，想着想着信笔写来，也算了却一桩心事。

陆老师

陆老师是我少年时的乒乓球教练，也是我有生以来认识的第一个澳门人。

那年我 13 岁，走进那个城市唯一一间球室，看着一个留络腮胡的年轻人在教一班孩子打乒乓球，我自告奋勇上前打了几板，他走过来掂了掂我骨瘦如柴的小手，竟把我收进市业余体校，他就是陆老师。

后来我才知道，陆老师浑身洋气，敢留络腮胡子，和我们不大一样，是因为他是澳门人。据说，他出身于一个有钱人的大家族，后来家道中落，但起码仍衣食无忧。这位陆少爷与众不同，不读教会学校读爱国学校，不赌钱，不抽烟，不饮酒，洁身自爱。他爱好体育，“大跃进”时响应号召回内地报考体育学院，梦想“放卫星”破世界纪录，结果运动健将没当成，落下伤病，又响应号召留在内地到小城市当教练，我印象中，他对学生满腔热情，倾尽心血，恨不得个个学生一学就成，一打就赢，他把自己的粮票、糖票、布票全省下来给孩子们用，还用自己的钱为全队买了清一色的日本“蝴蝶牌”球拍，这一壮举当时在全省绝无仅有，羡煞其他市县体校的孩子。但很奇怪，陆老师越热情越积极，对他的非议却越多，我常听到大人私下议论：不知他想“搏”什么！人家越说，他越积极，像陷入了一个怪圈，他甚至把弟弟也动员回来读书，想把弟弟也培养成专业国手，没地方就住在我家里，几个孩子挤作一堆。那时正值三年困难，人人饿得眼睛发绿，他弟弟受不了那个苦，整天闹情绪发脾气，他就不厌其烦用容国团、庄则栋的事例来做“思想工作”，那年代乒乓球是全民族的强心剂，一说“为国争光”都热血沸腾。但精神始终没法变物质，他弟弟终于忍受不了饥饿和贫乏跑回澳门，陆老师长叹一声，神色黯然了好一阵，很快又振奋起来，继续在那怪圈中打转。他带我们骑车跑几十公里到外市县打比赛，有次甚至扒运煤火车去比赛，到外地就睡在别人学校的教室里，为的是替公家省点钱，多赛几场。他没别的消遣，独处烦闷时就爱唱歌，尤爱唱洋里洋气的苏联歌，我今天别的歌全不会唱，就只会哼几首苏联歌，恐怕都是从他那里偷来的。

极“左”思潮越泛滥，我这位澳门来的陆老师越不得志，每况愈下。先是从体校调到中学当体育教师，“文革”中更惨，被诬为特务，冷落几年后被下放到偏远的农村小学做体育教师，那时我们都下乡去了，他也有三四十岁了，就在农村娶妻生子，洋里洋气变得土得掉渣，令人惊异的是，他在那间农村小学拉起了一支乒乓球队，一伙农村小孩把球打得虎虎生威，其中有个漂亮精乖的小姑娘还一举夺得全省儿童组冠军。这大概是他壮志未酬的内地生涯的最大慰藉。不久，他就举家迁回澳门去了。

前几年，我终于在澳门寻访到陆老师。其过程有点戏剧性：我向一家报社的秘书小姐打听哪儿有训练乒乓球的地方，谁知这小姐就是报社球队的，而且一猜就猜到我要找的人就是陆老师。按小姐的指点，我终于在工人体育场找到了他，算起来他也年过六旬，但仍在训练孩子们打乒乓球，我走进球室，笑着向满头白发的陆老师走去，恍惚一下子又回到儿时，因为这球室的白墙上，也竟然同样漆着毛泽东鲜红的手书：发展体育运动，增强人民体质。

何师奶

何师奶是地地道道、土生土长的澳门人，长期在街坊会做义工。

澳门街坊会有点像内地的居委会，但内地居委会似是一级政府基层的延伸，澳门的街坊会却是居民自发组织起来的自治机构，和澳葡政府没有关系。街坊会有25个分会，活动范围覆盖全澳门，专为居民排忧解难，组织福利活动和文体娱乐，何师奶就是街坊会组织的戏剧社的活跃分子，长期担任“正印花旦”，和她在茶楼饮茶的时候，提起演戏，她不禁眉飞色舞，当场唱起粤剧《沙家浜》阿庆嫂的唱段，字正腔圆，很有点红线女的味道，惹来周围茶客一声声喝彩，这样的情景，在南方我还是头一回见到。

何师奶的先生当中学校长，家境较富裕，儿女都长大成人，她就一门心思把时间和精力都放在街坊会的工作上，比她的校长先生还要忙。街坊欧姐患了类风湿，瘫在床上，3个孩子只有10岁、8岁和4岁，丈夫是个负心汉，抛妻弃子跑上内地包二奶去了，搞得家不成家，欧姐养家看病花光了积蓄，连孩子上学都没钱交学费了，急得要跳楼自杀，何师奶一“收到风”，马上带人上门，先稳住欧姐的情绪，把她4岁的小儿子送去孤儿院托养，又在《澳门日报》上登报求助，很快就收到几万元捐款，解决了她两个孩子的学费和看病问题，街坊会几个义工天天轮流上门，为她抓药熬药，买菜煲汤，一片真情使她打消了轻生之念，坚强地生活下来，何师奶和街坊会看她的病一有好转，又想方设法为她找到一份听电话的工作，这个残破的家庭终于保住了，何师奶来不及松口气，又“收到风”，又像个救苦救难的观世音似的，奔忙去救助一个因工伤致残的工人家庭了。

何师奶带我们拜访了街坊总会，结识了总会会长吴仕明先生，看来这位总会长真是澳门街上的“及时雨”，统领着一大班何师奶这样的热心肠天天做扶危济困的工作，因为我们看到总会办公室挂满了市民满怀感激之情送来的奖旗、牌匾、纪念品，上面充满了“市民之光”、“澳门良心”、“急公好义”、“春风化雨”之类的赞语，怪不得有人说，街坊总会顶得上半个政府，管了澳门街上一半的事情。

我问何师奶，你这样没日没夜地干，拿不拿钱？她微笑着说，我是义工，不要钱，但街坊会里有全职的工作人员，他们倒是拿点微薄的工资，不然怎么生活？说着她看着我的眼睛，有点天真地反问：我是在做自己喜欢做的事，拿什么钱？

我无言，心中涌起一阵激动。

许先生

许先生是澳门政府的公务员，大小是个官，辛辛苦苦从最底层爬起，十几年爬到中级的位置上，大概相当于内地科长到副处长吧，就再也上不去了，拼死拼活也不成，澳门的官，中层以上正职全是葡人或土生，总之，没有一点葡国血统，别说当高官，就是当中官正职也没门儿。这一点似乎像我们“文革”中的“血统论”，阶级路线是万万马虎不得的。不过澳门官场上这血统论，已实行几百年，至今亦没有丝毫改变。

许先生是晚上来访的，和我们一直谈到深夜。他早年在内地学艺术，说起来和我们还是同行，所以谈得来。说起中国的文学艺术，他如数家珍，很多情况竟比我们还要了解，叫我们惊异，原来他早年的不少同学，现在都成了名满全国的大导演、大艺术家，他始终和他们保持密切联系，所以相形之下，他成了百事通，我们反倒像个井底蛙。

他给我们突出的印象是对自己服务的机构充满不平和怨愤，对“异我族类”的上司满怀轻蔑和怒火。他说，那些人很多中学都没念好，狗屁不懂，中文只会讲不会读不会写，打麻将倒会“东南西北中发白”，连葡文也是不伦不类，写个报告都颠三倒四，错漏百出，上班只是闲聊、瞎逛、无所事事，有什么事都推给华人职员干，他们照样当官、升官、拿高出华人职员一倍到几倍的工资。最可气的是他们不干，也不放手让你干，如果你主动一点，他们反而会认为你别有用心，想夺权。他们的工作效率如果稍微高一点，澳门也不会是现在这个样子，起码与香港的距离不会越拉越大。看看深圳、珠海，这些年突飞猛进，说明我们中国人是行的呀。澳门回归了，让中国人自己治理澳门，保证比他们强得多！

说起腐败和贪污，许先生更是恨得咬牙切齿，他是这个政府的官员，也算是澳门管治阶层的一分子，可他没有丝毫维护衣食利益所在之心，大爆内幕，把那些贪官污吏勾结黑社会作奸犯科，无所不用其极榨取澳门财富的手段和事例一桩桩道来，其闻所未闻和难以想象，令我们目瞪口呆。

看来我们这位当官的朋友被压抑了多年，被压成了个氧气筒，今晚总算逮着个机会，向我们发泄一通，不然就爆炸了。谈到末了，更使我们耳目一新，他说，澳门什么都不缺，就缺解放军。黑社会无法无天，谁都不怕，就怕内地公安和解放军，解放军一开进来，澳门就太平了，我就希望解放军明天就过关闸来。

简玛丽

简玛丽是个土生，也就是澳门特有的一种人，土生大多数是葡国人与中国人混血的后代，也有当年葡萄牙殖民地果阿和马六甲人与华人通婚的后代，所以一说土生你往往搞不清他们是哪国人，他们自己也“蒙查查”一无所知。

简玛丽却对家史知根知底，因为她出身澳门名门望族：她爷爷的爷爷是个葡国军官，娶了中国女人为妻，她的爷爷也是个军官，也娶了华人为妻，碰巧娶的都是香山县（今中山市）人，因此她身上有几分之几中国血统，得留待人种学家去研究了。简玛丽对葡人说自己是葡国人，而对我们，则直言不讳自己是土生，而且对自己有丁点中国血统，有几分自得。

她和丈夫都在政府任职，官至中级，收入颇丰。她请我们到她的政府官员公寓里做客，令我们眼界大开：客厅挂着豪华昂贵的西式吊灯，陈设着大概是19世纪的中式酸枝家具，古董架上摆满中西古董，以中国古董居多，所有摆设目的似乎只用一句话可以概括——这可不是一般人家。

葡人和土生都有一个特点，非常健谈。简玛丽说得一口纯正的广州话，向我们娓娓而谈，叙说着她的身世和经历，我们听来恍若传奇。

她自称是个社会主义者。

她说，她信仰社会主义是受丈夫的影响，这时她的先生坐在另一边微笑着不住点头。

他年轻追求她时还是驻澳门的葡军军官，他英俊潇洒，风流倜傥，还是澳门中学生的她很快就坠入情网，结婚后才发现，丈夫原来是个社会主义者，还组织了一个秘密小组，这当然为当时的葡国政府所不容，这对新婚夫妇老是被跟踪监视，最后丈夫被迫离开澳门返回葡国，她也只好离开出生地澳门，跟着丈夫回到完全陌生的祖家，回到葡国情况更糟，失业和被严密监控使他们几成社会弃儿，幸好这时葡国发生“鲜花革命”，群众每人手里拿朵花上街游行，政府就垮台了，新政府宽松多了，他们的朋友还当上政府要员，他们出入总统府也不是什么难事，她想葡国比不上澳门好，还是回澳门吧，于是一活动，他们又回来了，而且双双在澳门政府中任职，日子过得不错。

我们问她对澳门回归中国有何想法，她爽朗地回答：澳门本来是中国地方，葡萄牙人住（租）了几个世纪，把它建设成一个城市，归还中国管治是应该的。我一家在澳门生活了几百年，可以说把根扎在澳门，成了澳门人了，我交了很多中国朋友，大家都很友善，彼此和睦相处，离开了反而很不习惯，我是不想走的。不过——她回头看看丈夫，那男人笑着做了个鬼脸——他说他始终是葡国人，如果回归后这里的人把他当外人，他说还是走的好。

说到这里她一脸无奈地叹口气，又说：不过——到哪里也找不到这么安乐过日子的地方了。

访美点水录

蜻蜓点水似的逛了一趟美国，“点”出了些许印象：有惊叹、有诧异、也有思索和隐忧；有满眼花红草绿、蝶舞莺飞，也有不堪入目的污浊。信手写来，无以名之，姑且称为“点水”录。

罗湖惊魂

我们广东作家访美团一行四人，由团长杨干华（省作协副主席）率领，于7月26日下午从深圳罗湖出境，取道香港搭班机飞纽约，适逢星期天，进出境者“爆棚”，一出关我们即被罗湖桥上的人潮裹挟，混乱中我突然感到左手拖着的行李箱被人绊住，刚一回头，左手的提包猛然被前面两人像门一样夹住，不好！我急忙奋力把提包扯回，刹那间我发现提包四道拉链竟同时被拉开，里面的物件撒了一地，登时惊得我手足无措——提包里藏着四个人的公务护照、机票和全部出访费用！我一边俯身护着提包和地上的东西，一边大叫：“老蔡，我的提包被人拉开了！”岂料走在前面的老蔡也马上回应：“我的也被拉开了！”——他提包三道拉链竟也被拉开！

险象环生！这里属中间地带，内地香港双方均不管，一旦失窃，后果不堪设想。幸而老蔡镇定，忙招呼老杨、小张拥簇着我“转移”到墙边，我手忙脚乱清点着物品，老蔡发现有几条汉子不怀好意地围上来，故意大声说：“别慌，不就几张机票嘛，丢了就丢了，小偷也拿不到钱。”

老天保佑，重要的东西一件不少！老蔡一抬头，那几个家伙还在虎视眈眈地盯着我们，还演出一出小把戏：故意在不远处扔了个钱包，散落几张地铁票、港币，我不知有诈，见有路遗便喊：“喂，谁丢了东西?”却被老蔡喝住：

“什么时候了？别多管闲事！”一看他眼色，我顿时明白了——这钱包谁碰谁遭殃。少顷，一汉子见我们不上钩，快步过来把东西捡起，若无其事地走开。老蔡幽了一默：“唉，你想学雷锋也得看看对象，那伙人打荷包够得上世界水平，巴不得你上当呢！”杨团长“总结”道：“惊险，吕雷差点吓出心脏病，不过，上了这第一课，对初出国门的我们大有裨益。”

纽约印象

飞抵纽约上空，时近午夜。望窗外，天地颠倒，纽约辉煌的灯火灿若河汉，星星点点无边无涯，直铺苍穹，纽约真大！

此时北京时间已是当天深夜了，但这里仍是凌晨，时差“偷”走了十多个小时！

我们住在纽约皇后区一个叫作“大学点”的小区里，纽约有四区：曼哈顿、皇后、布录伦、哈林，据说光皇后区就比广州大得多。“大学点”环境优美，绿树丛中一两层的小别墅鳞次栉比，似乎地皮不很值钱，或者美国人有的是地皮。临海处有一公园，林木参天，绿草如茵。接待我们的张总经理说，纽约有很多这样的住宅小区，只有市中心曼哈顿当地才有摩天大厦。即使在市中心工作的上班一族，都不大愿住中心区域，嫌挤、闹、治安不好，大多喜欢搬到远离市中心区域的小区居住，弄得纽约越来越膨胀，胀成一个超级大都会，有的纽约人甚至搬到新泽西州住，那里房子好，环境一流，张总也准备搬去，已看好房子。

早起漫步公园，见几位白人老人遛狗，陌路相逢也彬彬有礼向我们道早安，我亦“古摩宁”应答，只晓一句，再多也挤不出来了。

公园里见一小事很感人：一位白人老头一手牵狗，一手拿着个塑料小袋散步，狗一停下来拉屎，他就弯腰把狗屎捡起来装在塑料袋中，仿佛那狗屎是宝贝。那狗也因有人为它周到服务而似乎神气百倍。以后一连几天，我们在公园里都看见这样的小镜头，令人感动也发人深思。看来在保持环境清洁方面，不拘小节著称的美国人还是很注重小节的。

中午驱车去唐人街，不禁有点失望。大名鼎鼎的唐人街不过如此，套一句国内用语就是“脏、乱、差”，建筑物陈旧、杂乱、街道狭窄、喧嚣，有一幢较显眼的高楼名曰“孔子大厦”，据说是在中国“批林批孔”高潮时兴建的，似乎也有一副与孔子一样的脸孔。这里同星罗棋布般遍布纽约四周的卫星镇和住宅小区幽静舒适的环境形成了鲜明对照。也比香港中环、尖沙咀差远了。张总的太太说，唐人街人越来越多，也越来越杂，很多朋友都搬走了，不过这里生意特别好做，他们公司就有一家连锁店在此营业，利润可观。

在曼哈顿中心区，观感则大不相同，包括著名的帝国大厦的几十幢摩天大厦拔地高耸，像一群衣着豪华的绅士屹立海滨，不过这群“绅士”总给人以老迈年高的感觉，唯独两座正方形巨塔式大厦，在阳光下银光闪闪，像两个孪生的公子哥儿，漂漂亮亮地冲天而起，这就是近年来最显赫的世贸中心，俗称“姐妹楼”，登楼四望，大纽约尽收眼底，各种斑驳印象一齐涌进脑海，令人百感交集。

屹立于一小岛上的自由神像，是美国人最得意和引以为荣的景观，但这宝贝偏不是美国“国货”，是法国人造好后送给美国装拼起来的（也难怪，美国立国历史太短）。我们坐船围绕高大的自由神在海里转了一圈，又步行绕像一周，像前有草地如宽大的绿色地毡，游人都在草地上拍照留念。我们坐在草坪上，遥望远处像从海上突冒出来的曼哈顿摩天楼群，沐浴着徐来海风，倍觉心旷神怡。突然，小张惊叫一声，煞了游兴也煞了风景。原来，美丽的草坪中隐藏着不少“地雷”——狗屎！我哑然失笑：同样是美国，有人在公园自觉捡狗屎，也有人竟在神圣的自由神下放任狗们“自由”方便，这是美式幽默，还是一样米养百样人？

飞车观“花”

张总开着一辆豪华型“林肯”车，送我们去华盛顿观光，往返一千多公里，定好当天回来吃晚饭，这在中国是无法办到的，有句成语叫走马观花，我们这回是飞车观“花”。

高速公路是美国汽车的大博物馆。各式汽车——最新款的，最古老的；大的，小的；长的短的；带游艇的，带活动房子的……五花八门无奇不有的车在路上飞驰电掣。老头老太太、白人黑人，带洋狗的女郎，甚至大孩子都驾着各种牌子的车在高速公路上招摇过市、夸耀逞能，说美国是个装在四个轮子上的国度，一点不过分。高速公路是美国发达的交通事业的橱窗，也是雄厚国力的一个缩影。

纽约至华盛顿的高速公路一般有单向6—8条车道，最宽处竟有20条车道，其壮观场景令人惊叹。老蔡是个车迷，一时技痒难熬，“明目张胆”要接过张总的方向盘过过瘾，张总欣然同意。老蔡精神大振，开车飞驰起来，美国人驾车很礼让，后车距前车50来米，前车就会主动让开车道，我们一路超车，有次我留意车速表，天，时速竟达180公里！好在车子极好，坐在车内竟一点不觉得车子已达高速极限。老蔡把车子一直开到华盛顿，又从华盛顿开回纽约，算在异国他乡过足了车瘾。

在高速公路上长途旅行，才能领略美国是个真正地大物博的国家。路两旁似公园，栽满草坪、夹竹桃、黄菊和杜鹃类花卉，绿树浓荫中偶见别墅屋角。车子一直开到华盛顿，路边竟没见一块农田。一问，才知这一带基本无农业，美国人少地多，很少农民就能供给整个国家有余。

华盛顿是美国首都，胜景甚多，游人如鲫。如雷贯耳的白宫、国会山、林肯纪念堂是不可不去的，我们排了个把小时队，进入了美国的“心脏”——美国总统居住和工作的白宫，连国家的心脏都可以任游人参观，可谓开放之极，但进入白宫后我们才知道，开放并非无禁区，白宫内实际防范极严，所有游人均须按指定线路行走，每一个人都受到严格监控，有非分之想者绝无得逞之可能。国会则较为宽松，像个大博物馆，据说有时国会开会可任人旁听。外面则像公园，古木森森，不时有松鼠在游人身边窜过，甚至任人喂食，我拿出一片喉糖喂松鼠，它大模大样捧起就吃，馋得很。

华盛顿最引人注目的建筑莫过于高耸入云的华盛顿纪念碑，它尖利笔直刺向蓝天，但远看都过于纤细，像根牙签，我们站在宏伟的林肯纪念堂前，以“牙签”做背景拍照留念而眼前这座林肯纪念碑，粗一看“似曾相识”，细想后恍然大悟：北京的毛主席纪念堂与它几乎是一个模子倒出来的，是巧合，或是雷同？不得而知。

赌城观剧

美国是个移民国家，种族汇集，几乎各大城市都有各国各民族移民或侨民聚居区。有些华人不客气地将其国名加了个“乌”字，念成“美利坚乌合众国”。但据我观察，美国人的国家意识都是十分强的，大小城市的建筑物上，大都飘扬着星条旗，连高速公路边的快餐店也不例外。

在西部著名的花花世界——赌城拉斯维加斯，我们看了一场歌舞表演，这种印象更为强烈。出发前华人导游就一再追问到拉城晚上看不看表演，似乎不看就对不住谁，我们踌躇半天，怕表演带有色情内容，导游看出我们的担心，冷笑说：“放心好了，反正你们大陆人是可以看的。”被他一激，我们倒下了决心，看！

当晚到拉城，演出就在我们下榻的酒店举行。演出厅爆满，全是衣着考究，珠光宝气的有钱游客。令我们大为意外的是，演出节目十分健康，全是民间歌舞、独唱、小合奏、小提琴、单簧管、萨士风独奏，等等，一出类似中国相声的小品，令全场前仰后合，爆发出阵阵大笑。在这花天酒地，纸醉金迷的地方，能提供这样高层次的艺术享受，确是难能可贵。结局更使我们惊奇——一面巨大的星条旗在舞台正中冉冉升起，全场演员均脱帽向国旗致敬，那场景恍如我们20多年前“文革”中的红卫兵舞蹈造型，这时气氛达到高潮：全场观众起立，边齐唱国歌，边有节奏地鼓掌。我们已多年未见这种场面，也立刻受到感染，心中涌起一阵热浪。由此我想到，国与国间有社会制度和意识形态的区别、差异甚至对立，但人民中那种热爱祖国、热爱民族的自尊自豪情怀，是极容易相通和兼容的，只有对自己的国家充满爱，才会赢得别人的尊敬。

美国机场“乌龙”事

圣诞节美国航班又现九霄惊魂，一名男子将炸药缝在内裤里，就在几乎要引爆的千钧一发间被人制服，再一次将美国人“9·11”后的反恐神经紧绷到极点。

对于“9·11”后美国机场和民航客机上严格得令人厌烦的反恐措施，我在早前访美时就领教过：抵美入关时，我们中国作家代表团规矩地排队轮候，我按国内的习惯，让作家同行先行，自己主动排在最后，不料被一位美国海关官员鹰隼般的眼睛盯上了，硬说我害怕，一口咬定我有问题。随团的翻译百般解释，说这些都是贵国请来的中国作家，没有什么可害怕的，我站最后是礼让同行们先走，是中国人的礼貌。可他还是要找麻烦，拿着我的护照翻来翻去，还真让他从鸡蛋里挑出骨头——护照里我名字是按汉语拼音写成“LULEI”，而机票上我的英文名却是“LVLEI”，“U”和“V”一个字母之差，把我折腾得死去活来。

再看安检之严厉，真让人受不了，男士一律得脱鞋、解皮带、搜身，打指模，女士也得逐一接受抽检，如此雷厉风行，应该高枕无忧了吧？可是，恰恰百密一疏，让我们遇着了天下最严密最烦琐的安检体系中的漏洞，不，可以说是漏洞百出。

那天我们从美国西部一个大机场飞纽约，团里一作家是烟鬼，经安检进了候机厅后就拉着我到处找能抽烟的地方，可哪儿有啊？我俩找到一个没人看管的小门，门外有一自动扶梯，我一把没拉住，烟鬼就猴急地从扶梯下去了，下去一看傻了眼：原来是人来车往的大马路，这么重要的通道竟然无人看管！好在我们的烟鬼作家不敢贸然顺着扶梯冲上来，在外面抽烟后安分地重新经安检进入候机厅。更“乌龙”的事还在后面：广播一响，我们一行很守秩序地鱼贯登机，各就各位。美国“空嫂”连人数也没点就关门起飞了，大约飞行两小时后，我们突然发现，我们团少了一个人—— 一位获过茅盾奖的著名女作家！我们吓坏了，她的行李已经托运上飞机，刚才在候机厅大家也都明明看到她，怎么会丢了呢？她70多岁了，又不懂英语，如果丢了，如何是好？团长马上与机长紧急磋商，又与始发机场联络，扰攘一番后才真相大白，原来登机前老作家躲在一角埋头写日记，没听到广播，等她写完日记抬起头四下一看，候机厅已经空无一人了。“马大哈”的飞机也不管人齐不齐，也不管行李上机了人却没上机，急急忙忙地起飞了，假设我们的老太太不是一位德高望重的老作家，而是别有使命的人物，上了机的行李里又有什么名堂，那这个航班岂不是命悬一线？

“乌龙”事还没完，回国时在纽约机场又是一番折腾，美国安检人员在我的帆布挎包里翻出了我在帝国大厦买的旅游纪念品——三个水晶球，没收了，理由是水晶球里有液体。登机后我有点失落地整理我的被翻得乱七八糟的挎包，哈，竟然在包里翻出了半瓶在帝国大厦喝剩的矿泉水！

萨鲁特，黑海！萨鲁特，多瑙河！

——访罗散记

波音747发出威严的轰鸣，仿佛向西边天际逃逸的太阳发出威吓，警告它不要向西方的地平线沉落。在我们的飞机追逐太阳的过程中，我们竟不知不觉被时差“偷”走了六七个小时。我们下午3点从北京飞到瑞士苏黎世，飞了近十个小时，横跨亚欧两洲，但降落时天竟然还亮着，仍可以从舷窗鸟瞰瑞士如画如诗的田畴和村庄。

从苏黎世转机飞罗马尼亚首都布加勒斯特，抵达时已是次日零时了。团长章武领着周大新、我、东西和高兴，踏足陌生的国度，茫然四顾，崭新而偌大的国际机场显得人稀客少，但入境检查手续依然很严格，一路上听说由于中国一些省份的生意人大量拥入罗国，引起不少麻烦，所以罗国官方一反很欢迎中国人的常态，对中国人盘查得特别严厉。我们是中国作家代表团，罗方会如何处置？正在思量，忽见一位佩戴特别通行证的中国人迎上前来，原来他就是北京文化界交口称赞的我国驻罗大使馆崔念强文化参赞，特地前来接我们过海关，去国万里遇到同胞，受到热情接待，我们心里顿时感到热乎乎的。一个来自湖南的生意人一句外语也不会，却机灵地死死跟着我们，为了混过海关，竟然塞钱给老崔，老崔坚决谢绝，他看了湖南人的护照和一张不知从哪儿弄来的公司邀请信，知道这个虽有护照但不懂外语的大胆生意人肯定会被拒入境，于是动了恻隐，给罗海关人员说了几句好话，湖南人果然“蒙混过关”，他一出关连句谢也没有，急匆匆消失在夜色之中。

罗马尼亚作家联合会唯一的副主席乌力卡罗先生站在关口迎接我们。（去年我们一道出访的广西作家东西告诉我，乌力卡罗已经成为罗马尼亚作家联合会主席了。）他首先亲吻拥抱了翻译家高兴，他们是老朋友，然后用生硬的汉语说着“你好”逐一和我们热烈握手，乌力卡罗身材魁梧，长着一副罗马尼亚人较少见的圆脸盘，眼睛透着机智和精明，高兴告诉我，乌先生是罗作联的实力派，由于主席乌里奇是国会议员，忙于政务，作联里里外外就由乌力卡罗一个人操持，他对中国非常友好，曾访问过中国，中罗作家的好几次互访，都是他一手促成的。

第二天，我们就领略了他的工作魄力。

我们下榻"中央旅店"，二星级，地处市中心。但设施陈旧宛如广东山区小县招待所，唯一较先进之处是有一部要用手关门"隆隆"作响的老式电梯。上午，我们的时差还未倒过来，几个人都是晕沉沉的。乌力卡罗就差一位年轻漂亮的安卡小姐前来领我们游览市容和到罗作联正式会见。一问安卡，才知她是临时雇来搞接待的大学生，罗作联专职办公人员很少，几乎所有事情都是乌力卡罗亲力亲为，待我们踏进罗作联的办公楼，才知此言不虚。

罗作联设在一幢典雅的哥特式小楼里，古色古香，似是 19 世纪的建筑，院里还竖着三尊裸女石雕，楼内的灯饰、木雕和壁画更精美绝伦。据说这楼原是一富商给女儿的嫁妆，20 世纪中其后人把它捐赠给罗作联，成为作家们的物业。如今乌力卡罗就在这物业里做东道主，在他到处放满书稍显杂乱的大办公室里会见中国作家。不时有人闯进来，他简短交谈几句就打发走，大概为郑重起见，他又把我们请上二楼会议室——红地毯红窗帘，称为"红厅"，继续会谈。我们也得以楼上楼下转了转，似乎真不见有什么专门的部门科室和坐班人员，连冲茶倒水都是他和安卡动手，更使人相信这幢楼是由此公在"一脚踢"。(几天后我们知道，他还管着一个财务处，有几个人负责各地的物业收租和经营，以保障经济运转。)

乌力卡罗正式表示欢迎以后，开门见山就介绍罗作联的情况：1989 年后，政府资助完全断绝，作家团体也因不同政见一分为三，罗作联原有一大笔积蓄也花光了，日子非常难过，后来他们改选了领导，加强了对原有物业、出版社、报刊的经营管理，强调团结不同意见的作家，经济实力大有起色，原分裂出去的团体也"回归"了，他们也既往不咎，开门接纳。现在他们成为所有中欧国家中唯一仍然健康正常运转的国家级作家组织，拥有 2000 多全国会员，两家有名的出版社，开设了 21 项文学奖项，全国文学奖也叫国家奖，每年只奖一人，奖额 8000 美元，由国家银行资助，影响很大。办了 13 份报刊，当然，也办了多家旅馆、饭店、度假村。也出租一些物业，这幢楼一楼原有的作家餐厅，就租给意大利人做高级餐馆，这并不是什么人都能吃得起的，当然，他们请中国朋友每顿都在这里用餐……罗马尼亚人都极健谈，乌力卡罗更是机智的演说家，谈话中不时流露对中国友好情愫，令我们十分感动，他又对福建作协主席章武说，他少年时就知道福建，那时报上经常报道蒋介石的飞机空袭福建。他对中国收回香港也表示由衷的高兴，当知道我来自广东，他的话题马上又转过来了——他知道广东经济发达，竟提出要和广东作协合作在罗经营一家餐厅！天！这我可不敢表态，只好支吾以对。

谈话中我留意到他没有主动介绍罗作联另一办公楼的情况，但我们从崔参赞处得知，这幢更为富丽堂皇的建筑原归齐奥塞斯库夫人控制，后给了罗作联做办公楼，因罗作联经费紧绌，出租给意大利人做豪华赌场（布加勒斯特有很多赌场），每年租金36万美元，成了罗作联一大财源。可能是因为国情不同，知我国禁赌，乌力卡罗有意不提这事，此公精明，可见一斑。

在乌力卡罗热情周到的安排下，我们坐上一辆面包车，东临黑海，两度跨越神交已久的多瑙河和东、南喀尔巴阡山，周游了5个重要城市，行程2000多公里，会见了80多位作家同行，成了一群在罗游历最广、跑路最多的中国作家。

黑海、多瑙河、喀尔巴阡山都是我从少年时代起就不断从电影和文学作品中见识的地方，而今亲临其境，心情自然激动。在车过多瑙河大桥时，望着河上瑰丽风光，满车都是中国作家"啊！""啊！"的赞美声，车上的主人则报以会心的微笑。在翻越喀尔巴阡山时，我们更是兴高采烈，兴奋得难以自持，多次大叫停车，跑上山去，对着恍若仙境的层岩叠嶂拼命谋杀菲林。喀尔巴阡山则悠闲、宁静地在我们面前展现它欧洲式的美态：恰似绿毡的草原牧场散布着点点白绒球般的羊群，白墙黑顶的精巧农舍飘出炊烟，山上，金黄、嫣红、翠绿的树林杂陈相间，一直往上铺设，直到朵朵出岫白云像面纱一样遮住了山顶，在那面纱的间隙里，我们看见山外有山，哦，那山顶是白色的，是在阳光下发出闪闪银光的雪山！

比美景更令人终生难忘的，是人间的友谊和温情。

在美丽的黑海边有一幢舒适的作家别墅，当地康斯坦察的一群作家聚在这里陪伴了我们整整两天，他们称为"伟大的黄头发佬"的作协书记康斯坦丁1970年代到过中国，他不断动情地回忆在中国的见闻和当时所受的隆重接待，不断诉说着对中国思念之情。大概受他的影响，当地作家对中国朋友一个比一个热情，似乎人人都以结识中国朋友为荣。后来我才知道，康斯坦察是罗国最大的海港，也是与中国联系最密切的城市，在中罗贸易的高峰期，每月有近百条中国船只靠泊。据说江泽民同志早年也作为中国专家组长到这里工作过。难怪当地市长看见我们逛街，知道来了几个中国作家，就一定设法请我们到他办公室小坐，张口就喊：毛泽东，周恩来，邓小平，江泽民……

比斯特里察“文化之家”主任格泽格旺是个矮个子，这在身材高大的罗马尼亚人中较少见，但他说他很骄傲，因为“邓小平也是个矮个子”。他在城中是个无人不识的名人，自称“连街上的狗见我也会摇尾巴”。他接受了接待中国作家的差事后，激动得一夜难眠。结果他为我们准备了一个又一个的活动，从早上一直安排到深夜12点，几乎要把我们累趴了，而后面还有歌舞表演！我们由于第二天一早还得赶路，实在无福消受，有违礼仪地提出告辞，他很无奈地“恩准”了，但仍要我们按罗马尼亚风俗把夜宴桌上的葡萄酒喝完，全体起立为中国朋友唱“长寿歌”：“祝你长寿，祝你长寿……谁能长寿？谁能长寿？中国人长寿，中国人长寿……”情真意切，场景感人，歌声中，我们的双眼濡湿了。

罗马尼亚人尊重作家，尤其崇拜诗人，我们所到之处，几乎每个公园或街心广场都竖立着当地文化名人的雕像，著名诗人埃米内斯库的雕像更常见，在文化名城雅西，他的雕像下更爱屋及乌地加上了他的情人和朋友雕像，成了一大景观，他写过的白杨树和菩提树也列为遗迹保护起来，很令人赞叹。故此罗马尼亚诗人特别多，他们笑称罗国的诗人有一火车，作家有一车厢，剧作家只有一包厢。但近年来由于经济不景，罗国作家朋友们生活亦显困厄，社会剧变使拿国家工资写作的“专业作家”成为明日黄花，作家们为坚持写作不得不身兼数职，稿酬之低也令我们吃惊，一位作家说，他刚出一本反响甚佳的长篇，稿酬只有25美元！罗国货币列伊贬值速度也令我们瞠目：我等出国前听说是1美元兑7000列伊，到罗后已是1比9000了，等半月后我们回国时，已到1兑9600。在此环境下，他们能稳守文学阵地，坚持文学精神笔耕不已，着实令我们肃然起敬。

快要回国了，我身上还剩下一些罗马尼亚货币列伊想花掉它，我到了一家服装铺胡乱翻捡衣物，当我要求洋老板再找一件大一号的衣服时，他一句“无问题！”令我吓了一跳，这位金发碧眼钩鼻的“洋鬼子”竟然说的是地道广东话！原来他的衣服全是广东进的货，来的次数多了自然成了个广东通，我再问他从广东何处进货？他得意地把头一昂，说：“虎门！”

哦，是虎门！我登时血脉贲张，眼泪都激动得快溢出来了，虎门产品竟然远销到万里之遥的中欧小国，虎门竟然成为通往世界之门！我毫不犹豫地掏钱买下这件衣服，尽管它比在广东买贵得多，可我要的就是这份自豪，这份骄傲，这份虎门情结。

告别的时刻终于到来了，我们按西礼和罗国的男女朋友一一拥抱亲吻，我却怎么也记不起罗语“再见”这个词怎么说，心里只记住“你好”的发音——“萨鲁特”

啊，萨鲁特，黑海！萨鲁特，多瑙河！

越洋管窥录

飞机从香港启德机场起飞，经台湾，飞越日本到美国靠近北冰洋的阿拉斯加，再飞越加拿大到美国纽约。来去匆匆十来天，大部分时间都是在飞机、汽车上度过的。我想，此行算什么呢，我突然想到一个合适的字眼——管窥，能管窥总比什么也看不见强，得些许印象，生发一点感慨，笔录之聊以自慰。

台湾中正机场管窥

由团长杨干华率领着老蔡、我、小张四人组成的广东作家访美团，在炎炎夏日烘烤下在香港登机，乘搭台湾华航的波音 747 客机飞美国纽约，途中必须在台湾降落转机。

快到了——台湾！我的心猛然加快了跳动，从舷窗望去，一条美丽的海岸线若隐若现，哦，台湾，我终于亲眼看见您了，这在几年前是想也不敢想的事情，如今变成现实。

中午时分，飞机降落在中正国际机场，我们随乘客人流在庞大的空港大楼缓缓前行，走到转机厅，门口有一告示：凡转机乘客不得离开本大厅。我们顿时面面相觑，飞美国的航班要下午 6 时才起飞，我等要在这空荡荡的大厅枯坐五六个小时，岂不形同坐监？听说空港商场就在楼上，我们动了心：何不上去逛逛？试了一下，不行，原来上楼必须要经过一道安全门，经过安全门等于要办一次登机手续，而此时又远未到登机时间。

机场职员都很年轻，仪表堂堂，态度友善。我拿出护照，“开明车马”说明我们是大陆来的，想上楼去商场转一转，职员忙请来一位主管模样的小姐，她当即和颜悦色地一一在我们登记牌上加盖一个特殊的印章，说：“欢迎各位到我们的空港，请吧——”说着引导我们通过安全门，又拐上一条平时关闭的梯道，让我们在空港大楼范围内参观。

空港商场很大，货品琳琅，价钱“高级”得令人瞠目。我转了5分钟就跑到空港长长的玻璃走廊边坐下休息。身处规模宏大，装修考究的空港，心里却生出一股被人为隔绝、封闭的别扭，一道厚厚的玻璃墙把我们同外界断然分开，使我们面对空港外宽阔的广场、碧绿如茵、花团锦簇的绿化带、穿梭往返的车流可望而不可即。

杨干华笑吟吟跑过来：“好不容易到过一趟台湾，总要买点什么作纪念啊!”原来，他花了10美元买了一支石头“烟嘴”。我们打开包装一看，什么烟嘴？是一根状似香烟的石头，中心无孔，不知何物，更不知何用，老杨大呼上当，我们捧着日文和英文的产品包装盒瞎猜，估计是一种放在烟盒内吸收尼古丁成分的玩意儿，老杨释然：如果真是这样，10美元不算太离谱。

眼看外面的世界很精彩，我们困守空港很无奈，不甘寂寞的小张提出闯出门去见识见识，拉老蔡做保镖。不料去了10分钟，他俩嘻嘻哈哈回来了，原来他们刚迈脚出大门，就被人有礼貌地挡驾：“小姐、先生，你们还是回到那一边方便些……”哈，原来我等四人一直受着特别的“关注”，“勇闯大门”权当开了一个小小玩笑。

张老板传奇

初到纽约，认识的第一个人是来接机的张老板。

四年前，张老板还是一个留学生，在佛罗里达一边打工一边读书。来美国前他是国内一家大学数学系最年轻的讲师，现在则是纽约华人社会最大的一个中国瓷器艺术品经销商，三十出头、白白净净，唇上留着小胡髭，显示了华人“西化”的星点痕迹。

我们在纽约每次外出，几乎都是张老板亲自开着他那豪华林肯车接送，尽管他忙得不可开交，但当“车夫”却乐此不疲。一来二去我们熟稔了，也知道了他三四年间传奇般崛起的经过。

张老板同千万个“洋插队”的同胞一样，衣兜里装几十美元便勇闯美利坚，开始打餐馆工，做导游，跑外卖，什么苦都吃过。机遇往往是有心人的不速客，他终于攫住了一个决定性的机遇，一个大陆瓷器行业代表团访美，他做导游兼司机，以机灵、勤快、通晓英语而大获好评，临别时他与客人竟成知交，当得悉一家大陆瓷器公司正要在美国寻找一个总经销商时，他灵机一动，毛遂自荐：我来干！竟一拍即合，当即商定：他为该公司推销中国瓷器，先由公司发运数货柜瓷器给他试销，做宣传，等下一批瓷器到时再结算上一批的钱。双方都认真践约，事隔两月，一家“花城”瓷器公司便在纽约唐人街一家电影院的地下室开张了。张老板白手起家，勤恳敬业，经营有方，两年后在纽约一条滨海大街又多开了一家更大的瓷器艺术品公司，而且把生意逐步扩展到美国各大城市，只要美国大城市有大型的展销活动，必定有“花城”在大显身手。张老板也从一个两手空空的留学生变成一个董事长，有了花园洋房（只是因太忙无暇打理，花园变成杂草园，以致遭到邻居投诉），也有了豪华轿车和面包车。他太太也到了美国，夫妻双双创建“花城”事业，他当董事长，太太当副董事长，而总经理是聘来的，这位总经理原是国内一个著名工业区的办公室主任，来美后投奔“花城”，成了新兴的“花城”王国的内阁总理。

天有不测风云，正当张老板生意滔滔不绝之际，突遭一场灾难——打劫。

那天恰好他夫妻在家，有个“西班牙人”（美国习惯将讲西班牙语的拉美人统称西班牙人）叫门说要上门修水管，张老板一时大意开了门，马上就发觉不对：几条大汉在门外虎视眈眈。结果可想而知，他夫妻马上被五花大绑，屋里值钱的东西全被洗劫一空，令他哭笑不得的是，这伙人一边洗劫一边“安慰”他俩：“别害怕，我们只要东西。”——强盗怕他们吓出心脏病将来要吃人命官司！

我们听了这故事后哑然失笑，世界上竟有安慰受害者的“好强盗”！张老板回顾这一幕时却颇有感触：“钱财都是身外之物，倘若当时看不开，真什么都完了。可我天生不怕挫折，只要人还在，一切从头来，不出一年比原来挣得还多！”

吃一堑，长一智，张老板用美国的高科技装备了自己的房子。我们在他的房子下榻时，发现这房子俨然堡垒，一到晚上所有窗子便接上红外线报警装置，我们亦被告之晚上要按指定路线行走，不得超越“雷池”半步，否则全屋人被闹醒不说，三五分钟内警察还会上门，如发现是人为失误造成一场虚惊，会予以处罚云云。

一天茶余饭后，张老板大侃新“华人”必定会在美国社会中上层挤占一席之地的可能性："在美国，新华人和老华人一样保持了刻苦耐劳的传统，最大的不同是文化素质比老华人高得多，老华人大多苦力出身，新华人多数是知识分子。美国很适合中国人做生意，只要吃得苦中苦，抓住机会，总能做出一番事业的，当然机会不是时时都有，也不是人人都能抓得住鼻子前面的机会的，比方我——"他充满自信和得意地一指自己的鼻头："当初要不是灵机一动，今天就当不成老板，可能仍在餐馆里打工。其实，国内来的多如牛毛的参观团、考察团、访问团，或许就是一座座金矿，就看你会不会去发现、去开采，我发现了、开采了，所以就成功了！"

那几天，适逢一家电视台在介绍成功人士的节目中专访张老板和花城公司，他很高兴地在节目播出当天请我们一起观看，还把它录下来，说要送回国内让亲友看看。

看什么呢？看一个"洋插队"留学生的奋斗史？一个新"华人"老板的发迹史？哦，应该说是一部美国童话，一部华人灰姑娘变成公主的童话。

幸运儿小周

我的同伴见过小周以后，惊呼："这小姐，不得了！"

小周是我在北京鲁迅文学院的同学。确切点说，是鲁院小班同学。那里，鲁院有大小班之分。大班学员年长，都有三四十岁，学制两年，住四楼，小班个个年轻，学制半年，属培训班性质，住三楼。大班有不少功成名就的中青年作家，小班名气则有点参差，大班人提起小班，总有点不屑：哼，那班娃娃！小班人说起大班，更是气愤：哼，废物一群！

文人相轻，奈何？

小周是小班中最小的一个，恰好住在我们宿舍地板下的那个房间，我同室的唐栋爱开玩笑，有次跺地板过猛，楼下以扫把捅天花板表示抗议，两房之间爆发了嘻嘻哈哈的"战争"，终有一日签订了"和约"，互结"友好"房间，于是小周经常充做"亲善大使"，上楼来"访问"，她那时只有二十二三岁，在湖南一家小杂志当编辑，无成就，无后台，无背景，不少人就打探这位较为醒目的小姐是如何进这座号称"作家摇篮"、"作协黄埔"的高等学府的。因为她姓周，又是湘人，好事者便七牵八挂地给她拉上一位周姓湘籍文艺泰斗的关系，暗示她是走后门上学的，她憋了一肚气，跑到我们楼上诉苦："我就是我，进北京上学，没七大姑八大姨关系就进不来？非要是谁谁谁的亲戚不可？我不信！到一趟北京就大惊小怪，明天我还去纽约呢，看他们说什么！"

我好生惊讶：这小姐，心头高着哩！

果然，她比同学中许多人都先一步迈出国门，不过不是访问，而是"洋插队"，去的也不是什么风光地方，而是东欧的匈牙利。出国前她去了趟深圳，路经广州火车站给我打了个电话，心情似乎有点忐忑，但那股"我就是我"倔劲儿仍潜藏在言谈之间。一年后，她从匈牙利跑到美国，定居下来，还当上了一家中文日报的记者。

她获悉我们到了美国，主动牵线，约我们去与北美华人作家协会负责人叶先生会面。那天我们时间安排不周，从纽约市中心乘地铁赶到法拉盛喜来登酒店，时间错过了一个多小时，她和叶先生仍极耐心地等候我们，见面后显得非常热情。

寒暄过后，我打量小周，几年不见，她仍然苗条、精神，不过脸上隐约可见岁月沧桑的留痕，再不是鲁院那个脸带稚气、谈吐俏皮的小周了。

她的经历近乎天方夜谭：她到匈牙利后，人地两生，钱又不多，一开始很艰难，但她不像别人那样急于打工摆摊挣钱，而是很有耐性地熟悉环境，学习匈牙利语，了解民俗风物，后来她发现有条谋生捷径，当地人对中国一切都很好奇，她就在大街上摆了张桌子，竖起个牌子，用匈文写上："您想知道自己的姓名中文怎么写吗？我来教您——"

此招颇灵，吸引了很多人围着小桌求教，教一个赚 3—5 元，有人要求她把字写在手心，有人要写在衣服上，很神气地招摇过市，这小档口渐成街边一景，她赚到了钱，也借此认识了不少乐于助人的新朋友，其中就有到东欧采访的美国某中文报纸的记者。两个月后，街头出现了好些教人写中文姓名的小摊，小周却喝够"头啖汤"，洗手不干，转行为那家美国中文报纸写东欧专栏和特稿了。

她的文字颇具灵气，很受报社赞赏。不久，那家报纸建议，请她到纽约当记者，并为她办好去美的手续，于是，她神奇地从匈牙利一跳，跳到美国纽约，报社给她的任务是写美国华人社区成功人士专访，小周精于此道——在中国内地时她就应邀写过不少"广告文学"。一年下来，她为报纸写了数十位成功人士和企业家，也为报社筹了好些钱。

“你现在是报社的当家红记者了。”我笑小周。

“可是我不想当记者了。”她微微一笑。

“当什么?”我一怔。

“现在我想炒老板鱿鱼，自己当老板!”

一周前，她已向总编辑打招呼：她要辞职。老总以为她嫌工资低，忙着要为她加薪，可她不为所动。她说：“老板不明白，我走是为了自己！现在我已经掌握了一个很大的关系网，我是报社的人，这个关系网就是报社的，我离开了，这个关系网就是我自己的了。”

原来如此，我和我的同伴不由得对这小姐的心计刮目相看！人啊，就是这样生存的!

当晚，小周在法拉盛一家俱乐部请我们吃饭，我们目睹了小周周旋其间，如鱼得水，看来，她似乎成了那个关系网的主人了。

回国以后，我收到小周从纽约寄来的一本厚厚的精装书，书是她自己办的“幸运人出版社”出版的，全是小周写的华人知名人士的传记、报告文学，在版权页上主编和出版人的位置上，赫然印着小周的名字。

她真自己当老板了。

留学生小清

小清的父母知道我要去美国，要我给小清带东西，还声明东西只带到纽约，小清会自己来取，她有事，且住地离纽约很近云云，我当然从命。到美国后，我便请朋友小郭给小清打电话，请她来取我迢迢万里带来的东西。

一天深夜，小郭来电，说小清到了，今晚暂在她家挤一晚，明天一早去法拉盛一家有名的粤菜馆见面。接着，电话里又传来小清疲惫的嗓音——

“爸爸妈妈好吗?”

我告诉她：“很好。”

她叹了口气：“今天可把我累坏了。你知道吗？我今天一早就开车出发了，跑了十几个小时！最要命的是我认不出纽约的路，在高速公路上转来转去就是进不了纽约!”

我一惊：“你怎么住这么远？你妈妈不是说你就住在附近?”

她苦笑：“嗨，给两老总要说些好听的嘛！”

我默然，当我打开包裹，一件件东西清点时，心里更感叹万端，这包裹除了几件衣物，全是菊花茶、夏桑菊、保济丸、牛黄解毒丸之类的中成药，她妈妈说：“听说美国药很贵，一生病就不得了，小清又特别容易上火……”她并不知道，这些药在美国唐人街完全可以买到，而且价钱不算贵。

可怜天下父母心！

第二天见到小清，她气色比早几年在广州好些，开着一辆破旧的本田轿车，花500美元买来的。小郭说她来美国不久就买过一辆车，她很要强，技术不太熟练就驾车到处飞，有一天开车栽下山沟，车报销了，幸好人没事。以后又买了现在这辆车。小清吐吐舌头说：“那次好险，不过就你知道就行了，回去千万别告诉我爸爸妈妈。”

留学生相叙饮茶，少不了交流“打工经”，小郭小清自不例外。小清说她打餐馆工一天最多赚50多美元小费，小郭说她最多一天收200美元，小清吓了一跳：你到底是人还是机器？怎么打的？小郭说那是旅游旺季，一天干足24小时，累得她端一个盘子也双手哆嗦，一收工靠着椅背就睡着了，老板怎么轰她也醒不过来。不过这样的机会只有一次。现在打工，一天最多只能赚十几美元。

小清闷闷地说：“我现在连几美元也赚不了，我又把老板炒了。”我们问怎么回事？小清愤愤说，老板太坏，尽欺负中国人，她气不过，就顶撞他几句，结果可想而知。她干过好多工作，结局大多如此，她住的城市小，餐馆不多，打工的机会越来越少了。

那学费怎么办？我想问小清，但忍住了，始终没敢开口。饮过早茶，小清把我带到一家药店，买了好些花旗参、鲍鱼干，要我带回国送给她父母和亲友，出手颇大方。然后，就和我匆匆道别驾车赶回去了——找工作打紧！

她还得在公路上颠簸十几个小时。

他乡遇故知

与老邝久别重逢，令我喜出望外。

老邝几次打电话来约，并转达了纽约中文电视台总裁蒋天龙先生的邀请。

我们参观他们电视台那天，老邝早就在门口等候，一见面就把我的手握得紧紧的，摇了又摇。

我和邝健人同是1970年代初广州军区生产建设兵团宣传队创作组的成员，他来自二师，我来自九师，同是“老三届”的老知青，彼此同年，还曾同室而居，关系很密切。我到作协后，曾与他合作搞过一部电视剧、一部电影《加州来客》，他创作全国瞩目的电视剧《公关小姐》大获成功后，举家迁居美国，我曾多次打听这位老友的消息，据中国大酒店的卢总说，他访美时探访过老邝，知道他刚到美国时处境不太好，堂堂大编剧在一家鞋店擦皮鞋，每天要擦够定额才能下班，后来转到电视台工作，搞起策划和编剧的老本行来得心应手，现在我与老邝见面一聊，知道他干得的确不错。

次日，我们到邝家做客。他在环境优美的住宅小区租了一幢别墅式的两层楼房，连地下室约300平方米，这样的房子在美国普普通通，但在中国则是“大腕”级了。那天大家在邝家十分开心，这不仅因为老邝言谈幽默机智，还因为他家添了个“小美国佬”，多了不少话题和乐趣。

老邝的女儿岚岚已在纽约读中学，到美国后他太太小杨又怀了孕，一时愁肠百结，在美国不能做人流，说是违反人权——犯法！她只好硬着头皮把孩子生下来，孩子一落地一家人分成了两个国籍：母亲中国籍，婴儿却成了美国公民，一家“两制”。美国对儿童的保健、教育制度都很有一套，邝家这个“小美国佬”并没有给家庭经济带来多大压力和负担，由于营养充足，宝宝体格健壮，其头硕大无比，大家轮流抱着这“美国大头仔”逗乐，不料“小美国佬”不买账，不是把尿撒你一身，就是放声大哭，声震屋宇，“小美国佬”不友好，只好请他的中国妈妈抱回去。

说起美国的医疗保险，老邝还聊起一件事：去年他刚买来一辆轿车，不料被一白人便衣警察违章超车时撞翻了，老邝受伤被送医院治疗。美国人好讼，不少朋友便出主意鼓动老邝状告警察，要求赔偿千万，老邝念对方是警察，开始想息事宁人，不料那白人反咬一口，告他违章，他火了，决定周旋到底，医生也开出证明，说明伤者靠脑力维生，因伤致脑震荡，需长时间诊治，一班朋友借此造势，说车祸危及老邝生计，要求巨额索赔合理合法云云，官司打得天昏地暗，一年无结果，近日对方律师已有些松口，放声气要求庭外和解，邝方律师却要邝坚持不手软，因此官司也就一直僵持下去。

老邝的女儿岚岚学习成绩优异，但对美国的学校很不习惯，她说学校课堂太乱，恋爱、吸毒什么都有，老师从不管纪律，只讲课，讲完就走，学生听不听，懂不懂全与他无关。邝太太小杨在大陆当过教师，来美后也在岚岚中学里代过课，初时见学生上课时胡闹，忍不住说几句，学生反而群起攻之，说老师侵犯了学生人权，真荒天下之大唐。岚岚在这样的环境中自强不息，反而对外界的侵扰更具抵御力，小小年纪就练得一副清新脱俗、颇具水准的文笔，还荣获一次纽约市报纸征文大赛的头奖，奖金1000美元，算起来比乃父扬名全国的《公关小姐》稿费还多，令老邝十分感慨，也十分欣慰。岚岚是个小才女，但她在学校却自觉压抑，并不开心，问她为什么？她的回答令满座默然——

“我想中国，这里比中国生活好，但在中国我比这里快乐！”

美国诗人艾诗乐一家

一位陌生的钱淑君女士突然来电，自我介绍说曾是香港剧作家，现在纽约州立大学任教，她先生艾诗乐是美国诗人，最近接到在广州任文化领事的好友芮培利先生从广州打来的电话，得知我们一行抵美，很想和我们结识，特邀请我们到他家做客。我们到美国多日，终日在华人社会活动，还未真正探访过一个白人家庭，于是，我们欣然前往，就这样，我们认识了纽约州立大学世界诗歌中心主任、文学教授艾诗乐先生一家。

艾家住长岛，离我们住的地方将近有一个小时车程，还得路熟才能找得到，无奈，只得又一次让张老板屈尊当司机，一路摸索，找到艾家时，已是黄昏了。

艾宅第一印象叫我们惊讶又亲切：花园门口蹲着两只小石狮子——完全是中国式的！

艾氏一家出门迎客：艾诗乐大胡子、长脸庞、表情丰富，热情洋溢，太太钱淑君圆脸大眼，十足贤妻良母型；7岁的儿子丹尼；还有一个刚满月的小娃娃爱莲。这是一个中西合璧的家庭，夫妇共同特点是酷爱中国文化，尤其是中国的诗歌，男主人特地将名字大卫改为中国姓氏艾诗乐，以表达他对中国诗歌的景仰。

一阵寒暄，主人盛情请客人用晚餐。艾诗乐自豪宣称：因太太要照顾刚出生的小女儿，这顿晚餐完全是他独自准备的，而且全部是中国菜！

这桌“中国菜”端上来时，我们面面相觑，一玻璃缸黑乎乎的咖喱牛肉，一盘同样是黑乎乎的圆椒炒肉，一盆切碎了的生菜、生椰菜，还有一盘样子既像牛肉又像猪肉的鸡肉，主食是黑乎乎的炒饭和同样黑乎乎的饼干。

然而主人的盛情厚意是不容置疑的。他不断劝客人多吃，还关心询问菜式如何？是否中国正宗？我们自然以中国式的礼貌回答“不错不错”，主人倍感自信。他的太太微笑地做翻译，她显然洞悉我们的虚伪，但得体地顾全了先生和客人的心境。

席间艾诗乐说了一番很有诗意和激情的话，令我们大为感动。他说，他因为热爱中国的诗歌而爱上了中国籍的太太，也因为爱中国太太而更热爱中国的诗歌。

艾诗乐的儿子丹尼才7岁，是个了不得的小诗人，出版过诗集，两次上电视台主持诗歌节目和朗诵自己的诗作。艾诗乐请他到席前朗诵自己的诗作，他大大方方用英语为我们朗诵了一首自己的诗，其父笑眯眯在一旁看着，钱女士做翻译，诗的大意是孩子对着天空阐发联想，仿佛一首孩子的《天问》，充满了童真和哲理，可惜我们不懂英语，无法领会其中奥妙。西方孩子和大人是平起平坐的，所以丹尼待人接物十分成人化，丝毫没有中国孩子的腼腆和羞怯，他向我们赠送了自己出版的诗集，我们也向他赠送了一些小礼品，如眼睛会发光的小熊猫之类，他高兴地叫起来，“天问”式的严肃顿时消失，7岁小儿的童真复萌，他有礼貌地向我们每人道了一声“多谢!”——用的是纯粹的广东话，这回轮到我们惊叫起来——

“你会讲广东话?”

“少少啦……”又是一句典型的香港人用语。

这也难怪，钱女士是香港人嘛。

我们与艾诗乐先生谈文学，谈诗歌，谈出版，美国与中国截然不同，出版商主宰一切，也就是市场和经济效益主宰一切。然而与中国一样，潜心追求艺术至高至美境界的赤诚，往往会得罪赵公元帅，不少清高的文人也阔不起来，眼前我们这位艾诗乐先生大概也属这一类。环顾他的房子，用中国标准看是很不错了：两层小楼，家电设备应有尽有，地板铺着厚地毯，车库里放着两辆车，但熟知美国情况的张老板后来对我们说，艾诗乐是他所见到美国知识分子中房子住得最差的，看来天下搞文学的人都一样，难以成为富翁。

艾诗乐夫妇十分希望能到中国的大学当访问学者，尤其希望到中国的最高学府北京大学，他在广州当美国新闻文化领事的好友芮培利先生已答应帮助联系，我们彼此相约，一旦成行，我们一定在广州再见。

夜已深，我们向主人告辞，离开了那个蹲着两个中国石狮子的小院，然而艾诗乐一家亲切温馨的接待，给我们的美国之旅增添了美好的回忆。

吕雷文集

3

文艺评论理论卷

SPM
南方出版传媒
花城出版社
中国·广州

图书在版编目（CIP）数据

吕雷文集 ： 全3册 / 吕雷著. -- 广州 ： 花城出版社, 2018.6
ISBN 978-7-5360-6355-6

Ⅰ. ①吕… Ⅱ. ①吕… Ⅲ. ①中国文学—当代文学—作品综合集 Ⅳ. ①I217.2

中国版本图书馆CIP数据核字(2018)第137658号

出 版 人：詹秀敏
责任编辑：李　谓　余红梅
技术编辑：薛伟民　凌春梅
装帧设计：ATAI 工作室

书　　名	吕雷文集 LÜLEI WENJI
出版发行	花城出版社 （广州市环市东路水荫路 11 号）
经　　销	全国新华书店
印　　刷	虎彩印艺股份有限公司 （东莞市虎门镇北栅陈村工业区）
开　　本	787 毫米 ×1092 毫米　16 开
印　　张	80.75　12 插页
字　　数	1450,000 字
版　　次	2018 年 6 月第 1 版　2018 年 6 月第 1 次印刷
定　　价	228.00 元（全 3 册）

如发现印装质量问题，请直接与印刷厂联系调换。
购书热线：020 - 37604658　37602954
花城出版社网站：http://www.fcph.com.cn

作家吕雷

吕雷，中国作家，中国作家协会主席团委员、享受国务院特殊津贴专家、广东省作家协会副主席、党组成员、一级作家，曾任第十届全国人大代表。

1947年生于重庆，1968年参加工作，上山下乡当割胶工人，曾历任宣传队创作员、副队长、兵团文艺创作组创作员、师政治部工作人员、厂政治处宣传干事、团委副书记，1975年调茂名石油工业公司工会任宣传科干事，1980年调广东省作家协会文学院任专业作家，1984年后到北京中国文学讲习所（中途改为鲁迅文学院）和北京大学中文系首届作家班学习，任党支部副书记，1988年北大本科毕业后，仍回广东省作家协会文学院任专业作家。1993年成为享受国务院特殊津贴专家，1996年至1998年挂职任湛江市委副秘书长。

历任中国作家协会第四届（1984年底）、第五届（1996年底）、第六届（2001底）、第七届（2006底）全国代表大会代表，并当选第五届、第六届、第七届中国作协全国委员会委员，并当选第七届中国作协主席团委员。1997年起任广东省作协副主席，曾于2003年－2008年任第十届全国人大代表、2002年任广东省作协党组成员、副主席，兼创研部主任，2006年任广东省作家协会专职副主席、党组成员，2008年后任第七届中国作家协会主席团委员，广东省作协副主席、一级作家，兼职世界华文文学联会理事、中国文字著作权协会理事。

著作有：小说集《云霞》《浪尖上的信笺》《望海椰之恋》《阴晴圆缺》、小说剧本集《海响》、散文报告文学集《白云魂》、长篇电视小说《大江长歌》；与人合作的文学作品有：长篇小说《大江沉重》《澳门雨》《铁血莲花》《中国维和警察》、长篇报告文学《国运——南方记事》(与赵洪合作)；

电视剧作品有：《眩目的海区》《大江沉重》；

与人合作的影视作品有：《亚热带太阳》《云霞》《澳门雨》《天地良心》《铁血莲花》《中国维和警察》电影《加州来客》等一批。

1980年以小说《海风轻轻吹》（《作品》1980年12月首发）获当年的全国优秀短篇小说奖，1982年以小说《火红的云霞》（《人民文学》1982年2月首发）获当年的全国优秀短篇小说奖，1983年以电视剧本《云霞》（与陈定一合作）获首届全国电视艺术委员会的电视文艺优秀剧本奖，1984年以中篇小说《眩目的海区》获《人民文学》“读者最喜爱的作品奖”，1988年获中国作家协会、中华文学基金会颁发的“庄重文文学奖”，1999年获中华文学基金会、中国石油天然气总公司颁发的中华铁人文学提名奖；2003年长篇小说《大江沉重》（与赵洪合作、2002年8月作家出版社出版）获中宣部第九届五个一工程入选作品奖、入选第六届茅盾文学奖终评，2009年报告文学《国运——南方记事》（与赵洪合作、2008年6月人民文学出版社出版）获中宣部第十一届五个一工程优秀作品奖、中国改革开放优秀报告文学奖，2011年再获第二届中国出版政府奖提名奖。

曾三度获得广东省鲁迅文艺奖、两度获广东省重点扶持文学项目重奖和多次省内文学奖项。

父亲带1岁的吕雷脱险撤到香港后与奶奶合影

吕雷与邓刚在河南

1980年吕雷在南海石油基地

1999年末吕雷祝贺霍英东先生新式喷射船研制成功

吕雷访问罗马
尼亚在黑海边留影

目录

笔耕偶得

文苑对谈

影视乱弹

一家之言

书斋探寻

门外者言

文学评论理论卷

笔耕偶得

关于崇高的对话

＊文学现在还需要崇高么？文学已经发展到这样一个阶段：摒弃崇高与丑恶的对立，模糊所谓真善美与假丑恶的界限。只有这样，才能更真实地表现更博大的世界、更丰富的人生。

♯表现崇高这一命题与文学一样有永恒的生命力。它几乎与文学同时诞生，从口头相传的英雄史诗算起，它伴随着人类历尽坎坷和沧桑。人类世世代代追求理想和光明，舍生取义，前仆后继，艰苦卓绝，充满痛苦，充满血泪，这种追求需要牺牲，需要奉献，需要诸多的自我约束，需要积聚伟大的人格力量。古希腊人一语道破崇高的特质：崇高即痛苦。你要体验普罗米修斯式的崇高吗？那你就得忍受普罗米修斯式的痛苦。而人类的过去、现在和将来，都不能没有普罗米修斯。试想，不去克服难以忍受的艰难困苦和孤寂，人类能够征服南极、开发南极么？没有挑战者号穿梭机的爆炸和先驱者们殉道式的牺牲，人类能真正征服太空么？从这点意义上说，人类没有自觉崇高感，就没有未来。文学不去表现这种崇高感，也将失去未来。

＊崇高是什么玩意儿？谁说得清？芸芸众生中有多少崇高可言？文学执意表现崇高，很容易滑入一条歧途：虚假。这样滑下去，文学就会变成粉饰，变成造神运动的奴仆。

♯有一个时期，否定崇高的存在价值，几乎成了一种时髦。这是一种偏颇传染病。的确，人们过去对崇高的了解过于狭隘。崇高与神化应该是两回事。崇高集中体现着人类的向往和希望，但并非与人间烟火绝缘。人类面对自己的同类、面对社会、面对自然界的严酷，有无数困惑和忧患，要使生命延续繁衍，就得面对命运和困厄的严峻挑战。表现这种挑战，表现人类追求光明和理想的艰苦进程，表现人类为了延续繁衍、提高自身价值而做出历尽艰辛的牺牲，难道不正是文学的责任吗？谁敢断言芸芸众生中没有这种挑战，这种进程，这种牺牲呢？如果硬要把这一切都与粉饰和神化等同起来，这恰恰说明他对芸芸众生完全无知或知之甚少。生活中固然不乏丑恶、平庸和卑劣，但一味津津有味地去搜寻、品味张三、李四、王五们的卑微和猥琐、当然不可能发现生活中崇高的存在，这同样也是一种虚假。其实，崇高的光点在有人类的地方无处不在，宛如夜间的星空，就看你有没有一双能发现崇高的慧眼。连动物都有牺牲个体保存整体、牺牲母体保存幼体的本能（不少文学作品在描写这些场面时会出现很崇高的效果），何况是人？人的高级思维活动其高级之处，恐怕恰恰在于自觉的崇高感成为思维的重要构成。曾经为人们所乐道的生命意识，其主要元素也应该来源人的崇高感。生命意识＝战胜与超越——对社会、对自然的忧患压力的战胜与超越，包括对人类自然困扰、缺陷的战胜与超越，也就是对通常所说的“自我”的战胜与超越。

＊揭露生活中的阴暗面也是文学的任务之一。如果大家一窝蜂去表现崇高，谁来完成揭露、警奋的任务？

＃首先，表现崇高并不是表扬好人好事，更不是把现实良莠不分地装点成通体光明的天国，揭露生活阴暗面与表现崇高是可以同时进行的。正因为生活中有很多阴暗面、忧患重重，才显得崇高的可贵，把它挖掘出来、表现出来，才更有警策人们奋发向上，战胜忧患的力量。当然，人们饱含忧患的生存状态与表现崇高往往处于难于协调的矛盾之中，如何将两者统一起来，放在同一部作品中，有相当难度。19 世纪文学巨匠们已经做到或者差一点儿做到这一点，今人亦应该有所超越。但这已不仅仅是个文学问题。要超越，必须有伟大思想的照耀，必须有强大的人格力量支承。一个才高八斗、学富五车的作家，如果缺乏这两条，也是难以担当这一重任的。

激情是诗歌的血脉

感情、激情是诗歌的血脉、生命的色彩。感情、柔情、温情、爱情或者说是激情，只要融化在诗歌中，诗就成为世界上最奇妙的精灵，飞越群山之巅沙漠戈壁，行走市井之中寻常人家，在战场中回响，在花园里咏叹，在摇篮边轻吟，产生力量，引发震撼，非典和汶川地震爆发出来的诗歌浪潮，就充分说明这一点。西方人说诗歌是文学皇冠上的钻石，诗人可以坐在上帝身边吃糖果，足见诗人不论在崇尚诗歌的东方还是在西方，都是备受尊敬的。不过，在当今的中国，由于诗人或者自称诗人的人太多，令人尊敬不过来了。但我始终相信：好的诗歌应该是人类智慧和语言的结晶，它和钻石、珠宝一样珍贵。

中国自古称诗国，诗是中华文明最伟大的源头之一，“诗言志”，“歌永言”，陶冶了国人传承久远历久弥新的人文品格。

丘树宏的诗歌，尤其是他的政治抒情诗，很好地继承了这一可贵的传统，它与时下不少工业化生产的口号化公式化诗歌不同，丘树宏的诗行是经过炽热的感情熔炼，用心血经过艺术地提取意象，像熔岩一样从血管中流淌出来的。他的《30年：变革大交响》《珠海，珠海……》就鲜明地赋有这种特征。

有一个花园城市在哪里？
有一个花园城市是珠海，
一个比一个美丽的花园啊，
装扮成花园般的珠海。
……
啊，珠海，珠海，
海的珍珠，
珍珠的海。

多美的意象，我说，这是珍珠般的语言。

我还有一个观点：好的诗歌，是应该可以吟诵和流传的，当今的很多诗人，无论人们或者粉丝给他戴上多少桂冠，现代派也好，后现代派、后后现代派也好，如果他的诗作不便吟诵，不能流传，那对不起，他的形象就会在我心目中大打折扣，我始终以为：有井水处，皆有柳词，既是一种境界，也是一种标尺。

丘树宏的诗，朗朗上口，很适合朗诵。这也是我赞赏的原因之一。

在我省的官员诗人和作家中，丘树宏是才华横溢的一位，然而我认为，才华、技巧可以成就一位成熟的作家，但是并不一定能产生精品力作和传世之作，因为，再有才华、技巧的笔，是靠作家、诗人心中奔涌的感情或激情来推动的。可以这样说，任何文学、文艺作品都是人类情感的表达和宣泄，诗人、作家写诗、写小说其实也是在对自己的情感资源的扩展和开发。

非常幸运，我们看到的丘树宏，是一位激情澎湃的诗人。即使是他用诗写成的忏悔，也写得有如子规啼血，令人感动，顺便说来：作家是极少抒写自己思想或感情的忏悔的，因此巴金的忏悔文字特别令人敬仰。也因此，丘树宏的《生命的觉醒——20 世纪 70 年代的忏悔》这首长诗，尤其令我震撼，它像一面镜子，令我看到了同在 20 世纪六七十年代的我。

我认为，无论是写诗或写小说，其实都是在寻求人类感情的喷发，感情的积累越深厚、越炽热，能量越大，喷发起来就越惊天动地。就像开采石油时的井喷，深深地埋藏在地层下的油气一旦不受控制地喷发起来，连大地都在震撼、发抖，地下被压抑几亿年的能量冲天而起，真有种地动山摇的气势。文学创作其实也一样，要讲究感情的真挚与厚积薄发，强调感情深厚的积累和炽热的熔炼。自然界的钻石，据说就是在火山喷发时的高温高压下形成的，最优秀的诗歌、小说恐怕也得在感情最丰厚最炽热的胸腔中产生。而千百年来令无数作家诗人苦苦追寻的灵感到底是什么东西呢？几乎所有理论家都说不清、道不明，我个人的理解很简单：灵感，其实就是沸腾奔突的炽热感情突然找到了一个喷发的出口，找到了一个理想的合适的美妙的表达方式，也可以说，是作家诗人的精神资源、感情资源和想象力资源突然融合到一个适合表现的点上，这个点就是灵感。

总之，我祝贺诗人丘树宏，祝他一次又一次的喷发，一次又一次地找到灵感，一次又一次地成功！

期待十月

王十月是个农民工，他自己也从不讳言，既不以此博取同情，也不觉低人一等，一直不卑不亢。

准确点说，他是个热爱文学、以文学创作为生命的农民工，自从他从生产流水线上走出来，从一个生产物质财富的生产者转变为一个以写作为生的脑力劳动者，他就狂热地不停地写，写，写！近年来，每年都有20多篇小说问世，不然的话，他付不起房租，养不活妻女。

更准确一点说，他是一个生活在特区和珠三角近20年的农民工作家，他以他的笔，书写着南中国一点一点的苦辣酸甜。

在南方，像他这样带着一股子来自底层的硬气雄风闯进文坛大门的青年，有一大批，这是新世纪最奇特最可喜的文学现象之一，王十月是这一大批新锐中的佼佼者。

20世纪末最重大的事件之一是：市场和资本就像两根魔力无穷的魔棒，搅动了珠江两岸，进而令中国天翻地覆，面貌一新。珠江三角洲是一片神奇的热土，这里最早迎来外域的八面来风，最早承受欧风美雨，人们与海外和港澳也有着千丝万缕的联系，这里的民性天然重商，敢为天下先，商品意识比其他地域要浓厚得多，各地拥来的能工巧匠、能人奇才也特别活跃，中国农民给点阳光就灿烂，在珠三角最有说服力，所以改革开放一开始，这片热土的创造力就有如火山喷发，创造出一个个千古奇观。它激发了多少弄潮儿的搏浪豪情和聪明才智？信手拈来的就有如恒河沙数。农民的儿子王十月成为作家，就是一例。

中国自从成为一个统一的国家，耕地和农业劳动人口就成为立国之本，偏偏中国人口繁衍快，而耕地短缺，在生产力低下的情况下，这一复杂的矛盾，只能用最简单的方法来处置：那就是大规模地迁徙人口，中国历史上有几次人口大迁徙，都与全国性的大动乱后，新建王朝立志开创新政的战略有关，其主要方式就是把较发达地区人口大量迁移到“蛮荒之地”或因战乱而人口剧减的地区去，或让他们屯垦戍边，或让他们开发耕地，自生自灭。

新中国成立后，人民的生存条件仍困扰着执政的共产党人，中国得用全世界近十分之一的可耕地面积来养活四到五分之一的人口。政府一直动员青年支援边疆建设和屯垦戍边，有计划地迁徙人口，以增加生产，减轻人口压力。“文革”爆发后，城市的动乱和无政府状态接近失控边缘，毛泽东发出“知识青年到农村去”的号召，形成一次几千万人的世纪大迁徙，在城市里汇集成红色海洋的红卫兵一下子变成满山遍野的下乡知青，这种精壮人口的大迁徙，在人类历史长河中恐怕是空前的，引发的悲剧多不胜举，而且影响了整整几代人，无可否认，这种荒废一代人学业，几乎做成了全国城市家庭骨肉分离的运动，打断了中国教育体制的进程和传承，却又在痛苦和艰辛之中造就了一支支撑共和国命运的骨干力量，这个在民间最底层五味杂陈的汁液中浸泡过的名叫“知青”的庞大群体，在共产党人中逐渐取代了从战争中成长起来的一代中坚，在社会各个层面上发挥着举足轻重的作用，影响深远。从今天的视角来看，简单的指责批判和颂扬都会失之偏颇。

综而观之，中国从古到今，无论出于何种原因，人口的大迁徙都是从城市流向农村，从中原流向边疆，从发达地区流向不发达地区。

世易时移，到了20世纪80年代，中国的改革开放和广东经济的飞速发展，令这种人口迁徙的流向猛然来了个大颠倒！引发了中国人口破天荒地从不发达地域流向较发达地域。

中国人的创造力是非凡的，一旦放开了手脚，就有如当年毛泽东形容湖南农民运动一样：“其势如暴风骤雨，迅猛异常，无论什么大的力量都将压抑不住。”一时间无数“孔雀东南飞”，内地农村劳动力，通常人们称之为“打工者”或民工，其中当然也裹挟着无数王十月这样的毛头小伙子，有如大潮般向珠三角涌来。

这自觉自愿滔滔不绝涌向珠三角的人流，都是像王十月一样自己买车票、扛着行李卷和满怀致富的热望汇集而成的，与当年知青上山下乡由党委政府半动员半强制用火车汽车送到边疆农村的做法形成鲜明对照。

来自内陆省份的精壮青年突然遍布珠三角，据说有近3000万人，这意味着整整一个欧洲中等国家的总人口，或者是“二战”交战双方的总兵力规模，在世人的不知不觉中进行着历史性的迁徙流动，而且，逐渐遍及长江三角洲地区、京津唐和环渤海区，全国估计有两亿人卷入其中。

这是否是一个强烈的信号，预示着中国的国运从此扭转，由弱转强?

答案是绝对肯定的。

中国的国力，正由这庞大精壮劳动力人口的迁徙而得以全新的方式凝聚、整合，正在等待时机，准备进行一次惊天动地震惊世人的喷发。

这是一次全新的惊天动地的世纪人口大迁徙，这是一个伟大的迁徙!

在中国迈向现代化进程中，由下而上的大量实践而凝聚产生的智慧和决策，往往是最有效和最切实可行的，珠三角外向型经济发展道路、珠三角的发展和繁荣，就是千万乡镇企业家及外来打工者的血汗和智慧铺就的。在与国际资本的博弈中，中国不能不融入世界，世界也不能没有中国，几千万流动人口在广东的贡献，促成了一场史无前例的探索：将中国大量剩余劳动力化作出口资源，每年为国家换回数以千亿计的美元，启动了中国追赶现代化的发动机，让珠三角成为世界工厂，尽量让世界离不开中国。

还有一条是人们往往忽视的，就是在全球贸易额的既定数量内，珠三角抢占了市场份额，相对抑制了中国的潜在对手，扼制了中国与周边国家及现代化国家发展差拉大的趋势。商场如战场，国与国之间抢夺全球市场的竞争，也是一场没有硝烟、旷日持久的战争。在这场战争中，唯有中国逐步占了上风。

在人类发展史中，也只有当今之中国，才能演绎出一场不凭借武力为后盾、不以霸占市场为手段、不依附在某个超级大国的卵翼之下，不在对手制定的“国际惯例”和游戏规则下无所作为俯首称臣，而只凭自身劳动力巨大优势积聚国力、靠大量廉价产品输出国力寻求飞速发展的世纪奇迹。

创造出这一世纪奇迹，中国农民及其进城务工的子弟们功不可没。

当然，这奇迹中也融汇着王十月们的汗水和心智。在亘古未见的大变革中，来自底层的智慧不仅会在创造物质财富上呈现，也必定会在精神层面上发出夺目光彩。在几千万人的劳动大军中，必定会涌现出类拔萃之士和才华横溢的智者。如同当年涌现出一个杰出的“知青作家”群体一样，当下文坛中也闪现出一个个“农民工作家”矫健的身影。

我较早关注到王十月的写作，他的《出租屋里的磨刀声》展现了他摄取底层生活元素的能力，他的《湖乡系列小说》显现了他的文学悟性和描摹人间温情的渴望，他的一篇小说曾令我怦然心动：一个农民工年纪大了，干不动了，要回乡去，临走前他一一“探访”自己亲手建设起来但从未住过的楼盘和别墅群，并把它们唤作“大女儿”“二女儿”“三女儿”……然而他最终不能进入出力流汗最多的别墅群——他被保安当作可疑的小偷抓起来了！这一结局浸透着令人心酸的黑色幽默，虽然略显浅露但闪烁出才智，比起一些着力表现底层生活不幸和苦难的小说，它自然棋高一着。

十月敬仰汪曾祺，力图像汪老那样在人间的辛酸中寻觅温暖，语言也力求简洁明快，回眸儿时的乡村生活，他流淌出无限的眷恋和忧伤，又不失纯真和童趣，他有一篇《驴爹》的小说，写一匹驴子执拗得非要人叫它“爹”才肯干活，令我读了忍俊不禁。

《国家订单》的创作，把王十月推上一个新高度。它在《人民文学》以头条发表后，全国几大选刊都不约而同以头条选载，为近年来罕见。可以说，这是第一篇以全球化视野审视珠三角中小企业和工人群体生存状态的小说，也是中国拥抱世界，世界拥抱中国的一个文学注脚。

王十月这小说的最早创意，萌发于我办公室里一次文学夜谈：几位出身农民工的青年作家剥着花生，喝着啤酒，和我一起胡吹海聊，其间我说你们写东西不一定老写打工生活的困厄和不幸，要跳出来，用世界性的眼光来看，其实打工者的生存状态往往是与国际资本有联系的，你们有你们的难处，有时老板也不容易……王十月颇有悟性，马上接口说：我知道，在深圳有个小老板，快垮了，在“9·11”后却靠做美国国旗翻了身，当时另一位青年作家插口说，那老板是我老乡，只有间小厂，就靠“9·11”做美国国旗越做越大。王十月一拍大腿说：这个题材可以写个好小说，我来写！过几天，他把一个小中篇放到我桌上，我一看觉得他把故事、人物写活了，但小说篇名为《星条旗飘扬》不好，便提了几点意见，建议改为《国家订单》，叮嘱千万不要浪费这个题材，也不要给别的刊物，就给《人民文学》李敬泽。他拿回去修改了两次，其间我们通过电子邮件商讨过几回，他成稿后发给李敬泽，果然，一发出来：头条！

十月在《人民文学》上发过几篇作品，但在这国家级大刊物上发头条，却是第一回。从此，他为文坛瞩目。

王十月对此保持低调，在社会上摸爬滚打十几年，令他历练得比同龄人要成熟些，省作协推荐他到鲁迅文学院高级研究班学习，据说他在班里也不露山不显水，我问过几位院领导，口气几乎是一样的：这小伙子，老实，听话，有才气！这正是我所期待的，我想他一定知道，如果选择文学为终生事业，他的道路必定是曲折而漫长，他还得应付无数意想不到的困难和挑战，欲成大器，必先修得大人格、大胸怀、大视野、大智慧。但无论如何，他已经闯进了文学的大门，已经晋身攀登顶峰的突击营地，只要他不倦地写下去，修炼下去，他会成功的。

十月是收获的季节，我们有理由期待丰收。

是为序。

《默雷》的灾难意识

自从人类在地球上产生之日起，灾难便与他们如影相随。

于是，文学与灾难也结下不解之缘。灾难成为文学的主题，几乎是与文学本身一样久远，文学的萌发不少是与灾难密切相关的。中国远古有女娲补天、后羿射日、精卫填海、夸父追日、共工怒触不周山等，全世界都有洪水滔天的惨痛记忆，人类是从大禹治水、挪亚方舟的神话和传说中，铭刻出中西共同而又各有千秋的文明遗存的。灾难既是无尽的挽歌，又是奋斗求生的号角。人类从无数灾难中一步一步地走过历史，走向今天，走向未来。

然而，灾难深重的中国，有与长江水、黄河水一样源远流长的与灾难拼搏的传说和神话，文学史上却鲜见真正意义上的灾难小说。是我们的作家太钟爱人定胜天的格言和理念，还是我们对灾难的频频光顾过于淡漠和麻木？这真是个值得寻根究底的问题。

从这一意义上说，廖华强的长篇小说《默雷》较深层次地触动到灾难意识，以及人们在重重灾难之中的生存状态，可以视作灾难文学的一部有代表性的作品。

小说《默雷》写了许多灾难，雷岛这个地方（我理解就是雷州半岛，我对这片土地太熟识了），简直可以集人类所能经受的灾难的大成：经年不断的旱灾、恐怖的鼠疫瘟疫、可怕的风灾、顷刻间将人卷走的大海潮，甚至还有雷灾，雷公劈死人那是常有的事。自然界的灾难是人们生存能力的重大考验，小说还写到另一种灾，那其实是人祸，刘少奇曾经解读为三分天灾，七分人祸的大挫折、大失败，正面触及这方面的历史教训，作者显然经过沉痛的思考。这种灾难，更是考验着人们对理想的坚守和追求，考验着一个民族对发展自强的坚强意志。党的领袖和政府在威望如日中天之时，发动民众改天换地再造乾坤本来是好事，但发展是硬道理，规律则是更硬的道理，尽管愿望再善良、理想再美好，一旦超越或违背了客观规律，甚至走火入魔地违反了常识常理，什么“超英赶美”“大炼钢铁”“大跃进”统统成了危险的乌托邦，再加上强迫命令、一平二调、刮共产风等粗暴侵害群众的行为，再崇高的威望也会被严重透支，执政就得支付无比沉重的政治成本，这种恶劣形势下是消极涣散，悲观失望，分崩离析以致万劫不复，还是坚忍不拔地咀嚼着失败挫折的苦果继续为造福民众的发展而奋而前行？小说真实地展现了那个时代的很多非常事件和饥饿困乏下冒死奋斗的芸芸众生，以及他们的生存状态，他们似乎被愚弄、被驱使，但他们终于在天灾人祸极端困难下修筑了水库和运河，这是造福千秋的奇观和壮举，这像一个谜，也像一个怪圈，但亿万人的血汗和泪水已经融入历史，化为我们民族的精神和集体性格。准确地描述那段不寻常的历史和生存状态，张扬那种奋斗精神和坚忍性格，正是文学的责任。

普希金有一段著名的语句：灾难忠实的姐妹希望，正在幽暗的地下潜行，她会唤起勇气和快乐，盼望的日子快要来临。灾难和希望永远是一对孪生姐妹，我们欣慰地在《默雷》这部小说中看到这对姐妹的身影。

本书的灾难故事还告诉我们，共产党人的执政能力和地位不是与生俱来的，也不是一劳永逸的，它是在无数次艰苦奋斗中形成，并在无数次挫折失败中警醒自省中发展的。一旦行差踏错，就会受到灾难的惩罚，造成更大的灾难。这无疑是对今天主导我国发展的科学发展观、以人为本和情为民所系，权为民所用、利为民所谋增添了一个形象的注脚。

《默雷》在艺术上也进行了可喜的探索，结构上运用时空交错，无技巧剪接，为小说节约了大量空间，使之能用 20 多万字就能完成几十年历史的跨越，历数骇人听闻的种种灾难。

顺便谈谈小说的不足之处：小说读来有散、乱之感，本来有几个人物颇有艺术感染力，如江流的爷爷、雨芳、水成、三叔公等，但是小说的主体骨架不明晰、缺乏大的悬念，我想主要原因是出在叙述的策略上：小说是以主人公江流的视角来做叙述的，偏偏江流又只是个事件的旁观者而非直接参与者，“大跃进”时他只是个小孩子，所以写到男孩子与水妹、阿娥的感情时真切感人，但一切入水利工地的主体故事时，主观视觉就不得不改变，因而对故事发展缺乏自主的推动力，再加上后来他那种哲人式的学者身份，与当年事件的反差极大，这就做成了作者调动想象的难度，江流与林月夫妻生活的不和谐与故事主体是游离的，令人读后产生当代生活与沉重的历史是生硬拼贴的感觉。

09·9·25网络座谈拍砖会发言

网络在改变生活，改变文化，改变文学，改变社会，改变世界，一个网络文明时代正在君临天下，能否善用网络，建设好有中国特色的社会主义的网络文明，是对我党执政能力的一大考验，也是促使我国长治久安的政治清明、和谐稳定、保障文化繁荣、安全的一大课题。

套用样板戏一句话，现在是：网络英雄起四方，上网就是狮子王。

亿万网民在指点江山，激扬文字中，已经真正形成了1956年毛泽东曾设想的百花齐放，百家争鸣形势，比起先秦的诸子百家，其开放的广度有过之而无不及，参与的人数更是史无前例，伟大的俄国作家契诃夫说：大狗叫，小狗也叫，现网上谁都可以发出自己的声音，尽管有些是自说自话的卡拉OK，也有的纯粹是噪音，也体现出社会包容和多元的大美。

提升广东文化软实力——“美芹十论”拜读了，有分析，有数据，有论点，内中不乏真知灼见，亦有切中时弊，颇有见地的建言，但套用了先贤的“美芹十论”，有点削足适履，有些篇章不免有几分谋士提供策论的师爷气，其实大可不必，原来我以为真是敢拍砖的，仔细想想，倒像一些写作组搞的学习材料了。

对如何提升广东文化软实力，在下有几点建议：

一、敢下重手，敢下猛药

1979年，习仲勋主政广东，广东省委搞了一个全国震动的大动作：由欧阳山牵头成立广东文学院，省委拨了35个编制，把来自基层的中青年工农业余作家调入作协，编制比当时全国作协还多，一时领全国风气之先，以后几年，在全国频频获奖，文学地位无人敢小觑。世易时移，现在不兴搞专业作家了，但广东还有没有这样敢下重手、下猛药的勇气在别的方面来个敢为天下先？

二、识遗珠于草莽，打破体制内外的樊篱

广东有两三千万外来人口，其中不乏优秀的文学人才，我调查过，广东能够在全国性大刊发作品而引人注目的青年作家，有四五十人，其中有希望冲击全国文学奖项的有 15 人以上，这个基数，比各省都大，但多数人三无：无户口、无学历、无档案，我们敢不敢不拘一格降人才？让他们在广东扎下根来，或进入体制之内？中国作协主席铁凝向汪洋和林雄同志报告，广东的农民工作家王十月、郑小琼很优秀，希望能帮助他们进入作协体制给予系统培养，这事正由几个系统协调解决中。如能解决，将促成更多的文学孔雀广东飞。民国时期有才但无文凭的华罗庚、沈从文、陈寅恪被破格尊为教授，最终成为权威、国宝，长期传为佳话，当下的广东更应有所超越，古人有千金买马骨求贤若渴的榜样，今天改革开放的共产党人更应有识遗珠于草莽的眼光和气概，我对此充满期待。

三、搞精品工程，得有科学策划

精品不是靠拍脑袋拍出来的，也不能靠领导或领导机关一时心血来潮的决定，一定要尊重艺术创作的规律，切忌短期行为和跟风。传世之作可能要策划、创作许多年，急功近利是搞不出来的，我和赵洪的《国运——南方记事》不敢称上精品，但从策划到出版，一共搞了五个年头，光省委宣传部把赵洪借用出来采访、创作，就借了两年，对此我们非常感激。建议省委宣传部帮助促成由有全国影响、创作力强的作家组建若干文学和影视联动的工作室，给予资金扶持，花时间、花力气策划、经营大题材、大作品，过去那种零敲碎打、各自为战、撒胡椒面式的办法，是难有作为的。

四、事业和产业区别对待

文化有商品属性，更是上层建筑、意识形态，在推进文化体制改革中，不能把引领主流的文化事业和满足大众文化需求的文化产业一锅煮了，要保持我们文化的先进性，必须保持文化事业鲜明的意识形态属性，加大扶持力度，绝不能搞自生自灭。而对文化产业，则要大胆放开，让它在市场中发展壮大。

城市与文学

以我粗浅之见，城市不是文学最早诞生的土壤，但可以肯定，文学的发育成长肯定是与城市同步进行的。文学的发展离不开城市，宋元话本、明清小说的繁荣与当时的市民经济繁荣有极大关系，所以，城市也同样不能没有文学。

大梦谁先觉？其实写小说时往往游离在“觉”与“混沌”之间。城市就是这种“觉”与“混沌”最好的载体。写小说的人，仿佛常做白日梦，在梦中摸索，在梦中思考，在梦中发现，在梦中沉浸于不可自拔的伤感，陷入困境，也常在梦中欣喜欲狂，体味快感。所有梦都是从现实中衍生、转化来的，不管做的是什么梦，作家从来也不能逃避坚如磐石的现实。而生活在城市的作家们，即使在梦境中，也摆脱不了城市的影子。

我从来不觉得现实主义和现代主义之间有什么天然的鸿沟，它们也并非天然对立的。人类的梦总有共通之处，面对的可能是同一个现实、同一种困境，只不过是对梦境的描述演绎见仁见智。各有不同罢了。文学的表现手法都是互相联系的、传承不断的。现实主义的传统手法达到某种高度之后，就很难对现代人活跃的思想和复杂的生存状态进行原生态地描述，这个时候就需要某些与时俱进的变化，这就产生种种不同的尝试，小说小说，就是把大的世界往小里说，把庞杂模糊的大梦往简单明了和细微枝节处说，你无论怎样说，总得让你的读者明白和认同，不被时下人们认同的小说，无异痴人说梦，只好等待后来的痴人去认同。

我是一个现实主义者，同时，对浪漫主义又有点神往。人说浪漫主义是舶来品，其实2000多年前的我国大诗人屈原比谁都浪漫，他的《天问》浪漫得绚烂热烈。文学的理想和浪漫，有着梦一般的吸引力，简言之，文学就是人类的一种梦，一种对昨天、今天、明天的思索，梦就是一种理想，文学是梦的载体，没有梦就没有追求，就没有文学。当今的城市文学，就是缺少一种《天问》式的想象力和浪漫精神。

从事文学创作，无论是写小说还是写诗，无论是写乡土文学，还是写城市文学，当今都得面对一个无比巨大、硬邦邦、响当当的现实——中国人正面临着最不可错过的一次机遇，经历着几千年来的最大的一次转型，这是一个民族的艰难梦寻，也是一次波澜壮阔的进军。资本铺天盖地席卷而来，对社会进行全方位的覆盖、紧逼、潜入和渗透，产生了一场亘古未见的大变局，可能会令整个社会各个层面发生历史性的嬗变，而世界上一支拥有 7000 万成员的政治大军，竭力引导 13 亿人与资本这一超级庞然大物作各种复杂的大博弈，千方百计给民族带来生机，为振兴带来希望，为国家带来进步，对后世产生了长远积极的影响，当然也会有阵痛、挫折、失误甚至牺牲。这些影响将是长期存在的，笼罩着中国整个现代化的过程。我们写小说、写诗也都在这种笼罩之中，我们发出的每一种声音，都是在这种笼罩下发出的声音。改革开放是中国和世界的千古奇观，为文学创作扩张了极大空间，必定产生无数宏大叙事的素材，有了这些条件，文学必定可以做出很多很多美丽、沉重、大气、雄浑、痛楚、炽热的好梦。

追逐这样的好梦，人生即使短暂却也是快乐的。

东莞桥头荷花节文学颁奖会上的发言

今天获邀出席东莞桥头荷花节文学的颁奖典礼，十分荣幸。我祝贺评奖取得成功，也祝贺各位高校的获奖诗人、作家，从众多竞争者脱颖而出，获取殊荣，在这里我还要感谢东莞桥头的镇委、镇政府，支持和主办了这次高雅的文学活动。

我之所以将此次活动称之为高雅，是因为我国是世界上有着最悠久文学传统的文学大国，文学是我国灿烂文明的最值得骄傲的组成部分。而我们广东省，如今也正在努力建设着文化大省，我们有这个实力，因为，我们有众多优秀的青年诗人和作家，其中有大学生，也有在生产线上辛苦劳作的农民工诗人作家。

如果把文学创作比作艰辛的采矿劳动，那我说写小说就是开采语言的铁矿，而写诗，则是开采语言的钻石，正因为诗人们是开采钻石的，所以在文坛中显得特别高雅。

但我还想说，无论是写诗或写小说，其实都是在寻求人类感情的喷发，感情的积累越深厚、越炽热，能量越大，喷发起来就越惊天动地。不知道大家有没有经历过开采石油时的井喷？我在石油勘探队时就见过一次，深深地埋藏在地层下的油气一旦不受控制地喷发起来，连大地都在震撼、发抖，地下被压抑几亿年的能量冲天而起，真有种地动山摇的气势。文学创作其实也一样，要讲究感情的真挚与厚积薄发，强调感情深厚的积累和炽热的熔炼。自然界的钻石，据说就是在火山喷发时的高温高压下形成的，最优秀的文学恐怕也得在感情最丰厚最炽热的胸腔中产生。

现在有些创作理论，忽视了这一点，认为写好文学作品关键在于形式的翻新和技巧的精雕细刻，令很多青年过于沉湎于其中，白白耗费了天赋和才华，这是一种不幸。

西方哲人说过：人是会思想的芦苇，我想加一句，人是会思想、有感情、能创造的芦苇，只有思想、感情和创造，才能证明人是真正的万物之灵。我们之所以钟情于文学创作，是因为它是一种感情的熔炼喷发、精神的提升创造，它感情的丰富性和精神的独创性，是人的智慧标志之一。如果一件作品在技巧上雕琢得很精致，但是情感埋藏得很浅白，思想很单薄甚至猥琐，那它只能给个别人把玩，充其量只是小玩意儿，难当大器，更不可能引起大多数人的共鸣，通俗点说，是老鼠尾巴上长疮，再大也有限。

文学繁荣是衡量社会发展和进步的一个标尺，也是民族智慧的一个标高、社会文明程度的一个刻度。我们有幸生活在一个正在高速发展的中国，我们国家取得的发展成就，超越了几千年，可以称得上千古奇观、万古风流。东莞就是这一千古奇观的缩影，而桥头，也是东莞飞速发展的一个缩影。真正有为的文学，对浸润人们的心灵、激发民族的自信心和想象力，潜移默化的作用是很大的。但是，在经济腾飞的年代，并不是所有事都一马平川、一帆风顺的。我们无论是写小说还是写诗的，如今都面临一个巨大的困境，也可以说是一个史无前例的机遇，就是我们正经历和面临着中国几千年的最大的一次转型，从上世纪末到现在远没结束。

在这个人人都争相发展世界大博弈的格局里，中国正面临一次人类文明史上最伟大的博弈，这对我们民族和国家将产生无比巨大积极的影响，也会带来一些消极或不确定的因素，这种博弈将笼罩整个社会，笼罩我们的文化，我们每一个人都逃脱不了这种笼罩。我们写小说的和写诗的都在这种笼罩之中，我们发出的一种声音，也只能是在这种笼罩下发出的声音。

既然中国人按照历史的发展趋势，正与世界强权、国际资本作一场巨大的博弈。那什么叫博弈？博弈就是在一定的游戏规则里我跟你比拼智慧和发展，力争以小搏大，以弱胜强。以前搞阶级斗争、夺取政权、你死我活，基本上是没有游戏规则的，不是你死就是我亡。现在我们愿意在一定的游戏规则里跟对手过招，黑子白子互相吃，尽管这个游戏规则是人家根据他们自身利益制定的，但我们也得敢于过招，敢于比拼，敢于胜利。这就跟过去一味强调阶级斗争的你死我活有很大的变化，但矛盾的尖锐性依然存在，分分钟都有吃亏的危险，资本庞大力量对我们社会的全方位潜入、覆盖，令市场经济无孔不入，使整个社会发生重大变化，它必然会产生一些反弹，当然也催生在新的矛盾、新的希望、新的体制，所以整个社会变得更加复杂，更加纷扰、更加需要智慧。

只要用大智慧把握住这一历史机遇，建设好社会主义的市场经济体系，我们中华民族就会更加繁荣兴旺。

在这种世界大激荡、大交融的大格局下，文学是大有希望的。当前我们国家每年出版长篇小说1000多种，诗集更是恒河沙数，但这是不是真正的文学繁荣呢？我觉得还得加把劲，要一步一个脚印前行，浮躁不得，张狂不得。文学真正的繁荣，是出作品，出人才，出传世之作，出大师。我们正处在一个催生大智慧的时代，文学正在呼唤着传世之作，亿万人正在翘首盼望大师出世，我们相信，有了良好的经济发展基础，经过千百人一代一代的不懈努力，我们这片曾经产生过无数不朽文学的热土上终究会产生传世之作，会出现大师。

祝愿各位在座的有志者成为更有思想、更有激荡丰富的感情，更能创造的大师。

读王万然杂文有感

首先对王万然先生表示歉意，这个研讨会本来早应该开了，因为我们省作协的原因，一再推迟，实在对不住，今天作为省作协创研部主任的我，在此郑重向王万然先生道歉，请王万然先生和准备参加他的作品研讨会的作家朋友原谅、包涵。

初次读到王万然的杂文作品，它的自然、质朴和犀利就打动了我，我向来敬重在繁重的日常工作中坚持写作的作家同行，因为我自己也曾利用全部业余时间创作过，深知此道艰辛困厄、殊为不易，没有一点牺牲精神，没有一点勇于探索勇于实践的文学追求，没有一点社会良知、社会责任感和使命感，是很难在累月经年，日日夜夜的苦熬中坚持下来的。当我知道王万然还是一位报社老总时，对他的敬意更加深一层，因为我知道，作为一个报社老总，写这样富有批评性的文字，有利有弊，利是老总文章易于在自己管辖的范围内发表，弊是麻烦大，危险多，越容易发表危险越大，因为上头总有“第三只眼”盯着，搞不好就会危及自己的乌纱帽，我们的时代和历史已经制造出如邓拓等不少可鉴之前车，所以天下报刊老总何其多，亲自赤膊上阵写杂文的少之又少，做老总，日日夜夜编稿发稿，尽量少出错不出错，善莫大焉，功莫大焉，三更灯火五更鸡，点灯熬油皓首穷经还赚个风险，何苦来？王总敢于这样做，自有他的理由，我想，对杂文这种文体的热爱，对社会道德良知的坚守，和拥有“铁肩担道义，辣手著文章”的坚定信仰和责任感，他是不会去做这种旁人认为是多此一举的“傻事”的。

正因为这样，我对文章充满正义和正气的王万然先生充满敬意。

对杂文，我爱读，但怎样写好，却是个门外汉，从我一个小说作家不大专业的目光看来，王万然先生的杂文至少有这样的特点：

一曰精。精悍、精辟、精深、精心都饱含在这个精字里，王万然的杂文几乎都是千字文，微言大义，旁征博引，鞭辟入里，充分发挥了杂文这种文体的特点和优势，鲁迅先生和瞿秋白把杂文称之为杂感。杂感，可以是感愤，那是火山喷发，杂文可以是匕首投枪，也可以是银针和手术刀，王万然的杂文兼有时评的性质，对官场弊端、贪官丑类的恶行，对社会的假恶丑，给予毫不留情的鞭挞和剖析；杂感也可以是感叹、感动，那是心弦的咏叹，是爱的呼唤，是社会良知和人性的张扬，王万然杂文中也有不少这样的篇章，可见他并不一味愤世嫉俗，他的眼中不仅有遮天蔽日的乌云和狂风浊浪，不仅有如文集开篇之作《宠养硕鼠》中人间硕鼠的丑恶和供养硕鼠的社会恶疾，也有明媚的阳光，雨后的彩虹，例如《莲花不染远污泥》中那个为了避免别人以探病为由送钱送礼，生病住院躲进妇产科的男性官员，又如文章中几次提到的山西长治市的清官，还有《放下架子天地宽》中的退休县官去当门童，这桩桩件件被人视为不起眼的事例，都被他挖掘出来，精心给予张扬，我觉得也很不简单。批评需要勇气，但在社会风气弥漫着一股愤世嫉俗空气时，在表彰正面典型会被视作粉饰太平、拍马屁时，表扬也是更需要勇气的。王万然有这种勇气，正气，值得学习。

还有就是文集的平民意识，写杂文，窃以为作者最好不要站在居高临下的立场上发言，文章是写给老百姓看的，要让文章有亲和力，一定得保持与百姓平等地交流，与他们呼吸相通，共喜共忧，急他们所急，恨他们所恨。如果把自己当成党委政府发言人，一面庄严，那写写社论还可以，写杂文肯定会失败的。王万然有些篇什，读来觉得亲切，就是他摆正了心态和位置，他大量运用了海陆丰地方的民间俗语，如在《猪哥得宠》中用了福佬话：猪哥，还配上象声词“呵呵”，像猪哥一样呵呵，意指垂涎美色之徒，既富有地方特色又生动传神，即使不是汕尾人读了也能意会，有启发人想象的张力。又如《为何莫生骆驼儿》中，直接引用了地方俗语：“好生破家子，莫生骆驼儿”，阐述了培养人才要敢于解放思想、打破清规戒律的道理，实际上是对当前的教育思想和体制的一种批判。再如在《愿做“三哑”不求贵》一文中，又引用地方俗语：“海中无鱼三哑贵”，三哑是海中一种不起眼小鱼，但它也有它的物种价值，谁也难以取代。种种道理，有时长篇大论也难诠释得通，但用老百姓的语言工具去打一口深井，有时一挖就灵。

再有就是文章的知识性、趣味性。王万然显然很好地继承了秦牧散文的优秀传统，很注重知识性、趣味性的运用。往往从一种小常识、一个历史掌故、一个地方趣闻引申开去，把读者引入作者说理的殿堂，引人入胜，好睇有益，多年前欧阳山就这样教过我们写作。我认为，这是岭南散文的好传统，有必要发扬光大。

衷心祝愿王万然的创作取得更大的成就。

谢谢大家！

小说将死？是预言还是噱头

76 岁的多产美国大作家菲利普·罗斯（Philip Roth）预言了小说在下一代人中的可悲命运：未来 25 年内，小说这种艺术形式将成为只有少数人关心的祭拜品。这个消息传入国内之后，引起了文坛反响。

小说将是很少人读的东西

罗斯上周应传奇女编辑蒂娜·布朗（Tina Brown）之邀，做客其网络杂志《每日野兽》附设的“野兽吧”（The Beast Bar），悲叹如今读者加速远离文学，转投互联网和电视的怀抱。

“说 25 年，我还算是乐观的，”罗斯说，“我认为它（小说）将变成祭拜品。我一直认为小说还会有人读，但将只是很少一群人。也许要比现今读拉丁文古诗的人多些，但也就那么多了。”

问题出在小说本身。罗斯说：“读小说得相当大地集中精力，全心投入阅读。要是你读一本小说的时间超过两个礼拜，那你不算真的读了。所以我认为这种聚精会神是很难做到的——很难找到具备这种质素的数量庞大的人，很多的人，达到一定数量的人。”

那么，电子书阅读器和电子书能拯救小说吗？罗斯同样很悲观。“书是没办法和屏幕竞争的，”他说，“我认为电子书阅读器也不会给我们正在谈论的这种状况带来改观。一开始，书没办法和电影银幕竞争。它无法和电视荧幕竞争，也无法和电脑屏幕竞争。可我们现在这些屏幕全都有了。所以书是没办法和所有这些屏幕对抗的。”

国内作家七成表示不赞同

消息传入国内之后，数家京沪媒体纷纷采访了国内的一些作家，被访作家中约有70%表示并不这样悲观，但也理解罗斯表达出的忧虑。本报也采访了一些不同年龄、不同读者群的作家，希望听到他们的说法。

访 谈

吕雷：文字和阅读是人类扩张自己想象力的基础

作家吕雷注意到“25年后小说将从大众视野里消失”这个话题，他觉得，美国作家菲利普·罗斯在接受《纽约客》采访时讲的是整体的阅读问题，而不是针对小说立论，“罗斯的意思可能是说以后不光小说，其他文体也没有人阅读了，但我不这样想。我的看法是，他过于武断了”。

对于罗斯的观点，吕雷表示宽容，“应该允许有各种不同的声音，至少他的话可以让我们这些写作者有危机感，但我不认为他是对的”。吕雷认为，阅读是与文字本身有关的，因此与人类的文明进步是分不开的。“人类使用文字作为表达和交流的工具，文字积淀了人类所有的信息密码；人类的进步是要靠想象力来推动的，而文字和阅读是人类扩张自己想象力的基础。在可以预见的将来，文字都不可取代，因此阅读不可取代，所以小说、文学，也不会消失。只是表现方式可能会有所不同。”

同时，他认为“小说可能会变化，不是现在这样的形式，可能变成另一种样子。比如罗斯提到的影视作品，它的脚本也还是文字，是小说；网络小说、手机小说的出现让人们阅读的方式改变了，使用新型阅读工具的人越来越多，纸质书籍可能会减少，但人们读到的精神内核还是小说，是文学”。在这个意义上说，“小说的读者不但不会越来越少，相反是越来越多，人们的阅读可能变浅，但你不能说他不再阅读。”

“这也许并不是一件坏事或者值得担忧的事情，”吕雷将此作为一种科技与社会的变化坦然接受，并举了个例子，“就像我们以前要背书，大量的知识记忆对人类文明的积累和发展当然是有强大的增益。但现在网络发达、资讯容易查找了，人脑的容量不够了就可以借助电脑来做基本的信息积累工作，解放出更多的容量来扩展想象力。”

吕雷重申：“小说可能会不断变化，但将与人类文明共存。因为文字和阅读是人类扩张自己想象力的基础，而想象力的扩张是人类进步的基本条件。”

观　点

小说的根永远在社会文明的深处

我是这样看的，对 25（年）这个时间的预期，我完全没有感觉。小说的消失与否不是以时间为概念的。而是与不同人群的生活方式相关的。对一部分人来说，小说早已消失，甚至在 25 年前，他们的生活中就已没有小说。但在另一部分人的生活里，小说永远不会消失，永远。

一部分人，在他们的生活中，从来不阅读小说或虚构类文体，但不影响他们的一切，对他们而言，小说早就消失了。

行走着的心灵歌唱

区区是才女，她的文字清丽，想象奇崛，并能写得一手好书法。多年来，都是我写稿，她来审稿、编辑、发稿，她是我的“判官”，这回倒过来，她要我看她的一叠书稿，我竟有几分惶惑，真不知道能否应付得了这个差事。细读她多年积累下来的作品，不禁惊异，端的是好文笔！真可谓：区区短文，大气华章！

区区的散文，是边走边唱、不断回响在旅途间的旋律，是行走着的心灵歌唱，心有灵犀，目光有情，所见所闻，信手拈来，思绪万千顿冶于一炉，便油然流淌出一行行诗意盎然的文字，令人读来妙趣横生。她有一双善于在平凡中发现真、善、美的慧眼，在世人早已熟视无睹的景物和人际关系中悟出别样情怀和崭新的思索。如《草原一日》，她写雄浑辽阔的草原风光，笔触却轻盈地伸进热气腾腾的蒙古包，话锋一转又带出蒙汉兄弟民族亲密无间的情谊。《寻找菊花台》一篇三两千字文章，写得一波三折，悬念丛生，到头来却是令读者意想不到的结局，转瞬间又闪现出新的心得，在人生的得失中参悟出充满禅意的哲理。《机场物语》中，作者竟让人们相信：错误有时也会是“美好”的，在人情淡漠的世间，在举目无亲时一丝不期而遇的亲情和乡情，会令人感念终生。其他多篇写人状物、赞美山水的短章，如《听阿扎吹奏苏尔》《湘西早春》《越南小伙阿长》《冲绳的色彩》，等等，也色调斑斓，文采飞扬，经常是寥寥几笔，便勾勒出叫人过目难忘的情状，就像湘西土家人那叫人馋涎欲滴的老烟肉，红白金黄，其味无穷。区区的富有张力的文字有时却饱含稚趣，如《登龙王岛》写调皮的猴子人模人样地捧起矿泉水大喝特喝，其间不失时机地幽了一默：别惹猴子，要是把猴爷爷撩火了，吃不了兜着走！

别以为区区短文尽是小桥流水，山间野趣，就是山山水水，也写得大气、壮美，《冲绳的色彩》这段文字就特别令我感动：西太平洋的海水浩瀚无垠，波澜不惊，像平铺着的一张巨大的宣纸，那上面实在应大书两个字：和平！

区区有不少文章是精彩的人物速写和扫描，主人公有像“耷头佬二叔公”那样茫茫人海中的普通劳动者，也有像林墉这样享誉中外的大画家、大文人。她写林墉的才情与旷达，简直出神入化，然而即使这样才气横溢的大师，仍然不断“见缝插针地做事”“即使在冗长的会议里，也决不放过飞闪而过的每一片思绪”“以为做，才叫人生，并也以做与不做来看人”，多么经典，多么令人肃然起敬！

区区长期在羊城晚报“花地”副刊工作，“花地”是全国文化人神往的一片沃土，当年陈国凯一篇《我从花地来》道出了多少中青年作家的“花地情结”，作为享誉全国的一份文化大报的文学编辑，区区与不少著名作家结下深情厚谊，她那种以“编”会友的情怀，如今的年轻编辑们恐怕难以做到了。她写汪曾祺的潇洒、飘逸、才气横溢，一生与酒结缘，一个好酒贪杯但才高八斗的大作家形象跃然于纸上，我曾两度与“中国文坛最后一位士大夫”汪老出游，他在一群美女簇拥下，一手拿酒杯，一手为人挥毫写诗作画时我就站在他旁边，我笑他“醉入花丛”，还试图夺下他的酒杯不让他饮酒过量（其时他已经眼底出血），但终未成功，周围的人们蜂拥而至，他随手写来，书画随便让人拿走，可我怕耗费他的精神，始终没敢开口索要一幅墨宝，以为日后总有机会，可惜不久他就在酒城中驾鹤西去，我再无此福分了。此次见到了汪老为区区画的墨荷，眼前又浮现出当年汪老“醉入花丛”的憨态，不免心驰神追，忆想连绵。

区区散文极有功力，小说也写得心思独到，其中《巫术》奇崛，短短文字中充满悬念、困顿和禅机，现代人的困境往往是自己做成的，解铃还须系铃人，求救于巫术、神灵不如自己解放自己，值得一提的还有《嫦娥吴刚新传》，想象力有如天马行空，把古代神话与现代人的积习和时弊结合起来，其批判、讽刺力度，简直入木三分，很好地表现了当市场经济和资本大潮横空出世、奔腾而至时，人们的思维和价值观一时失序失范，无所适从的窘况，颇为有趣，也发人深省。

文为心声。区区为文，都是心灵的韵律，是情感的流淌。我多次说过，作家创作最原始的推动力就是感情，任何文艺创作，都是人类情感的流露和宣泄。作家写作品，其实也是在对自己的情感资源的探索、拓展和开发。只有心中酝酿荡漾着对祖国、对人民的爱，对人生的真切而丰沛的感受，才能下笔千言，一发不可收，才能打动人、感染人。灵感从哪里来？我想，只能像区区那样从日常生活中发掘和感悟，从胸臆间奔涌浩荡的激情中萌发。何谓灵感？我以为：千百年来让无数骚人墨客皓首穷经竟相折腰去苦苦追寻，又有如雾里看花永远说不清道不明的所谓灵感，不过是酝酿已久、在胸中激越澎湃的感情，突然间找到一个适合喷发和抒写表达的出口而已。

一座名城的心灵史、成长史

——读叶曙明的《万花之城》

捧读《万花之城——广州的2000年与30年》，非常惊喜，这是大手笔！真正的才气之作，博学之作，激情之作！

赫然映入眼帘的是刘长安先生在序文中引用大文豪雨果的一段名言："人类没有任何一种重要的思想不被建筑艺术写在石头上。"

显然，曙明兄的作品突破了建筑艺术的界限，他写的是一座名城，是一座浸满赵佗开疆拓土精神汁液，又鼓荡着四海外洋来风，更依稀传唱着"月光光，照地堂""落雨大，水浸街"歌谣的精神家园、心灵森林、思想殿堂。这是曙明兄魂牵梦绕的家，也是我眷恋依依的家。

书中有一句看似不经意的话令我震撼莫名："人真是历史的产物啊！"我想，这是曙明兄站在时间的起点上，借一位女性之口说出，不，是喊出这句话的。我们都是时间的产物，而我们身处的这座伟大的城市，既是时间的产物，更是时间的载体。有了这个万花烂漫的载体，这个诗意四溢、厚重得无与伦比的天地，我们就能以文学的目光，深情凝视历史与现实的纵轴线，可以悠闲自得地在小市民的家园里游走，去观赏众人仰望之城，去呼吸大海的气息，去见证2000年与30年来的"大起大落，大悲大喜，欢乐与痛苦，自豪与愤怒，失望与期待，光荣与梦想"，去见证艰难的梦寻终于化作巨变的地火，首先在珠江水流淌的深层酝酿、奔突，无限的创造力在伟大复兴的憧憬下集合，灌注古今融会中西的大智慧正欲喷薄而出。

这是一部大广州的心灵史，成长史。它带领我们去见证美哉广州！壮哉广州！

以我粗浅之见，城市可能不是文学最早诞生的土壤，但可以肯定，城市是职业文人的生存家园和精神家园，城市是养育文人的脐带，而一个城市如果没有文人，简直不能称之为城市。书中有一句发问简直是振聋发聩——"广州是缺商场还是缺万木草堂?”它道出了我们城市在发展进程中的彷徨、艰辛和蹒跚。文学的发育成长肯定是与城市同步进行的，文学的发展离不开城市，宋元话本、明清小说的繁荣与当时的市民经济繁荣有极大关系，所以，城市也同样不能没有文学。

大梦谁先觉？其实写作中往往是游离在“觉”与“混沌”之间。城市就是这种“觉”与“混沌”最好的载体。从事文学的人，仿佛常做白日梦，在梦中摸索，在梦中思考，在梦中发现，在梦中沉浸于不可自拔的伤感，陷入困境，也常在梦中欣喜欲狂，体味快感。我相信，叶曙明这部《万花之城》也是梦境之作，这是一个游历 2000 年又体味翻天覆地 30 年的大梦。所有梦都是从现实中衍生、转化来的，不管做的是什么梦，作家从来也不能逃避坚如磐石的现实。而生活在城市的作家们，即使在梦境中，依然摆脱不了城市的影子，城市也可以造就一位作家的气质、才华和精神高度。正如今天曙明兄的这一部大书，就弥漫着广州城浓郁的广味，也闪耀着他的才华和品格，我们也可以从中窥见他热烈而壮美的梦境。

在他这个梦境中，我们还可以发现：珠江文化对一个南国名城心灵起着多么大的滋养作用，而名城的成长，从来就是丰饶的物质财富哺育起来的，在近代，则是由资本堆积充填起来的。

从事文学创作，无论是写小说还是写诗的，无论是写乡土文学，还是写城市文学，当今都得面对一个无比巨大、硬邦邦、响当当的现实——中国人正面临着最不可错过的一次机遇，经历着几千年来的最大的一次转型，这是一个民族的艰难梦寻，也是一次波澜壮阔的进军。资本铺天盖地席卷而来，对社会进行全方位的覆盖、紧逼、潜入和渗透，产生了一场亘古未见的大变局，可能会令整个社会各个层面发生历史性的嬗变，而 13 亿人与资本这一超级庞然大物作各种复杂的大博弈，千方百计为城市带来发展，给民族带来生机，为振兴带来希望，为国家带来进步，对后世产生了长远积极的影响，于是，我们才会有“万花之城”30 年的沧桑巨变。当然资本也会带来阵痛、挫折、失误甚至牺牲，中国人与资本博弈将是长期的，笼罩着中国整个现代化的过程。其实，我们写小说、写诗、写报告文学也都在这种笼罩之中，我们发出的每一种声音，都是在这种笼罩下发出的声音。改革开放是中国和世界的千古奇观，为文学创作扩张了极大空间，必定可以产生无数有如《万花之城》般的宏大叙事，可以涌现更多美丽、沉重、大气、雄浑、痛楚、炽热的鸿篇巨制。

掌声和喝彩之后

——小议盛可以小说中的生存状态和感觉语言

21 世纪头几年，盛可以可能是广东赢得最多掌声和喝彩的青年女作家。

盛可以的笔，是都市里如鱼得水地游走的幽灵，她对生机勃勃而又人欲、物欲横流的都市人的生存状态如此熟悉，甚至熟悉到有点钟爱的程度，这种钟爱是爱屋及乌式的钟爱，她才华横溢地挥洒这种钟爱，精心而又别致地描绘都市中年人、青年人种种五光十色、光怪陆离的生存状态时，连他们的病态也不加掩饰地钟爱了。应该指出，展现一个时代某类人群的生存状态，是文学的基本责任。盛可以的小说精彩地展现了这些生存状态，可惜的是，她的视野仍不够开阔，她冷峻敏锐捕捉生活瞬间微妙内涵的才能与她拥有的历史感不相匹配，所以，她的才华往往被限制在同一个层面和时段上，虽然不断大量地、精彩地甚至有点重复地展现都市的人物、故事和生活细节，满足着人们的好奇心，把小说写得好看好读有卖点，但缺乏直击人心的震撼力，主人公也有类型化的倾向。这些都市人五光十色、光怪陆离的生活包括他们的病态怎么产生的？对所有人意味什么？一味展示和陈列，穿透力毕竟有限，作品未必深刻，悲剧只有引发思考才会产生力量。

20 世纪末到新世纪初，中国社会最重大的变化是有无限魔力的资本崛起、涌入和渗透，使中国变成一个大市场，资本这个怪物对都市和人做了那些魔法？这些魔法给我们的社会、我们的国家带来什么积极变化和消极影响？在几乎什么都可以变成商品的潮流中，大都市的生活，除了饮食男女、婚姻恋爱、消费挥霍、性爱纵欲、算计倾轧、阴谋背叛之外，还有没有其他的驱动力呢？有的！还会有勤勉正直和忠诚真情，有对事业的耕耘和收获，有面对生存压力勇敢的挣扎和拼搏，这也是人的生存状态的一部分，甚至是重要的部分，如果失去这些，我们的社会和生活就会停滞不前甚至腐败倒退，社会财富无从增加，人类社会也就不可能发展。

都市美丽繁华，却有伤口有脓疮，文学有时要作医学上的探针，探探这个伤口有多深，这不仅需要作家冷峻的目光和笔墨，更需要作家有深刻的历史感，欠缺历史纵深感，就缺乏突破自己、穿透心灵、跨越时代力量。当然，我只是胡说八道提供一个新思路，并不真的建议盛可以奋不顾身地去做这样的探针，这样做可能害了才女盛可以。

盛可以行云流水般生动活泼的叙述语言非常出色，反嘲和黑色幽默也运用自如，这构成了盛可以小说的优势和亮点。她用叙述语言进行着时下流行的种种解构，聪明机灵地甚至淘气地解构着男人、女人、爱情、性爱，解构着百味杂陈的都市生活。值得指出：她解构性爱大胆而锋利，毫无羞涩遮掩。最近，我与广东文学院作家黄天源谈到盛可以的小说，他说：当年，他小说中写到解开文胸上的一个纽扣，都被一位德高望重的老作家点名批评，酿成轰动作协的“纽扣事件”，如果如今那位可敬的老人读到盛可以的小说，没准会气得从棺材中跳将出来。

其实，性爱本来就是人类生存状态的一部分，小说中描写性爱无可厚非。“五四”以后，作为反封建的一种姿态，作为张扬个性和妇女解放的一种先锋意识，青年作家描写性爱形成一种潮流，很多革命作家，年轻时都大胆地描写过性爱，郭沫若、郁达夫、丁玲、萧红、欧阳山……多不胜数，但小说中描写性爱终究不是他们的目的，一个好的、有出息的作家，也不会以描写性爱为终生追求。

盛可以解构式叙述描写的最大特点，是充分运用了敏感的感觉语言和文字，这些鲜活的感觉语言成了她手中的手术刀，盛可以经常用它愉快地干脆利落地在剥光了的男男女女身上运用自如，在最隐秘和最不可见人处手起刀落，然后捧出血淋淋的一块块器官和肉体。有的句子和感觉字眼，她用得甚为精妙，这例子俯拾皆是、触目可见——

“小老板嗓子里抖出一群暧昧的鸽子，稀里哗啦一阵扑腾，朱妙才知他说的是裤裆里的那杆枪……”

“摩天大楼干净，玻璃墙湛蓝，阳光钉上去，看得人眼冒金星；”

“方东树如从水底浮上来，上半身填满了朱妙的眼球，笑容不咸不淡，似秋天的薄毛毯，盖在身上恰到好处。”

这里，感觉字，感觉句，感觉段都全有了，用得很别致，充分发挥了语言的张力和想象力。现代派文学，从来就非常重视感觉的表现和运用，中国从20世纪30年代上海的刘呐鸥、穆时英、施蛰存等人组成的新感觉派，到当今的莫言，都是用独特的感觉惊动文坛的。盛可以今天的成功，也很大程度上依靠了她灵动而飞扬的感觉语言。

然而，我突发奇想：盛可以运用她妙不可言的感觉手术刀去解构她所钟爱的人物时，下手似乎狠了些——她常常把生活中的美、真情、善良、温情也顺手给解构了。

人们可以争论，到底生活中存在不存在被盛可以顺手一刀解构掉的东西。但是，我相信，人类始终憧憬会有真善美的，正因如此，文学才得以萌发和生存，文学的发展和提高，也得靠它来支撑。傲立古今的大作家，真正的传世之作，从来都不会远离人类的共同憧憬，因为人类不可能摆脱这种憧憬。

也许是盛可以充满自信，也许是她表现感觉的能力太强，她的小说有种越来越倚重感觉的趋势。其实，过于看重语言技巧，感觉语言过多过滥，失去应有的度，就会造成所谓的“感觉爆炸”，小说通篇都是感觉反而会令读者疲劳和厌烦，伤害了文学的内容和含蕴，处处是感觉就会丧失感觉，也会使文学的格局受到限制而变得小气。

人们有理由期待，风华正茂的盛可以，有才华有能力冲破小格局而终成大器。当作家就要有敢写传世之作的野心，应当树立当大作家的坐标和雄心。

有首歌唱道：掌声响起来，我心更明白……

掌声响过了，喝彩听过了，不知自信的盛可以是否更明白？

阿弥陀佛！

评论《湖上女人》

——劳动女性的悲歌礼赞

谈两点意见：

1. 这部小说，初看起来，以为是写“四清”工作队到农村搞四清的，开头并不吸引人，推进也慢，甚至可以说有点沉闷。但越往下读，越见功力，作者的真情实感和才情与湖上的劳动女性命运完全是融合在一起的，既有悲歌也有礼赞。她为我们打开了一个回顾、审视上20世纪60年代人们生存状态的一个窗口，真实地展现了历史曲折前行的轨迹和人们如牛负重的时代印记。

“四清”，当下已经成为一个几乎消逝的词汇，40多岁的人们已经不知其为何物了，我们听来也像一个远远消失的闷雷。其实，它是“文革”天崩地裂的第一道裂口，是中国当代一个疮疤，只要一揭这个疮疤，就会引发无尽的悲怆和忧思。我孤陋寡闻，《湖上女人》是我目力所及的第一部触及“四清”的小说。

“四清”是搞阶级斗争的，但小说未见出现所谓的阶级敌人，也没有你死我活的两军对垒，只提及一些人性扭曲者的小伎俩。但是，一场政治试验反而把善良、美好、刚烈的劳动女性逼死了，令人震惊之余陷入深沉的思索，我又似乎听到了那闷雷的悠长回响。作者没有简单地谴责、控诉、声色俱厉地倾泻愤怒，她甚至写到“四清”时人们极力避免极端，冒着风险打擦边球，保住来之不易的短暂小温饱，她似乎在轻轻地揭开那个疮疤，可这一揭，血淋淋的一幕就赫然展现，结局惊心动魄，阿花悲愤的投河自尽展现了小说丰富的内涵和极大的张力。

2. 作者饱含深情，以浓重的笔墨描写了客家的劳动女性。这在当今文坛上有如电光石火、寥若晨星，十分难得一见。

女人，是文学永恒的命题。但劳动着的女人，则离我们、离读者越来越远了。而面朝黄土背朝天的农村女人们，对于崇尚都市、时尚的人们更是不屑一顾的。人们高贵地在艺术殿堂中欣赏18世纪的世界名画《拾麦穗》，但绝对瞧不起当下现实和文学的“拾麦穗”，这似乎成了一大悖论。时下的文学里的男欢女爱，从见面到上床，终日爱得要死要活，从不问五谷杂粮、不吃人间烟火；时下写都市丽人，大都活动在餐厅、啡厅、歌厅，真是十指不沾泥，遴遴居大厦。

作者敢于背道而行，勇气可嘉。久违了！劳动的汗水和苦痛，劳动的快乐和兴致！久违了！创造和收获的艰难！我惊讶：作者怎能把一场辛勤的收割写成一个农民的盛大节日？那感觉真切而独特。收割、挑沙、插秧、包括出牛栏脚踩牛屎的感觉，那都是没有亲历其境绝对写不出来的。作者是在对劳动者的汗水顶礼膜拜和赞美，是对在双重重压下客家劳动女性深切同情和悲悯。有个情节令我怦然心动：石妹的女儿阿彩重病，但终于被善良的再婚丈夫收留……我脑子跳出这样的字句：他人可能是地狱，但辛苦劳作着的他人，更有可能是天使，因为，劳动始终与崇高并列的。

希望作者有更多的好作品问世。

透视灵魂的眼睛

——张莉莉小说《失眠症》谈片

1．她说，写这篇小说最初的冲动，发端于一个奇特的感觉：似乎看见一团白色的、柔软的、汤圆状的东西，是什么？不知道。大概灵魂就是这个样子？于是，她开始既轻松又辛苦的寻觅。

这个灵魂，也许存在于或曾经存在于你、我、他的生命中，或者，存在于作者自己的生命中，只要用心灵去探测，用眼睛去扫描，或多或少都能找寻到某些认同。作者把这些认同记录下来，并加以描绘，趴在桌上写呀写，格子越爬越有瘾。于是，就有了这篇小说；于是，像专用雷达一样，她也有了一双透视灵魂的眼睛……

2．眼睛是心灵的窗口。

那么，失眠者的眼睛呢？是什么窗口？

不幸，我是个失眠症患者，品尝过所有失眠的痛苦滋味；有幸，我这个失眠症患者无须过多提示，便能激起对小说的体验和认同。一闭眼，回味着那些隐藏着聪慧和机智的文字，就仿佛正面对着一双大睁着的眼睛——一个演绎着各种奇妙密码的窗口，只要你用心体察，就可以从中破译出一些现代青年的困惑、躁动、追求、烦恼、忧愁……

3．精神的贫乏和苦闷，对于乐于吟唱“绝对空虚”的一代人带来什么影响？这并不人人都能正视的。人们的耳朵往往乐于欣赏颂歌、赞歌、壮歌、情歌，这是一个重大的危机。精神状态失衡是一种对社会发展和进步的挑战，任何人只要敢于面对现实，迟早会面临这样的挑战。聪明的人们竭力从渗透了几代人光荣与梦想的药库中寻找医治这种时代病的灵丹妙药，更聪明的人们则在殚精竭虑地研制新药……

4．小说的使命感，在于能揭示人的生存状态。《失眠症》的使命感，在于能揭示一种年轻人的一种生存状态。“我的痛苦在于不知道对什么感兴趣。”小说主人公的自白一语道破天机，你尽可以对这种人嗤之以鼻，对他们的精神状态和言行提出若干怀疑，甚至可以指责他们与我们这个伟大时代格格不入，但你不能否认这种人、这种生存状态在现实中的存在。“人生识字糊涂始”，并非戏言而颇有哲理的格言，当国门一开，各种思潮如钱塘大潮奔涌而入之时，那些没准备好的年轻头脑便“礼崩乐坏”，便“兼收并蓄”，便反而变得“一无所有”“一片白茫茫大地真干净”。究其原因，是那些头脑原来就并未筑好防洪堤，没有主心骨，怨别人吗？正是怨他们自己？

我们是现实主义者，现实主义在面对忧患和挑战时不应闭上眼睛。《失眠症》告诉我们，睁开眼睛还不够，还得睁开第三只眼——透视灵魂！

5. 艺术感觉是照亮作家全部创作技巧的阳光。

没有这束阳光，你不知道该从生活中捕捉什么，不知道在浩如烟海的素材中取什么、舍什么，不知道如何对作品进行总体把握，因而作家的所有技巧也难以施展发挥。基调、故事、人物、细节、语言风格、切入角度、转换方式等也难以和谐统一……一篇好的小说尤其是短篇小说，应该有这种和谐统一。透视灵魂的第三只眼，只有在这束阳光的照耀下才能睁开。《失眠症》的作者很幸运，她采撷到那一束珍贵的阳光。

她能够摘取那颗高贵的太阳吗？人们引颈以待。但这并不是轻而易举的，需要夸父的天赋、夸父的勇气、夸父的忍耐和牺牲精神。

6. 从小说里伸出一只手，牵着你，引导你走进那个由人物情节和感受构筑成的小说世界。这只手，就是作者的感觉语言魅力。

乍一看，作者的感觉文字敏锐、奇崛、新鲜，她善用轻松活泼的连串叠句，在内在的感觉外化、物化，有几分幽默，又带几分夸张，因此能把一篇没有一个完整故事的小说组织得颇具吸引力，甚至趣妙横生。据我所知，作者是个剧作家，是写戏的高手，没想到她写起小说来也这般洒脱，下笔完全没有“三堵墙”的阴影，全靠作者准确把握各种复杂、微妙的感觉、心态来描绘那个躁动不安的灵魂，不少句子或令人过目难忘，或令人忍俊不禁：

“小孩子总是睡得又香又甜如同哈密瓜一般。”——一个典型的感觉句，无论是文字或是那个香甜的梦，都有一股汁水淋漓的鲜活劲儿。

“姑娘们在旁边叫着跳着像彩蝶飞舞。”

“他脸上的五官像被一根无形的线牵扯着，竟像小孩子们爱看的木偶戏中的木偶。”

“经理高兴得秃脑门金光闪闪”……

俯拾皆是，每一段感觉文字都是一面镜子，折射出作者的才气和敏锐。正因为有这种种光彩，才有助于那“第三只眼”透视人世间，透视人的灵魂。

7. 神秘的小壁虎，鬼头鬼脑地在小说中反复出现，它其实是小说艺术感觉的精灵。作者巧妙利用它来不断转换时空、调整叙述角度和读者视角，人物的心态、感觉和思考，也靠它来牵引、连接。

毫无疑问，《失眠症》极具探索性，世间上凡沾上探索边儿的事物，总有人喜欢，或者不喜欢，然而不管褒也好，贬也好，成也好，败也好，人类要生存繁衍，文学要发展提高，总还要探索。

既是探索，总是少数人而为之，一哄而起，人海战术，千军万马过独木桥，就无探索可言。并不是少数人为之就一定有价值，但如果探清路径曲直，尽遍险隘迷津诉诸后人，那功德自然是令人肃然起敬的。

有人把文学分为雅文学、俗文学，我也曾把小说分成“沙龙小说”“家庭小说”，粗看来，《失眠症》大概可划入“沙龙小说”一类。它的探索性易于在知识沙龙中获得反响、认同和赏识，然而“沙龙小说”并非十全十美，它不易为大多数人在短时间内接受，难以引起洛阳纸贵的轰动效应，因而影响面总是有限的。

一个国家、一个民族的文学，宛如一棵参天大树，它要有柔软挺拔的、积极向天空探索伸展的树梢，也要有盘根错节、努力向四方泥土吸收养分的树根，“沙龙小说”和“家庭小说”仿佛就是树梢和树根，“树梢”最易被远方人士从地平线上注意到，但“木秀于林，风必摧之”，因而也易于夭折，所以要不时加以保护。对某些“走火入魔”、长得横七竖八的枝杈，也要时时加以精心修剪。当然，一个作家总不能永远充当柔软的“树梢”，长期充当“树梢”，至多只能长成个“细高个”，他在探索之余，也要回过头来在自己立足的土壤中扩展根系吸收营养，壮大自己的“树干”，使自己的作品能成为文学殿堂中的栋梁。

新松恨不高千尺。作者是能够为广东文坛奉献出粗壮结实的树干的，我们期待看。

旗帜·高地·绿洲

胡锦涛同志指出：中国特色社会主义，是当代中国发展进步的旗帜，是全党全国各族人民团结奋斗的旗帜。在新时期新阶段，我们作家应当无比珍爱这面旗帜，只有举起这面旗帜，亿万人民才有可能集结，人心才有可能凝聚，中国才有可能具备自立于强国之林的软实力。文学繁荣是衡量社会发展和进步的一个标尺，也是民族智慧的一个标高、社会文明程度的一个刻度，而繁荣的文学必然会展现和包容时代的核心价值观。我们有幸生活在一个正在高速发展的中国，即便最敌视中国的人们，今天也不能不对中国刮目相看，我们国家当今取得的发展成就，可以称得上千古奇观。这个时代的文学，也只有饱含和洋溢社会主义核心价值观，才可能真正有所作为，对浸润温暖人们的心灵、激发民族的自信力、想象力和创造力，发挥出重大作用。

不久前，一位西方的老牌政治家曾轻蔑地说过类似这样的话：中国不可能成为左右世界的大国，因为它不能输出别的国家可以接受的新的价值观。

这番话发人深省，尽管它带有明显的偏见和谬误。

首先，它透露了一个信息：他们认为，真正有威力的，不是闹得世界市场沸沸扬扬的“中国制造”，而是“别的国家可以接受的”“新的价值观”；其次，他们小看了“中国特色社会主义”，以为凡是打上“社”字标签的都是铁板一块，糟糕透顶，苏联败了，东欧垮了，世人再也不会相信那个“社”字了。

恰恰相反，当中国特色社会主义的大旗高高举起的时候，人们看到的是前景，是希望，是一种“新的价值观”，胡锦涛同志在中央党校的“6·25”讲话，通篇闪耀着创新理论的光辉，预示着这种价值体系必将成为中国的主流，它构成了中国最犀利的软实力的核心。

然而，在经济腾飞的时候，并不是我们所有人都认知建立社会主义核心价值体系的重要性的，文化、文学对全社会所起的作用，价值观的重要，也不是所有为政者都真正看重的。有的人重政绩而轻文化，或因袭前些年“文化搭台，经济唱戏”的老口号，把文化当作一场大餐开始前的一盘冷盘小菜，或目光短浅地把文化、文学当作花瓶，闲暇时附庸风雅地把玩一番，或像马克思所辛辣讽刺的那样，从陈旧的武器库中搬出老古董耍弄一番，以为老“国粹”可以横扫一切。殊不知，一个没有核心价值体系支撑的经济大厦，就像建立在沙滩上而且完全没有钢筋框架的建筑物，是随时会倒塌的。

我们作家应该成为建设社会主义核心价值体系的普通一兵，成为高举中国特色社会主义旗帜的劳动者，构筑中国软实力的创造者。文学最本质的品格是创新，作家的使命是不断攀登人类的精神高地。当前我们国家每年出版长篇小说 1000 多种，但这还称不上真正的文学繁荣，我们还得加把劲，要一步一个脚印前行，浮躁不得，张狂不得。文学真正的繁荣，是要出真正体现“新价值观”的传世之作，出影响世道人心的大师。我们正处在一个孵化催生、呼唤和谐的时代，文学正在屏息期待着传世之作，亿万人正在翘首盼望大师出世，我们相信，有了良好的经济发展基础，有党的引领和热心扶持，经过千百人的不懈努力，中国作家必将能够攀登上人类新的精神高地，营造出和谐的心灵新绿洲。

世界读书日发言

朋友们：上午好！

我们先来设想一下，我们生活的这个星球上，如果没有书，会变成什么样子呢？

那是十分可怕的，人类将永远生活在文明难以传承的世界里，黑暗并且愚昧，文明的进程大概会定格在原始社会状态，只能靠结绳和岩画来记事与总结智慧和经验，甚至，连这些都不存在，因为，从广义上说，结绳和岩画也是最原始的书，是用绳子和岩石记事的书。

因此，我们认为，书，是人类文明的载体，在人类文明的长河中，书，是绵长而浩瀚的水流，是一朵朵永不消逝的浪花；在人类智慧的摩天大厦中，书，是全部的建筑材料，坚固牢靠，而且具有生生不已的魔力，可以让人类智慧向着无限宽广和高深提升。

中华民族有对世界文明做出莫大贡献的四大发明，其中一项：印刷术，就是令书籍风行世界的伟大发明，中国人是世界上最早印书的民族，也是最爱书、最懂运用书的民族。

今天是联合国教科文组织确定的“世界图书与版权日”，也就西班牙伟大作家、名著《唐·吉诃德》的作者塞万提斯和英国文豪莎士比亚逝世纪念日，因此，也成为我们的“世界读书日”，我们大家一起来纪念这个日子，有着特别的意义。

人类有许多崇拜，许多热爱，其中，崇拜书，热爱书，是最值得称道和发扬的，爱读书，是一种自我完善的最佳途径，是一种美德。我们的老祖宗为此留下很多格言：“开卷有益”“行万里路，读万卷书”，等等，鼓励人们发愤读书，去开启智慧的宝库。

一万个人有一万种读书习惯和方法，怎样读书是最不容易教的，人为什么读书？无非可分为两大类：为兴趣读书和为求知使用而读书，在我看来，有这两种动机或兼而有之的读书人，都是值得称许的。“书到用时方恨少”，在生活压力节奏加大、各种诱惑增多的当下，能够打开书本，读得下去，就很不容易，很不简单。

今天是联合国的“世界图书与版权日”，我们在赞美读书，提倡读书的同时，呼吁大家要珍视法治的尊严，警惕和抨击另一种书，那就是充斥街头书摊的盗版书、伪书，我带来两本书，大家可以看看：一本是我和赵洪同志合作的正版书，作家出版社出版的长篇小说《大江沉重》，另一本是地下出版的伪书，搞了个冠冕堂皇的封皮，改头换面变成《国家公仆》，其实里面的内容就是我们的《大江沉重》，这种伪书，竟然在国家举办的图书市场上公开发售，是河北一个素不相识的读者发现后，愤慨地给我寄来的，他说，搞盗版、搞伪书的行为，与印刷假钞票同样是一种罪行，它玷污了读书人求知求真的美好愿望，玷污了我们国家热爱书，崇敬书的优秀传统。我深有同感，我觉得，盗版书、伪书的泛滥，是一种灾难，热爱读书的人们，应该像奋起抗洪一样抗击它，抵制它，绝对不能让它泛滥成灾！

热爱读书，提倡读书，抵制盗版，这，就是今天我们纪念“世界读书与版权日”的宗旨和诉求。

谢谢大家！

评李科烈《山还是山》

李科烈长篇小说《山还是山》，是近年来反映铁路工人生活的一部优秀作品，作者怀着深厚的感情，以真挚而雄浑的笔触，浓烈而夺目的色彩，挥洒着大山深处的一段豪情，一曲赞歌，一首委婉凄美的情诗，一部大写的人生。作者把奋斗在社会最底层的铁路养路工人艰苦而豪放的生活表现得动人心魄，他们心灵的闪光令人过目不忘。其中最为成功的人物是养路工大胡和工长猫仔。大胡强忍丧妻之痛，回到大山深处的工作岗位默默奉献，正直善良、无私无畏地撑起工区的一片天，工长猫仔公而忘私，面对生活种种无情打击、社会偏见的冷嘲热讽和妻子的断然出走，依然痴心不改，以穿着铁路工人制服为荣，忠于职守，并用深深的爱呵护着残疾的女儿，真情实感令人动容。作者以扎实的生活基础和真切的体验，塑造了一个养路工人的群像：高佬多情而侠义，老韩头老练而仁厚，三哥机灵而坚忍，石蛋从浮滑变成熟……小说把豪雄与猥琐、善良与野性、质朴与恶俗、勤奋与浪荡交织穿插，既写出了人性的多样和丰富，又不失坚守心灵绿洲的渴求，既写出了底层的平凡、无助和辛酸，又写出劳动者的伟岸、友善和崇高，这是平凡中的崇高，于细微处见精神的崇高，是隐伏在大山深处的山魂。

值得注意的是，小说写到生活在底层的劳动者的婚姻和爱情生活，非常有震撼力，因不甘被丈夫卖去抵债的山村少妇山丫，被养路工们收留后爱上了大胡，而大胡又力图把她的爱让给带着残疾女儿艰难生活的猫仔，这条主线贯穿始终，形成一波三折、环环相扣的小说结构，体现出作者成熟的文学功力。

小说不足之处，是人物的心理刻画手段较为单一，反面人物有点概念化。但小说总体来说仍是成功的、感人的。

作者文字运用较有张力，富有散文色彩，描写蕴含诗意，叙述张弛有度。他的另一本乡土风情散文集《海国风光第一山》的文字也较为充分体现了这些特点。

综上所述，我认为作者是广东出色的反映现实生活题材的作家，其电视剧创作更广泛获得好评，在全国产生较大影响。在文学价值取向多元化，各种思想流派令人眼花缭乱之际，作者能够坚持贴近现实、贴近生活、贴近群众，生动活泼地着力塑造最基层的工人形象，更显得难能可贵。本人认为，他的创作，已经达到文学一级的标准。

生活如歌，随笔如诗

初次读到李观添的散文和随笔作品，与黄树森老板有同样感觉，有一点惊讶：在东莞一个镇委里，竟有这样一位勤于读书和写作，并乐此不疲的领导。作品的自然、质朴和敢于以史为镜、以实践为准绳的精神就打动了我，我向来敬重在繁重的日常工作中坚持写作的作家同行，因为我自己也曾利用全部业余时间创作过，深知此道艰辛困厄、殊为不易，没有一点牺牲精神，没有一点勇于探索勇于实践的文学追求，没有一点社会良知、社会责任感和使命感，是很难在累月经年，日日夜夜的苦熬中坚持下来的。当我知道李观添长期工作在农村和基层的第一线时，对他的敬意更加深一层，因为我知道，作为一个党委领导，写这样的文字，有利有弊，利是文章易于在自己管辖的范围内发表，弊是麻烦大，危险多，越容易发表危险越大，因为总有“第三只眼”盯着，轻者将你视作不务正业，重者一不小心踩痛了谁的尾巴，分分钟会危及自己的乌纱帽，我们的时代和历史已经制造出如邓拓等不少可鉴之前车，所以天下的党委书记何其多，亲自赤膊上阵写散文随笔的少之又少，做镇级领导，日日夜夜辛辛苦苦，尽量少出错不出错，善莫大焉，功莫大焉，三更灯火五更鸡，点灯熬油皓首穷经还赚个风险，何苦来？观添敢于这样做，自有他的理由，我想，对文学的追求和热爱，对社会道德良知的坚守，和拥有“铁肩担道义，辣手著文章”的坚定信仰和责任感，他是不会去做这种旁人认为是多此一举的“傻事”的。

正因为这样，我对文章充满正义和正气的李观添先生充满敬意。

对散文随笔，我爱读，但怎样写好，却是个门外汉，从我一个小说作家不大专业的目光看来，李观添先生的散文至少有这样的特点：

一曰精。精悍、精辟、精深、精心都饱含在这个精字里，李观添的散文几乎都是短文，微言大义，旁征博引，鞭辟入里，充分发挥了散文随笔这种文体的特点和优势，鲁迅先生和瞿秋白把散文也称之为杂感，杂感，可以是感愤，那是火山喷发，散文可以是匕首投枪，也可以是银针和手术刀，李观添的散文兼有时评和自警的性质，对官场弊端、贪官丑类的恶行，对社会的假恶丑，给予毫不留情的鞭挞和剖析，随笔也可以是感叹、感动，那是心弦的咏叹，是爱的呼唤，是社会良知和人性的张扬，是自省自强、砥节砺行、自我修养的良药，作者对社会的变幻是达观的，并不一味愤世嫉俗，他的眼中不仅有遮天蔽日的乌云和狂风浊浪，也有如文集《云淡天高》开篇之作《秋爽云淡天自高》中虚怀若谷和心胸开阔，令人读后如见明媚的阳光，雨后的彩虹，其精还显现在颇有哲理意味上，又如《句号是零的开始》这一篇，是作者在日常闲谈中信手拈来的一句话，生发开去，成了一篇意味深长的警世好文章，日常生活和工作中这桩桩件件被人视为不起眼的事例，都被他挖掘出来，精心给予张扬，我觉得也很不简单。如《见好就收是赢家》《有容乃大宽为乐》《方圆结合可逢源》等篇什，处处闪烁着政治智慧和做人的哲理。批评需要勇气，但在社会风气弥漫着一股愤世嫉俗空气时，在表彰正面典型会被视作粉饰太平、拍马屁时，表扬和劝喻也是更需要勇气的。李观添有这种勇气，正气，值得学习。

二曰亲，就是亲切，文集的平民意识，令人读后觉得亲切，娓娓道来，有如谈心，写散文随笔，窃以为作者最好不要站在居高临下的立场上发言，文章是写给老百姓看的，要让文章有亲和力，一定得保持与百姓平等地交流，与他们呼吸相通，共喜共忧，急他们所急，恨他们所恨。如果把自己当成党委政府发言人，一面庄严，那写写社论还可以，写散文随笔肯定会失败的。李观添有些篇什，即使是不少从政为官的心得，如《守住做人的底线》《面对吹捧须清醒》《请与道德紧握手》等，读来觉得亲切，就是他摆正了心态和位置，他大量运用了地方农村的民间俗语，有时长篇大论也难诠释得通，但用老百姓的语言工具去打一口深井，有时一挖就灵。

三曰知，就是文章的知识性、趣味性。李观添显然很好地继承了秦牧散文的优秀传统，很注重知识性、趣味性的运用。往往从一种小常识、一个历史掌故、一个地方趣闻引申开去，文章大量引用了古代先贤的楹联和佳句，把读者引入作者说理的殿堂，引人入胜，好睇有益，多年前欧阳山就这样教过我们写作。我认为，这是岭南散文的好传统，有必要发扬光大。

生活如歌，随笔如诗，我希望，如果李观添同志有兴趣，不妨写写小说，说不定可以“增创新优势，更上一层楼”。衷心祝愿李观添的创作取得更大的成就。

谢谢大家！

在广州创作会议上的发言

非常感谢各位领导邀请我来参加广州市的创作会议，这是一次盛会，也是我难得的一次以文会友、学习借鉴的机会，这里大家云集，我来以专家身份胡说八道，是不是有点班门弄斧？反正我自己觉得有点可笑。广州市委召开这样一次高规格的会议，足可见广州市对繁荣文学事业寄予厚望，王蒙有言，普天之下，中国是最重视文学的国度，此言不虚。领导要我发言，遵命讲三点自己的体会和建议：

一、老实做人，认真写作

写作，是作家的本分，也是安身立命之本。开会开不出好作家、好作品，吹捧炒作也炒不出好作家，真正的作家是写出来的，当然也有些人发表过一些作品，然后升了一官半职，再然后宣布或不宣布封笔，从此当起文艺官员，很辛苦很努力地搞起管理工作来，这是革命工作分工不同，但要他们全心全意地投入写作，写出大作品来，恐怕很难了。我们有些作家当了领导，忙得连开会的讲话稿都要秘书写好照着念，怎么能有时间创作？作家要对得起“作家”这一称号，一定要力戒浮躁，集中精力。唯有不断地写，要有板凳一坐三年冷的决心，不断地试图突破、超越自己和前人，哪怕油枯灯尽，哪怕头破血流、哪怕挫折失败、下场悲惨。

创作从来都是寂寞的事业，曹雪芹如果一辈子生活在大观园，肯定写不出《红楼梦》。记得爱因斯坦说过，成功的秘诀在于集中精力。一个平凡人集中精力和时间，能获得令人惊讶的成就，而一个天才精力分散，虚度光阴，成就反而不如一个勤奋的锲而不舍的常人。

写作是件自长苦吃的差事，写长篇小说更是重脑力劳动，搞长篇的人是没有节假日的，一年到头天天都在绞尽脑汁。我就总觉得，一个一个长篇计划地写，等于自己给自己判了个爬格子的无期徒刑，很苦。一个人的精力是有限的。我最大的苦恼在于不够时间和精力去写我想写的东西。我感谢我的同事们，特别是游昆炳、方亮同志，为我分担了很多创研部的业务工作，让我有更多的时间写作。写作上我是个慢手，靠磨时间磨脑汁磨出作品。去年到今年，为了完成创作任务，除了开会和生病，我没有休息过一天，连年三十也在干活。我抗干扰能力差，创作最怕干扰，有时刚想好一个路子，老婆打电话回来叫从冰箱拿块排骨煲汤，思路打断了，再也找不回来，那真是叫天不应叫地不灵，无名火可以烧一天一夜。

因此，我尽量避免应酬和开会，希望能得到领导和同志们的谅解。谅解也是一种很重要的扶持。说老实话，我曾经考虑过辞掉一些行政职务，但有领导告诫我，现在一个萝卜一个坑，有庙才有和尚，没有庙了，和尚就当不成，职务和待遇是挂钩的，我是个俗人，也吃五谷杂粮，考虑再三，还是未能免俗，只好尴尬地赖下去。

但这样也得写，不写，我不知自己还能干什么？记得茨威格写过一个鞋匠，善做手工皮鞋，在大工业生产的压迫下无法生存，但他依然坚信自己手工做的皮鞋是最好的，别人用机器一天出上千双皮鞋，他半个月才做造一双，他坚信总有一天能遇到识货的人。我想，我们当作家的，也要有这个鞋匠这股傻劲，要有这种敬业精神，在文化商品时尚化、庸俗化形成大潮席卷一切的今天，坚持住自己的手艺崇拜和文学追求。不想写、怕写，或者以写作作为进入官场的敲门砖，都当不好作家，难以产生大作品。

写作，需要扶持、帮助。但不能全靠扶持，光靠扶持，作家自己不努力，也出不了好作品、大作品，反而会扶出些扶不起的阿斗。有了扶持，我们更要争气发奋，要敢于碰大题材，敢于写大作品，敢于写能展现人类生存状态和社会风貌的精品，我记得在广东文学院成立之初，大约在 1980 年，秦牧同我们讲过一次话，他说做作家，总是要把追求的标尺定高一点为好，不要怕人家说你好高骛远，就像跳高运动员，每跳一次就得把横杆往上抬，没有老是跳同一个高度的。有的为了打破世界纪录，会一下子把标高升到极限，搏一搏。他这些话激励我奋斗了许多年，至今仍常念常新。作家最值得终生追求的目标，是写出传世之作，是能写出留下时代印记和人民群众喜闻乐见的作品，能不能获奖，获什么获，反而是次要的。

广东处于时代大变革的最前沿，能引起世人关注的大题材、好题材俯拾皆是，有作为的作家可以有多种选择，你可以抓住一个有史诗价值的重大历史事件，也可以像张欣那样抓住一个世人瞩目的焦点话题来展开你的故事，也可以打一口深井，挖掘当代人复杂而矛盾的内心世界，世界上有千千万万种作家，也有千千万万种创作，我认为，无论哪一种作家，生活在广东和广州这样的一个文学的大富矿里，都是一种幸运，只要克服浮躁、探索对路、潜心创作，一定会有收获，会成功。

二、当代小说必须有充足的信息量

我们生活在一个信息爆炸的时代，现代生活一个最重要的元素，就是信息交流频密和迅捷。当代小说的创作，必须有新的信息观念和尽可能多的信息量。

这就涉及作家深入生活，扩大视野的老问题。深入生活是老生常谈，但从与时俱进的观点看来，作家必须对此有全新的认知和解读，我近年来搞长篇小说，深感生活信息的枯竭和接收缺失是作家的灾难。长篇小说是什么？我说最简单的譬喻：它是一个巨大的信息库，就说《红楼梦》吧，它就是封建社会包罗万象的一个信息库，你想了解当时当地人们的生存状态，里面什么信息没有？官场的、男女感情的，王公贵族的、奴婢下人的，城市农村的、两性和同性恋的，戏班、尼姑的，住的、吃的、穿的，都有。所以什么人读《红楼梦》，都有不同的解读：毛泽东说它是封建社会的百科全书，有人看到是才子佳人，有人看到是阶级斗争，有人视为淫书……所以，我们创作长篇小说，其实就是往这个巨大的信息库里装东西，信息哪里来？作家头脑里能产生多少信息？其实都是从社会生活、感情生活、人际关系中来的，作家除了由信息中得到的感悟，不可能自己生产太多信息，我是干部家庭出身，自认为懂一点政治生活，但如果我不是去挂职两年半，我其实并不真切了解党委和政府是怎样运作的？常委会是怎样开的？党政一把手之间怎样处理一些微妙关系？搞腐败的官员为何讲一套做一套？他们内心有什么痛苦？如果作家认知这些信息的管道被堵塞，或缺少接收这些信息的“天线”，或者作家对此根本没兴趣，熟视无睹或嗤之以鼻，你要正面写这些年来的改革开放就没法写。

当然，作家不必事事躬亲，不必什么都要亲身体验，可以发挥想象力写作，但想象力是靠大量信息激发和启动的，所谓深入生活，就是收集和过滤信息的一个重要途径和过程，过去强调立场、感情和世界观改造等，把它绝对化，现在看来，其实是个信息接收系统的建立过程，要有一个接收客观信息的“场”，你没有建立这个完善的接收器和处理器，没有这个“场”，自然接收不了多少这方面客观的信息，就是收到一些，也是二手三手经过别人过滤的，或者带有偏见的，作品很可能就流于平庸和偏颇，也难于为读者接受。

还有一个扩大视野的问题，其实也是扩充信息量的问题。我们省作协的何卓琼，到大亚湾核电站挂职深入生活，回来写了本《蓝蓝的大亚湾》。我对她说，如果当时你有机会到欧洲看一看，这小说会写得更好，她深有同感，核电站是当今世界上最尖端的高科技工业，在大亚湾几乎各国科技人员都有，主要是用法国的技术，但何卓琼至今未迈出国门一步，你叫她怎么写？巧妇难为无米之炊，她能写到现在这个样子，已经很不容易了。

信息只是原料，光有大量信息并不能成为小说。长篇小说必须要有个好故事，这就需要好的策划和人物塑造。我以为，文学最基本的要素是强调独特，没有独特，就没有文学，没有小说。你有一大堆信息原料，怎样才能把它编织成一部小说？这就必须要有独特的故事和人物。这个独特，不是面壁向隅、闭门造车想出来的，而是从大量硬性和软性、理性和感性的信息中筛选出来的。我和赵洪写《大江沉重》，一开始就给自己定下一条原则：峰回路转，与众不同。小说要人家看得下去，必须要一波三折，引人入胜，同时必须有自己独特的东西。说老实话，小说创作前，我们读了大量的当代小说，作准备工夫，中国的所谓改革小说、反腐小说、外国的当代小说，如阿瑟·黑利的小说，我们看小说不是想学他们，这是很没出息的，而是相反，把他们看作是一个个雷区，千方百计想怎么绕开他们，他们这样写，我们就偏不这样写，我们要从我们两人的生活原始素材找出与他们不同的东西来，也就是大量信息中筛选出独特的元素，才有可能写出与众不同的人物和事件来，小说出版后，不能说非常成功，但目前中国最有声望的几位评论家几乎一致地认为：小说信息密集，有独特个性的人物和故事，较好地表现了中国南方在改革开放的冲击运作下瞬息万变的生活。其实，我们还写了一种深藏不露的东西：资本。资本不是一种个人的力量，而是一种社会的力量，这是马克思在《共产党宣言》中说的。在

《大江沉重》出版后众多评论家发表的百十篇评论文章中，只有张颐武教授一个人点出：这是一部写资本撞击下中国体制发生嬗变的书，我以为，他点中了穴位，也说明小说基本上是成功的，达到了我们的初衷。

三、文学呼唤策划和切磋

1. 文学精品创作不能靠自生自灭，既要有放手让广大创作人员百花齐放、勇于开拓创新的手段，也要有领导策划和组织创作的手段，两条腿走路才较易较快成功，在当前，好作品更多是策划出来的。就是个人的创作，也是需要认真策划的。法国、俄罗斯19世纪都有个文学全盛时期，那时的大作家们在沙龙里常常就互相策划作品和题材，好像是福楼拜吧？他有个故事，认为左拉来写更合适，就建议左拉来写。当前，我省更应充分发挥体制优势，由省、市委宣传部牵头策划一些大的精品创作计划。建议部里定期组织省、市内拔尖的专家，分门别类地召开创作形势分析会和题材策划会，形成共识后由部里选定作家，如果作家也愉快地承担创作任务，各媒体和制作机构就要配合联动，形成一套生产精品的策划、制作和推广机制。特别是资源的动用上，应有科学的配置和严格的监管，对大项目一抓到底，对责任人实行问责，达不到预期目标和出现滥用情况要追究。

2. 文学和影视联动。对一些有苗头的好小说，影视要早期介入。文学性是影视作品成功的基础，不重视文学性、故事性，难出影视的经典之作，这在中国甚至全世界都是一个规律。张艺谋早期电影的成功之作，全来自于优秀小说的改编，但近年来拍的两部大片，花钱如流水，结果恶评如潮，这是因为他聘用了专用作家，只根据他的意图和喜好来炮制剧本，忽视了文学性。

影视作品影响最大，也是最花钱的，近年来广东影视钱没少花，但总体在走下坡路，失去前些年的锐气和动力，被兄弟省市抛在后面，应从领导上、体制上找原因，为何以三贴近、主旋律题材作品走红全国的广东影视，近年来停滞不前？有没有调动全省创作机构和人员的积极性？这些都是值得深思的。

3. 文学活动紧紧要围绕着出作品出人才这个中心，不做表面文章，不搞虚假繁荣。现在广东文学界有种浮躁心理，北京有人说广东文学不行，就跳起来反驳，说自己是行的，为了向外界、向领导证明这一点，就拼命搞活动、开这个会那个会，出这种集子那种集子，这其实没有必要。广东文学有没有成绩，北京评论家和领导说了都不算，只要看看有多少有分量的作家和作品就一目了然。把搞活动出集子的钱花在作家身上不更好吗？要是广东有10个张欣，谁敢说不行？

最后，我建议领导应关注创作人才的待遇问题，创作人员是精神产品的生产主体，是文化领域的第一生产力，其工作有特殊性，但现在无论从政治待遇上还从行政级别上，都与机关干部拉开了一段距离，薪金与大学同级的专家教授差距更大，这样不能体现科学的人才观，不利于提高创作人员的积极性，也与建设文化大省的要求和形势不相适应。

作为全国先走一步的试点，我省对文学事业的重点扶持力度是很大的。我想向省、市委宣传部的领导提个建议，步子是否还可以更大一点？如：上海作协的在职的一级作家，老人老办法，全部享受正局待遇，广东省、广州市可不可行？又如，我省文学创作有个好传统：挂职深入生活，以前靠这一招出过很多好作品、大作品，现在能否与时俱进，将这种形式发展成一种更有活力和创造性的方式？还有，能否给作家创造一个较好的写作环境，为他们提供策划、切磋和写作的场地？如过去有省作协鼎湖山庄，现在没有了，能否省、市宣传部来个联动，为作家们搞一个作家之家？在帮助作家扩大视野方面，省、市能否每年划出一笔资金组织作家出省出国？让大大小小的何卓琼们也多出国门走走？我参加过多次建设文化大省的座谈会，领导一来文艺家们都哭穷，哭多了领导们也不开会了。希望我这次不是给领导添麻烦，如有不对，请批评指正。

谢谢大家！

致　喻　敏

喻敏：您好！

您是学习班学员，我们肯定见过面，但几年来学员众多，我已经忘了您的模样，甚至不知您是男是女，请您原谅。

您的大作拜读了，看来您是有才气的，小说写得中规中矩，语言也较生动活泼，有些错别字我已经用红色标出，请注意改正。

《寻找父亲》写得较扎实，但题目不对，写的是母亲寻找丈夫，而不是“我”寻找父亲，母亲为寻找丈夫而一再疯狂，情节是感人的，也写得很细腻，如果在时代气息上再下点功夫，让人们看清楚是什么年代发生的故事，为什么会发生这样的故事？可能小说的感染力、震撼力会大些，现在这个样子，一般读者会当成一个猎奇的故事来读，意思就不大了，你现在写的是挣工分的年代，应该是1970年代或更前一些，那时人分“红五类”“黑七类”，军人家属受尊重，等等，这些都是婚姻的条件之一，社会因素制造的人间悲剧，要用曲折的笔触来表达才会动人，太直白了，就降低了文学的力量。《狗王之死》就有太直白的毛病，你笔下的乡长太脸谱化了，迎合了当下“仇官”的社会心理，其实这样写只是逞一时之快，并不能引发更深层的思考，也降低了发表的可能性，其实你完全可以写一个“好乡长”，试图通过买狗来帮助村民的孩子“解决”读书学费，也满足一下自己吃狗肉的嗜好，而且打着“改变作风”“送温暖”的旗号，处处显示他的“亲民”和“为民”，现在的基层干部，最大的问题是接过中央的口号，来实现自己的私欲，只有不把这些人当作完全邪恶之人来写，而是一些双重人格、有两副面孔的人，揭露才是有力量的。

说的不一定对，仅供参考。

顺祝文安！

吕雷

钟广明小说集《情殇》谈片

♯历史不是任人打扮的小女孩，而是镌刻在人类心头的记忆年轮，而优秀的长文学作品，也有可能成为这种年轮的一部分。

♯本书的价值，我认为很大程度上是一种审视：审视共和国的成长和历程，也审视自己成长的历程、审视人性在社会、历史的重压下的蜕变、毁灭或复苏。

♯我与广明是同龄人，是同一中学同一年级的同学，可以这样说，他小说里叙述的，唤起了我童年、少年时的记忆，非常亲切，非常感动，也很震撼。这些素材、故事，都是我熟悉的，或者经历过，或者听说过，但我自己就写不出来，倒让自己的同学写成小说，真值得庆幸。

♯它不是简单意义上的反思小说，而是把历史的伤痛回放到当下的思考之中，引申出更为丰富的主题内涵，呼唤人性的复归和和谐的人际关系的建立。

♯它虽然只是一本小说集，但它包含了宏大叙事的所有元素，它像一支长长的探针，触及了深深埋藏在每一个人心头的哀伤、羞愧感和耻辱感，它以一个童年、少年的视角，记录了急风暴雨、翻天覆地中的一段段伤痛和哀歌，它没有简单地“讴歌”或者“揭露”，而是以朴素面冷峻的文字，触碰了一个从坎坷血战中一路走来，终于取得亿万人拥戴地位的政权的执政幼稚期，直面了在摸索中前行的种种失误、挫折、变形乃至悲惨的失败。

♯凝结着中国农民式智慧的理想，在没有与先进生产力和先进文化结合之时，是极易被扭曲、变形而变成怪胎的。

共和国在新生之后，在极“左”思潮和“勇敢分子”相结合的共同干扰下，新生政权除了竭力催生“耕者有其田”“土地还家”等很多新制度的“婴儿”外，也平添了许多血污、泪水、痛楚乃至无辜的冤魂。

♯积弱沉疴的中国需要一场急风暴雨的涤荡。共产党人开国执政之初对解放和发展生产力的进行了最宝贵的探索，实践了许多中国历史上最伟大的创举。然而万事起头难，革命的政党成为执政的党，肯定有一段时间有如婴儿艰难学步。

♯秉笔直书、触摸历史的年轮，需要极有勇气和良知。

♯读了《情殇》，我们能更好地领会这样一个道理：共产党人的执政能力并不是与生俱来的，其执政地位也不会是一劳永逸的。像我们读《静静的顿河》《白鹿原》一样，经常抚摸革命时期、执政初期幼稚历史记忆的年轮，对更深刻理解科学发展观，在今后更科学地理解以人为本理念、执行实事求是的路线政策和构建和谐社会，有着重要意义。

在制高点上高扬文学旗帜

作代会开幕式一结束，走出人民大会堂，耳旁的声音仿佛仍在回响，两个字不断撞击着我的心头：人民，人民！

总书记在讲话中提到多少次人民？我数不清了。情真意切，语重心长："一切进步文艺，都源于人民，为了人民，属于人民""真情热爱人民、真正了解人民、真诚理解人民，才能创作出深受人民欢迎、对人民有深刻影响的优秀作品""为人民放歌，为人民抒情，为人民呼吁"……

我长久地深思：谁把人民放在心坎上，写在旗帜上，谁就占据了文学的制高点。

从事文学创作，无论是写小说还是写诗的，当今都得面对一个无比巨大、硬邦邦、响当当的现实——中国人正面临着最巨大的一次机遇，经历着几千年来的最大的一次转型，这是一个民族的艰难梦寻，也是一次波澜壮阔的进军。资本铺天盖地席卷而来，对社会进行全方位的覆盖、紧逼、潜入和渗透，产生了一场亘古未见的大变局，试图促使整个社会各个层面发生历史性的嬗变，而世界上一支拥有7000万成员的政治大军，竭力引导13亿人与资本这一超级庞然大物作各种复杂的大博弈，给民族带来生机，为振兴带来希望，为国家带来进步，对后世产生了长远积极的影响，当然也会有阵痛、挫折、失误甚至牺牲。这些影响将是长期存在的，笼罩着中国整个现代化的过程。我们写小说、写诗也都在这种笼罩之中，我们发出的每一种声音，都是在这种笼罩下发出的声音。改革开放是中国和世界的千古奇观，为文学创作扩张了极大空间，必定产生无数宏大叙事的素材，有了这些条件，我们只有在为人民这个制高点上高扬文学旗帜，我们的文学才能做出很多很多美丽、沉重、大气、雄浑、痛楚、炽热的好梦，写出好的传世作品。

寻找那座桥

——杨剑军营小说谈片

记不清是圣诞或是元旦前，我收到了一张寄自某军营的贺卡，寄卡人署名十分陌生——杨剑。

杨剑？在记忆的仓库搜索一番，竟然全无印象。我猜想，这大概是位素未谋面的军营业余作者或文学爱好者。

直到读了杨剑的一组小说并见到了作者本人之后，我才恍然大悟：我们曾在去年一次朋友宴请中见过面！只不过我总以为以剑为名的必定是位赳赳武夫，一直把席间那位沉默寡言、不苟言笑的小姐姓名误听成“杨健”，更不知这位有着“扬眉剑出鞘”的威猛姓名的小姐是位戴着空军上尉军衔的女兵！

坦率地说，这位上尉的小说令我惊异。

她不是作家协会的会员，也不曾在广东任何文学沙龙或圈子中亮相。她是从深深的孤寂的战备坑道电话机房里走进文学天地的。至今她仍很孤寂。可能，正因为她甘于孤寂，全然不顾广州这一南方大都会花花绿绿的诱惑，因此才得以平心静气地把自己独特的经历、感觉、灵气和情思锻炼成那一篇篇有个性，有嚼头的小说。

文学，是需要忍受孤寂、甘于面壁的事业。

杨剑笔下的人物，绝大多数是兵——男兵和女兵，而且几乎都是血气方刚、春情涌动而又坚毅克制的年轻男女。令我不由得想起我们古代边塞那一首首动人心魄的千古绝唱。我们广袤苍凉的边塞曾经诞生过多少灿烂的诗篇啊！军人，是民族的精华，是最富于献身精神和克己自律的一群。然而，他们个个都是血肉之躯，有七情六欲，都食人间烟火。他们是普罗米修斯，抑或是芸芸众生中的张三李四王五？只能从他们的生活中寻找答案。

杨剑小说中有一句话令我怦然心动：

“伟岸的汗腾格里峰和柔媚的古纳河像被一座无形的桥连着……”（《一个没有故事的故事》）

这是一座什么样子的“桥”呢？伟岸与柔媚、豪放与婉约、粗犷与细腻……能连接在一起吗？

能！杨剑用她的小说做出回答。她是兵，熟悉兵们的伟岸、豪放和粗犷。军营，尤其是边塞的军营，在严酷的岁月淘洗下能造就一代天骄。她又是女作者，女作者的眼睛和笔触能特别真切地发现和表现柔媚、婉约与细腻。女性，尤其是敏感的女性，最喜于在平凡的生活中营造感情的大厦。

尽管有种种不足、种种稚拙和布局谋篇的不成熟，但杨剑毕竟发现了这座无形的“桥”，并且用她的小说展现了这座“桥”。

好一个没有故事的故事！读着小说，我想起了《这儿的黎明静悄悄》。

不能简单地类比，这里没有战时的悲壮，没有血与火的洗礼，但在和平时的边塞，一连男兵和突如其来的九个女兵朝夕相处，即使平凡得再没有故事也会产生故事。就像小说劈头一句：“骚动的汗腾格里峰下沉默着古纳河”，本身就诉说着一个可能荡气回肠的故事。

异样的忙碌、奇怪的争先恐后，一连男兵在迎接盛大的节日吗？打扫、支铺、挖厕坑、砍树、架桥……哦，粗犷的男兵们怦怦跳动的心突然变得比绣花针还细，没忘记把打扫干净的房子刷成美丽的白房子，砍树架桥时要选秀气的树，还偏偏要砍七棵树来架桥，寓意着“七七鹊桥会——愿天下有情人皆成眷属”。

不是节日，不是庆典，而是连队里分来了九个小女兵。

这就是生活，这就是真性情！把平凡的生活和平凡人的真性情糅合起来，就是故事。

偏偏出了个铁石心肠、不近人情的连长！假日，女兵们野外游玩采花凯旋，“头上怀里满是五彩缤纷的野花一路芬芳”，并且接受了全连男兵齐刷刷的注目礼，不料却挨了连长一顿“熊”，连长“转身威严地走向连部”，一路却“承受男兵冷冷的目光注视”。

看来我们的这位连长注定要成为西王母或准西王母式的人物了。不不，小说峰回路转，在一个女兵因失恋而哭泣的晚上，连长心中深藏的真性情被勾出来了，他听着“哀痛欲绝的哭声”，“不由得湿淋淋的心里下着一场雨”。

于是，他走向那座通向白房子的那道桥，于是，桥上彻夜亮起了一明一暗的烟头，于是，“在半个月亮爬上来的夜里，女兵们第一次发现连长四四方方、线条强硬粗糙的脸柔和之极，他那双在夜色里心事重重漆黑湿润的眸子，同月光下的古纳河水一样流淌着浓浓的郁悒。”

于是，杨剑寻找到那座桥，那座连接伟岸与柔媚、豪放与婉约、粗犷与细腻的桥。

感觉语言的运用，是杨剑小说的一大特色。可以说，她是通过大量感觉语言来发现和展现那座连接伟岸和柔媚的“桥”的。

她敏感地、执着地追求着感觉语言在常态或非常态下的可认同性。

请看她这样描写一对陌生的青年男女之间的握手——“右手伸出……就陷入了一团湿热之中，他感觉是她在握而不是他，他整只手被一种柔顺的执着包裹着。”（《浮生一世》）

她这样描写两个兵与男女大学生们的初次会面——“他们像两只北方猿混迹在南方的群猴之中，彼此从对方的眼睛里窥视自己，角度变化而新鲜而好奇。”（《浮生一世》）

她这样描写姑娘的笑声——“司马听那笑声觉着是打窗外飞进了一只什么鸟儿，扑打了翅膀咕咕地叫。”（《浮生一世》）

她这样描写热恋中的喘息——“他们不再说话，只有急促的喘息潮涨潮落缠绕着对方。”（《浮生一世》）

不必再引用杨剑小说中的感觉句子了。我们可以明显地感受到现代小说中的“新感觉派”对于作者作品的影响。她如此真诚地深切地表现当代边塞军营生活，其小说从人物到情节无疑都打上了现实主义深深的印记。而在形式上结构上特别在感觉语言的运用手段上，她则在努力探索，试图有所借鉴、有所引进、有所发现和创新。

人们读小说的最基本最原始的动因和欲望，来自人类的天性之一——认同欲。而认同欲中的一个重要组成部分，就是感觉的认同。不管是现实主义小说的大师，抑或是现代主义的作家，其实都在小说中刻意地追求感觉的可认同性。他们之间的区别在：现实主义作家追求的是感觉的常态下的可认同性；而现代主义的“新感觉派”或其他林林总总流派，尽管千差万别，尽管他们总是喜欢把新奇、特殊、怪诞不经的感觉文字赋予描写对象，总是把感觉语言打扮得惊世骇俗、花枝招展、天马行空，但他们一直努力把握着一条不致滑入痴人说梦的界限——他们总是在追求着感觉语言在非常态或超常态下的可认同性。

于是，我们可以发现，杨剑在架设伟岸的汗腾格里峰与柔媚的古纳河之间那道奇异的“桥”时，又在寻找着另一座“桥”。现实主义小说与现代主义流派之间是否应该有座无形的“桥”呢？杨剑是否在探索这座“桥”的存在？

恐怕她一时也说不清道不明。我们只好等待。

奉献的精神与资源准备

我做过两次心脏手术。“非典”肆虐，朋友说只要我不感染，广东作家均可过关矣。

接到了深入一线采访的任务后，我自报要采写钟南山。但开始时心里还是忐忑不安：钟南山所在的呼吸研究所是“非典”重症病人的集中地，而我恰好又是个病弱之人，怕感染；当时疫情如火，钟南山的每一分钟都有可能关乎一条生命，根本没时间接受采访。这个采访任务能否完成？我确实觉得心虚，压力很大。

我在呼吸研究所蹲了好几天，采访了他的同事和学生。等到 8 天后，终于争取到了机会。刚陪同温家宝总理出访归来的钟南山，抽时间与我谈了一个小时，了解得越多，我越被感动、震撼，精神准备越充足，最后终于写出了万余字的报告文学。

人的能力有大小，境界有高低，奉献的方式也各有不同，但道理是一样的。比如：要去写钟南山，要有精神准备：不把钟南山写出来，愧对人民给我的这支笔；还要有智力资源或手段的准备：起码会写点东西。

在“非典”袭来之时，讲奉献尤其要有精神和资源的两种准备，缺一不可。光有勇敢的精神，而没有本事和知识，与病魔搏斗，反会徒增一些牺牲品；光有本事，没有奉献精神，可能成为这场没有硝烟的战争的逃兵。

在钟南山身上，他的奉献在这两方面体现得更加鲜明。先说他的智力和物质资源。他首先是医界泰斗、工程院院士，并以丰富的临床经验、科学精神与人格魅力造就了一支优秀的团队；其次，在第一例“非典”病人送来的前四天，由他主持建成的全国最先进的呼吸科重症监护室落成启用。他有条件把呼吸所变成抗击“非典”的堡垒。

然而，他的精神准备更为充实：为病人解除痛苦、与病毒殊死搏斗的使命感，不迷信权威、只捍卫科学的求真务实精神。所以，他不仅成为广东医界抗“非典”的一面大旗，更成为在灾难突袭时大众心目中的精神支柱。在“非典”病魔放倒了他的团队的26名医护人员时，他亲率一拨又一拨的梯队前赴后继，有如在火线上奋不顾身堵枪眼、炸碉堡。

为什么广州的医护人员没有一个临阵脱逃？因为他们的主帅冲锋在前。这种奉献精神是多少金钱与物质都无法比拟的。

请注意：读者期待！

时下的纯洁的小说家们，对肥皂剧统治的电视荧屏很有些不屑：又长又臭，什么破烂玩意儿！不少极端的，还发誓不看电视。

但是，谁也不能否认，电视作为一种深入千家万户的大众传播媒体，已经极大地压缩着小说的生存空间——它剥夺了小说家的衣食父母读者看小说的时间，地球上所有家庭几乎都出现这种情况：人们看电视的时间总和，比读小说要多得多。即便是网上、报上劣评如潮，被骂得狗血淋头的电视剧，也有人在看，不是老人妇女，就是孩子后生，反正总有人在看，他们可不管你骂不骂，反正只要结局不出来，他们就有所期待，就要看。

依我看，电视给小说带来的冲击，对小说作者来说并非全是坏事，起码可以让他们反省一下，自己的小说有没有像电视剧引起观众期待一样，能满足各种读者的期待？

注意小说的读者期待，应该成为小说作者的一种生存意识。

小说的读者期待可能是多方面的，有的是想体味全新的小说语言风格，有的是想领略作者奇崛的想象空间和新鲜的感觉，有的是在追寻故事的前因后果和人物命运结局，有的是在了解小说世界中彼时彼地人们的生存状态……这就需要小说作者创作时对这种种期待进行锁定和包容，锁定得越准确，包容得越广泛，他的小说就越有可能拥有较多的读者。

有人说，我是玩前卫、玩先锋的，我可不管读者看不看，只要同道的哥儿们叫好，就行。殊不知，这也是一种对读者期待的锁定——你得让同道的哥儿们看，就得满足哥儿们的期待。也有人声称，我才不管什么读者期待，我的小说可以没有读者，我是写给一百年以后的人看的。其实，此公亦在企图满足一百年后的读者期待，尽管一百年后不知还有没有人买账。更有人反问，难道曹雪芹是事先对读者作了一番调查了解，掌握了他们的期待才写《红楼梦》？曹公当然不可能背着笔记本去到处采风和“深入生活”，可他在世态炎凉中尝遍人间酸甜苦辣，对人生真谛有最切身的体验，字字写来皆是血，他深知尘世中芸芸众生最想知道些什么领略些什么体味些什么，因而他对读者期待的锁定和涵盖才能穿越时空，成就了煌煌大观的一部巨著。

在一个电视剧创作的会议上，谈到一部通俗剧收视率不断创出新高时，我和一位领导争论：到底是谁在控制家庭中的电视遥控器？他说是孩子，因为他家是小孙子独揽大权的，我说是主妇，与会者似乎较支持我的判断。而在小说创作上，人们似乎对这种话题麻木了，人们总在叹息小说读者越来越少了，却鲜见有人跳将出来问：谁在控制家庭中读小说的“遥控器”？

小说和电视天生是一对冤家，尽管眼下小说被电视逼到一个角落里去了，但最终还得和平共存，谁也灭不了谁。现在，该是小说来向电视学点本事的时候了。

梁凤莲研讨会上的发言

——兼谈广味小说

读了梁凤莲的新作《西关小姐》，很是惊喜。可以毫不夸张地说，这是广州文坛的一部力作，是一次突破，也是一个新的收获。

广州人都知道，最纯正的广州话是西关的白话，西关是广州的文化积淀最丰富、最深厚的地方。语言是文化的载体，小说是文化的信息库，梁凤莲的《西关小姐》，流溢着独特的西关风情和南国韵味，她潜藏着多少令人感到亲切又伤感的文化基因呢？小说写到西关的独特建筑，那古老而又令人神往的街巷和西关大屋，那孩提时代熟悉的木拢趟门，那西关人家门上的福和尚与癞和尚，那价值连城的紫檀木屏风，那绕梁三日的粤曲南音，那流光溢彩的荔枝湾，那栩栩如生的扎作工艺纸公仔，那惊世绝活象牙镂雕，那光华四现的粤剧戏服……十三行的繁华，华洋的混杂和包容，香云纱的产生和流行，乃至西关小姐们有幸学会的西式的"琴棋书画"，还有西关和老广州的令人难以忘怀的民风民俗，包括街头卖"飞机榄"，等等，作家以散文化的叙述的描绘，一一展现在读者面前，这是很了不起的成就，广州是商业的广州，更是文化的广州，而文化的广州更有魅力，更有生命力。

小说更难能可贵的是，她以短短 20 万字的篇幅，写了主人公若荷的一生命运，从婴孩写到老年，为我们展现了广州从清末的"公车上书""康梁变法"、孙中山革命一直到解放大军进入广州城的风云变幻，作家写若荷一对青年男女热恋时两次去看飞机起飞，一次看冯如驾机表演，一次看宋庆龄奋勇乘坐飞机上天，这种将人物命运与时代风云紧密相连的写作，透出一种大气，一种敢啃硬骨头的勇气和追求。正是近年来的广东作家的弱项，很多人梦寐以求写出好作品，大作品，但又不敢碰硬，老在小说技巧上打转转，追求文字和表现手法的花样翻新，但舍不得在内涵上下功夫，虽然也写出不少好作品，以精致新颖博得喝彩，但总难脱小气。小说的格局经常是影响小说影响力和震撼力的重要元素，格局太小的小说，即便有所突破，也难有大的影响力。

今天，梁凤莲终于打破了这个瓶颈，闯出一条新路，拿出一部既有南粤独特的人文精神，又有绵长的历史感，既有精致的西关小桥流水、芬芳庭院，又有中国近代大江东去的恢宏叙事的长篇小说，真是一件可喜可贺的事。

四年前，我在一个剖析广东文坛究竟缺什么的研讨会上，斗胆讲了几句关于广味小说的话，引来一片否定和批评。很多颇有成就的青年作家和评论家认为，现在谈论所谓广味，显然太过时，全球化时代的文学，应该有全球意识，要有地球村的概念，有的干脆说，根本就没有什么广味小说，以往写广东的小说多是图解政治、为政治服务的作品，其艺术成就很可疑。

三年前我去印度访问，在与印度作家讨论时，印度作家非常关心在西方文化的重压下本国特色文化的生存和发展问题，但我们的理论家发言时，对此表示了悲观，认为在全球化的趋势下，西方文化霸权步步进逼，我们节节退让，最终也会被吞噬。

我听了种种高论，心中茫然，但不认同，文化毕竟是以多元形式存在和发展的，如果实现了大一统，变成单一的文化，那就等于没有了文化。毕竟文坛有了争论话题总比一潭死水要好。我对广味小说这一提法情有独钟，始终不悔，当倡导者我还不够格，前头还有很多老作家欧阳山、陈残云、黄谷柳、陈国凯、杨干华等有如座座高山屹立，但我为此呐喊几声还是可以的。至于说以前广味小说的代表作品并无成就，都是写走弯路的，我不敢苟同，我们的前辈毕竟在中国文坛的人物画廊中留下了几个鲜明的广东人形象，在他们那个时代拥有全国的大量读者，外省很多人认知广东，就是读了《三家巷》《香飘四季》后才有一点感性印象的。环顾今日之广东甚至全国文坛，有几人能做到？凭这一条，就不能不令人肃然。

“鸦片战争”以来，中国几次翻天覆地的大事件、大变革都发端于广东，从林则徐、康有为、梁启超到孙中山，从毛泽东、周恩来在广东大革命时办农讲所、办军校的活动到邓小平改革开放办特区、构想“一国两制”，到江泽民同志提出“三个代表”，推动中国前进的大多数思想资源都是在广东开始酝酿并付之试验的，加上中西文化的交汇撞击，造就了广东人独特和五彩斑斓的生存状态，造化出一片积极进取的人文沃土和得天独厚的文学和精神的富矿，广东本土作家如果不去努力挖掘，转而去搞什么探索和试验，这是一种个人才华和文学资源的双重浪费，如果是外地入粤定居的有为有志的作家，轻易放弃对广东人文精神的融入和把握，也属于身到宝山不识宝，更是令人非常惋惜的。

广味小说当然应当与时俱进，当代生活信息爆炸，人人日理万机，珠三角的桑基鱼塘大都变成了工厂，读者群变了，广味也应起变化，小说写作也应有所创新，写法可以多样化，广味小说其实也不拒绝现代的、后现代的表现形式，是驴是马、非驴非马都可以拉出来遛遛，但是表现和描写广东人的生存状态这一条，似乎不能变，否则广味就会变成其他味了。

顺便提一下，梁凤莲的《西关小姐》，以她的才华和占有的资源，我觉得还应该写得更好些，问题出在什么地方？以我粗浅之见，可能出在她的散文化的笔调和叙述方式不太协调上，20万字要完成一个人一生命运和故事的叙述，节奏是应当十分快捷和紧逼的，文字和语言都要讲究张力才能支撑这一任务。但作家偏用了一种散文化的笔调，散文化语言往往缺乏张力，还要像串珍珠一样串起大量民风民俗和风情掌故的描写，这恐怕会冲淡人物性格的刻画，或者令两者没有做到水乳交融的地步，故事叙述手法过于单一而有吸引力的性格语言、细节以及小悬念不足，可能也是造成叙述语言张力不足的原因。

谢谢大家！

《芦苇丛书》首发式上的发言

1. 西方哲人说过：人是会思想的芦苇，我想加一句，人是会思想、能创造的芦苇，只有创造，才能证明人是真正的万物之灵。我们之所以钟情于文学创作，是因为它是一种精神的创造，它的独创性，是人的智慧标志之一。我觉得今天这套丛书的出版，也可以说是一种创造：写什么？怎么写？是作家的事情；出什么？怎么出？是出版社和文化市场的事情；倡导什么？扶持什么？这是党委和政府的事情，三者有机结合在一起，重合到一个点上，就诞生了今天的“芦苇丛书”。它说明，在社会分工越来越精细的当下，任何创造都不可能靠单打独斗取得成功。成功的创造，更需要精心的策划。芦苇丛书的闪亮登场，就体现了这种精心策划，它体现了先进文化的方向，体现了它不仅有强烈的意识形态属性，也显现了它鲜明的市场经济属性。展现了策划者不仅有高度的社会责任感，对文化事业庄重的承担，也闪耀着写作者的艺术良知、激动不宁的创造精神和锐意进取的艺术追求。

2. 文学繁荣是衡量社会发展和进步的一个标尺，也是民族智慧的一个标高、社会文明程度的一个刻度。我们有幸生活在一个正在高速发展的中国，我们国家取得的发展成就，超越了几千年，可以称得上千古奇观、万古风流。真正有为的文学，对浸润人们的心灵、激发民族的自信心和想象力，潜移默化的作用是很大的。但是，在经济腾飞的时候，并不是所有人都认知文化、文学对全社会所起的作用的，也不是大多数为政者都真正重视文学发展的，有的人重政绩而轻文化，或者目光短浅地把文化、文学当作花瓶，闲暇时附庸风雅地把玩一番。当前我们国家每年出版长篇小说 1000 多种，是不是真正的文学繁荣呢？我觉得还得加把劲，要一步一个脚印前行，浮躁不得，张狂不得。文学真正的繁荣，是出作品、出人才，出传世之作，出大师。我们正处在一个孵化催生的时代，文学正在呼唤着传世之作，亿万人正在翘首盼望大师出世，我们相信，有了良好的经济发展基础，有真正热心扶持文学的为政者，经过千百人一代一代的不懈努力，我们这片改革开放热土上终究会产生传世之作，会出现大师。我们这把年纪，不能再逞匹夫之勇，妄想当什么大师了，但我们可以当人梯，让未来的大师踏着我们的肩膀，攀登上文学的高峰。

祝愿大家都成为一根更有思想、更能创造的芦苇。谢谢大家！

杨黎光研讨会上的发言

首先祝贺杨黎光第三度获鲁奖，很荣幸能参加杨黎光的作品研讨会。

从得知将要举办这次研讨会起，我就不断回忆2003年那个不平凡的春天，那一场没有硝烟的惨烈战争，那年3月的一天，我刚从北京开完全国十届人大第一次会议回到广州，我们省作协党组召开了紧急会议，决定马上组织和动员作家深入抗击“非典”的第一线，用报告文学来记录和讴歌广东人民特别是广大医护人员感天动地的英雄业绩，在考虑参战作家名单时，我们首先想到杨黎光，我们党组书记红球同志和我都有共识，一定要请黎光来，因为他是广东唯一荣获两次鲁迅文学奖的报告文学作家，他能出大作品，能打硬仗。但是我们有点担心，他工作压力太大了，谁都知道特区报副总编肩上担子的分量，他能来吗？深圳让他来吗？我们企盼着。果然，他来了！他承受着百上加斤的工作压力，义无反顾，英勇无畏地来了！有他和70多岁的著名老作家金敬迈的加盟，我们士气大振，很快就组织起一支30多人的创作队伍，像战士冲上火线一样，奔赴“非典”病毒天天都在吞噬生命的省内各大医院。

在这场战争中，黎光担负起最重的作战任务，我常想，他是我们的朱可夫。在全部采访写作中，最艰巨的就是全景式地反映广东抗非斗争的大作品，我向当时的省委秘书长、现在的东士书记报告，能写好这个大文章的，非杨黎光莫属。

回顾那些紧张拼搏的日日夜夜，我感慨良多。我们30多名作家天天在第一线采访，天天受“非典”病毒的死亡威胁，但是，大多数人只身处一家医院，而杨黎光在半个多月中，几乎跑遍了广东所有“非典”肆虐的大医院，最紧张时一天跑三个市，几天内穿梭行程达几千公里，他采访医生护士、官员甚至病人家属，一天为了核实一个数字，他耐心地等候一个市的卫生局官员三四个小时，他的敬业和无畏，令我们大为感动，作协的李深明说，我终于明白为什么杨黎光能连续拿两届鲁奖了，他是个为了写好文章连命都不要的人啊。当时有几个市都报告是他们首先发现了“非典”病人，为了核实最早出现“非典”的时间、地点，杨黎光在广州、佛山、河源、中山的医院来回穿梭，最终有了明确结论，并定格在作品中，成了权威的解释。

杨黎光是个有高度政治激情和社会责任感的作家，他的作品以宏大叙事见长，又能以深刻细致、敏感独特的内心刻画打动读者，更以充满哲理、雄辩滔滔和启人心智的思辨取胜。与他并肩战斗的日子里，他写全景，我写钟南山，我们结下深厚的友谊，我也深受他的拼搏精神和科学严谨、认真深入、一丝不苟的创作态度所感染。一般而言，写小说的作家不大注重采访，但报告文学作家却视采访为最重要的基本功，杨黎光的深入采访简直就是一门艺术，在整个抗“非”战斗中，有两场最重要的采访都是我与杨黎光并肩进行的，一是采访钟南山院士，二是采访德江书记，杨黎光巧妙地运用了他的采访艺术，挖掘了大量生动的故事和细节，也令我受益匪浅，今生难忘。2003 年 5 月 21 日下午，在东士同志安排下，我们进入德江书记的办公室，原定谈两个小时，结果德江书记越谈越细，一发不可收，一直谈到 7 点，“非典”这场天灾对广东的巨大冲击、从中央到省委高层领导对人民生命的高度负责，执政为民的政治决策的无比艰辛和不容有丝毫闪失，桩桩件件呈现在我们眼前，使我们极受震撼。杨黎光当即表示，一定要写好这篇全景式的报告文学，之后还要写一本书，全面深入展现人类首次抗击“非典”的伟大斗争，德江书记充分肯定和支持他的创作计划。应该说，杨黎光作品的成功，德江书记也倾注了大量心血。杨黎光《守护生命》的初稿一写出来，在北京开会的德江书记就要东士同志传真给他看，等初稿再传回来时，我们所有的人都被感动了。德江书记高度评价了杨黎光的作品，而且做了很多修改，一些章节被批改得密密麻麻，一个百忙之中的政治局委员、省委书记如此重视和修改一部文学作品，广东作家从未经历过。我认为，这不仅是对杨黎光本人的赏识和重视，不仅是杨黎光的光荣，也是对广东作家的激励和鼓舞，是广东作家的光荣。

但很可惜，在报告文学《守护生命》中，杨黎光笔下很多关于德江书记动人的情景和细节，被德江书记谦虚地删掉了。我印象中，这些情节有：如当时由于极度劳累和紧张，德江书记病得很重，呕吐不止，不能睡不能吃，仍边吊针边坚持工作，一有紧要事甚至拔出针头不顾一切往一线冲；如德江书记的父亲患重病在京开刀，他却在广东坚守岗位不能前去看望，一个晚上中南海召开政治局紧急会议，他飞到北京，先开会，会后弯到医院看看老父亲，说广东情况紧急，做儿子的忠孝不能两全，我不能陪您老人家了，连夜就飞回广州，等等。还有，胡总书记密切关注香港疫情，在中南海勤政殿星夜召见德江书记，要广东准备好 300 名医护人员驰援香港等情景，也因为某些原因，写进去了却被删除，不能披露。

杨黎光的多次获奖，给深圳、给广东带来荣耀。这不是偶然的，这与一个作家的政治素质、艺术才华、广博视野、独特的人类灵性和奉献精神密切相关。我们更有理由期待着，杨黎光会有更重要更有震撼力的作品出世。

用文学浇灌心灵中信仰的绿洲

一

第一次读廖东明的长篇小说《太阳升起》，多少有些意外。这些年来，所谓官员作家的作品读过不少，有关知青题材的作品也涉猎很多，大多是水平参差或者是难以令人眼前一亮的平常之作，看开头知结尾，没有惊喜，或者印象平平，有些甚至难以卒读，往往一放下作品，其人物、故事、文笔、情愫内涵就被海量的日常阅读所淹没，心目中几乎不能留下这些作品些许波澜和痕迹。

然而这一次拿起《太阳升起》，我就没有放下，作品有种“气场”吸引住我，尽管它有许多地方不成熟甚至令人遗憾的笔力不逮，但我始终关注着主人公方晓的命运，小说越往后写，情节越是波澜起伏、高潮迭起，但是我想这并非“气场”的核心所在，那“气场”到底是什么呢？

我想了想，是信仰！是这些年来，文学作品已经逐渐疏离的一种文学品格：一部文学作品，必须有活的灵魂，她就是思想，就是信仰！

我与作者虽是同时代人，但我比作者年长跨越一个中学时段，即整整六年，我是所谓“老三届”最老的一届：1966 年高中毕业，作者是最小一辈，1966 年刚上初一。《太阳升起》所写到的时代，我也是过来人、亲历者，正因为太熟悉、亲切，所以审视的目光也格外挑剔，容不下虚假粉饰、矫揉造作，也不能忍受胡编乱造，信马由缰。《太阳升起》主人公方晓所经历的自发组织儿童团、学毛著、学雷锋、农村三同、抢收抢种、“文革”造反、父母被斗被关押甚至被迫害致死，上山下乡、兵团生活、开荒砍芭、艰苦历练、知青恋爱、回城待业、工厂创业、恢复高考、大学丰富多彩的学习生活和感情……一直到分配工作、侦破案件、事业成功后与旧友重逢后引发一连串意想不到的事件，等等，这些故事和人物在不少的知青小说、官场小说都有表现，甚至似曾相识，但是《太阳升起》的优势在于：它有一根红线，把所有的故事和人物串在一起，这优势是许多知青小说、官场小说所不具备的。这根红线就是：主人公方晓坚贞不渝的忠诚信仰，这是从小培养、造就起来的，是我们的国家、我们的时代、我们的人民所独特具有的心灵绿洲，我们的国家，就是凭着亿万人民心灵中的这一块块绿洲，一步一步走过坎坷，走过泥泞，走到今天。

《太阳升起》最可贵的努力，就是在当今理想和信仰经常遭受资本的歪曲和侵蚀的风气下，试图用文学之水去浇灌人们心灵中这片信仰的绿洲。

当然，这种令人肃然起敬的努力是否非常成功、有效，仍有待商榷。但有此努力和完全放弃这种努力，作品的品格是截然不同的。如果作者决心把作品再打磨一番，愿意为世人奉献一部成功的艺术作品，不妨再从这个优势入手，加强理想、信念方面的人物细节刻画，调动各种艺术手段，创造一个崭新的、有信仰和追求，历尽艰辛波劫、虽九死而未悔的人物典型。

小说是叙述人类命运的艺术。要深化小说的艺术魅力，必然要深化主人公命运与信仰的联系，把它们紧紧扭在一起，让读者看到，主人公的命运无论如何大起大落，像我们从小耳熟能详的“牛虻”“保尔·柯察金”一样，信仰这根红线始终发出光辉。

要写小说，要有当上帝的勇气，要有当上帝的精神力量。作者既然充当上帝塑造出一个信仰坚定的方晓，我相也必定能写好方晓存在的这个全新的大世界。在这个小说世界中，无论是大人物还是小人物，好人还是坏人，能人还是庸人，作者都会谦卑敬畏，用充满热情和想象力去创造他们，在作者的心目中，他们都应该是独一无二的，都是人人心中都有，人人笔下都无的人物。

其次，作品充分调动了作者的全部感情资源，感情是朴实真挚的，看得出来，由于作者在人物特别在主人公身上倾注了发自内心的真挚感情，这种感情，是在几十年来中国大地上最大规模的社会变革中一点一滴凝聚而成的，尽管非议不断，尽管历史上否定之否定的怪圈周而复始地重演，尽管当下有人对此嗤之以鼻，但是没有摧毁作者心中这份真诚和温润的情愫，可惜的是，作者文笔较生，艺术手段和文学语言不够丰富，在表现这份真挚的感情时有点障碍，不尽到位，但作品有一种质朴的感染力，这是毋庸置疑的。

真挚的感情对于文学创作来说是十分重要的，可以这样说，任何文艺创作，都是人类情感的表达和宣泄。作者写小说，其实也是在对自己的情感资源的探索、拓展和开发。中国作协副主席陈建功说：作家的创造水平高低，自古以来有一个说法，所谓的梦笔生花和江郎才尽的问题。其实我觉得要害不在于有没有梦到那支五色笔。一个作家要有所得，必须保持丰沛的情感资源，如果情感资源枯竭了，那就真的是江郎才尽了。20 世纪 80 年代的时候，中国文学呈现了最为壮观的景象，因为解放了文艺政策，也开启了作家们的情感资源，所以有感人的作品出现。

80 年代活跃的作家，之所以能够拿出很好的作品，就因为“文革”十年积累了丰沛的情感资源。十年“文革”把很多感情丰沛、才华横溢的文学青年抛到生活和社会的最底层，这对于他们个人命运来说，是不幸的，但对他们的文学积淀来说却是幸运的，他们的命运与最广大的底层百姓紧密相连，吸纳了更多的感情资源，这些感情是炽热的、滚烫的、汹涌澎湃的，一有表达的机遇，便会喷薄而出，形成一部部与亿万人民群众的命运、感情相通的作品，尽管后来有人认为这些作品幼稚、浅薄、艺术粗糙，但是谁也不能否认，它们是真挚的、动人的，曾经大规模地灌溉了亿万人荒芜的心灵。

现在，有些文学理论家认为文学可以完全背弃大时代，纯粹到个人的内心寻找，这就造成了当代文学的更肤浅和与亿万人的隔膜。

陈建功说：我也当过 13 年的专业作家，我的体会是什么呢？一个人成为专业作家的时候，情感资源基本上都用光了，写出了成名作，一辈子煎熬的情感已经喷发在作品中。当成为专业作家后，往往都在不断重复自己。

所以，我认为千万不可轻视作家的感情积累问题，种瓜得瓜，种豆得豆，只有健康的丰沛的与亿万人感情相通的感情资源，作家笔下才会流淌出打动亿万人心的好作品。《太阳升起》的作者作为一个在职官员，在工作繁忙的间隙中，耗尽了自己的业余时间，笔耕不辍，去写作与自己的乌纱帽毫不相干，甚至会引起麻烦的长篇小说，其实都是在寻求自己感情的喷发，感情的积累越深厚、越炽热，能量越大，喷发起来就越惊天动地。就像开采石油时的井喷一样，我在石油勘探队时就遇过一次井喷，深深地埋藏在地层下的油气一旦不受控制地喷发起来，连大地都在震撼、发抖，地下被压抑几亿年的能量冲天而起，真有种地动山摇的气势。文学创作其实也一样，要讲究感情的真挚与厚积薄发，强调感情深厚的积累和炽热的熔炼。自然界的钻石，据说就是在火山喷发时的高温高压下形成的，最优秀的诗歌、小说恐怕也得在感情最丰厚最炽热的胸腔中产生。而千百年来令无数作家诗人苦苦追寻的灵感到底是什么东西呢？几乎所有理论家都说不清、道不明，我个人的理解很简单：灵感，其实就是沸腾奔突的炽热感情突然找到了一个喷发的出口，找到了一个理想的合适的美妙的表达方式。

现在有些创作理论，忽视了这一点，认为写出好诗好小说关键在于形式的翻新和技巧的精雕细刻，令很多青年过于沉湎于其中，白白耗费了天赋和才华，这是一种不幸。

说了这么多，我可以用一句话概括：感情，其实是小说魅力之灵魂。

《太阳升起》倾注了作者真挚的感情，因而，也应该是有艺术魅力的。

二

作为一个严肃的评论者，下面应该谈谈小说的不足：

独特是文学最重要品格。构筑你的小说世界的一切元素都应该是独特的，但这些独特都必须是人们易于理解和认同的。

为什么有人写的小说无法出版？或者出版了无声无息，作者要自费出书或者拿不到几个钱稿酬？而有的作家一写出小说，就有出版商抢，这固然有资本运作的重要因素，但内在的艺术因素有很多，但基本上是“独特”两个字在作怪，因为独特，可以令不知名的作者一举成名，甚至令一个家庭主妇成为一个世界级的大富婆，如写《哈利·波特》的女作家罗琳，也是因为独特，在她之前，从来没有人这样写过孩子们爱读的小说。

问题是怎样才能独特？

在《太阳升起》中，方晓这个人物相对于现实世界中的浑浑噩噩、解构信仰和崇高、甘于平庸和低俗的风气，是独特的，这是小说的价值所在，因为他与众不同，他有信仰。但是，对他的与众不同和信仰的表现力度仍嫌不足，往往流于简单和太一般化，也就是说，缺乏吸引眼球、震撼人心的独特情节和细节。

小说是寻求独特的艺术。它的独特必须能够调动人们的想象和思考，这是小说最重要的魅力之一。

我觉得，《太阳升起》的前半部分，如一开始的小学生学雷锋做好事、“文革”狂飙突起、上山下乡动员等故事情节，独特性不太强，这是国人大多熟知的历史，家家户户几乎都有过类似经历，要选取与众不同的故事和情节来塑造人物，必须一开始就得抓人眼球，动人心魄，而不能流于一般化了。要善于在现实生活中发现和寻找独特、发现传奇。要独特，首先要知道什么是不独特，如果你想写独特的小说，那你必须先知道，那些人物、故事、命运、细节、语言是人家写过的，那些套路是人家用过的，你再写、再用，那就是模仿。应该是人家这样写过了，就得偏偏不这样写，得想一条更新、更绝的路子写，这就是要尽量做到与众不同、富有独特的传奇色彩。独特是从生活体验中来的，生活比任何文学更丰富更精彩，独特的东西更无处不在，只要随手捡些边角料，就可以写出好东西。就看你是不是有心人，有没有一双慧眼，能否发现它。然而小说中前半部分也并非全部不能用，方晓自发组织“儿童团”、自发去帮助推粪车一段，我看是从生活中来的，还有点特点，好好精炼浓缩一下，还是可用的，但小说开头一定要吸引人，没有一个吸引人的好开头，小说很容易失败。

建议：小说一开头就制造悬念——山雨欲来风满楼，父亲在“四清”中被贬到公社当干部，同学老师中有人议论，小方晓为表白自己要求革命，自发组织儿童团，学雷锋帮人推粪车，去农村三同，得到预感到严酷考验即将来临但忠心不改的父亲的支持等等，总之，要更富有传奇性、可读性。

《太阳升起》这部长篇小说，可以看作是一部成长小说，成长小说最能吸引人的地方，应该是青春期独特的心理描写和青春期的传奇情节，但是目前此两者均有不足。

此作品最大的毛病，似是叙述策略和叙述语言的单一化，用力平均，表现人物个性的细节、语言和重要场景的刻画不突出。

小说的叙述策略，最重要的是制造悬念，不断诱导读者的阅读兴趣，叙述语言上要善于诱导出想象的张力。例如方父之死，小说就明显叙述策略不够丰富，写得过于简单草率。其实可以写得更动人，催人泪下：前面感情情节要写好，如父子同吃大鲶鱼把一个严厉父亲的舐犊情深写到极致，也把他对“文革”的困惑、对信仰的坚定、写细、写足、写好，后面面临被斗致死的悲剧性就更能发挥，这是重头戏，不能简单叙述一笔带过，如果能让方晓传奇地亲眼看见，真切感受切骨之痛，效果可能更好。（包括张倩之死，如果由方亲手埋葬，现场感更强烈，后部写他送张骨灰去马来西亚则更可信。）

小说的叙述艺术，其实也是“点睛”艺术、省略的艺术和启发想象的艺术，画龙点睛，一点即活，不必什么都写出来，平铺直叙地什么都写，太详太细太白，就失去叙述的张力，变成生活的流水账，要像画国画一样，善于“留白”，留白，其实就是制造悬念和启发想象。作者可以学习分段、分节的艺术手段来“留白”，制造悬念和启发想象，有些情节、对话完全可以不写出来，让读者去意会。不要“画公仔画出肠”，会更适合当代读者的审美和阅读习惯。如果小说的叙述文字和方式用好了，学会取舍、去芜存精和加工提炼，小说的篇幅可以大大压缩，40 多万字的小说写成 20 多万字，可能会更精炼、更精彩。现在这一稿，叙述文字过于拖沓，经常出现人物出现了、对话了，后面来来一番“补叙”交代来龙去脉，往往会破坏读者的阅读和审美兴趣。

小说在写上山下乡后进入高潮，也是可读性最强的部分，看点颇多。开荒砍芭的过程可以更简略些，但与黎族人的矛盾冲突、神山的神秘、毒蛇咬死、咬伤司务长和张娟、直到台风、方晓断腿、陈红为救方而受辱等等，则要加强笔墨，用浓墨重彩来描写、刻画。现在感觉是写法传统、平面，笔法单一，不够集中，感觉、感情和心理描写不到位。

方晓伤残回城的情节，可改成久治不愈，几乎要落下残疾，又发生感染，高烧昏迷，团长悄悄替他办好病退手续，送他回城治疗。但又被人告发，郑主任拒绝办入户手续，只好寄居老人家中，老人懂中医，治好了他的病痛和伤腿，从此开始“海南仔剃光头”四处打工谋生的生涯。这样，可读性、传奇性会强一些。

后面部分高考、大学生活、旧友重逢等章节，高潮迭出，只要改变叙述方式，加强重点描写和心理活动的性格细节，会更好看些。

最后，我想谈谈叙述主体视觉的转换问题。这小说是以方晓的主观视角作为叙述主体的，并一以贯之，但是，一个人的主观视觉是有局限的，一旦要叙述他人的故事时，就难免笔拙，尤其要进入别人的心理、感觉描写时，更显得不自然，破绽百出，我建议学习一下现代派的叙述手法，用人物的感觉描写和心理作过渡，包括用“意识流”，变一个叙述主体为多个叙述主体（当然仍以方晓为主），视觉可以灵活变换，这种写法，可以节省篇幅，也容易吸引年轻读者。

以上是我一些粗浅意见，不一定对，供作者参考。

五彩斑斓描人世　黄钟大吕唱大风

——兼谈广味小说

人问你现在最想做什么？我说，除了写，还是写。当作家，体验、观察、生活都是为了写作，不写作就枉为作家。

前几年写电视剧，这几年写小说，都有点入迷。用两年多与文友赵洪完成近70万字的《大江沉重》，又紧接着写了个题材和风格完全不一样的《大江月圆》，整个人疲惫不堪，但自认为所写的小说都是带浓郁广味的，虽然都有不少遗憾和不足，毕竟过了一把写小说的瘾。

我在一个会上斗胆讲了几句关于广味的话，引来一片否定和批评，心中茫然，转而窃喜，毕竟文坛有了争论话题总比一潭死水要好。我对广味情有独钟，始终不悔，当倡导者我还不够格，吾辈前头还有很多老作家有如座座高山屹立，但呐喊几声还是可以的。有人说以前广味小说的代表作品并无成就，都是写走弯路的，我不敢苟同，我们的前辈毕竟在中国文坛的人物画廊中留下了几个鲜明的广东人形象，环顾今日之广东文坛，有几人能做到？凭这一条，就不能不令吾辈肃然。

广味小说当然应当与时俱进，当代生活信息爆炸，人人日理万机，珠三角的桑基鱼塘大都变成了工厂，读者群变了，广味也应起变化，小说写作也应有所创新，写法可以多样化，广味其实也不拒绝现代的、后现代的表现形式，是驴是马、非驴非马都可以拉出来遛遛，但是表现和描写广东人的生存状态这一条，似乎不能变，否则广味就会变成其他味了。

“鸦片战争”以来，中国几次翻天覆地的大事件、大变革都发端于广东，从林则徐、康有为、梁启超到孙中山，从毛泽东、周恩来在广东大革命时办农讲所、办军校的活动到邓小平改革开放办特区、构想“一国两制”，到江泽民同志提出“三个代表”，推动中国前进的大多数思想资源都是在广东开始酝酿并付之试验的，加上中西文化的交汇撞击，造就了广东人独特和五彩斑斓的生存状态，造化出一片积极进取的人文沃土和得天独厚的文学和精神的富矿，谁漠视或者蔑视它，谁就是缺乏历史感和现实感的睁眼瞎，即便才高八斗，也只能是文学的侏儒。

我钟情于广味，不少来自外省但入粤多年的作家也与我同好，他们都纷纷对我表示支持，这使我欣慰。在写《大江沉重》时，我暗下功夫，追求黄钟大吕式的风格和全景性的笔墨，结构上讲究峰回路转和信息密集，人物力求个性独特、与众不同，但始终把广味放在重要地位，把小说建造成广味的信息库，为了保住一些广东风情的段落，不惜与编辑争得脸红耳赤，写广东，就一定要像广东。现在有的后现代小说是可以没有时代地域背景的，一间屋子一张床一对男女，据说就可以把人类的共同焦虑和内心痛苦写得入木三分，我没有这种本事。何况，就是马尔克斯、福克纳的小说也充满了地域特色，如果没有这一条，他们的作品品味也许就会大打折扣。

我意识到，广味并不意味着黄钟大吕独沽一味，完成《大江沉重》后，我有意想写一个20世纪30年代发生在珠三角水乡的爱情故事，尽自己所能把它写得水乡味浓郁些，历史感强烈些，不妨来点风花雪月、凄美缠绵，于是就写了中篇《大江月圆》，由于想把广州白话融入小说中，写作时等于用粤语和普通话两个差异很大的语系来思维，所以写得很苦，不过写着写着又觉得这样写来有挑战性，包容性大，有张力，语感也特别，小说写成后心中忐忑，不知北方读者能否看懂，只好电邮给老友邓刚，谁知他一看拍案叫好，我又按几位朋友的意见改了两稿，才敢拿出来投稿，能否让读者认同，还要发出来才知道，为此，我的心一直悬着。

我们的文学创作要坚持先进文化方向，就得有时代的责任感和公正的历史观，要以最广大人民群众喜不喜欢，欢不欢迎，赞不赞成和满意不满意为标准，心中有读者，才能为他们提供最好的精神食粮，那种认为写作只是个人行为，不必关心有多少读者认同的观点是不对的。以前人们总是说，只要是民族的，才是世界的，现在看来，还得要加上一句：只要是民族的而且是先进的，才可能是世界的，中国小说要走向世界，必须有自己的先进性。五彩斑斓描人世，黄钟大吕唱大风，我愿与作家同行们共勉。

《天鉴》研讨会上的发言

难得和云南的作家朋友见面交流，更高兴的是和老同学、我在鲁院和北大学习时最铁的朋友黄尧见面，因为他主持今天的会议，我们一班同学和朋友都得来捧场，并借此机会，向《天鉴》的作者罗崇敏同志表达敬意，这30万字的厚厚一大本有关治国理政、为官之道的书，对于我这样对当今官场保持一定距离的作家，读一读很有益处，也是我们这些书呆子一次难得的开眼界、见世面的机会，起码可以知道，在当今之中国，做官是很辛苦、很不容易的，做贪官不容易，做好官也不容易，想做个有作为有政绩的官更不容易，而要做个实事求是、全心全意为人民服务而获得上上下下都满意、都有口碑的好官，那就是难上加难了。难怪民谣说：上面满意下面不满意的，永远存在官场里；下面满意上面不满意的，永远存在基层里；上面下面都满意的，只能永远存在黑框里。只有人死了，才敢端出来大大褒扬一番，否则太不保险了，万一嗑瓜子嗑出个臭虫来，那肯定会影响执政党的执政权威的。

正因如此，老百姓难免戴上有色眼镜来看我们的官员，心里怕怕，充满疑虑，即使像我这样出身红色家庭、挂职当过市委副秘书长、又当过全国人大代表的文人，有时也会戴上有色眼镜、满腹狐疑地来看我们的官员，甚至我们做官的朋友。这个时候，有个人出来试图摘下我们这种有色眼镜，打破这种疑虑，他出了一本大书《天鉴》，想向人们表明，正在执政的官员们，并不是人人都这样，正如有诗家云：西安有人皆墨吏，延安无屎不黄金。执政党里也有勤政、善政、有理想、有信仰、想有一番作为的人，尽管现在可能不太多，但有总比没有强，还能给人一点安慰，宛如救命稻草，多几根总比没有强，抓到一根是一根。

翻开《天鉴》这本大书，我觉得，我们的这位做官的朋友罗崇敏，还是很不容易的，请原谅我没有按照时下的风气称呼他的官衔，因为今天开的是文坛的研讨会，官员们屈尊暂且当文人，咱们也只能暂时地平起平坐，大家都是以作家身份坐在一起，来讨论一本书的得失成败。说他不容易，是说他是以官员之身，戴着官场的镣铐，却跳着文人和民间的舞。毫无疑问，他是个多思、博学、勤快、善于总结和表达的人，又是一个在从政道路上历尽艰辛、十冬腊月喝凉水，点点滴滴记心头的有心人，他以仅是初中文化的程度，能从工人转变为干部，一步一阶梯地竭力攀登，担任过从基层到县、州、学院、省厅的领导职务，每一步他都努力用文字留下自己的印记，成为著书立说的官员作家，我不知道他有没有秘书帮忙，但这一堆文字确实是一个巨大的工作量，不是一般官员能做到的。我自己挂职时，曾经写过工作日志，准备留作日后写小说一用，但很快就力不从心，太烦琐太耗费精力了，后来只好放弃，只好按官场的套路天天等因奉此浑浑噩噩地过日子。看其书，观其人，可以看出，作者有强烈的责任感和从政心得，有丰富的信息量和渊博广阔的知识天地，它涉及政治、经济、哲学、军事以及知人善任、养身正家、教真育爱、文化领域的金声玉振、医学界的仁医仁术，一个学人能涉猎这么多的学识已经令我佩服，一个官员能纵览如此丰厚的知识领域而且写下大量颇具思辨性、可操作性的文字，再加之大多是自己从政心得的结晶，尽管多是片段式、短章式的，也的确令人感到难能可贵。

众所周知，当今中国，实际上存在着两种语言世界，官场的语言世界和老百姓的语言世界，很快可能产生第三种语言世界——网络的语言世界，这世界那世界之间，产生了严重的隔离、障碍和鸿沟，官场的文字中，八股味越来越重，当年毛泽东的《批判党八股》似乎已经无人再理会了，在官方场合，人们是不会用也不屑用老百姓的日常语言来说话写文章的，每个报告的开场白，总是把我党历届领导的理论贡献搬出来作镇山之宝，人人都得戴帽穿衣，形成一个套套和模式，仿佛不这样说这样写，就不够庄严、不够权威，我有点杞人忧天，如果执政一百年以后，报告该怎么写？而且统统是小报告仿照大报告，层层搬字过纸，这些文字，我称之为千篇一律统一口径，一本正经毫无个性，语境仿佛回到清朝年代，甚至不如清朝，其实，我最近翻阅林则徐的很多奏折，也有不少民间语言的，连皇帝的御批，也有不少大白话。上周，有几位岭南学者作家向全国发表宣言，痛批文坛八股和腐败文风，我是举手赞成的，这些东西确实到了非痛下杀手不可的地步了。但我又觉得他们发起的运动似乎没打准目标，文坛八股算个啥？它不过是有样学样从政治八股层面上学来的罢了，或者是投政治八股所好变身而成的罢了，政治是起决定作用的，敢不敢对政治层面上的八股文风痛下杀手？那就得另说了，柿子总挑软的捏，鸡蛋碰石头要吃大亏。

翻开《天鉴》，我觉得还是有个性的，尽管这是一本论述为官之道的书，里面当然不少时下流通的政治概念、名词术语，也有不少官腔官调，但我仍然能感觉到作者在试图在官场语言世界与老百姓的日常语言世界之间搭一道桥，尽力实现多一些的沟通，启动了自己的多维度、多侧面的思维，甚至逆向思维，勤学习，勤读书，想方设法为民办事、执政，在时下风气中，一个官员做这样的努力，在追求自己做人行文从政的个性，这当然是可喜的。

我很感兴趣地读了罗崇敏写给胡锦涛同志的信，说实话，把一封写给党和国家最高领导的信收进自己的文集中，我一开始是有点不以为然的。但一读下来，我却感到高兴，在这信中，他斗胆建言：建立有序推进农民迁徙自由的体制，取消“农民工”的提法。恰好，我当全国人大代表时，在 2005 年、2006 年连续两年的“两会”中，也曾向全国人大提出过类似的建议，我认为“农民工”提法不符合宪法精神，建议停用“农民工”的称谓，重用和拔擢其中优秀人才，逐步改变城乡户籍的二元结构，以提振全国民气，最后当然不被采纳，而且还招来网上有如潮水般的议论，有赞成有反对，不少反对者尖酸刻薄，搞人身攻击，有人还把它列为年度最搞笑的废话提案排行榜之首，可见网络言论自由也有两面性。后来在一次全国人大代表对城市医疗保健系统的视察中，我又建议：农民工是城市的建设者，是广东发展的最大功臣，要给他们起码的医疗保障，不料当场受到一位省级领导的驳斥，说广东发展，第一靠资本，然后才是外来工，没有资本聚集，农民工能发展吗？在经费紧缺的情况下，当然应当首先保证城市居民，哪有不先顾自己儿女而讨好外来女婿的？我不管人微言轻，与之争执起来，闹得很不愉快，后来换届，全国人大代表的头衔也自然抹去了。读了《天鉴》，我似乎找到了同道之人，他的建议是成龙配套的，更有条理和可操作性，这种以天下苍生为念，为中国的农民工鼓与呼的建言，显示了一个成熟和负责官员的胆识和见地，我由衷感到欣慰的是，近来党中央的决策，正在逐步向当年我们殷切期待的方向走，说明罗崇敏写给胡总书记和我的呼吁多少还是起了作用的。从这个例子也可以充分说明，《天鉴》这本书，确实有它存在的理由和价值。

文人与官员的沟通，往往词不达意，用广东话来说，是鸡同鸭讲，如果有不当和冒犯之处，权当我痴人说梦，请原谅我这一番胡言乱语。

谢谢主人，谢谢大家！

赵小敏研讨会上的发言

赵小敏是我省活跃的儿童文学作家，现任《少男少女》杂志社常务副社长，一级作家。2006年6月被省直机关工委授予“优秀共产党员”称号；2007年3月被授予“广东省直机关排头兵实践活动岗位排头兵”称号。

赵小敏创作勤奋，作品有儿童剧、小说、报告文学、故事、作文辅导、科普读物等300多万字。从广东省第二届到第六届的儿童文学优秀作品评奖都有她的获奖篇目。她的报告文学《我们相对微笑》获中国新闻出版署和团中央等单位联办的全国好新闻好作品奖，《地球村的门票》等多本著作分别获全国第五届少儿优秀读物奖，四本著作分别获得四届冰心图书奖。

赵小敏同志是作家中爱岗敬业的模范，她有很强的事业心和工作责任感。曾荣获首届“全国优秀青年报刊工作者”（1988－1998）称号。她同时也是一位富有正义感和人间大爱的教育工作者，近年来，赵小敏为山区儿童和城市中、小学生的文化教育做出了积极贡献。从2002年起，赵小敏经常到广州市的中、小学，少年宫，及珠三角地区的农村和公安战线讲课、做讲座，每年近百个课时；并深入采访，2005年与138名警察子弟联手写出了由中国青年出版社出版的报告文学集《爸爸妈妈是警察》。为两代人的沟通、共建和谐社会、和谐家庭做出了努力。

2003年赵小敏在广东阳西县作公务活动时，发现塘口镇平北小学的边远山区小学生，除了课本之外，基本上没有课外书阅读的情况。她就向全国的读者发出倡议，在短期内得以筹集了近万册图书，赵小敏自己也捐了上千册图书。在各方面的支持下，一个命名为“红薯地图书馆”的山区孩子阅览室终于在2005年7月揭幕。这个边远的小山村里的小学生，第一次有了自己的“图书馆”。

为鼓励山区孩子努力上进，并帮助更多贫困学生继续读书，赵小敏个人出资，从 2004 年 3 月起，已连续 3 年在平北小学设立了“作文奖学金”。大力推动山区小学生注重写作表达，努力阅读求上进的风气。每个年级的第一名学生将得到赵小敏奖励的 500 元，目前已进行了三届的这个“作文奖”，赵小敏已成为山区边远小学生们熟悉的阿姨大朋友。

可喜的是，现在，她又我们捧出一本沉甸甸的、催人奋进的报告文学《黑马》，这是我们的作家深入教育战线进行采访、创作的又一丰硕成果，无论在题材、人物、内容上都非常独特。

古往今来，作家们写过多少英雄豪杰、帝皇将相、达官贵人、成功富豪，但鲜见有写普通教书匠的作品，更鲜见写一群普通中学的教书匠和他们学生的作品，现在我们看到了！文坛中杀出一匹黑马，令人振奋，令人感动，它以跳跃的、阳光的、充满青春气息的笔墨，浓墨重彩地为我们塑造出一个个活生生的人物和故事，赵小敏满腔热情地抒写大爱，抒写善良，抒写责任，抒写自强不息，抒写奋发图强。

她以一个女作家独特而细腻的观察力和表现力，真实动人地描写了以叶义基为校长的东莞光明中学的崛起过程，感人肺腑，令人神往。这是在东莞这片神奇的热土上演绎出的又一个神奇的真实历程。东莞正是因为有无数这样的神奇，才会出现飞速发展的千古奇观，才会令世人所瞩目。

祝贺黑马！

祝贺东莞！

祝贺光明中学！

祝贺赵小敏又为我们创作出这一部优秀作品！

认真观察，感受生命

《我的小猫豆丁》是篇感受生命热度的小文章，它的趣味来源于对一个小小生灵的观察和关爱。

感觉是感情的先驱，而眼睛的注视是人的最重要感觉，要唤起感情，第一步当然应该是认真细致的关注和长期的观察。现在的孩子们当然是非常幸运的，他们可以养宠物，与宠物交朋友，相比之下，我很惭愧，我小时也养过鸡、鸭、鹅、兔子，但我就没有与它们交上朋友，虽然我也常常观察它们，但由于肚子饥肠辘辘，当时一心只想它们快点长大，好早点下蛋或者可以杀掉以满足口腹之欲，当然也就谈不上关爱生命或者产生感情。

对可爱小动物认真和充满关爱的观察，可以产生健康的情趣，感受生命的活泼和力量，唤起对生活、对自然更博大的爱，这是健康正常人格形成的一条有效途径。这篇小学生文章的观察叙述之所以引起人们的兴趣，是因为它充满童趣。

儿童自有儿童独特的视角和趣味，可能也只有儿童才能真切表达出来而不失童真，文章不仅写出了小猫豆丁可爱的外表，也层层递进地写出了它的生灵性情，如不肯与母亲的同胞兄弟姐妹离别，它到新居后的“绝食”，它洗澡时的淘气和不肯就范，它与小主人建立感情后的乖巧有趣等等，写得趣味盎然，引人入胜。

文章要写得有趣才能吸引人、打动人，这正是这篇短文的长处。

执政幼稚期的记忆年轮

——程贤章的长篇小说《仙人洞》谈片

历史不是任人打扮的小女孩，而是镌刻在人类心头的记忆年轮，而优秀的长篇小说，也有可能成为这种年轮的一部分。

《仙人洞》，16 万字，薄薄的一本，但谁敢说它不是宏大叙事呢？它“硬撼”中国长篇小说经典林立的“土改”题材，记录了急风暴雨、翻天覆地中的一段伤痛和哀歌，它没有简单地“讴歌”或者“揭露”，而是以一个年轻的土改工作队员辉同志的视角，触碰了一个从坎坷血战中一路走来，终于取得亿万人拥戴地位的政权的执政幼稚期。

“仙人洞”无论从地名到流传的故事，都凝结着中国农民式的理想，但这种理想在没有与先进生产力和先进文化结合之时，是极易被扭曲、变形而变成怪胎的。“仙人洞”这个小山村，就是在极“左”思潮和“勇敢分子”陈冬的共同干扰下，新生政权除了竭力催生“耕者有其田”“土地还家”新制度这个“婴儿”外，平添了许多血污、泪水、痛楚乃至无辜的冤魂。

不错，积弱沉疴的中国需要一场急风暴雨的涤荡。“土改”是中国历史上最伟大的创举之一，它是共产党人开国执政之初解放和发展生产力的最宝贵的探索。然而万事起头难，革命的政党成为执政的党，肯定有一段时间有如婴儿艰难学步。我近几年因为创作上的原因，有幸接触了大量广东“土改”方面的素材，我深知，程贤章秉笔直书、触摸历史的年轮，需要极有勇气和良知。“土改”之初，中央指示广东作为新区，“土改”要温和与稳妥些，但革命有幼稚期，也会患幼稚病，执政何尝不是如此？终于，叶帅主持下稳妥渐进的“土改”被称之为“和平土改”，理性的务实政策碰上了全国“一刀切”的刚性思维，《仙人洞》中的工作组长宋火是政策水平甚低的干部，但因为他是“南下大军”，所以偏偏让这样的“南下大军”在各级领导层一夜间挂了帅，而熟悉本地情况，与群众有天然的血肉联系的广东干部却在一夜之间靠边站，当然，南下大军也有不少优秀干部，盲目照搬老区经验令大家都吃了不少苦头。横扫广东大地的暴风骤雨，使华侨众多、工商业相对发达、有对外开放基础的广东优势反而成为广东的劣势甚至罪名，除了程贤章写到的种种极端事例外，我孩提时见过的传奇人物莫雄（1891—1980），似乎能在更高的层次上说明我们执政幼稚期的曲折坎坷：在“土改”中，因为“粤北广大群众坚决要求枪毙大地主、反动军官莫雄”，起义将领莫雄险成刀下之鬼。殊不知，莫雄在中国几次革命浪潮中，是个对中国共产党人有极大帮助的特殊人物，作为孙中山忠实卫士的他多次为共产党人脱难消灾，其中最突出的贡献是：1934 年，他出席蒋介石的绝密军事会议，获悉了第五次围剿的《铁桶围剿》绝密，他即把此计划交地下党，中共中央接到情报后才立即下决心赶在蒋介石部署完成前主动撤出中央苏区，这样，才会产生后来震惊世界、彪炳史册的中国工农红军二万五千里长征。

就是这样一位为中国革命做出过重要贡献的爱国人士，却被当时刚刚调到广东的领导人批准枪决。幸得当时已经身处逆境的古大存得知后，心急如焚，立即向中央大声疾呼：刀下留人！这位连叶帅也称之为“莫大哥”的无名英雄，在命悬一线之中又得到当时中央主管情报工作的李克农同志的证实，才终于逃出生天，并在后来一直受到较好的礼遇，活到 89 岁高龄。

连莫雄这样有大功的人的命运尚且如此，更遑论“仙人洞”小山村的山野草民了。

读了《仙人洞》，我们能更好地领会这样一个道理：共产党人的执政能力并不是与生俱来的，其执政地位也不会是一劳永逸的。像我们读《静静的顿河》《白鹿原》一样，经常抚摸革命时期、执政初期幼稚历史记忆的年轮，对更深刻理解科学发展观，在今后更科学地理解以人为本理念、执行实事求是的路线政策和构建和谐社会，有着重要意义。

胸有真情总是诗

——读曹南才散文集《神奇的种子》

这是一本描绘人生轨迹的书，也是朴实无华、坦荡胸臆、一吐真情的书，更是将个性与激情融会于文字之中，直抒理想信念的书，翻开稿子，一幕幕尘封的往事重新呈现眼前，一股股熟悉的山风扑面，一声声充满诗情的吟唱有如天籁梵音，呼唤我奔向困顿而又向上的少年时代，呼唤我重新跋涉在井冈山步行长征路上的朱砂冲、黄坳、茨坪，呼唤我回到那三更灯火五更鸡的橡胶林，呼唤我再一次徜徉在“老童生赶考”后忐忑而欣喜地沉醉的大学校园里……久违了，这神奇的种子；久违了，这五彩的碎片；久违了，这难解的情结——天地有缘，我沉浸在这些文字带来的怀旧遨游中，放飞那回首人生的冲动。

就来也值得庆幸，我与南才的人生轨迹竟有一半几乎是近似的，不仅经历相仿，连喜欢读的书、喜欢唱的歌竟也相同，诚如南才在《亲人的蓝头巾在船尾飘扬》一文中描写的细节一样，一些来自域外的红色歌曲曾伴随着我们在贫乏和青春驿动的岁月煎熬和遐想，这首旋律优美动人但又很“洋气”的《海港之夜》更是我少年和青年时代最喜欢唱的苏联歌曲之一，但我却从来没想到过她的来历，读了南才这篇散文我激动不已，这首在中国传唱了几十年的歌曲竟诞生于德国法西斯残酷地围困列宁格勒的战火之中！令我更加惊叹她顽强而坚忍的生命力，试想一下，在那被敌军重重围困900天的一座孤城里，在炮火连天、每天都有人战死、饿死的悲惨时刻，有人仍在废墟里唱歌，他们不是在唱悲歌、哀歌、挽歌，而是在唱“亲人的蓝头巾在船尾飘扬”，这是何等的令人震撼？这种爱国主义、浪漫主义情怀是任何邪恶、残暴的势力都难以压服和摧毁的，因为，敢于在隆隆炮声中唱出这样浪漫情歌的人们，精神力量无比强大！

南才的散文总能勾起我难忘的记忆，又如《去年初七，那一刻……》这篇短文，写的是2003年春节过后广东那场惊心动魄的抗“非典”斗争，那一仗看不见硝烟，却与真实的战争同样惨烈，不少医护人员牺牲在抗击“非典”第一线上，南才当时坚守在全省指挥核心的信息中枢上，是运筹帷幄决策者的信息参谋和助手，全省各地每一处疫情的风吹草动都会牵动着他敏感的神经，而我则奔走在救死扶伤的第一线，守候在钟南山院士的诊室外，南才近距离地目睹了省委领导在大战中的指挥若定，我也曾进入那个似乎神秘实则普通的“指挥部”里，聆听来自中南海的声音。因此，我对南才这篇散文情有独钟，因为，他朴实的叙说引起了我的共鸣，他的笔墨也调动起我的情愫。

亲历者与普通阅读者的感受往往是不一样的。他的《难解的情结》，记录了他在步行串联艰难跋涉上井冈山时，与一个给红卫兵送水解渴的小姑娘的邂逅，我拜读后浮想联翩，我也是当年10万红卫兵被冰雪困于井冈山大事件的亲历者，在南才与小姑娘相遇的那些天，我也在漫山遍野向井冈山进发的行列中，在黄坳，南才遇到好心的小姑娘送来解渴的甘霖，我却吃到了步行两个月以来第一块肥猪肉，那是因为适逢1967年元旦，出人意料，当地公社接待站极其慷慨地破例杀猪招待来自五湖四海的红卫兵，每人分发了两块用酱油焖得红黑红黑的肥肉，那个香啊，令我时隔40多年也难以忘怀，另外又有一个消息像野火一样烧上山来，瞬间传遍了各红卫兵队伍：“文革”中迅速跃升的中央第四把手，那位曾经是广东人骄傲的政治明星陶铸，突然被打倒了！前几天在赣州、遂川街头还到处贴着“陶铸同志来电：革命造反无罪，镇压学生者撤职”的大标语，转眼间他自己却被撤职了，这种万花筒、走马灯式的变幻，令我无比震惊，深深领会了政治斗争的无常、残酷和充满戏剧性。

正如在南才在《模拟长征》这篇散文所写到的，井冈山上爆发了流行性脑膜炎，夺去了一些人的生命，周总理不得不派直升机送来药物，不料直升机降落时闹了个大误会，红卫兵传说是毛主席亲自来了，10万人齐拥向茨坪中心，一时秩序大乱，我在向直升机奔跑中目睹骇人一幕：一个青年学生被急速旋转的直升机尾旋桨打飞了脑袋，在半空中划出一条惊心动魄的抛物线！

再真诚纯洁的激情也会导致盲目、迷信和虚惘，再忘我奋发的激情也会导致悲剧，这是我们一代人在“文革”中的深刻教训。

坦诚、甜美地追忆似水年华，是南才散文的一大特点，他坦诚地直白地回顾自己的尴尬和窘迫，如在《难解的情结》中由于不肯把珍贵的像章赠给送水的小姑娘而文多自责，抱憾多年，让人读后能触摸到他透明的心境。他的笔触又是温馨而优美的，在描述母校中山大学时，文采流溢，意气飞扬，恰好我也曾在中大校园读过书，不过不是像南才那样读大学，而是读附属小学，南才的文字带着我回到少年，回到马丁堂里的胡闹，大竹园里的嬉戏，中大码头的观潮，大师门外的窥探，我们的人生总是匆忙而粗糙的，而回顾仿佛是治疗粗糙的手段，回顾儿时的快乐和童真，更是保持心态健康的必备良方。

体察入微的观察，在细微处流淌出真性情，也是南才散文一大特色，我很喜欢《小草龟的灵性及其他》这篇别具一格的散文，从龟、猴等动物写到人和社会风气，饶有趣味，文字生动活泼。《藏族小姑娘手中的零钱》写的也是凡人小事，却令人震撼，发人深省，都可称得上是散文佳作。

南才长年从事政务，给人印象是认真而勤勉，但他的文字却不时闪动出幽默和诙谐，如在《歪打正着》中那个伸懒腰举拳头喊错了口号的梁队长，叫人为他捏上一把冷汗而又忍俊不禁。《微服记》中，写作者跟随省领导方苞同志到粤东调查走私贩私和涉“黄”情况，活灵活现地描绘出足智多谋而又出手果决的高级干部形象，令人肃然起敬。《短信乐》中，挚友亲朋相互唱和的诗情画意跃然纸上，“他乡游子情如炽，稚趣童真似旧时”，叫人为那些电光石火式的文字智慧击节激赏。

《回到原点》一文也令我怦然心动：回到原点，就是回到童真……携几个当年的穷哥们苦农友，端杯把盏，穿越时空，回顾孩提的嬉闹，话说当年的无知，缅怀旧时的伙伴，重新回到那单纯宁静的世界，呼吸那毫无污染的空气——多惬意！多爽快！终有一天，我们会怀着真情，摆脱尘嚣抛却人生的各种染色体，回到那单纯宁静的世界——原点去的。

值得注意的是南才散文的思辨性，一篇《他为何“死无葬身之地”?》，是对罗马尼亚“改朝换代”历史富有思辨性的文字，权倾一时的齐奥塞斯库被政权颠覆者处决，以致家破人亡，作者对此发出深沉的追问。我也曾经访问过罗马尼亚，亲眼见过齐氏夫妇把富丽堂皇的一座宫殿建筑“恩赐”给罗马尼亚作协作办公楼，政权倒台后却变成黑手党经营的赌场，也听过该国作家发出过“我们一个晚上得到了自由，却失去了饭碗”的怨言，其世事沧桑也曾令我感慨良多。南才先天下之忧而忧，以忧民忧党忧国的拳拳之心，以罗马尼亚为镜，发出振聋发聩的盛世危言：

“为官立政，的确要以民为本。若为个人谋利，为个人立碑，而罔顾民生，侵民损民，当然要为民所弃。即使过去做过多少好事，也难免功亏一篑，招致历史惩罚。”

读南才文章，如同也将自己的人生珍藏重新淘洗一遍，我与南才同庚，只不过在新时期，命运的造化和神差鬼遣，将我们抛到两条大不相同的河道里，他从政，我从文，其实20多年中我们两家都住广州东山，直线距离不过只有几百米远，他的好友也大多是我熟悉的朋友，我们虽然难得见面，却常在朋友的言谈中神交，当然，在人生百舸争流的历练中，他是个勤勉踏实的泳手，蛙泳自由泳都力争上游，我却只会笨拙而不雅姿势的“狗刨”，不时还呛几口水，虽无惊险但总是力不从心。

尽管如此，我们仍有过共同的际遇，有着共同的性格，有着共同的名字——知青！

人是感情动物，散文是感情的奔涌流泻。很久没有读过如此像火山岩浆喷发般的文字了，在这本集子的结尾，南才展现了他澎湃的激情：

他们振振有词地大声疾呼：“青春无悔”！他们认为，“青春无悔”，不是无悔历史对这一代的不公，不是无悔该得而得不到的机会，而是无悔于自己的精神、品格、意志、理想，都是经过艰苦的磨难才铸成的。这是一笔不可多得的受益终身的精神财富。这笔精神财富，不但使成功者受益，也使无数的落难者受益，使得他们无论碰到什么苦难挫折，都不会妄自菲薄、沉沦颓废，即使下岗了、失业了、成为社会最底层的人了，依然不屈不挠、百折不回，凭双手继续创造美好的生活，或者把未来的幸福寄托在对下一代的精心培育上。即使有些人总有所不甘，但是，当那段经历已经成为历史，当那种磨难已经成为记忆，慢慢地反刍、慢慢地咀嚼，也不乏滋味。何况这代人年轻时就崇尚艰苦，视艰苦奋斗为英雄主义之举，视磨难坎坷为英雄成长之砥，因此，当淘洗完不幸的嗟叹后，留下来的便是艰苦与磨难的自豪感和光荣感！

语言滚烫火辣，充满不可抑制的激情。对知青这一共和国的特殊人群，作者总结出他们在时代风云中锻造出的性格三要素：坚定、豁达、刚毅，这是世界上可能仅存的以吃苦为荣、以自己艰苦经历为自豪旗帜的一代人，他们是承传中华民族“艰难困苦，玉予于成”品格风骨的中坚。

胸有真情总是诗，我愿做南才的同好者和同道者，因为，我们同属于献身的一代。

汇德邦广东高校诗歌大赛颁奖会上的发言

今天获邀出席汇德邦广东高校诗歌大赛的颁奖典礼，十分荣幸。我祝贺大赛取得成功，也祝贺各位高校的获奖诗人，从众多竞争者脱颖而出，获取殊荣，在这里我还要感谢汇德邦公司和中山大学团委，支持和赞助了这次高雅的文学活动。

我之所以将此次活动称之为高雅，是因为我国是世界上有着最悠久诗歌传统的诗歌大国，诗歌是我国灿烂文明的最值得骄傲的组成部分。而我们广东省，如今也有幸被人称作诗歌大省，因为我们有众多优秀的青年诗人，其中有大学生，也有在生产线上辛苦劳作的农民工诗人。

如果把文学创作比作艰辛的采矿劳动，那我说写小说就是开采语言的铁矿，而写诗，则是开采语言的钻石，正因为诗人们是开采钻石的，所以在文坛中显得特别高雅。

我是写小说的，离诗歌很遥远，我曾经说过，我对诗歌和诗人是很敬畏的，几十万字的小说对几行诗歌的精华、语言的钻石，这就构成了敬畏。西方人说，诗人是上帝的客人，上帝可以请诗人吃糖果，小说家们却没有这个福分。但我还想说，无论是写诗或写小说，其实都是在寻求人类感情的喷发，感情的积累越深厚、越炽热，能量越大，喷发起来就越惊天动地。不知道大家有没有经历过开采石油时的井喷？我在石油勘探队时就见过一次，深深地埋藏在地层下的油气一旦不受控制地喷发起来，连大地都在震撼、发抖，地下被压抑几亿年的能量冲天而起，真有种地动山摇的气势。文学创作其实也一样，要讲究感情的真挚与厚积薄发，强调感情深厚的积累和炽热的熔炼。自然界的钻石，据说就是在火山喷发时的高温高压下形成的，最优秀的诗歌恐怕也得在感情最丰厚最炽热的胸腔中产生。

现在有些创作理论，忽视了这一点，认为写好诗关键在于形式的翻新和技巧的精雕细刻，令很多青年过于沉湎于其中，白白耗费了天赋和才华，这是一种不幸。

西方哲人说过：人是会思想的芦苇，我想加一句，人是会思想、有感情、能创造的芦苇，只有思想、感情和创造，才能证明人是真正的万物之灵。我们之所以钟情于文学创作，是因为它是一种感情的熔炼喷发、精神的提升创造，它感情的丰富性和精神的独创性，是人的智慧标志之一。如果一件作品在技巧上雕琢得很精致，但是情感埋藏得很浅白，思想很单薄甚至猥琐，那它只能给个别人把玩，充其量只是小玩意儿，难当大器，更不可能引起大多数人的共鸣，通俗点说，是老鼠尾巴上长疮，再大也有限。

文学繁荣是衡量社会发展和进步的一个标尺，也是民族智慧的一个标高、社会文明程度的一个刻度。我们有幸生活在一个正在高速发展的中国，我们国家取得的发展成就，超越了几千年，可以称得上千古奇观、万古风流。真正有为的文学，对浸润人们的心灵、激发民族的自信心和想象力，潜移默化的作用是很大的。但是，在经济腾飞的年代，并不是所有事都一马平川、一帆风顺的。我们无论是写小说还是写诗的，如今都面临一个巨大的困境，也可以说是一个史无前例的机遇，就是我们正经历和面临着中国几千年的最大的一次转型，从上世纪末到现在远没结束。

我们到印度访问的时候，我们有些人包括印度很多作家，他们对全球化非常恐惧，认为全球化的最后结局是经济全球化，文化也全球化，那就会抹杀掉很多民族的文化，所有的文化最后像经济一样只能向西方的文化强权低头、被压缩消灭。资本全球化浪潮当然是要否定和抹杀文化多样性，而我们的作家诗人却必然要捍卫文化的多样性和丰富性，这是每一个有民族自尊和良知的中华儿女的使命。在这个人人都争相发展世界大博弈的格局里，中国正面临一次人类文明史上最伟大的博弈，这对我们民族和国家将产生无比巨大积极的影响，也会带来一些消极或不确定的因素，这种博弈将笼罩整个社会，笼罩我们的文化，我们每一个人都逃脱不了这种笼罩。我们写小说的和写诗的都在这种笼罩之中，我们发出的一种声音，也只能是在这种笼罩下发出的声音。

既然中国人按照历史的发展趋势，正与世界强权、国际资本作一场巨大的博弈。那什么叫博弈？博弈就是在一定的游戏规则里我跟你比拼智慧和发展，力争以小搏大，以弱胜强。以前搞阶级斗争、夺取政权、你死我活，基本上是没有游戏规则的，不是你死就是我亡。现在我们愿意在一定的游戏规则里跟对手过招，黑子白子互相吃，尽管这个游戏规则是人家根据他们自身利益制定的，但我们也得敢于过招，敢于比拼，敢于胜利。这就跟过去一味强调阶级斗争的你死我活有很大的变化，但矛盾的尖锐性依然存在，分分钟都有吃亏的危险，资本庞大力量对我们社会的全方位潜入、覆盖，令市场经济无孔不入，使整个社会发生重大变化，它必然会产生一些反弹，当然也催生在新的矛盾、新的希望、新的体制，所以整个社会变得更加复杂，更加纷扰、更加需要智慧。只要用大智慧把握住这一历史机遇，建设好社会主义的市场经济体系，我们中华民族就会更加繁荣兴旺。

在这种世界大激荡、大交融的大格局下，文学是大有希望的。当前我们国家每年出版长篇小说1000多种，诗集更是恒河沙数，但这是不是真正的文学繁荣呢？我觉得还得加把劲，要一步一个脚印前行，浮躁不得，张狂不得。文学真正的繁荣，是出作品、出人才，出传世之作，出大师。我们正处在一个催生大智慧的时代，文学正在呼唤着传世之作，亿万人正在翘首盼望大师出世，我们相信，有了良好的经济发展基础，经过一代一代人的不懈努力，我们这片曾经产生过无数不朽诗歌的热土上终究会产生传世之作，会出现大师。

祝愿各位在座的有志者成为更有思想、更有激荡丰富的感情，更能创造的大师。

用文学对行将湮灭的文化符号的一次执着打捞

——读谷雪儿的《纳西人的最后殉情》

读完谷雪儿的《纳西人的最后殉情》，我有点惊异，不知道是什么力量支撑她完成这一部作品。它不是诗情画意的散文，不是一般意义上的报告文学或者科学考察文献，而是一曲既有诗情画意又有惨烈幽怨的悲歌、挽歌，我想人们很难界定这本书的文体：它是一部文学作品呢？还是一部学术著作，抑或是文学性、学术性、社会性兼而有之的一种什么文本？我想，它或许是谷雪儿的一次文本试验，它是用诗性行走的田野调查，用大量翔实史料做原料的散文化编织，用生花妙笔的散文诗笔调描述的科学考察报告。

所有这些，其实都不重要。它是文学的，这就足够了。

试看这段文字：

每当夜幕降临，雀跃的青年男女捧着欢喜的心，飞奔到约定的河边或草坪。高原的星星和月亮几乎可以触摸，有时会觉得会扑到怀里，近得贴在脸上。四周除了静静地从雪山流淌下来的圣水之外，满山的杜鹃花成了见证爱情的使者……

但我欣赏地愉悦地读着这些美丽的文字时，升腾起一个古怪的念头：我们的美女作家，怎么能将鲜活美丽的文字与恐怖的死亡紧紧地联系在一起？她为何如此执着地义无反顾地去挖掘那些被世人所顾忌所讳莫如深所不齿甚至所痛恨的死亡方式，即便是美丽的死亡方式？

诚然，环顾中外，古往今来，文学总是偏爱这些“美丽的死亡”的，在欧洲，有莎翁的《罗密欧与朱丽叶》；在我国，有《孔雀东南飞》，有更广泛地在全国流传的《梁山伯与祝英台》。前年，我到上海，上海市人大邀请我们看了一出顶级班子演出的越剧《梁山伯与祝英台》，看得我从泪水涟涟直到在剧场里号啕大哭，搞得满场观众都伸长脖子看我，像看一个怪物，搞不懂一个老男人为何会对这种“美丽的死亡”如此上心，动情至斯。

道理其实简单极了：有男女，就有爱情，有爱情，就会有为爱情付出代价和牺牲，于是必定就会有殉情。这种殉情如果加上唯美的方式来表现，上升为一种文化，效果可能是灾难性的：会弄得我这样平日不怎样容易调动情感细胞的老男人情绪失控，如果效果作用于情窦初开的少男少女身上呢？幸好，如今开放，青年男女早将爱情视作渴了就要喝水一样简单，刀枪不入，把殉情早就当成老皇历扔到爪哇国去了。这就令我们很难作出判断：这是进步呢？还是一种令人扼腕的抛弃。

殉情作为一种文化现象，似乎总会行将湮灭的，没有必要当成圣物顶礼膜拜。世界上总会有千差万别的文化，这些文化发展总会在不同层次不同阶段各自发展着，它们可能会融合，也可能会各自顽固地坚守。从这个意义上看，我是不太认同谷雪儿在作品中对 1723 年（清政府“改土归流”，实行“以夏变夷”）这个特殊年份的不屑和谴责，我想其实文化的相互影响和融合，对纳西殉情文化的否定，或否定之否定，可能早在 1723 年之前就开始了，文化的融合其实对全人类来说，总有其积极的一面，为湮灭的文化唱一曲挽歌，可能是动人的，美丽的，但并不能阻止湮灭的发生。“流水落花春去也”，历史发展有其自身的规律，不以人们的好恶褒贬而转移。

尽管如此，我们仍对谷雪儿用文学对行将湮灭的文化符号所做的这一次执着的打捞行动，表示理解和敬意。

致五定文友

五定文友：您好！

很难挤出时间，拖了这么久，才拜读完您的大作，真对不起。

文友之间，探讨文学，我提倡直话直说、实话实说，不必客客气气地多讲拜年话。依我粗浅之见，您的小说，《河边》是原汁原味的底层生活扫描，真实得令人心里发紧。《白桃花》是一幅过去时代的湘西农村风情画，婚俗嫁娶、红白大事浸透了浓重的文化内涵。表现出您意图着力挖掘人们的不同时代和地域的生存状态的文化追求。

但是，我对如此丰富多彩和甚至有点光怪陆离的生活素材和原始积淀，被简单地处理成现在这样的两部中篇小说，总觉得不满足，太可惜了。它们本来可以写得更好、更精彩些。

一、此两篇写得太庞杂、太钟情于“原汁原味”和生活原始状态而缺乏艺术的提炼，人物写得太多，笔力自然就分散，原始状态的民风民俗由于不是全部都是精彩动人的，太多了反而会淹没了中心人物和故事，变成游离于小说发展之外的枝蔓，如《白桃花》文开头的洞房布置和唱“好话歌”，本来都是好材料，但都堆在一起反而给人什么都“一锅煮”的感觉，甚至从一开始的惊喜马上进入厌烦，太浪费了。为文之道，得有张有弛，浓淡相宜，写民俗也一样，尽管分拆开来觉得样样精彩，但都堆在一起就变成大杂烩。色彩处处浓烈会令人眼花缭乱，都是绕梁三日的高音就会变成刺耳尖叫，都是好感觉反会变成没有感觉。小说的中心是人物，故事和民俗描写应该围绕核心人物展开，如果失去节制，故事就没有张力，读者反而留不下很深的阅读体验和印象。中国画讲究“留白”，诗歌讲究节奏和诗眼，其实小说也一样，应讲究叙述的策略和技巧，进入故事角度要巧妙，要有节奏，开头要精彩，但也要预留给读者想象和体味的空间，吊住读者胃口。如果一味如数家珍地铺陈色彩瑰丽的民俗，半天进入不到故事和悬念中去，这种开头是失败的。

二、《白桃花》尽管故事很奇特，民俗文化色彩浓烈，风土人情很引人入胜，但主要事件是一个小误会构成的，这个误会太轻，有点民间戏谑成分，也太缺乏可信性，不足以构成最后那个悲剧结局，因此削弱了小说应有的冲击力和震人心弦的效果。

《白桃花》有些比喻和描写，不甚妥当，如出现南美吃人蚁和BB机等比喻，与小说故事发生的年代相去甚远，显得不伦不类。

三、从两部作品看出，您未能完全把握小说主要人物的性格刻画，经常游离开去。人物一旦性格特征不够独特和鲜明，小说的艺术魅力便大打折扣。

四、好的小说，不应仅是独特民间风情的罗列，也不应仅是文化现象的堆砌，更不应是底层生活原生态简单的陈列和展览，而应该力透纸背，把作家的思索和追求传递给读者，给人以启迪。两篇之中，《河边》隐藏了这样的追求，但没有深化下去。应该在浓重的污浊中让人看到真情、温暖和人性的光辉，这不是矫情、粉饰和虚伪，而是文学最能打动人的力量所在。一句话，人类是肯定需要这些的，反之人类生活将失去脊梁。

五、建议您先改好《河边》。要设计好一个中心故事，我想，如果写成几个年轻的农民工（他们都有不少缺点和毛病，有的甚至嫖妓）从红衣少女“卖处”和依裳的遭遇中良心发现，奋起帮助和解救比自己更可怜的女人们，可能会好看些，也更积极些，生活在被人蔑视和误解的最底层的人们，突然在困惑和倒霉的时候闪烁出人性的光芒，这是可以打动很多平时感觉麻木的读者的。

这两篇中篇都有相当基础，希望您能修改好它。写小说，千万不要怕修改。现在不少人自恃写得多，写得快，不愿修改作品，仿佛“一稿成”才能显示才华和“大手笔”。他们以为：我写得快，与其修改一篇小说，不如我多写几篇。这是一个误区，对年轻作者是个致命的坏习惯。其实，认真修改出一部打得响的小说，比飞快地写出10部小说还有用。修改的过程，就是掌握创作规律、语言风格和捉摸成功感觉的过程，写好小说有个“度”，只有不断修改自己的作品时，才可能掌握这个“度”，这也是一个作家成熟的过程。而放弃修改旧作，不断另起炉灶写新小说，往往是不自觉地重复旧有的生活体验、思维模式和创作误区，陷入一个怪圈，这是很多青年作家写作多年，不能突破和脱颖而出的原因。

以上可能是些废话，如不中听，统统忘却可也。

祝

大作成功！

2006年5月12日21时

文学评论理论卷

文苑对谈

林雄对话吕雷，共论作协体制、网络文学、打工作家

“甲：听说您是作协的？乙：你才是‘做鞋’的，你们全家都是‘做鞋’的！”这个网络段子，虽是一句戏言，却反映出数千人的国家文艺组织——中国作协在民间遭遇的“信任”危机和尴尬地位。

2003年，山西省作协副主席、作家李锐发表公开信，退出中国作协，此后，作协屡屡成为社会新闻的“贡献大户”，无论是郭敬明还是金庸“入协”，总能掀起舆论波澜。今年4月底，著名作家、“童话大王”郑渊洁高调宣称退出作协，公开抨击依靠财政拨款生存的中国作协，难以促进中国文学的繁荣发展。此事再度在全国上下引发新一轮“作协该不该存在”的大讨论。

“作协已沦为官僚机构!”“全世界只有中国作家要评职称、讲工资待遇”……“炮声隆隆”之际，中国作家协会主席铁凝曾斩钉截铁地回复：作协存在有一万个理由！然而，网络文学的遍地开花，却让传统文学写作群体，不得不直面来自虚拟世界的实质性冲击。

当网络为每个人都提供了便捷、平等的发表平台时，“作协”和“文学”该何去何从？如何引导网络文学，将之纳入文化建设的体系之中，与传统文学“各美其美”，共同发展？文学能否适应火热的现实需求，更好地发挥温润人心的作用？广东作协近年来的工作成绩，有哪些具有普遍启示性，还可以从哪些方面着手更臻完善？带着这些问题，2010年6月底的某一天，时任广东省委常委、宣传部部长林雄日前来到吕雷家中，拜访了这位广东文坛的著名作家。

吕雷，中国作协主席团委员、广东省作协副主席、著名作家。1947年3月出生于重庆，籍贯广东惠东。1986年毕业于中国作家协会鲁迅文学院，1988年毕业于北京大学中文系作家班。作品屡获全国优秀短篇小说奖、广东省鲁迅文艺奖、中国作协“庄重文文学奖”、中宣部“五个一”工程优秀作品奖、中国政府出版奖提名奖等重要大奖，曾入围茅盾文学奖终评。代表作长篇

小说《大江沉重》、报告文学《国运——南方记事》（均与赵洪合作）。

现场速写

把流水线上的工人培养成文学工作者也算“双转移”

林雄与吕雷的对话，紧扣“文学”二字，畅谈了作协机制与作风的革新、网络文学与传统文学“角力”、广东打工文学异军突起等话题。

谈话中，吕雷表现出老一辈作家对文学的敬畏之心和对年轻作者的关爱和期待，严谨中不失温情。吕雷说话质朴实在，态度分明。聊到网络上热议的“国家出钱养作家”问题，他坦言：“专业作家拿工资我认为是无可厚非的，‘养作家’这种说法是对作家的侮辱和不尊重！作家写文章，生产精神产品，为社会做贡献，就和大家在工厂、企业上班一样，付出了劳动得到基本工资有什么不对呢？几十年不变的低微稿酬只能作为勤奋写作的奖励。再说，历朝历代都有‘职业’的作家，李白不就是在翰林院任职吗？西方作家也有基金会、大机构解决生活问题啊。”

至于前段时间“童话大王”郑渊洁高调“退协”一事，他爽快表态：不过是出于某种炒作而已，每年都有成千上万人申请加入各级作协，作协来去自由，合条件的来者不拒，去亦不留！

谈话中，林雄对于当代文学的社会责任、网络文学的“堵”与“疏”、繁荣文学创作推动建设文化强省等问题，提出了自己的见解，肯定了广东作协近年来采取的积极措施和取得的丰硕成果。说到吸收打工作家入作协一事，吕雷笑言，作家也是需要职业培训的，把他们从流水线上的工人培养成文学工作者，也算“双转移”嘛！

作协应保留，“衙门作风”必须改

林雄：近些年“体制内”作家推出有分量的作品少了，使得作协的影响力和威望，在读者心目中有所下降。

吕雷：中国有两大“协会”是随便什么人都可以想骂就骂的，一个是足协，一个是作协。作协的当务之急是要“去衙门化”，摆脱“官本位”思想。

林雄：网络文学的兴起和迅猛发展，是近年来文坛最受关注的现象。网络文学不仅向传统文学的创作理念、题材、手法、规范等发起了全面冲击，还改变了读者，尤其是年青一代的阅读方式和阅读习惯。您对当前传统文学创作面临的新形势怎么看？

吕雷：我听说现在40岁以下的人，很多不看纸质的书了，这种情形在过去是难以想象的，是我们这一代人始料未及的。前段时间中国作协主席团内部也开会专门探讨了这个问题，基本上分为两派意见：一派很悲观，认为网络文学将取代传统文学，网络时代“文学”将严重变形；另一派意见则认为，网络改变的只是文学的载体，并不是从根本上要消灭文学，文学艺术的诸多功能，包括启迪想象力、熏陶情感、锻造思维能力等，都没有改变，而且还将长期存在，因为人们永远需要真正的文学。

林雄：在人们的印象中，作家这个“圈子”是有边界和门槛的。现在进入到全民写作时代，谁是作家谁不是作家，边界已经很模糊了。在这种情况下，不断有人对作家协会和专业作家体制提出质疑，有的作家宣称要退会，还有人干脆主张作协可以解散了，您对这个问题持什么态度？

吕雷：中国有两大“协会”是随便什么人都可以想骂就骂的，一个是足协，一个是作协，两个协会都是没有话语权可以回击的弱者。作协内部也是大致分为两种意见：一种认为作协已经过时了，可以取消了，我倾向于赞成第二种意见，即作协的功能应该保留，但现有机制、工作方式则需要改变。其实，最初成立作协的初衷是联系作家、服务作家，这个“桥梁和纽带”的出发点是没有错的。

为什么这些年作协体制频频遭到诟病？我觉得有这么几个原因：作协本来应该是一个面向全社会的专业性人民团体，相当于行业协会组织，但现在清规戒律太多，门槛太高，普通人要获得准入资格很难。而制定规则的人，给作家评定职称等级的人，反而不是作家。如今人人都在网上开博客，有的人自然会有一种不平衡的心态，凭什么你是作家我就不是？凭什么你能拿工资我就不可以拿？

同时，从作协内部来说，行政机构日益庞大，衙门气息太浓，作家本该是服务的对象，反倒处于从属地位。中国作协现在有好几千名会员，加上各省、市、县级会员更多了，但每年的经费很多都被各级作协机关消耗了而没有直接用在服务作家身上。

林雄：我想原因还有一点，近些年“体制内”作家推出有分量的作品少了，使得作协的影响力和威望，在读者心目中有所下降，甚至出现信任危机。尴尬是一方面，但问题要解决起来也不可简单化。我赞成您的意见，保留作协，但“衙门作风”必须改。您认为现在的作家协会该怎样调整改进其工作方法，以适应大环境的变化？

吕雷：回顾作协成立以来的历史，它的确为繁荣文学事业、促进精神文明建设发挥过积极作用，这一点是不能抹杀的，这些年专业作家拿出的作品，不是说都不好，也有不少好的。我觉得作协要“去衙门化”，摆脱“官本位”思想，首先就应当还原最初定位，精简行政机构，要旗帜鲜明地坚持“以作家为主”“服务团结作家”的方针；其次，向全社会开放，向那些有志于文学创作的年轻人敞开怀抱，引导他们的创作方向并促使创作水平的提高。

就这一点来说，广东省作协的老领导欧阳山是很有先见之明的。20 世纪 70 年代末，他从干校一回来就发现广东作家群体青黄不接，他说，每次一开会看见台下一片白发苍苍，心里很悲凉，于是赶紧向习仲勋同志主政的省委省政府申请了几十个专业作家编制，抽调了一批来自基层的年轻作者。我就是那时调入省作协的，其实当时我才发表了 3 篇伤痕文学小说，作协里面作家人数远远超过行政人员。这个举措当时震动了整个中国文坛，也说明广东文艺界的领导是很有魄力、敢为人先的。

放下身段向年轻人广发“英雄帖”

吕雷：针对年轻的文学写作者做工作，就得放下身段，经常过问关心他们，帮他们解决实际问题，不然人家干吗要理睬你作协啊？

林雄：网络文学良莠不齐，一些作品格调不高。对此，不必采取强制性手段，也不宜人为设置过多限制，最好的办法是将之纳入社会主义先进文化建设中来，使他们的创作既能保持现实生活的鲜活，又能朝着健康向上、富于建设性的方向发展。

林雄：我赞同您的观点，建设文化强省需要人人参与，作家协会需要吸纳新鲜血液，增强活力，起好桥梁和纽带的作用。广东省专业作家队伍近年吸收了魏微、盛可以、盛琼等青年作家，特别是广东的打工文学发展得很有生气，在省作协的积极扶持培育下，一批外来打工作家开始在文坛崭露头角，成为全省乃至全国瞩目的文坛新秀。请您谈谈这方面工作的体会。

吕雷：据估计，外省入粤劳动人口也即所谓外来工有大约 3000 万之多，这个群体中必定有相当数量的文学爱好者，我相信其中一定可以出人才。为什么呢？当年全国知青总数为1700万，现在中国作协主席团成员里面2/3都当过知青，有很多知名的作家都是知青出身，铁凝主席就是。所以我听说外来工群体里有一些年轻人写得还不错时，就提议去主动拜访他们，看看能不能给他们提供一些实际帮助和写作上的指导。

为此，我们对不同的青年作家个人和群体开展了思想上关心、创作上扶持、生活上帮助等多项工作，如多次举办学习班、名社名编约稿会、研讨会，组织采风和文学交流活动，为他们入会、安排工作、评定职称提供方便，给予一定的生活补贴，春节时登门慰问等等。省作协还在省劳动和社会保障厅的大力支持下，设立了“外来青工文学创作培训中心”。据我们目前的估计，有能力在国家级刊物发表重头作品的外来工青年作家，全省有40人至50人，他们是广东文学事业的生力军和接班人。

林雄：对于这些年轻的文学爱好者来说，需要一个组织，还有像您这样有心的前辈，把他们聚拢起来，否则可能就松散掉了，省作协做了许多实实在在的工作。那么对于网络作家能否借鉴培养打工作家的经验？这些年轻人不简单，听说一些网络作家年收入过百万，而且他们在网上直接面对读者，有作品，有粉丝，可以说有牛的资本，对于他们，你们老作家又是什么态度呢？

吕雷：是这样的。网络上很多年轻写手的作品是按网页点击率和流量收费的，其中有几十个人年收入可以过百万，甚至达到500万。但是，这些人真是一天到晚扑在网上写，写出来的东西有精品，但很多只能“浅阅读”，质量不高，甚至有的纯粹是垃圾。前两年中国作协鲁迅文学院办了首期网络作家培训班，原本以为来的人不会多，结果非常火爆！这件事说明，他们并非全然清高，他们也渴望自我提升、获得承认，对待真正的文学还是心存敬畏的。年轻人容易心高气傲，针对他们做工作，就得放下身段，不是仅仅摆出一个姿态，简单开会讲话了事，而是要认认真真与他们联系，要经常过问关心他们，帮他们解决实际问题，不然人家干吗要理睬你作协啊？

对打工作家群也是一样。王十月等青年作者一年在全国各级文学期刊发表中短篇小说20多篇。他们很有志气，专事严肃文学创作，完全依靠稿酬养活一家老小，生活很艰难，经常“等米下锅”，不少基础不错的作品来不及精心打磨就匆匆拿去发表，或者刊登在一些影响不大但稿酬相对丰厚的期刊上。长此以往，将难以写出精品力作。所以我们接下来计划与相关市委宣传部、市文联合作，在各个外来青工作家集中的地区争取更大支持，鼓励和吸引更多文学人才向创作条件好的地方流动、集中和定居，划拨出一定的创作生活津贴，帮助他们发表作品、结集出书。只有通过这些切实的工作，让他们真实感受到“作家之家”的温暖，才能增强作协的凝聚力和向心力。

林雄：您说得很有道理。比起打工文学，网络上的作品问题更复杂，除了良莠不齐之外，一些作品格调不高，灰色、黄色基调比较突出，这里面就存在一个思想水平、社会责任和道德素养的问题。对此，不必采取强制性手段，也不宜人为设置过多的限制。最好的办法是争取将他们纳入社会主义先进文化建设中来，使他们的创作既能保持现实生活的鲜活，又能朝着健康向上、富于建设性的方向发展。对他们来说，官员是没有号召力的，那么谁来做这个“登高一呼”的工作？新一代文学领袖吗？时下流行“网络问政”，如果我们想把网络文学作为建设文化强省的重要方向，是不是也应该请网民代表开个会，听听他们的建议？作协是否应该做这个工作？

吕雷：应该的，网民的意见很重要。我想强调的是，价值观的引导是一个漫长的过程，不是搞个培训班发个结业证就完了，关键还是要发挥我党传统优良作风：将心比心，多办实事。年轻人有他们的长处，也存在这样那样的不足，写作不仅依靠生活的积累，也有赖于感情资源的积淀，从经验和阅历来说，老一辈作家是值得他们虚心学习的。让年轻人在指引下看到光明的前途，让他们觉得有奔头，有一个努力的方向，而不是一盘散沙，自生自灭，才能一茬茬地接连出人才。对于年轻后辈，我们应该始终抱有信心和希望。

外来工更需要社会关怀和心灵滋养

林雄：打工群体是广东建设经济强省、文化强省、法治社会、和谐广东的重要力量，他们不能安居乐业，广东建设和谐社会就无从谈起。

吕雷：建设文化强省，当以文学作为源头，只有文学这个根基实现了繁荣，才能带动文艺事业的全面兴盛。

林雄：刚才说到外来务工人员，富士康的事情发生后，很多人呼吁要对年轻的外来务工人员给予更多的社会关怀和心灵滋养。除了对他们加强心理疏导之外，我在想，文学能不能适应火热的现实需求，为普通劳动者输送精神食粮，更好地发挥温润人心的作用？我认为这件事值得一做，因为打工群体是广东建设经济强省、文化强省、法治社会、和谐广东的重要力量，他们的生活没有保障，广东就算不上真正富裕，他们不能安居乐业，广东建设和谐社会就无从谈起。

吕雷：10年前，王十月他们还在深圳宝安打工的时候，就专门为打工群体办过杂志，然后将杂志运到各个工厂门口去卖，结果所到之处大受欢迎，其中就有富士康深圳园区，这说明农民工很需要文学的温润。现在宝安有七八个街道办事处有自己的作协，有经费出杂志，大多数都是办给外来工看的。广东作协也在考虑这个问题，比如不定期在《作品》青年专号上刊登打工文学专题，反响很好。事实上，打工文学不仅具有社会意义，商业运作的潜力同样很大，像王十月去年推出的《无碑》就是讲述最底层的打工者摸爬滚打历尽坎坷的故事，书一出来，马上就被一家公司买走改编权，要拍影视剧，而广东还“看不上”这种题材呢！

林雄：现在无论是影视剧还是舞台剧，好的创意和剧本非常稀缺，千金难求。我注意到北京上海等地有许多影视文学创作工作室，专门承担编剧及改编的任务。我们能不能借鉴这种类似工作坊的创作机制，或者搞个青年作者沙龙，大家不定期聚一聚，针对各种热门社会现象聊一聊，好像“头脑风暴”一样，说不定在碰撞中就能产生灵感火花，用文字捕捉下来就是一个很好的本子。我们可以把广东有价值的人文题材挖掘出来，有计划地形成故事，然后买断版权，改编成影视剧本、话剧、小说等，这个产业链可以拉得很长，把各种不同艺术门类打通，相互融合，后续运作的空间很广阔。您怎么看？

吕雷：深圳那边已经把建立作家文学影视工作室提上日程，打算为知名作家提供一笔经费，由他们自己自由聘请助手，帮助收集素材，分担部分案头工作，一来减轻作家负担，二来也可以培养新人，就如同博士生导师带着学生搞课题研究一样形成一个团队。话说回来，文学创作本质上是私人化的个体生产，工作室制度可以作为一种探索模式。也可以先由那些风格相近，彼此认同的作者合作成立工作室，大家共同商量出一个故事大纲，然后分别委派不同专长的人执笔完成剧本或者小说。无论采取何种方式，都必须坚持作品的文学性。

广东作协还在筹备，打算建立一个广东文学馆，展示、宣传岭南有史以来的重要作家作品，市民可以在这个公益性场所里参观、阅读、听讲座等。总之，我认为，建设文化强省，当以文学作为源头，只有文学这个根基实现了繁荣，才能带动文艺事业的全面兴盛。

（专题撰文：南方日报记者郭珊）

要让作品经得起历史长河的淘洗

——吕雷答问

问：请谈谈你这《国运——南方记事》本书的写作经过？

答：2003年，我和赵洪写长篇小说《大江沉重》获了中宣部“五个一”入选作品奖和入围茅盾奖初评后，有领导建议我写一部有关广东改革开放中起过重要作用的一些领导干部的报告文学，我们商量后决定接受任务，从采访、写作、修改到出版，一共搞了5个年头。我们到了粤东、珠三角、广州、深圳、珠海等地采访、搜集资料，慢慢地我就理出一个思路：中国的改革开放是广东开始的，广东是主试验场，所以广东的成败得失，也关系到中国命运。胡锦涛总书记在十七大报告提出“改革开放是决定当代中国命运的关键选择”后，我写这本书的主旨更加明确，就是：叙述广东百年历史风云和几番发展机遇得失比较，解读广东为何会成为改革开放先行一步的主试验场，打造出千古奇观。以我们的身份和能力，写这样的“大书”有点狂妄，但我们的想法得到有关领导的大力支持。

于是我们就以人物为主线，以改革先驱们的命运作为经，把在南方的风云变幻、大小事件、人物经历、甚至市井轶事为纬，把它们编织起来，试图把它编织成像美国曼彻斯特的《光荣与梦想》那样的历史叙述，一种非小说类的史志式的作品……

问：这部报告文学的材料主要是以采访与资料结合方式获得的？

答：以采访为主，我们采访了大量干部群众，资料性东西为辅，阅读了上千万字的资料，所以书的后面我们列举了大量的参考书目。我们也采访了多位曾任省级领导的老同志，他们回顾广东改革开放历程都十分激动，有一位老人带病接受采访，原定谈半天，但一谈就一发不可收，一连讲了5天，说到动情处，双泪长流，令人动容。

问：中华人民共和国成立后，广东地方史（党史）还缺乏一本贯通始终的大书，我觉得你这本书某种程度上起到了这么一个作用。写广东地方史（党史）有难度，似乎要涉及不少有点敏感的人和事，你在这部报告文学中是怎么处理这些人和事的？

答：我们从中央已经有定论的文件入手。比如说关于“和平土改”，叶帅去世以后，胡耀邦代表中共中央致悼词，电视我们都看了，记得当时耀邦同志突然提高声调说了一段话，说叶帅在处理广东土改的问题上的做法是正确的。我们就把这一段拿出来，胡耀邦代表中央盖棺定论了嘛，我们就根据资料把它作了补充和呈现。

问：你的这部作品中文学和历史的比例是多少？其中也引用了一些有关广东地方史（党史）的亲历者包括他们的子女现在的回忆文章，这种资料的引用的可靠性如何？

答：你不能完全将纪实性文学作品当作历史，它不能完全代替历史结论，历史亲历者口述往往是不一样的，甚至会有误差，同一史实，甲说的与乙说的可能出入很大，但总体来说，它可能会更客观地成为历史的呈现、解读和一种补充，可以帮助人们理解历史，把握真相，让人们知道它的多个侧面或背景，它有很多不为人知的资料，甚至有某种史诗性，但绝非结论。

问：你引用的历史资料，会不会因为种种原因，最后不得不舍弃？

答：有啊，我们掌握了大量材料，作品初稿写了近100万字，但出版时只用了55万字，几乎浓缩了一半，前面引用了土改时很多资料、统计数字，说明广东土改是必要的，但广东又有与北方不同的特殊性，华侨多、工商业者多、起义将领多、公偿土地多，等等，叶帅他们制定了很多政策，现在来看，都是对的，说明我们的开国将帅们开始执政时不乏理性之光，但后来因为“反和平土改”，当时广东的华南分局受林彪为首的中南局领导，中南局认定广东的土改太“右”，因此在很短的时间内，所有主要领导都换成了南下干部和南下大军……

因为篇幅所限，出书时涉及方方、古大存、冯白驹、吴有恒等人的很多材料也删掉了，很可惜。

问：在你的这部作品里面，有没有试图对一些历史上的人和事作一定的反思？

答：写历史事件，肯定会有不同的意见，但是作家要站在大的历史的发展趋势来看。我们觉得中华人民共和国成立初期，广东土改如果搞得比较理性、温和一点，比较注意政策，就能抓住广东的发展新机遇。但不幸没抓住，所以，我们书上有一句话就是“执政的步伐刚走出一两步，就在严酷的风暴中向‘左’偏斜……”如果按照最初制定的政策来做、来发展的话，广东的发展也许就会好些。

对这部书肯定会有不同的意见，批评也是一种关注，那我们也觉得荣幸，并能坦然接受。我们比较欣慰的是，这本书获得“中国改革开放报告文学奖”，从1978年徐迟的《哥德巴赫猜想》一直到2008年，30年共评出29部，说明中国文坛对它还是有较好的公正评价。

问：现在全国的报告文学创作好像不如其他文体的创作，广东呢？

答：广东的报告文学其实不弱，有一些在全国一流的高手、名家。杨黎光的报告文学在全国有很重要的位置，他连续三次获得中国鲁迅文学奖的报告文学奖。而且，广东处于全国改革开放的前沿，既是排头兵也是文学大富矿，可以作为报告文学素材的“坚料”羡煞外省同行。

但是，相对于广东这个大富矿来说，我们广东作家的政治敏感度、学识素养、理论勇气还是不够的，像杨黎光这样的优秀作家还是太少，报告文学有特殊性，它需要一种客观公正的历史观，需要有敏锐的观察力，这跟写小说不一样，它跟新闻比较接近。但是你完全靠搞新闻的那套来也不行，它需要更宏大科学的历史观，像徐迟的《哥德巴赫猜想》，他就是在很恰当的时刻，抓住了非常重大的历史命题：在一个百废待兴的时候，怎样对待人才？它几乎是与全国科学大会同步出来的，给全国知识分子一种如释重负、重获新生的感觉，为全国知识分子、文学青年吹响了号角。

报告文学还要重视人，塑造人，否则的话，你很难去吸引人，但它塑造人物的手段跟小说很不同，小说人物是虚构的，但是报告文学必须重视真实，不能写假人假事，否则读者不会买账。你可以调动各种艺术手段来塑造，但你的材料必须真实，作家还必须懂得历史，从历史的细节和人物言行来观察他的内心，挖掘他行为的逻辑，否则你的报告文学不能打动人心。

问：20世纪80年代中后期，一大批作家写的报告文学风靡一时，他们的报告文学跟你刚才所讲的抓住大的历史观好像略有不同，更偏向于揭露，好像属于另一种类型。

答：从历史观上他们并不是另外一种类型，他们只是比较关注焦点问题而已，比如刘心武，他写过一个名篇《519长镜头》，就写中国足球队在北京败给香港足球队引发了中华人民共和国成立后首次足球骚乱，他其实也是从一个大的历史角度写了引发社会情绪的关键东西——人们的关注焦点，社会焦点。

问：这些年出现了一些主旋律报告文学，这些报告文学往往是在政府号召之下写出来的，洪灾来时写抗洪，雪灾来时写抗雪灾，地震来时写抗震，你如何看待这种报告文学？

答：这种报告文学起了新闻起不到的深度剖析作用，例如广东抗"非典"时出的《护士长日记》《守护生命》，都起了很好的作用。不能否定或者排斥这种作品，所谓主旋律，就是要在大灾大难时提振民气，这是社会一种正常的反应和需要，而歌颂灾难中的英雄行为、英雄人物，对任何进取的民族和国度都无可厚非，但是，如果说报告文学就只应局限在这种作用上，那也未免太过于偏窄。

问：整体上，报告文学在公众视野中似乎不如诗歌、小说、散文等文体，在公众视野中好像已经消失了。为什么？

答：我不太赞同你这种观点，好的报告文学还是有读者，还是会引起强的社会共鸣。20世纪70年代末80年代初，全民都读文学作品，人人都梦想当作家，这样的时代已经过去了。但是一些好的文学作品还是会有读者。奇怪的是，一些报刊因为篇幅关系，对一些报告文学不关注，把它的地位降低了，这就是一种偏向，其实读者还是需要好的报告文学。比如前些年的《长征》，这部报告文学一出来，发行量很大，影响很好。

问：报告文学最热的时候是在新闻还不发达的时候，因为报告文学起到了一些新闻起不到的作用，现在新闻发达了，新闻的快捷和海量的报道，对报告文学形成巨大冲击。

答：不单只报告文学受到了冲击，包括小说在内的所有文学门类都受到新闻的压力，包括网络的压力。但报告文学是起补充作用的，它提供网络等新媒体所无法承载的深度阅读。

报告文学是否边缘化了？有待研究，但它可能会跟某种文体融合，变成一种政论性的、向欧美国家畅销的非小说类读物那个方向靠拢的夹叙夹议的文体，作家本人的政治观点、理论倾向、历史视角融合在叙述中。这是新闻代替不了的，这样的一种文体，会走到哪里去？还很难说。

问：长期以来报告文学采访难度大，吃力不讨好，耗时长，等写出来后可能时效性已经过了，难道现在还有人在努力地写报告文学？

答：有，相当一部分作家还是愿意写。在北京，还有一大批优秀的报告文学作家。广东杨黎光今年就推出了新作《中山路》，叶曙明、林贤治的作品也很引人注目。

问：据说，20世纪曾经红火一时的“打工文学”近些年又被提出来……

答：打工文学在20世纪80年代末已经提出来了，近几年来，文学界有些新的口号——“贴着地面行走”“底层写作”，等等，其实描述底层生活的作品什么时候都有。像我们当知青时，就有“知青文学”。这种命名方法似乎是评论家为了评论方便，往作品上贴上一个标签，好归类剖析而已，像“知青文学”“寻根文学”“80后文学”“90后文学”……这是一种评论家的方法，能起多大作用，见仁见智。

“打工文学”在当下似乎有大量作品存在，但是如果把它作为一种标签的话，就容易形成一种边界，文学形成一种边界往往是衰亡或江郎才尽的开始，而我个人觉得文学不应该有边界。

现在有一种错觉，写打工文学的人就叫“打工作家”，他们就似乎不能书写其他的体验，只能老老实实地写打工生活，否则就不再是纯粹的“打工作家”了。

任何标签，我都觉得很容易贴但效果不太好，包括“农民工”这个词，我当全国人大代表的时候，连续两年都提建议，说“农民工”称谓不科学，暂时过渡用一下可以，但以官方称谓固定下来负面作用较大，所有的到城市里打工的人都叫“农民工”，容易产生歧视。世界上通常都是以职业为称谓区分，他干什么就叫他什么，到工厂做工就叫工人，到商店卖货就叫售货员、店员，写作的就叫作家，哪有叫什么“打工作家”“农民工委员”的？在职业身份前加上“农民”“打工”二字就把几亿人人为地分了等级，这都是标签的滥用。

问：郑小琼、王十月，他们成名之前是打工的，因此就把他们的作品归类为打工文学……

答：有些这样的作家，他原本就是打工的，写打工出了名，后来他想扩展一下自己的写作空间，写一些别的东西，他不写打工，写城市生活、白领、老板，应该是可以的，但是有评论家就批评了，说他背离了原来的方向，说他急于向主流文学靠拢，这实际上是一种歧视，他是打工出身就写打工文学，柔道出身就写柔道文学，不能写其他东西？一辈子只能写这个？那高尔基就该叫

"流浪汉作家"？这不行嘛。

问：这涉及文学的命名问题。你认为为什么会这样？

答：我觉得评论家贴标签是评论家的自由，这是为了他工作的方便，也可能他贴了标签以后，就有了话题，有了话题以后就有了话语权，有了最早的话语权就容易成为这个领域里面的权威，评论家们可以按照这样的路子来发展，但作为作家，不应把这标签作为荣耀，而应该有怀疑、反思、突破的勇气。

问：贴标签的背后是话语霸权的问题？

答：不一定。有时贴标签对作家们反而起到一种促进作用，相辅相成，你给某作家贴上一个打工作家的标签，他其实心里面不满的，他想拼命突围，突出标签的限制、边界。评论家大可以继续贴标签，但作家们照样是自己在突围和挣扎，所以标签可能也有点用处。

但大理论家并不贴标签，像俄国的"别、车、杜"，他们分析共性更关注独特个性，所以他们能在黑暗中因人而异地给作家点拨路向，成为俄国伟大作家们的良师益友，也崛起了俄国的文学高峰。正所谓"一花一世界，一树一菩提"，文学是最强调个性和独特的，你用一个标签把同龄的或相近的作家"一锅煮"了，这就有点违反文学规律了。事实上，伟大作品是很难贴标签的，它往往是各种文学标签的另类，是鹤立鸡群、一览众山小地自立于各种标签之外的，像《红楼梦》《战争与和平》《静静的顿河》等，你怎样给它贴标签也不准确，于是人们只好给它戴上某某主义的巨著、经典等帽子。反过来，容易被贴标签的作品往往难于成为伟大的经典。

问：会不会有一些作家可能喜欢这种被命名，认为给评论家贴上一个标签就是成功啊？

答：有，肯定有，某评论家说他是什么什么作家，他还会沾沾自喜，这种作家很难会有出息。像我们当年写"知青文学"那些人，有几个现在还在单纯写上山下乡？没有了。当年写"伤痕文学"的作家，现在还在写吗？有作为的作家，肯定要挣破那些标签，进入一个新的领域。

问：你觉得文学的成功的标志是什么，是贴标签成功呢，还是获奖成功？

答：我觉得都不是，能得到评论家的好评，作家当然很高兴，作品在评论家的批评下，受到更多人关注和承认，这也是评论家的巨大贡献。但是，最重要的是作品要在历史长河中经得起淘洗，能留下来，你必须要塑造出实实在在的人物，你获什么奖都没用，你贴什么标签都没用，你弄个贾宝玉、林黛玉、薛宝钗出来才有《红楼梦》，只有塑造出长久活在人们心灵里的艺术形象才是真正的成功，曹雪芹写《红楼梦》后获过什么奖？什么奖都没获过。

问：现在广东文学自我感觉相对安静一些，是不是？

答：相对而言，广东青年作家实力是很强的，他们已经引起全国文坛的瞩目了，这得益于改革开放后的大批入粤文学发烧友。广东作家为什么容易被人忽略？我觉得有两点应该引起反思，广东一些较成熟的作家，包括我自己，创新的勇气不够，容易局限于、满足于自我生活经历体验，驾轻就熟，没有勇气碰更大更硬的题材、进行更有难度的探索。我常说，上帝造人，作家的职责也是造人，作家要有当上帝的勇气，不管你塑造的是好人、坏人、还是中不溜儿芸芸众生，你都有责任把它造得活灵活现，塑造得让更多的人来接受他。现在我们甘于平庸，满足发表，不敢冲击一些更高难度的写作，害怕驾驭一些更难的题材和塑造一些更复杂的人物，没有勇气写出更能够引起人民共鸣的命运和故事。（这是不是生活缺乏自信的关系？）对，还有一条是缺乏激情，过于世故。另外，广东的市场和资本活动能量大，各种诱惑太多，作家们比较浮躁，未能潜心去思考、研究、体验，急于发表，以发表为目标和成绩，也造成满天星星难见月亮的困境。作家要有才华，也要有勇气、激情，还要付出辛劳。有人都觉得广东没有文化，是文化沙漠，这种言论一直存在，其实，这也是一种歧视，广东不少作品到了北方受到一些莫名其妙的指责……总之不太认同，认为你的文化理念跟他们不太一样，这是哪个地方都会有的，但这不是主要的，关键还得靠自己拿得出过硬的货色。

广东作协吕雷对打工文学的意见

广东作协一直对打工文学比较关注，也一直在采取多种方式帮助打工作家，给予他们生活上的关心，更注重对他们创作质量的提升。

近日，看到一则消息，称因获2007年人民文学奖而备受关注的四川“打工诗人”郑小琼拒绝了东莞作家协会的聘任，执意继续自己的打工生涯，理由是底层打工者的耻辱感让她不会麻木，而打工的疼痛感则让她能够继续写诗。

记者：您作为广东作协的专职副主席，一直在为打工文学的发展尽责，经常深入到打工作者当中；同时作为人大代表，也在许多场合呼吁社会上更多的人关注打工文学。想请您就以下几个问题谈谈自己的看法：

1. 您如何看待郑小琼的选择？

吕雷：郑是东莞市作协理事，本人正在申请加入省作协，有些媒体针对作协体制进行炒作，用大字标题耸人听闻地散布所谓“郑小琼拒绝加入作协”，是毫无根据的，郑本人也已经在网上发表声明，加以澄清。她是一位很有思想、很有创作冲动的青年女作家，诗也写得很好，在选择到市作协机关工作，还是留在工厂第一线上边打工边写作的问题上，她选择了后者，我认为她完全是从个人良好的创作愿望出发的抉择，无可厚非，说明她的写作完全不是为了“饭碗”，是作为自己情感的一种表达，一种天职，我们应该尊重她的这种选择，并尽可能帮助她更好地创作，发挥她的才华。

2. 目前您所了解到的打工文学究竟处于一种什么境况？创作水准如何？

吕雷：据我所知，目前外省入粤劳动人口，据省劳动和社会保障厅估计为2300万人，加上本省不发达地区进入珠三角等城市务工的农业人口，据东莞、深圳、广州和各地级市估计人数相加，不完全统计有3000万人，而且大多为

18 岁至 40 岁的青壮年，相当于广东全省劳动力近二分之一，青壮年劳动力的一半强，这个数字也大概等于第二次世界大战交战各方的兵力总和。他们以血肉之躯投入改革开放前沿的建设，创造着全球无与伦比的竞争力，他们是广东省建设经济强省、文化大省、法治社会、和谐广东的重要力量，他们未小康，广东难富裕，他们不和谐，广东难和谐，广东改革开放的成果他们也应当分享，他们之中有各行各业的人才精英，更有不少热爱文学的青年作者，这些青年作者来广东后经历过多年的基层历练，近来开始在文坛上崭露头角，成为全省乃至全国瞩目的文坛新秀。如东莞的青年诗人方舟、郑小琼、柳冬妩，作家曾明了、汪晟，塞壬，深圳的王十月、张伟明、吴君、于怀岸、卫鸦、戴斌、谯楼、丁力、曾楚桥、叶耳、宋唯唯、谢湘南、魏勋、杨文冰、谷雪儿、央歌儿、梅毅、秦锦屏，珠海的裴蓓、天蓝，佛山的盛慧、董春水，广州的黄金明、蒲荔子、徯昑等，都在全国及各省级文学刊物和出版社发表和出版不少作品。据我们估计，这种有能力在国家级刊物发表作品的入粤或进城务工青年作家，全省有五六十人，他们将是广东文学事业的生力军和接班人。在这一作家群体中，曾明了和汪晟双双荣获第七届广东鲁迅文学艺术奖的中短篇小说奖，实现了东莞夺取省级文学大奖“零的突破”，获得东莞市委、市政府的重奖；广州的黄金明、蒲荔子，东莞的方舟，深圳宝安的张伟明、吴君、秦锦屏等人因创作成绩突出，被吸收到省、市、区级的报刊和文化部门工作。深圳的王十月在 2006 年国家级文学期刊《人民文学》的 4、5、6 期上连续发表三篇作品，为近年罕见，中央电视台因此派出摄制组采访他，并在关注农民工的栏目上播出了 20 分钟介绍他的专题节目。王十月的成绩鼓舞了深圳一批务工的文学青年，他们辞去工厂工作，聚居在深圳宝安的 31 区，发奋专事严肃文学的创作，尽管失去了固定的工资收入，生活颇为艰难，但他们相互激励，相互切磋，乐此不疲，去年一年，王十月、于怀岸、卫鸦等人均在全国各级文学期刊发表中短篇小说 10 至 20 篇，并有不少发表在国家级和知名省级刊物上，这种创作量和发表量，已经达到或超过了专业作家的水平。

我觉得，所有文学创作，都不过是生活的积累和感情的喷发，他们是目前最有积累和最能喷发的一群，不可小觑。

3. 打工者是一个十分宽泛的概念，每个打工者日常的生活境遇是各不相同的，有的人身处底层，也有不少人是身居白领之位，不同的打工者对于文学的认知肯定也不尽相同，您能谈谈应如何认识他们的生活处境及各自的文学追求吗？

吕雷：“打工”这个词是广东人的发明，打工者并不单指体力劳动者，连香港特首曾荫权都誓言“要打好这份工”，可见公务员也应列入打工者的行列中的。现在统称的“打工文学”，或“农民工作家”，等等，其实都不大科学，暂时没能找到更好的称谓，只好姑且称之而已。广东有些中青年作家，事业有成，挣够了钱，辞职回家埋头创作，像丁力，每年都拿出好几部长篇，还可以到处去讲学。有些青年作家，有人每月出五六千元高薪请他，他们也不屑一顾，他们把创作时间和自由度看得比金钱更重要。但其中大部分青年作家，生活是比较窘迫的，处于一种“等米下锅”的境地，为了更快拿到稿酬，他们不少基础不错的作品来不及精心修改打磨就匆匆拿去发表，而一些大刊、名刊发表周期长，稿酬低、支付慢，给他们带来不少困厄，手头一些好作品也只好发在一些影响不大的低端期刊上，长此以往，将难于写出精品力作，不利于他们创作水平的进一步提高。由于他们的户籍在内地各省，创作却在广东，他们要求加入省作协、中国作协，也遇到一些门槛，他们的子女入学、医疗保障上，也有很多困难。对这些有才华和发展潜力的青年作家，很需要给予最低的生活保障。

同时，这一青年作家群体的创作思想、文学修养也有待提高，文学视野也应进一步拓宽。深圳市文联和作协近年来做了不了卓有成效的工作，为他们提供了很多帮助，如组织他们参加文学活动，参加军训，最近还计划组织他们出国采风等，这都是具有首创意义的。近年来不少国内有影响的文学评论家和专家学者，对入粤和进城务工的青年作家颇为重视，我们对他们的积极帮助表示衷心感谢。

4. 广东作协对打工作者都给予了哪些方面的帮助？有些作者希望得到文学水准上的提升，当然也有一些作者希望通过文学改变自己的生存环境，作协针对不同的作者，可以提供哪些切实的帮助？对于不同需求的作者，什么样的帮助对他们的创作更有效？

吕雷：我们省作协也加强了对这些青年作家的培训，如举办小说班、诗歌班等，力求提高他们的思想、文学修养。举办一些重要的文学会议、活动，尽量邀请他们参加。最近我们还准备实施一些具体办法，对解决他们生活上、创作上的实际困难给予一些力所能及的帮助。

5. 广东是经济发达地区，打工者人数众多，打工文学有一定的存在市场。对于全国其他地区尤其是经济欠发达地区，打工文学又处于一种什么状况，能谈谈您所了解到的情况吗？

吕雷：对全国各地的情况，我所知不多。

6. 请您谈谈其他一些打工文学创作方面您认为值得深入探讨的问题。

吕雷：对不起，我暂时没有思考过这个问题。我觉得在评论和组织工作联络上应尽快加强，特别是要加强正面的思想引导、生活上的关心爱护，组织上的团结凝聚。

7. 其实，以往也有不少作者在作品中描述自己在异乡的漂泊经历，尤其是到大都市的生活引起的心理变迁，不过形成创作集团优势且引起文坛的广泛关注，广东应是有代表性的。以前也有一些论者提出，有的作者改变了生活境遇，对以前生活的书写往往是回忆性质的了。我们本无权对作者改变生活境遇的选择说三道四，但仍希望作者不论以怎样的方式书写或是书写何种题材，都要写出人性的深度、灵魂的深度。您是著名作家，又是作协领导，想必会对此有较深的感悟。如方便，还希望您能拨冗就上述的问题谈谈自己的意见。另外，如果您了解还有什么人对打工文学有研究，也请予以推荐。

吕雷：深圳文联副主席杨宏海同志对此有深入研究，请不妨采访一下他。

文学标签的滥用

——吕雷答问

问：20世纪曾经红火一时的“打工文学”近些年又被提出来……

答：打工文学在20世纪80年代末已经提出来了，近几年来，文学界有些新的口号——“贴着地面行走”“底层写作”，等等，其实描述底层生活的作品什么时候都有。像我们当知青时，就有“知青文学”。这种命名方法似乎是评论家为了评论方便，往作品上贴上一个标签，好归类剖析而已，像“知青文学”“寻根文学”“80后文学”“90后文学”……这是一种评论家的方法，能起多大作用，见仁见智。

“打工文学”在当下似乎有大量作品存在，但是如果把它作为一种标签的话，就容易形成一种边界，文学形成一种边界往往是衰亡或江郎才尽的开始，而我个人觉得文学不应该有边界。

现在有一种错觉，写打工文学的人就叫“打工作家”，他们就似乎不能写其他的体验，只能老老实实地写打工生活，否则就不再是纯粹的“打工作家”了。

任何标签，我都觉得很容易贴但效果不太好，包括“农民工”这个词，我当全国人大代表的时候，连续两年都提建议，说“农民工”称谓不科学，暂时过渡用一下可以，但以官方称谓固定下来负面作用较大，所有的到城市里打工的人都叫“农民工”，容易产生歧视。世界上通常都是以职业为称谓区分，他干什么就叫他什么，到工厂做工就叫工人，到商店卖货就叫售货员、店员，写作的就叫作家，哪有叫什么“打工作家”“农民工委员”的？在职业身份前加上“农民”“打工”二字就把几亿人人为地分了等级，这都是标签的滥用。

问：郑小琼、王十月，他们成名之前是打工的，因此就把他们的作品归类为打工文学……

答：有些这样的作家，他原本就是打工的，写打工出了名，后来他想扩展一下自己的写作空间，写一些别的东西，他不写打工，写城市生活、白领、老板，应该是可以的，但是有评论家就批评了，说他背离了原来的方向，说他急于向主流文学靠拢，这实际上是一种歧视，他是打工出身就写打工文学，柔道出身就写柔道文学，不能写其他东西？一辈子只能写这个？那高尔基就该叫“流浪汉作家”？这不行嘛。

问：这涉及文学的命名问题。为什么会这样？

答：我觉得评论家贴标签是评论家的自由，这是为了他工作的方便，也可能他贴了标签以后，就有了话题，有了话题以后就有了话语权，有了最早的话语权就容易成为这个领域里面的权威，评论家们可以按照这样的路子来发展，但作为作家，不应把这标签作为荣耀，而应该有怀疑、反思、突破的勇气。

问：贴标签的背后是话语霸权的问题？

答：不一定。有时贴标签对作家们反而起到一种促进作用，相辅相成，你给某作家贴上一个打工作家的标签，他其实心里面不满的，他想拼命突围，突出标签的限制、边界。评论家大可以继续贴标签，但作家们照样是自己在突围和挣扎。大理论家并不贴标签，只会在黑暗中因人而论地给作家点拨路向，深知作家都有不同的创作个性，“一花一世界，一树一菩提”，像俄国的“别、车、杜”，成为俄国伟大作家们的良师益友。

问：会不会有一些作家可能喜欢这种被命名，认为给评论家贴上一个标签就是成功啊？

答：有，肯定有，某评论家说他是什么什么作家，他还会沾沾自喜，这种作家很难会有出息。像我们当年写“知青文学”那些人，有几个现在还在单纯写上山下乡？没有了。当年写“伤痕文学”的作家，现在还在写吗？有作为的作家，肯定要挣破那些标签，进入一个新的领域。

问：你觉得文学的成功的标志是什么，是贴标签成功呢，还是获奖成功？

答：我觉得都不是，能得到评论家的好评，作家当然很高兴，作品在评论家的批评下，受到更多人关注和承认，这也是评论家的巨大贡献。但是，最重要的是作品要在历史长河中留下来，你必须要塑造出实实在在的人物，你获什么奖都没用，你贴什么标签都没用，你弄个贾宝玉、林黛玉、薛宝钗出来才有《红楼梦》，只有塑造出长久活在人们心灵里的艺术形象才是真正的成功，曹雪芹写《红楼梦》后获过什么奖？什么奖都没获过。

写小说是对情感资源的开发

著名作家吕雷谈小说的独特性

“我不是来教大家怎么写小说的，写小说是教不会的，任何创作都要靠自己摸索才能取得成功。”在昨日下午的市民大讲堂上，著名作家吕雷通过自己多年的创作之路，为深圳众多文学爱好者上了一堂生动的文学课。

独特是文学的重要品格

“如果说小说犹如青春靓丽的少女，那么小说的独特性就是这个少女迷人的身段。”吕雷风趣地说。吕雷认为小说的魅力最重要的一点就是独特，而独特又是文学最重要的品格。他说：“人的生存状态，比如时空、地点、氛围、人物和人物关系，同时还有引发读者独特思考、创新的表现形式和方法，这几个方面是构成小说独特之处最重要的元素。”但吕雷同时也指出，独特不是怪异，怪异得“四不像”的小说必然是失败的。

吕雷说，如果你想写独特的小说，那么你必须先知道哪些人物、故事、命运、细节、语言都是人家已经写过了的，这些套路，都是人家用过的，你再写、再用那就是模仿、那就是庸才，所以要尽可能地博览群书。据吕雷介绍，他在创作《大江沉重》这部小说的时候，就把中外反映现实题材的小说几乎通通翻了一遍，这么做并不是为了看人家怎么写然后避开它，而是给自己加压，知道别人这么写，那么自己就偏不这么写，把自己逼到一条更艰难的创作道路上。

文学不能背离时代

有些文学理论家认为，文学可以完全背离大的时代，纯粹回归个人的内心，吕雷则认为这是造成作品肤浅，和读者造成隔膜的一个重要原因。他举例说，20 世纪 80 年代，中国文学之所以会产生出许多好的作品，就是因为“文革”十年积累了丰富的情感资源。“文革”期间很多才华横溢的文学青年被抛到社会的底层，这对他们个人的命运来说是不幸的，但是对他们的文学积淀来说却是幸运的，他们在底层吸纳了更为丰富的感情，这些汹涌澎湃的感情一旦有表达的机遇就会形成一批很好的作品。吕雷感慨地说：“尽管后来有人认为这些作品幼稚、浅薄、艺术粗糙，但是谁也不能否认那些作品曾经征服过很多人的心灵。”

小说不能滥用感觉

吕雷说，任何文学、文艺作品都是人类情感的表达和宣泄，作家写小说其实也是在对自己的情感之源的探索和开发。新感觉派作家把各种感觉引导到超出感觉之外的各种社会活动中去，甚至制造出幻想来加强感觉的效果，企图给读者留下强烈的印象。但感觉太多了就等于没有感觉，甚至会变成反感觉，形成所谓的感觉爆炸，那就是走火入魔，读者受不了感觉爆炸而心生厌烦和畏惧。很多人都说先锋派的小说读不下去，也可能是出于感觉爆炸的原因。

文学是人类的一种梦

——吕雷访谈

小说是挖空心思地讲故事

《河源日报》：吕主席，您好。您的讲座是以“小说的魅力”为主题，那么我就问您几个跟小说有关的问题。您在讲课中说到“独特”“认同”“感觉”“感情”“命运”“信息量”等在小说写作中的重要性，那么你觉得“语言”在小说写作中占什么样的位置，小说的语言应该怎样写？

吕雷：对语言的处理能够显示一个小说作者的文字功力。有血有肉的语言、有自己独特风格的语言，对小说的整体起到一个支撑作用。有一个现象，懂外语和方言的人写出来的小说，语言比较鲜活和具有张力。我举欧阳山为例，欧阳山的“广味小说”就写得很好，他还在世的时候，我曾问他写小说是用普通话构思还是用广东话构思，他说他要用普通话和广东话各构思一遍。在我的感觉中，广东人写小说比较费劲，因为夹杂着广东话的小说要被大多数的人所接受，需要下一番功夫，但如果你下足功夫了，夹杂着方言的小说语言会比单一的语言让人觉得更鲜活、更有味。

《河源日报》：张炜说过一句话，他说对一个作家来说，懂一门中国的方言比懂得几门外语更重要。

吕雷：这句话有点偏颇。我觉得懂的方言或者外语更多，就会让你的小说语言更丰富。像老舍、钱钟书，都是小说的语言大师。

《河源日报》：昨天我和朋友谈到小说的散文化和诗意化的问题，有人认为小说如果过分地散文化或者诗意化的话，那就会破坏它的叙事，您赞同这种说法吗？

吕雷：是的。小说如果过分地散文化或者诗意化，会影响他的故事叙述。我年轻的时候也是喜欢用散文化的手法来写小说，包括有些小说的题目，我都是有意地把它诗意化，像《海风轻轻吹》。但是后来我不这样写了，因为有时候会觉得这样做太过勉强，散文化的语言不适合表现原汁原味的生活形态，没有人过日子用散文或诗化的语言来说话。

《河源日报》：有人说小说就是讲故事，您怎么看？

吕雷：基本上是这样。但是我要加一点，小说是变着不同的法子去挖空心思地讲故事，小说要有一定的艺术性，不然小说就干脆叫故事不叫小说了。

文学是人类的一种梦

《河源日报》：您的作品《大江沉重》进入上一届茅盾文学奖的终评，但最后却与得奖擦肩而过，这是您的遗憾，也是广东文学的一大遗憾。您现在是怎样看待“改革开放”对当下文学的影响？

吕雷：“改革开放”还在进行当中，现在为这个问题下结论为时尚早，但有一点是肯定的，它为当下的小说创作扩张了极大空间，改革开放是中国和世界的千古奇观，必定产生无数宏大叙事的素材。

《河源日报》：你怎样看待现实主义和现代主义的区别与联系？

吕雷：我从来没有认为现实主义和现代主义之间有什么天然的鸿沟，文学的表现手法都是互相联系的、传承不断的。现实主义的手法达到某种高度之后，就很难对现代人活跃的思想和复杂的生存状态进行原生态的描述，这个时候就出现了意识流等表现手法，有些自称现代派的作家不承认受过现实主义的影响，但他在创作的时候，他有意识地避开现实主义，甚至反其道而行之，实际上他已经基本了解什么是现实主义，已经完成了对它的传承，这可能是种逆向的传承，但它毕竟还是传承。

《河源日报》：我非常欣赏何顿说过的一句话，他说我是好作品主义者。那么您是什么主义者？

吕雷：我是文学上的无主义者。（笑）但是我的作品都有明显的理想倾向，我觉得文学就是人类的一种梦，一种对昨天、今天、明天的思索。梦就是一种理想，文学是梦的载体，没有梦就没有追求，就没有文学。

《河源日报》：当今社会人心浮躁，作家的写作也越来越突出功利和个性解放，在市场经济的大环境下，在一个追求多元价值的社会里，这些本无可厚非，但是如果具体到作品中，你是怎样看待道德在一部作品中的位置，一个作家又应该对这个社会有一种怎样的道德担当？

吕雷：在市场经济大潮冲击下，人们的价值观呈多元取向是必然的，这并非坏事，经过比较、竞争，人们总会找到能推动社会前进的办法。道德是一种规范，任何社会都要有，任何人任何时候都要有。创作无禁区，作家有良知，良知是做人的底线，是以道德规范做基础的。但道德观是不断变化、与时俱进的，具体到文学作品中，是不是一部很“道德”的作品就是好作品呢，那不一定。仅凭纯粹的道德观不能反映出复杂的生活，如果写作被“道德”束缚得什么都中规中矩，很多东西根本就没法写了。

文学是否真正繁荣，要靠作品来说话

《河源日报》：如今的长篇小说是越写越快、越写越长，如今内地每年问世的长篇已经超过了1000部，您怎样看待这个问题，这是不是预示着我们又迎来了一个繁荣的文学时代，您觉得在这么多的作家里面，将来有没有可能出现大师？

吕雷：文学是否真正繁荣，不能光看数量，最终要靠有没有传世作品来说话。关于写作的速度问题，那是见仁见智，每个人都不一样。比如我，就是属于那种“慢工出细活”的人，深入一点、认真一点，写出来的东西就能深刻一点。但并不是说写得快就写不好，每个人的天赋不一样。

当下的小说创作很活跃，但是我们还没有大师，这要有个过程，至少现在我们还没有写出像《百年孤独》《静静的顿河》这样的伟大作品。能不能出大师，不是由某个人说的，要由读者和后人来认定。

《河源日报》：广东正在建设文化大省，在文学上，诗歌好像先行了一步，这几年广东的诗歌是搞得风生水起，那么您认为广东的小说在全国是处于什么样的位置？

吕雷：这要看你以什么为标准，衡量广东的小说在全国所处的位置，有好几把尺子。如果从反映主旋律的角度来说，那么广东是走在全国的前列，但从整体水平来说，我们与几个文学大省还是有距离。

《河源日报》：广东现在号称是“诗歌大省”，您对广东的诗歌怎么看？

吕雷：广东写诗的人很多，喜欢诗歌的人也很多，这很好。广东的诗歌界很热闹，但是在很多时候，这种热闹是圈子里的热闹，我觉得真正好的诗歌应该走进千家万户，只在圈子里面打转不行，“有井水处皆有柳词”，那才是高境界呀。

文字和阅读是人类扩张自己想象力的基础

作家吕雷注意到“25年后小说将从大众视野里消失”这个话题，他觉得，美国作家菲利普·罗斯在接受《纽约客》采访时讲的是整体的阅读问题，而不是针对小说立论，“罗斯的意思可能是说以后不光小说，其他文体也没有人阅读了，但我不这样想。我的看法是，他过于武断了”。

对于罗斯的观点，吕雷表示宽容，“应该允许有各种不同的声音，至少他的话可以让我们这些写作者有危机感，但我不认为他是对的”。吕雷认为，阅读是与文字本身有关的，因此与人类的文明进步是分不开的。“人类使用文字作为表达和交流的工具，文字积淀了人类所有的信息密码；人类的进步是要靠想象力来推动的，而文字和阅读是人类扩张自己想象力的基础。在可以预见的将来，文字都不可取代，因此阅读不可取代，所以小说、文学，也不会消失。只是表现方式可能会有所不同。”

同时，他认为“小说可能会变化，不是现在这样的形式，可能变成另一种样子。比如罗斯提到的影视作品，它的脚本也还是文字，是小说；网络小说、手机小说的出现让人们阅读的方式改变了，使用新型阅读工具的人越来越多，纸质书籍可能会减少，但人们读到的精神内核还是小说，是文学”。在这个意义上说，“小说的读者不但不会越来越少，相反是越来越多，人们的阅读可能变浅，但你不能说他不再阅读。”

“这也许并不是一件坏事或者值得担忧的事情，”吕雷将此作为一种科技与社会的变化坦然接受，并举了个例子：“就像我们以前要背书，大量的知识记忆对人类文明的积累和发展当然是有强大的增益。但现在网络发达、资讯容易查找了，人脑的容量不够了就可以借助电脑来做基本的信息积累工作，解放出更多的容量来扩展想象力。”

吕雷重申：“小说可能会不断变化，但将与人类文明共存。因为文字和阅读是人类扩张自己想象力的基础，而想象力的扩张是人类进步的基本条件。”

人生书椽笔　浩渺唱大江

人物简历

1947年生于重庆，籍贯广东惠东，1968年参加工作，曾在国营电白曙光农场（后改为广州军区生产建设兵团九师八团）当割胶工人，曾历任团、师文艺宣传队创作员、副队长、兵团文艺创作组创作员、师政治部宣传科工作人员、901厂政治处宣传干事、团委副书记，1975年调茂名石油工业公司工会任宣传科干事，1980年调广东省作协文学院任专业作家，1984年到鲁迅文学院第八期进修，1986年毕业后转到北京大学中文系首届作家班学习，1988年本科毕业后仍回广东作协。1996年到湛江挂职担任市委副秘书长，1997年起担任省作协副主席，2003年当选第十届全国人大代表。

现任广东省作协副主席、党组成员、文学创作一级、中国作协全国委员会委员、享受国务院特殊津贴专家、兼任省作协创研部主任、广东文学院党支部书记。

印　象

吕雷永远保持着温文尔雅的君子风度，不管在什么场合。

可是读他的长篇《大江沉重》，我看到了另一个充满了理想和激情的吕雷，在跌宕起伏、让人无法释卷的篇章里，他对时代、对生活、对命运的关注和热爱像岩浆一样奔腾。

但是我知道他的身体并不好，前几年做过心脏瓣膜手术。而他新的长篇《大江月圆》已在酝酿中，据他自己说那完全是一部情爱小说，关于 20 世纪 30 年代广州西关小姐的故事。

获奖情况

●1980 年《海风轻轻吹》获全国优秀短篇小说奖

●1982 年《火红的云霞》获全国优秀短篇小说奖

●1983 年获首届电视文艺优秀剧本奖

●1983 年获广东鲁迅文艺奖

●1988 年获庄重文文学奖

作　品

小说集《云霞》、长篇报告文学《高明的跨越》、长篇小说《澳门雨》《大江沉重》等。

电视连续剧《澳门雨》《天地良心》《铁血莲花》等。

评　介

两位作者（《大江沉重》的作者吕雷和赵洪）以宏大的气魄和独特的叙事角度凸显了“地方”在中国的全球化和市场化进程中的意义，也对于文学如何表现当下激变中的社会提供了新的经验。在这里，资本的存在乃是具有关键意义的。这部小说以特殊的方式表现了大量流动于中国内部的跨国的或私人的资本具有的力量。只有资本的介入，地方才有加入全球化的机遇，通过资本的到来，地方得以获得发展的可能性，而资本的来临又会冲击地方原有的社会和文化结构，造成不可预知的后果。地方在这里一面期望进入全球化的网络并从中获益，一面也面临着无保障的危险。邝健童的沧宁故事的中心就是如此。这是一个地方和资本共舞的故事。

正是这部来自长期以来对于资本的力量最为敏感，对于中国社会力量的变化最为敏感的广东作家的长篇小说，提供了一种中国变革的图景的丰富性和复杂性的见证。有了这种见证，这部仍然不完美的小说已经具有相当重要的价值和意义了。这是对于新的发展的激情的想象。

——张颐武（北京大学教授、著名评论家）

作品寄托了我的历史观

信息时报：在 20 世纪 80 年代初期和中期，您的数篇小说连拿了全国奖和省级奖，有人戏称您是当时风头最劲的广东三个半作家之一。您的文学作品的一大特点是关注现实，反思生活，被视为“主流小说”，而且多年来您一直坚持走贴近时代和现实生活的创作之路，为什么会做这样的选择？

吕雷：我觉得这样写比较适合我。我所受的教育和我经历的时代，我的创作准备都好像是为我现在要写的东西而准备的。

信息时报：这跟您的生活经历有关吗？

吕雷：有关系。因为我是特别关注现实的人。或者可以追溯到我的幼年生活。我生在重庆，一岁时就跟着在重庆做地下工作的父亲逃离国民党的追杀。那时重庆地下党市委被破坏，市委书记叛变。幸好事先有位烈士掩护了和通知了我们，我父亲带着我，跟一位女同志化装成夫妻，我们坐上船准备到上海，但得知上海已有特务在盯着我们，就在武汉下了船，然后坐火车逃到香港。这些经历可能对我后来的写作都会有影响。

我年轻时的经历也比较坎坷。先是“红五类”，又变成“黑七类”，再上山下乡在兵团种橡胶。可以说是命运的大起大落让我思考人生的空间比较大。我们这代人跟社会生活、政治意念很难分得开，所以我不太可能去写一些纯粹个人的、纯艺术理念式的东西。

我很关注人在社会进程里的命运，社会发展变化对人的影响。尤其是历史，历史进程中人的异化和嬗变，我对这个信心比较大。但我写作有个特点，我总是把消化过的东西再糅合一起，所以我的作品比较少用第一人称。

信息时报：比较少去写小我，而去写众多的人。

吕雷：对，个人的感受经过寄托在某个人物形象身上来表达。邝健童其实带了些理想化色彩。我在湛江挂职生活几年，包括多年在珠江三角洲走动，交了不少类似他这样的基层干部。他是寄托了我个人的一些理想捏合成的一个形象。

信息时报：我觉得您这一代作家的历史责任感特别强烈。

吕雷：还有一个是使命感。另外我的作品寄托着自己的历史观。通过小说，通过人物形象来记录我们所走过的路。跟现在的年轻作家完全倾向于个人感受不太一样。至于说这种记录准不准确我不知道，但起码是我们体验过的，经历过的，我用文学的形象表现出来。借鉴电视剧的手法写小说。

信息时报：《大江沉重》在相当程度上体现了您作品里那种强烈的戏剧性和富有传奇色彩的浓墨重笔。这种有意而为之的大开大合很让人震撼。您在酝酿创作时是否也把作品的可读性作为重要的一部分来考虑？您似乎特别注意内容上的丰厚沉实和形式上通俗好读的有机融合？

吕雷：的确是这样。在动笔前，我阅读了大量国内外的当代小说。通过比照，我就想尝试一种新的写法，也并不是按照评论家说的新写实主义或新英雄主义或者是某些主旋律小说，等等，我就是按照我想写的东西，我所看到的，我所体验到的，我理想中的捏合起来，而且希望在某些地方有所超越。在落笔时我给自己定了八个字：“峰回路转，与众不同。”

我的小说观是这样，小说首先是说故事的。但故事有很多种说法，你必须要读者爱看你的故事。好看有很多种办法。其中一种是向电视剧借鉴。电视剧为什么会对观众产生那么大的效果，就是悬念，必须有悬念，于是我尝试用电视剧的那种有节奏的推进和有节奏的悬念展开情节。这里面也是学了阿瑟·黑利小说的一些手法，我并不讳言我喜欢他，当然他不算是伟大的作家，但他有广大的读者。

追求细部的真实

信息时报：《大江沉重》被认为是表现了岭南特色的大气派，但在表现大的事件方面感觉又是举重若轻，您是如何把握这点的？

吕雷：我的创作体会是，写小说也好，写剧本也好，只要你把握住时代的脉搏，大的情节，大的故事，大的转折都可以虚构，但细部一定要追求真实，经得起考验。正像中国画，大泼墨很写意，完全是虚构的，但细部必精雕细刻，这样作品才有张力。反过来，大的东西追求真实，本身细部很毛躁，尽管历史事件是真的，但仍感觉是假的。

《大江沉重》整个故事都是虚构的，沧宁也是虚构的，没有这个特区旁边的县，我把这个山区县搬到特区旁边，形成一种反差，但真实的个案来讲，有这个影子。

资本的力量和新的文化观

信息时报：有评论家指出《大江沉重》最有价值的参照是在新的时代和背景下，邝健童和施之锐之间的关系不是以往同类作品里的权力斗争而是一种新文化观影响下的权力合作和权力共享。

吕雷：政治就是权力的分割和平衡，政治就是管理众人之事。所以人跟人的关系用新的文化观念来看，处理起来会不同。这也是广东人的长处，通过同化，把不同意见的人同化。

信息时报：这种文化观可能更具有生命力。

吕雷：是，大势所趋。

信息时报：评论家张颐武也谈到您的作品里所涉及的资本的力量和中国进入全球化进程的不可逆转所带来的人的生态的改变，这是很尖锐的。

吕雷：他看到我作品的骨髓里去了。

资本的力量在中国的文学作品里涉及的不多，一个是茅盾的《子夜》，一个是《商界》，第三个就是《大江沉重》，我在作品里尤其写了国际资本力量的介入，在全球化的进程中，在进入改革开放关键时刻的关键地域里的人的关系，政商关系，各种各样意想不到的关系，在资本的作用下产生的变异。这部作品很重要的一个价值，起码记录一下资本运作下人们是怎么生存的，但我们看到自从资本进入之后，中国已经不自觉地加入全球化的进程中去了。在全球化进程中各种正面和负面的影响，要用新的办法来印证，这些新的办法是在摸索中产生的，是要牺牲的，是要付出代价的，所以才有书中的悲欢离合，但是这种牺牲和代价是必然要付出而且值得付出的，因为是整个民族发展的前提，没有牺牲，就没有发展。

广味小说的内核

信息时报：地域文化对艺术创作的影响是显而易见的，比如岭南画派、广东音乐等。据我所知，作家们关于广味小说的争论也观点各异。岭南文化的特质比较鲜明，但在当代文学创作上具有广味特色的作品很少。您怎么看这个问题？

吕雷：反对广味小说提法的都是些外来的年轻作家，他们很有才华。但他们有几个误区，第一个他们不了解广东文化的渊源。第二个抱定了中原文化中心论，中原文化起源于中原，才是最好的，最先进的，我们岭南文化属于边缘文化，所以边缘文化必定是落后的，不被重视的，其实这些都是误区。岭南文化自有它博大精深之处。从远的来说，海上丝绸之路的起点就在粤地，迄今有两千多年历史，是中国和外部世界交往的重要基地。中原还在自我封闭的时候，广东已经打开国门，接受八面来风了。

广东的小说的的确确辉煌过，不要说现当代的欧阳山、陈残云、秦牧，从晚清我佛山人、写《孽海花》的曾朴、苏曼殊对广东承传岭南文化传统起到很重要的作用，及至后来的张资平、写《虾球传》的黄谷柳，他们在中国文学史上的地位也都是相当重要的。轻易地否定传统就是否定自己。

信息时报：那么广味小说的核心特点是什么？

吕雷：最核心的内核是广东人那种精神基调，积极、明快、向上，广东人对生活的态度。远的不说，就从“非典”来说，广东人最从容，好像不那么当回事，其实广东是最早受到“非典”袭击的地方。当然政府处理得当，控制有方，但跟广东人那种从容的处变不惊的态度也有关系。广东人敢为天下先，能突破一些定例和成例，做出一些意想不到的事情来。你刚才说地域对文学作品的影响，我想这是肯定的，而且是文学作品具有生命力很重要的一部分。

一般的人特别是北方的评论家，普遍认为南方的文学或艺术风格都是婉约的阴柔之美。不尽然。当然南方跟北方的燕赵慷慨悲歌之士有不同之处。但南方黄钟大吕式的文化风格和精神其实也是有历史渊源的。自“鸦片战争”以来，风云际会的广东出过多少志士仁人。广东人迸发出来的改天换地的力量也是令人吃惊的。有些人对南方的人文精神的认知有一定误区。

两种语言结构的表达

信息时报：广味小说是否一定用粤语方言？

吕雷：语言特色是小说很重要的一个要素，没有语言特色的小说肯定不会是很好的小说。我现在写作可能会比一般作家要苦一点，我是用两种语言写作。就是用普通话结构，再用广东话过一遍，哪种好，比较一下。如果广东话有趣又能为说普通话的读者所接受，我就用广东话说。这个好处是语言张力更大。

信息时报：您怎么会想到这个办法？

吕雷：写作过程中我在想一个问题：为什么懂外语的作家或用双语写作的作家的语言魅力比一般的单语作家要强？尤其是懂几国语言的作家。像钱钟书写《围城》的语言很妙，我是偶然发现用双语写作语言张力大了好多，所以我决定用能够为北方人所接受的广东话来写作。开始作品拿到北京的出版社，编辑把这些语言全给你改了，包括语序，包括一些口头禅，全改成北方的表达习惯。后来我加以严正抗议。我说北方那些陕北土话可以用，为什么不能接受广东土话呢，其实大家都看得懂。而且有很多粤语方言的语词在全国已经约定俗成地普及了。

小说和电视剧可以糅合

信息时报：您曾参与过多部电视连续剧的创作，您觉得不同的文本表达带给您的有哪些不同的经验和愉悦？

吕雷：对，《大江沉重》就是受到我写电视剧本的启发，每一章节都讲究叙事的节奏，悬念的安排和铺设。我这样的写法，有的名家也不以为然。

我写了几个电视剧以后，就觉得再写小说很难。因为写电视剧不讲究感觉的描述和心理描写，尤其感觉细部的描写。但是小说必须通过细部的感觉描述把读者带入人的心灵深处。写多了电视剧之后，再回过头去写小说，一定要找感觉，不断地出感觉，感觉要奇特新鲜的，不要陈词滥调，这样才能把小说写好。

我觉得影视文学确实和小说不一样，小说更强调个人的风格和想象力，影视是个综合的艺术门类，现在甚至连编剧都可以工厂化了。

信息时报：那您在国内作家中算是比较早的"触电"的一批吧？

吕雷：我大概是最早的。1982 年老前辈金山复出以后，在胡耀邦支持下成立了中国电视剧艺术中心，是现在中国电视剧制作中心的前身。当时我的短篇小说《火红的云霞》获全国短篇小说奖。金山看中了，叫我改成电视剧，也是他们拍的第一部电视剧。剧本后来获得中国电视剧优秀剧作奖。当时写电视剧本的作家几乎没有。

信息时报：但您也认为传统文学是不会为影视文学所替代的？

吕雷：对。无论影视或网络怎么繁荣，小说作用于人类心灵的微妙感觉，其他式样的媒体和载体是无法感受和表现的。

信息时报：影视文学的大众化和功利化满足了人们的日常审美需要，但是对于文化的积淀和传承是否有种伤害？

吕雷：我们的后代包括欧美的孩子们从小就是在电视前面的屏幕氛围里长大的。读写功能和描述功能都是受到伤害的。很多孩子做不到把一个东西完整地描述出来。这里面就产生人类沟通的一种障碍。如果不注意文学对人的精神世界的熏陶，将来整个民族的想象力会受到影响。没有想象力的民族很可怕。

链　接

广味小说泛指具有广东地方特色和岭南风情的小说，此类小说中间常用粤语，比较注重故事性和人物个性，20 世纪五六十年代盛行广东。广州能与北京、上海在文学史上三足鼎立，广味小说功不可没。

文学评论理论卷

影视乱弹

中国草根母亲的壮美史诗

不是所有大片都具有史诗气质并能成为史诗的，但看完《娘》这电视剧，我被波澜壮阔而又富有泥土气息的戏剧冲突深深震撼了，斯琴高娃和宋春丽等人对中国母亲的出色演绎，每每令我眼中热泪涌动，心潮难平。我敢说，全世界母亲都伟大，但是，从泥泞草根中站起来，从极度饥饿、贫困、战争、动乱的苦难中挣扎着走过来的中国母亲，最能动人心魄，最伟大！

在帝王将相、伟人领袖的大片和庸常琐碎、卿卿我我、以小家子气为旗帜的偶像剧几乎填满我们的荧屏之际，我惊喜地看见，一群极平凡极普通但又极其神圣的中国母亲向我们走来，如同猛然崛起的沉默群山，令人高山仰止，肃然起敬，在泪流满面、沉思冥想中完成心灵的洗礼，又一次重温“人民创造历史”“人民群众是真正的英雄”的真理，正是她们，谱写了一曲高亢入云的中国草根母亲的壮美史诗。

史诗是苦难、疼痛铸造的

当哀鸿遍野的大饥荒令人们全都奄奄一息，不惜为一块红薯而拼命，为一袋麦子而铤而走险的时候，在人心不古、礼崩乐坏、人的生存状态濒于崩溃极限的时候，世道变得险恶歹毒仿佛是自然之事。而这节骨眼上，恰恰有一个人厉声说不！她就是从芸芸众生中霍然而立的慈母“满仓娘”。

“满仓娘”用善良的人性逆反而行。她忍饥受累，不可思议地在苦难中无怨无悔地为自己百上加斤，给饥饿到极点的家庭添加了两张嘴：她把病饿得几乎丧命的大栓娘救回家中，奉为至亲；将饿死亲娘的小端午领回家中，视同己出；苦难是砥砺凡人史诗的磨刀石，苦难中能挺起脊梁站立的是大写的人！当娘亲眼看见自己当八路军连长的女儿谷雨在阵地上与日寇拼死肉搏，情急之中捡起一支上了刺刀的步枪，像护崽的母兽一般高喊一声："谷雨，娘来了！"迈动不灵活的双腿步履蹒跚地冲上去，那一声呐喊，犹如虎啸龙吟，石破天惊，跳动出母亲史诗的最强音。而这位慈祥刚强的母亲，在清理女儿的遗体时，突然发现女儿早已因战伤手术而失去做母亲的重要器官——乳房，却痛苦得发出一阵凄惨的哀号，斯琴高娃将崇高的母亲情怀发挥到极致，那场景令人痛入骨髓、心头滴血。

表现崇高这一命题与所有文学艺术一样有永恒的生命力。它几乎与文学艺术同时诞生，从口头相传的英雄史诗算起，它伴随着人类历尽坎坷和沧桑。人类世世代代追求理想和光明，舍生取义、前仆后继，艰苦卓绝，充满苦难，充满血泪，这种追求有太多悲剧，需要牺牲，需要奉献，需要诸多的自我约束，需要积聚伟大的人格力量。古希腊哲人一语道破崇高的特质：崇高即痛苦。

你要体验普罗米修斯式的崇高吗？那你就得忍受普罗米修斯式的痛苦。

而人类的过去、现在和将来，都不能没有普罗米修斯。

从某种意义上说，天下所有母亲，与普罗米修斯是相通的，从新生儿胎动到呱呱坠地，母亲们就得一直忍受剧痛，从哺乳到孩子长大成人，母亲们都得无私付出，人们说母性伟大崇高，不正是因为她们这种坚忍和付出吗？

在人欲横流的鼓噪中，世人对抗苦难和疼痛的尊严似乎变得无关轻重，连在灾难面前抛弃学生兀自逃生的"范跑跑"，也披上一件"人的天性"的外衣，获得几声喝彩。然而，《娘》剧以史诗般的洪钟大吕，呼唤着真正的、庄严的人的天性——母性，她是崇高的、慈爱的、无私的，牺牲的，有如撒遍世人心中就可以萌发和成长的种子，人类有了它，就可以拥有一片高贵的心灵绿洲。如果扼杀它、窒息它，人类便失去自觉的崇高品格，就没有未来。文学艺术不去表现这种崇高品格，也将失去未来。

史诗是大爱、大义孕育的

母子情、亲人情是《娘》剧成功的支柱。在一轮又一轮的戏剧跌宕中，变的是人物和场景，不变的是深沉的、温馨的、可以战胜任何苦难的大爱。正如满仓娘所说"有了亲人，我们就会拉起手来，天塌下来，我们也能撑住"，母子情、亲人情、同志情令草根们变得强大甚至剽悍。综观全剧，人们会发现，剧中许多母子情其实并无血缘关系：满仓娘收养端午；她以宽广博大的母爱包容被汉奸奸污怀孕后企图寻死自尽的灵芝，甚至说服儿子娶下她，以抚慰那颗破碎的心灵；程教员收养杀父仇人悔恨自杀前托付的儿子；王寡妇收养谷雨因战事紧逼而托付的儿子等，展现了超越世俗的人间大爱，感人至深。

大爱，内涵当然博大丰富，形态当然复杂各异，《娘》剧展现了以“满仓娘”为代表的多个不同个性“娘”的艺术形象，可谓精彩纷呈，像彩蝶飞舞、工蜂采蜜，用崇高和慈爱酿成了一部大片的史诗气质。大爱当然不仅仅是崇高、慈爱和亲情，片中刻意提炼出另一种仁爱——宽恕，令片中增添了更多直指人心的亮色。

“满仓娘”爱子女，爱亲人，爱同胞，爱乡邻，爱子弟兵，而更显丰富广博的，是她的宽恕，她宽恕从她手中夺去救命口粮的饥民大栓，还把大栓濒于死亡的母亲接到家中，像亲娘一样伺候，甚至在亲生儿子为阻止被俘的大栓逃跑而中枪牺牲后，仍为其母养老送终；她宽恕了仗势欺人穷凶极恶地逼自己下跪的金斗娘，并在她落难时给予温暖和照顾；她误会程教员抢了自己的丈夫，尽管这种怨恨是刻骨铭心的，但她终于宽恕，待程教员如心贴心的亲人；她宽恕对自己冷漠如路人的丈夫，无怨无悔为他养育子女，一辈子为他牵肠挂肚、担惊受怕。同样，程教员在自己的闺蜜变成杀害自己全家的杀手，并在其羞愧地投江自尽之后，也宽恕地承担起抚养其遗孤之嘱托，一直将真相隐瞒到生命尽头……宽恕令爱更加强大，更有感召力。种种宽恕，为常人所不能，构筑起一个平凡而高大的劳动妇女的形象，也为这一母亲大爱赋予深沉厚实的变奏与和弦，孕育出感人肺腑的母亲史诗。

慈爱有时也会因人的复杂社会化而变异，值得一提的是王寡妇这个艺术形象，在大腕林立的阵容中，这个角色似乎并不起眼，但其另类畸形的母爱却塑造得可圈可点，叫人过目难忘，她收养谷雨的儿子，溺爱到完全忘我的程度，在谷雨一再恳求甚至威胁下，被迫把儿子还给谷雨，之后又日夜思念，竟痴迷地牵着奶羊，抱着下蛋的母鸡天天追赶着行军打仗的部队，每到夜深人静，便悄悄地在谷雨母子门口放上一碗羊奶和鸡蛋。在谷雨英勇牺牲后，她又带着养子四处躲避其亲奶奶的寻觅，终把一个烈士的儿子“爱”成顽劣小童，使人扼腕长嗟。

有人质疑《娘》剧中地主婆金斗娘的形象塑造，认为她模糊了阶级性。而我认为，这恰恰是史诗华彩中重要的笔墨，在乱象纷呈五光十色的历史长河中，人的阶级属性有时并不是非黑即白、泾渭分明、一成不变的，它经常会变幻出复杂的令人迷惑的色彩，要不然，《静静的顿河》也不成其为史诗了。史诗之所以成为史诗，就是它能将这些变幻莫测的色彩展现出来，并指点世人：看，人就是这样复杂，世间就是这样无常！阶级矛盾和民族矛盾混杂缠绕之时，民族大义常常会上升到压倒一切的地位。没错，宋春丽饰演的金斗娘极出彩地表现出地主婆的多面性：收租放债时刁蛮、狠毒，欺压乡亲毫不手软，当得知女儿被汉奸强奸后呼天抢地，发疯似的要“剁了这狗日的维持会长”！当得知满仓当了八路军营长，立即拉着这个当初唾弃过的女婿到处向乡亲炫耀，最为惊心动魄的是在日寇投降后，她那当汉奸的儿子金斗走投无路，被武工队围困在家中，家国仇、民族恨、羞愧、懊恼一齐涌上金斗娘心头，她貌似平静地为儿子最后一次刮面，眼看着那锋利的剃刀就要切开不肖儿子的咽喉了，让观众看得心惊肉跳，可是她终归下不了手，深夜里，她终于以一把民族大义之火，与儿子、与这个罪恶的剥削家庭同归于尽。而这一艺术形象，也如同凤凰涅槃一样得到大义的重生与升华。

大义在满仓娘心目中更是神圣。她的慈爱、奉献、牺牲都是以大义作原则底线的，她扶助孤寡、同情弱小、救人于危难从不避艰险，义无反顾，然而一旦触及她的大义底线，她就会勃然大怒，拍案而起。端午是她含辛茹苦抚养大的养女，向温孝顺善良，可偏偏是这个端午，在“文革”的重压下为保住丈夫和孩子，不惜出卖灵芝，令满仓娘怒不可遏，暴跳如雷，不肯原谅，表现出了她的义重如山的情怀，透射出她正直不阿的凛然正气。

世上感谢和赞美母亲的诗篇恒河沙数，真正的母亲史诗大片却不多见，草根母亲的史诗剧更是凤毛麟角，感谢编剧、导演和斯琴高娃们的倾情塑造，他们用苦难和疼痛，用大爱和大义，成就了这一难得一见的中国母亲史诗。

广东人创造力和开拓精神的感人赞歌

——评电视剧《下南洋》

38集电视剧《下南洋》是一部反映从清末、民初到国共合作推动北伐时期的历史巨片，投资甚巨，它与大片《闯关东》《走西口》相映成趣，相得益彰，但又有自己独特优势，它是“外向型”的，前瞻性、国际性更强，内容涵盖华侨、华人在南洋和国内的奋斗史、血泪史和贡献史，历史跨度大，人物众多，涉及四代人，它以简氏家庭的奋斗史为主干，以史、陶两家的恩怨情仇、唐阿泰与邝秋菊的纠葛和唐家家业兴衰败落、黄欲达与冼致富的血仇、革命党人朱瑾（后成共产党人）等人与清朝、军阀的斗争、华人“猪仔”与堂口、殖民者等恶势力的对立作为藤蔓，形成了一干五蔓、相互缠绕、并行发展，环环相扣，层层推进的大结构，有很强的可看性、观赏性、启迪性和教育功能，也较符合中国电视观众正邪对立、善恶有报的审美传统，能满足广大电视观众审美期待，易被各阶层观众接受。它重点对孙中山“华侨是革命之母”的褒扬作了形象的演绎，充分宣扬了华侨、华人在中国各个历史发展进程中所起的伟大作用，这对全国都有非常重要的意义，特别在遍布侨乡的广东省尤其值得重视和肯定，它更是广东人的无与伦比的创造力、开拓进取的雄心壮志、坚忍不拔的奋斗精神的一首感人赞歌，在建设文化强省，弘扬创新精神和奋斗精神的今天，播出这部大片，非常及时，有很强的针对性。

电视剧浓墨重彩地刻画了简阳春、简肇庆、邝秋菊、唐阿泰等主要人物形象，很多情节悬念性强、富有传奇色彩，人物塑造也性格鲜明，较为独特，如简肇庆的书生磨难变强人；唐阿泰浪荡少爷成好汉；邝秋菊善良正直、坚忍不拔；唐老爷的爱财如命又爱子如命、吝惜极点最后自焚毁家与仇人同归于尽等等，别开生面，与众不同，值得称颂的是剧情中有许多出人意表的大跌宕，牢牢地抓紧观众的眼球，令观众过足戏瘾，过目难忘、印象深刻。有不少精彩的故事，将传奇性、想象力和戏剧张力冶于一炉，能产生强烈的收视效果：

第1集总领全剧的史家临危托孤、简阳春立志为保留友人骨肉而不惜毁家纾难；

第2、3集中唐家少爷唐阿泰为追求农家女邝秋菊不惜与为人极其吝惜的父亲唐老爷大闹，搅得全家鸡犬不宁，砸瓷器，上房顶，威胁要放火烧房，第5集中甚至还装死人吓坏父亲；

第9集传奇性更集中：假扮夫妻的革命党人、少爷、“猪仔”、清廷官员和堂口同坐一条船下南洋，增加了海上的悬念；

第11集简肇庆用一个冬瓜解救了全船几乎渴死的“猪仔”，自己也建立了“猪仔”小领袖的形象，并用敲击船舱的办法激发全船猪仔抗议，取得堂口的让步，等等；

第22集唐阿泰为被奸污的秋菊报仇，被恶棍乱棍打死，被埋进坟墓又突然死而复生，简肇庆在马来女帮助下救唐逃出矿山；

《下南洋》的播出。将为我国电视剧琳琅满目、熠熠生辉的人物画廊中添加了新鲜活泼、令人难忘的形象，这一点非常难能可贵。

总之，在全球化的今天，本片浓墨重彩地刻画了广东籍广大华侨、侨工的吃苦耐劳、艰苦卓绝、坚忍不拔的创造力、开拓进取的奋斗精神和处世态度，对中华民族的智慧、意志、勤劳、勇敢、坚强、敢于也善于解决生存极限的难题（包括在商战中）的传奇性格有较充分的展现，是一部令人耳目一新的传奇和经典大片。

试谈对电视连续剧《枪炮侯》初稿的意见

37 集电视剧《枪炮侯》是我近年审读到几个有关辛亥革命题材影视作品中最好、最成熟和最有艺术感染力的一个剧本。

本剧将辛亥革命风雷激荡、烈火燎原的历史风云浓缩于一个忠心耿耿为清朝皇帝制造枪炮的官员家庭之中，剧情矛盾主线突出，人物性格鲜明，尤其是主人公侯久满形象丰满灵动，富有传奇色彩，对白语言生猛鲜活。整体镜头画面较细致，情节安排历史感较强，清宫内的形制规章似模似样，案头工夫做得比较好（连晚清“乌龟抬美人”的漫画也翻了出来，足见案头工夫做得深入），主次人物配置合理，高潮跌宕节奏感强，已经达到相当难得的艺术高度，他的两个妻子和玉姑、正良、可言、妹仔、戴刀、小红毛等几个儿女义子的人物塑造，各有千秋，有的较为成功，在清末朝廷衰败、列强环伺、礼崩乐坏、社会动荡、生灵涂炭的大背景下，将历史、社会、朝野和中外矛盾纽结于侯府，以侯久满为中心，以侯府各式人等的政治取态为分野，逐次展现人物的性格、命运和故事，展现将传奇、悬疑与人物个性发展变化共冶一炉的画面叙事，喜怒哀乐、悲欢离合引人入胜，起伏跌宕、山重水复扣人心弦，千难万险、九死一生惊心动魄，细节真实、深意含蓄耐人寻味。

下面，就几个方面展开本剧若干得失成败和人物塑造的优缺点的探讨：

一、首先谈谈人物塑造

1. 侯久满

此人物是全剧的中心，他并非单纯行伍出身的军人，而是接触过现代武器装备的军事骨干，曾是清朝最先进的军舰上的炮弁（大概相当于当代军舰上的枪炮长），学习过当时最先进的军事技术，但又保留着旧式军人的匪气、兵痞习气，“甲午战争”战败后，国耻家仇令他痛心疾首，强兵强国成为他终生的理想和追求，本剧最可贵之处，就是成功地塑造了侯久满这样一个为了实现理想而不择手段、不惜自己和家人粉身碎骨的形象，他喜欢做人爸爸，与后辈相处处处显示舐犊情深的温情，但在社会人际关系中却事事透着精明、冷酷狡诈、诡计多端，行为处事留有后手，不时也用这一手来对待自己的儿女和义子，在“一代人做一代人的事”的思想和忠君精神的局限下，他在与自己儿女（革命党人）的决战中做出了为腐败衰亡的朝廷殉葬的抉择，这种悲剧令人欷歔也产生一些失落：作者难道不能为自己千辛万苦塑造起来的别开生面、光彩照人的人物形象设计一个好一些的结局吗？是智慧不够？还是故意令人遗憾地制造悲剧？为何非要与中国观众的传统价值观拧着来写？按他的为人处世之道和接受新事物、新技术的敏感，以他过人的智慧，他是完全可以理解：顺历史潮流而动，也可以实现自己强兵强国的理想和追求的，不一定要抱残守缺、从一而终，明知不可为而为之。而现在剧本的结局，他抱着被自己的地雷炸断双脚的女儿奔向弹药库想同归于尽，终被护军遵照自己的命令开机枪射杀，这样艺术处理的观念上虽然可能较有利，但从观众认知上对侯久满这个人物是有损害的，他们回头一想，会说：哦，原来搞了半天，你们是把一个死守愚忠的人物捧上了天啊。

而要改变侯久满的最后结局，就要在艺术观上和观众的认知度上做出合情合理的取舍。

2. 阿尔萨兰与正良

这个人物设计、塑造得很成功，人物内心复杂、性格纵深感很强，前后变化极大，她是慈禧派到侯久满身边的卧底暗探，权力极大，但最终被侯久满强兵强国的精神理想所感化，变成一个忍辱负重的朝廷叛逆，尤其是最后她爱上了自己名义上的“儿子”正良，毅然抉择离婚，义无反顾地追求自己的自由幸福，最后因刺杀袁世凯失败而双双自尽，令人震撼。可惜的是她的恋人正良塑造得并不太成功（比起青梅竹马的恋人戴刀而言），使她最后义无反顾的爱情追求失去了一些合理性，她和正良在农场相依相伴、一起教书耕读的情节没有太多感人之处，特别是正良用福音书作为教材来教农工子弟读书，而她又用国学来教，两人似乎并行不悖，没有矛盾，这也不合情理。（她到底有没有如正良一般信了基督教?）如能设计一些两人的矛盾纠葛，或她终令正良改变信仰，重回到民族信仰轨道，可能会好些。在仇家丧心病狂地制造毒盐事件嫁祸于正良及其公司，正良受到不明真相的苦主狂殴的紧要关头，她奋不顾身地上前保护正良，这段情节本来非常感人，但是由于正良太平庸、懦弱，虽然性本善良，但终与敢爱敢恨的大姑烈女不大般配，这样窝囊的男人往往是女观众最不喜欢的，因此，他们的爱情会让为数众多的女观众中失望，收视率因而会大打折扣。他们之间如要产生、发展出一段感人并且惊世骇俗的爱情，还得添加一些感人、动人和凄美的细节。

3. 妹仔

这也是本剧塑造得很成功的人物。他从一个胡天胡地、终日嬉戏玩耍公子哥儿的成长为一个信仰坚定、视死如归的革命志士，从一个实业救国、技术救国论者成为一个坚信暴力革命推翻帝制的炸弹大王，与他出洋留学和结识孙中山有密切关系，他以一个比较新颖的乐观革命者形象出现在电视剧中，将会成为热捧的对象，他身上仍埋藏着很多幽默风趣的喜剧元素，剧本并没有积极挖掘展现，如果能有更多的笔墨，可以成为本剧一大亮点。他在壮烈牺牲的最后关头，机智地把嘴里的沙子喷入炮口，引发大炮炸膛而与众多敌人同归于尽，这一细节令人过目难忘，留下深刻印象。

4. 玉姑

由一个不肯缠足而仇恨父亲的女孩儿，在革命大潮的影响下成长为一个会党女首领、秋瑾式的女英豪，她的经历会引发很多观众的兴趣，也为本剧添加了许多引人入胜的色彩，她也是本剧中塑造得最好的人物之一，她被捕临刑一节写得惊天地，泣鬼神；她与妹仔的爱情发展得比正良和阿尔萨兰更顺理成章些、合理些，但缺乏一些跌宕（当然也许不必过多地节外生枝）。她最后的英勇牺牲，是因被自已父亲的地雷炸断双脚，带浓厚的悲剧、宿命色彩，（她因父亲逼迫缠足而终生怨恨父亲）这一幕令人感叹不已，当然，她父亲的最后结局，也完全可以因她的牺牲而做出改变，可惜，目前剧本对其父之死的处理并不尽如人意。

5. 戴刀

一个勇敢、坚毅、足智多谋的天才发明家，也是本剧主要人物中最后的幸存者，也是革命的希望所在。此人物剧本塑造是成功的，他与阿尔萨兰青梅竹马的爱情难以割舍但终于为了事业而痛苦放弃，这一点在剧中浓墨重彩地展现了他的理想和心胸。但在发明枪炮的事业上，剧中似乎展现不够丰富，只是写他不停地工作、画图、仿制，我建议能否设计出一段戏，写他根据祖先戴梓发明28连珠琵琶的原理，也发明了一种可以连发数十弹子用于实战的“流星连珠炮”，比外国的机枪轻便，比步枪威力大，开始因为后坐力大、连发时操纵不稳，射击精度差，被侯久满斥为“吃弹子老虎”，太不花算，坚持以射击精度和口径压制敌方，差点对此发明弃而不用，但戴刀天才地运用“火力压制”的理论，坚持研发，并发明出“简易弹子”，大大降低了子弹制造成本，经过力争，取得侯的认同，经小红毛赫顿改良，三人合力加装打孔散热套筒，获得成功，取名粤系花机关枪（在民国初年直至“十年内战”中，人们常把当时的冲锋枪称为“花机关枪”）。这种枪械成为侯久满的绝密武器、看家本领和向各方讨价还价的本钱，也提升了戴刀在粤局头号发明家的地位。（火力压制理论在第二次世界大战中才被苏德战争所验证，双方广泛使用了“冲锋枪”，而当时日本为节约子弹坚持使用步枪，在对美国作战中吃了大亏。事实上，我所记忆的史料记载，广东兵工厂在清末确实研制过一种类似现代冲锋枪式的连发枪械，取得成功。）

此武器研制成功后，定型图纸一直为侯久满作为绝密收藏，连戴刀也不能指染，也为各方争夺之目标，侯久满在决定赴死之最后关头，将图纸交出，指定戴刀为继承人，并留下遗言：大清完了，要将此物助力中华未来之希望——孙中山……

6. 可言

这是一个悲剧人物，与以上各人相比，也是本剧本中写得最不成功的人物，主要原因是给观众印象一直是面目模糊的，他本应是绝顶聪明的青年，国学底子深厚，思想进步，对时事非常敏感，经商也很有天分而且非常成功，但患得患失，忽而激进忽而沉沦，一会儿迷信康梁，一会儿又变成无政府主义者，经常口若悬河，滔滔不绝；他追求玉姑不成，又追求洋人西西，后为惊世骇俗而大搞男男女女群居的乱伦举动，清末新政中竟然又做了“坐办”官员，成为小官僚，最后又成为立宪派的代言人和代表，去北方奔走呼号，总之，他令人眼花缭乱，没有焦点，没有鲜明突出的个性，似乎是作者笔下随意涂抹的人物，任意用来点缀剧情，但电视剧是个连续但又不断被时间分割的艺术整体，这样一个忽左忽右，时东时西的人物，会让观众容易摸不着头脑，从而失去耐性和收视的兴趣。

7. 侯氏

侯氏在剧中是配角，本来无足轻重，但是如果用好，会起大作用。现在剧本未能充分挖掘她的潜能，剧本中她是懦弱的，事事逆来顺受，只在家有大难时才挺身而出做出牺牲，保存和维护侯家。我突发奇想，如果运用逆向思维，改动她的个性，剧本将会如何发展？假如：她比侯大 10 岁，她是侯的童养媳，一手带大侯久满，甚至从小就救过侯久满的命，有大仙说她是保佑侯家的神灵，这种从小亦母亦妻的扭曲关系，令侯终身有恋母情结，甚至有点惧内，也终身不敢纳妾或寻花问柳，加上她对侯家有挽救全家的大功，成为侯家说一不二的人物，宫内大姑阿尔萨兰衔皇太后之命入主侯府，两个女人形成了双峰对峙之势，侯久满左右为难，一怕皇命，二怕神灵和良心谴责，因此他一个在外头威风八面英雄气十足的大男人，回到内室，就被两个强女人夹在中间，动弹不得，但依然在儿女面前硬充好汉，说尽大话、硬话，这才能挖掘出更多的喜剧元素，这样，侯久满的惧内，对“大福晋”则阳奉阴违，全力抗拒，也与以往的电视剧《神医喜来乐》的惧内拉开了距离，这种形势下，正良为了顾全大局，挽救家庭和父亲，不得已做些和解工作，尽力化解两母之间的对立，从此博得阿尔萨兰的好感，为后来的爱情埋下伏笔。

8. 小红毛赫顿

人物塑造基本成功，也为中国荧屏添加了一个新的人物形象：热爱中国，以中国的枪炮事业为己任的外国青年形象，但后半部写他被英国情报机构收买，不妥，大大损害了一个好不容易树立起来的形象，虽然最后写他为抢救戴刀而牺牲，也难以挽回观众的失望感。他是个视诚实为生命的好青年，当年携款几百万出洋购买机器，几经周折依然如约回到侯久满身边，怎么后来会当间谍？能否改为西西母亲被英国情报头子控制，赫顿心有难言之隐，西西为救母亲做出错事（如偷图纸之类），赫顿内心挣扎很久后向侯久满和盘托出，不料侯久满早有防备，而且了然于胸，就等着他上门认错……

二、整体风格和布局

本剧全部虚构，前大部基本有戏说成分，人物故事可以天马行空，爱怎么编就怎么编，但后半部分，忽然又似正剧，大写孙中山的历次起义和武昌起义，时间、地点、人物、大体过程均于史有据，这样就造成风格布局前后不一，这是一大问题。如果是正剧，前面就不能这样写，但如果要打造一部有收视率的历史通俗剧，就得亦庄亦谐，而且要谐多于庄。本来本剧有些地方亮点纷呈，如16集写光绪执着专一的感情生活，形象较新，这在清宫戏中不多见；又如写慈禧用洋货染头发一节，趣妙横生，可惜这些戏越往后看，总体上仍嫌太少。

剧中孙中山多次起义，手法雷同剧情单一，总是一窝蜂而起，接着后援不继，顿作鸟兽散，历次起义一一罗列，似太啰嗦而无必要。其中写孙中山欲在福建发动起义，联络日本驻台湾总督提供武器一节，似易让观众产生孙中山通日卖国的误解，应当删除。而对武昌首义的全部经过包括用枪逼迫黎元洪做革命军统帅的细节，也一一娓娓道来，变成叙述辛亥革命全过程的电视剧，这对《枪炮侯》这样一个以家庭观众为主体的通俗剧来说，总是有生硬拼接之嫌，破坏收视率不说，对观众正确了解辛亥革命也带来负面因素。

作者创作此剧初衷，我想是以侯的家庭作为全剧中心的，开始并不是要写一部全景式史诗式的大片，只是以辛亥革命为背景，但现在越往后看，越有全景式史诗式的意图，起义的场面也越来越大，孙中山的戏份也越来越多，作者游移在言情戏说通俗剧与史诗大片中间，摇摆不定，造成两头不讨好，左右皆失。

我以为，应该坚定原先以小见大、走家庭戏、商业片和思想性较强的通俗剧为主的路子，尽量实现和开创历史感、启迪性、趣味性、现场感四者结合的模式，现在问题是趣味性稍弱。有《走向共和》的前车之鉴，本剧不宜太过向史诗式全景式靠拢，写太多孙中山，引起重大题材机构介入干预，会延长制片时间，令全剧制作出现复杂化，后面的起义大场面也应尽量放到幕后、背景上去，坚持走人物传奇、悬疑、个性刻画的艺术风格为好。

三、剧本中的一些硬伤和可商榷的问题

从我看剧本的感觉中，有一些地方出现的硬伤，也有些可以商榷之处，特提出参考：

1—6 集

1. 第 1 集中，侯氏对家公称谓不对，广州人儿媳妇应称家公为“老爷”，不能像北方人那样学孩子叫阿公，就是侯家孩子，也称阿爷，而不是叫阿公，只是见了侯氏的父亲才叫阿公。

2. 大瘟疫流行，孙中山沿街施药救人，人见他是西医，均不信，他应情急智生，用一二感人细节获得街坊信任，如能让侯久满看见，效果更好。

3. 洋兵不可能在广州城内强抢瘟疫死亡尸体解剖化验，当时洋人并未占领广州，（不是第一、第二次鸦片战争英军侵占广州期间）可改为洋教会唆使清政府出动军队为之。

4. 进贡荔枝等级，应该有桂味，岭南荔枝，桂味算上等佳品。

5. 李鸿章似不应自称“本督”，似可称：本大臣或本帅。

6. 孙中山说：大清江山岌岌可危。不妥，孙中山不会称清朝政府为大清。

7. 妹仔在本片中多次高叫好耍，这成了他的口头禅。耍这字眼不是广州白话的口语，而是南路粤西、广西白话的口语，正宗广州方言应说：好玩、不好玩，或者是爽！好爽！不爽！建议改用“爽！好爽！”或“不爽！太不爽！”代替，这样更符合广州仔个性，北方人也听得懂。

8. 侯久满劫洋船筹款遇到赫顿的叔叔查理，可以更戏剧化和传奇一些，现在较粗糙，他的第一桶金得来，要有神奇的际遇和令人难忘的幽默感。

9. 吴丁贵和下属不应称侯久满为大天二，而应称“顶爷”，这是江湖称谓，大天二在清末未曾出现，查这种称谓是在民国后军阀混战时，恶霸豪强割据一方时才会产生。

7—12 集

10. 侯久满为保住洋机器，用偷梁换柱手段骗过洋海关，表现得不清晰，剧中要讲清当时中国海关由洋人把持，不然观众会看不懂。

11. 可言向富商学做生意，富商讥笑他只配在街上卖酸梅汤，当时广州无酸梅汤，可改为卖云吞面。

12. 侯久满骂人：贼娘！（学李鸿章?）广州人骂人不该学外省人，可改为：衰仔！或冚（音堪）家铲！（全家死之意）

13—19 集

13. 这几集中戏剧化、幽默感稍欠，显得较沉闷，有硬撑之感。

14. 本剧将孙中山、康、梁的救国主张分别赋予侯家几个孩子为代表人物，未能有机地融入他们本来的个性和戏剧冲突中，如正良的实业救国论，流于表象，有硬贴上去之感，（玉姑除外）他们之间的分歧的辩论显得烦琐多余，尤以第 24 页为甚。

15. 第 15 集中，正良守盐田以福音书为女友“烟”传教布道，既无戏也无幽默感，似多余。

16. 光绪大段冗长台词无必要，可删去。光绪回顾当年维新时在京师大学堂发表宏论，完全是正剧写法，很不协调，与侯久满一家关系也不大。似无必要。

20—25 集

17. 第 20 集，玉姑当会党首领，劫盐大胜，要改山堂名号，起的名字不伦不类，引众大笑，本来有喜剧性，但名称还得再细斟酌，最好找到更有喜剧性的名称，现在太粗。

18. 第 21 集，描述革命党人用炸弹大闹北京，恍如恐怖分子的“炸弹党”“我来也”横行一时，欲逼清廷就范，这种恐怖活动是革命党人初期幼稚的表现，在所有革命进程中无一成功先例，而且现在各地正值“维稳压倒一切”的时期，大肆渲染这类活动做法，会不会触动某些敏感的神经引起干预？或审查不能通过？值得考虑。

19. 第 25 集，可言纠集群男群女共宿共浴，在晚清是否有可能？（性解放应在“五四”以后才开始发端）而且竟有和尚参加，容易引起宗教上的问题和麻烦，最好慎重处理。

20. 龙济先之名有误，应为龙济光。

21. 清廷设在粤省专事监视侯久满的官员，前半部为刘学洵，后半部又叫牛子旬，到底是一个人，还是两个人？没搞清楚。

22. 第 30 集，光绪之死是否死于砒霜中毒？史无定论，现剧中咬定是砒霜中毒，恐引争议，宜改为突然死亡，死因蹊跷。

31—37 集

23. 第 31 集，汪精卫以正面形象出现，似不妥，能否虚写，不直接出现在镜头中？只是托人传话，不会引起太多是非。

24. 暗杀摄政王一事细节宜虚写，（包括妹仔制作炸弹的细节）只写暗杀失败，妹仔幸存，反而被自己人怀疑和追杀，直到玉姑找到孙中山，才洗脱不白之冤。

25. 第 35 集，香港九龙无筲箕湾，真正的筲箕湾在香港岛。

26. 黄兴妻子为徐宗汉，后来又出了一个李宗汉，应以徐宗汉为准。

以上意见，为个人读稿粗略之想，仅供参考。

居安思危：盛世突然逆转的警示

——浅说剧本《张九龄》

电视剧本《张九龄》读完了，个人觉得有一定的可看性，是个比较有基础的剧本。

优　点

1. 编剧手法比较纯熟老练，对唐朝从贞观之治晚期至唐代开元盛世色彩斑斓而又惊涛叠起的历史比较了解，围绕着“开放”“民生”“吏治”等展开唐代统治集团内部的尖锐冲突，全剧结构完整，悬念一波未平一波又起，跌宕有致，矛盾交错，戏剧冲突比较强烈，因此全剧有较多看点。

2. 本剧从张九龄出生前一直写到他离世之后，始终把他放到唐代历史大变动的旋涡和矛盾焦点当中，人物塑造得较为丰满、得体，将他耿介倔强、疾恶如仇、为实践自己忠君报国、勤政爱民的政治理想而敢于冒犯天颜，敢作帝王师，不惜粉身碎骨、不怕株连九族的士大夫人格描写得较为鲜明，由于戏剧故事是从张九龄之父张弘愈写起，突出了信奉儒家理念和名门家族对张九龄的影响，张九龄一生践行“文死谏，武死战”的信条，立于庙堂而宠辱不惊，数度铁骨铮铮地忤旨抗旨，面折廷争，他不受封公封侯的诱惑，不做谄上媚主之臣，彰显了具有浓烈的为国为民分忧的家国情怀，对百姓的安危冷暖颇为关切的一个清官贤相形象，有几场张九龄与帝王当庭发生争执的戏写得激烈感人，如张九龄毅然阻止新帝李旦为太平公主专设惨紫帐听政的戏，据理力争不避斧礅，令群臣震惊的一场戏，就较精彩。近年古装电视剧中，特别是历史正剧中，不乏开国帝皇、英明君主的身影，但如同张九龄此类耿介不阿、舍身求法求仁的官场另类形象出现不多，在当前群众呼唤政治清明的大气候下，应该能在荧屏中带来一些新意。

3. 本剧在着重刻画张九龄的同时，对其他封建官僚的塑造也颇有新意，如对同为名门张华之后、又是张九龄的“爷叔”（远亲）的张说，人物塑造得立体多面，颇有独特之处，在对抗韦皇后、安乐公主，以及太平公主的干政乱政中，他与张九龄是同一战壕的战友，是保护和坚定提携张九龄的恩师，他也曾经践行士大夫“达则兼济天下，穷则独善其身”的信条，不怕罢官、流放，仍敢于犯颜谏上，冒死陈词，但一旦有机会成为一人之下、万人之上的宰相时，他就把持不住自己，不顾张九龄的苦苦相劝和严斥，同样做出结党营私、借皇帝封禅泰山之机大肆封官许愿、私授裙带的恶行，张说在东窗事发，被奸臣李林甫落井下石，身陷天牢，在生死关头又幡然醒悟，不念旧恶，冒死保举张九龄为相，显现了人性的丰富和复杂。

历史上有名的“口蜜腹剑”唐代宰相李林甫，剧中也塑造得较为成功，它不是一味丑化和面谱化，而是着重刻画他的复杂内心世界和在各种利益冲突中的微妙变化，描写他心机极重，为追求权势而深谋远虑，阴鸷善变，擅用两面三刀之术，他曾经一度冒险支持过张九龄等匡政朝纲的集团，并成为其中的一员，但在支持背后又有自己深谋远虑的小算盘，在逐步向上接近权力核心后，本性终于暴露，但始终留有余地，经常出其不意做些反常举动，如在大水灾中不去救皇宫，先去救百姓等，让人摸不着头脑，充分表现了其极其阴险狡诈的大奸大恶，正是由于他的结党营私和为虎作伥，终于酿成了葬送开元盛世的安禄山之乱，致使盛极一时的大唐从此一蹶不振。

4. 剧本中李隆基的形象，也刻画得可圈可点，他在当王子时，巧妙隐藏自己的政治图谋，韬光养晦，终日风流倜傥沉醉音乐歌舞和吃喝玩乐，成为精通音律的大师，一旦时机成熟，果断出手，与姑姑太平公主结盟，夺取最高权力，他洞悉太平公主险恶用心，当政后又剪除太平，坐稳江山，创造了史上有名的开元盛世，但很快又从一个开明有为的青年君主，变成一个喜欢听好话、大话和谎话的皇帝，对阿谀奉承歌功颂德完全丧失判别能力，他欣赏张九龄的“风度”，即忠诚、正直和无私，但又恼怒他的强硬耿介、严厉说辞和不顾君王颜面，他终于演变成亲小人，远贤人的昏君，再次上演了唐初宫廷中多次令人痛心疾首的废立残杀惨剧，信用了李林甫、安禄山，放逐了忠心耿耿的张九龄，自己一手葬送了盛极一时的开元盛世。

剧本中写李隆基与张九龄的关系，巧妙用了两个道具：李夏天送张烘手炉，冬天送张白羽扇，加上李身边伴歌伴舞的乐师李龟年和公孙大娘是张的好友，形成了一种独特的政治盟友关系，但如果一旦触及封建帝王至高无上的威权，这种盟友关系必然无可挽回地破裂，一直认死理而不肯转圜的张九龄只能被逐出权力中心，只能眼看着开元盛世“无可奈何花落去”，落得个屈原式的悲愤下场。

5. 编剧为了突出岭南元素，把六祖惠能写进剧本，让他对张九龄施加影响，同时，对唐初的一些故事人物如著名乐师李龟年、擅长舞剑的公孙大娘也与张九龄拉上关系，充分反映了唐初活跃繁荣的文化气象和人文精神，这是难能可贵的。如果能添加上唐初一些大诗人的形象，如青年时壮游天下的李白等，效果可能更佳。

不　足

1. 剧本开头气魄不够大，剧情拖沓，由于从张九龄之父写起，因此事关张九龄这个中心人物的悬念不强烈，变成背景性的交代而耗费大量笔墨，建议剧本修改时从张九龄少年时写起，大量减少张父张弘愈和大伯张弘雅的戏，腾出篇幅，集中写好张九龄等大唐改革集团与韦皇后、太平公主、李隆基的矛盾纠结。

2. 本剧为历史人物传记片风格，一般而言，历史剧和古装戏要获得当今观众的青睐，必须在主旨和剧情中呈现出一些与现实生活的对应点，对大众有所启迪，产生联想，才容易激起认同和共鸣，特别是严肃的历史正剧，不能为突出某个人的历史贡献而故意扭曲和仿造史实，不能过分戏说和胡乱添加娱乐元素。一部30集的电视剧，投资巨大，要投拍成传记性的人物故事大片，选材必须慎之又慎，否则极易血本无归。虽然张九龄是广东出生的历史名人、名臣贤相，但大唐一朝，名相贤臣有的是，在唐朝初期诸多重大的政治斗争中，张九龄开始只是个九品、八品的小官，政治作用有限，从全国人民群众中的认知度、关注度来说，并非投拍人物传记片的最佳选择，如果为了突出岭南因素而不计血本强行投拍一部耗资巨大的张九龄个人的传记式电视剧，并不明智，难以被中央电视台关注和多数电视台热播，因此剧本最好不要往人物传记片的模式上靠。

为使此已经很有基础的剧本立得起，站得住，仍需作较大修改，务求精益求精，使其能成为一部让人记得住、有启迪、影响面广的历史正剧，好在历史剧没有时限制约，不必急着上马，可以从容把剧本打磨好再投拍。

3. 剧本大量采用平行蒙太奇手法来推进剧情，令不同时空的人物情节跳跃呈现，容易令一般观众无所适从，眼花缭乱，建议少用此手法，尽量按时空顺序来运用镜头语言叙述故事，这样才比较适合家庭观众收看。

4. 剧本第 2 集有较重大的常识性失误：

张九龄对张庄说：惠能在长安进的佛门……

惠能自己又说：施主应该知道，惠能在长安佛寺中，只是个烧火粗人……我若返回长安，会发生流血争斗……长安，长安，我学佛悟道之地，归不得，归不得啊！

天下人都知道，六祖惠能学佛悟道之地，是在湖北黄梅东山寺，《六祖坛经》也有明确记载，正是在黄梅东山寺，惠能接受了五祖弘忍传授的衣法，以一名伙夫杂役之身成为六祖的。他根本不可能在长安学佛，何来归不得之说？

5. 第 14 集中，写腊月乞寒，皇室贵胄云集建福门看热闹，士子张九龄与郎公子冒死上前直谏朝政失误，郎被击杀，引发大乱，昆仑奴为保护张九龄逃走，先用铁丸击杀杨均，又击中安乐公主手臂，致其受伤，这种写法，有想象力但不尽合理，士子直谏演变成危及皇室成员的暴乱，张九龄日后还能成为朝廷大臣吗？太不可信。

结　论

剧本仍不太成熟和有不少缺憾。虽然总的来看，还是较好的剧本，但历史剧尤其是历史人物的传记片播出窗口窄小，落地局限性很大，如果剧本未曾打造得非常成熟和精彩，贸然投拍则极难成活。所以列为重点扶持对象还须加大力度进一步修改，争取成为历史剧的精品。

建　议

修改剧本时应改变现在专写张九龄人物传记片的戏路，要站在更高的角度，展开更广阔的视野，将剧本修改为一部反映唐初从贞观之治、开元盛世到安史之乱的突然大逆转的历史剧，剧名也应改为《盛世危情》《大唐风骨》一类的名称，切忌用“张九龄”作剧名。此剧本可以张九龄为中心人物，但写张的同时，也应该写好几位关键性大臣，写好群臣与帝王在太平盛世时的复杂关系，写好整顿吏治对国家兴衰的关键作用，引导观众以史为鉴，探索思考从治到乱、由盛世到乱世的突然大逆转的成因，把居安思危作为历史剧的灵魂，向世人提供防止盛世突然大逆转的警示。这样创作出的大作品，比单纯创作一部写张九龄的人物传记片更有价值，更有意义，也较易成活。

应该千锤百炼打造好《莞香》

通读《莞香》一、二稿，总体感觉是：1. 它是从现成的长篇小说改编而成，由于原有长篇小说基础较好，因此改编成电视剧也比较容易，有一定的文学性，剧本故事情节较紧凑，人物形象刻画比较得当，主要是人物关系的架构搭建得比较完整，悬念配置得也较丰富；2. 地方特色较强，历史感把握得较好，看得出来，编者对晚清广东、东莞的人文历史作过研究，做过一些案头工夫；3. 对东莞、寮步的香市独特的知识、市场、历史，可以发挥一定的宣传和启示作用，可以增加东莞的知名度、美誉度；4. 将两对青年男女的爱情围绕着莞香主线反复穿插，跌宕曲折，山重水复，较有看点，商业元素较多，适合拍摄成一部老少咸宜的电视剧。

但是，由于拍摄一部30集的历史电视剧需要耗费几千万的投资，因此不能不小心谨慎，对剧本精益求精，千锤百炼，建议宁愿耗费时日反复修改，打造剧本精品再投入拍摄，切勿粗制滥造，仓促上马，边改边拍，或者拍摄出来后不能通过审查，造成极大浪费。

依我创作和审读电视剧多年的经验，目前这个剧本仍不成熟，与国内一些轰动一时，走红全国的同类型的商战大片如《乔家大院》《走西口》《新安家族》《大染坊》等，仍有很大的差距，而电视剧制作和播出有一个重要规律，讲究题材上的“一招鲜，吃遍天”，凡是同类型的电视剧如果前面已经有一个走红打响了，你如果没有超越它的“撒手锏”，不能在剧本创新上有所超越和突破，那就必败无疑，输得很惨，即使质量上与它差距不大，也不行，因为它先声夺人，吃了“头啖汤”，你再跟着拍，收视率肯定不高，落得个或反应平平，或惨淡收场、血本无归的下场。

我认为目前两稿剧本存在下面几个重大问题：

一、剧本只满足于编故事，只着眼搭构复杂的人物关系，但在整体格局上不够大气，思想高度不够，剧中人物从身份、气派上先掉了“份儿”，有小家子气，格局小了，就很难拍摄成一部与《乔家大院》等比肩的大片，而如果没有拍摄大片的思想高度和突破气概，只满足于宣传东莞或者寮步、只为“文化强市”造点声势，而不是立足全国一流，放眼中外大市场，敢拍大片，是很难令电视剧一炮而红，在全国创造高收视率和高回报的，而小打小闹，充其量只能制作一部二三流的片子，影响有限，投资难以回收，不如不拍。

我的意见是：

1. 编剧的立意要高，要站在全球化的高度来重新认识莞香贸易，香港是因莞香贸易而得名的，那么东莞的香市不妨写得很大、很重要，而现在剧本上怎样看也仍似写一个小镇，剧中主要人物几乎都是农民（香农、塾师、乡村郎中，在香港的邓家也只是做转口贸易的生意人）；

2. 人物要重新定位：如易家，既然他家有辉煌的历史，连道光皇帝也欠他家 28 万两银子，皇上的妹妹西翠格格也委身其先祖，赠其信物金香炉，又有皇家欠条、圣旨和赠匾，其家特产易家莞香又蜚声中外，怎么易天农做派依然像个农民，要自己推着鸡公车到镇上卖香？这是编剧想象力不够，格局小了，其实，可以写他是个大香商，有大庄园，货达四海，财通三江，刘郎中既然有神医之名，可以是个因顶撞开罪皇家而获准返乡的太医国手，远近闻名，王清和可以是个桃李满天下的大儒，麦耕父子可以是个当地豪强，格局大了，戏才好做，后面的戏因此要重新布局，矛盾冲突也就能拔高、做大；

3. 主人公身份提高了，身价大了，对手的身份也应该相应提高，不应再是县令、税官一类的小官或传教士之类的小角色，直接对手应是惠州知府、总兵或是香港主教（背后是英国的香港总督），从高层次上提高矛盾冲突的级别，最后的戏有孙中山出场，才令人觉得可信。整体架构才撑得起来。否则，再怎么写也像是一个偏远小地方发生的故事，虽然写了奇特的香市文化，但因莞香文化在当代并未普及，接近湮灭，知者较少，现在重新振兴，一定要有大定位、大传奇、大震动、大冲击。

4. 剧本由于立足把主人公定位为自给自足的香农，虽然也写到奇特的香市贸易及其源远流长的莞香文化，但忽视了广东、东莞人那种最早萌发的商业文明形态和全球开拓意识，即“咸淡水”文化的浸透。易家和邓家从先祖结下的生死交情和商业联盟，正是这种“咸淡水”文化的结晶，他们最早发现莞香的巨大市场价值，又有开拓莞香国际市场和国内市场的强烈意识，正是他们造就了最早期的香港（香港得名应是因莞香贸易，剧中没有太强调，其实应该大书特书），这是长期处于封建社会压迫下的中国人最缺乏和最需要的商业文明和契约精神，直到今天，依然有着发人深省的启迪作用和警醒作用。

5. 剧情甚至可以引申到莞香的药用价值，由于香港和东南亚瘟疫流行，刘太医因为阿枝和兰儿发现了莞香在邓存璞身上产生神奇的药效而推广之，使东莞人成功免疫，莞香更一时身价倍增，供不应求，香港和东南亚的英国军方急需莞香防疫，继而逼迫清政府增加供应，引发横征暴敛，激起民怨，继而爆发冲突，这样一来，戏就好做了。

6. 莞香之所以能大行天下，现在剧本中过于强调是清廷皇家的追捧喜爱，这是中国百姓对封建帝王的一种盲目崇拜的延续，直到当代仍有不少商品以贡品、宫廷用品来做广告招徕，体现了一种落后的而不是进取的经商之道，与当代商业文化大相径庭。中国虽然自古有焚香的传统，而且与儒、佛、道的文化有密切关系，但它作为一种稀有商品，价值的提高应该是在商品流通中实现的，如果要表现莞香的传奇，其实本片中更应该强调莞香的外销性，正是欧洲人的喜爱，才抬高了它的身价，它才成为一种稀有的昂贵的商品，不是单靠皇家的欣赏肯定，而是广东人发现了它在海外的广阔市场，应该表现广东人的融会贯通的商业智慧和开拓精神。易家与邓家的世代精诚合作，联手开拓莞香的海外市场，赢得了财富和名声，也引起皇帝的垂涎，而现在的剧本，把此因果搞反了，反而是茫然无知的易家先祖易木鱼误打误撞进了皇宫，受到了皇家喜爱莞香的启发，加上太监王公公的引导，才回到东莞老家种香发财，并受到公主格格的宠爱，这一段公主爱上穷小子的传奇故事，完全可以反过来写：因为易家有莞香，而且有洋人追捧，才会引起皇家关注，才会引起公主爱上易木鱼。而这一段传奇，剧本中是中间横插一杠，强行进行倒叙的，犯了电视剧镜头按时空顺序叙述的大忌，其实，剧本应该进行大刀阔斧的修改，应该一开始就从先祖易木鱼与公主的凄美爱情切入，获赠信物香炉，种下老神树，等等，理顺前因后果，然后才叙述本片的主人公的人物故事。

7. 本片遇到解决不了的戏剧矛盾时，不是发挥想象力寻求努力突破，而是试图借助外来的自然力、神奇力来帮助主人公渡过难关，这是想象力匮缺的、非常幼稚的写法，其实，沧海横流，方显英雄本色，越是困难，解决了，突破了，就越显现主人公高明和具有传奇性。但现在写得太荒诞，太不可信，如官府来砍香树时，突降大雾，令官兵找不到老神树；日军来砍树，突遇天打五雷轰，全部丧生等，令片中产生一些怪力乱神的迷信色彩，降低了应有的品位。

二、审读剧本时发现的一些硬伤和问题。

第 1 集：人物基本设计不对路，一开始就把身份定得过低，不易让戏在大场面上展开。

开始鼠疫大流行，似还有一点悬念，但很快就被编剧忙于交代各种人物关系冲淡了，没有了相应的紧张度和剧情张力，让观众的关注力旁移，不妥。

巡抚接见各级官员，口称要下面“奏报”，这是闹笑话，只有皇上才能让大臣奏报，巡抚叫人奏报，是犯了欺君死罪。

第 2 集：从第 2 集开始，在多处反复以剧中人之口来交代莞香的历史、来历、功效和专业知识，而不是巧妙地融入剧情用镜头画面来展现，显得太生硬，容易让观众兴味索然，失去电视剧应有的吸引力。

第 3 集：易天农与洋人牧师寇尔德辩论，只提到香港最初的来历，一带而过，不能引进观众的浓烈兴趣，可惜了。香港因莞香转运销售而得名、成为港口，应该大书特书。

第 5 集：易家应是香市最大的庄园主，应该富甲一方，而此集中易天农竟自己推鸡公车到镇里卖香？格局太小。

第 6 集、第 7 集：易、邓两家结成的生死情谊，本来应该放在本剧的一开头，现在从中间插入，进行倒叙，于剧情不合、不顺。

易木鱼做香生意，全靠王公公指点？太贬低了广东劳动人民的智慧和商业头脑。格格看中了易，本来可以产生一段荡气回肠、妙笔生花的传奇故事，但现在是急于叙述，一笔带过，草草了事，有些莫名其妙。

第 8 集：易满腹经纶，做李府南宾，功成身退要求返乡种田，并带走一厨娘做老婆，这情节本来颇有戏，可是剧中又是李大人教易回乡种香谋生，显然是一大败笔！易既然是聪明绝顶，要求回乡应该是想好后路，有所觉悟，自己独辟蹊径寻求到种香之道，处处要人指点，就失去了人物的传奇性。

另外，格格赠送的珍贵香炉，似未发挥重要道具的应有作用。

刘郎中对易存璞说石女不能生育，不能传宗接代一节，观念陈旧，在剧中表现出来，令人反感，易去问纯女，更为不妥。

纯是聋哑人，只能在沙上写字表达情感，但在电视上，观众是不能老是看她写字的，在沙子上写字也只能表达“是”或“不是”等简单意思，太复杂的意思、太多写字的情节，会让观众厌烦。

易家与麦家因儿女婚事产生误会和矛盾，横插一杠，剧情老套沉闷，不够精彩，分散了本片的传奇色彩。

第 9 集：瞎子阿季做大媒撮合易、兰婚事，无形中拆散易、纯之情，又是好心的误会，剧情不够巧妙，也令人不解，不妥。

第 11 集：剧本为塑造兰儿，刻意让纯自尽消失，过于人为地制造悲剧，一场好人自制的惨祸，无悬念，不好。

小结：前 10 集，太多写小民之间的恩怨、矛盾、悲剧，着重民俗、民情的展现，过多介绍莞香的用途、源流、分级分类和生产过程、方式等，烦琐而复杂，冲淡了戏剧性，减慢了戏剧节奏，同时，闪回的镜头太多，令收视效果大打折扣。

第 14 集：易说慈禧太后的兰儿故事，与邓厚泽说的相同，后又在剧中反复提及，重复过多，似乎意思不大。

第 17 集：易母身亡，过程戏太多，精彩细节少，为叙事而叙事。

第 18 集：兰儿为保护姑姑（自梳女）大闹祠堂，对抗族长，本来是好戏，有个性，有精彩细节，但这些反封建的情节是突然冒出来的，与莞香的主线分离了，与前面的对抗官府、对抗洋人等分离了，有生硬地贴上去的感觉。

第 20 集：赛龙舟情节很有地方色彩，但与莞香似乎关系不大，能否拧在一条主线上？

与日本人斗香，斗前吟诵很多古往今来的咏香诗词，似太烦琐，容易拖慢戏剧节奏。大多数观众也会听不明白而放弃收视。

中间 10 集小结：三条对抗性的主线：易家——清政府；易家——洋人、日本人；易家——族长势力；未能有机结合，扭结成一条主线，分散开来，影响了大悬念，因而难以形成大片的气质和震撼力。

第 20－30 集：节奏较快，有孙中山出场，但易最后不治身亡的结局，似乎太不令人满意，效果不佳。

硬伤：辛亥革命后，追随孙中山的军队并未称国民革命军，此称谓是从北伐战争才开始使用。

以上意见，仅供参考。

2010 年 12 月 8 日

电视剧如何表现黄埔军校？

电视剧《黄埔军校》是一部全景式反映第一次国内革命战争初期，在孙中山的领导下，国共两党紧密合作，借助苏联大力援助和建党建军经验，组建黄埔军校和第一支“党军”的历史的作品，在当下，重温这一段风云激荡、曲曲折折、恩怨交缠的历史，无疑有着重要的现实意义，对祖国的和平统一和统战工作可能产生积极影响，并能让世人比较真切地领会到：在当年列强欺凌、军阀混战、风雨如晦的日子里，追求救国救民理想的前辈和革命青年们所经受的艰难困苦、流血牺牲，感受到他们在复杂纷繁的年代中心灵激荡之旅和变幻莫测的世事磨炼，作品真实感和现场感较强，是一部严肃的革命历史作品。

一、本剧的优势和长处

1. 阵容庞大、人物众多，黄埔军校建校前期所牵涉的所有历史人物几乎尽揽其中，有世人所熟知的，也有鲜为人知的，并有很多最新披露的史料和细节，因而历史感、现场感、揭秘感较强，这说明作者在创作中曾做过大量案头准备和资料积累，在了解历史本来面目方面下过很多苦功，并充分地加以利用，例如：在当今所有有关黄埔军校的文艺作品中，不管是共产党方面创作的还是国民党方面创作的，对苏联所起的作用几乎均一律讳莫如深，共方往往过于突出周恩来的作用，仿佛把黄埔写成共产党人办的“抗大”，国方又过分强调蒋介石的作用，仿佛苏联人和共产党人从未起过作用，本剧对三方面都有较恰如其分的描写，尤其是对苏联的大量援助和苏联顾问的深度介入，如鲍罗廷、加伦将军、蔡顾问等人，不仅出谋划策，甚至直接参与了对陈炯明的战斗，两次东征中苏联顾问均起了重要作用，无论在军事物资、枪炮军服等和办校经费等，苏联都是唯一的援助者，在政治工作和军队体制上，影响也非常巨大，周恩来刚从法国到任，搞政治工作的本领基本是从苏联学来的，国民党在军校和军队中建立党代表制度，也是沿袭苏联的，直至后来蒋介石反苏反共，师从日军、德军和美军制度建军，其军队中仍设有政工干部、政训处等，与他国不同，说明了国民党建军之初“以俄为师”之影响深远，不能连根拔除。

此外，剧中出现许多铁血领袖、热血青年形象，不论他们后来的政治取向如何，他们参与国民革命、反抗列强欺凌的热情和真诚都是令人钦佩和感动的，黄埔军校门口的对联：升官发财请走别路，贪生怕死莫入此门，横批是：革命者来。何等正气凛然、英雄豪迈！由于剧本以较大篇幅塑造了孙中山、廖仲恺、周恩来、毛泽东、蒋介石、蒋先云、陈赓、李之龙、叶剑英、邓演达、何香凝、包惠僧、宣侠父、陈明仁、徐向前等人，形成了一组民国先贤的群像，令人一览在大革命时代叱咤风云的英雄豪杰的风采，因而使本剧开头和不少章节产生一种史诗性的大片气质，这种探索和努力是值得充分肯定的。

2. 剧中一些重点人物刻画细腻、生动传神，可以称得上浓墨重彩，如孙中山。廖仲恺、周恩来、毛泽东等，让人读后感觉到当年革命领袖的音容笑貌，如孙中山殚精竭虑为北伐奔走，不顾横生波折坚持“联俄联共扶助农工”的三大政策奋而前行，廖仲恺忠心耿耿、任劳任怨、忍辱负重，一心为国共合作和国民革命操劳，甚至卖掉夫人的陪嫁首饰以救黄埔军校断炊的燃眉之急，周恩来对党忠诚、才华横溢、品德高尚受到所有黄埔军人敬重，毛泽东独立思考、敢想敢干、与众不同的处事方式和待人接物风格等等情节，令剧本增添了魅力和分量。

剧本较出色的地方，是对蒋介石从外貌到内心世界的描写也非常认真细致，它一反国内影视作品容易将蒋脸谱化成白脸曹操的标准写法，很准确到位地表现出一代枭雄的产生历程：他目标远大、眼光独到、孤芳自赏到野心渐起、精准把握时机、步步为营地渐掌权柄；他对孙中山从敬仰、忠诚到巧妙揣摸、充分利用，从自翎为“左派”，对苏联顾问尊重有加到对共产党人疑虑顿生、隐忍不发、一边利用忠勇的共产党人学生为己卖命一边又暗中限制、监视，拼命培育自己的羽翼与之抗衡，他认准孙中山而拼命追随，甚至招致国民党内极右派的忌恨而多次暗杀，欲除之而后快，但他自己却又对孙中山三大政策产生疑虑，尤对共产党的壮大怀有戒心和恐惧，只是碍于孙中山对共产党坚定的合作态度而不得不暂时屈从，不敢赶超雷池但始终心存芥蒂，剧本对蒋在国民革命中也有激情迸发的时刻并不讳言，写他重视政治工作、赞赏周恩来的才干、指挥学生大唱革命歌曲、在英帝国主义在沙基屠杀黄埔学生和群众之时，也表现出极大的民族义愤，对来自苏联的巨大援助来者不拒，多多益善等，都有多处精彩之笔，他的游移、善变、实用、阴鸷、杀伐果决的人物性格刻画落笔精细，心理活动生动而丰富，在目前国内所有有蒋介石出现的影视作品中，本剧的蒋介石形象是比较多面和与众不同的，可能也比较符合当时的历史原貌。

3. 剧本对众多的黄埔生中的杰出人物塑造，也花费了巨大的心血和笔墨，对国共双方的将星青年时代的各自不同的个性，均以颇具匠心的情节加以描述，如陈赓富有理想主义、乐观主义精神，幽默大度、活泼搞笑、机智勇敢、聪敏过人，率先攻上城头，被蒋命令站在城头上，全军向他敬礼，又在司令部中伏的危难之际，舍生忘死单身救出主帅蒋介石，给人留下深刻印象；李之龙的感情丰沛、边谈恋爱边搞革命，充满着理想和浪漫精神，令人触摸到一个创新的革命青年形象；蒋先云与右派学生斗智斗勇，在东征作战中英勇无畏，展现了当时青年共产党人的豪情和献身精神；而顾祝同被罚跪反而升官、陈诚夜读被重用等传奇般的细节，也为全剧增色，成为剧中亮点。

二、缺憾与不足

通观本剧，缺憾与不足也是显而易见的。

首先，涉及吸引投资问题。全剧的风格定位，规限了本剧收视观众的审美期待和有限的收视人群，造成了巨大的投资风险。本剧是一部具有大片气质的历史正剧，以严肃的态度去阐述、演绎中国革命史中一段最幼稚最复杂最扑朔迷离的阶段。电视剧如果不是由政府出于政治上的需要举行纪念或庆典，出资大造舆论而投拍的话，就只能依靠收视率来吸引投资。而能够对本剧产生收视兴趣和正确理解剧情的观众，只能是一些受过高中等教育和有一定历史知识的人士，可能中老年居多，电视剧如不能吸引最大的收视群体——中老年妇女，收视率肯定会偏低的，据我观察，妇女观众群体偏偏对此类大片正剧是最无兴趣的，青少年观众对这一段历史更是茫然无知，不知所云，靠本剧剧情来吸引青少年观众，似难度太大，因此，商业投资拍摄可能性不大，而政府出资投拍政治上的规限太严，对政治需要的要求太高，落地窗口和出口太窄小，如果有幸通过，只能在央视一套或某个卫视频道播出，回收投资的可行性太低。估计本剧拍摄出来后，能够通过重重审查的风险较大，如果有关方面有大张旗鼓隆重纪念黄埔军校诞生 90 周年的话，本剧还有机会争取到政府投资，在后年投拍，在 2014 年播出，配合彼时的形势造造声势，如不可能，只有改弦易辙，改变全剧风格，走商业化路子一途。

然而，如果坚持走严肃历史正剧路线，本剧仍不完善、不够出色，或者说不够智慧，有若干重大问题有待改善和解决：

1. 如何处理蒋介石的角色定位？剧中的蒋介石是个矛盾着的多面体，集革命、激情、正经、敏感、多疑、阴鸷、心计、谋略、功利于一身，但他可能最为传统观众所不容的是内心深处一直把共产党视为登上权力高峰的障碍，是潜在的敌人。本剧虽然并未标明蒋介石是男一号，但花费笔墨之多、细节之丰富、人物性格之张扬，明显在所有剧中人物（包括周恩来）之上，在剧本的写作上，他作为一个人物典型和艺术形象，写法是较成功、较出新的，但能否为广大观众所接受，则是一个巨大的未知数，可能会引起大的争议，最终可能靠高层领导拍板定夺解决。因为本剧塑造了一个全新的蒋介石形象，而没有写到他悍然违背孙中山的三大政策和临终遗训，破坏国共合作的大好形势，发动“4·12”政变残酷屠杀共产党人，这就有可能被不了解历史真相的观众误解为当局要重新评价蒋介石在历史上的功过，或会引起一些历史观和价值观的颠覆和改写，例如：如果蒋介石历史上以一个正面形象出现过，那么国共两党恶斗成血流成河的十年内战岂不是一场误会？或者全无必要？抗战胜利后的三年解放战争、“打倒蒋介石，解放全中国”的伟大人民革命更会令迷惑者质疑：战争的正义性何在？这可能会引起一些更难以预料的后果。

2. 前面说过，本剧是一部严肃的革命历史作品，具有一定的史诗性大片气质，但是，由于全剧侧重表现一段特定历史时期的全貌，或者刻意进行一些揭秘性的挖掘，缺乏大片所必需的贯通始终的人物命运和巨大悬念，因此难以与同样反映黄埔军校和军校生历史的大片《人间正道是沧桑》抗衡，除了出现蒋介石较正面的形象这一点上与众不同之外，很难超越《人间正道是沧桑》所获得的艺术成就和观众收视热情，电视剧制作行业极具残酷性，如果前面已有一部获得巨大成功的同样题材的作品摆放在那里，后面生产的作品如果不是全面超越而只是某些方面出新的话，也必然大打折扣，相形见绌，口碑不佳。本剧与以往多部描写到黄埔军校的影视作品相比，虽然有一些新意，但总体上确与《人间正道是沧桑》有一定距离。

3．综观全剧，仍有不少缺点或硬伤，现简要评点如下：

第1集：一开头就不太理想。周恩来与蒋介石分别在北京和台湾召集黄埔旧部聚会，全体黄埔人以不同身份一一亮相和走过场，令人眼花缭乱，变成"拉洋片"式的展览，无悬念、无戏剧冲突、不吸引人，难以调动观众的收视期待和热情，收视率会因此大打折扣。

第2集：孙中山批评蒋介石没有大局观念？这是当代人的词汇，当时孙中山可能不会说这样的话。

第1—3集：众人均称孙中山为总统，不妥，称孙先生为好，或称大元帅。

第1—3集：大量篇幅写热血青年纷纷报考黄埔军校，虽各有个性显露，但内容重复、雷同、戏份不足，仍然是第1集"拉洋片""走过场"的延续，到了第3集仍然没有吸引人的戏剧冲突、没有牵动人心的个人命运和悬念撞击，不能让观众心悬一线，这就犯了电视剧的大忌。

杜聿民？或是杜聿明之误？

第1—5集：写到毛泽东在上海为黄埔招生，有点牵强，但细节较好，如发挥想象力，让毛的戏更有合理性，有更大的动作，让观众印象更为深刻，对全剧效果会更好。

第5—9集：主要围绕军校生活，写到共产党人宣侠父与校长蒋介石的矛盾，让人印象较深。但总体上缺乏吸引人的主线和人物命运的大跌宕。如商团叛乱，本来可以展开一条贯穿前10集的主线，突出一两个共产党人黄埔生过人的智谋、勇气和献身精神，如陈赓。但现在是散乱的，人物太多则无人物，太重写史则无戏。

拍摄电视剧的目的，不是光为描述历史和展现历史原貌和现场，而是重在展现人物命运跌宕和典型性格，并以此吸引观众，获得认同和观赏。剧本在这方面似有忽略、有误区。现在剧本总想营造大片气魄，人物太多，想装的素材也太多，什么都想装，什么人都带一笔，每个人都一闪而过，显得不深不透，浮光掠影，最多仍只是惊鸿一瞥，难以让人留下深刻印象。

第14集：雕楼应为碉楼。

第14集—27集：写左右两派学生开会密谋情节太多，手法雷同，让人觉得新意不够，想象力不足。

问题：主线、主要人物仍不突出。

第 21 集：地名错误：三祝多应为三多祝。

第 28 集：李之龙两次说，苏联顾问尼罗夫夫人率部参加过反法西斯战争，显然是个历史常识的错误，硬伤。其时是 1924 年，苏联只发生过内战，并未发生反法西斯战争，反法西斯战争是发生在 1941 年 6 月以后。

第 29 集：细节错误：剧中人多处有用银圆、洋毫买报纸、坐黄包车、买生活零碎用品的细节，这显然是错的。当时银圆和广东使用的洋毫币值很高，并非现在一角钱的概念。这样细节在历史剧中要非常严谨翔实。

以上意见，不一定对，谨供参考。

对长篇电视剧《辛亥》读稿意见

长篇电视剧《辛亥》共 43 集，可能作者出于保密原因，只发来剧本提纲及其中的第 1、2、3、4、5、6、23、38、39、40、41、42、43 集剧本，现就作者提供的大纲和剧本，谈谈读稿意见：

辛亥革命是中国推翻帝制走向共和的里程碑，是亚洲伟大觉醒的最重要历史事件，中国革命伟大的先行者孙中山为此奋斗多年，经历千辛万苦，越挫越奋，不断举行多次起义，本剧本概述了这一伟大历史进程的风云变幻、潮起潮落，是一项倾尽心血、耗费时日的巨大工程，时下正值辛亥革命 100 周年即将来临，策划、实施拍摄表现辛亥革命题材的文艺作品有非常重要的现实意义、教育意义和纪念意义，对于海峡两岸关系缓和和促进中华民族的统一大业，更有特殊意义。

读过稿子后，感觉剧本有以下优点：

1. 规模宏大，涵盖面广阔，历史跨度很大，从德国入侵胶州湾引发清朝内部矛盾激化、康梁酝酿变法开始，到孙中山 1923 年筹划改组国民党、实施联俄联共政策结束，历史人物形象众多，上到孙中山，下到普通民众，均有艺术形象刻画，历史事件复杂繁多，有些历史场面写得别开生面，独具匠心。

2. 剧本以孙中山为主线，紧紧抓住孙中山为国为民、不断从革命活动中顺应历史潮流，在无数失败中反省自己、衡量得失，在宋庆龄的帮助下最终走上正确的道路，开启了国共合作的先河，人物形象写得较厚重，有感人之处。

总的来看，剧本虽然花费很多精力和心血，但是依然显得不成熟，比较粗糙，这表现在：

1. 作者写了大量历史事件，但大多就史论史，就事论事，没有能力将繁复的历史事件典型化，精细化，缺乏把握历史、透视历史的思想深度和力度，同样题材已经有了不少的优秀电视剧和电影，因有《走向共和》《孙中山》这样的大片在前，以后的片子如果在思想深度和艺术形象塑造方面不能有所超越，有所出新和突破，则很难成活，获得认可，此剧与《走向共和》相比，思想锋芒显然远远不及，作者描述历史的方式，不是通过人物的典型细节和心理刻画，而是采用粗糙的演义手法，力图图解历史，大量篇幅单纯叙述历史事件发生和发展的过程，在镜头运用上仅起着简单陈述历史事件的作用，甚至有戏说成分，将复杂的历史进程和面目企图用简单化、通俗化、演义化方式来处理，如孙中山密谋起义又寄望拉拢张之洞等清朝官员、康有为寻求变法、慈禧扼杀变法、袁世凯告密，尤其写慈禧因恨洋人而对 12 国宣战，是由于总理大臣载漪伪造列强给大清照会而引起的（其目的是为了逼慈禧放权给自己），等等，从剧本的语言对白到人物描写，都有些许有悖于常理和历史真实的地方，有点像儿童读物或小人书，如果作为文学作品的演义还可以接受，如果拍摄成电视剧，则容易造成误导。

2. 电视剧是刻画人物性格描写人物命运的艺术，但本剧在刻画人物特别是反面人物上，也有简单化、脸谱化、小丑套路化的缺憾，康有为在中国历史上有重大影响力和贡献的复杂人物，但剧本中把他写成反面人物，一个官迷，稍有成就得意忘形，一旦失意就原形毕露，写他追打梁启超一场戏，与慈禧追打光绪皇帝同出一辙，不仅情节不合理，而且多处手法雷同，不可信更违背历史真实，历史上康、梁确因政见分歧而交恶，但不可能发生像老子追打儿子一样的戏剧性场面。

剧中写孙中山的情侣陈粹芬等革命党人发动群众革命，与后来的共产党人发动群众手法相同，未免牵强，至于在村中修建地道等，更是子虚乌有，在农民中活动的革命党人个个都是日行千里，忽东忽西到处开会和传递消息的神奇人物，中间又插入大地主楚留成看中陈粹芬，强行逼婚等，节外生枝，荒诞不经。对于孙中山的感情生活，剧本处理得太草率简单，这些涉及历史伟大人物私生活的问题，文艺作品一定要慎之又慎，千万不可随意添枝加叶。

剧本写晚清上层人物和后来的北洋军阀，均呈脸谱化、小丑化，写段祺瑞骂总统徐世昌：段祺瑞歪着鼻子，劈面就骂："都是你干的好事！法兰西的巴黎和会，让你搞得一团糟！叫你压代表团他们签字、签字，结果不了了之，这叫我以后在友邦面前，还怎么说话？……"这样的戏，怎能叫观众信服？一个总长怎能对总统这样说话？完全是想当然的演义手法。

至于写段祺瑞、徐世昌、曹锟、吴佩孚、陈炯明等人，个个都写得凶神恶煞，一旦战败，几乎都是抬手一枪，就打死来通报坏消息的部下，不服输，就称对方为某大傻子，这种套路化的写作，大大降低了剧本的艺术质量和应有的审美价值。

3. 孙中山发动民主革命，推翻帝制，首创共和的活动大多在广东和世界各地的广东华侨之中进行，剧本应有强烈的广东地域文化特色。但很可惜，由于作者对广东文化相当陌生，多处露出破绽，尽管作者根据史料对地名、街名甚至住宅的门牌号码都罗列甚详，但人物一开口就是北方语言：爹、娘、（孙中山母亲称孙发妻卢夫人为：科儿他娘），泥孩泥孩，“亏不尽你哥你嫂”，陈少白骂：“拽洋蛋，拿架子”，等等，比比皆是，这样的广东人讲北方土话，剧本中多不胜数，令人难以接受。

4. 剧本中的大场面特别是战争场面，几乎没有镜头感，全是简单叙述，基本都是“冲啊！冲啊！敌军阵地被攻破，敌人大败”，后几集写粤军驱逐桂军、滇军，革命党人攻击地主武装等也有如游戏一般，这样没有画面感和镜头语言的剧本是很难投入拍摄的，显示出剧本的随意性和简单粗糙。

综上所述，在观众对电视剧的审美要求、观赏口味越来越高的当下，此类型正面描写历史但又缺乏权威论证、剧本较为粗糙的电视剧恐不易获得通过，不仅央视不能接受，其他省市电视台也难以播出这样 40 多集的大片，如果不对剧本再下功夫做好大量的案头工作，进行精雕细刻的大删大改，强行上马拍摄，必然造成巨大浪费。

以上意见，仅供参考。

对《共和英烈》读稿意见

本剧从孙中山、陆浩东的儿童时代写起，着重描写孙、陆二人从改良主义转变为共和革命先行者的历程，特别对他们的共和理想、精神的萌发、成熟到坚定追求有详尽的记述。最后以1895年的广东广州举义（乙未广州举义）失败，陆浩东英勇就义，成为中国共和革命第一英烈为剧本高潮和结尾。

孙中山的乙未广州举义，是中国第一次以革命暴力震撼帝制根基的大事件，是中国正规资产阶级民主革命的开端。举义体现了广东蕴藏着巨大的变革潜力，奠定了广东是中国民主革命策源地的历史地位，它与后来举行的一系列起义，直至辛亥举义成功，对摧毁清朝封建帝制有着重要的意义。

陆皓东是“中国有史以来为共和革命而牺牲之第一人”（孙文评介），而今人知者甚少。本剧本的创作，对隆重纪念辛亥革命一百周年，对加强海峡两岸和国共两党的统一战线工作，也有着重要的现实需求。

广东省曾经拍摄过不少孙中山和辛亥革命题材的影视作品，如荣获国家级各种大奖的电影《孙中山》（珠影）、长篇电视剧《孙中山》（央视），其中对乙未广州举义、陆浩东英勇就义的情节也有浓墨重彩的描述，但以大型电视剧形式推出青年时期的孙文与陆皓东的同窗情、同志情、战友兄弟情，则是同类题材影视作品的第一部。

广东省作协已故作家余松岩曾经写过一部全面表现陆浩东生平和英勇就义的长篇小说《地火侠魂》，在20世纪90年代获得中国文坛的很高评价，荣获广东省鲁迅文学奖，从资料丰富和历史背景纵深宽广角度来看，剧本《共和英烈》比《地火侠魂》稍胜，但从人物性格的刻画和地方人文特色角度来看，小说《地火侠魂》远胜于剧本。如果剧本要吸收《地火侠魂》的精华，则有个版权问题，可商谈解决。

一部30多集的大型电视剧的创作、拍摄、制作和播出，牵涉巨大的资金、人力、物力的投入，尤其是历史剧，主持者不能不充分考虑市场的需求、观众的期待和文化审美的潮流动态，不可不谨慎从事。然而平心而论，本剧本作者在资料搜集、人物设置、故事编排下了很大功夫，投入了巨大热情，这是令人敬佩和值得肯定的。

下面是我读稿的一些粗浅意见：

前 5 集：显得零碎、平淡，故事悬念感不强，过于写实，陆、孙二人的少年故事并不太吸引人。

第 7 集：孙、陆二人毁坏北极庙北帝像被逐出村一事，本是焦点事件，但事发牵强，毁坏神像的理由也不太充分，落入俗套。

第 12－13 集：陆北水办厂，牵涉人物突然太多，光交代众人的来龙去脉就会令观众一头雾水，但故事又比较简单，此乃电视剧编剧的大忌。马青霞一介女流，居然引入洋人机器，并解决了工人闹事的难题，过于突兀，不如把戏全部让给陆，让陆的智慧来解决难题，马只是个协助者，经过此事对陆更为仰慕，可能效果更好，人物会更集中、突出。

第 17 集：马幻想做妾嫁与陆，有画蛇添足之累。

第 20－22 集：插入慈禧祝寿、颐和园视察、中日在朝鲜冲突起因等，加上盛宣怀、郑观应上海纵论时局、招商局兴衰等，堆砌了大量时代背景，孙、陆二人当时是小人物，无法介入时代大旋涡之中，硬加进去显得牵强，也缺乏一个令观众可信的切入点和悬念。

后面关于孙、陆转变观念，由改良主义变为激进的革命党人，也有人物太多，焦点不集中的毛病，策划起义和各种奔走活动，交代过程太多，牵涉人物太多，而令观众紧追不舍的悬念、亮点少，整个过程一一道来，但实际上观众看了并不紧张、没捏一把汗，最后一集，起义失败，更像一场闹剧（可能史实就是如此），故事松散，主要人物性格不鲜明，细节不感人。

纵观全剧梗概，觉得要把剧本写好，达到投入拍摄水准，还有相当距离。

总之，拍摄这部耗资巨大的历史剧，无论政治意义如何重要，一定要慎之又慎，应记取耗费巨资拍摄长篇电视剧《孙中山》，结果既无收视率，又无法收回投资的教训。（央视运用的是国有资金，而此剧运用的是民间资本，所以要更为谨慎。）

以电视剧表现知青岁月值得期待

30集电视剧本《岁月》时空跨度大，从1968年一直写到当下，40多年，涵盖历史事件多，“文革”、知青上山下乡、兵团艰苦生活、以阶级斗争为纲的政治运动、开荒大会战、学毛著运动、“913事件”、总理逝世、天安门诗抄追查到平反、知青回城风云、改革开放初期、中期到小平南巡后的大发展时期，都一一追溯，用人物故事贯穿，从内涵来看，应该是一部大制作。

主人公陈慧一生沉浮跌宕、恩爱情仇，反复从人生低谷挣扎拼搏，奋力达至成功，始终无怨无悔、真诚正直，乐于助人、形象感人，其中叶秋、大民的塑造也较为着墨浓重，有一定代表性，对有过知青经历的人来说，是比较熟悉的，较为亲切，故事以小人物创业艰难百战多为重点，也符合在所有历史转折点上都是吃亏者和负重者的我们这一辈人的人生轨迹，容易获得感情认同，主人公陈慧从知青少女到中老年妇女的人生历程，也可能会引起当今电视观众的最大群体——中老年妇女的共鸣，陈慧人生际遇的一些故事情节，写得感人至深，甚至催人泪下，这些都是本片的长处，从这方面看，本片是值得经营的。从剧本创作上看，编剧颇具匠心，各种表现手法纯熟，故事跌宕错落有致，出人意表的情节小转折布局合理，人物性格、戏剧冲突设置都比较到位，挑不出大的毛病。

但是，作为一部投资巨大的大制作，本片仍缺乏应有的震撼力和艺术冲击力，有点四平八稳、就事论事、满足于叙述生活的原生态和各种小人物生存状态的客观呈现，思想锋芒不够锐利，未能直击人心，尽管陈慧的一些情节和细节描写可能会赚部分妇女观众的同情和眼泪，但总体来看仍嫌剧情太平，人物和故事较易落入俗套，人物故事和性格发展路向尽管中间不断转折变化，但依然摆脱不了“看头知尾”的格局。因为此类电视剧观众有一定局限性，青少年看不懂或不爱看，有可能收看的大都是“文革”的过来人，对那一段不堪回首的历史都有惨痛的经历与回忆，大多人物、故事都有亲身经历或感同身受，至少是“知青文学”叙述过了的、大多数人都能耳熟能详的故事，他们有人甚至经历过比剧中人更悲惨和更极端的事件，如果仅仅是为了勾起回忆或引导他们回首当年，而不能站在一览众山小的高度，不能给他们呈现一些有深度的思考和震撼性、极致性的事例，不能以一些独特的、与众不同的人物命运和生存状态动人心魄和抢夺眼球，观众或潜在观众很容易把剧中人物和故事当作小儿科，嗤之以鼻或者不屑一顾，因为这一辈人曾经沧海难为水，向他们讲述他们早已经经历过的历史，必须有一个全新的视角和表现方式。让他们发出意想不到的惊讶和赞叹：原来我们经历过这么奇特这么与众不同的人生！原来我们经历过的那一段人生和历史可以用这样新的方式来诠释和呈现！

当然，这是一种高难度的写作，也是一种全新的挑战。

几点意见：

1. 写知识青年上山下乡，避不开“文革”这个“雷区”，更避不开对当年这么牵涉几千万人、全国城市家庭都卷入其中的史无前例的人类大迁徙的评价和重新思考。

中国自从成为一个统一的国家，历朝历代的封建统治者都自称处于世界中心，自己的国家是中央之国，“普天之下，莫非王土，率土之滨，莫非王臣”，在一个以农耕文明立国的国家里，耕地和农业劳动人口应该是立国之本，偏偏中国是个人口繁衍快，而耕地总是显得短缺，而且自然环境和条件并不优越的国度，在封建时代，在生产力低下的情况下，复杂的人口众多和耕地短缺的矛盾，只能用最简单的方法来处置：那就是大规模地迁徙人口，中国历史上有几次人口大迁徙，都与全国性的战乱后，新建王朝立志开创新政、发展生产和巩固政权的战略有关，其主要方式就是把较发达的农业区人口大量迁移到荒地较多的边疆、“蛮荒之地”或因战乱而人口剧减的地区去，或让他们屯垦戍边，或让他们开发耕地，自生自灭，这种大迁移，造就了中国一支庞大的汉族群体——客家人。

中华人民共和国成立后，开启了中国历史上少有的和平建设新时期，然而，中国人的生存空间依然是狭小的，得用全世界近十分之一的可耕面积来养活四到五分之一的人口，劳动者的生存和就业问题也一直成为执政的共产党人的一块心头大石。

开国之初，中国共产党人就开始中国有史以来最大规模的垦荒活动，急于将国家的战时状态转化为和平建设环境的毛泽东将一员虎将王震任命为农垦部长，将大量部队调派到垦区从事农业生产，以期达到既可增加生产保障供给又能屯垦戍边的目标。

当时主要的垦区有三大块：新疆、东北北大荒和华南的海南岛、雷州半岛，领导三大垦区干部的有很多是王震当年359旅的部下，唯独华南垦区由叶剑英元帅亲兼华南垦殖局局长，因为当时华南垦区有特殊任务：应苏联要求，将中国的海南岛、雷州半岛作为为整个社会主义阵营生产战略物资橡胶的基地，因为当时找遍了"社会主义大家庭"的所有地域，唯独中国广东省辖下的海南岛和雷州半岛可以种植橡胶，所以打破帝国主义的对橡胶这种重要战略物资的垄断和封锁的任务，就落到中国共产党人头上。为此，中央军委特别将两个整编师的部队改建为林一师、林二师，开赴还覆盖着林莽和荒原的海南岛、雷州半岛种植橡胶。这就是广东农垦事业和后来的广州军区生产建设兵团的前身。

20世纪50年代初，全国各地也开始掀起动员进步青年支援边疆建设和屯垦戍边的热潮，这是中华人民共和国成立后有计划大规模地由城市和较发达地区向边疆和不发达地区迁徙人口，以增加生产，减轻人口压力的肇始。

此后，中央政府一直鼓励这种人口和劳动力的转移，在"广阔天地，大有作为"的革命理想和乐观主义精神的感召下，一代一代的有志青年的确也为改变农村和边疆的面貌创造出无数可歌可泣的业绩，不少人成为农村和边疆发展的栋梁之材。"文革"爆发后，城市的动乱和无政府状态接近失控边缘，全国几千万大中小学的"红卫兵小将"终日除了从事了无尽头的"革命造反"之外，再也无所事事，这构成一种巨大的压力，也成为各大中城市的一种无形的负担。1968年底，毛泽东发出"知识青年到农村去，接受贫下中农的再教育，很有必要"的号召，全国知识青年立即铺天盖地向农村、向边疆奔涌而去，这是一次几千万人的世纪大迁徙，在城市里汇集成红色海洋的红卫兵一下子变成满山遍野的下乡知青，执政党充分调动了自身的政治优势，运用了全社会强制、半强制、自愿作典型带动等所有动员手段，发起了知识青年上山下乡运动，在神州大地创造出短短几年时间内迁徙出几千万青年从事农、牧业生产，这种精壮人口的大迁徙，在人类历史长河中恐怕是空前的。究其动因，既有革命理想主义成分和"改天换地育新人""缩小城乡差别"的考量，也有对领袖权威的盲目崇拜和随意性极强的乌托邦式政治激情，更有不少为减轻压力负担不得已而为之的无奈和轻率，引发的人间悲剧多不胜举，而且几乎埋没了整整一代人，影响了几代人。无可否认，这种荒废一代人学业，几乎做成了全国城市家庭骨肉分离的运动，暂时窒息了中华文明发展传承，摧毁了本来就不完善的中国教育体制及其进程，却又在痛苦和艰辛之中造就了一支支撑共和国命运的骨干力量，这个在民间最底层的酸甜苦辣汁液中浸泡过的名叫“知青”的庞大群体，在共产党人中逐渐取代了从战争中成长起来的一代中坚，在社会各个层面上发挥着举足轻重的作用，影响深远。从今天的视角来看，简单的指责批判和颂扬肯定都会失之偏颇，企图用一部电视剧来涵盖和诠释、呈现这一复杂的历史事件显然是不可能的，何况还有“文革”这一大雷区和难题？这段血泪、痛苦、悲剧、理想和乌托邦式的英雄主义搓揉起来的历史，恐怕只能由后人来评说。

那么，怎么来表现这些多不胜数的人间悲剧和在整整一代人痛苦中凤凰涅槃式的重生，又要安全地蹚过“文革”这个“雷区”呢？

我的想法是：传奇加悬疑。

在市场经济和市民社会里，传奇拥有巨大的号召力和能量，问题是如何写好这个传奇。

现在剧本的写法，是非常传统、写实的。特别是前半部写兵团知青生活那十几集，几乎当过知青的人都经历过，不足为奇。但如果加上一些传奇的元素，编剧充分调动起横空出世的想象力，突破简单批判“文革”的思想局限，打破原有的生活原生态和人物原型的思维定式，增加多些浪漫主义色彩，敢于设置大的、贯穿始终的悬念，敢于增添另类和“出格”的思考，特别是前半部分，不着重写上山下乡的过程和劳动艰辛，而着重人物命运的传奇变幻和不可思议的阴差阳错，就像雨果写法国大革命和文艺复兴时代，诞生《悲惨世界》《巴黎圣母院》一样，可能会收到意想不到的惊心动魄、催人泪下、传之久远的效果。

其实，剧本里也不乏点滴传奇色彩：如张广生意外地当上学毛著积极分子到处去讲用骗吃骗喝，陈慧为高考来回折腾老是阴差阳错地错失良机，甚至在高考考场中临场分娩，她与叶知秋的婚恋也反复跌宕几起几落，最后自暴自弃断然与农场工人志雄结婚等，都是不错的情节，可惜都是小传奇，整体上未能突破写实的模式。我说的是大传奇、大悬念，需要大手笔。应该说，珠影有这样制造传奇片的条件，孙周导演的“三树”，就有不少传奇的影子，但写实仍大于传奇。

当然，这样一来，全剧免不了要此剧本框架内大动手术，进行大删大改，就看出品人和作者有没有出大作品、大制作，挑战高难度创作的决心和勇气。

我斗胆设想，若剧本不以陈慧、叶秋留城还是下乡的抉择为开头，不为这个问题绕来绕去耗费很多篇幅，而是一开始就写一场血雨腥风的武斗结束，叶秋被军管会、工宣队捧为结束武斗的英雄，并与陈慧一起带头下乡，但留下一个巨大的悬案：全国劳模陈父为保护工宣队李队长牺牲了，这个悬案一直伴随着他们的命运沉浮忽明忽暗，大家都在猜测追寻，都在真诚地赎罪，但真相始终不得其解，甚至造成很多误会、恩怨，很多人被冤枉、怀疑，甚至连陈慧都怀疑自己也是害死父亲的凶手，到最后才解开这个悬念。像电视剧《冬至》《冷箭》一样，以一个巨大悬念和几组感情恩怨纠结交错，就能紧紧抓住观众的眼球。

2. 人物设置和塑造。

陈慧、叶秋、大民三个主要人物，设置合理，有生活原型和依据，但中规中矩，没有令人惊喜的突破。原因仍然与上述缺憾有关：太写实，缺乏富有浪漫主义精神的想象力和另类、出格的勇气。

三个主要人物的性格都太理性，太传统，不够出彩。如陈慧，从头到尾都是倒霉蛋，虽然屡战屡挫，屡挫屡战，越战越勇，永不言败，有几分感人，但人为痕迹太重，与其这样让人不可信，不如再增添多些传奇色彩让她忽然直上重霄九，忽然跌下烂泥潭更令人欷歔。

叶秋与大民相比，叶秋戏份更重，但因“太正”而反而不易为观众所接受和感动。他开始是个狂热的红卫兵领袖，为表白自己显示自己的忠诚和正确，不惜与父亲划清界限，到兵团后，直到改革开放搞经济，又以一个一贯正确的形象示人，成为知青的楷模，仿佛就是智慧的象征，这种人物早期有一定的真实依据，但作为艺术形象的男一号来烘托女一号陈慧，反而会削弱陈的艺术感染力。而叶秋惠州炒地失败，公司破产在即，陈慧挺身而出奋力抢救公司这一段较为成功，说明小人物办大事的传奇性是可以打动观众的。

倒是大民的形象相对比较可信和成功。如果他的经历更传奇更戏剧性，可能会更出彩。其他知青人物的塑造，也宜采用“八仙过海，各有神通”的写法，各有各的活法，各有各的精彩，加强他们的传奇性。

此剧正面形象贯穿始终，但没有一个贯穿始终的对立面，对立面是工具式的多个散点，招之即来，挥之即去，形成不了中国传统的正邪对立的戏剧冲突，因此剧本只好在几个主要人物之间不断制造误会和阴差阳错，几十集下来，搞多了就让观众厌烦了，这也是剧本较平，不能令人揪心的原因。

我突发奇想，能否把叶秋写成表面一贯正确、每到关键时刻总能顺应潮流、抓住机会表现出过人的智慧和魄力、遇到危机总能过关、但却是心灵肮脏的对立面？他骗人骗了几十年，双面人也当了几十年，自己也活得非常痛苦、艰难、每分钟都在走钢丝，忍受心理煎熬挣扎，这样写，恐怕更深刻、精彩。像《悲惨世界》的沙威警长，《巴黎圣母院》的神父一样，有个贯穿全剧的对立面，整部戏会沉重很多，也会让观众的心一直悬着，一直在猜测、追看，效果和现在大不一样。

3. 能否虚实结合？

如果考虑到重新大改难度太大，能否设计一个贯穿始终的大悬念，采用上山下乡、兵团、“文革”那段历史用传奇色彩，改革开放后采用较写实的方法？希望讨论、斟酌。

4. 一些败笔：

——大民的高科技研究成果究竟是什么？太虚。观众看不懂，为何如此有商业价值和被商人们争夺，要有个直观的理由。叶秋去说服钟老板放弃，全凭说教，光说，没戏，没镜头感。很容易让观众厌烦。

——叶秋离开一手创建的珠江公司，不可信。他一手培养的王总，也没个来历，应该有一段故事。能否让陈慧接班？

——志雄趁陈慧失恋之机，极力取悦关心陈，后与自暴自弃的陈结婚，似乎仍缺乏可信的细节。而他在结尾卷款潜逃而犯罪，陈不让报警，而用马队长病重的登报消息引他出来，更不合情理。

——叶秋最后被判处入狱，理由不成立，太草率儿戏，纯粹是为了跌宕而生硬做戏。最后有情人终归不能成眷属，让陈慧陪伴半身不遂的志雄过下半辈子，有违中国观众的喜爱大团圆的审美习惯，虽然是出人意料的结尾，但让人难受，并不会讨好。

对写华侨商人电视剧的意见和建议

1.《陈宜禧》这部电视剧是广东近年来少见的华侨题材的一大制作，故事起伏跌宕，历史跨度大，涉及太平洋东西两岸的中美两国，情节较真实感人，人物形象较典型突出，既有陈宜禧从小到大、历经清末民初的时代变迁，又有从村童到赴美华工、侨商、侨领，终成我国一条民办铁路的发起人和管理者的传奇经历，特别是华人在美国修建太平洋大铁路的历史和西雅图华人在美国排华恶浪的血泪史，会令当今的观众有陌生感、距离感，但也会激发起相当的好奇心。

剧本大纲基础不错，值得省委宣传部关注扶持，如果认真经营剧本、组织强大的摄制班子精心制作，用上一线导演和演员，有望成为一部可与《闯关东》《走西口》比肩甚至有所超越的大片。因为剧本牵涉中美关系和中美两国人民的历史渊源和友谊，大量披露广东四邑“猪仔”华工对修建横贯美利坚的太平洋大铁路和开发美国西部的历史贡献，彰显中国人惊人的生存力、创造力和爱国精神，而这种中国伟力是在太平洋彼岸——世界第一强国美国表现出来的，因而比《闯关东》《走西口》或者《下南洋》更有特色，在全球化的当下，更有与众不同的意义和吸引力。

2. 经查核史料，剧本大纲所写故事情节与人物，与真实的陈宜禧经历大体相同，当然不少地方作了艺术加工和渲染。我认为，由于是真名实姓地用电视剧形式来表现一个历史人物，难免带来艺术想象力和表现力的局限，颇受掣肘，写得太实，容易变成人物传记片，艺术加工太多，又会被人指摘歪曲历史，有胡编乱造，损害人物的真实形象之嫌，用一个知名度并不高的真人的真名实姓来做片名，会令电视剧的观众期待大打折扣，因为陈宜禧毕竟是一个国人并不熟知的历史人物（虽然他是江门四邑的历史名人，贡献巨大，但在全国以往宣传太少），用陈宜禧作 35 集大片片名，会令人感觉这是一个地方性的人物而忽视，难以产生期待值和关注度，似可改名为《过金山》（四邑人旧称美国为金山，中国为唐山，华工去美国称为“过金山”，回国称“返唐山”，美国归国华侨为“金山客”、回国娶妻的老华侨称“金山伯”）。或者可用较为当下年轻人易接受的片名《啊，太平洋彼岸!》《美利坚华商》。

3. 总之，片名可以更大气和宽泛些，令内涵更富有张力，人物可以陈宜禧事迹为原型，糅合更多华侨领袖人物的动人事迹，创造出一个更新的“陈宜禧”，写法类似于描写我党的高级战略情报特工阎宝航和熊向晖的电视剧，这两部电视剧都没有用他们的人名作片名，写熊向晖的电视剧连人物真名都隐去了，但大片都拍摄得很成功，均在央视一套黄金时段播出，收视率也非常高。

建　议

1. 前20集，主要是写陈宜禧在美国奋斗、发展的经历，其中修筑横贯美国东西的太平洋铁路一段，铺垫过多，进展太急，未能精雕细刻，对陈宜禧过人的忍耐力、承受力和聪明才智未能得到烘托和充分展现，仅表现为与某白人工头司铎的比拼，缺乏震撼力，因而细节也不大感人。其实，中国人特别是开平、台山、新会的华工，对铁路完工起着非常重要的作用，其艰难困苦和所受到的严酷的非人待遇，是令人难以想象的，以至于美国著名作家马克·吐温说过，太平洋大铁路每一根枕木下，都有一具华人的白骨（大意）。而剧本大纲令人感到陈宜禧比较地从普通小工升为管工甚至更高位置，纯属侥幸和个人际遇，华工们对工作胜任愉快，白人之所以干不过华工是因为白人太懒。其实，应该把场景写得更严苛、艰苦、暴烈，白人老板对中国人的压榨和歧视更骇人听闻，只有在无数华人丧生的人间炼狱中，才能把陈宜禧烘托成奋力拼搏、绝境求生的千万个华工中的杰出代表人物、出类拔萃之辈。他的艰难崛起令白人感到不可思议，从而获得较正直的白人的尊重和提携。

2. 剧本大纲中最感人的是美国排华恶浪袭来时陈宜禧在暴徒的驱赶袭击和屠杀下坚持在西雅图立足的一段，建议写得更细、人物更丰满一些，对美国社会主义者、无政府主义者推波助澜，推动美国议会立下“排华法案”，剧本大纲有过多的交代和陈述，占大量篇幅，似不必要，对美国工会在排华中的恶劣作用，也不必过多描述，事实是美国内战结束后大量军人退伍，太平洋大铁路完工后大量华工涌向各地占据了低端的劳动力岗位，加上美国遭遇到经济危机，令全国的就业形势空前紧张，美国政府为转嫁矛盾，把华工作为替罪羊，推出“排华法案”，这是美国政府历史上和人权纪录上极其丑恶可耻的一页，必须重点加以揭露，只着重写好这一笔，就足够让观众明白了。

对于在排华恶浪中“歌剧院党”和“排华党”的分歧，剧中可以表现，但他们手段不同，目的是一致的：就是中国人抢了美国人的饭碗，必须离开，所不同的只是“排华党”主张用暴力驱赶，“歌剧院党”则主张用“法律”保护下离开。

美国有人权发展有个漫长血腥的过程，从立国早期对印第安人的屠杀和掠夺，到对华工的压榨、迫害和驱赶，对黑人的歧视和隔离，每一进程都充满血泪，建议此片也明晰地展现这一历程，让今天的青年观众明白，在美国繁荣富强的背后，有多少华工的血泪账。

3. 对于正直的美国法官伯克帮助陈宜禧的多次帮助并几次在关键时刻对陈的救援（包括郡警长、西雅图市长等人），可着重写他们对中国人的友谊和人道主义精神，但剧本大纲中所强调的美国法治国家和法律精神至上，我个人认为则要小心处理，其实当时的美国，对华工的野蛮屠杀和驱赶，是政府、政客煽动起来的一股恶浪，黑暗的“排华法案”被议会通过，是为了转移国内矛盾的政治需要，哪有什么法治和法律精神可言？伯克和警长指挥对袭警和袭击华人的暴徒开枪，保护了华人，是出于人道主义和正当防卫。

伯克帮助陈宜禧“民告官”控告地方政府成功，获赔偿70万美元，重建西雅图中国社区这一节也应较好处理一下，不能造成让观众误认为当时美国政府就多么重视法治、多么维护正义的误判，从而减轻对当时的美国政府、议会和政客的道德谴责。

对于西雅图重建和广东大厦落成后的那场几乎毁灭全城的奇怪大火，其实也可以再造些文章，可写成是嫉妒华商成就的小人所为，不料大火烧起来后不受控制，连白人也一起遭殃，几乎全城尽毁。

4. 20集以后写陈宜禧归国建设新宁铁路这一段，对付土匪的几个回合戏份太多，有重复之嫌，建议简化浓缩。同样，对股东之间的钩心斗角和清政府、国民政府两代官府贪官之间的斗争，也多有雷同之处。贪官的手段总是一样的，以权压人，谋取总经理职位或干股，这里总需要一些戏份的变化和节奏上的改变，或删或合并，否则流于太过繁复，容易让观众看不明白或产生厌烦之感。

5. 剧本大纲的女角中，最不成功的是陈宜禧的夫人素满，此人物需要重新设计、定位而大改。

在台山、开平、新会的华侨中，妇女是功高至伟、名副其实的“半边天”，事实上有华侨史以来，没有侨眷、侨属的牺牲和默默支持、耕耘，华侨们成就大业是难以想象的，但现在剧本大纲的陈宜禧夫人，在前期是个与公鸡拜堂的悲剧人物，令人同情，但千辛万苦与陈宜禧结合后，几十年如一日地拖他的后腿，成了个在家中专门唱反调的角色，甚至设计坏他的大事，形象反而不如陈宜禧一个美国仇人的妻子（此人先要害他后来反而被他感化，成了他忠实的管家，她的女儿反而成了他的贤内助），素满这一人物必须大改，否则广大华侨在情感上很难接受和通过，也令中国妇女形象蒙尘，有损中国妇女形象。

6. 鉴于此片历史横跨两个世纪，场景横跨中美两个大国，规模宏大，人物众多，场景繁复，对于中美两国都是历史题材，要成功投资肯定相当浩大，本人初步估计要3000万元以上，如果由政府投入或用“官助民拍”的方式下决心投拍，一定要选好导演、拍摄班子和演员，要花较长时间打磨好剧本，资金到位再投入拍摄，并且要加强质量和资金的监管，切忌急切上马，一哄而上，边拍边改，边拍边筹措资金以致虎头蛇尾。这是当今影视圈的通病，也是某些不良制片人浑水摸鱼从中牟利的窍门。望千万慎重。

以上意见，乃粗浅之见，仅供参考。

历史人物传记片应该注重历史感

37集电视剧《陈芳》叙述的是一个真实的历史人物的传奇故事，清末广东香山人陈芳出洋谋生，不避艰险漂洋过海在太平洋岛国檀香山（夏威夷）开拓发展，他披荆斩棘，经受了重重苦痛和困厄，终于在侨居地立下脚跟，成为中华第一位事业有成的华侨领袖和号称“糖王”的富商，并成为华侨第一位外国议员。世易时移，当代人已经淡忘了旧中国的广东人在重重压迫下背井离乡散居海外谋生的悲惨历史，对其中挣扎求全、浴火重生后的成功人士不忘故国，落叶归根返回祖国报效乡亲的动人事迹更为陌生。陈芳作为一位真实的历史人物，受过清朝皇帝两次赐立牌坊嘉奖，又被美国著名作家杰克·伦敦以主人公写进著作《骄傲的房子》一文，并被百老汇以他的故事为主题编成《阿芳和他的孩子们》音乐剧，应该成为中国人的骄傲、广东人的骄傲，应该作为当代中国人走向世界、开拓进取的典范。本剧着力表现了陈芳身上流淌着爱国爱乡的血液，表现了他刻苦耐劳、坚忍不拔、忍辱负重、虽九死而未悔的中国精神，也表现了他抱负远大、胸襟开阔、宽宏大量、勇于承担的现代气质，剧本追述了陈芳的一生，故事是完整的、有部分情节也富有戏剧效果，是一部规模恢宏、历史跨度大、洋溢着爱国主义精神的电视连续剧。

以下，从三方面陈述我对此剧的意见：

1. 本剧是一部历史跨度大、外景横跨中西方、规模格局非常宏大的历史剧，投拍当然有非常重要的政治意义和历史意义。

然而，由于本剧有37集之多，又横跨中西，人物众多，拍摄投资一定达到非常惊人的天量。这就首先要求剧本必需过硬，打造出第一流的剧本。对主人公性格的刻画、众多人物个性化的处理、全剧的高潮、每一集的小高潮的设置，情节、细节的合理安排、细小到每一句对白的精细考量，语言的精彩运用，都得有令人耳目一新的亮点，在当今全国观众对电视剧的审美要求、审美口味越来越高的环境下，一部历史剧要有震撼人心、万人争看、有口皆碑的效果，才能收回投资，略有盈利，否则就会失败，血本无归，浪费了宝贵的题材资源和财富。

2. 要创作一部历史上真有其人的人物传记式的长篇电视连续剧，非常考验作者的创作智慧和历史想象力，既要忠实于历史人物的生平故事，不能生安白造，又要做到波澜起伏、峰回路转、牵动人心，这就要作者必须在真实性、可信性和传奇性三者之间走钢丝，走得好，剧本成功，走不好，或者三者之一有所缺失，都会严重影响剧本质量造成失败。

在不影响主人公形象、能为传主家属接受的情况下，作者必须大胆发挥想象力，敢于发挥创作人物的传奇性，当今之电视连续剧，特别是刻画人物的电视剧，传奇性是一大要素，甚至可以说是历史剧剧情的首要要素。但是，这种虚构的传奇性又必须是观众可信的，这就要求作者必须具备精细真实的细节刻画能力和非常可信的历史现场还原能力，细节和历史感必须真实到无可挑剔，才能把虚构的传奇故事说圆了，或把人物说活了。

非常遗憾，此剧本在真实性、可信性和传奇性方面未能有机地统一起来，偏重于陈芳生平的介绍，削弱了人物的传奇性，由于作者受囿于陈芳真实的故事，剧本整体较平，语言叙述过多，作者经常用人物对话来推进剧情，或用以来交代人物关系、历史事件和地方民俗、地理、政治、经济的来龙去脉，甚至让剧中人物像导游一样用语言来介绍粤瓷广彩的制作工艺、夏威夷的制糖技术、议会矛盾、美国内战（大段大段的语言像从网上直接下载的）林肯被刺，等等，而不是靠戏剧冲突的蒙太奇或人物性格展现来带出作者想达到的效果，人物语言不能展现人物个性，太草率，因此造成剧情沉闷、对话冗长、人物塑造较粗糙、故事平直、让观众看头知尾，导致全剧的可视性、观赏性不足。

如果真要让世人了解陈芳，写一部好的传记足矣，没必要花上几千万投资去拍摄一部电视剧。电视剧的目的是要让人物在观众眼前活起来，而不是产生厌烦心理。

3. 历史感薄弱是本剧本一大遗憾。

作者写历史人物，常常让他们说当今流行的政治语言和日常俗语，甚至出现“老鼠爱大米”等语，太雷人。对清朝末年的政治、经济、人民生活的表现也不准确、不到位，作者也常用洋人说“中国话”，夏威夷洋人经常用中国成语、民谚，造成错位，出现不少历史常识性的错误，后面本文会一一罗列这些

“硬伤”。

另外，由于事实上陈芳深深地介入了夏威夷的政治、经济事务，并当上了议员，华商会董和领事，剧本对夏威夷王国的历史，夏威夷亲美派和亲英派之间的矛盾争斗、美国的内战史描述也应当准确到位。由于剧本写到美国用不正当手段兼并了夏威夷王国，这会不会引起外交上的问题？希望作者和准备拍摄方慎重处理这一问题。

当然如果由夏威夷方面来投拍，就不会有这样的问题。

综观以上三大问题，我认为为了拍摄好这部历史大片，塑造好陈芳这一非凡人物，必须在剧本上花大气力下大功夫，作伤筋动骨的大修改，甚至重新结构另写剧本（按目前故事容量，30 集足够了）。目前这种状况，太不成熟，距投入拍摄尚远。贸然投入拍摄，将会造成极大浪费。

建议：

我还有一个建议，剧本写到少年和青年时代的孙中山（大象），但着墨太少，修改时应大胆地发挥想象力，加强孙中山的戏份，写陈芳与孙中山的血肉联系，写他既接受朝廷恩赐牌坊，又暗中支持孙中山推翻了腐朽的清朝统治的矛盾心理和政治智慧，期间他可以发生激烈的心理冲突，与家人、朋友也会发生误解冲突，有朋友指责他脚踏两只船，但他坚持这样做，因为他最后想通了：接受牌坊是为了增加政治资本、扩大影响，更好地支持孙中山革命，积极地筹备军火，暗中支持武装起义。加强了这一笔，可以增加许多戏份，本剧的主流地位就可以确立了。这样剧本从重新筹划到拍摄，到 2015 年前播出，可以用以纪念孙中山发起第一次广州起义（1895 年）120 周年。

另：剧本开头以澳门爱国青年沈志亮刺杀澳门总督事件开始，但与陈芳无直接关系，这是败笔。应让他参与其中，或暗中支持，事后再写他亲眼看见沈被朝廷出卖，血洒刑场，他大受刺激，不顾个人安危偷偷埋葬了被朝廷下令暴尸三天的沈志亮，在被追捕下不得已才出洋去夏威夷避难，这样，可以从第一集就开始就设置一个大悬念，效果更好。

又例如，林肯是美国一伟人，举世公认。而陈芳是其同时代人，如果林肯被刺那一刻，恰好陈芳在场亲眼看见，受到极度震撼，镜头上有直接表现，此剧的视觉冲击力就会强百倍，可惜，作者光靠剧中人用嘴巴叙述出来，这样就淡然无味了。

下面，对37集剧本中的不足与“硬伤”作一些分析、探讨：

第1集：

故事松散，悬念焦点不集中，既要交代沈志亮刺杀澳门总督的密谋，又要交代陈芳一家的人物关系、家庭背景，而沈与陈家并无直接关系，陈家也无人参与，只靠一个为沈做掩护的福伯来做桥梁沟通，又扯出罗蔓花、吴起东等人，一条线变两条线、三条线，平衡交错发展，令观众分神摸不着头脑，第1集就抓不住观众，电视剧最易失败。

沈杀洋人总督，本是大事，但此剧本写得轻而易举，交代不清，情节突兀，只将民间传说照搬出来，而不是强化、集中为惊心动魄的事件，感染力差，令人失望。

乱编缺乏历史感、出现常识性错误的地名、名称，如澳门何来爱国村？又如福伯开的士多店，19世纪中叶的澳门是葡人管治，中国仍有主权，怎会有士多店这样的英文俗称？“士多”是20世纪后香港兴起的称谓，最好改为杂货铺。

1—18：

阿彬说：不会回来了吧，都快4点了！（有点搞笑，清朝那时中国人钟表并不普及，只论时辰，不说钟点，一个小店伙计怎么会看钟表说钟点？）

1—27：

说两广总督府设在广州西关，与十三行的洋建筑形成反差，错得离谱了。作者根本不知西关何解，西关是指城门外西边的商住区，清朝大衙门怎么会设于城外？更不可能与“洋夷”杂处的十三行为邻。

1—28：

两广总督徐广缙的办公室？那时官员衙门有叫办公室的吗？

1—30：

昨天下午，沈杀澳门总督，第二天洋人就上广州告状抗议（他们坐汽车来？那时无汽车也无电报），19世纪的洋人说了一大堆当代辞令，什么帮助中国繁荣经济，提高人民生活水平，什么价值观，等等，破坏了剧本的历史感和可信性。

徐广缙发怒挥手送客，也不合当时的规矩，应该是端起茶碗，叫：送客！

1—34：

陈芳父亲说：一天三四头牛也就榨个300公斤糖来……一公斤换一文钱，做一天也只有300文。(清朝人那时会说公斤吗?)

第2集：

古人说当代语言。

2—3：

陈芳说：事态发展不以人的意志为转移……(陈芳分析了葡国对中国的新政策，说的完全是当代人的语言和观点，这一大段剧情不是戏，是简单的叙述和解说，以此来让观众了解历史发展的脉络进程，破坏了电视剧以人物性格、动作的戏剧冲突来抓观众的美学原理，犯了大忌。作者想以此来塑造陈芳的眼光独到、非同凡响，但效果相反，反而抹杀了剧情的悬念，拖慢了剧情的节奏，让观众生厌而离开电视机。)

2—4：

徐广缙接到战报，立即起草奏折——他找到一张空白信纸，飞速写道“乞禀吾皇……”这一段完全失真，历史剧不能这样随心所欲地胡编乱造，这是旧戏台词，不是电视剧语言。

2—6—12：

陈芳的同窗被葡兵炸死，陈芳抱尸大哭，回家后又大哭同学。(那时只叫同窗，没有同学一说。)

陈父说：国家要有尊严，首先得人民有安全……

陈芳说：交出沈志亮，战火会暂平，人民似有安全……(又是当代语言，古人说现代汉语。)

2—15：

陈芳会鲍俊，陈芳说：当今皇上执行的完全是不抵抗主义政策……(又是当代语言，古人说现代汉语。)

2—19：

鲍俊去找徐广缙，为交出沈事发生激烈争执，吵后二人又竟联手作画？不合情理，台词也不对。

2—22：

陈芳奶奶说当年康乾盛世如何如何，指出嘉庆、道光皇帝的失误（大不敬），并说除非有人起兵推翻大清政府，局势才有可能有根本性的转变云云。（一个乡绅老奶奶在清朝能说出这种话吗？完全是一个近代政治家的眼光和语言。）

陈芳附和奶奶说：大清皇帝一个比一个低能……陈芳父亲说：道光皇帝已经69岁了，他还能做多久？（这在当时都是大逆不道的，想当年即使是青年的孙中山，对明君改革图强还有幻想，陈芳一家更不可能有这么超前的革命思想，这是人为拔高了，整体上缺乏历史感。）

2—27：

陈芳找鲍俊，陈芳又是一番书生议论，用以交代天下大势和历史进程，完全省略戏剧冲突情节、细节和人物性格的戏份，令剧情沉闷。

爱国志士沈志亮最后是如何慷慨就义的？剧本没有正面展现，这是话剧的一大败笔。

用对话来交代故事发展，尽量少用，这是电视剧大忌。

第3集：

压标？应为押标。

武工？应为武功。

本集拖沓，水分太多。

第4集：

陈芳出洋，通过交谈一一了解夏威夷当地的人情、风俗、历史，政治、经济，也是“说戏”，光靠对话叙述，没戏。（很可惜，本来可以制造很多有趣幽默的效果。）

陈芳通过福伯问罗蔓花下落，但福伯是如何知道吴起东和罗蔓花底细的？（完全是为了编故事，但没编圆。）

4—21：

福伯介绍“广彩”时，说了大段制作工艺，以叙述代替戏份。（拍工艺美术片？）

阿成：我又不是流氓阿飞，动什么歪心呀！（清朝就有“阿飞”此一说？）

陈芳到夏威夷，只有巧遇，仍没有传奇，作者想象力不足。

第 5 集：

5－1：

用大段台词介绍广彩工艺，不值得。

陈芳在路边晕倒，巧遇克拉卡瓦救助，得以进入朱丽娅家，太巧，没有牵动人心的故事，也没有传奇。

5－24：

陈芳对朱家人显示才学，说：山不在高，有仙则名，水不在深，有龙则灵，等等。（夏威夷人能听得懂？）

第 6 集：

6－1：

出现邮差。（中国从 1878 年才从上海海关由洋人承办近代邮政服务，才出现邮差，1860 年前后难道广东香山县就有了邮差？以下各集都有这种问题。）

陈芳的家信开头：亲爱的奶奶……（作者不知清朝人的家书是怎么写的？陈芳虽然出洋，但家书也不应按洋人习惯书写，否则家人说他数典忘祖。以后各集也多次出现这种问题。）

6－17：

威尔逊：有虎皮自然想当大旗用了。（美国人引用中国成语？）

第 7 集：

7－8：

陈芳为用茶叶拯救瘟疫威胁的夏威夷居民，在议会上大谈茶的好处，用的全是现代术语，如 2000MM、600－2000 米、80％，等等。（似不大可能，没有可信性。）

陈芳在议会舌战群儒，与众议员激烈辩论，但语言不幽默风趣，戏太少，只为争论而争论。

陈芳：茶能降血脂、抗血凝、降血糖、血压、胆固醇，等等。（太超前了！清朝人懂这些？他成了个卖狗皮膏药的养生专家！）

第 9 集

陈芳提议华人合伙做生意，华人纷纷加盟，但对话太多，都是过场戏，全无个性。

夏威夷富商克拉卡瓦因何认定陈芳可以信赖？无足够分量的戏来说明。（细节最重要，不能光靠嘴巴说。）

9—30：

国王：那是童子功。（他怎么会说中国词汇？）

国王向陈芳请教中国国学。（少情趣，话多，无戏。）

陈芳新店开张，国王来贺，又说童子功。

9—32：

爱玛：西方人用刀叉是近一二百年的事，路易十三和伊丽莎白女王还是用手吃饭的呢！（不准确，有故意贬低西方人之嫌。）

第10集：

夏威夷国王学写毛笔字？

哈费士议员恭维卡飘拉尼女酋长：风姿绰约，卓尔不群。（洋人用中国成语？不妥。应用西方谚语。显示作者语言驾驭能力不强，对话想象力贫乏。）

10—11：

丹娜：男人分三六九等，女人也分三六九等。（将中国人的观念强加在洋人身上，显得不伦不类。）

10—24：

唐名植：你们聊，我就不掺和了。（北方语言，不能用相近的广东话？）

陈芳飞下悬崖勇救朱丽娅，朱的裙子张开像降落伞，风又把他们吹上山顶。太荒诞，缺乏合理性，不可信。难道不能设计更可信一些的传奇故事来撮合他们的爱情？

第11集：

11—9：

哈议员反对国王王后坐中国轿子结婚的方案，原本对中国反感、一无所知的他竟然说出了轿子的等级：大轿、小轿，二人抬、四人抬、八人抬，等等，矛盾！

11—11：

压镇？压阵之误？

11－12－13：

国王结婚华人抬轿，华人轿夫们喊出唐诗、宋词和元曲当号子，毫无道理，纯属搞笑，不如编个有趣一点的抬轿歌。

第12集：

为华人问题议会辩论激烈，哈议员骂沃议员：风派人物！立场转得快。

（又是搞笑！那时何来风派一词？）

12－13：

陈芳：朱丽娅是知书达理之人。（应该是知情达理。）

12－17：

陈芳、朱丽娅谈心，讨论一夫一妻问题，如何处理陈芳在中国的妻子李杏，陈的说辞有点强词夺理，牵强。

第13集：

13－14：

阿成的孩子们自报姓名：叫聪、明、伶、俐，不像电视剧的手法，像蹩脚的话剧。

13－19：

又是邮差送信给李杏。瞎编。

13－20－31：

家乡琐事，叙述、对白沉闷，剧情拖沓，没戏。

第14集：

陈芳在种植园中搞劳动竞赛，每晚开碰头会？（胡编乱造，不能设计一些更合乎历史逻辑的情节？）

14－1－19：

开荒种植过程太平常，全是过场戏叙述，缺乏动人的细节和人物之间的戏剧冲突，不能吸引观众。

14－25：

沃议员大讲历史，枯燥。浪费台词。

14—29：

国王与陈芳对话，大讲法律和道德，枯燥、烦琐。

14—32：

又是议会辩论，没完没了地打嘴仗。没有个性化细节。国王力挺陈芳，但他的赞誉不可能感动观众，因为陈芳在戏中并无特别的惊人之举，反而显得攻击陈芳的洋人全是白痴，不可理喻，陈芳战胜了一群傻瓜，自身却并不能显出高明。

第16集：

16—9：

陈芳结婚，众华人要新娘新郎讲恋爱故事？太脱离历史，要国王也讲婚恋经历更是离谱，雷人，不可思议。

把当代人拉人唱歌的口令也搬到婚礼上：一二三四五六七，我们等得很焦急！更是搞笑，不伦不类。

16—43：

清朝中国人与家人告别要互相拥抱？太超前。

第17集：

美国内战，威尔逊大发战争财，但陈芳是怎样运用智慧赚钱的？作者并无高招。

17—9

众人对美国内战的态度，冗长沉闷的讨论，仿佛要给观众上历史课。这对塑造陈芳有何关系？悬念应该围绕陈芳展开，但现在分散了，应该是别人越是怕危险不敢去，陈芳越是洞悉商机，越要去，并机智地赚了大钱。

陈芳办新糖厂，大讲产业链如何如何，超前，离谱了。

17—23：

威尔逊出招劫掠海上船只，见到陈芳的运糖船“国芬号”反而网开一面，故事没编好，可惜了一个惊心动魄的跌宕情节。

第20集：

20—20：

克拉卡瓦冗长地讲述林肯被刺杀的经过，无必要。有一个细节就够了。（最好大胆发挥想象力，让陈芳当时去美国做生意，碰巧入场，甚至可以与林肯碰面，寒暄几句，随后亲眼看见他被刺杀，和当时民众痛不欲生的反应，陈芳心理感受到极大震撼。）

第 21 集：

克拉卡瓦又再冗长地分析夏威夷的政制特点，给观众上课？

21—23：

王后用了中国语言：哈议员言重了，我一个女流之辈——

哈：王后此言差焉——

两人对话太冗长、理性，不适合用于电视剧。

陈芳成立华人商会是件大事，但剧中并无太多正面表现，是一大失着。

21—26：

陈芳动员克拉卡瓦竞选当国王，大段台词，空洞无物。

第 22 集：

哈的密谋暗算很小儿科，没看头。

哈、威策划爱玛竞选国王，爱玛同意，但没有正面表现，也没戏剧冲突，浪费情节。

第 23 集：

双方的博弈设计得不精彩，缺乏智慧。

克拉卡瓦当选国王候选人，但又没正面表现。

第 24 集：

24—11：

又是议会辩论，冗长台词，令人生厌。

第 25 集：

25—22：

容闳来会陈芳。陈芳对他称呼不对，不能叫小弟，应称贤弟，夏威夷华人人数误差很大，上几集示威时说有十万人，后面又说有一万多人。

第 26 集：

26—7：

陈芳在自己别墅上升起大清龙旗，作为领事馆，本是大事，但戏中只是简单纯叙述，没有激动人心的细节描写，也没有人物个性化的刻画，可惜了。

26—15：

大象（少年孙中山）认为天下乌鸦一般黑，不愿与富人陈芳的孩子交朋友，陈芳要子女去向他解释，语言太粗糙生硬，又是冗长的关于政体的论述。

第 27 集：

陈芳儿子陈龙出山，为塑造他，又让他大段论述关于美国政治体制和经济的心得，没戏，也没性格冲突，一出场就显得苍白无力。

27—22：

陈芳家庄园搞晚会，写成当代晚会，又搞当代的拉歌口号，太搞笑，抹杀了历史感。

第 28 集：

陈家子女的婚恋，因为他有 16 个孩子，用了太多篇幅，但没有一个写好、写活的。没给人留下深刻印象，反而变得多余、烦琐。众多子女们的家庭生活也并无亮点、平淡无奇，戏份不够，婚恋凑数，语言无趣，人物枯燥。

第 29 集：

又是孩子们的婚恋过程，没感人故事，没波澜。（后面十几集都是叙述陈芳子女的婚恋，转移了全剧主旨，只显示一个华人成功人士家族的兴衰，一个个子女感情经历和归宿，而且雷同，并无太多特色，令观众厌烦。）

29—13：

连“老鼠爱大米”都用上了！太雷人！作者语言想象力完全用反了。正剧的主题内容却加上恶搞的台词，显得荒诞不经。

第 31 集：

陈家与少年孙中山的关系仅蜻蜓点水式一闪而过，不再提及，笔力分散了。直至后面才出现一下，可惜了。

31－18：

陈庚虞：爷爷，我都要做新郎信了，你还要开我的批斗会？

又是雷人之语，清朝人会开批斗会吗？

31－21：

又是邮差送信。

第32集：

32－8：

陈席儒向妈解释皇上赐予牌坊的意义作用。（太书卷气，冗长而乏味）

第33集：

陈芳发家的朋友吴起东参加了威尔逊的叛乱，交代不清，动机不明。

第35集：

福伯病重，青年孙中山在澳门镜湖医院给他做全澳门也是全中国第一例西医手术，本来可以大书一笔，可惜福伯不久就死了，这手术做得太惨，如果要做，就做得成功，让福伯老当益壮，参加孙中山发起的广州起义。

陈芳小儿子陈庚虞娶了16房妻妾，有损形象，如何处理好？得考虑。

孙中山发起广州起义，太简单，陈芳暗中支持的戏要加分量。

第36集：

陈芳：直接去机场？（又搞笑！孙中山发起第一次广州起义时是1895年，那时澳门有机场吗？飞机还没有发明出来，1903年美国人的第一架飞机才试飞成功。）

第37集：

皇上再赐牌坊，陈芳高呼万岁，没有刻画心理冲突，太简单处理。

以上意见，仅供参考。

《三峡纤夫》谈片

26集电视剧《三峡纤夫》是一部反映三峡纤夫及其后代从抗日战争初期一直到当代命运起伏浮沉的大戏，历史年代跨度较大，从三峡纤夫在旧社会的悲惨命运，到中华人民共和国成立后当家做主奋发为国家经济建设、文化建设出力流汗，再到“大跃进”“三年困难”“文革”中的风风雨雨，最后部分是当代的改革开放中为彻底改变命运而拼搏的创业开拓，以“号子头”凌江生、其子春娃、其孙凌志峡三代人为中心人物，其中又浓墨重彩地塑造了号子头凌江生及孙子凌志峡两个隔代人物，历史感和时代气息较强，地域色彩强烈，川渝三峡人文精神表现较为鲜明，属于贴近现实的现实主义主旋律作品，制作也较为花工夫，有一定的可看性。

但是，本剧有几个较为突出的问题：

1．按中华人民共和国成立前苦难生活、“大跃进”“三年困难”“文革”中的风风雨雨和最后部分当代改革开放中的创业开拓三个部分来划分，中华人民共和国成立前尤其是抗日战争那一时段的戏较为精彩，有不少吸引人的戏份，“号子头”的角色演出也较为到位，人物性格刻画较为精细传神，其与袍哥、土匪较量的传奇故事较易取悦观众，与大桐花、小桐花两次婚姻的跌宕情节也颇具戏剧性，细节丰富。但开头入戏仍嫌较慢，不容易抓住观众。

问题较大的是占了很长篇幅的“大跃进”“三年困难”和“文革”戏，本剧是用“号子头”这个人物来正面表现这段历史过程的，相当写实地描写了那段以阶级斗争为纲的人整人、人斗人的血淋淋历史，虽然号子头本着善良正直敢于担当的本性挺身而出保护了不少好人，但是自己仍然逃脱不了在垂死一刻依然被造反派用担架抬上台批斗的命运，最后靠着一张与毛主席的合照来救命，剧中不乏草菅人命、逼人致疯、自杀的情节，大桐花被打成地主婆、饿得受不了跑几百里路来向号子头要粮票，被小桐花请吃一顿饱饭撑死更令人欷歉，这些剧情已经触及“雷区”，在电视上播放出来会起到什么作用？到目前为止，全国正式播放电视剧中依然没有一部如此正面详细表现“文革”惨祸的，此剧能否突破禁区、成为开先河之作？是令人煞费思量、很难定夺的。

2. 前半部抗日战争的剧情，内有法国记者迪迈斯深入纤夫村采访，花费颇多篇幅，甚至有一集专门写到妇女莲子由丈夫下体受伤不能人事而产生性饥渴，迪迈斯为了莲子的“幸福”，与她发生恋情（实际上是通奸）剧中是以正面形象来表现、歌颂的，这恐怕有违中老年观众的道德观、价值观，是否会产生不良反应？应该考虑。

3. 在第8集，小杏花为惩罚调戏她的国军伤兵，以带他们去搞女人为名，在村中用大网一网打尽，把他们拉到江滩上，结果被日军飞机轰炸，自己为救伤兵也被炸身亡，这一段戏属节外生枝，效果不好。

4. 问题较大的戏在第二、三部分，从第16集起，剧情与前面部分完全分离，号子头等主角消失，孙子辈登场，镜头风格和剧情为之一变，令一个完整的电视剧变成三截，让观众容易摸不着头脑，好像在看另一部戏。越往后走，剧情与主线偏离得越远，变成商战戏，人物关系与前面历史是勉强拼接、嫁接的，而且这种商战戏并不出彩，显得生硬编造，以志峡、晓霓、丽菊三人构成一个非常别扭的“三角恋”关系贯穿剧情，更使人物失色，陷入不可信、不经看的怪圈，其中，杨丽菊形象刁蛮任性，不像一个纤夫村长大的劳动人民女儿，晓霓突然放弃志峡出走，为了表现“高尚”，令人突兀且不可信，海南事件、逃税事件等更令人觉得是为了剧情跌宕而胡编乱造出来的情节，有太多硬伤，用车子、房子收买胡局长的港商黄先生形象模糊，时好时坏，最后全剧却是靠他一张680万的支票解决最大难题，他靠钱“买”来女儿、儿子的亲情（晓霓、大仁终于承认他是爸爸），又令志峡事业获得成功，又获市委书记握手言欢表示感激，这种结尾表面上皆大欢喜，其实非常失败，贬低了改革开放的成就和伟大意义。

综观全剧，我们认为此剧虽然花费了大量人力物力投入拍摄，从技术角度看还算中等水平，但实际播出效果恐怕不会太好，收视率可能偏低。

以上意见，供参考。

"奇情抗日片"中还是应该突出人物塑造

近来出现一大批把娱乐元素引入抗日战争的电视剧，圈内称之为"奇情抗日片"。奇情抗日电视剧本《乌鸦》也属于这一类，它是一部题材独特、揭秘性强、历史年代跨度较大、人物众多、情节曲折离奇的剧本，剧本的优势和特点毋庸置疑，既然是要提出意见，我就不揣冒昧，对剧本提出自己的看法和一些建设性修改意见。

我的意见有如下几点：

1. 要准确把握题材独特和人物塑造、揭秘性史料与人物命运沉浮跌宕悬念的真实性关系；

2. 在虚构一个大的历史故事时，要把握虚与实、传奇性和可信性的关系；

3. 物大于人的剧本结构思维，导致中心人物形象的弱化；

4. 在人物众多、七八股力量在"夺宝"较量中、未能清晰地突出主线。

下面我一一阐述这些观点：

1. 要准确把握题材独特和人物塑造、揭秘性史料与人物命运沉浮跌宕悬念的真实性关系。

本剧无疑是以题材独特和揭秘性吸引观众的，作为商业片，具备了诸多商业元素：揭秘、暴力、追踪、夺宝、三角恋、黑社会，等等，也是受到制片方青睐的主要优势之一。但是，独特题材必须有过硬的人物塑造、人物命运和情感感染力作为支撑，才能发挥最大效益，本剧在人物塑造上是有所欠缺的，故事背景有独特性，故事的中心人物性格却欠缺独特性，是致命伤，这就浪费了故事背景的独特性。男一号陈隽明个性不鲜明，说共产党这条线和一号人物是硬贴上去的，其实并不为过，陈的形象不能做到令人过目不忘，而大多数性格细节都是似曾相识，只是一个传统的司空见惯的共产党人形象，而且30集漫长的过程中没有发展，是扁平的，没有立体感，立不起来。作者给他编了一个离别爱人而见不能见、爱不能爱的故事，被敌人诬为白雪婵的杀父仇人后，从此他似乎就不食人间烟火，处处躲避马利亚的示爱和追求，这种戏剧性错位可能暂时会有一定戏剧效果，但是反复表现多次就会令观众厌烦，因为马毕竟不是像《潜伏》中的翠平似的女一号，在十几二十集中，没有男一号陈与女一号白的对手戏，主线迷失，却多次出现白与桑田的对手戏、陈与马的对手戏，两条副线却反复纠缠，副大于主，对塑造主人公颇为不利。

此外，作者似乎太钟爱自己掌握的“第一手资料”，试图用大量鲜为人知的历史资料来增强剧本的揭秘性，以大量笔墨披露如日本以鸦片摧毁中国的国策、在东北广泛种植鸦片的史料、鸦片的品种和产地、各地鸦片的特点、价值、异同、吸食鸦片者各式人等的生存状况、德国潜艇来华运鸦片、日本人利用被遣返前间隙寻找鸦片运送鸦片、国军利用鸦片敛财和筹集经费打内战等秘闻，各方因而为此展开了一场“夺宝”大争斗，揭秘性掩盖了中心人物的性格独特性。

所有人都围绕那大堆鸦片打转，这可能会增加一些电视剧的可看性。但是，不应忘记，电视剧的第一观赏要素是人物命运、人物性格和人物情感表现，一些过于揭秘性、知识性、历史性的东西，观众去看专题的揭秘电视节目，如“历史之谜”等栏目就可过瘾，电视剧过于强化揭秘性，反而会伤害人物性格和命运的塑造，变成只见鸦片不见人，似乎要引导观众只关心这批鸦片最终的结局，而对陈、白的命运、爱情反而显得模糊和无关宏旨，不能催人泪下，这样拍出来的电视剧必然失败，综观众多电视剧，凡过于强调揭秘性的，如很多“夺宝”戏，都不成功，希望本剧不要重蹈覆辙。

另：本剧主人公陈隽明的命运和爱情跌宕沉浮的真实性有待加强，20 世纪 40 年代“中共特科”并不存在，他不可能事事听命于一个并不存在的上级差遣，他被敌人诬为杀白父凶手，其实只要见个面说清楚就可解决，通过旁人做工作解释也行，但非要拖上 20 多集，多次强调陈认为找到白是问题关键，但最后依然是擦身而过，这些爱情误会做成的跌宕，人为痕迹太重，故事发展矫情造作，人物就显得不真实。

陈执行的是特殊任务，按常理是几乎不可能完成的，但他仅凭两个出身江湖的助手鼎力相助，自己亦几乎变成江湖大侠，把任务完成了。剧本过多地表现他们追踪鸦片的过程，连连失手，处处被动，陈显得智慧不足，遇事不能化危为机掌握主动，而像马利亚这个江湖女侠对地下党毫无认识，只因要复仇和爱上陈而几千公里处处舍命追随，有些不合理、不真实。女一号白雪婵因为要躲避国军的花花公子樊少将纠缠，在日本人桑田（美国战略间谍）帮助下，藏身日人遣返营，长期与桑同居，而她的叔叔（实则父亲）同为国军高官，而且官居上海缉毒局长，居然因为害怕樊的后台权势而爱莫能助，长期不敢见面，让她委身日人，并企图利用夫妻身份出境从日本去美国留学，而白雪婵的性格开始是非常柔弱，几番自杀，后来却突然在日人遣返营中变成果敢坚强，判若两人，中间没有过渡和转变，这些情节安排，似为跌宕而跌宕，显得过于生硬，编造痕迹太重，不够自然流畅。

白耀炻少将的面目模糊，内心世界的复杂和性格转变轨迹不清，他想做林则徐第二，但又在上司压力下开设制毒厂，期间心理阴暗，手段毒辣，最后以一把火烧掉价值连城的鸦片，似为大忠，实则是掩盖自己罪行的大奸，这样的戏剧设计，似不大妥，也不真实顺当，还是把他写成一位有污点缺陷，但良心发现，正直战胜邪恶，最终在陈的促使下达成义举为好。

2. 在虚构一个大的历史故事时，要把握虚与实、传奇性和可信性的关系。

电视剧创作，在虚构和真实中走钢丝，走得好，成功，走不好失败。我认为，在虚构一个大的历史故事时，首先要把握好虚与实的关系，如果整体故事是大虚，那么细节和人物个性化的语言必须大实，包括历史细部的真实、服装道具化装的真实，人物关系和时代气息的真实，最好能做到天衣无缝的真实，这样就是完全虚构的故事，观众也会被真实的细节打动，从而认同和相信这个故事。从某种意义上说，基本故事虚构的电视剧，是细节真实决定成败。很可惜，在本剧本中，我们只看到了一个大的虚构故事，但在细节和历史细部诸多方面，我们看到不少太虚的东西，违反了历史常识、人物的时代合理性和细节的真实性，例子比比皆是：为了强调日本鸦片毒害中国国策的危害性，把日本遗留在中国的鸦片数量夸张得比林则徐在虎门销毁了英国两百多万斤的鸦片还要多，而且全部用飞机空运到上海收藏，这就明显失真了，不说抗战后期任何一方都没有这个运输力量（国民党打内战运兵全靠美国空运和海运），就是储藏、销毁也要费诸多时日才能完成（林则徐销毁英国鸦片，动用了上千人，花了 20 多天才完成），这么大量的鸦片如何能从东北运到上海，而且不被人发现？又如剧本多次出现日本黑龙会头子佐藤和 76 号的特工从东北上海多次往返行动飘忽，他有私人飞机？这在当时日本战败背景下是不可能的。至于多次出现直升机的情节，也是很失真的硬伤，“二战”中中国不可能有直升机出现。

至于上海黑社会能力动用国民党飞机轰炸日本遣返营企图趁机抢掠鸦片和财宝，更是无稽之谈，完全不可信。白耀炻仅凭樊沛胜亮一亮做假的所谓国防部一纸空文，不敢核实就遵命行事，放任人暗中勾结日人制造毒品筹资用以购买军火打内战，近似小儿科，即使是商业片，也不应把敌人描写得如此儿戏和无能。如此种种，损害了传奇性和可信性的关系，是非常可惜的。

3. 物大于人的剧本结构思维，导致中心人物形象的弱化。

电视剧的戏剧冲突和最大悬念，最好紧紧围绕着主人公的生死存亡和爱情命运的中心线来设置，但本剧并非如此，它总是围绕着鸦片的下落来结构，因而出现物比人大，鸦片大于人物的错位，直接导致了中心人物形象的弱化。

这种结构思维，也表现在一张神秘女人照片、日本式图腾乌鸦图案等悬念的揭示上，其实，这些串起全剧直到最后才揭晓的“物”，与男一号陈的生死存亡并无直接关联，反而分散了观众对男一号命运的关切。

4. 在人物众多、七八股力量在“夺宝”较量中，未能清晰地突出主线。

本剧在几条情节同时相互纠缠交织的剧情推进中，要把握好主线和主要人物与反面人物主动被动互换的关系，要靠主要人物的性格和智慧、内心冲突和戏剧动作去推进剧情、解决矛盾，避免过多使用外加的干扰力量和障碍来人为制造“难题”，使主要人物陷入“见招拆招”、疲于奔命的被动。

由于剧本内容较独特，牵涉中、日、美、苏、中共、国民党内几派势力、黑社会、土匪，等等，而主人公男一号仅为中共一地位不明、并无公开社会身份的特工，外加几位江湖好汉协助，难当大任，就算勉强磨得自圆其说，也难以令人真正信服。加上鸦片事件都发生在日占区和国统区，对中共并不构成直接威胁，而查禁销毁鸦片是国民政府明令厉行的，在抗日战争国共合作和胜利后的国共和谈期间，中共为何要大费周章派人去苏联学习查禁鸦片、深入敌占区和国统区去销毁鸦片？可行性和可信性不足。如果国民党得知陈隽明等活动(而且全是武装行为)，完全可以给共产党扣上一顶破坏抗日统一战线、扰乱政府执法的罪名，向中共高层提出抗议，中共甚至无法反驳。因此基本剧情能否成立？有待明晰和圆通。

修改建议：

1. 男一号应该站在剧情的旋涡中心，而不是被动地在外围拼命地寻找鸦片下落，他最先知道情报，但又经受各方死亡威胁（包括自己人的质疑），这样才能调动观众对他命运的关切，建议把他公开身份设定为抗战胜利后在地下党安排下投奔白将军，成为国军军官，由于他过去对白将军有过救命之恩，加上个人才干，被迅速重用，与王赫同为白的左右手，与王也是竞争对手，如果这样，戏会好做，也会紧凑些。

2. 如果把马利亚写成一个江湖出身的混血儿，参加过抗联，退到苏联后受过特种训练，被组织派到陈身边工作的，更合理些。

文学评论理论卷

一家之言

小说魅力（创作偶得）

今天来与大家交流创作心得，不是来讲怎样写小说，写小说是教不会的，创作是一项艰苦、复杂的脑力劳动、精神劳动，所以必须具备强大的精神力量才能完成。大家千万不能相信有什么小说作法之类的东西，我教你们怎样写小说，那是骗人的鬼话。任何创作都得靠自己摸索才能取得经验，获得成功。我所谈的，是我自己在创作中的一些思考，如果你们觉得说得不对，可以反对、可以辩论、也欢迎提出你们的见解。

开讲之前，我先说两句离谱的话，第一句是：要写小说，要有当上帝的勇气，要有当上帝的精神力量。当上帝做什么呢？做人，上帝不是在七天内创造了男人和女人，也就是夏娃和亚当吗？作家写小说也一样，也要敢于创造男人和女人，敢于创造新的夏娃与亚当。所以我胡诌了四句打油诗：拿起一支笔，你就是上帝，刻画人和事，创新大世界。

第二句是：你对你笔下写出的人物，无论是大人物还是小人物，好人还是坏人，能人还是庸人，你都要谦卑敬畏，用充满热情和想象力去创造他们，在你的心目中，他们都应该是独一无二的，都是人人心中都有，人人笔下都无的人物。

下面我们转入正题。

一、独特

这是文学最重要品格。如果说小说魅力犹如青春亮丽的少女，那么小说的独特性就是构成魅力之躯干，或者用更老土更文学的语言，叫作迷人的身段。

有人问：写小说最要紧的是什么？我说，最要紧的要记住两个字：独特！

请注意：我说的是多数人或尽可能多数的人能理解，或接受的独特。如果太多人不能理解，或者不喜欢、不接受的独特，那可不称为独特，那是怪异。

四不像的小说必然失败。

独特：

——人的生存状态、时、空、地点、氛围、人物、人物关系；

——能引发读者独特的思考；

——创新的表现形式和方法：

1. 突破常用的语言规范和模式，但必须让人看得懂；
2. 视角和切入点；
3. 叙述策略：不管新旧手法，必须吸引人；
4. 故事、命运或人的独特际遇。

总而言之，构筑你小说世界的一切元素都应该是独特的，但这些独特都必须是人们易于理解和认同的。

为什么有人写的小说无法出版？或者出版了无声无息，作家拿不到几个钱稿酬，而有的作家一写出小说，就有出版商抢，原因有很多，但基本上是“独特”两个字在作怪，因为独特，可以令不知名的作者一举成名，甚至令一个家庭主妇成为一个世界级的大富婆，如写《哈利·波特》的女作家罗琳，也是因为独特，在她之前，从来没有人这样写过孩子们爱读的小说。

我与赵洪写《大江沉重》，一开始就给自己定了八个字作座右铭：“与众不同，峰回路转”，与众不同就是独特。

人们问：为何要独特？

因为只有独特，才能满足读者的期待：凡是读者，都是带着某种期待捧起小说来读的，想看看别人的生存状态、怎样生活、怎样面对人生难题和转折、历史人物制造的悲喜剧怎样解释、他们的人生命运对今人有何启迪？甚至杨玉环如何胖得雍容华贵，叫唐明皇神魂颠倒，赵飞燕如何瘦得叫人怜爱因而魅力无限，等等。

写小说也要以人为本，我理解是应该以读者为本。我引入一个新的概念：读者期待。

我们的小说能让读者从中获取什么？能否得到阅读的快感和满足？

一般而言，有魅力的小说必须满足读者期待，这读者期待有几个层次：

1. 阅读快感；

2. 阅读体验；

3. 阅读认同；

4. 阅读想象（再创作、再演绎的冲动和尝试）。

以上都与独特有密切关联。

简而言之，如第一层次：阅读快感，如果是雷同、似曾相识，就不可能引起快感，味同嚼蜡，读者期待就会顷刻消失。

所以，如果我们的小说不够独特，不能给予读者新的、独特的快感、体验、独特的认同和想象，也就不能引起读者期待的满足。

人们又问：怎样才能独特？

1. 你要独特，首先要知道什么是不独特，如果你想写独特的小说，那你必须先知道，那些人物、故事、命运、细节、语言是人家写过的，那些在套路是人家用过的，你再写、再用，那就是模仿、庸才了。所以要尽可能博览群书。我们写《大江沉重》，把很多中外反映现实生活的小说翻了一遍，人家这样写过了，我们就偏偏不这样写，得想一条更新、更绝的路子写，这就是要尽量做到与众不同。

2. 要善于在现实生活中发现和寻找独特。

自己要建立独特的、与众不同的历史视角和小说观念。我写小说，要思考、酝酿很久，如《大江沉重》，就调动了10多年的生活积累、特别是挂职工作的生活积累，我所见过的比较独特的人和事，甚至我的一些朋友，都成了我小说中的素材和原型。独特是从生活体验中来的，生活比任何文学更丰富更精彩，独特的东西更无处不在，只要随手捡些边角料，就可以写出好东西。就看你是不是有心人，有没有一双慧眼，能否发现它，有人说我天天在生活中，怎么就没有发现可以写的东西？不是没有，而是你体验、挖掘的工夫不到家，这叫作身在宝山不识宝。

时下大量长篇写现实生活、反腐败、写改革、写人物正邪势不两立，热衷表现社会上大量腐败现象，一无是处、暗无天日，行不行？作为小说，写出来有人读、有人买，当然行。但是大家都这样写就不独特了，读者就看烦了，怎么写来写去都是这一套啊？

其实，任何发展中的社会和群体，都应该有亮点的，你把这个亮点找出来，而且巧妙地用新的人物加以表现，这就显出你的与众不同来了。审视当今中国，发展、进步是主流，尽管有很多不如人意的地方，但一个大国，十几亿人，20 多年高速发展，特别是珠三角的高速发展，可以说是千古奇观。很难想象，如果是一个腐败无能的政府或社会，能够创造出这样的发展速度。这在世界上是独一无二的，能够把这独一无二巧妙地写出来，那你的小说也就有了独一无二的基因了，这就是独特的基础。

我们用五句话来概括《大江沉重》：

一个“鬼马人精”以乌纱作抵押从政做大事的故事；
一段波折缠绵反差极大令人嗟叹的爱情悲歌；
一部珠江三角洲高速发展千古奇观的历史；
一首高扬“发展才是硬道理”的主旋律英雄史诗；
一曲讴歌人间正气充满男人气概的辉煌乐章。

当然，有人说，我看不到太多的亮点，我只看到太多的不如人意的东西，也行。你把这些东西独特地表现出来，让人看见发展中独特的阻力和亟待解决的问题，让人读了有独特的发现和联想，这也了不起。当今现实，在高速发展中，伴生着大量腐败和阴暗，光明与黑暗在激烈交锋，这也很独特，珠三角就十分典型。

关键是你不要跟着人家屁股后边跑，要有自己真切、独特的发现。

例如我的同学赵本夫写《天下无贼》，用独特的人物、事件来表现独特的时代现象：有个民工苦干几年，得了几万元工钱回家娶老婆，人家好心劝他小心点别让贼偷了，他不信，说哪有那么多贼？在火车站大叫，我有几万块钱，哪个贼来偷我！结果真有贼盯上他了，而且整火车厢都是贼，贼们甚至为了他的几万元钩心斗角，打起来，有好心的贼良心发现，把辛苦偷来的钱悄悄还给了这个民工，更妙的是这个民工对身边发生的生死搏斗居然毫不知情。

这些发现、这些生活素材、表现手法都是独特的，而且透射出来的哲理也很独特，发现的亮点也与众不同。所以成功了，很快被改编成电影，也很成功，轰动一时。

又例如，自古以来，人们心目中的太监都是心理扭曲变态的反面角色，但太监中确有了不起的人物，如郑和，是大英雄。最近我的同学朱苏进写的《江山风雨情》，写了个独特的大太监王承恩，很复杂，大明江山最后被李自成攻陷时，大臣武将跑的跑，降的降，但王承恩却率领太监们奋勇守城，这个人物就塑造得很独特。

所以说，小说是寻求独特的艺术。它的独特必须能够调动人们的想象和思考，这是小说最重要的魅力之一。

二、认同

刚才谈到小说必须满足读者期待，其中有几个层次，有一个重要层次是阅读的认同，我想着重谈谈。我认为：小说应该而且必须是调动人们认同的艺术，这是小说魅力之一。

人类最原始的天性之一，就是具有认同欲。人与猴子在同样会思考的情况下，人会点头或摇头，说“YES”或“NO”，猴子却不会，请注意，这是一个根本区别。小说从一诞生，就是人们寻求和满足认同欲望的工具，人们从翻开小说读第一行开始，就会不断寻找认同：经历、感情、感觉、心理、知识、生理、语言，等等，会产生多方面的比照，是不是这么回事？会不会发生？我自己有无这样的体验？等等。从而产生感悟、启迪，达到某种认同和满足，如好奇心的满足、群体意识的满足、安全感的满足、报复心理的满足，等等，有人读小说后觉得过瘾、解恨，或者长舒一口气，这就是达到了某种满足。如情窦初开的少女，爱看爱情小说，甚至钟情于小说中的男主人公，这是感情上的认同在起作用，20 世纪 80 年代初陈国凯、孔捷生的小说一时洛阳纸贵，使《作品》杂志一下冲上 70 万份，这是广大读者产生了愤恨“四人帮”的心理认同所致。

写小说不可不研究人们的认同欲，也就是不可不研究读者心理，有作家说：我先锋，我前卫，我可不管你爱读不读，我只写我想写的东西。这其实成不了大作家。

三、感觉

我个人的观点：感觉是小说之睛。刚才说小说魅力之一是独特，她宛如少女美妙的身段，那么小说的感觉呢？她应该是少女秋波流盼的眼睛。

小说应该而且必须是能调动人们感觉的艺术。

自古以来，人类产生了众多门类的艺术和流派，我不讲艺术概论，我自认为：艺术可分为直接感觉的艺术和调动感觉的艺术。

直接感觉的艺术：视觉艺术有绘画、雕塑、戏剧、舞蹈、电影、电视，等等；听觉艺术有音乐。

调动感觉的艺术：文学（小说、诗歌、散文，等等），它通过调动读者的感觉去想象、认同，唤醒或寻求固有的感觉体验，也可以引发想象未有过的感觉体验。（谁能告诉我，为什么黄色小说或者小说中的色情描写，能吸引很多青少年读者？这是调动感觉引发的。）

我认为，感觉是感情的先驱。以美妙的爱情为例，男女两情相悦，难道不是双方的眼睛看到对方的美妙之处，鼻子闻到对方美妙的气息，因而触发美妙的爱意和欲望的吗？古今中外无数爱情歌曲，歌唱姑娘美妙的眼睛、美妙的头发、美妙的胸脯、美妙的歌声，这就是感觉啊，这就是通过感觉唤起感情啊，小说也一样，有人读小说迷上了小说的女主人公，就是通过小说中的感觉描写走火入魔的。我读小学五年级时，那是1958年吧？《林海雪原》才出版，班上的男同学个个才10岁到11岁，看到少剑波偷看白茹睡态一段，就耳热心跳，后来与男同学悄悄议论，才知道大家都迷上这一段，有人甚至能背出来。读《三家巷》，小区桃出场那段也很吸引男孩子，她穿着木屐，前胸微起，婀娜多姿地走在小巷的麻石地上，写得多美！这就是唤醒或寻求固有的感觉体验，或者引发想象未有过的感觉体验。

我在北大作家班时，认真研究过小说的感觉，大体认同这一现象，我读了大量先锋派包括中国现代派鼻祖——上海20世纪30年代“新感觉派”的小说，后来毕业论文是《从新感觉派到莫言》，当时北大中文系主任、著名教授严家炎先生给了我全班最高分：93分。在北大，拿90分以上成绩是很不容易的。我猜想，不是说我有多少学问，而是先生看中了我研究方向很独特，当时很少人涉及。

我发现，写小说其实是在追寻人类的感觉认同，不管是现实主义作家，还是先锋派作家，其实都在刻意追求感觉的可认同性。

区别：

现实主义作家追求感觉在常态下的可认同性（常态——日常生活中）。因为是常态，是多数人能够感觉或早已感觉过、体验过了的，因而通俗易懂，易于被大多数人认同。例如鲁迅、赵树理、柳青的作品，大量日常生活的感觉描写，是多数人可认知的。阿Q捏小尼姑的脸，手指头有滑腻腻的感觉，即使被骂“断子绝孙的阿Q”也飘飘然，《创业史》中写到梁生宝闻到女青年改霞身上那种雪花膏的香味，心头那种冲动和温情，妙极了。

现实主义作家在追寻常态下感觉认同的几个特点：

1. 感觉融入叙述之中；（感觉多用描写传递给读者，感觉描写为典型环境、人物、氛围服务。）

2. 感觉导向感情的完整性、合理性；（《静静的顿河》中，写葛里高利在心爱的情人阿克西尼娅被红军枪弹打中，伤重在他怀中死去，他伤心欲绝痛不欲生地埋葬了她，在坟墓前，他抬头突然看见，太阳发出黑色的光芒。每每读到这里，我会被震撼，毛骨悚然。）

3. 表现感觉的性格化与社会化的矛盾。如林妹妹不会爱上焦大，首先受不了他一身臭汗，又如《钢铁是什么样炼成的》中，一对曾经热恋的情人保尔与冬尼亚分别多年后突然在铁路工地上相遇，一交谈感情逆转，保尔此时的感觉是：她臭酸。一个美丽的香喷喷的资产阶级小姐怎么会臭酸呢？这就是所谓的“亲不亲，阶级分”了。

而现代派作家绝对不会这样写。我们在文学上要有所造就，不仅要了解现实主义作家的创作，也要了解现代派作家的创作，这样才能有所超越。

文学的现代主义是个大流派，其中最有代表性的是新感觉派，日本的代表人物是狂热的军国主义作家三岛由纪夫，在中国，最早的代表人物是 20 世纪 30 年代上海的刘呐鸥、穆时英、施蛰存（不久前才去世，活了 100 多岁）。现在，我认为，莫言也是当代感觉派的代表人物，不管他自己承认不承认。

感觉派与现实主义作家不同，他们的主要特点：

追求小说感觉语言在非常态下的可认同性，现代主义、后现代主义作家尽管千差万别、各有千秋，但有个特点几乎是无一例外是共同的：这就是追求小说感觉语言在非常态下的可认同性。与现实主义作家相反，他们基本不表现感觉与性格化、社会化之间的矛盾，反而尽量表现感觉的本能化、欲望化。

简而言之，他们笔下，林妹妹是会爱上焦大的。因为林妹妹是女人，焦大是男人，女人和男人在一起是会擦出火花的，这就够了。

他们习惯于把新奇、怪诞、非常态、超常态和变幻着的感觉赋予小说人物，请注意：无论他们怎样惊世骇俗、天马行空，但总是守着一条界线不至于滑入痴人说梦——可认同性。

手段之一：把感觉物化。

20 世纪 30 年代穆时英有篇小说《夜总会里的五个人》有这么一段：“只有季洁一个人不笑，静静地用解剖刀一样的眼光望着他们，竖起耳朵，在森林的猎狗似的，想抓住每一个笑声。”

正常的视觉不可能变成解剖刀，耳朵也不可能变成猎狗去抓住别人笑声，但这种变形、扭曲的感觉，比传统的、巴尔扎克式的描写要强烈得多，因为这感觉是非常态的，更接近人类追新逐异、品味新奇的认同欲望，人类是特别偏爱和注意特殊和新奇的东西的。

手段之二：感觉的外化与幻化。

新感觉派作家把各种感觉伸延，将作品引导到超出感觉之外的各种思维活动中去，甚至制造幻象来加强感觉的效果，企图给读者留下强烈的印象，以博得认同。

如施蛰存的《梅雨之夜》，写“我”打伞送一少女回家，就有几处感觉的外化和幻化：一是“我”突然感觉到所送的少女是自己年轻时的女伴；二是“我”偶然看见路边的店家女，感到这女子眼神中有点忧郁，恍然间觉得她就是自己的妻子，觉得妻子不放心，来监视自己了。

比起20世纪30年代的前辈，当今的莫言可称得上玩弄感觉物化、幻化的鬼才。请看《红高粱》中这段文字：

“奶奶注视着红高粱，在她蒙眬的眼睛中，高粱们奇谲瑰丽，奇形怪状，它们呻吟着，扭曲着，呼号着，缠绕着，时而像魔鬼，时而像亲人，它们在奶奶眼里盘结成蛇样的一团，又呼啦啦地伸展开来，奶奶无法说出它们的光彩了。它们红红绿绿，白白黑黑，蓝蓝绿绿，它们哈哈大笑，它们号啕大哭，哭出的眼泪像雨点一样打在奶奶心中那一片苍凉的沙滩上……”

在新感觉派湮没半个多世纪后，莫言重新崛起，把非常态、超常态的感觉文字运用到极致，这是否一种轮回？

可能是一种轮回，但决非同一层次上的复印，莫言更注重感觉的可认同性，其物化、幻化手段从深度、广度都超过了他的前辈。

像莫言那样，当代有很多中青年作家，在继承现实主义传统的同时，对小说的感觉认同作了很多探索，他们十分注意追寻富有现代气息的感觉，我姑且称之为“感觉现代化”。例如，调入我们省作协的盛可以，她的小说也有很多独特的感觉。

特点：

1. 大量运用感觉字、句、段，增加感觉信息的密度。

感觉字：“脊梁断了，嘴里哇的一口血”（穆时英《上海狐步舞》）。

“高粱穗子浸在月影里”“流星亮破一线天”。（莫言）

感觉句：“游倦了的白云两大片，流着光闪闪的汗珠。”

感觉段：刚才引用莫言那一段奶奶的描述。

2. 大量运用“通感”，构筑一个多元的、立体的现代感觉世界，激发读者的想象力和认同能力。

让读者所有器官都张开想象的翅膀：五官、触觉、肤觉、内在、外在、时空……随时变换，让人享受新奇、跳跃和快速流动的美感。

出奇制胜：

视觉变听觉：“墨水河明亮的喧哗”；

听觉变视觉：“一声巨响像个大球一样飞过来”；

视觉变嗅觉：“照片上洋溢着水果的香味”；

故意将感官表现置换或倒错、动词名词变换使用，等等：

时间变成看得见、摸得着的东西：时间，像一只蚂蚁在他心头爬过；

我在一篇评论中分析了盛可以解构式叙述描写的最大特点，是充分运用了敏感的感觉语言和文字，这些鲜活的感觉语言成了她手中的手术刀，盛可以经常用它愉快地干脆利落地在剥光了的男男女女身上运用自如，在最隐秘和最不可见人处手起刀落，然后捧出血淋淋的一块块器官和肉体。有的句子和感觉字眼，她用得甚为精妙，这例子俯拾皆是、触目可见——

“小老板嗓子里抖出一群暧昧的鸽子，稀里哗啦一阵扑腾，朱妙才知他说的是裤裆里的那杆枪……”

“摩天大楼干净，玻璃墙湛蓝，阳光钉上去，看得人眼冒金星”；

“方东树如从水底浮上来，上半身填满了朱妙的眼球，笑容不咸不淡，似秋天的薄毛毯，盖在身上恰到好处。”

这里，感觉字，感觉句，感觉段都全有了，用得很别致，充分发挥了语言的张力和想象力。

请注意：

任何积极的探索都是发展中的过程，而任何过程都不可能终结的，没有顶峰，也不能滥用探索和感觉，感觉太多了就等于没有感觉，甚至会变成反感觉，形成所谓感觉爆炸，就会走火入魔，读者会受不了感觉爆炸而心生畏惧，产生厌烦。很多人说现在的先锋小说读不下去，可能出于感觉爆炸的原因，莫言有这种倾向，盛可以也有。失去节制，失去了度，好东西也会变成坏东西，正如列宁说，真理再往前多走一步，就会变成谬误。

只有恰到好处，才是完美的。

四、感情

前面说到感觉是感情的先驱，可见感情对于创作来说是十分重要的，可以这样说，任何文艺创作，都是人类情感的表达和宣泄。作家写小说，其实也是在对自己的情感资源的探索、拓展和开发。中国作协副主席陈建功说：作家的创造水平高低，自古以来有一个说法，所谓的梦笔生花和江郎才尽的问题。其实我觉得要害不在于有没有梦到那支五色笔。一个作家要有所得，必须保持丰沛的情感资源，如果情感资源枯竭了，那就真的是江郎才尽了。20 世纪 80 年代的时候，中国文学呈现了最为壮观的景象，因为解放了文艺政策，也开启了作家们的情感资源，所以有感人的作品出现。

80 年代活跃的作家，之所以能够拿出很好的作品，就因为“文革”十年积累了丰沛的情感资源。十年“文革”把很多感情丰沛、才华横溢的文学青年抛到生活和社会的最底层，这对于他们个人命运来说，是不幸的，但对他们的文学积淀来说却是幸运的，他们的命运与最广大的底层百姓紧密相连，吸纳了更多的感情资源，这些感情是炽热的、滚烫的、汹涌澎湃的，一有表达的机遇，便会喷薄而出，形成一部部与亿万人民群众的命运、感情相通的作品，尽管后来有人认为这些作品幼稚、浅薄、艺术粗糙，但是谁也不能否认，它们是真挚的、动人的，曾经大规模地灌溉了亿万人荒芜的心灵。

现在，有些文学理论家认为文学可以完全背弃大时代，纯粹到人的内心寻找，这就造成了当代文学的更浮浅和与亿万人的隔膜。

陈建功说：目前，我国有专业作家 300 多人，业余作家就更多了，这些作家各有各的危机。先说专业作家，从 1982 年到 1995 年，我也当过 13 年的专业作家，我的体会是什么呢？一个人成为专业作家的时候，情感资源基本上都用光了，写出了成名作，一辈子煎熬的情感已经喷发在作品中。当成为专业作家后，往往都在不断重复自己。

所以，各位千万不轻视作家的感情积累问题，种瓜得瓜，种豆得豆，只有健康的丰沛的与亿万人感情相通的感情资源，作家笔下才会流淌出打动亿万人心的好作品。

我认为，无论是写诗或写小说，其实都是在寻求人类感情的喷发，感情的积累越深厚、越炽热，能量越大，喷发起来就越惊天动地。不知道大家有没有经历过开采石油时的井喷？我在石油勘探队时就见过一次，深深地埋藏在地层下的油气一旦不受控制地喷发起来，连大地都在震撼、发抖，地下被压抑几亿年的能量冲天而起，真有种地动山摇的气势。文学创作其实也一样，要讲究感情的真挚与厚积薄发，强调感情深厚的积累和炽热的熔炼。自然界的钻石，据说就是在火山喷发时的高温高压下形成的，最优秀的诗歌、小说恐怕也得在感情最丰厚最炽热的胸腔中产生。而千百年来令无数作家诗人苦苦追寻的灵感到底是什么东西呢？几乎所有理论家都说不清、道不明，我个人的理解很简单：灵感，其实就是沸腾奔突的炽热感情突然找到了一个喷发的出口，找到了一个理想的合适的美妙的表达方式。

现在有些创作理论，忽视了这一点，认为写出好诗好小说关键在于形式的翻新和技巧的精雕细刻，令很多青年过于沉湎其中，白白耗费了天赋和才华，这是一种不幸。

说了这么多，我用一句话概括：感情，其实是小说魅力之灵魂。

五、命运

世上有各种各样的小说，各种各样的作家，但我自己，觉得小说是写命运的，喜欢把小说写成“命运小说”。

小说是描述人的生存状态的，是读者了解别人生存状态的一个窗口，作家的使命就是要把这个窗口打开给人家看，生存状态即命运。

命运即人、即性格：以前人们常说，文学是人学，其实，写人就是写他的命运、写他的性格。命运是由性格造成或构成的，也可以说，性格决定了人的命运。古往今来，人们对命运充满了好奇心，人人都是热衷于了解和谈论别人的命运的，别人的命运是自己命运的参照物，想了解别人命运，其实也是想了解和把握自己的命运，所以他们才会去读小说，寻求认同。

我认为，能够调动读者关注人的命运也是小说永恒魅力之一。

长篇小说：叙述、构筑人的命运或命运的某一段过程，或兴衰更替与开端、终结。

短篇小说：叙述、构筑人的一段特殊际遇、命运的瞬间、人生的十字路口、关键时刻。

注意：不是所有人的命运或生存状态都能引发人们的关心、注意和共鸣、认同的。

这里又回到第一个命题上来了：独特！只有独特的命运，才会吸引人。即使是普通人，也可能有独特的命运或际遇，这就要求作家有独到的眼光和独特的表现技巧。

六、语言

前面我说过，独特是构成小说魅力的躯干，宛如美女迷人的身段，小说多姿多彩的感觉，是倾国倾城、秋波流盼的美女眼睛，感情是小说魅力之灵魂。那么小说的语言呢？我说，小说语言之重要，有如美人美妙的声音。各位，试想一下，如果你们看上一位漂亮的小姐，令你如痴如醉，可是她一开口，却像一只患了重感冒的鸭子，像一把锉刀在锉你的听觉神经，阁下是否会大失所望呢？所以，精彩的小说，一定得有精彩的小说语言。除了我刚才说的充满感觉的语言外，也有作家写小说喜欢用诗化的语言、乡土的语言或者用时尚化、市民化语言取胜，根据我的创作体验和阅读，小说语言一定要注意四个要素：

1. 必须要与小说内容、人物个性相匹配。

2. 必须是作家非常熟悉和易于表达、运用流畅自如的。

3. 必须有语言的张力，预留给读者想象和回味的空间。也就是说，小说语言要尽量吸引不同地域、不同层次的读者群，给他们以新鲜感。

4. 小说语言要大致遵从约定俗成的语言规范，但在一些节骨眼上，又可以大胆突破某些规范，张扬作家自己独特的创作个性，营造一种独特风格。如鲁迅：我家门前有两棵树，一棵是枣树，另一棵还是枣树。又如我的中篇《大江月圆》，写疍家仔大江与西关小姐月圆的爱情故事，第一句就是：大江是从大江上漂来的。这一句往往一下子就把读者吸引住了。

当前，小说语言乡土化、市民化有很多写法，也有不少创造，但有个倾向值得注意：就是语言的粗鄙化问题。自从美国作家赛林格的《麦田守望者》走红以来，不少中国青年作者竞相仿效，他们误以为赛林格走红是因为小说语言写得大胆出格，通篇美国式的粗言秽语，所以他们也来个通篇中式的粗言秽语，这种毛病当前网络小说也很常见。其实，这种将祖宗留给我们的宝贵语言粗鄙化的做法是很要不得的。作家不能吃祖宗饭，造子孙孽，维护我们母语审美意义上的丰富、优美和尊严，是作家义不容辞的职责。

七、信息量

信息量在当今长篇小说创作中，显得日益重要，当代读者是生活在信息爆炸的时代，他们习惯了日日夜夜接受信息的冲击，如果小说信息量不够，或者停留在巴尔扎克式的描写方法上，开头10页老是写花园景物和房间摆设，读者马上就把书丢开永远再不看了。

所以，有足够的信息量，也是当今小说魅力之所在。读者可以从中接受很多新的信息，而且这些信息是围绕着扣人心弦的人物命运而得来的，他们更乐于接受。

长篇小说本身就是一个巨大的信息库。像《红楼梦》就是中国封建社会的大信息库，读者可以从中知道那个时代、那个社会的几乎全部人际关系的信息。而且人人都可以从中见仁见智。鲁迅说：道学家可以看见淫，才子佳人可以看到爱情……毛泽东看到的是一本封建百科全书，等等。

凡是伟大的巨著，如《战争与和平》《安娜·卡尼列娜》《静静的顿河》等，信息量都是非常大的。这就需要作家有高度的艺术修养和掌握巨大的信息资源。

我们写《大江沉重》，也非常注重信息量：如在地方发展观念上，我们用形象着力灌输发展增长极和西方时兴的零增长理论信息，地方党委政府如何运作的信息，西方马克思主义与我们中国特色社会主义同异的信息，中央和地方博弈、中国政治家国际资本的博弈，等等；在风土人情和民俗上，我们有意强调珠三角风情岭南特色，写了很多水乡民风民俗如赛龙舟、自梳女、斟茶认错、民工生活、打工妹的艰辛，等等；香港、台湾等地，也用了大量香港人、台湾人的日常生活场景及生活方式：炒楼、炒股、资本运作、黑社会洗钱和经商、对付黑社会的方法、赌博和嫖妓。小说涉及政治、经济、文化、军事、历史各个层面，有评论家说，这小说是中国20年改革开放历史的缩影。

我认为，长篇小说汇集信息，扩展信息量，也要强调独特性。而且必须真正来自于生活，只有从生活中来的信息，才有生命力，才有独特性。

该到小结的时候了。我们该想一想，如果我想写一部有魅力的小说，用我以上所讲的理念，应该是一部什么样子的小说呢？

那就是：一部与众不同和有独特品格的、能够调动多数人认同感的、有丰富感觉撞击的同时又与亿万人感情相通的、以描写人的命运而扣人心弦、引起多数人关注的、充满优美和独特个性和张力的小说语言，有密集和引起人无限联想信息量的小说。

如果都做到以上几点，那它必定是一部成功的小说。

八、想象力：作家创作的基本要素；想象力是从小培养而成的。

九、偶然和细节

偶然是独特的催化剂，生活中存在大量的偶然，作家必须有发现、掂量偶然价值的能力，把很多的偶然转化成小说的细节，小说在让读者阅读时不时有偶然的发现，偶然的惊喜，也能加大小说的魅力。但要切记：光靠偶然是堆砌不起小说世界的。用偶然事件来推进小说情节发展往往得不偿失，使你的小说世界轰然坍塌，然而，小说世界也是靠大量日常生活中毫不起眼的细节营造起来的，真实和来自生活、有原汁原味的细节是小说的砖石，写不好细节，也就写不好小说。

十、极端（冲击、刺激）和节奏（紧张与舒缓）。

十一、颠覆（逆反）和转折（出其不意、峰回路转，与众不同；制造悬念，勾起和引导读者的好奇心和阅读兴趣；相反路标引导法）。

十二、时代精神、历史感。

作家必须有自己的历史观和价值判断，没有应有的历史知识，把握不住时代精神，成不了好作家。

我觉得文学，尤其是小说的生命力在于历史感和正确的历史观。小说，尤其是长篇小说，如果它的历史感把握不住，它的历史观是完全错误的、颠倒黑白的，那这个小说的生命力很难经受住历史的考验。如果把历史的规律都搞反了，不管它艺术成就有多高，它的存在价值都有点可疑。我在创作《大江沉重》时就比较朦胧地意识到，我们现在面临的处境是和世界强权、国际资本博弈的年代。以前是讲阶级斗争、夺取政权、你死我活。现在实际上是与全球化挑战在博弈。我们到印度访问的时候，我们有些人包括印度一些作家，他们对全球化非常恐惧，认为全球化的最后结局是经济全球化，文化也全球化，那就会抹杀掉很多民族的文化，所有的文化最后像经济一样只能向西方的强权文化低头、被压缩消灭，全球化浪潮当然是否定和抹杀文化多样性的。在我们现在生存在这种世界格局的大博弈里，中国的共产党人按照历史的发展趋势，与国际资本作一场巨大的博弈。什么叫博弈？就是在一定的游戏规则里我跟你比拼智慧和发展，力争以小搏大，以弱胜强。原来的阶级斗争是没有游戏规则的，不是你死就是我亡。现在我们愿意在一定的游戏规则里跟你玩，黑子白子互相吃，尽管这个游戏规则是西方列强根据他们自身利益制定的。这就跟过去一味强调阶级斗争的你死我活有很大的改变，但矛盾的尖锐性依然存在，我们分分钟都有吃亏的危险。现在变得更加复杂。更加困难、更加需要智慧。我写邝健童很大胆地引进外资。我们为什么要引进外资呢？实际上，这个思想从我20世纪70年代末在南海上钻井平台的时候就已经有所感觉了。当时我们花钱买了大量的先进石油设备，但是不会用，用不好。结果还得把外国人请来教我们怎么用，就是他们当老板，当大爷，我们给他打工，那时南海石油创新了一种体制叫作“反承包”，就是用我们的设备、我们的工人给外国人打工，从打工中锻炼队伍，使自己强大起来，现在我们的海洋石油队伍开始走向世界各国的海洋了。实际上我们现在跟国际资本的关系就是：到底是用我的骨头来煮你的汤，还是用你的骨头来煮我的汤？大家都要喝这碗汤，但是谁出骨头谁出汤？这是一种智力的考验。正是出于对这样一种对资本力量的思考，让我把早期作品中单纯歌颂人的精神美好和精神力量的描写，转换成一种物质力量与精神力量之间复杂关系的描写。这种资本的力量对人的精神的改变在后来的作品中越来越多地呈现出来，尤其是在《大江沉重》里那种资本力量对人的精神力量的强大冲击过程中呈现出来了。

引进国际资本，搞市场经济好不好？当然好。这对改变我国面貌、增强国家实力起着重要作用，如果还搞计划经济，我们现在还生活在票证时代，哪有这么丰富的物质生活和文化生活？那就是邓小平说的不搞改革开放，不改善人民生活，任何一条路都是死路。我们全国人大刚刚通过的物权法，是一部标志性的支架性的法律，通过国家意志确立了对公有的、集体的、私有的财产进行同等的保护，保障了私有经济健康有序地发展，这是社会主义初级阶段中是非常必要的。有人说这是搞资本主义了，这是一种歪曲或者是误解。《共产党宣言》上的确说过：共产党人的全部理论都可以归结为一句话——消灭私有制。但是马克思同样说过：社会主义必须在高度发达的资本主义基础上才能产生和确立啊，我们现在离高度发达的资本主义还差得远呢！恩格斯在马克思墓前的演说里讲了一段很精辟的话：马克思发现了人类历史的发展规律，即历来为繁茂芜杂的意识形态所掩盖着的一个简单事实——人们首先必须吃、喝、住、穿，然后才能从事政治、科学、艺术、宗教，等等；人们的国家制度、法的观点、艺术以至宗教观念，就是从这个基础上发展起来的，因而，也必须由这个基础来解释，而不是像过去那样做得相反。就是说，人首先要考虑生存、吃饭，然后才能考虑别的东西。包括政治啊，……意识形态啊，文学艺术啊，首先要生存，生存就得依靠物质。共产主义首要条件就是物质极大丰富，所以物质对人的精神的改变是不可抗拒的。但是在某些层面上、某些时段，不能忽视精神对物质的反作用。我们这代人背负了很多历史的和时代的烙印、很多责任感、很多理想主义的东西。我们注定要在中国的变革历程中起一种承前启后的作用。为什么呢？共产党人前期是打天下，夺取政权，1949 年以后，进入到一个执政时期。这是一个巨大的转型，就是从夺取政权到执掌政权。从发展史来讲，从夺取政权、打江山到坐江山、执掌政权，会有很长一段时间摸索期，用我自己的语言来讲，就是执政的幼稚期。资产阶级革命也摸索了几百年，他们执掌政权后也不断被封建贵族颠覆、复辟，欧美各国探索了很多不同的执政道路才有今天，所以他们至今仍没有、也不可能有一个相同的模式。中国共产党人执政以来，经历了差不多半个世纪的执政幼稚期，犯了很多错误，尽管它的理念、它的理想都是很崇高的、很正确的，但在这个过程里，由于急于求成、由于不按照社会发展的规律办事，也就是说不按照科学发展规律来办事，有很多严重失误。而我们这代人恰好就经历过这段幼稚期：从我们出生，到我们读书成长，到我们上山下乡，到“文革”达到幼稚期的最顶峰。经历了幼稚期种种失误以后，现在回归到一个比较正确的轨道上，比较理性、比较冷静、比较科学的改革开放这个轨道上来。《大江沉重》中邝健童这个人物实际上是我在观察生活当中发现和体验到的一个典型、结合体、集合体。

现在我们发展社会主义市场经济，我认为是马克思主义中国化的一个巨大成就，对全世界都有影响，改革开放 30 年来，中国国力年年增长，现在，连最反共反华的力量也不能不承认，中国强大了，发展了，老百姓的生活逐年好过了，中国的发展可以说是千古奇观，举世瞩目。但是，我们必须深刻认识到市场经济、资本力量也是把双刃剑，一方面它极大地推动着我国急速发展，更新着国人的许多观念；另一方面，它又是天生的逐利精灵，毫不犹豫的追求着利益的最大化，当它逐利追求不受控制地膨胀起来时，必然会损害社会主义最基本的公平、正义的理想和核心价值观，在全社会掀起浮躁的狂潮。这也是一场巨大的博弈。我们应该趋利避害，在这场大博弈中坚守我们的精神高地，心灵绿洲。怎样坚守呢？我以为，重要的是在发展多样性文化中坚持先进的、民族的、爱国的文化，还有就是坚持崇高、正义、公平的理念。

这就是时代精神、也就是我的历史观。

如果还有时间，我愿意就成为作家的几个基本条件这一问题，谈谈我的看法：

任何人都可以成为作家，一千多年前，我们有一位伟大的广东老乡——六祖惠能，他目不识丁，是个砍柴的樵夫，但他就敢断言：人人皆可成佛。抱着这样的信念，他口述出世界上唯一一部中国人的佛经，而且成为中国最伟大的宗教改革家，把西来的佛教改造成中国的佛教，佛教在诞生地印度只存在七八个世纪就几乎消亡了，但因为经过惠能等人的改革，在中国、东亚大行其道，惠能说普通人佛都可以做，难道做作家比做佛还难？应该说比做佛容易一些的。高玉宝同样目不识丁，也当了作家，《半夜鸡叫》在中华人民共和国成立初红极一时。最近，我看了一部书，是我们文学院签约作家罗建琳的母亲写的，叫作《牵手一家人》，她是一个文化程度很低的家庭妇女，70 多岁了，她把她一家人平凡而又坎坷的经历记录下来，总共几十万字，配上各个时代的家庭照片，竟是一本很好的纪实作品，让人看了一下子了解中国普通人在各个时期的生存状态。你看，这位老人不就是成一位作家了吗？

但是，要当写出精品力作、有影响力震撼力的好作家、大作家，就不那么容易了。我想，这得有几个基本条件：

1. 要有较好的文字功力；

2. 要有很丰富的想象力和好奇心（想象力是从小培养的，现在的应试教育，培养不出有丰富想象力和好奇心的孩子）；

3. 要有出色的灵活多样的叙述能力；

4. 要有深厚的历史知识和较正确的历史感觉。小说是写人的生存状态的，不知道历史，或者历史观根本错了，就无法把握当时当地的人的生存状态，怎能写好？例如让李登辉去写慰安妇，他会写慰安妇在皇军照顾下生活得如何幸福，这就成了汉奸小说了。这会完全颠倒黑白。

有了以上这几条最基本条件，加上掌握前面所述的“独特”“认同”“感觉”“命运”“语言”“信息量”等更高的要求，才有可能写出好作品。

如果前面所说最基本的几条都欠缺，最好不要立志做作家，想发达，想出人头地，条条大道通罗马，不必来挤文学这条独木桥，做作家，特别是做职业作家，是很苦的。没有“板凳一坐十年冷”的思想准备，不具备强大的精神力量和心理勇气，千万不要当作家。

当作家要有这样的思想准备：经年累月地面对电脑不停地敲敲打打，久历食不甘味，寝不安席，不知晨昏，不辨西东，没有双休日和节假日，心灵的负载很沉重很沉重，人生就像从事一项终生劳役。

当然，写作也有意想不到的刺激和快乐，能当上帝嘛，还不快乐？当你突然发现你笔下的人物可以挖掘出更深更丰富的精神世界，当你为一个段落一句对话一筹莫展忽然找到新的表述、新的语感、新的内涵，当你绝望地哀叹艺术感觉的失落却猛然闪出前所没有的体验和冲动，这种快乐可能和一个农夫一锄头下去挖起一个硕大无朋的番薯，一个渔民钓起一条珍贵的石斑有共通之处。我想这种快乐的期待是我尽管困厄连连仍不放弃写作的主要原因，也可能是天下爱写作的人尽管不是才子也不可能成名，依然钟情笔耕的原因。

最后，请允许我再重复前面的四句打油诗：拿起一支笔，你就是上帝，刻画人和事，创新大世界。祝所有的有志从事文学创作的朋友：有志者，事竟成！当好上帝，创作成功，创作丰收！

谢谢大家！

小说的命运和命运的小说

开讲之前，我先说两句离谱的话，第一句是：

要写小说，要有当上帝的勇气。当上帝做什么呢？造人，上帝不是创造了男人和女人，也就是夏娃和亚当吗？作家写小说也一样，也要敢于创造男人和女人，敢于创造新的夏娃与亚当。所以我胡诌了四句打油诗：拿起一支笔，你就是上帝，塑造人和事，构筑新天地。

第二句是：你对你笔下写出的人物，无论是大人物还是小人物，好人还是坏人，能人还是庸人，你都要谦卑敬畏，充满热情和想象力去创造他们，在你的心目中，他们都应该是独一无二的，都是人人心中都有，人人笔下都无的人物。

一、小说面临挑战（小说的命运）

1. 小说是什么？以我的理解，小说就是人们精神生活的一种食品，可供选择的食品，如茶、咖啡，不吃也死不了人，有人爱喝，也有人不爱喝，有人会上瘾，有人一品就知道好坏，它可以给生活增添情趣、享受，从这点看不是必需品。

它有什么用？①开启心智，扩展人的想象空间，调动、开发人的想象力，满足人的求知欲，想象力是一个国家民族的活力主要组成部分，一种重要标志，发展基础；②小说可以帮助人们了解别人的生存状态，寻求各种必要的认同，命运的、感觉的、感情的、知识的、社会的……从中获取教益。

从这一点上说，小说在艺术门类中，它又是重要的，是不是必需的？后面论及。

2. 小说面临挑战和竞争。

①最大挑战：电视进入家庭，剥夺了时间，多数读者变成观众，小说日益式微。

像20世纪50年代，“三红一创”那样拥有几千万读者的小说恐怕再没机会了，小说风光不再，我读小学中学时，如果同学谈起来，自己没读过《青春之歌》，《林海雪原》等，会抬不起头来。

但小说不会消亡，小说仍有机会与电视奋起一搏。这是因为：

——小说有开启想象力的重要功能。

电视是一种近乎强制接受的传播工具，有较强的设定性，时间、空间，都有强制性。

——小说是自由选择的，时空可自由选择。

——小说与现实之间有相对的距离，空白，可借读者想象，咀嚼、体味、发现、认同、而电视是稍纵即逝。

——小说能激发人们感觉的想象和认同。而电视却难以做到。

中国画有“留白”之说，实际上就是给观赏者留出想象的空间，想象，也就是一种参与过程，一种再创造的过程，产生冲动和快感的过程。人是地球上唯一能通过想象和联想寻求快感的动物。为何色情光碟屡禁不绝？有需求，冲激，特别对未成年，无性经验者，两性描写较能激发人的生理体验，有经验者，要加深更新鲜、广泛的体验。

影视作品注重感观刺激，如黄片，但文学作品则开启心理上的体验和想象，所以两者有不同的层次。人们读小说的最基本最原始的动因和欲望，来自人类天性之一——追求快感的认同欲。这种认同欲是与生俱来的。无论是写小说或是读小说，其实也是在追寻人类的这种这种快感的认同，认识到这一点，对提升小说创作者的自信心很重要。

小说还是电影、电视剧最重要的创作母体，很多非常成功的影视作品，都是从小说改编而来的，如《天下无贼》《暗处》《潜伏》等等。可以这样预期，小说将会演化成影视作品，影视可能成为一种全新的小说载体。

②小说面临的新机遇、新挑战：网络的兴起，有可能形成新文体、新载体、新表现形式。

当然网络也可以是文学——小说的载体，但当前网络上的文学作品，不用经过编辑和筛选，大多数是即兴式的，未经推敲和苦心经营或潜心创作出来的毛坯，有的干脆就是一堆垃圾，当然在有如恒河沙数的网络文学中，会产生一些精品，正如大量的河沙中会有金子。网络文学的好处是它可以即时参与交流、发泄，互动，但大多随意流淌出来的文字，称不上真正的文学作品，但它又很酷，很有创新活力，不时闪现一些真知灼见，容易吸引了大批青年读者，它对真正意义上的文学——小说构成挑战。

（一个人一生的时间是有限的，他花时间看电视、上网，读书读小说的时间就当然会少了，从时间的竞争力方面，小说目前是处于劣势。）

但传统意义上的小说仍有生存空间和继续发展下去的理由。因为：

——小说是调动人们想象的艺术；

——小说是调动人们认同的艺术；

——小说是调动人们感觉的艺术；

——小说是丰富、温暖和升华人们感情的艺术。

在调动人的想象、认同、感觉、感情这四个方面，传统意义上的小说仍有优势，发挥想象力是民族创造力的源泉，而感情的丰富和崇高，是人类赖以进步的根本。

面对视觉艺术——主要是如水银泻地般渗入人类生活的影视艺术的强大挑战，无论现实主义还是现代主义的小说，都得面对这样的挑战，甚至可以说是生死存亡的危机，小说必须发扬自己所有长处来力挽狂澜，其重要的长处之一，就是写感觉和感情。其他门类的艺术用镜头和画面，用光和色、音符和节奏来表现人的感觉和感情，毕竟比用语言文字困难得多。小说可以通过感觉语言来开启和调动读者的想象力、吸引读者感觉体验和感情认同，使读者进入一个由作家和读者共同构筑的立体感觉世界，从而使读者的认同欲获得满足、体验快感。这一点，即使最现代化的电影电视艺术恐怕也难做到，这恐怕也是无论现实主义还是现代主义的文学共同的优势。

因此，我认为：现实主义和现代主义的小说观念并不是天生对立或者永远势不两立的，在某种情势下，它们也可以相互取长补短或者相互竞争、相互依存甚至相互融合。这也可能正是小说能面对影视艺术和网络文字咄咄逼人的挑战而不致败走麦城的原因，也是小说艺术可以万寿无疆的原因。

所以，小说艺术不会消亡，仍有可能在挑战中发展，但是小说在文学艺术中地位，“全盛时期”已成过去了，需要变革、创新，甚至“变身”为与影视和网络相适应的新文体，才能更好地生存和发展，重铸辉煌。

但有一点是不可改变的：文学，尤其是小说，塑造人和人的命运的小说，在一切艺术门类中仍处于基础地位，“文学是艺术之母”。

下面，谈谈小说的特征，我认为：小说最大特征是写人，写人的命运。佛教禅宗有一说：一花一世界，一树一菩提，世界上每一个人都有自己的命运，而每个人的命运都不可能是完全相同的，如果认真琢磨一下，其实每个人的命运都有独特之处，都可以写成一本本完全不同的书。所以，世上有各种各样的小说，但我自己喜欢把小说写成“命运的小说”。

二、命运的小说（我这里不是教人写小说，只谈自己的体会）

小说是陈述人的生存状态的，是读者了解别人的生存状态的一个窗口，生存状态即命运。

短篇小说：叙述，构筑人的命运十字路口，关键时刻。

长篇小说：叙述，构筑人的命运一段过程，兴衰更替和终结。

注意！

不是任何人的生存状态都是会引起读者注意的。

这就要求作家有独到的目光和特别的技巧，有人问，写小说最紧要记住什么？独特——

选材：独特的生存状态、时、空、人物；

独特的表现形式和方法；

独特的语言、叙述。

这几个独特联合起来，才能写出独特的好小说。

我和赵洪合作，2002 年出版的 60 万字长篇小说《大江沉重》，也极力找寻独特的视角，独特的人物，独特的故事和人物关系……

也就是构成你的小说世界的元素要独特。

为什么要独特？

因为独特，才能满足读者期待：看看别人的生存状态，别人是怎么生存的，写小说也要以人为本，这里我又引入一个新概念：读者期待，也就是说，读者能从你小说中获取什么，一般说，读者期待有几个层次：阅读快感、阅读体验（激发感情）、阅读认同（感情的认同是最重要的认同）、阅读想象（感觉和感情想象，是最重要的想象）、再创作尝试。

第一个层次：快感，如果是似曾相识，引不起快感，时同嚼读者期待就大打折扣。同样，如果小说不能给读者以新的、独特的体验、独特的认同，想象，也就不能引起读者期待的满足，武侠小说令人着迷，就是满足了阅读的想象期待。

要千方百计做到：人人心中皆有，人人笔下皆无。

创作《大江沉重》引发的思考。

在写提纲时，先写上：与众不同，峰回路转。

首先在现实生活中寻找独特（自己要有独特，与众不同的历史观）我在生活中思考，在挂职工作中思考。

时下大量长篇，写现实、反腐败、写改革、写人物正邪不两立或写了大量腐败现象，社会一无是处，暗无天日。

但审视当今社会，发展是主流，珠三角的发展，可说是千古奇观，很难想象，如果是一个腐败无能的政府或社会，能创造出这样高的发展速度和奇迹。

外国人都惊叹中国的发展，我出访时，外人提到黄祸，怕中国发展太快，我说只有中国穷，才能有黄祸，成吉思汗的骑兵是穷急眼才西征横扫欧洲的，中国富了，不会有黄祸，中华民族5000年，这时期是吃得最饱的。

那今天现实中有哪些可值得写长篇的独特东西？

在高速发展中，伴生着大量腐败，有光明，也有丑恶，这就很独特，珠三角就很典型，以下面四句话来进入写作的，也可以说我新长篇的简介：

一个“鬼马人精”以乌纱作抵押从政做大事的故事；

一段波折缠绵反差极大令人扼腕的爱恋悲歌：三个不同的女性；

一部珠三角高速发展千方奇观的浓缩历史；

一首高扬“发展才是硬道理”的英雄史诗，在反英雄成时尚的年代偏要写英雄。

小说的整体主意（提高人物关系）定好了以后，就要进入创作。

紧要问题是如何表现。也就是如何讲提炼，如何叙述。

1. 要用最佳的角度和叙述来写人物、讲故事。我想：美国阿瑟·黑利的小说值得借鉴，我们写《大江沉重》作了一些尝试：严肃的主题，用最通俗的手法来叙述，要结合电视到手法，要有镜头感，细节，加上感觉，《澳门雨》也曾做过尝试。

2. 信息量要加大，在信息爆炸的时代尤其如此，长篇小说本身就是一个巨大的信息库。

《红楼梦》就是中国封建社会古信息库，所有对那个社会有兴趣的人，都可以得到各种信息。

见仁见智，鲁迅：经学家看见《易》，道学家看见淫；才子看见缠绵，革命家看见排满，流言家看见宫闱秘事……在我的眼下的宝玉，却看见他看见许多死亡；

毛泽东：反封建，是封建社会的百科全书……

《战争与和平》《安娜·卡列尼娜》《静静的顿河》等……都是信息量极大的巨著，所以，写《大江沉重》注重信息量：社会的县级政府的运作报表，政治的、西马、民俗的、自梳女、龙舟、学术的、统治学、美国的、美国人生活方式、香港的（炒楼）、台湾、黑社会、澳门的赌博、夜生活，等等。

信息，也要强调独特性，真实生活中来的信息，才有独特性。

3. 小说设计要有节奏，要有张有弛（峰回路转）。

吸收电视剧创作方法，要经营得法，电视剧每一集，都要有一个高潮，4时段里有让观众的兴奋点，也就是小高潮，戏眼。

小说不能这么刻板，不但要有好的、独特的、有悬念的、引人入胜的开头。（如我的《大江月圆》中，一开头就是一句：大江是在大江上漂来的。1980年代我的一篇小说，开头只有两个字和一个感叹号：陆地!）

而且，要在每章节中有悬念，有波折，一波三折，起伏跌宕。让人物命运牵着读者走，叙述要有节奏，激情和浪漫要掌握搭配好。

4. 在反英雄、反崇高的时尚中写平凡的英雄、琐碎的生活很难表现大时代，平庸的时尚中更要写出众人物，塑造非凡人物。任何时代和国度的文学作品都是需要英雄的，可以说，文学的诞生就和英雄有关，这可以从远古的传说追溯到小说的源头，全世界的文明大国都有最早的英雄史诗，希腊有神话，我们有大禹治水、后羿射日、女娲补天，精卫填海，哪个没有英雄？在民族发展的最早人文历史中，如果没有英雄史诗，那个民族肯定发展不起来，最后就会被历史淘汰掉。

美国之好莱坞，也大写英雄：《拯救大兵》《铁达尼号》，阿瑟·黑利，都在传播他们的价值观，比我们还讲政治，但比我们巧妙，对美国社会是积极向上的，任何政治人物，都是阶段性的存在，没有什么永恒不变的存在和价值观念，也没有什么终极的真理，真理总是在历史中不断发展、形成的，但是阶段是不可抹杀的，能形成阶段，就是对历史的贡献！

历史观：历史经常是用一种恶的形式推动的，纯粹的道德化、人性化并不能推动历史发展，革命、改革、发展，要牺牲很多人的性命和利益，包括创造历史的人本身。

5. 语言风格：

小说，又是语言的艺术。语言是小说的血肉。如果你的小说语言不能唤起读者的快感，你的小说就可能会失败。

在语言方面我想多说两句：要用敬畏的心情来保障我们母语的美感和尊严。自从美国塞林格的《麦田守望者》1980 年代传入中国后，各年代的文学青年纷纷效仿，以粗俗为荣，这种粗鄙化的倾向不可取。网络上有很多新创造，很多很时尚、很酷的流行词汇，很快就流行全国，有些是很有意思、很精妙的，如把女孩子叫作美眉，但它也是一把双刃剑，它的一些语言暴力倾向应引起我们注意：动不动就“靠”“杀”“人肉”，近来还涌现出莫名其妙的“火星文”，这些东西泛滥成灾会伤害我们的下一代，更会伤害我们源远流长的民族文化精华，为文者必须警惕。

小说的地域色彩问题：广东风味，岭南气派，富有首创精神，粤语与古汉语：有人说粤语是夏朝、秦人的语言，企、大夫、鞋子、孩子……

小说语言要不为表现而表现，要让北方人看得懂为目的，打造粤味口头语，又让全国读者能接受，欧阳山是大家：用两种语言进入小说思维，如：麻麻夫夫。

语言“北伐”对抗语言歧视。

6. 期待：新的文学精神崛起

振兴文学的生命力，有人说文学在 21 世纪的衰退，不可避免地与唐宋诗词的兴衰过程十分相似，太工、追求技巧等向内转……

我以为，只要人类还有理想、有追求，人们还需要文学，因为文学的精神与人类的永恒追求是共通的，文学最大的社会功能是可以起到温暖世道人心的作用，可以唤起美好的向往和期待，只要有崭新的文学精神崛起，文学还是有希望的。

人类要发展，这是凝聚亿万人的共同理想，是文学精神的脊梁，有了这个理想，我们的文学才可以挺直腰杆奋然前行。

让我重复一下开头那段顺口溜，作为结束语：拿起一支笔，你就是上帝，塑造人和事，构筑新天地。

从《海风轻轻吹》到《大江沉重》

——我的创作理念和道路

主持人：大家下午好，欢迎走进市民大讲堂。在开讲之前，我给大家讲个真实的故事。那是1948年，中共地下党组织因为有领导叛变遭到了毁灭性的破坏，正在一所大学工作的地下党支部书记，叫吕坪，他接到了党组织的一个紧急命令，要他立即转移，离开重庆，和他一起转移的还有一位女地下党员，这位女地下党员扮演他的妻子，这个“妻子”怀里抱着一个刚满周岁的孩子，他们三个人在一个阴霾密布的晚上冒着危险悄悄地离开了重庆。这个孩子非常敏感，他感觉到抱着他的不是他的真正母亲，于是放声大哭起来，夜深人静的晚上孩子的哭泣声差点把特务引来，这个孩子差点成为第二个小萝卜头，大家想知道这位孩子在哪里么？事情过了58年，这位孩子走进了我们市民大讲堂，让我们以热烈的掌声欢迎中国的著名作家吕雷老师。（掌声……）

让我们通过屏幕认识一下吕老师：

吕雷老师，第十届全国人大代表，中国作家协会主席团委员，享受国务院特殊津贴专家，广东省作家协会专职副主席、党组成员，1980年以小说《海风轻轻吹》获当年的全国优秀短篇小说奖，1982年以小说《火红的云霞》获当年的全国优秀短篇小说，1983年以电视剧本《云霞》（与陈定一合作）获首届全国电视艺术委员会的电视文艺优秀剧本奖，1984年以中篇小说《炫目的海区》获《人民文学》“读者最喜爱的作品奖”，1988年获中国作家协会、中华文学基金会颁发的“庄重文文学奖”，1999年获中华文学基金会、中国石油天然气总公司颁发的中华铁人文学提名奖，2003年他与赵洪合作的长篇小说《大江沉重》获中宣部第九届“五个一”工程入选作品奖，荣获2005年“茅盾文学奖”入选提名，该小说还被改编成电视连续剧，他还两度获得广东省鲁迅文艺奖和多次省内文学奖。

我想问一下吕雷老师，您和你们这代人都下过乡，当过知青，也当过工人，您在广州建设兵团还当过割胶工人，您是怎么样走上文学道路的?

吕雷：我在读中学的时候就喜欢文学。到了建设兵团，在连队里面搞宣传队，搞出名之后就调到团的宣传队，在团的宣传队又搞的比较好，又被师的宣传队调走了，最后被兵团政治部调到海口的兵团宣传队去了，进行文艺创作，8 年以后回城，回到茂名石油公司，在工会工作，后来就一直跟文学有点不解之缘吧。

主持人：我在很多年前就读到了您的短篇小说《海风轻轻吹》，这篇小说是怎么诞生的?

吕雷：当时我在茂名石油工业公司，现在叫茂名石化，当时茂名石油工业公司管的地盘比较大，南海石油的勘探也是由该公司管的，因为我在工会工作，就经常在南海的钻井平台体验生活。

主持人：您好像南海 1 号、2 号都去过。

吕雷：对，南海石油的钻井平台有好几个。当时，20 世纪七八十年代，那是最新引进的石油钻井平台，我都去过，对海洋石油工人有深厚的感情。后来我就创作了《海风轻轻吹》这篇小说。

主持人：这篇小说的主人公一直在我脑海里面，而且我一直就想，吕老师能不能写他的续集。亭亭玉立的晶晶，风度翩翩的卫卫，还有很仗义的何帆，他们的前途到底怎么样了？晶晶当上了歌唱家么？卫卫有没有去法国，还有何帆到底去了哪里?

吕雷：这个小说是虚构的，作家虽然是这一虚构世界的上帝，但是里面的人物命运却往往不为作家所左右。很有可能像现实生活中的人物一样，像何帆这种搞钻井的石油青年工人现在已经走向世界了，我们中国的海洋石油工业已经开始走向世界，当然像晶晶、卫卫这些人物恐怕现在也在自己人生的道路上找到了归宿。

主持人：我更希望晶晶和何帆在一起。吕老师又有一部力作是《大江沉重》，它不仅获奖，而且改编的电视剧本也获得了好评，我们在座的不少人也看过的。吕老师您着重反映广东省 20 多年改革开放的基本缘由是什么？它为什么受到这么好的评价?

吕雷：我就一直想一个问题，我们广东省改革开放如果从小平同志同意设立深圳特区开始，到现在已经有 30 年了，我写小说《大江沉重》的时候有 20

多年，开放改革改变中国命运，但我们在文学上一直没有很好地表现和反映，所以我就想写一部这样的小说，把广东人这种惊天动地的历程写出来，按照小平同志说的，就是要杀出一条血路来，这种前人完全没有的历史经历，是非常宝贵的。我一直想把它用文学的语言和形象把它表现出来，所以后面就产生了《大江沉重》。

主持人：下面请大家以热烈的掌声欢迎吕雷老师讲从《海风轻轻吹》到《大江沉重》。

吕雷：谢谢大家，下午好。

今天来与大家交流创作心得，不是来讲怎样写小说，写小说是教不会的，创作是一项艰苦、复杂的脑力劳动、精神劳动，所以必须具备强大的精神力量才能完成。大家千万不能相信有什么小说作法之类的东西，我教你们怎样写小说，那是骗人的鬼话。任何创作都得靠自己摸索才能取得经验，获得成功。我所谈的，是我自己在创作中的一些思考，如果你们觉得说得不对，可以反对，可以辩论，也欢迎提出你们的见解。

开讲之前，我先说两句离谱的话，第一句是：要写小说，要有当上帝的勇气，要有当上帝的精神力量。当上帝做什么呢？做人，上帝不是在七天内创造了男人和女人，也就是夏娃和亚当吗？作家写小说也一样，也要敢于创造男人和女人，敢于创造新的夏娃与亚当。所以我胡诌了四句打油诗：拿起一支笔，你就是上帝，刻画人和事，创新大世界。

第二句是：你对你笔下写出的人物，无论是大人物还是小人物，好人还是坏人，能人还是庸人，你都要谦卑敬畏，用充满热情和想象力去创造他们，在你的心目中，他们都应该是独一无二的，都是“人人心中都有，人人笔下都无”的人物。

下面我们转入正题：

今天我讲一讲我的创作道路和我的创作理念，讲四个方面的问题。第一个是我的创作和我的人生道路起落跌宕有密切的关系；第二我想讲现实生活往往比小说更精彩，要善于发现和挖掘典型人物和典型性格；第三点讲从《海风轻轻吹》到《大江沉重》，我的小说有什么发展的历程；第四个是要做生活中的有心人，人人都有可能成为提笔写作的作家。

这四个方面我先讲第一个问题，我的生活道路，我的生活变化。存在决定意识，一个人的经历往往会决定他的性格和道路，我出生在一个干部家庭，我的父亲当年在茂名市委工作，也与今天在座的福田区刘书记的妈妈是同事，我父亲在茂名当过多年的宣传部长，我家里有很多书，也订阅了很多文学杂志，但是我从小就身体不好，体弱多病，我是个男孩子，可我做什么都不如人家，甚至连女孩子都不如，打架打不过人家，踢足球人家都不要我，说你根本踢不动，跑不快，体育经常是不及格的，连做那个单杠的引体向上我都做不了，没力气，上学经常迟到，所以在学校里我经常是一个受嘲弄的角色，很弱小。但是我有一点比别人强，就是写的作文很好，读的书比别人多。所以一上作文课我就表现得很亢奋，准备好好露一手。所以在小学、中学我的作文成绩都很好，语文老师都很喜欢我。但是我的数学是一塌糊涂，经常不及格。“文化大革命”一来，因为我父亲是宣传部长，所以首当其冲就被关起来批斗。我自然而然就成了“黑七类”，在学校里面被贴大字报被批判的学生，我是第一个，我写的一些诗和散文就被人家拿出来批判，在学校饭堂，被糊了一墙的大字报，说我是小欧阳山、小秦牧。短短时间里，我经历了从“红五类”变成“黑七类”这么一个大起大落的过程，当时我心情非常灰暗，接着就是上山下乡，磨难中唯一的安慰就是读书和学习写作，我下乡的时候带了两箱书，我很有心计地把一些古典诗集、普希金的诗集，还有一些当时被列为禁书的书放在最下面，上面放一些毛泽东选集，马恩列斯的著作，怕人家看见。这样就到了兵团的最底层——连绵山岭中的一个连队，开始住在牛棚里，那是真正圈牛的地方。但是在那种逆境当中，我还是边劳动边学习，坚持把中国文学史、世界文学史、世界通史给读完了，而且做了详细的笔记，大学中文的课程基本上就在上山下乡自学完了。因为我会写作，所以我就从兵团的连队，团、师、兵团几级的创作组的机构不断的调、借，来来回回的折腾，我在兵团里面写了第一篇小说，叫作《护苗记》，当时兵团把我们30多人召集到海口兵团总部，我们广东著名老作家黄秋耘老先生当时刚从干校里面出来，他到海口知道我们在写作，就从兵团业余作者的作品里挑出三篇他认为最好的，其中有孔捷生的一篇，伊始的一篇，还有我的《护苗记》，说这是30多个人里写得最好的三篇小说，结果后来这篇小说被编入了兵团的小说集出版了，那是1971年的事情，从这以后我就一心一意搞文学创作。

1975年我回城了，在兵团待了8年以后，回到了茂名石油工业公司当了工会干部，文化干事。那是个大企业，我负责编一本刊物叫《工人作品》，1978年“四人帮”粉碎以后，我就和一个朋友合作写了一个揭露“四人帮”

的剧本《花好月正圆》，这个剧本当时就获得广东省的戏剧创作一等奖，但这仅仅是崭露头角，在文坛上基本没什么名气，1979 年我写了一篇小说叫《血染的早晨》，这篇小说描写了“文化大革命”武斗残酷的现实，当时著名作家和文学理论家萧殷到茂名讲学，他是中国文坛的著名理论泰斗和伯乐，培养过大作家王蒙和一大批中国优秀的作家，名气非常响亮，我就大着胆子把《血染的早晨》这篇小说给他看了，那天他正在发烧、感冒，他利用中午的时间一口气读完我这篇小说，没有休息马上打电话找我，说“你马上到招待所来一趟”，我就赶快去了，一见他，他就说“你这篇小说很好，很有激情，你再改一改，我拿回去发表”。结果我就拿回按他的主意改，他回去后马上在他主编的《作品》杂志上发表出来，而且是发表在头条上。我记得是 1979 年的 5 月，一发表以后当时影响非常大，作为伤痕文学，当时写“文化大革命”武斗的小说不多，当时广东省的《作品》因为孔捷生的《在小河那边》、陈国凯的《我应该怎么办?》，一下子在全国很有名气了，我那篇小说一发表出来，也就很受瞩目，美国的哈佛大学就马上来信要订购 50 本，不知道什么用意。我们这几个人的作品使《作品》杂志一下子红火起来，发行量当时是全国最高的，一下子冲到 70 万。当时全国文坛几乎都在以看《作品》为荣，它的发行量比现在的《人民文学》都要高得多。

在茂名石化工作五年，我经常到海洋石油的基地和钻井平台去深入生活。当时为什么我想去那里呢？因为当时整个中国的工业，设备最先进是海洋石油，所谓的尖端前沿的工业，里面涉及很多不同的领域和先进的科技，如卫星导航、卫星定位、海洋、工程、地质、国防军事、国际关系，等等，反正中国当时引进的最先进的东西都放在海洋石油上面了，全是进口的，所以我就带着一种好奇和开眼界的心态到了海洋石油钻井平台去深入生活。我看到海洋石油工人的生活非常艰苦，也非常危险，所以我就有了一种责任感，想把海洋石油工人的生存状态、他们肩负的重任、他们的爱情，用小说的形式把它表现出来，当时在海洋石油钻井平台上工作的工人有两部分，一部分就是从大庆，从各地的大油田调来的老工人，但是老工人是少数，他们只是起传帮带的作用，大部分是年轻人，而这些长期在海洋生活的年轻工人有一个很大的问题，就是找对象非常困难，长年累月在海上工作，见不到女人，你叫他怎么找对象？所以很值得关心，我就发现了这个问题：我是在一次就带着我们茂名石化的宣传队到钻井平台上去慰问，强烈地感受到这一难题的。

我们在大风浪中坐船颠簸了几个小时才到达那个海域，风浪把我们的女宣传队员搞晕船了，钻井平台矗立在海上，大概有10层楼那么高，要上去是没有梯子的，只放下一个吊篮把人逐一给吊上去，女孩子一看吊篮全吓坏了，抱着那个缆绳死活不肯上吊篮，男孩子胆子大的还可以，女孩子怎么都不肯上，我只能一个个劝，一个个哄，一个个骗，把她拉上去，完了我陪着她，用手护着她们上，上去一个我又下来把第二个搀扶上去，搞了半天，钻井平台上所有的年轻工人都轰动了，站在甲板上看一个个姑娘被吊上来，兴奋极了，在那里七嘴八舌把那些女孩子“分”了，“这个给你最好”，“那个给我最好”，都非常兴奋，他们看见来了女同胞，感觉就跟过节一样。我当天好说歹说动员女队员们，让她们不顾晕船的辛苦，打起精神来给我们的钻井工人演了一场节目，这些钻井工人高兴得不得了，用自己钓的鱼和最好的菜来款待宣传队，这个给我印象很深刻，刺激很大。他们当时刚看到女孩子，好像是很粗野，人一吊上来就把她们要“分掉”，但是真正到了女孩子面前，他们就害羞了，不敢上前说话，一个个在女人面前变得非常绅士，这些年轻工人的生存状态和心理活动，使我有了一个冲动，我就想写一个石油年轻工人爱情生活的小说。恰好这个时候碰到一个机遇，就是当时广东省作家协会一些老作家从干校回来，重新要把省作家协会搞起来，这时候作家队伍、作协机关全是老人，一开会“一片白茫茫”全是白头发。我们的主席欧阳山，是全国著名的大作家，就向广东省委书记习仲勋提出建议，说现在文坛青黄不接，后继无人，要省委好好关注这个问题，结果当时省委就下了决心，给了作家协会35个编制，那在全国都是不得了的事情，大家想想，现在很多厅、局编制也才几十个人，那里省委一下子就敢批35个编制给作协，要在全省调35个人到作家协会当专业作家，结果找了很多人，找来找去就把我找到了，当时调入的还有现在我们省作协的主席陈国凯，还有孔捷生、杨干华，等等，包括现在省作协很多领导，都是那一批在1980年调到作家协会当专业作家的。说来非常惭愧，我当专业作家的时候，正经八百发表的小说只有三篇。三篇小说就当专业作家了，现在说来都没人相信，所以说我们的文学准备，我们的文学基础是很薄弱，很不扎实的。但是那时候需要人，没办法，就把我们调过去当作家。

当了专业作家后第一部小说我写什么呢？刚才说了，我就想写青年钻井工人的生活，所以就产生了《海风轻轻吹》这篇小说。因为这是几年的积累，感情积累的比较丰富，而且产生了一种责任感。所以这本小说我是很用心写的，大热天时，创作条件也不好，作协没地方住，我有时住在作家协会的阅览室里，晚上就在那睡觉，白天就趴在那写，写了大概一个月，结果一交给《作品》杂志编辑，他们说太长了，说得删6000字，这样好发些。我那个时候心里真不想删，这是自己的心血呀，但想发表还是得删，幸好这个事被一个老作家易巩先生知道了，他当时也是《作品》主编之一，他说你赶快把这个小说交给秦牧看一下，他下午要去香港，中午大概还有点时间。结果我就大着胆子把这篇小说让秦牧看了，秦牧真是一代大师，有大师风范，非常爱护年轻人。他中午没回家，就在上火车之前看了，那时候去香港不像现在那么容易，20世纪80年代去香港很难的，坐火车得五六个小时，过关要过一两个小时，结果他就在作家协会的办公室里吃了点东西就看我的小说，看完了马上批了个意见，说“小说很好，不用删，照发12期头条，但是要告诉作者，里面还有很多错别字，我已经帮他改正，以后注意”。我看了他的批示很惭愧，他的批示是用钢笔写的，但是他帮我改的错别字是用铅笔改的，说明老先生非常谦虚，非常谨慎，多年后我仍记忆犹新，这一辈子永远都忘不了。我非常幸运，因为秦牧的批示，《海风轻轻吹》这篇小说终于在1980年12月头条发表出来了，也幸好在12月发表出来，因为1981年1月初，中国作家协会的《小说选刊》创刊，他们一创刊马上就看到《作品》的头条，立即决定采用，急如星火给我来一封信，说你这个《海风轻轻吹》我们决定采用，头条发在1981年的2月号上，因为《小说选刊》发表的是全国最优秀的小说，第二期用《海风轻轻吹》做头条，所以很快就被评上当年的全国优秀短篇小说，中国作协给我发了个电报，要我马上去北京，3月5日开会领奖。当时我还在茂名深入生活，住在一个小招待所里，一个深夜大概12点钟，彻骨的寒冷，突然有一个人在下面喊，“上面有没有一个叫吕雷的，下来接长途电话!”我一听以为家里出什么事了，半夜来电话都不是什么好事，我就赶忙奔下去，一接电话是广州打来的，说“刚接到北京通知，你的小说获全国奖了，你马上赶回广州，欧阳山特批你坐飞机赶到北京去领奖”。那个晚上我就没办法睡了，第二天一早就坐班车赶回广州。作协已经给我买好了机票，当时广州飞北京，飞机票的价钱是73块钱，73块钱是我两个月的工资。我就飞到北京去领奖，这是我第一次全国获奖，1982年我的另一篇短篇小说《火红的云霞》再次在全国获奖，我就有幸成为在全国拿过两次大奖的作家之一。

说了这么多，大家会说：吕雷你这个人走文坛的路很顺啊，那么多的文学前辈和大作家都帮你，支持你。确实，我这一生在文坛的道路上屡遇贵人，有贵人相助，一个萧殷，一个秦牧，还有欧阳山，都是我的恩师。但大家不知道，我也有我的难处，就是我的先天不足，首先是文学上的，我的文学准备不够，就是获奖小说还有不少错别字，生活积累、感情资源和文学表现力都不丰富，你想，三篇小说就可以当专业作家，这个恐怕很少有的。还有身体上的先天不足，就是我的身体不好，我是我妈怀孕7个月生下来的，生下来我连奶都不会吸，所以我妈用棉花蘸着奶水挤到我口里，就这样把我养活的，我一生非常坎坷，大多就坎坷在身体上，一出生我就得了要命的病，差点就死掉。后来上山下乡我又得了风湿性心脏病，开了一次刀，到了1999年我的心脏又第二次开刀，所以我这个胸膛差点没装拉链，拉开过两次，而且一动就动在心脏上。疾病严重影响了我的写作，这也是我作品比较少的原因。但是我的作品少，我就用我的办法来对付它，既然我写的少，那我必然要写得精，除非不出手，一出手必须要有反响，要拿头条，于是这个拿头条成了一个我的毛病，就是不拿头条也要在全国弄出点小动静，所以我的作品出手比较严谨。前边说了，我的身体不好，那时候我父母都在重庆，国民党的陪都，我一岁生下来，我父母忙于工作没法养我，就把我送到农民家里，因为农民家条件不好，所以我很快传染了很多病。重庆当时发生了一件很大的事情，就是重庆地下党被破坏，大家大概都看过《红岩》这部长篇小说，其实红岩里真正叛变的不是浦志高这样的小人物，而是大人物，是重庆地下市委书记、副书记，第一把手、第二把手全叛变了，当时重庆地下党有400多个党员，他把名单全部暴露给敌人，而且这些领导叛变的时候没有经过什么严刑拷问，国民党根本没动他一指头，一被抓马上叛变，反而地下党的基层党员大多坚贞不屈，保持了崇高的信仰和气节，所以就有了江姐和陈然这些烈士。

当时我父亲吕坪在重庆的乡村建设学院当地下党支部书记，他其实也暴露了，但是他自己不知道，也根本不知道他的最上层已经叛变了，还在工作，幸好他单线联系的上级叫作齐亮，是区委书记（现在在重庆渣滓洞还有齐亮的塑像），知道了消息以后赶紧跑到学院通知他说，“摊子搞散了，你赶快走，把你领导的党员赶快撤到上海或香港去，马上走。”如果不是齐亮，我父亲肯定要关进去。结果我父亲就跟另外一个女党员，假扮夫妻赶快跑到农村把我抱走，就上了去上海的船。齐亮在通知了他所知道的所有党员撤退以后，他自己被捕了，后来就牺牲在渣滓洞里面。我妈妈当时不是党员没有列入黑名单，所以我妈妈还留在学校里。我父亲就带着我坐船到了武汉，这时候得到消息，说那个叛变的市委书记已经带着特务到了上海，到上海干什么？要抓钱瑛，这个女同志是中共南方局负责地下工作的最高领导。而我父亲是奉命跟钱瑛接头的，在得知这个消息后，上海肯定去不了了，临时决定从武汉下船，从武汉坐火车到香港。到了香港才跟钱瑛大姐会合，接上头。所以如果不是齐亮的通知，那我肯定也要跟父亲一起进渣滓洞了，成了“小萝卜头”的第二。

《红岩》里面的主人公许云峰，他的原形其实就是齐亮，就是通知我父亲撤退的那个人，他是我和我父亲的救命恩人。《红岩》里面有一段很著名的故事，就是《挺进报》的故事，发行《挺进报》这个事情，重庆地下党很多人都干过，包括我父亲也干过。本来发行《挺进报》是一件很好的事情，是让重庆人民知道解放战争的大好形势，知道共产党要赢了，国民党肯定要被打败了，因为 1948 年正好是大决战的时候，三大战役淮海战役、辽沈战役、平津战役都是在 1948 年打的，国民党兵败如山倒。但是地下工作是有原则和规律的，有些事情做过头了也不行，重庆地下市委书记刘国定后来叛变了，叛变前他在处理《挺进报》问题上就犯了严重的“左”的错误，好大喜功瞎指挥：本来《挺进报》是给党内人士和干部，还有党的外围知识分子看的一份报纸，这是周恩来定的一条原则，但刘国定却违反这个原则，命令地下党员把这个报纸扩大发行，寄给国民党的特务、机关、国民党国防部，军队系统的军官们，他说用这个办法来做策反工作，这就犯了盲动主义的错误。这件事情就让蒋介石知道了，蒋介石大怒，说共产党的报纸居然寄到国防部来了，限期破案，这样就招致了很多麻烦，因为国民党的特务系统知道了老头子发脾气了，派出了“红旗特务”进行伪装，打进了我们的发行系统，一举把我们的发行系统给破坏了，顺藤摸瓜就把市委书记和副书记都抓了，一抓他们就叛变，而整个事件中最坚贞不屈的是中层干部和基层干部，像江姐和陈然这些干部，最草包的、软骨头的就是最高的领导。这是个惨痛的教训。陈然、江姐他们被国民党抓了以后，在狱中给党写信，给党提了 8 条意见，请党严格的考察和审查领导干部，越是领导职务高的干部越要要求严格，否则很容易出问题，这条对于今天还是很有现实意义的。当时重庆还有一个传奇人物，叫程途，他也是我父亲的好朋友，他是隐藏在国民党特务电台的一个地下党员，《挺进报》和他有密切关系，他收听到了我们延安新华社的消息，把它写成密件通过秘密渠道传给陈然，也就是《红岩》里面的成刚，让陈然大量印成报纸，《挺进报》就这样办起来的，可是实际上他和陈然互相并不认识，从来没有见过面，也无任何联系。新中国成立后，这个为党立过功的程途，没有被国民党抓住，却进了共产党的牢房，因为他在特务机关工作过，跟他单线联系的党员干部都牺牲了，都死在集中营里了，他找不到证明，结果他就被送到新疆去劳改。这样的人是硬骨头，他一直自认为自己是共产党员，“富贵不能淫，威武不能屈，贫贱不能移”，在新疆劳改中他表现得非常好。有这么一个事，也有点传奇，他在新疆劳改的时候，那些劳改干部对犯人很不好，大雪天零下十几度，看到犯人不顺眼，就命令犯人站在雪地里挨冻，他对这个事情很不满，打抱不平地跟他们理论说：你这样做不对，结果劳改干部们报复他，说“你这个反革命、特务还来嘴硬”，就干脆把他棉衣给扒了，命令他站在这里，想冻死他。把他棉衣扒了以后，当时犯人在那跪了一大片，为他求情，他就站在那，正好这个时候有一小车从路边经过，看见一群人跪在那里，车上下来一个干部问怎么回事？犯人们大叫冤枉，就说是这么回事，这个干部闻之大怒，说“这事是人干的么”！他命令警卫员把那个劳改干部的衣服也给扒了，让他也站在雪地里试试，这个人是谁？王震将军！他们恰好遇到了王震。结果这个程途活下来了。后来他的事情被发现，经调查重新肯定他为地下斗争的英雄，回到了重庆当了市纪委常委，很受人尊敬，成为红岩事件里面的幸存者，后来在1980年代我跟我父亲回到重庆的时候，由重庆市委的安排，我们去重庆疗养院看望了这位老人，但是老人已经病得很重了，快不行了。父亲一见他就和他抱在一块，地下斗争的感情非常深厚，后来他就去世了。

我是作家，而且比较钟爱主旋律的东西，这恐怕和我的经历和出身有一定的关系。

下面讲讲第二个问题：

现实生活往往比小说更精彩，要善于发现和挖掘典型人物和典型性格。一般来说，好的小说、吸引人的小说一般有两点：一个是有好故事，一个是有典型人物。因为小说的目的是要给人家看，所以写小说就像要过河一样，你让读者跟着你，坐你的船过河，那你就必须有船，这个船就是故事，你小说必须要有一个好故事，能够吸引人的故事，但是你把读者哄上了船还不行，你这个船必须要开得动。开船的人就是小说的中心人物，一般来说，一篇小说是不可能没有中心人物的。小说人物最重要的就是塑造他的典型性格，他的个性，要让他的个性鲜明，与众不同，请注意：现实生活往往比小说更精彩！我们要善于从生活里发现和挖掘。如果我们长时间写不出好东西来，是因为我们不能在生活中有所发现，这是因为我们的艺术感觉麻木了，这叫熟视无睹，正如我们住在楼上，永远不记得我们家的楼梯有多少级一样，不关注它，所以就不知道它有多少级。刚才我说的程途这个人的故事，是不是很传奇？是不是很生动？这种人是很多小说是编不出来的，他是生活里面涌现出来的东西。什么叫个性化的细节呢？比如说有几个年轻人在打篮球，一个男孩子投进一个篮以后，他总要四处张望，看看旁边的观众有没有人注意这个篮是我投进的，如果旁边有几个女孩子的话，那他就更起劲了，跳得更高，大呼小叫，这就是个性，就是他跟别的男孩子不一样的地方。我们广东有个老作家，叫杨干华，前几年他去世了，他就很善于从生活中捕捉个性化的细节，而不是从书本上来，他的东西全从生活中来，比如说他是个农民作家，他的老婆也是个农民，一辈子没有进过大城市，他当了作家以后，很幸福地把自己的老婆从乡下带到广州来游玩一番。他老婆跟他一块登上了广州的越秀山，从山上往下一看，他老婆就发出了一声感叹："哇，原来广州这么大，这么多人，怪不得我们在农村做死都不够他们吃。"这就是很有个性的感叹，我们城里人想不出这种感叹。她想我们在乡下做得多辛苦，我们以为做的就够他们吃的了，谁知原来广州这么大！他家生活在农村，家里从来没有养兰花的习惯，但是杨干华当了作家，有个朋友送一盆兰花给他放在家里，杨干华一出差，兰花就死掉了，为什么？老婆忘记了浇水。因为她不知道这个兰花有什么用，不浇水自然会死掉，杨干华就得想办法，怎样让她记得要浇水呢？他就得别出心裁，后来又有人给他送了一盆花，他就在花旁边种了一盆葱。他老婆就记得每天浇水了，虽然花对她没有用，但葱是可以吃的，可以用来做菜，她每天都要掐几根葱去做菜，所以她浇葱的时候也顺手把花给浇了，这叫什么？这就叫个性化的细节，这种个性化细节城里人很难想象出来，只能从生活中来。还有，我在兵团宣传队的时候，兵团宣传队是很有名气的，因为兵团属于部队系统，那时候总政治部歌舞团下放了一批大名家到我们兵团宣传队，其中有一个很有名的男高音，令我们非常崇拜，他是国内数一数二的男高音，学生非常多，现在还有很多名家都是他的学生，但是这么伟大的一个男高音有一个很大的毛病，也不能说是毛病，也可能是优点：他很怕老婆，而且怕得很有水平，怕到什么程度？有一个细节就足够了。他每次出差回家都要跟老婆报账，这次出差花了多少钱，一五一十，那个数字要算到分，花了多少分钱，有一次我们到广州去观摩全军的会演，大概会演了一个月，他就在广州待了一个月，结果回到海口的时候，晚上给老婆报账，老婆生气了，因为还有8分钱算不出来，这8分钱哪去了？他怎么也算不出来。老婆问："你说，那8分前你花到哪里去了？"他说："我没花过钱，就买了一个西瓜大家吃了，这个账上有，其他的没有。"她老婆说："你想好了，算不出来今天晚上别睡觉。"结果他想了半夜，突然一拍桌子，说："我想起来了，我在广州给你寄过一封信，买过8分钱的邮票。"那时候邮票是8分钱，现在是1块多了，这就是细节，这些细节生活里面到处都有。各种人需要各种不同的细节，这些细节都捕捉到了以后，可以随时用到小说里面，用到文学作品里面。好的小说除了好的细节，还需要好的故事。一个小说如果故事叙述好了，精彩的话，这个小说就成功了一大半。什么叫好的故事呢？我以为：好的故事就要写好人物的命运，或者命运的转折点。这也是写好小说的一个很重要的手段，长篇小说就写人的命运，中篇小说就写人的命运的转折的关头，命运往往是最能打动人的，世界上每一个人都有各自的命运，每个家庭、每个人物的命运都是不尽相同的，托尔斯泰有句名言"幸福的家庭总是相似的，不幸的家庭各有各的不幸"。而且每一个人都有自己人生的十字路口，如果大家去想一想，去研究一下，都能发现这个问题，如果你了解多了，积累多了，你就觉得很多东西可以写，周围的每一个人都有不同的命运，都有每一个人不同的命运转折的关头，都可以变成文学的东西。

现在再讲讲我那个小说。从《海风轻轻吹》到《大江沉重》，我的小说有个发展过程。刚才谈到《海风轻轻吹》这篇作品，其实也是写人的命运，写"挫折是人生的补药"，写人面对生活的艰难以及那种对付艰难的执着追求，这是一种生命精神，一种生存态度。这也跟后来写的长篇小说《大江沉重》有共通之处。我喜欢写这样的人，喜欢海明威、杰克·伦敦笔下的硬汉形象，那种在生命博弈里坚强不屈的形象，所以我的作品，我的主人公无论是男的还是女的，都有一些很执着的，很有精神追求的性格，而围绕这种性格发生的一系列的故事，他们的生活展现，实际上我都深深地思考过，人类的生存和发展都是沉重，不可能是快乐和轻松的，人类要生存，要发展，必定要战胜很多艰难险阻，我们的改革也是一样，我们的改革就像一条大河，大河在拐弯的时候会涌起很多浪花，浪花都是很轻松愉快的，很漂亮的，但是拐弯拐得越大，河水的下面必定有深流和急流，那是非常沉重的，作家的责任就是要表现深层的、很豁达的东西，而不仅是光表现一些生活的浪花。《大江沉重》这部长篇小说可以说是我多年的感情资源、想象力储备、表现力的艺术积累和长期的写作经验结合而成的，刚才我说了，我成为专业作家之前，我创作的准备、我作为作家的准备工夫是不够的，先天不足，只能靠后天的勤奋来弥补，所以我就坚持努力去寻找一些厚重的历史性场景和历史性的感觉。当作家这些年，我几乎没有什么休闲的生活，我记得从去年到今年，双休日基本上都是在写作中度过的，很少陪家人去游玩，作为中国作协关注的作家有很多出国访问、参观机会，但我没有，不是不叫我去，而是我自愿地放弃了。

《大江沉重》主要人物包括主人公在内可以说都是跟我同时代的人，我们这一代人背负了很多历史和时代的烙印，有很多责任感，很多理想主义的东西，我们这一代人注定在中国变革的历程中起着一种承前启后的作用，为什么呢？因为共产党人的前期是打天下，夺取政权，1949 年新中国成立以后进入了一个执政的时期，这是一个巨大的转型，从打江山到坐江山，执掌政权，会有一段很长时间的摸索期。这对一个任何社会，任何一个政党，任何一个执政者都是一样，不是每一个人一坐了江山就会执政，生来就会执政，共产党也是一样。用我自己的语言来说，我们中国共产党人有长时间的执政幼稚期，资产阶级其实也一样，资产阶级建立资本主义社会，经过了几百年的幼稚期。资本主义也有初级阶段，资本主义在这个漫长的幼稚期里面，也不断地被封建阶级所颠覆和取代，也犯过很多错误。所以资本主义到至今也没有一个完全相同的模式，也不可能有。我们共产党人在执政以来经历了大半个世纪的执政幼稚期，犯了很多错误，尽管它的信仰和理念都是崇高、正确的，但这个过程里由于急于求成，由于不按照社会发展的规律办事，不按照科学规律办事，造成了很多失误，而我们这一代人的成长期，从我们的出生到我们的成长，到我们的成熟，正好跟这个幼稚期是重叠的，我们经历了整个幼稚期，到了“文革”这个幼稚期的顶峰。现在又回归到一个比较正确的轨道上来，比较理性，比较有序，比较科学，这就是改革开放，邝健童是我在《大江沉重》里的主人公，实际上是我观察生活中发现的体验到的一个典型，一个集合体。其实在现实生活中我真是接触过这样的人物，这主要是在珠江三角洲那些干部里面，尤其是在一些基层干部里面，这种人是很多的，他们在种种对过去的失误和反思之中，在种种的困难之中，在种种矛盾交错之中挣扎求存，谋求发展，自觉和不自觉的摸索出用智慧来执政的方法，这就是我笔下的主人公。

北京大学教授张颐武读了我的小说以后，就看出我这个小说的深层里面，揭示了中央和地方的博弈关系，中央和地方的关系其实就是权力的分配和均衡，有时候矛盾会显得很尖锐，比如说小平要广东先走一步，要大胆实验，要杀出一条血路来，这是小平的话。但是整个中央的各个部委，整个中央的体系没有动。难免就要触碰到一些部委实际的利益，那你怎么杀呀。你一刀砍下去砍掉谁呀，难免会砍到一些中央部委身上，因为我们的体制是讲究高度集中的，而制定政策的时候往往是采取“一刀切”的办法最简单，恰恰这“一刀切”对地方的发展是最不利的，因为全国那么大，各个地方的发展是不平衡的，有的快，有的慢，如果你这一刀从中间砍下去的话，那走的快的就是最倒霉的，像深圳这样的发展得最快的地方不是倒霉了么？所以像邝健童这样的人物和小说里讲的故事，有时候就得剑走偏锋，为改革开放要逢山开路，遇水架桥；为了实施他的执政理念，有时候还要充当敢死队、扛炸药包的角色。1982年广东省有领导说过这样的话，要把中央给广东的特殊政策吃干榨尽，用尽这个政策，用到极致，争取发展时间和发展空间，这是非常可贵的共产党人的探索精神和创新精神，我的小说里面像邝健童这样的人物就比较典型的表现这一点，为了老百姓的利益，要争取发展，要加快发展，不惜拿自己的乌纱帽来赌一把。

各位如果还有兴趣知道的话，我再谈谈写小说是不是很困难呢？要注意什么东西呢？我认为写小说，要注意以下几点：

第一，小说要追求独特性。要追求与众不同。我在写《大江沉重》开始的时候，我就在案头上写了八个字：峰回路转，与众不同。我的人物的命运要峰回路转，他的命运也要与众不同，如果你的小说不够峰回路转，人物命运和很多人的命运都相同的话，那人家就没有兴趣来读你的小说了。所以一定要强调小说的独特性，人物的独特性，人物性格的独特性，人物故事的独特性，人物命运的独特性。

第二，小说要有足够的想象力。你的想象力要高于一般读者的想象力，你如果是个作家，你写出的东西人家一看开头就可以想到结尾了，那你就是想象力不够了，你没有赋予作品和读者更多的想象力，没有赋予读者更多的想象空间，那你的小说的魅力就大打折扣。

第三，对长篇小说而言，请注意：一定要注重小说的信息量，现在是信息爆炸的时代，我们的读者读所有的东西都是为了一个目的，就是要获取更多的信息量，长篇小说如果信息量不够，那将是一个很大的缺陷，不可以称之为长篇小说。大家看看，《红楼梦》就是一个巨大的信息库，就是封建社会所有社会的、制度的、历史的、人事的、文化的，民俗的、政治的、军事的大多数信息都在里面可以找到。所以长篇小说必须要拥有足够的信息量，中国作家协会的副主席，也是著名作家陈建功先生读了我的长篇小说《大江沉重》以后，他就写文章说，他很惊讶，吕雷和赵洪的《大江沉重》怎么写了那么多东西，包含经济、政治、楼市、股市、商界的博弈，中央和地方的关系，甚至有台湾、香港、澳门和大陆的关系，港澳台的生活场景，还有黑社会的内幕，还有港澳商人的那种钩心斗角。他觉得这个小说的信息量太大，这也是我自认为《大江沉重》能吸引别人注意的一个原因之一，生活场景丰富而且背景广阔，从一个中国的农村一下子到了北京，到了台湾，到了澳门，到了美国，信息密集，时空跨度相当大。

第四，感情。我认为感情对文学创作非常重要。可以这样说，任何文艺创作，包括音乐，包括美术，包括文学，都是人类情感的表达和宣泄。这是我个人的认为。作家在写小说，其实也是在对自己的情感资源的探索、扩展和开发。一个作家要有所得，在文学上有所成就，必须保持丰富的感情资源，如果感情资源枯竭了，那就是江郎才尽了。我们以前的作家比较强调生活，如果作家写不出东西，就说你的生活就没有了，你就赶快深入生活，我想除了生活以外，还有一个感情方面。作家要像钟爱自己的初恋情人一样去钟爱自己笔下的人物。要对他们有感情，要对人民、对人民的事业，对老百姓要有感情，要有敬畏之心。不能用游戏人生、玩世不恭的态度来对待我们的人民。如果是这样，你的作品必然是苍白、轻薄的，而不是厚重的。20 世纪 80 年代大量的文学作品问世，获得大量读者的认同，为什么？就是因为那时候的作品有真感情，对老百姓有真感情。现在的文学很多人不爱看了，为什么？就是因为感情太苍白了，他们的感情跟老百姓的思想感情距离远了。80 年代活跃的作家之所以能够拿出好的作品，就因为“文革”期间他们下放到最底层，跟劳动人民交集相处在一起，这对他们个人的命运来说是不幸的，就像我住在牛棚里，上山下乡，每天 2 点钟起来割胶，是不幸的。但是对文学创作来讲那是一个非常重要的感情资源。因为我们的命运和广大底层的老百姓紧密相连，吸纳了更多的感情资源，这些感情是炙热的、滚烫的、汹涌澎湃的，你有表达的机遇就会喷薄而出，就像我写《海风轻轻吹》，整天跟钻井工人一起，很寂寞地守候在茫茫的大海上。一个月见不到一个女性，感情资源和想象力就比较丰富了，所以一有表达的机遇就会形成与亿万人民的群众命运感情相通的作品。尽管后来很多评论家对 80 年代的很多作品有所批评，说什么幼稚、浅薄、艺术粗糙，但是谁也不能否认它们是真挚的，动人的，曾经大规模的浇灌过亿万人荒芜的心灵的。80 年代的作品是一个高峰，尽管现在看起来确实有一些幼稚的地方，但是它确实浇灌过亿万人民的心灵。我们的电影也一样，现在的电影也出了一些问题，比如张艺谋的电影，电影最基本的母体和基础是文学，文学苍白了，电影必然会苍白。张艺谋 10 多年前，20 年前也有好作品，像《红高粱》这些片子，现在他的大片动不动就投资几个亿，但是他漠视了人民群众的感情，淡泊了感情的资源，蔑视了文学的规律，所以不成功。一放出来就骂声一片，没有几个叫好的，尽管有一些票房。所以，光玩弄技巧，玩弄什么纯艺术的东西，而忽视了人民群众的感情，忽视了感情的资源积累，这是文学的不幸，也是艺术的不幸。

第五，历史观。小说的生命在于历史感和正确的历史观，尤其是像长篇小说，如果它的历史观不准确，历史感把握得不好，甚至是完全错误的，颠倒黑白的，那这个小说的生命力就经不起历史的考验，必然会被淘汰掉。我们现在是处在一个什么历史高度呢？我想每一个从事文学的人都应该有一个正确的把握，我自己想，我们现在面临的处境是和世界强权、国际资本博弈的这么一个年代。以前我们是讲阶级斗争，讲夺取政权，那是你死我活的，现在我们实际上要和全球化的资本作一番博弈。前几年我到印度访问的时候，印度很多作家对全球化非常恐惧。他们认为，全球化实际上最后的结局就是经济全球化，文化也全球化，这样就会抹杀掉很多民族的文化。印度的文化是个多元的文化，他们很害怕，会把他们抹杀掉，印度的语言就有 30 多种，文字也都不一样，当然它的统一语言是英语，但实际上很多作家是用地方语言来写作的。被抹杀掉以后所有的文化就只能像经济一样向西方的强权文化低头，被压缩，被消灭，所以他们害怕。而我觉得，我们现在生存在一个世界大博弈的格局中，我们的中国共产党人按照历史的规律，正在和国际资本作一场巨大的博弈，什么叫博弈呢？就是在一定的游戏规则里面我跟你比拼智慧，比拼想象力，力争以小搏大，以弱胜强。以前阶级斗争是没有规律可言的，不是你死就是我活，但是现在博弈是有规则的，虽然这个规则不是我们定的，是人家根据他们的利益制定的，但我们也愿意跟你玩，这就是博弈。当然，这种矛盾的尖锐性跟以前的阶级斗争的你死我活同样残酷，我们分分钟都有吃亏的危险，现在我们跟国际资本的关系是什么呢？就是到底用我的骨头来熬你的汤，还是用你的骨头来熬我的汤，最后大家都喝汤，但是谁出骨头谁出汤，那就有一番博弈了。我比较早的悟到了这个形势，是在海洋钻井船上，当时我们的钻井船是我们用血汗钱买回来的，每一分钱都是我们国家的，但是被迫要交给外国人来管理，我们打工，这是一种博弈，我们当时叫作反承包，产权是我们的，但是我请你来当我的老板，我跟你学东西。就是因为我们有钱买回来，但我们不会用，我们有一个学习的阶段。经过长时间的博弈，现在我们的石油队伍壮大了，我们的海洋石油队伍走向世界了，去承包别人的油田了，这就是一个博弈，从小到大，从弱到强的一个过程。对于这么一个资本力量的思考，我在《大江沉重》这篇小说里也融会进去了，把我早期中单纯歌颂人的美好精神，精神力量的描写转换成一种物质力量和精神力量之间复杂关系的描写。这就是从《海风轻轻吹》到《大江沉重》这部小说的一个发展历程。

有人会问：你的文学细胞是怎么来的？有人说是不是你有天赋？是不是你很小就想当作家了？我说不是。我成为作家是比较偶然的，就是因为身体不好。身体不好不能跟别的孩子一起玩，所以只能在家里看书。另外还有一点很重要，就是成为作家也是很重要的，就是童年的记忆：一个是童年的记忆，一个是青春期的生存状态，这两种对我成为作家都是一个比较重要的经历。我童年的记忆很深刻，我有一个好奶奶，小时候我一直在我奶奶身边，从重庆回到香港以后，我奶奶一直带着我，我奶奶是一个革命老人，她担任过东江纵队驻香港联络站的联络员，她没有文化，但是她很会讲故事，有广东老太太的那种智慧，生活在她的身边给了我很多的教育，她也是一个大起大落的人，经历非常丰富，20 岁就守寡，一生生育了 5 个孩子。我爷爷早年是当官的，他当过宝安县县长，那是很多年以前的事了，民国初年宝安县还是比较小的，但是后来整个家就败了，为什么败了？因为他是属于北洋军阀系统的，大革命和北伐一来就把北洋军阀给打倒了，北洋系统就散了，他最后一个职务是当了天津塘沽盐场场长，他一大家子人，有四个老婆，我这个奶奶是他第四个老婆，最小的老婆，但是是最劳累的老婆，因为她是佣人出身，劳动人民出身，我爷爷死掉以后，一大家子的生存责任就落到她一个人身上，其他三个太太都是小脚，唯独我奶奶她是大脚，全家十几口人都靠她一个人来养活，没有任何一点生活来源，而且是在香港。这样就造成了我家最后变成一个最贫困的一个家庭，就促使我父亲投入共产党怀抱。这样的一些童年记忆是很重要的，我想大家可以读一些作家们的传记，世界上有名的大作家，就是在小时候听过很多故事。像普希金，他有一个很会讲故事的奶娘，托尔斯泰、高尔基小时候也听过很多故事。很多童年的记忆是很珍贵的。第二个就是我上山下乡的八年，那也是很珍贵的。

第六，就是只要做个生活中的有心人，人人都有可能成为提笔写作的作家。一千多年前我们广东有一位伟大的老乡，他就是六祖惠能，这个人目不识丁，是个砍柴的樵夫，但是他就敢断言，“人人皆可成佛”，抱着这样的信念，他通过口述，说出了世界上唯一的一部中国人写的佛经。以前所有佛经都不是中国人写的，只有一部就是他的《六祖坛经》，这是他口述讲出来的佛经。而他也因此成为中国最伟大的一个宗教改革家，也成为一个伟大的唯心主义思想家，他把西来的佛教改造成中国的禅宗，而在佛教的诞生地印度，佛教早就消亡了，前几年我到印度去访问，看的都是佛教的遗址，一个佛庙都没有，全是印度教的庙。而我们中国的佛教后来就繁衍到西藏，藏传佛教，又到了日本、韩国、泰国，佛教在东南亚发扬光大。慧能说，普通人都可以做佛，难道当作家比做佛难么？我觉得显然不是。中华人民共和国成立初期有一个军队作家叫高玉宝，他也是目不识丁，也写了一部小说叫《半夜鸡叫》，大家可能都知道。最近我读了一本书，这本书是一位70多岁的老太太写的，这个老太太是个半文盲，她就把她一生的经历记录下来，配上了一些她从小到老的一些家庭的照片，这本书就成了一个普通中国人一部很好的生存记录，她一个很平凡的云南老太太。大家看，虽然这个老太太一点名气也没有，但是她出了这本书，而且很多人都在看，她不是也成为作家了么？而且这书很有意义，点子非常妙，写一个普通中国老太太的一生经历，怎么当姑娘，怎么谈恋爱，怎么结婚，怎么生儿育女，最后怎么变成老太太，这个经历很丰富，但也很有可读性。可以说，这个老太太也是个作家，当然我不能说她是大作家。但是要写出经典作品，要写出有影响和有震撼力的作品，就不那么容易了，我想需要几个基本的条件。我按照自己的见解说一下：

第一，就是要有很好的文字功力，这是首要的。

第二，要有丰富的想象力。顺便说一下，这个想象力是可以被破坏的，本来小孩子有很丰富的想象力，但是通过学校那么一教，应试教育那么一考，想象力全没有了，只会考试。所以循规蹈矩学文科的小孩很难成为作家。现在连大作家王蒙都做不出现在小孩的语文题，我们中国最大的作家现在做小孙子的语文试卷，答得全错。这个应试教育是会害死人的。

第三，要有出色的、灵活多样的叙述能力。

第四，要有深厚的历史知识和正确的历史感觉。要正确地描写普通人的生存状态。

第五，要有足够的感情资源和信息量。

我想有了这么几条，就可以具备当一个作家的条件。如果这几条都欠缺的话，最好不要当作家，干什么都比这个强，而且当作家是很苦的，没有“板凳一坐十年冷”的思想准备，没有强大的精神力量，千万不要来干这一行。今天我讲到这里。

第六，请允许我再重复前面的四句打油诗：拿起一支笔，你就是上帝，刻画人和事，创新大世界。祝所有的有志从事文学创作的朋友：有志者，事竟成！当好上帝，创作成功，创作丰收！

谢谢大家！

主持人：谢谢吕老师。吕老师以自己的创作经历和作品介绍了他的创作理念，还有创作的道路，他讲解了文学与现实生活的关系，告诉我们现实生活往往比小说更精彩，要善于发现和挖掘典型人物和典型性格，还讲解了文学和人生道路的关系，作家的创作和个人生活道路跌宕起伏有密切的关系，还以自己的作品为例，从《海风轻轻吹》到《大江沉重》，讲解了创作过程的发展规律，最后吕老师还告诉我们，只要在生活中做一个有心人，人人都可以成为一个提笔写作的作家，可以说吕老师今天给我们上了一堂生动的文学家庭课，让我们分享了他的人生体验和他的文学成果，对我们听众来说是一个文学大餐和文学盛宴，对我们喜爱文学的人来说是有很大的教育和启发的，让我们再以热烈的掌声感谢吕雷老师。市民大讲堂下期再见，谢谢大家。

在广东青年作家创作培训班结业典礼上的讲话

作家朋友们：

一个月的培训、学习转眼就过去了。这一个月，可以说是学习的一个月，也是友谊和文学交流的一个月。一个月，说短不短，说长不长，对于那些能聆听的同学来说，这一个月，他的审美趣味、审美能力以及思考人生经验的能力肯定会得到很大的丰富和提高。这次我们省作协与鲁院和深圳市文联联合办班，真诚合作，办得很成功，可以说是一次创举。我们花了些钱，但花得非常值得。给大家授课的老师，都是当前中国和广东文学界、学术界相当优秀的一批作家、教授，包括张胜友、赵本夫、雷达、胡平、韩作荣、李敬泽、白描、王彬、叶延滨、曹征路、张颐武、牛玉秋、南翔、洪治纲、谢有顺等19位专家以及十几位编辑、批评家与大家讲课、座谈。他们都是目前国内一流的批评家、作家，很多人身兼多项重要奖项的评委，既有创作经验，又有理论经验。虽然他们每人的课时只有短短的2个半钟头，但集个人之专长，他们足以传授给大家许多大家未曾涉及的知识，或者解决了大家意识到的但还没想透的问题，带领大家去探讨一些大家还未涉猎的领域。他们的讲课，无疑能拓宽大家的视野，使大家在文学的天地间能看得更远。看得远就能走得远。

俗话说：师傅领进门，修行在各人。文学创作没有一蹴而就的奇迹。能不能获得成功和进步，全靠你们自己。在快分别的时候，我还想多啰唆几句：作为一名正在起步或小有名气的写作者，目前最应该关注些什么呢？

我个人认为：第一，要注意开掘和积累自己的感情资源。

可以这说，任何文学、文艺作品都是人类情感的表达和宣泄，作家写小说其实也是在对自己的情感之源的扩展和开发。中国作家协会副主席陈建功说：一个作家要有所得必须保持充沛的情感资源，如果情感资源枯竭了，那就真的是江郎才尽了。20世纪80年代，中国文学呈现了最为壮观的景象，因为解放了文艺政策，激起了作家的情感资源，所以有很多有感情的作品出现。80年代的作家，之所以会拿出很好的作品，就因为“文革”十年积累了丰富的情感资源。

我也认为：十年“文革”把很多感情丰沛、才华横溢的文学青年抛到社会的最底层，这对他们个人的命运来说是不幸的，但是对他们的文学积淀来说是幸运的。他们的命运与最广大的底层百姓感情相连，吸纳了更多的情感资源。这些感情是灼热的、滚烫的、汹涌澎湃的，一点有表达的机遇就会喷薄出来，形成了一部部与亿万人民群众深厚情感相通的作品。尽管后来有人认为这些作品幼稚、浅薄、艺术很粗糙，但是谁也不能否认它们是真挚的、动人的、曾经大规模征服过亿万人心灵的。现在有些文学理论家认为：文学可以完全背离大的时代、完全不看读者的脸色和喜好，纯粹回归个人的内心去寻找。其实这就是造成当代的文学更肤浅，和亿万人隔膜的一个原因之一。

所以，各位千万不轻视作家的感情积累问题，种瓜得瓜，种豆得豆，只有健康的丰沛的与亿万人感情相通的感情资源，作家笔下才会流淌出打动亿万人心的好作品。

我认为，无论是写诗或写小说，其实都是在寻求人类感情的喷发，感情的积累越深厚、越炽热，能量越大，喷发起来就越惊天动地。不知道大家有没有经历过开采石油时的井喷？我在石油勘探队时就见过一次，深深地埋藏在地层下的油气一旦不受控制地喷发起来，连大地都在震撼、发抖，地下被压抑几亿年的能量冲天而起，真有种地动山摇的气势。文学创作其实也一样，要讲究感情的真挚与厚积薄发，强调感情深厚的积累和炽热的熔炼。自然界的钻石，据说就是在火山喷发时的高温高压下形成的，最优秀的诗歌、小说恐怕也得在感情最丰厚最炽热的胸腔中产生。而千百年来令无数作家诗人苦苦追寻的灵感到底是什么东西呢？几乎所有理论家都说不清、道不明，我个人的理解很简单：灵感，其实就是沸腾奔突的炽热感情突然找到了一个喷发的出口，找到一个理想的合适的美妙的表达方式，也可以说，是作家的精神资源、感情资源和想象力资源突然融合到一个适合表现的点上，这个点就是灵感。

现在有些创作理论，忽视了这一点，认为写出好诗好小说关键在于形式的翻新和技巧的精雕细刻，令很多青年过于沉湎于其中，白白耗费了天赋和才华，这是一种不幸。

第二，作家必须有自己的历史观和价值判断，没有应有的历史知识，把握不住时代精神，成不了好作家。

我觉得文学，尤其是小说的生命力在于历史感和正确的历史观。小说，尤其是长篇小说，如果它的历史感把握不住，它的历史观是完全错误的、颠倒黑白的，那这个小说的生命力很难经受住历史的考验。如果把历史的规律都搞反了，不管它艺术成就有多高，它的存在价值都有点可疑。我在创作《大江沉重》时就比较朦胧地意识到，我们现在面临的处境是和世界强权、国际资本博弈的年代。以前是讲阶级斗争、夺取政权、你死我活。现在实际上是与全球化的资本在博弈。我们到印度访问的时候，我们有些人包括印度一些作家，他们对全球化非常恐惧，认为全球化的最后结局是经济全球化，文化也全球化，那就会抹杀掉很多民族的文化，所有的文化最后像经济一样只能向西方的强权文化低头、被压缩消灭，全球化浪潮当然是否定和抹杀文化多样性的。在我们现在生存在这种世界格局的大博弈里，中国共产党人按照历史的发展趋势，要发展中国特色社会主义，实际是要与国际资本作一场巨大的博弈。什么叫博弈？就是在一定的游戏规则里我跟你比拼智慧和发展，力争以小搏大，以弱胜强。原来的阶级斗争是没有游戏规则的，不是你死就是我亡。现在我们愿意在一定的游戏规则里跟你玩，黑子白子互相吃，尽管这个游戏规则是西方列强根据他们自身利益制定的。这就跟过去一味强调阶级斗争的你死我活有很大的改变，但矛盾的尖锐性依然存在，我们分分钟都有吃亏的危险。现在变得更加复杂。更加困难、更加需要智慧。实际上我们现在跟国际资本的关系就是：到底是用我的骨头来煮你的汤，还是用你的骨头来煮我的汤？大家都要喝这碗汤，但是谁出骨头谁出汤？这是一种智力的对抗、博弈和考验。正是出于对这样一种对资本力量的思考，让我把早期作品中单纯歌颂人的精神美好和精神力量的描写，转换成一种物质力量与精神力量之间复杂关系的描写。这种资本的力量对人的精神的改变在后来的作品中越来越多地呈现出来，尤其是在《大江沉重》里那种资本力量对人的精神力量的强大冲击过程中呈现出来了。

引进国际资本，搞市场经济好不好？当然好。这对改变我国面貌、增强国家实力起着重要作用，如果还搞计划经济，我们现在还生活在票证时代，哪有这么丰富的物质生活和文化生活？那就是邓小平说的不搞改革开放，不改善人民生活，任何一条路都是死路。我们通过国家意志确立了对公有的、集体的、私有的财产进行同等的保护，保障了私有经济健康有序地发展，这是社会主义初级阶段中是非常必要的。有人说这是搞资本主义了，这是一种歪曲或者是误解。《共产党宣言》上的确说过：共产党人的全部理论都可以归结为一句话——消灭私有制。但是马克思同样说过：社会主义必须在高度发达的资本主义基础上才能产生和确立啊，我们现在离高度发达的资本主义还差得远呢！恩格斯在马克思墓前的演说里讲了一段很精辟的话：马克思发现了人类历史的发展规律，即历来为繁茂芜杂的意识形态所掩盖着的一个简单事实——人们首先必须吃、喝、住、穿，然后才能从事政治、科学、艺术、宗教，等等；……人们的国家制度、法的观点、艺术以致宗教观念，就是从这个基础上发展起来的，因而，也必须由这个基础来解释，而不是像过去那样做得相反。就是说，人首先要考虑生存、吃饭，然后才能考虑别的东西。包括政治啊，……意识形态啊，文学艺术啊，首先要生存，生存就得依靠物质。共产主义首要条件就是物质极大丰富，所以物质对人的精神的改变是不可抗拒的。但是在某些层面上、某些时段，不能忽视精神对物质的反作用。我们这代人背负了很多历史的和时代的烙印、很多责任感、很多理想主义的东西。我们注定要在中国的变革历程中起一种承前启后的作用。为什么呢？共产党人前期是打天下，夺取政权，1949 年以后，进入到一个执政时期。这是一个巨大的转型，就是从夺取政权到执掌政权。从发展史来讲，从夺取政权、打江山到坐江山、执掌政权，会有很长一段时间摸索期，用我自己的语言来讲，就是执政的幼稚期。资产阶级革命也摸索了几百年，他们执掌政权后也不断被封建贵族颠覆、复辟，欧美各国探索了很多不同的执政道路才有今天，所以他们至今仍没有，也不可能有一个相同的模式。中国共产党人执政以来，经历了差不多半个世纪的执政幼稚期，犯了很多错误，甚至死了很多人，尽管它的理念、它的理想都是很崇高的，但在漫长的探索过程里，由于急于求成，由于不按照社会发展的规律办事，也就是说不按照科学发展规律来办事，有很多严重失误。而我们这代人恰好就经历过这段幼稚期：从我们出生，到我们读书成长，到我们上山下乡，到“文革”达到幼稚期的最顶峰。经历了幼稚期种种失误以后，现在回归到一个比较正确的轨道上，比较理性、比较冷静、比较科学的改革开放这个轨道上来。现在我们发展社会主义市场经济，发展中国特色社会主义，改革开放 30 年来，中国国力年年增长，现在，连最反共反华的力量也不能不承认，中国强大了，发展了，老百姓的生活逐年好过了，中国的发展可以说是千古奇观，举世瞩目。这是马克思主义中国化的一个巨大成就，对全世界都有影响，甚至连西方都感觉到中国模式的巨大威胁和冲击。但是，我们必须深刻认识到市场经济、资本力量也是把双刃剑，一方面它极大地推动着我国急速发展，更新着国人的许多观念；另一方面，它又是天生的逐利精灵，毫不犹豫的追求着利益的最大化，当它逐利追求不受控制地膨胀起来时，必然会损害社会主义最基本的公平、正义的理想和核心价值观，在全社会掀起浮躁的狂潮。这也是一场巨大的博弈。我们应该趋利避害，在这场大博弈中坚守我们的精神高地，心灵绿洲。怎样坚守呢？我以为，重要的是在发展多样性文化中坚持先进的、民族的、爱国的文化，还有就是坚持正义、公平的崇高理念。

第三，要敢于发挥自己的想象力。想象力很重要，想象力贫乏的文学作品，必然是贫血和难成大器的。想象力是创造力的源泉，文学之所以为文学、文学之所以被人家重视，因为文学是扩大民族想象力的一个重要途径。而丧失想象力的民族是注定要灭亡的，想象力的下降的民族是潜伏大危机的。这里面我就插一句话：现在我们的教育体制，就是被很多人批评的教育制度和考试制度，为什么会被人家批评？就是因为它很大程度上会导致想象力的下降。想象力的下降是非常危险的，在开拓人的想象力方面，我觉得文学的阅读比电影、电视等艺术门类要更有力。因为大家可以想一下，你看电影、看电视你是不能停下来的，是被动的，你要跟着镜头、跟着画面走。我读书、读作品我可以停下来想一想，然后再继续往下读，可以想的更新、更深、更透我才往下读。电影不行、电视剧不行，一晃而过，那是瞬间的故事，马上就在你眼前消失掉，来不及想你就被它牵走了，这当然也是电影、电视吸引观众的一种优势，但是它容不得你去想象，你的想象空间是被它框住了，是跟着导演走的。而读书呢？你可以反对作者的想象，你可以质疑作者的想象，可以重新演绎他的想象力，完全有这个时间、完全有这个空间。所以阅读的认同和想象是非常重要的，这也是我们说的文学作品、我们说的小说永远不会消亡的原因之一。它永远也不可能被取代。虽然现在地位有一点下降，有一点边缘化的威胁，但是它永远不会消亡。现在的问题是，作家的想象力，赶不上现实生活的发展变化，远远没有现实生活那样丰富多彩，那样变幻莫测、匪夷所思。所以，有作为的作家，一定要提升和扩展自己的想象力，从生活中吸取想象力丰厚的资源。

第四，我们要有敢写大作品的野心和雄心。对权力，我们千万不能有野心，那是会使人粉身碎骨的；对金钱，我们也不能有野心，那是会使人丧失理智、万劫不复的。但作为生活在大时代的作家，有写大作品的野心是好事，要敢于碰大题材、大事件、大人物，要敢于进行宏观叙事，当然，要因人而异，量力而为，也可以以小见大，从小人物发现大时代，但首先要敢想，有了这个野心，冲动和炽热的感情，你才能敢于下笔。才可以边写边提高。

这一个月，也是大家互相交流、互相了解、互相倾诉友谊的一个月。在越来越功利化的今天，文学写作的确是一件吃力不讨好的事情，因此，它很需要有一群志同道合的人聚在一起，互相讨论，互相激励。我看大家也是这样做的。这一个月，大家学习、吃饭、休息都是在一起，一起上课听讲，一起课后探讨老师讲授的问题，一起探讨人生和文学的奥秘。既有集体的讨论，又有分组的讨论；既有三三两两的私下交流，又有一大帮人喧哗着坐在桌子前，就着啤酒和花生的长夜漫谈。这的确就是文人的生活，这种交流和碰撞肯定会使每一个人的心扉敞开来。

一个月的培训班生活转眼就结束了。希望靠这一个月就使自己的写作一蹴而就那是不现实的。这一个月，密集的课程和丰富的知识量，还需要大家回去之后慢慢消化。这一个月，我们只希望能够在文学创作上给大家提供一个促进思考的机会，或者就是一个提示，一次大家互相激励的机会，让大家体会文学道路的艰辛和文学世界的宽阔，助大家确立一个更高远的文学目标。

最后，请允许我再重复前面的四句打油诗：拿起一支笔，你就是上帝，刻画人和事，创新大世界。祝所有的有志从事文学创作的朋友：有志者，事竟成！当好上帝，创作成功，创作丰收！

我们这个班共有50位作者报名，有些人因为工作或其他各种原因无法参加学习，有42位获得结业证书。大家都是我省各地的文学骨干和活跃分子，希望大家把这次学习的心得、体会带回到各地，好好写作，好好工作，把自己的文学创作提高到一个新的台阶，我真诚地希望这个班里，能够出大作家，大作品！为繁荣广东的文学事业做出贡献！

谢谢大家！

在广东省首届“少男少女”杯
中学优秀文学社评比颁奖大会上的发言

各位来宾、老师们、同学们：

大家好！

很高兴参加我们广东省首届“少男少女杯”中学优秀文学社评比颁奖会。

青年是祖国和民族的希望，校园里的文学青少年是我国社会主义文学的未来。青年人思维敏捷、充满朝气，富有远大理想、富于创造精神，始终是社会生活中最积极、最活跃、最有生气的力量。青春岁月是如诗如梦的年华。青少年学生需要文学的表达，而文学也需要青少年学生的活力。

一直以来，从王蒙的《青春万岁》到郁秀的《花季·雨季》，我国的校园文学创作的主旋律都是青春、健康、阳光的。

但在近年，人们发现，有些校园文学出现了一些不正常的现象，主要表现为：不关注现实，不贴近生活，不思考人生，不表达真情；为了所谓“个性”而矫揉造作、消沉颓废；为了“出位”而猎奇逐异、故作高深，以致为了追逐名利而仿造抄袭，哗众取宠，等等。若我们听任其发展下去，不但对青少年学生写作素养的培养产生不利影响，而且对中学生精神品质的形成和成长、成才产生严重的负面影响。

由此看来，我们在这里倡导“以阳光写作和谐校园”，其意义不只在写作本身，更在于育人。

“人的文学”，作为“五四”精神的重要内容，以其推崇科学与民主，反抗封建礼教，号召用文学参与社会变革、改造人生，曾经激发起无数文学青年的满腔豪情，照亮了他们的人生前程。而在今天我们更需要传承、光大这种文化传统！

而要做到“以阳光写作和谐校园”，则要依托各个中学的文学社，依赖各位文学社的指导老师，以及关心中学生校园文学创作的专家、学者。

作为广东省文学创作的权威机构，作为党联系广大老中青作家的桥梁和纽带，为进一步繁荣广东文学事业，一直以来，广东省作家协会积极推动文学进校园的活动。

一直以来，我们广东省作家协会以及属下的校园文学创作委员会、《少男少女》杂志社着力服务基层，大力推动文学进校园活动，加强对中学文学爱好者的辅导和培养，加大对校园文学创作的扶持力度，深入大、中、小学，通过作家讲座、阅读指导、办培训班、组织阅读节、捐书送书、举行征文大赛等多项活动，帮助中学生深入了解文学，提高广大青少年对文学的兴趣和热爱。

文学走进校园，是 2007 年广东作协工作中的一个重点。4 月，我们启动了新一轮“文学进校园”活动，组织全省 300 多所大中专学校近千家文学社、上万名学生参加了 2007 年“第二届‘碧草杯’广东省校园文学大赛”。5 月，我们又与广东 30 多家高校近 200 名文学社团负责人和代表举行的“第三届广东省高校文学社团交流会”活动。除了重视高校文学社团的扶持、引导，我们还采取灵活措施，面向中小学生组织别开生面的文学活动。包括，我们组织了广州市白云区“少男少女杯小学生现场作文大赛”、广州市中学生“亚运有我，我为亚运”大型有奖征文和广州市优秀文学社评比活动。

这次，我们又举办了广东省首届“少男少女杯”中学优秀文学社的评比活动。

文学来源于生活，生活赋予文学常青的生命力。生活在火热、青春的校园里，我们青少年文学创作天高地阔，大有可为。在这里，我向大家提出几点希望：

第一，希望各位文学社的文友们，要注意开掘和积累自己健康的感情资源。

可以这说，任何文学、文艺作品都是人类情感的表达和宣泄，我们从事文学创作，其实也是在对自己的情感之源的扩展和开发，无论是写诗或写小说，其实都是在寻求人类感情的喷发，感情的积累越深厚、越炽热，能量越大，喷发起来就越惊天动地，健康的感情越真挚，文学作品就越能感染人打动人。现在有些创作理论，忽视了这一点，认为写出好诗好小说关键在于形式的翻新和技巧的精雕细刻，令很多青年过于沉湎于其中，白白耗费了天赋和才华，这是一种不幸。

所以，各位千万不轻视作家的感情积累问题，种瓜得瓜，种豆得豆，只有健康的、丰沛的、与亿万人感情相通的感情资源，我们笔下才会流淌出打动亿万人心的好作品。

第二，必须有自己的历史观和价值判断，没有应有的历史知识，把握不住时代精神，写不出好作品，也成不了好作家。

我觉得文学的生命力在于历史感和正确的历史观。如果它的历史感把握不住，它的历史观是完全错误的、颠倒黑白的，那它的生命力很难经受住历史的考验。如果把历史的规律都搞反了，不管它艺术成就有多高，它的存在价值都有点可疑。

第三，要敢于放飞自己的想象力。想象力很重要，想象力贫乏的文学作品，必然是贫血和难成大器的。想象力是创造力的源泉，文学之所以为文学、文学之所以被人家重视，因为文学是扩大民族想象力创造力的一个重要途径。而丧失想象力的民族是注定要灭亡的，想象力的下降的民族是潜伏大危机的。

现在的问题是，我们文学作品的想象力，赶不上现实生活的发展变化，远远没有现实生活那样丰富多彩，那样变幻莫测、匪夷所思。所以，有作为的文学青少年，一定要提升和扩展自己的想象力，从生活中吸取想象力丰厚的资源。

青少年朋友们！我真诚地向所有获奖的个人和集体表示热烈祝贺。期望他们当中将来能涌现出众多文学新星，成为中国校园文学的翘楚人物，为广东文坛增色。

作为广东省首届“少男少女杯”中学文学社评比活动，我希望，有了“首届”，就应该创造条件，将这种活动能延续下去……

同学们，老师们，中华民族的伟大复兴必将伴随着中华文化的繁荣兴盛，文化建设新高潮的兴起必将推动我国文学事业的大发展大繁荣。壮丽的事业呼唤伟大的作品，伟大的时代造就杰出的作家。每一位有理想有抱负的文学青年，在这样一个伟大的时代都大有可为、前程似锦。让我们高举中国特色社会主义伟大旗帜，更加紧密地团结在以胡锦涛同志为总书记的党中央周围，以邓小平理论和“三个代表”重要思想为指导，深入贯彻落实科学发展观，肩负起自己的历史使命和庄严职责，积极进取，就像同学们的倡议书提出的口号那样，“以阳光写作和谐校园”。用文学少年的青春激情，创作更多优秀的校园文学作品，让新世纪我国社会主义文学百花园更加绚丽多姿，为夺取全面建设小康社会新胜利做出自己应有的贡献。

与文学爱好者谈创作

下面我想讲一讲写小说，以及我自己的一点创作体会和要注意的问题。

我认为：写小说首要注意的是写好人物，要注意着重塑造人物。一篇小说如果只有一个故事，没有人物，或者人物不鲜明，这篇小说就不一定能写下去，但如果这篇小说的人物形象很鲜明，故事不大明显，这篇小说却是可以写下去的。我自己的感觉是这样，可能同志们会另有途径写。比如陈国凯同志讲的，文学最大的规律就是没有一定之规律，各人的感觉是不一样的。

我以为写一篇打动人的小说，关键不是故事，而是人物，因为写小说的目的是给人看，当然如果有故事更加好。写小说就像要过河一样，你要过河，就应该有船或者有桥，对于船来说呢，就像一个生动的、能够吸引人的故事，这个故事的本身就是一只船。但光有故事是不行的，就像过河光有船也不行，还要有开船的人，那么这个开船的人呢就是这个故事的中心人物，亦是这篇小说的主人公，一篇小说是不可能没有主人公的。我自己认为，塑造人物的重要手段有几个方面（这是我自己认为的，不是教科书上说的，也不是文艺上规律性的东西，是我自己在摸索过程中的一些体会，各人所走的路是不同的，希望大家注意这一点）。

一、人物性格的刻画。在学习写作的过程中，我体会到最熟悉的生活里去选取，从最熟悉的人物写起，这就叫扬长避短。有些作家，他的洞察力很强，因为他们已经下了一定的工夫。我们是初学，如果东写一点西写一点是不行的，初学就要调动自己最熟悉的生活，最宝贵的积累。有的作家的处女作大多数都带有自传性，因为最熟悉的是自己嘛！所以我们要去研究身边的人，研究身边的生活，研究身边的事。杨干华同志说的“老婆是自己的好，文章是别人的好”。我说完全应该这样。

二、思想。思考和联想，要锻炼思维能力。自己可以晚上躺在床上，亮着灯想，不出声，这对于构思很有好处。联想丰富，将来构思就严谨了。思考问题，提高对生活的洞察力，怎么分析，怎么切磋，本来大家都有生活，为什么别人能写出来我就写不出呢，这就是洞察力的问题。

我感觉到如果这个创作准备阶段充分的话，到时候你即使没有时间不想写的时候，它也会迫着你去写，因为你积累了很多东西，脑子已经塞满了精灵，就像地层里压了许多油，只要你把井一打下去呢，油马上就会喷出来，这在石油工业里叫“井喷”。我们写作也是一样，一定要写出来，满脑子都是人物和故事，即使是闹饥荒也要写，到时候你就能成功了，这个“井喷”也就成功了。

只有写好个性化的细节，小说才能活起来，才能给读者以深刻的印象。什么叫作个性化细节呢，譬如几个人在一起打篮球，有一位青年人每投中一篮都要望望周围的人，看看是否有人注意到这个球是他投的，那么他“向四周望一下”这个细节就很有个性化。若他周围还站着几个女孩子的话，他望一下的神态就更加得意了，更神气，更跳得高，更加挺胸凸肚。（全场大笑）这些细节就很有个性化了，说明这个青年人很“沙尘”，很喜欢表现自己，这些就是个性。

昨天杨干华同志就讲了许多关于这样的细节，他还有很多精彩的东西未讲。比如他很了解他的爱人。他是农民作家，爱人未到过广州市，有一次他带爱人来广州玩，登上了越秀山俯瞰广州全景，他爱人看完后第一句话就感叹地说：“哗！广州原来这么大，这么多人，怪不得我们做死也不够他们吃。”（会场哄堂大笑）这就很有个性化（我现在是替杨干华补充这个细节）。这些细节就是个性，它很自然地流露出一个农村妇女对大城市的感叹，未见过这么大的城市，当然会感到惊奇啦。

有一部电影叫作《巴顿将军》，是美国的电影，它里面也有许多个性化的细节，精彩地刻画了巴顿这个美国将军的性格。巴顿是第二次世界大战中美国同德国作战打败希特勒的将军，深受美国人欢迎的英雄。这个巴顿有很多个性强烈的细节：他在非洲同希特勒德国作战时听到一个消息，美国总统准备将他提成上将。这仅仅是听讲而已，不是正式的任命，也没有正式文件，但他听讲后马上在自己肩章上加了两粒星。有的部下对他说这仅是听讲，总统还没批准哩，但他说“我自己批准就行”——他这句话就很有个性。

我们也会经常遇到这些有个性的人物，而往往在写作的时候就很不注意，所以笔下的人物个性就不够鲜明。不注意生活上带有个性的东西，写起来就会公式化、雷同。如很多作品写我们的车间主任是粗糙的，五大三粗、满脸胡须，而那些知识分子都像陈景润一样傻乎乎的，成天看书，忘记了吃饭，忘记了睡觉，不谈恋爱；男青年又怎样啦，女青年又怎样啦，全部都好像似曾相识，个性不够明显。如果注意生活中每个人的个性后，就有很多东西可写，完全可以塑造出人物的个性。我原来的工厂有个车间主任，他就很有个性，他这个人是很糊涂的，水平又比较低，有时工人来领料，他因为字识不了多少，故此凡是有人领料的他都在领料单上批："如数发给。"签上他的大名就可以领料走人，从不看领料单上写领什么料。有些后生仔就想戏弄他，在领料单上写着"老婆一个"，让他批。他接过单也不看，就写了"如数发给"。写完后大家就围着他说："喂，给个老婆吧！"就向他讨老婆。（全场笑声不止）这本来是一个笑话，但这个细节就很有个性，它典型地刻画了这个车间主任的糊涂。这些细节在生活里是大量存在的，各种人有各种不同的细节，若我们捕捉到后，这些细节都是可以用的。但要注意一条，我们不要刻意去寻找那些特殊的、怪僻的性格，因为在现实生活里怪僻的人毕竟是很少的，而且要写的话，还得看看这些古怪的人有什么典型的意义。

日常生活中，我们应该注意大量能够刻画典型性格的很特殊的细节。有些现象是人人都存在的，如果这些细节通过典型的形象刻画出来，就使人印象更加深刻。昨天杨干华说他是由乡下出来的，所以他的感觉就比较鲜明些，后来我发现我自己也有这样的感受：我是在城市里长大的，不会很"卜"，但我去到北京我也变成了"卜佬"进城。1981 年我到北京领全国小说奖，住在京西宾馆，它是中央级的招待所，当时算最高级的了，一般省级领导去开会都住在那里。在宾馆里很多东西我都不清楚，有两条我就不知道，一是不用洗衣服，当时我洗完澡后日日洗衫，后来我发现怎么其他人都好像从未洗过衣服？最后我才问他们："怎么没见你们洗过衣服?"他们说："唉，怎么你不知道？卫生间里有个铁箩，你把换下来的脏衣服放在铁箩里，服务员就会帮你拿去洗。"从这里我就显得很"卜"，住了这么多天也不知道不用洗衣服。另外是打电话不用钱，长途电话任挂，我也是最后才知道的，这些事情的性质实际上同昨天杨干华同志讲的《陈奂生上城》的性质差不多，因为没有接触过这些事情，就产生一种惊悸心理。这些事情在普通人里也有存在，如果能通过一种很特殊的细节去表现出来，小说就会增色。我觉得在我的作品中这个问题没解决好，刻画性格不够典型，个性化细节组织得不好。我们在刻画描写个性化细节时要注意的一条是，要写好形成个性的环境，若不写好典型环境，这个个性化的细节就不真实或不可信了。我们大家都看过《被爱情遗忘的角落》这部电影，它有很多性格化的刻画，它刻画这个女子很不愿意同男子接近，男子有时说几句笑话逗戏她，她都很讨厌，这些个性是怎样来的呢？电影就交代得很清楚，她认为与男人接近都是不道德的，都是危险的。为什么她有这样的想法呢？当时在“文化大革命”中禁止很多东西，没有电影看，没有文化生活，没有正当的娱乐，她姐姐同一个青年人谈恋爱，恋爱后怀了孕，后来被人捉住，她姐姐就跳水死了，而那个男的则被拉去坐监。因为她姐姐的遭遇，她从此就感到男人是可怕的，是接近不了的，一旦接近了是会出事的，要造成很多罪恶的，她就有这样的个性。本来作为少女还是有这样的要求和欲望的，但她却强迫自己，压抑自己，这样的个性就比较典型，而且环境也交代得很清楚，是在“文革”中没有文化生活，没有正当娱乐这样的情况下发生的事，使人感到真实可信。

这里涉及另一个问题，如果我们写好了典型的性格、个性化细节后，我们的小说就不怕政策是否变了，因为我们提出过许多问题，如农村政策变了的时候，写出来的东西就没用了，写一些先进人物也不先进了，甚至变成了落后人物，变来变去很难写，欧阳山同志就对我们讲了一句话：“如果你写好了典型的性格，真正写出了典型，你就不怕变。”昨天陈国凯同志也讲过：“一作家不在于他能写几部小说，只有在文坛的人物画廊中塑造典型形象来才能算大作家，他就在文学中有地位了，他就不怕变。”为什么呢？以前有部电影叫《李双双》，李双双这个人物就是个典型，使人印象相当深刻。但《李双双》是写什么的呢？它是写公社化呀、集体吃饭呀，排队出工呀，凭工记分呀之类的东西，但李双双这个人的性格写得很好，农村妇女泼辣的性格写得很活，给人的印象十分深刻，这是一个典型。有了这些典型以后，在读者中也好，观众中也好，她的印象是使人很难磨灭的。不管政策怎么变，她都是个人物。

三、要描写人的命运和决定命运转折性的关键。这是一个很重要的手段。描写人的命运篇幅可能会长，写一个人一生的命运时间是很长的，写的时候不一定能写得好。写短篇小说怎么办呢，它只能够写一日或者几个小时的事情，一个生活片段，那就应该写决定他命运的转折关头，处处刻画人物的性格，塑造人物的突出点。写人的命运往往是能够打动人的，陈国凯同志的《我应该怎么办?》《代价》和最近写的《好人阿通》这些小说，都是写人的命运。在写人的命运方面，陈国凯同志是一个能手。有的同志认为，工业题材很难写人物，觉得没有什么可写，一个班、一个车间、一台机器，天天都是一样的。我认为这个看法主要是对生活认识不够深刻。陈国凯同志在氮肥厂工作了几十年，他就有很多东西可写，写不完。因为世界上每一个人都有自己的命运，每个班组，每个车间，每个人的命运都是不相同的。而且每个人都有自己人生的十字路口，若果你们细去研究一下都能够发现这个问题。决定命运的一些转折关头都能发现，你了解到了，就有很多东西写。在我的小说《海风轻轻吹》里，我就写了两个人的人生十字路口，因为短篇小说，这样大的题材写不好，我就略拣了两个十字路口：一个是女主人公，她是否继续学唱歌，或者嫁给一个高干子弟，这里有两条路任她选择；另一个是男主人公，他闷人一个，他勤奋努力考取了出国学习，名额却被人用不正当的手段抢了去，他也面临着这样一个十字路口。写了这两个人的十字路口，这篇小说的价值取向，从人物在这两个选择中表现出来了，这些关键时刻能看到他们的心理状态、性格、爱好和思想面貌。写短篇小说时，最好取用这种办法，就写一个人在重要的时刻，在人生的十字路口的选择。（当然在中、长篇小说里可以通过写一个人的一生、一个时期的命运来表现其性格。）有一篇比较著名的短篇小说《内当家》，它实际上是写这个“内当家”的女主人公的人生十字路口。这个女主人公是一个农村妇女，新中国成立后分了一间地主屋给她，她自己觉得很幸福，在村里有一定的地位，但现在屋的主人从日本回来了，并要求回他的屋看看。在这个问题上，一些人会很惊惶，以为政策变了，那个地主会回来收屋，这个地主很有钱，县里也有求助于他的，且县里已派了办公室主任指挥人将沙发之类的高级用品搬进了屋里；这个女主人公的爱人很惊慌，但这个农村妇女却很坚定，她虽然也有过激烈的思想斗争，最后她相信共产党是决不会这样做的，落落大方地接待了那位前地主。这个故事很典型，人物也活起来了，通过这些选择站起来了。本来这些情况我们广东是大量存在的，比如以前出外谋生的华侨，现在又回来了，甚至有些偷渡逃港、在外面挣了钱发了财之类的人，原来是要捉他们的，现在却要把他们当成贵客，这样的情况是大量存在的，但我们广东的作者却没有这样的眼光将这些问题写出来。这篇小说是山东的作者王润滋写的，这篇小说是1981年全国得奖的作品。

四、塑造人物要写好人物性格化的语言。写人物性格化语言切忌千人一面，众口一词，大家都差不多，都是讲一样的语言，这是写小说一定要克服的。要坚持一个原则，什么人讲什么话，什么人不应讲什么话，他是什么身份的就应让他讲什么身份的话，一定要带有性格的特征，使人看了以后长久不会忘记。鲁迅先生写的《阿Q正传》，阿Q讲话就很有性格，打架他打不过别人就骂一句："怕什么，仔打老子嘛!"明明打不过别人，却又要临死抓把沙。他见到小尼姑就摸摸她的脸，这个小尼姑骂他，他就说："你和尚摸得我就摸不得?"有种流氓无产者的味道。又如《孔乙己》的语言也是很有性格化的，表现了人物的性格。写小说的人物语言有很多种办法，有写得比较灵活、比较调皮的，而写得符合人物身份的则是另外一种。在这方面，我省的青年作家孔捷生同志就有独到的经验，希望大家有时间多看看他的小说，他所写的人物，每个人讲话都是他的个性。故此在写小说的时候，精心组织好人物的对话是很重要的。

第五个问题我想谈谈写作的风格和技巧。我的风格是否形成，现在还很难说。因为一个作者的风格是长期实践形成的，而不是几年之内能达到的。但我觉得应该有自己的专长，我现在正在努力学习，摸索一种散文化的语言加上情节性比较强的故事的写法，使写出来的小说能有诗的意境，有散文的笔调，又有小说的故事。三者融于一体的写作技巧，这只是我的追求，做得不够好，可能很难达到目的。有些老作家认为我这条路不一定行得通，但我认为自己可以试一试。《海风轻轻吹》就是我的一种尝试。我喜欢用小说里面人物的主观感觉为基础，以小说里的第一主人公的眼睛、内心所感觉到的东西用电影的手法去描写出来，所以写出来的小说有些像电影剧本，因此我几篇小说要求改成电影电视剧本的人很多，可惜我一直没有办法去应付。因为小说故事有基础，可能这样改剧本比较好改些，这些都无一定之规，大家千万不要相信那些小说作法呀、小说技巧啊之类的舆论。鲁迅先生一再告诫文学青年不要相信这些东西，这只能够是一方面的经验或某个人的体会，可以借鉴，但不能认为我就要像他那样走，这样是不行的。每个走文学之路的人都有自己的道路，应有一些自开自醒的门匙，不要盲目地去迷信他人的道路，这些大家都应该注意。不管你是建设社会主义，还是学创作，都应走自己的路，摸索自己前进的道路。我也在摸索着自己前进的道路，我希望追求、掌握这样的技巧：

1. 能够使自己在写小说的时候能有一种美的、扣动人心的开头。我个人认为写小说开头很重要，开头开得好就能把握全篇，确定人物的关系和故事的基调，这是我自己的一个想法。

2. 在整个故事的布局方面，推进的节奏要比较明快，对故事的发展要比较清晰，不要节外生枝，这是我初学写作时常遇到的毛病，半途写不下去了，就加个人物。不是按人物性格的发展来推动故事的发展，写出来与中心事件无关，而且这个故事也变得支离破碎，小说也就不好看了。

3. 我正在追求一种善于制造悬念的写法。在故事的总体上有大的悬念，比如一个人在人生的十字路口是怎样走的，这里就有个大的悬念。《火红的云霞》这篇小说，我就想造成一种大的悬念，主人公被任命为这个厂的厂长，给他的任务就是要将这个厂搞上去，但这个厂却偏偏无法上去的，因为这是一个“文革”中的政绩工程，是盲目上马的产物。但他的老上级，久别重逢的爱人却希望他将这个厂搞上去，若不能将厂搞上去，一他不能再做官，二他久别重逢的妻子会离开他，在这个情况下，他应该怎么办？（江萍同志插话说：这是戏剧危机）江萍同志是很注意戏剧语言的。在具体情节上，首先要写出小的悬念，一节一节里有小的悬念，这个人将要碰到什么问题，将要去做什么事情，他怎样处理这些问题，他怎样对待爱人，怎样对待老上级，怎样对待自己的女儿等等一系列问题，在情节上要一个个安排，一点点都要注意读者的胃口，吸引读者看完这篇作品。

4. 以人物的本身活动和性格去推动故事的发展。而不能靠偶然的事件来推动故事的发展，更不能靠巧合，我最大的毛病就在这里，我有些小说故事往往是靠巧合、偶然性的转机来推动故事的发展，萧殷同志曾因此严厉地批评过我。当然生活里也有巧合，但没有那么多，如果篇篇小说都用巧合来解决问题的话，就证明作者的水平很低。（郑书记开玩笑说：“无巧不成书嘛!”）虽然是无巧不成书，但不能全部矛盾都用巧合来解决。

5. 在写小说过程中要“停”得住。在布局方面要突出重点，到高潮时要用重笔写，浓墨重彩，像画画一样，大刀阔斧去写。我们在写作时往往不懂得哪些应用重笔写，全部都很平庸；戏剧里面，特别是话剧，这点江萍同志可能是最清楚的，话剧往往在关键时刻突然来一个静场，“啪”的一声，大家都不说话，观众就被他们吓一跳，“咦？怎么突然无人讲话呢？”它的效果就能将所有观众的注意力一下子集中起来，等待矛盾危机的发展。写小说也要有这种办法，小说实际上也有所谓“戏眼”。戏有“戏眼”，诗有“诗眼”，画龙点睛的“睛”很重要，将它点出来小说就活了，这也是戏剧里常说的“必需场面”，有些小说的人物性格是在“必需场面”里表现出来的。所以在构思小说的时候，故事未出来就要想好几个“必需场面”。如《火红的云霞》，我就先想好主人公和久别重逢的妻子突然在一间客厅里见面，他们将要发生什么事情呢？这个“必需场面”就是事先找到的，但整个小说故事还未有哩。

6. 在写小说过程中，景物和环境的描写要有明确的目的性。有一些青年作者的习作，往往发现这个问题，很多描写景物，如天呀、云呀、河呀、海的浪呀、高的山呀、青的草呀等是没有目的的，而专门用一大段这样的描写来卖弄自己的文笔，这些是很浪费的。应该将这些景物描写和人物的内心世界、情节的发展有机地联系起来，这样的描写才能在文章里起到作用。我比较注意这些问题，《海风轻轻吹》我就比较注意海的描写，海的描写和人的心理变化是联系在一起的；《火红的云霞》我着重注意云霞的描写，它和主人公的心理状态关系是很密切的。去年在《人民文学》我又发表了一篇《明月几时有》的小说，它对月亮的描写和人物的互相之间的关系也是很密切的，这些都是在文章中起作用的，而且可以暗示一种哲理，没有讲出来，讲出来了就显得无味，“画公仔画出肠”就不好看了，那就不成公仔了。通过这些景物描写去暗示一种气氛，说明一种哲理，但要注意一条，不牵强附会。

第六个问题是在生活里怎样发现题材。

要解决这个问题，第一，就要提高思想的敏感性，开辟头脑中的敏感区，对生活要敏感，不要轻易放过去。打个比方，有很多同志是住楼上的，但当你问他，你家的楼梯有几级的时候，他就说不出来，虽然是天天上下班，天天走过楼级，但他不知道楼梯有几级，这些就是熟视无睹，生活习惯了反而对他无所谓。我们对生活不能像对待楼梯那样，对每件事情的细微变化都应知道，对它都应有所反应，作为一个作家就应该具有这样敏感的头脑。陈国凯同志就很敏感，有一次作协开会，杨干华同志从信宜出来报到，当时下着大雨，天气很冷，他撑着雨伞，穿着塑料凉鞋。第二天他就不穿塑料鞋了，穿了袜和一对比较好的北京布鞋，陈国凯一眼就发现了，他对杨干华笑着说：“哗！今天大不相同呀，还穿起了袜子。”他能够对这样细微的生活细节观察到，有这样敏感。

如果在我们生活里面洞悉广大群众最关心的问题和密切注意的问题，我们就容易抓到可写的题材了。

第二，不要放过一些支离破碎、芝麻绿豆小的事，从小的事情可以变成大的事情。前人有句话我觉得可以用来借鉴：“街谈巷议必有可采，击辕之歌有应风雅，匹夫之思未易轻弃也。”一些街谈巷议，粗俗的东西都可以演变成文艺作品，好的作者能够从许多细小的事情和粗俗的言谈中发现可写的题材。

第三，要注意在生活中去挖掘、在人物关系里挖掘。这种方法在戏剧里表现很明显，它全靠人物关系将戏剧衬托起来，所以在人物关系方面，我们能够挖掘到许多新的东西。人与人之间的关系好比编故事的一把梳，梳理好了人物关系，就可以出爱情的故事，伦理道德的故事，人性题材的故事，严肃政治题材的故事，可以出戏剧——悲剧、喜剧、讽刺剧等都可以出；可以调动自己的很多生活积累，三姑六婆呀、亲戚朋友呀、父母兄弟呀，这些人物都是可以调动的。

第四个问题是在写作中要注意锻炼自己的想象力。我们在学习写作的时候，往往是想不到很多东西可写，写的东西不生动。如果刻苦些，深思熟虑些，多看些小说，看看别人是怎样写的，想想自己又应该怎样写，多些假设，锻炼放射型的思维习惯，逆反型的思维习惯，这样就可以锻炼自己的想象力。有时有些很简单的故事，若你将它变通一下就可以变成很多故事，可以反过来倒过去写。比如有一个很简单的故事叫作《龟兔赛跑》，这个故事本来很简单，连小孩子都晓得，兔子看到乌龟未跟上来就在大树下睡大觉，一觉醒来发现乌龟已跑到前面去了，结果赛跑比赛乌龟赢了。如果再发挥自己的想象能力，就可以将它变成几个故事。①龟兔赛跑，乌龟赢了，兔子输了。②乌龟赢了一次后就觉得次次都是自己赢的了，兔子肯定都是骄傲的，它就可以慢慢爬，兔子肯定在树下睡觉，所以当它爬到终点时，兔子已在那里呼呼大睡了，这就证明兔子上了一次当后第二次就不再上当了。③兔子以为自己跑得最好，结果跑得太快跌下山沟，跌伤了，乌龟跑到那里见兔子跌伤，就爬下山沟里帮它将伤口包扎好，两个一齐走到终点，证明了乌龟能互相帮助。④两个跑到半途，突然下起雨来，原来一条山沟变成了一条河，兔子过不去，这回肯定是乌龟赢的了，但乌龟却毫不犹豫地停下来背兔子过去，一齐走向终点，这又是一个团结友爱的故事。充分发挥想象力就能把一个很简单的故事转变成很多故事，反过来倒过去都可以变，而且可以引出不同的主题。写作不单只是想象力的问题，还有一个是表现能力的问题。有时故事想得出来，人物很熟悉，如果表现能力不够强时也是写不好的，所以作者要注意自己的表现能力，多看书，多练笔，打好自己的文学基础。

以上所讲仅仅是本人的一些体会，也是我写小说所走过的和正在走的道路。同志们不要把它当成是写小说就一定要这样走，不是的，“条条大路通北京”，怎样走都可以，问题是要摸到适合自己走的道路。当时我是有这样的条件，我以前学过写诗、写戏剧、散文，所以我就将这些诗歌、散文、戏剧的东西融合进小说里。当然每个作者的条件不同，或者有比我更优越的条件都有，重要的是要根据本人的条件来摸索自己的道路。一个作者，他的成长过程很多时候都是靠自己摸索的，别人的帮助和指点有时也很重要，就是有大师指点，也要因材施教，创作没有一定的模式，没有一定之规，但最关键的还是要靠自己去追求，去摸索，大家要注意这点。

祝同志们在文学创作上获得丰收！

职称班谈小说

小说魅力

今天来与大家交流创作心得，讲小说，写小说是教不会的，基本靠自己体验和摸索。小说创作是一项艰苦、复杂的脑力劳动，我所谈的，是我自己在创作中的一些思考，如果你们觉得说得不对，可以反对、可以辩论，也欢迎提出你们的见解。

一、独特

这是文学最重要品格。如果说小说魅力犹如青春亮丽的少女，那么小说的独特性就是构成魅力之躯干，或者用更老土更文学的语言，叫作迷人的身段。

有人问：写小说最要紧的是什么？我说，最要紧的要记住两个字：独特！

请注意：我说的是多数人或尽可能多数的人能理解，或接受的独特。如果太多人不能理解，或者不喜欢、不接受的独特，那可不称为独特，那是怪异。四不像的小说必然失败。

什么是小说的独特？

——人的生存状态、时、空、地点、氛围、人物、人物关系；

——能引发读者独特、不同的想象和思考；

——创新的表现形式和方法：

1. 突破常用的语言规范和模式，但必须让人看得懂；
2. 全新视角和切入点；
3. 叙述策略翻新：不管新旧手法，有奇特之处，必须吸引人；

4. 故事、命运或人的独特际遇。

总而言之，构筑你小说世界的一切元素都应该是独特的，但这些独特都必须是人们易于理解和认同的。

为什么有人写的小说无法出版？或者出版了无声无息，作家拿不到几个钱稿酬，而有的作家一写出小说，就有出版商抢，原因有很多，但基本上是“独特”两个字在作怪，因为独特，可以令不知名的作者一举成名，甚至令一个家庭主妇成为一个世界级的大富婆，如写《哈利·波特》的女作家罗琳，也是因为独特，在她之前，从来没有人这样写过孩子们爱读的小说。

我与赵洪写《大江沉重》，一开始就给自己定了八个字作座右铭：“与众不同，峰回路转”，与众不同就是独特。

人们问：为何要独特？

因为只有独特，才能满足读者的期待：凡是读者，都是带着某种期待捧起小说来读的，想看看别人的生存状态、怎样生活、怎样面对人生难题和转折、历史人物制造的悲喜剧怎样解释、他们的人生命运对今人有何启迪？甚至杨玉环如何胖得雍容华贵，叫唐明皇神魂颠倒，赵飞燕如何瘦得叫人怜爱因而魅力无限，等等，总之要能够给人独特的想象、体验、认同和思考……

写小说也要以人为本，我理解是应该以读者为本。我引入一个新的概念：读者期待。

我们的小说能让读者从中获取什么？能否得到阅读的快感和满足？

一般而言，有魅力的小说必须满足读者期待，这读者期待有几个层次：

1. 阅读快感；

2. 阅读体验；

3. 阅读认同；

4. 阅读想象和思考（再创作、再演绎的冲动和尝试）。

以上都与独特有密切关联。

人们又问：怎样才能独特？

1. 你要独特，首先要知道什么是不独特，如果你想写独特的小说，那你必须先知道，那些人物、故事、命运、细节、语言是人家写过的，那些在套路是人家用过的，你再写、再用，那就是模仿、庸才了。所以要尽可能博览群书。我们写《大江沉重》，把很多中外反映现实生活的小说翻了一遍，人家这样写过了，我们就偏偏不这样写，得想一条更新、更绝的路子写，这就是要尽量做到与众不同。

2. 要善于在现实生活中发现和寻找独特。

自己要建立独特的、与众不同的历史视角和小说观念，所有有价值的独特，都是必须由作者和读者能从生活中领悟、发现的。

我写小说，要思考、酝酿很久，如《大江沉重》，就调动了10多年的生活积累、特别是挂职工作的生活积累，我所见过的比较独特的人和事，甚至我的一些朋友，都成了我小说中的素材和原型。独特是从生活体验中来的，生活比任何文学更丰富更精彩，独特的东西更无处不在，只要随手捡些边角料，就可以写出好东西。就看你是不是有心人，有没有一双慧眼，能否发现它，有人说我天天在生活中，怎么就没有发现可以写的东西？不是没有，而是你体验、挖掘的工夫不到家，你没有一双发现独特的眼睛，这叫作身在宝山不识宝。

其实，任何发展中的社会和群体，都应该有亮点的，你把这个亮点找出来，而且巧妙地用新的人物加以表现，这就显出你的与众不同来了。审视当今中国，发展、进步是主流，尽管有很多不如人意的地方，叫人痛心疾首。但一个大国，十几亿人，20多年高速发展，特别是珠三角的高速发展，可以说是千古奇观。很难想象，如果是一个腐败无能的政府或社会，能够创造出这样的发展速度。这在世界上是独一无二的，当今现实，在高速发展中，伴生着大量腐败和阴暗，光明与黑暗在激烈交锋，这也很独特，珠三角就十分典型。能够把这些独一无二巧妙地写出来，那你的小说也就有了独一无二的基因了，这就是独特的基础。

所有独特的发现和思考，都是从生活中得来的，才是真独特。

例如我的同学赵本夫写《天下无贼》，用独特的人物、事件来表现独特的时代现象：有个民工苦干几年，得了几万元工钱回家娶老婆，人家好心劝他小心点别让贼偷了，但他在大山工地里待惯了，非常善良，不信，说哪有那么多贼？在火车站大叫，我有几万块钱，哪个贼来偷我！结果真有贼盯上他了，而且整火车厢都是贼，贼们甚至为了他的几万元钩心斗角，打起来，恰好有一对贼公贼婆（刘德华、刘若英）因为有了孩子想金盆洗手，积德行善，良心发现，把辛苦偷来的钱悄悄还给了这个民工，更妙的是这个民工对身边发生的生死搏斗居然毫不知情。

这些发现、这些生活素材、表现手法都是独特的，而且透射出来的哲理也很独特，发现的亮点也与众不同。所以成功了，很快被改编成电影，也很成功，轰动一时。

所以说，小说是寻求独特的艺术。它的独特必须能够调动人们的想象和思考，这是小说最重要的魅力之一。

二、认同

刚才谈到小说必须满足读者期待，其中有几个层次，有一个重要层次是阅读的认同，我想着重谈谈。我认为：小说应该而且必须是调动人们认同的艺术，这是小说魅力之一。

人类最原始的天性之一，就是具有认同欲。人与猴子在同样会思考的情况下，人会点头或摇头，说“YES”或“NO”，猴子却不会，请注意，这是一个根本区别。小说从一诞生，就是人们寻求和满足认同欲望的工具，人们从翻开小说读第一行开始，就会不断寻找认同：经历、感情、感觉、心理、知识、生理、语言，等等，会产生多方面的比照，是不是这么回事？会不会发生？我自己有无这样的体验？等等。从而产生感悟、启迪，达到某种认同和满足，如好奇心的满足、群体意识的满足、安全感的满足、报复心理的满足，等等，有人读小说后觉得过瘾、解恨，或者长舒一口气，这就是达到了某种满足。如情窦初开的少女，爱看爱情小说，甚至钟情于小说中的男主人公，这是感情上的认同在起作用，20世纪80年代初陈国凯、孔捷生的小说一时洛阳纸贵，使《作品》杂志一下冲上70万份，这是广大读者产生了愤恨“四人帮”的心理认同所致。

写小说不可不研究人们的认同欲，也就是不可不研究读者心理。

三、感觉

我个人的观点：感觉是小说之睛。刚才说小说魅力之一是独特，她宛如少女美妙的身段，那么小说的感觉呢？她应该是少女秋波流盼的眼睛。

小说应该而且必须是能调动人们感觉的艺术。

自古以来，人类产生了众多门类的艺术和流派，我不讲艺术概论，我自认为：艺术可分为直接感觉的艺术和调动感觉的艺术。

直接感觉的艺术：视觉艺术有绘画、雕塑、戏剧、舞蹈、电影、电视，等等；听觉艺术有音乐。

调动感觉的艺术：文学（小说、诗歌、散文，等等）它通过调动读者的感觉去想象、认同，唤醒或寻求固有的感觉体验，也可以引发想象未有过的感觉体验。

我认为，感觉是感情的先驱。以美妙的爱情为例，男女两情相悦，难道不是双方的眼睛看到对方的美妙之处，鼻子闻到对方美妙的气息，因而触发美妙的爱意和欲望的吗？古今中外无数爱情歌曲，歌唱姑娘美妙的眼睛、美妙的头发、美妙的胸脯、美妙的歌声，这就是感觉啊，这就是通过感觉唤起感情啊，小说也一样，有人读小说迷上了小说的女主人公，就是通过小说中的感觉描写走火入魔的。我读小学五年级时，那是1958年吧？《林海雪原》才出版，班上的男同学个个才10岁到11岁，看到少剑波偷看白茹睡态一段，就耳热心跳，后来与男同学悄悄议论，才知道大家都迷上这一段，有人甚至能背出来。读《三家巷》，小区桃出场那段也很吸引男孩子，她穿着木屐，前胸微起，婀娜多姿地走在小巷的麻石地上，写得多美！这就是唤醒或寻求固有的感觉体验，或者引发想象未有过的感觉体验。

我在北大作家班时，认真研究过小说的感觉，大体认同这一现象，我读了大量先锋派包括中国现代派鼻祖——上海20世纪30年代“新感觉派”的小说，后来毕业论文是《从新感觉派到莫言》，当时北大中文系主任、著名教授严家炎先生给了我全班最高分：93分。在北大，拿90分以上成绩是很不容易的。我猜想，不是说我有多少学问，而是先生看中了我研究方向很独特，当今很少人涉及。

我发现，写小说其实是在追寻人类的感觉认同，不管是现实主义作家，还是先锋派作家，其实都在刻意追求感觉的可认同性。

区别：

现实主义作家追求感觉在常态下的可认同性，（常态——日常生活中）。因为是常态，是多数人能够感觉或早已感觉过、体验过了的，因而通俗易懂，易于被大多数人认同。例如鲁迅、赵树理、柳青的作品，大量日常生活的感觉描写，是多数人可认知的。阿Q捏小尼姑的脸，手指头有滑腻腻的感觉，即使被骂“断子绝孙的阿Q”也飘飘然，这就是小说感觉的妙用。

现实主义作家在追寻常态下感觉认同的几个特点：

1. 感觉融入叙述之中；（感觉多用描写传递给读者，感觉描写为典型环境、人物、氛围服务。）

2. 感觉导向感情的完整性、合理性；（《静静的顿河》中，写葛里高利在心爱的情人阿克西尼娅被红军枪弹打中，伤重在他怀中死去，他伤心欲绝痛不欲生地埋葬了她，在坟墓前，他抬头突然看见，太阳发出黑色的光芒。每每读到这里，我会被震撼，毛骨悚然。）

3. 表现感觉的性格化与社会化的矛盾。如林妹妹不会爱上焦大，首先受不了他一身臭汗；又如《钢铁是什么样炼成的》中，一对曾经热恋的情人保尔与冬尼亚分别多年后突然在铁路工地上相遇，一交谈感情逆转，保尔此时的感觉是：她臭酸。一个美丽的香喷喷的资产阶级小姐怎么会臭酸呢？这就是所谓的“亲不亲，阶级分”了。

而现代派作家绝对不会这样写。我们在文学上要有所造就，不仅要了解现实主义作家的创作，也要了解现代派作家的创作，这样才能有所超越。

文学的现代主义是个大流派，其中最有代表性的是新感觉派，日本的代表人物是狂热的军国主义作家三岛由纪夫，在中国，最早的代表人物是20世纪30年代上海的刘呐鸥、穆时英、施蛰存（不久前才去世，活了100多岁）。现在，我认为，莫言也是当代感觉派的代表人物。

感觉派与现实主义作家不同，他们的主要特点：

追求小说感觉语言在非常态下的可认同性，现代主义、后现代主义作家尽管千差万别、各有千秋，但有个特点几乎是无一例外是共同的：这就是追求小说感觉语言在非常态下的可认同性。与现实主义作家相反，他们基本不表现感觉与性格化、社会化之间的矛盾，反而尽量表现感觉的本能化、欲望化。

简而言之，他们笔下，林妹妹是会爱上焦大的。因为林妹妹是女人，焦大是男人，女人和男人在一起是会擦出火花的，这就够了。

在现实主义感觉与现代主义作品之间，有种过渡形态的作品，如苏联的《第四十一》，写一个女红军，押送一个蓝眼睛的白军军官的过程，她是曾击毙40个白军的女英雄，但这一次，却被风暴刮到一个荒岛上，一对死乱竟然相爱起来，后来，来了一条船，两人很紧张，希望是自己人的船，蓝眼睛最后看出是白军的船，欢喜欲狂地高举双手向海边跑去，这时，女红军扣动了扳机，枪响了，蓝眼睛倒下了，女红军又飞奔上前，抱起他，伤心欲绝地呼唤：蓝眼睛，我的蓝眼睛……

新感觉派习惯于把新奇、怪诞、非常态、超常态和变幻着的感觉赋予小说人物，请注意：无论他们怎样惊世骇俗、天马行空，但总是守着一条界线不至于滑入痴人说梦——可认同性。

手段之一：把感觉物化。

20 世纪 30 年代穆时英有篇小说《夜总会里的五个人》有这么一段："只有季洁一个人不笑，静静地用解剖刀一样的眼光望着他们，竖起耳朵，在森林的猎狗似的，想抓住每一个笑声。"

正常的视觉不可能变成解剖刀，耳朵也不可能变成猎狗去抓住别人笑声，但这种变形、扭曲的感觉，比传统的、巴尔扎克式的描写要强烈得多，因为这感觉是非常态的，更接近人类追新逐异、品味新奇的认同欲望，人类是特别偏爱和注意特殊和新奇的东西的。

手段之二：感觉的外化与幻化。

新感觉派作家把各种感觉伸延，引导到超出感觉之外的各种思维活动中去，甚至制造幻象来加强感觉的效果，企图给读者留下强烈的印象，以博得认同。

比起 30 年代的前辈，当今的莫言可称得上玩弄感觉物化、幻化的鬼才。请看《红高粱》中这段文字：

"奶奶注视着红高粱，在她蒙眬的眼睛中，高粱们奇谲瑰丽，奇形怪状，它们呻吟着，扭曲着，呼号着，缠绕着，时而像魔鬼，时而像亲人，它们在奶奶眼里盘结成蛇样的一团，又呼啦啦地伸展开来，奶奶无法说出它们的光彩了。它们红红绿绿，白白黑黑，蓝蓝绿绿，它们哈哈大笑，它们号啕大哭，哭出的眼泪像雨点一样打在奶奶心中那一片苍凉的沙滩上……"

在新感觉派湮没半个多世纪后，莫言重新崛起，把非常态、超常态的感觉文字运用到极致，这是否一种轮回？

可能是一种轮回，但决非同一层次上的克隆，莫言更注重感觉的可认同性，其物化、幻化手段从深度、广度都超过了他的前辈。

像莫言那样，当代有很多中青年作家，在继承现实主义传统的同时，对小说的感觉认同作了很多探索，他们十分注意追寻富有现代气息的感觉，我姑且称之为"感觉现代化"。例如，调入我们省作协的盛可以，她的小说也有很多独特的感觉。

特点：

1. 大量运用感觉字、句、段，增加感觉信息的密度。

感觉字：“脊梁断了，嘴里哇的一口血”（穆时英《上海狐步舞》）。

“高粱穗子浸在月影里”“流星亮破一线天”（莫言）。

感觉句：“游倦了的白云两大片，流着光闪闪的汗珠”。

感觉段：刚才引用莫言那一段奶奶的描述。

2. 大量运用“通感”，构筑一个多元的、立体的现代感觉世界，激发读者的想象力和认同能力。

让读者所有器官都张开想象的翅膀：五官、触觉、肤觉、内在、外在、时空……随时变换，让人享受新奇、跳跃和快速流动的美感。

出奇制胜：

视觉变听觉：“墨水河明亮的喧哗”；

听觉变视觉：“一声巨响像个大球一样飞过来”；

视觉变嗅觉：“照片上洋溢着水果的香味”。

故意将感官表现置换或倒错、动词名词变换使用，等等：

时间变成看得见、摸得着的东西：时间，像一只蚂蚁在他心头爬过；

我在一篇评论中分析了盛可以解构式叙述描写的最大特点，是充分运用了敏感的感觉语言和文字，这些鲜活的感觉语言成了她手中的手术刀，盛可以经常用它愉快地干脆利落地在剥光了的男男女女身上运用自如，在最隐秘和最不可见人处手起刀落，然后捧出血淋淋的一块块器官和肉体。有的句子和感觉字眼，她用得甚为精妙，这例子俯拾皆是、触目可见——

“小老板嗓子里抖出一群暧昧的鸽子，稀里哗啦一阵扑腾，朱妙才知他说的是裤裆里的那杆枪……”

“摩天大楼干净，玻璃墙湛蓝，阳光钉上去，看得人眼冒金星；”

“方东树如从水底浮上来，上半身填满了朱妙的眼球，笑容不咸不淡，似秋天的薄毛毯，盖在身上恰到好处。”

这里，感觉字，感觉句，感觉段都全有了，用得很别致，充分发挥了语言的张力和想象力。

请注意：

任何积极的探索都是发展中的过程，而任何过程都不可能终结的，没有顶峰，也不能滥用探索和感觉，感觉太多了就等于没有感觉，甚至会变成反感觉，形成所谓感觉爆炸，就会走火入魔，读者会受不了感觉爆炸而心生畏惧，产生厌烦。很多人说现在的先锋小说读不下去，可能出于感觉爆炸的原因，莫言有这种倾向，盛可以也有。失去节制，失去了度，好东西也会变成坏东西，正如列宁说，真理再往前多走一步，就会变成谬误。

只有恰到好处，才是完美的。

四、感情

前面说到感觉是感情的先驱，可见感情对于创作来说是十分重要的，可以这样说，任何文艺创作，都是人类情感的表达和宣泄。作家写小说，其实也是在对自己的情感资源的探索、拓展和开发。中国作协副主席陈建功说：作家的创造水平高低，自古以来有一个说法，所谓的梦笔生花和江郎才尽的问题。其实我觉得要害不在于有没有梦到那支五色笔。一个作家要有所得，必须保持丰沛的情感资源，如果情感资源枯竭了，那就真的是江郎才尽了。20 世纪 80 年代的时候，中国文学呈现了最为壮观的景象，因为解放了文艺政策，也开启了作家们的情感资源，所以有感人的作品出现。

80 年代活跃的作家，之所以能够拿出很好的作品，就因为“文革”十年积累了丰沛的情感资源。十年“文革”把很多感情丰沛、才华横溢的文学青年抛到生活和社会的最底层，这对于他们个人命运来说，是不幸的，但对他们的文学积淀来说却是幸运的。当作家的命运与最广大的底层百姓紧密相连，吸纳了更多的感情资源，这些感情是炽热的、滚烫的、汹涌澎湃的，一有表达的机遇，便会喷薄而出，形成一部部与亿万人民群众的命运、感情相通的作品，尽管后来有人认为这些作品幼稚、浅薄、艺术粗糙，但是谁也不能否认，它们是真挚的、动人的，曾经大规模地灌溉了亿万人荒芜的心灵。

现在，有些文学理论家认为文学可以完全背弃大时代，纯粹到人的内心寻找，这就造成了当代文学的更浮浅和与亿万人的隔膜。

陈建功说：我的体会是什么呢？一个人成为专业作家的时候，情感资源基本上都用光了，写出了成名作，一辈子煎熬的情感已经喷发在作品中。当成为专业作家后，往往都在不断重复自己。

所以，各位千万不轻视作家的感情积累问题，种瓜得瓜，种豆得豆，只有健康的丰沛的与亿万人感情相通的感情资源，作家笔下才会流淌出打动亿万人心的好作品。

我认为，无论是写诗或写小说，其实都是在寻求人类感情的喷发和流淌，感情的积累越深厚、越炽热，能量越大，喷发起来就越惊天动地。不知道大家有没有经历过开采石油时的井喷？我在石油勘探队时就见过一次，深深地埋藏在地层下的油气一旦不受控制地喷发起来，连大地都在震撼、发抖，地下被压抑几亿年的能量冲天而起，真有种地动山摇的气势。文学创作其实也一样，要讲究感情的真挚与厚积薄发，强调感情深厚的积累和炽热的熔炼。自然界的钻石，据说就是在火山喷发时的高温高压下形成的，最优秀的诗歌、小说恐怕也得在感情最丰厚最炽热的胸腔中产生。

这里我多说几句：以前我们总强调生活，作家写不出东西，就说他没生活了，要他下去深入生活。其实，还有一个感情被忽视了。感情也是需要不断补充、熔炼、酝酿和积淀的，对生活的积累和想象，一定要通过感情去驱动的，如果感情苍白、麻木，再多的生活也不会起作用。而千百年来令无数作家诗人苦苦追寻的灵感到底是什么东西呢？几乎所有理论家都说不清、道不明，我个人的理解很简单：灵感，其实就是沸腾奔突的炽热感情突然找到了一个喷发的出口，找到了一个理想的合适的美妙的表达方式。

现在有些创作理论，忽视了感情资源的积淀、酝酿、开发和抒发，认为写出好诗好小说关键在于形式的翻新和技巧的精雕细刻，令很多青年过于沉湎其中，白白耗费了天赋和才华，这是一种文学的不幸。例如大导演张艺谋、陈凯歌，在感情炽热的时候，拍过很多好电影，让人印象深刻，但成大名后，感情资源耗费尽了，又不去及时积淀补充，蔑视文学的规律和感情因素，一味玩弄色彩和技巧，动辄一掷亿金，但是片子拍出来，除了用金钱作为号召赢得一些票房，不仅艺术苍白，文学感染力极差，骂声一片，这是电影的悲哀，也是文学的悲哀。

说了这么多，我用一句话概括：感情，其实是小说魅力之灵魂。

五、命运

世上有各种各样的小说，各种各样的作家，但我自己，觉得小说是写命运的，喜欢把小说写成“命运小说”。

小说是描述人的生存状态的，是读者了解别人生存状态的一个窗口，作家的使命就是要把这个窗口打开给人家看，生存状态即命运。

命运即人、即性格：以前人们常说，文学是人学，其实，写人就是写他的命运、写他的性格。命运是由性格造成或构成的，也可以说，性格决定了人的命运。古往今来，人们对命运充满了好奇心，人人都是热衷于了解和谈论别人的命运的，别人的命运是自已命运的参照物，想了解别人命运，其实也是想了解和把握自已的命运，所以他们才会去读小说，寻求认同。

我认为，能够调动读者关注人的命运也是小说永恒魅力之一。

长篇小说：叙述、构筑人的命运或命运的某一段过程，或兴衰更替与开端、终结。

短篇小说：叙述、构筑人的一段特殊际遇、命运的瞬间、人生的十字路口、关键时刻。

注意：不是所有人的命运或生存状态都能引发人们的关心、注意和共鸣、认同的。

这里又回到第一个命题上来了：独特！只有独特的命运，才会吸引人。即使是普通人，也可能有独特的命运或际遇，这就要求作家有独到的眼光和独特的表现技巧。

六、语言

前面我说过，独特是构成小说魅力的躯干，宛如美女迷人的身段，小说多姿多彩的感觉，是倾国倾城、秋波流盼的美女眼睛，感情是小说魅力之灵魂。那么小说的语言呢？我说，小说语言之重要，有如美人美妙的声音。各位，试想一下，如果你们看上一位漂亮的小姐，令你如痴如醉，可是她一开口，却像一只患了重感冒的鸭子，像一把锉刀在锉你的听觉神经，阁下是否会大失所望呢？所以，精彩的小说，一定得有精彩的小说语言。除了我刚才说的充满感觉的语言外，也有作家写小说喜欢用诗化的语言、乡土的语言或者用时尚化、市民化语言取胜，根据我的创作体验和阅读，小说语言一定要注意四个要素：

1. 必须要与小说内容、人物个性相匹配。

2. 必须是作家非常熟悉和易于表达、运用流畅自如的。

3. 必须有语言的张力，预留给读者想象和回味的空间。也就是说，小说语言要尽量吸引不同地域、不同层次的读者群，给他们以新鲜感。

4. 小说语言要大致遵从约定俗成的语言规范，但在一些节骨眼上，又可以大胆突破某些规范，张扬作家自已独特的创作个性，营造一种独特风格。如我的中篇《大江月圆》，写疍家仔大江与西关小姐月圆的爱情故事，第一句就是：大江是从大江上漂来的。这一句往往一下子就把读者吸引住了。

当前，小说语言乡土化、市民化有很多写法，也有不少创造，但有个倾向值得注意：就是语言的粗鄙化问题。自从美国作家赛林格的《麦田守望者》走红以来，不少中国青年作者竞相仿效，他们误以为赛林格走红是因为小说语言写得大胆出格，通篇美国式的粗言秽语，所以他们也来个通篇中式的粗言秽语，这种毛病当前网络小说也很常见。其实，这种将祖宗留给我们的宝贵语言粗鄙化的做法是很要不得的。作家不能吃祖宗饭，造子孙孽，维护我们母语审美意义上的丰富、优美和尊严，是作家义不容辞的职责。

七、信息量

信息量在当今长篇小说创作中，显得日益重要，当代读者是生活在信息爆炸的时代，他们习惯了日日夜夜接受信息的冲击，如果小说信息量不够，或者停留在巴尔扎克式的描写方法上，开头 10 页老是写花园景物和房间摆设，读者马上就把书丢开永远再不看了。

所以，有足够的信息量，也是当今小说魅力之所在。读者可以从中接受很多新的信息，而且这些信息是围绕着扣人心弦的人物命运而得来的，他们更乐于接受。

长篇小说本身就是一个巨大的信息库。

像《红楼梦》就是中国封建社会的大信息库，读者可以从中知道那个时代、那个社会的几乎全部人际关系的信息。而且人人都可以从中见仁见智。鲁迅说：道学家可以看见淫，才子佳人可以看到爱情……毛泽东看到的是一本封建百科全书，等等。

凡是伟大的巨著，如《战争与和平》《安娜·卡尼列娜》《静静的顿河》等，信息量都是非常大的。这就需要作家有高度的艺术修养和掌握巨大的信息资源。

我们写《大江沉重》，也非常注重信息量：如在地方发展观念上，我们用形象着力灌输发展增长极和西方时兴的零增长理论信息，地方党委政府如何运作的信息，西方马克思主义与我们中国特色社会主义同异的信息，中央和地方博弈、中国政治家与国际资本的博弈，等等；在风土人情和民俗上，我们有意强调珠三角风情岭南特色，写了很多水乡民风民俗如赛龙舟、自梳女、斟茶认错、民工生活、打工妹的艰辛，等等；香港、台湾等地，也用了大量香港人、台湾人的日常生活场景及生活方式：炒楼、炒股、资本运作、黑社会洗钱和经商、对付黑社会的方法、赌博和嫖妓，小说涉及政治、经济、文化、军事、历史各个层面，有评论家说，这小说是中国 20 年改革开放历史的缩影。

我认为，长篇小说汇集信息，扩展信息量，也要强调独特性。而且必须真正来自于生活，只有从生活中来的信息，才有生命力，才有独特性。

八、想象力

这是作家创作的基本要素；想象力是从小培养而成的。

作家的想象力，当然应当高于读者的想象力，如果想象力贫乏低下，必然写不出读者满意的作品。

该到小结的时候了。我们该想一想，如果我想写一部有魅力的小说，用我以上所讲的理念，应该是一部什么样子的小说呢？

那就是：一部与众不同和有独特品格的、能够调动多数人认同感的、有丰富感觉撞击的同时又与亿万人感情相通的、以描写人的命运而扣人心弦、引起多数人关注的、充满优美和独特个性和张力的小说语言，有密集和引起人无限想象的信息量的小说。

如果都做到以上几点，那它必定是一部成功的小说。

关于时代精神、历史感

作家必须有自己的历史观和价值判断，没有应有的历史知识，把握不住时代精神，成不了好作家。

我觉得文学，尤其是小说的生命力在于历史感和正确的历史观。小说，尤其是长篇小说，如果它的历史感把握不住，它的历史观是完全错误的、颠倒黑白的，那这个小说的生命力很难经受住历史的考验。如果把历史的规律都搞反了，不管它艺术成就有多高，它的存在价值都有点可疑。我在创作《大江沉重》时就比较朦胧地意识到，我们现在面临的处境是和世界强权、国际资本博弈的年代。以前是讲阶级斗争、夺取政权、你死我活。现在实际上是与全球化挑战在博弈。我们到印度访问的时候，我们有些人包括印度一些作家，他们对全球化非常恐惧，认为全球化的最后结局是经济全球化，文化也全球化，那就会抹杀掉很多民族的文化，所有的文化最后像经济一样只能向西方的强权文化低头、被压缩消灭，全球化浪潮当然是否定和抹杀文化多样性的。在我们现在生存在这种世界格局的大博弈里，中国的共产党人按照历史的发展趋势，与国际资本作一场巨大的博弈。什么叫博弈？就是在一定的游戏规则里我跟你比拼智慧和发展，力争以小搏大，以弱胜强。原来的阶级斗争是没有游戏规则的，不是你死就是我亡。现在我们愿意在一定的游戏规则里跟你玩，黑子白子互相吃，尽管这个游戏规则是西方列强根据他们自身利益制定的。这就跟过去一味强调阶级斗争的你死我活有很大的改变，但矛盾的尖锐性依然存在，我们分分钟都有吃亏的危险。现在变得更加复杂。更加困难、更加需要智慧。我写邝健童很大胆地引进外资。我们为什么要引进外资呢？实际上我们现在跟国际资本的关系就是：到底是用我的骨头来煮你的汤，还是用你的骨头来煮我的汤？大家都要喝这碗汤，但是谁出骨头谁出汤？这是一种智力的考验。正是出于对这样一种对资本力量的思考，让我把早期作品中单纯歌颂人的精神美好和精神力量的描写，转换成一种物质力量与精神力量之间复杂关系的描写。这种资本的力量对人的精神的改变在后来的作品中越来越多地呈现出来，尤其是在《大江沉重》里那种资本力量对人的精神力量的强大冲击过程中呈现出来了。

引进国际资本，搞市场经济好不好？当然好。这对改变我国面貌、增强国家实力起着重要作用，如果还搞计划经济，我们现在还生活在票证时代，哪有这么丰富的物质生活和文化生活？那就是邓小平说的不搞改革开放，不改善人民生活，任何一条路都是死路。

有人说这是搞资本主义了，这是一种歪曲或者是误解。《共产党宣言》上的确说过：共产党人的全部理论都可以归结为一句话：消灭私有制。但是马克思同样说过：社会主义必须在高度发达的资本主义基础上才能产生和确立啊，我们现在离高度发达的资本主义还差得远呢！恩格斯在马克思墓前的演说里讲了一段很精辟的话：马克思发现了人类历史的发展规律，即历来为繁茂芜杂的意识形态所掩盖着的一个简单事实——人们首先必须吃、喝、住、穿，然后才能从事政治、科学、艺术、宗教，等等；……人们的国家制度、法的观点、艺术以至宗教观念，就是从这个基础上发展起来的，因而，也必须由这个基础来解释，而不是像过去那样做得相反。就是说，人首先要考虑生存、吃饭，然后才能考虑别的东西。包括政治啊……意识形态啊，文学艺术啊，首先要生存，生存就得依靠物质。共产主义首要条件就是物质极大丰富，所以物质对人的精神的改变是不可抗拒的。但是在某些层面上、某些时段，不能忽视精神对物质的反作用。我们这代人背负了很多历史的和时代的烙印、很多责任感、很多理想主义的东西。我们注定要在中国的变革历程中起一种承前启后的作用。为什么呢？共产党人前期是打天下，夺取政权，1949 年以后，进入到一个执政时期。这是一个巨大的转型，就是从夺取政权到执掌政权。从发展史来讲，从夺取政权、打江山到坐江山、执掌政权，会有很长一段时间摸索期，用我自己的语言来讲，就是执政的幼稚期。资产阶级革命也摸索了几百年，他们执掌政权后也不断被封建贵族颠覆、复辟，欧美各国探索了很多不同的执政道路才有今天，所以他们至今仍没有、也不可能有一个相同的模式。中国共产党人执政以来，经历了差不多半个世纪的执政幼稚期，犯了很多错误，也有很多理想、信念很不纯正的人在挂羊头卖狗肉之，在这个过程里，由于急于求成、由于不按照社会发展的规律办事，也就是说不按照科学发展规律来办事，党有很多严重失误。而我们这代人恰好就经历过这段幼稚期：从我们出生，到我们读书成长，到我们上山下乡，到“文革”达到幼稚期的最顶峰。经历了幼稚期种种失误以后，现在回归到一个比较正确的轨道上，比较理性、比较冷静、比较科学的改革开放这个轨道上来。《大江沉重》中邝健童这个人物实际上是我在观察生活当中发现和体验到的一个典型、结合体、集合体。

现在我们发展社会主义市场经济，我认为是马克思主义中国化的一个巨大成就，对全世界都有影响，改革开放 30 年来，中国国力年年增长，现在，连最反共反华的力量也不能不承认，中国强大了，发展了，老百姓的生活逐年好过了，中国的发展可以说是千古奇观，举世瞩目。但是，我们必须深刻认识到市场经济、资本力量也是把双刃剑，一方面它极大地推动着我国急速发展，更新着国人的许多观念；另一方面，它又是天生的逐利精灵，毫不犹豫的追求着利益的最大化，当它逐利追求不受控制地膨胀起来时，必然会损害社会主义最基本的公平、正义的理想和核心价值观，在全社会掀起浮躁的狂潮。这也是一场巨大的博弈。我们应该趋利避害，在这场大博弈中坚守我们的精神高地，心灵绿洲。怎样坚守呢？我以为，重要的是在发展多样性文化中坚持先进的、民族的、爱国的文化，还有就是坚持崇高、正义、公平的理念。

这就是时代精神、也就是我的历史观。

如果还有时间，我愿意就如何成为作家的几个基本条件这一问题，谈谈我的看法：

任何人都可以成为作家，一千多年前，我们有一位伟大的广东老乡——六祖惠能，他目不识丁，是个砍柴的樵夫，但他就敢断言：人人皆可成佛。抱着这样的信念，他口述出世界上唯一一部中国人的佛经，而且成为中国最伟大的宗教改革家，把西来的佛教改造成中国的佛教，佛教在诞生地印度只存在七八个世纪就几乎消亡了，但因为经过惠能等人的改革，在中国、东亚大行其道，惠能说普通人佛都可以做，难道做作家比做佛还难？应该说比做佛容易一些的。高玉宝同样目不识丁，也当了作家，《半夜鸡叫》在中华人民共和国成立初红极一时。最近，我看了一部书，是我们文学院签约作家罗建琳的母亲写的，叫作《牵手一家人》，她是一个文化程度很低的家庭妇女，70 多岁了，她把她一家人平凡而又坎坷的经历记录下来，总共几十万字，配上各个时代的家庭照片，竟是一本很好的纪实作品，让人看了一下子了解中国普通人在各个时期的生存状态。你看，这位老人不就是成一位作家了吗？

但是，要当写出精品力作、有影响力震撼力的好作家、大作家，就不那么容易了。我想，这得有几个基本条件：

1. 要有较好的文字功力；

2. 要有很丰富的想象力和好奇心（想象力是从小培养的，现在的应试教育，培养不出有丰富想象力和好奇心的孩子）；

3. 要有出色的灵活多样的叙述能力；

4. 要有深厚的历史知识和较正确的历史感觉；小说是写人的生存状态的，不知道历史，或者历史观根本错了，就无法把握当时当地的人的生存状态，怎能写好？甚至会完全颠倒黑白。

有了以上这几条最基本条件，加上掌握前面所述的“独特”“认同”“感觉”“命运”“语言”“信息量”等更高的要求，才有可能写出好作品。如果要当大师，恐怕还得加上一条，你得长寿，你的作品也得有几代人追捧，要有几代人都知道你写过些什么。

如果前面所说最基本的几条都欠缺，最好不要立志做作家，想发达，想出人头地，条条大道通罗马，不必来挤文学这条独木桥，做作家，特别是做职业作家，是很苦的。没有“板凳一坐十年冷”的思想准备，千万不要当作家。

当作家要有这样的思想准备：经年累月地面对电脑不停地敲敲打打，久历食不甘味，寝不安席，不知晨昏，不辨西东，没有双休日和节假日，心灵的负载很沉重很沉重，人生就像从事一项终生劳役。

当然，写作也有意想不到的刺激和快乐，当你突然发现你笔下的人物可以挖掘出更深更丰富的精神世界，当你为一个段落一句对话一筹莫展忽然找到新的表述、新的语感、新的内涵，当你绝望地哀叹艺术感觉的失落却猛然闪出前所没有的体验和冲动，这种快乐可能和一个农夫一锄头下去挖起一个硕大无朋的番薯，一个渔民钓起一条珍贵的石斑有共通之处。我想这种快乐的期待是我尽管困厄连连仍不放弃写作的主要原因，也可能是天下爱写作的人尽管不是才子也不可能成名依然钟情笔耕的原因。

谢谢大家！

提高文学修养，增强工作能力

今天我十分荣幸，来到这里向大家学习，认识这么多来自消防战线的警官朋友，你们是新时代最可爱的人，是老百姓的救命恩人，专门为老百姓脱难消灾，你们一身系天下之安危，我代表全省的作家，向你们并通过你们向全省的消防战士，致以最亲切的问候和最崇高的敬礼！

今天我想给大家谈谈文学，题目是：提高文学修养，增强工作能力。有人会说文学与工作有什么关系啊？瞎说嘛！看小说、读读诗歌就能做好工作？谁相信？

其实，这个题目是有道理的，请大家耐心听听我的话，看看是否有道理：

今天我准备讲三个问题，一是提高文学修养与做好工作的关系；二是怎样提高文学修养，培养自己欣赏文学作品的能力和兴趣；三是我们国家目前文学的现状和发展。

一

先讲第一个问题。在开讲时我想先提一个问题：在现当代，中国的政治家最有文学修养，全身都富有文学细胞的人是谁？

毛泽东！在20世纪里，在中国、在全世界，最有文学才华最有文学想象力最具有军事、政治方面雄才大略的大政治家，我们数来数去，也只有毛泽东。他是伟大的马克思主义者，是伟大的革命家政治家，军事战略家，当然，他的伟大、他的雄才大略，是从漫长的革命生涯中逐渐锻炼成长和积累来的，然而，他超强的工作能力、他的丰富浪漫的想象力、他审时度势的超强判断力，他倾倒世人的超强个人魅力，都与一个东西有关：文学。那就是他扎实的文学功底、深厚的文学造诣、过人的文学才华，成就了伟人毛泽东，当他的政治、军事才能与他的文学才华结合起来，完美统一时，他才能成为千千万万中国共产党人中最出类拔萃的领袖人物。毛泽东的古典文学修养极好，最近中央电视台有一电视剧叫《恰同学少年》，内容基本是真实的，介绍了青少年时的毛泽东的作文是当时全长沙、全湖南最棒的，常常拿第一名。他的诗词歌赋造诣极深，可以说是汪洋恣肆、雄视千古、波澜壮阔、才华盖世，他现在世间流传的古典诗词，很多是前无古人的绝唱，纵观天下多少帝王将相，谁能写出他那气势磅礴、傲视古今的诗词《沁园春·雪》那样的杰作？

大家听听：

北国风光，千里冰封，万里雪飘。望长城内外，惟余莽莽；大河上下，顿失滔滔。山舞银蛇，原驰蜡象，欲与天公试比高。须晴日，看红装素裹，分外妖娆。

江山如此多娇，引无数英雄竞折腰。惜秦皇汉武，略输文采；唐宗宋祖，稍逊风骚。一代天骄，成吉思汗，只识弯弓射大雕。俱往矣，数风流人物，还看今朝。

这首气吞山河、才绝古今的绝世好词，有一段有趣的故事，很多电影电视剧都有描述。这是毛泽东1946年冒着极大危险亲自飞到还是国民党政府陪都的重庆，与蒋介石谈判时，抄录下来送给朋友，才流传开来的，当时就令整个重庆的知识分子着了魔一样倾倒一时，很多原来并不信任共产党的人一读了这首词，眼前一亮，从此对共产党人刮目相看，当时重庆的人心向背，让蒋介石知道了，他很不安，也很不服气，让当时国民党第一大文人，也就是他的文胆陈布雷也写一首词来压压毛泽东的气焰，陈那时也算中国数一数二的大文人了，可他哪有这个本事？他老老实实地承认自己写不出来。蒋又命令陈找许多人写，发表在报纸上，可越多人写越显得国民党人的小家子气，显得毛泽东的诗词伟大，谁也比不过，蒋介石所作所为变成一宗闹剧，最后只好草草收场。

在20世纪，中华民族最杰出最精英的热血青年都集中在中国共产党的旗帜下，优秀的领导人物有成千上万，从一大的十几个代表在30多年间发展成全中国、全世界的第一大党，在中国执政了近60年，今后还要长期执政下去，这很不容易。在毛泽东之前，党内最高领导人也换了好几茬，大家想想，有谁比得上毛泽东？论打仗，他赶走了日本人，消灭了蒋介石800万大军，可以说中国、世界上最伟大的军事统帅，也没有创造过这样的战绩；论政治，蒋介石也远远不是他的对手，党内其他人也不如他，就是“文革”他犯了错误，被他错误打倒了的邓小平，包括一大批老干部，复出后依然尊敬他，维护他的权威，这是很难得的，这就是人格魅力所在。就是连毛泽东批评别人，骂人，也骂得与众不同，出神入化，让人读了非常痛快。大家读过他的著作，他批评王明路线，说王：“墙头芦苇，头重脚轻根底浅，山间竹笋，嘴尖皮厚腹中空。”他批评美国人司徒雷登，写了《别了，司徒雷登》一文，真是骂得痛快淋漓，入木三分，这就是他的不同凡响的文学才华和造诣，成全了他的人格魅力。

我再举一个人做例子。那就是我们现在的总理温家宝同志。现在很多人喜欢听温总理讲话，他的讲话总是受到热烈鼓掌，让人感动，感到温暖，入心入脑，为什么？他很有文学造诣，很有文学才华。去年 11 月，我们到北京开中国作协第七次代表大会，温总理给我们讲过一次话，令我们非常亲切，非常感动。他讲话题目是《同文学艺术家谈心》，他亲切自然地谈到了与文艺家们的友谊，令人刻骨铭心，也谈到了他在英国怎样应对外国记者刁钻的提问：

“前不久，访问欧洲前，我接受欧洲几大媒体记者的采访。其中，英国《泰晤士报》记者问道，你晚上经常读什么书？掩卷以后，什么事情让你难以入睡？这个问题回答起来很困难。我说：你实际上是在问我，经常读什么书，思考什么问题，究竟是一个怎么样的人。那么，我引用下面的六段诗章，来回答你的问题。我引用的第一例是左宗棠 23 岁时在新房门口贴的一副对联：‘身无半亩，心忧天下；读破万卷，神交古人’；第二例是屈原《离骚》中的诗句：‘长太息以掩涕兮，哀民生之多艰’；第三例是郑板桥的《竹》：‘衙斋卧听萧萧竹，疑是民间疾苦声’；第四例是宋朝张载的座右铭：‘为天地立心，为生民立命，为往圣继绝学，为万世开太平’；第五例是艾青 1938 年写的诗句：‘为什么我的眼里常含泪水？因为我对这土地爱得深沉’；第六例是德国哲学家康德在《实践理性批判》里的话，后来作为他的座右铭，死后刻在墓碑上：‘有两种东西，我对它们的思考越是深沉和持久，它们在我心灵中唤起的惊奇和敬畏就会日新月异，不断增长，这就是我头上的星空和心中的道德定律。’”

大家没有想到，外国记者把温总理引用的这六段诗章，连同采访内容用两个版登在《泰晤士报》上，而且中国的五段诗句全部用中文，把作者、文章、年代都注释得清清楚楚，还用半块版登了一幅屈原的水墨画像。这件事轰动了伦敦，在英国居住的华侨说，《泰晤士报》用中文登中国的诗作，还很少见。

再说小平同志，他的语言简洁明了，一语中的，抓住要害和核心，这是极见功夫的，是多年磨炼的结晶，没有深厚的文学底蕴是可能达到的。我读过他在战争年代起草的电报，那真是字字千钧，非常准确有力，通达流畅。他平常的讲话表面上很少引用别人的话，古人的话，也少用华丽的辞藻，但是非常形象、精炼、典型，有个人风格，例如：不管黑猫白猫，抓住老鼠就是好猫，摸着石头过河，杀出一条血路来，等等，这些话令人一听就懂，记得住，在广大群众中极容易流传，这是什么本事？这其实就是文学修养到家的本事。我们的胡锦涛总书记也是这样，他有非凡的记忆力，这也是文学修养的基本功之一，童子功，从小培养锻炼出来的，大家看电视看过他的即席讲话，不拿稿子就讲，一句就是一句，没有一个字多余，也没有一句重复，也没有这个、那个作停顿和铺垫，记录下来就是一篇逻辑性很强的好文章，这种才能其实也与文学修养分不开的，没有经过严格刻苦的学习和锻炼，一般人是做不到的。

同志们，这就是我们中央领导同志的能力和水平！而这些令人肃然起敬的能力和水平，这些令人赞叹不已的个人魅力，是与他们的文学修养、才华和造诣分不开的。

那么有人要问：你讲了半天，到底提高个人的文学修养与我们的日常工作有什么关系呢？

（一）多读些文学作品，可以扩展个人的观察力

人一生下来只有两只眼睛，只能看到家里人，长大了活动范围也不会太大，眼光只会停留在学校、单位、部队周围打转，多读文学作品中，眼光视野就会无限扩大，甚至可以看到别人的内心世界，这就等于多了一只眼睛，这只眼睛专门去发现、推测、判断别人的世界，别人的所思所想。世界大文豪雨果说过：世界上比大地更为辽阔的是海洋，比海洋更为辽阔的是天空，比天空更为辽阔的是人的内心。我曾经说过，文学作品是观察人类内心世界的窗口，大家想观察了解别人无比辽阔的内心，在生活中工作中多团结同志，明辨是非真伪，在朋友中分清优劣良莠，那就要多读优秀的文学作品。

（二）多读些文学作品，可以丰富个人想象力

想象力实际上是创造力的前提和条件，一个民族如果拥有光辉灿烂的文学传统，那这个民族必定有无比丰富的想象力，也就拥有无穷的创造力。一个不读书、不看报、对什么都不感兴趣、失去了好奇心的人，想象力必然是狭窄和缺乏的，这样的人在生活中在工作中也必然缺乏创造力，在竞争激烈的现代化社会中，缺乏创造力的人，自然也缺乏竞争力。我们日常中常说：某人聪明，头脑灵活，领导喜欢，提拔也很快，其实就是说此人有一定的想象力和创造力，当领导的人当然喜欢。除非他是心地狭隘的白衣秀士，武大郎开店，比他高一点的人一个也不要。

（三）多读些文学作品，可以扩展个人表达能力

我们前面说过，胡锦涛主席的博闻强记、有非凡的记忆力，这是他有文学修养的基本功，加上他有超强的表达能力，也是文学修养的基本功。在座各位警官才是当领导的，当然会比我有更加深切的了解，当一个领导干部准确的语言表达能力和文字表达能力是多么的重要。曾经有这样的笑话：有一个省的领导请中央首长剪彩，高叫："请某某主席下台，剪彩！"结果剪彩完了他自己也下台了。也有个省的领导请首长吃饭，劝酒时对首长说："在北京我听你的，在这里你听我的。"结果也可想而知。这就是表达能力出了问题，还不是一般问题，而是大问题，这样的干部谁敢用？当然，多读文学作品并不仅仅是让我们学会在什么场合说合适的话这么简单，它有更丰富更重要的内涵，它可以让你有超强的表达能力，不说错话，更准确更集中地表达你的领导意图，显现你的个人的领导能力和水平，做到令行禁止，更有利于做好一切工作。

综上所述，提高文学修养，可以扩展个人的观察力、扩展个人的想象力、创造力和表达能力，可以丰富自己的历史知识，丰富自己的学识，也就是增强了个人把握机会的能力。总之，就可以大大提升自己的个人综合实力，也可以说是个人的魅力。作为一个领导人物，个人的魅力很重。我们过去往往强调集体领导，不大重视个人魅力的作用，但是在全球化的时代，领导人物的个人的人格魅力日益重要。当然，个人魅力也是一点一滴积累起来的，平时多读点文学作品，让自己待人接物、谈吐中、行文中多一些儒雅之气，多一点学问修

养，多一点文学细胞，只会让你的个人魅力增分，而决不会减分，有时间多读点书来丰富自己，提高自己，总比把精力和业余时间花在吃喝玩乐、无聊应酬要好，现在党中央号召领导干部和公务员要坚守健康正派的情操，要求大家在生活中工作中有健康的情趣，把好社交关和朋友关，显得读好作品好书，更为重要。总之，要当好领导，要一心上进，这离不开个人日常的修养和锻炼，包括养成好读书、读好书的习惯。

二

下面，我想谈谈怎样提高文学修养，培养自己欣赏文学作品的能力和兴趣的问题。

首先，文学是什么？人为何要读文学作品？买文学作品？

每个人都可以有自己的解释，我的理解是——文学是人们精神生活的一种食品，一种可供选择的食品，没有他人照样可以生活，其作用有点像物质生活中的菜、咖啡之类，有人不爱喝，有人爱喝，上瘾，一品就知好坏，不喝也死不了人，但喝上了也添点情趣，享受，给生活增加点内容，对修养提高，增强工作能力也很有好处。

所以说，文学这样东西与我们机关的公文报告、调查、批复等不同，公文文体是工具，没有机关工作就转动不了，文学似乎没有这么重要，没有它机关工作照样运转，但也有点作用，在广大读者中起着潜移默化的作用。我们办公时不也要喝茶，抽烟吗？（外国人喝咖啡）这可以提高办公效率，经常读点小说，大概也会起这样的作用，会有点好处，我不同意这样看法，把小说作用夸大到吓人的地位，“利用小说反党是大发明”（康生），说一部小说可以兴党兴国，也可以亡党亡国，等等，都是危言耸听，当然，咖啡、茶也有变质的、劣等的，吃了会拉肚子，影响人的健康，甚至会害人得癌症，不好的文学作品也一样，会使人出点毛病，有的人特别过敏，受不了补，像我，一喝咖啡就睡不着觉，想入非非。也有种人，读了小说不但想入非非，还去干坏事，但这有时并不是小说的错，是读者品质不行，这种人老百姓叫作“读坏书”了。

所以我简单地给文学作品下个定义：它是人们为了给自己的精神生活增加

营养的一种精神食品，是填补人们情感世界空虚的一种情感消费，是人们观察、效仿、体验、思考别人的生存状态的一个窗口，等等，当然，还会有更多的解释。一千个作家，对这个命题会有一千个解释。

那么，人们应该如何欣赏文学作品呢？文学作品分很多不同的门类和体裁。我是写小说为主的作家，下面主要谈谈小说。

我的定义是——

（一）小说是叙述的艺术

叙述：就是讲故事，也可以说，小说是讲故事的艺术。

一般来说好小说，吸引人的小说，有两个关键：一是故事，二是人物。因为写小说的目的是给人看，所以写小说就像要过河一样，你要让读者跟着你，坐你的船过河，你就应该有船，你的船就像一个生动的、能够吸引人的故事。但光把读者哄上船不行，你的船得开动，所以光有故事是不行的，就像过河光有船也不行，还要有开船的人，那么这个开船的人呢就是这个故事的中心人物，亦是这篇小说的主人公，一篇小说是不可能没有主人公的，让读者都看着他开船。我自己认为，塑造人物的重要手段有几个方面（这是我自己认为的，不是教科书上说的，也不是文艺上规律性的东西，是我自己在摸索过程中的一些体会，各人所走的路是不同的，希望大家注意这一点）。

小说人物最重要的，就是他必须是个典型人物，对他必须浓墨重彩地加以个性化的细节刻画。让他个性鲜明，与众不同。如果把人物写得与我们日常见到的一模一样，这样的小说恐怕吸引力会大降低。

什么叫作个性化细节呢，譬如几个青年人在一起打篮球，有一位青年人每投中一篮都要望望周围的人，看看是否有人注意到这个球是他投的，那么他“向四周望一下”这个细节就很有个性化。若他周围还站着几个女仔的话，他的神态就更加得意了，跳得更高，跑起来更加挺胸凸肚，这些细节就很有个性化了，说明这个青年人很“沙尘”，很喜欢表现自己，得意忘形，这些就是个性。我们广东有个老作家杨干华同志，他是个农民作家，早些年去世了。他作品中的人物就充满个性化细节，他随口就能讲出很多这样的细节。比如他的爱人一辈子未到过广州市，他当作家后有一次带爱人来广州玩，登上了越秀山俯瞰广州全景，他爱人看完后第一句话就感叹地说：“哗！广州原来这么大，这么多人，怪不得我们做死也不够他们吃。”这就是一个农村妇女的个性化语言，城市女人是绝对说不出这样的话的。它很自然地流露出一个农村妇女对大城市的感叹。杨是作家，人家送给他一盆很珍贵的兰花，可是放在家里，老婆老是忘记淋花，不久兰花就枯死了。因为他老婆是农村妇女，只懂淋菜，菜是天天要吃的，花对她毫无用处。老杨后来又有人送兰花，他学精了，专门在兰花旁边种了一盆葱。这葱老婆是天天记得淋的，顺手也把兰花淋了，于是这盆兰花就种活了。

有一个电影叫作《巴顿将军》是美国的电影，他里面也有许多个性化的细节刻画巴顿这个美国将军的性格。巴顿是第二次世界大战中美国同德国作战的英雄将军，深受美国人民的欢迎和喜爱的人物。这个巴顿将军在电影里有个很强烈的细节，他在非洲同希特勒德国作战时是个中将，突然听到一个消息，说美国总统准备将他提一级。这仅仅是听讲而已，不是正式的任命，也没有正式的文件，但他听讲后即在肩章上加了粒星。有的部下对他说这仅是听讲，总统还没批准哩，但他说“我自己批准就行”，他这句话就很有个性：这个人想当上将想疯了。我们很多人刚学习写作品时就不讲究细节的个性化，所以笔下的人物个性就不够明显。不注意生活上带有个性的东西，写起来作品就会公式化、雷同化。如我们的车间主任是粗糙的，满脸胡须的，而那些知识分子都像陈景润一样傻乎乎的，成天看书，忘记了吃饭，忘记了睡觉，不谈恋爱呀；全部都好像似曾相识，个性不够明显。如果注意后，我们的日常生活就有很多东西可写，完全可以塑造出人物的个性。我在工厂时见过一个车间主任，他就很有个性，他这个人是很糊涂的，水平又比较低，有时工人来领料，他因为字识不了多少，故此凡是有领料单的他都批：“如数发给。”写上他的名字就可以领料走，从不看领料单上是说明领什么料的。有些后生仔就想戏弄他，在领料单上写着“请发给老婆一个”，让他批。他接过单也不看，就写了“如数发给”。写完后大家就围着他说：“喂，给个老婆来吧！”就向他讨老婆。这个细节就很有个性，它典型地刻画了这个车间主任的糊涂。有些精彩细节在生活里是大量存在的，你是编也编不出来的。又如我年轻时在兵团宣传队，那里有一批从总政歌舞团下放来的大专家，有个很有名的大歌唱家，在《东方红》中领唱的男高音，大家都非常崇拜他，可他偏有个大毛病：此人怕老婆，而且不是一般的怕，怕得非常有水平。他每次出差花钱都要向老婆报账，一笔一笔记到每一分钱的动向都得写清楚，有一次有 8 分钱说不清楚，老婆就不让睡觉，他想了半夜突然想起来了，高兴地叫醒老婆说：“我记起来了，我在广州给你写过一封信，买了8分钱邮票!”

各种人有各种不同的细节，若我们捕捉到后，这些细节都是可以用在文学作品上的，只要用上了，就是一篇作品。

好小说必须要有好故事，故事是小说大厦的框架，一篇小说如果故事叙述得好，精彩，就成功了一半。

如我的《海风轻轻吹》，一个在爱情和事业都面临挫折考验的青年人的奋发向上故事。

《火红的云霞》，一个离了婚，正要复婚但又怎样也结不成婚的故事。

《炫目的海区》，一个年轻干部，因为岳父是石油基地一把手，他差点被提拔为钻井船长，被同伴讥为名列高位的驸马，但他为了事业而放弃了自己的机会，坦然让自己的潜在对手掌权的故事。

故事的结构方法：

1. 人的命运，或人的命运变化的某个时刻。

2. 人的生存状态。

3. 人物关系，如云霞，离婚的夫妻，女儿（父女)，《血染的早晨》对之派中的两兄弟。

4. 人物性格构成故事，例如我的同学赵本夫写小说《天下无贼》，用独特的人物性格、事件来表现独特的时代现象：有个民工苦干几年，得了几万元工钱回家娶老婆，人家好心劝他小心点别让贼偷了，他不信，说哪有那么多贼?在火车站大叫，我有几万块钱，哪个贼来偷我！结果真有贼盯上他了，而且整个火车厢都是贼，贼们甚至为了他的几万元钩心斗角，打起来，改成电影后，有一对有好心的贼鸳鸯，刘德华演贼公，刘若英演贼婆，贼婆因为怀孕，想为肚里的孩子积点德，良心发现，把后来刘辛苦偷来的钱悄悄还给了这个民工，开始刘不同意，后来也被贼婆说服，为捍卫民工“天下无贼”的理想，竟然与群贼打起来了。更妙的是这个民工对身边发生的生死搏斗居然毫不知情。

这些发现、这些生活素材、表现手法都是独特的，而且透射出来的哲理也很独特，发现的亮点也与众不同。所以成功了，很快被改编成电影，也很成功，轰动一时。

（二）小说是调动人们想象的艺术

所有门类的艺术都具有调动、丰实人类想象力的功能。想象，小说的基石，想象越丰富，越合乎情理，越能调动人的认同，受到欢迎；通俗小说，武侠小说，想象奇特丰富，日本人说文科是科技发展的基础，想象力，没有想象力的民族是发展不了的。

想象的特点：

1. 取习惯思维，情节想象，妻管炎的故事，8 分邮票，细节想象，儒林外史的严监生，一个指尖。

2. 逆向思维，节外生枝（武侠小说，侦探小说）。

3. 举一反三。

龟兔赛跑几种结局，龟胜兔败，兔胜龟败，龟兔同败，兔龟同胜，等等，语不惊人死不休，挖掘想象力也要有这样的劲头。

（三）小说是语言的艺术

小说语言是小说大厦的砖瓦混凝土，也是小说成功最基本的要求。

要求：

精炼，（海明威站着写作）。

传神（文字优美，准确，富有画面感），如鲁迅的《阿 Q 正传》。

生动，使用大量街边，群众口头日常语言。

个性化（对话，独白和作家自己的个性），杨妻的个性语言，投篮者东张西望，挺胸凸壮。

幽默感，请发给老婆一个。

节奏感（更高的要求）。

生活中，群众大量生动活泼的语言，俯拾皆是，就是看你能不能发现，用上，如谈恋爱，广州人叫拍拖（码头用语），有的地方叫压马路、拔草，香港人叫拖手仔，也有叫打雾水……四川人“耍朋友”，北京人“拍婆子”，粤西农村“谈情，谈婚”。

（四）小说是感觉和认同的艺术

人一生下来就有感觉，感觉是感情的先驱，也是生存能力的最基本构成。（婴儿一生下来就凭感觉吃奶。）

人们读小说，实际上也就是寻找新鲜感觉，寻找认同——想知道别人如何生活，和自己有什么不同。

人是在认同和感觉中生活的。

小说能调动人的感觉和认同，读了小说，会产生这样那样的想法——感觉、认同，是不是这回事？会不会发生？等等，会产生顿悟、启迪、达到某种认同和满足：如好奇心的满足，群体意识的满足，安全型的满足，报复心理的满足（过瘾、解恨……）。

人的认同感是多方面的（感情、感觉、心理、知识、生理、语言、感觉、经历，等等）。如，情窦初开少男少女，看爱情小说，甚至钟情于男主人公，女主人公，这是感情认同。粉碎“四人帮”时，一些伤痕文学小说，引起轰动，这是广大人民心理的认同。乡音，引起语言的认同，经历引起认同，如写地下工作的小说，有过这种经历的人就特别爱看，同样，写战争题材，写公安题材，也容易引起军人、公安人员的认同。

这里，我要着重请大家注意一下感觉认同。

我们年年扫黄，为何扫不绝？要研究这个问题，从理论上找原因，可以有多种解释，我认为，黄书，抓住了人的感觉追求新奇的特点，无知的人需要从中寻找性的知识，有体验的人需要寻找新感觉，正如一个电视广告上所说的，“100％新感觉”，旧的刺激淡漠了，要有新的刺激。

光用扫的手段不能奏效，既要堵，又要引导、疏导，可惜现在两者结合不好，主要是未从理论上研究这个问题，一概斥之为资产阶级思想腐蚀，无法解决这个问题。一个老革命告诉我，他是从旧社会过来的，那时到处是黄书，不是也有大批青年参加革命？（那时看黄书不犯法，看革命的书要杀头。）

我自己也在努力，能否在出一条新路，写出内容健康，又能满足青年寻找感觉认同，感情认同要求的小说来。

我们寄希望于公安、消防战线同志们，公安有神秘色彩，消防事业是英雄主义的事业，一个案例就是一个好故事，应该拥有大量读者，如果在座的拿起笔来，把自己所见新闻，所想所愿记录下来，会出很多好小说。

三

下面谈谈我国文学工作的形势。形势很好，过去 20 世纪五六十年代，我国一年才出版一两部长篇小说，最多几部，现在，一年可以出版1000多部，还有大量的网络小说，看都看不过来。我们的党中央、胡主席对中国的文学艺术事业非常重视和关心。可以这样说：我们作家生活在一个非常优厚的时代，作家非常受党和人民的尊重。

我想谈一谈已经闭幕了在我国文学历史、文学进程上具有很重要意义的会议，就是第七届全国作家代表大会。去年11月10日至14日，中国作家协会第七次全国代表大会在北京胜利召开，本次大会盛况空前，总共有来自全国和省市各地的900多位作家代表，代表着中国作家协会的7000多名会员参加了此次规模空前的代表大会。我们广东一共有37位代表参加了此次大会。这是全国最大的一个省级的代表团，比著名的文学大省江苏、山东、浙江都多。我们的优势在于全国会员多。大会另外还有一批特邀的嘉宾，包括港澳台和海外华人华侨作家的代表，作为特邀嘉宾参加了本次代表大会。这次代表大会是一次历史性文学盛会，会议洋溢着隆重、热烈、民主、和谐、鼓劲的气氛。

中央对此次代表大会高度重视，中央书记处专门召开了会议，来研究怎么开好文代会和作代会。中央专门为召开两会作了重要的指示，尤其是对人事安排，对换届做出了精密的部署。为了开这个会，我一个月之内两次到北京，中央的组织部、宣传部门找我们作了个别的谈话，主要是征求我们对领导班子组成的意见，还进行了民意测验、投票。中央组织部、中央宣传部一共找了1000多人来谈话，对中国作家协会的领导层的人选、安排做了大量调查研究和思想政治工作。

因为此次代表大会是在党中央高度重视、非常关怀的情况下召开的。恐怕是中国有史以来文艺界最高规格、最隆重的一次大会。中央对大会各代表团的组成和怎么开好这两个会议都做了精心的安排，周到的部署。我听中国作家协会的领导说，他们在中央开书记处会议，本来中央已经定了什么时候开，怎么开，住什么饭店都已经决定了，他们开完会出来，车子离开中南海之后，又接到了中南海的电话，强调本次会议每个代表一间房，不要两个人一个房，这是以前没有的。从1984年开始，我参加过四次作家协会的代表大会，都是两个人一间房，唯独这次是一个人一间房，而且决定住在北京最高级的五星级饭店，甚至是超五星级、在北京最繁华地段的王府井的北京饭店，这接待规格比全国党代会、人民代表大会还高，我是全国人民代表大会代表，我们每年开全国两会最多只能住四星级宾馆，大部分时间都是住三星，从来没有住过五星，更不用说超五星了。这次中国作协代表大会总的预算是1600万元，还不包括各个省市到北京开会的路费。而且中央书记处书记、中央办公厅主任、中央政治局候补委员王刚同志亲自过问代表的接待工作。

代表大会召开前，正好有一个非常大型的国际会议在北京召开，“中非合作论坛”的高峰会议，是我们国家有史以来跟非洲合作的最大型会议，来了47个非洲国家的国家元首、国家政府总理，胡锦涛总书记一个一个接见和会谈，这个会议刚刚闭幕，我们代表团就进驻北京。出现了一个特殊情况，非洲的小国家领袖到北京以后，看到北京这么繁华，东西这么多而且这么便宜，高兴坏了，到处去买东西，尤其是元首太太、夫人们，有些都赖着不走了，北京饭店的房间腾不出来，代表们住不进去，怎么办呢？作家协会非常着急，我是提早到的，因为我还要去开全国委员会，我是7日晚上12点钟到北京，外宾可能刚刚走，一打开房间门，一股难闻的气味熏得我不敢进去，第二天有作家跟我开玩笑，说我闻的是元首味道，因为房间来不及收拾。结果7日、8日、9日北京饭店有些房还腾不出来，那些非洲国家的贵宾们还没走，这个情况把中国作协的党组书记金炳华同志急得不得了，本来中国作协安排得非常周密，但是代表团到了饭店住不进去，非常尴尬。在这种情况下，金书记给外交部部长李肇星同志打电话，李肇星是中国作家协会的会员，平时对我们就很照顾，最后李肇星同志亲自出马，给作家协会代表腾房间。

还有，那几天那么多外国元首在北京进进出出，道路经常封闭，我们开会的车队常常受阻，中央知道后，立即由中办、中央警卫局与北京市交警部门联系，一定要保证我们的车队畅通无阻，这种情况很快就改善了。可想而知我们这次会议上上下下重视的程度。

一到北京看这个阵势，有些代表就很感慨，历朝历代，古今中外，环顾天下，没有一个政府、没有一个政权对作家们是这么礼遇的。有些同志了解情况，美国的作家协会开会是自己掏腰包的，哪年哪月在华盛顿、纽约开会，各位代表自己找旅馆住，开会的时候爱来不来，都是这样，哪有说准备好房间，下车、下飞机给你一束鲜花，部长亲自给你腾房间？没有这样的事。所以我们作家生活在一个非常优厚的时代，作家非常受党和人民的尊重。

大会开幕式是中央领导同志胡锦涛率领所有在家的常委参加，而且胡锦涛同志作了很重要的讲话，这个讲话在我们中国的文化史和文学史上都应该有地位，和毛主席在延安文艺座谈会上的讲话，邓小平在第四届文代会、作代会的讲话，江泽民同志在两次文代会、作代会上的讲话，精神都是一脉相承的，有继承和发展、有与时俱进的特点。

在13日晚上，胡总书记再次率领了中央政治局的常委们，在人民大会堂参加了联欢晚会，气氛非常热烈，都是国家顶级的艺术家在表演节目。将近结束的时候，晚会达到了高潮，胡锦涛跟四位男高音歌唱家一起上台演唱，唱了两首歌，一首是《在那遥远的地方》，另一首是《莫斯科郊外的晚上》，唱得非常好！也体现了党的领袖与民同乐，关系和谐融洽，跟文学家、艺术家们亲密无间，友谊长存这么一个非常好的局面。晚会最后是一批老的艺术家，载歌载舞上台，领舞的是我们中国最老的现在还活着的80多岁的男舞蹈家贾作光，还有女舞蹈家刀美兰，他们上台跳民族舞，而且边跳边向胡总书记献哈达，胡总书记又把哈达挂在老艺术家的贾作光脖子上，获得满堂喝彩。最后大会的气氛达到的最高潮，胡锦涛同志带着所有的中央领导走上台，跟全场一起合唱《歌唱祖国》，这是会议达到的最高潮，本来指挥只要求唱一段，竖起一个手指，结果没想到台上的演员们不想让胡锦涛走，唱完一段继续往下唱，结果很多中央领导只会唱一段，下面的那一段不会，按照李长春同志说：我们在滥竽充数。全场一共唱了三段，直到把《歌唱祖国》唱完。

中央对大会的重视第三个特点就是安排了唐家璇国务委员和温家宝总理分别在人民大会堂给大家作了两个很好的报告。令大家听了感到非常温暖，非常幸福，既动情动容，也催人奋进。

党中央重视关心我们的文学事业，同志们都深受教育和鼓舞，我们更应不辱使命，今天来到这里，就是与公安消防的同志交流，向你们学习，希望你们各位领导也支持我们，把广东的文学创作搞上去，实现文学界的大团结、大繁荣、大发展。

与东莞理工入党积极分子谈信仰：用信仰铸造高昂的头颅

大家晚上好！

没想到当代大学生中会有这么多要求入党的积极分子。

开讲前先来个小测试：

测试一：在座诸位那位读过《红岩》这部长篇小说？看过电视剧《江姐》？或者听过《红梅赞》这首歌？请举手——

测试二：我想提个问题，请大家认真思考：如果入党就意味着明天就会流血牺牲，我们还会要求入党吗？

这个问题，不必举手，也不必回答，但务请记在心里。

之所以提出这个问题，是我有很多感触。

今年 4 月，我到重庆出席中国作家协会的主席团会议和全国委员会会议，再次拜祭了重庆渣滓洞的烈士们，我是受我行动不便的老父亲再三叮嘱去的，带上了花篮和父亲亲手写的挽带，这是第三次，每次去重庆，我必去拜祭。

我出生在重庆，下面谈谈我的个人经历：

(按光明日报文章讲)

一、用信仰铸造高昂的头颅。

大量的谍战片做成的误解，以为地下工作就是偷情报。

谈谈我党在解放战争中的两条战线。

地下工作和群众运动：需要千万有志之士去做群众工作，去流血牺牲。

二、为什么我们的前辈会对信仰、理想忠贞不屈、坚定不移？

坚定信仰是在残酷斗争中形成和发展的。

抗战胜利后形势、国民党劫收，五子登科（金子、房子、车子、女子、馆子）、国统区迅速极度腐败化、引发学生运动高潮（反内战、反饥饿、反迫害和沈崇事件）。

共产党人在广大青年中树立救国救民的信仰，发挥巨大作用。

国民党高官子女参加革命形成潮流。（例子）

往往是对信仰有着最清醒和最有鉴别头脑的追求，才是最坚定的，马克思、恩格斯、列宁都出身富有的家庭，可他们都义无反顾地投身埋葬资本主义的斗争中去；我们广东的农民运动领袖彭湃，出身大地主的家庭，为了发动农民革命，一把火把自己家的田契烧了，把家人气死，最后成为我党领袖（中央政治局委员、农委书记）为革命英勇牺牲。

三、新时期和大转折中，如何坚持信仰和革命理想？

纵观我党发展历史，每一个面临大转折的历史关头，对干部都是严峻考验，有人坚持下来，有人落伍，有人背道而驰成为败类，正如鲁迅先生说过的那样，在污血面前，总有人颓唐、有人背叛，有人奋然前行，像邓小平那样，经过三起三落而坚定不移的革命者，就成为精英和核心，晚年他的女儿问他，在屡次遭遇打击时为什么能坚持下来？他只回答三个字：跟着走。

我的理解，“跟着走”，不是跟着错误路线走，他从来没有改变自己的政治主张，而是忍辱负重，跟着自己的信仰走，跟着革命理想走。他在南巡中又多次说过，“我的特点就是不动摇。”正是这个“不动摇”，鼓舞了广东省委和广东人民，在追赶亚洲四小龙、率先实现现代化的创造出举世无双、无与伦比的辉煌伟业。

现在是和平时期，全国人民都面临一个史无前例的大转折，就是从以阶级斗争为中心转变为以经济建设为中心，建立社会主义市场经济体系，与国际接轨，也就是说，必须与国际资本共舞和博弈，在博弈中斗争，在博弈和斗争中发展我们的国家，这对执政党、对全体共产党人，都是一个空前巨大的考验。

一个有志青年，一个好的公务员，一个立志要求入党的同志，必须树立坚定的信仰、有人生精神追求，有自己的历史观和价值判断，没有这些，没有主心骨，经不起大风大浪，把握不住时代精神，就算你有能力，有才华，也成不了好干部和接班人。

树立正确的历史观，是树立坚定信仰的第一步。

我觉得，一个人的政治生命力在于历史感和正确的历史观。如果他的历史感不对头，他的历史观是完全错误的、颠倒黑白的，那他很难经受住历史的考验。如果把历史的规律都搞反了，不管他个人成就有多高，个人品德如何好，他在历史上起的作用和存在价值都有点可疑。例如清末的中兴名臣曾国藩，被誉为天地完人，当下很多书把他吹捧得很厉害，但是我看来，他有才也有封建社会所需要的品德，但只是大清王朝的殉葬人而已。

那么，现在我们处于一个什么时代呢？

我在创作长篇小说《大江沉重》时就比较朦胧地意识到，我们现在面临的处境是和世界强权、国际资本博弈的年代。以前是讲阶级斗争、夺取政权、你死我活。现在实际上是与全球化的资本在博弈。

中国共产党人按照历史的发展趋势，要发展中国特色社会主义，就必定要与国际资本作一场巨大的博弈。什么叫博弈？就是在一定的游戏规则里我跟你比拼智慧和发展，力争以小搏大，以弱胜强。原来的阶级斗争是没有游戏规则的，不是你死就是我亡。现在我们愿意在一定的游戏规则里跟你玩，黑子白子互相吃，尽管这个游戏规则是西方列强根据他们自身利益制定的。这就跟过去一味强调阶级斗争的你死我活有很大的改变，但矛盾的尖锐性依然存在，只不过形式不同而已。我们分分钟都有吃亏的危险。现在变得更加复杂、更加困难，甚至更加残酷，因而更加需要智慧，更加需要坚定的信仰。

我们现在跟国际资本的关系就是：到底是用我的骨头来煮你的汤，还是用你的骨头来煮我的汤？大家都要喝这碗汤，但是谁出骨头谁出汤？这是一种智力的对抗、博弈和考验。

我是写小说的，正是出于对这样一种对资本力量的思考，让我把早期作品中单纯歌颂人的精神美好和精神力量的描写，转换成一种物质力量与精神力量之间复杂关系的描写。这种资本的力量对人的精神的改变在后来的作品中越来越多地呈现出来，尤其是在《大江沉重》里那种资本力量对人的精神力量的强大冲击过程中呈现出来了。

引进国际资本，搞市场经济好不好？当然好。这对改变我国面貌、增强国家实力起着重要作用，如果还搞计划经济，我们现在还生活在票证时代，那有这么丰富的物质生活和文化生活？过去我们首先在物质财富极大丰富这一条，就是与马克思主义是背道而驰的，那就是邓小平说的不搞改革开放，不改善人民生活，任何一条路都是死路。我们通过国家意志确立了对公有的、集体的、私有的财产进行同等的保护，保障了私有经济健康有序地发展，这是社会主义初级阶段中是非常必要的。有人说这是搞资本主义了，这是一种歪曲或者是误解。《共产党宣言》上的确说过：共产党人的全部理论都可以归结为一句话——消灭私有制。但是马克思同样说过：社会主义必须在高度发达的资本主义基础上才能产生和确立啊，我们现在离高度发达的资本主义还差得远呢！恩格斯在马克思墓前的演说里讲了一段很精辟的话：马克思发现了人类历史的发展规律，即历来为繁茂芜杂的意识形态所掩盖着的一个简单事实——人们首先必须吃、喝、住、穿，然后才能从事政治、科学、艺术、宗教，等等；……人们的国家制度、法的观点、艺术以至宗教观念，就是从这个基础上发展起来的，因而，也必须由这个基础来解释，而不是像过去那样做得相反。就是说，人首先要考虑生存、吃饭，然后才能考虑别的东西。包括政治啊，……意识形态啊，文学艺术啊，首先要生存，生存就得依靠物质。共产主义首要条件就是物质极大丰富，所以物质对人的精神的改变是不可抗拒的。但是物质也不是绝对万能的，在某些层面上、某些时段，不能忽视精神对物质的反作用。例如，我国在最困难的时期，全党全民勒紧裤腰带，在一无资金、二无经验的情况下，自力更生硬是搞出了两弹一星，为中国成为世界核大国打下了坚实基础，这就是靠共产党的政治优势，靠中国人的志气。

列宁在苏联“十月革命”后，也曾尝试过利用资本主义的资金和手段，来壮大苏维埃国家的国力和物质基础，发展国家生产力，可惜他过早地去世了，以后苏联刻板地搞计划经济，以为那才是社会主义，并长期地影响了中国的发展进程。

这就产生一个问题：如何看待马克思、毛泽东等革命领袖的经典理论，如何看待他们说过的很多不同的话？这对我们的信仰，至关紧要。

社会主义革命是一个很长的历史阶段，很多伟大的革命家在不同的历史时期作过很多探索、试验，以求得社会变革和进步，这些探索有成功、有失败、有经验，也有走错路、走弯路的惨痛教训，人类社会就是从不断“试错”中发展的，社会主义是这样，资本主义也是这样。

马克思、毛泽东他们在不同时期说过很多话，有的实践证明是真理，但有的事实证明探索错了，马克思后来也自已修正了不少观点，仅共产主义的“圣经”《共产党宣言》的序言，马、恩自已就修订了七次，再版就更多了，这说明共产主义是与时俱进的科学，现在有人抓住领袖们过去的一些话，做错一些事，想推翻整个马克思主义理论体系，这是徒劳的。

青年时代的马克思曾经写下这么一段著名的话：如果我们选择了最能为人类福利而劳动的职业，那么，重担就不能把我们压倒，因为这是为大家而献身；那时我们所感到的就不是可怜的、有限的、自私的乐趣，我们的幸福将属于千百万人，我们的事业将默默地，但是永恒发挥作用地存在下去，而面对我们的骨灰，高尚的人们将洒下热泪。

追求全人类的解放，追求平等自由和理想的幸福生活，实现世界大同，消灭剥削和压迫，这是人类伟大的理想信念，恰恰在这一高尚的理念上，马克思主义在两个多世纪里获得了全世界广大劳动人民的认同，这个理论体系和目标，至今依然充满活力，依然是最科学和切实可行的，她作为人类共同的伟大精神财富，至今世界上没有任何一个理论体系能与之匹敌。在2000年到来之时，西方媒体在全球做了个测试，搞了个改变人类社会的思想家排名，结果，排名第一的依然是：马克思！

现在，中国共产党人尊重历史发展的客观规律，承认物质对精神产生的巨大作用，承认现在我们处于社会主义初级阶段，承认共产主义必须在高度发达的资本主义物质基础上才能确立，这并不放弃自己的信仰和远大目标的追求，也并不是面对依然强势的国际资本的无奈之举，恰恰证明了共产党人的科学性和为了实现远大目标所具有的灵活性。而这种对远大目标的坚定性和灵活性，正是共产主义的敌人所惧怕的。

信仰马克思主义的中国共产党人，前期是打天下，夺取政权，1949年以后，进入到一个执政时期。这是一个巨大的转型，就是从夺取政权到执掌政权。从发展史来讲，从夺取政权、打江山到坐江山、执掌政权，会有很长一段时间摸索期，用我自己的语言来讲，就是执政的幼稚期。资产阶级革命如果从法国大革命正式开始，也摸索了几百年（如果从英国的萌芽期算起，时间更长），他们执掌政权初期是很野蛮粗暴，也很血腥，后来也不断被封建贵族颠覆、复辟，欧美各国探索了很多不同的执政道路才有今天，所以他们至今仍没有，也不可能有一个相同的模式，甚至借鉴了大量马克思主义元素，掺杂了很多社会主义的理念，如北欧国家的社会福利制度模式。

中国共产党人执政以来，经历了差不多半个世纪的执政幼稚期，犯了很多错误，甚至死了很多人，尽管它的理念、它的理想都是很崇高的，但在漫长的探索过程里，由于急于求成、由于不按照社会发展的规律办事，也就是说不按照科学发展规律来办事，出现很多严重失误。而我们这代人恰好就经历过这段幼稚期：从我们出生，到我们读书成长，到我们上山下乡，到“文革”达到幼稚期的最顶峰。经历了幼稚期种种失误以后，现在回归到一个比较正确的轨道上，比较理性、比较冷静、比较科学的改革开放这个轨道上来。贫穷不是社会主义，绝对平均也并非社会主义，现在我们发展社会主义市场经济，发展中国特色社会主义，就是要首先实现社会产品和财富的极大丰富，只有物质丰富了，生产力极大发展了，才能实现有效的分配，公平的分配。欧广源有句名言："人民内部矛盾靠人民币来解决"，是有点道理的。

北京的哥的话：开放就是掏老外的钱给中国花，改革就应该是国家多挣钱让百姓花。就是一种朴素的理解。

改革开放30年来，中国国力年年增长，现在，连最反共反华的势力也不能不承认，中国强大了，发展了，老百姓的生活逐年好过了，中国的发展可以说是千古奇观，举世瞩目。这是马克思主义中国化的一个巨大成就，对全世界都有影响，甚至连西方强国都感觉到中国模式的巨大威胁和冲击。

但是，我们必须深刻认识到市场经济、资本力量也是把双刃剑，一方面它极大地推动着我国急速发展，更新着国人的许多观念，可以很快地增加全社会的财富，加强国力，向极大丰富迈进，但另一方面，它又是天生的逐利精灵，毫不犹豫地不择手段地甚至厚颜无耻地追求着利益的最大化，马克思有句名言：资本自从来到人间，它的每一个毛孔都流着血和肮脏的东西。连孙中山搞革命，也意识到这一点，因此很早就提出"节制资本"的口号，因为，当资本的逐利追求不受控制地膨胀起来时，必然和损害最贫穷的老百姓利益，必然会损害社会主义最基本的公平、正义的理想和核心价值观，在全社会掀起浮躁的狂潮。当下，什么毒奶粉、毒大米、假学历、假官员、买官卖官形成很坏的风气，与资本的逐利性有极大关系。

为什么我们政坛上的腐败现象越来越严重？贪官层出不穷？这就是资本的力量侵入到我们党和政府的肌体，资本和利润绑架权力的结果，这是沉重的代价，如果我们不认真清理门户，防止腐败，共产党就像当年的国民党一样会失去民心，失去执政地位。

因为这是一场非常严峻、事关生死存亡的博弈，我们是在与狼共舞，我们应该趋利避害，必须在这场大博弈中坚守我们的精神高地，心灵绿洲。怎样坚守呢？我以为，重要的是要保持清醒的头脑，充分认识资本力量的两重性，在发展多元复杂环境中坚持要马克思为人类福利而劳动的思想，弘扬为人民服务和正义、公平的崇高理念，和先进的、民族的、爱国的文化立场，坚决清除腐败分子，防止执政理念出现偏差。

四、信仰树立起来后，并不是一成不变、一劳永逸的，它会随着时间、环境、个人际遇的变化而变化，也会受到无孔不入的资本力量的侵袭，为什么很多对革命有贡献的人后来叛变呢？为什么很多在改革开放中的闯将蜕变为贪官呢？因为他们本来为信仰而高昂的头颅在资本的力量侵袭下，一点一点地低下去了，最后成了哈巴狗。也有些老革命，参加革命出生入死，敢于抛头颅洒热血。但临老了却对名誉地位斤斤计较，这些都是信仰淡薄、缺失的表现。

所以，为了保证信仰的纯洁和坚强，必需时刻警惕，经常磨炼自己，加强学习，不断与时俱进地吸收提高信仰忠诚度的元素，大家都是有志青年，要警惕社会、官场上庸俗风气的侵袭，警惕资本的力量侵入到我们党和政府的肌体，警惕大搞请客送礼、吹吹拍拍，把人与人之间的友谊、上下级关系通通变成金钱交换关系、酒肉朋友关系，我一直在大声疾呼，要敢于和当今为害中国的“两个八”做斗争，哪两个八呢？

一个“八”是政坛八股。毛泽东在20世纪40年代就极力反对的“党八股”文风，在当下又重新抬头蔓延，有越演越烈之势，乃至习近平同志最近亲自写文章加以严厉批评，这些政治八股脱离群众，与老百姓的日常生活和话语完全脱节，大量出现在我们文件、报告中，几乎成为官方专用语言文字，很多领导一上台讲话，就不会用群众熟悉的语言说话了，只讲官话套话。其实，人民群众往往只能接受与他们息息相关的最简朴最形象的语言文字，像土地革命时的“打土豪，分田地”、抗日时期的“抗日救国”、解放战争时期的“推翻三座大山”，那才叫深入人心。现在的官方文字大多是秀才班子精心炮制的，但缺乏领导的个性，与百姓的日常生活语言反而距离拉大了，相反，我在人民大会堂多次听过朱镕基、温家宝报告，那真是用自己的语言来讲的，有自己的个性，没有八股味，娓娓道来，亲切感人，受到热烈欢迎。

第二个“八”是八卦，什么是八卦？其表现为：资本力量侵入了语言和审美，社会上八卦横行，庸俗、低俗、媚俗满天飞，网络媒体变成“狗仔队”，不审美，专媚丑、恋丑，以丑为美，美丑混淆和颠倒，前些年宣扬木子美、芙蓉姐姐，近年又搞凤姐，最近又搞了个小月月，充满低级趣味，不以为丑，反以为荣，这就是刚才我引用马克思所批判的“可怜的、有限的、自私的乐趣”，都是精神空虚、信仰迷失、趣味低下造成的，我们有志气的大学生不应沉湎其中，应该抵制和蔑视，对社会的流俗现象，应该有自己特立独行的批判精神，有敢于独立思考、敢于反潮流的精神，应该坚守着自己的精神高地和心灵绿洲。八卦风气迎合年轻人的好奇和从众的心理，往往会一窝蜂地把人物明星化、明星偶像化、文化问题低俗化、社会和政治问题庸俗化，种种庸俗、低俗、媚俗的东西铺天盖地出现在网络、小报和娱乐圈中，专以揭露私隐、无事生非、捕风捉影、小题大做、哗众取宠、危言耸听、游戏人生、争夺眼球、恐吓谩骂为能事，把审美扭曲为审丑，追捧怪、丑、变态的东西，制造反常的低级趣味，凡此种种八卦，于今为烈，严重污染了我国的语言文字和审美生态，破坏了我国语言文字的优良传统，这与“文革”之祸后果同样可怕，“文革”从“左”方面为害中华文化，现在的八卦从“右”的方面为害中华文化。

我认为做人要有所敬畏，过去封建士大夫说“头上三尺有神灵”，什么“善有善报，恶有恶报”“人在做，天在看”等等，这是过去为了保持操守的一些说辞，共产党人是无神论者，与他们是有所不同的。那我们敬畏什么呢？一要敬畏科学；二要敬畏规律，发展是硬道理，规律则是更硬的道理；三要敬畏人民群众的力量，群众是真正的英雄，是历史的创造者，“水能载舟，也能覆舟”，千万不能脱离人民群众，做出对不起人民群众的事情来。如果我们处处真正为人民群众着想，真正做到“威武不能屈，富贵不能淫，贫贱不能移”，一直保持高尚的情操和品质，成为一个终生坚守信仰的先进分子。

在座的同志都是年轻人，在座的都是精英，都是青年才俊，都是我们党和人民最宝贵的财富，将来党和人民事业兴旺发达的希望都寄托在你们身上，大家要敢于坚守自己高尚的精神追求，敢于特立独行地批判错误的庸俗的社会不良风气和现象，敢于与为害不浅的“两个八”做斗争。

我在写作《国运——南方记事》这本书时，写了众多省委书记和领导干部，也专门研究过曾担任过广东省委书记的谢非同志，为什么他能够在众多广东本土干部中成长较快，最终能脱颖而出，得到中央信任，成为新中国成立后第一位广东籍的政治局委员、省委书记，我发现一条规律：他在同级干部中，他是最优秀、最能干同时又是最年轻的，所以他能较快地登上新的台阶，在新的台阶中，他就更显得年轻了，而在同一辈的年轻干部中，他又是资历最老、最为成熟的（他 16 岁就打游击了）。就这样一步一步往上提拔，因工作出色，实事求是，特别重视调查研究，凡事有自己的见解，但又不锋芒毕露，非常尊重群众的首创精神，作风正派，严守党纪，从不搞小圈子，吴南生同志有句评价：谢非就是“谢绝一切是非”。这是很高的评价。他因而受到中央重用，就顺理成章了。

今天就讲到这里，希望你们也能用信仰锻造出自己高昂的头颅，祝你们学业进步，精神充实，情操高尚，事业成功！

当下文学面临的困惑

我觉得文学就是人类的一种梦，一种对昨天、今天、明天的思索。梦就是一种理想，文学是梦的载体，没有梦就没有追求，就没有文学。

当今社会人心浮躁，人们在做着五花八门的白日梦，梦想太多，作家的写作也越来越突出功利和个性解放，在市场经济的大环境下，在一个追求多元价值的社会里，这些本无可厚非，梦想多并非坏事。在市场经济大潮冲击下，人们的价值观呈多元取向是必然的，经过比较、竞争，人们总会找到能推动社会前进的办法。道德是一种规范，任何社会都要有，任何人任何时候都要有。创作无禁区，作家有良知，良知是做人的底线，是以道德规范做基础的。但道德观是不断变化、与时俱进的，具体到文学作品中，是不是一部很“道德”的作品就是好作品呢，那不一定。仅凭纯粹的道德观不能反映出复杂的生活，如果写作被“道德”束缚得什么都中规中矩，很多东西根本就没法写了。

有人问：如今的文学作品是越写越快、越写越长，诗歌也越写越多，如今内地每年问世的长篇小说已经超过了 1000 部，我觉得我们正在进入一个“大部头”时代。

但是，大部头时代并不等同一个繁荣的文学时代。繁荣的文学时代，应该是大师辈出的时代。我们今天这么多的作家里面，将来有没有可能出现大师？

我个人认为：文学是否真正繁荣，不能光看数量，最终要靠有没有传世作品来说话。有人说，英国如果没有莎士比亚，英国就缺了一大块。但是法国的美学家说，莎士比亚不是外星球飞来的陨石，在莎士比亚的背后，有整整一个民族合唱团的合唱。只有出大作品、出大人才，才是文艺繁荣的真正标志。

关于写作的速度问题，那是见仁见智，每个人都不一样。比如我，就是属于那种“慢工出细活”的人，深入一点、认真一点，写出来的东西就能深刻一点。但并不是说写得快就写不好，每个人的天赋不一样。

当下的创作很活跃，但是出大师，出大作品，这要有个过程，至少现在我们暂时还没有写出像《百年孤独》《静静的顿河》这样的伟大作品，但谁都不敢说若干年后不会有，现在社会舞台上、文学舞台上表演的人太多太乱太杂，聚光灯乱扫一气，走马灯似的，谁也看不清谁，可能有人正在某个角落在悄悄地写着传世之作呢，这也是可能的。能不能出大师，不是由某个人说的，要由读者和后人来认定，关键是由后人来评价的。

那么，当下我们的文学面临着什么困惑呢？毛病出在哪儿呢？

我看来：一是独创性的丧失；二是想象力的匮缺；三是感情淡薄。

一、独特，这是文学最重要品格

有人问：写小说最要紧的是什么？我说，最要紧的要记住两个字：独特！

独特：

——人的生存状态、时、空、地点、氛围、人物、人物关系；

——能引发读者独特的思考；

——创新的表现形式和方法：

1. 突破常用的语言规范和模式，但必须让人看得懂；
2. 视角和切入点；
3. 叙述策略：不管新旧手法，必须吸引人；
4. 故事、命运或人的独特际遇。

总而言之，构筑你小说世界的一切元素都应该是独特的，但这些独特都必须是人们易于理解和认同的。

为什么有人写的小说无法出版？或者出版了无声无息，作家拿不到几个钱稿酬，而有的作家一写出小说，就有出版商抢，原因有很多，但基本上是“独特”两个字在作怪，因为独特，可以令不知名的作者一举成名，甚至令一个家庭主妇成为一个世界级的大富婆，如写《哈利·波特》的女作家罗琳，也是因为独特，在她之前，从来没有人这样写过孩子们爱读的小说。

但是，当下我们的小说，这些可贵的独特性、独创性正在慢慢消解，出现了很多一窝蜂现象，什么来钱快就写什么，什么能拿奖就写什么，这是资本力量、功利主义力量对文学严重侵蚀的直接表现。在这种极度浮躁的氛围里，大作品当然很难产生。

二、想象力的匮缺

想象力：作家创作的基本要素；想象力是从小培养而成的，这可能是一种天赋。如果一个人想象力不够，最好别当作家，因为你不是这块料。

作家的想象力，当然应当高于读者的想象力，如果想象力贫乏低下，必然写不出读者满意的作品。

现在的问题是，就算你是个有想象力的作家，也跟不上社会的发展变化，我们的社会变化太快了，太匪夷所思了，作家们的想象力往往低于生活、低于读者。

30 年前，还是什么都凭票供应时代，我们以为家家有自行车、衣车、收音机，人人有手表，大概就是社会主义生活了；20 多年前，我们以为有电视机、冰箱、洗衣机就是幸福生活了，可是现在呢，有房子、汽车的没准还是个穷人，起码要有三五套房子才算富。那时候，打死我也不会想到喝牛奶会喝出三聚氰胺，上饭店吃饭会吃地沟油，现在全是小菜一碟了。有作家写大贪官，贪了 100 万，杀头！现在贪了 1 个亿，还杀不了。

那作家该怎么办呢？要面向生活，向生活扩充自己的想象力，面朝大海，春暖花开。

三、感情的淡漠

感情对于创作来说是十分重要的，可以这样说，任何文艺创作，都是人类情感的表达和宣泄。作家写小说，其实也是在对自己的情感资源的探索、拓展和开发。中国作协副主席陈建功说：作家的创造水平高低，自古以来有一个说法，所谓的梦笔生花和江郎才尽的问题。其实我觉得要害不在于有没有梦到那支五色笔。一个作家要有所得，必须保持丰沛的情感资源，如果情感资源枯竭了，那就真的是江郎才尽了。

举众所周知的例子：20 世纪 80 年代的时候，中国文学呈现了最为壮观的景象，因为解放了文艺政策，也开启了作家们的情感资源，所以有感人的作品出现。现在文坛上很多人怀念80年代，其实就是怀念那种创作激情的奔放。

80年代活跃的作家，之所以能够拿出很好的作品，就因为“文革”十年积累了丰沛的情感资源。十年“文革”把很多感情丰沛、才华横溢的文学青年被抛到生活和社会的最底层，这对于他们个人命运来说，是不幸的，但对他们的文学积淀来说却是幸运的，他们的命运与最广大的底层百姓紧密相连，吸纳了更多的感情资源，这些感情是炽热的、滚烫的、汹涌澎湃的，一有表达的机遇，便会喷薄而出，形成一部部与亿万人民群众的命运、感情相通的作品，尽管后来有人认为这些作品幼稚、浅薄、艺术粗糙，但是谁也不能否认，它们是真挚的、动人的，曾经大规模地灌溉了亿万人荒芜的心灵。

现在，有些文学理论家认为文学可以完全背弃大时代，纯粹到人的内心寻找，这就造成了当代文学的更肤浅和与亿万人的隔膜。

陈建功说：目前，我国有专业作家100多人（中国作协最近统计数字为162人），业余作家就更多了，这些作家各有各的危机。先说专业作家，从1982年到1995年，我也当过13年的专业作家，我的体会是什么呢？一个人成为专业作家的时候，情感资源基本上都用光了，写出了成名作，一辈子煎熬的情感已经喷发在作品中。当成为专业作家后，往往都在不断重复自己。

所以，各位千万不要轻视作家的感情积累问题，种瓜得瓜，种豆得豆，只有健康的、丰沛的、与亿万人感情相通的感情资源，作家笔下才会流淌出打动亿万人心的好作品。如果一个自命为作家的人，对人民群众的感情淡漠，经常在他们的苦难和不幸面前视而不见或者干脆闭上眼睛，他的作品必然无法打动大多数人的心灵。

我认为，无论是写诗或写小说，其实都是在寻求人类感情的喷发，感情的积累越深厚、越炽热，能量越大，喷发起来就越惊天动地。不知道大家有没有经历过开采石油时的井喷？我在石油勘探队时就见过一次，深深地埋藏在地层下的油气一旦不受控制地喷发起来，连大地都在震撼、发抖，地下被压抑几亿年的能量冲天而起，真有种地动山摇的气势。文学创作其实也一样，要讲究感情的真挚与厚积薄发，强调感情深厚的积累和炽热的熔炼。自然界的钻石，据说就是在火山喷发时的高温高压下形成的，最优秀的诗歌、小说恐怕也得在感情最丰厚最炽热的胸腔中产生。恩格斯说过愤怒出诗人，从某种意义上印证了这个道理。

而千百年来令无数作家诗人苦苦追寻的灵感到底是什么东西呢？几乎所有理论家都说不清、道不明，我个人的理解很简单：灵感，其实就是沸腾奔突的炽热感情突然找到了一个喷发的出口，找到了一个理想的、合适的、美妙的表达方式。

现在有些创作理论，忽视了这一点，认为写出好诗好小说关键在于形式的翻新和技巧的精雕细刻，令很多青年过于沉湎于其中，白白耗费了天赋和才华，这是一种不幸。

说了这么多，我用一句话概括：感情，其实是文学魅力之灵魂。

一个追求文学成就的作家，万万不可忽视感情的凝聚、提炼和升华。

岭南大讲堂：文学与正气

同志们：上午好！

请原谅我沿用了“同志”这一个此时此刻被人认为是老套或不合时宜的称谓来向大家问好，因为在这个价值观多元、崇尚时间就是金钱的时代，能花费宝贵的几个小时坐在这里听一个60多岁的老头子讲文学的人，心灵深处必有一片精神的绿洲，不管他们是男是女，是老是幼，凡有此绿洲者，都是我引以为荣的同志。

在此，我向我的同志致敬！

开讲前先来个小测试：

我想请在座的同志们在心底里给目前中国的年产几千部长篇小说、号称全世界最繁荣的文学现状投上一票，给我们书店和网络上有如恒河沙数的海量书籍和作品投上一票，请问，你们满意吗？

这个问题，不必举手，也不必回答，但务请在心里冷静地思考一下。

我向大家公开我的思考：尽管在新时期我们的文学出现了大量新产品，有一种前所未见的繁荣景象，也出现了一些有一定质量的好作品，但总体而言，与我们国家经济上的飞速发展和人民群众的文化需求是不相适应的，我觉得，很多作品尽管包装得很华丽，内容很时尚很花哨，但几乎都有一个通病：思想是苍白的、贫乏的，对时代的揭示是肤浅的，塑造人物精神上是缺钙的，总之，少了些天地之间、人类之间的浩然正气。

之所以提出这个问题，是我有很多感触。人类的生存经受太多的苦难和压力，我认为：文学，应该揭示人类的生存状态，应该给予人力量，给予人希望，而要给予人力量和希望，必须要有思想，必须涌动着、喷发着一股不可遏止的顶天立地的正气。上天赋予人类一双眼睛，这双眼睛不但看见黑暗和阴霾，也得看见阳光和彩虹，而我们的文学，应该帮助人类拨云见日，去追寻阳光和彩虹。

反观我们现在的文学作品，除了部分优秀作品外，书店里大量长篇小说质量一般。可能有人会说，时下畅销的“官场小说”很受欢迎啊，是的，时下有一股写官场的热潮，你写市长腐败，我写书记腐败，县官太小写市官，市官仍小写省官，也有写到北京去，写驻京办事处，牵连到更大的官。我个人认为：这些揭露阴暗的作品，起着批判假恶丑的作用，有些还相当真实，相当深刻，百姓看了觉得挺震惊，也有人看得痛心疾首，非常沮丧，觉得我们的社会腐烂得没救了。实际上，我们形成了一个巨大的反差，国家越是发展，经济总量在世界上排行老二了，社会上怨气越大，社会矛盾越多，像狄更斯说的，这是一个最好的时代，也是一个最坏的时代。这真令人十分无奈和纠结。

其实，揭露阴暗的文学古已有之，《金瓶梅》就是一部优秀的揭露小说，清代有《官场现形记》《老残游记》《目睹二十年之怪现状》等大量的官场小说，鲁迅称之为谴责小说，我记得，鲁迅对这些小说评价并不太高，鲁迅说：“虽命意在于匡世，似与讽刺小说同伦，而辞气浮露，笔无藏锋，甚且过甚其辞，以合时人嗜好，则其度量技术之相去亦远矣，故别谓之谴责小说。”大致意思是，质疑它的文学性，我想，这与它们一味揭露有关，而时下我们的官场小说，也有这个问题，只揭阴暗，没有清新脱俗的形象，鼓舞不起与假恶丑抗争的勇气，其实，光揭露阴暗苦难是难以深刻的。你说它写黑暗和苦难吧，它无法与19世纪欧洲批判现实主义大师们的巨著比较，人家雨果、狄更斯、巴尔扎克、左拉等都是一座座高耸入云的高峰，我们现在的官场小说只是小土堆，我想，这也正是《金瓶梅》和《红楼梦》虽同是优秀的经典名著，但艺术力量仍有巨大差距的原因所在，《红楼梦》宝、黛形象清新脱俗、感人耐读、发人深省，而《金瓶梅》却差了一截，而时下的官场小说，差得更远，写贪官个个贪腐无所不用其极，色胆包天，用种种离奇古怪的丑恶手段来吊读者的胃口，增加销售量，说得重些，它们的揭露阴暗，只是陈列社会的脓包，刺激人反胃和恶心罢了，打个比方：生活中最恐怖最令人不愿去的地方是停尸房，那不是活人待的地方，是死人待的地方，文学能成为这样的地方吗？你够胆去揭露黑暗苦难，必须占据正义的制高点，必须塑造大义凛然对抗黑暗的勇气正气的艺术形象，没有正气，或正气不足，你的揭露就成了展览或欣赏，搞不好还成为官员贪污腐败的教科书，如10多年前，有一本很畅销的官场小说写下级向上级高官提供经过训练的美貌小保姆，结果办事一路绿灯，官也升得快，这一招到现在还有人学习，挺管用。

人间必须有正气，文学也必须有正气，这就是我的文学观。有人说这是理想主义的文学观，不管理想主义是褒义还是贬义词，我都坦言接受。

一、我的个人经历和我的文学观

我的文学观，与我个人的经历有很重要的联系。

前年4月，我到重庆出席中国作家协会的主席团会议和全国委员会会议，再次拜祭了重庆渣滓洞的烈士们，我是受我行动不便的老父亲再三叮嘱去的，带上了花篮和父亲亲手写的挽带，这是第三次，每次去重庆，我必去拜祭。

我出生在重庆，下面谈谈我的个人经历：

我是烈士用生命换来的

1947年，重庆乌云压城，腥风血雨。我出生在民建中学的猪圈旁边，那年是猪年，属猪的我冥冥中开始接受磨难。因为是早产，生下来后我不会哭，连吸奶的力气也没有，接生婆抱过一看，皱皱眉头说，这个娃儿怕喂不活。可我活下来了，民建是地下党办的学校，于是我有许多“干爹”“干妈”，母亲没有奶水，“干妈”就弄来奶粉，调开了用棉花蘸湿挤进我的小嘴里。6个月后，我被寄养在农村一个佃户老婆婆屋里，父母有时来看我，见我躺在灶台边的禾草堆上，苍蝇嗡嗡嗡地围着我飞舞，老婆婆熬好了米糊，用手指抠起一点一点抹进我嘴巴里，就这样把我养到一岁，当时谁也不知，老婆婆的东家有个肺痨病人，不满一岁的我感染了肺结核。

1948年，重庆地下党组织遭遇灭顶之灾。作为乡建学院地下党组织负责人的父亲懵然不知，到了约定时间，未见学运特支书记胡有猷来接头，又较长时间未见地下传递的《挺进报》，预感到巨大的危险在逼近，只好启动紧急程序，到北碚“接头”，并由我母亲在后面远远跟着，一旦发现不测立即回去报信。就在北碚一座石桥桥墩旁，父亲与一个穿长袍的青年对上了暗号，细一打量，发现他竟是化了装的重庆北区书记齐亮，他在重庆《新华日报》工作时，父亲和他有过联系。齐亮机警而冷静，却低声说出了晴天霹雳的几句话："有人叛变，摊子被搞烂了，胡有猷被捕了，情况非常严峻。你回去马上把已经'红'了的人，不管是党员还是外围六一社员，尽量撤离重庆，回家隐蔽、分散下乡，都行。你家在香港，你最后走，如有实在没地方去的人，得把他们带到香港去。你要准备好！什么时候走，等通知。"说完他们紧紧地握了手，齐亮旋即匆匆离去。

父亲回校后马上安排党员和外围积极分子撤离到上海、武汉、云南以及四川各地，自己也在焦急地等待最后的通知。一天清晨，风尘仆仆的齐亮突然来找父亲，紧急通知：立即带着找不到隐蔽地方的同志撤到香港去！分手时他紧紧和父亲拥抱，并深情地说："恐怕今后很难再见面了，望多多保重！"然后又一转身飘然而去。

老父亲每每向我追述那一时刻，都令我怦然心动，思绪难平！那真是个千钧一发的生死关头，是考验一个人的信仰有多真诚的严酷时刻——60多年后，我已经无法探究那个清晨时分，齐亮伯伯在通往歇马场乡建学院小路上疾走如飞时会想些什么？我只知道，往前走，他可能挽救党的一个基层组织和一批进步青年，成为救出几十条生命的天使、英雄；也有可能身涉险境，一步跨入牢笼，因为整个组织已经被破坏了，乡建学院的地下组织是由条块结合组成的，任何一个环节出问题，他的舍命奔走都有可能成为自投罗网。而如果退回去，他可以有更多时间自保，更有机会逃出虎口，他深知自己已是敌人重点追捕的目标，每一分钟都会有被捕的危险，先摆脱追捕，隐蔽自己也似乎无可厚非。可是，他义无反顾地做出抉择：逐一通知别人先撤离，把生的希望先给同志，死的危险留给自己。信仰！党性！浩然正气！在那清晨的疾走中发挥到了极致！

在纪念馆里，我凝视着齐亮的遗照，他向我微笑。我又隐约听见自己的心跳。

如果不是眼前这个微笑着的人冒死在那个清晨中愤然前行，我的心跳可能早在62年前的某个时刻戛然而止，因为我会是另一个"监狱之花""小萝卜头"。而就是他，让我的心脏一直跳到长大成人，结婚生子，从青年变成中年，成为新中国的一名作家……

当年父亲与齐亮分手后，马上到老婆婆家里接走我，按原预设方案，没有暴露的母亲留下继续坚持斗争，父亲和一男一女两个党员同志带我坐船撤到香港。同行的女同志充当我的母亲，不料，发着低烧的我死不认这个“妈”，拼命啼哭，同船的旅客纷纷投来诧异的目光，有人问：这娃儿怪咧！咋不肯跟妈？父亲尴尬地“解释”：孩子妈一直在乡下教书，我在城里做事，带孩子方便些，所以孩子只认我，跟妈反而生分了。江轮每停靠一个码头，都有军警特务上船盘查，父亲见我们这引人注目的“一家三口”破绽太大，临时改变了计划，在宜昌下船，从陆路经武汉南下广州、香港。后来我们与转移到香港的南方局领导钱瑛大姐接上头，这时父亲才知道：无耻叛变了的重庆市委书记刘国定竟带特务飞到上海搜捕钱瑛同志，并在码头上拦截从重庆撤离的地下党员，正是父亲决定在宜昌下船这一随机应变，让我们又逃过一劫。我奶奶在香港的家，是“东纵”的地下联络站，不久，我母亲也回到香港，一家人总算团聚了。广州解放后，父母先后奉调回到广州，在党的怀抱里，我治好了重病。但不久收到噩耗：我们的救命恩人齐亮和他的爱人马秀英同志（她是著名作家马识途的堂妹，是在他的引导下参加革命的），在转移隐蔽到成都以后，被时任重庆市委副书记的叛徒冉益智出卖，双双英勇牺牲在渣滓洞里。胡有猷、杨翱、陈诗伯也惨被屠杀，为信仰献出了宝贵的青春和生命。

正因为我很早就知道，我的生命是烈士用牺牲换来的，所以我写作时，总保持着一种歌颂崇高和壮美，歌颂为理想信仰献身的激情，虽然我身体瘦弱多病，但我喜欢写宁折不弯的硬汉，有人说我是主旋律作家，其实，我也擅长写爱情小说，我第一篇获得全国优秀小说奖的小说《海风轻轻吹》就是 20 世纪 80 年代最早的爱情小说之一，但那是硬汉的爱情，一种把失败挫折当成人生的补药的爱情。

二、文学需要表现人类对信仰、理想忠贞不屈、坚定不移的操守品质、浩然正气和风骨

青年时代的马克思曾经写下这么一段著名的话：如果我们选择了最能为人类福利而劳动的职业，那么，重担就不能把我们压倒，因为这是为大家而献

身；那时我们所感到的就不是可怜的、有限的、自私的乐趣，我们的幸福将属于千百万人，我们的事业将默默地，但是永恒发挥作用地存在下去，而面对我们的骨灰，高尚的人们将洒下热泪。

古往今来，为人类、为大众献身的理想主义，一直是鼓舞人类对抗苦难邪恶和追求幸福光明的战鼓和旗帜。人类的远古传说和神话印证了这一点：从古欧洲的普罗米修斯到中国的后羿射日、大禹治水、精卫填海，说明了一种文明、一个民族生生不息的强大的生命力是靠为理想献身的精神和正气支撑的。中国的知识分子，早有威武不能屈、富贵不能淫、贫贱不能移的古训，有文天祥的正气歌，欧洲历史上的优秀知识分子也有类似的品格，而马克思、恩格斯和我们无数的革命先烈和共产主义者，就是这种人类献身精神的继承者和代表。

我不知道在座的有没有共产党员，有没有公务员，我想提个问题，请大家思考：如果成为共产党员或者公务员，就意味着明天就会流血牺牲，我们还会干吗？

正气是建立在一个坚定的信仰之上的，而往往是对信仰有着最清醒和最有鉴别头脑的追求，才是最坚定的，才能坚持浩然正气。马克思、恩格斯、列宁都出身富有的家庭，他们所处的时代，思想观念远比当下更多元、复杂，物质、财富和宗教的诱惑力更大，可他们都义无反顾地投身对抗资本主义的斗争中去，我们广东的农民运动领袖彭湃，出身大地主的家庭，为了发动农民革命，一把火把自己家的田契烧了，把家人气死，最后成为我党领袖（中央政治局委员、农委书记）为革命英勇牺牲。

坚定信仰是在残酷斗争中形成和发展的。信仰的正义性吸引和鼓舞人民，千百万人为之奋斗长达近一个世纪，为之流血牺牲，而千百万人奋不顾身的流血牺牲，证明了信仰和奋斗的正义性。

三、新时期和大转折中，如何坚持信仰理想和正气

纵观我党发展历史，每一个面临大转折的历史关头，对干部都是严峻考

验，有人坚持下来，有人落伍，有人背道而驰成为败类，正如鲁迅先生说过的那样，在污血面前，总有人颓唐、有人背叛，有人奋然前行，像邓小平那样，经过三起三落而坚定不移的革命者，就成为精英和核心，晚年他的女儿问他，在屡次遭遇打击时为什么能坚持下来？他只回答三个字：跟着走。

我的理解，跟着走，不是跟着错误潮流走，他从来没有改变自己的政治主张，而是忍辱负重，跟着自己的信仰走，跟着革命理想走。他在南巡中又多次说过，我的特点就是不动摇。正是这个不动摇，鼓舞了广东人民，在追赶亚洲四小龙、率先实现现代化的创造出举世无双、无与伦比的辉煌伟业。

现在是和平时期，全国人民都面临一个史无前例的大转折，就是从以阶级斗争为中心转变为以经济建设为中心，建立社会主义市场经济体系，与国际接轨，也就是说，必须与国际资本共舞和博弈，在博弈中斗争，在博弈和斗争中发展我们的国家，这对执政党、对全体共产党人，都是一个空前巨大的考验。

我认为：树立正确的历史观，是树立坚定信仰的第一步。

一个人的政治生命力在于历史感和正确的历史观。如果他的历史感不对头，他的历史观是完全错误的、颠倒黑白的，那他很难经受住历史的考验。如果把历史的规律都搞反了，不管他个人成就有多高，个人品德如何好，他在历史上起的作用和存在价值都有点可疑。老话说是“识时务者为俊杰例”就是这个道理。如清末的中兴名臣曾国藩，被誉为天地完人，当下很多书把他吹捧得很厉害，但是我看来，他有才也有封建社会所需要的品德，但只是大清王朝的殉葬人而已。

那么，现在我们处于一个什么时代呢？

我在创作长篇小说《大江沉重》时就比较朦胧地意识到，我们现在面临的处境是和世界强权、国际资本博弈的年代。以前是讲阶级斗争、夺取政权、你死我活。现在实际上是与全球化的资本在博弈。

中国共产党人按照历史的发展趋势，要发展中国特色社会主义，就必定要与国际资本作一场巨大的博弈。什么叫博弈？就是在一定的游戏规则里我跟你比拼智慧和发展，力争以小搏大，以弱胜强。原来的阶级斗争是没有游戏规则的，不是你死就是我亡。现在我们愿意在一定的游戏规则里跟你玩，黑子白子互相吃，尽管这个游戏规则是西方列强根据他们自身利益制定的。这就跟过去一味强调阶级斗争的你死我活有很大的改变，但矛盾的尖锐性依然存在，只不过形式不同而已。我们分分钟都有吃亏的危险。现在变得更加复杂、更加困难、甚至更加残酷，因而更加需要智慧，更加需要坚定的信仰。

我们现在跟国际资本的关系就是：到底是用我的骨头来煮你的汤，还是用你的骨头来煮我的汤？大家都要喝这碗汤，但是谁出骨头谁出汤？这是一种智力的对抗、博弈和考验。

我是写小说的，正是出于对这样一种对资本力量的思考，让我把早期作品中单纯歌颂人的精神美好和精神力量的描写，转换成一种物质力量与精神力量之间复杂关系的描写。这种资本的力量对人的精神的改变在后来的作品中越来越多地呈现出来，尤其是在《大江沉重》里那种资本力量对人的精神力量的强大冲击过程中呈现出来了。

对于人类文明的发展进步而言，资本曾经是个好东西，它对生产力发展和科技进步起过重大作用，直到现在，也在起作用，作为共产党人，从来不必讳言这一观点。引进国际资本，搞市场经济好不好？当然好。这对改变我国面貌、增强国家实力起着重要作用，如果还搞计划经济，我们现在还生活在票证时代，哪有这么丰富的物质生活和文化生活？过去我们不少理论，首先在物质财富极大丰富这一条上，就是与马克思主义背道而驰的，邓小平认识到这一点，说不搞改革开放，不改善人民生活，任何一条路都是死路。

我们通过全国人大立法，通过国家意志确立了对公有的、集体的、私有的财产进行同等的保护，保障了私有经济健康有序地发展，这是社会主义初级阶段中是非常必要的。有人说这是搞资本主义了，这是一种歪曲或者是误解。《共产党宣言》上的确说过：共产党人的全部理论都可以归结为一句话——消灭私有制。但是马克思同样说过：社会主义必须在高度发达的资本主义基础上才能产生和确立啊，我们现在离高度发达的资本主义还差得远呢！恩格斯在马克思墓前的演说里讲了一段很精辟的话：马克思发现了人类历史的发展规律，即历来为繁茂芜杂的意识形态所掩盖着的一个简单事实——人们首先必须吃、喝、住、穿，然后才能从事政治、科学、艺术、宗教，等等；……人们的国家制度、法的观点、艺术以至宗教观念，就是从这个基础上发展起来的，因而，也必须由这个基础来解释，而不是像过去那样做得相反。就是说，人首先要考虑生存、吃饭，然后才能考虑别的东西。包括政治啊……意识形态啊，文学艺术啊，首先要生存，生存就得依靠物质。共产主义首要条件就是物质极大丰富，所以物质对人的精神的改变是不可抗拒的。但是物质也不是绝对万能的，在某些层面上、某些时段，不能忽视精神对物质的反作用。例如，我国在最困难的时期，全党全民勒紧裤腰带，在一无资金、二无经验的情况下，自力更生硬是搞出了两弹一星，为中国成为世界核大国打下了坚实基础，这就是靠共产党的政治优势，靠中国人的志气。

列宁在苏联“十月革命”后，也曾尝试过利用资本主义的资金和手段，来壮大苏维埃国家的国力和物质基础，发展国家生产力，可惜他过早地去世了，以后苏联刻板地搞计划经济，以为那才是社会主义，并长期地影响了中国的发展进程。

这就产生一个问题：如何看待马克思、毛泽东等革命领袖的经典理论，如何看待他们说过的很多不同的话？这对我们的信仰，至关紧要。

社会主义革命是一个很长的历史阶段，很多伟大的革命家在不同的历史时期作过很多探索、试验，以求得社会变革和进步，这些探索有成功、有失败、有经验，也有走错路、走弯路的惨痛教训，人类社会就是从不断“试错”中发展的，社会主义是这样，资本主义也是这样。

马克思、毛泽东他们在不同时期说过很多话，有的实践证明是真理，但有的事实证明探索错了，马克思后来也自己修正了不少观点，仅共产主义的“圣经”《共产党宣言》的序言，马、恩自己就修订了七次，再版就更多了，这说明共产主义是与时俱进的科学，现在有人抓住领袖们过去的一些话，做错一些事，想推翻整个马克思主义理论体系，这是徒劳的。

追求全人类的解放，追求平等自由和理想的幸福生活，实现世界大同，消灭剥削和压迫，这是人类伟大的理想信念，恰恰在这一高尚的理念上，马克思主义在两个多世纪里获得了全世界广大劳动人民的认同，这个理论体系和目标，至今依然充满活力，依然是最科学和切实可行的，她作为人类共同的伟大精神财富，至今世界上没有任何一个理论体系能与之匹敌。在2000年到来之时，西方媒体在全球做了个测试，搞了个改变人类社会的思想家排名，结果，排名第一的依然是：马克思！

现在。到了必须尊重历史发展的客观规律的时候了，我们必须承认物质对精神产生的巨大作用，承认现在我们处于社会主义初级阶段，承认共产主义必须在高度发达的资本主义物质基础上才能确立，这并不是放弃自己的信仰和远大目标的追求，也并不是面对依然强势的国际资本的无奈之举，恰恰证明了共产党人的科学性和为了实现远大目标所具有的灵活性。而这种对远大目标的坚定性和灵活性，正是共产主义的敌人所惧怕的。

信仰马克思主义的中国共产党人，前期是打天下，夺取政权，1949 年以后，进入到一个执政时期。这是一个巨大的转型，就是从夺取政权到执掌政权。从发展史来讲，从夺取政权、打江山到坐江山、执掌政权，会有很长一段时间摸索期，用我自己的语言来讲，就是执政的幼稚期。资产阶级革命如果从法国大革命正式开始，也摸索了几百年（如果从英国的萌芽期算起，时间更长），他们执掌政权初期也很野蛮粗暴，很血腥，后来也不断被封建贵族颠覆、复辟，欧美各国探索了很多不同的执政道路才有今天，所以他们至今仍没有、也不可能有一个相同的模式，甚至借鉴了大量马克思主义元素，掺杂了很多社会主义的理念，如北欧国家的社会福利制度模式。所以西方也有人说，是马克思对资本主义要害的揭露，挽救了资本主义，让它平稳地发展了一百多年。

中国共产党人执政以来，经历了差不多半个世纪的执政幼稚期，犯了很多错误，甚至死了很多人，尽管它的理念、它的理想都是很崇高的，但在漫长的探索过程里，由于急于求成、由于不按照社会发展的规律办事，也就是说不按照科学发展规律来办事，出现很多严重失误。而我们这代人恰好就经历过这段幼稚期：从我们出生，到我们读书成长，上山下乡，到“文革”达到幼稚期的最顶峰——为了阶级斗争的需要，把全社会的人分成三六九等，制造大量虚假的敌人，制造红色恐怖，等等。

经历了幼稚期种种失误以后，现在回归到一个比较正确的轨道上，比较理性、比较冷静、比较科学的改革开放这个轨道上来。贫穷不是社会主义，绝对平均也并非社会主义，现在我们发展社会主义市场经济，发展中国特色社会主义，就是要实现社会产品和财富的极大丰富，在物质丰富过程中，生产力极大发展过程中，用社会主义手段实现有效的分配，公平的分配。

北京的哥的话：开放就是掏老外的钱给中国花，改革就应该是国家多挣钱让老百姓花，就是一种朴素的理解。

改革开放 30 年来，中国国力年年增长，现在，连最反共反华的势力也不能不承认，中国强大了，发展了，老百姓的生活逐年好过了，虽然贫富悬殊仍严重，但几千年来吃不饱的国人今天终于可以吃得饱一点了，中国的发展可以说是千古奇观，举世瞩目。这是马克思主义中国化的一个巨大成就，对全世界都有影响，甚至连西方强国都感觉到中国模式的巨大威胁和冲击。

但是，我们必须深刻认识到市场经济、资本力量也是把双刃剑，一方面它极大地推动着我国急速发展，更新着国人的许多观念，可以很快地增加全社会的财富，加强国力，向物质极大丰富迈进，但另一方面，它又是天生的逐利精灵，毫不犹豫地不择手段地甚至厚颜无耻地追求着利益的最大化，马克思有句名言：资本自从来到人间，它的每一个毛孔都流着血和肮脏的东西。连孙中山搞革命，也意识到这一点，因此很早就提出“节制资本”的口号，所以我说孙中山思想虽然很复杂，但他肯定受到欧洲社会主义思潮的影响。

历史和现实告诉我们，当资本的逐利追求不受控制地膨胀起来时，必然会侵入从政治到经济的每一个角落，必然和损害最贫穷的老百姓利益，必然会损害社会主义最基本的公平、正义的理想和核心价值观，在全社会掀起浮躁的狂潮。当下，什么毒奶粉、毒大米、地沟油、假学历、假官员、买官卖官形成很坏的风气，什么我爸是李刚、我爸李双江，什么郭美美、卢美美，等等令人深恶痛绝的丑恶现象，与资本的逐利性有极大关系。

与狼共舞，与资本博弈，就必然会有危险，有代价，因为资本不是一个人，不是一个集团，而是往往会形成一种无孔不入的全球势力体系，为什么我们政坛上腐败现象越来越严重？贪官层出不穷？这就是资本的力量侵入到我们党和政府的肌体，资本和利润绑架权力的结果，很多人惊讶：这些人官够大了，还成亿成亿地贪，怎么会这么贪婪呢？这是因为资本最贪婪的本性像癌细胞一样，在他们全身扩散，他们可以脸不变色心不跳地将人民的血汗掠夺为自己的私有财富，所以他们也像资本那样，每一个毛孔都流着血和肮脏的东西。这是沉重的代价，如果我们不下定壮士断腕的决心，不认真用社会主义公平正义和民主的手段去清理门户，遏制腐败，共产党就像当年的国民党一样会失去民心，失去执政地位。

因此，我们应该趋利避害，必须在这场大博弈中坚守我们的精神高地，心灵绿洲。怎样坚守呢？我以为，重要的是要保持清醒的头脑，充分认识资本力量的两重性，在发展多元复杂环境中坚持要马克思为人类福利而劳动的思想，弘扬正气，弘扬为人民服务和正义、公平的崇高理念，坚持共产党人清正廉洁的品格和操守和先进的、民族的、爱国的文化立场，坚决清除腐败分子，防止执政理念出现偏差。

四、信仰树立起来后，并不是一成不变、一劳永逸的，要靠正气去维系、坚守

思想、信仰会随着时间、环境、个人际遇的变化而变化，也会受到无孔不入的资本力量的侵袭，为什么很多对革命有贡献的人后来叛变呢？为什么很多在改革开放中的闯将蜕变为贪官呢？因为他们本来为信仰而高昂的头颅在资本的力量侵袭下，一点一点地低下去了，正气消失，邪气缠身，最后成了哈巴狗。也有些老革命，参加革命出生入死，敢于抛头颅洒热血。但临老了却对名誉地位斤斤计较，这些都是信仰淡薄、正气缺失的表现。

所以，为了保证信仰的纯洁和坚强，必须靠正气去维系、坚守，必需时刻警惕，经常磨炼自己，加强学习，保持操守，不断与时俱进地吸收提高信仰忠诚度的元素，要警惕社会、官场上庸俗风气的侵袭，警惕资本的力量侵入到我们党和政府的肌体，大搞请客送礼、吹吹拍拍，把人与人之间的友谊、上下级关系通通变成金钱交换关系、酒肉朋友关系。

资本在物质上推动人类社会进步，但在精神层面上，却常常制造着丑恶和庸俗。

在文坛和文风上，我一直在大声疾呼，要敢于和当今为害中国的“两个八”做斗争，哪两个八呢？

一个“八”是政坛八股。毛泽东在20世纪40年代就极力反对的“党八股”文风，在当下又重新抬头蔓延，有越演越烈之势，乃至习近平同志最近亲自写文章加以严厉批评，这些政治八股脱离群众，与老百姓的日常生活和话语完全脱节，大量出现在我们文件、报告中，几乎成为官方专用语言文字，社会生活中形成了两套语言系统，很多领导一上台讲话，就不会用群众熟悉的语言说话了，只讲排比句一串串的官话套话。

其实，人民群众往往只能接受与他们息息相关的最简朴最形象的语言文字，像土地革命时的“打土豪，分田地”、抗日时期的“抗日救国”、解放战争时期的“推翻三座大山”，那才叫深入人心。现在的官方文字大多是秀才班子精心炮制的，但缺乏领导的个性，与百姓的日常生活语言反而距离拉大了，严重脱离群众。

这些政坛八股文风不单是文风问题，它严重起来会产生危害共产党执政地位的大问题，就是虚假、浮夸。越演越烈之下，不仅文章虚假，政绩也虚假，GDP 也虚假，开始是面子做假，后来连里子也假了，村骗镇，镇骗县，县骗省，一直骗到中央去。上面来人，找一大班官员冒充老百姓围着，外面戒严，好让大领导们看到最光明亮丽的一面，高高兴兴地回去。为什么现在假东西成灾呢？首先是政坛八股带了个坏头，这种坏风气为害甚广，广大群众也深恶痛绝。

第二个“八”是八卦，什么是八卦？其表现为：资本力量侵入了语言和审美，社会上八卦横行，庸俗、低俗、媚俗满天飞，网络媒体变成“狗仔队”，不审美，专媚丑、恋丑，以丑为美，美丑混淆和颠倒，前些年宣扬木子美、芙蓉姐姐，近年又搞凤姐，什么犀利哥、小月月，充满低级趣味，不以为丑，反以为荣，这就是刚才我引用马克思所批判的“可怜的、有限的、自私的乐趣”，都是精神空虚、信仰迷失、趣味低下造成的，我们有志气的青年不应沉湎其中，应该抵制和蔑视，对社会的流俗现象，应该有自己特立独行的批判精神，有敢于独立思考、敢于反潮流的精神，应该坚守着自己的精神高地和心灵绿洲。八卦风气迎合年轻人的好奇和从众的心理，往往会一窝蜂地把人物明星化，明星偶像化，文化问题低俗化，社会和政治问题庸俗化，种种庸俗、低俗、媚俗的东西铺天盖地出现在网络、小报和娱乐圈中，甚至出现在党报和主流媒体中，专以揭露私隐、无事生非、捕风捉影、小题大做、哗众取宠、危言耸听、游戏人生、争夺眼球、恐吓谩骂为能事，把审美扭曲为审丑，追捧怪、丑、变态的东西，制造反常的低级趣味，凡此种种八卦，于今为烈，严重污染了我国的语言文字和审美生态，破坏了我国语言文字的优良传统，这与“文革”之祸后果同样可怕，“文革”从左方面为害中华文化，现在的八卦从右的方面为害中华文化。

我认为做人要有所敬畏，过去封建士大夫说“头上三尺有神灵”，什么“善有善报，恶有恶报”“人在做，天在看”，等等，这是过去为了保持操守的一些说辞，共产党人是无神论者，与他们是有所不同的。那我们敬畏什么呢？一要敬畏科学；二要敬畏规律，发展是硬道理，规律则是更硬的道理；三要敬畏人民群众的力量，群众是真正的英雄，是历史的创造者，水能载舟，也能覆舟，千万不能脱离人民群众，做出对不起人民群众的事情来。如果我们处处真正为人民群众着想，真正做到威武不能屈，富贵不能淫，贫贱不能移，一直保持一身正气，保持高尚的情操和品质，成为一个终生坚守信仰的先进分子。

在座的同志有不少是年轻人，在座的都是精英，都是才俊，都是人民最宝贵的财富，将来党和人民事业兴旺发达的希望都寄托在你们身上，大家要敢于坚守自己高尚的精神追求，敢于特立独行地批判错误的庸俗的社会不良风气和现象，敢于与为害不浅的“两个八”做斗争。

今天就讲到这里，希望你们也能用信仰锻造出自己高昂的头颅，祝你们正气昂然，精神充实，情操高尚，事业成功！

与青年干部谈信仰：用信仰铸造高昂的头颅

今年4月，我到重庆出席中国作家协会的主席团会议和全国委员会会议，再次拜祭了重庆渣滓洞的烈士们，我是受我行动不便的老父亲再三叮嘱去的，带上了花篮和父亲亲手写的挽带，这是第三次，每次去重庆，我必去拜祭。

我出生在重庆，下面谈谈我的个人经历：

一、用信仰铸造高昂的头颅。

谈谈我党在解放战争中的两条战线。

地下工作和群众运动：需要千万有志之士去做群众工作，去流血牺牲。

二、为什么我们的前辈会对信仰、理想忠贞不屈、坚定不移？

坚定信仰是在残酷斗争中形成和发展的。

抗战胜利后形势、五子登科（金子、房子、车子、女子、馆子）、国统区极度腐败、学生运动高潮（反内战、反饥饿、反迫害和沈崇事件）在广大青年中树立救国救民的信仰，发挥巨大作用。国民党高官子女参加革命形成潮流。

往往是对信仰有着最清醒和最有鉴别头脑的追求，才是最坚定的，马克思、恩格斯、列宁都出身富有的家庭，可他们都义无反顾地投身埋葬资本主义的斗争中去；我们广东的农民运动领袖彭湃，出身大地主的家庭，为了发动农民革命，一把火把自己家的田契烧了，最后为革命英勇牺牲。

三、新时期和大转折中，如何坚持信仰和革命理想？

纵观我党发展历史，每一个面临大转折的历史关头，对干部都是严峻考验，有人坚持下来，有人落伍，有人背道而驰成为败类，正如鲁迅先生说过的那样，在污血面前，总有人颓唐、有人背叛，有人奋然前行，像邓小平那样，经过三起三落而坚定不移的革命者，就成为精英和核心，晚年他的女儿问他，在遭遇打击时为什么能坚持下来？他只回答三个字：跟着走。

我的理解，“跟着走”，不是跟着错误路线走，他从来没有改变自己的政治主张，而是忍辱负重，跟着自己的信仰走，跟着革命理想走。他在南巡中又多次说过，“我的特点就是不动摇。”正是这个“不动摇”，鼓舞了广东省委和广东人民，在追赶“亚洲四小龙”、率先实现现代化的创造出举世无双、无与伦比的辉煌伟业。

现在是和平时期，全国人民都面临一个史无前例的大转折，就是从以阶级斗争为中心转变为以经济建设为中心，建立社会主义市场经济体系，与国际接轨，也就是说，必须与国际资本共舞和博弈，在博弈中斗争，在斗争中发展我们的国家，这对执政党、对全体共产党人，都是一个空前巨大的考验。

一个有志青年，一个好的公务员，必须树立坚定的信仰、有人生精神追求，有自己的历史观和价值判断，没有这些，没有主心骨，经不起大风大浪，把握不住时代精神，就算你有能力，有才华，也成不了好干部和接班人。

树立正确的历史观，是树立坚定信仰的第一步。

我觉得，一个人的政治生命力在于历史感和正确的历史观。如果他的历史感不对头，他的历史观是完全错误的、颠倒黑白的，那他很难经受住历史的考验。如果把历史的规律都搞反了，不管他个人成就有多高，个人品德如何好，他在历史上起的作用和存在价值都有点可疑。例如清末的中兴名臣曾国藩，被誉为天地完人，当下很多书把他吹捧得很厉害，但是我看来，他有才也有封建社会所需要的品德，但只是大清王朝的殉葬人而已。

那么，现在我们处于一个什么时代呢？

我在创作《大江沉重》时就比较朦胧地意识到，我们现在面临的处境是和世界强权、国际资本博弈的年代。以前是讲阶级斗争、夺取政权、你死我活。现在实际上是与全球化的资本在博弈。

中国共产党人按照历史的发展趋势，要发展中国特色社会主义，就必定要与国际资本作一场巨大的博弈。什么叫博弈？就是在一定的游戏规则里我跟你比拼智慧和发展，力争以小搏大，以弱胜强。原来的阶级斗争是没有游戏规则的，不是你死就是我亡。现在我们愿意在一定的游戏规则里跟你玩，黑子白子互相吃，尽管这个游戏规则是西方列强根据他们自身利益制定的。这就跟过去一味强调阶级斗争的你死我活有很大的改变，但矛盾的尖锐性依然存在，只不过形式不同而已。我们分分钟都有吃亏的危险。现在变得更加复杂、更加困难、甚至更加残酷，因而更加需要智慧，更加需要坚定的信仰。

我们现在跟国际资本的关系就是：到底是用我的骨头来煮你的汤，还是用你的骨头来煮我的汤？大家都要喝这碗汤，但是谁出骨头谁出汤？这是一种智力的对抗、博弈和考验。

我是写小说的，正是出于对这样一种对资本力量的思考，让我把早期作品中单纯歌颂人的精神美好和精神力量的描写，转换成一种物质力量与精神力量之间复杂关系的描写。这种资本的力量对人的精神的改变在后来的作品中越来越多地呈现出来，尤其是在《大江沉重》里那种资本力量对人的精神力量的强大冲击过程中呈现出来了。

引进国际资本，搞市场经济好不好？当然好。这对改变我国面貌、增强国家实力起着重要作用，如果还搞计划经济，我们现在还生活在票证时代，哪有这么丰富的物质生活和文化生活？过去我们首先在物质财富极大丰富这一条，就是与马克思主义是背道而驰的，那就是邓小平说的不搞改革开放，不改善人民生活，任何一条路都是死路。我们通过国家意志确立了对公有的、集体的、私有的财产进行同等的保护，保障了私有经济健康有序地发展，这是社会主义初级阶段中是非常必要的。有人说这是搞资本主义了，这是一种歪曲或者是误解。《共产党宣言》上的确说过：共产党人的全部理论都可以归结为一句话——消灭私有制。但是马克思同样说过：社会主义必须在高度发达的资本主义基础上才能产生和确立啊，我们现在离高度发达的资本主义还差得远呢！恩格斯在马克思墓前的演说里讲了一段很精辟的话：马克思发现了人类历史的发展规律，即历来为繁茂芜杂的意识形态所掩盖着的一个简单事实——人们首先必须吃、喝、住、穿，然后才能从事政治、科学、艺术、宗教，等等；……人们的国家制度、法的观点、艺术以至宗教观念，就是从这个基础上发展起来的，因而，也必须由这个基础来解释，而不是像过去那样做得相反。就是说，人首先要考虑生存、吃饭，然后才能考虑别的东西。包括政治啊，……意识形态啊，文学艺术啊，首先要生存，生存就得依靠物质。共产主义首要条件就是物质极大丰富，所以物质对人的精神的改变是不可抗拒的。但是在某些层面上、某些时段，不能忽视精神对物质的反作用。

这就产生一个问题：如何看待马克思、毛泽东等革命领袖的经典理论，如何看待他们说过的很多不同的话？这对我们的信仰，至关紧要。

社会主义革命是一个很长的历史阶段，很多伟大的革命家在不同的历史时期作过很多探索、试验，以求得社会变革和进步，这些探索有成功、有失败、有经验，也有走错路、走弯路的惨痛教训，马克思、毛泽东他们在不同时期说过很多话，有的实践证明是真理，但有的事实证明探索错了，马克思后来也自己修正了不少观点，仅共产主义的“圣经”《共产党宣言》的序言，马、恩自已就修订了七次，再版就更多了，这说明共产主义是与时俱进的科学，现在有人抓住领袖们过去的一些话，做错一些事，想推翻整个马克思主义理论体系，这是徒劳的。

青年时代的马克思曾经写下这么一段著名的话：如果我们选择了最能为人类福利而劳动的职业，那么，重担就不能把我们压倒，因为这是为大家而献身；那时我们所感到的就不是可怜的、有限的、自私的乐趣，我们的幸福将属于千百万人，我们的事业将默默地，但是永恒发挥作用地存在下去，而面对我们的骨灰，高尚的人们将洒下热泪。

追求全人类的解放，追求平等自由和理想的幸福生活，实现世界大同，消灭剥削和压迫，这是人类伟大的理想信念，恰恰在这一点上，马克思主义在两个世纪里获得了全世界广大劳动人民的认同，这个理论体系和目标，至今依然充满活力，依然是最科学和切实可行的，她作为人类共同的伟大精神财富，至今世界上没有任何一个理论体系能与之匹敌。

中国共产党人尊重历史发展的客观规律，承认物质对精神产生的巨大作用，承认现在我们处于社会主义初级阶段，承认共产主义必须在高度发达的资本主义物质基础上才能确立，这并不放弃自己的信仰和远大目标的追求，也并不是面对依然强势的国际资本的无奈之举，恰恰证明了共产党人的科学性和为了实现远大目标所具有的灵活性。而这种对远大目标的坚定性和灵活性，是共产主义的敌人所惧怕的。

信仰马克思主义的中国共产党人，前期是打天下，夺取政权，1949 年以后，进入到一个执政时期。这是一个巨大的转型，就是从夺取政权到执掌政权。从发展史来讲，从夺取政权、打江山到坐江山、执掌政权，会有很长一段时间摸索期，用我自己的语言来讲，就是执政的幼稚期。资产阶级革命如果从法国大革命正式开始，也摸索了几百年（如果从英国的萌芽期算起，时间更长），他们执掌政权后也不断被封建贵族颠覆、复辟，欧美各国探索了很多不同的执政道路才有今天，所以他们至今仍没有，也不可能有一个相同的模式，甚至借鉴了大量马克思主义元素，掺杂了很多社会主义的理念，如北欧国家的社会福利制度模式。

中国共产党人执政以来，经历了差不多半个世纪的执政幼稚期，犯了很多错误，甚至死了很多人，尽管它的理念、它的理想都是很崇高的，但在漫长的探索过程里，由于急于求成、由于不按照社会发展的规律办事，也就是说不按照科学发展规律来办事，出现很多严重失误。而我们这代人恰好就经历过这段幼稚期：从我们出生，到我们读书成长，到我们上山下乡，到“文革”达到幼稚期的最顶峰。经历了幼稚期种种失误以后，现在回归到一个比较正确的轨道上，比较理性、比较冷静、比较科学的改革开放这个轨道上来。贫穷不是社会主义，绝对平均也并非社会主义，现在我们发展社会主义市场经济，发展中国特色社会主义，就是要首先实现社会产品和财富的极大丰富，只有丰富了，生产力极大发展了，才能实现有效的分配，公平的分配。（欧广源有句名言：人民内部矛盾靠人民币来解决）是有点道理的。

北京的哥的话：开放就是掏老外的钱给中国花，改革就应该是国家多挣钱让百姓花。就是一种朴素的理解。

改革开放30年来，中国国力年年增长，现在，连最反共反华的力量也不能不承认，中国强大了，发展了，老百姓的生活逐年好过了，中国的发展可以说是千古奇观，举世瞩目。这是马克思主义中国化的一个巨大成就，对全世界都有影响，甚至连西方都感觉到中国模式的巨大威胁和冲击。

但是，我们必须深刻认识到市场经济、资本力量也是把双刃剑，一方面它极大地推动着我国急速发展，更新着国人的许多观念，可以很快地增加全社会的财富，加强国力，向极大丰富迈进，但另一方面，它又是天生的逐利精灵，毫不犹豫地不择手段地甚至厚颜无耻地追求着利益的最大化，马克思有句名言：资本自从来到人间，它的每一个毛孔都流着血和肮脏的东西。因此，当资本逐利追求不受控制地膨胀起来时，必然会损害社会主义最基本的公平、正义的理想和核心价值观，在全社会掀起浮躁的狂潮。什么毒奶粉、毒大米、假学历、假官员、买官卖官就钻出来了。

为什么我们政坛上腐败现象越来越严重？贪官层出不穷？这就是资本的力量侵入到我们党和政府的肌体，资本和利润绑架权力的结果，这是沉重的代价，如果我们不认真清理门户，防止腐败，共产党就像当年的国民党一样会失去民心，失去执政地位。

因为这是一场非常严峻、事关生死存亡的博弈，我们是在与狼共舞，我们应该趋利避害，必须在这场大博弈中坚守我们的精神高地，心灵绿洲。怎样坚守呢？我以为，重要的是要保持清醒的头脑，充分认识资本力量的两重性，在发展多元复杂环境中坚持要马克思为人类福利而劳动的思想，弘扬为人民服务和正义、公平的崇高理念，和先进的、民族的、爱国的文化立场，坚决清除腐败分子，防止执政理念出现偏差。

四、信仰树立起来后，并不是一成不变、一劳永逸的，它会随着时间、环境、个人际遇的变化而变化，也会受到无孔不入的资本力量的侵袭，为什么很多对革命有贡献的人后来叛变呢？为什么很多在改革开放中的闯将蜕变为贪官呢？因为他们本来为信仰而高昂的头颅在资本的力量侵袭下，一点一点地低下去了，最后成了哈巴狗。也有些老革命，参加革命出生入死，敢于抛头颅洒热血。但临老了却对名誉地位斤斤计较，这些都是信仰淡薄、缺失的表现。

所以，为了保证信仰的纯洁和坚强，必需时刻警惕，经常磨炼自己，加强学习，不断与时俱进地吸收提高信仰忠诚度的元素，要有所敬畏，过去封建士大夫说“头上三尺有神灵”，什么“善有善报，恶有恶报”，“人在做，天在看”，等等，这是过去为了保持操守的一些说辞，共产党人是无神论者，与他们是有所不同的。那我们敬畏什么呢？一要敬畏科学；二要敬畏规律，发展是硬道理，规律则是更硬的道理；三要敬畏人民群众的力量，群众是真正的英雄，是历史的创造者，“水能载舟，也能覆舟”，千万不能脱离人民群众，做出对不起人民群众的事情来。如果我们处处真正为人民群众着想，真正做到“威武不能屈，富贵不能淫，贫贱不能移”，一直保持高尚的情操和品质，成为一个终生坚守信仰的先进分子。

在座的同志都是年轻人，都是我们党和人民最宝贵的财富，将来党和人民事业兴旺发达的希望都寄托在你们身上，我在写作《国运——南方记事》这本书时，写了众多省委书记和领导干部，也专门研究过谢非同志为什么能够在众多干部中成长较快，最终能脱颖而出，得到中央信任，成为政治局委员、省委书记，我发现一条规律：他在同级干部中，他是最优秀同时又是最年轻的，所以他能较快地登上新的台阶，在新的台阶中，他就更显得年轻了，而在同一辈的年轻干部中，他又是资历最老、最为成熟的（他 16 岁就打游击了）。就这样一步一步往上提拔，因工作出色，实事求是，特别重视调查研究，凡事有自己的见解，但又不锋芒毕露，非常尊重群众的首创精神，作风正派，严守党纪，从不搞小圈子，吴南生同志有句评价：谢非就是谢绝一切是非。这是很高的评价。他因而受到中央重用，就顺理成章了。

今天就讲到这里，希望你们也能用信仰锻造出自己高昂的头颅，祝你们人人进步，事业成功！

文学评论理论卷

书斋探寻

承传“广味小说”，满足读者期待

一

广东的“广味小说”，在20世纪五六十年代创出辉煌，欧阳山的《三家巷》、陈残云的《香飘四季》风行一时，全国的知识分子和文学青年几乎都读过或者知道这两本广东小说，当然更早一些还有黄谷柳的《虾球传》，那时广东文坛知名度很高，主要是有大作品问世，让全国注目，加上有秦牧的散文，萧殷的文艺理论，形成一个很壮观的阵势，我们一直津津乐道的广州跻身北京、上海之列，成为三大文学中心之一，就是因此而形成的。

进入新世纪，广东经济在全国名列前茅，广货誉满天下，甚至广东话也在北上，“打的”“搞掂”等广州口语也成了北京人、上海人、东北人、西北人的日常用语，可见语言也是可以靠经济力量扩张渗透的，但对比之下，广东现时的小说就没有这种能耐了，人们记得的，还是《三家巷》《香飘四季》和新时期开始时那几个短篇小说。

因此，广东作家要急起直追，不说重振声威重铸辉煌，也应说要让长篇小说创作有一个新的突破，不光要有年产几十部、上百部的数量，而且要有在全国打响的质量。突破靠什么？我以为，还得靠“广味”，“广味小说”有歌颂光明和真善美。鞭挞黑暗和假恶丑的传统、岭南风味浓郁、故事曲折动人、人物个性鲜明、基调昂扬向上、充满奋发激情的特色，广东有改革开放无数“新滚热辣”的生活素材和原型，这是伟大时代中得天独厚、可以独步天下的宝贵富矿，加上广东作家发挥独特的“广味”语言、才情、灵气和优势，只要努力，再搞出几部像《三家巷》《香飘四季》一样的好小说是可能的。最近我陪一个北方的著名作家到珠三角转了转，他大为赞叹说：珠三角的发展是中国的千古奇观，要是中国各地都这样搞，中国大有希望！连北方作家都有这样的赞叹，广东作家更应有所动作，绝不能对急剧发展变化的生活习以为常、熟视无睹、安之若素。要赶快投入，全情投入，刻苦创作。当然，这还需要党和政府的支持鼓励、传播媒体的支持鼓励，当年陈残云创作《香飘四季》，是省委派他到林若同志担任县委书记的东莞去当县委副书记，才写出这部大作品；王杏元同志是个农民，省里专门派老作家陈善文到村子里长期住下来辅导他，才写出了轰动一时的《绿竹村风云》；如果如今作家到不了改革开放的前沿阵地，进不了最发达的地区，或者只去采采风、走马观花，蹲不下来，体验不出最微妙最深刻的变化和最感人肺腑的内在情感，也是无法写出大作品的。

二

电视作为一种深入千家万户的大众传播媒体，已经极大地压缩着小说的生存空间——它剥夺了小说家的衣食父母读者看小说的时间，人们看电视的时间总和，比读小说要多得多。即便是网上、报上劣评如潮，被骂得狗血淋头的电视剧，也有人在看，不是老人妇女，就是孩子后生，反正总有人在看，他们可不管你骂不骂，反正只要结局不出来，他们就有所期待，就要看。

依我看，电视给小说带来的冲击，对小说作者来说并非全是坏事，起码可以让他们反省一下，自已的小说有没有像电视剧引起观众期待一样，能满足各种读者的期待？

注意小说的读者期待，应该成为小说作者的一种生存意识。

小说的读者期待可能是多方面的，有的是想体味全新的小说语言风格，有的是想领略作者奇崛的想象空间和新鲜的感觉，有的是在追寻故事的前因后果和人物命运结局，有的是在了解小说世界中彼时彼地人们的生存状态……这就需要小说作者创作时对这种种期待进行锁定和包容，锁定得越准确，包容得越广泛，他的小说就越有可能拥有较多的读者。从此角度看，我所说的“广味小说”，就是恰好符合这些读者期待的小说。

有人说，我是玩前卫、玩先锋的，我可不管读者看不看，只要同道的哥儿们叫好，就行。殊不知，这也是一种对读者期待的锁定——你得让同道的哥儿们看，就得满足哥儿们的期待。也有人声称，我才不管什么读者期待，我的小说可以没有读者，我是写给100年以后的人看的。其实，此公亦在企图满足100年后的读者期待，尽管100年后不知还有没有人买账。

在一个电视剧创作的会议上，谈到一部通俗剧收视率不断创出新高时，大家热烈地议论：到底是谁在控制家庭中的电视遥控器？有人说是孩子，有人说是主妇……而在小说创作上，人们似乎对这种话题麻木了，人们总在叹息小说读者越来越少了，却鲜见有人跳将出来问：谁在控制家庭中读小说的“遥控器”？

小说和电视天生是一对冤家，尽管眼下小说被电视逼到一个角落里去了，但最终还得和平共存，谁也灭不了谁。现在，该是小说来向电视学点本事的时候了。

我还以为，小说创作和电视剧的创作并不一定是你死我活的，可以握手言和，并应该打“总体战”，讲究总体策划，如果一部题材好的小说在创作时就策划搞电视剧，到时一齐推出，影响要大得多，这种影响是立体的，相辅相成的，可以一时间覆盖全国，成为文艺热点话题，有的兄弟省已经这样做了，而且在小说创作时电视剧导演就早期介入，可收事半功倍之效。

三

广东的文学创作队伍又到了一个临界点，存在一个断层危险。

广东其实不乏才华出众、崭露头角的青年作家，全国各地拥入广东的人才中，也有很多很不错的业余作者，广东文学院聘用的10多位签约作家中，就有不少笔锋甚健、观察敏锐的年轻人，他们在原单位边工作边创作，相当勤奋。但相对而言，比较起其他兄弟省，我们还缺乏在全国有知名度的青年作家，尤其缺少政治上、思想上、创作上较为成熟的青年作家，党员作家更少。我省有多少个30多岁就能在全国打响或拿奖的小说家、诗人？这应引起领导部门的高度关注。“文革”后的20世纪70年代末，省委鉴于当时文学队伍严重青黄不接，接受了欧阳山同志的建议，在全国率先成立广东文学院，批下35个专业创作编制，成为一项盛举，后在短短一两年中，广东的作家频频在全国获奖，引起全国注目。现在和当时的情况当然有很多不可比的因素，但培养新锐，增添新血，的确是目前繁荣广东文学的一大问题。

有人说作家不是培养出来的，只能靠他自己打拼出来，我不同意这种说法。培养，不是教他怎样写作，而是创造一个好的条件让他们正确认识生活、认识时代，引导他们更准确更深刻地表现生活和创作。广东文学院做了不少工作，但光靠文学院不行，近年来入粤的青年作者中，还有大量好苗子，他们中有的人文笔很好，但缺乏岭南的文化底蕴，他们写得再好，三几年内外省也难以认同他们是广东作家。还有的青年作者初到广东觉得样样新鲜，又敢于直切流恶时弊，一写特区就写三陪，桑拿浴，包二奶，养小蜜；他们对揭露阴暗面满怀激愤，入木三分，却对特区的发展、对翻天覆地的沧桑巨变缺乏质的认识和对比，对生活的亮色不敏感，激发不起创造新生活的理想激情，所以下笔难免偏颇。这些有才华的作者，如引导得法，经过历练，让他们更全面更深刻地理解历史和参与社会进程，是可以成为大家的。作协、报刊、电视台要多举办一些笔会、改稿会一类的活动吸引青年作者参加，团结他们、引导他们，这是很起作用的。引进人才和大力培养土生土长的青年作家相结合，才能防止文学队伍出现断层，这需要各级宣传、文化部门和传播媒体的合力扶持，当然更是省作协义不容辞的职责。

四

文学阵地日益萎缩，这是制约广东文艺繁荣的一大瓶颈。

现在的报纸，版面多得惊人，文学地盘却小得可怜，这一点，国凯已经呼吁多次，最近晚报副刊有改善，但从全省报纸副刊来看，问题还是很大的，文艺版没有文学，除只登一些千字小品，全被港台明星、国内明星的“煲水新闻”、绯闻艳事掩盖了，报纸当然要照顾各层面的读者，我们并不排斥娱乐新闻，而是只求给文学一点生存空间，现在报上那些千字小品，还算不上真正意义上的散文，文学副刊没有了小说，没有优秀的散文，诗歌只是用来补天窗的，说尖刻一点，是连风花雪月都没有了，只剩下饮食男女。报纸的文艺副刊有发现、挖掘文学新人的神圣职责，特别是《羊城晚报》的“花地”，有培养作家的优良传统和骄人成就，我省不少优秀作家，就是《羊城晚报》发现培养起来的，如陈国凯、杨干华、程贤章等。希望《羊城晚报》作为全国有数的一张大报，千万不要丢掉这个传统，其他报纸也要担负起这个神圣职责，这样，广东的文艺繁荣才有希望。

此外，文学期刊也到了生死存亡的关头。如果纯粹按市场规律办事，早已经嗷嗷待哺的文学期刊应该自生自灭，但从代表先进文化前进方向、社会主义精神文明建设的高度上看，它是党的文艺阵地，是人民群众的精神高地和心灵绿洲，是培养文学新人必不可少的园地，是不能放弃的。文学是文艺之本，是基础，如果没有阵地，怎样发展？怎样繁荣？不能从市场和商业效益角度来看待文学期刊和一些严肃高雅的文艺门类，有关领导部门当然应给以必要的扶持资助，它们自身也要适应市场，增强活力，为广东的文艺繁荣做出自己的贡献。

文学梦与诗歌

我是写小说的，少年的时候做过诗人的梦，马雅可夫斯基有句诗很让我激动：歌和诗，都是炸弹和旗帜，歌手的声音，可以唤起阶级。可是最终我发现我的诗既成不了炸弹，也做不了旗帜，诗人的梦破碎了，我改行写小说。因为小说似乎可以负载更多人类生存状态。近来听说写诗歌可以用人口来计算的，有一个庞大的集团，所以我不敢说什么，我就用一个写小说的人，从对我们这个时代的感慨和各位诗人大家坦白交代一下。我们无论是写小说还是写诗的，都面临一个巨大的困境，就是说我们正经历和面临着中国几千年的最大的一次转型，从20世纪末到现在远没结束。我想到一个问题，就是国际资本加上民间资本对我们社会的渗透、潜入，席卷而来，使整个社会受到重压，它必然会产生一些反弹。这是一次巨大的博弈，也就是世界上唯一的一个拥有7000万人口的大党，试图带领13亿人对国际资本这一庞然大物作各种复杂的博弈，这博弈对民族对国家产生了积极的影响，也产生一些消极的影响。这些影响将是长期存在的，笼罩着中国整个现代化的过程，我们都逃脱不了这种影响的笼罩。我们写小说的和写诗的都在这种笼罩之中，我们发出的一种声音，也只能是在这种笼罩下发出的声音。

“改革开放”还在进行当中，现在为这个问题下结论为时尚早，但有一点是肯定的，它为当下的文学创作扩张了极大空间，改革开放是中国和世界的千古奇观，必定产生无数宏大叙事的素材。

我从来没有认为现实主义和现代主义之间有什么天然的鸿沟，文学的表现手法都是互相联系的、传承不断的。现实主义的手法达到某种高度之后，就很难对现代人活跃的思想和复杂的生存状态进行原生态地描述，这个时候就出现了意识流等表现手法，有些自称现代派的作家不承认受过现实主义的影响，但他在创作的时候，他有意识地避开现实主义，甚至反其道而行之，实际上他已经基本了解什么是现实主义，已经完成了对它的传承，这可能是种逆向的传承，但它毕竟还是传承。

我是一个现实主义者，同时，对浪漫主义又有点神往。我的作品都有明显的理想倾向，我觉得文学就是人类的一种梦，一种对昨天、今天、明天的思索。梦就是一种理想，文学是梦的载体，没有梦就没有追求，就没有文学。

当今社会人心浮躁，作家的写作也越来越突出功利和个性解放，在市场经济的大环境下，在一个追求多元价值的社会里，这些本无可厚非，在市场经济大潮冲击下，人们的价值观呈多元取向是必然的，这并非坏事，经过比较、竞争，人们总会找到能推动社会前进的办法。道德是一种规范，任何社会都要有，任何人任何时候都要有。创作无禁区，作家有良知，良知是做人的底线，是以道德规范做基础的。但道德观是不断变化、与时俱进的，具体到文学作品中，是不是一部很“道德”的作品就是好作品呢，那不一定。仅凭纯粹的道德观不能反映出复杂的生活，如果写作被“道德”束缚得什么都中规中矩，很多东西根本就没法写了。

有人问：如今的文学作品是越写越快、越写越长，诗歌也越写越多，如今中国内地每年问世的长篇小说已经超过了 1000 部，我觉得我们正在进入一个“大部头”时代。像顾偕，长诗出了一部又一部，而且都是主旋律的鸿篇巨制，我觉得很不容易，这需要饱满的政治激情，也要有下笔千言、洋洋洒洒的才气。

但是，大部头时代并不等同一个繁荣的文学时代。繁荣的文学时代，应该是大师辈出的时代。我们今天这么多的作家里面，将来有没有可能出现大师？

我个人认为：文学是否真正繁荣，不能光看数量，最终要靠有没有传世作品来说话。有人说，英国如果没有莎士比亚，英国就缺了一大块。但是法国的美学家说，莎士比亚不是外星球飞来的陨石，在莎士比亚的背后，有整整一个民族合唱团的合唱。只有出大作品、出大人才，才是文艺繁荣的真正标志。

关于写作的速度问题，那是见仁见智，每个人都不一样。比如我，就是属于那种“慢工出细活”的人，深入一点、认真一点，写出来的东西就能深刻一点。但并不是说写得快就写不好，每个人的天赋不一样。

当下的创作很活跃，但是我们还没有大师，这要有个过程，至少现在我们还没有写出像《百年孤独》《静静的顿河》这样的伟大作品。能不能出大师，不是由某个人说的，要由读者和后人来认定。

广东写诗的人很多，喜欢诗歌的人也很多，这很好。广东的诗歌界很热闹，但在很多时候，这种热闹是圈子里的热闹，我觉得真正好的诗歌应该走进千家万户，只在圈子里面打转不行，“有井水处皆有柳词”那才是高境界。

追寻现代人感觉认同的轮回

——从“新感觉派”到莫言再到盛可以

从20世纪80年代开始，小说家们往往热衷于谈论一个时髦的话题——感觉。

这个过去每每被人忽略的字眼，不断在沙龙里、杂志上登堂入室、不胫而走。要是某一青年作家的小说被人称道“感觉”很好，那么此君就如同一个跳高运动员跨过了一个非同小可的横杆备受注目。感觉语言在文学中的作用和地位越发显得日益重要了。

于是，一个在中国文学史中几乎被湮没了的文学流派——30年代的“新感觉派”上海作家群，被有识之士辛勤地挖掘出来，拂去了历史的尘封，显示了它先行者的价值，闪烁出路标式的光彩。

中国“新感觉派”与欧美、日本的各个现代主义流派一样，在理论上受弗洛伊德的影响和笼罩，在现代心理学、美学的多渠道渗透下，确实把握了一种独特的表现生活的能力，能在现代资本主义都市中发现别人难以表现或不屑表现的东西，建立起另一派都市文学。他们在小说手法、体式上有所革新，在心态描述、叙述角度、节奏、氛围渲染和感觉语言的运用上，有所引进和创造。

人们读小说的最基本最原始的动因和欲望，来自人类天性之一——认同欲。这种认同欲是与生俱来的。而认同欲中一个重要的组成部分，就是感觉的认同。我发现，写小说其实也是在追寻人类的感觉认同，不管是现实主义作家，还是现代主义作家，其实都在刻意追求感觉的可认同性。

但是，两者之间的追求方式却是大相径庭的，他们之间的区别仅在：现实主义作家往往追求的是感觉在常态下的可认同性，而现代主义作家虽然千差万别、山头林立、各有千秋，但几乎都无一例外地力图追求非常态和超常态感觉的可认同性。

现实主义作家追求的是感觉在常态下的可认同性，因为是常态，是多数人能够感觉或早已感觉过、体验过了的，因而通俗易懂，易于被大多数人认同。例如鲁迅、赵树理、柳青的作品，大量日常生活的感觉描写，是多数人可认知的。阿Q捏小尼姑的脸，手指头有滑腻腻的感觉，即使被骂“断子绝孙的阿Q”也飘飘然，《创业史》中写到梁生宝闻到女青年改霞身上那种雪花膏的香味，心头涌起那种冲动和温情，传神极了，妙极了。

现实主义作家在追寻常态下感觉认同的几个特点：

1. 感觉融入叙述之中。感觉多用描写传递给读者，感觉描写为典型环境、人物、氛围服务。

2. 感觉导向感情的完整性、合理性。如在《静静的顿河》中，写葛里高利在心爱的情人阿克西尼娅被红军枪弹打中，伤重在他怀中死去，他伤心欲绝痛不欲生地埋葬了她，在坟墓前，他抬头突然看见，太阳发出黑色的光芒。每每读到这里，人们往往会被震撼，毛骨悚然。

3. 表现感觉的性格化与社会化的矛盾。鲁迅说过：林妹妹不会爱上焦大，首先受不了他一身臭汗，这就充分显示了感觉上引发的阶级对立。又如《钢铁是怎样炼成的》中，一对曾经热恋的情人保尔与冬尼亚分别多年后突然在铁路工地上相遇，一交谈感情逆转，保尔此时的感觉是：她臭酸。一个美丽的香喷喷的资产阶级小姐怎么会臭酸呢？这就是所谓的“亲不亲，阶级分”了。

然而，现代派作家绝对不会这样写。他们更热衷的是追求感觉语言在非常态下的可认同性。

1. 正如30年代上海作家穆时英笔下的报童有一张蓝色红色不断变幻的嘴一样，“新感觉派”作家习惯把新奇、怪诞和非常态、超常态变幻的感觉文字，赋予描写对象或小说人物，但无论他们的感觉语言如何惊世骇俗，如何天马行空，他们总是努力掌握着一条不致滑入痴人说梦的界限——他们总是在追求着感觉语言在非常态下的可认同性。现代主义、后现代主义作家与现实主义作家相反，他们基本不表现感觉与性格化、社会化之间的矛盾，反而尽量表现感觉的本能化、欲望化。简而言之，他们笔下，林妹妹是会爱上焦大的。因为林妹妹是女人，焦大是男人，在特定条件下，女人和男人在一起总是会擦出火花的，这就够了。

从曾被称为“新感觉派圣手”穆时英笔下的感觉文字，我们可以窥见他们是如何寻求读者认同的——

“只有季洁一个人不笑，静静地用解剖刀似的眼光望着他们，竖起耳朵，像在森林中的猎狗似的，想抓住每一个笑声。”(《夜总会里的五个人》)

人们知道，正常的视觉不可能成为解剖刀，听觉也不可能像猎狗去抓住别人的笑声。穆时英是为追求一种非常态下的认同，才力图将人的感觉物化。而且这种物化经常是扭曲的、变形的。但是，这认同会比读纯客观的、巴尔扎克式的描写文字产生的认同要强烈。因为这种认同是在非常态下获得的，更接近人类追新逐异、品味新奇的认同欲——人类特别注意和偏爱特殊的东西。

2. “新感觉派”作家在追求非常态感觉的可认同性时，除了大量运用感觉物化的手段外，还运用了另一手段——感觉的外化和幻化。他们将各种感觉伸延，引导到超出感觉之外的各种思维活动中去，甚至造出各种幻象来加强感觉的效果，给读者留下强烈的印象以博得认同。

北大著名教授严家炎先生在《新感觉派小说选》的《前言》中，也注意到了这种感觉外化和幻化的手段，他举了施蛰存《梅雨之夜》的例子，在小说中“我”打伞送少女的过程中，有几处感觉的外化和幻化：一是“我”突然感到“我”殷勤相送的少女仿佛是年轻时的女伴；二是“我”偶然看到路边的店家女，感到这女子眼神里有点忧郁，突然想起自己的妻子，因而就怀疑这女子就是监视着自己的妻子了。

这种感觉语言近乎匪夷所思。施蛰存运用得尤为娴熟老到，他在追求非常态感觉认同的同时，更多运用感觉的外化和幻化手段，使自己的笔触探入心理分析领域，因而在表现感觉的风格上有别于同是“新感觉派”的作家刘呐鸥和穆时英。

感觉的物化、外化和幻化，实际上是认同的桥梁，是“新感觉派”作家将读者引入他们用文字构筑成的感觉世界的一条捷径。有幸踏上这条捷径的读者，面对光怪陆离的感觉语言，将会面带玩味的微笑细细体察、品味，而不致瞠乎其目。

在当代出现的一批重视感觉的作家中，佼佼者是莫言，比起“新感觉派”的前辈来，莫言简直是玩弄感觉物化、外化和幻化的鬼才。

试看这段文字——

“奶奶注视着红高粱，在她蒙眬的眼睛里，高粱们奇谲瑰丽，奇形怪状，它们呻吟着，扭曲着，呼号着，缠绕着，时而像魔鬼，时而像亲人，它们在奶奶的眼里盘结成蛇样的一团，又呼啦啦地伸展开来，奶奶无法说出它们的光彩了。它们红红绿绿，白白黑黑，蓝蓝绿绿，它们哈哈大笑，它们号啕大哭，哭出的眼泪像雨点一样打在奶奶心中那一片苍凉的沙滩上。高粱缝隙里，镶着一块块的蓝天，天是那么高又是那么低。奶奶觉得天与地、与人、与高粱交织在一起，一切都在一个硕大无朋的罩子里罩着。”

在“新感觉派”湮没半个世纪之后，莫言重新崛起，把非常态、超常态的感觉语言几乎运用到极致。这似乎是一种轮回，但绝不是同一层面上的复制，莫言的感觉语言汪洋恣肆，其可认同性更加广泛，其物化、外化和幻化的深度、广度都超过了“新感觉派”的前辈们。

“新感觉派”作家感觉语言的第二个显著特点，是十分注意追寻富有现代气息的感觉。现代生活节奏加快，视觉形象的艺术（美术、摄影、电影，等等）对人类生活的渗透，丰富了人类思维和体验的画面感，人们再不用靠单一的语言、文字来发挥想象力了。于是，上海滩头“摩登文学”的高手穆时英们应运而生，把小说改头换面使之“现代化”，以适应现代“摩登”读者口味，我认为他们追寻现代人的感觉的“现代化”手段有如下两点：

1. 大量运用感觉字、感觉句和感觉段以增加感觉信息的密度。

追求信息的密度和容量是现代人阅读习惯的一大进步，也是现代人感觉认同和审美的需要。“新感觉派”作家顺应现代人的这一需求，指挥由“感觉字”“感觉句”和“感觉段”组成的文字向现代人的认同发起集团冲锋。

所谓感觉字，其实就是一个句子里凝聚了感觉的特殊字眼。中国文人自古以来就是运用感觉字的能手。从中国古典诗词佳话的所谓“诗眼”，其实都是感觉字。所谓“炼”字，其实不过是在“炼感觉”。王安石的“春风又绿江南岸”的“绿”，就是一个标准的感觉字。这种把形容词变动词、把名词变动词、把动词变形容词以追求所谓“通感”的把戏，本来并不是什么时髦的现代东西，但移植到了以白话文为基础的现代小说中，效果却恍若隔世。如果与感觉句、感觉段配伍运用，那就更迎合现代人追求感觉认同的阅读心理和审美需求，在大密度的信息转换中，标新立异地脱胎换骨，成为现代主义流派的小说语言。

“脊梁断了，嘴里哇的一口血……”（穆时英《上海狐步舞》）这里，“哇”是感觉字。

当代的莫言亦善于“炼”感觉字，请看：“高粱穗子浸在月影里”“流星亮破一线天”……

试看他们的感觉句——

“游倦了的白云两大片，流着光闪闪的汗珠……”（刘呐欧《两个时间的不感症者》）

“于是他底鼻子在她底蓬松的鬈发上狩猎一下”。（施蛰存《特吕姑娘》）

2. 他们追寻现代人的感觉认同手段之二，就是运用所谓“通感”，构筑一个多元的、立体的现代感觉世界，以激发读者的想象力和认同能力。

在他们的小说中，作家几乎让读者所有感觉器官都长出想象的翅膀，五官感觉、触觉、肤觉、内在、外在、时空……随时都有可能享受新奇、跳跃和快速流动着的现代美感，请看穆时英一段流涌着现代气息的感觉文字——

“街。街有着无数都市的疯魔的眼：舞场的色情的眼，百货公司的饕餮的蝇眼，‘啤酒园’的乐天的醉眼，美容室的欺诈的俗眼，旅邸的亲昵的荡眼，教堂的伪善的法眼，电影院的奸猾的三角眼，饭店的蒙眬的睡眼……”

即使他们写古代人物和历史事件（例如施蛰存的《石秀》《鸠摩罗什》，又例如莫言的《红高粱》系列小说），也因为他们在小说中吸纳了现代人丰富的感觉，使现在的读者扩大了感觉领域，拓展了想象力，从而产生认同。

这种感觉的“现代化”工程，经常表现在他们出奇制胜地把视觉变作听觉，听觉变作视觉，听觉变触觉，视觉变触觉等手法上。他们故意将感官表现置换和倒错，甚至把时间也变成看得见、摸得着的东西，产生使人印象深刻的效果。

“忽然身边也有凉爽的声音。”（刘呐鸥《两个时间的不感症者》）——这是听觉变肤觉。

“于是一句‘二十五元’便从嘴里走过了嘴里。”（同上）——这是听觉变视觉。

“时间的足音在郑萍的心上悉悉地响着。”——这是时间的幻觉变成了听觉。“每一秒钟像一只蚂蚁似的打从他心脏上面爬过。”——这是时间变成了触觉、视觉。

莫言也热衷于“玩”感觉。而且比他的前辈“玩”得更热烈更肆无忌惮。他大量地运用了感觉的变异：“墨水河明亮的喧哗。”（《红高粱》）“照片上洋溢着水果的香味。”（《金发婴儿》）莫言还善用凸现人类本能的感觉对立，我姑且名为“反感觉”，例如：“我从爷爷的歌唱中感受到一种很新奇很惶惑的情绪”；小鸡儿“慢慢地翘起来，很幸福又很痛苦”；“他……嗅着奶奶夹袄里散发出的热烘烘的香味，突然感到了凉气逼人……”

在感觉语言的运用上，莫言与前辈们之间的不同点主要在于——

1. 莫言的文字更多使用了“感觉的拼接法”。

莫言的文字粗看起来是拙劣的，不大通顺。但这恰是他刻意追求的“陌生化效果”。营造这种一反当代小说语言规范的“文字工程”，就是他在同一场面里拼接大量感觉语言。比如他较早的成功之作《爆炸》，一开场就紧锣密鼓似的挥洒了500多字，只描述了父亲打“我”的一巴掌。为写这一巴掌，他在瞬间的时空用了慢镜头和定格、闪回，各种感觉时而穿插、重现、镶嵌，就像电影中的蒙太奇似的。但这蒙太奇拼接的不是镜头，而是小说人物的感觉！本文前面所引《红高粱》中的“奶奶注视着红高粱……”那一大段奇崛文字，也很明显采用了他惯用的“感觉拼接法”。这种拼接专利似乎仅属莫言。20世纪30年代的刘、穆、施等人，也未曾如此洋洋洒洒地使用过。

2. 莫言惯用近乎孩子气的主观感觉。这种感觉经常是戏谑的、捣乱式的，咋一看来土气、生硬，不合逻辑得使人发噱。例如：“小狗一声也不叫，心平气和地走着，狗毛上泛起的温暖渐渐远去，黄狗走成黄兔，小成黄鼠……”（《枯河》）

“苍蝇们一哄而起，满饭堂乌云翻滚……”（《苍蝇》）

“它们（红高粱）扎根黑土，受日精月华，得雨露滋润，上知天文下知地理……”（《红高粱》）

这种破坏正常的感觉语言秩序，故意强加给描写对象风马牛不相及的感觉，经常是突如其来、粗犷、不加任何修饰的。这些感觉有时是一句成语，一句现代中国人用的政治术语，有时是古典诗词散曲，有时甚至是一句学生课本的课文。它们在小说中如行云流水般被大量采用后，人们发现这是莫言轻松自如信手拈来的。这种破坏其实是一种创造。在一片童真的背后，隐藏着一种自信、一种中国式的幽默，一种才高八斗的睿智。

进入了21世纪，中国文坛再次涌现出大量有才华的青年作家，他们的知识结构和对多种语言的驾驭能力，显示出他们跨越了莫言这座高山的潜力，广东青年女作家盛可以就是其中之一。我在一篇评论中分析了盛可以解构式叙述描写的最大特点，是充分运用了敏感的感觉语言和文字，这些鲜活的感觉语言成了她手中的手术刀，盛可以经常用它愉快地干脆利落地在剥光了的男男女女身上运用自如，在最隐秘和最不可见人处手起刀落，然后捧出血淋淋的一块块器官和肉体。有的句子和感觉字眼，她用得甚为精妙，这些例子在她的小说中俯拾皆是、触目可见——

“小老板嗓子里抖出一群暧昧的鸽子，稀里哗啦一阵扑腾，朱妙才知他说的是裤裆里的那杆枪……”

“摩天大楼干净，玻璃墙湛蓝，阳光钉上去，看得人眼冒金星。”

“方东树如从水底浮上来，上半身填满了朱妙的眼球，笑容不咸不淡，似秋天的薄毛毯，盖在身上恰到好处。”

这里，感觉字，感觉句，感觉段都全有了，用得很别致，充分发挥了语言的张力和想象力。

但是，莫言、盛可以在一些作品中，都同样有着令人遗憾的倾向：有时运用感觉语言几乎达到了走火入魔的程度，失去了应有的节制，感觉塞得太满，超过了人们能接受和认同的需要。

任何积极的探索都是发展中的过程，而任何发展过程都不可能由一人终结的，冲击顶峰当然勇气可嘉，然而这不能成为滥用探索和感觉的理由，山珍海味也会把人撑死，水能载舟亦能覆舟，感觉太多了就等于没有感觉，甚至会变成反感觉，形成所谓感觉爆炸，会令读者受不了感觉爆炸而心生厌烦，甚至会被吓跑。很多人说现在的先锋小说读不下去，可能出于感觉爆炸的原因，它伤害了文学的内容和含蕴，也会使文学的格局和感染力受到限制，反而变得小气。任何一种小说语言的长处如果超过极限，就会走向反面，再难使读者产生认同。失去节制，失去了度，好东西也会变成坏东西，正如列宁说，真理再往前多走一步，就会变成谬误。

只有恰到好处，才是完美的。

“新感觉派”的产生和大半个世纪后“莫言们”的崛起，不是偶然的。这是小说艺术发展过程中必然会出现的事物。

面对视觉艺术——主要是如水银泻地般渗入人类生活的影视艺术的强大挑战，无论现实主义还是现代主义的小说，都得面对这样的挑战，甚至可以说是生死存亡的危机，小说必须发扬自己所有长处来力挽狂澜，其重要的长处之一，就是写感觉。其他门类的艺术用镜头和画面、用光和色、音符和节奏来表现人的感觉，毕竟比用语言文字困难得多。小说可以通过感觉语言来调动读者的想象、体验和认同，使读者进入一个由作家和读者共同构筑的立体感觉世界，从而使读者的认同欲获得满足。这一点，即使最现代化的电影电视艺术恐怕也难做到，这恐怕也是无论现实主义还是现代主义的文学共同的优势。

我想，现实主义和现代主义并不是天生对立或者永远势不两立的，在某种情势下，它们也可以相互取长补短或者相互竞争、相互依存甚至相互融合。这也可能正是小说能面对影视艺术咄咄逼人的挑战而不致败走麦城的原因，也是小说艺术可以万寿无疆的原因。因而，也应该是我们应当重视“新感觉派”和“莫言们”“盛可以们”的探索的原因。

（作者注：此文系由1988年北大毕业论文改写而成。）

小说的“沙龙化”和“家庭化”

——论文学的走向和作家的困惑

中国的当代文学尤其是小说创作，目下走到了一个岔路口，这就是小说的“沙龙化”和小说的“家庭化”对立日益尖锐。所谓新时期文学繁荣兴旺的热烈礼赞逐渐被作家们进退维谷的困惑和读者们啧有烦言的冷漠所消解。

只有为数不多的前卫派作家，仍在以一派舍我其谁的勇气，孤傲和坚定地进行着他们神圣的探索一指挥小说走进沙龙，而不理会人们对他们投来不满，惊诧和冷漠的目光。

但是面对小说走进家庭成为消闲品的大潮，前卫派作家驱使小说走进沙龙的努力显得悲壮而虚弱。千百个有志向有追求但并非前卫派的作家，正处于一种莫名的浮躁和骚动之中，他们只能皱着眉头看着自己经营的作品版权页上可怜的印数而大叹盛世不复，世风日下，他们对文学的“轰动效应”神话般的消失，对街头书摊上掀起一阵阵“武侠潮”“琼瑶热”，以及当今五光十色性加暴力的消闲小说崛起，或捶胸顿足、切齿痛恨，或是见异思迁，打着“读者是作家的上帝”之旗号改弦更张。他们的加盟壮大了小说“家庭化”“消闲化”的声威，但也招来了前卫派们不屑为伍的白眼和耻笑。从事所谓“纯文学”的作家队伍正面临分化瓦解。

在中国，能走进沙龙的小说历来发育不全。走进家庭的小说倒是源远流长、家世显赫。

小说，从一诞生起，就是家庭的消闲品。一部走红的小说，达官贵人、淑女贵妇、仕子学童，都有可能是热心的读者。一个家庭中各种身份地位、各个文化层次的成员，都有可能从一部小说中寻找到各自的认同。在小说史上，“家庭化”的小说曾崛起过一个又一个的高峰。拥有广大无垠的读者层面。就中国而言，出色的从唐人小说可以一直数到《三国演义》《水浒传》《西游记》

《聊斋志异》……不胜枚举。此外还有如恒河沙数的有特点有可读性但不算出色的作品。更有如同恐龙统治；地球似的在市井流行过的公案小说、侠义小说、言情小说，等等。200年前，歌德就读过一部三流的中国言情小说《花月痕》，这位先贤竟为之倾倒，甚至因此预言："世界文学的时代已经到来。"可见我们的"家庭化"小说确实曾经风光过一阵子。

这种走进家庭的小说，有一个共同的特征，就是以故事、情节、人物形象及其命运去调动读者的经历认同、感情认同、心理认同和语言认同，以达到劝善惩恶的某种道德教化，政治教化或以消闲盈利的功利目的，审美被放到从属的地位上。

应该承认，小说走进家庭的大军，在新中国成立后兴起了一个史无前例的新高潮。《青春之歌》、"三红一创"、《林海雪原》《欧阳海之歌》等作品，从覆盖家庭的广度和进入家庭获得某种认同的深度上，都似乎超过历史上的"家庭化"小说（注意，这并不等于艺术成就超过以往的小说）。它们在政治教化中发挥过巨大作用。十年内乱在一个早晨摧毁了小说进入家庭的美梦。严冬过后绽春蕾，新时期的到来又使这个美梦做得更热烈更光彩迷人。随着社会的变革、政治教化功能的淡化，经济杠杆的作用日益加强，商品经济的迅猛发展，使在十年内乱中被压抑了的"家庭化小说"以一种巨大的爆发力充分发育，掀起了一个席卷全国的浪潮。试看今日大中小城市的街头书报摊，竟是"家庭化小说"和消闲杂志的天下。《十月》《当代》等声名显赫的大刊物只能叨陪末座，地位最高，权威最大的《人民文学》，居然无地容身，销声匿迹。笔者曾在一个候车室里作过一个小小的调查——对在场的六位捧读小说和杂志的中青年人士作了一次"民意测验"。结果，他们全都只读"家庭化"小说和杂志，而不读所谓"纯文学"或"雅文学"的作品；他们全都对近一两年蜚声文坛的"沙龙化小说"及其作者茫然无知，问起所知当代作家姓名，半天才答出一个蒋子龙，一个张贤亮，还有一位大概是广东老乡，只知陈国凯、孔捷生。

这似乎是蒋、张、陈、孔的光荣，但着实是当代文学的悲哀，也是当代作家的悲哀。

尽管小说进入家庭之态势有如长河逐浪，方兴未艾，尽管书报摊上掀起一阵又一阵这个热、那个热，"家庭化"小说毕竟不能代表一个国家、一个民族的文学最高水准，毕竟不能指望它们能走进当代世界文学的前列，更不能奢望凭着一本走红一时的"家庭化小说"去获取诺贝尔文学大奖。

因为，这种走进家庭的小说，有着明显的局限性，这些局限性是与生俱来。不可消解的。其表现在：

1. 越来越不适应现代人多元化、多层次的审美需要。随着现代人文化水准的提高，使小说日益成为一种审美活动，小说成为一种审美对象的因素增强，而作为教化工具或消闲工具的因素将逐步削弱，教化功利和消闲作用大于审美的“家庭化小说”自然不能适应这一变化。

2. 越来越不能适应现代人生活的快速节奏和竞争环境。在日益强大的影视艺术的压迫下，地盘将逐步萎缩。因为彼此同为消闲工具，“家庭化小说”从生产周期、艺术手段和形式、到传播媒介都比不上影视优越，更不用说覆盖面和深入家庭的程度了。

3. 认同面窄，所负载的信息量不足，小说光靠叙述说故事、玩弄情节起伏跌宕再难以满足现代人开发心智，活跃思维的高层次要求，它对抽象的东西和深刻的哲理缺乏表现力和更新的手段。

诸如此类种种局限，注定了“家庭化小说”不能再成为当代文学的主体，只能是“偏师”。

我们回过头来看看小说走进沙龙的进程——

国门初开，前卫派们就贪婪地吮吸着世界文学的最新养料，他们满怀着使中国当代文学进入世界文学前列的使命感，大声疾呼小说观念应该发展、丰富、提高和更新。他们一反小说写故事情节、写典型环境中的典型人物的传统，在沙龙里别出心裁，花样翻新地各显奇谋，力图将他们眼中的现实世界变成笔下奇特的小说世界。而这种小说世界，似乎只有沙龙中人才能掌握打开其大门的钥匙。大多数读者将不得其门而入，偶有好奇者引颈探望，也只是有如雾里看花，不识庐山真面目，败兴而归。

应该肯定，这种走进沙龙的小说，对中国小说创作的发展是有积极意义和巨大贡献的。

首先，这种反传统的“沙龙化小说”在内容上往往反对把历史道德化，也反对把现实生活道德化，开拓了小说创作的题材，在思想的广度和深度上都有拓展和突破。其实有不少“寻根”小说，部属“沙龙化小说”，它们企图把一些潜在的不显现的现代意识穿上“寻根”的外衣，吹吹打打送到读者面前，鼓励读者和作者一道去剖析传统、反对传统。

其次，“沙龙化小说”通常只描述和表现人类的一种生存状态，而不注重编排故事和人物类型化性格，这样似乎更能凸现人的生命本体特征，因而显得更为真实。

再则，它追求和吸纳人类的各种认同，在开发人类的心智上，发挥了启动读者思考的优势，能满足加音读者的认同欲，想象欲，正是由于这一点，使现代派小说能面对影视艺术的强大挑战而屹立不动，不至于败走麦城。

此外，“沙龙化小说”在形式上、技巧上的创新意义极大，它大大丰富了小说创作的天地，使作家们在构筑新的小说世界时纵横捭阖，灵感如泉，步步登高。尤其在强调感觉的运用上，令读者容易产生多元的，立体的感官享受和认同，这也成为小说与影视艺术抗衡的另一法宝。

然而，走进沙龙的小说也有自娘胎带来的局限性，其表现在：

一、排他性强。“沙龙化小说”都是些“智者认同小说”，似乎非智者不能认同，这种创作倾向上的贵族化，不考虑文学的本来目的和功能，一味求新、求奇、求怪，不仅吓跑了大量读者，也容易招致反感。

二、过分强调形式和技巧，乃至走火入魔，失去控制。例如莫言，《红高粱》一举成名，写感觉写出瘾，以后一些作品一发不可收，字里行间全都塞满了感觉，变成了“感觉轰炸”，感觉过多就会使人无感无觉，反而剥夺了读者自己的感觉享受和体验。

三、食“洋”不化，在指挥小说走进沙龙时，有时会走错房间。他们走进的是几十年前洋人们早就用过茶点“叹”过咖啡的“洋沙龙”。这种走错房间的举动实则为文学观念上的盲动。青年理论家张桦对此有一段评述：“当今作家尤其是热情高昂的青年作家们，总喜欢今天喊句口号，尽管这口号含含混混，似是而非，譬如‘寻根’；明天随一股潮流，尽管那潮流来路不明，去向也不明……后天又张扬某位哲人，尽管谁都说不清或谁都说得清为什么今年该崇拜此，而明年又该轮到彼。譬如萨特、弗洛伊德，或者尼采、叔本华，往往在浏览了他们篇篇皆真理，而前后真理又相互矛盾的一系列宣言之后，便感觉其仿佛一群崇拜国际流行色的少女。如果此乃国门初开之时尚可理解，粗浅的创新是觉醒的标志。但这种粗浅的持续，则反映出其根基不深不稳，这种‘开放’与倡言‘祖宗之法不可改’者，实质上同属自我思辨力的匮乏。”

这种自我思辨力的匮乏其实也是作家人格魅力的匮乏，这是“沙龙化小说”最致命的弱点。

那么，出路何在？

突破以上所述“家庭化小说”和“沙龙化小说”的种种局限，集两种小说之长，避两种小说之短，创造出一种介乎两者之间的小说，似应是一条好出路。中国文学正在渴望大师出世，这种大师，必须既有集“家庭化小说”之大成的胆略和气魄，又有比所有的“家庭化小说”的博大精深；既有超乎前卫派的探索勇气，又具有征服千百万人的人格魅力，要像托尔斯泰那样，敢于宣称“不屑于为人数不足十万的人写作”。而决不钻到沙龙中孤芳自赏，故作高深地“蓄芳待明年”。

一个国家，一个民族，不能没有“家庭化小说”。它是这个国家和民族的文学之树的树根部分，没有这树根、就无文学可言，根系不发达的文学，也是盆景式的文学。但树根毕竟是树根，尽管盘根错节，根须密布，但体现一个国家的文学水准，总是以出露在地表以上的树材大小来衡量的。

同样，一个国家，一个民族，也不能没有“沙龙化小说”。它是文学之树的树梢，是文学发展的希望所在。人们从别的国度眺望地平线上的文学之树，总是容易首先看到这些树梢的。但树梢毕竟是树梢，它总是柔软稚嫩的，即使起劲疯长，整棵文学之树至多也长成个“细高个”罢了。人们似乎更应该重视树干的发育成材，文学要走进世界前列，要经得起历史的考验，就要靠文学之树自身粗壮而伟岸的树干。《红楼梦》《战争与和平》等巨著鸿篇，就是这样的树干。

中国当代文学需要伟大的树干，这就是结论。

（引自1988年第一期《当代文坛报》文章：《走入世界文学前列——中国文学光荣的梦想》）

生活的积累与反刍

自从南海矗立起第一座现代化海洋石油钻井平台，我就经常往平台上钻了。我像个想戏水而又胆怯的孩子，在南海之滨久久地流连，巴望着能逮着个机会，登上那遥远的、让人眼界大开的海上钢铁城堡。去了还想再去，仿佛上了瘾。

平台高出海面二三十米，要上去，得站在一个叫人提心吊胆的吊篮上，让吊车吊上去。人在海面上晃晃荡荡地上升，心里总是燃起热切的希望——这，一次，总能“抓”点什么，写点什么……

然而，在平台上待上几天，我茫然了。

平台太大，太紧张，开钻打井时，高效率、高强度的工作，分工极精细的复杂技术，高速运转的生活节奏……有如大海汹涌浪涛，使人敬畏、又有点莫测高深，而一旦停了钻，在茫茫大海中的平台又变得太小、太平淡。太孤独，百无聊赖的生活，枯燥得使人发愁。

我很苦恼，想得很多，写得很少，不敢贸然落笔，唯恐自己那支很蹩脚的笔，玷污了那气象雄浑的大海，玷污了那一群矢志献身大海的人们。

生活中往往缺乏现成的故事。即使有些乍一听来很有兴味的故事，如果不加以挖掘、提炼和改造，使之更典型、更集中、更具有打动人心的力量和审美价值，那它仍仅仅是故事而已，成不了真正的艺术品。我开始醒悟，我那种在生活中“抓”一两个现成故事的企图，就像想徒手跳进大海捉一条鱼一样可笑。于是我力图摆脱那种热衷于道听途说，单纯收集素材的方式，更注重自己对生活感受的“反刍”，不但注意在生活中素材的积累，而且注意感情的积累，在捕捉细节和个性的同时，更重视挖掘人们心灵上时代的印记和情愫，努力使自己的感情与之相通。

面对着澎湃的大海，我的笔拙，不能精细地描绘出那一朵朵晶莹的浪花，那变幻莫测的色彩，但我从宏观上感受到那一种气势、那阵阵扑面的雄风，那如雷贯耳的涛声，我想，把我的感受表现出来，不同样可以向读者展现这个海么？这路子是我对自己进行了一番严峻的思索以后找到的，人皆有长短，要不断提高，必须扬长避短，每个人头脑里都有自己特有的敏感区，找到这个敏感区并且将它打开，才能写出有自己个性的作品。

按这条路子走，我从某些青年钻工在爱情上“自卑”。而在事业上高度自尊的言谈中，发现了何帆（《海风轻轻吹》）；我看到有些“汽车越坐越大，房子越住越小”，却不改初衷的干部，在大转折关头勇于对不正之风“打阻击”，从他们严正的抉择中我发现了梁霄（《火红的云霞》）。现在看来，这些作品仍差强人意，不无遗憾之处，但那字里行间，毕竟留下了我苦苦追求的脚印一作品里有我的思索、有我的激情、有我的理想。

再往下走，又是一个长长的“苦闷期”。我所面对的海洋，更奔涌翻腾得令人茫然不知所措，对外开放使海洋石油战线发生了巨大变化，新信息很快就挤满了我脑袋里那小得可怜的信息库。围绕着海洋石油的大规模勘探、开发、政治、外交、军事、航空、海运、电讯、交通、气象服务、商业服务、科学研究……以及各种“条条块块”之间的新旧矛盾一齐冒了出来，扯皮、冲突……使人眼花缭乱。写什么？怎么写？我又终日陷入“剪不断、理还乱”的困境之中。

1984 年的春节，我是在钻井平台和石油基地度过的，和中外石油界人士在一起，节日过得很热闹。然而，喜气洋洋之中，我觉察到一种隐隐的忧郁——不久前，一艘外方的钻井船被强台风击沉了，中外双方有 80 多人遇难，这个灾难给基地投下了阴影。有天晚上，广场上正在放电影，突然传来了直升机起飞的轰鸣，人们一下子骚动起来，因为平台上没有紧急情况，直升机是不夜航的。家属们纷纷打听：是不是平台上又出事了？但我所熟悉的几个准备出海作业的青年朋友，却安之若素，谈笑风生。在他们身上，我感受到一种将生死安危置之度外的勇气。我结识了两个在海难前侥幸脱离险境的年轻人，分享了他们大难不死的欢愉，也窥探到他们悒郁沉重的心绪。我觉得这里有一种悲壮的美。我访问过石油工人的妻子们，从她们的谈吐和目光中，我分明感受到她们的坚忍和崇高。

一个年轻人的事迹激动了我。他是某石油管理局长的儿子，却当了十几年钻井工人，对外合作开始后，他被调到基地当翻译，可是他熟练地掌握了外语之后，又跑到那艘外国钻井船当钻工去了。海难前一天，他恰好回基地休假，别人都以为他这次死里逃生之后，不会再要求出海作业了，可是，第二艘钻井船一到，他又出现在那艘船的甲板上……

“我的事业在海上，”他说，“不是什么不怕死，而是我不能丢掉事业。”

这番话在我心头久久回荡着，使我产生了创作冲动。但光有冲动是不能动笔的，我开始对这些鲜亮活泼而又纷乱庞杂的生活感受进行“反刍”，这种“反刍”历时很长。很艰难——我把种种感受都煮成一锅了。生活之海是沸腾的。令人炫目的，我想，就在这“炫目”两个字上做文章，把我看到的复杂矛盾和感动我的人和事都写到小说里。

怎样写呢？改革家与保守人物剑拔弩张，这已成为所谓改革题材小说（我不大赞同这种归类法）的一种新模式。我所看到的生活，却是你要“改革”，我也要“改革”，结果扯皮扯不清。写老干部挡住新干部的路，小说里也似乎屡见不鲜。其实生活往往复杂得多，我见过某县出现这样的情况：各方势力争持不下，结果推出了一位鲜为人知的角色来当一把手。不是此人有本事，而是因为他给各方都带来了新的希望，也带来了新的竞争……我把这个县发生的事，移植到小说中的石油基地来了。至于小说中那个识大体、顾大局、有志于革新基层政治工作的青年政工干部陆烨，则是我虚构出来的，我与几个钻井船的政委有交往，在他们身上我找到了陆烨的影子。我想，我有权利这样虚构。我无意把立志奋发进取的主人公写成全知全能，头上有个灵光圈式的人物，他们也会有常人的弱点，甚至像陆烨那样有点“怕老婆”，他们也会有矛盾和冲突，身上也会有因袭的重荷，乃至像楚逸凡那样老谋深算，不顾一切地追逐本集团、本单位的利益。

这样，小说中的人物逐渐凸现出来，小说写出来了，但与人海的壮阔波澜相比，我的作品仍然显得幼稚、没分量、行什么办法呢？再上钻井平台上去吧，只有像“海碰子”那样扎进海里，才可能把这个海写得更好些吧！

寻找自己的钥匙

有位与小说的朋友要我在他的笔记本上留些“临别赠言”，我想了想，开玩笑地涂鸦几句：

“寻找打开文学之门的钥匙是一种苦刑，我被我自己判了个‘无期’，你呢？判了几年？”

的确，我觉得学文学不容易，搞文学更苦。文坛上有各式各样的作家，有的才气横溢、笔走龙蛇；有的工于精妙、点墨成金；有的超脱淡泊、以文为戏、善探幽窍……林林总总，都使我钦羡不已，肃然起敬。以上种种作家，都有自己打开文学之门的钥匙，但这都是他们的专利，我是无法得到的，要进门，钥匙得自己去找，自己去配。

我是磕磕碰碰走上文学之路的，寻找文学之门的钥匙找得我很苦。

在我充满热情和幻想的少年时代，曾有一位老师告诉我，诗歌是文学中最金贵的样式，是艺术皇冠上的宝石。我试着写了几首，觉得还可以，于是入迷地作起诗来。后来又由于一个偶然的原因，我参加了学校的一次话剧排练，感到有趣，于是又迷上了戏剧，还自己动手写起剧本来。后来在很长一段时间里，我一直以为这一段幼稚的“从文”经历完全是凭兴趣出发的，有很大的盲目性，对我走上文学道路没起什么作用。而我在文学上的真正起步是在上山下乡之后，现在看来，这一段经历的影响是不能忽视的，它起码培养了我的艺术兴趣，提高了我的艺术审美能力，萌发了我的艺术感觉。其次，学写诗丰富了我的感情，使我较早地注意到表达、抒发感情的方式，注意到文学的雕琢和意境。学写话剧，使我模糊地知道结构故事、控制场面的重要性，注意到人物之间、人与环境、时空之间的关系的处理。同时，在自编自演的实践中，我亲身感受到戏剧性情节引起的效果，意识到所谓“戏眼”——戏剧高潮的作用。这个时期，是我从事文学创作的启蒙期，没有这种启蒙，我连写小说、当作家的起码条件都不会有。这说明，文学艺术各门类是相互渗透、相互影响、相得益彰的。

在十年内乱中，我在生产建设兵团待了八年。这是在我文学创作上开始上路的八年，也是我不断进行生活积累、感情积累和知识积累的八年。这是个很重要的积累期。如果没有这八年的摸索和探求，我可能仍在文学大门外徘徊。

“文革”头几年，我经历了史无前例的社会动荡，个人生活也历尽曲折坎坷，从城市下到近似蛮荒的雷州半岛（后来还到过海南岛）种橡胶，思想感情所受的强烈震荡可想而知。我当时不敢奢望当作家（当时，作家都是永世不得翻身的角色），也不知观察生活、积累生活为何物，只一味在艰辛的劳动中打发日子。是个“无心人”。痛苦与欢乐、屈辱与自尊、沮丧与奋发时时交织在一起，反差异常强烈。随着岁月流逝，这些复杂的感情沉淀在脑子里，至今仍闪烁着光彩。我想，从某种意义上说，作家的感情积累与素材积累同等重要，作家是凭感情写作的，内在感情不丰富，很难当作家。我的素材积累不丰厚，往往靠感情积累弥补自己的不足。

我在这个积累期另一重要收获，是培养了自己的历史感。“文革”期间我读了一些历史书籍和哲学著作，这些书似乎与文学不搭界，但日后我却感到得益匪浅。历史感是作家理解力，思想力的基础，没有历史感的作品，思想内容必然贫乏、浅薄。直到现在，我还经常劝青年文友们多读点历史。

在胶林生活中，我开始吃力地摇动笔杆，写起小说来。处女作《护苗记》共一万多字，我前后改了八稿，稿纸叠起来足可以做一个枕头。反复修改使我知道了寻找打开文学之门的钥匙是要付出艰苦努力的。直到现在，我写小说，仍然不断修改。1984 年 11 月号《人民文学》发表了我的小说《炫目的海区》，总共才 2.4 万字，我却写了四稿，前后修改的总字数超过了十万。可以说我的小说是反复改出来的。

粉碎“四人帮”后，我发表了一些作品，其中《海风轻轻吹》《火红的云霞》分别获得 1980 年和 1982 年全国优秀短篇小说奖。也许是中学时代就埋下的“祸根”，我的小说至今仍无法和诗歌与戏剧“离婚”，我甚至突发奇想：想写一种把诗歌的意境、散文的笔调、戏剧的结构和冲突、引人入胜的故事熔于一炉的小说，当然，这可能是一种梦幻式的追求，可能根本找不到这样一把进入文学之门的钥匙，但我一直没有放弃寻觅，今后，我仍要写这种“杂交式”的小说。

曾有一句这样的歌词："什么钥匙开什么锁。"要当作家，必须配备自己打开文学之门的钥匙。用别人的钥匙，是无法在文学殿堂里登堂入室的，文学之宫里山门林立，打开一道门后又有一道门挡在你面前，立志一辈子搞文学，就得一辈子去寻找开门的钥匙，不能指望别人给予，只能靠自己。

文学评论理论卷

门外者言

坚决维护祖国统一是中国作家的神圣职责

——在全国人大广东代表团上的大会发言

去年3月，在人民大会堂里，我们的总理温家宝同志在十届全国人大二次会议举行的记者招待会上，饱含深情地吟诵出一首清末广东著名爱国诗人丘逢甲的诗篇："春愁难遣强看山，往事惊心泪欲潸，四百万人同一哭，去年今日割台湾。"

丘逢甲是我们广东蕉岭县人，对于这位伟大的爱国者，我们广东宣传力度还不够，其实，他是辛亥革命的有功之臣，是辛亥革命后推举孙中山出任临时大总统的临时参议院的广东三位议员之一。我认为他的历史功绩，可以与詹天佑、邓世昌齐名。他出生在台湾，第一次甲午战争清政府战败，李鸿章屈辱地签下了马关条约，日本出兵强占我国的固有领土台湾，丘逢甲三次刺血上书，要求清政府"抗倭守土"未果，愤然倾尽家财组织台湾义军浴血奋战，抗击日军犯台，在弹尽粮绝失败后被迫回到蕉岭老家，他在1896年写下了这首充满忧国情怀的诗篇《春愁》。诗人回想一年前清政府丧权辱国割让台湾之事，悲愤欲绝，真是泪满诗行，通篇溅血，其爱国之情赤子之心令人动容。事隔100多年后，温总理让我们重温了这首思念台湾的爱国绝唱，并铿锵有力地表达了我们13亿华夏子孙的心声："世界上只有一个中国，大陆和台湾同属于一个中国，大陆和台湾同胞血脉相连，一条海峡不能把我们的骨肉隔断……"

今天，我们同在这庄严的人民大会堂，审议举世瞩目的《反分裂国家法（草案）》。解决台湾问题，完成祖国的统一大业，关系着维护国家主权和领土完整，关系着全国人民的感情和尊严，关系着中国的发展和中华民族的伟大复兴，关系着包括台湾同胞在内的全中国人民的根本利益，也是包括台湾同胞在内的全中国人民的共同义务和神圣职责。在这负载着国家的尊严、十几亿人的重托的问题上，我们的责任大如天，使命重于山，我们要像珍惜生命一样珍惜我们手中的投票权利，绝不能掉以轻心，等闲视之。

世界上只有一个中国，台湾自古以来是中国的一部分，这是全世界公认的事实。在日本通过甲午战争霸占台湾半个世纪后，第二次世界大战后期由中国、美国、英国，并得到苏联认可的《开罗宣言》庄严宣告：使日本所窃取于中国之领土，例如满洲、台湾、澎湖列岛等，归还中国。宣言还谴责了日本自中日甲午战争和“九·一八”事变以来对中国的侵略，承认了满洲、台湾和澎湖列岛都是中国的固有领土，肯定了中国收复这些地方的神圣权利。

历史还告诉我们，在《开罗宣言》之前的 1941 年 12 月 9 日，中国政府就发布《对日宣战布告》，宣布“所有一切条约、协定、合同有涉及中日间之关系者，一律废止”，这就宣告了清政府丧权辱国割让台湾的马关条约死亡；在《开罗宣言》之后的 1945 年 7 月 26 日的美、英、中《波茨坦公告》，第八项重申“《开罗宣言》之条件必将实施”；1945 年 9 月 2 日的日本《无条件投降书》，其开宗明义第一条就是：日本接受“中、美、英共同签署的、后来又有苏联参加的 1945 年 7 月 26 日的《波茨坦公告》中的条款。”这样，《中国对日宣战布告》《开罗宣言》《波茨坦公告》和日本《无条件投降书》，这四个文件组成了环环相扣的国际法律链条，明确无误地确认了台湾作为中国领土一部分的法律地位，保证了台湾回归中国的国际协议具有无可否认的有效性。

这是半个世纪以来中国人民英勇斗争的成果，是国际反法西斯力量共同努力的胜利。这样的历史事实，是不可磨灭、不可歪曲的，美国人也不能不认这个账，否则，它就是自食其言，自打嘴巴。

台湾问题是 20 个世纪 40 年代后期中国内战遗留的问题，由于种种复杂的因素，两岸至今仍未统一，但是，大陆和台湾同属一个中国的事实从未改变。“台独”势力挖空心思妄想把台湾从祖国的怀抱中分裂出去，搞什么“法理‘台独’”“渐进式台独”，其中一个卑鄙伎俩，就是散播“台独文化”，他们篡改历史，删改教科书，用所谓“去中国化”为“台独”鸣锣开道，企图挖掉深种在台湾人民心中的中华文化之根，割断辉煌的中华文化与台湾人民的血脉关系，无论他们怎样捏造有如无源之水、无本之木的“海岛文化”，他们终究不能抹杀同文同种同根的事实，不能抹杀闽南先民、客家移民在台湾上千年、数百年的开垦史，不能禁绝闽南方言和客家话，不能切断“五四”以来中国新文化运动对台湾知识界的强大影响力。我们今天的反“台独”斗争，一定要牢牢地抓住中华文化这一条无比珍贵的血脉，不断挖掘和输送新鲜而又充满活力的文化养料，我们文化界、知识界的同行们，要加强两岸的交流和沟通，寄希望于台湾人民，共同来“寻根”“认根”“护根”，共同弘扬中华文化的优秀传统，粉碎“台独”势力通过文化“台独”蛊惑人心，进行“法理台独”“渐进式台独”的图谋。

我认为，我们现在审议的《反分裂国家法（草案）》，是全国人大常委会集中全国各级干部群众和专家的智慧、经过深思熟虑、反复推敲提出来的，充分体现了中华民族期待国家统一和强盛的要求，凝聚了国家和全国人民的坚强决心和意志，真是字字千钧，句句铿锵，有情有义，有理有节，刚柔并济，掷地有声，通篇闪烁出不可冒犯的威严，作为全国人大代表，作为一名中国作家，我完全同意制定这一部捍卫中国的主权和领土完整的国家法律，完全赞成《反分裂国家法（草案）》所规定的法定程序：如果“台独”分裂势力胆敢制造重大事变，以任何名义、任何方式把台湾从中国分裂出去，我们将不得不采取非和平方式及其他必要手段，捍卫国家主权和领土完整。

历史将会铭记，我们的子孙后代也会铭记，我们手中的赞成票负荷着何等分量！我一定投下这具有历史意义的神圣一票！

谢谢大家！

关于停止使用“农民工”称谓的建议

我国的改革开放已经进行了28年，这是一个根本改变中国落后面貌，使我国实现社会主义现代化的伟大进程。我国是一个地少人多的农业大国，在逐步实现工业化、城市化过程中，庞大的农业人口向城市和工业转移，是一个历史趋势。改革开放28年来，根据不完全统计，有1亿多农业人口进入城市从事各行各业的工作，对于这个巨量的群体，社会上习惯称为“农民工、民工，外来工、打工者”，等等，甚至中央文件和各级党政机关的公文、各种媒体和报章杂志也长期沿用了这些称谓。

我认为，这种状况应该改变，不能再持续下去。其理由有三：

一、《中华人民共和国宪法》总纲第一章第一条开宗明义规定：“中华人民共和国是工人阶级领导的、以工农联盟为基础的人民民主专政的社会主义国家。”工人阶级既然是国家的领导阶级，其定义、组成和指向性必须明确，作为领导阶级的工人阶级和作为基础的工农联盟之间的角色也不能混淆和互换。农民工的称谓亦工亦农，这涉及1亿多人口的劳动群体究竟是领导阶级的组成部分，还是作为基础联盟之一方？经常性和长期性地使用农民工这一概念，特别在党政机关正式公文中使用这一概念，显然不利于宪法的正确理解和遵守，不利于维护国家根本大法的严肃性，甚至难以精确地落实宪法精神。

二、农民工、民工、外来工等称谓，只是个权宜性的名词，并不规范和科学。在社会上存在轻视农业、轻视农民的不良风气中甚至带有某种歧视性，不利提高1亿多劳动人口的工作自豪感、归属感和社会责任感。

三、把目前在城市、工厂中从事与城市居民同样工作的大量来自农村的劳动人口称为农民工、民工、外来工等，无异在同一工种、同一领域中人为地制造鸿沟，在同一阶级中划分新的等级，制造新的不平等观念，不利于工业化、城市化建设，也不利于缩小城乡差别、工农差别，不利于构建和谐社会。

事实上，全世界工人阶级的“根”都来自农村。即使在最早诞生工人阶级的英国，其工人最早的来源也是被“圈地运动”驱赶到城市务工的失地农民。中国最早的产业工人，也是由农民进入“洋务运动”开设的工厂和外国人在中国开办的铁路、煤矿后成长起来的。无论是在新民主主义革命时期或新中国建设时期，我国工矿企业最基本人员构成无一例外大多数来自农民，正是他们构成了中国共产党人革命和执政的基石——中国的工人阶级。

改革开放28年来，早就进入长三角、珠三角、京津冀等发达地区务工的农村劳动人口已经成为当地工业、服务业等产业的劳动力支柱，其大多数农村青年从学校一出来进入工矿企业或其他经济实体工作多年，其职业技术和熟练程度也在全世界的发展中国家处于领先地位，承担着为国家积累和提升国力的重任，也为东南发达地区的繁荣发展做出重大贡献，他们理所当然应该成为中国新兴的产业工人，时至今日，因为他们的户籍原因仍然让他们戴着一顶“农”字号的帽子，显然名不正，言不顺，不伦不类。

在工人称谓之前加诸来源、户籍或地域的限制词，本来并无必要。应按国际通行惯例，只要进入工厂务工，不论短期或临时，也不论在国有、外资或民营企业中工作，他们的职业就应称为工人，进入服务业工作，也有相应的服务业职工称谓，并不必追根溯源地计较他来自农村或原本是个农民。

我建议：从2006年5月1日国际劳动节起，全国的党政机关公文和新闻媒体中停止使用农民工、民工等诸如此类的种种称谓。在某些情况下，为了维护来自农村的劳动人口的权益，必须将他们与城市或工矿原有的工人作一些区分时，可将这一庞大群体称为跨产业工人或新兴工人。同时，动员全社会关心、善待这一庞大的新兴劳动群体，正式将他们纳入工人阶级范畴，在全国营造出一个既尊重知识、尊重人才、也尊重劳动、尊重普通劳动者的社会风气，以逐步构建社会主义和谐社会。

关于改进公开招考公务员制度的建议

公务员队伍是我国党政机关执政为民的施政主体，建设一支德才兼备高素质的公务员队伍，对我国的长治久安和现代化建设至关重要。目前我国已经普遍实行公务员公开招考制度，面向全社会公开、公正、公平地招考公务员，这是一项重大的创新和改革，非常必要而且卓有成效。

然而，由于目前的招考公务员工作，仍以统一考试（分笔试和面试）、评分、统一录取的模式进行，只有笔试入围者才有资格进入下一轮的竞逐，这种办法似乎仍有改进的空间。

考试在目前的众多选拔人才的办法中，只能算是一种较为公平的办法，对选拔"通才"或面面俱到者较为有利，但对一些有特殊才能或一些专业性较强的紧缺人才，却往往造成遗珠之憾。我国的高考是最严格而且是掀动全国的考试，著名作家、原文化部长、现任中国作协副主席王蒙同志就坦言，如果让他参加现在的高考，他肯定考不上。在去年的公务员公开招考中，广东省作家协会物色了几名青年作家，准备作为协会今后的干部苗子来培养，所以让他们参加了公务员考试，结果两名一级作家、一名二级作家（均为高级技术职称）在笔试中全都不合格，被刷了下来。其中一名青年女作家魏微（一级作家），是广东省作协从江苏省引进的人才，去年刚荣获全国鲁迅文学奖，是全国为数不多的优秀青年女作家之一，笔试中只得了 44 分，没有资格进入面试。而笔试成绩优越、有资格进入面试的前三名青年同志，到作协面试时对全省统一的面试题目也回答得头头是道，但一交谈时才发现，他们对文学茫然无知，连本省著名老作家有谁？有何重要作品都说不出所以然来。作协招考干部应是熟悉文学业务、热爱文学事业的人员，连文学基本常识都没有，即使其他知识滚瓜烂熟，恐怕将来也难以胜任团结作家，为作家服务、繁荣文学事业的工作。

据了解，这种情况，其他专业性较强的厅局单位也遇到过，而这些专业性强的单位，目前一般并不缺乏通用的文职人员，最缺的是懂专业的专才。

为了解决这些问题，使一些专业性较强的单位在招考人才时能够录用真正急需的人员，我们建议：在公开招考公务员时要加设一些有关录用单位性质、任务、基本常识和专业知识的笔试内容，试题可以由录用单位草拟若干条，然后由上级公招领导部门秘密选定，列入拟考取此单位的考生考试试题中，在总成绩中占一定分数比例，同时，考生的专业资格和专业履历，也应该在总成绩中占一定的分数，这些专业试题和专业资格履历，应由录用单位评分，最后由省公招领导部门审查核定，列入该考生的总成绩。

在全国人大座谈会上
关于食品、药品安全监督的发言

民以食为天，食品安全事关千家万户、国计民生，在贯彻落实科学发展观、以民为本执政理念的今天，我们来关注日益严重的食品安全问题，显得尤为迫切。报纸传媒几乎天天炒作“假奶粉”、假食品、苏丹红等食品安全事件，作为人大代表，我们也很为之揪心，这些负面的东西成为老百姓街谈巷议的话题，也是我们参政议政的心理阴影，我们最担心的是因此影响我们党在群众中的威信、我们人大和政府的公信力，所以，这绝不是一两个部门的事，今天，我们很高兴地看到：国家机关派出强大的阵容来广东调研考究、指导工作，这是一次有质量的联合行动，这说明中央和国家机关高度重视群众关心的热点问题，解决这一老大难，很有希望。

我还是着重谈谈当前群众最关注的“问题食品”即安全问题。

一、执法问题

看材料我才了解到，广东作为经济发达地区，至今仍未出台有关食品安全的法规，那其他省份可能也没有相应法规，这就十分令人焦虑。食品是流通的商品，它可以从这个省卖到那个省，一出问题“祸水”横流，怎样堵截？怎样查处？查处的法理何在？这都成了问题。无规矩不成方圆，所以出台法规应是当务之急。

我亲身几次参加过打假的联合行动。依我看，凡是此类行动，做声势的多，实效并不大，风声过后，造假分子依然故我，正所谓野火烧不尽，春风吹又生，几个部门联合一两百人围剿一个镇，但真正能抓人的只有公安一家，其他不过是“联合国军”，人家不怕。他关着门，你连破门的本事都没有，因为你没有搜查证。找着了地方，得等公安来，人都跑了。收兵的时候，公安一撤，各单位人心惶惶，马上分头狼狈逃窜，害怕报复，打假的竟然害怕被假打，真笑话！

看来，执法机构要真正拥有执法权，才会有权威，否则就是纸老虎。美国的药品执法机构据说就有武装，还可以抓人，是否可以借鉴？可以研究。

从长远来说，我觉得食品药品监管机构应该逐步发展成从批准、生产、流通一条龙管到底体制，把住“民以食为天”这个关口，除了农产品外，只要商场里直接能进入嘴巴的东西，都管起来。减少“铁路警察、各管一段”的环节，恐怕对老百姓更有利一些。

二、有法不依和有法难依的问题

刚才说的是法规不健全的问题，但现实中大量的是有法不依，明明是有毒有害的添加剂，无良商家就是敢往食品里加，这是利润让人丧心病狂，马克思说过，只要有百分之百的利润，资本家就不惜冒上断头台的风险，何况现在的无良商家用不着上断头台，最多罚点款，这是我们的法度不严，处罚畸轻造成的恶果，我们觉得，应该选择几个影响恶劣的案例，以最严厉的法律惩处一批首恶分子，造成全国的震动，使效尤者有所震慑，才能收到较好效果。

三、在全国、全省设立食品安全日

在全民中加强宣传食品安全和维权意识，十分必要，每年设立一个食品安全日或安全周，发动群众关注此事，坚持数年，就能起到提高全民素质，减轻假冒伪劣食品危害的作用。建议中央和国家机关的领导研究一下，是否可行？

关于建立青年学生参军服役后应试考入大学享受免费高等教育的制度的建议

当前，我国广大人民群众希望子女享受高等教育的愿望越来越强烈和迫切，但是高等教育实行的收费制度门槛越来越高，普通家庭的子女接受高等教育的成本越来越大，负担极重，致使很多学业优秀的有志青年因家境贫穷而失去上大学的机会，这些失学青年中，很多人是可以造就为国家栋梁之材的。在世界上很多国家为了鼓励青少年服兵役尽公民义务，都有服役后享受免费教育的优惠措施，最近，俄罗斯也在军队中实行服役不少于3年的合同兵将获得接受高等教育权利的制度。这一来，我国在此问题上不仅远远落后于欧美发达国家，甚至与俄罗斯也有很大差距。为解决这个问题，我再次建议：建立青年学生参军服役后应试考入大学享受免费高等教育的制度。

我们认为，由全国人大立法建立这一制度是可行的。其好处是：

一、可以使很多学业优秀但家境贫穷的有志青年有更多接受高等教育的机遇和管道，特别可令来自农村和贫困地区的青年解决上大学难的问题，可以使广大中小学生树立理想和信心发奋学习，为国家和军队凝聚更多的可造之才。

二、青年学生通过服役，在解放军军营这所大熔炉、大学校中经受锻炼和考验，思想和体质上都将有极大提高，对部队而言，有大批准备高考的高中生参军，也大大提高了整体的文化素质，对掌握现代化武器装备和军事技术极为有利。

三、退役后的青年战士通过短期复习，参加高考，与应届考生同等竞争入学，或者给予适当加分等优惠手段，让他们考入相应的高等院校，将有效提高高等院校的生源素质。根本改变目前大学中全是“两门”学生（从家门到校门）成分，对大学校园中的思想作风建设、党团建设和全民的国防教育，都大有好处，将大大提高全民国防意识和从军服役的自豪感、责任感。

四、从军是对人生的一种磨砺。美国战后实行退役军人免费入读大学，从贫苦家庭的子弟中造就了一大批政治家、军事家、企业家，很多人成为社会中坚和治国之才。我国实行有中国特色的社会主义，更应鼓励工农子弟通过从军道路求学上进，立志为国效力。

五、如果我国建立成套的鼓励大学生当兵服役，又鼓励退伍战士应试进入大学接受免费高等教育的政策和制度，国家财政肯定会增加负担，但是，这种支出与国家和全民得到的好处和收到的社会效益、经济效益相比，是完全值得的，是为了国家和民族强大兴盛必要的投入。

关于如有大批退役青年战士考入大学，又要实行免费教育所造成的财政压力，我认为可以用以下方式解决：

一、国家成立专项基金，由国家财政划拨大部分款项，其余向社会各界筹集。

二、增开国防义务教育税。

三、由国家补贴、所在大学补贴、入学退役战士所在地方补贴三者结合，解决入学费用问题。

关于加强中华民族优秀文化传统教育，增强社会凝聚力的建议

建设有中国特色的社会主义，实现中华民族的伟大复兴，是全党全国人民的伟大目标。在以经济建设为中心，聚精会神搞建设，以发展为第一要务的今天，全球化给我们带来发展机遇，也使我们面临新的挑战，这就是信息时代造成的所谓信息爆炸，随着我国的开放，各种思潮和文化形态、生活方式如洪水般涌入国门，其中既有人类文明和智慧最优秀的成果和精华，也有鱼龙混杂、沙泥俱下的糟粕，加上历来的极“左”思潮和“文革”对我国优秀文化传统的粗暴破坏和践踏，使文化上的民族虚无主义和主张全盘西化、屈从于西方文化霸权的思潮较有市场，现在不少大学生，都对中国博大精深的优秀传统文化非常陌生，这是很可悲的。如果我们对这些负面影响掉以轻心，对其在我国青少年所起的作用估计不足，就会危及我们的改革开放和实现中华民族的伟大复兴的大业。

中华民族从来都是善于吸纳外来优秀文化成果和精华的民族，从先秦的诸子百家兴起、汉唐盛世的文化交融到惠能将西来佛教改造为中土禅宗，从康、梁变法、孙中山首倡共和革命，到毛泽东同志将马列主义与中国实践相结合，取得中国革命胜利和邓小平提出建设有中国特色的社会主义理论，实践改革开放、一国两制，揭开了中华民族伟大复兴新篇章，一脉相承地印证了只要对外来的思想文化取其精华，去其糟粕，根据国情，为我所用，社会就有前进动力，文化就能繁荣，思想就能活跃，国家就能强盛，中国就能自立于世界民族之林。

为此，我们建议：

一、不断地强化学习中华民族优秀文化传统的意识。实现中华民族的伟大复兴，首先要从肯定、遵从、热爱自己的优秀传统文化开始。

适得其反。

我的建议是：

一、加强意识形态部门的信息化培训，加强对互联网站的领导，目前很多宣传部门领导对互联网科技知之不多甚至不懂电脑，而懂互联网或管互联网的人员又思想政治水平不高、政治敏锐性不强，这些状况必须改变，执政党应该管互联网，互联网站应由有政治觉悟和政治敏锐性强的内行来管理。

二、建立我们自己的网络写作队伍，西方和台湾敌对势力雇佣不少“网络写手”，采用“群狼战术”来在互联网上蛊惑人心，我们必须有自己的写作队伍，一有负面的东西出现，及时说明真相，有理有利有节地进行分析、解释和批驳，让群众在比较中辨别真伪，在发展中看到光明，在迷惘中看到正气，也能让真正反映民情民意的东西传递上来，让党的声音真正占领互联网阵地。

三、办好一批真正受群众欢迎的主力网站，树立权威品牌。

另外，目前图书市场的混乱状况，希望有关部门高度关注，尽快采取有效措施加以遏止。

今年春节前，我在广东一个县级城区调查，在不到 600 米的主要街道上，竟有 10 个摆卖图书的地摊，全都卖盗版书，多为香港言情、武侠小说，也有封建迷信、内容反动的非法出版物。在广州，大部分书报摊上摆售的除报纸、杂志是正式出版物外，图书大多是从不明渠道批发来的盗版书。北京有关部门内部发行的一套“珍稀史料系列丛书”（有《张国焘回忆录》《王明回忆录》《李德回忆录》等），文内充斥对我党历史的歪曲和攻击，正版的要几百元，而在书摊上几十元就能买到盗版书。一些畅销书，如《中国农民调查》《往事并不如烟》等，到处可见盗版书。

据我了解，各大城市还出现了专门出售“腐败书”的销售“游击队”，所谓“腐败书”，其实全是盗版的大型工具书，如《辞海》《辞源》《中国共产党百科全书》《工商管理法规大全》等，专门有人串机关、学校、公司单位兜售，以很便宜的价格出售但可按书上标出的原价开出发票，让买书者报销获利，不少单位买了盗版的“党内文件汇编”“法规大全”用以装点领导或机关书架门面，形成极大的讽刺。

我本人也有被盗版的亲身经历。去年 6 月，我接到来自石家庄的一个长途电话，来电者是位素昧平生读者，他在石家庄一个由国家出版部门办的书市中发现一本当今最走红的政治小说作家张平“新作”：特大开本，封面上赫然印着“茅盾文学奖得主张平《国家干部》后又一最新巨著”字样，书名曰：《国家公仆》，翻开一看，内容竟然完全与我和赵洪写的《大江沉重》相同，只是书中人物名字做了改动。这位读者义愤填膺，到处打听我们的地址和电话，几经周折终于找到我们，通报了这个令我头疼不已的消息，后来还把这本盗版书给我寄来了。

张平是我的朋友，我了解他的人品和文品，断然不会干出如此下作之事，而且他的长篇《国家干部》和我们的《大江沉重》，出自同一家出版社、同一个责任编辑张懿翎之手，堂堂中国作家出版社，决不会愚蠢到自己盗自己的版。我们的冤家对头只有一个：那就是躲藏在阴暗角落里的地下书商——当今横行中国出版市场的江洋大盗！

我打电话给作家出版社的责任编辑张懿翎，她大吐苦水说：没办法，这年头盗版比正版出得多，余秋雨的《借我一生》出来三天，北京街上到处都是盗版书了！

经济学里有“劣币驱除良币”一说，引申到当今我们的出版市场，恐怕不仅仅是“劣币驱除良币”，而是“假币驱除真币”了！盗版猛于虎，它祸害的对象远不止是我们作者，而是在摧毁着我们民族的诚信和道德良心，它对社会的危害，其实和明火执仗打家劫舍、张开血盆大口贪污受贿，或者是贩毒走私、印制假钞的罪行并没有多大区别。当我们放任长街上一档又一档的书摊上摆卖的全是盗版书时，当我们对莘莘学子手中捧读和观看的都是盗版书、盗版光盘熟视无睹时，我们怎么能建设“爱国、守法、诚信、知礼”的和谐社会呢？怎能搞好精神文明建设，坚持先进文化方向呢？

建设法制社会，遏制和清除盗版狂潮，刻不容缓！我建议：文化、广播影视、工商、版权等部门应该组成一支统一的强有力的专业执法队伍，专门对种种盗版行为进行打击，国家应该修订原有的法规，或者出台更严厉的法律，对盗版行为加大刑罚力度，同时，对印刷行业的厂商进行有效的监督检查，坚决遏止“盗版书比正版书出得多”“盗版书比正版书出得容易”的现象。

关于积极擢拔农民工优秀人才，推进和谐社会建设的建议

在根本改变中国面貌的改革开放伟大进程中，庞大的农业人口向城市和工业转移，逐步实现全国工业化、城市化、现代化，是必然的历史趋势。改革开放28年来，根据不完全统计，有2亿多农业人口进入各大中小城市，特别是长三角、珠三角、京、津、冀等发达地区，占全国的劳动人口三分之一强，随着国家的飞速发展，这个比例还会大大增加。对于这个巨量的劳动者群体，社会上习惯称为农民工、民工，外来工、打工者，等等，他们已经成为我国的工业、服务业、新兴农业等产业的劳动力支柱，其职业技术和熟练程度也在全世界的发展中国家处于领先地位，以其辛勤的劳动，承担着为国家增加积累提升国力的重任，也为东南沿海发达地区的繁荣发展做出重大贡献，他们理所当然是中国工人阶级的重要组成部分。他们在各行各业中涌现出来的优秀人才，如同过去上山下乡的知识青年出现无数优秀人才一样，逐步成为我国社会进步的中坚栋梁。

他们当中出现无数任劳任怨、勤奋工作的劳动模范，刻苦钻研、勇攀高峰的能工巧匠、技术骨干，有舍己救人、公而忘私的先进典型，有积极上进、热心公益的优秀青年，也有在文学、音乐、美术等文艺领域中崭露头角可堪造就的好苗子。例如在广州造船厂，就有一大批农民工成为该厂的技术骨干，在广东宝安，有一批克服重重困难，热心进行业余文学创作的农民工作家，其中一人去年在国家级期刊《人民文学》上连续三期发表小说，有多人人均在全国各级文学期刊发表中短篇小说和诗歌20多篇（首），并有不少发表在国家级和知名省级刊物上，这种创作量和发表量，已经达到或超过了现在很多专业作家的水平。但由于户籍、学历、工作资历等诸多原因，从农民工中出现的青年作家群体当中大多数人尽管很有写作才华和天赋，也很难进入主流文学和体制内的

队伍，难于被文艺单位和刊物录用，甚至加入省一级作家协会也遇到户籍政策的问题，有位农民工青年作家悲观地说，我们写得再多再好，一辈子也只能做带“原罪”的体制外作家。如果他们长期处于这种状态，不利于我国作家队伍的团结和文学事业的发展壮大。

目前通行的公务员选拔制度和优秀人才擢拔机制，在现代化建设中发展了很大作用，但却缺乏一些从农民工中擢拔先进分子的管道和安排，不利于有2亿多人口的劳动人口中发现挖掘、培养造就优秀人才，甚至会在某种程度上挫伤了大多数有理想、有追求的青年农民工要求上进的积极性。

由于目前各级公务员队伍和事业单位干部队伍、科技人才队伍对学历、年龄、资历等方面有硬性规定，无异划出一道鸿沟，无论农民工中的优秀分子有多大的才能和特殊成就，只能安分守已随遇而安地当农民工，年纪稍大再回到农村当农民。而各级人大、政协代表、委员中，鲜见拥有2亿多人口的农民工优秀代表，各大专院校则清一色只接受应试教育层层选拔出来的在校生，各级党校和工会、妇联、共青团的干部学校，也没有对广大农民工敞开大门，使得这2亿多劳动者在政治、经济、科技、文化层面较难有上升空间，长此以往，将造成一个疏离于社会主体之外的巨大社会阶层和群体，对我国的安定团结和谐极之不利。

忽视农民工群体的上进空间、政治诉求和权益，实际上是忽视了我国的立国之本和根本宗旨，《中华人民共和国宪法》总纲第一章第一条开宗明义规定：“中华人民共和国是工人阶级领导的、以工农联盟为基础的人民民主专政的社会主义国家。”农民工无论作为领导阶级的工人阶级，还是作为基础的工农联盟的联盟一方，都理所当然地无论在政治、经济、教育、科技、文化等方面和国家管理体制上受到应有的重视。

为此，我建议：

1. 各级人大代表、政协委员中，应该明确保留适当名额，从各地广大农民工中擢拔优秀分子担任，发挥他们当家做主，管理国家大事和参政议政的积极性。

2. 各级公务员队伍和事业单位干部队伍、科技人才队伍在公开招聘新人时，应有特殊管道和安排，在公开、公平、公正原则下，从广大农民工中适当擢拔优秀人才。

3. 在农民工集中的厂矿中，积极发展党团组织和工会组织，大力发展其优秀分子加入共产党和共青团，由基层工会组织逐级保送农民工的优秀人才进入各级党校和工会、妇联、共青团的干部学校学习，各级党校各级工、青、妇干校，也可以设立“农民工班”，学员毕业后可充实到各级工、青、妇人民团体中，打造一支能够团结广大农民工、落实党的方针政策、加强和谐社会建设的专职队伍。

4. 我国的高等院校建立一套机制，应能破格从农民工中录取有特殊才能或重大贡献的可造之才。过去华罗庚、沈从文等人都不是科班出身，因为才华出众，都得到了重用直接成为大学教授，我们现在也应设置一个特殊渠道，给予一些特殊人才上升的空间。

5. 吸取广东中山等地的经验和做法，运用政府资源或与社会、企业联合办学，广泛开设中级专业技术学校和高级技工学校，免费对农民工实行上岗前的政治思想、专业技术、权益保障、生产安全的培训，由地方人大或政府制定强制性法规或条例，规范用人工矿企业只能招收经过上岗培训取得上岗许可证的农民工。对在厂矿企业中工作的农民工也应进行强制性的技校定期轮训，成绩突出的优秀技工，可以送到高级技工学校培训，取得高级技工证书，以提高生产技能和工资待遇，在全国形成一个对农民工进行专业技能教育和培训的网络和制度。

6. 经一段时间努力，在条件成熟时，全国的党政机关公文和新闻媒体中停止使用农民工、民工等诸如此类的种种称谓，把他们统一称为工人。在全国营造出一个既尊重知识、尊重人才、也尊重劳动、尊重普通劳动者的社会风气，以推进社会主义和谐社会建设。

希望省领导重视文学创作和青年作家培养

中央和省委强调提升创造和创新能力，汪洋书记更是多次强调我们要解放思想，转变发展观念，增强广东的创新优势，我的理解，创新能力是与一个国家、一个民族的想象力分不开的。没有想象力就不可能有创新能力，而文学正是开发提升人类想象力的原动力，也是文艺的源头和母本，正是文学的薪火冶炼出人类最初的想象力。所以，伟大作家的作品，是国家和民族智慧的一个重要标杆，我们说英国文化，人们首先会想到莎士比亚、狄更斯，说俄罗斯文化伟大，马上会联想到托尔斯泰、普希金。文学在激发民族想象力和创新思维方面，有不可替代的作用。

广东要创新要发展，出台了40条加快发展方式的转变，这是硬道理，我希望还要大力培育和扩展创新能力、想象力，为加快发展提供智力支撑，营造发展软实力的气候和土壤。我个人认为要抓好文学创作这个源头，现在广东文学与各兄弟省市作横的比较，有相对的优势，也有相对的弱势，如在反映现实，紧贴时代精神的主旋律作品方面，广东作家是积极的、主动的、敏感的，也拿出较多较好的作品，去年中宣部“五个一”评奖，广东拿了6个，处于上游，但我们在深刻反映人文精神、历史文化方面的作品，与先进的文学大省仍有差距；

在作家队伍方面，有三个层次，广东五六十岁以上的老作家较强，40岁至50岁的中年作家较弱，青年作家方面由于广东近年有大量外来青工和自由撰稿人加入，大量优秀中短篇作品发表在国家级刊物上，今年报送全国鲁迅文学奖评奖的作品，在中短篇小说、诗歌方面，我省参评的作家几乎都是近年进入广东的青年作家，包括去年中国作协铁凝主席向汪洋书记推荐的两位农民工作家王十月和郑小琼，由于文学实力的比拼大多主要看中年，中年作家处于成熟期，是出作品的主力，这方面我们较弱，所以文学整体上处于中游，与广东的排头兵地位不大相称。

广东文学创作要迎头赶上，我认为关键在于要全力打造一支在全国有影响的青年作家队伍：

第一，加大青年作家（尤其是农民工作家和自由撰稿人）的培训力度，努力解决他们文艺思想和观念上的断层不足和差距问题。从思想上帮助、生活上关心、创作上扶持，鼓励他们敢于碰大题材、敢写大作品。现在问题是经费，前几年省劳动和社会保障厅方潮贵当厅长时，拨经费支持我们培训农民工作家，由欧广源同志授牌，成立了广东外来青工文学创作培训中心，培训了140多人，办起了一份杂志，反响很好。但后来经费没有了，杂志也难以为继。来粤打工近3000万打工青年，有不少能人，也有不少文学上的可造之才。我们希望把这项工作坚持下去。这也是一种“双转移”：从农民工转变成作家，从生产物质财富的体力劳动者转变为生产精神财富的脑力劳动者。

十几年前深圳宝安有几位农民工作家办了份杂志《大鹏湾》，用大板车推到富士康门口卖，很受外来工欢迎，杂志也办得风生水起，可惜后来这杂志停刊了，我想如果富士康十万外来工多些文学营养的滋养和温润，自杀现象也会减少一些。

建议省委宣传部把已经挂牌的广东外来青工文学创作培训中心办成实体，由人力社保厅、省总工会从每年的巨额职工、农民工培训经费中拨出一点来培训农民工作家，九牛拔一毛，何乐而不为？

第二，当今广东文学缺精品，但精品生产需要历史长河凝练和淘洗，不可能出个题目、下个指令就能产生。现在各省都在加大投入搞大剧院、博物馆、文化广场，动不动就几十亿，但对关键因素——人，投入了多少？光有多少由金钱、钢材、水泥堆成的文化建筑，还不能称为有文化的城市，只能叫有文化设施的城市。真正意义的文化名城，还要看你有多少文化名人聚集，有多少传世之作在这里产生。建议省委在加强省作协等生产单位经费投入的同时，选择一些在全国有影响、有竞争力的作家艺术家，设立作家艺术家工作室，下拨一些精品专项经费，让他们自己选择助手或学生，专门创作生产周期长的大作品，把长篇小说和影视剧本统筹起来，一条龙生产，这样可以克服一些急功近利的浮躁心理，也可以带起一个团队。上海已经这样干了，听说深圳也准备搞杨争光、邓一光工作室。

第三，请省委支持，每年选调一批青年作家到基层挂职，深入生活，中山市委宣传部曾有过计划，在全国挑选优秀青年作家，到镇一级挂职镇长助理，带写作任务下去，由镇发生活补贴，这很有创意，值得一试。

第四，在当下网络写作盛行的全民写作时代，说好听是千帆竞发，百舸争流，说不好听是沙泥俱下，鱼龙混杂，价值观和评价标准呈多元、混乱状态。加强提高和正面引导，加强去芜存精，扶持代表先进文化好苗子有绝对的需要。对一些长期在底层磨炼、在全国有影响的优秀青年作家或农民工作家，要选拔上来充实作家队伍或文艺杂志的编辑队伍，如去年在省委组织部、劳动社保人事厅的大力支持下，我省在全国首创调入了王十月、郑小琼两位农民工作家进入体制内，对全国文坛影响很大。这些青年作家有生活、有创作冲动，只要解决他们的后顾之忧，假以时日，我们一定能出大作品，出大人才，实现广东文艺的大繁荣大发展。

关于《东莞市虎门镇建设文化名城规划纲要》的意见

虎门镇宣教办：

贵办发来的《东莞市虎门镇建设文化名城规划纲要》已收到，总体感觉中大课题组全面周到，巨细通揽，花了不少工夫。

但我仍觉得，课题组对虎门的人文历史研究考察得仍未够深入，重点依然未能突出，因面面俱到，难免与较多的县、镇的文化建设规划大同小异，除了虎门因是“鸦片战争”打响第一炮、中国近代史的开篇之地外，其他方面与各名镇规划并无太大区别。这可能是由于时间仓促，也可能由于想象力和创新能力不够。

欲将虎门打造为饮誉全球的历史文化名城，必须有大气魄、大想象、大创新、大手笔，又要认真保护鸦片战争的历史遗迹，修旧如旧，防止在历史景观中大兴土木，破坏历史遗存和旧貌。近代史主题公园的建设必须科学规划，认真进行历史、环保等专项论证，切忌一哄而起的盲目建设。

建议：

1. 在现有规划的基础上，深化鸦片战争博物馆等场所的作用，建设以研究鸦片战争史的“鸦片战争国际研究中心”，每年拨出专款，与国内近代史研究力量最强的大学合作（如北大、南开、复旦、中大等，每次联络一家牵头），吸引全世界、全中国这方面的权威专家、学者和作家到此考察、研究、写作，每年或两年召开一次有关“鸦片战争”、中英关系史、珠江口中外文化交流史、反毒扫毒等项目的国际性高层论坛和会议，努力吸引国际和全国媒体的注意力，以在全球扩大虎门的影响力，提高虎门的知名度、美誉度。

这个“鸦片战争国际研究中心”应有相关的工作人员和设施、工作室和接待 10 人左右的专家、学者、作家、艺术家的生活设施，吸引全世界有意研究这方面题材的著名专家学者、作家、艺术家到虎门短期研究和创作（可规定一定时限，如10天、20天等）。组织一个相应的学术委员会，来审定这些请求到虎门短期工作、写作的专家学者、作家艺术家申请。

2. 是否可以考虑，在英雄广场或威远岛、近代史主题公园内专辟一地方，专门竖立林则徐、关天培等民族英雄的塑像群，每年每逢林则徐销烟纪念日，或鸦片战争虎门之战开战日，都组织青少年学生前来纪念、祭拜，形成惯例。

3. 蒋光鼐故居和文物书画展，可扩大延伸为“十九路军抗日博物馆”，目前，我国、我省对十九路军的历史仍不够重视，如能在虎门建设一个十九路军博物馆，将对弘扬爱国主义精神和统战工作起很大作用。

4. 陈益是明代土生土长的虎门人，从越南引进番薯对中国的粮食发展产生过很大影响，甚至改变了人口结构，这方面目前全国人民群众知之甚少，研究也不多，宜大力宣传，可考虑在英雄广场设立铜像，在其家乡设立纪念馆。

5. 明代何儒是首次观察、引进和仿制佛朗机大炮的虎门人，对中国武器制造业贡献很大，虎门应该大力宣传，以期引进外界的兴趣和关注。

以上意见，如有不当，请指教。

关于构建“西江产业带”，开拓“泛珠三角”经济发展纵深的发言

各位专家、学者，同志们，朋友们：

请允许我以一个作家身份在这个经济学的论坛上发言。

西江，是珠江的干流，它是一部活着的历史，是由无数必然和偶然、个体和群体、时间和空间的水珠和浪花组成一道巨流，有千回百折、壅塞阻滞，也有浩浩荡荡，横无际涯，孕育、形成了我们珠江三角洲的母体。按照“水往低处流”的客观规律奔流入海，融入必然的归宿。

从某种意义上说，它和地球上的江河一样，也都是有生命的，其生命显得轰轰烈烈而又潇潇洒洒。它汇合了北江和东江，巨龙般伸展开身躯和五爪，匍匐在南中国的大地上，温柔、平稳地向南奔流，它与几乎所有横贯华夏全境的大江河迥然不同的是，它不是依照中国西高东低的地理走势东流入海，而是向着正南方，在广东中南部汇合后，又在平原地带分成多路齐头并进，最后分成“八门”注入一片湛蓝的南中国海。

我们眼前的这条西江，其实也和长江黄河一样，在孕育文明、锻冶民族精神方面，同样功不可没。它是中原文明最早进入岭南的主要通道，也是沟通长江水系的枢纽，我们现在广东、广西、两广的概念，与西江是密不可分的，这个“广”，就是建立在西江边上的封开。

千百年来，中原文明自大西江顺流而下，时至 21 世纪，应该倒过来了，发展的浪潮，应该溯江而上，向着内陆、腹地和大西南的纵深，呼啸而去。

珠江三角洲是目前全球经济发展最迅速的地区之一，在紧紧抓住历史性机遇，推动我国现代化建设的进程中，广东的“泛珠三角”经济圈概念引起经济学界和各有关省（区）强烈共鸣和关注，经济学博士邓伟根（现任佛山市高明区区长）据此提出：为了拓宽广东与中南各省区协作的“泛珠三角经济圈”，

如要实现长三角和珠三角比翼齐飞，有必要依托独有的发展纵深与腹地，这就是沿珠三角西部的西江流域共筑一条含粤、港、澳、桂、黔、滇等省（区）市、特区的“西江产业带”。

“西江产业带”的构建，必须沿西江黄金水道，加强沿江各省区、市县的联系，进行资源整合、合理规划、共谋发展，扩大珠三角发展纵深，推动广东经济跃上新台阶，并带动广西、贵州、云南各省区的西南大开发，为全国经济区域合作创出一种新模式。

我认同邓伟根博士的理论，作为“泛珠三角经济圈理论”的子系统，“西江产业带”构想有较强的针对性和可操作性，我在今年3月份的全国人大会议上，向人大提出建议，建议国家有关部门高度重视，加强组织协调，早日实施，为国谋利。理由如下：

一、珠三角仅靠出口拉动增长的传统发展方式正受到越来越严重的挑战，新的产业结构转型迫在眉睫，与拥有中上游广大发展腹地的长三角相比，传统概念上的珠三角以一个狭小地域的高速增长，难以有更大作为，而沿珠江主干流西进，可以开拓数省区广阔的发展纵深与腹地，拉动周边和纵深各省、区的大发展，形成与长三角旗鼓相当的经济区域，实现珠三角发达地区的产业转移和经济辐射。

二、沿海、沿江、沿路是经济发展的三条主要轴线。在我国国情之下，沿江发展仍是最有效的现实途径。我国有航运价值的天然水道不多，从南到北以松花江、长江、珠江为最理想，珠江干流西江更是仅次于长江的黄金水道，是南中国最长、流量最大、流域最广、适航里程最长的河流。西江全长2214公里，流经滇、桂、黔、粤和香港、澳门两个特区，流域面积上万公里的支流有6条，集水面积（境内）为36万平方公里。长年不冻，中下游干流丰枯流量差不大，水量充沛，年均径流量达2300亿立方米，其货运量也仅次于长江，占内河航运总量20%，含支流的航运里程更高达14000公里。西江是西南各省区的传统出口主通道，直通珠江口的香港、澳门。

然而，并不比长江逊色多少的西江，其中上游的航运发展水平却落后于长江中上游，这是西江沿江内陆地区多年来封闭的经济结构造成的。西江流域经济发展与西江的开发利用有互为因果的关系，西江的潜力一直未能发挥，西部各省区也无法充分利用这一大动脉和出海口，沿江产业更无法形成规模，难以与长江比肩，更远远落后欧洲流量比其小得多的莱茵河、多瑙河。

如今，“泛珠三角”发展的呼声日益高涨，西江的开发利用与沿岸产业整合规划更应乘势而上，使西江产业带早日成形，形成沿江的中小新兴工业城市群，把一条黄金水道打造成有龙头（香港、广州、深圳和珠三角），有龙身（粤、桂两省区的一连串地级市），有龙尾（云、贵、川纵深腹地）的明珠走廊、钻石走廊，从而全面开发泛珠三角经济纵深与腹地，充分发挥龙头有东方之珠美名的香港、有世界知名旅游中心澳门这两个特区，加上广州、深圳、佛山的优势，形成中国最大的经济发展极和对外贸易的门户，实现与长三角比翼齐飞，成为中国和平崛起的主引擎。

三、沿西江黄金水道采用带状纵深式的产业布局，可有效避免产业趋同与重复建设，以沿江下游的新兴产业基地、制造业基地为龙头，带动梯度发展的中上游形成经贸业、物流业、劳动密集型产业的中小城市群、城镇群，凝聚财力逐步开发丰富的旅游、矿产、水电资源，实现下游与中上游互补与多赢的特色和格局。西江上游的大西南不仅可利用珠三角产业扩散和辐射实现跨越式发展，也为珠三角的增创新优势、更上一层楼提供广阔的扩展空间和市场。

由于发展“西江产业带”具有重大的理论价值和现实意义，我们建议：

一、将“西江产业带”理论作为“泛珠三角”经济圈理论的子系统和国家开发大西南战略的一个有机组成部分，由国家有关部门牵头，沿江四省区加上港澳两特区协同对此理论进行论证研究，统一规划，充分整合，早日实施。

二、政府与民间形成合力，“西江产业带”的形成急需在相关省区和特区政府中形成共识，这需要更高层面上的推动。各地政府有必要进行定期的有效沟通与策划，最终形成具权威性的动作模式与合作机制，引导珠三角和港澳企业沿江向西北进取，有规划地实施梯度转移和发展，并在产业分工上有所侧重，形成上下游依存共赢的产业链。各级政府应当提供优质服务，实现区域一体化的互赢发展的格局。

三、加大西江河道的整治及流域内诸资源的开发力度，使之早日形成更大的生产力。特别在大流通、大交通的发展和大力节省能源上，发展西江产业带，具有战略意义。伊拉克战争和油价的飙升，给中华民族敲起了警钟，我国决不能走美国建立汽车轮子上国家的高能耗路子，不能重陆运，轻水运。高速公路网的建设应该有一个度，超过了这个度，对能源极其匮缺、地大而物不博的我国来说，过于庞大的高速公路网和汽车工业就不是发展的加速器，而是绊马索，甚至可能是自杀的绞索。大力发展连接西南各省区的西江航运业，正当其时，而且刻不容缓。

关于打造广州市文学名片的建议

近日，关于打造广州名片的建议在广州市引起市民热烈关注，这些活动对加强精神文明建设、树立人民群众的崭新的文化观念很有好处。作为一名全国人大代表和关心广州发展的作家，我也冒昧提出一个打造广州文学名片的建议：建议对长期在广州居住和创作、对当代中国文坛具有巨大影响的著名作家如欧阳山、秦牧、陈残云、萧殷进行重新宣传、包装，以彰显广州长久以来的先进文化影响力，增加广州人的文化自豪感，提高文化品位和审美水平。

这个文学名片包括：

1. 重印欧阳山、秦牧、陈残云、萧殷四位文学大师的全集和论著。并将其作为尊贵的“市礼”，赠送给各来访的重要宾客和友好城市。

由于四位大师著作早有版式和纸型，重印费用并不高，每人印 500 套到 1000 套，就可以应付长期之需。

2. 在四位大师长期生活的街区设立塑像，欧阳山头像已经由东山区和省文联在梅花村设立，其他三人如秦牧塑像可由越秀区在华侨新村设立，陈残云可由越秀区在文德路设立，萧殷也可由越秀区在梅花村设立。

以上建议，如有不当，请批评指正。

全国人大代表、中国作家协会全国委员
广东省作家协会副主席、一级作家　吕雷
2006 年 1 月 4 日

附：关于四位文学大师的简介：

文艺名家：

欧阳山（1908 年—2000 年）

原名杨凤歧，笔名凡鸟，罗西，龙贡公等。湖北荆州人。中共党员。1926 年肄业于中山大学。1932 年组织中国左翼作家联盟广州分会，1933 年在上海参加中国左翼作家联盟，历任小说研究委员会主任，延安中央文委常委、研究院文艺研究室主任，华南文联及广东省文联主席、名誉主席，广东省作家协会主席，华南人民文学艺术学院院长，国际笔会中国广州中心主席，广东省人大常委会副主任，中共中央顾问委员会委员，全国第一届政协代表 ，全国第三、第五届人大代表，中国文联第一、二、三届委员，中国作家协会第一、二、三届理事，中国作家协会第三届副主席、第五届名誉副主席。

1924 年开始发表作品。主要作品有：系列长篇小说《一代风流》（包括《三家巷》《苦斗》《柳暗花明》《万年春》《圣地》五部）；系列杂文《广语丝》；长篇小说《高干大》；中篇小说《玫瑰残了》《竹尺和铁锤》《崩决》《鬼巢》《英雄三生》《前途似锦》《红花岗畔》；短篇小说集《七年忌》《生的烦扰》；粤语中篇小说《单眼虎》；短篇小说《那一夜》《水棚里的清道夫》《心的俘虏》《好邻居》《三水两农夫》《流血的纪念》。1988 年 8 月，花城出版社出版了《欧阳山文集》，全套十卷，共约 300 万字。1983 年长篇小说《柳暗花明》荣获广东省首届鲁迅文学奖。代表作是系列长篇小说《一代风流》，其中《三家巷》成就最显，是全国文坛有广泛读者和深远影响的鸿篇巨制。

欧阳山的创作生涯近 70 年，经历了“五四”以来中国现代文学史的大部分历程，他创作了一系列成功的作品，是在我国革命文学史上占有重要地位的著名作家之一。

秦牧（1919 年—1992 年）

原名林派光，学名林觉夫。广东澄海人。民盟成员。中共党员。当过桂林立达、中山中学教师，《力报》编辑主任，中国劳动协会秘书。1941 年参加中华全国文艺界抗敌协会，担任过中国民主同盟港九支部的宣传部长。1946 年先后在香港写作，后参加粤赣湘边区纵队。1949 年后历任广东省文教厅科长，中华书局编辑室主任，《羊城晚报》副总编辑，《作品》主编，暨南大学中文系主任，广东省作家协会副主席，广东省文联副主席、主席，中国文联第四届委员，中国作家协会第三、四届理事，中共十二大代表，全国第七届人大代表。

1940 年开始发表作品。主要作品有：长篇小说《愤怒的海》；中短篇小说集《盛宴前的疯子演说》；中篇小说《黄金海岸》；散文集《花城》《长街灯语》《长河浪花集》《花蜜和蜂刺》《秋林红果》《华族与龙》《晴窗晨笔》《大洋两岸集》《访龙的故乡》《翡翠路》《哲人的爱》《在国际飞机翼下》等。文论集《艺海拾贝》《语林采英》等；杂文集《当代杂文选粹》（秦牧卷）等。已出版的还有儿童文学、科普作品、游记、回忆录等作品结集。《秦牧自选集》荣获广东省第二届鲁迅文学奖（1985 年）。《秦牧散文选》荣获中国作协优秀散文奖（1987 年）。代表作有文论集《艺海拾贝》和散文《古战场春晓》《土地》《社稷坛抒情》等。

秦牧的散文以情、理、趣三者融合为一体，形成了独树一帜的散文风格，是中国当代文学的散文大家。

陈残云（1914 年—2002 年）

笔名陈远。广东广州人。民盟成员。中共党员。1938 年毕业于广州大学教育专业。在广西桂林当过中学教师，从事过抗日救亡运动，历任桂林、柳州文化界抗敌工作队长，香港南国影业公司编导室主任，《文艺生活》编辑，华南文学艺术学院秘书长，中共宝安县、东莞县委副书记，广东省文联副主席，广东省作家协会副主席、主席，中国文联第三、四届委员，中共十三大代表，广东省政协常委，广州市政协委员，中国国际文化交流中心广东分会副理事长，中国作家协会顾问。

1935 年开始发表作品。主要作品有：长篇小说《香飘四季》《山谷风烟》《热带惊涛录》；诗集《铁蹄下的歌女》《黎明散曲》。散文集《珠江岸边》《异国乡情》《南大门风光》《滨海风情记》；中短篇小说集《小团圆》《南洋伯还乡》《风砂的城》《新生群》《深圳河畔》《山村的早晨》《喜讯》；电影剧本有《珠江泪》《羊城暗哨》《南海潮》（与人合作）；纪录片《并肩前进》（与阿尔巴尼亚合作）、《一江两岸大评比》；粤剧《粤海风云》（与人合作）。1994 年 5 月由天津百花文艺出版社出版了《陈残云文集》十卷本，共约300万字。电影《珠江泪》于1951年荣获国务院文化部授予的电影荣誉奖。长篇小说《热带惊涛录》于1985年荣获广东省第二届鲁迅文学奖。代表作是长篇小说《香飘四季》。

陈残云的创作，生动地记录了时代风云，忠实地表达了人民的心声，充满了现实主义和理想主义精神，具有浓郁的乡土气息和岭南风味，风格独特，自成一家，在国内外都产生了广泛的影响，深受读者欢迎，是广东文坛最具代表性的著名作家。

萧殷（1915年—1983年）

原名郑文生，笔名肖英。广东龙川人。中共党员。当过龙川小学教师，抗日开始参加了我党领导的“上海防护团”任战地记者，1938年到延安就读于延安鲁迅文艺学院。历任《新华时报》编委，延安中央研究院研究员，《石家庄日报》副总编辑，《文艺报》副主编，《人民文学》编辑部主任，中国作家协会青年作家工作委员会副主任，《文艺月刊》编委，文学讲习所（现鲁迅文学院前身）副所长兼中央美术学院文学教授，暨南大学教授、中文系主任，中南局宣传部文艺处处长，广东省文联副主席，广东省作家协会副主席、党组副书记，《作品》主编，中国作家协会第一、二、三、四届理事。

1931年开始发表作品。主要作品有：小说散文集《月夜》；文学理论集《文学的现实性》《生活思想随笔》《论文学与现实》《怎样写新闻消息》《与习作者谈写作》《给文艺爱好者与习作者》《谈谈写作》《鳞爪集》《习艺录》《生活艺术和真实》《谈写作》《给文学青年》《萧殷文学评论集》《创作随谈录》等。代表作有理论著作《习艺录》《生活艺术和真实》。

萧殷同志多年从事文艺理论研究、编辑、教育工作，在繁忙的工作中，他总是利用业余时间研究文艺理论，针对当时存在的文艺问题探寻解决之路，还不辞劳苦地扶助大批文学青年和后辈作家。为了纪念萧殷同志生前在文学创作和文学评论上的贡献，1985年荣获“广东省首届文学评论荣誉奖”，1986年荣获广东省第二届鲁迅文学奖特别奖。他曾培养出王蒙、唐达成、陈国凯等著名作家，是我国文坛著名“伯乐”和权威文学理论家、批评家。

加快文化大省建设，提供精神支撑

文化是国家根之所系，民族脉之所维。当今世界，文化与经济和政治相互交融，文化作为一种“软实力”，在综合国力竞争中的地位和作用越来越突出，温总理在政府工作报告中强调加强文化建设、繁荣文学艺术和推进文化体制的改革，这也是科学发展观的一个重要内涵。中共广东省委在落实率先实现现代化、全面建设小康社会进程中，于2002年在省委九届二次全会做出战略决策，响亮地提出建设文化大省的号召，省政府、省人大做出多项决定，着力经济、政治、文化、社会各方面全面推进、协调发展，在创造物质财富的同时，大力发展具有中国特色的先进文化，“十五”以来，平均每年有100部以上文艺作品获得国内外主要奖项，文化事业和产业都硕果累累，成就卓著，形势喜人。

听了温总理的报告，作为一名人大代表，一名作家，要更深思考如何加快文化建设，深化文化体制改革的问题。

我认为，文化事业的改革，应该根据社会主义文化事业的自身性质、规律和特点来积极探索推进，目标是发展文化生产力，出作品，出人才，尽可能满足人民群众的精神需求。文化事业的改革，不能与文化产业、企业改革混为一谈，更不能盲目地认为把文化推向市场就是改革。文化事业要始终坚持把社会效益放在首位，努力实现社会效益和经济效益相统一的原则，高度重视文化的意识形态属性和精神主导性，精心营造社会主义的精神高地和和谐绿洲，以体现先进文化的前进方向，并对进入市场的大众文化产业给以引导，提高它的品位和格调，文化产业应该进入市场，为更多人享受和服务，但市场有其自身规律特点，在寻求利益最大化时市场有时是会扭曲变形的，但我们的文化却不能扭曲，不能变形，这就需要有先进文化做主导。我到过罗马尼亚访问，这个国家传统上比较重视文化，但作家很多原来都是向往自由化、市场化的，然而“苏东剧变”后他们突然被抛入市场，却叫苦连天，说我们一个晚上得到了自由，失去了饭碗，很多作家只能为三流小报写小道消息或故事赚取稿费谋生，连一个当过罗共中央委员的作家也不得不如此混日子。有个坚持写严肃小说的作家，出版一部长篇小说，稿费只有 20 美元。对比之下，我思绪良多，受到强烈震撼。

所以，我们的文化体制改革，应坚持先进文化方向，坚持文化事业和文化产业的协调发展，区别文化事业、文化产业的不同特点，提出不同要求，制定不同政策，还要吸收别国优秀的文明成果，譬如韩国以本国文化为根基发展电视文化、成为一大出口产业的做法，就值得研究借鉴，只有这样，我们才能建设好文化大省。

中共广东省委、省政府历来十分重视文化，提出建设广东经济强省、文化大省、法治社会、和谐广东的战略。我们文艺工作者要发挥主观能动性，不能坐等扶持，要乘东风破万里浪，关键时刻要"主动出击"，我们当作家的，是单独进行创造性劳动的个体生产者，但在社会和人民需要的时候，作家不能失语，不能缺席，我省作家协会组织作家形成有战斗力的"集团军"亮相，张扬与人民血肉相连的文学精神。如 2003 年 4 月抗"非典"，我们闻风而动，在全国率先组织 30 多位作家冒险深入抗"非典"第一线甚至深入隔离病房采访写作，作品先后在《人民日报》《求是》《光明日报》《南方日报》《羊城晚报》等报刊发表，之后结集出版《守护生命》一书，荣获第六届国家图书奖。中共中央政治局委员、广东省委书记张德江同志在日理万机中亲自为作家审稿、改稿，布置出书，稿子上眉批写得密密麻麻，令作家们十分感动，也让全社会认识到作家和文学发挥的巨大作用。事实证明，我们省的作协有一支招之即来、来之能战、战之能胜的作家队伍，并且再次证明，文学事业体制改革必须把社会效益放在第一位才有生命力，文化必须为社会进步、经济发展提供精神支撑，才能称之为先进文化。

我们衷心希望：大家都来响应省委建设文化大省的号召，关注重视文化建设。我们广东，应该建设更多的图书馆、博物馆、群众艺术馆、购书中心、大剧院、电影院等文化硬件设施，更应该涌现宛如仲夏之夜空中那璀璨群星一样的文艺大师和精品力作。只有出大作品、出大人才，才是文艺繁荣的真正标志。有人说，英国如果没有莎士比亚，英国就缺了一大块。但是法国的美学家说，莎士比亚不是外星球飞来的陨石，在莎士比亚的背后，有整整一个民族合唱团的合唱。当下我们广东，经历了近 30 年的高速发展，比起莎士比亚那个时代，不可同日而语，比起英国的工业革命，更广有超越，在整个中华民族的发展史上，在全世界地域经济演变过程中，都可以称得上千古奇观！大时代理应出大作品，出大师，我们有理由相信，只要我们坚定不移地加强文化建设，充分调动和发挥广大文艺工作者的积极性，广东的文化大省建设一定能成功，我们一定能迎来繁花似锦、朝霞满天、传世之作纷呈的文化大繁荣！

解放思想、改革开放与广东文学

——中国作协主席团委员、广东省作协专职副主席吕雷在中国作协七届三次全委会上的发言

胡锦涛总书记在党的十七大报告指出："解放思想是发展中国特色社会主义的一大法宝，改革开放是发展中国特色社会主义的强大动力。"当前，广东全省上下正积极掀起继续解放思想的高潮。扎根于改革开放前沿地带的广东文学，以改革促发展，以务实求创新，长期致力于把广东建设成为优秀文学人才的聚集地、优秀文学作品的催生地、优秀文学成果的展示地，开展了一系列有成效的文学建设。立足当前，着眼长远，实事求是、与时俱进、开拓创新，以新一轮思想大解放推动新一轮大发展。结合我们的具体实践，主要有如下几点体会：

一、解放思想、改革开放是广东文学持续繁荣发展的重要保证。

自鸦片战争成为中国近代史的开端以来，广东这片土地一直为中国扭转国运提供变革动力和思想资源，新时期以来，广东更成为中国改革开放的先锋、理论创新的热土。我们党许多标志性的理论创新成果如"改革开放""三个代表""科学发展观"都是首次在广东提出的。20 世纪 70 年代末，南粤大地吹响了改革开放的号角，迈开了探索中国特色社会主义道路的第一步；在文天祥留下千古绝唱的珠江口伶仃洋，在 1984 年 1 月 26 日和 1992 年 1 月 23 日，一位在 20 世纪影响中国未来的伟人两次乘坐快艇横穿伶仃洋茫茫海面，他就是邓小平同志。他反复品味着这一片热土无比生猛的活力和厚重丰饶的思想资源，掂量出这些积聚起的能量可能创造的巨变，在广东发表了著名的南方谈话，这位中国改革开放总设计师，胸有成竹地酝酿和实施着一场扭转中国国运的巨大变革，进行了人类历史上一次最大胆又最小心翼翼地试验，创造了举世瞩目的千古奇观。

同样，广东文学也有着解放思想、敢为人先的光荣史，广东常常是新文化、新理论争相绽放的大舞台。近代以来，黄遵宪、梁启超首倡过推动“诗界革命”“小说界革命”。“文革”结束后，广东作家深刻反思，首先起来揭批“四人帮”的文艺路线，并以“伤痕文学”“反思文学”为发轫，推出了陈国凯小说《我应该怎么办?》、王蒙《最宝贵的》等一批振聋发聩、勇闯禁区的优秀作品，以春雷之势率先破冰，打破了当时保守极“左”的文艺生态，为全国思想解放运动掀起万丈巨澜，《作品》以前瞻性思想引领时代风骚，在新时期发行量一度达到80万份，成为全国发行量最高、最受读者欢迎的刊物。进入新世纪，广东文学勇立时代潮头，抒发人民心声，为思想解放摇旗呐喊、擂鼓助威，为改革开放鸣锣开道、激浊扬清，在推动先进文化、和谐文化、培育和弘扬民族精神方面，发挥了独特的作用。

二、解放思想、改革开放有效指引了广东文学的前进方向。我们深刻认识到，要繁荣发展中国特色社会主义的文学事业，就必须重视马克思主义中国化理论指导文学创作。2002年至2007年期间，我们与中国作协、中共广东省委宣传部在广州、北京、中山相继联合主办了“‘三个代表’重要思想与广东文学创作研讨会”(2001年·广州)、“发展先进文化与广东小说创作理论研讨会”(2002年·北京)、“科学发展观与广东文学创作理论研讨会”(2006年·北京)、“建设和谐文化与广东文学研讨会”(2007年·北京)、“广东省建设社会主义新农村文学创作会议”(2007·中山)。有关专家学者认为，这一系列研讨会已经形成广东文学研讨的“品牌”效应，广东省作协在新形势下重视把马克思主义中国化的最新理论成果运用到文学创作和文学评论当中来，用马克思主义理论最新成果引导作家和文学创作的实践，这一系列理论上的归纳总结、飞跃创新，有效地指引了广东文学的前进方向，也充分展现出广东文学界一直保持着清醒的文化自觉、坚定的文化理想和远大的文化抱负，对广东文学的繁荣发展产生了良好的推动作用。

三、解放思想、改革开放是实现广东文学制度创新的先导。总结近年的工作经验，我们在探索新思路、新途径、新举措下足了工夫。一是率先试点实施重点文学创作扶持资金。2003年广东成为中宣部文艺局确定的全国重点文学创作扶持资金两个试点省之一，我们出台了《广东省重点文学创作扶持资金实施方案》。首届签约7个选题，其中杨黎光长篇报告文学《瘟疫，人类的影子——“非典”溯源》荣获中国作协第三届鲁迅文学奖全国报告文学奖。二是进行文学院改革。2003 年，制定出台《广东文学院第二届合同签约制改革方案》，变“作家专业制”为“作家签约制”，将全省文学创作力量重新整合，以中青年作家为重点，通过选题与创作实绩相结合的办法选拔人才，一批优秀作家成为广东文学的中坚力量。三是开展文学创作职称改革。2003 年，全面铺开全省会员文学创作职称改革工作，在评审过程中打破年龄的界限（不限 60 岁），打破单一职称界限，打破专业与非专业界限。2006 年，扩大文学创作人员专业技术资格评审范围，由省作协会员作家扩大到地级市作协会员作家。事实证明，思想是行动的先导，解放思想是创造性实践的先导。没有好的思想，不可能有好的制度；没有思想解放，不可能有制度创新。

四、解放思想、改革开放形成了广东文学“与时代同步、与人民同心”的特质。广东作家具有强烈的社会责任感和历史使命感，在长期的文学创作中经受住了来自多方面的考验。譬如，在 2003 年春“非典”突袭期间，广东省作协号召广大作家“抒天地浩然正气，写抗击非典英雄”，33 名作家不顾个人安危、请缨上阵奔赴第一线。经过紧张采访和封闭式写作，在全国各大报刊发表报告文学 30 多篇，出版了大型报告文学集《守护生命》，后该书荣获全国第六届国家图书奖特别奖。2008 年春节前，面对突发性雨雪冰冻灾害，广东省作协再次闻风而动，由伊始同志带领，组织强有力的作家阵容率先深入抗灾第一线采访，创作抢险救灾报告文学，受到上级部门的充分肯定。

广东作协长期强调主旋律作品的创作，在改革开放迎来 30 周年之际，广东省作协抓住契机，策划、组织、创作两部体现时代性、把握规律性、富于创造性的优秀作品，一部是展锋长篇小说《终结于 2005》，作品敏锐地捕捉到珠三角农村建设的特殊性，深刻探讨了农村城市化过程的困难、矛盾和机遇、变化等深层次的问题，有关专家认为作品对中国现当代文学“新乡土叙事”的传统中进行了突破性探索。另一部是吕雷、赵洪长篇报告文学《国运——南方纪事》，该作品全景式地反映广东百年历史尤其是改革开放 30 年来的伟大进程，目前即将出版面世。

针对广东外来务工人员有 3000 多万的实际，广东省作协把扶持外来青年作家作为工作重点，争取省劳动和社会保障厅支持，成立了“广东外来青工文学创作培训中心”，举办了两期创作研修班，培训 140 多人次（其中一期是与鲁院和深圳文联联合主办的），大力扶持外来的青年作家，同时创办《作品下半月刊》，主要发表外来青年作家作品。我们采取“走出去”“请进来”两种方式推动文学创作，走出去就是党组成员定期分头率队到各市调研、座谈和讲课，对不同层次的作家进行分类指导扶持，这项工作我们已经坚持了5年，很受欢迎。请进来就是选拔16位成绩突出的外来青年作家，在一年内分批集中到《作品》杂志上岗培训，成效显著。目前，广东文学逐步形成了“青年女作家群”“青年诗人群”“移民作家群”等几个有特色的创作方阵，在省作协、深圳、东莞等地市文联、作协的共同努力下，加强了对青年作家的扶持和帮助，拥现出了魏微、郑小琼、盛可以、黄咏梅、盛琼、宋唯唯、秦锦屏、裴蓓、吴君、塞壬为代表的“十朵金花”和以王十月、梅毅、盛慧、戴斌、曾楚桥、王往、杨文冰、叶耳为代表的“八匹黑马”，其中魏微、郑小琼当选广东省人大代表，魏微当选广东十大杰出青年，郑小琼荣获庄重文文学奖、当选“海内外有影响的《中国妇女》时代人物”。同时，我省诗歌和报告文学创作在国内文坛产生了一定的影响，“打工文学”“都市文学”等题材创作受到了全国专家的关注。

在鼓舞人心的十七大报告中，胡锦涛总书记突出强调了加强文化建设、提高国家文化软实力的极端重要性，对兴起社会主义文化建设新高潮、推动社会主义文化大发展大繁荣做出了全面部署。继往开来，我们相信，只要继续高举解放思想的大旗、保持敢为人先的锐气、弘扬改革创新的精神，广东文学一定会在新的起点上开创新局面。

广东文学工作的创新与改革

——中国作协全委会上的发言

（2006 年 2 月 18 日）

《中共中央、国务院关于深化文化体制改革的若干意见》日前颁布实施，给我们文学界提出一个崭新的课题。

我们认为，文学事业的体制改革，属于文化事业体制改革范畴，应该根据社会主义事业的自身性质、规律和特点来积极探索推进，目标是繁荣和发展文学事业，出作品，出人才，尽可能满足人民群众的精神需求。文学事业的创新、发展和繁荣，不能与文化企业改革混为一谈。20 世纪 90 年代初文坛曾经试行过“断奶”“文学走向市场”等改革，导致各级作协系统花费大量精力搞经营，大批作家下海经商，大多是一败涂地，痛失形成创作高峰的机遇，教训不可谓不深刻。

我们要完整地领会和贯彻中央精神，始终坚持把社会效益放在首位，努力实现社会效益和经济效益相统一的原则，高度重视文化的意识形态属性，充分考虑文化的产业属性，把两者统一到文化体制改革的全过程。要坚持文化事业和文化产业协调发展，区别文化事业、文化产业的不同特点，提出不同要求，制定不同政策，做到“两手抓、两加强”。

多年来，广东省作协在中国作协的具体指导和省委、省政府、省委宣传部的领导下，一直在文学创作机制和激励机制方面进行积极探索和创新，新时期以来，随着改革开放出台运作了一系列改革措施。主要包括：

一、文学院改革

广东文学院系老一辈作家欧阳山在“文革”结束后为扭转文坛青黄不接状况而提倡创办的，经中共广东省委批准于1979年正式成立，面向全省抽调30多名以工农业余作家组成一支专业作家队伍，列入国家干部编制，在当时是全国最早建立文学院体制的一个创举。随着形势发展，专业作家队伍不断分流，这种体制需要与时俱进地加以探索、变革、发展，在2000年，广东文学院进行第一次改革，推行选题管理。通过竞聘，文学院原有部分专业作家落聘，8名作家正式签约，另有13名青年作家被聘为院外作家。2003年，广东文学院进行第二次改革，重要变动为：不再发放人人有份的胡椒面式补贴，所有作家均须经过选题申报、筛选、签约方可获得聘任；在省内扩大招聘人数，对粤东、粤西、粤北及珠三角等地区之间的选拔适当给予平衡，不再设院外作家。招聘对象为省内作家，以中青年作家为重点，包括尚未办理户口迁移手续但已在广东连续居住一年以上的作家。2004年4月23日，38名作家正式签约。此次改革真正实现了由“养作家”到“激励好选题”的质变。几经探索，我们意识到：文学院的改革，不能简单归结为“养不养作家”，而是怎样运用激励机制，充分发展文学生产力，从而繁荣文学创作。今后，文学院如何创新发展，依然是我们努力探索的课题。

二、职称评审改革

伴随着文学创作体制改革，专业作家人数逐步减少；与此同时，市县一级会员作家和业余作家希望申报文学创作职称评审的呼声越来越高。为适应形势需要并更好地调动广大作家的创作积极性，2002年我们在深圳市试点实施面向包含非专业作家在内的职称评审工作。2003年，在试点成功的基础上，正式全面铺开全省会员（公务员除外）文学创作职称改革工作。实现了“三个打破”，即打破了年龄的界限（60岁以上也可以参评），打破了单一职称界限（可以一人拥有多个职称），打破了专业与非专业界限（非公务员身份的会员作家均享有申报评审职称的权利)。2004 年，广东省作协报请广东省人事厅并获得批准，在 2004 年至 2005 年度首次申报评审专业技术资格的省作协会员（专业作家除外)，按其实际水平能力、业绩成果，申报相应的专业技术资格；2003 年不准破格申报副高以上资格但业绩突出的上述人员，可按其实际水平、能力重新申报评审相应级别专业技术资格。2006 年，我们计划将职称评审范围继续扩大，面向全社会，凡是符合要求的各类文学创作者均可申报，不再要求具备省级会员以上资格。这些举措，深得人心，作家反响热烈。

三、试点实施重点文学创作扶持资金

2003 年 6 月，广东、河北成为中宣部文艺局确定的全国重点文学创作扶持资金试点省份。11 月，我会出台了《广东省重点文学创作扶持资金实施方案》。省内外作家均可在同一标准下，向全国文学创作广东中心报送选题，资金项目优先面向省内作家。为确保评审的公正、公平，中心成立专家评审委员会，由中心聘请省内著名作家、专家组成。中心同时建立专家库，随机挑选专家担任评委。2004 年 4 月 23 日，广东省作协正式对外公布了 8 名重点文学创作扶持资金签约作家。2004 年 12 月，首部面世的作品杨黎光长篇报告文学《瘟疫，人类的影子——“非典”溯源》荣获中国作协第三届鲁迅文学奖全国报告文学奖。

四、展开文学的“固本强基工程”

2005 年，我们努力构建文学队伍的“金字塔”形结构，塔尖是国家全省重点扶持的作家和文学院聘用作家，加上 200 多位中国作协会员，塔腰是 2000 多名省作协会员，塔基就是各市作协会员和分布在全省各地的校园、乡镇一级的文学社团和广大业余作者。2005 年广东省作协继 2004 年召开了全省县（市）级文学创作座谈会之后，又召开了全省镇级文学创作座谈会和全省校园文学社团联席会议，表彰了 13 个优秀镇级文学社团，授予奖牌，表扬了一大批，全省文坛为之振奋，被表彰的东莞市长安镇紧接着拿出近 100 万元，承办了首届广东诗歌节，接待来自全国和省内的诗人160多人活动了3天，气氛热烈，受到广大诗人和群众的欢迎。我们的“固本强基工程”立足“安家”，要让作家有个家，才能正常开展文学活动。这几年，省作协与省公安厅、检察院合作组建了省作协公安分会、检察分会、各市不少镇创办了文学刊物和文学网站，有的市如东莞市，在各镇组建了市作协分会，很多镇的分会还有专人、专款和办公室，一举改变了“三无”局面。

总结以上经验，我们有三方面的体会：

一、打主动仗，争取党委、政府的重视支持

中共广东省委、省政府历来十分重视文学事业，提出建设广东经济强省、文化大省、法治社会、和谐广东的战略。但我们并不坐等重视扶持，关键时刻要“主动出击”，在社会和人民需要的时候，作家不能失语，不能缺席，作协应组织作家形成有战斗力的“集团军”亮相，张扬与人民血肉相连的文学精神。如2003年4月抗“非典”，我们闻风而动，率先组织30多位作家冒险深入抗“非典”第一线采访写作，作品先后在《人民日报》《求是》《光明日报》《南方日报》《羊城晚报》等报刊发表，之后结集出版《守护生命》，荣获第六届国家图书奖。中共中央政治局委员、广东省委书记张德江同志在日理万机中亲自为作家审稿、改稿，布置出书，稿子上眉批写得密密麻麻，令作家们十分感动，也让全社会认识到作家和文学发挥的巨大作用。事实证明，改革和创新使我们建立了一支招之即来、来之能战、战之能胜的作家队伍，文学事业体制改革必须把社会效益放在第一位才有生命力。又如，我们的办公大楼，就是广东省作协主席陈国凯“主动出击”，向省市领导争取到的，被列为省委、省政府“九五”计划精神文明建设项目和省委宣传文化战线的重点工程，工程投资规模为1.03亿元。2005年3月在开展先进性教育期间，我们也打主动仗，与省委先进办联合主办“争创三有一好，争当时代先锋”文学征集评选活动；8月，又与省人大合作，组织各地作家参与“人民打好代表”征文活动。广东文学院改革也争取到省委支持，第一次改革时每年平均投入资金为36.6万元，而第二届每年平均投入资金则达到60万元。此外，省委宣传部每年从宣传文化基金中拨出专项经费，设立广东省重点文学项目创作扶持资金，由广东省作

协按专项资金进行管理，专款专用，侧重于后期资助（即作品出版、改编、宣传、推广等）。对签约作家获得国家或省级大奖，还给予重奖。

2003 年底，省委、省政府提出建设文化大省的战略目标，繁荣和发展文学事业纳入明确的规划，其中广大作家打主动仗、辛勤笔耕功不可没。

二、作协工作更新观念

广东是开放改革试验区，解放思想、实事求是、与时俱进，敢为天下先已成风气。我们针对文学边缘化的问题，倡导文学工作与科技手段的结合，争取双赢的局面，营造和谐社会，用优秀文学和崇高思想去占领阵地。我们向作家呼吁：不能死守麦城，要敢于扩大文学的生存空间；面对现代技术的日新月异、受众审美需求的逐步提升以及文化市场的急剧扩大，尤其要善于运用市场机制，尽可能通过新兴载体和传播方式提高文学的社会效益，创新文学传播方式，增强文学影响力。这里就有一个新鲜例子，茂名市作协创办的茂名作家网通过网站推介文学作品，当地多名作家网络作品广泛传播，还入选香港中学生阅读教材。2004 年 8 月，广东文学院第二届签约作家千夫长创作完成首部手机短信连载小说《城外》，成为国内手机短信连载小说的首创，我们认识到科技的进步会推动文学创作内容、样式的创新，另一方面文学传播方式的改变也会影响到读者的思维方式、行为方式和生活方式；这需要突破性勇气，敢于尝试并引发多种形式的文学载体、文学文本和文学样式的革命，同时我们坚持不管载体、平台千变万化，文学的精神、品质、特征应该一脉相承；目前，我们正在协商与省内知名企业合作，合办手机小说创作、网络原创文学大奖赛等新形式的文学创新活动。

又譬如，针对部分作家轻视影视创作的现象，我们鼓励作家关注和参与电影、电视、漫画、舞台剧、音乐会等视听艺术。传统文学的生存空间正受到不同程度的挤压，这是社会转型和文化转型所带来的新变化，并非全是文学的困境，也孕育着文学的生机。文学与新科技新载体结合，可增强文学的表现力，也是文学价值的有效体现。近年来，我们组织、参与的重要题材电视片有《铁血莲花》《情暖珠江》《大江沉重》《庄世平》《中国维和警察》《家风》等。力争在探索与实践中发展，为将来实现影视文学创作产业化奠定基础，逐步实现文学创作社会效益和经济效益的统一。

三、体制改革中必须坚持为作家为基层服务

我们在改革中紧扣“以繁荣文学创作为中心，加强党的领导，加强为会员服务”的主旨，获得广大作家配合支持。作协党组成员基本每月分头到地市基层调研和参加文学活动，在文学院改革、职称改革、评奖、固本强基等问题上，广泛听取作家意见，做到心中有数。我们多次带着经费到各市，一方面花钱召开座谈会，另一方面资助有困难的市作协。为了培训基层业余作者，我们花了近百万元装修了几个教室和30个房间，举办了多期创作班和广东文学讲习所培训班，众多来自基层的学员感到收获巨大。最近的第8期学员结业后，回去自发组织起一个网站，号称“文学第8军团”，相互交流创作心得和信息。为了扩大基层作者的视野，这几年我们组织了多次出国、出省采风考察，深受作家欢迎和支持，增强了作协作为作家之家的向心力和凝聚力。

文化体制改革是解放和发展文学生产力，推动文学事业创新的根本出路。我们将会面对更多的新情况、新问题，只要我们坚定不移地推进创新和改革，我们相信广东的文学事业一定能继往开来，繁荣兴旺。

关于当前广东文学创作有关情况的调研报告

根据省委宣传部《关于开展当前文艺创作有关情况调研的通知》要求，广东省作家协会组织人员就全省文学创作现状进行了调查与分析。现将有关调研情况报告如下。

一、当前文学创作和队伍的基本情况

广东省作家协会现有会员 2340 人，其中中国作协会员 364 人，各地级市作协有会员 3580 多人。从中国作协会员数量来说，我省仅次于北京，领先上海、山东和江苏，居全国第二。现阶段，广东文学创作势头良好，队伍建设逐步完善，呈现出几个特点：

1. 现实主义题材创作继续产生较为广泛的影响。现实主义题材作品在新时期以来广东文学创作中占有重要的地位。最近几年，广东文学一些代表性作品能够取得成功或受到肯定，大多数仍然是秉承了现实主义的优良传统。譬如，荣获全国第六届国家图书奖特别奖的报告文学集《守护生命》，由 33 位作家采写的抗击“非典”英模事迹结集而成；荣获第三届鲁迅文学奖全国优秀报告文学奖的《瘟疫，人类的影子——“非典”溯源》（杨黎光著），以全景式的笔法反映了 2003 年广东抗击“非典”的历程；获得中宣部第九届“五个一”工程入选作品奖并入围第六届茅盾文学奖终评的《大江沉重》（吕雷、赵洪著），以磅礴的气势展现了珠江三角洲改革开放的奇迹；被誉为 2005 年中篇小说最重要收获 的《那儿》（曹征路著），主要内容直面国企改革。综合省内外文学界的有关评论，近期广东文学在“都市题材”和“打工题材”两个方面取得的成绩尤其突出。一方面，张欣、张梅、彭名燕、梁凤莲、王小妮等专业作家创作了一批有影响的都市题材作品，另一方面以来自证券业的梅毅为代表的白领一族也跻身文学行列，两种不同身份创作者的热情投入，使现阶段广东文学的都市题材创作甚是蔚然大观，也为当代中国都市文学的发展进行了有益的尝试。而刘大程、安子、张伟明、林坚、王十月、谢湘南、柳东妩、安石榴、戴斌等一批出身于“打工”队伍的作家，其作品也越来越受到尊重和认可。

2. 作家队伍形成多个有特色的“创作群体”。广东文学创作主体的构成正发生着变化，除广东省重点文学创作扶持资金签约作家、文学院签约作家、省作协驻会作家、各地会员作家外，遍布全省的创作室、工作室汇聚了为数不少的作家，一定数量的自由职业者、自由撰稿人也已成为作家队伍的组成部分。省作协在工作中认识到，只要是坚持“两为”方向、“双百”方针，具有社会责任感、追求进步思想、作品为群众所喜闻乐见的作家，都应该列为我们尊重、团结、扶持、服务的对象。目前，广东文学创作队伍中有几个颇具特色的群体，在国内文坛有一定的影响。一是“青年女作家群”，包括魏微、盛可以、盛琼、黄咏梅等，魏微 2004 年以短篇小说《大老郑的女人》荣获第三届鲁迅文学奖优秀短篇小说奖，2005 年调入省作协后接连获得第十届庄重文文学奖和第二届中国小说学会奖短篇小说奖，成为取得较高文学成就的“70 后”新锐作家之一；盛可以在书写两性心灵的微妙关系等俗世生活方面显得冷静、深邃，有别于传统的女性写作，盛琼文学语言精致考究、叙述宏大与细腻兼备、善于挖掘东方文化精神内核。她们无论艺术的探索、创作的风格、写作的发展趋势都呈现出迥然相异的面貌，值得期待。二是“青年诗人群”，包括卢卫平、黄礼孩、老刀、陈计会、宋晓贤、王顺健、阿斐、黄金明、凌越、世宾、阿樱、熊育群、方舟、郑小琼等，诗人的社会身份五花八门，他们富于才情，勇于突破，作品个性鲜明，展现了多元化的艺术风貌，既受到传统文学名刊的青睐，也散见于各类诗歌民刊和网站，昭示着广东诗群的结构性变化，也引发了人们探究诗歌与经济社会关系的兴趣。三是“深圳移民作家群”，包括谢宏、缪永、谷雪儿、央歌儿、吴君、丁力等，其文学观念、价值观念、思维方式、生存方式、艺术形态较为独特，作品为呈现特区生活深层景观、探究现代都市人情感世界提供了新的文本。此外，还有一批身份各异的作家代表，像官员作家林祖基、丘树宏、罗春柏、邹继海，公安作家范金棠、张道华，教授作家金岱、郭小东，“80 后”记者作家蒲荔子（李傻傻），留学生作家郁秀、妞妞等。深圳宝安的 31 区聚集着一批“打工作家”，生活艰难但相当活跃，他们年轻，有干劲，有丰厚的底层生活积累，矢志要靠创作严肃文学作品为生，近年创作水平提高很快，其中有个王十月，受到《人民文学》关注，今年4、5、6月连续三期刊登他的作品。

3. 文学组织省、市、县、镇四级格局渐趋合理。在全省各级文学工作者的努力下，文学组织克服重重困难，开展了多种有意义的文学活动，增强了凝聚力，吸引了不少文学爱好者加入创作队伍。譬如，中共广州市委宣传部从2004年起连续三年设立1000万元精品创作和出版专项经费的政策，组织文学艺术家到基层挂职锻炼，所在单位原工资、奖金、福利待遇不变，有条件的单位可考虑给予深入生活的专门补贴，这一举措对文学创作者产生了较大的激励作用；2005年吸收10位诗人作家落户增城，引起省内媒体关注。深圳作协从2005年开始，打破地域、户籍、年龄界限发展新会员，制订了精品创作工程实施方案征求意见稿及系列配套措施，文学创作扶持与推动将实现制度化、规范化。珠海市作协大力抓好诗歌创作，最近几年连续举办全国联动式大型公益活动“春天送你一首诗”，在社会上引起诗歌热潮，产生了品牌效应。东莞市作协争取企业赞助设立文学奖金，对获得中国作协茅盾文学奖、鲁迅文学奖的本地作家分别给予重奖。尤其可喜的是，在珠三角地区，基层文学创作热潮正方兴未艾。广州花都区、深圳福田区、珠海斗门区、中山小榄镇、汕头澄海区、梅州兴宁市、清远清新县、江门台山市、潮州湘桥区、河源龙川县、阳江阳西县、茂名信宜市、揭阳普宁市、汕尾海丰县等均创办有文学报刊，各县（市）在当地文化宣传部门支持下也出版了一系列文学丛书，为当地文学消费和阅读市场吹起一股清新之风。相当一部分镇级文学创作团体逐步迈向规范化管理，有固定场所、有活动经费、有文学联谊、有发表阵地，成规模、反响好，譬如佛山南海区九江镇，每年由镇政府拨给儒林笔会3万元，同时发动镇内企业资助，制定文学作品奖励方案，物质支持与精神鼓励兼而有之；而在经济欠发达的一些地区，则各显神通争取社会多方扶持，譬如湛江吴川市黄坡镇文学爱好者，主动联系企业每年均获得赞助资金上万元，为开展各项活动提供了经济基础，文学创作也取得一定的成绩，甚至可以说他们以“游击队”的身份打出了“正规军”的漂亮仗。其中较为突出的是罗定市黎少镇农妇李勇坚，白天干农活，晚上写小说，于2004年12月出版长篇小说《泷江情结》，2005年被评为全国劳动模范，并被广东省作协特别批准吸收为会员和广东文学讲习所学员，带动出当地10多位农民“作家”。

4. 文学创作体制改革取得预期效果。2003 年末，省作协审时度势制定出台了《广东省作家协会第二届文学院合同签约制方案》《广东省重点文学创作扶持资金实施方案》，经过两年多来的改革与运作，效果十分明显。根据不完全统计，2004 年，在国内首次推出手机短信连载小说千夫长的《城外》，出版长篇小说 5 部，出版散文集、文学评论集 5 部，2005 年，出版长篇小说 12 部，出版散文集、文学评论集 12 部，另有一批中短篇小说推出。这两项改革真正实现了由“养作家”到“养选题”的质变，事实证明，改革积极稳妥，符合本地实际。应当说，在改革体制、壮大事业方面我们积累了一定的经验。

5. 文学创作职称评审改革稳步推进。2003 年，广东省作协全面铺开全省会员（公务员除外）文学创作职称改革工作，在评审过程中打破年龄的界限（不限 60 岁），打破单一职称界限（可以一人拥有多个职称），打破专业与非专业界限（非公务员身份的会员作家均享有申报评审职称的权利）。在此基础上，2004 年报请省人事厅并获得批准，同意在 2004 年至 2005 年度首次申报评审专业技术资格的省作协会员（专业作家除外），按其实际水平能力、业绩成果，申报相应的专业技术资格；2003 年不准破格申报副高以上资格但业绩突出的上述人员，可按其实际水平、能力重新申报评审相应级别专业技术资格。2006 年，扩大文学创作人员专业技术资格评审范围，从原来的省作协会员作家扩大到地级市作协会员作家（公务员除外），允许符合申报评审条件的作家申报职称评审。根据全省各地反馈信息，职称改革有利于解放文学创作生产力，有效地调动了广大作家创作积极性，得到了多方面的支持和配合。

二、当前文学创作中值得关注的一些倾向和问题

2006 年 6 月，广东省作协召集全省青年作家的一批佼佼者以及全体签约作家齐聚广州，对文学生力军与主力军作两年来的检阅与巡礼，并就广东文学事业“出人才、出作品、出理论”等问题进行了探讨。根据了解，当前文学创作有一些比较突出的现象：

1. 中年作家继续勤奋笔耕。吕雷与赵洪合作的 80 万字长篇历史文化散文《国运——南方记事》业已脱稿送审。著名散文家筱敏尝试长篇小说创作，在写作过程中摸索一些新形式，故事时间跨度为建国 50 年，作品已经完成并进

入修改阶段。金岱的反映知识分子生活与命运的长篇小说、何卓琼的西关题材长篇小说也正在精心打造，多位文学院作家表示有意进行广东工业题材创作的探索。

2. 民间创办的文学网站逐步增多，一些优秀的作家和文学爱好者通过网站发表文章，吸引了一定数量的网民。点击率高的几个文学网站还得到企业赞助。

3. 作家写博客人数增多。广东作家个人博客比较集中的是“精彩网”，一些基层作家热衷于通过文学论坛与同行或网民交流。

此外，仍然存在一些值得关注的问题：

1. 文学队伍存在年龄上和思想上的两个“断层”，对崭露头角和富有才华的青年作家，缺乏积极有效地引导，缺乏真正令人信服和体现马克思主义批判精神的文学话语权。

专业作家（包括有影响力的签约作家）年龄上的断层非常明显，目前，我省欠缺 40 岁左右的成熟和有影响力的作家，30 岁左右的除了引进的几位优秀人才外，也显得势单力薄，与此相比，思想上的断层更不容忽视。去年，我们作协党组织做了大量工作，启发几位刚刚调入作协的青年作家写了入党申请书，这本来是好事，但是有人在网络上马上开展铺天盖地的攻击和谩骂，说他们出卖“政治贞操”，这是个典型的事例。

由于受作家个人创作积累和创作实力等限制，整体创作上反映波澜壮阔的改革建设实践的作品不够多，质量也不太高。

2. 作家协会是党联系广大作家的桥梁和纽带，必须具有强大的凝聚力、吸引力和党的影响力。但作协作为人民团体进入参照公务员系列以后，公务员的选拔和提升有着自己严格的一套规定，这就决定了今后作协的领导层只能在公务员中物色，而后起的优秀作家则很难再进入作协的领导层，今后如何增强作协在作家中的凝聚力，是一个亟待解决的课题。

3. 文学评论缺乏阵地。现在不少文学评论工作者，只热衷“放眼世界”、热衷与全球化的欧美同步接轨，对本国本地的国情、省情，历史现状缺乏深切的了解，对作家的实力长短也不甚了了，他们的理论文章往往是脱离创作文本的“隔山放炮”，解决不了提升作家创作实力的实际问题。现在报刊上发表文学评论，豆腐大的一块版面就算莫大的恩惠了，要求评论家们全面、深刻，简直是苛求。广东正在建设文化大省，但没有一家正式的文学评论刊物，倒是广西的《南方文坛》杂志在中国文坛上撑起了文学评论的半边天，这不能不引起我们深思。

4. 当前社会上除了蔓延着完全商品化的庸俗、媚俗文学思潮外，还有一种倾向值得注意：这就是解构崇高、嘲弄历史、放逐理想、颠覆我们社会的核心价值观。此类作品在一些青年作家笔下大批出现，甚至出现大量“恶搞”文字，情况令人担忧。

5. 作家对基层群众特别是广大工人农民的现实生活关注不够。

三、文学界对繁荣文学创作的希望和建议

1. 各级党委、政府要将文学工作作为精神文明建设的一项重要工作来抓，列入经济社会发展总体规划。

2. 企事业单位和社区、农村都要为作家深入生活、从事创作提供帮助。重视对文学社会资源统筹整合，加大实施重点作品的扶持力度，研讨推介优秀作家的优秀作品。

3. 出版部门要大力支持出版优秀文学作品，新闻媒体要加强宣传推介本地作家及其作品。

4. 各级作协、各级文学组织是作家之家，要继续拓展职能，创新机制，切实发挥联络、协调、服务的功能；主动适应时代要求，加强行业服务和行业管理，维护作家的合法权益。坚持公正、公开、透明，保证质量、维持权威，切实抓好文学职称和文学奖项评审工作；认真组织好文学活动，务求办出特色、办出水平。

5. 广东文学评论和文学理论对本地文学创作的研究不够。要加强和改进文艺评论工作，不断增强文艺评论的针对性、实效性，发挥好文艺评论在宣传优秀作品、纠正不良倾向、营造良好氛围、鼓舞创作士气等方面的作用。

四、干部群众对文学创作提出的希望和建议

1. 让劳动者成为文学作品的主角。文学创作要首先为工人、农民、知识

分子和从事社会主义建设的劳动者服务，站在最广大人民群众立场上表现生活，真实反映人民群众的喜怒哀乐，热情讴歌人民群众的精神风貌，让更多劳动者的生活成为文艺作品表现的内容。

2. 文学作品要让群众喜闻乐见。要尊重群众审美习惯和趣味，研究群众精神文化生活新特点新趋向，关注大众情感世界，塑造真实可信的人物形象，语言鲜活生动，切忌晦涩难懂，以群众欢迎不欢迎、满意不满意、喜欢不喜欢作为衡量创作成败得失的重要标准。

3. 作家要做到德艺双馨。文艺工作者是人类灵魂工程师，理应具有优秀的思想品格、高尚的道德情操。个别作家没有将文学创作与社会责任感联系起来，追求所谓小资生活，过于推崇奢侈时尚生活，一味沉湎于个人的内心体验，疏离大众，形象欠佳。希望广大作家在文学创作中体现出“八荣八耻”的价值取向，用作品的力量和人格的魅力赢得人民群众的喜爱。

五、进一步推动当前文学创作需要解决的主要问题

1. 上级宣传部门在努力解决文化建设的硬件投入的同时，也要积极解决软件的投入，两者要均衡，文化才能健康发展。如：努力解决各级作协的创作经费，解决各地级以上市作协“三无”问题，建议一是为各地级市作家协会配备 2—3 名编制，二是每年划拨出文学专项款，由省财政核划地级市作协事业发展经费。

2. 广东文学素材需要统筹、规划，作家队伍也需要整合、调度，扶掖一批有大气度、敢碰大题材的作家，出更多好作品。建议上级主管部门制定一些创作扶持配套措施，方便作家采风收集资料，激励作家敢于吃苦创作更多主旋律作品。

3. 建议上级部门给作家提供挂职及其他深入生活等多种途径的相关便利，增加生活积累、思想积累和情感积累。省作协将负责做好挂职青年作家的遴选确定、组织协调和跟踪服务。

4. 加强文学人才培训是文学创作队伍形成合理梯队的有效方法。省作协 2004 年复办广东文学讲习受到了全省各地学员的广泛欢迎，但目前讲习所编制问题仍未解决，不利于有关工作的顺利开展。另外，在会员作家中推选优秀

作家到中国作协鲁迅文学院进修，提高文学理论和文学创作水平，也需要上级部门给予资金支持。

5．针对青年作家队伍思想和创作现状，省作协认为有必要因地制宜给相关文学人才补好“传统文化”“政治理论”“生活”三课。建议上级部门在省委党校开设作家政治理论培训班，把培训与创作、研讨结合起来，用邓小平理论和“三个代表”重要思想武装头脑，用马克思主义唯物史观和文艺观指导创作实践，提高作家政治思想修养，增强职业精神和职业道德，促进文学创作。

（2006 年 8 月 22 日）

8·23宣传部座谈发言提纲

广东作家有幸生活于改革开放前沿的热土，深受时代大潮的感召和浸染，创作了一大批贴近现实生活，反映改革开放，高歌时代主旋律的优秀作品，由此形成了广东主流创作的特点，并因此受到全国文坛的注目。中国作协、广东省委宣传部和广东省作协于2002年底和今年5月，在北京举办了“发展先进文化与广东小说创作理论研讨会”“科学发展观与广东文学创作理论研讨会”，与会的全国著名评论家对我省多部反映改革题材的长篇小说给予高度评价。中国作协党组书记、常务副主席金炳华在讲话中指出：广东作家“以高度的历史使命感和社会责任感，积极投身改革开放的第一线，使广东文学始终保持着与时俱进的优秀品格”，“成为中国文坛一道亮丽的风景线，受到广大读者的关注和喜爱”。

尽管广东作家的创作取得了不俗的成绩，但也应该看到，与广东改革开放和现代化建设的伟大实践相比，与广东在全国的经济地位和影响相比，与建设文化大省的目标要求相比，广东文学的地位和影响还十分不够。由于市场经济的冲击和社会价值观多元化的影响，作家文学价值观也变得多元多样。有少数作家使命感责任感淡薄，对主旋律创作热情不高；有的人经不住诱惑，创作出现媚俗低俗倾向；有些作家精品意识、创新意识不强，思想不够解放，以致思想深邃、艺术精湛、个性独特、在全国有重大影响的作家队伍不够壮大。这是关系到广东文学能否再上台阶，进入全国前列的关键问题。从客观条件讲，目前广州市、深圳市和各地级市作协普遍存在“三无”（无编制、无经费、无办公地点）现象，使他们难于开展文学工作和活动，难于在扶持、培养业余青年作者，调动和发挥广大作家的积极性创造性方面有所作为；广泛性的群众性的文学创作活动、社会文学氛围的营造，这是摆在广东文学创作工作中的大事；广东文学创作队伍将面临年龄断层，青年作家的培养亟待加强，这是事关我省文学建设的“金字塔工程”的“塔基”也就是文学“基础工程”的重大问题。

当前文学创作有哪些值得关注的倾向和问题呢？

1. 文学队伍存在年龄上和思想上的两个“断层”，对崭露头角和富有才华的青年作家，缺乏积极有效地引导，缺乏真正令人信服和体现马克思主义批判精神的文学话语权。

年龄上的断层非常明显，目前，我省欠缺40岁左右的成熟和有影响力的作家，30岁左右的除了引进的几位优秀人才外，也显得势单力薄，与此相比，思想上的断层更不容忽视。去年，我们作协党组织做了大量工作，启发几位刚刚调入作协的青年作家写了入党申请书，这本来是好事，但是有人在网络上马上开展铺天盖地的攻击和谩骂，说他们出卖“政治贞操”，他们也从此对党组织小心翼翼地保持着距离，不再积极参加入党积极分子的活动，这是个典型的事例。

我们在文学评论上话语权不多。而一些权威评论家，热衷于鼓吹“80年后”“90年后”的新作家，热衷于当旗手、领袖和引路人，占山为王争夺话语权，把新生作家的一些不成熟和误入歧途的创作也加以吹捧，实际对社会、对新生作家都造成误导。

2. 作家协会是党联系广大作家的桥梁和纽带，必须具有强大的凝聚力、吸引力和党的影响力。但是现在有的协会逐渐行政化、机关化，协会的领导层不创作甚至不懂文学，这种情况在地市一级的作协较严重，文学创作的主力和精英进入不了领导层，协会对文学的影响力、凝聚力就很有限。作协作为人民团体进入参照公务员系列以后，这个问题会更加突出，公务员的选拔和提升有着自己严格的一套规定，这就决定了今后作协的领导层只能在公务员中物色，而后起的优秀作家则很难再进入作协的领导层，今后如何增强作协在作家中的凝聚力，是一个亟待解决的课题。

3. 当前社会上除了蔓延着完全商品化的庸俗、媚俗文学思潮外，还有一种倾向值得注意：这就是解构崇高、嘲弄历史、放逐理想、颠覆我们社会的核心价值观。此类作品在一些青年作家笔下大批出现，甚至出现大量“恶搞”文字，情况令人担忧。

4. 意见和要求：

（1）在文化体制改革中，应坚持先进文化方向，坚持文化事业和文化产业的协调发展，严格区别文化事业、文化产业的不同特点，提出不同要求，制定不同政策，文化事业的改革，应该根据社会主义文化事业的自身性质、规律和特点来积极探索推进，目标是发展文化生产力，出作品，出人才，尽可能满足人民群众的精神需求。文化事业的改革，不能与文化产业、企业改革混为一谈，更不能盲目地认为把文化推向市场就是改革。文化事业要始终坚持把社会效益放在首位，努力实现社会效益和经济效益相统一的原则，高度重视文化的意识形态属性和精神主导性，精心营造社会主义的精神高地和和谐绿洲，以体现先进文化的前进方向，并对进入市场的大众文化产业给以引导，提高它的品位和格调，文化产业应该进入市场，为更多人享受和服务，但市场有其自身规律特点，在寻求利益最大化时市场有时是会扭曲变形的，但我们的文化却不能扭曲，不能变形，这就需要有先进文化做主导。

(2) 现在全国各地都重视文化建设，把文化作为发展经济的精神支撑，但是提出口号一定要坚持科学精神和态度，要符合文化发展的自身规律，文化建设是要靠长期积淀和培育才能健康发展的，要防止用“立竿见影”“快餐式”突击措施来搞文化建设，有些地市提出要重奖获奖作家，不管是哪里的人，只要报名参加本地作协，获了茅盾奖就给多少万，这样搞不仅挫伤了本地作家积极性，也会在全国变成笑话。还有，一些措施提出了就要兑现落实，我省2003年也提出要重奖作家，登了报，全国也转载了，但后来遇到一系列问题，现在不再提了，有作家多次打电话来问，我们却没法回答，希望能有一个明确的说法。

5. 关于推动创作需要解决的主要问题：

(1) 我认为，应该大力建设符合社会主义先进文化的文学理论阵地，培养精通马克思主义中国化的文学理论家、批评家。现在不少从大学中出来的文学评论工作者，只热衷“放眼世界”、热衷与全球化的欧美同步接轨，对本国本地的国情、省情，历史现状缺乏深切的了解，对作家的实力长短也不甚了了，他们的理论文章往往是“剃头担子一头热”和“隔山放炮”，解决不了提升文学创作实力的实际问题。我们省有着优良传统的“萧殷”式的文学批评，而今却缺乏传人。现在报刊上发表文学评论，豆腐大的一块版面就算莫大的恩惠了，要求评论家们全面、深刻，简直是苛求。广东正在建设文化大省，但没有一家正式的文学评论刊物，倒是广西的《南方文坛》杂志在中国文坛上撑起了文学评论的半边天，这不能不引起我们深思。

(2) 挖掘人才眼睛要往下看，深入基层，深入实际。其实，广东有1亿人口，有近3000万外来工，有不少创作人才就埋没在基层里。现在有种倾向，一想出成绩就到外地挖人才，把外地成熟的人才挖过来为我所用，这是一条腿走路，其实还有一条腿，那就是到基层实地考察，发现和挖掘人才。最近我到深圳宝安的31区，那里聚集着一批打工作家，生活艰难，但年轻，有干劲，声言要靠写小说为生，专攻小说，别的文章稿费再高也不写，我看了他们一大批作品，水平不低，比省里一些专业作家还好些，其中有个王十月，《人民文学》今年连续三期刊登他的作品，水平提高很快。

在中国作协团体会员负责人研讨班上的发言

今年上半年，广东省作协努力学习贯彻胡锦涛总书记在文艺“两会”上的讲话，深刻认识我们在新世纪新阶段面临的新形势、新任务，积极探讨新思路、新举措。现向大家简要报告广东省作协的一些工作要点和想法：

一、上半年已经完成的工作

1．在北京举办“建设和谐文化与广东文学研讨会”。

2007 年 5 月 11 日，由省作协发起，中国作协和广东省委宣传部参与主办，在北京召开“建设和谐文化与广东文学研讨会”，探讨如何坚持马克思主义在意识形态领域的指导地位，弘扬民族优秀文化传统培育和谐精神，发挥文学在构建和谐文化、和谐社会中的重要作用，如何坚持先进文化的前进方向，解决好广东文学发展的根本问题等，回顾改革开放近 30 年广东文学创作的成果，为迎接党的十七大和省十次党代会的胜利召开营造良好的文学创作氛围，研讨会开得非常成功，中国作协党组书记金炳华、省委宣传部副部长方健宏都到会讲话，一批著名作家、评论家、广东省作协在北京的 24 名顾问也分别作了有深度的发言和书面发言，文艺报与文学报用大版篇幅作了报道和刊登重点发言文章。有关专家学者认为，这几年来，广东文学界、广东省作家协会在新形势下重视把马克思主义中国化的最新理论成果运用到文学创作和文学评论当中来，用马克思主义理论最新成果引导作家和文学创作的实践，连续几年在首都和广东举办了“三个代表与广东文学创作研讨会”“先进文化与广东文学研讨会”“科学发展观与广东文学研讨会”“建设和谐文化与广东文学研讨会”这一系列理论上的归纳总结、飞跃创新，形成了一系列的“品牌效应”，有效地指引了广东文学的前进方向，也充分展现出广东文学界一直保持着清醒的理论自觉、坚定的文化理想和远大的文化抱负，对广东文学事业繁荣发展具有推动作用。

2. 抓住繁荣广东文学创作这一中心任务，举办一系列的作品研讨会，文学创作取得新成果。

上半年，省作协主办或与兄弟单位主办了以下重要的作品研讨会报告文学《突破北纬十七度》《黄谷柳朝鲜战地写真》《钟广明小说创作研讨会》，其中《突破北纬十七度》研讨会，省领导蔡东士同志亲自参加，并做了热情洋溢的讲话。还与珠海市委宣传部、珠海市作协联合主办了优秀儿童文学作家邝金鼻作品研讨会，这些文学研讨活动都取得良好效果。

2007 年 8 月 6 日，省委宣传部公布了广东省第六届精神文明建设“五个一工程”初评优秀和入选作品名单，我省作家的报告文学《瘟疫，人类的影子》（杨黎光）、《突破北纬十七度》（伊始、郭小东、陆基民、温远辉、谢显扬）、长篇小说《苍天厚土》（廖红球）、《终结于 2005》（展锋）被评为优秀作品，报告文学《阿添古的调解人生》、长篇小说《我的东方》（盛琼）被评为入选作品。这也是历届广东省第六届精神文明建设“五个一工程”，我省作家入选最多的一次，是一次大丰收。

广东省重点文学创作扶持资金签约作品方面，展锋长篇小说《终结于 2005》在国内文学评论界获得较高评价。吕雷、赵洪的政论性纪实文学《国运——南方纪事》已经完成初稿（全书约 90 万字）。省作协第二届文学院三位签约作家中短篇小说同时入选“2006 年度中国小说排行榜”，分别为黄咏梅中篇小说《单双》、魏微短篇小说《姊妹》、盛可以短篇小说《淡黄柳》。与此同时，我省一批打工作家广受全国文学界关注和肯定，郑小琼散文《铁·塑料厂》荣获《人民文学》新浪潮散文奖，《人民文学》出版增刊，专门推出包括王十月、卫鸦、杨文冰、曾楚桥等在内的宝安“31 区”作家作品专辑，《人民文学》第一期连发东莞打工女作家塞壬三篇散文。全国多家媒体热炒“郑小琼现象”，受到全国政协副主席、中共中央统战部长刘延东等领导同志的关注，要求省委统战部派人到我会调研，了解情况。深圳作家曹征路、南翔、丁力和广东作家郭小东创作力相当旺盛，不断有力作问世。正在创作中的作品还有：展锋的长篇小说《金色祠堂》、廖琪的长篇小说《茶王》、章以武、伊始反映清远市改革开放成就的电视剧等。

上半年，我们经过征集，向中国作协提出了广东作家一批作品选题，竞争全国重点扶持文学作品项目。日前，中国作协已经公布了入选名单，我省包括深圳市申报的项目共有12部作品上榜，其中本省作家有9部，是历年入选最多的一次。

第二届广东文学院签约作家、首届广东省重点文学创作扶持资金签约作家聘期已经届满，目前正组织专家学者做好考察与评估工作。

编辑出版《2005—2006广东小说精选》《广东文学：担当时代赋予的神圣使命（广东文学理论成果集成）》等文选。

此两项工作从年初开始正式启动。往后每两年各出一套，保存各年度各种文学题材重要的原创作品，为广东文学研究提供权威文本。《2005—2006广东小说精选》拟包括：全国各重要文学刊物发表的中篇小说、短篇小说，约80万字。

《广东文学理论成果集成》将收集广东召开的四个品牌研讨会（即“三个代表”与广东文学创作研讨会、在北京连续三年召开的先进文化与广东文学创作研讨会、科学发展观与广东文学研讨会、和谐文化与广东文学研讨会）全部文章、纪要整理出版。

目前两部书都已经编辑完成，正在联系出版社准备出版。

3. 召开广东建设社会主义新农村文学创作会议，广东启动“文学支农”工程，在首次明确提出举一省文学创作力量投入农村题材创作。

今年8月18日至20日，我会与省委宣传部、中山市委、市政府主办了广东建设社会主义新农村文学创作会议。省人大常委会副主任欧广源在会上作了广东建设社会主义新农村的形势报告。中国作协书记处书记张胜友在会上作文学报告，对新时期中国作家的历史任务、当今文学发展的态势等文学热点问题进行了深刻的阐述。省委宣传部副部长方健宏在会上讲话，充分肯定了广东作家在关注农村现实、描写农村生活方面所做的努力及创作成果。

我会通过这个会议，启动“文学支农”工程，组织一批重点作家及广州、深圳及各地市作协负责人共商文学“支农”工程大计，并发出《深入生活，勇担责任，为繁荣社会主义新农村文学创作做贡献》的倡议书，相邀全省作家和文学爱好者，探讨广东农村题材丰富复杂前瞻的资源优势，以社会主义新农村建设为契机，明确提出举一省文学创作力量投入农村题材文学创作，力争创做出广东文学农村题材的大气之作！

同时，我会宣布，在“文学支农”工程，在今后的文学评奖、作品扶持、文艺评论、作家培训等方面全面提高对“三农”题材的重视度，促进农村题材文学创作的新繁荣。

4. 举办当代中国作家书画展，以及广东作家书画展，并成立了广东省作家书画院。

为弘扬中华民族文化、加强作协的凝聚力、吸引力，加强为作家服务，传承“诗书画同源”的作家书画传统，我们主办了由著名侨领、全国侨联副主席庄世平先生倡议举办“当代中国作家书画展”。此活动由我会与中国作协、香港各界文化促进会、《澳门日报》社共同主办。于 2007 年 1 月 11 日在广东美术馆举行，展出了茅盾、巴金、叶圣陶、老舍、贺敬之、翟泰丰、蒋子龙、陈忠实、高洪波、陈国凯、刘斯奋、廖红球等 200 多位著名作家及有关领导的 200 多幅珍贵墨宝，被誉为中国文坛的一次文化盛典。2007 年 5 月 11 日移师北京中国现代文学馆展出，2007 年 7 月我会在广州大学城博物馆举办“广东作家书画展”。此一系列任务已经完成，反响良好，我们将向中国作协提出请求，将“当代中国作家书画展”永久落户广东，成为我省文学工作的一个品牌。以此为契机，我们建立了广东作家书画院，省领导蔡东士同志亲自当院长，廖红球任常务副院长。吴南生、卢瑞华、林墉、刘斯奋等领导和书画艺术界知名人士担任顾问。这一团体由在书法、绘画、摄影、篆刻方面有爱好、有造诣的省作协会员自愿组成，隶属于省作协，1 月正式揭牌成立。

目前，我们已经筹集了一些经费，也有了展出场地，准备把这项工作做实做好。

5. 争取各方支持，筹建我省农民工作家（外来青工作家）创作培训基地。

外省入粤劳动人口，不完全统计有 3000 万人，相当于广东全省劳动力二分之一，是我省建设经济强省、文化大省、法治社会、和谐广东的重要力量，他们之中有不少热爱文学的青年作者，这些青年作者来广东后经历过多年的基层历练，近来开始在文坛上崭露头角，成为全省乃至全国瞩目的文坛新秀，如深圳的 31 区青工作家群、东莞的郑小琼等。上半年我们开展积极工作，争取各方支持，筹集了一些资金，准备建立外来青工作家创作培训中心，扶持帮助农民工作家克服困难，积极创作，提高水平。第一个中心设立在我会办公大楼二楼，与文学讲习所并列，在这次广东建设社会主义新农村文学创作会议上，将为其授牌。我们并计划在外来青工集中的地方与该地的宣传部、文联、作协合作，合办广东文学院地方分院和青工作家创作培训中心。目前我们已经与东莞市在洽商之中。

6. 部署开展职称评审和信息报送工作。

6 月，省作协召开全省作协系统职称工作会议暨信息员会议，部署开展今年的文学职称申报工作，并正式建立全省文学信息报送网络。

8 月，我们举办了有各市参评作家 80 多人参加的广东省第六期文学创作继续教育培训班。经上级有关部门批准，除了继续扩大文学创作人员专业技术资格评审范围至各地级市作协会员（公务员不参评）外，还将对确有实际困难的会员作家减免评审费用等。

7. 启动新一轮“文学进校园”活动。

去年，我们组织文学名家走进大学校园，反应热烈。盛况空前，受到省委领导的重视和表扬。今年 5 月，省作协启动新一轮的“文学进校园”活动。5 月份由省作协校园文学创作委员会主办的广东省第三届高校文学社团交流会在广东文学艺术中心举行，省内 30 多所高校的文学社团近 200 名代表参加活动。活动引起广州地区媒体的关注。省作协还采取灵活措施，面向中小学生组织别开生面的文学活动，包括有：广州市中学生“亚运有我，我为亚运”大型有奖征文、广州市优秀中学文学社评比活动、白云区小学生现场作文大赛等。

8. 与羊城晚报合作，举办全国性的“冷暖人间”散文大赛。与秦牧研究会、广东教育出版社合作，重新修订出版《秦牧全集》。

省作协与羊城晚报合作举办的此次散文全国大赛，征得来稿甚多，反响很好，我省女作家何卓琼获得唯一的一等奖。

与秦牧研究会、广东教育出版社合作，重新修订出版《秦牧全集》，本月就可以出书，本月底将召开首发式。

下半年工作的一些设想：

1. 文学院抓好新一届签约“两个项目”作家招聘，并召开全国名社、名刊、名编会议（简称“订货会”）。

今年，第二届广东文学院签约作家、首届广东省重点文学创作扶持资金签约作家聘期届满，省作协将组织专家学者做好考察与评估工作。同时，省作协将继续深化改革，努力探索形成充满生机活力的文学发展机制，扶持引进优秀的文学创作人才，为文学队伍发展创造有利条件，抓好第三届文学院和第二届广东省重点文学创作扶持资金签约作家的招聘工作。

同时，文学院召开全国名社、名刊、名编会议，对重点扶持作家和文学院签约作家的作品进行现场看稿和“订货”，密切文学期刊、出版社与广东作家的联系，加大广东优秀作品的推广力度，增进读者对广东文学的认识。

重点扶持作家和签约作家确定后，成立文学院作品辅助交流小组。交流小组按照文学门类划分。针对“两个项目”签约作家较为分散的实际，定期或不定期召集成员一起交流创作心得体会，鼓励签约作家提供作品相互交换意见。邀请著名作家、评论家莅会指导，及时有效解决作家创作所碰到的“瓶颈”问题，提高作品质量。对较为成熟的具体作品，经批准可组织召开专门的改稿会，由4—5位专家审读稿件提出修改意见。

2. 组织撰写广东改革开放30周年献礼作品。

2007年，省作协将组织一批优秀作家采写为我国改革开放30周年献礼作品，筹备隆重纪念新中国成立60周年的献礼作品，通过文学形式充分展现广东改革开放取得的巨大成就。

统筹安排报告文学选题和创作人选，目前初定的选题有：广东公路建设、铁路建设、航空港建设、城中村建设、广交会，等等。

3. 与中国作协鲁迅文学院、深圳市文联合作，举办鲁迅文学院广东省作协、深圳市文联青年作家培训班。

培训班招生50人左右，主要面向各地青年作家，招收各地市尖子学员，其中深圳农民工作家和自由撰稿人占一半。邀请全国较有影响的名家授课讲学，使学员及时了解国内文学创作动态，开拓思路和视野，受到有益启迪，提高我省文学创作水平。

4. 开办广东文学院地方分院（创作基地）和外来青工文学创作培训中心。

在有关各方大力支持下，与外来青年作家较为集中的地方，与当地党政部门和文联、作协合作，开办广东文学院分院和青工文学创作培训中心。争取年内完成筹建一个，并出版《作品》青年作家版（增刊）1—2期，扶持各地涌现的农民工作家，发表各地农民工作家的创作新成果。

5. 举办第二届广东诗歌节。

计划在11月与珠海市合办第二届广东诗歌节，团结凝聚广东诗人，繁荣广东诗歌创作，为欢庆十七大召开、贯彻落实党的十七大精神擂鼓助威。

关于深圳外来中青年作家群现状及对其扶持资助的建议

我会对近年深圳外来人口中涌现的中青年作家作了一些调查了解，现将简要情况及我的建议报告如下：

一、深圳外来人口的中青年作家现状

外省进入深圳的劳动人口，据统计为近 800 万人，而且大多为 18 岁至 40 岁的青壮年，相当于深圳劳动力四分之三以上，他们是我省和深圳建设经济强省、文化大省、法治社会、和谐广东的重要力量，他们未小康，广东深圳难富裕；他们不和谐，广东深圳难和谐，广东改革开放的成果他们也应当分享，他们之中有各行各业的人才精英，更有不少热爱文学的青年作者，这些青年作者来广东后经历过多年的基层历练，近来开始在文坛上崭露头角，成为全省乃至全国瞩目的文坛新秀。如深圳的王十月、梅毅、张伟明、吴君、丁力、于怀岸、卫鸦、戴斌、谯楼、曾楚桥、叶耳、宋唯唯、谢湘南、魏勋、孙向学、杨文冰、谷雪儿、央歌儿、秦锦屏、郭继勋、毕亮、王顺健等，都在全国及各省级文学刊物和出版社发表和出版不少作品。据我们估计，这种有能力在国家级刊物发表作品的深圳务工青年作家，有 50 多人，他们将是广东和深圳文学事业的生力军和接班人。在这一作家群体中，盛可以和宝安的张伟明、吴君、福田的秦锦屏等人因创作成绩突出，被破格吸收到省、市、区级的报刊和文化部门工作。深圳的王十月在 2006 年国家级文学期刊《人民文学》的 4、5、6 期上连续发表三篇作品，为近年罕见，中央电视台因此派出摄制组采访他，并在第 7 套、第 2 套节目关注农民工的栏目上播出了 20 分钟介绍他的专题节目。

王十月的成绩鼓舞了深圳一批务工的文学青年，他们辞去工厂工作，聚居在深圳宝安的31区，发奋专事严肃文学的创作，尽管失去了固定的工资收入，生活颇为艰难，但他们相互激励，相互切磋，乐此不疲，去年一年，王十月、于怀岸、卫鸦等人均在全国各级文学期刊各自发表中短篇小说20多篇，并有不少发表在国家级和知名省级刊物上，这种创作量和发表量，已经达到或超过了专业作家的水平，但由于生活窘迫，“等米下锅”，他们不少基础不错的作品来不及精心修改打磨就匆匆拿去发表，而一些大刊、名刊发表周期长，稿酬低，支付慢，给他们带来了不少困惑，手头一些好作品也只好发在一些影响不大的低端期刊上，长此以往，将难于写出精品力作，不利于他们创作水平的进一步提高。

同时，这一青年作家群体的创作思想、文学修养也有待提高，文学视野也应进一步拓宽。近年来不少文学评论家和专家学者，在关注“打工文学”“草根写作”“底层关怀”的口号下，对入粤和进城务工的青年作家颇为重视，但一些评论也存在一些认识上、理论上的误区和错误，这是应当引起我们重视的，如果我们不加以积极关怀引导，加强思想政治工作，这一创作量很大的青年作家群体将大量描写我省和特区阴暗面、消极面的文学作品发表在全国各地的刊物上，对我省的改革开放形象、精神文明建设与和谐广东建设势必造成不良影响。

在2005年的先进性教育中，我们省作协千方百计设法引进了三位原在各地打工并在全国文坛崭露头角的青年作家，其中就有深圳的盛可以，他们一进作协就受到先进性教育的熏陶和洗礼，向党组织递交了入党申请书，此事例被省先进性教育办报送中央并见之报纸传媒，但在网上他们随即被人恶意攻击谩骂，有一些帖子将要求入党的青年女作家污蔑为“出卖政治贞操”。通过这一事件，使我们清醒地认识到：我们与敌对势力在争夺人才、争夺话语权的斗争依然相当激烈和复杂，我们团结争取青年文学人才的工作必须高度重视，万万不可掉以轻心。

由于户籍、学历、工作资历等诸多原因，这个青年作家群体当中大多数人尽管很有写作才华和天赋，也很难进入主流文学和体制内的队伍，难于被文艺单位和刊物聘用，加入省作家协会也遇到户籍政策的问题，深圳有位务工青年作家悲观地说，我们写得再多再好，一辈子也只能做带“原罪”的体制外作家。如果他们长期处于这种状态，将不利于我省作家队伍的团结和文学事业的发展壮大，也不利于党和政府对入粤务工的庞大劳动群体中加强影响力和感召力。

二、我们对进城务工的青年作家群体扶持资助的建议

我省作家协会的广东文学院现行的签约作家制度，面对的是有工薪或有固定生活来源的作家，重在后期给予扶持，是正确和行之有效的，但对于务工青年如王十月等宝安 31 区青年作家群体等人却不适用，因为他们除了创作收入外完全没有生活来源。宝安区委宣传部和 31 区街道办曾有过建设一个“青年作家创业村”的设想，即由区政府或街道办向他们提供廉租房屋，减免房租、水电费，支持他们开办杂志和作家酒吧，吸引更多打工青年中的文学人才向 31 区流动，鼓励他们以文学创业，以文养文等，想创出一个有别于供养专业作家制度或签约作家制度的新模式。这是一个有创意的大胆设想，在全国有开拓性的意义，急需得到上级党委和政府的支持。

我们认为，即便创立“青年作家创业村”，对勤奋创作的青年作家也应提供最低生活保障。如果深圳市委、市政府从关注农民工就业和农民工群体的精神文明建设角度给予扶持资助，促使创建“青年作家创业村”的试验取得成功，将对全国文坛产生重大影响，也将是我省劳动和社会就业的一种创新和一大亮点，将大大加强党和政府对入粤务工的庞大劳动群体中加强影响力和感召力。为此，我们建议：

1. 在创建深圳宝安“青年作家创业村”的同时，重新启动我省作协已有的“广东青年文学院”，设立“广东青年文学院宝安分院”，两块牌子，一套人马。

我省在 20 世纪 90 年代曾试办过青年文学院，吸引当时全国顶尖的青年作家前来应聘，办了一年后因经费不继等问题停办。现在重启动广东青年文学院，与当年着眼全国招聘不同，主要立足本省，团结和培养居住在本省基层的外来青年作家和自由创作者，由深圳市委市政府投入启动经费 300 万元，以后每年由省劳动和社会保障厅、省作协、深圳市委宣传部、宝安区委宣传部、31 区街道办联合出资 50 万，用于支持宝安“广东青年文学院宝安分院”和“青年作家创业村”，经费由深圳市委宣传部、省作协与宝安区委联合管理。

2. 鼓励“广东青年文学院宝安分院”和“青年作家创业村”创办好一份能够自负盈亏的文学杂志，作为创作发表园地和团结拢聚更多优秀青年作家的核心。

3. 形成“洼地效应”，鼓励全国各地更多有创作实力的务工青年作家到宝安31区生活，加入“青年作家创业村”体验特区的发展和进行文学创业，有相当创作成就者，由深圳市破格解决户籍问题，创作水平达标者给予1000元以下的生活补贴，同时在住房、子女入学方面，提供力所能及的优惠条件。增强向心力，提高他们的创作积极性，并使深圳成为培养全国优秀文学人才的基地和摇篮。

4. 对创作成就特别突出者，调入省作协、深圳文联或所属杂志领取相应工资，再返回31区，参与“青年作家创业村”和广东青年文学院宝安分院的管理工作。

（2007年3月1日）

关于强化广州文化品牌、建造“黄埔军校文化工程”的建议

近年来广州市委、市政府以经济建设为中心，花大力气保持广州经济高速持续的增长，令广州面貌焕然一新，广州市的“一年一小变”“三年一中变”成就喜人，有口皆碑。我们认为：在经济长足发展的同时，市委、市政府也应高度重视文化事业建设，将文化事业的硬件和软件建设提高到一个更新水平，以充实经济建设的底蕴和全面提升社会文明程度，加强对经济发展的人文、智力支持。

广州在改造城市、打造全新形象上一掷数十亿上百亿，但在文化建设上的投入仍显不足，即使正在筹建的大剧院、博物馆、图书馆建设，仍逊于北京、上海，对文学和文化软件的投入，也比不上江苏、天津，虽然近年来极力塑造形象，如让金钟奖永久落户广州等，但在全国打得响的文化品牌和文化工程仍不多，与广州在全国的经济地位不大相称。

其实，广州特别是广州的文化资源是非常丰厚的，可以经营的文化品牌和软件也很多，在广州诞生、并在中国现当代发挥过重要作用的黄埔军校就是很好一个例子。

广州是20个世纪20年代大革命的策源地，当年一批立志救国救民的热血青年从全国各地来到广州，加入孙中山创办的黄埔军校，其影响贯穿中国的第一次国内革命战争、抗日战争、解放战争，毛泽东、孙中山、周恩来等中国20世纪的主要政治人物都在这个舞台上活动过，它产生了我军五位元帅、四位大将和众多重要将领，它的校长、政治部主任和教师学生后来形成两大阵营，各率几百万大军进行对垒，发生过多次震惊世界的重大战役，堪称世界军事史上的奇观。

全面、深刻、正确、充分地反映和描写黄埔军校的历史和由此衍生的一大

半个世纪的时代风云，是加强统一战线、沟通两岸关系、团结海内外炎黄子孙、对青少年进行爱国主义教育、国防教育和革命传统教育的需要，此外，对广州的旅游业也将会发生有益的长远的影响，将成为一个很重要的广州旅游项目和文化品牌。当年在庐山拍摄的电影《庐山恋》，现在仍在庐山长映不衰，成为一个旅游项目和庐山的品牌，可供借镜。何况，黄埔军校这个题材，比《庐山恋》丰富和重要得多。

在此我们特别建议：把黄埔军校作为广州一个重要的文化品牌，市委、市政府给予关心重视，由市财政投入资金，调动各方力量，建造一项“黄埔军校文化工程”。使黄埔军校扬名四海，真正成为广州的“名片”和游客必到的地方。

这项文化工程包括：编写黄埔人物传记；写作有关黄埔的小说、长诗；策划、创作和拍摄有关黄埔的电影、电视连续剧；建造黄埔军校博物馆；举办有关黄埔军校的大型画展；举办黄埔军校的海外巡回展览；在黄埔军校建校九十周年时（2014 年）举办盛大的纪念活动，等等，均须未雨绸缪调拨资金、统筹策划、做出安排。

广东省作家协会文学院是省作协的一支有组织的创作队伍，拥有 30 多位有成就的签约作家，有雄厚的创作实力，写作传记、创作小说、长诗和影视剧本都有丰富经验，而且有领导、有组织，可以承办。

这项文化工程的策划创意、编写、创作和采访任务。

如市委、市政府领导认为我们的建议可行，我们可更具体地提出实施方案和预算。

全国人大代表、中国作家协会全国委员

广东省作家协会副主席、一级作家　吕雷

广东省政协委员　广东省作家协会一级作家　邹月照

2005 年 1 月 4 日

在神圣殿堂的两次发言

我是个作家，因为长期闷头写作而拙于言辞，但当上了全国人大代表，就免不了在会议上或公开场合里讲话发表意见，为民立言，这对我是个考验，也是一次次人生的历练和能力的提升。

在我当人民代表这一人生最重要的旅程中，弥足珍贵并留下永恒记忆的两次发言，是在神圣的全国人民代表大会放讲坛上。一次在人民大会堂东大厅，一次在广东代表团驻地，都是广东代表团大会发言，不仅要面对省委、省政府、省人大、省政协众多领导和全体广东代表，而且要面对诸多中外媒体的“长枪短炮”。

2005 年十届全国人大召开三次会议，最重要的议题是通过《反分裂国家法》，会前我们已经学习了有关文件，知道我们这一举措已经成为全球关注的热点，3 月 2 日我们一到北京，便收到通知：广东代表团审议《反分裂国家法》时，将开放中外传媒采访。接着省人大的林秘书长告诉我，要我准备在代表团审议时做一次大会发言。我知道这是全代表团对我的信任，既觉得责任重如泰山，又觉得使命无限光荣。我绷紧了全身的神经，投入了发言的准备工作，当时时间非常紧张，白天开大会，晚上还要不断接受媒体采访，准备发言时间只有一个晚上的 9 点以后，幸亏我每次上京开会时都带上两台手提电脑，一台上网查资料，一台写议案建议和打印用，那个晚上两台电脑都派上大用场，我一边写发言稿，一边上网查阅引用了大量历史资料，要强调台湾是中国神圣领土的一部分，得有历史和国际法的依据，我在发言稿中引用了清末广东著名爱国诗人丘逢甲的诗篇：“春愁难遣强看山，往事惊心泪欲潸，四百万人同一哭，去年今日割台湾。”这首撼动人心的诗篇曾几次被温总理在不同场合上吟诵过，我也引用了美国参与制定《开罗宣言》和《波茨坦公告》中有关台湾地位的条款。并说明《中国对日宣战布告》《开罗宣言》《波茨坦公告》和日本《无条件投降书》，这四个文件组成了环环相扣的国际法律链条，明确无误地确认了台湾作为中国领土一部分的法律地位，保证了台湾回归中国的国际协议具有无可否认的有效性。写好稿子后，我又反复修改几次，为了把握时间，我还看着手表读了两遍，一直忙到凌晨3点，才草草上床休息。

那年3月6日下午，会议开始了。由于议题意义重大，整个人民大会堂充满了比往日更加庄严肃穆的气氛，中外记者来得太多，原定在广东厅举行的广东代表团全团大会临时改在东大厅举行，这是我一生来第一次在如此重要的场合上发言，而且发言内容又涉及神圣的国家领土和民族大义。我发现整个东大厅围满了一圈中外记者的照相机和摄影机，代表席外人头攒动，全是记者，白花花的镁光灯、摄影灯的亮光刺得眼睛发疹，我努力抑制住内心的激动和紧张，开始了我的讲话，我极力控制着语速，不太快又不能太慢，尽量把我内心炽热的情感传递给在场的每一个人，十几分钟很快就过去了，最后我严肃庄重地表示：历史将会铭记，我们的子孙后代也会铭记，我们手中的赞成票负荷着何等分量！我一定投下这具有历史意义的神圣一票！我一讲完，全场响起了热烈的掌声，我如释重负，回到自己座位的时候，也是发言者的台湾籍代表孔令人代表与我握了握手，轻轻说："你讲得很好！"我感到一阵畅快和欣慰。

事后我才知道，我的那次发言被《人民日报》等多家媒体和网站报道、引用和转载，有一家大报还用"一个人大代表的演讲"为大字标题，几乎全文刊登了我的发言。

在全国人民代表大会这个神圣殿堂里的第二次发言，是2006年的第四次会议上。时间也刚好在3月6日。省人大的领导告诉我，要准备在审议总理政府工作报告的全团大会上谈谈社会主义文化建设和广东建设文化大省的问题。有了第一次大会发言的经验，这回我不那么紧张了，但发言稿的准备还是非常认真和细致的。和上次那样，我用电脑查阅下载了大量有关社会主义文化建设和文化体制改革的资料，条分缕析，仔细推敲，还按照我平时学习的心得，认真分析了文化事业对构建中国特色社会主义的重要意义，特别强调在推进文化体制改革中必须注意严格区分文化事业与文化产业的不同特点，我指出：文化事业的改革，不能与文化产业、企业改革混为一谈，更不能盲目地认为把文化推向市场就是改革。文化事业要始终坚持把社会效益放在首位，努力实现社会效益和经济效益相统一的原则，高度重视文化的意识形态属性和精神主导性，精心营造社会主义的精神高地和和谐绿洲，以体现先进文化的前进方向，我还精心选择了几个我省在文化建设上的典型事例加以阐述，例如在抗击“非典”中省委在领导文化工作者投入战斗、引导舆论所发挥的坚强作用。那天的大会开得非常紧凑，我发言的最后，还引用了一位著名法国美学家的话：莎士比亚不是外星球飞来的陨石，在莎士比亚的背后，有整整一个民族合唱团的合唱。我话锋一转说，当下我们广东，经历了近30年的高速发展，比起莎士比亚那个时代，不可同日而语，比起英国的工业革命，更广有超越，在整个中华民族的发展史上，在全世界地域经济演变过程中，都可以称得上千古奇观！大时代理应出大作品，出大师，我们有理由相信，只要我们坚定不移地加强文化建设，充分调动和发挥广大文艺工作者的积极性，广东的文化大省建设一定能成功，我们一定能迎来繁花似锦、朝霞满天、传世之作纷呈的文化大繁荣！

那天会议结束后，很多代表都走过来对我说，你的发言有理有据，有水平；有几位领导都表扬我的发言准备充分，吃饭的时候，张德江书记在餐厅见到我，说：你讲得不错，我让新华社记者找一找你，你再与他们谈谈，让他们发个内参。我心里感到一阵畅快：我终于用自己的发言，又完成了一个人大代表的一次使命。